W0315185

Tausend und eine Nacht

Arabische Erzählungen

Tausend und eine Nacht

Arabische Erzählungen

Vollständige Ausgabe
mit über 700 Illustrationen

Dritter Band

KARL MÜLLER VERLAG ERLANGEN

Erste werkgetreu und vollständig aus dem
Urtext übersetzte Ausgabe von
Dr. Gustav Weil,
ord. Professor für morgenländische
Sprachen an der Universität Heidelberg.
Nachdruck der Originalausgabe von 1865,
vorsichtig sprachlich bearbeitet.

978-3-899-05578-8

Alle Rechte an der Bearbeitung und Ausstattung
by Karl Müller Verlag, Erlangen.
© Copyright 1984.

Druck und Bindung: ČGP Delo, Ljubljana, YU

Inhalt des dritten Bandes.

Geschichte
des Prinzen Bedr von Persien und der Prinzessin Giau hare von Samandal.

Ein König von Persien, Seherman genannt, herrschte lange Jahre glücklich und ungestört. Nur in einem einzigen Punkte fühlte er sich unglücklich; er war nämlich schon sehr bejahrt, und von seinen hundert Frauen hatte ihm keine einen Prinzen und Nachfolger geboren. Eines Tages, als er in Trauer versunken darüber nachdachte, wie nun der größere Teil seines Lebens dahingeschwunden, ohne daß ihm ein Sohn gezeugt worden, der einst den Thron von ihm erben könnte, meldete ihm ein Verschnittener, es sei ein Kaufmann vor der Tür und bitte um die Erlaubnis, ihm eine Sklavin vorzustellen. »Man lasse ihn eintreten«, sagte der König. Der Kaufmann trat mit der Sklavin herein, die von schlankem Wuchs war, wie eine biegsame Lanze, und einen gestickten Schleier über ihrem Angesicht hatte. Als der Kaufmann den Schleier weghob, strahlte der ganze Saal von dem Glanz ihrer Schönheit. Ihr Haar hing in sieben Flechten wie ein Roßschweif bis zu den Knöcheln herunter, ihre Augen waren mit Kohel bemalt, schlank war ihre Taille und stark ihre Hüften. Ihr Anblick konnte jeden Kranken heilen und die Glut jedes Durstigen löschen. Sie war wie ein Dichter sagte:

»Ich liebe sie, ihre Schönheit ist vollkommen, Ernst und Würde ziert sie. Sie ist weder zu groß noch zu klein, doch so vollkommen, daß ihr Übertuch sie nicht umspannen kann. Ihr Wuchs ist voll Ebenmaß, nichts ist zu lang oder zu kurz an ihr. Ihr schwarzes Haar reicht über die Knöchel herunter, doch leuchtet ihr Gesicht stets wie der Tag.«

Der König bewunderte ihre Schönheit und ihre Anmut, ihren Wuchs und ihr Ebenmaß, und fragte den Kaufmann nach ihrem Preis.

»Herr!« antwortete der Kaufmann, »ich habe sie um zweitausend Goldstücke gekauft, und meine Reisekosten betragen ebensoviel; denn ich bin schon drei Jahre unterwegs. Wenn sie dir gefällt, so bitte ich dich, sie als Geschenk von mir anzunehmen.« Der König schenkte ihm ein kostbares Ehrenkleid und ließ ihm zehntausend Dinare ausbezahlen. Der Kaufmann nahm das Geld mit Dank an und küßte dem König die Hände und entfernte sich.

Der König übergab die Sklavin den Kammermädchen und sagte ihnen: »Sorget aufs beste für den Putz dieses Mädchens, machet ihr ein besonderes Zimmer zurecht und versehet sie mit allem Nötigen!«

Die Hauptstadt des Reichs, in welcher der König residierte, lag an der Meeresküste und hieß: »Die weiße Stadt.« Die Fenster des Zimmers, in welches die Sklavin gebracht wurde, gingen auf das Meer. Als der König sie besuchte, stand sie nicht vor ihm auf und beachtete ihn gar nicht. Der König dachte: die muß wohl bei Leuten gewesen sein, die wenig Bildung haben. Indessen bewunderte er ihre Schönheit, ihre Anmut, ihren reizenden Wuchs und ihr Gesicht, das dem Vollmond oder der hell leuchtenden Sonne glich und pries den Schöpfer. Er näherte sich ihr dann, umarmte und küßte sie, ließ die köstlichsten Speisen auftragen und aß mit ihr, ohne daß sie ein Wort sprach. Selbst als der König sie nach ihrem Namen fragte, gab sie keine Antwort, sondern neigte stets ihr Haupt zur Erde und nur ihre außerordentliche Schönheit und Anmut schützte sie vor dem Zorn des Königs. Er dachte: Gepriesen sei Allah, der Schöpfer dieses Mädchens, wie lieblich ist sie, wie schade, daß sie nicht spricht, doch nur Gott ist vollkommen. Der König fragte dann die Dienerinnen und Kammermädchen, ob die Sklavin mit ihnen spreche, aber auch sie hatten noch kein Wort von ihr vernommen. Der König befahl dann einigen Sklavinnen, sie mit Gesang zu unterhalten und mit ihr zu spielen, um sie zum Sprechen zu bringen, aber so sehr sie sich

auch bemühten, vor ihr zu musizieren und zu singen, verharrte sie in ihrem Schweigen. Der König war sehr betrübt darüber, doch fesselten ihn ihre Reize so sehr, daß er ihr seine ganze Liebe schenkte und sie allen anderen Frauen vorzog.

Nachdem er so ein ganzes Jahr mit ihr gelebt hatte, ohne daß sie den Mund zum Sprechen geöffnet hätte, sagte er ihr: »O Herzenslust! meine Liebe zu dir ist so mächtig, daß ich um deinetwillen von allen meinen Frauen und Sklavinnen getrennt lebe und in dir allein mein Glück auf der Welt finde. Ich habe ein ganzes Jahr Geduld mit dir gehabt, nun möge aber Gott dein Herz erweichen, so daß du auch mit mir sprechest, oder solltest du etwa stumm sein, so gib mir durch ein Zeichen zu verstehen, damit ich nicht vergebens länger hoffe. Auch wünsche ich, daß mir Gott einen Sohn von dir schenke, der mein Reich erbe, denn ich bin schon alt und kinderlos. Ich beschwöre dich bei Gott, wenn du sprechen kannst, so laß mich nur ein Wort aus deinem Mund vernehmen. Die Sklavin neigte ihr Haupt nachdenkend zur Erde, dann hob sie es auf, lächelte den König an, so daß er glaubte, ein Blitzstrahl erleuchte das Zimmer und sprach: »O großmütiger König, tapferer Löwe! Gott hat dein Gebet erhört, ich bin gesegneten Leibes und die Zeit meiner Entbindung ist nahe, darum breche ich auch mein Schweigen, doch weiß ich nicht, ob ich einen Sohn oder eine Tochter gebären werde.« Als der König dies hörte, strahlte sein Gesicht vor Freude, und im Übermaß seines Glücks küßte er ihr Haupt und ihre Hände und rief: »Gepriesen sei Gott, der meine Wünsche erfüllt hat, indem er dich sprechen und mir verkünden läßt, daß ich ein Kind von dir zu erwarten habe.« Er machte sich dann auf, bestieg seinen Thron und befahl seinem Vezier, aus Dankbarkeit gegen Gott den Armen, Bedürftigen und Witwen hunderttausend Dinare zu verteilen. Dann begab er sich wieder zu seiner Sklavin, umarmte sie und sagte ihr: »O meine Herrin und Gebieterin, warum hast du ein ganzes Jahr kein Wort mit mir gesprochen?« Sie antwortete: »Höre, o König der Zeit! wisse, ich bin fremd, mein Herz ist zerknirscht, denn ich bin von meiner Mutter, meiner Familie und meinem Bruder getrennt.« Der König, der wohl merkte, was sie sagen wollte, erwiderte: »Nenne dich nicht arm und fremd, denn was ich besitze, ist dein Eigentum und ich selbst bin dein Sklave; was die Trennung von den Deinigen angeht, so sage mir, wo sie sind, und ich will sie zu dir bringen lassen.« Die Sklavin versetzte: »Wisse, o glückseliger König, mein Name ist Gülnar vom Meer, mein Vater war einer der Könige des Meeres und hinterließ uns nach seinem Tode sein Reich, da kam aber ein anderer König, der unser Königreich uns wegnahm. Meine Mutter ist eine von den Frauen des Meeres, und mein Bruder, welcher Salih heißt, hatte einst Streit mit mir, da schwor ich, daß ich das Meer verlassen und mit einem Mann vom Land leben würde. Ich setzte mich bei Mondschein an das Ufer einer Insel, da kam ein Mann vorüber, der mich in seine Wohnung schleppte und umarmen wollte, ich schlug ihn aber auf den Kopf, daß er beinahe tot niedersank, darum verkaufte er mich dem Mann, von dem du mich gekauft hast, und der ein sehr frommer, würdiger und guter Mann war. Hättest du mich nicht so geliebt und allen anderen Frauen und Sklavinnen vorgezogen, so wäre ich keine Stunde bei dir geblieben, sondern hätte mich von diesem Fenster aus ins Meer gestürzt und wäre wieder zu den Meinigen zurückgekehrt. In meinem jetzigen Zustand kann ich es aber um so weniger, als sie Schlimmes von mir denken und mir nicht glauben würden, daß mich ein König für Geld gekauft und als sein Glück in dieser Welt betrachtet, selbst wenn ich meine Worte durch einen Eid besiegeln würde. Das ist meine Geschichte. Heil über dich!«

Als der König dies vernahm, lobte er sie und küßte sie zwischen die Augen und sagte: »Bei Gott, o meine Herrin! Licht meiner Augen! ich kann keine Stunde getrennt von dir leben, wenn du mich verläßt, so sterbe ich alsbald, was soll nun geschehen?« Sie erwiderte: »O mein Herr! die Zeit meiner Niederkunft ist nahe, meine Familie muß hierher kommen, denn die Frauen vom Lande wissen so wenig den Frauen vom Meer bei ihrer Entbindung beizustehen, als die vom Meer denen vom Lande. Da fragte der König: »Aber wie können sie im Meer gehen, ohne naß zu werden?« Darauf antwortete sie: »Wir gehen im Meer, wie ihr auf trockenem Lande, durch den Segen der Namen, welche auf dem Siegel Salomos, des Sohnes Davids (Heil über beide!) stehen; ich will nun meine Leute herrufen und ihnen sagen, daß du mich für Geld gekauft und mir viel Gutes erwiesen hast, und daß du ein König, Sohn eines Königs bist, und dann werden sie meinen Worten glauben.« Als der König seine Einwilligung gab, fuhr sie fort: »Wisse, o König der Zeit, wir wandeln mit offenen Augen im Meer umher, ohne daß es uns schadet, und sehen alles, was darin ist, auch sehen wir die Sonne, den Mond, die Sterne und den Himmel, als wären wir auf der Oberfläche der Erde. Im Meer selbst leben viele Völkerschaften und Gattungen von verschiedener Gestalt wie auf dem Lande und noch viel mehr. Hierauf zog sie zwischen ihren Schultern ein Stück Aloeholz hervor, zündete ein Weihrauchgefäß an, legte das Aloeholz auf das Feuer, pfiff laut hinein, murmelte einige unverständliche Worte, da erhob sich ein starker Rauch und sie sagte zum König, der ihr zusah: »Geh, mein Herr, verbirg dich in einem Kabinett, damit ich dir meine Mutter und meinen Bruder zeige, ohne daß sie dich bemerken, du sollst bald Wunder sehen, und Geschöpfe Gottes von verschiedenartiger Gestalt.« Der König ging ins Kabinett und Gülnar sagte einige Beschwörungsformeln über das Räucherwerk her, und siehe da, das Meer fing an zu toben und zu schäumen und es stieg ein schöner Jüngling, wie der hellscheinende Mond hervor, mit leuchtender Stirne, rosigen Wangen und Zähnen wie Perlen, der die größte Ähnlichkeit mit seiner Schwester hatte. Ihm folgte ein altes grauhaariges Weib und fünf junge Mädchen wie der Vollmond, die auch Ähnlichkeit mit Gülnar hatten. Der König konnte sehen, wie sie auf der Oberfläche des Wassers

einhergingen, bis sie in die Nähe des Fensters kamen, an welchem Gülnar saß. Diese stand vor Freude auf, als sie sie erblickte, und als sie in ihr Gemach traten, umarmten und küßten sie sich und vergoßen viele Tränen. Dann sagten ihre Verwandten zu ihr: »Wie konntest du uns vier Jahre lang verlassen, ohne daß wir wußten, wo du dich aufhältst? der Schmerz über die Trennung von dir war so groß, daß uns die ganze Welt zu eng schien, und daß uns weder Speise noch Trank schmeckte, denn wir mußten vor Sehnsucht nach dir Tag und Nacht weinen.« Gülnar küßte sie nochmals und auf ihre Fragen nach ihrem Zustande erzählte sie ihnen, wie sie verkauft wurde und wie der König sich so liebevoll gegen sie benehme. Als ihr Bruder dies hörte, sagte er: »Gepriesen sei Gott, der uns wieder vereint hat, doch nun mache dich auf und kehre wieder mit uns in deine Heimat zurück!« Bei diesen Worten verlor der König nahezu den Verstand, denn er fürchtete, die

Sklavin möchte ihrem Bruder folgen, ohne daß er es verhindern könnte, während er sie doch leidenschaftlich liebte und so glücklich war, seitdem er wußte, daß sie bald Mutter werden sollte; mit größter Angst dachte er an eine Trennung von ihr. Aber Gülnar sagte ihrem Bruder: »Bei Gott, der Mann, der mich gekauft hat, der Herr dieser Stadt, ist ein großer König, auch ist er ebenso reich, als klug und edelmütig, er erweist mir alles Gute und vom Tage, an dem ich zu ihm gekommen, bis jetzt, habe ich kein kränkendes Wort von ihm gehört, er tut mir alles zulieb und unterrichtet mich von allem, was er unternimmt, so daß ich in vollkommenstem Glück mit ihm lebe. Er kann sich keine Stunde von mir trennen und würde sterben, wenn ich ihn verließe. Auch mir würde eine Trennung den Tod bringen, so sehr liebe ich ihn, denn ich nehme bei diesem mächtigen und hochgeehrten König eine Stellung ein, wie mir sie mein Vater, wenn er noch lebte, nicht einräumen könnte. Zudem hat der König keine Nachkommen und hat schon lange Gott um einen Sohn angefleht, der einst sein Reich erben könnte und seinen unermeßlichen Besitz, nun bin ich schwanger und danke Gott dafür, daß er mir, der Tochter eines Königs vom Meer, einen Gatten gegeben, welcher König vom Lande ist, Gott hat mir dadurch Gutes erwiesen und mich nicht verlassen.«

Diese Worte erfreuten ihren Bruder, ihre Mutter und ihre Cousinen und sie sagten zu ihr: »O Gülnar, du weißt, wie sehr wir dich verehren, mehr als jeden andern, und wie wir dir ein sorgenloses, ruhiges Leben wünschen; findest du dies hier, so ist unser Wunsch erfüllt.« Gülnar erwiderte: »Bei Gott, ich lebe hier ganz sorgenlos, geehrt und glücklich.«

Als der König dies hörte, beruhigte er sich und war ihr dankbar für diese Anerkennung und liebte sie noch mehr als zuvor, denn er wußte nun, daß er auch geliebt war und daß sie entschlossen sei, bei ihm zu bleiben und ihr Kind zu erziehen.

Gülnar ließ dann Tische mit allerlei Gerichten auftragen, deren Bereitung sie selbst des Morgens beaufsichtigt hatte und aß mit ihrer Familie. Als man endlich auch Früchte und Süßigkeiten brachte, sagten sie zu Gülnar: »Dein Herr, den du so sehr preisest und mit dessen Speisen du uns bewirtest, ist uns fremd, wir sind ohne seine Erlaubnis hierhergekommen, wir haben ihn noch nicht gesehen, er hat sich noch nicht gezeigt, hat auch nicht mit uns gegessen, so daß wir ein Zeichen seiner Freundschaft hätten.« Sie aßen nun auch nicht weiter, gerieten in Zorn und Feuer sprühte aus ihrem Munde. Als der König dies bemerkte, war er außer sich vor Furcht. Aber Gülnar erhob sich, beruhigte ihre Leute, ging in das Kabinet, in welchem der König war und fragte ihn, ob er gehört, was zwischen ihr und den Ihrigen gesprochen worden. Der König antwortete: »Ich habe alles gehört und mich von deiner Liebe zu mir überzeugt, Gott lohne es dir!« Gülnar versetzte: »O mein Herr, Gutes kann nur mit Gutem vergolten werden, du hast mich mit so großer Gnade überschüttet und so sehr ausgezeichnet, daß ich mich nicht mehr von dir trennen kann, willst du aber nun deine Güte vollenden, so komme mit mir und begrüße meine Familie, die dich infolge meiner Schilderung deiner Wohltaten gegen mich liebt und sich mit dir befreunden möchte, ehe sie in ihre Heimat zurückkehrt.« Der König sagte: »Recht gern, es war schon mein eigener Wunsch.« Er erhob sich alsbald und begrüßte sie in schönster Weise, sie aber erhoben sich und kamen ihm freundlichst entgegen und er setzte sich zu ihnen und aß mit ihnen. Sie lebten nun dreißig Tage zusammen, dann wollten die Verwandten Gülnars wieder in ihre Heimat zurückreisen und sie verabschiedeten sich bei ihr und bei dem König, der ihnen mit großer Ehrerbietung begegnet war. Bald nachher gebar Gülnar einen Knaben, wie der Vollmond. Der König, der bisher kinderlos war, geriet außer sich vor Freude, es wurden sieben Tage lang Freudenfeste gefeiert und die Stadt wurde geschmückt. Am siebenten Tag kamen auch Gülnars Bruder und Mutter wieder an. Der König freute sich darüber und sagte, er habe dem Knaben noch keinen Namen gegeben, sie möchten

es nach ihrer besseren Einsicht tun und sie nannten ihn Bedr Basim.* Sein Oheim Salih setzte den Jungen dann auf seine Hand, trug ihn im Schloß hin und her, verließ dann das Schloß und stieg mit ihm ins Meer, so daß er bald vor den Augen des Königs verschwand. Dieser weinte und jammerte und hielt sein Kind für verloren, aber Gülnar sagte ihm: »Fürchte nichts und betrübe dich nicht wegen des Knaben, der mir noch teurer ist als dir, er ist ja bei meinem Bruder, der sich um dies Wasser wenig kümmert und wohl weiß, daß der Knabe nicht ertrinkt, sonst hätte er ihn nicht mitgenommen, du wirst sehen, wie er dir ihn bald unversehrt wiederbringt, so Gott will. In der Tat fing das Meer nach einer Weile an zu toben, dann spaltete es sich und Salih flog mit dem jungen Prinzen heraus und sagte zum König: »Du warst wohl in Sorge wegen deines Kindes.« Der König antwortete: »Allerdings, mein Herr, ich habe nicht geglaubt, daß es davonkommen werde.« Hierauf versetzte Salih: »Wir haben es mit einer uns bekannten Farbe gefärbt und Namen über es gelesen, die sich auf dem Siegelring Salomos befinden, wie wir es bei unsern Kindern zu tun pflegen, um es vor Ertrinken zu bewahren, wir können daher auch im Meer umhergehen wie ihr auf dem Lande. Er zog dann ein beschriebenes und versiegeltes Futteral heraus, erbrach das Siegel, leerte das Futteral, und es kam ein Geschmeide von Hyazinthen und allerlei Edelsteinen hervor und dreihundert längliche Smaragde und dreihundert große Diamanten wie Straußeier, deren Lichtstrahlen stärker als die des Mondes und der Sonne waren. Als alles ausgebreitet war, sagte er zum König: »Ein Teil dieser Edelsteine ist ein Geschenk für deinen Sohn und ein anderer für dich, denn wir konnten dich bisher nicht beschenken, weil wir Gülnars Aufenthalt nicht kannten. Da wir aber nun eine Familie bilden, so werden wir dir, so Gott will,

* Der lächelnde Mond.

in kurzen Zwischenräumen ähnliche Geschenke bringen, denn bei uns gibt es mehr Hyazinthe und andere Edelsteine, als auf dem Lande Kies, wir kennen die Fundgruben und bewachen sie und nehmen sie ohne Mühe. Der König geriet außer sich vor Erstaunen über diese Edelsteine und rief: »Bei Gott! ein einziger solcher Stein wiegt meinen ganzen Besitz auf.« Er dankte dann Salih und sagte zu Gülnar: »Ich bin ganz beschämt durch diese kostbaren Geschenke deines Bruders, dergleichen sich auf der ganzen Erde nicht wiederfinden.« Auch Gülnar dankte ihrem Bruder, dieser sagte aber zum König: »Wir sind dir Dank schuldig, denn wir haben deine Gastfreundschaft genossen und du hast unserer Schwester viel Gutes erwiesen. Ein Dichter hat gesagt:

> »Hätte ich aus Liebe zu Su'da vor ihr* geweint, so hätte ich mein Herz erleichtert, ehe Reue kam; aber sie hat vor mir geweint und ihre Tränen haben die meinigen hervorgerufen, da dachte ich: das Verdienst gebührt dem Vorangehenden.«

Er fuhr dann fort: »O König der Zeit! wenn wir tausend Jahre in deinem Dienste bleiben, so könnten wir dir nicht alles vergelten, wie du es verdienst.« Der König dankte ihm und behielt ihn noch vierzig Tage mit seiner Mutter bei sich. Dann bat Salih um die Erlaubnis, wieder in seine Heimat zurückzukehren, dann sagte er: »Obgleich wir dir und unserer Schwester und unserem Neffen stets ergeben bleiben und uns ungern von euch trennen, sind wir doch zu sehr an das Meer gewohnt, um länger auf dem Lande zu leben.« Sie nahmen dann unter Tränen Abschied und versprachen, bald und oft wiederzukehren und tauchten im Meer unter.

Der König fuhr fort, Gülnar zu verehren, der Knabe wuchs herrlich heran und ihre Verwandten besuchten sie häufig und brachten ein oder zwei Monate bei ihnen zu. Als Bedr Basim

* d. h. vor der Taube. Su'da ist der Name der Geliebten.

fünfzehn Jahre alt war, war er sowohl durch seine schöne Körperbildung, als durch seine literarischen Kenntnisse und seine Gewandtheit im Schießen und Lanzenwerfen und anderen ritterlichen Künsten, in welchen Prinzen sich üben, vollkommen ausgezeichnet. Die ganze Stadt, Männer und Frauen, wußten von ihm zu erzählen und die Liebe des Königs zu ihm kannte kein Maß. Er ließ daher auch nach einiger Zeit den Vezier, die Emire, die hohen Beamten und die Vornehmen des Reichs versammeln und forderte sie auf, seinem Sohn als Sultan zu huldigen. Sie taten dies gern, denn er war als rechtliebender, das allgemeine Wohl fördernder und beredter junger Mann bekannt. Am folgenden Tag ritten sie miteinander an der Spitze der Truppen mit allen Großen des Reichs durch die Hauptstadt und als sie wieder in die Nähe des königlichen Palasts kamen, stieg der König ab und er sowohl als die Emire und die Spitzen des Reichs gingen zu Fuß und trugen abwechselnd die königliche Decke vor Bedr Basim her, während dieser erst am Eingang des Palastes abstieg, wobei ihm sein Vater und die Emire wie Diener beistanden. Er setzte sich dann auf den Thron und sein Vater stand wie ein Emir vor ihm, sprach Recht, entsetzte Übeltäter und ernannte rechtliche Männer an ihre Stelle und beschäftigte sich bis Mittag mit Regierungsangelegenheiten, dann erhob er sich vom Thron und begab sich mit der Krone auf dem Haupt zu seiner Gattin und zu seiner Mutter, die ihn küßte und beglückwünschte und ihm langes Leben und Sieg über seine Feinde wünschte. Er ruhte dann aus bis zur Assrstunde, dann begab er sich mit den Emiren auf die Rennbahn zum Ballspiel und verweilte hier bis Abends und kehrte wieder in sein Schloß zurück. So lebte er ein ganzes Jahr fort und verschaffte dem Armen wie dem Reichen sein Recht. Nach einem Jahr ging er auf die Jagd, machte eine Rundreise durch die Provinzen seines Reichs, gewährte jedem Ruhe und Sicherheit und gab seltene Beweise von Tapferkeit und ritterlicher Gewandtheit. Nach einiger Zeit fühlte der alte König, daß die Zeit seines Übergangs in ein ewiges Leben nahe, er wurde krank und als seine letzte Stunde herankam, ließ er seinen Sohn rufen, empfahl ihm seine Mutter und sein Reich, ließ ihm nochmals Treue schwören und verschied nach wenigen Tagen. Bedr Basim, Gülnar und alle Veziere, Emire und Großen des Reichs betrauerten und bestatteten ihn und ließen ihm ein Grabmal bauen. Die Trauerfeierlichkeiten dauerten einen ganzen Monat, auch die Verwandten Gülnars kamen, um den König zu trösten. Sie sagten: »Der König ist tot, aber er hat einen tüchtigen Sohn hinterlassen, der ein reißender Löwe und ein leuchtender Mond ist. Wer einen solchen Sohn hinterläßt, ist nicht tot.«

Nach einiger Zeit kamen die hohen Beamten und die Vornehmen des Reichs zum König und sagten ihm, allzulange Trauer zieme nur Frauen, er möge daher sich nicht länger mit dem Tode seines Vaters beschäftigen, der doch in ihm fortlebe. Er ließ sich endlich ins Bad führen, zog ein prachtvolles, golddurchwirktes und mit Hyazinthen und anderen Edelsteinen geschmücktes Kleid an, setzte die königliche Krone auf sein Haupt, bestieg den Thron, beschäftigte sich wieder mit öffentlichen Angelegenheiten, verschaffte dem Schwachen und Armen sein Recht gegen Starke und Reiche, so daß er allgemein beliebt wurde. So lebte er ein ganzes Jahr in ungetrübter Freude und wurde häufig von seinen Verwandten vom Meer besucht. Einst kam sein Oheim in der Nacht zu seiner Mutter Gülnar und nachdem sie sich begrüßt und umarmt hatten, aßen sie miteinander und unterhielten sich von Bedr Basim und seiner Schönheit und seiner Gerechtigkeitsliebe und ritterlichen Tugenden. Dieser lag angelehnt da, und als er merkte, daß er der Gegenstand der Unterhaltung geworden, stellte er sich schlafend, um sie zu belauschen. Salih sagte zu seiner Schwester: »Dein Sohn ist nun sechzehn Jahre alt und noch unverheiratet, ich fürchte, es möchte ihm etwas zustoßen und er kinderlos sterben, darum wünschte ich ihn mit einer Prinzessin vom Meer zu vermählen, die ihm an Schönheit und Liebenswürdigkeit gleicht.« Gülnar sagte: »Nenne sie mir, ich

kenne sie ja alle.« Da nannte er eine nach der andern, aber keine war nach Gülnars Geschmack, sie sagte: »Mein Sohn muß eine Prinzessin heiraten, die ihm ähnlich ist an Schönheit, Liebenswürdigkeit, Freigebigkeit, Verstand, Glauben, Bildung, Edelmut, Macht und Abkunft.« Salih versetzte: »Ich habe dir nun über hundert Prinzessinnen hergezählt und keine gefällt dir, nun weiß ich keine mehr, doch sieh, ob dein Sohn schläft.« Sie erwiderte: »Er schläft, was willst du damit?« Salih antwortete: »Mir fiel eben noch eine Prinzessin ein, die sich für deinen Sohn eignet, ich möchte aber nicht davon sprechen, wenn dein Sohn wacht, denn er könnte sie lieben, wir aber sie nicht für ihn erlangen und dann wären wir alle unglücklich, denn ein Dichter hat gesagt:

»Die Liebe ist zuerst nur wie Speichel, wenn sie aber um sich greift, so wird sie ein weites Meer.«

Gülnar fragte: »Wer ist diese Prinzessin? Ich kenne sie ja alle, sagt sie mir zu, so halte ich bei ihrem Vater um sie an und müßte ich alles, was ich besitze, zum Opfer bringen, fürchte nichts, mein Sohn schläft.« Salih wiederholte: »Ich fürchte, er möchte wachen und ein Dichter hat gesagt:

»Zuweilen liebt das Ohr noch vor dem Auge.«

Gülnar versicherte ihrem Bruder nochmals, der König schlafe und bat ihn, sich nun kurz zu fassen. Da sagte er: »Bei Gott, keine andere, als Djauharah, die Tochter des Königs Samandal, ist deines Sohnes würdig, sie gleicht ihm an Schönheit und Glanz und ist ebenso vollkommen wie er, sie ist die Zierlichste und Angenehmste aller Mädchen vom Lande wie vom Meer, sie hat ein schönes Gesicht mit roten Wangen, glänzender Stirn, großen schwarzen Augen, einem Mund, wie ein Juwel, sie hat starke Hüften, eine zarte Taille und ist vollkommen schön gewachsen, ihre Blicke beschämen Gazellen, ihr Wiegen beim Gange Banzweige, wenn sie erscheint, überstrahlt sie den Mond und fesselt alle Blicke, ihre Küsse sind süß und ihre Bewegungen anmutig.« – »Du sprichst wahr, mein Bruder«, sagte Gülnar, »ich habe sie oft gesehen und war mit ihr befreundet, als wir noch Kinder waren, weiß aber nichts mehr von ihr, da wir schon siebzehn Jahre getrennt sind, bei Gott, die ist meines Sohnes würdig.«

Bedr Basim, der sich immer schlafend stellte, hörte dieses ganze Gespräch und die Schilderung, die Salih von der Prinzessin Djauharah gemacht, mit an, und sie flößte ihm Liebe zu ihr ein, so daß bald eine Feuerflamme sein Herz erfüllte.

Salih sagte ferner zu seiner Schwester: »Bei Gott, es gibt unter den Königen des Meeres und des Landes keinen, der so einfältig und zugleich so hart wäre, wie Samandal, drum teile deinem Sohne noch nichts von dieser Sache mit, sondern wirb um Djauharah für ihn, willigt ihr Vater ein, so wollen wir Gott dafür danken, weist er uns ab, so beruhigen wir uns und halten um eine andere für ihn an.« Gülnar stimmte darin mit ihrem Bruder überein und sie sprachen nicht weiter mehr darüber. Bedr Basim schwieg auch und brachte die Nacht auf glühenden Kohlen zu. Am folgenden Morgen ging er mit seinem Oheim ins Bad und als dieser nach der Mahlzeit sich verabschieden wollte, um wieder zu seiner Mutter zurückzukehren, bat ihn der König, noch einen Tag zu bleiben, was er auch zusagte. Er forderte ihn dann auf, mit ihm in den Garten zu gehen. Als sie eine Weile darin gelustwandelt waren, setzte sich der König unter einen schattigen Baum, um ein wenig zu schlafen, aber er dachte fortwährend an Djauharah, welche sein Oheim so schön geschildert hatte, er vergoß viele Tränen und rezitierte folgende Verse:

»Sagt man mir, während eine Feuerflamme in meinem Herzen brennt und meine Eingeweide verzehrt, ist dir ein Trunk Wasser lieber oder ihr Anblick, so antworte ich: lieber sie sehen.«

Er weinte, seufzte und jammerte dann wieder, und sprach folgende Verse:

»Wer steht mir bei gegen den Druck einer Schwarzäugigen, mit einem Gesichte, schöner als der Mond? Mein Herz war frei und ruhig und ist nun durch die Liebe zur Tochter des Königs Samandal gefesselt.«

Als Salih dies hörte, schlug er die Hände übereinander und rief: »Es gibt keinen Gott außer Allah, Mohammed ist ein Gesandter Gottes, es gibt keinen Schutz und keine Macht, außer bei Gott, dem Erhabenen!« Er sagte dann zu seinem Neffen: »Du hast wohl gehört, was ich mit deiner Mutter über Djauharah gesprochen?« Als er dies bejahte und gestand, daß das, was er gehört, ihm eine unvertilgbare Liebe zu ihr eingeflößt, sagte jener: »Laß uns zu deiner Mutter gehen und ihr alles erzählen, ich nehme dich dann mit mir und werbe für dich um Djauharah, dann kehren wir wieder zu ihr zurück, ich fürchte, daß, wenn wir ohne Abschied von ihr gehen, sie mir zürnen würde, und dies mit Recht, weil ich die Ursache ihrer Trennung von dir sein würde, wie ich auch die Veranlassung zu ihrer Trennung von uns war, auch würde das Reich ohne Fürsten sein und könnte dir leicht entrissen werden.« Der König weigerte sich aber, zu seiner Mutter zu gehen, weil er fürchtete, sie möchte sich seiner Abreise widersetzen und bat seinen Oheim unter Tränen, ohne ihr Wissen mit ihm abzureisen. Salih wußte nicht, was er tun sollte, als er jedoch den Zustand seines Neffen sah und ihn fest entschlossen fand, mit ihm zu gehen, ohne vorher seine Mutter davon in Kenntnis zu setzen, vertraute er auf Gottes Hilfe, zog einen Ring von seinem Finger, überreichte ihn seinem Neffen und sagte ihm: »Stecke diesen Ring an deinen Finger, er sichert dich vor dem Ertrinken sowohl, als vor den Seeungeheuern.« Als der König dies getan hatte, tauchten sie miteinander in das Meer und wandelten nach dem Schlosse Salihs, in welchem seine Mutter und ihre Verwandten saßen. Nach gegenseitiger Begrüßung erkundigte sich die Alte nach dem Befinden Gülnars und fragte, warum ihr Sohn sie verlassen. Salih erzählte ihr alles, was vorgefallen und sagte ihr, der König sei mit ihm gekommen, um sich um Djauharah zu bewerben. Die Alte erschrak und machte ihrem Sohn Vorwürfe darüber, daß er Djauharah vor seinem Neffen erwähnt. »Du weiß«, sagte sie, »daß der König Samandal ein einfältiger, gewalttätiger Fürst ist, daß sein Meer keinen Boden hat, daß er ein großer Tyrann ist, der seine Tochter niemandem gönnt und schon viele königliche Bewerber als ihrer unwürdig abgewiesen hat, er wird auch uns wie die anderen abweisen und wir werden mit gebrochenem Herzen zurückkommen.« Darauf erwiderte Salih: »Was können wir tun? Der König liebt Djauharah und wenn sie nicht seine Gattin wird, so wird ihn der Gram aufreiben, darum bin ich entschlossen, für ihn um sie zu werben und nötigenfalls meinen ganzen Besitz zu opfern. Übrigens«, fuhr Salih fort, »ist mein Neffe schöner und liebenswürdiger als sie, auch war sein Vater schon Herr über ganz Persien und er ist sein Nachfolger und so sind sie sich vollkommen ebenbürtig; ich will nun Perlenschnüre, Hyazinthen, andere Edelsteine und sonstige Geschenke für ihren Vater mitnehmen und wenn er wegen seiner königlichen Würde, seines großen Reiches und der Schönheit Djauharahs mich abweisen will, so werde ich ihm sagen: Bedr Basim ist schöner als Djauharah, er ist König und Sohn eines Königs, sein Land ist größer und seine Truppen sind zahlreicher als die seinigen; ich werde diese Sache erledigen und müßte ich dabei zugrunde gehen, denn da ich meinen Neffen in das Meer der Liebe geschleudert habe, muß ich auch alles aufbieten, um ihn mit seiner Geliebten zu vereinen, Gott der Erhabene wird mir beistehen.« Da sagte ihm seine Mutter: »Tu, was du willst, hüte dich nur, derbe

Worte an ihn zu richten, du kennst ja seine Dummheit und seine Strenge, er könnte dich leicht mißhandeln, denn bei ihm gilt das Ansehen anderer nichts.« Salih versprach ihr, zu gehorchen, nahm zwei lederne Taschen voll mit Perlenschnüren, Hyazinthen, Smaragden, Diamanten und anderen Edelsteinen und übergab sie seinen Dienern und begab sich mit ihnen zum König Samandal. Dieser nahm Salih mit Ehrerbietung auf, hieß ihn sitzen, begrüßte ihn und fragte ihn, welches Anliegen ihn nach so langer Abwesenheit zu ihm führe. Salih verbeugte sich und sprach: »O König der Zeit! Mein Anliegen betrifft Gott und den großmütigen König, den tapferen Löwen, dessen Ruhm alle Karawanen verbreiten und dessen Gerechtigkeit, Milde und Freigebigkeit in allen Ländern bekannt ist.« Er öffnete dann die Taschen und breitete die Edelsteine vor dem König aus und bat ihn, durch Annahme dieser Geschenke sein Herz zu stärken. Samandal fragte: »Was bedeuten diese Reden und diese Geschenke? Teile mir dein Anliegen mit, kann ich deinen Wünschen willfahren, so will ich es sogleich tun und dir keine lange Mühe verursachen, wenn nicht, so bürdet Gott niemandem mehr auf, als er tragen kann.« Salih verbeugte sich dreimal und sagte: »O König der Zeit, was ich verlange, kannst du gewähren, ich bin nicht so töricht, den König um etwas zu bitten, dessen Gewährung nicht in seiner Macht liegt, denn ein Weiser hat gesagt: »Willst du nicht abgewiesen werden, so fordere nichts, was dir nicht gewährt werden kann.« Als hierauf Samandal ihn nochmals aufforderte, seine Bitte vorzutragen, sagte er: »O König der Zeit, ich bin gekommen, um die einzige Perle, um den verborgenen Edelstein, um die Prinzessin Djauharah, die Tochter unsres Herrn zu werben, versage mir meine Bitte nicht!«

Samandal verfiel in ein so heftiges Spottgelächter, daß er auf den Rücken fiel und sagte: »O Salih, ich habe dich für einen vortrefflichen, verständigen Mann gehalten, der nur Richtiges und Vernünftiges spricht, was ist deinem Verstand widerfahren, daß du zu solchen abenteuerlichen und gefährlichen Dingen dich herbeiläßt? Hältst du dein Ansehen für groß genug, um die Tochter eines Königs, der Herr über so viele Länder ist, heiraten zu wollen? Hat dein Verstand so abgenommen, daß du solche Worte an mich zu richten wagst?« Salih erwiderte: »Gott erhöhe des Königs Wohl! ich werbe nicht für mich, obgleich auch ich ihr ebenbürtig bin, denn ich bin ja auch ein König und Sohn eines Königs, du weißt ja, daß mein Vater einer der Könige des Meeres war, wie du jetzt König bist; indessen ich werbe für Bedr Basim, den Herrn Persiens, Sohn des Königs Seherman, du kennst ihn und seine Macht, sein Reich ist so groß als das deinige, er ist noch schöner als deine Tochter und vorzüglicher, er ist der gerechteste und ausgezeichnetste Ritter seiner Zeit, gewährst du mir meine Bitte, so tust du, was dir ziemt, wenn aber dein Hochmut dich bewegt, mich abzuweisen, so bist du unbillig und wandelst nicht auf dem rechten Weg, du weißt übrigens, daß die Prinzessin Djauharah heiraten muß, denn ein Weiser hat gesagt: »Für Mädchen gibt es nur die Ehe oder das Grab«, willst du sie aber verheiraten, so kannst du keinen würdigeren Mann für sie finden, als meinen Neffen.«

Als der König diese Worte hörte, geriet er in so heftigen Zorn, daß er ganz die Besinnung verlor und nahezu die Seele seinen Körper verließ. Er schrie Salih an: »Du Hund, wie wagst du es, so mit mir zu reden und meine Tochter in öffentlicher Versammlung zu erwähnen, wie kannst du behaupten, dein Neffe sei ihr ebenbürtig? Wer bist du? Wer ist deine Schwester, wer ist ihr Sohn? War sein Vater mehr als ein Hund?« Er rief dann den Dienern zu: »Haut diesem Elenden den Kopf ab!« Die Diener zogen ihre Schwerter und wollten auf Salih eindringen, dieser flüchtete sich aber nach dem Tor des Schlosses, vor welchem seine Verwandten, sein Gefolge und seine Diener standen, welche tausend Reiter zählten, alle bepanzert und mit Schwert und Lanze bewaffnet, denn seine Mutter hatte sie ihm nachgeschickt, um ihm nötigenfalls beizustehen.

Sobald diese von Salih das Vorgefallene hörten, stiegen sie ab, zogen ihr Schwert und drangen mit Salih in das Schloß gegen den König, der, einen solchen Anfall nicht ahnend, auf seinem Thron saß und dessen Diener auch nicht gerüstet waren. Als er daher beim Anblick der Eindringenden, außer sich vor Zorn, seinen Leuten zurief, diese Hunde zu enthaupten, ergriffen sie die Flucht und Salih ließ den König in Ketten legen.

Djauharah, welche bei ihrem Erwachen hörte, daß ihr Vater gefangen und seine Leute getötet worden, verließ die Stadt, flüchtete sich auf eine Insel und verbarg sich auf einem hohen Baum. Auch Bedr Basim entfloh, als er von einem Diener hörte, daß im Schloß zwischen den Leuten Salihs und denen des Königs Samandal gekämpft wurde, denn er sah ein, daß dieser Kampf um seinetwillen stattfand und fürchtete, man möchte nach ihm fahnden. Er wußte nicht, wohin sich wenden, aber die Bestimmung trieb ihn auf die Insel, nach welcher sich Djauharah gewendet hatte und er warf sich höchst bestürzt, wie ein Betrunkener, auf die Erde unter den Baum, auf welchem Djauharah saß, um auszuruhen, denn er war ganz erschöpft. Er wußte nicht, daß, wer etwas sucht, oder wer verfolgt wird, keine Ruhe findet, und hatte keine Ahnung von dem, was das geheime Schicksal ihm bestimmt hatte.

Als er so auf seinem Rücken hingestreckt lag und den Blick nach dem Baum warf, begegnete sein Auge dem Djauharahs, die ihm wie der leuchtende Mond erschien. Er rief: »Gepriesen sei der allmächtige Schöpfer dieser wunderbaren Gestalt, bei Gott, wenn ich mich nicht täusche, so ist dies Djauharah, die sich auch hierher geflüchtet hat, als sie von dem Gefecht im Schloß gehört, und ist sie es nicht, so ist sie noch schöner als jene.«

Nach einigem Nachdenken beschloß er, sie zu ergreifen, sie über ihren Zustand zu befragen und um sie zu werben. Ist sie Djauharah selbst, so bin ich ja am Ziel. Er erhob sich alsbald und rief ihr zu: »O du mein höchster Wunsch, wer bist du und wer hat dich hierher gebracht?«

Djauharah warf einen Blick auf ihn herab und fand ihn gleich dem aus schwarzen Wolken hervorleuchtenden Mond, mit hübschem Wuchs und freundlichem Lächeln. Sie sagte: »O du Liebenswürdiger! ich bin die Königin Djauharah, Tochter des Königs Samandal, ich bin hierher geflohen, weil Salih und seine Schar mit meinem Vater gekämpft, seine Truppen geschlagen und ihn selbst gefangen genommen und gefesselt haben; aus Furcht, auch erschlagen zu werden, habe ich mich hierher geflüchtet, und ich weiß noch nicht, was aus meinem Vater geworden.« Als der König dies hörte, dachte er, sehr erstaunt über dieses wunderbare Zusammentreffen: Ohne Zweifel geht mein Wunsch durch die Gefangenschaft ihres Vaters in Erfüllung; dann blickte er sie an und rief ihr zu: »Komm herab zu mir, o Herrin! ich bin ein Opfer der Liebe zu dir und ein Gefangener deiner Augen, unsretwillen ist diese Unruhe und dieser Krieg entstanden. Wisse, ich bin der König Bedr Basim von Persien, Salih, der bei deinem Vater um dich geworben, ist mein Oheim; ich habe mein Königreich um deinetwillen verlassen und nun sind wir hier zusammengetroffen, komme daher zu mir herab, wir wollen miteinander in das Schloß deines Vaters gehen, ich werde Salih bitten, ihn freizulassen, und dich in gesetzlicher Weise heiraten.« Bei diesen Worten dachte Djauharah: Dieser Elende ist die Ursache alles Unglücks, der Gefangenschaft meines Vaters und des Todes seiner Kammerherrn und Diener, sowie meiner Flucht nach dieser Insel, wenn ich keine List gegen ihn gebrauche, wird er sich meiner bemächtigen und seinen Zweck erreichen, denn er ist verliebt und ein Liebender wird entschuldigt, er mag tun was er will. Sie suchte ihn daher durch süße Worte zu täuschen, ohne daß er es ahnte und sagte zu ihm: »Mein Herr, Licht meiner Augen, bist du der König Bedr Basim, Sohn der Königin Gülnar?« Er antwortete: »Ja, meine Herrin.« – »Nun«, fuhr sie fort, »möge Gott die Hand meines Vaters abschneiden, ihn seines Reichs berauben, sein Herz nicht stärken, und es ihm nicht mehr heimlich werden lassen, wenn er einen anderen als einen so schönen und liebenswürdigen Mann, wie du, wünscht. Bei Gott! er hat wenig Verstand. Doch, o König der Zeit, strafe meinen Vater nicht; wenn du mich eine Spanne groß liebst, so mißt meine Liebe eine Elle, ich bin in das Netz deiner Liebe gefallen, und eines deiner Opfer geworden, deine Liebe ist auf mich übertragen worden, und meine Liebe ist doppelt so heftig als die deinige.« Sie stieg dann vom Baum herab, ging auf ihn zu, umarmte und küßte und drückte ihn. Dies vermehrte noch die Liebe Bedr Basims zu ihr, seine Leidenschaft wuchs, denn er glaubte, sie erwidere seine Liebe, er umarmte sie daher, küßte sie und sagte zu ihr: »O Königin, bei Gott,

mein Oheim hat von deiner Anmut nicht den vierzigsten Teil geschildert und nicht den vierten Teil von einem Grad.« Hierauf drückte ihn Djauharah wieder an ihre Brust, murmelte einige unverständliche Worte, spie ihm ins Gesicht und sprach: »Verlasse deine Menschengestalt und nimm die eines der schönsten Vögel an, mit weißen Federn, rotem Schnabel und roten Füßen.« Kaum hatte sie diese Worte gesprochen, als der König die Gestalt eines Vogels annahm, der sich schüttelte und auf seinen Füßen stehend nach Djauharah hinblickte.

Bei dieser war ein Mädchen, welches Mersina hieß. Djauharah sagte ihr: »Bei Gott, wäre mein Vater nicht Gefangener seines Oheims, so hätte ich ihn getötet, aber Gott strafe ihn, daß er so viel Unheil über uns gebracht, doch nun, gutes Mädchen, nimm ihn und trage ihn auf die wasserlose Insel und lasse ihn dort, daß er vor Durst umkomme.« Das Mädchen nahm ihn und brachte ihn nach dieser Insel, als sie aber wieder zurückkehren wollte, dachte sie: bei Gott, dieser schöne und liebenswürdige Mann verdient nicht zu verdursten, sie trug ihn daher von der wasserlosen Insel weg, auf eine andere, welche reich an Bäumen, Früchten und Bächen war, der Prinzessin sagte sie aber, sie habe ihn auf der wasserlosen Insel gelassen.

Soviel was Bedr Basim angeht, was aber seinen Oheim Salih betrifft, so hatte dieser, nach der Verhaftung des Königs, Djauharah aufgesucht und war, als er sie nirgends fand, wieder zu seiner Mutter zurückgekehrt und hatte sie nach seinem Neffen gefragt. Seine Mutter sagte ihm, sie habe keine Kenntnis von seinem Aufenthalt, und wisse nur, daß er, als er von dem Kampf zwischen ihren Leuten und Samandal gehört, aus Angst die Flucht ergriffen habe. Als Salih dies hörte, wurde er sehr traurig, denn das Schicksal Bedr Basims machte ihm Sorge, er fürchtete, er möchte durch die Leute Samandals umkommen, oder durch Djauharah, auch fürchtete er Schlimmes für sich von Gülnar, weil er ihren Sohn ohne ihre Erlaubnis mitgenommen. Er sandte daher seine Leute nach dem Meer und nach anderen Richtungen, um seinen Neffen aufzusuchen, aber sie kamen zurück, ohne eine Spur von ihm entdeckt zu haben, was den Kummer Salihs noch vermehrte.

Gülnar hatte inzwischen eine Anzahl Tage ihren mit Salih weggegangenen Sohn zurückerwartet, als er immer nicht kam, stieg sie ins Meer und begab sich zu ihrer Mutter und erkundigte sich bei ihr nach demselben. Die Alte erzählte ihr, wie er mit Salih zum König Samandal gegangen, der trotz der ihm überreichten Geschenke ihre Werbung mit harten Worten zurückwies, wie sie ihnen dann tausend Mann geschickt, von welchen der König Samandal geschlagen wurde, wie hierauf Bedr Basim, wahrscheinlich aus Furcht, entflohen und seit der Zeit verschwunden sei.

Gülnar erkundigte sich sodann nach ihrem Bruder Salih und ihre Mutter sagte ihr, er habe Samandals Thron eingenommen und nach allen Seiten Leute ausgeschickt, um Bedr Basim und Djauharah aufzusuchen. Gülnar war sehr betrübt und zürnte ihrem Bruder, daß er mit ihrem Sohn, ohne ihr Wissen, ins Meer gestiegen. Dann sagte sie zu ihrer Mutter: Da ich von zu Hause abgereist bin, ohne jemandem etwas davon zu sagen, so fürchte ich, wir könnten bei einer längeren Abwesenheit unser Reich verlieren, darum will ich heimkehren und die Regierungsangelegenheiten besorgen, bis Gott alles ordnen wird, versäumt ihr inzwischen nichts, um meinen Sohn zu retten, denn sein Tod wird auch der meinige sein, ich sehe die Welt nur in ihm und er ist die einzige Freude meines Lebens.« Nachdem sie ihr die Versicherung gegeben, daß auch ihnen seine Abwesenheit großen Schmerz bereite und sie nochmals Leute ausgeschickt hatten, um ihn auszukundschaften, kehrte Gülnar mit betrübtem Herzen und weinenden Augen in ihr Reich zurück.

Bedr Basim, der, wie oben erwähnt, in der Gestalt eines Vogels auf einer Insel gelassen wurde, wußte nicht, wohin sich wenden. Nachdem er manche Tage und Nächte, von Früchten sich nährend, hier zugebracht hatte, kam ein Jäger aus der Stadt, der von der Jagd lebte, auf die

Insel. Als er den König in der Gestalt eines Vogels mit weißem Kopf und rotem Schnabel und roten Füßen sah, gefiel er ihm so sehr, daß er sein Netz nach ihm auswarf und ihn fing und nach der Hauptstadt brachte, um ihn zu verkaufen. Ein Bewohner der Stadt, der ihm begegnete, fragte nach dem Preis des Vogels. Der Jäger fragte ihn, was er damit tun wolle; als jener antwortete, ihn schlachten und essen, sagte der Jäger: »Wer kann es über sein Herz bringen, einen solchen Vogel zu schlachten und zu essen?« »Nun«, versetzte jener, »wozu soll ihn denn jemand kaufen, du Tor?« Da sagte der Jäger: »Ich werde ihn dem König schenken, der wird Wohlgefallen daran finden und mir ihn über seinen Wert bezahlen, denn ich bin ein Jäger und habe in meinem Leben keinen so schönen Vogel gesehen, du aber wirst mir höchstens einen Drachmen dafür geben, bei Gott, ich verkaufe ihn nicht.« Der Jäger trug hierauf den Vogel in den königlichen Palast und er gefiel dem König so gut, daß er einen Diener schickte, um ihn zu kaufen. Der Jäger sagte: »Ich mache ihn dem König zu Geschenk.« Der König nahm den Vogel und ließ dem Jäger zehn Dinare geben, welcher, die Erde küssend, sich wieder entfernte.

Der Vogel wurde in einem schönen Käfig im königlichen Palast aufgehängt und man gab ihm zu essen und trinken. Dem König gefiel der Vogel sehr gut, er ließ den Käfig vor sich hinstellen, bemerkte aber, daß der Vogel das Futter nicht berührt hatte, und er sagte: »Bei Gott, ich möchte wissen, was wohl dieser Vogel frißt;« er ließ daher einen Tisch mit Speisen vortragen, aß selbst davon und siehe da, der Vogel aß auch Fleisch, Gemüse, Süßigkeiten und Früchte, worüber der König sowohl als alle Anwesenden nicht wenig erstaunten. In meinem Leben, sagte der König zu seiner Umgebung, habe ich keinen Vogel gesehen, der von solchen Speisen sich nährt, und er ließ seine Gemahlin rufen, damit sie sich auch an diesem Tier ergötze. Als man der Königin dies meldete, kam sie herbei, sobald sie aber den Vogel näher betrachtete, bedeckte sie ihr Gesicht und wollte zurückgehen. Der König fragte sie, warum sie ihr Gesicht bedecke und sich abwende, da doch nur ihre Diener und Sklavinnen anwesend wären? Sie antwortete: »Dies ist kein Vogel, sondern ein Mensch wie du.« »Du lügst oder scherzest mit mir«, sagte der König. Hierauf versetzte die Königin: »Bei Gott, ich sage die Wahrheit und scherze nicht, dieser Vogel ist der König Bedr Basim, Sohn Gülnars und König von Persien, welchen Djauharah, die Tochter des Königs Samandal, verzaubert hat, weil sein Oheim Salih um sie für ihn geworben und ihn besiegt und gefangen genommen hat. – Die Königin war nämlich die größte Zauberin ihrer Zeit. – Der König war sehr erstaunt über ihre Worte und beschwor sie, den Zauber zu lösen und Bedr Basim nicht länger in dieser peinlichen Lage zu lassen. »Möge Gott«, rief er, »die Hand dieser Elenden, Gottlosen, abschneiden, die voller List und Trug ist!« Der König ließ den Vogel in die Schatzkammer bringen, die Königin verschleierte sich dann, warf ihr Obertuch um, ging auch mit einer Tasse Wasser in die Schatzkammer, murmelte einige unverständliche Worte darüber, bespritzte ihn damit und sagte: »Bei diesen heiligen Namen und edlen Beschwörungen, bei dem erhabenen Gott, dem Schöpfer des Himmels und der Erde, der die Toten belebt und die Lebenden tötet, der des Menschen Lebensziel und Unterhalt bestimmt, verlasse diese Gestalt und nimm wieder die an, in welcher dich Gott geschaffen!« Kaum hatte sie diese Worte vollendet, so schüttelte sich der Vogel und wurde wieder Mensch. Der König sah den schönsten Mann auf Erden vor sich und Bedr Basim

rief: »Es gibt keinen Gott, außer Allah, Mohammed ist ein Gesandter Gottes. Gepriesen sei der Schöpfer, der aller Geschöpfe Lebensdauer und Unterhalt bestimmt.« Er küßte dann die Hände des Königs und dankte ihm; dieser küßte Bedr Basims Hände und ließ sich von ihm seine ganze Geschichte erzählen, und als er sie bis zu Ende mit großem Erstaunen angehört hatte, fragte er ihn, was er nun zu tun beabsichtige. Er antwortete: »Da ich schon lange von meiner Heimat fern bin und fürchte, ich möchte um mein Reich kommen, und meine Mutter vor Gram über die

Trennung von mir und die Ungewißheit über mein Schicksal gestorben sein, so bitte ich den König, seine Güte gegen mich zu vollenden und mich auf einem mit allem Nötigen versehenen Schiff in meine Heimat bringen zu lassen.« Dem König gefiel Bedr Basims Anmut und Beredsamkeit so sehr, daß er ihm seinen Wunsch gewährte und alsbald ein Schiff für ihn ausrüsten ließ und ihm auch eine Anzahl von seinen Dienern mitgab. Bedr Basim nahm Abschied, bestieg das Schiff und hatte zehn Tage lang günstigen Wind, am elften aber wurde das Meer so stürmisch, daß das Schiff von den Wellen hin und her geschoben wurde und die Matrosen es ihrem Spiel überlassen mußten, und es wurde gegen einen Felsen getrieben, an dem es zerschellte. Die ganze Mannschaft ertrank, nur Bedr Basim rettete sich auf einem Balken, der drei Tage lang vom Winde herumgetrieben, am vierten aber an das Ufer geschleudert wurde. Bedr Basim erblickte eine weiße Stadt, sehr schön gebaut, mit hohen Pfeilern und Mauern, welche das Meer bespülte. Er freute sich sehr darüber, denn er war nahe daran, vor Hunger und Durst umzukommen. Als er aber ans Land steigen wollte, kamen ihm Maulesel, Esel und Pferde, wie der Sand des Meers, entgegen, die ihn schlugen und nicht nach der Stadt gehen ließen. Er schwamm daher um die Stadt herum und stieg hier ans Land, war aber sehr erstaunt, als er keinen Menschen fand und dachte: »Wem mag wohl diese Stadt gehören und diese Tiere, die mich nicht in die Stadt ließen?« Während er in Gedanken vertieft vorwärts ging, ohne zu wissen wohin, sah er auf einmal einen alten Gemüsehändler vor sich, den er begrüßte. Der Alte erwiderte seinen Gruß und da er einen hübschen jungen Mann vor sich sah, fragte er ihn, wo er herkomme und was ihn in diese Stadt führe. Bedr Basim erzählte ihm seine ganze Geschichte und der Alte fragte wieder, ganz erstaunt, ob er auf seinem Weg niemandem begegnet sei, und als Bedr Basim diese Frage verneinte und seine Verwunderung darüber aussprach, daß er diese Stadt so menschenleer finde, sagte der Alte: »Geh mit mir in meinen Laden, sonst gehst du zugrund.« Er brachte ihm dann etwas zu essen, führte ihn in das Innere des Ladens und dankte Gott, der ihn aus der Gewalt dieser Teufelin befreit. Bedr Basim fürchtete sich sehr, und nachdem er etwas gegessen und seine Hände gewaschen hatte, sagte er dem Alten: »Du hast mir große Furcht eingeflößt vor dieser Stadt und ihren Bewohnern« und bat ihn, sich deutlicher auszusprechen. Da sagte der Alte: »Wisse, mein Sohn, diese Stadt ist eine Zauberstadt, die Königin, welche schön wie der Vollmond ist, ist auch die gewandteste und listigste Zauberin der Welt, was du für Esel, Maulesel und Pferd gehalten hast, sind verzauberte Menschen wie wir, es sind Fremde, die hierhergekommen sind, an welchen diese ungläubige Zauberin vierzig Tage sich ergötzt und die sie dann verzaubert hat, so verfährt sie mit allen jungen Männern, die in die Stadt kommen, darum haben diese vermeintlichen Tiere dir zu verstehen gegeben, daß du hier nicht ans Land steigen sollst, denn sie bemitleideten dich und fürchteten, diese Verruchte möchte mit dir wie mit ihnen verfahren. Sie heißt *Lab*, das heißt: Berechnung der Sonne.«

Als Bedr Basim dies hörte, zitterte er vor Furcht wie ein vom Winde bewegtes Rohr und sagte: »Kaum glaubte ich mich von dem ersten Elend befreit, in das mich eine Zauberin gestürzt hat, so treibt mich das Schicksal nach einem noch abscheulicheren Ort.« Als der Alte ihn so ängstlich sah, sagte er zu ihm: »Setze dich an die Schwelle des Ladens und sieh dir diese Leute, und ihre Farbe, und ihre Tracht an und fürchte nichts, denn die Königin und alle Bewohner der Stadt lieben und achten mich und betrüben mich nicht.« Bedr Basim tat dies und sah unzählbare Menschen vorübergehen und einige sagten zu dem Alten: »Ist dies dein Gefangener und deine heutige Jagd?« Er aber antwortete: »Es ist mein Neffe, den ich aus Liebe zu ihm, nach dem Tod seines Vaters, zu mir kommen ließ.« Die Leute sagten: »Es ist ein hübscher Mann, wir fürchten, die Königin Lab möchte ihn zu sich nehmen.« Der Alte antwortete: »Die Königin liebt und ehrt mich, sie wird ihm nichts zuleid tun, wenn sie weiß, daß er mein Neffe ist.«

Bedr Basim brachte einen ganzen Monat bei dem Gemüsehändler zu, der ihn liebte und gut bewirtete. Eines Tages, als er wie gewöhnlich vor dem Laden saß, kamen tausend Diener vorüber, mit vergoldeten, gezogenen Schwertern, sie trugen kostbare Kleider, und Gürtel mit Edelsteinen besetzt, ritten auf arabischen Pferden und grüßten den Alten. Ihnen folgten tausend Mamelucken mit entblößten Schwertern, die gleichfalls den Alten grüßten. Dann kamen tausend Mädchen wie der Mond, die verschiedenfarbige seidene Atlaskleider trugen, welche mit Gold durchwirkt und mit Edelsteinen und Hyazinthen geschmückt waren, sie waren mit Lanzen bewaffnet und in ihrer Mitte ritt ein Mädchen auf einem arabischen Pferd, mit goldenem, juwelenbesetztem Sattel. Auch sie grüßten, als sie dem Laden des Alten sich näherten und zogen vorüber. Dann kam mit glänzendem Gefolge die Königin Lab und ging auf den Laden zu, vor welchem Bedr Basim saß. Sie

fand ihn schön und anmutig, daß sie ganz außer sich vor Liebe geriet und alsbald abstieg und den Alten fragte, woher er diesen hübschen Jüngling habe. Er sagte auch ihr, er sei sein Neffe. Da bat sie ihn, ihm zu gestatten, daß er die Nacht bei ihr zubringe. Der Alte ließ sie schwören, daß sie ihm nichts zuleid tun und ihn nicht verzaubern werde. Sie schwor und ließ ihm ein schönes Pferd mit goldenem Zaum und Sattel vorführen, schenkte dem Alten tausend Dinare und sagte ihm: »Hilf dir damit!« Dann ritt sie an der Seite Bedr Basims nach dem Schloß und alle

Leute bemitleideten ihn und sagten: »Bei Gott, dieser schöne Jüngling verdient nicht, daß ihn diese Verruchte bezaubere.« Bedr Basim hörte diese Worte und ergab sich in den Willen Gottes.

Als sie vor das Tor des Palastes kamen, entließ die Königin alle Emire und Vornehmen des Reiches, sobald sie abgestiegen waren und begab sich mit ihren Dienern und Sklavinnen in den Palast, dessen Mauern von Gold waren und in dessen Mitte ein Garten mit einem wasserreichen Teich war. In diesem Garten waren Vögel, welche in allen Sprachen zwitscherten, die einen in heiteren, die anderen in melancholischen Tönen, auch hatten sie allerlei Gestalt und Farbe. Als der König diese königliche Pracht sah, rief er: »Gepriesen sei Allah, dessen Güte und Milde auch den so beschenkt, der etwas außer ihm anbetet.« Die Königin ließ sich auf einem Sofa von Elfenbein mit hohen Matratzen an einem Gitter nieder, von welchem man Aussicht in den Garten hat, der König setzte sich neben sie und sie küßte und drückte ihn. Sie ließ dann einen goldenen, mit Perlen und Edelsteinen beschlagenen Tisch vortragen, auf welchem allerlei Speisen standen, sie aßen, bis sie satt waren und wuschen sich die Hände, dann wurden silberne, goldene und kristallene Trinkgefäße gebracht und allerlei Blumen und trockene Früchte aufgestellt, auch kamen zehn schöne Mädchen herein, welche allerlei Instrumente trugen. Die Königin füllte einen Becher mit Wein, trank ihn aus, schenkte wieder ein und reichte ihn Bedr Basim, so tranken sie miteinander fort, bis sie genug hatten, dann sangen die Mädchen, auf Befehl der Königin, allerlei Melodien, und Bedr Basim glaubte, der ganze Palast tanze vor Entzücken mit ihm herum, sein Verstand war gefesselt, seine Brust dehnte sich aus, er vergaß, daß er in der Fremde war und dachte: diese Königin ist eine schöne Frau, ich werde mich nie von ihr trennen, ihr Reich ist größer als das meinige und sie ist noch schöner als Djauharah.

Als es Abend wurde, wurden Lampen und Wachskerzen angezündet und der Saal mit allerlei Räucherwerk angefüllt, und sie tranken wieder, beim Gesang der Mädchen, bis sie vom Wein erhitzt waren. Die Königin entließ dann die Mädchen und schlief an der Seite Bedr Basims bis zum Morgen. Als sie erwachten, ging sie ins Bad, dann wurde wieder wie am vorhergehenden Tage gegessen, getrunken und gesungen, und so ging es vierzig Tage lang fort. Da fragte ihn die Königin: »Gefällt es dir hier besser oder ihm Laden deines Onkels?« Er antwortete: »Bei Gott, hier ist es schöner, mein Onkel ist ja nur ein Bettler, der Grünes verkauft.« Die Königin lachte und legte sich wieder nieder und Bedr Basim schlief an ihrer Seite. Als er aber des Morgens erwachte, war die Königin nicht mehr neben ihm, er wartete eine Weile und als sie nicht kam, wurde es ihm unheimlich, er zog sich an, suchte sie, fand sie aber nirgends. Er dachte: sie ist vielleicht in den Garten gegangen und eilte dahin. Da sah er am Ufer eines fließenden Baches einen Baum, auf welchem Vögel von verschiedenen Farben saßen, und er bemerkte, ohne von den Vögeln gesehen zu werden, wie ein schwarzer Vogel einen weißen wie eine Taube mit den Schnabel fütterte und liebkoste und nach einer Weile verwandelte sich der weiße Vogel in die Königin Lab. Bedr Basim schloß daraus, daß auch der schwarze Vogel ein verzauberter Mensch sei, welchen die Königin liebte, und er wurde eifersüchtig und aufgebracht gegen sie. Er kehrte dann wieder auf sein Lager zurück, und als bald darauf die Königin kam und ihn küßte und mit ihm scherzte, sprach er, vor Erbitterung über sie, kein Wort mit ihr, sie merkte bald, was in ihm vorging, und zweifelte nicht daran, daß er sie bei ihrem Verfahren mit dem schwarzen Vogel beobachtet habe Sie äußerte sich jedoch nicht darüber und als er sie bat, ihm zu gestatten, seinen Oheim zu besuchen, den er in vierzig Tagen nicht gesehen, sagte sie: »Geh, komme aber bald wieder, denn ich halte es keine Stunde ohne dich aus.«

Bedr Basim ritt nach dem Laden des Gemüsehändlers, der ihn freundlich bewillkommte und umarmte und fragte, wie es bei dieser Ungläubigen gehe. Er erzählte ihm, daß es ihm bisher gut gegangen, fügte aber hinzu, was sich diesen Morgen zugetragen hatte. Der Alte sagte hierauf: »Nimm dich vor ihr in acht! denn alle Vögel, die du auf den Bäumen gesehen, sind ehemalige Liebhaber von ihr, die sie verzaubert hat; der schwarze Vogel, den du gesehen, war einer ihrer Mamelucken, den sie leidenschaftlich liebte und den sie verzaubert hat, weil er seine Blicke auf eine Sklavin geworfen, doch sehnt sie sich noch oft nach ihm und nimmt dann selbst die Gestalt eines Vogels an, um sich mit ihm zu unterhalten. Da sie nun weiß«, fuhr der Alte fort »daß dieses Verhältnis dir kein Geheimnis mehr ist, so ist sie dir auch nicht mehr gut, doch fürchte nichts, solange ich hinter dir stehe, denn ich bin ein Gläubiger und heiße *Abd Allah* (Diener Gottes) und bin Meister in der Zauberkunst, mache aber nur zur Zeit der Not Gebrauch davon, habe aber auch schon viele Leute vor dem Zauber dieser Verruchten bewahrt, denn sie vermag nichts gegen mich und fürchtet sich sehr vor mir, ebenso alle Bewohner dieser Stadt, die, wie sie selbst, statt des allmächtigen Herrn, das Feuer anbeten. Komme morgen zu mir und sage mir, was sie gegen dich vornehmen will, denn sie geht gewiß damit um, dich zu verderben, ich werde dir aber die Mittel angeben, ihr Vorhaben zu vereiteln.«

Bedr Basim kehrte hierauf wieder zur Königin Lab zurück, die vor ihm aufstand und ihn willkommen hieß und Speisen und Getränke auftragen ließ. Nachdem sie bis Mitternacht miteinander getrunken hatten und Bedr Basim von Wein erhitzt war, beschwor sie ihn bei seinem Gott, eine Frage, die sie an ihn richten wollte, in Wahrheit zu beantworten. Als er dies versprach, denn er war kaum mehr bei Sinnen, fragte sie ihn, ob er nicht diesen Morgen, als er sie gesucht, bemerkt habe, wie sie in Gestalt eines weißen Vogels mit einem schwarzen gescherzt habe, der ein verzauberter Mamelucke ist, und ob er nicht deshalb ihr zürne? Was mich betrifft, fügte sie hinzu, so schwöre ich bei dem Feuer, bei dem Schatten und bei der Hitze, daß ich dich immer mehr liebe und in dir allein mein Glück finde. Bedr Basim antwortete in seiner Trunkenheit: »Ich habe allerdings das alles im Herzen gehabt.« Da umarmte und küßte sie ihn, zeigte sich liebevoll gegen ihn und schlief an seiner Seite bis Mitternacht. Dann stand sie auf, nahm aus einem roten Beutel rote Erde, die sie mitten in den Palast streute, und siehe da, es entstand ein fließender Bach. Sie nahm dann eine Handvoll Gerste, streute sie auf die Erde, tränkte diese vom Wasser dieses Flusses, und es bildete sich Korn in Ähren, sie nahm es, mahlte es zu feinem Mehl, hob es auf und legte sich wieder zu Bedr Basim, der alles mitangesehen, sich aber, als sie auf-

gestanden war, schlafend gestellt hatte. Des Morgens stand er auf, wusch sein Gesicht, bat um die Erlaubnis, seinen Oheim wieder zu besuchen und erzählte ihm, was er in der Nacht gesehen. Der Alte lachte und sagte: »Bei Gott, diese Ungläubige will dich verraten, aber kümmere dich nicht darum.« Er gab ihm dann etwa ein Pfund geröstete Gerste und sagte ihm: »Nimm dies mit dir, und wenn sie dich fragt, was du damit tun willst, so antworte: »je mehr Gutes, um so besser«, und iß davon. Wenn sie dir dann ihre Gerste anbietet, so hüte dich, davon zu essen, sondern tu nur, als äßest du davon, iß aber nur von der meinigen, wenn du ein Körnchen von dem übrigen genießt, so gelingt ihre List und sie verzaubert dich in jede ihr beliebige Gestalt, während ihr Zauber wirkungslos bleibt, wenn du nichts von ihrer Gerste ißt. Sie wird beschämt werden und mit dir scherzen und dir die innigste Liebe beteuern, aber es ist nur Heuchelei und Trug. Fordere du sie dann auf, von deiner Gerste zu essen und stelle dich verliebt in sie, und sobald sie nur ein Körnchen davon ist, so nimm eine Handvoll Wasser und schleudere es in ihr Gesicht und sage: verlasse deine Gestalt und nimm die und die an, und wie es dir beliebt, verlasse sie dann und komme zu mir, damit ich das Weitere für dich anordne.«

Als Bedr Basim hierauf wieder zur Königin zurückkehrte, nahm sie ihn liebevoll auf und beklagte sich über sein langes Ausbleiben. Er sagte, er sei bei seinem Onkel gewesen und habe auch von ihm geröstete Gerste mitgebracht. Sie erwiderte: »Wir haben ja hier bessere Gerste«, und legte die ihrige in eine Schüssel und die seinige in eine andere und forderte ihn auf, von der ihrigen zu essen. Er stellte sich, als äße er davon und alsbald nahm sie Wasser, bespritzte ihn damit und sagte: »Verlasse deine Gestalt, du Elender, und werde ein häßliches, blindes Maultier!« Bedr Basim blieb aber unverändert und als sie es sah, sagte sie: »O mein Geliebter! ich habe nur Scherz gemacht, du wirst doch wohl deshalb nicht anders gegen mich werden?« Er antwortete: »Bei Gott, ich bin noch derselbe, aber wenn du mich liebst, so iß auch von meiner Gerste.« Sie nahm einen Bissen davon und aß ihn und sobald er in ihren Magen kam, wurde sie unruhig. Bedr Basim nahm alsbald eine Handvoll Wasser, schleuderte es ihr ins Gesicht und sagte: »Verlasse deine menschliche Gestalt und nimm die einer scheckigen Mauleselin an!« Als sie sich in dieser Gestalt sah, weinte sie und streichelte mit ihren Nüstern seine Füße. Er wollte ihr einen Zaum anlegen, aber sie duldete es nicht. Er ließ sie stehen, ging zum Alten und teilte ihm alles mit. Der Alte holte einen Zaum herbei und sagte ihm: »Nimm diesen Zaum und lege ihn ihr an!« Bedr Basim kehrte in den Palast zurück, lagte ihr den Zaum des Alten an und ritt auf ihr wieder zu ihm. Da sagte der Alte zu ihr: »Gott beschäme dich, du Verruchte!« Zu Bedr Basim aber sagte er: »Du darfst nun nicht länger hier bleiben, reite auf ihr, wohin du willst, hüte dich aber, den Zaum aus der Hand zu geben.« Bedr Basim dankte ihm und verabschiedete sich von ihm und ritt fort.

Nach dreitägigem Ritt kam er in eine Stadt und es begegnete ihm ein schöner Greis, der ihn fragte, wo er herkomme. Bedr Basim antwortete: »Aus der Stadt der Zauberin.« Jener lud ihn ein, bei ihm einzukehren, und als sie miteinander fortgingen, begegnete ihnen ein altes Weib, das beim Anblick der Mauleselin weinte und rief: »Es gibt keinen Gott außer Allah, diese Mauleselin gleicht der, welche mein Sohn besaß und deren Tod ihn so sehr betrübt, ich beschwöre dich, mein Herr, verkaufe sie mir.« Bedr Basim erwiderte: »Bei Gott, ich kann sie dir nicht verkaufen.« Das Weib wiederholte die Bitte und sagte, ihr Sohn müsse sterben, wenn sie ihm diese Mauleselin nicht bringe. Sie drang so lang in ihn, bis Bedr Basim sagte: »Ich verkaufe sie nicht unter tausend Dinaren«, woher soll diese Alte tausend Dinare nehmen. Aber sie zog sogleich tausend Dinare aus ihrem Gürtel. Da sagte Bedr Basim: »O meine Mutter, ich habe

nur gescherzt, ich kann dieses Tier nicht verkaufen.« Aber der Greis sah ihn scharf an und sagte: »Mein Sohn, in diesem Lande wird jede Unwahrheit mit den Tode bestraft.« Bedr Basim stieg daher ab und die Alte nahm der Mauleselin alsbald den Zaum aus dem Mund, füllte ihre Hand mit Wasser, bespritzte sie damit und sagte: »O meine Tochter, verlasse diese Gestalt und werde wieder Mensch.« Sie nahm alsbald ihre frühere Gestalt wieder an und umarmte die Alte, welche, wie jetzt der überlistete Bedr Basim wohl merkte, ihre Mutter war. Jetzt wollte er fliehen, aber die Alte stieß einen lauten Pfiff aus und alsbald erschien ein Geist, so groß wie ein Berg, und Bedr Basim blieb aus Furcht stehen. Die Alte bestieg den Geist mit ihrer Tochter und Bedr Basim und er trug sie in kurzer Zeit nach dem Palast der Königin Lab. Diese sagte dann zu Bedr Basim: »Jetzt bist du wieder hier, du Elender, und ich bin am Ziel meiner Wünsche, du sollst nun sehen, wie ich mit dir verfahre und mit dem alten Gemüsehändler, dem ich so viele Wohltaten erwiesen und der mir so schlecht vergolten hat, denn nur mit seiner Hilfe ist dir dein Streich gelungen. Sie nahm dann Wasser, bespritzte ihn und sagte: »Verlasse deine Gestalt und nimm die des häßlichen Vogels an« und sobald diese Verwandlung stattgefunden hatte, sperrte sie ihn in einen Käfig und ließ ihn hungern und dursten. Eine Sklavin bemitleidete ihn jedoch und gab ihm hinter dem Rücken der Königin zu essen und zu trinken und benachrichtigte den Gemüsehändler von dem Vorfall. Dieser dankte ihr und versprach ihr, sie an Labs Stelle zur Königin zu erheben. Er pfiff laut und es erschien ein Geist mit vier Flügeln, welchem er befahl, die Sklavin zur Königin Gülnar zu bringen, die nebst ihrer Mutter Farascha Meisterinnen der Zauberkunst waren, der Sklavin aber trug er auf, ihnen zu sagen, Bedr Basim sein ein Gefangener der Königin Lab. Der Geist flog mit der Sklavin in kürzester Zeit auf die Terrasse des Palasts der Königin Gülnar. Hier stieg sie ab und begab sich zur Königin und benachrichtigte sie von dem Schicksal ihres Sohnes.

Die Königin dankte ihr und ließ in der Stadt unter Trommelschall die freudige Kunde vom Wiederfinden des Königs bekannt machen. Sie ließ dann alle Gattungen Geister und Seetruppen kommen, denn die König der Geister waren ihr gehorsam und hatten ihr auch geholfen, den König Samandal gefangenzunehmen, und flog mir ihrer Mutter und ihrem Bruder nach dem Palast der Königin Lab. In einem Augenblick war Stadt und Schloß in ihrer Gewalt und alle Ungläubigen wurden getötet. Gülnar fragte dann die Sklavin nach ihrem Sohn und sie brachte ihr den Käfig, in welchem er eingesperrt war. Gülnar bespritzte ihn und gab ihm seine menschliche Gestalt wieder, worauf man sich gegenseitig küßte und umarmte. Sie schickte dann nach dem alten Abd Allah, dankte ihm für die Wohltaten, die er ihrem Sohn erwiesen, ernannte ihn zum König der Stadt und verheiratete ihn mit der Sklavin, die ihr Nachricht von ihrem Sohn gebracht. Nachdem dann alle moslimischen Bewohner der Stadt dem Abd Allah auf ihren Befehl gehuldigt hatten, kehrte sie mit den Ihrigen wieder nach ihrer Residenz zurück, welche drei Tage festlich geschmückt wurde und in welcher der größte Jubel über die Rückkehr Bedr Basims herrschte.

Als die Festlichkeiten vorüber waren, sagte Bedr Basim zu seiner Mutter: »Nun bleibt nichts mehr zu wünschen übrig, als daß ich mich verheirate und daß wir alle vereint bleiben.« Gülnar stimmte ihm bei und ihre Mutter, sowie ihr Bruder und ihre Nichten sagten alle: »Wir wollen dir dabei behilflich sein.« Sie machten sich dann auf und durchstreiften die Welt und auch Gülnar sandte ihre Mädchen auf Geistern umher, um das schönste Mädchen in allen Ländern und Städten und Palästen herauszusuchen. Bedr Basim sagte aber zu seiner Mutter: »Laß dies! mir gefällt keine andere, als Djauharah, die, wie ihr Name andeutet, eine wahre Perle ist.« »Dein Wunsch sei dir gewährt«, erwiderte Gülnar, und erteilte alsbald Befehl, den König Samandal herbeizubringen. Bedr stand vor ihm auf und fragte ihn nach seiner Tochter. Er antwortete: »Sie ist deine Sklavin und steht zu deinen Diensten.« Bedr sandte einen seiner Freunde nach ihr und als sie erschien, sagte ihr ihr Vater: »Ich habe dich mit diesem tapfern Löwen, dem König Bedr Basim verlobt, er ist der schönste und angesehenste Fürst seiner Zeit und paßt nur für dich, so wie du nur für ihn geschaffen bist.« Djauharah sagte: »Tu was du willst, denn aller Schmerz und aller Groll ist verschwunden.« Man ließ alsdann den Ehevertrag schreiben, die Stadt wurde geschmückt, die Freudenboten wurden umhergeschickt, die Gefangenen befreit, Witwen und Waisen gekleidet, die Emire und Großen des Reichs mit Ehrenkleidern beschenkt. Die Hochzeitsfestlichkeiten dauerten zehn Tage und Djauharah wurde dem König in neun verschiedenen Anzügen vorgestellt. Der König Samandal erhielt auch ein Ehrenkleid und wurde wieder als König über sein Reich eingesetzt. Bedr Basim war glücklich mit Djauharah, sie liebten sich gegenseitig, und führten das angenehmste Leben, bis sie der Zerstörer aller Freuden heimsuchte. Das ist das Ende der Geschichte. Gott sei ihnen allen gnädig. –

Geschichte des Prinzen Zeyn Alasnam und des Königs der Geister.

Ein König von Baßrah besaß große Reichtümer. Seine Untertanen liebten ihn, aber er hatte keine Kinder, und das betrübte ihn über die Maßen. Indes veranlaßte er alle heiligen Männer in seinen Staaten durch namhafte Geschenke, den Himmel für ihn um einen Sohn zu bitten, und ihre Gebete waren nicht erfolglos: die Königin wurde schwanger und genas glücklich eines Sohnes, welcher den Namen Zeyn Alasnam, d. h. Zierde der Bildsäulen, erhielt.

Der König ließ alle Sterndeuter seines Reiches zusammenrufen und befahl ihnen, dem Kind das Horoskop zu stellen. Sie entdeckten durch ihre Beobachtungen, daß er lange leben und viel Mut besitzen würde, daß er dieses Mutes aber auch bedürfe, um das vielfache Unglück, das ihn bedrohe, mannhaft zu ertragen. Der König erschrak nicht über diese Weissagung. »Wenn mein Sohn Mut hat«, sagte er, »so ist er nicht zu beklagen. Es ist gut, wenn die Prinzen manchmal in ein Unglück kommen; Widerwärtigkeiten läutern ihre Tugend, sie lernen dadurch nur um so besser regieren.«

Er belohnte die Sterndeuter und entließ sie in ihre Heimat. Seinen Sohn aber ließ er mit aller erdenklichen Sorgfalt erziehen. Er gab ihm Lehrer, sobald er alt genug war, ihren Unterricht benutzen zu können. Der gute König wünschte einen vollendeten Prinzen aus ihm zu machen; aber auf einmal wurde er von einer Krankheit befallen, welche seine Ärzte nicht zu heilen vermochten. Als er nun sein Ende nahen sah, ließ er seinen Sohn rufen und empfahl ihm unter anderem, er solle sich mehr die Liebe als die Furcht seines Volkes zu erwerben suchen, niemals den Schmeichlern sein Ohr leihen und ebenso langsam im Belohnen als im Strafen sein; denn gar häufig lassen sich die Könige durch falschen Schein verführen, schlechte Leute mit Wohltaten zu überhäufen und die Unschuld zu unterdrücken.

Als der König gestorben war, legte der Prinz Zeyn Trauerkleider an und trug sie sieben Tage lang. Am achten bestieg er den Thron, nahm von dem königlichen Schatz das Siegel seines Vaters weg, legte das seinige daran und begann nun die Süßigkeit des Herrschens zu kosten. Der Anblick, wie seine Höflinge sich vor ihm beugten und zur höchsten Aufgabe ihres Lebens machten, ihren Gehorsam und Eifer an den Tag zu legen, mit einem Wort, die unumschränkte Herrschergewalt hatte allzu großen Reiz für ihn. Er dachte nur an die Pflichten seiner Untertanen, nicht aber an das, was er ihnen schuldig war, und kümmerte sich wenig um die Regierungsgeschäfte. Dagegen ergab er sich allen Arten von Ausschweifungen mit jungen Wüstlingen, die er mit den höchsten Würden des Staates bekleidete. Er wußte in nichts Maß und Ziel. Seine angeborene Freigebigkeit verwandelte sich in zügellose Verschwendung, und unbemerkt hatten Frauen und Günstlinge die ganze Schatzkammer erschöpft.

Die Königin, seine Mutter, lebte noch. Sie war eine weise und verständige Fürstin und hatte mehrmals vergeblich dem Strom der Verschwendung und der Ausschweifung des Königs, ihres Sohnes, Einhalt zu tun versucht, indem sie ihm vorstellte, wenn er seinen Lebenswandel nicht ändere, so werde er nicht nur in kurzem seinen ganzen Reichtum einbüßen, sondern sich auch seine Völker abwendig machen und Aufstände veranlassen, die ihn leicht Krone und Leben kosten könne. Wenig fehlte, so wäre ihre Weissagung in Erfüllung gegangen: die Untertanen fingen an, gegen die Regierung zu murren, und es wäre unfehlbar zur offenen, allgemeinen Empörung gekommen, wenn nicht die Königin durch ihre Gewandtheit vorgebeugt hätte. Unterrichtet von dem Stand der Dinge, benachrichtigte sie den König davon, der sich endlich überreden ließ, und nun das Vezirat weisen, bejahrten Männern anvertraute, welche die Untertanen in ihrer Pflicht zu erhalten wußten.

Als aber Zeyn alle seine Reichtümer verschwendet sah, bereute er, daß er keinen bessern Gebrauch davon gemacht hatte. Er versank in düstere Schwermut, und nichts vermochte ihn zu trösten. Eines Nachts sah er im Traum einen ehrwürdigen Greis, der auf ihn zutrat und mit

lächelnder Miene zu ihm sagte: »O Zeyn, wisse, daß es kein Leid gibt, dem nicht Freude folgt, kein Unglück, daß nicht irgend ein Glück nach sich zöge. Willst du deinem Kummer ein Ende machen, so stehe auf, reise nach Ägypten und zwar nach Kahirah: dort erwartet dich ein großes Glück.«

Als der Fürst erwachte, machte er sich allerlei Gedanken über diesen Traum. Er erzählte ihn sehr ernsthaft der Königin, seiner Mutter, die nur darüber lachte. »Mein Sohn«, sagte sie

»willst du nicht vielleicht auf diesen schönen Traum hin nach Ägypten reisen?« – »Warum nicht, Mütterchen?« antwortete Zeyn. »Glaubst du denn, alle Träume seien bloß Hirngespinste? Nein, nein, es gibt welche, in denen tiefe Wahrheit verborgen liegt. Meine Lehrer haben mir tausend Geschichten erzählt, die mich nicht daran zweifeln lassen. Wäre ich übrigens auch nicht davon überzeugt, so könnte ich doch nicht umhin, meinem Traum Beachtung zu schenken. Der Greis, der mir erschienen ist, hat etwas Übernatürliches. Es war keiner von denen, die bloß ihr Alter ehrwürdig macht: etwas Ehrwürdiges, das ich nicht bezeichnen kann, war über seine ganze Person ausgegossen. Er glich vollkommen dem Bild, das man von unserm großen Propheten macht, und um dir alles aufrichtig zu gestehen, ich glaube, daß er es selbst ist, daß er sich meines Kummers erbarmt und ihn lindern will. Er hat mir ein Vertrauen eingeflößt, auf das ich alle meine Hoffnung setze. Seine Versprechungen klingen mir noch im Ohr, und ich bin entschlossen, seiner Stimme zu folgen.« Umsonst bemühte sich die Königin, ihn davon abzubringen; der Fürst übertrug ihr die Verwaltung des Reichs, verließ eines Nachts ganz heimlich den Palast und begab sich ohne Begleiter auf den Weg nach Kahirah.

Nach vielen Beschwerden und Mühseligkeiten langte er in dieser berühmten Stadt an, die sowohl in Beziehung auf Größe als Schönheit wenige ihresgleichen hat. Er stieg an der Pforte einer Moschee ab und legte sich, von Müdigkeit übermannt, daselbst nieder. Kaum war er eingeschlafen, als ihm derselbe Greis erschien und zu ihm sprach: »O mein Sohn, ich bin zufrieden mit dir, du hast meinen Worten geglaubt und hast dich nicht von der Länge und Beschwerlichkeit des Weges abschrecken lassen, hierher zu kommen. Vernimm jetzt, daß ich dich zu dieser großen Reise nur veranlaßt habe, um dich auf die Probe zu stellen. Ich sehe, du hast Mut und Charakterfestigkeit: du verdienst, daß ich dich zum reichsten und glücklichsten aller Könige der Erde mache. Kehre nach Baßrah zurück; du wirst in deinem Palast unermeßliche Reichtümer finden. Nie hat ein König so viel besessen, als dort aufgehäuft liegen.«

Der König war von diesem Traum nicht sonderlich erbaut. »Ach!« sagte er bei sich selbst, als er erwachte, »wie sehr habe ich mich getäuscht! dieser Greis, den ich für unsern großen Propheten hielt, ist ein bloßes Erzeugnis meiner aufgeregten Phantasie. Ich hatte den Kopf so voll davon, daß es kein Wunder ist, wenn ich zum zweitenmale so geträumt habe. Am besten, ich gehe nach Baßrah zurück. Wozu soll ich mich hier länger aufhalten? Nur gut, daß ich den Grund meiner Reise niemand als meiner Mutter mitgeteilt habe. Wenn meine Untertanen ihn erführen, sie würden mit Fingern auf mich deuten.«

Er kehrte also nach seinem Königreich zurück, und als er ankam, fragte ihn die Königin, ob er mit seiner Reise zufrieden sei? Er erzählte ihr alles haarklein und schien über seine allzu große Leichtgläubigkeit so betrübt, daß seine Mutter, statt durch Vorwürfe oder Spöttereien seinen Verdruß zu vermehren, sich Mühe gab, ihn zu trösten. »Beruhige dich, mein Sohn«, sagte sie; »wenn Gott dir Reichtümer bestimmt hat, so wirst du sie ohne Mühe erwerben. Sei deswegen unbekümmert; alles, was ich dir empfehlen kann, ist, tugendhaft zu sein. Entsage den Freuden des Tanzes, der Flöten und des purpurfarbigen Weines. Fliehe deine Lüste, sie waren schon nahe daran, dich an den Rand des Verderbens zu bringen. Bemühe dich, deine Untertanen glücklich zu machen: durch ihr Glück sicherst du das deine.«

Der König Zeyn gelobte, fortan allen Ratschlägen seiner Mutter und den weisen Vezieren zu folgen, welche sie erwählt hatte, um ihm die Last der Regierung tragen zu helfen. Aber gleich in der ersten Nacht, die er wieder in seinem Palast zubrachte, sah er den Greis zum drittenmal im Traum. »Mutvoller Zeyn«, sprach dieser zu ihm, »endlich ist der Augenblick deines Glücks gekommen. Morgen früh, sobald du aufgestanden bist, nimm eine Haue und durchsuche das Kabinett des seligen Königs, dort wirst du einen großen Schatz finden.«

Sobald der König erwachte, stand er auf, ging sogleich zu seiner Mutter und erzählte ihr mit großer Lebhaftigkeit seinen neuen Traum. »Wahrhaftig, mein Sohn«, sagte die Königin lächelnd, »der Greis ist sehr beharrlich; es ist ihm nicht genug, dich zweimal betrogen zu haben. Bist du vielleicht gesonnen, ihm abermals zu trauen?« – »Nein, meine Mutter«, antwortete Zeyn, »ich glaube ihm keineswegs, doch will ich zum Spaß das Kabinett meines Vaters untersuchen.« – »O ich dachte es wohl!« rief die Königin mit lautem Gelächter; »gehe, mein Sohn, gib dich zufrieden. Mein einziger Trost ist der, daß die Sache nicht so ermüdend ist, wie die Reise nach Ägypten.«

»Nun ja, liebe Mutter«, versetzte der König, »ich will dir nur gestehen, dieser dritte Traum hat mir wieder Vertrauen eingeflößt; er steht in genauem Zusammenhang mit den beiden andern, und wenn wir alle Worte des Greises gehörig erwägen, so hat er mir zuerst aufgegeben, nach Ägypten zu reisen, und dort hat er mir gesagt, er habe mich nur zur Probe auf die Reise geschickt. Kehre nach Baßrah zurück, sagte er hierauf, dort sollst du Schätze finden. Heute Nacht nun hat er mir den Ort, wo sie sind, genau angegeben. Diese drei Träume hängen, scheint mir's, zusammen; es gibt nichts daran zu deuteln, die ganze Sache ist klar. Sie können allerdings chimärisch sein, allein ich will lieber vergebens suchen, als mir mein ganzes Leben lang vorwerfen, daß ich vielleicht große Reichtümer verscherzt habe, indem ich zur Unzeit den Ungläubigen spielte.« So sprechend verließ er das Zimmer der Königin, ließ sich eine Haue geben und ging allein in das Gemach seines seligen Vaters. Dort fing er an zu hauen und hatte bereits mehr als die Hälfte der viereckigen Platten des Fußbodens aufgehoben, ohne die mindeste Spur von einem Schatz zu entdecken. Er ruhte aus und sagte zu sich selbst: »Ich fürchte sehr, meine Mutter hat mich mit Recht verspottet;« gleichwohl ließ er es sich nicht verdrießen und machte sich auf's neue an die Arbeit. Er hatte das nicht zu bereuen; denn auf einmal entdeckte er einen weißen Stein, den er aufhob, und unter demselben fand er eine verschlossene Tür mit einem stählernen Vorlegeschloß. Er zerschlug dasselbe, öffnete die Türe und erblickte eine Treppe von weißem Marmor. Flugs zündete er eine Wachskerze an, stieg diese Treppe hinab und kam in ein mit chinesischem Porzellan gepflastertes Gemach, dessen Wände und Decke von Kristall waren. Was aber seine Aufmerksamkeit am meisten auf sich zog, waren vier Erhöhungen, auf deren jeder zehn Porphyr-Urnen waren. Er dachte, sie werden voller Wein sein, und sprach bei sich: »Auch gut, dieser Wein ist recht alt und ohne Zweifel wird er köstlich munden.« So näherte er sich denn einer der Urnen, nahm den Deckel weg und sah mit ebenso großer Überraschung als Freude, daß sie voll Goldstücke war. Nun untersuchte er alle vierzig Urnen, eine nach der andern, und fand sie voll Dinare. Er nahme eine Handvoll davon und lief zu seiner Mutter.

Das Erstaunen der Königin war groß, als sie von ihrem Sohn hörte, was er gesehen hatte. »O mein Sohn«, rief sie, »hüte dich nur, daß du diese Reichtümer nicht auch so töricht verschwendest, wie den königlichen Schatz! Du solltest schon deinen Feinden nicht diese Freude gönnen.« – »Nein, meine Mutter, antwortete Zeyn, »ich werde von nun an so leben, daß du gewiß zufrieden bist.«

Die Königin bat ihren Sohn, sie in das wundervolle Gemach zu führen, das ihr verstorbener Gemahl so heimlich hatte machen lassen, daß sie nie davon hatte reden hören. Zeyn führte sie ins Kabinett, half ihr die Marmortreppe hinabsteigen und zeigte ihr dann das Zimmer, wo die Urnen standen. Sie betrachtete all diese Sachen mit forschenden Blicken und gewahrte in einem Winkel eine kleine Urne aus demselben Stoff wie die andern, die der König noch nicht bemerkt hatte. Sie nahm dieselbe, öffnete sie und fand darin einen goldenen Schlüssel. »Mein Sohn«, sagte hierauf die Königin, »dieser Schlüssel verschließt ohne Zweifel noch einen anderen Schatz. Laß uns überall suchen, ob wir nicht entdecken können, zu welchem Gebrauch er bestimmt ist.«

Sie untersuchten das Gemach mit der höchsten Aufmerksamkeit und fanden endlich mitten in der Wand ein Schloß. Sie dachten, dazu werde der Schlüssel gehören, und der König machte sogleich einen Versuch. Alsbald ging die Tür auf und sie erblickten ein zweites Gemach, in dessen Mitte neun Fußgestelle von gediegenem Golde waren, wovon acht jedes eine Bildsäule aus einem einzigen Diamant trugen, und diese Bildsäulen strahlten solchen Glanz aus, daß das ganze Zimmer davon erleuchtet war.

»Erhabener Gott!« rief Zeyn ganz erstaunt aus, »wo hat mein Vater diese schönen Sachen erhalten?« Beim neunten Fußgestell verwunderte er sich noch mehr, denn auf demselben lag ein Stück weißer Atlas, worauf folgende Worte geschrieben standen: »O mein lieber Sohn! diese acht Bildsäulen haben mich große Mühe gekostet, bis ich sie erworben hatte. Sie sind sehr schön, aber du mußt wissen, daß es noch eine neunte auf der Welt gibt, welche sie übertrifft. Sie allein ist mehr wert, als tausend solche, wie du hier siehst. Willst du dich in ihren Besitz setzen, so mach dich auf und gehe in die Stadt Kahirah in Ägypten, dort wohnt einer meiner alten Sklaven, namens Mobarek; du wirst ihn ohne Mühe ausfindig machen; die erste Person, der du begegnest, wird dir seine Wohnung sagen. Geh, suche ihn auf und sage ihm, was dir begegnet ist. Er wird dich als meinen Sohn erkennen und nach dem Ort führen, wo diese wunderbare Bildsäule ist, deren Besitz dir Heil und Segen bringen wird.«

Als der König diese Worte gelesen hatte, sagte er zu seiner Mutter: »Ich will diese neunte Bildsäule nicht entbehren; es muß ein sehr seltenes Stück sein, wenn sie mehr wert ist, als diese hier alle zusammen. Ich gedenke sogleich nach Kahirah zu reisen; du wirst hoffentlich meinen Entschluß nicht mißbilligen?« – »Nein, mein Sohn«, antwortete die Königin, »ich habe nichts dagegen einzuwenden. Du stehst offenbar unter dem Schutz unseres großen Propheten, und er wird dich auf dieser Reise nicht umkommen lassen. Reise ab, sobald du willst. Ich werde mit Hilfe deiner Veziere die Regierungsgeschäfte besorgen.« Der König ließ sogleich alle Vorbereitungen zur Reise treffen und nahm nur eine kleine Anzahl Sklaven mit.

Es begegnete ihm kein Unfall auf der Reise. Er kam in Kahirah an und erkundigte sich sogleich nach Mobarek. Man sagte ihm, er sei einer der reichsten Bürger in der Stadt, der wie ein großer Herr lebe, und sein Haus stehe vornehmlich für Fremde immer offen. Zeyn ließ sich dahin führen und klopfte an die Tür; ein Sklave öffnete und sprach: »Was wünschest du und wer bist du?« – »Ich bin ein Fremder«, antwortete der König, »ich habe von der Großmut des Herrn Mobarek gehört und komme, um bei ihm zu wohnen.« Der Sklave bat ihn, einen Augenblick zu warten, dann ging er hin und meldete es seinem Herrn, der ihm befahl, den Fremden eintreten zu lassen. Der Sklave kam wieder an die Türe und sagte zum König, er sei willkommen.

Zeyn trat ein, ging durch einen großen Hof und gelangte in ein prächtig geschmücktes Zimmer, wo Mobarek ihn erwartete und sehr höflich empfing. Er dankte ihm für die Ehre, die ihm dadurch widerfahre, daß er bei ihm wohnen wolle. Der König erwiderte diese Höflichkeit und sagte dann zu Mobarek: »Ich bin der Sohn des verstorbenen Königs von Baßrah und heiße Zeyn Alasnam.« – »Dieser König«, sagte Mobarek, »war früher mein Herr, hatte aber, so viel ich weiß, keinen Sohn. Wie alt bist du?« – »Zwanzig Jahre alt«, antwortete der Fürst. »Wie lange ist es, daß du den Hof meines Vaters verlassen hast?« – »Beinahe zweiundzwanzig Jahre«, sagte Mobarek. »Aber wie willst du mich überzeugen, daß du sein Sohn bist?« – »Mein Vater«, versetzte Zeyn, »hatte unter seinem Kabinett ein unterirdisches Gemach, in welchem ich vierzig Porphyrurnen, alle voll Gold, gefunden habe.« »Und was noch mehr?« fragte Mobarek. – »Neun Fußgestelle von gediegenem Gold«, sagte der Fürst; »auf acht davon sind Bildsäulen aus Diamant, auf dem neunten aber liegt ein Stück weißer Atlas, auf welches mein Vater geschrieben hat, was ich zu tun habe, um eine neunte Bildsäule zu erlangen, die noch kostbarer sei, als die übrigen miteinander; du weißt den Ort, wo diese Bildsäule sich befindet, denn auf dem Atlas steht geschrieben, daß du mich dahin führen werdest.«

Er hatte diese Worte noch nicht ausgesprochen, als Mobarek sich zu seinen Füßen warf und ihm zu wiederholten Malen die Hand küßte. »Gott sei gedankt!« rief er aus, »daß er dich hierhergeführt hat. Ich erkenne dich als den Sohn des Königs von Baßrah. Wenn du mit mir an den Ort gehen willst, wo die wunderbare Bildsäule ist, so will ich dich dahin führen. Zuvor aber mußt du einige Tage hier ausruhen. Ich gebe heute den Großen von Kahirah ein Festmahl, und wir waren eben bei Tisch, als man mir deine Ankunft meldete. Würdest du es wohl verschmähen, Herr, hereinzutreten und dich mit uns zu freuen?« – »Gewiß nicht«, antwortete Zeyn; »ich nehme mit dem größten Vergnügen Anteil an deinem Festmahl.« Bei diesen Worten führte ihn Mobarek in einen Kuppelsaal, wo sich die Gesellschaft befand. Er wies ihm einen Platz an der Tafel an und bediente ihn in eigener Person knieend. Die Großen von Kahirah waren darüber sehr verwundert und sprachen leise untereinander: »Ei, wer mag doch wohl der Fremdling sein, den Mobarek mit solcher Ehrfurcht bedient?«

Nachdem sie gegessen, nahm Mobarek das Wort und sprach: »Ihr Großen von Kahirah, wundert euch nicht, daß ich diesen jungen Fremdling auf diese Art bedient habe. Wißt, es ist der Sohn des Königs von Baßrah, meines ehemaligen Herrn. Sein Vater kaufte mich für sein eigenes Geld. Er ist gestorben, ohne mir die Freiheit zu schenken; somit bin ich immer noch Sklave, und folglich gehört all mein Hab und Gut von Rechts wegen diesem jungen Fürsten, seinem einzigen Erben.« Hier unterbrach ihn Zeyn mit den Worten: »O Mobarek, ich erkläre vor all diesen edlen Herren, daß ich dir in diesem Augenblick die Freiheit schenke, und daß ich sowohl dich selbst als alle deine Besitztümer von meinem Eigentum absondere. Überdies sag mir jetzt, womit ich dir einen

Dienst erweisen kann.« Mobarek küßte die Erde und bezeigte dem Fürsten großen Dank. Hierauf wurde Wein vorgesetzt: sie tranken den ganzen Tag, und am Abend wurden Geschenke an die Gäste ausgeteilt, ehe sie nach Hause gingen.

Den anderen Morgen sprach Zeyn zu Mobarek: »Ich habe jetzt genug ausgeruht, denn ich bin nicht nach Kahirah gekommen, um lustig zu leben, sondern um die neunte Bildsäule zu erhalten. Es ist Zeit, daß wir uns auf den Weg machen, um sie zu erobern.« – »Herr«, antwortete Mobarek, »ich bin bereit, deinem Wunsch zu willfahren, aber du kennst die vielfachen Gefahren nicht, die mit der Eroberung dieser kostbaren Beute verknüpft sind.« – »Ich fürchte keine Gefahr«, antwortete der Fürst, »und bin entschlossen, das Wagstück zu unternehmen. Ich will entweder meinen Zweck erreichen oder umkommen. Alles, was geschieht, kommt von Gott. Begleite mich nur und bleibe ebenso standhaft, als ich.«

Als Mobarek ihn entschlossen sah, rief er seiner Dienerschaft und befahl ihr, alle Anstalten zur Abreise zu treffen. Der König und er verrichteten die im Gesetz vorgeschriebene Abwaschung und Gebete. Auf ihrer Reise bemerkten sie zahllose seltene und wunderbare Dinge. Sie ritten mehrere Tage, bis sie auf ein sehr anmutiges Gefilde kamen, wo sie abstiegen. Hier sprach Mobarek zu seinem Gefolge: »Bleibt an diesem Ort und habt genau auf unsern Reisezug acht, bis wir zurückkommen.« Sodann sagte er zu Zeyn: »Komm, mein Herr, und laß uns allein fürbaß gehen. Wir sind nahe an den schrecklichen Ort, wo die neunte Bildsäule verwahrt ist. Du wirst deines ganzes Mutes bedürfen.«

Bald gelangten sie ans Ufer eines großen Sees; Mobarek setzte sich hier nieder und sprach zu dem Fürsten: »Wir müssen über dieses Meer.« – »Aber wie?« fragte Zeyn; »wir haben ja kein Schiff.« – »Du wirst im Augenblick eins erscheinen sehen«, antwortete Mobarek. »Das Zauberschiff des Königs der Geister wird kommen und uns abholen; vergiß aber ja nicht, was ich dir jetzt sage: Man muß ein tiefes Stillschweigen beobachten. Sprich kein Wort mit dem Fährmann. Wie seltsam dir auch seine Gestalt vorkommen und was du auch Außerordentliches bemerken magst, sprich keine Silbe; denn ich sage dir, beim ersten Wort, das von deinen Lippen kommt, wenn wir uns einmal eingeschifft haben, versinkt die Barke in die Fluten.« – »Ich werde zu schweigen wissen«, sagte der Fürst. »Du darfst mir nur sagen, was ich zu tun habe; ich werde allem genau nachkommen.«

Während er so sprach, bemerkte er auf einmal im See ein Schiff von rotem Sandelholz. Es hatte einen Mast von feinem Ambra und eine Flagge von blauem Atlas. Darinnen war niemand als der Fährmann, dessen Kopf dem eines Elefanten glich, während sein übriger Leib von einem Tiger war. Als das Fahrzeug sich dem Prinzen und Mobarek genähert hatte, nahm der Fährmann einen um den anderen mit seinem Rüssel und stellte sie in sein Schiff. Sodann führte er sie in einem Augenblick nach der anderen Seite des Sees. Hier nahm er sie wieder mit seinem Rüssel, setzte sie ans Land und verschwand alsbald samt seiner Barke.

»Jetzt können wir sprechen«, sagte Mobarek. »Wir sind hier auf der Insel des Königs der Geister; es gibt keine ähnliche auf der ganzen Welt. Sieh dich einmal nach allen Seiten um, mein König; kannst du dir einen reizenderen Aufenthalt denken? Gewiß, dies ist ein wahres Abbild jenes wonnevollen Ortes, welchen Gott für die gläubigen Beobachter unseres Gesetzes bestimmt. Du siehst, wie die Gefilde mit Blumen und allen Arten von duftenden Kräutern geschmückt sind; bewundere diese schönen Bäume, deren Zweige sich unter ihren köstlichen Früchten bis zur Erde herabbeugen; erfreue sich der harmonischen Gesänge, womit tausend Vögel von tausend in anderen Ländern unbekannten Gattungen die Luft erfüllen.« Zeyn konnte nicht müde werden, die Schönheit

der ihn umgebenden Dinge zu betrachten, und je weiter er auf der Insel fortging, bemerkte er immer neue Reize.

Endlich gelangten sie zu einem Palast von feinen Smaragden, umgeben von einem breiten Graben, auf dessen Rande in abgemessenen Zwischenräumen hohe Bäume standen, die mit ihrem Schatten den ganzen Palast bedeckten. Gegenüber von der Türe, die von gediegenem Golde war, befand sich eine Brücke, die aus einer einzigen Fischschuppe bestand, dabei aber wenigstens sechs Klafter lang und drei Klafter breit war. Vorn an der Brücke sah man eine Schar Geister von ungeheurer Größe, die mit dicken Keulen aus chinesischem Stahl den Eingang in das Schloß verteidigten.

»Wir wollen nicht weiter vorrücken«, sagte Mobarek; »diese Geister würden uns totschlagen, und wenn wir sie verhindern wollen, zu uns zu kommen, so müssen wir eine magische Vorrichtung machen.« Mit diesen Worten zog er aus seinem Beutel, den er unter seinem Rock hatte, vier Streifen gelben Taft hervor. Mit dem einen umwand er seinen Gürtel und den zweiten heftete er auf seinen Rücken; die beiden anderen gab er dem König, der denselben Gebrauch davon machte. Danach breitete Mobarek zwei große Tischtücher auf der Erde aus, und auf den Rand derselben legte er einige Edelsteine mit Moschus und Ambra. Sodann setzte er sich auf eins der Tücher und Zeyn auf das andere. Hierauf sprach Mobarek also zu dem König: »Herr, ich werde jetzt den König der Geister beschwören, der diesen Palast hier bewohnt. Gott gebe, daß er ohne Zorn zu uns komme! Ich gestehe, daß mir wegen des Empfangs bange ist. Wenn unsere Ankunft auf seiner Insel ihm mißfällt, so wird er uns in Gestalt eines abscheulichen Ungeheuers erscheinen; heißt er aber deine Absicht gut, so wird er sich in Gestalt eines freundlichen Mannes zeigen. Sobald er vor uns tritt, mußt du aufstehen und ihn begrüßen, ohne von deinem Tuch hinwegzutreten; denn wenn du es verlässest, bist du ein Kind des Todes. Dann sprich zu ihm: »Gewaltiger Beherrscher der Geister! Mein Vater, der dein Diener war, ist von dem Engel des Todes hinweggeführt worden. Möchtest du mich in deinen Schutz nehmen, wie du meinen Vater immer beschützt hast! Wenn dich dann«, fuhr Mobarek fort, »der Geisterkönig fragt, welche Gnade du von ihm erbittest, so antworte: Herr, ich bitte dich untertänigst, mir die neunte Bildsäule zu schenken.«

Nachdem Mobarek auf diese Weise den König Zeyn unterrichtet hatte, fing er seine Beschwörungen an. Alsbald wurden ihre Augen von einem langen Blitz geblendet, auf den ein Donnerschlag folgte. Die ganze Insel hüllte sich in dichte Finsternis. Es erhob sich ein fürchterlicher Sturm und hierauf hörte man einen entsetzlichen Schrei. Die Erde erzitterte und man verspürte ein Erdbeben, ähnlich dem, das Asrafyl am Tage des Gerichts erregen wird.

Dem König Zeyn war nicht ganz wohl zumute; er hielt dieses Getöse für eine sehr schlimme Vorbedeutung, aber Mobarek, der besser wußte, was davon zu halten war, fing an zu lächeln und sagte zu ihm: »Beruhige dich, mein Fürst, es geht alles gut.« Wirklich erschien in demselben Augenblick der Geisterkönig in Gestalt eines schönen Mannes. Gleichwohl hatte er immerhin etwas Wildes in seinem Wesen.

Sobald der König Zeyn ihn bemerkte, begrüßte er ihn auf die Art, die Mobarek ihm angegeben hatte. Der Geisterkönig antwortete lächelnd: »Mein Sohn, ich liebte deinen Vater, und sooft er kam, mir seine Ehrfurcht zu bezeigen, schenkte ich ihm eine Bildsäule, die er nach Hause nahm. Auch dir bin ich nicht minder gewogen. Ich nötigte deinen Vater einige Tage vor seinem Tode, das zu schreiben, was du auf dem weißen Atlas gelesen hat. Ich versprach ihm, dich unter meinen Schutz zu nehmen und dir die neunte Bildsäule zu schenken, deren Schönheit die anderen bei weitem überstrahlt. Schon habe ich angefangen, mein Versprechen zu erfüllen, denn ich bin es, den du im Traum in Gestalt eines Greises gesehen hast. Ich habe dich die unterirdischen Gemächer mit den Urnen und Bildsäulen entdecken lassen. Ich habe großen Teil an allem, was dir begegnet ist, oder vielmehr, ich bin die Ursache davon. Ich weiß, was dich hierhergeführt hat, und dein Wunsch soll erfüllt werden. Hätte ich auch deinem Vater nicht versprochen, es dir zu schenken, so würde ich es dir selbst gern zu Gefallen tun. Zuvor aber mußt du mir bei allem, was einen Eid unverletzlich macht, schwören, daß du wieder auf die Insel kommen und mir eine fünfzehnjährige Jungfrau bringen wirst, die noch von keinem Manne weiß und sich auch nicht wünscht, einen zu erkennen. Sie muß überdies ausgezeichnet schön sein, und du mußt so viel Selbstbeherrschung haben, daß du das Verlangen nach ihrem Besitz nicht aufkommen lässest, während du sie hierher führst.«

Zeyn leistete den verwegenen Eid, den man von ihm forderte. »Aber, Herr«, sagte er hierauf »wenn ich nun auch so glücklich bin, eine solche Jungfrau zu sehen, wie du sie von mir verlangst, woran soll ich erkennen, daß ich sie gefunden habe?« – »Ich gestehe«, antwortete der König der Geister lächelnd, »daß dich der Anschein täuschen könnte. Diese Kenntnis ist den Söhnen Adams nicht gegeben, auch bin ich keineswegs gesonnen, mich hierin ganz dir anzuvertrauen. Ich werde dir einen Spiegel geben, der zuverlässiger ist, als deine Vermutung. Sobald du eine vollkommen

schöne fünfzehnjährige Jungfrau siehst, brauchst du nur in diesen Spiegel zu schauen; du wirst darin das Bild dieser Jungfrau sehen, und wenn sie keusch ist, so wird das Glas rein und klar bleiben; wenn dagegen das Glas sich trübt, so ist dies ein sicheres Kennzeichen, daß das Mädchen nicht immer tugendhaft gewesen ist, oder wenigstens schon den Wunsch gehegt hat, es nicht mehr zu bleiben. Vergiß den Eid nicht, den du mir geschworen hast. Halte ihn als Mann von Ehre, sonst nehme ich dir das Leben, so wert du mir auch im übrigen bist.« Der König Zeyn Alasnam beteuerte aufs neue, daß er sein Wort halten werde.

Hierauf gab ihm der Geisterkönig einen Spiegel und sagte: »Mein Sohn, du kannst zu mir kommen, wann es dir beliebt. Hier ist der Spiegel, dessen du dich bedienen mußt.« Zeyn und Mobarek verabschiedeten sich und wandelten dem See zu. Der elefantenköpfige Fährmann kam mit der Barke zu ihnen und führte sie auf dieselbe Art wieder hinüber, wie er sie hergebracht hatte. Sie begaben sich wieder zu ihrem Gefolge und kehrten nach Kahirah zurück.

Der König Zeyn Alasnam ruhte einige Tage bei Mobarek aus; danach sprach er zu ihm: »Laß uns nach Bagdad gehen und für den König der Geister ein Mädchen suchen.« – »Ei, sind wir denn nicht in Groß-Kahirah? antwortete Mobarek, »sollten nicht auch hier schöne Jungfrauen zu finden sein?« – »Du hast recht«, versetzte der König, »aber wie wollen wir sie auffinden?« –

»Laß uns das nicht kümmern«, sagte Mobarek. »Ich kenne eine sehr gewandte alte Frau, an diese will ich mich wenden, sie wird die Sache gut besorgen.«

Wirklich war die Alte geschickt genug, den König eine große Menge sehr schöne fünfzehnjährige Mädchen sehen zu lassen; aber wenn er sie lange genug betrachtet hatte und dann seinen Spiegel befragte, so trübte sich der Probierstein ihrer Tugend, das Glas, bei jeder. Alle fünfzehnjährigen Mädchen bei Hof und in der Stadt mußten eine um die andere die Prüfung bestehen; aber bei keiner blieb das Glas rein und hell.

Als sie nun sahen, daß in Kahirah keine keusche Jungfrau zu finden war, reisten sie nach Bagdad. Dort mieteten sie einen prächtigen Palast in einer der schönsten Gegenden der Stadt. Sie lebten herrlich und in Freuden, hielten offene Tafel, und wenn alle Gäste im Palast genug gegessen hatten, wurde das übrige den Derwischen gebracht, die sich dabei gute Tage machten.

Nun wohnte in diesem Stadtviertel ein Imam, Namens Abubekr Muezin, ein eitler, hochmütiger und neidischer Mann. Er haßte alle reichen Leute, bloß weil er arm war. Sein Elend machte ihn bitter gegen wohlhabendere Nebenmenschen. Dieser hörte auch von Zeyn Alasnam und dem Überflusse sprechen, der bei ihm herrschte. Mehr brauchte es nicht für ihn, um seinen Haß auf diesen Fürsten zu werfen. Er trieb die Sache soweit, daß er einmal in seiner Moschee nach dem Abendgebet zu dem Volke sprach: »Liebe Brüder, ich habe gehört, daß ein Fremder sich in unserm Stadtviertel einquartiert hat, der täglich unermeßliche Summen verschwendet. Wer weiß, ob dieser Unbekannte nicht vielleicht ein Verbrecher ist, der in seinem Land dies viele Geld zusammengestohlen hat und nun in diese große Stadt kommt, um sich gütlich zu tun. Laßt uns auf der Hut sein, liebe Brüder. Wenn der Kalif erfährt, daß ein solcher Mann in unserem Viertel wohnt, so könnte er uns leicht bestrafen, weil wir ihn nicht davon benachrichtigt haben. Ich für meine Person erkläre euch, daß ich meine Hände in Unschuld wasche, und wenn ein Unglück daraus entsteht, so ist es nicht meine Schuld.« Das Volk, das in der Regel leicht beweglicher Natur ist, rief dem Redner einstimmig zu: »Das ist deine Sache, Imam, zeige es der Behörde an!« Hierauf ging der Imam zufrieden nach Hause und schickte sich an, eine Schrift aufzusetzen, die er am anderen Tage dem Kalifen überreichen wollte.

Aber Mobarek, der dem Gebete angewohnt und wie die anderen die Rede des Geistlichen gehört hatte, band fünfhundert Goldstücke in ein Tuch, packte mehrere Seidenstoffe zusammen und ging damit zu Abubekr. Der Imam fragte ihn in barschem Ton, was sein Begehr sei. »Großer Lehrer«, antwortete ihm Mobarek mit freundlichem Ton, indem er ihm das Gold und die Seidenstoffe in die Hand drückte, »ich bin dein Nachbar und Diener. Der König Zeyn, der in diesem Viertel wohnt, schickt mich zu dir. Er hat gehört, was für ein ausgezeichneter Mann du bist, und mich beauftragt, dir zu sagen, daß er deine Bekanntschaft zu machen wünsche. Einstweilen bittet er dich, dies kleine Geschenk anzunehmen.« Abubekr war außer sich vor Freude und antwortete Mobarek: »Ich ersuche dich, lieber Herr, bitte den König um Verzeihung für mich. Ich bin ganz beschämt, ihn noch nicht besucht zu haben, aber ich will meinen Fehler wieder gutmachen und gleich morgen ihm meine Ehrfurcht bezeigen.«

Am anderen Tage sagte er nach dem Abendgebet zum Volk: »Ihr wißt, liebe Brüder, kein Mensch ist ohne Feinde. Der Neid tastet vornehmlich diejenigen an, die großes Vermögen haben. Der Fremdling, von dem ich euch gestern Abend sagte, ist kein Bösewicht, wie übelwollende Leute mich bereden wollten, sondern ein junger Fürst, der tausend Tugenden besitzt. Hüten wir uns wohl, dem Kalifen einen nachteiligen Bericht über ihn zu hinterbringen.«

Nachdem Abubekr durch diese Rede die schlechte Meinung wieder vertilgt, die er tags zuvor dem Volke in betreff Zeyns beigebracht hatte, ging er nach Hause, zog seine Feierkleider an und besuchte den jungen König, der ihn sehr huldvoll empfing. Nach mehreren Begrüßungen von beiden Seiten sagte Abubekr zu dem König: »Herr, gedenkst du lange in Bagdad zu bleiben?« – »Ja«, antwortete Zeyn, »solange, bis ich ein fünfzehnjähriges ausgezeichnet schönes Mädchen gefunden habe, die aber so keusch sein muß, daß sie von keinem Manne weiß und ihr auch nicht gelüstet, solche Bekanntschaft zu machen.« – »Du suchst ein gar seltenes Ding«, versetzte der Imam, »und ich würde sehr fürchten, daß deine Nachforschungen vergeblich sein würden, wenn ich nicht wüßte, wo ein Mädchen von diesen Eigenschaften zu finden ist. Ihr Vater war ehemals Vezier, aber er hat den Hof verlassen und lebt seit langer Zeit in einem abgelegenen Hause, wo er sich gänzlich der Erziehung seiner Tochter widmet. Wenn du willst, Herr, so gehe ich hin und halte für dich um sie an. Ich zweifle nicht, daß er mit Vergnügen einen Schwiegersohn von deinem Rang annehmen wird.« – »Nicht zu rasch«, versetzte der König; »ich will dieses Mädchen nicht heiraten, bevor ich mich überzeugt habe, daß sie für mich paßt. In Beziehung auf Schönheit kann ich mich wohl auf dich verlassen, aber welche Bürgschaft kannst du mir für ihre Tugend geben?« – »Ja nun, was für Bürgschaften verlangst du denn?« frage Abubekr. – »Ich muß sie von Angesicht sehen«, antwortete Zeyn; »mehr verlange ich nicht, um mich zu entschließen.« – »Demnach scheinst du dich gut auf Physiognomien zu verstehen?« versetzte der Imam lächelnd. »Nun gut, gehe mit mir zu ihrem Vater, ich will ihn bitten, daß er sie dich in seiner Gegenwart auf einen Augenblick sehen läßt.« Abubekr führte den König zu dem Vezier, der nicht sobald von dem Rang und der Absicht Zeyns gehört hatte, als er seine Tochter kommen ließ und ihr befahl, den Schleier abzunehmen. Der junge König von Baßrah hatte noch nie eine so vollendete und reizende Schönheit gesehen. Er war ganz geblendet, und sobald er die Probe anstellen konnte, ob das Mädchen ebenso keusch als schön sei, zog er seinen Spiegel hervor, und siehe da, das Glas blieb rein und hell.

Als er nun sah, daß er endlich eine Jungfrau gefunden habe, wie er sie wünschte, bat er den Vezier, sie ihm zu geben. Sogleich wurde nach dem Kadhi geschickt; er kam, setzte den Heiratsvertrag auf und verrichtete das gebräuchliche Gebet. Nach dieser Zeremonie führte Zeyn den Vezier in sein Haus, wo er ihn prächtig bewirtete und ihm ansehnliche Geschenke machte. Der Braut schickte er durch Mobarek einen reichen Juwelenschmuck, und dieser führte sie in sein Haus, wo die Hochzeit mit aller dem Range Zeyns angemessenen Pracht gefeiert wurde. Als die Gäste sich entfernt hatten, sagte Mobarek zu seinem Gebieter: »Auf, Herr, laß uns nicht länger in Bagdad verweilen, sondern nach Kahirah zurückkehren. Gedenke des Versprechens, das du dem König der Geister gegeben hast.« – »Allerdings, wir wollen abreisen«, antwortete der König, »ich muß mein Wort getreulich erfüllen. Gleichwohl kann ich nicht leugnen, mein lieber Mobarek, daß es mich sehr schwer ankommt, dem Geisterkönig zu gehorchen. Die Jungfrau, die ich geheiratet habe, ist bezaubernd schön, und ich hätte Lust, sie nach Baßrah zu führen und auf den Thron zu setzen.« – »Ach, Herr«, antwortete der Mobarek, »hüte dich wohl, deinem Gelüste Gehör zu geben. Beherrsche deine Leidenschaften und halte dem König der Geister Wort, was es dich auch kosten mag.« – »Nun gut, Mobarek.« sagte der König, »so sorge nur, daß du das liebenswürdige Mädchen vor mir verbirgst und sie mir nicht unter die Augen kommt. Ich habe sie vielleicht nur zu viel schon gesehen.

Mobarek ließ Anstalten zur Abreise machen; sie gingen nach Kahirah zurück und nahmen von dort den Weg nach der Insel des Geisterkönigs. Als sie dort waren, sprach die Jungfrau, welche die ganze Reise in der Sänfte gemacht und den König seit dem Hochzeitstag nicht wieder gesehen hatte, zu Mobarek: »Wo sind wir? werden wir nicht bald in den Staaten meines königlichen Gemahls anlangen?« – »Herrin«, antwortete Mobarek, »es ist Zeit, daß ich dir die Augen öffne. Der König Zeyn hat dich nur geheiratet, um dich aus dem Hause deines Vaters zu bekommen. Nicht um dich zur Beherrscherin von Baßrah zu machen, hat er dir seine Hand gegeben, sondern um dich dem König der Geister zu überliefern, der ein Mädchen deiner Art von ihm verlangt hat.« Bei diesen Worten fing sie an bitterlich zu weinen, so daß der König und Mobarek über die Maßen gerührt wurden. »Habt Mitleid mit mir«, sagte sie zu ihnen, »ich bin eine Fremde, ihr werdet eure Verräterei an mir vor Gott verantworten müssen.«

Vergeblich waren ihre Tränen und Klagen. Sie wurde dem König der Geister vorgestellt, der sie mit forschenden Blicken betrachtete und dann also zu Zeyn sprach: »Ich bin mit dir zufrieden Fürst. Die Jungfrau, die du mir gebracht hast, ist reizend und keusch, und es gefällt mir sehr, daß du so viel Selbstüberwindung gezeigt hast, um mir Wort zu halten. Kehre jetzt in deine Staaten zurück, und wenn du das unterirdische Gemach mit den acht Bildsäulen betrittst, so wirst du darin die neunte finden, die ich dir versprochen habe. Ich werde sie durch meine Geister dahin bringen lassen.« Zeyn dankte dem König und reiste mit Mobarek nach Kahirah zurück, hielt sich aber nicht lange in dieser Stadt auf, denn er brannte vor Ungeduld, die neunte Bildsäule zu sehen. Dabei konnte er nicht umhin, fleißig an die Jungfrau zu denken, die er geheiratet hatte; er machte sich Vorwürfe, daß er sie betrogen, und betrachtete sich als die Ursache und das Werkzeug des Unglücks. »Ach«, sprach er bei sich selbst, »ich habe sie aus den Armen ihres zärtlichen Vaters gerissen, um sie einem Geist zu opfern. O Schönheit sondergleichen, du hattest ein besseres Schicksal verdient!«

Unter solchen Gedanken kam der König Zeyn endlich nach Baßrah, wo seine Untertanen die Rückkehr ihres Fürsten mit großen Freudenfesten feierten. Er ging sogleich zur Königin, seiner Mutter, um ihr von seiner Reise Bericht abzustatten, und sie war sehr erfreut, zu vernehmen, daß er die neunte Bildsäule erhalten habe. »Komm, mein Sohn«, sprach sie, »daß wir sie sehen, denn sie ist ohne Zweifel jetzt in dem unterirdischen Gemach, da der König der Geister dir gesagt hat, du werdest sie dort finden.« Der junge König und seine Mutter stiegen, voll Ungeduld, diese Säule zu sehen, in das unterirdische Gemach hinab und traten in das Zimmer, wo die Säulen standen; aber groß war ihr Erstaunen, als sie statt der diamantenen Säule auf dem neunten Fußgestell ein Mädchen von ausgezeichneter Schönheit erblickten, die der Prinz sogleich als diejenige erkannte, welche er auf die Geisterinsel geführt hatte! »Mein König«, sprach die Jungfrau zu ihm, »du erwartetest etwas Kostbareres zu sehen, als mich, und bereust jetzt ohne Zweifel, daß du dir so viele Mühe gegeben hast. Du hattest eine schönere Belohnung gehofft!« – »Nein, meine Geliebteste«, antwortete Zeyn, »Gott ist mein Zeuge, daß ich mehr als einmal im Begriff war, dem Geisterkönig mein Wort zu brechen und dich mir zu erhalten. Wie kostbar auch eine diamantene Säule sein mag, so ist sie doch nichts gegen die Wonne, dich zu besitzen. Ich liebe dich mehr als alle Diamanten und alle Reichtümer von der Welt.«

Während er so sprach, hörte man einen Donner, von dem das unterirdische Gemach erebte. Zeyns Mutter erschrak, aber nun erschien der Geisterkönig und beruhigte sie. »Herrin«, sprach er zu ihr, »dein Sohn steht in meinem Schutz, ich liebe ihn. Ich habe sehen wollen, ob er in seiner Jugend fähig ist, seine Leidenschaften zu bezähmen. Es ist mir nicht entgangen, daß die Reize dieser Jungfrau gewaltigen Eindruck auf ihn gemacht haben, und daß er sein Versprechen, ihren Besitz nicht einmal zu wünschen, nicht aufs Gewissenhafteste gehalten hat; aber ich kenne die Schwachheit der menschlichen Natur zu gut, um ihm darob zu zürnen, und seine Zurückhaltung erfreut mich. Hier ist die neunte Bildsäule, die ich ihm bestimmt habe; sie ist seltener und kostbarer als alle die andern.« Dann wandte er sich zu dem König und sagte: »Lebe glücklich mit dieser jungen Frau, sie ist deine Gemahlin, und willst du, daß sie dir treu und beständig sei, so liebe sie immerdar, aber liebe nur sie allein. Gib ihr keine Nebenbuhlerinnen, und ich bürge dir für ihre Treue.« Mit diesen Worten verschwand der Geisterkönig, und Zeyn, entzückt über seine Braut, vollzog noch am selben Tage seine Ehe und ließ sie als Königin von Baßrah ausrufen; die beiden Gatten blieben sich treu und verlebten glücklich und zufrieden miteinander eine lange Reihe von Jahren.

Kaum hatte die Sultanin von Indien die Geschichte des Königs Zeyn Alasnam geendigt, so bat sie schon wieder um Erlaubnis, eine andere erzählen zu dürfen. Der König Scheherban erteilte dieselbe für die nächste Nacht, weil der Tag bereits herandämmerte.

Als sich der Sultan von Indien wieder bei Schehersad eingefunden hatte, erinnerte sie ihn an die erteilte Erlaubnis zu einer neuen Erzählung; der Sultan gab seine Genehmigung nochmals zu erkennen, und Schehersad begann hierauf mit folgenden Worten die

Geschichte Chodadads und seiner Brüder.

Die Geschichtschreiber des Königsreichs Dijarbekir erzählen von einem sehr reichen und mächtigen König, der einst in der Stadt Harran herrschte. Er liebte seine Untertanen sehr und wurde auch von ihnen geliebt. Er hatte tausend Tugenden, und es fehlte ihm nichts zum vollkommenen Glück, als ein Erbe. Obschon er die schönsten Frauen von der Welt in seinem Serail hatte, so konnte er doch keine Kinder erhalten. Da er unaufhörlich den Himmel um diese Gnade bat, so erschien ihm eines Nachts, während er die Süßigkeit des Schlafes kostete, ein freundlicher Mann oder vielmehr ein Heiliger und sprach zu ihm: »Deine Gebete sind erhört, du erhältst, wonach du dich sehntest. Sobald du erwachst, stehe auf, verrichte dein Gebet und mach zwei Kniebeugungen, sodann gehe in den Garten deines Palasts, rufe deinen Gärtner und laß dir von ihm einen Granatapfel geben; von diesem iß so viele Kerne, als dir behagt, und deine Wünsche werden in Erfüllung gehen.«

Als der König erwachte, erinnerte er sich dieses Traumes und dankte dem Himmel dafür. Er stand auf, verrichtete sein Gebet und machte zwei Kniebeugungen, hierauf ging er in den Garten, zählte fünfzig Kerne von einem Granatapfel genau ab und aß sie. Er hatte fünfzig Frauen, die sein Bett teilten, und alle wurden schwanger. Nur eine war darunter, Namens Piruza, deren Schwangerschaft nicht sichtbar wurde. Er hatte deswegen einen solchen Abscheu vor ihr, daß er sie töten lassen wollte. »Ihre Unfruchtbarkeit«, sagte er, »ist ein sicheres Zeichen, daß der Himmel Piruza nicht würdig findet, Mutter eines Prinzen zu werden. Ich muß die Welt von diesem Wesen reinigen, welches dem Herrn verhaßt ist.« Schon hatte er diesen grausamen Entschluß gefaßt, als sein Vezier ihm vorstellte, nicht alle Frauen seien vom gleichen Schlage, und Piruza könne wohl schwanger sein, wenn ihre Schwangerschaft sich auch noch nicht so deutlich zeige. »Nun gut«, versetzte der König, »so mag sie leben, aber sie soll sogleich meinen Hof verlassen, denn ich kann sie hier nicht länger dulden.« – »Großer König«, entgegnete der Vezier, »schicke sie dem Prinzen Samer, deinem Vetter.« Dem König gefiel dieser Rat, und er schickte Piruza nach Samarien mit einem Brief an seinen Vetter, worin er ihn bat, sie gut zu behandeln, und im Falle sie schwanger sei, ihm von ihrer Niederkunft Nachricht zu geben.

Piruza war noch nicht in diesem Land angelangt, als man deutlich sah, daß sie sich in gesegneten Umständen befand, und am Ende gebar sie einen Prinzen, schöner als der Tag. Der Fürst von Samarien schrieb sogleich an den König von Harran, meldete ihm die glückliche Geburt dieses Sohnes und wünschte ihm Glück dazu. Der König hatte große Freude darüber und schrieb dem Prinzen Samer folgendermaßen: »Lieber Vetter, alle meine anderen Frauen haben gleichfalls Prinzen geboren, so daß wir hier jetzt eine Menge Kinder haben. Ich ersuche dich deshalb, den Sohn der Piruza aufzuziehen, ihm den Namen Chodadad* zu geben und ihn mir zu schicken, wenn ich ihn von dir fordere.«

Der Fürst von Samarien versäumte nichts, um seinem Neffen eine gute Erziehung zu geben. Er ließ ihm Unterricht im Reiten, im Bogenschießen und allen anderen Sachen, die sich für Königssöhne ziemen, erteilen, so daß Chodadad in seinem achtzehnten Jahr für ein wahres Wunder gelten konnte. Dieser junge Prinz besaß einen seiner Geburt würdigen Mut und sagte eines Tages zu seiner Mutter: »Ich fange an, mich in Samarien zu langweilen. Ich fühle Begierde nach Ruhm in mir, deswegen erlaube, daß ich ausziehe und Gelegenheit aufsuche, ihn in den Gefahren des Kriegs zu erwerben. Der König von Harran, mein Vater, hat Feinde. Einige seiner Nachbarn beabsichtigen, seine Ruhe zu stören. Warum ruft er mich nicht zu Hilfe? Warum läßt er mich solange Kind sein? Sollte ich mich nicht bereits an seinem Hof gezeigt haben? Soll ich hier mein Leben im Müßiggang verbringen, während alle meine Brüder das Glück haben, an seiner Seite zu fechten?« – »Mein Sohn«, antwortete Piruza, »ich sehne mich ebenso sehr wie du, deinen Namen berühmt zu sehen. Ich wollte, du hättest dich bereits gegen die Feinde deines Vaters ausgezeichnet; aber du mußt warten, bis er dich auffordert.« – »Nein, liebe Mutter«, antwortete Chodadad, »ich habe nur zu lange schon gewartet. Ich sterbe vor Verlangen, den König zu sehen und habe große Lust, hinzuziehen und ihm als junger Unbekannter meine Dienste anzubieten. Er wird sie ohne Zweifel annehmen, und ich werde mich ihm nicht eher zu erkennen geben, als bis ich tausend ruhmvolle Taten vollbracht habe. Ich will seine Achtung verdienen, ehe er mich anerkennt.« Piruza billigte diesen hochherzigen Entschluß, und um von dem Fürsten Samer keinen Widerspruch zu erfahren, sagte ihm Chodadad kein Wort davon, sondern verließ eines Tags Samarien unter dem Vorgeben, er wolle auf die Jagd reiten.

Er ritt ein weißes Pferd mit goldenem Zügel und Hufbeschlag; Sattel und Schabracke waren

* Chodadad ist persisch und zusammengesetzt aus Choda, Gott, und daden, geben, entsprechend dem französischen Namen Dieudonne, dem griechischen Theodor, umgekehrt Dorotheus.

von blauem Atlas und ganz mit Perlen besät. Der Griff seines Säbels bestand aus einem einzigen Diamant, die Scheide war von Sandelholz und ganz mit Smaragden und Rubinen besetzt. Über seine Schulter hing ein Köcher und ein Bogen. In diesem Aufzug, welcher seine schöne Gestalt ins glänzendste Licht treten ließ, kam er in der Stadt Harran an. Er fand bald Mittel und Wege, sich dem König vorstellen zu lassen, auf den seine Schönheit und sein stattlicher Wuchs den angenehmsten Eindruck machte. Vielleicht war es aber auch die Macht des Blutes, was sein Herz so zu dem Jüngling hinzog; kurz, er empfing ihn aufs huldreichste und fragte ihn nach seinem Namen und Stand. »Großer König«, antwortete Chodadad, »ich bin der Sohn eines Emirs von Kahirah, Wanderlust hat mich aus meinem Vaterland getrieben, und da ich auf meiner Reise durch deine Staaten erfuhr, daß du mit einigen deiner Nachbarn in Fehde liegst, so bin ich an deinen Hof gekommen, um dir meinen Arm anzubieten.« Der König war ungemein gnädig gegen den Jüngling und gab ihm eine Anstellung in seinem Heer.

Der junge Prinz säumte nicht, seine Tapferkeit an den Tag zu legen. Er erwarb sich die Achtung der Offiziere und die Bewunderung der Soldaten, und da er ebenso viel Geist als Mut besaß, so gewann ihn der König so lieb, daß er ihn bald zu seinem Günstling machte. Die Minister und anderen Höflinge besuchten Chodadad tagtäglich und bewarben sich aufs angelegentlichste um seine Freundschaft, während sie die übrigen Söhne des Königs vernachlässigten. Die jungen Prinzen konnten dies nicht ohne Ärger geschehen lassen, und ihr Herz entbrannte von heftigem Haß gegen den Fremdling. Der König aber fühlte von Tag zu Tag mehr Liebe gegen ihn und gab ihm fortwährend neue Beweise seiner Zuneigung. Er wollte ihn stets um seine Person haben; er bewunderte seine geistvollen und weisen Reden, und um jedermann zu zeigen, wie hoch er seine Weisheit und Klugheit achte, vertraute er ihm die Aufsicht über die anderen Prinzen an, obschon er mit ihnen in gleichem Alter stand, so daß Chodadad der Hofmeister seiner Brüder wurde.

Dies reizte ihren Haß nur um so mehr. »Wie!« sagten sie, »ist's nicht genug, daß der König einen Fremdling mehr liebt als uns, er macht ihn sogar zu unserm Hofmeister, ohne dessen Erlaubnis wir nichts tun sollen! Nein, das können wir uns nicht gefallen lassen. Wir müssen uns diesen Fremdling vom Hals schaffen.« – »Das kürzeste ist«, sagte einer von ihnen, »wir fallen alle zusammen über ihn her und schlagen ihn tot.« – »Nein, nein«, sagte ein anderer, » auf diese Art würden wir uns selbst in die Grube stürzen. Sein Tod würde uns dem König verhaßt machen, und dieser könnte uns zur Strafe leicht samt und sonders der Thronfolge unwürdig erklären. Wir müssen dem Fremdling mit List beikommen. Wir wollen ihn um die Erlaubnis bitten, auf die Jagd zu reiten, und wenn wir weit genug vom Palast sind, so schlagen wir uns nach irgend einer Stadt und halten uns dort eine Zeitlang auf. Der König wird sich über unsere Abwesenheit verwundern, und wenn er uns nicht zurückkommen sieht, so wird er die Geduld verlieren und den Fremdling vielleicht töten lassen. Jedenfalls wird er ihn von seinem Hof verbannen, weil er uns erlaubt hat, seinen Palast zu verlassen.«

Dieser Vorschlag fand allgemeinen Beifall. Die Prinzen gingen zu Chodadad und baten ihn um Erlaubnis zu einer Jagdpartie, zugleich versprachen sie, noch an demselben Tag zurückzukommen. Piruzas Sohn ging in die Schlinge, er gab seinen Brüdern die erbetene Erlaubnis. Sie ritten weg und kamen nicht wieder. Schon waren sie drei Tage abwesend, als der König zu Chodadad sagte: »Wo sind die Prinzen, ich habe sie lange nicht gesehen.« – »Herr«, antwortete dieser mit einer tiefen Verbeugung, »sie sind seit drei Tagen auf der Jagd. Sie haben mir indes versprochen, früher zurückzukommen.« Der König wurde unruhig, und seine Unruhe vermehrte sich, als die Prinzen auch am folgenden Tage noch nicht erschienen. Nun konnte er seinen Zorn nicht mehr zurückhalten. »Unvorsichtiger Fremdling«, sagte er zu Chodadad, »wie konntest du meine Söhne wegreiten lassen, ohne sie zu begleiten? Verwaltest du so das Amt, das ich dir anvertraut habe? Geh, suche sie sogleich auf und führe sie zu mir; wo nicht, so bist du ein Mann des Todes.«

Diese Worte erfüllten den unglücklichen Sohn Piruzas mit schauderndem Entsetzen. Er legte seine Rüstung an, schwang sich auf sein Roß und ritt zur Stadt hinaus. Wie ein Hirt, der seine Herde verloren hat, suchte er überall im Gefilde seine Brüder, fragte in allen Dörfern, ob man sie nicht gesehen habe, und da er nichts von ihnen erfahren konnte, überließ er sich dem heftigsten Schmerz. »Ach, meine lieben Brüder!« rief er aus, »was ist aus euch geworden? Seid ihr vielleicht unsern Feinden in die Hände gefallen? Sollte ich nur dazu an den Hof von Harran gekommen sein, um dem König ein so grausames Herzeleid zu bereiten?« Er war untröstlich, daß er den Prinzen die Jagd erlaubt oder sie nicht begleitet hatte.

Nach mehrtägigen vergeblichen Nachforschungen gelangte er in eine ungeheure weite Ebene, in deren Mitte ein Palast von schwarzem Marmor stand. Er ritt darauf zu und erblickte an einem Fenster ein wunderschönes Fräulein, aber bloß mit ihrer Schönheit geschmückt; denn ihre Haare waren zerstreut, ihre Kleider zerrissen, und auf ihrem Gesicht bemerkte man den Ausdruck der tiefsten Betrübnis. Sobald sie den Fremden erblickte und gehört zu werden glaubte, rief sie ihm zu: »O Jüngling, entferne dich von diesem unseligen Palast, oder du wirst bald in die Hände des Ungeheuers geraten, das ihn bewohnt. Hier haust ein Schwarzer, der sich nur von Menschenblut nährt; er ergreift alle Leute, die ihr schlimmes Geschick in diese Ebene führt, sperrt sie in finstere Kerker ein, aus denen er sie nur hervorzieht, um sie zu verschlingen.«

»Herrin«, antwortete Chodadad, »sag mir, wer du bist, und sei wegen des übrigen unbesorgt.« – »Ich bin aus Kahirah gebürtig und aus vornehmem Haus«, antwortete das Fräulein; »gestern kam ich auf meiner Reise nach Bagdad nahe an diesem Schloß vorbei, wo mir der Schwarze begegnete, alle meine Leute tötete und mich hierher führte. Ach! wenn ich nichts anderes zu fürchten hätte als den Tod! Aber, um mein Unglück zu vollenden, verlangt das Ungeheuer noch Gefälligkeit von mir, und wenn ich mich morgen nicht gutwillig seinen tierischen Lüsten ergebe, so muß ich der äußersten Gewalt entgegensehen. Noch einmal«, fuhr sie fort, »rette dich, der Schwarze wird bald zurückkommen. Er ist ausgezogen, um einige Reisende zu verfolgen, die er von ferne auf der Ebene bemerkt hat. Du hast keine Zeit zu verlieren, ja, ich weiß nicht einmal, ob du ihm durch schleunige Flucht wirst entrinnen können.«

Noch hatte sie nicht ausgesprochen, als der Schwarze erschien. Es war ein Kerl von ungeheurer Größe und furchtbarem Aussehen. Er ritt ein gewaltiges tartarisches Roß und führte ein breites, gewichtiges Schwert, das nur er allein handhaben konnte. Als der Prinz ihn erblickte, verwunderte er sich über die ungeheure Gestalt. Er empfahl sich dem Schutze Gottes, zog dann seinen Säbel und erwartete unerschrocken den Schwarzen, der einen so schwachen Feind verachtete und ihn aufforderte, sich ohne Schwertstreich zu ergeben. Chodadad aber gab deutlich zu erkennen, daß er entschlossen war, sein Leben zu verteidigen; denn er ritt auf ihn zu und versetzte ihm einen derben Hieb ins Genick. Als der Schwarze sich verwundet fühlte, stieß er ein entsetzliches Geschrei aus, von dem die ganze Ebene wiederhallte. Schäumend vor Wut erhob er sich in den Steigbügeln und wollte Chodadad mit seinem furchtbaren Schwert zu Boden schlagen. Der Streich wurde mit solcher Kraft geführt, daß es um den jungen Prinzen geschehen gewesen wäre, wenn er nicht die Gewandtheit gehabt hätte, durch eine Schwenkung seines Rosses ihm auszuweichen. Das Schwert sauste grauenvoll durch die Luft. Ehe nun der Schwarze Zeit hatte, zu einem zweiten Schlag auszuholen, hieb ihm Chodadad mit einem gewaltigen Streich den rechten Arm ab. Das furchtbare

Schwert fiel zugleich mit der Hand, die es hielt, zu Boden, und der Schwarze war durch die Gewalt des Schlages so erschüttert, daß er die Bügel verlor und die Erde von seinem Fall erdröhnte. Flugs stieg der Prinz von seinem Roß, warf sich über seinen Feind her und hieb ihm den Kopf ab. Das Fräulein, deren Augen Zeugen des Kampfes gewesen waren, und die fortwährend für den jungen Helden, den sie bewunderte, heiße Gebete zum Himmel geschickt hatte, tat einen Freudenschrei und sprach dann zu Chodadad: »Prinz (denn der schwere Sieg, den du soeben errungen, sowie dein edler Anstand überzeugen mich, daß du nicht aus gemeinem Blute stammst), vollende jetzt dein Werk: der Schwarze hat die Schlüssel zum Schloß bei sich; nimm sie und befreie mich aus diesem Gefängnis.« Der Prinz durchsuchte die Taschen des Elenden, der im Staube dahingestreckt lag, und fand darin mehrere Schlüssel.

Chodadad öffnete die erste Pforte und trat in einen großen Hof, wo er das Fräulein, das ihm entgegengekommen war, bereits antraf. Sie wollte sich zum Zeichen ihrer herzlichen Dankbarkeit ihm zu Füßen werfen, aber er gab es nicht zu. Sie pries seine Tapferkeit und erhob ihn über alle Helden der Welt. Er erwiderte ihre Höflichkeiten, und da sie ihm in der Nähe noch liebenswürdiger erschien als von ferne, so weiß man nicht, ob *sie* über ihre Befreiung aus so schrecklicher Gefahr mehr Freude empfand, oder *er* darüber, daß er einem so schönen Fräulein einen solch wichtigen Dienst geleistet hatte.

Ihr Gespräch wurde durch Geschrei und Gestöhn unterbrochen. »Was höre ich?« rief Chodadad, »woher kommen diese kläglichen Töne, die an mein Ohr schlagen?« – »Herr«, antwortete das Fräulein, indem sie mit dem Finger auf eine niedrige Tür innerhalb des Hofes wies, »sie kommen von dorther. Es stecken hier eine Menge Unglückliche, die ihr böser Stern in die Hände des Schwarzen fallen ließ. Sie sind alle gefesselt, und jeden Tag zog das Ungeheuer einen hervor, um ihn zu fressen.«

»Ich bin sehr erfreut«, versetzte der Prinz, »daß ich durch meinen Sieg diesen Unglücklichen das Leben retten kann. Komm, edles Fräulein, und teile mit mir das Vergnügen, sie in Freiheit zu setzen. Du kannst die Freude, die wir ihnen machen werden, an dir selbst ermessen.« So sprechend, näherten sie sich der Tür des Gefängnisses, und je näher sie kamen, je deutlicher hörten sie die Klagen der Gefangenen. Dem Prinzen Chodadad ging dies durch Mark und Bein. Um ihren Leiden so schnell als möglich ein Ende zu machen, stieß er schleunig einen Schlüssel in das Schloß. Anfangs bekam er nicht den rechten und nahm dann einen andern. Bei diesem Geräusch wähnten die Unglücklichen, der Neger komme, um ihnen wie gewöhnlich zu essen zu bringen und zugleich einen der Unglücksgefährten zu seinem Fraß zu holen, und ihr Angstgeschrei und Gestöhn wurde immer kläglicher. Es war, als ob aus dem Mittelpunkt der Erde klagende Stimmen herauftönten.

Indes öffnete der Prinz die Tür und fand eine sehr steile Treppe, auf der er in eine tiefe und weite Höhle hinabstieg, die durch ein Luftloch spärlich erleuchtet wurde und worin mehr als hundert Menschen mit gefesselten Händen an Pfähle gebunden waren. »Unglückliche Reisende«, sagte er zu ihnen, »arme Schlachtopfer, die ihr nun den Augenblick eines grausamen Todes erwartet, dankt dem Himmel, der euch heute mittelst meines Arms befreite. Ich habe den abscheulichen Schwarzen, dessen Beute ihr werden solltet, getötet, und komme, eure Ketten zu zerbrechen.« Als die Gefangenen diese Worte hörten, stießen sie vor Verwunderung und Freude lautes Geschrei aus. Chodadad und das Fräulein fingen an, sie loszubinden, und so wie einer von seinen Ketten befreit war, half er auch den anderen aus den ihrigen, so daß binnen kurzer Zeit alle sich ihrer Erlösung erfreuten.

Jetzt warfen sie sich dem Prinzen zu Füßen, dankten ihm für ihre Befreiung und stiegen aus dem Gewölbe heraus. Aber wie erstaunte Chodadad, als sie nun im Hof waren und er unter den Gefangenen auch seine Brüder erblickte, die er suchte und zu finden bereits alle Hoffnung aufgegeben hatte. »Ach, liebe Prinzen«, rief er aus, »täusche ich mich nicht? seid ihr es wirklich? Darf ich mir schmeicheln, daß ich euch dem König, eurem Vater, zurückbringen kann, der über euern Verlust untröstlich ist? Haben wir nicht vielleicht einen von euch zu beweinen? Seid ihr alle noch am Leben? Ach, der Tod eines einzigen könnte mir die ganze Freude vergiften, die ich über eure Rettung empfinde.«

Die neunundvierzig Prinzen gaben sich Chodadad zu erkennen, der einen um den anderen umarmte und ihnen erzählte, in welche Unruhe ihre Abwesenheit den König versetzte habe. Sie erteilten ihrem Befreier alle Lobsprüche, die er verdiente, desgleichen auch die anderen Gefangenen, die keine Ausdrücke stark genug fanden, um den Dank, von dem sie durchdrungen waren, an den Tag zu legen. Chodadad durchsuchte hierauf mit ihnen das Schloß und fand darin unermeßliche Reichtümer, feine Leinwand, Goldbrokate, persische Teppiche, chinesischen Atlas und eine Menge anderer Waren, die der Schwarze den ausgeplünderten Karawanen abgenommen hatte, und wovon der größte Teil den von Chodadad befreiten Gefangenen angehörte. Jeder erkannte sein Eigentum und machte seine Ansprüche darauf geltend. Der Prinz ließ sie ihre Ballen nehmen und verteilte auch noch die übrigen Waren unter sie. Hierauf sprach er zu ihnen: »Wie wollt ihr aber eure Waren fortschaffen? Wir sind hier in einer Wüste, wo ihr wahrscheinlich keine Pferde finden werdet.« – »Herr«, antwortete einer der Gefangenen, »der Schwarze hat uns außer unsern Wagen auch unsere Kamele geraubt; vielleicht stehen sie noch in den Ställen dieses Schlosses.« – »Wohl mög-

lich«, versetzte Chodadad, »wir wollen einmal nachforschen.« Sie gingen nun in die Ställe und fanden daselbst nicht nur die Kamele der Kaufleute, sondern auch die Pferde der Prinzen, worüber alle ungemeine Freude empfanden. In den Ställen waren auch einige schwarze Sklaven, die, als sie die Gefangenen alle befreit sahen, woraus sie auf den Tod ihres Herren schließen mußten, in Schrecken gerieten und auf Auswegen, die ihnen bekannt waren, entflohen. Man dachte nicht daran, sie zu verfolgen. Die Kaufleute waren voll Freude, mit ihrer Freiheit auch ihre Kamele und Wagen wieder erhalten zu haben, und rüsteten sich zur Heimkehr; zuvor aber dankten sie nochmals ihrem Befreier.

Als sie abgereist waren, wandte sich Chodadad an das Fräulein und sprach zu ihr: »Wohin gedenkst du zu reisen, edles Fräulein? Was war dein Plan, als du von dem Schwarzen überfallen wurdest? Ich werde dich nach dem Ort führen, den du zu deinem Aufenthalt ausersehen hast, und ich zweifle nicht, daß diese Prinzen sämtlich ebenso gesonnen sind.« Die Söhne des Königs von Harran beteuerten dem Fräulein, daß sie sie nicht eher verlassen würden, bis sie sie den Ihrigen wiedergegeben hätten.

»Prinz«, sagte sie zu Chodadad, »ich bin aus einem zu fernen Land, und es hieße deine Großmut mißbrauchen, wenn ich dich einen so weiten Weg machen ließe; übrigens muß ich auch bekennen, daß ich auf immer von meinem Vaterland geschieden bin. Ich habe dir vorhin gesagt, ich sei ein Fräulein aus Kahirah; aber nach der Güte, die du mir bewiesen, und nach der Verpflichtung, die ich gegen dich habe, Herr«, fügte sie mit einem bedeutungsvollen Blick auf Chodadad hinzu, »wäre es Undank, wenn ich dir die Wahrheit länger verhehlen wollte. Ich bin die Tochter eines Königs. Ein Kronräuber hat sich des Thrones meines Vaters bemächtigt, nachdem er ihm das Leben geraubt hat; und um das meinige zu retten, war ich genötigt, die Flucht zu ergreifen.« Nach diesem Geständnis baten Chodadad und seine Brüder die Prinzessin, ihnen ihre Geschichte zu erzählen, und versicherten ihr, daß sie allen möglichen Anteil an ihrem Unglück nehmen und bereit seien, alles aufzubieten, um sie wieder glücklich zu machen. Sie dankte ihnen für diese neue Versicherung ihrer Dienstwilligkeit und konnte nicht umhin, ihre Neugierde zu befriedigen. Sie begann daher folgendermaßen:

Geschichte der Prinzessin von Deryabar.*

Auf einer Insel liegt eine große Stadt, Namens Deryabar. Hier herrschte lange Zeit ein mächtiger, reicher und tugendhafter König. Er hatte keine Kinder, und dies allein mangelte zu seinem Glück. Unablässig bat er den Himmel darum, aber er wurde nur halb erhört, denn nach langem Harren brachte die Königin, seine Gemahlin, nur eine Tochter zur Welt.

Diese unglückliche Prinzessin bin ich. Mein Vater war über meine Geburt mehr ärgerlich als erfreut, doch unterwarf er sich dem Willen Gottes. Er ließ mich mit aller erdenklichen Sorgfalt erziehen, und da er keinen Sohn hatte, beschloß er, mich die Regierungskunst zu lehren, damit ich einst nach ihm seinen Thron besteigen sollte.

Eines Tages, als er sich auf der Jagd belustigte, erblickte er einen wilden Esel. Er verfolgte ihn, kam von seiner Jagdbegleitung ab und seine Hitze verleitete ihn, ihm bis in die Nacht nachzusetzen, ohne an ein Verirren zu denken. Endlich stieg er vom Pferd und setzte sich am Eingang eines Gehölzes, in das sich der Esel geworfen hatte. Kaum war die Nacht angebrochen, als er zwischen den Bäumen ein Licht bemerkte, woraus er schloß, daß er nicht weit von einem Dorf entfernt sei. Er freute sich dessen in der Hoffnung, die Nacht dort zuzubringen und jemand zu seinem Gefolge schicken zu können, um ihnen zu melden, wo er wäre. Er stand also auf und ging gegen das Licht zu, das ihm als Leitstern diente.

Bald erkannte er, daß er sich getäuscht hatte. Das Licht war nichts anderes als ein Feuer, das in einer Hütte brannte. Er näherte sich und sah mit Erstaunen einen großen schwarzen Mann, oder vielmehr einen schrecklichen Riesen, der auf einem Sofa saß. Das Ungeheuer hatte einen großen Krug mit Wein vor sich stehen und briet auf den Kohlen einen Ochsen, dem er soeben die Haut abgezogen hatte. Bald nahm er den Krug an den Mund, bald zerstückte er den Ochsen und fraß davon. Was aber die Aufmerksamkeit des Königs, meines Vaters, am meisten auf sich zog, war eine sehr schöne Frau, die er in der Hütte erblickte. Sie schien in tiefe Traurigkeit versunken, ihre Hände waren gebunden, und zu ihren Füßen lag ein kleines Kind von zwei bis drei Jahren, das ohne Unterlaß weinte und die Luft mit seinem Geschrei erfüllte, gleich als ob es das Unglück seiner Mutter mitempfände.

Gerührt von diesem jammervollen Anblick wollte mein Vater anfangs in die Hütte stürzen und den Riesen angreifen; allein der Gedanke, daß der Kampf gar zu ungleich sein würde, hielt ihn zurück, und er beschloß, da er mit offener Gewalt nichts ausrichten konnte, ihn durch List zu überwältigen. Indes wandte sich der Riese, nachdem er den Krug geleert und den Ochsen mehr als zur Hälfte aufgefressen hatte, zu der Frau und sagte ihr: »Schöne Prinzessin, warum zwingst du mich durch deine Hartnäckigkeit, dich mit Strenge zu behandeln? Es steht ganz in deiner Hand, glücklich zu werden: du darfst dich nur entschließen, mich zu lieben und mir treu zu bleiben, so werde ich viel sanfter gegen dich sein.« – »Garstiger Waldteufel!« antwortete die Frau, »hoffe nicht, daß die Zeit meinen Abscheu vor dir vermindere, du wirst in meinen Augen immer ein Ungeheuer sein.« Diese Worte wurden mit so viel Schimpfreden begleitet, daß der Riese in Zorn geriet.

* Deryabar bedeutet im Arabischen: Gegend der Brunnen, brunnenreicher Ort.

»Das ist zu viel!« rief er mit wütendem Ton; »meine verschmähte Liebe verwandelt sich in Wut. Dein Haß erregt nunmehr auch den meinigen; ich fühle, daß er über meine Begierden siegt, und ich wünsche jetzt noch heißer deinen Tod, als ich bisher deinen Besitz gewünscht hatte.« So sprechend ergriff er die Frau an den Haaren, hob sie mit der einen Hand in die Luft, zog mit der anderen seinen Säbel und war eben im Begriff, ihr den Kopf abzuhauen, als der König, mein Vater, einen Pfeil abschoß, der dem Riesen in den Bauch fuhr, so daß er taumelte und alsbald tot niederstürzte.

Mein Vater trat nun in die Hütte, band die Frau los und fragte sie, wer sie wäre, und infolge welchen Abenteuers sie sich hier befände. »Herr«, antwortete sich, »am Ufer des Meeres wohnen einige sarazenische Stämme, deren Oberhaupt und Fürst mein Gemahl ist. Der Riese, den du soeben getötet hast, war einer seiner vornehmsten Offiziere; der Elende entbrannte von heftiger Leidenschaft gegen mich, die er aber sorgfältig verhehlte, bis er eine günstige Gegegenheit fand, seinen Plan ins Werk zu setzen und mich zu rauben. Das Glück begünstigt öfter schlechte Unternehmungen, als gute Vorsätze. Eines Tages überfiel mich der Riese samt meinem Kind an einem abgelegenen Ort, nahm uns beide mit sich fort, und um alle Nachforschungen, die er von Seite meines Gemahls zu befürchten hatte, zu vereiteln, verließ er das Land der Sarazenen und brachte uns in dieses Gehölz, wo er mich seit einigen Tagen festhielt. So beklagenswert nun auch mein Schicksal ist, so ist es mir immerhin ein geheimer Trost, daß der Riese, obgleich er tierisch, roh und verliebt war, doch keine Gewalt gebraucht hat, um das zu erlangen, was ich seinen Bitten stets versagt habe. Er hat mir zwar hundertmal gedroht, er würde zum Äußersten schreiten, wenn er meinen Widerstand nicht anders überwinden könne; und ich gestehe dir, daß ich soeben, als ich durch meine Reden seinen Zorn reizte, mehr für meine Ehre als für mein Leben in Sorgen war.«

»Dies, mein Herr«, fuhr die Gemahlin des sarazenischen Herrn fort, »ist meine Geschichte; ich zweifle nicht, daß du sie mitleidswürdig genug finden wirst, um die großmütige Hilfe, die du mir gebracht hast, nicht zu bereuen.« – »Ja, edle Frau«, sagte mein Vater, »dein Unglück hat mich gerührt, es geht mir tief zu Herzen; ich werde jedoch nichts versäumen, um dir ein besseres Los zu bereiten. Morgen, sobald der Tag die Schatten der Nacht zerstreut haben wird, wollen wir diesen Wald verlassen und den Weg nach der großen Stadt Deryabar suchen, deren Beherrscher ich bin, und wenn es dir so genehm ist, so wirst du in meinem Palast wohnen, bis dein königlicher Gemahl kommt, um dich abzuholen.«

Die sarazenische Fürstin nahm den Vorschlag an und ging am folgenden Tag mit dem König, meinem Vater, der am Ausgang des Waldes all seine Leute traf. Sie hatten ihn die ganze Nacht durch gesucht und waren sehr in Sorgen um ihn. Um so größer war ihre Freude, als sie ihn wieder fanden; aber sie verwunderten sich sehr, da sie ihn in Gesellschaft einer Frau sahen, deren Schönheit sie in Erstaunen setzte. Er erzählte ihnen, auf was für Art er sie gefunden und welcher Gefahr er sich ausgesetzt, indem er sich der Hütte näherte; denn der Riese würde ihn unfehlbar getötet haben, wenn er ihn bemerkt hätte. Einer der Offiziere nahm die Fürstin hinter sich auf sein Pferd, und ein anderer trug das Kind.

In diesem Aufzug gelangten sie in den Palast des Königs, meines Vaters, welcher der schönen Sarazenin eine Wohnung einräumte und ihr Kind mit vieler Sorgfalt erziehen ließ. Die Fürstin war nicht unempfindlich gegen die Güte des Königs und bewies sich ihm so erkenntlich, als er nur wünschen mochte. Anfangs wurde sie sehr unruhig und ungeduldig darüber, daß ihr Gemahl sie nicht abholte, nach und nach aber beruhigte sie sich, die Aufmerksamkeiten meines Vaters beschwichtigten ihre Ungeduld, und ich glaube, sie hätte es dem Schicksal weniger Dank gewußt, wenn es sie zu den Ihrigen zurückgeführt hätte, als daß es sie von ihnen entfernt hatte.

Indessen wurde der Sohn der Fürstin groß. Er war sehr wohlgebildet, und da es ihm auch nicht an Geist fehlte, so wurde es ihm leicht, dem König, meinem Vater, zu gefallen, der große Zuneigung zu ihm faßte. Alle Höflinge bemerkten dies und dachten, der Jüngling würde mich heiraten. In dieser Voraussetzung, und da sie ihn bereits als den Kronerben betrachteten, machten sie ihm den Hof, und jeder beeiferte sich, sein Vertrauen zu gewinnen. Er durchschaute den Grund ihrer Anhänglichkeit, freute sich darüber, verlor den Abstand zwischen uns gänzlich aus den Augen und schmeichelte sich mit der Hoffnung, mein Vater liebe ihn so sehr, daß er ihn bei dieser Verbindung allen Prinzen der Welt vorziehen würde. Er tat noch mehr: da der König für seine Wünsche zu lange säumte, ihm meine Hand anzubieten, so hatte er die Kühnheit, ihn darum zu bitten. So strafbar nun auch diese Dreistigkeit war, so begnügte sich mein Vater doch mit der Erklärung, er habe andere Absichten mit mir und sehe ihn darum nicht scheel an. Den jungen Mann aber erbitterte diese abschlägige Antwort; der Stolze fühlte sich durch diese Verschmähung seiner Bewerbung so beleidigt, wie wenn er um ein Mädchen aus dem gemeinen Volk angehalten hätte, oder von gleicher Geburt mit mir gewesen wäre. Er ließ es dabei nicht bewenden, sondern beschloß, sich an dem König zu rächen, und mit einer Undankbarkeit, wovon es wenige Beispiele gibt, zettelte er eine Verschwörung gegen ihn an, ermordete ihn und ließ sich von einer großen Anzahl Mißvergnügter, deren Unzufriedenheit er zu benutzen wußte, zum König von Deryabar ausrufen. Als er nun meinen Vater aus dem Wege geräumt hatte, war sein Erstes, daß er an der Spitze eines Teiles seiner Mitverschwornen in mein Zimmer drang. Er wollte mich entweder töten oder mit Gewalt zwingen, ihn zu heiraten; aber ich hatte Zeit gehabt, ihm zu entrinnen. Während er meinen Vater erwürgte, war der Großvezier, ein stets getreuer Diener seines Herrn, gekommen, hatte mich aus dem Palast geführt und bei einem seiner Freunde in Sicherheit gebracht. Dort hielt er mich solange verborgen, bis ein Schiff, das er heimlich hatte ausrüsten lassen, imstande war, unter Segel zu gehen. Alsdann verließ ich die Insel ohne eine andere Begleitung als eine Hofmeisterin und diesen edelmütigen Minister, der lieber der Tochter seines Herrn folgen und ihr Unglück teilen, als dem Tyrannen gehorchen wollte.

Der Großvezier beabsichtigte, mich an die Höfe der benachbarten Könige zu führen, sie um Beistand anzuflehen und zur Rache der Ermordung meines Vaters aufzufordern; allein der Himmel begünstigte einen Vorsatz, der uns so vernünftig schien, nicht. Nachdem wir einige Tage fortgesegelt waren, erhob sich ein so gewaltiger Sturm, daß unser Schiff, trotz der Geschicklichkeit unserer Matrosen, durch die Gewalt der Winde und Wellen an einen Felsen geschleudert wurde und scheiterte. Ich will mich nicht mit der Beschreibung dieses Schiffbruches aufhalten. Meine Schilderung, wie die Hofmeisterin, der Großvezier und die ganze Mannschaft des Schiffes von den Abgründen des Meeres verschlungen wurden, könnte nur schlecht ausfallen. Der Schrecken, der sich meiner bemächtigt hatte, erlaubte mir nicht, die ganze Entsetzlichkeit unseres Loses einzusehen. Ich verlor das Bewußtsein, und sei es nun, daß einige Trümmer des Schiffes mich an das Ufer trugen, oder daß der Himmel, der mich zu weiterem Unglück aufsparte, ein Wunder tat, um mich zu retten: genug, als ich wieder zur Besinnung kam, befand ich mich am Ufer.

Das Unglück macht uns oft ungerecht. Statt Gott für die besondere Gnade, die er mir angedeihen ließ, zu danken, erhob ich die Augen nur zum Himmel, um ihm Vorwürfe über meine Rettung zu machen. Es fiel mir nicht ein, den Vezier und meine Hofmeisterin zu beweinen, im Gegenteil beneidete ich ihr Schicksal, und nach und nach wurde meine Vernunft durch die furchtbaren Vorstellungen, die mich beunruhigten, so verwirrt, daß ich den Entschluß faßte, mich ins Meer zu stürzen. Schon war ich im Begriff hineinzuspringen, als ich hinter mir ein großes Getöse von Menschen und Pferden hörte. Ich drehte mich sogleich um, um zu sehen, was es wäre, und erblickte mehrere bewaffnete Reiter, unter denen einer ein arabisches Pferd ritt. Er hatte einen silbergestickten Rock mit einem Gürtel aus Edelsteinen und eine Krone auf dem Haupt. Hätte ich ihn auch nicht an seiner Kleidung als den Herrn der übrigen erkannt, so hätte ich es aus dem edlen Anstand schließen müssen, den seine ganze Erscheinung hatte. Er war ein ausgezeichnet wohlgebildeter Jüngling und schöner als der Tag. Verwundert, an diesem Ort ein junges Mädchen allein zu finden, schickte er einige seiner Offiziere ab und ließ mich fragen, wer ich wäre. Ich antwortete ihnen nur durch Tränen. Da das Ufer mit den Trümmern unseres Schiffes bedeckt war, so schlossen sie daraus, ein Fahrzeug müsse hier gescheitert sein, und ohne Zweifel habe ich mich aus dem Schiffbruch gerettet. Diese Vermutung und die tiefe Betrübnis, die ich an den Tag legte, reizten die Neugierde der Offiziere, sie fingen an, tausend Fragen an mich zu stellen und versicherten mir, ihr König sei ein großmütiger Fürst, an dessen Hof ich gewiß Trost finden würde.

Der König, dem seine Offiziere zu lange ausblieben und der sehr gern auf der Stelle erfahren hätte, wer ich wäre, ritt nun selbst auf mich zu. Er betrachtete mich mit vieler Aufmerksamkeit, und da ich vor lauter Tränen und Jammer denen, die mich fragten, nicht antworten konnte, verbot er ihnen, mich länger mit Fragen zu belästigen, und wandte sich selbst zu mir mit folgenden Worten: »Mein Fräulein, ich beschwöre dich, deine ungemessene Betrübnis zu mäßigen. Wenn dich der Himmel im Zorn seine schwere Hand fühlen läßt, ist dies wohl ein Grund, dich der Verzweiflung hinzugeben? Ich bitte dich, sei standhafter. Das Schicksal, das dich verfolgt, ist wechselnd; dein Los kann sich bald ändern. Ja, ich versichere dir, wenn du irgendwo Trost in deinem Unglück finden kannst, so ist es in meinen Staaten. Ich biete dir meinen Palast an; dort magst du bei der Königin, meiner Mutter, weilen, die sich bemühen wird, durch freundliche Behandlung deine Leiden zu lindern. Ich weiß noch nicht, wer du bist, aber ich fühle schon, daß ich herzlichen Anteil an dir nehme.«

Ich dankte dem jungen König für seine Güte, nahm sein verbindliches Anerbieten an, und um zu zeigen, daß ich desselben nicht unwürdig sei, entdeckte ich ihm meine Herkunft. Ich schilderte ihm die Frechheit des jungen Sarazenen, und die einfache schmucklose Erzählung meiner Unglücksfälle reichte hin, sein und aller seiner Offiziere Mitleid zu erwecken. Als ich mit meinem Bericht zu Ende war, nahm der Fürst das Wort und versicherte mir aufs neue, daß er den innigsten Anteil an meinem Unglück nehme; darauf führte er mich in den Palast und stellte mich der Königin, seiner Mutter, vor. Hier mußte ich meine Unglücksfälle aufs neue erzählen und einen Strom von Tränen vergießen. Die Königin zeigte sich ebenfalls sehr teilnehmend und gewann mich außerordentlich lieb. Der König, ihr Sohn, verliebte sich sterblich in mich und bot mir bald seine Krone und Hand an. Ich aber war mit meinem Unglück noch so beschäftigt, daß dieser Fürst, so liebenswürdig er auch war, nicht den ganzen Eindruck auf mich machte, den er zu einer anderen Zeit hätte machen können. Gleichwohl wollte ich aus Dankbarkeit seinem Glück nicht im Wege stehen, und unsere Vermählung wurde mit aller ersinnlichen Pracht vollzogen.

Während das ganze Volk mit den Vermählungsfeierlichkeiten seines Königs beschäftigt war, landete eines Nachts ein benachbarter feindlicher Fürst mit einem gewaltigen Kriegsheer auf der Insel. Dieser furchtbare Feind war der König von Zanguebar. Er schlug alle Untertanen meines Gemahls mit der Schärfe des Schwerts. Wenig fehlte, so hätte er uns beide gefangen genommen; denn er war schon mit einem Teil seiner Leute in den Palast gedrungen, aber wir waren so glücklich, uns zu retten und das Ufer des Meers zu erreichen, wo wir uns in eine Fischerbarke warfen, die wir dort zufällig antrafen. Zwei Tage lang segelten wir, ein Spiel der Winde und Wogen, dahin, ohne zu wissen, was aus uns werden sollte. Am dritten erblickten wir ein Schiff, das mit vollen Segeln auf uns zusteuerte. Anfangs freuten wir uns darüber, in der Meinung, es sei ein Kaufschiff, das uns aufnehmen könne; aber wer beschreibt unsere Verwunderung, als das Schiff näher kam und wir auf dem Verdeck zehn bis zwölf bewaffnete Seeräuber erblickten. Fünf bis sechs warfen sich in unser Fahrzeug, bemächtigten sich unserer, banden den Fürsten, meinen Gemahl, und brachten uns auf ihr Schiff, wo sie mir sogleich den Schleier abnahmen. Meine Jugend und meine Gesichtszüge machten großen Eindruck auf die Räuber, und alle erklärten, sie seien von meinem Anblick bezaubert. Statt das Los zu werfen, verlangte jeder den Vorzug und mich als Beute zu haben. Sie wurden hitzig, gerieten in Streit und schlugen wie wütend aufeinander los. In einem Augenblick war das ganze Verdeck mit Leichnamen übersät. Mit einem Wort, alle wurden erschlagen bis auf einen einzigen, der sich nun im Besitz meiner Person sah und zu mir sagte: »Du bist mein, ich werde dich nach Kahirah führen und einem meiner Freunde übergeben, dem ich eine schöne Sklavin versprochen habe. Aber«, fügte er mit einem Blick auf den König, meinen Gemahl, hinzu, »wer ist dieser Mann da? Welche Bande knüpfen ihn an dich? Bande des Bluts oder der Liebe?« – »Herr«, antwortete ich, »es ist mein Gemahl.« – »Wenn dem so ist«, versetzte der Korsar, »so muß ich mich aus Mitleid seiner entledigen. Er würde gar zuviel leiden, wenn er dich in den Armen meines Freundes sehen müßte.« So sprechend ergriff er den unglücklichen Fürsten, der gebunden war, und stürzte ihn ins Meer, so sehr ich mir auch Mühe gab, es zu verhindern.

Bei dieser grausamen Tat erhob ich ein fürchterliches Geschrei und hätte mich ganz gewiß in die Wellen gestürzt, wenn der Seeräuber mich nicht zurückgehalten hätte. Er sah wohl, daß ich keinen anderen Wunsch mehr hatte; deswegen band er mich mit Stricken an den großen Mast, spannte sodann die Segel auf und schiffte ans Land, wo er ausstieg. Hier band er mich los und führte mich in eine kleine Stadt, wo er Kamele, Zelte und Sklaven kaufte; dann nahm er seinen Weg nach Kahirah, in der Absicht, wie er immer sagte, mich seinem Freund zu bringen und so sein Wort zu lösen.

Wir waren schon mehrere Tage unterwegs, als wir gestern durch diese Ebene zogen und den Schwarzen erblickten, der das Schloß hier bewohnte. Anfangs hielten wir ihn für einen Turm, und als er schon in unserer Nähe war, konnten wir kaum glauben, daß es ein Mensch sei. Er zog sein breites Schlachtschwert und forderte den Seeräuber auf, sich samt allen seinen Sklaven und der Frau, die er mit sich führte, zu ergeben. Der Seeräuber war ein Mann von Wut, und mit Hilfe seiner Sklaven, die ihm Treue gelobten, griff er den Schwarzen an. Der Kampf dauerte lange. Endlich erlag der Seeräuber unter den Streichen seines Feindes und ebenso alle seine Sklaven, die lieber sterben, als ihn verlassen wollten. Hierauf führte mich der Schwarze in das Schloß, wohin er auch den Leichnam des Seeräubers brachte, den er zu seinem Abendbrot verzehrte. Am Ende dieser gräßlichen Mahlzeit sagte er zu mir, da er sah, daß ich unaufhörlich weinte: »Mägdlein, mache dich bereit, meine Begierden zu befriedigen, statt dich zu betrüben. Ergib dich gutwillig der Notwendigkeit; ich lasse dir bis morgen Zeit, die Sache zu überlegen, dann aber will ich dich ganz getröstet über dein Unglück wiedersehen, und du solltest dich freuen, für mich bestimmt zu sein.« Mit diesen Worten führte er mich in ein Zimmer und legte sich in dem seinigen zu Bett, nachdem er mit eigener Hand alle Türen im Haus geschlossen hatte. Heute früh hatte er sie geöffnet und sogleich wieder geschlossen, um einigen Reisenden nachzusetzen, die er in der Ferne bemerkte. Sie scheinen ihm entwischt zu sein, denn er kam allein und ohne Beute zurück, als du ihn angriffst.«

Sobald die Prinzessin die Erzählung ihrer Unglücksfälle beendigt hatte, bezeigte ihr Chodadad seine herzlichste Teilnahme. »Aber, meine Herrin«, setzte er hinzu, »es steht ganz in deiner Hand, von nun an ruhig zu leben. Die Söhne des Königs von Harran bieten dir am Hof ihres Vaters eine Zuflucht an; ich bitte dich, schlage sie nicht aus. Du wirst dem Fürsten teuer und von aller Welt geehrt sein, und wenn du die Hand deines Befreiers nicht verschmähst, so erlaube, daß ich sie dir vor allen diesen Prinzen anbiete und dich heirate. Sie mögen die Zeugen unserer Verbindung sein.« Die Prinzessin willigte ein, und noch am selben Tag wurde die Hochzeit im Schloß gefeiert, wo sich alle möglichen Vorräte fanden. Die Küchen waren voll Fleisch und solchen Gerichten, die der Schwarze zu sich zu nehmen pflegte, wenn er genug Menschenfleisch gegessen hatte. Auch fanden sich hier eine Menge Früchte, alle ausgezeichnet in ihrer Art, und um das Maß der Freude voll zu machen, eine Fülle von gebrannten Wassern und ausgesuchten Weinen.

Sie setzten sich alle zu Tische, und nachdem sie gegessen und getrunken hatten, so viel ihnen behagte, nahmen sie die noch übrigen Vorräte mit und verließen das Schloß, um sich an den Hof des Königs von Harran zu begeben. Sie reisten mehrere Tage und lagerten an den angenehmsten Orten, die sie finden konnten. Als sie nur noch eine Tagreise von Harran entfernt waren, machten sie Halt und tranken den übrigen Wein vollends aus, weil sie nun nicht mehr zu sparen brauchten. Nun ergriff Chodadad das Wort und sagte: »Prinzen, ich will euch nicht länger verbergen, wer ich bin. Ihr erblickt in mir euren Bruder Chodadad. Ich stamme so gut als ihr von dem König von Harran ab. Der Fürst von Samarien hat mich erzogen, und die Prinzessin Piruza ist meine Mutter. Geliebte«, fügte er gegen die Prinzessin von Deryabar hinzu, »verzeih, daß ich auch dir aus meiner Geburt ein Geheimnis gemacht habe. Vielleicht hätte ich dir durch meine frühere Entdeckung derselben einige unangenehme Gedanken erspart, welche die Rücksicht auf die Ungleichheit unseres Standes in dir hat hervorrufen können.« – »Mein Herr«, antwortete ihm die Prinzessin, »die Empfindungen, die du mir gleich anfangs eingeflößt, haben mit jedem Augenblick an Stärke gewonnen, und um mein Glück zu machen, bedurftest du nicht dieser hohen Geburt.«

Die Prinzen wünschten Chodadad Glück zu seiner Abkunft und äußerten große Freude darüber; im Grunde ihres Herzens aber war ihnen die Sache durchaus nicht angenehm, und ihr Haß gegen einen so liebenswürdigen Bruder vermehrte sich nur dadurch. Sie versammelten sich bei Nacht an einem abgelegenen Ort, während Chodadad und seine Gemahlin in ihrem Zelt die Süßigkeit des Schlafes genossen. Diese undankbaren und neidischen Brüder vergaßen, daß sie ohne Piruzas mutigen Sohn samt und sonders die Beute des Schwarzen geworden wären und beschlossen unter sich, ihn meuchlings zu ermorden. »Es bleibt uns nichts anderes übrig«, sagte einer der Bösewichter; »sobald der Vater erfährt, daß dieser Fremdling, den er so sehr liebt, sein Sohn ist und daß er allein tapfer genug war, einen Riesen zu überwältigen, den wir alle zusammen nicht besiegen konnten, so wird er ihn liebkosen, ihm tausend Lobsprüche erteilen und ihn mit Hintansetzung aller seiner übrigen Söhne zum Thronerben erklären. Wir werden dann gezwungen sein, uns vor unserem Bruder zu Boden zu werfen und ihm zu gehorchen.« Diese und ähnliche Worte machten auf die neidischen Burschen solchen Eindruck, daß sie auf der Stelle hingingen und Chodadad im Schlaf überfielen. Sie durchbohrten ihn mit vielen Dolchstößen und ließen ihn für tot in den Armen seiner Gattin. Sodann setzten sie ihren Weg nach der Stadt Harran fort, wo sie am folgenden Tag anlangten.

Der König, ihr Vater, war über ihre Ankunft um so erfreuter, als er bereits die Hoffnung aufgegeben hatte, sie je wieder zu sehen. Er fragte sie nach der Ursache ihres langen Ausbleibens, allein sie hüteten sich wohl, die Wahrheit zu gestehen; sie erwähnten weder des Schwarzen noch Chodadads und sagten bloß, sie haben der Begierde nicht widerstehen können, das Land zu sehen und sich zu diesem Behuf in einigen benachbarten Städten aufgehalten.

Indessen lag Chodadad im Blute und wie tot unter seinem Zelt; bei ihm die Prinzessin, seine Gemahlin, die nicht minder beklagenswert war als er. Sie erfüllte die Luft mit ihrem Wehgeschrei, riß sich die Haare aus und badete das Gesicht ihres Mannes mit Tränen. »Ach Chodadad!« rief sie jeden Augenblick, »mein teurer Chodadad, muß ich dich ins Grab sinken sehen?

Welche grausamen Hände haben dich in diesen Zustand versetzt? Kann ich es glauben, daß es deine eigenen Brüder sind, die dich so mitleidslos zerfleischt haben! Deine Brüder, die dein tapferer Arm gerettet hat! Nein, Teufel haben diese geliebten Züge angenommen und sind hierhergekommen, um dir das Leben zu rauben. Ha, ihr Unmenschen, wer ihr auch sein möget, konntet ihr mit so schwarzem Undank den Dienst vergelten, den er euch geleistet hat! Doch warum soll ich deinen Brüdern grollen, unglücklicher Chodadad? Ich allein bin an deinem Tode schuld! Du wolltest dein Schicksal an das meine knüpfen, und all das Unheil, das mich verfolgt, seit ich den Palast meines Vaters verlassen habe, hat sich über dich ausgegossen. O Gott, der du mich zu einem unsteten und unglückseligen Leben verdammt hast, wenn du mir keinen Gatten gönnst, warum läßt du mich einen finden? Dies ist der zweite, den du mir entreißt, nachdem ich gerade angefangen habe, ihn liebzugewinnen.«

In solchen und noch weit rührenderen Wehklagen machte die bejammernswerte Prinzessin von Deryabar ihrem Schmerz Luft, indem sie unaufhörlich den unglücklichen Chodadad anblickte, der sie nicht hören konnte. Dennoch war er nicht tot, und als seine Gattin bemerkte, daß er noch atmete, lief sie nach einem großen Flecken, den sie in der Ebene bemerkte, um dort einen Wundarzt zu holen. Man wies sie zu einem, der sogleich mit ihr ging. Als sie aber ins Zelt kamen, fanden sie Chodadad nicht mehr darin, woraus sie schlossen, irgend ein wildes Tier habe ihn weggetragen und gefressen. Die Prinzessin begann von neuem ihre Wehklagen auf die jammervollste Weise von der Welt. Der Wundarzt wurde im Innersten gerührt und wollte sie in ihrem schrecklichen Zustand nicht verlassen. Er schlug ihr vor, in den Flecken zurückzukehren und bot ihr sein Haus und seine Dienste an.

Sie ließ sich bereden und ging mit dem Wundarzt, der sie, ohne zu wissen, wer sie war, mit aller erdenklichen Achtung und Ehrfurcht behandelte. Er bemühte sich, ihr Trost zuzusprechen, aber vergeblich bekämpfte er ihren Schmerz, er reizte ihn nur noch mehr, statt ihn zu lindern. »Herrin«, sagte er eines Tages zu ihr, »ich bitte dich, erzähle mir deine Unglücksfälle; sage mir, aus welchem Land und von welchem Stande du bist. Vielleicht kann ich dir einen guten Rat geben, wenn ich von allen Umständen deines Mißgeschicks unterrichtet bin. Du härmst dich ab und bedenkst nicht, daß es auch gegen die verzweifeltsten Übel noch Mittel gibt.

Der Wundarzt sprach so eindringlich, daß die Prinzessin sich überreden ließ, ihm ihre ganze Geschichte zu erzählen. Als sie damit zuende war, sprach er zu ihr: »Herrin, da sich die Sache so verhält, so erlaube mir, dir vorzustellen, daß du dich deinem Kummer nicht hingeben solltest; waffne dich vielmehr mit Standhaftigkeit und tue, was der Name und die Pflicht einer Gattin von dir fordern. Räche deinen Gemahl; ich will, wenn du es wünschst, dein Begleiter sein. Laß uns an den Hof des Königs von Harran gehen, er ist ein guter und sehr gerechter Fürst. Du darfst ihm nur mit lebhaften Farben die Behandlung schildern, die der Prinz Chodadad von seinen Brüdern erfahren hat, und ich bin überzeugt, daß er dir Gerechtigkeit verschaffen wird.« – »Du hast recht«, antwortete die Prinzessin. »Ja, es ist meine Pflicht, Chodadad zu rächen, und da du so gefällig und großmütig bist, mich begleiten zu wollen, so bin ich bereit, mit dir zu gehen.« Sobald sie diesen Entschluß gefaßt hatte, ließ der Wundarzt zwei Kamele bereit halten, welche die Prinzessin und er bestiegen und sich dann nach der Stadt Harran begaben.

Sie stiegen in dem ersten besten Karawanserei ab und fragten den Wirt, was es Neues am Hof gebe. »Er ist«, antwortete dieser, »gegenwärtig in großer Unruhe. Der König hatte einen Sohn, der sich bei ihm sehr lange als Unbekannter aufgehalten hat, und man weiß nicht, was aus diesem jungen Prinzen geworden ist. Eine der Frauen des Königs, Namens Piruza, ist seine Mutter, und sie hat schon tausend vergebliche Nachforschungen anstellen lassen. Alle Welt bedauert den Verlust dieses Prinzen, denn er war ein vorzüglicher junger Mann. Der König hat noch neunundvierzig andere Söhne, alle von verschiedenen Müttern, aber unter diesen ist kein einziger, der ihn vermöge seiner Tugenden über Chodadads Tod zu trösten vermöchte. Ich sage über seinen Tod, denn es ist unmöglich, daß er noch lebt, wenigstens hat man ihn trotz aller Nachforschungen nicht finden können.«

Auf diesen Bericht des Wirtes hin meinte der Wundarzt, die Prinzessin von Deryabar könne nichts Besseres tun, als hinzugehen und sich der Frau Piruza vorzustellen. Dieser Schritt war aber nicht ohne Gefahr und erforderte große Vorsicht. Es war zu fürchten, daß die Söhne des Königs von Harran die Ankunft und Absicht ihrer Schwägerin erfahren und sie auf die Seite schaffen könnten, bevor sie Gelegenheit hätte, mit Chodadads Mutter zu sprechen. Der Wundarzt sann hin und her und bedachte auch seine eigene Gefahr dabei. Er wollte daher behutsam bei der Sache zu Werke gehen und bat die Prinzessin, in dem Karawanserei zu bleiben, während er selbst nach dem Palast ging, um zu erkunden, auf welche Art er sie sicher zu Piruza bringen könnte.

Er ging also in die Stadt und näherte sich dem Palast wie einer, den bloß die Neugier, den Hof zu sehen, dahin zieht, als er eine Frau auf einem reichgeschmückten Maultier erblickte; sie war von mehreren Fräulein, ebenfalls auf Maultieren, ferner von einer starken Abteilung Soldaten und einer Menge schwarzer Sklaven begleitet.

Alle Leute stellten sich in Reihen, um sie vorbeiziehen zu sehen, und begrüßten sie mit dem Gesicht auf den Boden fallend. Der Wundarzt begrüßte sie ebenso und fragte einen neben ihm stehenden Kalender, ob dies eine von den Frauen des Königs sei. »Ja, mein Bruder«, antwortete der Kalender, »es ist eine von seinen Frauen und zwar diejenige, die das Volk am meisten ehrt und liebt, weil sie die Mutter des Prinzen Chodadad ist, von dem du gewiß schon gehört hast.«

Mehr wollte der Wundarzt nicht hören; er folgte der Frau Piruza bis in eine Moschee, welche sie betrat, um Almosen zu verteilen und dem öffentlichen Gebet anzuwohnen, das der König für Chodadads Rückkehr verrichten ließ. Das Volk, welches an dem Schicksale dieses jungen Prinzen außerordentlich viel Anteil nahm, lief scharenweise herbei, um sein Gebet mit dem Geistlichen zu vereinigen, und die Moschee war voll Menschen. Der Wundarzt bahnte sich einen Weg durchs Gedränge und gelangte bis zu Piruzas Wachen. Er hörte alle Gebete mit an, und als die Prinzessin wieder hinausging, näherte er sich einem der Sklaven und flüsterte ihm ins Ohr: »Bruder, ich habe der Prinzessin Piruza ein wichtiges Geheimnis zu entdecken: könnte ich nicht durch deine Vermittlung in ihr Zimmer geführt werden?« – »Wenn dieses Geheimnis«, antwortete der Sklave, »den Prinzen Chodadad betrifft, so kann ich dir noch heute die gewünschte Audienz versprechen; wo nicht, so hoffst du vergeblich, der Prinzessin vorgestellt zu werden, denn sie ist einzig und allein mit ihrem Sohne beschäftigt und will von nichts anderem reden hören.« – »Eben nur von diesem geliebten Sohne will ich mit ihr sprechen«, sagte der Wundarzt. – »In diesem Falle«, versetzte der Sklave, »darfst du uns nur nach dem Palast folgen, und du wirst bald mit ihr sprechen können.«

Es war dem wirklich so. Piruza war kaum auf ihr Zimmer zurückgekehrt, als ihr der Sklave meldete, ein unbekannter Mann habe ihr etwas Wichtiges mitzuteilen, was den Prinzen Chodadad betreffe. Kaum hatte er diese Worte gesprochen, als Piruza eine lebhafte Ungeduld an den Tag legte, den Unbekannten zu sehen. Der Sklave ließ ihn sogleich ins Gemach der Prinzessin treten, die alle ihre Frauen wegschickte, mit Ausnahme von zweien, vor denen sie kein Geheimnis hatte. Sobald sie des Wundarzts ansichtig wurde, fragte sie hastig, welche Nachricht er ihr von Chodadad zu bringen habe. »Herrin«, antwortete dieser, nachdem er sich mit dem Gesicht auf den Boden geworfen hatte, »ich habe dir eine lange Geschichte zu erzählen und Dinge, worüber du dich ohne Zweifel verwundern wirst.« Hierauf erzählte er ihr umständlich alles, was zwischen Chodadad und seinen Brüdern vorgefallen war. Sie hörte ihn mit gieriger Aufmerksamkeit an; als er aber auf den Meuchelmord zu sprechen kam, fiel die zärtliche Mutter, gleich als würde sie von denselben Stichen durchbohrt wie ihr Sohn, ohnmächtig auf ein Sofa. Die beiden Frauen kamen ihr schleunig zu Hilfe und brachten sie wieder zur Besinnung. Der Wundarzt fuhr nun in seinem Berichte fort, und als er geendigt hatte, sagte die Prinzessin zu ihm: »Geh schnell zur Prinzessin von Deryabar zurück und verkündige ihr in meinem Namen, daß der König sie alsbald als Schwiegertochter anerkennen wird; was aber dich betrifft, so sei überzeugt, deine Dienste werden dir gut belohnt werden.«

Als der Wundarzt sich entfernt hatte, blieb Piruza auf dem Sofa in einem Zustand der Traurigkeit, den man sich wohl denken kann. Durchdrungen von der Erinnerung an Chodadad rief sie aus: »O mein Sohn, so bin ich denn auf immer deines Anblicks beraubt! Als ich dich aus Samarien ziehen ließ, um an diesen Hof zu reisen, als du mir Lebewohl sagtest, ach! da ahnte ich nicht, daß ein grauenvoller Tod fern von mir deiner harrte. O unglücklicher Chodadad, warum hast du mich verlassen? Du hättest dir freilich nicht so hohen Ruhm erworben, aber du lebtest noch und würdest deiner Mutter nicht so viele Tränen kosten.« Bei diesen Worten weinte sie bitterlich, und ihre beiden Vertrauten, gerührt von ihrem Schmerz, vermischten ihre Tränen mit den Tränen ihrer Gebieterin.

Während sie so alle drei in maßloser Betrübnis da saßen, trat der König ins Zimmer, und als er sie in diesem Zustand erblickte, fragte er Piruza, ob sie vielleicht traurige Nachrichten von Chodadad erhalten hätte. »Ach, Herr«, sagte sie, »es ist um ihn geschehen: mein Sohn ist tot, und um das Maß meines Kummers voll zu machen, kann ich ihm nicht einmal die Ehre des Begräbnisses erweisen, denn allem Anschein nach haben ihn wilde Tiere gefressen.« Hierauf erzählte sie ihm, was sie von dem Wundarzt gehört hatte, und ließ sich namentlich über die grausame Art aus, wie Chodadad von seinen Brüdern ermordet worden war.

Der König ließ Piruza nicht Zeit, ihre Erzählung zu vollenden; er fühlte sich von Zorn entbrannt und sagte in seiner Entrüstung zu ihr: »Geliebtes Weib, die Schurken, die deine Tränen fließen machen und ihrem Vater einen tödlichen Schmerz bereiten, sollen ihre gerechte Strafe erleiden.« So sprechend begab sich der König mit wutfunkelnden Augen in den Audienzsaal, wo alle seine Höflinge und diejenigen von seinen Untertanen, die ihn um etwas bitten wollten, versammelt waren. Alle erstaunten, als sie die Wut auf seinem Gesicht sahen; schon fürchteten sie,

er möchte über sein Volk erbost sein, und ihre Herzen erstarrten vor Schrecken. Er bestieg den Thron, hieß den Großvezier nahen und sagte zu ihm: »Hasan, ich habe dir einen Befehl zu geben. Geh auf der Stelle hin, nimm tausend Mann von meiner Leibwache und verhafte alle Prinzen, meine Söhne. Sperre sie in den Turm der Meuchelmörder und vollziehe dies sogleich.« Bei diesem außerordentlichen Befehl erbebten alle Anwesenden: der Großvezier legte, ohne ein einziges Wort zu sprechen, die Hand auf seinen Kopf, um zu zeigen, daß er bereit sei, zu gehorchen und verließ den Saal, um einen Befehl zu vollziehen, der ihn so sehr überraschte. Indes schickte der König alle Personen, die Audienz bei ihm verlangten, zurück und erklärte, er wolle binnen Monatfrist von keinem Geschäft mehr hören. Er war noch im Saal, als der Vezier zurückkam. »Nun, Vezier«, sagte er zu ihm, »sind alle meine Söhne im Turm?« – »Ja, Herr«, antwortete der Minister, »dein Befehl ist erfüllt.« – »Ich habe dir noch einen anderen zu geben«, sagte der König. Mit diesen Worten verließ er den Audienzsaal und kehrte in Piruzas Zimmer zurück, wohin der Vezier ihm folgte. Er fragte die Fürstin, wo die Witwe Chodadads wohne. Piruzas Frauen sagten es ihm, denn der Wundarzt hatte es in seinem Bericht nicht vergessen. Sofort wandte sich der König zu seinem Minister und sprach: »Geh in diesen Karawanserei und führe eine junge Prinzessin, die daselbst wohnt, hierher. Behandle sie aber mit aller Ehrfurcht, die einer Frau von ihrem Range gebührt.«

Der Vezier vollzog auch diesen Befehl sogleich. Er stieg samt allen Emiren und den übrigen Hofleuten zu Pferd, begab sich nach dem Karawanserei, wo die Prinzessin von Deryabar war, eröffnete ihr seinen Auftrag und ließ ihr auf Befehl des Königs ein schönes weißes Maultier vorführen, dessen Sattel und Zaum von Gold und mit Rubinen und Smaragden besät war. Sie bestieg es und ritt mitten unter diesen Herren nach dem Palast. Der Wundarzt begleitete sie ebenfalls auf einem schönen tartarischen Roß, das der Vezier ihm hatte geben lassen. Alles Volk stand an den Fenstern oder auf den Gassen, um den prächtigen Zug vorbeikommen zu sehen, und als bekannt wurde, daß die Prinzessin, die man so feierlich nach dem Hof geleitete, die Gemahlin Chodadads war, so entstand ein allgemeiner Jubel. Die Luft erscholl von tausendfältigem Freudengeschrei, das sich ohne Zweifel in Wehklagen verwandelt hätte, wenn das traurige Schicksal dieses Prinzen bekannt gewesen wäre; so sehr war er bei aller Welt beliebt.

Die Prinzessin von Deryabar traf den König an der Pforte des Palastes, so er sie erwartete und empfing. Er nahm sie bei der Hand und führte sie in Piruzas Gemach, woselbst ein höchst rührender Auftritt statthatte. Die Gemahlin Chodadads fühlte sich beim Anblick des Vaters und der Mutter ihres Gatten aufs neue von ganzen Gewicht ihres Kummers darniedergedrückt, so wie der Vater und die Mutter die Gemahlin ihres Sohnes nicht ohne gewaltige innere Bewegung ansehen konnten. Sie warf sich zu den Füßen des Königs, badete sie mit ihren Tränen und konnte vor Kummer und Herzeleid kein Wort hervorbringen. Nicht minder beklagenswert war Piruzas Zustand; ihr Unglück schien ihr das Herz abzudrücken, und der König, der diesem rührenden Anblick nicht widerstehen konnte, überließ sich seiner eigenen Trostlosigkeit. So vermischten diese drei Personen ihre Seufzer und Tränen und beobachteten eine Zeitlang das Stillschweigen tiefen Seelenleids. Endlich erholte sich die Prinzessin von Deryabar und erzählte das Abenteuer im Schloß und das Unglück Chodadads. Schließlich bat sie um Gerechtigkeit für den Meuchelmord des Prinzen. »Ja, meine Tochter«, sagte der König, »die Undankbaren sollen sterben; zuvor aber muß ich Chodadads Tod öffentlich bekannt machen lassen, damit die Hinrichtung seiner Brüder keinen Aufruhr im Volk erweckt. Übrigens wollen wir, obschon wir den Leichnam meines Sohnes nicht haben, dennoch nicht unterlassen, ihm die letzte Ehre zu erweisen.« Nach diesen Worten wandte er sich an seinen Vezier und befahl ihm, auf der schönen Ebene, in deren Mitte die Stadt Harran liegt, ein Grabmal mit einer Kuppel von weißem Marmor erbauen zu lassen; inzwischen aber wies er der Prinzessin von Deryabar, die er als Schwiegertochter anerkannte, eine prächtige Wohnung in seinem Palast an.

Hasan ließ mit solcher Emsigkeit arbeiten und verwendete so viele Handwerksleute dazu, daß das Kuppelgebäude in wenigen Tagen vollendet war. Unter der Kuppel wurde ein Grabmal errichtet und auf dasselbe Chodadads Bildsäule gestellt. Sobald das Werk fertig war, befahl der König, Gebete anzustellen, und setzte einen Tag zur Trauerfeier seines Sohnes fest.

Als dieser Tag erschien, strömten alle Einwohner der Stadt auf die Ebene, um der Feierlichkeit anzuwohnen, die auf folgende Weise geschah. Der König zog in Begleitung des Großveziers und der vornehmsten Herren seines Hofes nach dem Kuppelgebäude, und als er hier angekommen war, trat er hinein und setzte sich mit ihnen auf goldgeblümte schwarze Atlasteppiche. Hierauf zog eine zahlreiche Schar der Leibwache zu Pferd mit gesenktem Haupt und halbgeschlossenen Augen vor das Gebäude. Sie ritten zweimal in tiefem Schweigen rings umher, beim dritten Mal aber hielten sie vor der Tür still und sprachen einer nach dem anderen mit lauter Stimme folgende Worte: »O Prinz, Sohn des Königs, wenn wir durch die Schärfe unseres Schwertes und durch menschliche Tapferkeit dein Mißgeschick irgendwie erleichtern könnten, so solltest du bald das Licht wieder schauen; aber der König der Könige hat geboten, und der Engel des Todes hat gehorcht.« Nach diesen Worten zogen sie sich zurück, um hundert Greisen mit langen weißen Bärten Platz zu machen, die sämtlich auf schwarzen Maultieren ritten.

Es waren Einsiedler, die sich ihr Leben lang in Höhlen verborgen hielten und niemals den Augen der Menschen zeigten, außer um den Leichenbegängnissen der Könige von Harran und der Prinzen seines Hauses anzuwohnen. Diese ehrwürdigen Alten trugen auf dem Kopf jeder ein dickes Buch, das sie mit einer Hand hielten. Sie machten dreimal die Runde um das Gebäude, ohne ein Wort zu sagen; hierauf hielten sie an der Tür still, und einer von ihnen sprach folgende Worte: »O Prinz, was können wir für dich tun? Wenn man durch Gebet oder Wissenschaft dir das Leben wieder geben könnte, so würden wir unsere weißen Bärte an deinen Füßen reiben und Gebete hersagen; aber der Beherrscher des Weltalls hat dich auf immer hinweggenommen.«

Nachdem die Greise also gesprochen, entfernten sie sich von dem Gebäude, und alsbald nahten sich fünfzig Fräulein von ausgezeichneter Schönheit. Sie ritten kleine weiße Pferde, waren ohne Schleier und trugen goldene Körbe voll kostbarer Edelsteine. Auch sie machten dreimal die Runde um das Gebäude, hielten dann an derselben Stelle wie die anderen an, worauf die Jüngste das Wort ergriff und also sprach: »O Prinz, der du einst so schön warst! welche Hilfe kannst du von uns erwarten? Wenn wir dich durch unsere Reize wieder beleben könnten, so wollten wir alle deine Sklavinnen sein; aber du hast kein Gefühl mehr für die Schönheit und bedarfst unserer nicht mehr.«

Nachdem die jungen Mädchen sich entfernt hatten, stand der König mit seinen Höflingen auf, machte ebenfalls dreimal die Runde ums Gebäude, nahm dann selbst das Wort und sprach: »O mein teurer Sohn, Licht meiner Augen, so habe ich dich denn auf immer verloren!« Er begleitete diese Worte mit Seufzern und benetzte das Grab mit seinen Tränen; die Höflinge weinten ebenfalls. Hierauf verschloß man die Tür des Grabmals und alles kehrte nach der Stadt zurück. Am anderen Tag wurden in den Moscheen öffentliche Gebete gehalten und dies acht Tage hintereinander fortgesetzt. Den neunten beschloß der König, die Prinzen, seine Söhne, enthaupten zu lassen. Das ganze Volk war empört über ihre Missethat an Chodadad und schien ihrer Hinrichtung mit Ungeduld entgegenzusehen. Schon fing man an, Schaffotte zu errichten, allein die Exekution mußte aufgeschoben werden, weil plötzlich die Nachricht kam, daß die benachbarten Fürsten, die den König von Harran schon früher bekriegt hatten, mit zahlreicheren Heeren als das erste Mal heranrückten und nicht mehr weit von der Stadt entfernt wären. Man hatte zwar schon lange gewußt, daß sie sich zum Krieg rüsteten, allein man hatte sich über diese Rüstungen nicht beunruhigt. Diese Nachricht verbreitete allgemeine Bestürzung und gab neuen Anlaß, Chodadad zu beklagen, der sich in dem früheren Krieg gegen eben diese Feinde so herrlich hervorgetan hatte. »Ach!« sagten die Leute, »wenn der hochherzige Chodadad noch lebte, so würden wir uns wenig um diese Fürsten bekümmern, die uns überfallen.« Der König aber gab sich nicht feiger Furcht hin: er hob schleunigst Mannschaft aus, brachte ein ansehnliches Kriegsheer zusammen, und, zu mutig, um sich von den Feinden in seinen Mauern aufsuchen zu lassen, zog er ihnen entgegen. Die Feinde ihrerseits, als sie von ihren Kundschaftern vernommen, daß der König von Harran heranrückte, um mit ihnen zu streiten, machten auf einer Ebene Halt und stellten ihr Heer in Schlachtordnung.

Sobald der König sie erblickte, ordnete er seine Truppen ebenfalls zum Kampf, ließ zum Angriff blasen und griff mit ungemeiner Tapferkeit die Feinde an. Sie leisteten hartnäckigen Widerstand, von beiden Seiten wurde viel Blut vergossen und der Sieg blieb lange schwankend. Endlich aber wollte er sich schon für die Feinde des Königs von Harran erklären, die an Anzahl überlegen waren und ihn umzingelten, als man plötzlich auf der Ebene eine große Schar Reiter in schönster Ordnung auf das Schlachtfeld dahersprengen sah. Der Anblick dieser neuen Streiter machte beide Teile stutzig, und sie wußten nicht, was sie davon denken sollten. Doch blieben sie nicht lange in dieser Ungewißheit, denn die Reiter faßten die Feinde des Königs von Harran in der Seite und drangen mit solcher Wut auf sie ein, daß sie sie bald in Unordnung brachten und in die Flucht schlugen. Damit noch nicht zufrieden, verfolgten sie die Fliehenden lebhaft und machten fast alle nieder.

Der König von Harran hatte mit großer Aufmerksamkeit den ganzen Vorgang beobachtet und die Kühnheit dieser Reiter bewundert, deren unverhoffte Hilfe den Sieg zu seinen Gunsten

entschieden. Ganz besonderes Wohlgefallen hatte er an ihrem Anführer gefunden, den er mit löwenmütiger Tapferkeit fechten sah. Er wünschte sehr, den Namen dieses edlen Helden zu erfahren, und voll Ungeduld, ihn zu sehen und ihm zu danken, ritt er auf ihn zu; dieser aber eilte, ihm zuvorzukommen. Die beiden Fürsten begegneten sich und der König von Harran erkannte seinen Sohn Chodadad in dem tapfern Krieger, der ihm zu Hilfe gekommen oder vielmehr seine Feinde geschlagen hatte. Er blieb lange Zeit sprachlos vor Überraschung und Freude. »Herr«, sagte Chodadad, »du bist ohne Zweifel erstaunt, auf einmal wieder einen Menschen erscheinen zu sehen, den du vielleicht tot glaubtest; ich wäre es auch, wenn mich der Himmel nicht erhalten hätte, um dir gegen deine Feinde zu dienen.« – »Ach, mein Sohn!« rief der König, »ist's möglich, daß du mir wieder geschenkt bist! Auch ich hatte schon alle Hoffnung aufgegeben.« So sprechend, streckte er seine Arme gegen den jungen Prinzen aus und drückte ihn voll Zärtlichkeit an seine Brust.

»Ich weiß alles, mein Sohn«, hub der König an, nachdem er ihn lange in seinen Armen gehalten hatte, »ich weiß, wie deine Brüder dir für die Befreiung aus der Hand des Schwarzen lohnten; aber du sollst morgen gerächt werden. Laß uns jetzt nach dem Palast gehen. Deine Mutter, die viele Tränen um dich vergossen hat, erwartet mich, um sich mit mir über die Niederlage unserer Feinde zu freuen. Wie groß wird ihr Entzücken sein, wenn sie erfährt, daß mein Sieg dein Werk ist!« – »Herr«, antwortete Chodadad, »erlaube mir, dich zu fragen, wie du das Abenteuer im Schloß erfahren konntest; sollte es vielleicht einer meiner Brüder, durch Gewissensbisse gepeinigt, gestanden haben?« – »Nein«, erwiderte der König, »die Prinzessin von Deryabar hat uns von allem unterrichtet; sie weilt in meinem Palast, wohin sie gekommen ist, um Rache für den Frevel deiner Brüder zu fordern.« Chodadad war außer sich vor Freude, daß die Prinzessin, seine Gemahlin, am Hofe war. Entzückt rief er aus: »Laß uns eilen, Herr, zu meiner Mutter, die uns erwartet; ich brenne vor Ungeduld, ihre Tränen und die der Prinzessin von Deryabar zu trocknen.« Der König kehrte alsbald mit seinem Heer in die Stadt zurück und verabschiedete dasselbe. Er zog siegreich in seinem Palast ein unter dem Zujauchzen des Volks, das ihm scharenweise folgte, indem es den Himmel um Verlängerung seiner Jahre anrief und den Namen Chodadads bis zu den Sternen erhob. Die beiden Fürsten trafen Peruza und ihre Schwiegertochter beisammen, die den König erwarteten, um ihm Glück zu wünschen; aber wer vermöchte das freudige Entzücken der beiden Frauen zu beschreiben, als sie den jungen Prinzen an seiner Seite erblickten! Bei diesen Umarmungen flossen ganz andere Tränen, als sie bisher um ihn vergossen hatten. Nachdem die vier Glücklichen allen Eingebungen des Blutes und der Liebe Genüge getan hatten, fragte man Piruzas Sohn, durch welche Wunder er noch am Leben sei.

Er antwortete, ein Bauer auf einem Maulesel sei zufällig in das Zelt gekommen, worin er ohnmächtig gelegen, und als er ihn allein, verwundet und von Stichen durchbohrt, gesehen, habe er ihn auf sein Tier gelegt und in sein Haus gebracht; dort habe er ihm gewisse gekaute Kräuter auf seine Wunden gelegt, wodurch sie in wenigen Tagen geheilt worden seien. »Als ich mich wieder hergestellt fühlte«, fügte er hinzu, »dankte ich dem Bauern und gab ihm alle Diamanten, die ich bei mir hatte. Hierauf näherte ich mich der Stadt Harran; da ich aber unterwegs erfuhr, daß einige benachbarte Fürsten Truppen gesammelt hatten, um den König zu überfallen, so gab ich mich in den Dörfern umher zu erkennen und ermunterte den Eifer des Volks, sich zur Verteidigung zu erheben. Ich bewaffnete eine große Anzahl junger Leute, stellte mich an ihre Spitze und langte in dem Augenblick an, als die beiden Heere handgemein waren.«

Als er seine Erzählung geendigt hatte, sprach der König: »Laßt uns Gott danken, daß er Chodadad erhalten hat. Die Schurken aber, die ihn töten wollten, müssen heute noch sterben.« – »Herr«, entgegnete der edelmütige Sohn Piruzas, »so undankbar und boshaft sie auch sein mögen, so bedenke doch, daß sie aus einem Blut entsprungen sind. Es sind meine Brüder, ich verzeihe ihnen ihr Verbrechen und bitte dich um Gnade für sie.« Diese edlen Gesinnungen entlockten dem König Tränen; er ließ sein Volk zusammenrufen und erklärte Chodadad für seinen Thronerben. Hierauf ließ er die gefangenen Prinzen in ihren schweren Ketten vorführen. Piruzas Sohn nahm ihnen ihre Fesseln ab und umarmte sie, einen nach dem andern, ebenso herzlich, wie er es im Schloßhof des Schwarzen getan hatte. Das Volk war entzückt über Chodadads Gutherzigkeit und gab ihm auf tausenderlei Art seinen Beifall zu erkennen. Schließlich wurde auch der Wundarzt mit Gnadenbezeugungen überschüttet, zur Anerkennung der Dienste, die er der Prinzessin von Deryabar geleistet hatte.

Die Sultanin Schehersad hatte diese Geschichte so anmutsvoll erzählt, daß der Sultan von Indien, ihr Gemahl, nicht umhin konnte, ihr sein Wohlgefallen darüber zu bezeigen. »Wenn du«, antwortete sie, »auch die Geschichte Alaeddins anhören wolltest, dies würde dir gewiß recht viel Vergnügen machen.« Der Sultan wollte diese Geschichte sogleich anhören, allein es war Zeit aufzustehen, daher sie auf die folgende Nacht verschoben wurde, in welcher Schehersad folgendermaßen erzählte:

Geschichte Alaeddins und der Wunderlampe.

Herr, in einer sehr reichen und großen Hauptstadt Chinas, deren Name mir im Augenblick entfallen ist, lebte ein Schneider, namens Mustafa, der sich von anderen Menschenkindern weiter durch nichts unterschied, als durch sein Gewerbe. Dieser Schneider Mustafa war sehr arm, und seine Arbeit warf ihm kaum viel ab, daß er, seine Frau und sein Sohn, den Gott ihnen geschenkt hatte, davon leben konnten.

Die Erziehung dieses Sohnes, welcher Alaeddin* hieß, war sehr vernachlässigt worden, so daß er allerhand lasterhafte Neigungen angenommen hatte. Er war boshaft, halsstarrig und ungehorsam gegen Vater und Mutter. Kaum war er ein wenig herangewachsen, so konnten ihn seine Eltern nicht mehr im Hause zurückhalten. Er ging schon am frühen Morgen aus und tat den ganzen Tag nichts, als auf den Straßen und öffentlichen Plätzen mit kleinen Tagdieben spielen, die jünger waren als er.

Als er in die Jahre gekommen war, wo er ein Handwerk erlernen sollte, nahm ihn sein Vater, der nicht im stande war, ihn ein anderes lernen zu lassen, als das seinige, in seine Bude und fing an, ihn in der Handhabung der Nadel zu unterrichten. Allein weder gute Worte noch Drohungen des Vaters vermochten den flatterhaften Sinn des Sohnes zu fesseln. Er konnte es nicht dahin bringen, daß er seine Gedanken beisammenhielt und emsig und aushaltend bei der Arbeit blieb, wie er es wünschte. Kaum hatte Mustafa ihm den Rücken gekehrt, so entwischte Alaeddin und ließ sich den ganzen Tag nicht wieder sehen. Der Vater züchtigte ihn, aber Alaeddin war unverbesserlich, und Mustafa mußte ihn mit großem Bedauern zuletzt seinem liederlichen Leben überlassen. Dies verursachte ihm großes Herzeleid, und der Kummer darüber, daß er seinen Sohn nicht zur Pflicht zurückrufen konnte, zog ihm eine hartnäckige Krankheit zu, an der er nach einigen Monaten starb.

Da Alaeddins Mutter sah, daß ihr Sohn keine Miene machte, das Gewerbe des Vaters zu erlernen, so schloß sie die Bude und machte das ganze Handwerkszeug zu Geld, um sowohl davon, als von dem Wenigen, was sie mit Baumwollespinnen erwarb, mit ihrem Sohn leben zu können.

Alaeddin, der jetzt nicht mehr durch die Furcht vor seinem Vater in Schranken gehalten wurde, bekümmerte sich so wenig um seine Mutter, daß er sogar die Frechheit hatte, ihr bei den geringsten Vorstellungen zu drohen, und wurde immer liederlicher. Er suchte noch mehr als zuvor junge Leute von seinem Alter auf, und spielte mit ihnen unaufhörlich noch leidenschaftlicher, als bisher. Diesen Lebenswandel setzte er bis in sein fünfzehntes Jahr fort, ohne für irgend etwas anderes Sinn zu haben und ohne zu bedenken, was dereinst aus ihm werden sollte.

Eines Tages, als er nach seiner Gewohnheit mit einem Haufen Gassenjungen auf einem freien Platz spielte, ging ein Fremder vorüber, der stehenblieb und ihn ansah. Dieser Fremde war ein berühmter Zauberer, und die Geschichtschreiber, welche uns diese Erzählung aufbewahrt haben, nennen ihn den afrikanischen Zauberer. Wir wollen ihn gleichfalls mit diesem Namen bezeichnen, um so mehr, da er wirklich aus Afrika stammte und erst seit zwei Tagen angekommen war.

Sei es nun, daß der afrikanische Zauberer, der sich auf Physiognomien verstand, in Alaeddins Gesicht alles bemerkte, was zur Ausführung des Planes, der ihn hierher geführt, notwendig war, oder mochte er einen anderen Grund haben, genug, er erkundigte sich, ohne daß es jemanden auffiel, nach seiner Familie, seinem Stand und seinen Neigungen. Als er von allem, was er wünschte, gehörig unterrichtet war, ging er auf den jungen Menschen zu, nahm ihn einige Schritte von seinen Kameraden beiseite und fragte ihn: »Mein Sohn, ist dein Vater nicht der Schneider Mustafa?« – »Ja, lieber Herr«, antwortete Alaeddin, »aber er ist schon lange tot.«

Bei diesen Worten fiel der afrikanische Zauberer Alaeddin um den Hals, umarmte ihn und küßte ihn zu wiederholten Malen mit Tränen in den Augen und seufzend. Alaeddin bemerkte diese

* Im Arabischen Adel der Religion.

Tränen und fragte, warum er weine. »Ach, mein Sohn!« rief der afrikanische Zauberer, »wie könnte ich mich da enthalten! Ich bin dein Oheim und dein Vater war mein geliebter Bruder. Schon mehrere Jahre bin ich auf der Reise, und in dem Augenblick, da ich hier anlange, voll Hoffnung, ihn wiederzusehen und durch meine Rückkehr zu erfreuen, sagst du mir, daß er tot ist! Ich versichere dir, daß es mich empfindlich schmerzt, mich des Trostes beraubt zu sehen, den ich erwartete. Was meine Betrübnis allein ein wenig mildern kann, ist, daß ich, sofern ich mich recht erinnere, seine Züge auf deinem Gesicht wiederfinde, und ich sehe, daß ich mich nicht getäuscht habe, als ich mich an dich wandte.«

Er fragte hierauf Alaeddin, indem er seinen Beutel herauszog, wo seine Mutter wohne. Alaeddin erteilte ihm sogleich Auskunft, und der afrikanische Zauberer gab ihm im Augenblick eine Handvoll kleines Geld mit den Worten: »Mein Sohn, gehe schnell zu deiner Mutter, grüße sie von mir und sage ihr, daß ich, sofern es meine Zeit erlaubt, sie morgen besuchen werde, um mir den Trost zu verschaffen, den Ort zu sehen, wo mein lieber Bruder solange gelebet und seine Tage beschlossen hat.«

Sobald der afrikanische Zauberer den Neffen, den er sich soeben selbst geschaffen, verlassen hatte, lief Alaeddin, voll Freude über das Geld, das sein Oheim ihm geschenkt, zu seiner Mutter. »Mütterchen«, sagte er gleich beim Eintreten, »ich bitte dich, sage mir, ob ich einen Oheim habe.« – »Nein, mein Sohn«, antwortete die Mutter, »du hast keinen Oheim, weder von seiten deines seligen Vaters noch von der meinigen.« – »Und doch«, fuhr Alaeddin fort, »habe ich soeben einen Mann gesehen, der sich für meinen Oheim von väterlicher Seite ausgab und versicherte, daß er der Bruder meines Vaters sei. Er hat sogar geweint und mich umarmt, als ich ihm sagte, daß mein Vater tot wäre. Zum Beweis, daß ich die Wahrheit sage«, fügte er hinzu, indem er das empfangene Geld zeigte, »sieh einmal, was er mir geschenkt hat. Er hat mir überdies aufgegeben, dich in seinem Namen zu grüßen und dir zu sagen, daß er, wenn er Zeit hat, morgen dir seine Aufwartung machen wird, um das Haus zu sehen, wo mein Vater gelebt hat und wo er gestorben ist.«

»Mein Sohn«, antwortete die Mutter, »es ist wahr, dein Vater hatte einen Bruder: Aber er ist schon lange tot und ich habe ihn nie sagen gehört, daß er noch einen anderen hätte.«

Damit wurde das Gespräch über den afrikanischen Zauberer abgebrochen.

Den anderen Tag näherte sich dieser zum zweiten Mal Alaeddin, als er auf einem anderen Platz in der Stadt mit anderen Kindern spielte. Er umarmte ihn, wie Tags zuvor, und drückte ihm zwei Goldstücke in die Hand, mit den Worten: »Mein Sohn, bring dies deiner Mutter, sage ihr, ich werde sie auf den Abend besuchen, und sie möge etwas zum Nachtessen kaufen, damit wir zusammen speisen können. Zuvor aber sage mir, wie ich das Haus finden kann.« Er bezeichnete es ihm und der afrikanische Zauberer ließ ihn gehen.

Alaeddin brachte die zwei Goldstücke seiner Mutter und sagte ihr, was sein Oheim zu tun willens sei. Sie ging, um das Geld zu verwenden, kam mit gutem Mundvorrat zurück, und da es ihr an einem großen Teil der nötigen Tischgerätschaften fehlte, so entlehnte sie dieselben von ihren Nachbarinnen. Sie brachte den ganzen Tag mit Vorbereitungen zu dem Mahl zu, und abends, als alles fertig war, sagte sie zu Alaeddin: »Mein Sohn, dein Oheim weiß vielleicht unser Haus nicht, gehe ihm entgegen und führe ihn hierher, wenn du ihn siehst.«

Obschon Alaeddin dem afrikanischen Zauberer das Haus bezeichnet hatte, so wollte er sich dennoch eben entfernen, als man an die Tür klopfte. Alaeddin öffnete und erkannte den Afrikaner, der mit mehreren Weinflaschen und Früchten von allerlei Gattungen hereintrat.

Nachdem der afrikanische Zauberer seinen Beitrag Alaeddin eingehändigt hatte, begrüßte er seine Mutter und bat sie, ihm die Stelle auf dem Sofa zu zeigen, wo sein Bruder Mustafa gewöhnlich gesessen sei. Sie zeigte ihm dieselbe. Nun warf er sich sogleich zur Erde, küßte die Stelle mehrere Male und rief mit Tränen in den Augen: »Armer Bruder, wie unglücklich bin ich, daß ich nicht zeitig genug gekommen bin, um dich vor deinem Tod noch einmal zu umarmen!« So sehr ihn nun auch Alaeddins Mutter bat, so wollte er sich doch nicht auf diesen Platz setzen. »Nein«, sagte er, »ich werde mich wohl hüten, aber erlaube, daß ich mich gegenüber setze, damit ich, wenn mir auch das Vergnügen versagt ist, ihn persönlich als Vater einer mir so teuren Familie zu sehen, mir wenigstens einbilden kann, er sitze noch dort.« Alaeddins Mutter drang nun nicht weiter in ihn und ließ ihn Platz nehmen, wo er Lust hatte.

Als der afrikanische Zauberer sich da gesetzt hatte, wo es ihm am besten behagte, fing er ein Gespräch mit Alaeddins Mutter an: »Meine liebe Schwester«, sagte er zu ihr, »wundere dich nicht, daß du während der ganzen Zeit, da du mit meinem Bruder Mustafa, seligen Andenkens, verheiratet warst, mich nie gesehen hast. Es sind schon vierzig Jahre, daß ich dieses Land, das sowohl meine als meines seligen Bruders Heimat ist, verlassen habe. Seitdem habe ich Reisen nach Indien, Persien, Arabien, Syrien und Ägypten gemacht, mich in den schönsten Städten dieser Länder aufgehalten und bin dann nach Afrika gegangen, wo ich einen längeren Aufenthalt nahm. Da es indes dem Menschen angeboren ist, sein Heimatland, sowie seine Eltern und Jugendgespielen, auch in der weitesten Ferne nie aus dem Gedächtnis zu verlieren, so hat auch mich ein so gewaltiges Verlangen ergriffen, mein Vaterland wiederzusehen und meinen geliebten Bruder zu umarmen, jetzt, da ich noch Kraft und Mut zu einer so langen Reise in mir fühle, daß ich ohne weiteren Aufschub meine Vorbereitungen traf und mich auf den Weg machte. Ich sage dir nichts von der Länge der Zeit, die ich dazu brachte, noch von den Hindernissen, die mir aufstießen, noch von all den Beschwerden und Mühsalen, die ich überstehen mußte, um hierher zu kommen. Ich sage dir bloß, daß mich auf allen meinen Reisen nichts so tief gekränkt und geschmerzt hat, als die Nachricht von dem Tod eines Bruders, den ich immer mit echt brüderlicher Freundschaft geliebt hatte. Ich bemerkte einige Züge von ihm auf dem Gesicht meines Neffen, deines Sohnes, und dies machte, daß ich ihn aus all den übrigen Kindern, bei denen er war, herausfand. Er hat dir vielleicht erzählt, wie sehr die traurige Nachricht vom Tod meines Bruders mich ergriff. Indes, was Gott tut, das ist wohlgetan; ich tröste mich, ihn in seinem Sohn wiederzufinden, der so auffallende Ähnlichkeit mit ihm hat.«

Als der afrikanische Zauberer sah, daß Alaeddins Mutter bei der Erinnerung an ihren Mann gerührt wurde und aufs neue in Schmerz versank, so brach er das Gespräch ab, wendete sich zu Alaeddin und fragte ihn um seinen Namen.« – »Ich heiße Alaeddin«, antwortete dieser. – »Nun gut, Alaeddin«, fuhr der Zauberer fort, »mit was beschäftigst du dich? Verstehst du auch ein Gewerbe?«

Bei dieser Frage schlug Alaeddin die Augen nieder und geriet in Verlegenheit. Seine Mutter aber nahm das Wort und sagte: »Alaeddin ist ein Taugenichts. Sein Vater hat, solange er lebte, alles Mögliche getan, um ihn sein Gewerbe zu lehren; allein er konnte seinen Zweck nicht erreichen, und seit er tot ist, streicht er, trotz meinen täglichen Ermahnungen, die ganze Zeit auf den Straßen herum und spielt mit Kindern, wie du gesehen hast, ohne zu bedenken, daß er kein Kind mehr ist; wenn du ihn deshalb nicht beschämst und er sich diese Ermahnung nicht zu Nutzen macht, so gebe ich alle Hoffnung auf, daß jemals etwas aus ihm wird. Er weiß, daß sein Vater kein Vermögen hinterlassen hat, und sieht selbst, daß ich mit meinem Baumwollespinnen den ganzen Tag über kaum das Brot für uns beide verdienen kann. Ich bin entschlossen, ihm nächster Tage einmal die Tür zu verschließen und ihn fortzuschicken, daß er sich seine Unterkunft anderswo suchen kann.«

Als Alaeddins Mutter unter vielen Tränen so gesprochen hatte, sagte der afrikanische Zauberer zu dem Jungen: »Das ist nicht gut, mein Neffe; du mußt darauf denken, dir selbst fortzuhelfen und einen Lebensunterhalt zu verschaffen. Es gibt ja so viele Gewerbe in der Welt, besinne dich einmal, ob nicht eines darunter ist, zu dem du mehr Neigung hast, als zu den andern. Vielleicht gefällt dir bloß das deines Vaters nicht und du würdest dich besser zu einem anderen anschicken; verhehle mir deine Gesinnung hierüber nicht, ich will ja bloß dein Bestes.« Als er sah, daß Alaeddin nichts antwortete, fuhr er fort: »Ist es dir überhaupt zuwider, ein Handwerk zu erlernen, und willst du ein angesehener Mann werden, so will ich für dich eine Bude mit kostbaren Stoffen und feinen Linnenzeugen einrichten; du kannst dann diese Sachen verkaufen, mit dem Geld, das du herauslösest, den Einkauf neuer Waren bestreiten und auf diese Art ein anständiges Unterkommen finden. Frage dich selbst und sage mir offen, was du denkst. Du wirst mich stets bereit finden, mein Versprechen zu halten.«

Dieses Anerbieten schmeichelte Alaeddin sehr; ein jedes Handwerk war ihm zuwider, um so mehr, da er bemerkt hatte, daß solche Kaufläden, wovon sein Oheim gesprochen hatte, immer hübsch und stark besucht und die Kaufleute gut gekleidet und sehr geachtet waren. Er erklärte daher dem afrikanischen Zauberer, daß seine Neigung nach dieser Seite mehr hingerichtet sei, als nach jeder andern, und daß er ihm zeitlebens für die Wohltat danken würde, die er ihm erweisen wolle. »Da dieses Gewerbe dir angenehm ist«, erwiderte der afrikanische Zauberer, »so werde ich dich morgen mitnehmen und dich so hübsch und reich kleiden lassen, wie es sich für einen der ersten Kaufleute in dieser Stadt geziemt; übermorgen wollen wir dann darauf denken, einen solchen Laden zu errichten, wie ich im Sinn habe.«

Alaeddins Mutter, die bis jetzt nicht geglaubt hatte, daß der afrikanische Zauberer der Bruder ihres Mannes sei, zweifelte nach solch glänzenden Versprechungen nicht mehr daran. Sie dankte ihm für seine guten Gesinnungen, und nachdem sie Alaeddin ermahnt hatte, sich der Wohltaten, die sein Oheim ihn hoffen ließ, würdig zu zeigen, trug sie das Abendessen auf. Die Unterhaltung während des ganzen Mahles drehte sich immer um denselben Gegenstand, bis endlich der Zauberer bemerkte, daß die Nacht schon weit vorgerückt war. Er verabschiedete sich von Mutter und Sohn und ging nach Hause.

Am anderen Morgen ermangelte der afrikanische Zauberer nicht, sich versprochenermaßen bei der Witwe des Schneiders Mustafa wieder einzufinden. Er nahm Alaeddin mit sich und führte ihn zu einem bedeutenden Kaufmann, der bloß ganz fertige Kleider von allen möglichen Stoffen und für Leute jeden Alters und Standes verkaufte. Von diesem ließ er sich mehrere zeigen, die für Alaeddin paßten, und nachdem er die, die ihm am besten gefielen, ausgesucht und die anderen, die nicht so schön waren, als er wünschte, zurückgelegt hatte, sagte er zu Alaeddin: »Lieber Neffe, wähle dir unter all diesen Kleidern dasjenige aus, das dir am besten gefällt.« Alaeddin, der über die Freigebigkeit seines neuen Oheims ganz entzückt war, wählte eines, und der Zauberer kaufte es mit allem, was dazu gehörte, gegen bare Bezahlung, ohne zu feilschen.

Als Alaeddin sich von Kopf bis zu Fuß so prachtvoll gekleidet sah, dankte er seinem Oheim so sehr man nur danken kann, und der Zauberer versprach ihm, ihn auch ferner nicht zu verlassen, sondern stets bei sich zu behalten. Wirklich führte er ihn in die besuchtesten Gegenden der Stadt, besonders in diejenigen, wo die Läden der reichsten Kaufleute standen, und in der Straße, wo die Läden mit den schönsten Stoffen und der feinsten Leinwand sich befanden, sagte er zu Alaeddin: »Da du bald auch ein solcher Kaufmann sein wirst, wie diese hier, so ist es gut, wenn du sie besuchst, damit sie dich kennenlernen.« Er zeigte ihm auch die schönsten und größten Moscheen, und

führte ihn in den Chan, wo die fremden Kaufleute wohnten, und an alle diejenigen Ort im Palast des Sultans, zu denen man freien Zutritt hatte. Endlich, nachdem sie die schönsten Gegenden der Stadt miteinander durchstreift hatten, kamen sie in den Chan, wo der Zauberer wohnte. Es waren dort einige Kaufleute, deren Bekanntschaft er seit seiner Ankunft gemacht, und die er ausdrücklich eingeladen hatte, um sie gut zu bewirten und ihnen seinen angeblichen Neffen vorzustellen.

Das Gastmahl endigte erst den späten Abend. Alaeddin wollte sich von seinem Oheim verabschieden, um nach Hause zurückzukehren; aber der afrikanische Zauberer wollte ihn nicht allein gehen lassen und geleitete ihn selbst zu seiner Mutter zurück. Als diese ihren Sohn in so schönen Kleidern erblickte, war sie außer sich vor Freude und wollte nicht aufhören, Segnungen über das Haupt des Zauberers herabzurufen, er für ihren Sohn so viel Geld ausgegeben. »Großmütiger Schwager«, sagte sie zu ihm, »ich weiß nicht, wie ich dir für deine Freigebigkeit danken soll; aber das weiß ich, daß mein Sohn die Wohltaten, die du ihm erweisest, nicht verdient, und er würde derselben ganz unwürdig sein, wenn er nicht erkenntlich wäre und den guten Absichten, die du mit ihm hast, ihm eine so glänzende Einrichtung zu geben, nicht entspräche. Ich für meine Person«, fügte sie hinzu, »danke dir von ganzem Herzen und wünsche dir ein recht langes Leben, um Zeuge von der Dankbarkeit meines Sohnes zu sein, der sie nicht besser an den Tag legen kann, als wenn er sich von deinen guten Ratschlägen leiten läßt.«

»Alaeddin ist ein guter Junge«, erwiderte der afrikanische Zauberer; »er hört auf mich und ich glaube, wir können etwas Tüchtiges aus ihm machen. Es tut mir nur leid, daß ich mein Versprechen nicht schon morgen halten kann. Es ist nämlich Freitag, wo alle Läden geschlossen sind, und man gar nicht daran denken kann, einen zu mieten und mit Waren zu versehen; denn die Kaufleute sinnen an diesem Tag nur auf Vergnügungen aller Art. Somit werden wir die Sache auf Samstag verschieben müssen. Übrigens werde ich ihn morgen wieder mitnehmen und in die Gärten spazieren führen, wo sich die schöne Welt gewöhnlich einfindet. Er hat vielleicht noch keinen

Begriff von den Vergnügungen, die man dort genießt; bisher war er immer nur mit Kindern beisammen, jetzt muß er auch erwachsene Menschen sehen.« Der afrikanische Zauberer verabschiedete sich endlich von Mutter und Sohn und ging. Alaeddin aber, der schon über seine schönen Kleider höchlich vergnügt war, freute sich jetzt im voraus sehr auf den Spaziergang nach den Umgebungen der Stadt. In der Tat war er noch nie vor die Tore gekommen und hatte noch nie die Umgebungen gesehen, die über die Maßen schön und anmutig waren.

Am anderen Morgen stand Alaeddin in aller Frühe auf und kleidete sich an, um fertig zu sein, sobald sein Oheim ihn abholen würde. Nachdem er, wie es ihn bedünkte, lange gewartet, öffnete er endlich voll Ungeduld die Tür und ging hinaus, um zu sehen, ob er immer noch nicht käme. Sobald er ihn bemerkte, sagte er es seiner Mutter, nahm Abschied von ihr, verschloß die Tür und eilte ihm entgegen.

Der afrikanische Zauberer bewillkommte Alaeddin auf freundlichste. »Wohlan, mein lieber Junge«, sagte er mit lächelnder Miene zu ihm, »heute werde ich dir schöne Sachen zeigen.« Er führte ihn zu einem Tor hinaus, an großen und schönen Häusern oder vielmehr an prächtigen Palästen vorüber, von denen jeder einen sehr schönen Garten hatte, in welchen man frei eintreten durfte. Bei jedem Palast, an dem sie vorbeikamen, fragte er Alaeddin, ob er ihm gefiele, und Alaeddin, der ihm gewöhnlich zuvorkam, sagte, sobald er wieder einen anderen sah: »Ach! lieber Oheim, dieser ist noch viel schöner, als alle bisherigen.« Indes gingen sie immer weiter, und der listige Zauberer, der dies nur tat, um den Plan den er im Kopf hatte, ausführen zu können, nahm Gelegenheit, in einen dieser Gärten zu treten. Er setzte sich neben ein großes Becken, in welches durch einen bronzenen Löwenrachen kristallhelles Wasser sprudelte, und er stellte sich ermüdet, damit Alaeddin ebenfalls ausruhen sollte. »Lieber Neffe«, sagte er zu ihm, »du wirst ebenso müde sein, wie ich; laß uns hier ein wenig ausruhen, um neue Kräfte zu sammeln; wir werden dann mehr Mut haben, unseren Spaziergang fortzusetzen.«

Als sie sich gesetzt hatten, zog der afrikanische Zauberer aus einem Tuch, das an seinem Gürtel befestigt war, Kuchen und mehrere Arten von Früchten hervor, die er als Mundvorrat mitgenommen hatte, und breitete sie auf dem Rande des Beckens aus. Er teilte einen Kuchen mit Alaeddin, und in Hinsicht der Früchte ließ er ihn nach Belieben wählen. Während dieses kleinen Mahles ermahnte er seinen angeblichen Neffen, sich von dem Umgang mit Kindern loszumachen, dagegen sich an kluge und verständige Männer anzuschließen, dieselben anzuhören und von ihren Unterhaltungen Nutzen zu ziehen. »Bald«, sagte er zu ihm, »wirst du ein Mann sein, wie sie, und du kannst dich nicht früh genug daran gewöhnen, nach ihrem Beispiel verständige Reden zu führen.« Als sie die kleine Mahlzeit vollendet hatten, standen sie auf und setzen ihren Spaziergang quer durch die Gärten fort, die voneinander bloß durch schmale Gräben getrennt waren, welche die Grenzscheide bildeten, ohne jedoch die Verbindung zu hemmen. Das gegenseitige Zutrauen, das die Bewohner dieser Hauptstadt zueinander hatten, ließ ihnen alle weiteren Vorsichtsmaßregeln, um böswillige Beeinträchtigungen zu verhindern, unnötig erscheinen. Unbemerkt führte der afrikanische Zauberer Alaeddin ziemlich weit über die Gärten hinaus und durchwandelte mit ihm die Ebene, die ihn allmählich in die Nähe der Berge leitete.

Alaeddin, der in seinem Leben nie einen so weiten Weg gemacht hatte, fühlte sich durch diesen Marsch sehr ermüdet und sagte zu dem afrikanischen Zauberer: »Wohin gehen wir denn, lieber Oheim? Wir haben die Gärten schon weit hinter uns und ich sehe nichts mehr, als Berge. Wenn wir noch länger so fortgehen, so weiß ich nicht, ob ich noch Kräfte genug haben werde, um in die Stadt zurückzukehren.« – »Nur den Mut nicht verloren«, antwortete der falsche Oheim; »ich will dir noch einen anderen Garten zeigen, der alle, die du bis jetzt gesehen hast, weit übertrifft; er ist nur ein paar Schritte von da, und wenn wir einmal dort sind, so wirst du selbst sagen, daß es dir sehr leid gewesen wäre, wenn du ihn nicht gesehen hättest, nachdem du einmal so nahe dabei warst.« Alaeddin ließ sich überreden, und der Zauberer führte ihn noch sehr weit, indem er ihn mit verschiedenen anmutigen Geschichten unterhielt, um ihm den Weg weniger langweilig und die Ermüdung erträglicher zu machen.

Endlich gelangten sie zwischen zwei Berge von mittelmäßiger Höhe, die sich ziemlich gleich und nur durch ein schmales Tal getrennt waren. Dies war die merkwürdige Stelle, wohin der afrikanische Zauberer Alaeddin hatte bringen wollen, um einen großen Plan mit ihm auszuführen, dem zuliebe er von dem äußersten Ende Afrikas bis nach China gereist war. »Wir sind jetzt an Ort und Stelle«, sagte er zu Alaeddin; »ich werde dir hier außerordentliche Dinge zeigen, die allen übrigen Sterblichen unbekannt sind. Wenn du sie je gesehen haben wirst, so wirst du mir Dank dafür wissen, daß ich dich zum Zeugen so vieler Wunderdinge gemacht habe, die außer dir noch niemand gesehen hat. Während ich jetzt mit dem Stahl Feuer schlage, häufe du hier so viel trockenes Reisig zusammen, als du nur auftreiben kannst, damit wir ein Feuer anmachen.«

Es gab hier so viel Reisig, daß Alaeddin bald einen mehr als hinlänglichen Haufen beisammen hatte, indes der Zauberer das Schwefelhölzchen anzündete. Er machte nun das Feuer an, und in dem Augenblick, wo das Reisig aufloderte, warf der afrikanische Zauberer Räucherwerk hinein, das er schon in Bereitschaft hatte. Ein dicker Rauch stieg empor, den er bald auf diese, bald auf jene Seite wendete, indem er allerlei Zauberworte sprach, von denen Alaeddin nichts verstand.

In diesem Augenblick erbebte die Erde ein wenig, öffnete sich vor dem Zauberer und Alaeddin, und ließ einen Stein hervorscheinen, der etwa andertalb Fuß ins Geviert hatte, ungefähr einen Fuß dick war und waagerecht lag, mit einem in der Mitte versiegelten bronzenem Ring, um ihn daran heraufzuheben. Alaeddin erschrak über das, was vor seinen Augen vorging, und wollte die Flucht ergreifen. Allein er war zu dieser geheimnisvollen Handlung notwendig, darum hielt ihn der Zauberer zurück, zankte ihn tüchtig aus und gab ihm eine so derbe Ohrfeige, daß er zu Boden fiel; um ein kleines hätte er ihm die Vorderzähne eingeschlagen und sein Mund blutete sehr. Zitternd und mit Tränen in den Augen rief der arme Alaeddin: »Mein Oheim, was habe ich denn getan, daß du mich so grausam schlägst?« »Ich habe meine Gründe dazu«, antwortete der Zauberer. »Ich bin dein Oheim, der jetzt Vaterstelle an dir vertritt, und du darfst mir in nichts widersprechen. Aber«, fügte er in etwas milderem Ton hinzu, »du brauchst dich nicht zu fürchten, mein Sohn; ich verlange bloß, daß du mir pünktlich gehorchst, wofern du dich der großen Vorteile, die ich dir zudenke, würdig machen und sie benutzen willst.« Diese schönen Versprechungen des Zauberers beruhigten den ängstlichen und erzürnten Alaeddin ein wenig, und als der Zauberer ihn wieder ganz gut gestimmt sah, fuhr er fort: »Du hast gesehen, was ich durch die Kraft meines Rauchwerks und die Worte, die ich sprach, bewirkt habe. Vernimm jetzt, daß unter diesem Stein hier ein Schatz verborgen liegt, der für dich bestimmt ist und dich dereinst reicher machen wird, als die größten Könige von der Welt. Dies ist so gewiß wahr, daß keinem Menschen auf der ganzen Welt außer dir erlaubt ist, diesen Stein anzurühren oder wegzuheben, um hier hinein zu gelangen. Ja ich selbst darf ihn nicht berühren oder auch nur einen Fuß in dieses Schatzgewölbe setzen, wenn es geöffnet sein wird. Deshalb mußt du genau und Punkt für Punkt ausführen, was ich dir sage, ohne etwas zu versäumen. Die Sache ist sowohl für dich als für mich von großer Wichtigkeit.«

Alaeddin, immer noch voll Verwunderung über das, was er sah; und den Zauberer von einem Schatze reden hörte, der ihn auf immer glücklich machen sollte, vergaß alles, was vorgefallen war. »Nun gut, lieber Oheim«, sagte er zu dem Zauberer, indem er aufstand, »was soll ich tun? befiehl nur, ich bin bereit zu gehorchen.« – »Es freut mich sehr, liebes Kind«, sagte der afrikanische Zauberer, indem er ihn umarmte, »daß du dich hierzu entschlossen hast. Komm her, fasse diesen Ring an und hebe den Stein in die Höhe.« – »Aber Oheim«, erwiderte Alaeddin, »ich bin zu schwach, um ihn zu lüpfen: du muß mir dabei helfen.« – »Nein«, versetzte der afrikanische Zauberer, »du bedarfst meiner Hilfe nicht und wir würden beide nichts ausrichten, wenn ich dir helfe; du mußt ihn ganz allein aufheben. Sprich nur den Namen deines Vaters und deines Großvaters, wenn du den Ring in die Hand nimmst, und hebe ihn in die Höhe; du wirst sehen, daß er sich ohne Schwierigkeit dir fügen wird.« Alaeddin tat, wie der Zauberer ihm gesagt hatte, hob den Stein mit Leichtigkeit auf und legte ihn beiseite.

Als der Stein weggenommen war, sah er eine drei bis vier Fuß tiefe Höhle mit einer kleinen Tür und Stufen, um noch weiter hinabzusteigen. »Mein Sohn«, sprach jetzt der afrikanische Zauberer zu Alaeddin, »hab genau acht auf das, was ich dir nunmehr sagen werde. Steig in diese Höhle hinab und wenn du unten auf der letzten Stufe bist, so wirst du eine offene Tür finden, die dich in einen großen gewölbten Ort führen wird, welcher in drei große aneinanderstoßende Säle abgeteilt ist. In jedem derselben wirst du rechts und links vier bronzene Vasen, so groß wie Kufen, voll Gold und Silber stehen sehen; aber hüte dich wohl, sie anzurühren. Ehe du in den ersten Saal trittst, hebe dein Kleid in die Höhe und schließe es eng um den Leib. Wenn du drinnen bist, so gehe, ohne dich aufzuhalten, nach dem zweiten und von da, ebenfalls ohne still zu stehen, in den dritten. Vor allen Dingen hüte dich wohl, den Wänden zu nahe zu kommen oder sie auch nur mit dem Kleid zu berühren; denn im Fall du sie berührtest, würdest du auf der Stelle sterben. Deswegen habe ich dir gesagt, daß du dein Kleid knapp an dich halten sollst. Am Ende des dritten Saales ist eine Tür, die dich in einen mit schönen und reich beladenen Obstbäumen bepflanzten Garten führen wird. Gehe nur immer geradeaus, und quer durch den Garten wird dich ein Weg zu einer Treppe von fünfzig Stufen führen, auf denen du zu einer Terrasse emporsteigen kannst. Sobald du oben auf der Terrasse bist, wirst du eine Nische vor dir sehen, und in der Nische eine brennende Lampe. Diese Lampe nimm, lösche sie aus, wirf den Docht samt der brennbaren Flüssigkeit auf den Boden, stecke sie dann vorn in den Busen und bring sie mir. Du darfst nicht fürchten, dein Kleid möchte beschmutzt werden, denn die Flüssigkeit ist kein Öl und die Lampe wird sogleich trocken sein, sobald du sie ausgegossen hast. Gelüstet es dich nach den Früchten im Garten, so kannst du davon abpflücken, so viel du willst; dies ist dir nicht verboten.«

So sprechend, zog der afrikanische Zauberer einen Ring von seinem Finger und steckte ihn an einen Finger Alaeddins. Dies, sagte er zu ihm, sei ein Verwahrungsmittel gegen alles Unglück, das ihm begegnen könnte, sofern er nur seine Vorschriften genau befolgte. »So gehe denn, mein Sohn«, fügte er hinzu, »steige dreist hinab; dann haben wir beide für unser ganzes Leben Geld wie Heu.«

Alaeddin hüpfte leichtfüßig in die Höhle hinein und stieg die Stufen hinab. Er fand die drei Säle, die ihm der afrikanische Zauberer beschrieben hatte, und ging um so behutsamer durch sie hin, weil er zu sterben fürchtete, sofern er nicht alles, was ihm vorgeschrieben war, aufs genaueste beobachtete. Ohne zu verweilen, ging er durch den Garten, stieg die Terrasse hinauf, nahm die brennende Lampe aus der Nische, warf den Docht und die Flüssigkeit zu Boden, und da er sie trocken sah, wie der Zauberer ihm gesagt hatte, so steckte er sie in seinen Busen und ging die Terrasse wieder hinab. Im Garten verweilte er beim Anschauen der Früchte, die er vorher bloß im Vorübergehen gesehen hatte. Die Bäume dieses Gartens trugen alle ganz außerordentliche Früchte und zwar jeder verschiedenfarbige. Da gab es dann weiße, helleuchtende und wie Kristall durchsichtige; rote, teils dunkel, teils hell; grüne, blaue, violette, gelbliche, und so von allen möglichen Farben. Die weißen waren Perlen, die helleuchtenden und durchsichtigen Diamanten, die dunkelroten Rubine, die hellroten Ballaßrubine, die grünen Smaragde, die blauen Türkise, die violetten Amethyste, die gelblichen Saphire u.s.f. Und diese Früchte waren alle so groß und vollkommen, daß man auf der ganzen Welt nichts Ähnliches gesehen hat. Alaeddin, der ihren Wert nicht kannte, wurde vom Anblick dieser Früchte, die nicht nach seinem Geschmack waren, schlecht erbaut; Feigen, Trauben und andere edle Obstarten, die in China gewöhnlich sind, wären ihm lieber gewesen. Er war aber noch nicht in dem Alter, wo man sich auf dergleichen versteht, und so bildete er sich ein, diese Früchte seien bloß gefärbte Gläser und haben keinen anderen Wert. Gleichwohl machte ihm die Mannigfaltigkeit der schönen Farben und die außerordentliche Größe und Schönheit jeder Frucht Lust, von jeglicher Sorte einige zu pflücken. Er nahm daher von jeder Farbe etliche, füllte damit seine beiden Taschen und zwei ganz neue Beutel, die der Zauberer zugleich mit dem Kleid, das er ihm geschenkt, gekauft hatte, damit er lauter neue Sachen hätte; und da die beiden Beutel in seinen Taschen, die schon ganz voll waren, keinen Platz mehr hatten, so band er sie auf jeder Seite an seinen Gürtel. Einige von den Früchten hüllte er auch in die Falten seines Gürtels, der von dickem Seidenstoff und doppelt gefüttert war, und befestigte sie so, daß sie nicht herabfallen konnten; auch vergaß er nicht, etliche in den Busen zwischen das Kleid und das Hemd zu stecken.

Nachdem er sich so, ohne es zu wissen, mit Reichtümern beladen hatte, trat Alaeddin schnell seinen Rückzug durch die drei Säle an, um den afrikanischen Zauberer nicht zu lange warten zu lassen; er ging mit derselben Vorsicht, wie das erste Mal, quer durch dieselben, stieg da wieder hinauf, wo er herabgestiegen war, und zeigte sich am Eingang der Höhle, wo der Afrikaner ihn mit Ungeduld erwartete. Sobald ihm Alaeddin erblickte, rief er ihm zu: »Lieber Oheim, ich bitte dich, reich mir die Hand und hilf mir heraus.« – »Mein Sohn«, antwortete der afrikanische Zauberer, »gib mir zuvor die Lampe, sie könnte dir hinderlich sein.« – »Verzeih, lieber Oheim«, sagte Alaeddin, »Sie hindert mich nicht; ich werde sie dir geben, sobald ich oben bin.« Der afrikanische Zauberer bestand darauf, daß Alaeddin ihm die Lampe aushändigen sollte, ehe er ihn aus der Höhle herauszöge, und Alaeddin, der die Lampe mit all den Früchten, die er zu sich gesteckt, verpackt hatte, weigerte sich durchaus, sie ihm zu geben, bevor er aus der Höhle wäre. Da geriet der afrikanische Zauberer vor Ärger über die Widerspenstigkeit des jungen Menschen in schreckliche Wut, warf etwas von seinem Rauchwerk in das Feuer, das er sorgfältig unterhalten hatte, und kaum hatte er zwei Zauberworte gesprochen, als der Stein, welcher als Deckel zur Eingangsöffnung der Höhle diente, sich von selbst wieder, nebst der Erde darüber, an seine Stelle rückte, so daß alles wieder in denselben Stand kam, wie vor der Ankunft des arabischen Zauberers und Alaeddins.

Der afrikanische Zauberer war in der Tat kein Bruder des Schneiders Mustafa, wofür er sich ausgegeben hatte, und somit auch nicht Alaeddins Oheim. Er war wirklich aus Afrika gebürtig, und da Afrika ein Land ist, wo man mehr als irgend anderswo auf die Zauberei erpicht ist, so hatte er sich von Jugend an darauf gelegt, und nachdem er sich etwa vierzig Jahre lang mit Zauberei, mit Punktierkunst, mit Räucheropfern und der Lektüre von Zauberbüchern beschäftigt hatte, war er endlich auf die Entdeckung gekommen, daß es eine Wunderlampe in der Welt gebe, deren Besitz ihn mächtiger als alle Könige der Erde machen würde, sofern er ihrer habhaft werden könnte. Durch einen letzten Versuch in der Punktierkunst hatte er ausgemittelt, daß diese Lampe sich an einem unterirdischen Ort mitten in China befand, und zwar in der Gegend und mit all den Umständen, die uns bereits bekannt sind. Im festen Glauben an die Wahrheit seiner Entdeckung war er, wie gesagt, von dem äußersten Ende Afrikas aus gereist und nach langer, beschwerlicher Wanderung in die Stadt gekommen, welche in der Nähe seines

Schatzes lag. Aber obschon die Lampe sich ganz gewiß an dem bewußten Ort befand, so war es ihm doch nicht gestattet, sie selbst zu holen oder persönlich in das unterirdische Gewölbe einzutreten, wo sie zu finden war. Es mußte durchaus ein anderer hinabsteigen, sie abholen und ihm aushändigen. Deshalb hatte er sich an Alaeddin gewandt, den er für einen geringfügigen jungen Burschen und für sehr geeignet hielt, ihm den erforderlichen Dienst zu leisten; dabei war er fest entschlossen, sobald er die Lampe in Händen haben würde, die letzte schon erwähnte Räucherung zu tun, die zwei Zauberworte auszusprechen, welche die bereits angeführte Wirkung haben sollten, und so den armen Alaeddin seinem Geiz und seiner Bosheit aufzuopfern, um an ihm keinen Zeugen zu haben. Die Ohrfeige, die er Alaeddin gab, und das Ansehen, das er sich über ihn angemaßt hatte, sollten diesen bloß gewöhnen, ihn zu fürchten und ihm pünktlich zu gehorchen, damit er ihm die berühmte Zauberlampe sogleich übergäbe, sobald er sie forderte. Indes erfolgte gerade das Gegenteil von dem, was er beabsichtigt hatte. Am Ende beeilte sich der Boshafte bloß deshalb so sehr, den armen Alaeddin zu verderben, weil er fürchtete, wenn er sich länger mit ihm herumzanke, so könnte irgend ein anderer es hören und sein wichtiges Geheimnis offenbaren.

Als der afrikanische Zauberer seine großen und schönen Hoffnungen auf immer gescheitert sah, blieb ihm nichts anderes übrig, als nach Afrika zurückzukehren, was er dann auch an demselben Tage noch tat. Er machte einen Umweg, um die Stadt nicht mehr zu betreten, die er mit Alaeddin verlassen hatte; denn er mußte wirklich fürchten, daß er mehreren Leuten da auffallen könnte, die ihn mit diesem Jungen hatten gehen sehen, wenn er jetzt ohne ihn zurückkäme.

Allem Anschein nach war Alaeddin verloren. Aber derselbe, der ihn auf immer zu verderben glaubt, hatte nicht bedacht, daß er ihm einen Ring an den Finger gesteckt hatte, der zu seiner Rettung dienen konnte. Wirklich wurde Alaeddin durch eben diesen Ring, dessen Kräfte er nicht kannte, gerettet, und es ist zu verwundern, daß dieser Verlust, verbunden mit dem der Lampe, den Zauberer nicht mit der äußersten Verzweiflung erfüllte; allein die Zauberer sind so sehr an Unfälle und an das Fehlschlagen ihrer Wünsche gewöhnt, daß sie, solange sie leben, nicht aufhören, sich mit Rauch und Dunst, Luftschlössern und Traumgebilden zu ergötzen.

Alaeddin, der nach so vielen Liebkosungen und Geschenken auf diese Bosheit seines angeblichen Oheims keinswegs gefaßt war, befand sich in einer Bestürzung, die sich leichter denken, als mit Worten beschreiben läßt. Als er sich so lebendig begraben sah, rief er tausendmal seinen Oheim mit Namen und erklärte, daß er ihm die Lampe ja gerne geben wolle; allein sein Rufen war vergeblich, er konnte nicht mehr gehört werden und mußte also in schwarzer Finsternis bleiben. Endlich, nachdem er seine Tränen getrocknet hatte, stieg er wieder die Treppe der Höhle hinab, um in den Garten, durch den er bereits gekommen war, und ins helle Tageslicht zu gelangen. Aber die Mauer, die sich ihm durch Zauber geöffnet hatte, hatte sich indes durch einen neuen Zauber wieder geschlossen und zusammengefügt. Er tappte mehrmals rechts und links vorwärts, ohne eine Tür zu finden. Nun fing er aufs neue an zu schreien und zu weinen, und setzte sich endlich auf die Stufen der Höhle, ohne Hoffnung, jemals das Tageslicht wieder zu sehen, sondern im Gegenteil mit der traurigen Gewißheit, aus der Finsternis, worin er sich jetzt befand, in die eines nahen Todes versetzt zu werden.

Zwei Tage blieb Alaeddin in diesem Zustand, ohne zu essen und zu trinken. Endlich am dritten, da er seinen Tod als unvermeidlich betrachtete, hob er die gefalteten Hände empor und rief mit völliger Ergebung in den Willen Gottes aus; »Es gibt keine Kraft und keine Macht, als bei Gott, dem Allerhöchsten und Größten!« Während er so die Hände gefaltet hatte, rieb er, ohne daran zu denken, an dem Ring, den ihm der afrikanische Zauberer an den Finger gesteckt hatte, und dessen Kraft er noch nicht kannte. Alsbald stieg vor ihm ein Geist von ungeheuerer Größe und fürchterlichem Ansehen, der mit seinem Kopf das oberste Gewölbe berührte, wie aus der Erde hervor und sprach folgende Worte zu Alaeddin: »Was willst du? Ich bin bereit, dir zu gehorchen als dein Sklave und als Sklave aller derer, die den Ring am Finger haben, sowohl ich, als die anderen Sklaven des Rings.«

Zu jeder anderen Zeit und bei jeder anderen Gelegenheit wäre Alaeddin, der an dergleichen Erscheinungen nicht gewöhnt war, bei dem Anblick einer so außerordentlichen Gestalt von Schrekken ergriffen worden, so daß er die Sprache verloren hätte, Jetzt aber, da er einzig und allein mit der Gefahr beschäftigt war, in der er schwebte, antwortete er ohne Stokken: »Wer du auch sein magst, hilf mir aus diesem Ort, sofern es in deiner Macht steht.« Kaum hatte er diese Worte gesprochen, als die Erde sich öffnete und er sich außerhalb der Höhle befand, gerade an der Stelle, wohin der Zauberer ihn geführt hatte.

Man wird es nicht befremdlich finden, daß Alaeddin, der solange in der dichtesten Finsternis geblieben war, am Anfang das Tageslicht kaum ertragen konnte. Erst nach und nach gewöhnte er sich daran, und als er um sich blickte, war er sehr überrascht, keine Öffnung in der Erde zu sehen; es war ihm unbegreiflich, auf welche Art er so auf einmal aus ihrem Schoß hervorgekommen war. Nur an dem Fleck, wo das Reisig verbrannt worden war, erkannte er die Stelle wieder, unter der sich die Höhle befand. Als er sich hierauf gegen die Stadt hinwandte, erblickte er sie mitten in den sie umgebenden Gärten und erkannte auch den Weg, auf welchem ihn der afrikanische Zauberer hergeführt hatte. Diesen wandelte er zurück und dankte Gott, daß er sich noch einmal auf der Welt sah, nachdem er bereits die Hoffnung aufgegeben hatte, wieder dahin zurückzukommen. So gelangte er zur Stadt und schleppte sich mit vieler Mühe bis in seine Wohnung. Als er ins Zimmer seiner Mutter trat, fiel er aus Freude über das Wiedersehen, verbunden mit der von dreitägigem Fasten herrührenden Schwäche, in eine Ohnmacht, die einige Zeit dauerte. Seine Mutter, die ihn bereits als verloren oder als tot beweint hatte, ließ es jetzt, da sie ihn in diesem Zustand erblickte, an keiner Pflege und an keinem Mittel fehlen, ihn wieder zum Leben zu bringen. Endlich erholte er sich und seine ersten Worte waren: »Liebe Mutter, vor allen Dingen bitte ich dich, gib mir zu essen; ich habe seit drei Tagen nichts über den Mund gebracht.« Seine Mutter brachte ihm, was sie gerade hatte, setzte es ihm vor und sagte: »Lieber Sohn, übereile dich ja nicht, denn es könnte dir schaden; iß ganz langsam und nach deiner Bequemlichkeit, und nimm dich wohl in acht, so heißhungrig du auch bist. Ich wünsche nicht einmal, daß du mit mir sprechen sollst. Du hast immer noch Zeit, mir deine Schicksale zu erzählen, wenn du wieder hergestellt bist. Nach der großen Betrübnis, in der ich mich seit Freitag befunden, und nach der unsäglichen Mühe, die ich mir gegeben habe, um nach dir zu fragen, als es Nacht wurde und du nicht nach Hause kamst, bin ich vollkommen getröstet, daß ich dich nur wiedersehe.«

Alaeddin folgte dem Rat seiner Mutter, aß langsam und ruhig, und trank ebenso. Als er fertig war, sagte er: »Liebe Mutter, ich könnte dir eigentlich große Vorwürfe machen, daß du mich so ohne alles Bedenken auf Treue und Glauben einem Mann anvertrautest, der den Plan hatte, mich ins Verderben zu stürzen und in diesem Augenblick fest überzeugt ist, daß ich bereits nicht mehr lebe, oder wenigstens zu jeder Stunde sterben könne; doch du glaubtest, es sei mein Oheim, und ich glaubte es ebenfalls. Wie hätten wir auch anders von einem Manne denken können, der mich mit Liebkosungen und Geschenken überhäufte und mir so glänzende Versprechungen machte? Du mußt aber wissen, liebe Mutter, daß er ein Verräter, ein Bösewicht, ein Schurke ist. Er hat mir bloß deswegen so viele Geschenke und Versprechungen gemacht, weil er mich ins Verderben stürzen wollte, ohne daß weder du, noch ich imstande wäre, die Ursache zu erraten. Ich meinerseits kann versichern, daß ich ihm nie die mindeste Veranlassung gegeben habe, mich zu mißhandeln. Du kannst dies selbst aus dem getreuen Bericht abnehmen, den ich dir jetzt von allem machen werde, was von unserer Trennung an bis zur Ausführung seines verderblichen Planes vorgegangen ist.«

Alaeddin fing nun an, seiner Mutter zu erzählen, was ihm seit Freitag geschehen war, wo der Zauberer ihn abgeholt hatte, um die Paläste und Gärten außerhalb der Stadt mit ihm zu besehen; ferner, was ihm unterwegs bis zu dem Ort zwischen den zwei Bergen, wo das große Zauberwerk vor sich gehen sollte, zugestoßen, und wie infolge eines Rauchwerks, das ins Feuer geworfen worden, und einiger Zauberworte sich augenblicklich die Erde geöffnet habe, und der Eingang einer Höhle sichtbar geworden sei, die zu einem unschätzbaren Schatz geführt habe. Auch die Ohrfeige vergaß er nicht, und die Art, wie der Zauberer, nachdem er sich wieder ein wenig beruhigt, ihn durch große Versprechungen und durch Schenkung eines Ringes vermocht habe, in die Höhle hinabzusteigen. Sodann erzählte er ausführlich, was er auf seinem Hin- und Rückweg in den drei großen Sälen, im Garten und auf der Terrasse gesehen, und wie er dort die Wunderlampe geholt habe. Zugleich zog er sie aus seinem Busen und zeigte sie seiner Mutter samt den durchsichtigen und buntfarbigen Früchten, die er auf dem Rückweg aus dem Garten abgepflückt hatte. Auch gab er ihr die zwei vollen Beutel, aus denen sie sich aber wenig machte. Gleichwohl waren diese Früchte Edelsteine, deren sonnenheller Glanz beim Schein der Lampe, welche das Zimmer erhellte, auf ihren großen Wert hätten aufmerksam machen sollen; allein Alaeddins Mutter verstandt sich auf dergleichen Sachen ebensowenig, als ihr Sohn. Sie war in großer Dürftigkeit aufgewachsen und ihr Mann war nicht vermögend genug gewesen, um ihr solche Kostbarkeiten zu schenken; auch bei ihren Verwandten und Nachbarinnen hatte sie nie dergleichen gesehen. Kein Wunder also, daß sie dieselben als wertlose Dinge betrachtete, die höchstens dazu gut wären, durch die Mannigfaltigkeit ihrer Farben das Auge zu ergötzen; daher Alaeddin sie hinter eines von den Polstern des Sofas schob, auf dem er saß. Er vollendete sodann die Erzählung des Abenteuers und sagte, wie er aus der Höhle habe wieder heraussteigen wollen, wie der Zauberer ihm die Lampe abgefordert und wie sich dann auf seine Weigerung infolge des Rauchwerks, das der Zauberer in das noch brennende Feuer geworfen, und einige dazu gesprochener Worte die Öffnung der Höhle augenblicklich wieder verschlossen habe. Nicht ohne Tränen vermochte er ihr den unglücklichen

Zustand zu schildern, in dem er sich befunden, als er sich in der fatalen Höhle lebendig begraben gesehen habe, bis zu dem Augenblick, wo er infolge der Berührung des Ringes, dessen Eigenschaften er noch nicht gekannt, wieder hervor- und sozusagen zum zweitenmal auf die Welt gekommen sei. Als er seine Erzählung geendet hatte, sagte er zu seiner Mutter: »Das übrige brauche ich dir nicht erst zu sagen, es ist dir bekannt. Du siehst jetzt, welche Abenteuer und Gefahren ich seit unserer Trennung bestanden habe.«

Alaeddins Mutter hatte die Geduld, diese wunderbare und seltsame, zugleich aber für eine Mutter, die ihren Sohn trotz seiner Fehler zärtlich liebte, so schmerzliche Geschichte ohne Unterbrechung anzuhören. Nur bei den rührendsten Stellen, wo die Schändlichkeit des afrikanischen Zauberers recht ans Tageslicht kam, konnte sie ihren Abscheu nicht verbergen. Jetzt aber, da Alaeddin geendet hatte, ließ sie sich in tausend Schmähworte gegen den Betrüger aus; sie nannte ihn einen Verräter, einen Schurken, einen Unmenschen, einen Meuchelmörder, Lügner, Zauberer, einen Feind und Verderber des menschlichen Geschlechts. »Ja, mein Sohn«, fügte sie hinzu, »es ist ein Zauberer, und die Zauberer sind eine wahre Pest der Menschheit; sie haben vermöge ihrer Zaubereien und Hexereien Verkehr mit den bösen Geistern. Gott sei gelobt, der verhütet hat, daß seine entsetzliche Bosheit ihren Zweck an dir erreichte. Du bist ihm für die Gnade, die er an dir getan hat, großen Dank schuldig; dein Tod wäre unvermeidlich gewesen, wenn du dich nicht seiner erinnert und ihn um Hilfe angefleht hättest.« So sprach sie noch vieles andere, um ihren Abscheu gegen den Verrat des Zauberers auszudrücken. Endlich aber bemerkte sie, daß Alaeddin, der seit drei Tagen nicht geschlafen hatte, der Ruhe bedürftig war; sie brachte ihn daher zu Bett und legte sich bald darauf ebenfalls nieder.

Alaeddin, der an dem unterirdischen Orte, wo er mörderischerweise begraben gewesen, keine Ruhe genossen hatte, schlief die ganze Nacht fest und erwachte am anderen Morgen erst sehr spät. Er stand auf, und das erste, was er zu seiner Mutter sagte, war, daß er Hunger habe, und sie ihm kein größeres Vergnügen machen könnte, als wenn sie ihm ein Frühstück gäbe. »Ach, lieber Sohn«, antwortete sie, »ich habe auch nicht einen einzigen Bissen Brot; du hast gestern Abend den wenigen Vorrat, der noch zu Hause war, aufgegessen. Aber gedulde dich einen Augenblick, so werde ich dir bald etwas bringen. Ich habe etwas Baumwolle gesponnen, diese will ich verkaufen, um Brot und einiges zum Mittagessen anzuschaffen.« – »Liebe Mutter«, erwiderte Alaeddin, »hebe deine Baumwolle für ein anderes Mal auf und gib mir die Lampe, die ich gestern mitbrachte. Ich will sie verkaufen, und vielleicht löse ich so viel daraus, daß wir Frühstück und Mittagessen, und am Ende gar noch etwas für den Abend bestreiten können.«

Alaeddins Mutter holte die Lampe und sagte zu ihrem Sohne: »Da hast du sie, sie ist aber sehr schmutzig. Ich will sie ein wenig putzen, dann wird sie schon etwas mehr gelten.« Sie nahm Wasser und feinen Sand, um sie blank zu machen, aber kaum hatte sie angefangen, die Lampe zu reiben, als augenblicklich in Gegenwart ihres Sohnes ein scheußlicher Geist von riesenhafter Gestalt vor ihr aufstand und mit einer Donnerstimme zu ihr sprach: »Was willst du? Ich bin bereit, dir zu gehorchen als dein Sklave und als Sklave aller derer, welche die Lampe in der Hand haben, sowohl ich, als die anderen Sklaven der Lampe.«

Alaeddins Mutter war nicht imstande zu antworten. Ihr Auge vermochte die abscheuliche und schreckliche Gestalt des Geistes nicht zu ertragen, und sie war gleich bei seinen ersten Worten vor Angst in Ohnmacht gefallen.

Alaeddin dagegen, der schon in der Höhle eine ähnliche Erscheinung gehabt hatte, ergriff, ohne die Zeit oder Besinnung zu verlieren, schnell die Lampe und antwortete statt seiner Mutter mit festem Ton: »Ich habe Hunger, bring mir etwas zu essen.« Der Geist verschwand und kam im Augenblick wieder mit einem großen silbernen Becken auf dem Kopf, worin sich zwölf gedeckte Schüsseln von demselben Metall voll der ausgezeichnetsten Speisen nebst sechs Broten vom weißesten Mehl befanden, und zwei Flaschen des köstlichsten Weines, nebst zwei silbernen Schalen in der Hand. Er stellte alles zusammen auf das Sofa und verschwand sogleich.

Dies geschah in so kurzer Zeit, daß Alaeddins Mutter sich noch nicht von ihrer Ohnmacht erholt hatte, als der Geist zum zweitenmal verschwand. Alaeddin, der bereits, aber ohne Erfolg, angefangen hatte, ihr Wasser ins Gesicht zu spritzen, wollte dies eben wiederholen; allein sei es, daß ihre entflohenen Lebensgeister sich wieder gesammelt hatten, oder daß der Duft der Speisen, die der Geist gebracht, etwas dazu beitrug, kurz, sie kam augenblicklich wieder zu sich. »Liebe Mutter«, sagte Alaeddin zu ihr, »es ist weiter nichts, steh auf und iß: hier sind Sachen genug, um dein Herz zu stärken und zugleich meinen großen Hunger zu befriedigen. Wir wollen diese guten Speisen nicht kalt werden lassen, sondern essen.«

Alaeddins Mutter war außerordentlich erstaunt, als sie das große Becken, die zwölf Schüsseln, die sechs Brote, die zwei Flaschen nebst den zwei Schalen erblickte und den köstlichen Duft einatmete, der aus all den Platten emporstieg. »Mein Sohn«, sagte sie zu Alaeddin, »woher kommt uns dieser Überfluß und wem haben wir für solch reiches Geschenk zu danken? Sollte vielleicht der Sultan von unserer Armut gehört und sich unser erbarmt haben?« – »Liebe Mutter«, antwortete Alaeddin, »wir wollen uns jetzt zu Tisch setzen und essen, du bedarfst dessen so gut, als ich; deine Frage werde ich beantworten, wenn wir gefrühstückt haben.« Sie setzten sich zu Tisch und speisten mit um so größerem Appetit, als beide, Mutter und Sohn, sich nie an einer so wohlbesetzten Tafel befunden hatten.

Während der Mahlzeit konnte Alaeddins Mutter nicht aufhören, das Becken und die Schüsseln zu betrachten und zu bewundern, obgleich sie nicht recht wußte, ob sie von Silber oder einem anderen Metall waren: so ungewöhnlich war ihr der Anblick von dergleichen Dingen. Eigentlich war es bloß die Neuheit und nicht der Wert derselben, was sie in solche Bewunderung versetzte, denn sie verstand sich darauf so wenig, als ihr Sohn Alaeddin.

Alaeddin und seine Mutter, die nur ein einfaches Frühstück einzunehmen gedacht hatten, befanden sich um die Stunde des Mittagessens noch bei Tisch. Die trefflichen Speisen hatten ihre Eßlust noch mehr rege gemacht, und da sie noch warm waren, glaubten sie, nicht übel zu tun, wenn sie beide Mahlzeiten auf einmal abmachten, statt sich zweimal an den Tisch zu setzen. Nachdem die Doppelmahlzeit geendigt war, blieb ihnen noch so viel übrig, daß sie nicht nur ein Abendessen, sondern auch noch am folgenden Tage zwei tüchtige Mahlzeiten halten konnten.

Als Alaeddins Mutter abgetragen und das Fleisch, welches unberührt gelieben war, aufgehoben hatte, setzte sie sich zu ihrem Sohn auf das Sofa und sagte zu ihm: »Alaeddin, ich erwarte jetzt von dir, daß du meine Neugierde befriedigst und mir die versprochene Auskunft erteilst.« Alaeddin erzählte ihr umständlich alles, was während ihrer Ohnmacht zwischen dem Geist und ihm vorgegangen war.

Alaeddins Mutter geriet in große Verwunderung über die Erzählung ihres Sohnes und die Erscheinung des Geistes. »Aber, mein Sohn«, sagte sie, was willst du denn eigentlich sagen mit deinen Geistern? So lange ich auf der Welt bin, habe ich nie sagen gehört, daß jemand von allen meinen Bekannten einen Geist gesehen hätte. Durch welchen Zufall ist dieser garstige Geist zu mir gekommen? Warum hat er sich an mich gewendet und nicht an dich, da er dir doch schon in der Schatzhöhle einmal erschienen war?«

»Liebe Mutter«, erwiderte Alaeddin, »der Geist, welcher dir erschienen, ist nicht derselbe, der mir erschien. Sie haben zwar einige Ähnlichkeit in Beziehung auf ihre Riesengröße, aber an Gesichtsbildung und Kleidung sind sie gänzlich voneinander verschieden und gehören auch verschiedenen Herren an. Du wirst dich noch erinneren, daß derjenige, den ich sah, sich einen Sklaven des Rings nannte, den ich am Finger habe, während der soeben erschienene sagte, er sei Sklave der Lampe, die du in der Hand hattest; doch ich glaube nicht, daß du es gehört hast, denn, wie mich dünkt, fielst du sogleich in Ohnmacht, als er zu reden anfing.«

»Wie!« rief Alaeddins Mutter, »also deine Lampe ist schuld, daß dieser verwünschte Geist sich an mich gewendet hat, statt an dich? Ach, lieber Sohn, schaffe sie mir sogleich aus den Augen und hebe sie auf, wo du willst, ich mag sie nicht mehr anrühren. Eher lasse ich sie wegwerfen oder verkaufen, als daß ich Gefahr laufe, bei Berührung derselben vor Angst zu sterben. Folge mir und tue auch den Ring ab. Man muß keinen Verkehr mit Geistern haben: es sind Teufel und unser Prophet hat es gesagt.«

»Mit deiner Erlaubnis, liebe Mutter«, antwortet Alaeddin, »werde ich mich jetzt wohl hüten, eine Lampe, die uns beiden so nützlich werden kann, zu verkaufen, wie ich soeben noch im Sinne hatte. Siehst du denn nicht, was sie uns erst vor einigen Augenblicken verschafft hat? Sie soll uns jetzt fortwährend Nahrung und Lebensunterhalt besorgen. Du kannst dir, wie ich, leicht denken, daß mein garstiger, falscher Oheim sich nicht ohne Grund so viel Mühe gegeben und eine so weite und beschwerliche Reise unternommen hat, da er nach dem Besitz dieser Wunderlampe trachtete, die er allem Gold und Silber, das er in den Sälen wußte, und das ich, wie er es mir beschrieben, mit meinen eigen Augen sah, vorgezogen hatte. Er kannte den Wert und die herrlichen Eigenschaften dieser Lampe zu gut, um sich von dem übrigen reichen Schatz noch etwas zu wünschen. Da nun der Zufall uns ihre geheime Kraft entdeckt hat, so wollen wir den möglichst vorteilhaften Gebrauch davon machen, aber ohne Aufsehen zu erregen, damit unsere Nachbarn nicht neidisch und eifersüchtig werden. Ich will sie dir übrigens gern aus den Augen schaffen und an einem Ort aufheben, wo ich sie finden kann, wann ich sie brauche, da du so große Angst vor den Geistern hast. Auch den Ring wegzuwerfen, kann ich mich unmöglich entschließen. Ohne diesen Ring hättest du mich nie wieder gesehen, und ohne ihn würde ich jetzt entweder nicht mehr, oder höchstens noch auf einige Augenblicke leben. Du wirst mir daher erlauben, daß ich ihn behalte und immer mit großer Behutsamkeit am Finger trage. Wer weiß, ob mir nicht irgend einmal eine andere Gefahr zustößt, die wir beide nicht voraussehen können, und aus der er mich vielleicht befreit?« Da Alaeddins Bemerkung sehr richtig schien, so wußte seine Mutter nichts mehr einzuwenden. »Lieber Sohn«, sagte sie zu ihm, »du kannst handeln, wie du es für gut hältst; ich für meinen Teil mag mit Geistern nichts zu tun haben. Ich erkläre dir hiermit, daß ich meine Hände in Unschuld wasche, und nie mehr mit dir davon reden werden.«

Am anderen Tag nach dem Abendessen war von den herrlichen Speisen, die der Geist gebracht hatte, nichts mehr übrig; Alaeddin, der nicht solange warten wollte, bis der Hunger ihn drängte, nahm daher am dritten Morgen eine der silbernen Schüsseln unter seine Kleider und ging aus, um sie zu verkaufen. Er wandte sich an einen Juden, der ihm begegnete, nahm ihm beiseite, zeigte ihm die Schüssel und fragte, ob er wohl Lust dazu hätte.

Der Jude, ein schlauer und verschmitzter Bursche, nahm die Schüssel, untersuchte sie, und da er erkannte, daß sie von echtem Silber war, fragte er Alaeddin, was er dafür verlange. Alaeddin, der ihren Wert nicht verstand und nie mit solchen Waren Handel getrieben hatte, sagte ihm bloß, er werde wohl am besten wissen, was die Schüssel wert sei, und er verlasse sich hierin ganz auf seine Ehrlichkeit. Der Jude geriet wirklich in Verlegenheit über die Offenherzigkeit Alaeddins. Da er nicht wußte, ob Alaeddin den Wert seiner Ware wirklich kannte oder nicht, zog er ein Goldstück aus seinem Beutel, das höchstens den zweiundsiebzigsten Teil vom wahren Wert der Schüssel betrug, und bot es ihm an. Alaeddin nahm das Goldstück mit großer Freudigkeit, und sobald er es in der Hand hatte, lief er so schnell davon, daß der Jude, mit seinem ungeheuren Gewinn bei diesem Kaufe nicht zufrieden, sich sehr darüber ärgerte, daß er Alaeddins gänzliche Unwissenheit über den Wert für die Schüssel nicht besser erraten und ihm noch weniger geboten hatte. Er geriet in Versuchung, dem jungen Menschen nachzulaufen, ob er nicht etwas von seinem Goldstück herausbekommen könnte; allein Alaeddin ging schnell und war schon so weit entfernt, daß er ihn schwerlich eingeholt hätte.

Auf dem Heimweg blieb Alaeddin bei einem Bäckerladen stehen, kaufte einen Vorrat Brot und bezahlte ihn mit dem Goldstück, das der Bäcker ihm wechselte. Als er nach Hause kam, gab er das übrige Geld seiner Mutter, die auf den Markt ging, um für sie beide die nötigen Lebensmittel auf einige Tage einzukaufen.

So lebten sie eine Zeitlang fort, d. h. Alaeddin verkaufte alle zwölf Schüsseln, eine nach der andern, so wie das Geld im Hause ausgegangen war, an den Juden. Der Jude, der für die erste ein Goldstück gegeben hatte, wagte es nicht, für die übrigen weniger zu bieten, und bezahlte alle mit derselben Münze, um einen so guten Handel nicht auszulassen. Als das Geld von der letzten Schüssel ausgegeben war, nahm Alaeddin seine Zuflucht zu dem Becken, das allein zehnmal mehr wog, als jede Schüssel. Er wollte es einem gewöhnlichen Kaufmann bringen, allein es war ihm zu schwer. Somit mußte er den Juden aufsuchen und ihn in sein Haus führen; dieser prüfte das Gewicht des Beckens und zahlte ihm auf der Stelle zehn Goldstücke, womit Alaeddin auch zufrieden war.

So lange die Goldstücke dauerten, wurden sie für die täglichen Ausgaben der Hauswirtschaft verwendet. Alaeddin hatte indes, obschon er ans Müßiggehen gewöhnt war, seit seinem Abenteuer mit dem afrikanischen Zauberer nicht mehr mit den jungen Leuten seines Alters gespielt. Er brachte seine Tage mit Spazierengehen zu, oder unterhielt sich mit älteren Leuten, deren Bekanntschaft er gemacht hatte. Oft blieb er auch bei den Läden der großen Kaufleute stehen und horchte aufmerksam auf die Gespräche vornehmer Männer, die sich hier eine Zeitlang aufhielten, oder sich hierher bestellt hatten: und diese Gespräche gaben ihm allmählich einigen Anstrich von Weltkenntnis.

Als von den zehn Goldstücken nichts mehr übrig war, nahm Alaeddin seine Zuflucht zur Lampe. Er nahm sie in die Hand, suchte die Stelle, welche seine Mutter berührt hatte, und als er sie an dem Eindruck des Sandes erkannte, rieb er sie ebenso, wie sie getan hatte. Sogleich erschien ihm wieder derselbe Geist, der sich schon einmal gezeigt hatte; da aber Alaeddin die Lampe sanfter gerieben hatte, als seine Mutter, so sprach er diesmal in einem milderen Tone dieselben Worte wie vorhin: »Was willst du? ich bin bereit, dir zu gehorchen als dein Sklave und als Sklave aller derer, welche die Lampe in der Hand haben, sowohl ich, als die anderen Sklaven der Lampe.« Alaeddin antwortete ihm: »Mich hungert, bring mir zu essen.« Der Geist verschwand und erschien in einigen Augenblicken wieder mit einem ähnlichen Tafelzeug, wie das erste Mal, stellte es auf das Sofa und verschwand wieder.

Alaeddins Mutter war, da sie das Vorhaben ihres Sohnes wußte, absichtlich ausgegangen, um bei der Erscheinung des Geistes nicht zu Hause zu sein. Sie kam bald darauf zurück, und als sie die Tafel und den Schenktisch so wohl besetzt sah, erstaunte sie über die wunderbare Wirkung der Lampe beinahe ebenso, wie das erste Mal. Alaeddin und seine Mutter setzten sich zu Tisch, und nach dem Mahl blieb ihnen noch so viel übrig, daß sie den beiden folgenden Tage behaglich davon leben konnten.

Als Alaeddin sah, daß weder Brot, noch Lebensmittel noch Geld mehr zu Hause war, nahm er eine silberne Schüssel und suchte den Juden, den er kannte, auf, um sie zu verkaufen. Auf dem Weg zu ihm kam er an dem Laden eines Goldschmieds vorüber, der durch sein Alter ehrwürdig und zugleich ein ehrlicher und rechtschaffener Mann war. Der Goldschmied bemerkte ihn, und rief ihm, er möchte hereintreten. »Mein Sohn«, sagte er zu ihm, »ich habe dich schon mehrere Male

mit derselben Ware wie jetzt vorbeigehen, den und den Juden aufsuchen und bald darauf mit leeren Händen zurückkommen sehen. Dies hat mich auf den Gedanken gebracht, daß du das, was du trägst, jedesmal an ihn verkaufst. Aber du weißt vielleicht nicht, daß dieser Jude ein Betrüger und zwar ein ärgerer Betrüger ist, als die anderen Juden, und daß niemand, der ihn kennt, mit ihm zu tun haben will. Im übrigen sage ich dir dieses bloß aus Gefälligkeit. Wenn du mir zeigen willst, was du jetzt in der Hand hast, und es dir feil ist, so will ich dir den wahren Wert getreulich ausbezahlen, wofern ich es brauchen kann; wo nicht, so will ich dich an andere Kaufleute weisen, die dich nicht betrügen werden.«

In der Hoffnung, noch mehr Geld für seine Schüssel zu lösen, zog Alaeddin sie sogleich unter seinem Kleid hervor und zeigte sie dem Goldschmied. Der Greis, der auf den ersten Blick erkannte, daß sie vom feinsten Silber war, fragte ihn, ob er wohl schon ähnliche an den Juden verkauft und was er von ihm dafür erhalten habe. Alaeddin gestand offenherzig, daß er schon zwölf solche verkauft und der Jude ihm für jede ein einziges Goldstück bezahlt habe. »Ha, der Spitzbube!« rief der Goldschmied. »Mein Sohn«, fügte er hinzu, »was geschehen ist, ist geschehen, und man muß nicht mehr daran denken; aber wenn ich dir jetzt den wahren Wert deiner Schüssel entdecke, die vom feinsten Silber ist, das nur irgend von uns verarbeitet wird, so wirst du einsehen, wie sehr der Jude dich betrogen hat.«

Der Goldschmied nahm die Waage, wog die Schüssel und nachdem er Alaeddin auseinandergesetzt hatte, was eine Mark Silber sei, welchen Wert und welche Unterabteilungen sie habe, machte er ihm begreiflich, daß diese Schüssel ihrem Gewicht nach zweiundsiebzig Goldstücke wert sei, die er ihm sogleich blank ausbezahlte. »Da hast du«, sagte er, »den wahren Betrag deiner Schüssel. Wenn du noch daran zweifelst, so kannst du dich nach Belieben an jeden anderen von unsern Goldschmieden wenden, und wenn dir einer sagt, daß sie mehr wert sei, so mache ich mich anheischig, dir das Doppelte dafür zu bezahlen. Wir gewinnen an dem Silberwerk, das wir kaufen, nichts, als die Arbeit und die Form, und damit begnügt sich kein Jude, wenn er auch noch so ehrlich wäre.«

Alaeddin dankte dem Goldschmied sehr für den guten Rat, den er ihm gegeben hatte, und von dem er bereits einen so großen Nutzen zog. In der Folge verkaufte er auch die übrigen Schüsseln, sowie das Becken, bloß noch an ihn und erhielt von allem den vollen Wert je nach dem Gewicht. Obwohl nun Alaeddin und seine Mutter eine unversiegbare Geldquelle an ihrer Lampe hatten, kraft der sie sich nach Herzenswunsch mit Geld versehen konnten, sobald es ihnen ausging, so lebten sie dennoch fortwährend ebenso mäßig, wie zuvor, nur daß Alaeddin einiges auf die Seite legte, um anständig auftreten zu können und verschiedene Bequemlichkeiten für ihre kleine Wirtschaft anzuschaffen. Seine Mutter dagegen verwendete auf ihre Kleider nichts, als was ihr das Baumwollespinnen einbrachte. Bei dieser nüchternen Lebensweise kann man sich leicht denken, daß das Gold, das Alaeddin für seine zwölf Schüsseln und das Becken von dem Goldschmied erhalten hatte, lange ausreichte. So lebten sie denn mehrere Jahre lang von dem guten Gebrauch, den Alaeddin von Zeit zu Zeit von seiner Lampe machte.

In dieser Zwischenzeit hatte Alaeddin, der es nicht unterließ, sich sehr fleißig bei den Zusammenkünften angesehener Personen in den Läden der bedeutendsten Kaufleute, die mit Gold, Silber, Seidenstoffen, den feinsten Schleiertüchern und Juwelen handelten, einzufinden und bisweilen sogar an ihren Unterhaltungen teilzunehmen, sich vollends ausgebildet und allmählich alle Manieren der feinen Weltleute angenommen. Namentlich bei den Juwelenhändlern kam er von dem Irrwahn ab, als wären die durchsichtigen Früchte, die er in dem Garten, wo die Lampe stand, gepflückt hatte, bloß buntfarbiges Glas; er erfuhr hier, daß es sehr kostbare Edelsteine waren. Da er täglich in diesen Läden alle Arten solcher Edelsteine kaufen und verkaufen sah, lernte er sie nach ihrem Wert kennen und schätzen, da er nirgends so schöne und große bemerkte, wie die seinigen, so begriff er wohl, daß er statt der Glasscherben, die er für Kleinigkeiten geachtet hatte, einen Schatz von unschätzbarem Wert besaß. Indes war er klug genug, niemanden etwas davon zu sagen, selbst seiner Mutter nicht, und ohne Zweifel verdankte er diesem Stillschweigen das hohe Glück, zu dem wir ihn in der Folge emporsteigen sehen werden.

Eines Tages, als er in der Stadt spazieren ging, hörte Alaeddin mit lauter Stimme einen Befehl des Sultans ausrufen, daß jedermann seinen Laden und seine Haustür schließen und sich ins Innere seiner Wohnung zurückziehen solle, bis die Prinzessin Bedrulbudur,* die Tochter des Sultans, die sich baden wollte, vorübergegangen und wieder zurückgekehrt sein würde.**

Dieser öffentliche Aufruf erweckte in Alaeddin den Wunsch, die Prinzessin entschleiert zu sehen. Er mußte sich zu diesem Behuf in das Haus eines Bekannten begeben und dort hinter ein Gitterfenster stellen; allein dies war ihm nicht genug, da die Prinzessin, dem Brauch gemäß, auf ihrem Weg ins Bad einen Schleier vor ihrem Gesicht haben mußte. Um seine Neugierde zu befriedigen, ersann er endlich ein Mittel, das ihm glückte. Er stellte sich nämlich hinter die Tür des Bades, das so eingerichtet war, daß er sie unfehlbar von Angesicht sehen mußte.

Alaeddin durfte nicht lange warten: die Prinzessin erschien, und er betrachtete sie durch einen Ritz, der groß genug war, daß er sehen konnte, ohne gesehen zu werden. Sie kam in Begleitung von einer großen Anzahl ihrer Frauen und Verschnittenen, die teils neben ihr, teils hinter ihr hergingen. Drei oder vier Schritte vor der Tür des Bades nahm sie den Schleier ab, der ihr Gesicht bedeckte und ihr sehr unbequem war, und auf diese Art sah Alaeddin sie um so bequemer,

* Auf arabisch: Mond der Monde.

** Noch heutzutage ist es den Persern verboten, die Frauen des Königs auf der Straße zu sehen.

da sie gerade auf ihn zukam. Alaeddin hatte bis dahin noch nie eine Frau mit entschleiertem Gesicht gesehen, als seine Mutter, die schon alt und überhaupt niemals so hübsch gewesen war, daß er von ihr einen Schluß auf die Schönheit anderer Frauen hätte machen können. Zwar hatte er wohl gehört, daß es Frauen von ausgezeichneter Schönheit gebe, allein alle auch noch so begeisterten Schilderungen von einer Schönheit können nie einen so tiefen Eindruck machen, wie ihr Anblick selbst.

Als Alaeddin die Prinzessin Bedrulbudur gesehen hatte, gab er seine bisherige Meinung, als ob alle Frauen mehr oder weniger seiner Mutter glichen, auf. Ganz andere Empfindungen stiegen in ihm auf, und sein Herz konnte dem bezaubernden Mädchen die höchste Zuneigung nicht versagen. Wirklich war die Prinzessin auch die schönste Brünette, die man auf der Welt sehen kann. Sie hatte große, regelmäßige, lebhafte und feurige Augen, einen sanften und sittsamen Blick, eine proportionierte Nase ohne allen Tadel, einen kleinen Mund, rosenrote und durch ihr schönes Ebenmaß wahrhaft bezaubernde Lippen; mit einem Wort, alle ihre Gesichtszüge waren höchst anmutig und regelmäßig. Was Wunder, daß Alaeddin bei dem Blick einer so seltenen Bereinigung von Schönheiten, die ihm ganz neu waren, geblendet wurde und beinahe außer sich geriet! Außer diesen Vollkommenheiten hatte die Prinzessin einen üppigen Wuchs und eine majestätische Haltung, deren Anblick allein schon die ihr gebührende Ehrfurcht einflößte.

Als die Prinzessin ins Bad hineingegangen war, blieb Alaeddin eine Weile ganz verwirrt und wie entzückt stehen, indem er sich unaufhörlich das reizende Bild vor die Seele rief, das ihn im Innersten seines Herzens ergriffen und bezaubert hatte. Endlich kam er wieder zur Besinnung, und da er bedachte, daß die Prinzessin bereits vorübergegangen war, und er vergebens seinen Posten länger behaupten würde, um sie beim Herausgehen aus dem Bad wieder zu sehen, indem sie ihm da den Rücken kehren und verschleiert sein müßte, so beschloß er, den Ort zu verlassen und sich hinweg zu begeben.

Als Alaeddin nach Hause kam, konnte er seine Verwirrung und Unruhe nicht so verbergen, daß seine Mutter nichts gemerkt hätte. Sie war sehr erstaunt, ihn gegen seine Gewohnheit so traurig und nachdenklich zu sehen und fragte ihn, ob ihm etwas Unangenehmes begegnet sei, oder ob er sich unwohl befinde. Alaeddin aber gab keine Antwort, sondern setzte sich nachlässig auf das Sofa, wo er unverändert in derselben Stellung blieb, fortwährend damit beschäftigt, sich das reizende Bild der Prinzessin Bedrulbudur zu vergegenwärtigen. Seine Mutter bereitete das Abendessen und drang nicht weiter in ihn. Als das Mahl fertig war, stellte sie es neben ihn auf das Sofa und setzte sich zu Tische; da sie aber sah, daß ihr Sohn gar nicht darauf achtete, so sprach sie ihm zu, er solle doch essen, und nur mit viel Mühe brachte sie ihn dahin, daß er seine Lage änderte. Er aß viel weniger als gewöhnlich, hatte die Augen immer niedergeschlagen und beobachtete ein so tiefes Stillschweigen, daß es seiner Mutter unmöglich war, ihm auch nur ein einziges Wort zu entlocken, so sehr sie auch in ihn drang, er solle ihr die Ursache dieser außerordentlichen Veränderungen mitteilen.

Nach dem Abendessen wollte sie von neuem anfangen, ihn zu fragen, warum er denn so schwermütig sei, allein sie konnte nichts aus ihm herausbringen, und Alaeddin ging zu Bett, ohne seine Mutter im mindesten zufriedengestellt zu haben.

Wir wollen es ununtersucht lassen, wie Alaeddin, dem die Schönheit und die Reize der Prinzessin Bedrulbudur den Kopf verrückt hatten, die Nacht zubrachte; nur so viel wollen wir bemerken, daß er sich am anderen Morgen wieder auf das Sofa setzte und mit seiner Mutter, die ihm gegenüber saß und wie gewöhnlich Baumwolle spann, folgendes Gespräch anfing. »Liebe Mutter«, sagte er zu ihr, »ich will jetzt das Stillschweigen brechen, das ich seit meiner Nachhausekunft gestern beobachtet habe. Es hat dir Kummer gemacht und das ist mir nicht entgangen. Ich war nicht krank, wie du zu glauben schienst, und bin es auch jetzt nicht. Aber soviel kann ich dir sagen, daß das, was ich empfand und was ich noch fortwährend empfinde, etwas weit Schlimmeres ist, als eine Krankheit. Zwar weiß ich nicht recht, wie man dieses Übel nennt, aber ich zweifle nicht, daß du es aus dem erkennen wirst, was ich dir jetzt sagen will.

»Es ist«, fuhr Alaeddin fort, »in diesem Stadtviertel nicht bekannt geworden, und so kannst du es auch nicht wissen, daß die Prinzessin Bedrulbudur, die Tochter des Sultans, gestern Nachmittag ins Bad gegangen ist. Ich hörte es, als ich in der Stadt umherspazierte. Man rief nämlich den Befehl aus, daß alle Läden geschlossen werden und jeder sich in sein Haus begeben solle, um der Prinzessin die ihr gebührende Ehre zu erzeigen und ihr auf den Straßen, durch welche sie ginge, freien Durchgang zu lassen. Da ich nicht weit vom Bad entfernt war, so brachte mich die Neugierde, sie mit entschleiertem Gesicht zu sehen, auf den Einfall, mich hinter die Tür des Bades zu verstecken; denn ich dachte, sie werde vielleicht noch vor ihrem Eintritt ins Bad den Schleier abnehmen. Du kennst die Lage der Tür und kannst daher leicht abnehmen, daß ich sie mit Bequemlichkeit sehen mußte, wenn das geschah, was ich vermutete. Wirklich nahm sie vor ihrem Eintritt den Schleier ab und ich hatte das Glück, zu meinem unaussprechlichen Vergnügen diese liebenswürdige Prinzessin zu sehen. Siehst du, Mutter, das ist die Ursache des Zustandes, in dem du mich gestern sahest, als ich nach Hause kam, und deswegen habe ich bis jetzt den Mund nicht aufgetan. Ich liebe die Prinzessin mit einer Glut, die ich dir nicht beschreiben kann, und da meine heiße Leidenschaft mit jedem Augenblick zunimmt, so fühle ich wohl, daß sie nur durch den Besitz der liebenswürdigen Prinzessin Bedrulbudur befriedigt werden kann; daher ich denn auch entschlossen bin, sie vom Sultan mir zur Frau zu erbitten.«

Alaeddins Mutter hatte die Rede ihres Sohnes bis auf die letzten Worte mit vieler Aufmerksamkeit angehört; als sie aber vernahm, daß er im Sinn habe, um die Hand der Prinzessin Bedrulbudur anzuhalten, so konnte sie nicht umhin, ihn durch lautes Gelächter zu unterbrechen. Alaeddin wollte fortfahren, allein sie ließ ihn nicht zum Wort kommen und sagte zu ihm: »Ei, ei, mein Sohn, was fällt dir ein? Bist du wahnsinnig geworden, daß du solche Reden führen kannst?«

»Liebe Mutter«, erwiderte Alaeddin, »ich kann dir versichern, daß ich nicht wahnsinnig, sondern ganz bei gutem Verstand bin. Ich habe mir im voraus gedacht, daß du mich töricht und albern nennen werdest; allein dies soll mich nicht hindern, dir noch einmal zu erklären, daß mein Entschluß feststeht, den Sultan um die Hand der Prinzessin Bedrulbudur zu bitten.«

»Wahrhaftig, mein Sohn«, erwiderte die Mutter sehr ernsthaft, »ich kann nicht umhin, dir zu sagen, daß du dich ganz vergißt; und wenn du deinen Entschluß auch ausführen wolltest, so sehe ich nicht ein, durch wen du es wagen könntest, deine Bitte vortragen zu lassen.« – »Durch niemand anders, als dich selbst«, antwortete der Sohn ohne Bedenken. – »Durch mich!« rief die Mutter voll Erstaunen und Überraschung; »und an den Sultan? O ich werde mich wohl hüten, mich in eine Unternehmung der Art einzulassen. Und wer bist du denn, mein Sohn«, fuhr sie fort, »daß du die Kühnheit haben dürftest, deine Gedanken zur Tochter deines Sultans zu erheben? Hast du vergessen, daß du der Sohn eines der geringsten Schneider seiner Hauptstadt und auch von mütterlicher Seite nicht von höherer Abkunft bist? Weißt du denn nicht, daß Sultane ihre Töchter selbst Sultanssöhnen verweigern, die keine Hoffnung haben, einst zur Regierung zu gelangen?«

»Liebe Mutter«, antwortete Alaeddin, »ich habe dir bereits bemerkt, daß ich alles vorausgesehen habe, was du mir soeben gesagt hast, und ebenso sehe ich alles voraus, was du etwa noch

hinzufügen könntest. Weder deine Reden, noch deine Vorstellungen werden mich von meinem Entschluß abbringen. Ich habe dir gesagt, daß ich durch deine Vermittlung um die Hand der Prinzessin Bedrulbudur anhalten will; es ist dies die einzige Gefälligkeit, um die ich dich mit aller schuldigen Ehrerbietung bitte, und du kannst sie mir nicht abschlagen, wenn du mich nicht lieber sterben sehen, als mir zum zweitenmal das Leben schenken willst.«

Alaeddins Mutter befand sich in großer Verlegenheit, als sie die Hartnäckigkeit sah, womit er auf einem so unverständigen Plan verharrte. »Mein Sohn«, sagte sie nochmals zu ihm, »ich bin deine Mutter, und als eine gute Mutter, die dich unter dem Herzen getragen, bin ich bereit, aus Liebe zu dir alles zu tun, was vernünftig und für meinen und deinen Stand schicklich ist. Wenn es sich darum handelte, für dich um die Tochter eines unserer Nachbarn anzuhalten, der von gleichem oder wenigstens nicht viel höherem Stand wäre als du, so würde ich nichts versäumen, und von Herzen gern alles aufbieten, was in meiner Macht steht; aber auch dann müßtest du einiges Vermögen oder Einkünfte besitzen, oder ein Gewerbe erlernt haben, um deinen Zweck zu erreichen. Wenn arme Leute, wie wir, heiraten wollen, so ist das erste, woran sie denken müssen, ob sie auch zu leben haben. Aber ohne an deine niedere Abkunft, an deinen geringen Stand und deine Armut zu denken, willst du dich auf den höchsten Gipfel des Glücks schwingen und verlangst nichts Geringeres, als die Tochter deines Herrn und Gebieters, der nur ein Wort zu sagen braucht, um dich zu verderben und zu zermalmen. Ich will hier nicht erwähnen, was dich selbst betrifft, denn das mußt du in deinem Inneren in Erwägung ziehen, wofern du nur halbwegs bei gutem Verstand bist. Ich will nur von dem sprechen, was mich angeht. Wie hat dir ein so seltsamer Gedanke in den Kopf kommen können, daß ich zum Sultan hingehen und ihm den Antrag machen soll, dir die Prinzessin, seine Tochter, zum Weib zu geben? Gesetzt auch, ich hätte, ich will nicht sagen die Kühnheit, sondern die Unverschämtheit, vor seine geheiligte Person zu treten, um eine so ungereimte Bitte vorzutragen, an wen müßte ich mich denn wenden, um nur vorgelassen zu werden? Glaubst du denn nicht, daß der erste, den ich anredete, mich als Närrin behandeln und mit Schmach und Schimpf fortjagen würde, wie ich es auch verdiente? Wir wollen aber auch annehmen, daß es keine Schwierigkeit gäbe, Audienz bei dem Sultan zu erhalten: denn ich weiß, daß man leicht zu ihm gelangen kann, wenn man um Gerechtigkeit bittet, und daß er sie seinen Untertanen gern gewährt, sobald sie ihn darum angehen; ich weiß auch, daß er mit Vergnügen eine Gnade bewilligt, um die man ihn bittet, sobald er sieht, daß man sie verdient hat und ihrer würdig ist: aber bist du denn in demselben Fall und glaubst du die Gnade verdient zu haben, die ich für dich erbitten soll? Bist du ihrer würdig? Was hast du für deinen Fürsten oder für dein Vaterland getan und wodurch hast du dich ausgezeichnet? Wenn du nun nichts geleistet hast, um eine so hohe Gnade zu verdienen und auch im übrigen ihrer nicht würdig bist, mit welcher Stirn könnte ich dann darum bitten? Wie könnte ich auch nur den Mund öffnen, um dem Sultan diesen Vorschlag zu machen? Sein majestätisches Ansehen und der Glanz seines Hofes würden mir sogar den Mund verschließen, mir, die ich schon vor meinem verstorbenen Mann, deinem Vater, zitterte, wenn ich ihn nur um eine Kleinigkeit zu bitten hatte. Auch ein anderer Grund ist noch vorhanden, mein Sohn, den du nicht bedacht hast, nämlich, daß man vor unsern Sultanen, wenn man sie um etwas bitten will, nicht erscheinen darf, ohne ein Geschenk in der Hand zu haben. Die Geschenke haben wenigstens das Gute, daß sie, wenn sie auch aus irgend einem Grunde die Bitte abschlagen, den Bittsteller wenigstens ohne Widerwillen anhören. Aber welches Geschenk könntest du ihm denn bieten? Und wenn du auch etwas hättest, das der Beachtung eines so großen Monarchen im mindesten wert schiene, in welchem Verhältnis stände dann dein Geschenk mit der Bitte, die du an ihn tun willst? Geh in dich und bedenke, daß du nach etwas trachtest, das du unmöglich erreichen kannst.«

Alaeddin hörte alles, was seine Mutter zu ihm sagte, um ihn von seinem Plane abzubringen, mit großer Gemütsruhe an, und nachdem er ihre Vorstellungen Punkt für Punkt in Erwägung gezogen, nahm er endlich das Wort und sprach: »Ich gestehe, liebe Mutter, daß es eine große Verwegenheit von mir ist, so hoch hinauf zu wollen, und zugleich sehr unüberlegt, daß ich von dir mit solcher Hitze und Hastigkeit verlange, du sollst beim Sultan für mich anhalten, ohne zuvor die geeigneten Maßregeln zu ergreifen, um dir Gehör und einen günstigen Empfang zu verschaffen. Verzeih mir diesmal. In der Hitze der Leidenschaft, die sich meiner bemeistert hat, darfst du dich nicht wundern, wenn ich nicht auf einmal alles, was mir die gesuchte Ruhe geben kann, ins Auge gefaßt habe. Ich liebe die Prinzessin Bedrulbudur weit mehr, als du dir denken kannst, ja ich bin ganz von Sinnen und beharre fest auf dem Entschluß, sie zu heiraten. Ich bin darüber vollkommen mit mir einig und entschieden. Übrigens danke ich dir für die Eröffnung, die du mir soeben gemacht hast, denn ich betrachte sie als den ersten Schritt zu dem glücklichen Erfolg, den ich mir verspreche.«

»Du sagst mir, es sei nicht Brauch, ohne ein Geschenk in der Hand vor dem Sultan zu erscheinen, und ich habe nichts, was seiner würdig wäre. Ich teile deine Meinung in Beziehung auf das Geschenk und gestehe, daß ich nicht daran gedacht habe; was aber deine Behauptung betrifft, daß ich nichts besitze, das ihm überreicht werden könnte, so glaube ich doch, daß die Sachen, die ich aus der unterirdischen Höhle, wo mir unvermeidlicher Tod drohte, mitgebracht habe, dem Sultan gewiß viel Vergnügen machen würden. Ich spreche nämlich von den Steinen in den zwei Beuteln und im Gürtel, die wir beide anfangs für farbige Gläser hielten; jetzt sind mir die Augen aufgegangen, und ich sage dir, liebe Mutter, daß es Juwelen von unschätzbarem Wert sind, die nur großen Königen gebühren. In den Läden der Juweliere habe ich mich von ihrem Wert überzeugt, und du kannst mir aufs Wort glauben: alle, die ich bei diesen Herren gesehen habe, halten mit den unsern durchaus keinen Vergleich aus, weder in Beziehung auf Größe, noch auf Schönheit, und doch verkaufen sie dieselben um ungeheure Summen. Wir können zwar allerdings den wahren Wert der unsrigen nicht angeben, aber dem mag sein wie ihm wolle, so viel verstehe ich doch, um überzeugt zu sein, daß das Geschenk dem Sultan die größte Freude machen muß. Du hast da eine ziemlich große Porzellanvase, die gerade dazu paßt; bring sie einmal her, und laß uns sehen, welche Wirkung sie machen, wenn wir sie nach ihren verschiedenen Farben ordnen.«

Alaeddins Mutter brachte die Vase, und Alaeddin nahm die Edelsteine aus den beiden Beuteln heraus und legte sie in der besten Ordnung hinein. Die Wirkung, die sie durch die Mannigfaltigkeit ihrer Farben und ihren strahlenden Glanz beim hellen Tageslicht machten, war so groß, daß Mutter und Sohn beinahe davon geblendet wurden und sich über die Maßen wunderten; denn sie hatten dieselben bisher nur beim Lampenschein betrachtet. Alaeddin zwar hatte sie auf den Bäumen gesehen, wo sie ihm als Früchte erschienen, die einen herrlichen Anblick gewährten; allein er war damals noch Kind gewesen und hatte diese Edelsteine nur als Spielzeug betrachtet und bloß aus dieser Rücksicht ohne Ahnung ihres Wertes mitgenommen.

Nachdem sie die Schönheit des Geschenks eine Weile betrachtet hatten, nahm Alaeddin wieder das Wort und sagte: »Du hast jetzt keine Ausrede mehr, liebe Mutter, und kannst dich nicht damit entschuldigen, daß wir kein passendes Geschenk anzubieten hätten. Hier ist eines, wie mich dünkt, das dir gewiß einen recht freundlichen Empfang verschaffen wird.«

Obwohl Alaeddins Mutter dieses Geschenk, ungeachtet seiner Schönheit und seines Glanzes, nicht für so wertvoll hielt, wie ihr Sohn, so dachte sie doch, es könne vielleicht angenommen werden, und sah ein, daß in dieser Beziehung nichts mehr einzuwenden war. Dagegen kam sie immer wieder auf Alaeddins Forderung zurück, die durch das Geschenk unterstützt werden sollte, und dies machte ihr viel Unruhe. »Mein Sohn«, sprach sie zu ihm, »ich begreife wohl, daß dein Geschenk Wirkung tun und Gnade in den Augen des Sultans finden wird; aber wenn ich dann deine Bitte vortragen soll, so fühle ich im voraus, daß ich dazu keine Kraft haben und stumm bleiben werde. Auf diese Art wird nicht nur mein Gang vergeblich, sondern auch das Geschenk, das nach deiner Behauptung so außerordentlich kostbar ist, verloren sein, und ich werde mit Schmach abziehen müssen, um dir zu verkündigen, daß du dich in deiner Hoffnung getäuscht hast. Ich habe es dir schon einmal gesagt, und du wirst sehen, daß es so kommt.«

»Aber«, setzte sie hinzu, »gesetzt auch, ich könnte mir soviel Gewalt antun, mich nach deinem Wunsch zu fügen, und ich hätte Kraft genug, um eine solche Bitte zu wagen, wie du mir zumutest, so wird sich doch der Sultan ganz gewiß entweder über mich lustig machen und mich als eine Närrin nach Hause schicken, oder er wird in gerechten Zorn geraten, dessen Opfer unfehlbar wir beide sein werden.«

Alaeddins Mutter führte noch mehrere solche Gründe an, um ihren Sohn auf andere Gedanken zu bringen; allein die Reize der Prinzessin Bedrulbudur hatten einen zu starken Eindruck auf sein Herz gemacht, als daß er sich von seinem Plan hätte abwendig machen lassen. Alaeddin beharrte also auf seiner Bitte, und teils aus Zärtlichkeit, teils aus Furcht, er möchte irgend einen tollen Streich machen, überwand seine Mutter ihre Abneigung und verstand sich endlich dazu, ihm zu willfahren.

Da es schon spät und die Zeit, in den Palast zu gehen und vor den Sultan zu treten, an diesem Tag bereits vorüber war, so wurde die Sache auf den folgenden Tag verschoben. Mutter und Sohn sprachen von nichts anderem mehr, und Alaeddin strengte seinen ganzen Verstand an, um seine Mutter in ihrem Entschluß zu bestärken. Aber trotz aller Überredungskünste des Sohnes konnte sich die Mutter doch nicht überzeugen, daß ihr Unternehmen gelingen werde, und man muß wirklich gestehen, daß sie alle Ursache hatte, daran zu zweifeln. »Mein Sohn«, sagte sie zu Alaeddin, »wenn mich der Sultan so günstig aufnimmt, wie ich es aus Liebe zu dir wünsche, wenn er auch den Vorschlag, den ich ihm machen soll, ruhig anhört, aber sich dann einfallen läßt, nach deinem Vermögen und Stand zu fragen – und darüber wird er sich vor allem erkundigen wollen – sage mir, was soll ich ihm dann antworten?«

»Liebe Mutter«, antwortete Alaeddin, »wir wollen uns nicht zum voraus über eine Sache bekümmern, die vielleicht gar nicht vorkommen wird. Wir müssen jetzt abwarten, wie der Sultan dich empfängt und was für eine Antwort er dir gibt. Wenn er dann wirklich über das, was du sagst, Auskunft haben will, so werde ich mich schon auf eine Antwort besinnen, und ich glaube zuversichtlich, daß die Lampe, die uns schon seit einigen Jahren ernährt, mich in der Not nicht verlassen wird.«

Alaeddins Mutter wußte hierauf nichts zu erwidern, denn sie dachte, daß die Lampe, von der er sprach, auch noch weit größere Wunder bewirken könnte, als ihnen bloß ihren Lebensunterhalt verschaffen. Dies beruhigte sie und löste in ihrem Inneren alle Schwierigkeiten, die sie noch hätten abhalten können, ihrem Sohn den versprochenen Dienst beim Sultan zu erweisen. Alaeddin, der die Gedanken seiner Mutter erriet, sagte zu ihr: »Jedenfalls, liebe Mutter, halte die Sache geheim; davon hängt der ganze glückliche Erfolg ab, den wir erwarten können.« Hierauf trennten sie sich, um zu Bett zu gehen; allein die heftige Liebe und die großartigen, unermeßlichen Glückspläne, die Alaeddins Gemüt erfüllten, ließen ihn keine Ruhe finden. Er stand vor Tagesanbruch auf, weckte sogleich seine Mutter und bestürmte sie, sie solle sich aufs schleunigste ankleiden, an das

Tor des königlichen Palasts gehen und, sowie es geöffnet würde, zugleich mit dem Großvezier, den untergeordneten Vezieren und den übrigen Staatsbeamten hineintreten, die sich zur Sitzung des Divans begaben, welcher der Sultan immer in Person beiwohnte.

Alaeddins Mutter tat alles, was ihr Sohn wünschte. Sie nahm die mit Edelsteinen gefüllte Porzellanvase und hüllte sie in doppelte Leinwand, zuerst in sehr feine und schneeweiße, sodann in minder feine, welche letztere sie an den vier Zipfeln zusammenband, um die Sache bequemer tragen zu können. Endlich ging sie zur Freude Alaeddins fort und nahm ihren Weg nach dem Palast des Sultans. Der Großvezier nebst den übrigen Vezieren und die angesehensten Herren vom Hof waren bereits hineingegangen, als sie ans Tor kam. Die Zahl derer, die beim Divan etwas zu suchen hatten, war sehr groß. Man öffnete, und sie ging mit ihnen in den Divan. Dies war ein über die Maßen schöner, tiefer und geräumiger Saal und hatte einen großen, prächtigen Eingang; sie stellte sich so, daß sie den Sultan gerade gegenüber, den Großvezier aber und die übrigen Herren, die im Rat saßen, rechts und links hatte. Man rief die verschiedenen Partien eine nach der anderen vor, in der Ordnung, wie sie ihre Bittschriften eingereicht hatten, und ihre Angelegenheiten wurden vorgetragen, verhandelt und entschieden, bis zur Stunde, wo der Divan wie gewöhnlich geschlossen wurde. Dann stand der Sultan auf, entließ die Versammlung und ging in sein Zimmer zurück, wohin ihm der Großvezier folgte. Die übrigen Veziere und Mitglieder des Staatsrats begaben sich nach Hause; ebenso die, welche wegen Privatangelegenheiten erschienen waren; die einen vergnügt, daß sie ihren Prozeß gewonnen hatten, die anderen unzufrieden, weil gegen sie entschieden worden war, und noch andere in der Hoffnung, daß ihre Sache in einer anderen Sitzung vorkommen werde.

Als Alaeddins Mutter sah, daß der Sultan aufstand und fortging, so schloß sie daraus, daß er an diesem Tag nicht wieder erscheinen werde, und ging, wie die anderen alle, nach Hause. Alaeddin, der sie mit dem für den Sultan bestimmten Geschenk zurückkommen sah, wußte anfangs nicht, was er von dem Erfolg seiner Sendung denken sollte. Er fürchtete eine schlimme Botschaft und hatte kaum Kraft genug, den Mund zu öffnen und sie zu fragen, welche Nachricht sie bringe. Die gute Frau, die nie einen Fuß in den Palast des Sultans gesetzt und keine Ahnung von dem hatte, was dort Brauch war, machte der Verlegenheit ihres Sohnes ein Ende, indem sie mit vieler Treuherzigkeit und Aufrichtigkeit also zu ihm sprach: »Mein Sohn, ich habe den Sultan gesehen und bin fest überzeugt, daß er mich ebenfalls gesehen hat. Ich stand gerade vor ihm und niemand hinderte mich, ihn zu sehen, allein er war zu sehr mit denen beschäftigt, die zu seiner Rechten und Linken saßen, daß ich Mitleiden mit ihm hatte, als ich die Mühe und Geduld sah, womit er sie anhörte. Dies dauerte solange, daß er, glaube ich, zuletzt Langeweile bekam, denn er stand auf einmal ganz unerwartet auf und ging schnell weg, ohne eine Menge anderer Leute anzuhören, die noch mit ihm sprechen wollten. Ich war sehr froh darüber, denn ich fing wirklich an, die Geduld zu verlieren und war von dem langen Stehen außerordentlich müde. Indes ist noch nichts verdorben; ich werde morgen wieder zu ihm gehen, der Sultan ist vielleicht dann nicht so beschäftigt.«

So heftig auch das Feuer der Liebe in Alaeddins Busen brannte, so mußte er sich doch mit dieser Entschuldigung zufrieden geben und mit Geduld waffnen. Er hatte wenigstens die Genugtuung, zu sehen, daß seine Mutter bereits den schwersten Schritt getan und den Anblick des Sultans ausgehalten hatte, und so konnte er hoffen, daß sie, wie die andern, die in ihrer Gegenwart mit ihm gesprochen hatten, nicht anstehen werde, sich ihres Auftrages zu entledigen, sobald der günstige Augenblick zum Sprechen komme.

Am anderen Morgen ging Alaeddins Mutter wieder ebenso früh mit ihrem Geschenk nach dem Palast des Sultans, allein sie machte diesen Gang vergeblich, denn sie fand die Tür des Divans verschlossen und erfuhr, daß nur alle zwei Tage Sitzung sei und sie also am folgenden Tag wieder kommen müsse. Sie kehrte nun um und brachte diese Nachricht ihrem Sohne, der somit aufs neue Geduld fassen mußte. Noch sechsmal hintereinander ging sie an den bestimmten Tagen in den Palast, aber immer mit ebensowenig Erfolg, und vielleicht wäre sie noch hundertmal vergebens gelaufen, wenn nicht der Sultan, der sie bei jeder Sitzung gegenüber von sich sah, endlich aufmerksam auf sie geworden wäre. Dies ist um so wahrscheinlicher, da nur solche, die dem Sultan Bittschriften zu überreichen hatten, sich nach der Reihe ihm näherten, um ihre Sache vorzutragen, und Alaeddins Mutter war nicht in diesem Fall.

An diesem Tag endlich sagte der Sultan, als er nach aufgehobener Sitzung in seine Gemächer zurückgekehrt war, zu seinem Großvezier: »Schon seit einiger Zeit bemerke ich eine gewisse Frau, die regelmäßig jeden Tag, wo ich Sitzung halte, kommt und etwas in Leinwand eingehüllt in der Hand hat. Sie bleibt vom Anfang bis zu Ende der Sitzung stehen und zwar immer gerade mir gegenüber. Weißt du wohl, was ihr Begehr ist?«

Der Großvezier, der es so wenig wußte, als der Sultan, wollte gleichwohl keine Antwort schuldig bleiben. »Herr«, sagte er, »es ist dir wohl bekannt, daß die Frauen oft über geringfügige Sachen Klage führen. Diese da kommt offenbar, um sich bei dir zu beschweren, daß man vielleicht schlechtes Mehl an sie verkauft oder ihr sonst Unrecht zugefügt hat, das von ebenso wenig Belang ist.« Der Sultan war mit dieser Antwort nicht zufrieden und sagte: »Wenn diese Frau bei der nächsten Sitzung wieder erscheint, so vergiß nicht, sie rufen zu lassen, auf daß ich sie höre.« Der Großvezier küßte seine Hand und legte sie auf seinen Kopf, zum Zeichen, daß er bereit sei, ihn sich abschlagen zu lassen, wenn er diesen Befehl nicht erfüllte.

Alaeddins Mutter war schon so sehr daran gewöhnt, im Divan vor dem Sultan zu erscheinen, daß sie ihre Mühe für nichts achtete, sofern sie nur ihrem Sohn zeigen konnte, wie sehr sie sich's angelegen sein ließ, für ihn alles zu tun, was in ihren Kräften stand. Sie ging also am Sitzungstag wieder nach dem Palast und stellte sich wie gewöhnlich am Eingang des Divans dem Sultan gegenüber.

Der Großvezier hatte seinen Vortrag noch nicht begonnen, als der Sultan Alaeddins Mutter bemerkte. Diese lange Geduld, die er selbst mit angesehen, rührte ihn. »Damit du es nicht vergissest«, sagte er zum Großvezier, »dort steht wieder die Frau, von der ich dir neulich gesagt habe: laß sie hierher treten, dann wollen wir sie zuerst anhören und ihre Angelegenheit ins reine bringen.« Sogleich zeigte der Großvezier die Frau dem Obersten der Türsteher, der zu seinen Befehlen bereitstand, und hieß ihn sie näher heranführen.

Der Oberste der Türsteher kam zu Alaeddins Mutter und gab ihr ein Zeichen; sie folgte ihm bis an den Fuß des königlichen Thrones, wo er sie verließ, um sich wieder an seinen Platz neben dem Großvezier zu stellen.

Alaeddins Mutter befolgte das Beispiel der andern, die sie mit dem Sultan sprechen gesehen hatte: sie warf sich zu Boden, berührte mit ihrer Stirne den Teppich, der die Stufen des Thrones bedeckte und blieb in dieser Stellung, bis der Sultan ihr befahl, aufzustehen. Als sie aufgestanden war, sprach er zu ihr: »Gute Frau, ich sehe dich schon lange Zeit in meinen Divan kommen und von Anfang bis zu Ende am Eingang stehen. Welche Angelegenheit führt dich hierher?«

Alaeddins Mutter warf sich, als sie diese Worte hörte, zum zweiten Mal zu Boden, und nachdem sie aufgestanden war, sagte sie: »Erhabenster aller Könige der Welt, bevor ich dir die außerordentliche und fast unglaubliche Sache erzähle, die mich vor deinen hohen Thron führt, bitte ich dich, mir die Kühnheit, ja ich möchte sagen die Unverschämtheit des Anliegens zu verzeihen, das ich dir vortragen will. Es ist so ungewöhnlich, daß ich zittere und bebe, und große Scheu trage, es meinem Sultan vorzubringen.« Um ihr volle Freiheit zu geben, befahl der Sultan allen Anwesenden, sich aus dem Divan zu entfernen und ihn mit dem Großvezier allein zu lassen; dann sagte er zu ihr, sie könne ohne Furcht sprechen.

Alaeddins Mutter begnügte sich nicht mit der Güte des Sultans, der ihr die Verlegenheit, vor der ganzen Versammlung sprechen zu müssen, erspart hatte; sie wollte sich auch noch vor seinem Zorn sicher stellen, den sie bei einem so seltsamen Antrag fürchten mußte. »Großer König«, sagte sie, aufs neue das Wort ergreifend, »ich wage auch noch, dich zu bitten, daß du mir, im Fall du mein Gesuch im mindesten anstößig oder beleidigend finden solltest, zum voraus deine Verzeihung und Gnade zusicherst.« – »Was es auch sein mag«, erwiderte der Sultan, »ich verzeihe es dir schon jetzt, und es soll dir nicht das geringste Leid zustoßen. Sprich ohne Scheu!«

Nachdem Alaeddins Mutter alle diese Vorsichtsmaßnahmen ergriffen hatte, weil sie den ganzen Zorn des Sultans für ihren kitzligen Antrag fürchtete, erzählte sie ihm treuherzig, bei welcher Gelegenheit Alaeddin die Prinzessin Bedrulbudur gesehen, welche heftige Liebe ihm dieser unglückselige Augenblick eingeflößt, welche Erklärungen er ihr darüber gemacht und wie sie ihm alles vorgestellt habe, ihn von einer Leidenschaft abzubringen, die sowohl für den König, als für seine Tochter im höchsten Grade beleidigend sei. »Aber«, fuhr sie fort, »statt diese Ermahnungen zu beherzigen, und die Frechheit seines Verlangens einzusehen, beharrte mein Sohn unerschütterlich bei der Sache und drohte mir sogar, irgend eine Handlung der Verzweiflung zu begehen, wenn ich mich weigern würde, zu dir zu gehen und für ihn um die Prinzessin anzuhalten. Gleichwohl hat es mich sehr große Überwindung gekostet, bis ich ihm diesen Gefallen erwies, und ich bitte dich noch einmal, großer König, daß du nicht allein mir, sondern auch meinem Sohne Alaeddin verzeihen mögest, der den verwegenen Gedanken gehabt hat, nach einer so hohen Verbindung zu trachten.«

Der Sultan hörte den ganzen Vortrag mit vieler Milde und Güte an, ohne im mindesten Zorn und Unwillen zu verraten, oder auch nur die Sache spöttisch aufzunehmen. Ehe er aber der guten Frau antwortete, fragte er sie, was sie denn in ihrem leinenen Tuche eingehüllt habe. Sogleich nahm sie die porzellanene Vase, stellte sie an den Fuß des Thrones, und nachdem sie sich niedergeworfen, enthüllte sie dieselbe und überreichte sie dem Sultan.

Es ist unmöglich, die Überraschung und das Erstaunen des Sultans zu beschreiben, als er in dieser Vase so viele ansehnliche, vollkommene und glänzende Edelsteine erblickte, und zwar alle von einer Größe, dergleichen er niemals gesehen hatte. Seine Verwunderung war so groß, daß er eine Weile ganz unbeweglich dasaß. Endlich, als er sich wieder gesammelt hatte, empfing er das Geschenk aus den Händen der Frau und rief außer sich vor Freude: »Ei, wie schön, wie herrlich!« Nachdem er die Edelsteine alle einen nach dem anderen in die Hand genommen, bewundert und nach ihren hervorstechendsten Eigenschaften gepriesen hatte, wandte er sich zu seinem Großvezier, zeigte ihm die Vase und sagte zu ihm: »Sieh mal an und du wirst gestehen müssen, daß man auf der ganzen Welt nichts Kostbareres und Vollkommeneres finden kann.« Der Vezier war ebenfalls ganz bezaubert. »Ja nun«, fuhr der Sultan fort, »was sagst du von diesem Geschenk? Ist es der Prinzessin, meiner Tochter, nicht würdig, und kann ich sie um diesen Preis nicht dem Mann geben, der um sie anhalten läßt?«

Diese Worte versetzten den Großvezier in peinliche Unruhe. Der Sultan hatte ihm nämlich vor einiger Zeit zu verstehen gegeben, daß er die Prinzessin seinem Sohn zu geben gedenke. Nun aber fürchtete er, und nicht ohne Grund, der Sultan möchte durch dieses reiche und außerordentliche Geschenk geblendet, sich anders entschließen. Er näherte sich ihm daher und flüsterte ihm ins Ohr: »Herr, ich muß gestehen, daß das Geschenk der Prinzessin würdig ist. Allein ich bitte dich, mir drei Monate Frist zu gönnen, bevor du dich entscheidest. Ich hoffe, daß mein Sohn, auf den du früher deine Augen zu werfen geruhtest, noch vor dieser Zeit ihr ein weit kostbareres Geschenk machen kann, als dieser Alaeddin, den du gar nicht kennst.« So sehr nun auch der Sultan überzeugt war, daß der Großvezier unmöglich seinen Sohn in den Stand setzen konnte, der Prinzessin ein Geschenk von gleichem Wert zu machen, so hörte er dennoch auf ihn und bewilligte ihm diesen Wunsch. Er wandte sich also zu Alaeddins Mutter und sagte zu ihr: »Geh nach Hause, gute Frau, und melde deinem Sohn, daß ich den Vorschlag, den du mir in seinem Namen gemacht hast, genehmige, daß ich aber die Prinzessin, meine Tochter, unmöglich verheiraten kann, bis ich ihr eine Ausstattung besorgt habe, die erst in drei Monaten fertig wird. Komm also um diese Zeit wieder.«

Alaeddins Mutter ging mit um so größerer Freude nach Hause, als sie es im Anfang wegen ihres Standes für unmöglich gehalten hatte, Zutritt beim Sultan zu erlangen, und nun war ihr statt einer beschämenden abschlägigen Antwort, die sie erwarten mußte, ein so günstiger Bescheid zuteil geworden. Als Alaeddin seine Mutter zurückkommen sah, schloß er aus zwei Sachen auf eine gute Botschaft: erstens, weil sie früher als gewöhnlich kam, und zweitens, weil ihr Gesicht vor Freude glänzte. »Ach, meine Mutter!« rief er ihr entgegen, »darf ich hoffen oder soll ich aus Verzweiflung sterben?« Sie legte ihren Schleier ab, setzte sich neben ihn auf das Sofa und sagte dann zu ihm: »Lieber Sohn, um dich nicht lange in Ungewißheit zu lassen, will ich dir gleich im voraus sagen, daß du nicht ans Sterben zu denken brauchst, sondern im Gegenteil alle Ursache hast, gutes Mutes zu sein.« Hierauf erzählte sie ihm, wie sie vor allen anderen Zutritt erhalten, weswegen sie auch so bald zurückgekommen sei, welche Vorsichtsmaßregeln sie genommen, um dem Sultan, ohne ihn zu erzürnen, eine Heirat zwischen ihm und der Prinzessin Bedrulbudur vorzuschlagen, und welche günstige Antwort sie aus des Sultans eigenem Mund erhalten habe. Sie fügte hinzu: aus dem ganzen Benehmen des Sultans habe sie annehmen können, daß das Geschenk einen überaus mächtigen Eindruck auf sein Gemüt gemacht und ihn zu dieser huldreichen Antwort bestimmt habe. »Ich hatte mich dessen um so weniger versehen«, fuhr sie fort, »als der Großvezier ihm unmittelbar vorher etwas ins Ohr gesagt hatte und ich fürchten mußte, er möchte ihn von der günstigen Gesinnung, die er vielleicht für dich hegte, abbringen.«

Als Alaeddin diese Nachricht hörte, hielt er sich für den glücklichsten aller Sterblichen. Er dankte seiner Mutter für die viele Mühe, welche sie sich bei dieser Angelegenheit gegeben habe, deren glücklicher Erfolg für seine Ruhe so wichtig sei. Und obwohl ihm bei seinem ungeduldigen Verlangen nach dem Gegenstand seiner Liebe drei Monate entsetzlich lang erschienen, so nahm er sich doch vor, mit Geduld zu warten und auf das Wort des Sultans zu bauen, das er für unverbrüchlich hielt. Indes zählte er in Erwartung des ersehnten Zieles nicht bloß Wochen, Tage und Stunden, sondern selbst Minuten, und es waren ungefähr zwei Monate verflossen, als seine Mutter eines Abends die Lampe anzünden wollte und merkte, daß kein Öl mehr im Hause war. Sie ging aus, um welches zu kaufen, und als sie in die Stadt hineinkam, fand sie, daß alles festlich geschmückt war. Die Kaufläden waren geöffnet, man schmückte sie mit Blumenkränzen und machte Anstalt zu festlichen Beleuchtungen, wobei es jeder dem anderen an Pracht und Glanz zuvorzutun suchte, um seinen Eifer an den Tag zu legen. Auf allen Gesichtern strahlte Freude und Fröhlichkeit, sogar die Straßen waren mit Hofbeamten in Festkleidern angefüllt, die auf reichgeschmückten Pferden saßen und von einer großen Menge Bedienter zu Fuß umgeben waren. Sie fragte den Kaufmann, bei dem sie ihr Öl kaufte, was dies alles zu bedeuten habe. »Woher kommst denn du, liebe Frau?« gab ihr dieser zur Antwort; »weißt du allein nicht, daß der Sohn des Großveziers heute abend die Prinzessin Bedrulbudur, Tochter des Sultans, heiratet? Sie wird demnächst aus dem Bad kommen und die vornehmen Herren, die du hier siehst, haben sich versammelt, um sie nach dem Palast zu geleiten, wo die Feierlichkeit vor sich gehen soll.«

Alaeddins Mutter wollte nichts mehr hören. Sie lief eilig nach Hause, daß sie fast atemlos ankam. »Ach!« rief sie ihrem Sohn, der auf nichts weniger, als auf eine solche unangenehme Nachricht gefaßt war, entgegen, »für dich ist alles verloren. Du zählest auf das schöne Versprechen des Sultans, aber es wird nichts daraus.« Alaeddin erschrak über die Maßen und antwortete: »Liebe Mutter, warum sollte mir denn der Sultan sein Versprechen nicht halten? woher weißt du das?« – »Heute abend noch«, versetzte die Mutter, »heiratet der Sohn des Großveziers die Prinzessin Bedrulbudur im Palast.« Sie erzählte ihm hierauf, wie sie es erfahren hatte, und teilte ihm so genau die einzelnen Umstände mit, daß er nicht mehr daran zweifeln konnte. Bei dieser Nachricht war Alaeddin wie vom Blitz getroffen. Jeder andere als er wäre seinem Kummer erlegen, aber eine geheime Eifersucht weckte die Tätigkeit seines Geistes bald wieder. Er gedachte jetzt der Lampe, die ihm bisher so nützlich gewesen, und ohne mit leeren Worten gegen den Sultan, den Großvezier oder den Sohn dieses Ministers zu eifern, sagte er bloß: »Liebe Mutter, der Sohn des Großveziers ist heute Nacht vielleicht nicht so glücklich, als er hofft. Ich will einen Augenblick auf mein Zimmer gehen, bereite du indes das Abendessen.«

Alaeddins Mutter begriff wohl, daß ihr Sohn von der Lampe Gebrauch machen wollte, um die Heirat des Sohnes des Großveziers womöglich zu hintertreiben, und sie täuschte sich nicht. Alaeddin nahm, sobald er in seinem Zimmer war, die Wunderlampe, die er seit der Erscheinung des Geistes, der seiner Mutter so großen Schrecken eingejagt, hierhergebracht hatte, und rieb sie an derselben Stelle, wie früher. Alsbald erschien der Geist und sprach zu ihm: »Was willst du? ich bin bereit, dir zu gehorchen als dein Sklave und als Sklave aller derer, welche die Lampe in der Hand haben, sowohl ich als alle anderen Sklaven der Lampe.« – »Höre«, sagte Alaeddin, »du hast mir bisher zu essen gebracht, so oft ich dessen bedurfte, jetzt aber habe ich dir einen Auftrag

von weit höherem Belang zu erteilen. Ich habe bei dem Sultan um die Prinzessin Bedrulbudur anhalten lassen. Er hat sie mir versprochen und nur einen Aufschub von drei Monaten verlangt. Statt aber sein Wort zu halten, vermählt er sie heute Abend noch vor Ablauf der Frist mit dem Sohn des Großveziers. Ich habe es soeben erfahren und die Sache ist ganz gewiß. Nun verlange ich von dir, daß du Bräutigam und Braut, sobald sie sich zu Bett gelegt haben, wegträgst und alle beide in ihrem Bett hierher bringst.« – »Mein Gebieter«, antwortete der Geist, »ich werde dir gehorchen. Hast du sonst noch etwas zu befehlen?« – »Für den Augenblick nichts«, erwiderte Alaeddin, und der Geist verschwand.

Alaeddin ging wieder zu seiner Mutter zurück und speiste so ruhig, wie sonst, mit ihr zu Abend. Nach dem Essen sprach er eine Weile mit ihr über die Vermählung der Prinzessin, wie über eine Sache, die ihn gar nichts bekümmerte. Sodann ging er auf sein Zimmer zurück, damit seine Mutter ungestört zu Bett gehen konnte. Er selbst legte sich indessen nicht nieder, sondern erwartete die Rückkunft des Geistes und die Vollziehung seines Befehls.

Indessen waren im Palast des Sultans mit ungeheurer Pracht alle Anstalten zur Vermählungsfeier der Prinzessin getroffen worden, und die Festlichkeiten und Lustbarkeiten dauerten bis in die Nacht. Als alles vorüber war, entfernte sich der Sohn des Großveziers unbemerkt auf ein Zeichen, das ihm der Oberste von den Verschnittenen der Prinzessin gab, der ihn auch nach der Wohnung der Prinzessin und in das Gemach führte, wo das Brautbett bereitet war. Er legte sich zuerst nieder. Bald darauf brachte die Sultanin in Begleitung ihrer Frauen und der Frauen ihrer Tochter die Braut herein. Nach der Sitte aller Neuvermählten sträubte sie sich heftig. Die Sultanin half sie auskleiden, legte sie wie mit Gewalt ins Bett, umarmte sie, wünschte ihr eine gute Nacht und entfernte sich dann mit allen ihren Frauen. Die letzte, die hinausging, schloß die Tür hinter sich zu.

Kaum war die Tür verschlossen, als der Geist, ein treuer Sklave der Lampe und pünktlicher Vollzieher aller Befehle ihrer Besitzer, ohne dem jungen Gatten Zeit zu lassen, seine Neuvermählte auch nur ein wenig zu liebkosen, zum großen Erstaunen beider das Bett, worin sie lagen, nahm und in einem Augenblick in Alaeddins Zimmer trug.

Alaeddin, der diesen Augenblick voll Ungeduld erwartet hatte, duldete nicht, daß der Sohn des Großveziers bei der Prinzessin liegen blieb. »Nimm diesen jungen Ehemann«, sagte er zu dem Geist, sperre ihn ins heimliche Gemach, und komm morgen früh etwas vor Tagesanbruch wieder.«

Sogleich nahm der Geist den Sohn des Großveziers im bloßen Hemd aus dem Bett, brachte ihn an den bezeichneten Ort und ließ ihn daselbst, nachdem er einen Dunst auf ihn gehaucht hatte, den er vom Wirbel bis zur Zehe spürte, und der ihn hinderte, sich von der Stelle zu rühren.

So groß nun auch Alaeddins Liebe zur Prinzessin Bedrulbudur war, so führte er doch, sobald er sich mit ihr allein sah, keine langen Reden, sondern sagte bloß in sehr zärtlichem Ton zu ihr: »Fürchte nichts, geliebte Prinzessin; du bist hier in Sicherheit, und so gewaltig auch die Liebe ist, die ich für deine Schönheit und deine Reize empfinde, so werde ich doch nie die Schranken der tiefen Ehrfurcht überschreiten, welche ich dir schulde. Wenn ich«, fügte er hinzu, »gezwungen worden bin, zu diesen äußersten Maßregeln zu greifen, so geschah dies nicht in der Absicht, dich zu beleidigen, sondern ich wollte nur einen ungerechten Nebenbuhler verhindern, dem Versprechen, das der Sultan, dein Vater, mir gegeben, zuwider dich in Besitz zu nehmen.« Die Prinzessin, die von all diesen Umständen nichts wußte, achtete nicht sehr auf Alaeddins Worte und vermochte ihm nichts zu erwidern. Der Schrecken und das Erstaunen über dieses überraschende und unerwartete Abenteuer hatte sie in einen solchen Zustand versetzt, daß Alaeddin ihr kein einziges Wort entlocken konnte. Alaeddin ließ es indes nicht dabei bewenden; er entkleidete sich und legte sich an die Stelle des Sohnes des Großveziers, indem er die Prinzessin den Rücken kehrte, zugleich aber die Vorsicht gebrauchte, einen Säbel zwischen die Prinzessin und sich zu legen, zum Zeichen, daß er damit bestraft zu werden verdiente, wenn er sich gegen ihre Ehre vergehen sollte.

Alaeddin war damit zufrieden, seinen Nebenbuhler des Glücks beraubt zu haben, das er in dieser Nacht zu genießen hoffte, und schlief ganz ruhig. Anders die Prinzessin Bedrulbudur: sie hatte in ihrem Leben noch keine so verdrießliche und unangenehme Nacht zugebracht, und wenn man den Ort und den Zustand bedenkt, worin der Geist den Sohn des Großveziers verlassen hatte, so wird man leicht abnehmen können, daß sie für den jungen Ehemann noch viel betrübter war.

Am anderen Morgen brauchte Alaeddin nicht erst die Lampe zu reiben, um den Geist herbeizurufen. Er kam zur bezeichneten Stunde wieder und sagte zu Alaeddin, während dieser sich ankleidete: »Hier bin ich, was hast du mir zu befehlen?« – »Geh«, antwortete Alaeddin, »hole den Sohn des Großveziers, lege ihn wieder in dies Bett und trage ihn nach dem Palast des Sultans an denselben Ort zurück, wo du ihn genommen hast.« Der Geist löste den Sohn des Großveziers von seinem Posten ab und Alaeddin nahm, als er zurückkam, seinen Säbel wieder. Er legte den jungen Ehemann neben die Prinzessin und trug das Brautbett in einem Augenblick nach demselben Gemach des königlichen Palasts zurück, wo er es geholt hatte. Zu bemerken ist noch, daß der Geist weder von der Prinzessin noch dem Sohn des Großveziers gesehen wurde; seine abscheuliche Gestalt hätte sie leicht vor Schrecken töten können. Ebensowenig hörten sie die Gespräche zwischen Alaeddin und ihm, sondern bemerkten bloß die Bewegungen des Betts und ihre Versetzung von einem Ort an einen andern; dies allein konnte ihnen schon genug Schrecken einjagen, wie sich leicht denken läßt.

Kaum hatte der Geist das Brautbett wieder an seinen Ort gestellt, als der Sultan, der gern erfahren hätte, wie die Prinzessin, seine Tochter, ihre Hochzeitsnacht zugebracht, ins Zimmer trat, um ihr guten Morgen zu wünschen. Der Sohn des Großveziers, der die ganze Nacht in der Kälte hatte stehen müssen und noch keine Zeit gehabt hatte, sich zu erwärmen, stand, als die Tür geöffnet wurde, sogleich auf und ging in das Vorzimmer, wo er sich den Abend zuvor entkleidet hatte.

Der Sultan näherte sich dem Bett der Prinzessin, küßte sie der Sitte gemäß zwischen die Augen, wünschte ihr guten Morgen und fragte sie lächelnd, wie sie sich diese Nacht befunden habe? Als er sie aber aufmerksamer betrachtete, fand er sie zu seinem großen Erstaunen in tiefe Schwermut versenkt; auch wurde sie weder rot, noch gab sie sonst ein Zeichen, das seine Neugierde hätte befriedigen können. Sie warf ihm bloß einen sehr traurigen Blick zu, der große Betrübnis oder großes Mißvergnügen verriet. Er sprach noch einige Worte zu ihr; da er aber sah, daß er ihr keine Antwort entlocken konnte, so glaubte er, sie tue dies aus Schamhaftigkeit, und entfernte sich. Gleichwohl stieg die Vermutung in ihm auf, dieses Stillschweigen müsse einen ganz absonderlichen Grund haben; deswegen ging er sogleich nach dem Gemächern der Sultanin und erzählte ihr, in welchem Zustand er die Prinzessin gefunden und wie sie ihn empfangen habe. »Herr«, gab die

Sultanin zur Antwort, »du mußt dich darüber nicht wundern; am Morgen nach der Hochzeitsnacht zeigen die Neuvermählten alle eine solche Zurückhaltung. In zwei oder drei Tagen wird dies schon anders sein; dann wird sie den Sultan, ihren Vater, empfangen, wie es sich gebührt. Ich will nun selbst zu ihr gehen«, fügte sie hinzu, »und ich müßte mich sehr täuschen, wenn sie mich ebenso empfinge.«

Als die Sultanin angekleidet war, begab sie sich nach den Zimmern der Prinzessin, die noch zu Bett lag. Sie näherte sich ihr, küßte sie und wünschte ihr einen guten Morgen; aber wie groß war ihr Erstaunen, als sie nicht nur keine Antwort von ihr erhielt, sondern auch bei näherer Betrachtung tiefe Niedergeschlagenheit an ihr bemerkte, woraus sie schloß, es müsse ihr etwas begegnet sein, das sie nicht erraten konnte. »Liebe Tochter«, sagte die Sultanin zu ihr, »woher kommt es denn, daß du alle meine Liebkosungen so schlecht erwiderst? Vor deiner Mutter brauchst du doch keine solchen Umstände zu machen. Meinst du denn, ich wisse nicht, was in dem Falle, worin du dich befindest, geschehen kann? Ich will gern glauben, daß dir dies nicht in den Sinn gekommen ist, es muß dir also etwas anderes begegnet sein: gestehe es mir offen und frei, und lasse mich nicht so lang in dieser peinlichen Unruhe.«

Die Prinzessin Bedrulbudur unterbrach endlich das Schweigen mit einem tiefen Seufzer. »Ach, meine sehr verehrte Mutter«, rief sie, »verzeihe mir, wenn ich es an der schuldigen Ehrfurcht fehlen ließ. Es sind mir heute Nacht so außerordentliche Sachen zugestoßen, daß ich mich von meinem Staunen und meinem Schrecken noch nicht erholt habe, ja kaum mich selbst wieder erkenne. Sie schilderte ihr hierauf mit den lebhaftesten Farben, wie gleich, nachdem sie sich mit ihrem Gemahl niedergelegt habe, das Bett aufgehoben und in einem Augenblick in ein schmutziges und dunkles Zimmer versetzt worden sei, wo sie sich ganz allein und von ihrem Gemahl getrennt gesehen habe, ohne zu wissen, was aus ihm geworden sei. Es sei dort ein junger Mann gewesen, der einige

Worte, welche sie vor Schrecken nicht verstanden, zu ihr gesagt und die Stelle ihres Gemahls eingenommen habe, nachdem er zuvor einen Säbel zwischen sie und sich gelegt; morgens sei ihr dann ihr Gemahl wiedergegeben und das Bett in ebenso kurzer Zeit an seinen Platz zurückgetragen worden. »Alles dies«, fügte sie hinzu, »war kaum geschehen, als der Sultan, mein Vater, in mein Zimmer trat. Ich war so von Kummer niedergedrückt, daß ich nicht imstande war, ihm eine einzige Silbe zu antworten. Ohne Zweifel ist er böse über mich, daß ich die Ehre, die er mir erwiesen, so schlecht erwidert habe; aber ich hoffe, daß er mit verzeihen wird, wenn er mein trauriges Abenteuer und den beklagenswerten Zustand erfährt, worin ich mich jetzt noch befinde.«

Die Sultanin hörte alles, was die Prinzessin ihr erzählte, sehr ruhig an, wollte es aber nicht glauben. »Liebe Tochter«, sprach sie zu ihr, »du hast wohl daran getan, das du dem Sultan, deinem Vater, nichts davon gesagt hast. Hüte dich ja, gegen jemand etwas verlauten zu lassen; man würde dich für eine Närrin halten, wenn man dich so sprechen hörte.« – »Verehrungswürdige Mutter«, antwortete die Prinzessin, »ich versichere dir, daß ich ganz bei gutem Verstande bin. Frage nur meinen Gemahl, er wird dir dasselbe sagen.« – »Ich werde mich bei ihm erkundigen«, antwortete die Sultanin, »aber wenn er auch gerade so spräche, wie du, so vermöchte mich dies immer noch nicht zu überzeugen. Steh' nur auf und schlag dir diese Gedanken aus dem Kopf. Das wäre eine schöne Geschichte, wenn du durch eine solche Einbildung die wegen deiner Hochzeit veranstalteten Feierlichkeiten stören würdest, die sowohl im königlichen Palast, als im ganzen Reiche noch mehrere Tage fortdauern sollen. Hörst du nicht bereits die Pauken und Trompeten, Zimbeln und Trommeln? Dies alles sollte dich vergnügt und fröhlich machen und du solltest die Hirngespinnste vergessen, von denen du eben gesprochen hast.« Zugleich rief die Sultanin die Frauen der Prinzessin, und als sie sah, daß sie aufgestanden war und sich zu schmücken begann, begab sie sich nach den Zimmern des Sultans und sagte ihm, es sei ihrer Tochter wirklich etwas durch den Kopf gegangen, was aber von keinem Belang sei. Dann ließ sie den Sohn des Großveziers rufen, um von ihm nähere Aufschlüsse über die Erzählung der Prinzessin zu erhalten; dieser aber, der sich durch die Verwandtschaft mit dem Sultan sehr geehrt fühlte, hatte sich vorgenommen, die Sache zu verheimlichen. »Mein lieber Sohn«, sagte die Sultanin zu ihm, »sag' mir doch, hast du dir dieselbe Einbildung in den Kopf gesetzt, wie deine Frau?« – »Herrin«, antwortete der Sohn des Großveziers, »dürfte ich wohl um Erklärung bitten, was deine Frage besagen soll?« – »Ich bin schon zufrieden«, antwortete die Sultanin, »und verlange nicht mehr zu wissen; du bist gescheiter als sie.«

Die Lustbarkeiten im Palast dauerten den ganzen Tag fort, und die Sultanin, die der Prinzessin nicht von der Seite kam, unterließ nichts, um sie zur Fröhlichkeit und zur Teilnahme an den Vergnügungen und ergötzlichen Schauspielen zu stimmen, die ihr zu Ehren veranstaltet wurden; allein das Begebnis der vorigen Nacht hatte einen solch gewaltigen Eindruck auf sie gemacht, daß sie für nichts anderes Sinn hatte und immer damit beschäftigt war. Der Sohn des Großveziers fühlte sich durch diese schlimme Nacht ebenfalls sehr geschwächt, allein er setzte seinen Ehrgeiz darein, niemand etwas davon merken zu lassen, und wenn man ihn sah, mußte man glauben, er sei ein sehr glücklicher Ehemann.

Alaeddin, der von allem, was im Palaste vorging, wohl unterrichtet war, zweifelte nicht, daß die Neuvermählten, trotz ihres verdrießlichen Abenteuers in der ersten Nacht, sich abermals miteinander zu Bett begeben würden, und hatte keine Lust, sie in Ruhe zu lassen. Sobald die Nacht ein wenig vorgerückt war, rieb er seine Lampe; der Geist erschien und bot ihm mit denselben Worten, wie früher, seine Dienste an. »Der Sohn des Großveziers und die Prinzessin Bedrulbudur«, sagte Alaeddin zu ihm, »wollen heute Nacht wieder beisammen schlafen. Gehe hin, und sobald sie sich niedergelegt haben, bring mir das Bett hierher, wie gestern.«

Der Geist bediente Alaeddin ebenso treu und pünktlich, wie das erste Mal. Der Sohn des Großveziers brachte die Nacht wieder so kalt und so unangenehm zu, wie die Brautnacht, und die Prinzessin mußte zu ihrem Verdruß Alaeddin wieder als Bettgenossen annehmen, der auch diesmal

zwischen sie und sich den Säbel legte. Der Geist kam, dem Befehle Alaeddins zufolge, morgens wieder, legte den Ehemann zu seiner Frau, nahm sodann das Bett mit den Neuvermählten und trug es wieder in das Zimmer des Palastes, wo er es geholt hatte.

Der Sultan, der nach dem Empfang, welchen er am vorigen Morgen bei der Prinzessin Bedrulbudur gefunden, sehr neugierig war, wie sie die zweite Nacht zugebracht haben, und ob sie ihn abermals so schlecht empfangen würde, begab sich wieder ebenso früh in ihr Zimmer, um sich davon zu unterrichten. Der Sohn des Großveziers, der sich über sein Unglück in dieser Nacht noch mehr schämte und ärgerte als das erste Mal, hörte ihn kaum kommen, als er eilig aufstand und in das Ankleidezimmer stürzte.

Der Sultan näherte sich dem Bett der Prinzessin, wünscht ihr guten Morgen und sagte dann nach denselben Liebkosungen wie am vorigen Tag: »Nun, meine liebe Tochter, bist du diesen Morgen auch wieder so schlecht gelaunt, wie gestern? Wirst du mir wohl sagen, wie du die Nacht zugebracht hast?« Die Prinzessin beobachtete dasselbe Stillschweigen und der Sultan bemerkte, das sie noch weit unruhiger und betrübter war, als das erste Mal. Er zweifelte jetzt nicht mehr, daß ihr etwas Außerordentliches zugestoßen sein müsse, ärgerte sich aber über ihre Schweigsamkeit und rief ihr voll Zorn und mit gezücktem Säbel zu: »Wenn du mir nicht gestehst, was du verhehlen willst, so haue ich dir sogleich den Kopf ab.«

Die Prinzessin, die über den Ton und die Drohung des beleidigten Sultans noch mehr erschrak, als über den Anblick des blanken Säbels, brach endlich das Stillschweigen und rief mit tränenden Augen: »Geliebter Vater und König! Ich bitte um Verzeihung, wenn ich dich beleidigt habe, hoffe aber von deiner Güte und Milde, daß Mitleid an die Stelle des Zorns treten wird, sobald ich dir den kläglichen und traurigen Zustand, worin ich mich sowohl diese als die vorige Nacht befunden, treu schildere.«

Nach dieser Einleitung, die den Sultan etwas besänftigte und milder stimmte, erzählte sie ihm alles, was ihr während der zwei verdrießlichen Nächte begegnet war, getreu und so rührend, daß er über die Maßen betrübt wurde, denn er liebte seine Tochter gar zärtlich. Sie schloß mit den Worten: »Wenn du im mindesten an meiner Erzählung zweifelst, so kannst du den Gemahl fragen, den du mir gegeben hast; ich bin überzeugt, daß er die Wahrheit der Sache ebenso bezeugen wird, wie ich.«

Der Sultan teilte die tiefe Bekümmernis, in welche die Prinzessin durch ein so auffallendes Abenteuer versetzt werden mußte. »Liebe Tochter«, sprach er zu ihr, »es war sehr unrecht von dir, daß du mir diese seltsame Geschichte nicht schon gestern erzählt hast, die mir ebenso wichtig sein muß als dir. Ich habe dich nicht verheiratet in der Absicht, dich unglücklich zu machen, sondern im Gegenteil gedachte ich, dich dadurch in den Besitz alles des Glücks zu setzen, das du verdienst und bei einem Gemahl, der für dich zu passen schien, auch hoffen konntest. Banne nur aus deinem Gemüt die traurigen Gedanken an das, was du mir eben erzählt hast. Ich werde sogleich Befehle geben, daß du von nun an keine so unangenehmen und unerträglichen Nächte mehr hast wie bisher.«

Sobald der Sultan in seine Gemächer zurückgekehrt war, ließ er den Großvezier rufen. »Vezier«, sagte er zu ihm, »hast du deinen Sohn schon gesehen und hat er dir nichts gesagt?« Als der Großvezier antwortete, er habe ihn noch nicht gesehen, so erzählte ihm der Sultan alles, was er von der Prinzessin Bedrulbudur vernommen. »Ich zweifle nicht«, sagte er zuletzt, »daß meine Tochter mir die Wahrheit berichtet hat; indes wäre es mir sehr lieb, wenn dein Sohn es bestätigte. Gehe und frage ihn, was an der Sache ist.«

Der Großvezier begab sich sogleich zu seinem Sohn, teilte ihm mit, was der Sultan ihm gesagt hatte, und schärfte ihm ein, daß er ja nichts verhehlen und sagen solle, ob alles wahr sei. »Ich will dir die Wahrheit gestehen, mein Vater«, antwortete der Sohn. »Alles, was die Prinzessin zum Sultan sagte, hat seine traurige Richtigkeit; aber die schlechte Behandlung, die ich insbesondere erfahren habe, weiß sie selbst nicht. Die Sache verhält sich nämlich so: Seit meiner Vermählung habe ich zwei über allen Begriff schreckliche Nächte zugebracht; es fehlt mir an Worten, um die Leiden, die ich ausgestanden habe, gehörig und mit allen ihren Umständen zu schildern. Ich will nichts von dem Entsetzen sagen, das ich empfand, als ich viermal in meinem Bett in die Höhe gehoben wurde, ohne daß ich sah, wer das Bett aufhob und von einem Ort nach einem anderen versetzte, und ohne zu begreifen, wie es nur möglich war. Du kannst dir meinen traurigen Zustand denken, wenn ich dir sage, daß ich zwei Nächte stehend und im bloßen Hemde in einem schmalen Abtritt zubringen mußte, ohne mich von der Stelle rühren oder nur die geringste Bewegung machen zu können, ob ich gleich eigentlich kein Hindernis sah, das mich davon hätte abhalten sollen. Ich brauche dir nicht weitläufig auseinanderzusetzen, was ich alles dabei ausgestanden habe, und kann dir nicht verhehlen, daß ich desungeachtet gegen die Prinzessin, meine Gemahlin, alle Gefühle der Liebe, Ehrerbietung und Dankbarkeit hege, die sie verdient. Gleichwohl muß ich dir aufrichtig gestehen, daß ich, so ehrenvoll und glänzend die Vermählung der Tochter des Sultans für mich ist, lieber sterben, als länger in einer so hohen Verwandtschaft bleiben will, wenn ich mich auch ferner noch einer solch unangenehmen Behandlung aussetzen muß. Ich zweifle nicht, daß die Prinzessin ebenso denken wird wie ich, und sie wird leicht zugeben, daß unsere Trennung für ihre Ruhe so notwendig ist, als für die meinige; darum, lieber Vater, bitte ich dich bei der Liebe, die dich bewogen, mir diese hohe Ehre zu verschaffen, wirke beim Sultan aus, daß unsere Ehe für nichtig erklärt wird.«

So sehr es nun auch dem Ehrgeiz des Großveziers geschmeichelt hatte, seinen Sohn als Tochtermann des Sultans zu sehen, so hielt er es doch, da dieser fest entschlossen war, sich von der Prinzessin scheiden zu lassen, nicht für ratsam, ihn wenigstens noch für einige Tage zur Geduld zu ermahnen, um abzuwarten, ob diese Widerwärtigkeit nicht von selbst aufhören werde. Er verließ ihn daher, um dem Sultan Bericht abzustatten und gestand ihm aufrichtig, die Sache sei nur zu wahr; sein Sohn habe ihm alles erzählt. Ohne erst abzuwarten, daß der Sultan selbst von der Ehescheidung zu reden anfing, wozu er ihn sehr geneigt sah, bat er hierauf um Erlaubnis, daß sein Sohn sich aus dem Palast entfernen und in sein Haus zurückkehren dürfte; indem es höchst unrecht wäre, wenn die Prinzessin um seinetwillen nur einen Augenblick länger dieser schrecklichen Plage ausgesetzt würde.

Es kostete den Großvezier nicht viel Mühe, die Gewährung seines Gesuchs zu erlangen. Der Sultan, der bereits diesen Entschluß gefaßt hatte, gab augenblicklich Befehl, die Lustbarkeiten im Palast und in der Stadt, sowie im ganzen Gebiete seines Königreichs, wohin er Gegenbefehle abfertigte, einzustellen, und in kurzer Zeit hörten alle öffentlichen Freudenbezeigungen und Festlichkeiten auf.

Diese plötzliche und unerwartete Veränderung gab zu allerlei Gerede Anlaß. Die Leute fragten sich, woher es wohl kommen möge, aber niemand wußte mehr zu sagen, als daß man den Großvezier und seinen Sohn, beide sehr traurig, aus dem Palast in ihr eigenes Haus habe gehen sehen. Alaeddin allein wußte das Geheimnis und freute sich in seinem Inneren gar sehr über den glücklichen Erfolg, den ihm der Gebrauch seiner Lampe verschaffte. Da er jetzt mit Bestimmtheit wußte, daß sein Nebenbuhler den Palast verlassen hatte und die Ehe zwischen der Prinzessin und ihm vollständig aufgelöst war, so hatte er nicht mehr nötig, die Lampe zu reiben und den Geist zu rufen, um die Vollziehung derselben zu verhindern. Das Merkwürdigste bei der Sache war, daß weder der Sultan noch der Großvezier, die Alaeddin und seinen Antrag längst vergessen hatten, auch nur entfernt auf den Gedanken kamen, daß er an der Zauberei, welche die Auflösung der Ehe der Prinzessin herbeigeführt hatte, irgend Anteil haben könnte.

Alaeddin ließ indes die drei Monate vollends verstreichen, die der Sultan als Frist für seine Vermählung mit der Prinzessin Bedrulbudur festgesetzt hatte. Er hatte sorgfältig jeden Tag gezählt, und als sie vorüber waren, schickte er gleich am anderen Morgen seine Mutter in den Palast, um den Sultan an sein Wort zu erinneren.

Alaeddins Mutter ging nach dem Palaste, wie ihr Sohn ihr gesagt hatte, und stellte sich am Eingang des Divans wieder an denselben Platz wie früher. Kaum hatte der Sultan einen Blick auf sie geworfen, so erkannte er sie auch wieder und erinnerte sich an ihre Bitte, sowie an die Zeit, auf die er sie vertröstet hatte. Der Großvezier trug ihm eben eine Sache vor. Der Sultan unterbrach ihn mit den Worten: »Vezier, ich bemerke dort die gute Frau, die uns vor einigen Monaten ein so schönes Geschenk machte: Laß sie hierher treten, du magst deinen Bericht fortsetzen, wenn ich sie angehört habe.« Der Großvezier warf einen Blick nach dem Eingange des Divans und erkannte ebenfalls Alaeddins Mutter. Sogleich rief er den Obersten der Türsteher, zeigte sie ihm und befahl ihm, sie vortreten zu heißen.

Alaeddins Mutter näherte sich dem Fuße des Thrones und warf sich der Sitte gemäß nieder. Als sie wieder aufgestanden war, fragte sie der Sultan, was sie wünsche. »Großer König«, antwortete sie, »ich erscheine zum zweiten Mal vor deinem Angesicht, um dir im Namen meines Sohnes Alaeddin vorzustellen, daß die drei Monate verstrichen sind, auf welche du ihn mit der Bitte, die ich dir vorzutragen die Ehre hatte, vertröstet hast. Ich bitte demütiglich, daß du dich der Sache erinneren mögest.«

Der Sultan hatte diese Frist von drei Monaten das erste Mal nur deshalb angesetzt, weil er glaubte, es werde dann keine Rede mehr von einer Heirat sein, die ihm für die Prinzessin, seine Tochter, durchaus nicht angemessen schien, in Anbetracht des niedrigen Standes und der Armut von Alaeddins Mutter, welche in einem sehr gemeinen Aufzuge vor ihm erschien. Diese Mahnung an sein Versprechen setzte ihn jetzt in Verlegenheit. Um sich in der Sache nicht zu übereilen, zog er seinen Großvezier zu Rate und bezeigte ihm seine Abneigung, die Prinzessin mit einem Unbekannten zu vermählen, der offenbar von ganz niedriger Abkunft sein mußte.

Der Großvezier zögerte nicht, dem Sultan seine Gedanken hierüber zu sagen. »Herr«, antwortete er ihm, »mich däucht, daß es ein unfehlbares Mittel gibt, diese unpassende Heirat zu hintertreiben, ohne daß Alaeddin, selbst wenn er dir bekannt wäre, sich darob beklagen könnte. Du darfst nur einen so hohen Preis für die Prinzessin festsetzen, daß seine Reichtümer, wenn sie auch noch so groß sind, nicht zureichen. Auf diese Art wirst du ihn von seiner kühnen, ja ich möchte sagen, verwegenen Bewerbung abbringen, die er offenbar nicht gehörig überlegt hat.«

Der Sultan billigte den Rat des Großveziers. Er wandte sich zu Alaeddins Mutter und sagte nach einigem Nachdenken zu ihr: »Gute Frau, ein Sultan muß immer sein gegebenes Wort halten, und ich bin bereit, mein Versprechen zu erfüllen und deinen Sohn mit der Hand meiner Tochter zu beglücken. Da ich sie aber nicht vermählen kann, ohne zu wissen, welche Vorteile sie sich davon versprechen darf, so melde deinem Sohne, ich werde mein Versprechen erfüllen, sobald er mir vierzig große Becken von gediegenem Gold, von oben bis unten mit dergleichen Kostbarkeiten, wie du mir schon einmal in seinem Namen gebracht hast, angefüllt, durch vierzig schwarze Sklaven zuschicke, die von vierzig anderen ausnehmend schönen und aufs prachtvollste gekleideten jungen weißen Sklaven geführt sein müssen. Dies sind die Bedingungen, unter denen ich bereit bin, ihm die Prinzessin, meine Tochter, zu geben. Geh nun, gute Frau, und bring mir bald wieder Antwort.«

Alaeddins Mutter warf sich abermals vor dem Throne des Sultans nieder und entfernte sich. Unterwegs lachte sie in ihrem Herzen über das närrische Verlangen ihres Sohnes. »Wahrhaftig«, sagte sie, »wo soll er so viele goldene Becken und eine solche Menge farbiger Gläser hernehmen, um sie damit zu füllen? Wird er wieder in das unterirdische Gewölbe hinabsteigen, dessen Eingang verschlossen ist, um sie von den Bäumen zu pflücken? Und woher soll er alle diese hübschen Sklaven bekommen, die der Sultan verlangt? Jetzt ist er freilich weit von seinem Ziele entfernt, und ich glaube nicht, daß er mit meiner Botschaft zufrieden sein wird.« Als sie nun mit diesen, wie sie glaubte, für Alaeddin ganz trostlosen Gedanken beschäftigt nach Hause kam, sagte sie zu ihm: »Mein Sohn, ich rate dir, denke nicht mehr an eine Vermählung mit der Prinzessin Bedrulbudur. Der Sultan hat mich zwar sehr huldreich empfangen, und ich glaube, daß er gut gegen dich gesinnt war, allein der Großvezier hat ihn, wenn ich mich nicht täusche, auf andere Gedanken gebracht, wie du sogleich aus dem ersehen kannst, was ich dir jetzt sagen werde. Nachdem ich dem Sultan vorgestellt hatte, daß die drei Monate abgelaufen seien, und ihn nun in deinem Namen bat, sich an sein Versprechen zu erinneren, bemerkte ich, daß er eine Weile ganz leise mit dem Großvezier sprach, und dann erst gab er mir die Antwort, die ich dir jetzt sagen werde.« Sie erzählte nun ihrem Sohne sehr ausführlich alles, was der Sultan ihr gesagt hatte und nannte ihm die Bedingungen, unter denen er in die Verbindung der Prinzessin, seiner Tochter, mit ihm einwilligen würde. »Mein Sohn«, sagte sie zuletzt, »er erwartet eine Antwort; aber unter uns gesagt«, fuhr sie lächelnd fort, »ich glaube, er wird lange warten müssen.«

»Nicht solange, liebe Mutter, als du glaubst«, antwortete Alaeddin, »und der Sultan ist gewaltig im Irrtum, wenn er meint, durch seine ungeheuren Forderungen könne er mich außerstand setzen, an die Prinzessin Bedrulbudur zu denken. Ich hatte ganz andere unüberwindliche Schwierigkeiten erwartet, oder wenigstens einen weit höheren Preis für meine unvergleichliche Prinzessin. Jetzt aber bin ich wohl zufrieden, denn was er verlangt, ist eine Kleinigkeit gegen das, was ich ihm für ihren Besitz bieten könnte. Während ich nun daran denken werde, ihn zu befriedigen, besorge du ein Mittagessen für uns und laß nur mich gewähren.«

Sobald seine Mutter nach Lebensmitteln ausgegangen war, nahm Alaeddin die Lampe und rieb sie. Sogleich erschien der Geist, fragte in den gewöhnlichen Ausdrücken, was er zu befehlen habe, und sagte, daß er bereit sei, ihn zu bedienen. Alaeddin sprach zu ihm: »Der Sultan gibt mir die Prinzessin, seine Tochter, zur Frau; zuvor aber verlangt er von mir vierzig große und vollwichtige Becken von gediegenem Gold, bis zum Rande angefüllt mit den Früchten des Gartens, wo ich die Lampe geholt habe, deren Sklave du bist. Ferner verlangt er, daß diese vierzig goldenen Becken von ebenso vielen schwarzen Sklaven getragen werden sollen, vor denen vierzig wohlgebildete, schlanke und prachtvoll gekleidete junge weiße Sklaven hergehen müssen. Gehe und schaffe mir baldmöglichst dieses Geschenk zur Stelle, damit ich es dem Sultan schicken kann, ehe er die Sitzung des Divans aufhebt.« Der Geist sagte, sein Befehl solle unverzüglich vollzogen werden und verschwand.

Eine kleine Weile darauf ließ der Geist sich wieder sehen, begleitet von vierzig schwarzen Sklaven, deren jeder ein zwanzig Mark schweres Becken von gediegenem Gold, angefüllt mit Perlen, Diamanten, Rubinen und Smaragden, welche die dem bereits geschenkten an Größe und Schönheit weit übertrafen, auf dem Kopfe trug. Jedes der Becken war mit goldgeblümtem Silberstoff überdeckt. Diese Sklaven, sowohl die weißen als die schwarzen mit den goldenen Becken, erfüllten fast das ganze Haus, das ziemlich klein war, nebst dem kleinen Hofe vor und einem Gärtchen hinter demselben. Der Geist fragte Alaeddin, ob er zufrieden sei, und ob er ihm sonst noch etwas zu befehlen habe. Alaeddin antwortete, er verlange nichts mehr, und der Geist verschwand.

Als Alaeddins Mutter vom Markte zurückkam, verwunderte sie sich höchlich, da sie so viele Leute und Kostbarkeiten sah. Nachdem sie die Nahrungsmittel, die sie mitbrachte, auf den Tisch gelegt hatte, wollte sie den Schleier, der ihr Gesicht verhüllte, ablegen, aber Alaeddin ließ es nicht zu. »Liebe Mutter«, sprach er zu ihr, »wir haben jetzt keine Zeit zu verlieren. Es ist von großer Wichtigkeit, daß du, noch ehe der Sultan den Divan schließt, in den Palast zurückkehrst und das verlangte Geschenk nebst der Morgengabe für die Prinzessin Bedrulbudur hinbringst, damit er aus meiner Eile und Pünktlichkeit das brennende und aufrichtige Verlangen ermessen kann, womit ich nach der Ehre trachte, sein Schwiegersohn zu werden.«

Ohne die Antwort seiner Mutter abzuwarten, öffnete Alaeddin die Türe nach der Straße und ließ alle seine Sklaven paarweise, immer einen weißen mit einem schwarzen, der ein goldenes Becken auf dem Kopfe trug, zusammen hinaus. Als nun seine Mutter hinter dem letzten Sklaven her ebenfalls draußen war, verschloß er die Türe und blieb ruhig auf seinem Zimmer, in der süßen Hoffnung, der Sultan werde ihm endlich nach diesem Geschenke, das er selbst gefordert hatte, seine Tochter geben. Kaum war der erste weiße Sklave vor Alaeddins Hause, als alle Vorübergehenden, die ihn bemerkten, stehen blieben, und ehe noch die sämtlichen achtzig Sklaven, die weißen und schwarzen untereinander, draußen waren, wimmelte die Straße von einer Masse Volks, das von allen Seiten herbeiströmte, um dieses prachtvolle und außerordentliche Schauspiel anzusehen. Die Kleidung der Sklaven bestand aus so kostbaren Stoffen und war so reich mit Edelsteinen geschmückt, daß die besten Kenner nicht zu viel zu sagen glaubten, wenn sie jeden Anzug auf mehr als eine Million schätzten. Die Nettigkeit und das gute Anpassen der Kleider, der edle Anstand, die Schönheit, der ebenmäßige und stattliche Wuchs der Sklaven, ihr feierlicher Zug in gleichmäßig abgemessenen Zwischenräumen, der Glanz der außerordentlich großen Edelsteine, die in schönster Anordnung rings um ihre Gürtel in echtes Gold gefaßt, und die Rosen an ihren Turbanen, die ebenfalls aus Edelsteinen zusammengesetzt und ganz besonders geschmackvoll gearbeitet waren, dies alles versetzte die Zuschauer samt und sonders in so große Verwunderung, daß sie nicht müde werden konnten, sie zu betrachten und ihnen so weit als möglich nachzusehen. Die Straßen waren so mit Menschen angefüllt, daß jeder an dem Platze, wo er war, stehen bleiben mußte.

Da man durch mehrere Straßen gehen mußte, um zu dem Palast zu gelangen, so konnte ein großer Teil der Stadt und Leute aus allen Klassen und Ständen den prachtvollen Aufzug sehen. Endlich langte der erste von den achtzig Sklaven an der Pforte des ersten Schloßhofes an. Die Pförtner, die sich bei Annäherung dieses wundervollen Zuges in zwei Reihen aufgestellt hatten, hielten ihn für einen König, so reich und prachtvoll war er gekleidet, und näherten sich ihm, um den Saum seines Kleides zu küssen. Der Sklave aber, dem der Geist vorher seine Rolle gelehrt hatte, gab es nicht zu und sagte feierlich zu ihm: »Wir sind bloß Sklaven; unser Herr wird erscheinen, sobald es Zeit ist.«

So kam der erste Sklave an der Spitze des ganzen Zugs in den zweiten Hof, der sehr geräumig war und wo sich der Hofstaat des Sultans während der Sitzung des Divans aufgestellt hatte. Die Anführer von jeder einzelnen Truppe waren zwar prachtvoll gekleidet, wurden aber weit verdunkelt, als die achtzig Sklaven erschienen, die Alaeddins Geschenk brachten und selbst dazu gehörten. Im ganzen Hofstaate des Sultans gab es nichts so Herrliches und Glänzendes zu sehen, und alle Pracht der ihn umgebenden Herren von Hofe war Staub im Vergleich mit dem, was sich jetzt seinen Blicken darbot. Da man dem Sultan den Zug und die Ankunft dieser Sklaven gemeldet hatte, so hatte er Befehl gegeben, sie eintreten zu lassen. Als sie daher erschienen, fanden sie den Eingang zum Divan offen und zogen in schönster Ordnung, ein Teil zur Rechten, der andere zur Linken, hinein. Nachdem sie alle drin waren und vor dem Throne des Sultans einen großen Halbkreis gebildet hatten, stellten die schwarzen Sklaven die Becken, die sie trugen auf den Fußteppich, dann warfen sie sich alle miteinander nieder und berührten den Teppich mit ihrer Stirne. Die weißen Sklaven taten dasselbe zur gleichen Zeit. Hierauf standen sie alle zusammen wieder auf, und die schwarzen enthüllten dabei sehr geschickt die vor ihnen stehenden Becken, worauf sie alle mit gekreuzten Armen und großer Ehrerbietung stehen blieben.

Indes nahte Alaeddins Mutter dem Fuße des Thrones, warf sich vor demselben nieder und sprach zu dem Sultan: »Herr, mein Sohn Alaeddin weiß recht wohl, daß das Geschenk, das er dir schickt, weit unter dem steht, was die Prinzessin Bedrulbudur verdient. Gleichwohl hofft er, du werdest es huldreich annehmen, und auch die Prinzessin werde es nicht verschmähen; er hofft dies um so zuversichtlicher, da er sich bemüht hat, der Bedingung, die du ihm vorgeschrieben, nachzukommen.«

Der Sultan war nicht imstande, die Begrüßung der Mutter Alaeddins aufmerksam anzuhören. Schon beim ersten Blick auf die vierzig goldenen Becken, die bis zum Rande mit den strahlendsten, glänzendsten und kostbarsten Edelsteinen angefüllt waren, und auf die achtzig Sklaven, die man wegen ihres edlen Anstandes, des Reichtums und der merkwürdigen Pracht ihres Anzugs für Könige halten konnte, war er so überrascht worden, daß er sich von seinem Staunen nicht erholen konnte. Statt also den Gruß von Alaeddins Mutter zu erwidern, wandte er sich an den Großvezier, der ebensowenig begreifen konnte, woher so viele Reichtümer gekommen sein sollen. »Nun Vezier«, sagte er laut zu ihm, »was denkst du von dem, wer es auch sein mag, der mir ein so reiches und außerordentliches Geschenk schickt, ohne daß wir beide ihn kennen? Hältst du ihn für unwürdig, meine Tochter, die Prinzessin Bedrulbudur zu heiraten?«

So schmerzlich es nun auch dem Großvezier war, zu sehen, daß ein Unbekannter den Vorzug vor seinem Sohne erhalten und der Eidam des Sultans werden sollte, so wagte er es doch nicht, seine Ansicht zu verhehlen. Es war zu augenscheinlich, daß Alaeddins Geschenk mehr als hinreichend war, um ihn dieser hohen Ehre würdig zu machen. Er antwortete also dem Sultan ganz nach seinem Sinn und sprach: »Herr, es sei ferne von mir, zu glauben, daß derjenige, der dir ein deiner so würdiges Geschenk gemacht hat, der Ehre, die du ihm zudenkst, unwürdig wäre;

ja ich würde die Behauptung wagen, er verdiene noch weit mehr, wenn ich nicht überzeugt wäre, daß es auf der ganzen Welt keinen so kostbaren Schatz gibt, der die Prinzessin, deine Tochter, aufwägen könnte.« Die Herren vom Hofe, die der Sitzung beiwohnten, gaben durch ihre Beifallsbezeugungen zu erkennen, daß sie ebenso dachten wie der Großvezier.

Der Sultan verschob jetzt die Sache nicht länger und erkundigte sich nicht einmal, ob Alaeddin auch die übrigen erforderlichen Eigenschaften besitze, um sein Schwiegersohn werden zu können. Schon der Anblick dieser unermeßlichen Reichtümer und die Schnelligkeit, womit Alaeddin sein Verlangen erfüllt hatte, ohne in den ungeheuren Bedingungen, die ihm vorgeschrieben wurden, die mindeste Schwierigkeit zu finden, war ihm Beweis genug, daß ihm nichts zu einem vollendeten Mann fehlen könne, wie er ihn sich wünschte. Um daher Alaeddins Mutter vollkommen zu befriedigen, sagte er zu ihr: »Gehe jetzt, gute Frau, und sage deinem Sohn, daß ich ihn erwarte und mit offenen Armen aufnehmen werde; je schneller er kommen wird, um die Prinzessin, meine Tochter, aus meiner Hand zu empfangen, je mehr wird er mir Vergnügen machen.«

Hoch erfreut, ihren Sohn wider alles Erwarten auf einer so hohen Stufe des Glücks zu erblicken, eilte Alaeddins Mutter nach Hause; der Sultan aber schloß die Sitzung für heute, stand von seinem Throne auf und befahl, daß die Verschnittenen der Prinzessin die goldenen Becken nehmen und nach den Zimmern ihrer Gebieterin tragen sollen, wohin er selbst ging, um sie mit Muße näher zu betrachten. Dieser Befehl wurde durch den Eifer des Obersten der Verschnittenen sogleich vollzogen.

Auch die achtzig weißen und schwarzen Sklaven wurden nicht vergessen. Man ließ sie ins Innere des Palastes treten, und bald darauf befahl der Sultan, der der Prinzessin Bedrulbudur von ihrer Pracht gesagt hatte, sie vor ihren Gemächern aufzustellen, damit sie dieselben durch die Gitterfenster betrachten und sich überzeugen könne, daß er in seiner Erzählung nicht nur nichts übertrieben, sondern sogar weit weniger gesagt habe, als wirklich wahr sei. Indes kam Alaeddins Mutter mit einem Gesichte, das ihre gute Botschaft im voraus verkündete, nach Hause. »Mein Sohn«, sagte sie zu ihm, »du hast alle Ursache, zufrieden zu sein: Gegen meine Erwartung sind alle deine Wünsche in Erfüllung gegangen; denn du weißt, was ich immer zu dir gesagt habe. Ich will dich nicht lange in Ungewißheit lassen: Der Sultan hat mit der Zustimmung des ganzen Hofes erklärt, daß du würdig bist, die Prinzessin Bedrulbudur zu besitzen. Er erwartet dich, um dich zu umarmen und den Ehebund abzuschließen. Bereite dich auf diese Zusammenkunft gehörig vor, damit sie der hohen Meinung, die er bereits von dir gefaßt hat, entspreche. Nach den Wundern, die ich bisher von dir gesehen habe, bin ich fest überzeugt, daß du es an nichts fehlen lassen wirst. Ich darf indes nicht vergessen, dir zu sagen, daß der Sultan dich mit Ungeduld erwartet; verliere also keine Zeit, dich zu ihm zu verfügen.«

Alaeddin, der über diese Nachricht hoch erfreut und einzig und allein mit dem Gegenstand beschäftigt war, der ihn bezaubert hatte, gab seiner Mutter eine kurze Antwort und ging auf sein Zimmer. Er nahm die Lampe, die ihm bisher in allen Nöten und bei allen seinen Wünschen so hilfreich gewesen war, und kaum hatte er sie gerieben, als der Geist durch sein unverzügliches Erscheinen seinen fortdauernden Gehorsam an den Tag legte. »Geist«, sagte Alaeddin zu ihm, »ich habe dich gerufen, damit du mir sogleich ein Bad bereiten sollst, und sobald ich es genommen habe, will ich, daß du mir die reichste und prachtvollste Kleidung bringst, die jemals ein König getragen hat.« Kaum hatte er dies gesprochen, als der Geist sowohl ihn als sich unsichtbar machte, aufhob und in ein Bad trug, das von äußerst feinem, schönem und buntgestreiftem Marmor gebaut war. Ohne daß er sah, wer ihn bediente, wurde er in einem sehr schönen und geräumigen

Saale entkleidet. Aus dem Saale ließ man ihn in das Bad treten, das eine mäßige Wärme hatte und wo er gerieben und mit allerhand wohlriechenden Wassern gewachen wurde. Nachdem er in den verschiedenen Badestuben alle Grade der Wärme durchgemacht hatte, kam er wieder heraus, aber ganz anders, als er hineingetreten war. Seine Gesichtsfarbe war frisch, weiß und rosig geworden und sein ganzer Leib weit leichter und geschmeidiger. Als er in den Saal zurückkam, fand er das Kleid, das er dort gelassen hatte, nicht mehr; der Geist hatte statt desselben seinem Befehle zufolge eine andere Kleidung gebracht. Alaeddin war ganz erstaunt, als er die Pracht des Anzugs sah, der für ihn bestimmt war. Er kleidete sich mit Hilfe des Geistes an und bewunderte jedes Stück, ehe er es anzog: So sehr übertraf es alles, was er sich bisher nur hatte denken können. Als er fertig war, trug ihn der Geist in dasselbe Zimmer zurück, wo er ihn abgeholt hatte und fragte ihn, ob er noch etwas zu befehlen habe. »Ja«, antwortete Alaeddin, »ich erwarte auf der Stelle von dir, daß du mir ein Pferd herführst, dessen Schönheit und Schnelligkeit das kostbarste Pferd im Stalle des Sultans übertrifft; die Decke, der Sattel, der Zaum und überhaupt das Geschirr muß über eine Million wert sein. Auch verlange ich, daß du mir zu gleicher Zeit zwanzig Sklaven herbeischaffst, die ebenso reich und schmuck gekleidet sein müssen, wie die, welche das Geschenk trugen, denn sie sollen mir zur Seite und als mein Gefolge einhergehen; und noch zwanzig andere der Art, die in zwei Reihen vor mir herziehen sollen. Auch meiner Mutter bring' sechs Sklavinnen zu ihrer Bedienung, die alle wenigstens ebenso reich gekleidet sein müssen wie die Sklavinnen der Prinzessin Bedrulbudur, und jede einen vollständigen Anzug auf dem Kopfe tragen soll, der so prächtig und stattlich sein muß, als wäre er für die Sultanin. Ferner brauche ich noch zehntausend Goldstücke in zehn Beuteln. Das war es, was ich dir noch zu befehlen hatte; geh' und spute dich.«

Sobald Alaeddin dem Geiste diese Befehle gegeben hatte, verschwand dieser und erschien bald wieder mit dem Pferd, den vierzig Sklaven, von denen zehn je einen Beutel mit tausend Goldstücken trugen, und die sechs Sklavinnen, wovon jede einen verschiedenen Anzug für Alaeddins Mutter, in Silberstoff eingewickelt, auf dem Kopfe trug. Der Geist übergab dies alles an Alaeddin.

Alaeddin nahm von den zehn Beuteln nur vier, die er seiner Mutter gab, damit sie sich derselben in Notfällen bedienen sollte. Die sechs anderen ließ er in den Händen der Sklaven, welche sie trugen, mit dem Befehl, sie zu behalten und während ihres Zuges durch die Straßen nach dem Palast des Sultans handvollweise unter das Volk auszuwerfen. Auch befahl er ihnen, sie sollten nebst den ihrigen dicht vor ihm, drei zur Rechten und drei zur Linken, einhergehen. Endlich gab er seiner Mutter die sechs Sklavinnen und sagte ihr, sie gehören ihr und sie könne als Gebieterin über sie verfügen; auch die Kleider, die sie trugen, seien für ihren Gebrauch bestimmt.

Als Alaeddin alle seine Angelegenheiten geordnet hatte, entließ er den Geist mit der Erklärung, daß er ihn rufen werde, sobald er seiner bedürfe, worauf dieser augenblicklich verschwand. Jetzt machte sich Alaeddin fertig, dem Wunsche des Sultans, der ihn sehen wollte, zu entsprechen. Er fertigte einen der vierzig Sklaven – ich will nicht sagen den schönsten, denn sie waren alle gleich – nach dem Palaste ab mit dem Befehl, er solle sich an den Obersten der Türsteher wenden und ihn fragen, wann er wohl die Ehre haben könne, sich dem Sultan zu Füßen zu werfen. Der Sklave entledigte sich seines Auftrags sehr schnell und brachte die Nachricht zurück, daß der Sultan ihn mit Ungeduld erwarte.

Alaeddin stieg nun unverzüglich zu Pferde und setzte sich mit seinem Zuge in der schon angezeigten Ordnung in Bewegung. Obgleich er nie zuvor ein Roß bestiegen hatte, so zeigte er doch dabei einen so edlen Anstand, daß selbst der erfahrenste Reiter ihn nicht für einen Neuling hätte halten können. Die Straßen, durch die er kam, füllten sich fast in einem Nu mit einer unübersehbaren Volksmasse an, von deren Beifalls-, Bewunderungs- und Segensrufen die Luft widerhallte, besonders wenn die sechs Sklaven, welche die Beutel trugen, ganze Hände voll Goldstücke rechts und links in die Luft warfen. Der Beifallsruf kam indes nicht von dem Pöbel her, der sich drängte, stieß und niederdrückte, um Goldstücke aufzulesen, sondern von den wohlhabenderen Zuschauern, die sich nicht enthalten konnten, der Freigebigkeit Alaeddins öffentlich das verdiente Lob zu spenden. Nicht bloß die, die sich erinnerten, ihn noch in seinen Jünglingsjahren mit den Gassenbuben spielend gesehen zu haben, erkannten ihn nicht mehr, sondern auch solche, die ihn noch vor kurzem gesehen hatten, erkannten ihn kaum, so sehr hatten sich seine Gesichtszüge verändert. Dies kam daher, daß die Lampe unter anderen Eigenschaften auch die hatte, den Besitzern allmählich alle Vollkommenheiten zu verleihen, welche dem Rang, zu dem sie durch ihren guten Gebrauch gelangten, angemessen waren. Man schenkte Alaeddins Person weit mehr Aufmerksamkeit, als dem übrigen prachtvollen Zuge, da die meisten an demselben Tage bereits einen ähnlichen gesehen hatten, nämlich die Sklaven, die das Geschenk trugen und begleiteten. Besonders wurde auch das Pferd von den Kennern bewundert, welche seine Schönheit recht wohl zu beurteilen wußten, ohne sich durch den Reichtum oder den Schimmer der Diamanten und anderen Edelsteine, womit es bedeckt war, blenden zu lassen. Da sich das Gerücht verbreitet hatte, daß der Sultan ihm die Prinzessin Bedrulbudur zur Frau gebe, so wurde er, trotz seiner niederen Herkunft, von niemanden um sein Glück oder seine Erhebung beneidet, denn er schien derselben würdig zu sein.

Endlich langte Alaeddin vor dem Palast an, wo alles zu seinem Empfang in Bereitschaft gesetzt war. Als er vor das zweite Tor kam, wollte er, der Sitte gemäß, die selbst der Großvezier, die Feldhauptleute und Oberstatthalter beachteten, absteigen; allein der Oberste der Türsteher, der ihn

auf Befehl des Sultans dort erwartete, ließ es nicht zu und begleitete ihn bis an den großen Versammlungs- oder Audienzsaal, wo er ihm absteigen half, obwohl Alaeddin sich sehr dagegen sträubte und es nicht dulden wollte; Er konnte es aber nicht hindern. Indes bildeten die Türsteher am Eingange des Saales eine doppelte Reihe. Ihr Oberster ging zur Linken Alaeddins und führte ihn mitten durch sie hindurch bis zum Throne des Sultans.

Als der Sultan Alaeddin erblickte, war er ebenso überrascht durch seine reiche und prachtvolle Kleidung, dergleichen er selbst nie getragen hatte, als auch besonders durch seinen edlen Anstand, seinen herrlichen Wuchs und seine würdevolle Haltung, die er um so weniger erwartet hatte, als sie von dem niedrigen Anzug seiner Mutter himmelweit verschieden war. Seine Verwunderung und Überraschung hinderte ihn indes nicht, aufzustehen und zwei oder drei Stufen des Thrones herabzusteigen, damit Alaeddin sich nicht zu seinen Füßen werfen und er ihn freundschaftlich umarmen konnte. Nach dieser Höflichkeit wollte sich Alaeddin gleichwohl vor ihm niederwerfen, allein der Sultan hielt ihn mit eigener Hand zurück und nötigte ihn, heraufzusteigen und sich zwischen ihn und dem Großvezier zu setzen.

Hierauf nahm Alaeddin das Wort und sprach: »Herr, ich nehme die Ehre, die du mir erzeigst, an, weil es dir in deiner Gnade beliebt, sie mir zu erweisen; erlaube mir aber, dir zu sagen, daß ich nicht vergessen habe, wie ich dein geborner Sklave bin, daß ich die Größe deiner Macht kenne und wohl weiß, wie tief meine Herkunft mich unter den Glanz und die Herrlichkeit des hohen Ranges stellt, in welchem du stehst. Wenn ich durch irgend etwas einen günstigen Empfang verdient haben solltе, so gestehe ich, daß ich ihn bloß jener durch einen reinen Zufall veranlaßten

Kühnheit verdanke, die mich bewog, meine Augen, Gedanken und Wünsche bis zu der erhabenen Prinzessin zu erheben, die der Gegenstand meiner Sehnsucht ist. Ich bitte dich für diese Verwegenheit um Verzeihung, großer König, aber ich kann nicht verhehlen, daß ich vor Schmerz sterben würde, wenn ich die Hoffnung aufgeben müßte, meinen Wunsch erfüllt zu sehen.«

»Mein Sohn«, antwortete der Sultan, indem er ihn abermals umarmte, »du würdest mir Unrecht tun, wenn du auch nur einen Augenblick an der Aufrichtigkeit meines Versprechens zweifeln wolltest. Dein Leben ist mir fortan zu teuer, als daß ich es nicht durch Darbietung des Heilmittels, worüber ich verfügen kann, zu erhalten suchen sollte. Ich ziehe das Vergnügen, dich zu sehen und zu hören, allen meinen und deinen Schätzen vor.«

Bei diesen Worten gab der Sultan ein Zeichen, und alsbald ertönte die Luft vom Schall der Hoboen und Pauken; zugleich führte der Sultan Alaeddin in einen prachtvollen Saal, wo ein herrliches Festmahl aufgetragen wurde. Der Sultan speiste ganz allein mit Alaeddin. Der Großvezier

und die vornehmen Herren vom Hofe standen ihnen, jeder nach seinem Rang und Würde, während der Mahlzeit zur Seite. Der Sultan, der die Augen fortwährend auf Alaeddin geheftet hatte – denn es machte ihm ungemein viel Vergnügen, ihn zu sehen – lenkte das Gespräch auf mehrere verschiedene Gegenstände. Während der ganzen Unterhaltung aber, die sie über Tisch miteinander führten, und auf welchen Gegenstand auch das Gespräch fallen mochte, sprach Alaeddin mit so viel Kenntnis und Verstand, daß er den Sultan vollends ganz in der guten Meinung bestärkte, die er gleich anfangs von ihm gefaßt hatte.

Nach dem Mahle ließ der Sultan den obersten Richter seiner Hauptstadt rufen und befahl ihm, sogleich den Ehevertrag zwischen der Prinzessin Bedrulbudur, seiner Tochter, und Alaeddin zu entwerfen und aufzusetzen. Während dieser Zeit unterhielt sich der Sultan mit Alaeddin über mehrere gleichgültige Sachen in Gegenwart des Großveziers und der vornehmen Herren vom Hofe, die den gründlichen Verstand, die große Gewandtheit in Rede und Ausdruck, und die feinen und sinnreichen Bemerkungen, womit der Jüngling die Unterhaltung würzte, nicht genug bewundern konnten.

Als der Richter den Vertrag mit allen erforderlichen Förmlichkeiten vollendet hatte, fragte der Sultan Alaeddin, ob er im Palast bleiben und die Hochzeit noch heute feiern wolle. »Herr«, antwortete Alaeddin, »so brennend auch mein Verlangen ist, deine Gnade und Huld in ihrem ganzen Umfange zu genießen, so bitte ich doch, daß du mir so lange noch Frist gestattest, bis ich einen Palast habe erbauen lassen, um die Prinzessin ihrem Range und ihrer Würde gemäß zu empfangen. Ich erbitte mir hierzu einen angemessenen Platz vor dem deinigen aus, damit ich recht nahe bin, um dir meine Aufwartung machen zu können. Ich werde nichts unterlassen und dafür sorgen, daß er in möglichst kurzer Zeit vollendet wird.« – »Mein Sohn«, sagte der Sultan, »wähle dir jede Stelle aus, die du für passend hältst; vor meinem Palast ist leerer Raum genug, und ich selbst habe schon daran gedacht, ihn auszufüllen; aber bedenke, daß ich je eher je lieber dich mit meiner Tochter vermählt zu sehen wünsche, um das Maß meiner Freude voll zu machen.« Bei diesen Worten umarmte er Alaeddin abermals, und dieser verabschiedete sich vom Sultan mit so feinem Anstand, wie wenn er von jeher am Hofe gewesen und dort erzogen worden wäre.

Alaeddin stieg nun wieder zu Pferde und kehrte in demselben Zuge, wie er gekommen war, durch dieselbe Volksmasse und unter dem Beifalljauchzen der Menge, die ihm alles mögliche Glück und Segen wünschte, nach Hause zurück. Kaum war er abgestiegen, so nahm er die Lampe und rief den Geist, wie gewöhnlich. Der Geist ließ nicht lange auf sich warten, sondern erschien sogleich und bot seine Dienste an. »Geist«, sprach Alaeddin zu ihm, ich habe alle Ursache, deine Pünktlichkeit zu rühmen; du hast bisher alle Befehle, die ich dir kraft dieser Lampe, deiner Herrin, gegeben habe, pünktlich erfüllt. Heute aber handelt es sich davon, daß du aus Liebe zu ihr wo möglich noch mehr Eifer und Gehorsam an den Tag legen sollst, als bisher. Ich verlange nämlich, daß du mir in möglichst kurzer Zeit gegenüber vom Palast des Sultans, jedoch in angemessener Entfernung davon, einen Palast erbauen läßt, welcher würdig ist, die Prinzessin Bedrulbudur, meine Gemahlin, aufzunehmen. Die Wahl der Materialien, nämlich Porphyr oder Jaspis, Achat oder Lasurstein, oder auch den feinsten buntgestreiften Marmor, sowie die übrige Einrichtung des Baues überlasse ich ganz dir; doch erwarte ich, daß du mir oben hinauf einen großen Saal mit einer Kuppel und vier gleichen Seiten bauest, dessen Wände aus wechselnden Schichten von echtem Gold und Silber aufgeführt sein müssen, mit vierundzwanzig Fenstern, sechs auf jeder Seite, deren Vergitterung mit Ausnahme eines einzigen, welches unvollendet bleiben soll, kunstreich und ebenmäßig mit Diamanten, Rubinen und Smaragden geschmückt sein muß, so daß dergleichen noch nie auf der Welt gesehen worden ist. Ferner will ich, daß sich bei dem Palast ein Vorhof, ein Hof und ein Garten befinde; vor allen Dingen aber muß an einem Ort, den du mir bezeichnen wirst, ein Schatz voll mit gemünztem Gold und Silber, und außerdem mehrere Küchen, Speisekammern, Magazine und Gerätekammern voll der kostbarsten Geräte für jede Jahreszeit, und der Pracht des Palastes angemessen, vorhanden sein; dann noch Ställe voll der schönsten Pferde und der gehörigen Anzahl Stallmeister und Stallknechte. Auch ein Jagdzeug darfst du nicht vergessen, und es versteht sich von selbst, daß du auch noch für hinlängliche Dienerschaft für die Küche und den übrigen Haushalt, sowie für die gehörige Anzahl Sklavinnen zur Bedienung der Prinzessin zu sorgen hast. Du wirst jetzt begreifen, was mein Wunsch ist; geh und komm wieder, wenn du alles fertig gemacht hast.«

Die Sonne ging eben unter, als Alaeddin dem Geiste wegen Erbauung des Palastes, den er sich ausgesonnen, seine Aufträge gab. Am anderen Morgen stand Alaeddin, den die Liebe zur Prinzessin nicht ruhig schlafen ließ, in aller Frühe auf, und sogleich erschien auch der Geist. »Herr«, sprach er zu ihm, »dein Palast ist fertig; komm und sieh, ob du damit zufrieden ist.« Alaeddin

fand alles so weit über seine Erwartung, daß er sich nicht genug wundern konnte. Der Geist führte ihn überall herum, und überall fand er Reichtum, Schönheit, Pracht, dazu Diener und Sklaven, alle dem Range und Dienste gemäß gekleidet, wozu sie bestimmt waren. Auch unterließ er nicht, ihm als Hauptsache die Schatzkammer zu zeigen, deren Türe vom Schatzmeister geöffnet wurde, und Alaeddin erblickte hier ganze Haufen von Goldsäcken der verschiedensten Größe, je nach den Summen, die sie enthielten, bis an das Gewölbe aufgetürmt, und alles in so schöner Ordnung, daß ihm das Herz vor Freude lachte. Beim Herausgehen versicherte ihn der Geist, daß er sich auf die Treue des Schatzmeisters vollkommen verlassen dürfe. Hierauf führte er ihn in die Ställe und zeigte ihm die schönsten Pferde von der Welt, und die Stallknechte, die eifrig beschäftigt waren, sie zu pflegen und zu warten. Endlich ging er mit ihm durch die Vorratskammern, worin alle Arten von Vorräten, hauptsächlich an Nahrungsmitteln für die Pferde und Pferdeschmuck, aufgehäuft lagen.

Nachdem Alaeddin den ganzen Palast von oben bis unten, von Zimmer zu Zimmer, von Gemach zu Gemach, besonders auch den Saal mit den vierundzwanzig Fenstern gemustert und darin mehr Pracht und Herrlichkeit, als er je gehofft, sowie alle nur erdenklichen Bequemlichkeiten angetroffen hatte, sagte er zu dem Geiste: »Geist, es kann niemand zufriedener sein, als ich es bin, und es wäre sehr unrecht von mir, wenn ich mich im mindesten beklagen wollte. Bloß etwas fehlt noch, wovon ich dir nichts gesagt habe, weil ich nicht daran dachte. Ich wünschte nämlich von dem Palasttore des Sultans an bis zum Eingang der Zimmer, die in diesem Palast für die Prinzessin bestimmt sind, einen Teppich von schönstem Samt ausgebreitet zu haben, damit sie auf demselben gehe, wenn sie aus dem Palast des Sultans kommt.« – »Ich komme im Augenblick wieder«, sprach der Geist und verschwand. Eine kleine Weile nachher sah Alaeddin mit großem Erstaunen seinen Wunsch erfüllt, ohne daß er wußte, wie es zugegangen war. Der Geist erschien dann wieder und trug Alaeddin in seine Wohnung zurück, während eben die Palastpforte des Sultans geöffnet wurde.

Die Pförtner des Palastes, die das Tor öffneten und nach der Seite hin, wo jetzt Alaeddins Prachtgebäude stand, immer eine freie Aussicht gehabt hatten, waren sehr überrascht, als sie diese Aussicht verbaut und von dorther bis zur Palastpforte des Sultans einen Samtteppich ausgebreitet sahen. Im Anfang konnten sie sich nicht denken, was es sein sollte; aber ihr Erstaunen wuchs, als sie ganz deutlich den herrlichen Palast Alaeddins sahen. Die Nachricht von diesem merkwürdigen Wunder verbreitete sich wie ein Lauffeuer im ganzen Palast. Der Großvezier, der sich gleich nach Öffnung der Pforte im Palast einfand, war ebenso überrascht, wie alle andern, und teilte die Sache sogleich dem Sultan mit, erklärte sie aber für ein Werk der Zauberei. »Vezier«, antwortete der Sultan, »warum soll es denn ein Werk der Zauberei sein? Du weißt so gut wie ich, daß es der Palast ist, den Alaeddin vermöge der Erlaubnis, die ich ihm in deiner Gegenwart gab, als Wohnung für die Prinzessin, meine Tochter, hat erbauen lassen. Nach den Proben, die er uns von seinem Reichtum gegeben, ist es durchaus nicht so befremdlich, daß er diesen Palast in so kurzer Zeit vollendet hat. Er hat uns damit überraschen und zeigen wollen, daß man mit barem Gelde über Nacht Wunder tun kann. Gestehe nur, daß bei dir etwas wie Eifersucht mit unterläuft, wenn du von Zaubereien sprichst.« Indes wurde es Zeit, in die Ratsversammlung zu gehen, und sie brachen das Gespräch ab.

Als Alaeddin in seine Wohnung zurückgebracht worden war und den Geist entlassen hatte, fand er seine Mutter bereits auf den Beinen und mit dem Anzug eines der Kleider beschäftigt, die er ihr hatte bringen lassen. Er veranlaßte sie nun, um die Zeit, wo der Sultan gewöhnlich aus der Ratsversammlung kam, in Begleitung der Sklavinnen, die der Geist ihr gebracht hatte, nach dem Palast zu gehen. Wenn sie den Sultan sähe, sollte sie ihm sagen, sie komme, um die Ehre zu haben, die Prinzessin auf den Abend nach ihrem Palast zu begleiten. Sie ging, aber obgleich sowohl sie als ihre Sklavinnen wie Sultaninnen gekleidet waren, so war doch die Volksmenge, die sich zum Zuschauen drängte, weit kleiner als sonst, zumal da sie verschleiert waren und ein angemessener Überwurf den Reichtum und die Pracht ihrer Kleider bedeckte. Alaeddin stieg nun zu Pferd, verließ sein Vaterhaus, um nie wieder zurückzukehren, vergaß aber die Wunderlampe nicht, die ihm so herrliche Dienste geleistet hatte, und zog dann öffentlich nach seinem Palast mit demselben Pompe, womit er sich tags zuvor dem Sultan vorgestellt hatte.

Sobald die Pförtner des königlichen Palastes Alaeddins Mutter bemerkten, meldeten sie es dem Sultan. Sogleich wurde den Chören der Trompeter, der Pauken- und Trommelschläger, der Querpfeifer und Hoboisten, die bereits auf den Terrassen des Palastes an verschiedenen Punkten aufgestellt waren, ein Zeichen gegeben, und im Augenblick ertönte fröhliche Musik, die der ganzen Stadt Freude verkündete. Die Kaufleute fingen an, ihre Läden mit schönen Teppichen, Polstern und Laubwerk zu schmücken, und trafen Anstalten zur Beleuchtung der Stadt. Die Handwerksleute verließen ihre Arbeit und scharenweise zog das Volk nach dem großen Platz zwischen des Sultans und Alaeddins Palästen. Letzterer zog hauptsächlich allgemeine Bewunderung auf sich, zumal da der Palast des Sultans mit dem neuen durchaus nicht in Vergleich zu setzen war. Am meisten aber staunten sie, weil sie nicht begreifen konnten, durch welches unerhörte Wunder sie einen so prachtvollen Palast an einem Orte erblickten, wo sie tags zuvor weder den Grund legen, noch Baumaterialien gesehen hatten. Alaeddins Mutter wurde im Palast ehrenvoll empfangen und vom Obersten der Verschnittenen in die Zimmer der Prinzessin Bedrulbudur geführt. Sobald die Prinzessin sie erblickte, ging sie auf sie zu, umarmte sie, hieß sie auf ihrem Sofa Platz nehmen, und während ihre Frauen sie vollends ankleideten und mit den kostbarsten Juwelen von Alaeddins Geschenk schmückten, ließ sie ihr einen köstlichen Imbiß vorsetzen. Der Sultan, welcher dazukam, um noch solange als möglich mit der Prinzessin, seiner Tochter, zusammen sein zu können, bevor sie sich von ihm trennte und den Palast Alaeddins bezöge, erwies ihr ebenfalls große Ehre. Alaeddins Mutter hatte mit ihm schon mehrere Male vor dem versammelten Rate gesprochen, aber er hatte sie noch nie wie jetzt ohne Schleier gesehen. Obwohl sie schon eine erkleckliche Anzahl Jahre auf dem Rücken hatte, so sah man doch noch aus ihrem Gesichtszügen, daß sie in ihrer Jugend sehr schön gewesen sein mußte. Der Sultan, der sie immer sehr einfach, ja sogar armselig gekleidet gesehen hatte, war nun voll Verwunderung, als er sie ebenso reich und prachtvoll angezogen sah, wie die Prinzessin, seine Tochter. Er schloß daraus, daß Alaeddin in allen Dingen gleich erfahren, verständig und einsichtsvoll sein müsse.

Als die Nacht anbrach, verabschiedete sich die Prinzessin vom Sultan, ihrem Vater. Dieser Abschied war höchst zärtlich und tränenreich; sie umarmten sich mehrmals, ohne ein Wort zu sprechen, aber endlich ging die Prinzessin aus ihrem Zimmer und trat den Zug an; zu ihrer Linken ging Alaeddins Mutter und hinter ihnen hundert Sklavinnen in der prachtvollsten Kleidung. Sämtliche Musikchöre, die seit der Ankunft von Alaeddins Mutter ununterbrochen gespielt hatten, vereinigten sich jetzt und gingen dem Zuge voran; ihnen folgten hundert Trabanten und ebenso viele schwarze Verschnittene in zwei Reihen, mit ihren Befehlshabern an der Spitze. Vierhundert junge Edelknaben des Sultans, die in zwei Zügen mit Fackeln in der Hand auf beiden Seiten einhergingen, verbreiteten einen Lichtglanz, der im Verein mit der Beleuchtung der beiden Paläste des Sultans und Alaeddins den Mangel des Tageslichts aufs herrlichste ersetzte.

In dieser Ordnung zog die Prinzessin den Teppich entlang vom Palast des Sultans bis zum Palast Alaeddins, und je mehr sie vorwärts kamen, desto mehr mischte und vereinigte sich das Spiel ihrer Musikchors mit dem, das sich von den Terrassen von Alaeddins Palast herab hören ließ, und bildete mit diesem ein Konzert, das, so seltsam und verwirrt es auch schien, gleichwohl die allgemeine Freude vermehrte, nicht bloß auf dem großen Platze, der von Menschen wimmelte, sondern auch in den beiden Palästen, in der ganzen Stadt und noch weit in der Umgegend.

Endlich langte die Prinzessin bei dem neuen Palast an, und Alaeddin eilte mit einer Freude, die sich leicht denken läßt, an den Eingang der für sie bestimmten Zimmer, um sie daselbst zu empfangen. Alaeddins Mutter hatte der Prinzessin bereits ihren Sohn, der von glänzender

Dienerschaft umgeben war, bezeichnet, und die Prinzessin fand ihn gleich auf den ersten Anblick so schön, daß sie ganz bezaubert wurde. »Teuerste Prinzessin«, sagte Alaeddin zu ihr, indem er auf sie zuging und sie voll Ehrerbietung begrüßte, »sollte ich das Unglück haben, dir durch meine Verwegenheit, womit ich nach dem Besitz einer so liebenswürdigen Prinzessin, der Tochter meines Sultans, trachtete, zu mißfallen, so mußt du die Schuld deinen schönen Augen und der Macht deiner Reize zuschreiben, nicht aber mir.« – »Prinz«, antwortete ihm die Prinzessin »– denn als solcher erscheinst du mir – ich gehorche dem Willen des Sultans, meines Vaters, und kann, nachdem ich dich gesehen, wohl sagen, daß ich ihm ohne Sträuben und gerne gehorche.« Alaeddin war hocherfreut über diese angenehme und verbindliche Antwort und ließ die Prinzessin, die einen so weiten Weg zurückgelegt hatte, woran sie nicht gewöhnt war, nicht lange stehen, sondern nahm ihre Hand, küßte dieselbe mit vieler Zärtlichkeit und führte sie in einen großen, von einer unendlichen Menge Wachskerzen erleuchteten Saal, wo auf Veranstaltung des Geistes ein herrliches Mahl aufgetragen war. Die Schüsseln waren von gediegenem Gold und mit den köstlichsten Speisen angefüllt. Die Vasen, die Becken und die Becher, womit der Tafelaufsatz reichlich besetzt war, waren ebenfalls von Gold und von auserlesener Arbeit. Auch die übrigen Verzierungen und der ganze Ausschmuck des Saales entsprachen dieser hohen Pracht. Die Prinzessin war ganz bezaubert, so viele

Reichtümer beisammen zu sehen, und sprach zu Alaeddin: »Prinz, ich hatte bisher geglaubt, daß es nichts Schöneres auf der Welt geben könnte, als den Palast des Sultans, meines Vaters; aber schon dieser Saal allein überzeugt mich, daß ich mich getäuscht habe.« – »Prinzessin«, antwortete Alaeddin, indem er sie an den für sie bestimmten Platz führte, »ich nehme diese Höflichkeit auf, wie ich es schuldig bin, aber ich weiß wohl, was ich zu glauben habe.«

Die Prinzessin Bedrulbudur, Alaeddin und seine Mutter setzten sich jetzt zu Tische und sogleich begann eine sehr liebliche und harmonische Musik nebst einem reizenden Gesang von ausgezeichnet schönen Mädchen, und dieses Konzert dauerte ununterbrochen bis ans Ende der Mahlzeit. Die Prinzessin war wie bezaubert und versicherte, im Palast des Sultans, ihres Vaters, nie etwas Ähnliches gehört zu haben. Aber sie wußte nicht, daß diese Sängerinnen Feen waren, die der Geist, der Sklave der Lampe, hierzu ausgewählt hatte.

Als das Abendessen vorüber und alles abgeräumt war, so trat an die Stelle des Musikchors ein Trupp von Tänzern und Tänzerinnen. Sie führten nach der Sitte des Landes allerlei figurierte

Tänze auf, und den Schluß machten ein Tänzer und eine Tänzerin, die mit erstaunlicher Leichtigkeit tanzten und überaus viel Anstand und Gewandtheit entwickelten. Es war nahe an Mitternacht, als Alaeddin, der damals in China bestehenden Sitte zufolge aufstand und der Prinzessin Bedrulbudur die Hand bot, um mit ihr zu tanzen und damit die Hochzeitsfeierlichkeit zu schließen. Sie tanzten so schön, daß sie die Bewunderung der ganzen Gesellschaft rege machten. Als dies vorüber war, behielt Alaeddin die Prinzessin an der Hand, und sie gingen miteinander in das Zimmer, wo das hochzeitliche Lager für sie bereitet war. Die Frauen der Prinzessin kleideten sie aus und brachten sie zu Bett, Alaeddins Diener taten dasselbe und dann entfernten sich alle. So endigten die Lustbarkeiten zur Feier der Hochzeit Alaeddins und der Prinzessin Bedrulbudur.

Am anderen Morgen, als Alaeddin erwachte, kamen seine Kammerdiener, um ihn anzukleiden. Sie zogen ihm ein anderes, aber nicht minder reiches und prachtvolles Kleid an, als am Hochzeitstage. Hierauf ließ er sich eines seiner Leibpferde vorführen, bestieg es und begab sich mit einem zahlreichen Gefolge von Sklaven, die vor und hinter ihm und zu beiden Seiten gingen, nach dem Palast des Sultans. Der Sultan empfing ihn mit denselben Ehrenbezeugungen wie das erste Mal; er umarmte ihn, ließ ihn neben sich auf seinem Thron sitzen und befahl, das Frühmahl aufzutragen. »Herr«, sagte Alaeddin zu ihm, »ich bitte dich, mir heute diese Ehre zu erlassen. Ich komme, um dich zu ersuchen, daß du mir die Ehre erzeigen mögest, mit deinem Großvezier und den Vornehmen deines Hofes im Palast der Prinzessin ein Mittagsmahl einzunehmen.« Der Sultan bewilligte dies sehr gern. Er stand sogleich auf, und da der Weg nicht weit war, so wollte er zu Fuß dahin gehen. Er brach also auf und zu seiner Rechten ging Alaeddin, zur Linken der Großvezier und die Vornehmen des Hofes, voraus die Trabanten und die Angesehensten von seinem Haushalte.

Je näher der Sultan dem Palast Alaeddins kam, um so mehr verwunderte er sich über seine Schönheit. Noch weit höher stieg seine Verwunderung, als er hereingetreten war, und bei jedem Zimmer, das er sah, bezeigte er laut sein Erstaunen. Als ihn aber Alaeddin in den Saal mit den vierundzwanzig Fenstern führte, und er die Verzierungen desselben, besonders aber die mit den größten und ausgezeichnetsten Diamanten, Rubinen und Smaragden geschmücken Gitterfenster betrachtete, so wurde er davon so überrascht, daß er eine Weile regungslos blieb. Endlich sagte er zum Großvezier, der neben ihm stand: »Ist's möglich, Vezier, daß in meinem Königreich und so nahe an meinem Palast ein so prächtiger Palast stehen soll, von dem ich bis jetzt nichts gewußt habe?« – »Mein Herr und König«, antwortete der Großvezier, »du wirst dich erinneren, daß du vorgestern Alaeddin, als du ihn für deinem Eidam erklärtest, die Erlaubnis gegeben hast, einen Palast, gegenüber dem deinigen, aufzuführen. Damals stand bei Sonnenuntergang noch kein Palast an dieser Stelle, und gestern hatte ich die Ehre, dir zuerst zu melden, daß der Palast vollkommen ausgebaut sei.« – »Ich erinnere mich dessen wohl«, antwortete der Sultan, »aber ich hätte nie geglaubt, daß dieser Palast ein Wunder der Welt sein würde. Wo in aller Welt findet man Bauwerke, deren Schichten, statt aus Stein oder Marmor, von gediegenem Gold und Silber, und wo die Fenstervergitterungen mit Diamanten, Rubinen und Smaragden verziert sind? Dergleichen ist auf Erden noch nie gehört worden.«

Der Sultan besah und bewunderte nun die Schönheit der vierundzwanzig Gitterfenster. Doch indem er sie zählte, fand er, daß bloß dreiundzwanzig so reich geschmückt waren, und wunderte sich sehr, daß man das vierundzwanzigste unvollendet gelassen hatte. »Vezier«, sprach er, denn es war Pflicht des Großveziers, nicht von seiner Seite zu weichen, »ich muß sehr staunen, daß ein so prachtvoller Saal an dieser Stelle unvollendet geblieben ist.« – »Herr«, antwortete der Großvezier, »Alaeddin war offenbar zu sehr gedrängt, und es fehlte ihm an Zeit, dieses Fenster den übrigen gleich machen zu lassen; doch läßt sich denken, daß er die erforderlichen Edelsteine dazu besitzt und so bald als möglich daran arbeiten lassen wird.«

Alaeddin, der den Sultan verlassen hatte, um einige Befehle zu geben, fand sich mittlerweile wieder ein. »Mein Sohn«, sprach der Sultan zu ihm, »dies ist der bewunderungswürdigste Saal, der in der ganzen Welt zu sehen ist. Nur über etwas muß ich mich wundern, daß nämlich das Gitterfenster hier unvollendet geblieben ist. Ist dies aus Vergeßlichkeit geschehen, oder aus

Nachlässigkeit, oder haben vielleicht die Handwerksleute nicht Zeit genug gehabt, an dieses schöne Denkmal der Baukunst die letzte Hand anzulegen?« – »Herr«, antwortete Alaeddin, »das Gitterfenster ist aus einem ganz anderen Grunde so unvollendet geblieben, wie du siehst. Es ist absichtlich geschehen, und auf meinen Befehl haben die Handwerksleute es nicht angerührt. Ich wünschte nämlich, daß du selbst den Ruhm haben solltest, den Saal und Palast vollenden zu lassen, und nun ersuche ich dich, meine gute Absicht gnädig aufzunehmen, damit ich mich deiner Gunst und Gnade rühmen kann.« – »Wenn du es in dieser Absicht getan hast«, antwortete der Sultan, »so weiß ich dir vielen Dank dafür und werde augenblicklich die nötigen Befehle geben.« Wirklich ließ er sogleich die am besten mit Edelsteinen versehenen Juweliere und die geschicktesten Goldschmiede seiner Hauptstadt rufen.

Der Sultan verließ indes den Saal, und Alaeddin führte ihn in denjenigen, wo er die Prinzessin Bedrulbudur am Hochzeitstage bewirtet hatte. Die Prinzessin erschien einen Augenblick später und empfing den Sultan, ihren Vater, mit einer Miene, woraus deutlich zu erkennen war, daß sie mit ihrer Ehe sehr wohl zufrieden sein mußte. Zwei Tafeln standen da, mit den köstlichsten Speisen besetzt, und das Tafelgeschirr war alles von Gold. Der Sultan setzte sich an die erste und speiste mit der Prinzessin, seiner Tochter, mit Alaeddin und dem Großvezier. Die übrigen Großen des Hofes wurden an der zweiten bewirtet, sie sehr lang war. Der Sultan fand die Speisen überaus schmackhaft und gestand, daß er noch nie herrlicher gespeist habe. Dasselbe sagte er von dem Weine, welcher in der Tat sehr köstlich war. Was er noch ferner bewunderte, waren vier große Tafelaufsätze mit einer Menge Flaschen, Schalen und Becher, sämtlich von gediegenem Gold und reich mit Edelsteinen geschmückt. Auch über die Musikchöre war er hoch erfreut, die im Saal aufgestellt waren, während das Geschmetter der Trompeten, Pauken und Trommeln in angemessenen Pausen von außen her ertönte.

Als der Sultan vom Tisch aufgestanden war, meldete man ihm, die Juweliere und Goldschmiede, die er hatte rufen lassen, seien jetzt da. Er ging mit ihnen in den Saal mit den vierundzwanzig Fenstern und zeigte ihnen das Fenster, das noch unvollendet war. »Ich habe euch kommen lassen«, sagte er zu ihnen, »damit ihr mir dieses Fenster ausbauet und es ebenso schön machet, wie die anderen sind. Besichtiget diese einmal und verliert keine Zeit, an eure Arbeit zu gehen; es muß aber den übrigen vollkommen gleichen.«

Die Juweliere und Goldschmiede sahen sich die dreiundzwanzig Fenster sehr genau an, und nachdem sie sich miteinander beraten hatten und darüber eins geworden waren, welche Arbeit jeder einzelne zu liefern hätte, traten sie wieder vor den Sultan und der Hofjuwelier nahm das Wort und sagte: »Herr, wir sind bereit, alle Mühe und Fleiß anzuwenden, um dir zu gehorchen; aber, aufrichtig gestanden, so viel wir unser hier sind, so haben wir doch alle miteinander weder so kostbare, noch so viele Edelsteine, als zu einer so bedeutenden Arbeit erforderlich sind.« – »Ich besitze welche«, sagte der Sultan, »und zwar weit mehr, als ihr brauchen werdet; kommt in meinen Palast, so will ich sie euch zeigen, damit ihr wählet.«

Als der Sultan in seinen Palast zurückgekehrt war, ließ er alle seine Edelsteine bringen, und die Goldschmiede nahmen sehr viele davon, besonders von denen, welche Alaeddin ihm geschenkt hatte. Sie brachten sie an dem Fenster an, ohne daß man den Fortschritt ihrer Arbeit sonderlich gemerkt hätte, und kamen zu wiederholten Malen, um neue zu holen; aber in einem Monat hatten sie noch nicht die Hälfte des Werks vollendet. Endlich verwendeten sie alle Edelsteine des Sultans, der noch vom Großvezier dazu entlehnte, brachten aber höchstens die Hälfte des Fensters zustande.

Alaeddin, der wohl sah, daß der Sultan sich vergebens bemühte, dieses Fenster den übrigen gleich machen zu lassen, und daß er nicht viel Ehre dabei aufhob, ließ die Goldschmiede kommen und sagte ihnen, sie sollen nicht nur die Arbeit einstellen, sondern auch das, was sie bisher zuwege gebracht, wieder auseinander nehmen und dem Sultan und Großvezier ihre Edelsteine zurückgeben.

So wurde denn das Werk, wozu die Juweliere und Goldschmiede mehr als sechs Wochen verwendet hatten, binnen wenigen Stunden zerstört. Sie entfernten sich dann und Alaeddin blieb allein im Saale zurück. Er zog die Lampe heraus, die er bei sich hatte, rieb sie und sogleich erschien der Geist. »Geist«, sprach Alaeddin zu ihm, »ich hatte dir befohlen, eines der vierundzwanzig Gitterfenster des Saales unvollendet zu lassen, und du hast diesen Befehl befolgt; jetzt habe ich dich kommen lassen, daß du es den übrigen gleich machen sollst.« Der Geist verschwand und Alaeddin ging aus dem Saale. Als er eine Weile darauf wieder hinaufkam, fand er das Gitterfenster in dem gewünschten Zustand und ganz wie die übrigen.

Inzwischen kamen die Juweliere und Goldschmiede in den Palast, wurden in das Audienzzimmer geführt und dem Sultan vorgestellt. Der erste Juwelier überreichte ihm die Edelsteine, die sie zurückbrachten, und sagte im Namen aller zu ihm: »Beherrscher des Erdkreises, du weißt, wie lange wir schon mit dem angestrengtesten Fleiße arbeiten, um das Werk zu vollenden, das du uns aufgetragen hast. Es war schon sehr weit gediehen, als Alaeddin uns nötigte, nicht nur die Arbeit einzustellen, sondern auch alles, was wir zuwege gebracht hatten, zu zerstören und dir deine und des Großveziers Edelsteine zurückzubringen.« Der Sultan fragte, ob Alaeddin ihnen keinen Grund angegeben habe, und als sie es verneinten, gab er sogleich Befehl, ihm ein Pferd vorzuführen. Dies geschah, er bestieg es und ritt ohne weiteres Gefolge, außer einigen seiner Leute, die ihn zu Fuß begleiteten. Am Palast Alaeddins angelangt, stieg er unten an der Treppe ab, die zu dem Saal mit den vierundzwanzig Fenstern führte. Er ging hinein, ohne Alaeddin benachrichtigen zu lassen, allein dieser kam noch zu rechter Zeit, um den Sultan an der Türe des Saales zu empfangen.

Der Sultan ließ Alaeddin keine Zeit, sich höchlich darüber zu beschweren, daß er ihm seine Ankunft nicht voraus habe sagen lassen und ihn dadurch in die Notwendigkeit versetzt habe, seine Pflicht nur mangelhaft zu erfüllen, sondern sagte zu ihm: »Mein Sohn, ich komme selbst, um dich zu fragen, warum du denn einen so prächtigen und einzigen Saal, wie der in deinem Palast ist, unvollendet lassen willst?«

Alaeddin verhehlte den wahren Grund, daß nämlich der Sultan nicht reich genug an Edelsteinen wäre, um einen so großen Aufwand zu bestreiten. Um ihm übrigens zu zeigen, wie weit der Palast, so wie er gegenwärtig war, nicht bloß den seinigen, sondern auch jeden anderen Palast auf der Welt übertraf, während er nicht einmal imstande war, den kleinsten Teil davon zu vollenden, antwortete er ihm: »Herr, es ist wahr, du hast den Saal unvollendet gesehen, aber ich bitte dich, sieh jetzt einmal, ob noch etwas daran fehlt.«

Der Sultan ging auf das Fenster zu, dessen Vergitterung er unvollendet gesehen hatte, und als er bemerkte, daß es den übrigen so gleich war, wie ein Ei dem andern, glaubte er, er habe sich getäuscht. Er besichtigte sofort nicht bloß die zwei Fenster auf beiden Seiten daneben, sondern auch noch alle nacheinander und nachdem er sich überzeugt, daß das Gitterfenster, woran seine Goldschmiede so lange gearbeitet hatten, in so kurzer Zeit vollendet worden war, umarmte er Alaeddin und küßte ihn zwischen die Augen und auf die Stirn. »Mein Sohn«, sagte er hierauf voll Verwunderung zu ihm, »was für ein Mann bist du, daß du so erstaunliche Werke zuwege bringst, ehe man eine Hand umkehrt? Du hast auf der ganzen Welt nicht deinesgleichen, und je mehr ich dich kennenlerne, um so bewunderungswürdiger finde ich dich.«

Alaeddin nahm die Lobsprüche des Sultans mit vieler Bescheidenheit auf und antwortete ihm folgendermaßen: »Herr, es ist ein großer Ruhm für mich, das Wohlwollen und den Beifall meines Königs zu verdienen; auch versichere ich dir, daß ich stets alles aufbieten werde, um mich desselben immer mehr und mehr würdig zu machen.«

Der Sultan kehrte in seinen Palast zurück, wie er gekommen war, ohne Alaeddins Begleitung anzunehmen. Der Großvezier erwartete ihn daselbst. Noch voll Staunen über das Wunder, das er mit eigenen Augen gesehen, erzählte ihm der Sultan alles in Ausdrücken, die den Minister nicht mehr an der Wahrheit der Sache zweifeln ließen, ihn aber in seinem ursprünglichen Glauben bestärkten, daß Alaeddins Palast ein Werk der Zauberei sei, was er auch gleich anfangs, als der Palast ans Tageslicht kam, gegen den Sultan geäußert hatte. Er wollte es nun abermals wiederholen, allein der Sultan unterbrach ihn mit den Worten: »Du hast mir dies schon einmal gesagt, aber ich sehe wohl, daß du die Vermählung meiner Tochter mit deinem Sohne immer noch nicht vergessen hast.« Der Großvezier sah ein, daß der Sultan eine vorgefaßte Meinung hatte, und ließ ihn auch dabei, um nicht in Streit mit ihm zu geraten. Der Sultan aber begab sich regelmäßig jeden Tag, sobald er aufgestanden war, in ein Zimmer, von wo aus er den Palast Alaeddins sehen konnte, und ging auch den Tag über mehrmals dahin, um ihn zu betrachten und zu bewundern.

Alaeddin verschloß sich indessen nicht in seinem Palast; er zeigte sich absichtlich mehrere Male wöchentlich in der Stadt, indem er bald in diese, bald in jene Moschee ging, um sein Gebet zu verrichten, oder von Zeit zu Zeit dem Großvezier einen Besuch abstattete, der sich beeiferte, ihm an bestimmten Tagen seine Aufwartung zu machen, oder erwies er auch zuweilen einigen Vornehmen am Hofe, die er öfters in seinem Palast bewirtete, die Ehre, sie zu Haus zu besuchen. Jedesmal wenn er ausritt, hatte er ein zahlreiches Gefolge von Sklaven um sich, und zwei von ihnen mußten auf den Straßen und Plätzen, durch die er kam und wo sich immer eine große Volksmenge einfand, ganze Hände voll Gold auswerfen. Kein Armer erschien an der Pforte seines Palastes, ohne sehr vergnügt über die Gaben, die auf seinen Befehl ausgeteilt wurden, zurückzukehren.

Da Alaeddin seine Zeit so eingeteilt hatte, daß er jede Woche wenigstens einmal auf die Jagd ging, bald in die nächsten Umgebungen der Stadt, bald auch in weitere Ferne, so zeigte er sich auf den Straßen und auf den Dörfern ebenso freigebig. Dieses großmütige Benehmen machte, daß das ganze Volk ihn mit Segenswünschen überhäufte und zuletzt nicht höher schwor, als bei seinem Haupte. Ja man kann, ohne den Sultan, dem er sehr regelmäßig den Hof machte, in Schatten zu stellen, wohl sagen, daß Alaeddin sich durch seine Leutseligkeit und Freigebigkeit die Zuneigung des ganzen Volkes erworben hatte und im allgemeinen mehr geliebt wurde, als der Sultan selbst. Mit allen diesen schönen Eigenschaften verband er eine Tapferkeit und einen Eifer für das Wohl des Staats, den man nicht genug loben kann. Beweise davon gab er bei Gelegenheit eines Aufruhrs an den Grenzen des Reichs. Kaum hatte er erfahren, daß der Sultan ein Heer ausrüstete, um ihn zu dämpfen, so bat er ihn, ihm den Oberbefehl zu übergeben, und erhielt ihn auch ohne Mühe. Sobald er nun an der Spitze des Heeres stand, führte er es so schnell und mit solchem Eifer ins Feld, daß der Sultan die Niederlage, Bestrafung und Zerstreuung der Aufrührer eher vernahm, als seine Ankunft beim Heere. Diese Tat, die seinen Namen im ganzen Reiche berühmt machte, verderbte doch sein Herz nicht; er kehrte zwar sieggekrönt zurück, blieb aber immer noch so mild und leutselig, wie zuvor.

Alaeddin hatte bereits mehrere Jahre auf diese Art gelebt, als der Zauberer, der ihn, ohne daran zu denken, in den Stand gesetzt hatte, sich so hoch aufzuschwingen, in Afrika, wohin er zurückgekehrt war, sich seiner erinnerte. Obwohl er bisher des festen Glaubens gelebt hatte, Alaeddin müsse in dem unterirdischen Gewölbe zugrunde gegangen sein, so bekam er doch auf einmal Lust, genau zu erfahren, welches Ende er genommen habe. Als großer Meister in der Punktierkunst zog er aus seinem Schrank ein Viereck in Form einer verschlossenen Schachtel hervor, dessen er sich bei seinen Beobachtungen in der Punktierkunst zu bedienen pflegte. Er setzte sich auf sein Sofa, legte das Viereck vor sich, nahm den Deckel ab, und nachdem er den Sand zurecht gemacht und geebnet hatte, um zu erfahren, ob Alaeddin in der unterirdischen Höhle gestorben sei oder nicht,

machte er seine Punkte, zog seine Linien und stellte ihm die Nativität. Indem er nun die Nativitätsstellung recht ins Auge faßte, um seinen Schluß daraus zu ziehen, so entdeckte er, daß Alaeddin nicht nur nicht in dem unterirdischen Gewölbe gestorben sei, sondern sich daraus gerettet habe und in großem Glanz und gewaltigem Reichtum, vermählt mit einer Prinzessin, hochgeehrt und geachtet lebe.

Kaum hatte der afrikanische Zauberer mittelst seiner teuflischen Kunst die Entdeckung gemacht, daß Alaeddin sich so hoch hinaufgeschwungen habe, so stieg ihm das Blut ins Gesicht. Voll Wut sagte er zu sich selbst: »Dieser elende Schneiderssohn hat also das Geheimnis und die Wunderkraft der Lampe entdeckt; ich hielt seinen Tod für gewiß und nun genießt er die Frucht meiner Arbeiten und Nachtwachen! Aber eher will ich untergehen, als ihn noch länger in seinem Glücke lassen.« Er hatte seinen Entschluß schnell gefaßt, bestieg gleich am anderen Morgen einen Berberhengst, den er im Stalle hatte und machte sich auf den Weg. So kam er von Stadt zu Stadt, und von Land zu Land, ohne sich unterwegs länger aufzuhalten, als sein Pferd zum Ausruhen Zeit brauchte, bis nach China und bald auch in die Hauptstadt des Sultans, dessen Tochter Alaeddin geheiratet hatte. Er stieg in einem Chan oder öffentlichen Wirtshause ab und mietete sich ein Zimmer. Hier blieb er den noch übrigen Teil des Tages und die folgende Nacht, um sich von den Beschwerden der Reise zu erholen.

Am anderen Morgen wünschte der afrikanische Zauberer vor allem zu erfahren, was man von Alaeddin spreche. Indem er nun durch die Stadt spazierte, trat er in ein sehr berühmtes und von vornehmen Leuten sehr stark besuchtes Haus, wo man zusammenkam, um ein gewisses warmes Getränk zu genießen, und das er noch von seiner ersten Reise her kannte. Kaum hatte er Platz genommen, als man ihm eine Schale von diesem Getränk einschenkte und überreichte. Während er trank, horchte er rechts und links und hörte, daß man von Alaeddins Palast sprach. Als er ausgetrunken hatte, näherte er sich einem von denen, die sich davon unterhielten, und nahm den Augenblick wahr, um ihn beiseite zu nehmen und ihn zu fragen, was denn das für ein Palast sei, von dem man so rühmend spreche. »Woher bist denn du, Freund?« erwiderte ihm der Angeredete. »Du mußt erst seit ganz kurzem hier sein, wenn du den Palast des Prinzen Alaeddin noch nicht gesehen oder wenigstens noch nicht einmal davon reden gehört hast.« Man nannte nämlich Alaeddin immer so, seitdem er die Prinzessin Bedrulbudur geheiratet hatte. »Ich sage nicht«, fuhr der Mann fort, »daß es eins von den Wunderwerken der Welt ist, sondern ich behaupte vielmehr, daß er das einzige Wunder auf der Welt ist; denn gewiß hat man noch nie etwas so Großes, so Kostbares, so Prachtvolles gesehen. Du mußt sehr weit herkommen, da du noch nichts davon gehört hast, denn nach meiner Meinung muß man auf der ganzen Welt davon sprechen, seit er erbaut ist. Sieh ihn einmal selbst an und urteile, ob ich dir nicht die Wahrheit berichtet habe.« – »Verzeih meine Unwissenheit«, antwortete der afrikanische Zauberer, »ich bin gestern hier angelangt und komme in der Tat so weit her, ich kann sagen vom äußersten Ende Afrikas, daß sein Ruf noch nicht bis dahin gedrungen war, als ich abreiste. Da ich wegen des dringenden Geschäfts, das mich hierher führt, auf meiner Reise kein anderes Ziel vor Augen hatte, als möglichst bald anzukommen, ohne mich unterwegs aufzuhalten, oder irgend eine Bekanntschaft anzuknüpfen, so erfuhr ich von der Sache nichts weiter, als was du mir eben gesagt hast. Indes will ich nicht unterlassen, ihn selbst zu sehen; ja meine Neugierde ist so groß, daß ich sie sogleich befriedigen wollte, wenn du nur die Güte hättest, mir den Weg zu zeigen.«

Derjenige, an den sich der afrikanische Zauberer gewandt hatte, machte sich ein Vergnügen daraus, ihm den Weg nach Alaeddins Palast zu beschreiben, und der afrikanische Zauberer stand nun sogleich auf und ging dahin. Als er angekommen war und den Palast von allen Seiten genau betrachtet hatte, zweifelte er nicht mehr daran, daß Alaeddin sich der Lampe bedient haben müsse, um ihn erbauen zu lassen. Ohne weiter auf die Machtlosigkeit Alaeddins als eines bloßen Schneidersohnes Gewicht zu legen, wußte er recht gut, daß solche Wunderwerke nur von den Geistern der Lampe, deren Besitz ihm entgangen war, geschaffen werden konnten. Voll Ärger über das Glück und die Größe Alaeddins, der sich nicht viel von dem Sultan unterschied, kehrte er nach dem Chan zurück, wo er abgestiegen war.

Nun brauchte er nur noch zu wissen, wo die Lampe war, ob Alaeddin sie bei sich trug oder irgendwo aufbewahrte, und um dies zu entdecken, mußte der Zauberer seine Punktierkunst zu Hilfe nehmen. Sobald er in sein Zimmer gekommen war, nahm er daher sein Viereck und den Sand wieder vor, was er auf allen seinen Reisen bei sich führte. Aus diesem Versuche erkannte er, daß die Lampe in Alaeddins Palast war, und war außer sich vor Freude über eine solch wichtige Entdekkung. »Ich muß sie bekommen, diese Lampe.« sagte er, »und Trotz sei Alaeddin geboten, ob er mich hindern kann, sie ihm zu entreißen und ihn in die Niedrigkeit wieder hinabzudrücken, aus der er so hoch emporgestiegen ist.«

Das Unglück wollte, daß Alaeddin damals gerade auf acht Tage auf die Jagd gegangen und erst seit drei Tagen fort war; der afrikanische Zauberer erfuhr dies auf folgende Weise.

Sobald er durch seine Punktierkunst die frohe Entdeckung gemacht hatte, wo die Lampe sei, ging er zum Aufseher des Chans, unter dem Vorwand, sich mit ihm unterhalten zu wollen, und er hatte sehr natürliche Gründe dazu, so daß er nicht weit auszuholen brauchte. Er erzählte ihm, daß er Alaeddins Palast gesehen, und nachdem er in den übertriebensten Ausdrücken alles gepriesen hatte, was ihm daran am bewundernswürdigsten vorgekommen, und was überhaupt jedermann am merkwürdigsten fand, setzte er hinzu: »Meine Neugierde erstreckt sich noch weiter, und ich werde mich nicht zufrieden geben, bevor ich den Herrn dieses wundervollen Gebäudes selbst gesehen habe.« – »Das wird dir nicht schwer werden«, antwortete der Aufseher des Chans, »denn solange er in der Stadt ist, gibt er fast jeden Tag Gelegenheit dazu; aber seit drei Tagen ist er auf eine große Jagd ausgezogen, die acht Tage dauern soll.«

Mehr verlangte der afrikanische Zauberer nicht zu wissen; er nahm Abschied von dem Mann und sagte bei sich selbst: »Der Augenblick ist günstig, ich darf ihn nicht hinauslassen.« Hierauf ging er in den Laden eines Mannes, der Lampen zum Verkauf machte, und sagte zu diesem: »Meister, ich sollte zwölf kupferne Lampen haben: Kannst du sie mir liefern?« Der Lampenverkäufer antwortete, es fehlen ihm zwar noch einige, wenn er sich aber bis morgen gedulden wolle, so könne er ihm ein volles Dutzend zu jeder beliebigen Stunde liefern. Der Zauberer war es zufrieden und empfahl ihm, sie müssen recht hübsch und blank sein; nachdem er ihm sofort noch eine gute Bezahlung versprochen hatte, ging er in sein Chan zurück.

Am anderen Tage wurde das Dutzend Lampen dem afrikanischen Zauberer abgeliefert, der, ohne zu markten, den verlangten Preis dafür bezahlte. Er legte sie in einen Korb, womit er sich zu diesem Behuf versehen hatte, ging mit diesem Korb am Arm nach Alaeddins Palast und fing, als er in der Nähe war, an zu rufen: »Wer will alte Lampen gegen neue austauschen?« Als die kleinen Kinder, die auf dem Platze spielten, dies hörten, liefen sie herbei und sammelten sich mit lautem Hohngelächter um ihn, denn sie hielten ihn für einen Narren. Auch die Vorübergehenden lachten über seine Dummheit, wofür sie es hielten. »Bei diesem Manne«, sagten sie, »muß es im Kopfhäuschen nicht richtig sein, sonst könnte er nicht neue Lampen für alte anbieten.« Der afrikanische Zauberer ließ sich weder durch das Gehöhne der Kinder, noch durch das, was die älteren Leute von ihm sagten, irre machen, sondern fuhr fort, seine Ware anzubieten und laut zu schreien: »Wer will alte Lampen gegen neue austauschen?« Er wiederholte dies so oft, auf dem Platze vor dem Palast und in der Nähe desselben auf- und abgehend, daß die Prinzessin Bedrulbudur, die gerade in dem Saale mit den vierundzwanzig Fenstern war, die Stimme des Mannes hörte; da sie aber wegen des Geschreies der Kinder, die ihm nachfolgten und deren Zahl sich mit jedem Augenblick vermehrte, nicht verstand, was er ausrief, so schickte sie eine ihrer Sklavinnen, die ihr am nächsten stand, hinab, um zu sehen, was der Lärm bedeuten solle.

Die Sklavin kam bald wieder mit lautem Lachen in den Saal. Sie lachte so herzlich, daß die Prinzessin bei ihrem Anblick ebenfalls lachen mußte. »Nun, du Närrin«, sagte sie endlich, »wirst du mir nicht sagen, warum du so lachst?« – »Herrin«, antwortete die Sklavin, immerfort lachend, »wie könnte man auch anders, wenn man einen Narren sieht, der einen Korb voll schöner, ganz neuer Lampen am Arm hat, aber sie nicht verkaufen, sondern nur gegen alte austauschen will. Der Lärm aber, den du hörst, kommt von den Kindern her, die ihn verhöhnen und in solcher Masse umgeben, daß er kaum von der Stelle kommen kann.«

Nach diesem Bericht nahm eine andere Sklavin das Wort und sagte: »Da von alten Lampen die Rede ist, so weiß ich nicht, ob die Prinzessin schon bemerkt hat, daß hier auf dem Kranzgesims eine solche steht. Der Eigentümer wird es wohl nicht übel nehmen, wenn er statt der alten eine neue findet. Wenn es der Prinzessin genehm ist, so kann sie sich den Spaß machen, zu erproben, ob dieser Narr wirklich verrückt genug ist, eine neue Lampe für eine alte zu geben, ohne etwas heraus zu verlangen.«

Die Lampe, von der die Sklavin sprach, war eben die Wunderlampe, die Alaeddin zu seiner Größe verholfen hatte, und er selbst hatte sie, bevor er auf die Jagd ging, auf das Kranzgesims gestellt, um sie nicht zu verlieren: Eine Vorsichtsmaßregel, die er jedesmal anwendete, wenn er zu diesem Behuf auszog. Aber weder die Sklavinnen, noch die Verschnittenen, noch die Prinzessin selbst hatten sie jemals während seiner Abwesenheit bemerkt. Außer der Zeit, wo er auf der Jagd war, trug er sie immer bei sich. Man wird nun sagen, diese Vorsicht Alaeddins sei recht gut gewesen, aber er hätte seine Lampe wenigstens einschließen sollen. Dies ist freilich wahr, doch dergleichen Versehen sind zu jeder Zeit begangen worden, werden noch täglich begangen und noch in Zukunft begangen werden.

Die Prinzessin Bedrulbudur, die von dem hohen Wert der Lampe nichts wußte, und sich nicht denken konnte, daß es für Alaeddin, der gar nie davon sprach, von so hoher Wichtigkeit sein könnte, sie unberührt zu lassen und aufzubewahren, ging auf den Scherz ein und befahl einem Verschnittenem, sie zu nehmen und umzutauschen. Der Verschnittene gehorchte, ging die Treppe hinab, und war kaum aus dem Tor des Palastes, als er den afrikanischen Zauberer bemerkte. Er rief ihn, und als er zu ihm kam, zeigte er ihm die alte Lampe und sagte: »Gib mir eine neue Lampe für diese da.«

Der afrikanische Zauberer zweifelte nicht, daß dies die Lampe sei, die er suchte, denn da alles Geschirr in Alaeddins Palast von Gold und Silber war, so konnte es darin nicht wohl noch eine andere solche geben. Er nahm sie dem Verschnittenem schnell aus der Hand, schob sie in seinen Busen und überreichte ihm dann seinen Korb, damit er nach Belieben eine auswählen könnte. Der Verschnittene wählte eine aus, verließ den Zauberer und brachte die neue Lampe der Prinzessin Bedrulbudur. Kaum aber war der Tausch geschehen, als auch schon die Kinder auf dem Platz ein lautes Geschrei und Gelächter erhoben und sich über die Dummheit des Zauberers lustig machen.

Der afrikanische Zauberer ließ sie schreien, solange sie wollten. Ohne sich länger in der Nähe von Alaeddins Palast aufzuhalten, machte er sich ganz unvermerkt und ohne weitern Lärm aus dem Staube, d.h. er schrie nicht mehr, daß er alte Lampen gegen neue umtauschen wolle. Er wollte jetzt keine andere mehr als die, die er schon hatte, und da er schwieg, so gingen auch die Kinder auseinander und ließen ihn ziehen.

Sobald er von dem Platze zwischen den beiden Palästen weg war, entschlüpfte er durch eine weniger besuchte Straße, und da er jetzt weder die anderen Lampen noch den Korb mehr brauchte, so stellte er den Korb mit den Lampen auf eine Straße, wo gerade niemand vorüberging. Hierauf schlug er eine andere Straße ein und lief hastig fort, bis er eins der Stadttore erreichte. Sodann ging er durch eine sehr lange Vorstadt, wo er einige Lebensmittel einkaufte. Sobald er im Freien war, lenkte er von der Hauptstraße ab nach einem abgelegenen Platze hin, wo er von niemand bemerkt werden konnte, und hier wartete er den günstigen Augenblick ab, um seinen Plan vollends auszuführen. Was lag ihm an seinem Berberhengst? Diesen ließ er in dem Chan, wo er abgestiegen war, zurück, denn er glaubte sich durch den Schatz, den er eben erworben, reichlich entschädigt.

Der afrikanische Zauberer brachte den Rest des Tags hier zu, bis ein Uhr nachts, wo die Finsternis am größten war. Jetzt zog er die Lampe aus seinem Busen und rieb sie. Auf diesen

Ruf erschien der Geist sogleich. »Was willst du?« fragte er ihn, »ich bin bereit, dir zu gehorchen als dein Sklave und als Sklave aller, welche die Lampe in der Hand haben; ich und die anderen Sklaven der Lampe.« – »Ich befehle dir«, antwortete der afrikanische Zauberer, »daß du augenblicklich den Palast, den du oder die anderen Sklaven der Lampe in der Stadt erbaut, so wie er ist, mit allen seinen lebenden Bewohnern aufhebst und zugleich mit mir an den und den Ort nach Afrika versetzest.« Ohne etwas zu antworten, schaffte der Geist mit Hilfe der übrigen der Lampe

dienstbaren Geister in sehr kurzer Zeit sowohl ihn selbst, als den ganzen Palast an den bezeichneten Ort in Afrika. Wir wollen indes den afrikanischen Zauberer und den Palast samt der Prinzessin Bedrulbudur in Afrika lassen und nur von dem Erstaunen des Sultans reden.

Als der Sultan aufgestanden war, ging er wie gewöhnlich nach dem offenen Erker, um sich das Vergnügen zu machen, Alaeddins Palast zu betrachten und zu bewundern. Er richtete seinen Blick nach der Seite hin, wo er diesen Palast zu sehen gewöhnt war, erblickte aber nur einen leeren Platz, ganz wie er vor Erbauung desselben gewesen war. Im Anfang glaubte er, er täusche sich und rieb sich die Augen; allein er sah so wenig, als das erste Mal, obgleich das Wetter sehr heiter, der Himmel rein und die Morgenröte bereits aufgestiegen war, so daß man alles recht deutlich sehen konnte. Er blickte rechts und links durch die beiden Öffnungen und sah noch immer nichts. Sein Erstaunen war so groß, daß er lange wie angewurzelt auf derselben Stelle stehen blieb, die Augen starr nach der Seite hin geheftet, wo der Palast bisher gewesen, aber jetzt nicht mehr zu sehen war; denn es war ihm unmöglich, zu begreifen, wie ein so großer und ansehnlicher Palast, wie der Alaeddins, den er seit jenem Tage, wo er die Erlaubnis zu seiner Erbauung gegeben, tagtäglich und erst gestern noch gesehen hatte, auf einmal ganz spurlos entschwunden sein solle. »Ich kann mich nicht täuschen«, sprach er bei sich selbst, »er stand auf dem Platze dort. Wäre er eingestürzt, so müßten sich doch noch Trümmer davon zeigen, und hätte die

Erde ihn verschlungen, so müßte man wenigstens eine Spur sehen.« Es ging über seine Verstandeskräfte, zu enträtseln, wie dies zugegangen sei, und so fest er auch überzeugt war, daß der Palast nicht mehr dastand, so wartete er doch noch einige Zeit, um sich zu überzeugen, ob er sich nicht täusche. Endlich entfernte er sich und ging, nachdem er noch einmal zurückgeblickt hatte, auf seine Zimmer zurück. Dann ließ er in aller Eile den Großvezier rufen und setzte sich nieder, während sein Geist von so verschiedenartigen Gedanken bestürmt wurde, daß er nicht wußte, was er tun sollte.

Der Großvezier ließ nicht lange auf sich warten. Er kam in solcher Eile, daß weder er noch seine Leute im Vorbeigehen bemerkten, daß Alaeddins Palast nicht mehr an seiner Stelle stand. Selbst die Pförtner hatten es nicht bemerkt, als sie die Tore des Palastes öffneten. Der Großvezier redete den Sultan also an: »Herr, die Eile, womit man mich berufen hat, läßt mich schließen, daß irgend etwas Außerordentliches vorgefallen sein muß; denn du weißt ja wohl, daß heute Ratssitzung ist, und ich mich meiner Pflicht gemäß ohnehin in einigen Augenblicken eingestellt hätte.« – »Ja«, antwortete der Sultan, »es hat sich wirklich etwas sehr Außerordentliches zugetragen und du wirst es selbst gestehen müssen. Sprich, wo ist der Palast Alaeddins?« – »Der Palast Alaeddins?« erwiderte der Großvezier sehr erstaunt, »ich ging soeben daran vorbei, und mich däuchte, er stand an seinem alten Platz. So gewaltige Gebäude wie dieses ändern ihre Stelle nicht so leicht.« – »Sieh einmal zum Kabinett hinaus«, entgegnete der Sultan, »und sag mir dann, ob du ihn gesehen hast.«

Der Großvezier begab sich in den offenen Erker, und es ging ihm, wie dem Sultan. Als er sich völlig versichert hatte, daß Alaeddins Palast nicht mehr dastand und auch nicht die mindeste Spur davon zu sehen war, trat er wieder vor den Sultan. »Nun, hast du Alaeddins Palast gesehen?« fragte ihn dieser.– »Herr«, antwortete der Großvezier, »du erinnerst dich vielleicht, daß ich die Ehre hatte, dir zu sagen, der Palast, den du mit seinen unermeßlichen Reichtümern so sehr bewunderst, könne bloß ein Werk der Zauberei und eines Zauberers sein; allein du wolltest damals nicht auf mich achten.«

Der Sultan, der dies nicht leugnen konnte, geriet in einen um so größeren Zorn, als sein früherer Unglauben offenbar am Tage lag. »Wo ist er«, rief er, »dieser Betrüger, dieser Schurke? Ich lasse ihm den Kopf abschlagen.« – »Herr«, antwortete der Großvezier, »er hat sich vor einigen Tagen von dir verabschiedet. Man muß ihn fragen lassen, wo sein Palast hingekommen ist, denn er allein kann es wissen.« – »Das wäre zu viele Schonung für ihn«, entgegnete der Sultan; »geh und schicke dreißig von meinen Reitern ab, daß sie ihn in Ketten vor mich führen.« Der Großvezier überbrachte den Reitern den Befehl des Sultans und unterrichtete ihren Anführer, wie sie sich zu benehmen hätten, damit er ihnen nicht entwischen könne. Sie gingen ab und trafen Alaeddin fünf oder sechs Stunden von der Stadt auf dem Heimwege begriffen. Der Anführer ritt auf ihn zu und sagte ihm, der Sultan habe großes Verlangen, ihn wieder zu sehen, und deshalb habe er sie abgeschickt, um es ihm zu melden und ihn nach Hause zu begleiten.

Alaeddin hatte nicht die entfernteste Ahnung von dem wahren Grunde, warum diese Abteilung der Leibwache des Sultans zu ihm gekommen war, und ritt getrost weiter. Als er aber noch eine halbe Stunde von der Stadt entfernt war, umringte ihn die Reiterschar, und der Anführer derselben nahm das Wort und sagte zu ihm: »Prinz Alaeddin, mit großem Bedauern haben wir dir zu erklären, daß wir vom Sultan Befehl haben, dich zu verhaften und als Staatsverbrecher vor ihn zu führen; wir bitten dich, es nicht übel aufzunehmen, wenn wir jetzt unsere Pflicht erfüllen, und uns zu verzeihen.«

Alaeddin war äußerst überrascht durch diese Erklärung, denn er fühlte sich unschuldig. Er fragte den Anführer, ob er wisse, welches Verbrechens er angeklagt sei; dieser aber antwortete, weder er noch seine Leute wüßten davon.

Da Alaeddin sah, daß seine Leute viel schwächer waren, als die Reiterschar, und ihn sogar verließen, so stieg er vom Pferd ab und sagte: »Hier bin ich, vollzieht euren Befehl. Übrigens kann ich versichern, daß ich mir keines Verbrechens bewußt bin, weder gegen die Person des Sultans, noch gegen den Staat.« Man warf ihm sogleich eine sehr dicke und lange Kette an den Hals und band ihn damit auch mitten um den Körper, so daß er die Arme nicht frei hatte. Der Anführer stellte sich nun wieder an die Spitze des Zugs, einer der Reiter aber faßte das Ende der Kette und führte so, hinter dem Anführer hinreitend, Alaeddin, der zu Fuße folgen mußte, mit fort. In diesem Zustande wurde er in die Stadt gebracht.

Als die Reiter in die Vorstadt kamen und man Alaeddin als Staatsverbrecher daher führen sah, glaubte jedermann, es werde ihn den Kopf kosten. Da er aber allgemein beliebt war, so ergriffen die einen Säbel und andere Waffen, und die, welche keine hatten, bewaffneten sich mit Steinen und folgten den Reitern nach. Einige von den hintersten schwenkten um und machten Miene, sie auseinander zu sprengen; allein die Volksmasse wurde so groß, daß die Reiter es für geratener fanden, sich keinen Ärger anmerken zu lassen, und sich glücklich schätzten, wenn sie nur den Palast des Sultans erreichten, ohne daß Alaeddin ihnen entrissen wurde. Um dies zu bewerkstelligen, nahmen sie geflissentlich die ganze Breite der Straße ein, indem sie sich bald ausdehnten, bald näher aneinanderschlossen, je nachdem sie weiter oder enger war. So gelangten sie endlich an den Platz vor dem Palast, wo sie sich alle in einer Linie aufstellten und gegen die bewaffnete Volksmasse Front machten, bis ihr Befehlshaber und der Reiter, welcher Alaeddin führte, in den Palast eingetreten waren und die Pförtner das Tor hinter ihm geschlossen hatten, um das Volk abzuhalten.

Alaeddin wurde sofort vor den Sultan geführt, der ihn mit dem Großvezier auf einem Balkon erwartete. Sobald er ihn sah, befahl er dem Scharfrichter, der ebenfalls hierher bestellt worden war, ihm den Kopf abzuhauen, ohne daß er ihn anhören oder irgend einen Aufschluß von ihm haben wollte.

Der Scharfrichter bemächtigte sich Alaeddins, nahm ihm die Kette, die er um den Hals und Leib hatte, ab, breitete sofort ein Leder, das mit dem Blute von unzähligen Verbrechern befleckt war, auf den Boden, hieß ihn niederknieen und verband ihm die Augen. Hierauf zog er sein Schwert,

holte weit aus, ließ es dreimal in der Luft blitzen und schickte sich an, den Todesstreich zu führen, indem er nur noch auf ein Zeichen vom Sultan wartete, um Alaeddin den Kopf abzuschlagen.

In diesem Augenblicke bemerkte der Großvezier, daß das Volk die Reiter überwältigt hatte und in den Schloßplatz gedrungen war, ja sogar, daß einige die Mauern des Palasts an mehreren Stellen mit Leitern erstiegen und bereits anfingen, sie niederzureißen, um eine Öffnung zu machen. Er sagte daher zum Sultan, ehe er das Zeichen gab: »Herr, ich bitte dich, daß du den Schritt, den du zu tun im Begriff bist, reiflich überlegen mögest. Du läufst Gefahr, deinen Palast erstürmt zu sehen, und wenn dies Unglück geschehe, so könne es unheilbringende Folgen haben.« – »Mein Palast erstürmt!« versetzte der Sultan. »Wer darf sich dessen unterfangen?« – »Herr«, antwortete der Großvezier, »wirf nur einen Blick auf die Mauern des Palastes und auf den Platz, so wirst du dich von der Wahrheit meiner Worte überzeugen.«

Als der Sultan die heftige Aufregung unter dem Volke sah, erschrak er dermaßen, daß er augenblicklich dem Scharfrichter den Befehl gab, sein Schwert wieder in die Scheide zu stecken, die Binde von Alaeddins Augen wegzunehmen und ihn freizulassen. Zugleich befahl er seinen Trabanten auszurufen, daß er Alaeddin Gnade schenke, und jedermann sich nun entfernen möge.

Als nun diejenigen, welche bereits die Mauern erklettert hatten, sahen, was da vorging, so gaben sie ihr Vorhaben auf. Sie stiegen schnell herab, und hocherfreut, einem Manne, den sie wahrhaft liebten, das Leben gerettet zu haben, teilten sie diese Nachricht allen Umstehenden mit. Sie verbreitete sich von Mund zu Mund unter der ganzen Volksmasse, die sich auf dem Platz vor dem Palast gesammelt hatte, und die Trabanten bestätigten sie auch von oben herab. Als nun das Volk sah, daß der Sultan Alaeddin Gerechtigkeit widerfahren ließ und ihn begnadigte, so entwaffnete sich sein Zorn, der Aufruhr hörte auf und es gingen alle einer nach dem anderen nach Hause.

Sobald Alaeddin sich wieder in Freiheit sah, schaute er nach dem Balkon hinauf, und als er den Sultan bemerkte, so rief er ihm in rührendem Tone zu: »Herr, ich bitte dich, mir zu der bereits erwiesenen Gnade noch eine neue zu schenken und mich wissen zu lassen, was mein Verbrechen ist.« – »Was es ist, du Schurke!« erwiderte der Sultan; »weißt du es noch nicht? Komm einmal hier herauf, so will ich dir es zeigen.«

Alaeddin ging hinauf und trat vor den Sultan. »Folge mir«, sagte dieser zu ihm und ging vor ihm her, ohne ihn anzusehen. Er führte ihn an den offenen Erker, und als er an der Tür war, sagte er zu ihm: »Gehe hinein, du mußt doch wissen, wo dein Palast stand; sieh dich jetzt hier nach allen Seiten um und sage, was daraus geworden ist.«

Alaeddin sah hin und erblickte nichts. Er bemerkte wohl den ganzen Platz, den sein Palast sonst eingenommen hatte, da er aber nicht begreifen konnte, wie er hätte verschwinden sollen, so machte ihn dieses seltsame und überraschende Ereignis so bestürzt und verdutzt, daß er dem Sultan kein einziges Wort erwidern konnte.

Der Sultan wiederholte voll Ungeduld die Frage: »Sag mir doch, wo der Palast und meine Tochter ist?« Endlich brach Alaeddin das Stillschweigen und sagte: »Herr, ich sehe wohl und gestehe es ein, daß der Palast, den ich erbauen ließ, nicht mehr auf seinem Platze steht; ich sehe, daß er verschwunden ist, kann dir aber nicht sagen, wo er sein mag. Nur so viel kann ich versichern, daß ich keinen Teil an diesem Ereignis habe.«

»Mir liegt nichts daran, was aus deinem Palast geworden ist«, antwortete der Sultan. »Meine Tochter ist mir millionenmal lieber. Du mußt sie mir zurückgeben, sonst lasse ich dir ohne alle weiteren Rücksichten den Kopf abschlagen.«

»Herr«, antwortete Alaeddin, »ich flehe dich an, daß du mir vierzig Tage Frist gebest, um meine Maßregeln zu treffen, und gelingt es mir in dieser Zeit nicht, so gebe ich dir mein Wort, daß ich selbst meinen Kopf zu den Füßen deines Thrones niederlegen will, damit du nach Belieben darüber verfügest.« – »Ich bewillige dir diese Frist von vierzig Tagen«, erwiderte der Sultan; »aber glaube ja nicht, daß du meine Gnade mißbrauchen und meinem Zorn entfliehen könnest. In welchem Winkel der Erde du sein magst, ich werde dich schon zu finden wissen.«

Alaeddin entfernte sich in großer Demütigung und in einem wahrhaft mitleiderregenden Zustande aus dem Angesicht des Sultans. Er ging mit gesenktem Haupte über die Höfe des Palastes und war so beschämt, daß er es nicht wagte, die Augen aufzuschlagen. Die vornehmsten Hofbeamten, von denen er keinen einzigen beleidigt hatte und die vorher seine Freunde gewesen, waren jetzt weit entfernt, sich ihm zu nähern oder ihm eine Zufluchtsstätte anzubieten; nein, sie kehrten ihm den Rücken, damit sie ihn nicht sehen mußten und er sie nicht erkennen möchte. Aber wenn sie sich ihm auch genähert hätten, um ihm Trost einzusprechen oder ihre Dienste anzutragen, so hätten sie Alaeddin kaum mehr erkannt: Kannte er sich doch selbst nicht mehr und war seines Verstandes nimmer mächtig. Dies bewies er auch, sobald er zum Palast hinausgetreten war; denn ohne zu bedenken, was er tat, fragte er von Tür zu Tür und alle Leute, die ihm begegneten, ob sie seinen Palast nicht gesehen hätten und ihm keine Nachricht davon geben könnten.

Solche Fragen brachten jedermann auf die Meinung, Alaeddin habe seinen Verstand verloren. Einige lachten bloß darüber, aber die Vernünftigen, und besonders diejenigen, die in freundschaftlicher Verbindung oder sonst in einem Verkehr mit ihm gestanden hatten, wurden von wahrhaftem Mitleid ergriffen. Er blieb drei Tage in der Stadt, indem er sich bald nach dieser, bald nach jener Seite hin wendete und nichts aß, als was ihm mitleidige Menschen reichten, im übrigen aber keinen Entschluß faßte.

Endlich, da er in diesem elenden Zustande nicht länger in einer Stadt verweilen wollte, wo er früher den vornehmen Herrn gespielt hatte, entfernte er sich aus derselben und schlug den Weg nach dem Felde ein. Er vermied die großen Heerstraßen, und nachdem er in schrecklicher Ungewißheit mehrere Felder durchirrt hatte, kam er mit Anbruch der Nacht an das Ufer eines Flusses. Hier faßte er einen Gedanken der Verzweiflung. »Wo soll ich jetzt meinen Palast suchen?« sagte er bei sich selbst. »In welcher Provinz, in welchem Lande, in welchem Teile der Welt werde ich ihn und meine vielgeliebte Prinzessin wiederfinden, die der Sultan von mir fordert? Dies wird mir nie gelingen; deshalb ist es besser, ich befreie mich auf einmal von all diesen Mühseligkeiten, die zu nichts führen würden, und dem bittern Kummer, der mein Herz zerfrißt.« Schon hatte er den Entschluß gefaßt, sich in den Fluß zu werfen, doch glaubte er als guter und frommer Muselmann dies nicht eher tun zu können, als bis er sein Gebet verrichtet hätte. Indem er sich nun dazu anschicken wollte, näherte er sich dem Rande des Wassers, um sich der Landessitte gemäß die Hände und das Gesicht zu waschen. Da aber die Stelle etwas abschüssig und naß war, so glitt er aus und wäre in den Fluß gefallen, wenn er sich nicht noch an einem kleinen Felsstück gehalten hätte, das etwa zwei Zoll hoch hervorragte. Glücklicherweise hatte er noch den Ring, den der afrikanische Zauberer ihm an den Finger gesteckt hatte, ehe er in das unterirdische Gewölbe hinabstieg, um die kostbare Lampe zu holen, die ihm jetzt wieder entrissen worden war. Diesen Ring rieb er ziemlich stark an dem Felsen, als er sich daran hielt, und augenblicklich stand derselbe Geist vor ihm, der ihm in dem unterirdischen Gewölbe erschienen war, wo der afrikanische Zauberer ihn eingesperrt hatte. »Was willst du?« sagte der Geist; »ich bin bereit, dir zu gehorchen als dein Sklave und als Sklave aller derer, die den Ring am Finger haben, sowohl ich, als die anderen Sklaven des Ringes.«

Alaeddin, der in seiner verzweiflungsvollen Lage durch diese Erscheinung angenehm überrascht war, antwortete: »Geist, rette mir zum zweitenmal das Leben und zeige mir, wo der Palast ist, den ich erbauen ließ, oder sorge, daß er unverzüglich wieder an seinen alten Platz zurückgetragen wird.« – »Was du hier verlangst«, antwortete der Geist, »liegt nicht in meinem Wirkungskreise, ich bin bloß Sklave des Rings; wende dich deshalb an den Sklaven der Lampe.« – »Wenn dem so ist«, versetzte Alaeddin, »so befehle ich dir kraft des Ringes, versetze mich sogleich an den Ort, wo mein Palast ist, sei es auch wo es wolle, und bringe mich unter die Fenster der Prinzessin Bedrulbudur.« Kaum hatte er diese Worte gesprochen, als der Geist ihn nahm und nach Afrika mitten auf eine große Wiese trug, auf der der Palast nicht weit von einer großen Stadt stand;

er setzte ihn dicht unter den Fenstern der Prinzessin nieder und ließ ihn dann allein. Alles dies war das Werk eines Augenblicks.

Ungeachtet der Dunkelheit der Nacht erkannte Alaeddin recht gut seinen Palast und die Zimmer der Prinzessin Bedrulbudur. Da es indes schon weit in der Nacht und im Palast alles ruhig war, so ging er etwas abseits und setzte sich unter einen Baum. Hier gab er sich neuen Hoffnungen hin, und indem er Betrachtungen anstellte über sein Glück, das er einem bloßen Zufalle verdankte, wurde sein Gemüt wieder weit ruhiger, als seit dem Tage, wo er verhaftet, vor den Sultan geführt und aus der drohenden Todesgefahr befreit worden war. Er hing eine Weile diesen angenehmen Gedanken nach, aber da er seit fünf oder sechs Tagen kein Auge mehr geschlossen hatte, so überwältigte ihn zuletzt der Schlaf und er schlummerte am Fuße des Berges ein.

Als am folgenden Tage die Morgenröte anbrach, wurde Alaeddin sehr angenehm erweckt durch den Gesang der Vögel, die teils auf dem Baume, unter dem er lag, teils auch auf den dickbelaubten Bäumen im Garten seines Palastes die Nacht zugebracht hatten. Er warf sogleich seine Augen auf dieses bewundernswürdige Gebäude und fühlte eine unaussprechliche Freude, daß er jetzt

Hoffnung habe, wieder Herr desselben zu werden und aufs neue seine teure Prinzessin Bedrulbudur zu besitzen. Er stand auf und näherte sich den Zimmern der Prinzessin, dann ging er unter ihren Fenstern eine Weile spazieren und wartete, bis sie erwachen würde und sich sehen ließe. Inzwischen dachte er bei sich selbst darüber nach, woher wohl die Ursache seines Unglücks gekommen sein möge, und nachdem er sich lange hin und her besonnen, zweifelte er nicht mehr daran, sein ganzes Mißgeschick könne bloß davon herrühren, daß er seine Lampe aus den Augen verloren habe. Er machte sich nun Vorwürfe über seine Nachlässigkeit und daß er nicht Sorge getragen habe, sie keinen Augenblick aus der Hand zu lassen. Was ihn noch mehr in Verlegenheit setzte, war, daß er sich gar nicht einbilden konnte, wer wohl auf sein Glück eifersüchtig sei. Dies wäre ihm zwar klar geworden, wenn er gewußt hätte, daß er und sein Palast sich in Afrika befänden; allein der dienstbare Geist des Ringes hatte es ihm nicht gesagt, und er hatte ihn auch nicht darum gefragt. Sonst hätte ihn schon der Name Afrika sogleich an den afrikanischen Zauberer, seinen abgesagten Feind, erinnert.

Die Prinzessin Bedrulbudur stand diesmal früher als gewöhnlich auf, seit ihrer Entführung und Versetzung nach Amerika durch die Tücke des afrikanischen Zauberers, dessen Anblick sie bisher täglich einmal hatte ertragen müssen, weil er der Herr des Palastes war; sie hatte ihn jedoch jedesmal so spröde behandelt, daß er es noch nicht gewagt hatte, seinen Wohnsitz darin aufzuschlagen. Als sie angekleidet war, sah eine ihrer Frauen zufällig durchs Gitterfenster, bemerkte Alaeddin und verkündete es sogleich ihrer Gebieterin. Die Prinzessin, die diese Nachricht nicht glauben konnte, lief schnell ans Fenster, bemerkte Alaeddin ebenfalls und öffnete das Gitter. Bei dem Geräusch, das dadurch entstand, hob Alaeddin den Kopf in die Höhe, erkannte sie und begrüßte sie mit einer Miene, auf der überschwengliche Freude sich abspielte. »Um keine Zeit zu verlieren«, sagte die Prinzessin zu ihm, »habe ich dir die geheime Türe öffnen lassen, geh durch dieselbe hinein und komm herauf.« Nach diesen Worten schloß sie das Fenster wieder.

Die geheime Türe befand sich unter den Zimmern der Prinzessin. Alaeddin fand sie offen und ging rasch die Treppe hinauf. Es ist unmöglich, die Freude zu beschreiben, welche die beiden Ehegatten empfanden, als sie sich nach einer Trennung, die sie ewig geglaubt hatten, endlich wiedersahen. Sie umarmten sich mehrere Male und gaben sich alle Beweise von Liebe und Zärtlichkeit, die man nach einer so traurigen und unerwarteten Trennung, wie die ihrige war, nur erdenken kann. Nach diesen Umarmungen, unter die sich Tränen der Freude mischten, setzten sie sich, und Alaeddin nahm das Wort und sprach: »Prinzessin, bevor wir von irgend etwas anderem sprechen, beschwöre ich dich im Namen Gottes, sowohl um deiner selbst als um deines verehrungswürdigen Vaters, des Sultans, und besonders auch um meiner willen, sage mir, was ist aus meiner alten Lampe geworden, die ich, bevor ich auf die Jagd ging, in dem Saal mit den vierundzwanzig Fenstern auf das Kranzgesimse gestellt hatte?«

»Ach, teurer Gemahl«, antwortete die Prinzessin, »ich habe mir's wohl gedacht, daß unser beiderseitiges Unglück von dieser Lampe herkomme, und was mich untröstlich macht, ist, daß ich selbst daran schuld bin.« – »Prinzessin«, erwiderte Alaeddin, »miß dir die Schuld nicht bei, sie ist ganz auf meiner Seite, denn ich hätte die Lampe sorgsamer aufbewahren sollen. Jetzt aber laß uns nur daran denken, den Schaden wieder gut zu machen und deshalb tu mir den Gefallen, erzähle mir umständlich, wie die Sache zugegangen und in welche Hände die Lampe geraten ist.«

Die Prinzessin Bedrulbudur erzählte hierauf Alaeddin alles, unter welchen Umständen sie die alte Lampe gegen die neue, die sie hierauf zur Ansicht herbeibringen ließ, ausgetauscht und wie sie in der folgenden Nacht die Versetzung des Palasts bemerkt und sich am anderen Morgen in einem unbekannten Lande gefunden habe, wo sie jetzt beide seien und das Afrika heiße. Letzteres hatte sie aus dem Mund des Schurken selbst erfahren, der sie durch seine Zauberkunft hierher versetzt hatte.

»Prinzessin«, unterbrach sie Alaeddin, »du hast mir den Schurken deutlich genug bezeichnet, indem du mir sagtest, daß ich gegenwärtig mit dir in Afrika bin. Er ist der abscheulichste aller Menschen; doch ist jetzt weder Zeit noch Ort, dir seine Schlechtigkeiten ausführlicher zu erzählen, und ich bitte dich bloß, mir zu sagen, was er mit der Lampe angefangen und wo er sie aufbewart hat.« – »Er trägt sie wohl eingehüllt in seinem Busen«, erwiderte die Prinzessin, »ich kann dies mit Bestimmtheit sagen, da er sie in meiner Gegenwart herausgezogen und enthüllt hat, um sich damit gegen mich zu brüsten.«

»Geliebte meines Herzens«, sagte hierauf Alaeddin, »werde nicht unwillig, wenn ich dich durch vieles Fragen ermüde: Es ist für dich und mich von gleicher Wichtigkeit. Aber um auf das zu kommen, was mich besonders nahe berührt, so beschwöre ich dich, mir zu sagen, wie dieser schlechte und treulose Mensch dich behandelt hat.« – »Seit ich hier bin«, antwortete die Prinzessin, »hat er sich mir nur einmal des Tages gezeigt, und ich bin überzeugt, daß der schlechte Erfolg, den er von seinen Besuchen hat, es ihm verleiden wird, mich noch öfter zu belästigen. Alle seine Reden, die er gegen mich zu führen pflegt, zielen dahin, daß ich mein Wort, das ich dir gegeben, brechen und ihn zum Gemahl nehmen soll. Dabei gibt er mir zu verstehen, daß ich nimmermehr hoffen dürfe, dich je wieder zu sehen, denn du seiest nicht mehr am Leben und der Sultan, mein Vater, habe dir den Kopf abschlagen lassen. Zu seiner Rechtfertigung fügt er hinzu, du seiest ein Undankbarer, der sein ganzes Glück ihm zu verdanken habe, und so noch tausend Sachen, auf die ich nicht einmal acht gebe. Da er nun von mir keine andere Antwort bekommt, als Klagen, Seufzer und Tränen, so muß er sich jedesmal ebenso unbefriedigt entfernen, wie er gekommen ist. Gleichwohl zweifle ich nicht, daß er die Absicht hat, meinen lebhaftesten Schmerz erst vorübergehen zu lassen, in der Hoffnung, ich werde mich anders entschließen, und am Ende Gewalt zu brauchen, wenn ich auf meiner Widersetzlichkeit beharre. Aber, teurer Gemahl, deine Gegenwart hat bereits alle meine Besorgnisse verscheucht.«

»Prinzessin«, unterbrach sie Alaeddin, »ich hege die Zuversicht, daß du mit Recht nichts mehr zu fürchten brauchst, und glaube ein Mittel gefunden zu haben, uns beide von unserem gemeinschaftlichen Feinde zu befreien. Zu diesem Behufe muß ich indes notwendig in die Stadt gehen. Ich werde gegen Mittag zurückkommen, um dir dann meinen Plan mitzuteilen, und was du zum Gelingen desselben beizutragen hast. Doch sage ich dir zum voraus, wundere dich nicht, wenn du mich in einer anderen Kleidung zurückkommen siehst, und gib Befehl, daß man mich an der geheimen Türe, wenn ich klopfe, nicht lange warten läßt.« Die Prinzessin versprach, man werde ihn an der Türe erwarten und schnell öffnen.

Als Alaeddin aus den Zimmern der Prinzessin hinweg- und durch dieselben wieder zum Palast hinausgegangen war, sah er sich nach allen Seiten um und bemerkte einen Bauersmann, der aufs Feld ging.

Da der Bauer vom Palast ziemlich weit weg war, so lief Alaeddin schnell, um ihn einzuholen, und machte ihm den Antrag, die Kleider mit ihm zu wechseln, worauf der Bauer endlich auch einging. Der Umtausch geschah hinter einem Gebüsch, und als sie sich getrennt hatten, schlug

Alaeddin den Weg nach der Stadt ein. Sobald er hineingekommen war, ging er auf der Straße, die vom Tore auslief, fort, und lenkte von da in die besuchtesten Straßen ein, bis er an den Platz kam, wo die Kaufleute und Handwerker jeder Art ihre besondere Gasse hatten. Er trat nun in die Gasse der Materialienhändler, ging in den größten und bestausgestatteten Laden und fragte den Kaufmann, ob er nicht ein gewisses Pulver habe, das er ihm nannte. Der Kaufmann, der aus Alaeddins Kleider schloß, er müsse arm sein und werde nicht Geld genug haben, um ihn zu bezahlen, antwortete, er habe zwar dieses Pulver, allein es sei sehr teuer. Alaeddin erriet seine Gedanken, zog seinen Beutel aus der Tasche, ließ einige Goldstücke hervorblinken und verlangte dann eine halbe Drachme von dem Pulver. Der Kaufmann wog so viel ab, wickelte es ein, übergab es Alaeddin und forderte ein Goldstück dafür. Alaeddin händigte es ihm ein, und ohne sich in der Stadt länger aufzuhalten, als nötig war, um einige Nahrung zu sich zu nehmen, kehrte er nach seinem Palast zurück. Er brauchte an der geheimen Türe nicht lange zu warten, sie wurde ihm sogleich geöffnet, und so ging er ins Gemach der Prinzessin Bedrulbudur hinauf. »Geliebte«, sprach er zu ihr, »da du so großen Widerwillen gegen deinen Entführer hast, so wird es dir vielleicht schwer werden, den Rat zu befolgen, den ich dir jetzt gebe. Bedenke aber, daß du dich notwenig verstellen und dir einige Gewalt antun mußt, wenn du dich von seinen Nachstellungen befreien und dem Sultan, deinem Vater und meinem Herrn, die Freude machen willst, dich wieder zu sehen. Befolge also meinen Rat«, fuhr Alaeddin fort, »schmücke dich sogleich mit deinen schönsten Kleidern, und wenn der afrikanische Zauberer kommt, so empfange ihn aufs freundlichste. Du darfst dir aber keinen Zwang und keine Befangenheit anmerken lassen, sondern mußt ihm ein heiters Gesicht zeigen, so daß er daraus schließen muß, wenn je noch ein Wölkchen von Trübsinn zurückgeblieben sei, so werde auch dieses mit der Zeit schon verschwinden. Im Gespräch gib ihm sodann zu erkennen, daß du dir alle Mühe gebest, mich zu vergessen; und um ihn vollkommen von deiner Aufrichtigkeit zu überzeugen, lade ihn zum Abendessen ein und drücke den Wunsch aus, den besten Wein seines Landes zu kosten. Er wird dann sogleich weggehen, um dir welchen zu holen. Indes du nun auf seine Wiederkunft wartest und den Schenktisch in Bereitschaft setzen lässest, so schütte in einen der Becher, der dem deinigen gleich ist, dies Pulver hier, stelle ihn sodann auf die Seite und befiehl derjenigen von deinen Frauen, die das Schenkamt versieht, sie soll ihn dir auf ein verabredetes Zeichen voll Wein bringen und sich ja in acht nehmen, daß kein Irrtum dabei vorgeht. Wenn dann der Zauberer zurückkommt, und ihr beide bei Tisch sitzt und nach Herzenslust gegessen und getrunken habt, so laß den Becher mit dem Pulver bringen und vertausche deinen Becher mit dem seinen. Er wird dies als eine so hohe Gunst ansehen, daß er es nicht ablehnen, sondern den Becher bis auf den Grund austrinken wird; kaum aber wird er ihn geleert haben, so wirst du ihn rücklings hinsinken sehen. Wenn es dich anekelt, aus seinem Becher zu trinken, so stelle dich wenigstens, als ob du tränkest, und du hast dabei nichts zu befürchten; denn das Pulver wird seine Wirkung so schnell tun, daß er keine Zeit haben wird zu bemerken, ob du trinkst oder nicht.

Darauf antwortete die Prinzessin: »Ich gestehe dir, daß es mich Überwindung kostet, dem Zauberer auf diese Art entgegenzukommen, deren Notwendigkeit ich jedoch einsehe. Welcher Entschließung ist man nicht fähig gegen einen so grausamen Feind! Ich werde also tun, wie du mir ratest, da sowohl meine als deine Ruhe davon abhängt.« Nach dieser Verabredung verabschiedete sich Alaeddin von der Prinzessin, und brachte den übrigen Teil des Tages in den Umgebungen des Palastes zu, in der Absicht, sich mit Anbruch der Nacht wieder bei der geheimen Türe einzufinden. Die Prinzessin Bedrulbudur, untröstlich darüber, sich nicht bloß von Alaeddin, ihrem geliebten Gatten, den sie gleich von Anfang an mehr aus Neigung als aus Gehorsam geliebt hatte und immer noch liebte, sondern auch von dem Sultan, ihrem Vater, dessen zärtliche Liebe sie mit gleicher Zärtlichkeit vergalt, getrennt zu sehen, hatte seit dem Augenblick jener schmerzlichen Trennung ihr Äußeres sehr vernachlässigt. Ja, sie hatte sogar sozusagen die Reinlichkeit aus den Augen gesetzt, die ihrem Geschlecht so wohl ansteht, besonders seitdem der afrikanische Zauberer sie zum ersten Mal besucht und sie von ihren Frauen, die ihn wieder erkannten, erfahren hatte, daß er derselbe sei, der die alte Lampe gegen eine neue eingetauscht habe; denn durch diesen abscheulichen Betrug war er ihr ein Greuel geworden. Jetzt aber, da sich Gelegenheit zeigte, die verdiente Rache an ihm zu nehmen, und zwar früher, als sie zu hoffen gewagt hatte, entschloß sie sich, Alaeddins Wunsch zu willfahren. Sobald er sich daher entfernt hatte, setzte sie sich an ihren Putztisch, ließ sich durch ihre Frauen aufs prächtigste schmücken und legte das reichste und zu ihrem Vorhaben passendste Kleid an. Ihr Gürtel war von eitel Gold und mit den größten auserlesensten Diamanten ausgelegt; um den Hals legte sie eine Schnur aus nur dreizehn Perlen, von denen aber die sechs Seitenperlen zu der mittleren, welche die größte und kostbarste war, in dem Verhältnis standen, daß die größten Sultaninnen und Königinnen sich glücklich geschätzt haben würden, wenn sie nur eine vollständige Schnur von der Größe der zwei kleinsten Perlen in der Halsschnur der Prinzessin besessen hätten. Die Armbänder, die mit Rubinen und Diamanten besetzt waren, entsprachen aufs trefflichste dem Reichtum des Gürtels und der Halsschnur.

Als die Prinzessin Bedrulbudur vollständig angekleidet war, zog sie ihren Spiegel zu Rate, befragte ihre Frauen über ihren ganzen Anzug, und da sie sah, daß ihr keiner von den Reizen fehlte, die der törichten Leidenschaft des afrikanischen Zauberers schmeicheln konnten, so setzte sie sich auf ihr Sofa und erwartete seine Ankunft.

Der Zauberer ermangelte nicht, sich zur gewöhnlichen Stunde einzustellen. Sobald die Prinzessin ihn in den Saal mit den vierundzwanzig Fenstern, wo sie ihn erwartete, eintreten sah, stand sie mit allem Glanze ihrer Schönheit und Reize auf, wies ihm mit der Hand den Ehrenplatz an, den er einnehmen sollte, und setzte sich dann zugleich mit ihm: Eine ganz ausgezeichnete Artigkeit, die sie ihm bisher noch nie erwiesen hatte.

Den afrikanischen Zauberer blendete mehr der Glanz der schönen Augen der Prinzessin, als die strahlenden Edelsteine, womit sie sich geschmückt hatte, so daß er ganz überrascht war. Ihre majestätische Haltung und die anmutsvolle Verbindlichkeit, womit sie ihn empfing, während sie ihn bisher immer so rauh zurückgewiesen hatte, machte einen solchen Eindruck auf ihn, daß er kaum seiner Sinne mächtig war. Er wollte anfangs auf dem äußersten Rande des Sofas Platz nehmen; als er aber sah, daß die Prinzessin sich nicht eher an ihren Platz begeben wollte, als bis er sich da gesetzt hatte, wo sie wünschte, so gehorchte er. Als der afrikanische Zauberer sich gesetzt hatte, nahm die Prinzessin, um ihn aus seiner sichtlichen Verlegenheit zu ziehen, das Wort, und indem sie ihn auf eine Weise anblickte, aus der er schließen mußte, daß er ihr nicht mehr so verhaßt sei wie bisher, sprach sie also zu ihm: »Du wirst dich ohne Zweifel wundern, daß du mich heute ganz anders findest, als bis jetzt, doch wirst du es erklären können, wenn ich dir sage, daß meine ganze Gemütsart aller Traurigkeit, Schwermut, Betrübnis und allen Sorgen zuwider ist, die ich immer so bald als möglich von mir abschüttle, so wie ich keine gegründete Ursache mehr dazu sehe. Ich habe mir das, was du mir von Alaeddins Schicksal sagtest, wohl überlegt, und da ich die Gemütsart meines Vaters recht gut kenne, so bin ich mit dir überzeugt, daß er der schrecklichen Wirkung seines Zornes unmöglich entgehen konnte. Wenn ich nun auch darauf beharren wollte, mein ganzes Leben lang um ihn zu weinen, so sehe ich doch, daß meine Tränen ihn nicht ins Leben zurückrufen

würden. Deshalb glaube ich, nachdem ich ihm bis ins Grab alle Pflichten erwiesen habe, welche die Liebe von mir forderte, so muß ich nunmehr auch alle Mittel hervorsuchen, um mich zu trösten. Dies sind meine Gründe zu der Veränderung, die du an mir bemerkst. Um nun sogleich jeden Anlaß zur Traurigkeit zu entfernen, die ich ganz von mir zu bannen entschlossen bin, und in der Hoffnung, daß du die Gefälligkeit haben werdest, mir Gesellschaft zu leisten, habe ich eine Abendmahlzeit für uns bereiten lassen. Da ich aber bloß chinesischen Wein habe und mich doch in Afrika befinde, so hat mich die Luft angewandelt, den hierzulande wachsenden zu kosten, und ich zweifle nicht, daß du den besten herausfinden wirst, wenn es überhaupt welchen hier gibt.«

Der afrikanische Zauberer, der das Glück, so schnell und so leicht die Gunst der Prinzessin Bedrulbudur zu gewinnen, für eine Unmöglichkeit gehalten hatte, sagte, er könne kaum Worte finden, um seinen Dank genugsam auszudrücken, und um dieses Gespräch, bei dem er sich immer noch mehr in Verlegenheit gebracht hätte, baldmöglichst abzubrechen, lenkte er schnell auf den afrikanischen Wein ein, dessen sie gedacht hatte, und sagte, unter allen Vorzügen, deren sich Afrika rühmen könne, stehe sein trefflicher Wein oben an, und der allerbeste wachse in dem Teil des Landes, wo sie sich gegenwärtig befinden; er habe ein Faß, das schon sieben Jahre gefüllt und noch nicht angestochen sei, und er glaube nicht zuviel zu sagen, wenn er behaupte, daß dieser Wein an Güte die vortrefflichsten Weine auf der ganzen Erde übertreffe. »Wenn meine Prinzessin es mir erlauben will«, setzte er hinzu, »so will ich zwei Flaschen davon holen und werde augenblicklich wieder zurück sein.« – »Es sollte mir leid tun, wenn ich dir so viele Mühe machte«, sagte die Prinzessin, »du könntest ja jemanden hinschicken.« – »Nein«, antwortete der afrikanische Zauberer, »ich muß notwendig selbst hingehen; niemand außer mir weiß, wo der Schlüssel zu diesem Keller ist, auch weiß niemand das Geheimnis, ihn zu öffnen.« – »Wenn dem so ist«, sagte die Prinzessin, »so gehe und komm bald zurück. Je länger du ausbleibst, je größer wird meine Ungeduld sein, dich wieder zu sehen, und sobald du zurückkommst, wollen wir uns sogleich zu Tische setzen.«

Der afrikanische Zauberer, voller Hoffnung auf sein vermeintliches Glück, lief nicht, um seinen siebenjährigen Wein zu holen, sondern flog und kam sehr schnell zurück. Inzwischen hatte die Prinzessin, die nicht daran zweifelte, daß er sich sehr beeilen würde, das Pulver, das ihr Alaeddin gebracht, selbst in einen Becher geworfen, den sie dann beiseite stellte, und ließ nun endlich auftragen. Sie setzten sich einander gegenüber zu Tisch, so daß der Zauberer dem Schenktisch den Rücken kehrte. Die Prinzessin legte ihm vom Besten vor und sagte zu ihm: »Wenn du es verlangst, so will ich dir Musik machen und singen lassen; da wir aber beide ganz allein hier sind, so denke ich, es wird uns mehr Vergnügen machen, uns miteinander zu unterhalten.« Der Zauberer betrachtete diese Wahl der Prinzessin als eine neue Gunst.

Nachdem sie einige Bissen gegessen hatten, verlangte die Prinzessin zu trinken. Sie trank auf die Gesundheit des Zauberers und sagte dann zu ihm: »Du hattest alles Recht, deinen Wein zu loben; ich habe nie einen so köstlichen getrunken.« – »Reizende Prinzessin«, antwortete er, indem er den Becher, der ihm überreicht wurde, in der Hand hielt, »mein Wein erhält durch deinen Beifall eine neue Güte.« – »Trink auf meine Gesundheit«, erwiderte die Prinzessin, »so wirst du selbst finden, daß ich mich darauf verstehe.« Er trank auf die Gesundheit der Prinzessin, sah dann den Becher an und sagte: »Prinzessin, ich schätze mich glücklich, daß ich dieses Faß für eine so gute Gelegenheit aufgespart; ich gestehe selbst, daß ich in meinem ganzen Leben noch keinen so vortrefflichen Wein getrunken habe.«

Als sie noch weiter gegessen und noch dreimal getrunken hatten, gab endlich die Prinzessin, die dem afrikanischen Zauberer durch ihre Höflichkeit und ihr verbindliches Wesen vollends ganz den Kopf verrückt hatte, der Frau, die das Schenkamt versah, das verabredete Zeichen, und während man ihren Becher mit Wein brachte, sagte sie, man solle auch den des afrikanischen Zauberers vollschenken und ihm überreichen.

Als nun beide den Becher in der Hand hatten, sprach sie zu dem afrikanischen Zauberer: »Ich weiß nicht, wie es bei euch zulande unter Liebenden, die miteinander trinken, Sitte ist; bei uns in China wechseln die Geliebte und der Liebhaber ihre Becher miteinander aus und trinken so die Gesundheit voneinander.« Mit diesen Worten überreichte sie ihm den Becher, den sie in der Hand hielt, und streckte ihre andere Hand aus, um den seinigen in Empfang zu nehmen.

Der afrikanische Zauberer beeilte sich um so freudiger, diesen Tausch vorzunehmen, da er ihn als das sicherste Zeichen betrachtete, daß er das Herz der Prinzessin nun völlig erobert habe, und er hielt sich für den glücklichsten aller Sterblichen. Ehe er trank, sagte er, mit dem Becher in der Hand: »Prinzessin, wir Afrikaner sind lange nicht so weit in der Kunst, die Liebe mit allen möglichen Annehmlichkeiten zu würzen, wie die Chinesen, und indem ich hier etwas lerne, was ich noch nicht wußte, fühle ich zugleich, wie hoch ich diese Begünstigung zu schätzen habe. Nie werde ich es vergessen, liebenswürdige Prinzessin, daß ich aus deinem Becher getrunken und darin ein Leben gefunden habe, wozu ich keine Hoffnung mehr gehabt hätte, wenn du noch länger bei deiner Grausamkeit beharrt wärest.«

Die Prinzessin Bedrulbudur, die sich bei diesem unnützen Geschwätz des afrikanischen Zauberers langweilte, fiel ihm in die Rede und sagte: »Laß uns jetzt trinken, du kannst ja nachher weiter sprechen.« Zugleich führte sie den Becher an den Mund, berührte ihn aber nur mit den Lippen, indes der afrikanische Zauberer sich sehr bemühte, es ihr zuvor zu tun, und den seinigen ausleerte, ohne einen Tropfen darin zu lassen. Da er beim Austrinken seinen Kopf etwas rückwärts geneigt hatte, um seinen Eifer zu zeigen, so blieb er noch eine Weile in dieser Stellung, bis die Prinzessin, die noch immer den Rand der Schale an ihre Lippen hielt, sah, daß seine Augen sich verdrehten und er ohne Bewußtsein rücklings zusammensank.

Die Prinzessin brauchte nicht lange zu befehlen, daß man Alaeddin die geheime Türe öffnen solle. Ihre Frauen, mit denen alles zuvor verabredet war, hatten sich in angemessenen Zwischenräumen vom Saal bis unten an die Treppe hinab aufgestellt, so daß die geheime Türe beinahe in demselben Augenblick geöffnet wurde, wo der afrikanische Zauberer rücklings zusammengesunken war.

Alaeddin kam herauf und trat in den Saal. Als er den afrikanischen Zauberer auf dem Sofa ausgestreckt liegen sah, und die Prinzessin Bedrulbudur ihm voll Freude und mit offenen Armen entgegeneilte, hielt er sie zurück und sagte: »Es ist noch nicht Zeit, Prinzessin; tu mir den Gefallen, begib dich auf deine Zimmer und sorge dafür, daß man mich allein läßt, indes ich meine Vorbereitungen treffe, die dich ebenso schnell nach China wieder zurückbringen, wie du von da entfernt worden bist.«

Sobald die Prinzessin mit ihren Frauen und Verschnittenen aus dem Saale gegangen war, verschloß Alaeddin die Tür, näherte sich dem entseelten Leichnam des afrikanischen Zauberers, öffnete sein Kleid und zog die Lampe heraus, die noch so verhüllt war, wie die Prinzessin es ihm beschrieben hatte. Er enthüllte sie und rieb daran und alsbald erschien auch der Geist mit seinem gewöhnlichen Gruß. »Geist«, sagte Alaeddin zu ihm, »ich habe dich gerufen, um dir im Namen der Lampe, deiner guten Gebieterin, die du hier siehst, zu befehlen, daß du diesen Palast wieder nach China zurücktragen lässest, und zwar an denselben Ort und dieselbe Stelle, von wo er weggenommen ist.« Der Geist gab durch ein Kopfnicken zu verstehen, daß er gehorchen werde und verschwand. Die Versetzung ging wirklich vor sich, und man spürte sie nur an zwei sehr leichten Erschütterungen: Die eine, als der Palast von seiner Stelle in Afrika emporgehoben, und die andere, als er in China gegenüber von dem Palast des Sultans niedergelassen wurde, was alles in einigen wenigen Augenblicken geschehen war.

Alaeddin ging nun ins Zimmer der Prinzessin hinab, umarmte sie und sagte zu ihr: »Prinzessin, ich kann dich versichern, daß deine und meine Freude morgen früh vollkommen sein wird.« Da die Prinzessin ihre Abendmahlzeit noch nicht vollendet hatte und Alaeddin zu essen verlangte, so ließ sie aus dem Saal mit den vierundzwanzig Fenstern die Speisen, die dort aufgetragen, aber kaum berührt worden waren, auf ihr Zimmer bringen. Die Prinzessin und Alaeddin speisten zusammen und tranken von dem guten alten Wein des afrikanischen Zauberers. Ich will nichts von ihrer weiteren Unterhaltung sagen, die nur sehr vergnügt sein konnte, und füge bloß hinzu, daß sie sich zuletzt miteinander in ihr Schlafgemach begaben.

Seit der Entführung des Palastes und der Prinzessin Bedrulbudur war der Sultan, der Vater dieser Prinzessin, untröstlich, weil er sie für immer verloren glaubte. Er konnte weder bei Nacht noch bei Tag Ruhe finden, und statt alles zu vermeiden, was seinem Kummer neue Nahrung geben konnte, suchte er es im Gegenteil absichtlich auf. Während er zum Beispiel vorher nur morgens nach dem offenen Erker seines Palasts gegangen war, um seine Augen an dem angenehmen Anblick zu weiden, dessen er nicht satt werden konnte, so ging er jetzt mehrere Male des Tags hinauf, um seinen Tränen freien Lauf zu lassen und sich immer tiefer in seine Betrübnis zu versenken durch den Gedanken, daß er das, was ihm so wohlgefallen hatte, nie wieder sehen werde, und das Liebste, was er auf der Welt besessen, auf immer verloren habe. Auch an dem Morgen, wo Alaeddins Palast wieder seinen alten Platz gebracht worden war, hatte sich die Morgenröte kaum am Himmel gezeigt, als der Sultan wieder in den Erker ging. Er war so in sich gekehrt und so durchdrungen von seinem Schmerz, daß er seine Augen traurig nach der Seite hinwendete, wo er nur den leeren Raum und keinen Palast mehr zu erblicken vermeinte. Als er nun auf einmal diese Leere ausgefüllt sah, hielt er es für einen Nebel. Endlich aber, nachdem er es aufmerksamer betrachtet hatte, erkannte er, daß es ganz unzweifelhaft Alaeddins Palast war. Freude und Fröhlichkeit bemächtigten sich jetzt seines Herzens nach langem Kummer und Gram. Er kehrte eilig auf sein Zimmer zurück und befahl, man solle ihm ein Pferd satteln und vorführen. Er schwang sich hinauf, ritt fort und es war ihm, als könne er nicht schnell genug bei Alaeddins Palast anlangen.

Alaeddin, der dies vorausgesehen hatte, war mit Tagesanbruch aufgestanden, hatte eines seiner prächtigsten Kleider angelegt und sich sodann in den Saal mit den vierundzwanzig Fenstern begeben, von wo aus er den Sultan kommen sah. Er eilte hinab und kam noch gerade zur rechten Zeit, um ihn unten an der Haupttreppe zu empfangen und ihm vom Pferd absteigen zu helfen. »Alaeddin«, sprach der Sultan zu ihm, »ich kann mit dir nicht sprechen, bevor ich meine Tochter gesehen und umarmt habe.«

Alaeddin führte den Sultan in das Zimmer der Prinzessin Bedrulbudur, die eben mit ihrem Anzug fertig geworden war; denn Alaeddin hatte sie beim Aufstehen erinnert, daß sie sich nicht mehr in Afrika, sondern in China, in der Hauptstadt des Sultans, ihres Vaters, und gegenüber von seinem Palast befinde. Der Sultan umarmte sie mehrere Male, während ihm die hellen Freudentränen über die Wangen liefen, und die Prinzessin ihrerseits bewies ihm auf alle mögliche Art, wie hoch erfreut sie sei, ihn wieder zu sehen.

Der Sultan war eine Zeit lang ganz sprachlos vor Rührung, da er seine geliebte Tochter, die er schon so lange als verloren beweint, wiedergefunden hatte, und auch die Prinzessin vergoß viele Tränen vor Freude, daß sie den Sultan, ihren Vater, wiedersah. Endlich nahm der Sultan das Wort und sprach: »Geliebte Tochter, ich will glauben, daß die Freude des Wiedersehens dich in meinen Augen so munter und so wenig verändert erscheinen läßt, wie wenn dir gar nichts Unangenehmes zugestoßen wäre, und doch bin ich überzeugt, daß du sehr viel ausgestanden hast. Man wird nicht so schnell mit einem ganzen Palast versetzt, ohne daß große Unruhe und schreckliche Angst damit verbunden wäre. Ich wünsche nun, daß du mir erzählst, wie die Sache zuging, und mir nichts verhehlest.«

Die Prinzessin machte sich ein Vergnügen daraus, den Wunsch des Sultans, ihres Vaters, zu erfüllen. »Herr«, sprach sie zu ihm, »wenn ich dir so unverändert vorkomme, so bitte ich dich, wohl zu erwägen, daß ich bereits gestern früh wieder aufzuleben anfing, als ich meinen teuren Gemahl und Befreier erblickte, den ich schon für verloren gehalten und beweint hatte, und daß das Glück, das ich soeben genossen habe, dich zu umarmen, alle Spuren frühern Kummers von mir abgestreift hat.«

»Um es frei herauszusagen, mein ganzes Unglück bestand darin, daß ich mich dir und meinem teuren Gemahl entrissen sah; auch war ich nicht bloß aus Verlangen nach meinem Gemahl in Angst, sondern besonders auch wegen der traurigen Folgen deines Zorns, denen er, so unschuldig er war, ohne Zweifel ausgesetzt sein mußte. Weniger habe ich von der Unverschämtheit meines Räubers gelitten, welcher Reden gegen mich führte, die mir nicht gefielen. Ich wußte mir bald eine solche Überlegenheit über ihn zu verschaffen, daß ich ihn zum Schweigen brachte. Im übrigen wurde mir so wenig Zwang angetan, als in diesem Augenblick. Was meine Entführung betrifft, so hat Alaeddin nicht den mindesten Teil daran: Ich selbst bin allein daran schuld, aber auf eine höchst unschuldige Weise.« Um nun den Sultan von der Wahrheit ihrer Worte zu überzeugen, erzählte sie ihm umständlich, wie der afrikanische Zauberer sich in einen Lampenhändler verkleidet habe, der alte Lampen gegen neue eintauschte, und wie sie dann zur Kurzweil Alaeddins Lampe, deren geheime Kraft und Wichtigkeit sie nicht gekannt, gegen eine neue eingetauscht, worauf der Palast nebst ihr und den übrigen Bewohnern in die Höhe gehoben und samt dem afrikanischen Zauberer nach Afrika versetzt worden sei; letzteren haben zwei ihrer Frauen und der Verschnittene, der die Lampe eingetauscht, sogleich wieder erkannt, als er die Kühnheit gehabt habe, sich ihr zum ersten Male nach dem glücklichen Erfolg seines frechen Unterfangens vorzustellen und ihr einen Heiratsantrag zu machen; ferner erzählte sie von den Anfechtungen, die sie bis zu Alaeddins Ankunft auszustehen gehabt, und von den Maßregeln, die sie gemeinschaftlich ergriffen, um ihm die Lampe, die er bei sich trug, zu entreißen: Wie ihnen dies dadurch geglückt sei, daß sie selbst sich gegen ihn verstellt und ihn zum Abendessen auf ihr Zimmer geladen, wo sie ihm dann den vergifteten Becher überreicht habe. »Von dem Übrigen« setzte sie hinzu, »mag Alaeddin dir Rechenschaft geben.«

Alaeddin faßte seine Erzählung kurz. »Als man mir«, sagte er, »die geheime Türe geöffnet hatte, ging ich schnell in den Saal mit den vierundzwanzig Fenstern hinauf, und da ich den Verräter durch die Kraft des Pulvers tot auf dem Sofa liegen sah, so bat ich die Prinzessin, weil ein längeres Verweilen ihr nicht geziemt hätte, sie möchte sich mit ihren Frauen und Verschnittenen nach ihrem Zimmer begeben. Ich blieb nun allein zurück, zog die Lampe aus dem Busen des Zauberers und bedient mich derselben geheimen Kraft, deren er sich bedient hatte, um die Prinzessin samt ihrem Palast zu rauben. So habe ich denn bewirkt, daß der Palast wieder an seinem Platze steht, und war so glücklich, dir deinem Befehle gemäß die Prinzessin zurückzubringen. Alles, was ich da sage, ist die blanke Wahrheit, und wenn du dich in den Saal hinauf bemühen willst, so wirst du sehen, daß der Zauberer nach Gebühr bestraft worden ist.«

Um sich vollends ganz zu überzeugen, ging der Sultan hinauf, und als er den afrikanischen Zauberer tot und im Gesicht ganz schwarzblau von dem Gifte sah, umarmte er Alaeddin mit vieler Zärtlichkeit und sagte zu ihm: »Mein Sohn, halte mir mein Betragen gegen dich zugute; bloß meine Vaterliebe hat mich dazu veranlaßt, und du mußt mir die Übereilung, zu der ich mich hinreißen ließ, verzeihen.« – »Herr«, erwiderte Alaeddin, »ich habe nicht die mindeste Ursache, mich über dich zu beklagen; du hast bloß getan, was du tun mußtest. Dieser schändliche Zauberer, dieser Auswurf der Menschheit, war die einzige Ursache, daß ich deine Gnade verlor. Wenn du einmal Muße haben wirst, so werde ich dir von einer anderen Bosheit erzählen, die er mir angetan und die nicht minder schwarz ist, als seine letzte, vor der mich Gottes ganz absonderliche Gnade behütet hat.« – »Ich werde mir diese Muße ausdrücklich dazu nehmen«, antwortete der Sultan, »und zwar recht bald. Jetzt aber laß uns nur darauf denken, fröhlich zu sein, auch sorge, daß dieser verhaßte Gegenstand fortgeschafft wird.«

Alaeddin ließ den Leichnam des afrikanischen Zauberers wegbringen und auf den Schindanger werfen, um dort den Vögeln und Tieren zur Nahrung zu dienen. Der Sultan aber gab Befehl, durch Trommeln, Pauken, Trompeten und andere Instrumente das Zeichen zur allgemeinen öffentlichen Freude zu geben, und ließ ein zehntägiges Freudenfest ankündigen, um die Rückkehr der Prinzessin Bedrulbudur und Alaeddins zu feiern.

So entging denn Alaeddin zum zweitenmal einer Todesgefahr, der er beinahe erliegen mußte; allein es war noch nicht die letzte, und er mußte noch eine dritte, gleich gefährliche Prüfung erstehen, die wir hier umständlich erzählen wollen.

Der afrikanische Zauberer hatte noch einen jüngeren Bruder, der in der Zauberkunst nicht minder geschickt war, als er; ja man kann sagen, daß er ihn an Bosheit und verderblichen Ränken noch übertraf. Da sie nicht immer beisammen oder in derselben Stadt lebten, und der eine sich manchmal im Osten befand, während der andere im Westen war, so unterließen sie es nicht, mit Hilfe der Punktierkunst alle Jahre einmal auszumitteln, in welchem Teile der Welt jeder von ihnen lebe, wie er sich befinde und ob er nicht der Hilfe des anderen bedürfe.

Kurze Zeit, nachdem der afrikanische Zauberer in der Unternehmung gegen Alaeddins Glück den Tod gefunden hatte, wollte sein jüngerer Bruder, der seit Jahr und Tag keine Nachrichten von ihm hatte und sich nicht in Afrika, sondern in einem sehr entlegenen Land aufhielt, erfahren, an welchem Ort der Erde er lebe, wie er sich befinde und was er treibe. Wie sein Bruder hatte er überall, wo er ging und stand, sein Punktierviereck bei sich. Er nahm nun dieses Viereck, ordnete den Sand, machte die Punkte, zog die Figuren und Linien und stellte die Nativität. Indem er nun alle einzelnen Figuren durchlief, fand er in der einen, daß sein Bruder nicht mehr auf der Welt, in der andern, daß er vergiftet worden und plötzlich gestorben sei, in der dritten, daß dies in China, in der vierten, daß es in einer Hauptstadt Chinas, die an dem und dem Orte liege, geschehen, und endlich, daß der, welcher ihn vergiftet, ein Mann von niedriger Abkunft sei, der eine Prinzessin des Sultans geheiratet habe.

Als der Zauberer auf diese Art das traurige Ende seines Bruders erfahren hatte, verlor er keine Zeit mit nutzlosem Jammern, das seinen Bruder doch nicht ins Leben zurückgerufen hätte, sondern beschloß augenblicklich, seinen Tod zu rächen, stieg zu Pferd und begab sich auf den Weg nach China. Er mußte über Ebenen, Flüsse, Berge, Einöden, und nach langer Reise kam er endlich, nachdem er sich unterwegs nirgends aufgehalten, unter unglaublichen Beschwerden nach China und bald darauf in die Hauptstadt, die er durch seine Punktierkunst ausgemittelt hatte. Da er gewiß wußte, daß er sich nicht getäuscht und dieses Königreich mit keinem anderen verwechselt habe, so blieb er in dieser Hauptstadt und nahm seine Wohnung daselbst.

Den Tag nach seiner Ankunft ging der Zauberer aus und spazierte in der Stadt herum, nicht sowohl um ihre Schönheiten zu betrachten, die ihm höchst gleichgültig waren, sondern um sogleich auf Maßregeln zur Ausführung seines verderblichen Planes zu denken; er ging daher an die besuchten Orte und lauschte begierig auf alles, was man sprach. An einem dieser Orte, wo man sich mit allerlei Arten von Spielen die Zeit vertrieb, und wo, während die einen spielten, die anderen sich von den Neuigkeiten des Tages oder auch von ihren eigenen Geschichten unterhielten, hörte er gar merkwürdige Dinge erzählen von der Tugend und Frömmigkeit, ja selbst von den Wundertaten einer von der Welt abgeschiedenen Frau, namens Fatime. Da er nun glaubte, diese Frau könne ihm bei seinem Vorhaben vielleicht in irgend etwas behilflich sein, nahm er einen von der Gesellschaft beiseite und bat ihn um nähere Auskunft über die heilige Frau und über die Art von Wundern, die sie verrichte.

»Wie!« sagte der Angeredete zu ihm, »du hast diese Frau noch nie gesehen und auch nicht von ihr sprechen gehört? Sie ist durch ihr Fasten, ihre strenge Lebensweise und das Beispiel, das sie gibt, Gegenstand der allgemeinen Bewunderung in der ganzen Stadt. Außer montags und freitags geht sie nie aus ihrer kleinen Einsiedelei heraus, und an den Tagen, wo sie sich in der Stadt sehen läßt, tut sie unendlich viel Gutes, auch heilt sie jeden, der mit Kopfschmerzen behaftet ist, durch Auflegung ihrer Hände.« Der Zauberer verlangte über diesen Punkt nichts mehr zu wissen, sondern fragte bloß noch, in welchem Teile der Stadt die Einsiedelei der heiligen Frau wäre. Der Mann beschrieb ihm genau die Stelle; der Zauberer aber, nachdem er diese Erkundigungen eingezogen und den ruchlosen Plan, von dem wir bald sprechen werden, gefaßt und entworfen hatte, beobachtete, um seiner Sache noch gewisser zu sein, gleich am ersten Tage, wo sie ausging, alle ihre Schritte und verlor sie nicht aus dem Auge bis zum Abend, wo er sie in ihre Einsiedelei zurückkehren sah. Als er sich nun den Platz gut gemerkt hatte, begab er sich an einen der schon oben erwähnten Orte, wo man ein gewisses warmes Getränk zu sich nahm, und wenn man Lust hatte, auch die ganze Nacht dort zubringen konnte, besonders bei großer Hitze, wo man in diesen Ländern lieber auf Matten, als in Betten schläft.

Gegen Mitternacht bezahlte der Zauberer dem Wirt seine kleine Zeche und ging geraden Wegs nach der Einsiedelei Fatimes, der heiligen Frau; denn unter diesem Namen war sie in der ganzen Stadt bekannt. Er öffnete ohne Mühe die mit einer bloßen Klinke verschlossene Tür, trat hinein und machte die Türe ganz leise wieder zu; drinnen erblickte er bei hellem Mondschein Fatime, die an freier Luft auf einem mit einer schlechten Matte überdeckten Sofa schlief und gegen ihre Zelle hingelehnt dalag. Er näherte sich ihr, zog einen Dolch, den er an seiner Seite trug, und weckte sie.

Als die arme Fatime die Augen aufschlug, erschrak sie über die Maßen beim Anblick eines Mannes, der im Begriff war, sie zu erdolchen. Er setzte ihr den Dolch auf die Brust, machte

Miene zuzustoßen und sagte zu ihr: »Wenn du schreist, oder nur das mindeste Geräusch machst, so bist du des Todes; steh aber jetzt auf und tue, was ich dir sagen werde.«

Fatime, die sich in ihren Kleidern niedergelegt hatte, stand zitternd und bebend auf. »Fürchte dich nicht«, sagte der Zauberer zu ihr, »ich verlange bloß dein Kleid, gib es mir und nimm dafür das meinige.« Sie vertauschten ihre Kleider, und nachdem der Zauberer das Kleid Fatimens angezogen hatte, sagte er zu ihr: »Jetzt färbe mir das Gesicht gleich dem deinigen und zwar so, daß ich dir ähnlich sehe und die Farbe sich nicht verwischt.« Da er sah, daß sie noch immer zitterte, sagte er, um sie zu beruhigen, und damit sie mit um so größerer Zuversicht seinen Wunsch erfüllen möchte, abermals zu ihr: »Fürchte dich nicht; ich schwöre dir bei dem Namen Gottes, daß ich dir das Leben lasse.« Fatime hieß ihn in ihre Zelle treten, zündete ihre Lampe an, nahm einen Pinsel und einen gewissen Saft, den sie in einem Gefäße stehen hatte, rieb ihm damit das Gesicht ein und versicherte ihm dann, die Farbe werde nicht ausgehen und sein Gesicht sei jetzt durchaus ganz wie das ihrige. Hierauf setzte sie ihm ihre eigene Kopfbekleidung aufs Haupt nebst ihrem Schleier und zeigte ihm, wie er sich auf seinem Gang durch die Stadt das Gesicht damit verhüllen müsse. Endlich, nachdem sie ihm noch einen großen Rosenkranz, der ihm vorne bis auf den Gürtel herabhing, um den Hals geschlungen, gab sie ihm denselben Stab, den sie gewöhnlich trug, in die Hand, hielt ihm dann einen Spiegel vor und sagte zu ihm: »Da blick einmal hinein und du wirst sehen, daß du mir gleichst, wie ein Ei dem andern.« Der Zauberer fand alles nach Wunsch, hielt aber der guten Fatime den Schwur nicht, den er ihr so feierlich geleistet hatte. Damit man keine Blutspuren sehen möchte, wenn er sie erstäche, so erwürgte er sie, und als er sah, daß sie den Geist aufgegeben hatte, schleppte er ihren Leichnam an den Füßen zum Wasserbehälter der Einsiedelei und warf ihn da hinein.

Nach Vollführung dieser verruchten Mordtat brachte der als heilige Fatime verkleidete Zauberer den Rest der Nacht in der Einsiedelei zu. Am anderen Morgen ging er, obgleich dies kein gewöhnlicher Ausgangstag für die heilige Frau war, dennoch aus, denn er glaubte, es würde ihn niemand darum fragen, und wenn man ihn fragte, so würde er schon zu antworten wissen. Da er sich bei seiner Ankunft vor allen Dingen nach Alaeddins Palast erkundigt hatte, und da er dort seine Rolle spielen wollte, so nahm er sogleich seinen Weg dahin.

Jedermann hielt ihn für die heilige Frau, und so wurde er bald von einer großen Menschenmasse umringt. Einige empfahlen sie seinem Gebet, andere küßten ihm die Hand, andere, die noch ehrerbietiger waren, küßten bloß den Saum seines Kleides, und noch andere, die entweder wirklich Kopfweh hatten, oder sich nur dagegen verwahren wollten, neigten sich vor ihm, damit er ihnen die Hände auflegen möchte, was er auch tat, indem er einige gebetähnliche Worte murmelte; kurz, er ahmte die heilige Frau so gut nach, daß jedermann ihn dafür ansah. Nachdem er mehrere Male unterwegs stehen geblieben war, um solche Leute zu befriedigen, die von dieser Art Händeauflegung weder einen Nutzen noch einen Schaden hatten, kam er endlich auf den Platz vor Alaeddins Palast, wo sich noch mehr Volk versammelt hatte, so daß es große Mühe kostete, sich ihm zu nähern. Die Stärksten und Eifrigsten drängten sich mit Gewalt durch das Gewühl, und darüber erhoben sich Klagen und ein solches Geschrei, daß man es in dem Saal mit den vierundzwanzig Fenstern, wo die Prinzessin Bedrulbudur war, hören konnte.

Die Prinzessin fragte, was der Lärm bedeuten sollte, und da es ihr niemand sagen konnte, befahl sie nachzusehen und ihr Bericht abzustatten. Eine ihrer Frauen sah, ohne den Saal zu verlassen, durch ein Fenster und meldete ihr sodann, der Lärm komme von der Volksmenge her, welche die heilige Frau umgebe, um sich durch ihr Handauflegen das Kopfweh vertreiben zu lassen.

Die Prinzessin, die schon lange Zeit viel Gutes von der heiligen Frau gehört, sie aber noch nicht gesehen hatte, wurde neugierig, ihre Bekanntschaft zu machen und mit ihr zu sprechen. Sobald sie etwas davon verlauten ließ, sagte der Obere der Verschnittenen, der zugegen war, zu ihr, wenn sie es wünsche, so wolle er sie heraufkommen lassen, sie dürfe nur befehlen. Die Prinzessin genehmigte es und er fertigte sogleich vier Verschnittene ab mit dem Befehl, die angebliche heilige Frau heraufzubringen.

Sobald die Verschnittenen zum Tore von Alaeddins Palast herauskamen und auf den Punkt, wo der afrikanische Zauberer stand, zugingen, so wich die Menge auseinander, und als dieser sich nun frei und die Verschnittenen auf sich zukommen sah, so ging er ihnen mit um so größerer Freude ein Stück Wegs entgegen, da sein Schelmstück ihm einen guten Anfang zu nehmen schien. Einer von den Verschnittenen nahm das Wort und sagte: »Heilige Frau, die Prinzessin wünscht dich zu sprechen; komm und folge uns.« – »Die Prinzessin erzeigt mir viele Ehre«, antwortete die angebliche Fatime; »ich bin bereit, ihr zu gehorchen.« Mit diesen Worten folgte er den Verschnittenen, die schon auf dem Rückwege nach dem Palast waren.

Als der Zauberer, der unter dem heiligen Kleide ein teuflisches Herz verbarg, in den Saal mit den vierundzwanzig Fenstern eintrat und die Prinzessin bemerkte, begann er mit einem Gebet, das eine lange Reihe von Wünschen für ihr Wohlbefinden, ihr Glück und die Erfüllung alles dessen, was sie nur begehren könnte, enthielt. Hierauf entfaltete er all seine trügerische und heuchlerische Beredsamkeit, um sich unter dem Mantel großer Frömmigkeit ins Herz der Prinzessin einzuschleichen, was ihm auch um so leichter gelang, als die Prinzessin in ihrer natürlichen Gutherzigkeit die Überzeugung hatte, alle Leute müßten ebenso gut sein, wie sie, besonders aber diejenigen Männer und Frauen, die es sich zur Pflicht machten, Gott in der Einsamkeit zu dienen.

Als die falsche Fatime ihre lange Anrede vollendet hatte, sagte die Prinzessin zu ihr: »Meine gute Mutter, ich danke dir für deine schönen Gebete, ich habe großes Vertrauen darauf und hoffe, daß Gott sie erhören wird. Komm näher und setze dich zu mir.« Die falsche Fatime setzte sich mit heuchlerischer Bescheidenheit. Hierauf nahm die Prinzessin wieder das Wort und sagte: »Meine gute Mutter, ich bitte dich um etwas, das du mir bewilligen mußt und nicht abschlagen darfst, nämlich darum, daß du bei mir bleibst, mir die Geschichte deines Lebens erzählst und mich durch deine guten Beispiele lehrst, wie ich Gott dienen soll.«

»Prinzessin«, sagte hierauf die angebliche Fatime, »ich bitte dich, verlange nichts von mir, worin ich nicht willigen kann, ohne mich ganz zu zerstreuen und von meinen Gebeten und frommen Übungen abzukommen.« – »Das darf dich nicht beunruhigen«, erwiderte die Prinzessin, »ich habe mehrere Zimmer, die nicht bewohnt sind, wähle dir eins daraus, welches dir am besten zusagt, dann kannst du deine Übungen ebenso ruhig verrichten, wie in deiner Einsiedelei.«

Der Zauberer, der keinen anderen Zweck hatte, als in Alaeddins Palast zu gelangen, wo es ihm viel leichter sein mußte, sein Schelmstück auszuführen, wenn er unter Begünstigung und dem Schutz der Prinzessin daselbst wohnte, als wenn er immer von der Einsiedelei in den Palast und von da wieder zurück hätte hin und her gehen müssen, machte jetzt keine großen Einwendungen mehr gegen das verbindliche Anerbieten der Prinzessin und nahm es an. »Prinzessin«, sagte er zu ihr, »so fest auch der Entschluß einer armen und elenden Frau, wie ich, sein muß, der Welt und ihrer Pracht zu entsagen, so wage ich es doch nicht, dem Willen und Befehl einer so frommen und mildtätigen Prinzessin zu widerstreben.«

Auf diese Antwort des Zauberers stand die Prinzessin auf und sagte zu ihm: »Stehe auf und komm mit mir, ich will dir meine leeren Zimmer zeigen, auf daß du darunter wählen kannst.« Er folgte der Prinzessin Bedrulbudur und wählte unter ihren Zimmern, die sämtlich sehr schön und prächtig ausgestattet waren, dasjenige, welches am wenigsten schön war, indem er mit heuchlerischem Tone sagte: es sei noch viel zu gut für ihn und er wähle es bloß der Prinzessin zu Gefallen.

Die Prinzessin wollte den Schurken in den Saal mit den vierundzwanzig Fenstern zurückführen, damit er bei ihr zu Mittag speisen sollte. Da er aber beim Essen sein bis jetzt immer noch verschleiertes Gesicht hätte enthüllen müssen, und da er fürchtete, die Prinzessin möchte merken, daß er nicht die heilige Frau Fatime sei, für die sie ihn hielt, so bat er sie so inständig, ihm dies zu erlassen, indem er bloß Brot und trockene Früchte esse, und ihm zu erlauben, seine kleine Mahlzeit auf seinem Zimmer zu sich zu nehmen, daß sie es ihm bewilligte. »Meine gute Mutter«, sagte sie zu ihm, »es steht ganz in deinem Belieben, du kannst tun, wie wenn du in deiner Einsiedelei wärest. Ich will dir zu essen bringen lassen; aber vergiß nicht, daß ich dich zurückerwarte, sobald du deine Mahlzeit eingenommen haben wirst.«

Die Prinzessin speiste zu Mittag, und die falsche Fatime unterließ nicht, sich wieder bei ihr zu melden, sobald sie ihr durch einen Verschnittenen hatte sagen lassen, daß sie von der Tafel aufgestanden sei. »Meine gute Mutter«, sagte die Prinzessin zu ihr, »ich bin hoch erfreut, eine heilige Frau, wie dich, zu besitzen, die diesem Palast Segen bringen wird. Ei, wie gefällt dir denn der Palast? Ehe ich dir aber Zimmer für Zimmer zeige, so sage vor allem, was hältst du von diesem Saale?«

Die falsche Fatime, die um ihre Rolle besser spielen zu können, bisher immer mit gesenkten Augen dagestanden war und ihren Kopf weder rechts noch links hingewendet hatte, hob ihn endlich bei dieser Frage empor, durchmusterte den Saal von einem Ende zum andern, und als sie ihn genugsam betrachtet hatte, sagte sie: »Prinzessin, dieser Saal ist wahrhaft bewunderswürdig und ausgezeichnet schön. Indes däucht es mir, soviel eine Einsiedlerin, die sich auf das, was in der Welt für schön gilt, nicht versteht, beurteilen kann, daß eine einzige Sache daran fehle.« – »Und was denn, meine gute Mutter?« fragte die Prinzessin Bedrulbudur; »ich beschwöre dich, sage es mir. Ich für meinen Teil habe immer geglaubt und auch sagen gehört, daß er in allem vollkommen sei. Wenn aber etwas daran fehlt, so will ich diesem Mangel abhelfen lassen.«

»Prinzessin«, erwiderte die falsche Fatime mit vieler Verstellung, »verzeih, daß ich mir so viel Freiheit herausnehme. Meine Meinung, wenn dir etwas daran liegen könnte, wäre nämlich, daß wenn oben von der Mitte dieser Kuppel ein Rockei herabhänge, dieser Saal in allen vier Teilen der Welt seinesgleichen nicht haben und der Palast ein Wunder der Welt sein würde.«

»Meine gute Mutter«, fragte die Prinzessin, »was für ein Vogel ist denn der Rock, und woher könnte man wohl ein Ei von ihm bekommen?« – »Prinzessin«, antwortete die falsche Fatime, »es ist dies ein Vogel von bewundernswürdiger Größe, der auf der höchsten Spitze des Berges Kaukasus wohnt; der Baumeister von diesem Palast wird dir schon ein solches Ei verschaffen.«

Die Prinzessin Bedrulbudur dankte der falschen Fatime für ihren, wie sie glaubte, guten Rat, und unterhielt sich mit ihr noch über eine Menge anderer Gegenstände; doch vergaß sie das Rockei nicht, und nahm sich vor, mit Alaeddin darüber zu sprechen, sobald er von der Jagd zurückgekehrt sein würde. Er war nämlich seit sechs Tagen fort und der Zauberer, der dies recht gut wußte, hatte seine Abwesenheit benützen wollen. Alaeddin kam noch an demselben Tage abends zurück, als die falsche Fatime sich soeben von der Prinzessin verabschiedet und auf ihr Zimmer begeben hatte. Er ging sogleich ins Zimmer der Prinzessin, die soeben dahin zurückgekehrt war, begrüßte und umarmte sie; allein es schien ihm, als ob sie ihn etwas kalt empfinge. »Teure Prinzessin«, sagte er zu ihr, »ich finde dich nicht so heiter wie sonst. Ist in meiner Abwesenheit etwas vorgekommen, das dir mißfallen und Verdruß oder Mißvergnügen verursacht hätte? Ich beschwöre dich bei Gott, verhehle es mir nicht, denn ich werde alles aufbieten, deinen Wunsch zu erfüllen, wenn es in meiner Macht steht.« – »Es ist bloß eine Kleinigkeit«, antwortete die Prinzessin, »und die Sache kümmert mich so wenig, daß es mir unbegreiflich ist, wie du auf meinem Gesichte hast etwas bemerken können. Da du jedoch wider mein Erwarten eine Veränderung auf demselben wahrgenommen hast, so will ich dir die Ursache davon mitteilen, obgleich sie nicht von Bedeutung ist.

»Ich hatte«, fuhr die Prinzessin Bedrulbudur fort, »wie du auch, bisher immer geglaubt, unser Palast sei der herrlichste, prachtvollste und vollkommenste auf der ganzen Welt. Doch muß ich dir jetzt sagen, was mir bei genauer Besichtigung des Saals mit den vierundzwanzig Fenstern für ein Gedanke gekommen ist. Meinst du nicht auch, daß nichts zu wünschen übrig bleiben würde, wenn mitten im Kuppelgewölbe ein Rockei hinge?« – »Prinzessin«, antwortete Alaeddin, »sobald du findest, daß noch ein Rockei daran fehlt, so finde ich diesen Fehler auch, und aus dem Eifer, womit ich diesem Mangel abhelfen werde, sollst du dich überzeugen, daß es nichts gibt, was ich nicht dir zuliebe tun würde.«

Alaeddin verließ augenblicklich die Prinzessin Bedrulbudur, ging in den Saal mit den vierundzwanzig Fenstern, zog die Lampe, die er seit der Gefahr, worin ihn die Vernachlässigung derselben gestürzt, überall, wo er ging und stand, bei sich trug, aus seinem Busen hervor und rieb sie. Sogleich erschien auch der Geist. »Geist«, sprach Alaeddin zu ihm, »es fehlt dieser Kuppel noch ein Rockei, das mitten in ihrer Vertiefung hängen muß: Ich befehle dir nun im Namen der Lampe, die ich in der Hand halte, daß du diesem Mangel abhilfst.«

Kaum hatte Alaeddin diese Worte ausgesprochen, als der Geist ein so lautes und entsetzliches Geschrei erhob, daß der Saal davon erbebte und auch Alaeddin taumelte, so daß er beinahe zu Boden stürzte. »Wie, Elender!« sagte der Geist in einem Tone zu ihm, der auch dem unerschrockensten Manne Furcht eingeflößt haben würde, »ist es dir nicht genug, daß meine Gefährten und ich dir zuliebe alles getan haben? Mußt du auch noch mit einer Undankbarkeit, die ihresgleichen nicht hat, befehlen, daß ich dir meinen Meister bringen und mitten in diesem Kuppelgewölbe aufhängen soll? Dieser Frevel verdiente, daß du samt deiner Frau und deinem Palast auf der Stelle in Staub und Asche verwandelt würdest. Zu deinem Glück bist du jedoch nicht selbst auf diesen Gedanken gekommen, und er Wunsch geht nicht unmittelbar von dir aus. Du mußt nämlich wissen, daß er von dem Bruder des afrikanischen Zauberers, deines Feindes, herkommt, den du vertilgt hast, wie er verdiente. Er befindet sich in deinem Palast im Anzug der heiligen Frau Fatime, die er ermordet, und er hat deiner Frau das verderbliche Verlangen eingegeben, das du gegen mich geäußert hast. Seine Absicht ist, dich umzubringen, sei daher wohl auf deiner Hut.« Mit diesen Worten verschwand er.

Alaeddin verlor keines von den letzten Worten des Geistes. Er hatte von der heiligen Frau Fatime sagen gehört und wußte recht gut, wie sie dem allgemeinen Glauben zufolge das Kopfweh heilte. Er ging nun aufs Zimmer der Prinzessin zurück, und ohne ein Wort von dem zu sprechen, was ihm soeben begegnet war, setzte er sich nieder, stützte seine Stirne auf die Hand und sagte, es habe ihn plötzlich ein heftiges Kopfweh befallen. Die Prinzessin befahl sogleich, die heilige Frau zu rufen, und während sie geholt wurde, erzählte sie Alaeddin, wie sie in den Palast gekommen sei und wie sie ihr darin ein Zimmer eingeräumt habe.

Die falsche Fatime kam, und sobald sie da war, sagte Alaeddin zu ihr: »Komm her, meine gute Mutter, es freut mich, dich zu sehen, du bist zu meinem Glücke hierhergekommen. Ich bin soeben von einem abscheulichen Kopfweh überfallen worden, und im Vertrauen auf deine Gebete bitte ich dich um Hilfe, denn ich hoffe, daß die Wohltat, die du schon so vielen mit dieser Krankheit Behafteten erwiesen hast, auch mir nicht abschlagen werdest.« Mit diesen Worten stand er auf und bückte den Kopf; die falsche Fatime näherte sich ihm, indem sie zugleich mit der Hand nach einem Dolche griff, den sie unter ihrem Kleide am Gürtel stecken hatte. Alaeddin aber, der sie genau beobachtete, fiel ihr in die Hand, noch ehe sie vom Leder gezogen hatte, und durchbohrte sie mit seinem Dolche, so daß sie tot auf dem Fußboden zusammenstürzte.

»Mein teurer Gemahl, was hast du getan?« rief die Prinzessin voll Angst, »du hast die heilige Frau getötet!« – »Nein, geliebte Prinzessin«, antwortete Alaeddin mit großer Ruhe; ich habe nicht Fatime getötet, sondern einen Schurken, der mich ermordet hätte, wenn ich ihm nicht zuvorgekommen wäre. Dieser Bösewicht, den du hier siehst«, fuhr er fort, indem er ihn enthüllte, »hat die wahre Fatime erwürgt und sich in ihre Kleider gesteckt, um mich zu erdolchen; mit einem Wort, er war der Bruder des afrikanischen Zauberers, deines Räubers.« Alaeddin erzählte ihr hierauf, auf welche Art er diese Umstände erfahren hatte, und ließ sodann den Leichnam wegschaffen.

Auf diese Art wurde also Alaeddin von der Verfolgung der beiden verbrüderten Zauberer befreit. Wenige Jahre darauf starb der Sultan in hohem Alter. Da er keine männlichen Nachkommen hinterließ, so folgte ihm die Prinzessin Bedrulbudur als gesetzmäßige Erbin auf dem Throne nach und teilte ihre Herrschaft mit Alaeddin. Sie regierten miteinander viele Jahre und hinterließen eine berühmte Nachkommenschaft.

»Herr«, sagte die Sultanin Schehersad, nachdem sie die Erzählung von den Abenteuern mit der Wunderlampe vollendet hatte, »du wirst ohne Zweifel bemerkt haben, daß in der Person des afrikanischen Zauberers ein Mensch dargestellt ist, den eine maßlose Begierde ergriffen, sich auf strafbare Arten Schätze zu erwerben, wodurch er sie auch entdeckt hat, aber doch nicht in ihren

Besitz gekommen ist, weil er sich derselben unwürdig machte. In Alaeddin dagegen erblickst du einen Mann, der sich von niederer Herkunft bis zur Königswürde erhebt und zwar vermittelst derselben Schätze, die ihm, ohne daß er sie sucht, in die Hände fallen, und die er bloß dann begehrt, wenn er ihrer zur Erreichung seines höchsten Zweckes bedarf. An dem Sultan selbst kannst du ersehen, wie leicht selbst ein guter, gerechter und billigdenkender Monarch Gefahr läuft, seinen Thron zu verlieren, wenn er es wagt, durch eine Handlung schreiender Ungerechtigkeit und gegen alle Vorschriften der Billigkeit aus unverständlicher Übereilung einen Unschuldigen zu verdammen, ohne seine Rechtfertigung anhören zu wollen. Deinen höchsten Abscheu aber werden die beiden Schurken von Zauberern erregt haben, von denen der eine sein Leben opfert, um Schätze zu erwerben, der andere Leben und Religion zugleich, um einen Schurken, wie er selbst ist, zu rächen, beide aber den verdienten Lohn ihrer Bosheit empfangen.«

Der Sultan von Indien erklärte seiner Gemahlin, der Sultanin Schehersad, daß die Geschichte von den Abenteuern mit der Wunderlampe ihn sehr befriedigt habe, und überhaupt ihre nächtlichen Erzählungen ihm großes Vergnügen machen. Sie waren auch in der Tat recht ergötzlich und enthielten fast alle gute Sittenlehren. Er sah zwar wohl, daß die Sultanin sehr geschickt eine an die andere anreihte; indes war es ihm nicht unangenehm, daß sie ihm dadurch Gelegenheit gab, die Vollziehung seines feierlichen Schwures, kraft dessen er eine Frau nie länger als eine Nacht behalten und dann am anderen Morgen hinrichten lassen wollte, in Beziehung auf sie noch auszusetzen. Er war fast auf nichts so neugierig, als darauf, ob er es nicht endlich dahin bringen würde, daß ihr der Stoff ausginge.

Als er daher die Geschichte von Alaeddin und Bedrulbudur bis zu Ende gehört hatte, die von den bisher erzählten ganz verschieden war, so kam er am anderen Morgen beim Erwachen Dinarsaden zuvor, weckte sie und fragte die Sultanin, die ebenfalls gerade erwacht war, ob sie nun mit ihren Erzählungen zu Ende sei?

»Zu Ende, Herr!« rief die Sultanin; »das sei ferne von mir! Ich habe im Gegenteil noch so viele vorrätig, daß es mir selbst nicht möglich wäre, ihre Zahl genau anzugeben. Was ich allein fürchte, Herr, ist, daß du dich dabei zuletzt langweilen und meiner Geschichte müde werden möchtest, wenn ich noch auf lange Zeit Stoff genug dazu habe.« – »Darüber mach dir keine Sorgen«, antwortet der Sultan. »Laß jetzt sehen, was du Neues zu erzählen hast.«

Diese Worte des Sultans von Indien machten der Sultanin Schehersad neuen Mut, und sie begann folgendermaßen eine neue Geschichte zu erzählen: »Herr«, sagte sie, »ich habe dir schon mehrere Male von einigen Abenteuern gesagt, die dem berühmten Kalifen Harun Arraschid zugestoßen sind. Es sind deren sehr viele, aber zu den merkwürdigsten gehören gewiß folgende:

Die Abenteuer des Kalifen Harun Arraschid.

Es kann dir nicht unbekannt sein, Herr, und du hast es ohne Zweifel auch schon an dir selbst erfahren, daß der Mensch sich manchmal in einer so außerordentlichen heiteren Stimmung befindet, daß er jeden, mit dem er in Berührung kommt, in seine Fröhlichkeit mit hineinzieht oder an der Freude anderer von Herzen gern teilnimmt; manchmal aber werden wir auch von so düsterer Schwermut befallen, daß wir uns selbst unerträglich sind, und wenn man uns fragte, könnten wir keine Ursache angeben, ja wir könnten sie nicht einmal entdecken, wenn wir uns alle Mühe gäben, darüber nachzusinnen.

In dieser letztgenannten Stimmung befand sich einst der Kalif Harun Arraschid, als Djafar, sein treuer und vielgeliebter Großvezier, vor ihn trat. Der Minister fand ihn allein, was selten vorkam, und da er beim Nähertreten bemerkte, daß er in eine düstere Laune versenkt war und nicht einmal die Augen aufhob, um ihn anzusehen, so blieb er solange wartend stehen, bis er ihn eines Blickes würdigen würde.

Endlich schlug der Kalif die Augen auf und sah Djafar an; allein er wandte sich sogleich wieder ab und blieb in seiner bisherigen Stellung, ebenso unbeweglich, wie zuvor.

Da der Großvezier in den Augen des Kalifen keinen Unwillen gegen seine eigene Person bemerkte, so nahm er endlich das Wort und sagte: »Beherrscher der Gläubigen, erlaubst du mir wohl eine Frage, woher diese Schwermut rühren mag, die du heute blicken lässest, und wozu du sonst immer so wenig Neigung verrietest?« – »Es ist wahr, Vezier«, erwiderte der Kalif, eine andere Stellung annehmend, »ich bin sonst nicht geneigt dazu, und wenn du nicht gekommen wärest, so hätte ich meinen gegenwärtigen Trübsinn gar nicht bemerkt; ich habe aber auch schon so genug daran, daß ich es keinen Augenblick länger aushalte. Wenn es nichts neues gibt, was dich zu mir führt, so tue mir den Gefallen und erfinde irgend etwas, um mich zu zerstreuen.« – »Beherrscher der Gläubigen«, antwortete der Großvezier Djafar, »bloß meine Pflicht hat mich hierhergeführt, und ich nehme mir die Freiheit dich zu errinneren, daß du dir selbst die Verpflichtung auferlegt hast, auf die gute Ordnung in deiner Hauptstadt und in der Umgebung persönlich ein wachsames Auge zu haben. Gerade den heutigen Tag hast du dir dazu bestimmt, und so bietet sich von selbst die schönste Gelegenheit, die Wolken zu verscheuchen, die deine gewöhnliche Heiterkeit trüben.« – »Ich hatte es ganz vergessen«, entgegente der Kalif, »und du erinnerst mich zur gelegenen Stunde daran. Geh also und kleide dich um, ich will es indes auch so machen.«

Sie verkleideten sich nun in fremde Kaufleute und gingen so ganz allein miteinander durch eine geheime Gartentüre des Palastes, die aufs freie Feld führte. In ziemlich weiter Entfernung

von den Toren machten sie nun die Runde um die Stadt bis an die Ufer des Euphrats, ohne etwas zu bemerken, was gegen die gute Ordnung gewesen wäre. Auf dem ersten Boot, das sie antrafen, setzten sie über den Strom, machten nun auch um die entgegengesetzte Seite der Stadt die Runde und nahmen dann ihren Weg über die Brücke, welche beide Hälften der Stadt verband.

Am Ende dieser Brücke trafen sie einen alten blinden Mann, der um ein Almosen bat. Der Kalif wandte sich gegen ihn und drückte ihm ein Goldstück in die Hand. Der Blinde faßte ihn augenblicklich am Arme, hielt ihn an und sagte: »Mildtätiger Mann, wer du auch sein magst, dem Gott eingegeben hat, mir dies Almosen zu reichen, versage mir die Gnade nicht, um die ich dich jetzt bitte, und gib mir eine Ohrfeige. Ich habe sie verdient, ja vielleicht noch eine derbere Züchtigung.« Mit diesen Worten ließ er die Hand des Kalifen los, damit er ihm die Ohrfeige geben könnte, aber um ihn nicht vorüber zu lassen, ehe er es getan hätte, faßte er ihn beim Kleide.

Der Kalif, höchst verwundert über das Verlangen und Benehmen des Blinden, sagte zu ihm: »Guter Mann, ich kann dir deine Bitte nicht gewähren; ich werde mich wohl hüten, das Verdienstliche meines Almosens durch eine so schlechte Behandlung, wie du von mir verlangst, wieder aufzuheben.« So sprechend, suchte er sich mit Gewalt von dem Blinden loszumachen.

Der Blinde aber, der infolge mannigfacher Erfahrungen seit langer Zeit sich dieser Weigerung seines Wohltäters versehen hatte, wendete alle Kraft an, um ihn festzuhalten. »Herr«, sagte er zu ihm, »verzeih mir meine Kühnheit und Aufdringlichkeit; ich bitte dich, gib mir eine Ohrfeige, oder nimm dein Almosen zurück; ich kann es nur unter dieser Bedingung behalten, oder ich müßte einen feierlichen Eid brechen, den ich vor Gott geschworen habe; wenn du den Grund wüßtest, so würdest du mir gern zugeben, daß diese Strafe sehr gering ist.«

Der Kalif, der sich nicht länger aufhalten lassen wollte und den aufdringlichen Blinden nicht los werden konnte, versetzte ihm endlich eine ziemlich leichte Ohrfeige. Der Blinde ließ ihn nun auf der Stelle unter vielen Danksagungen und Segenswünschen los, und der Kalif ging mit dem Großvezier weiter. Kaum aber waren sie einige Schritte gegangen, so sagte er zum Vezier: »Dieser Blinde muß doch seine wichtige Ursache haben, warum er von allen, die ihm ein Almosen geben, dies verlangt. Ich wünschte das Nähere darüber zu erfahren, kehre daher um, sage ihm, wer ich bin, und er solle sich morgen um die Zeit des Nachmittagsgebets im Palast einfinden, indem ich ihn zu sprechen wünsche.«

Der Großvezier ging auf der Stelle zurück, gab dem Blinden ein Almosen und danach eine Ohrfeige, und nachdem er seinen Befehl an ihn ausgerichtet, eilte er wieder zum Kalifen.

Sie kehrten in die Stadt zurück, und als sie über einen öffentlichen Platz gingen, trafen sie eine große Menge Volks, die einem wohlgekleideten jungen Manne zusah, der auf einer Stute saß, dieselbe mit verhängtem Zügel um den Platz herumtrieb und unaufhörlich mit Sporn und Peitsche so grausam mißhandelte, daß das arme Tier ganz mit Schaum und Blut bedeckt war.

Der Kalif war sehr erstaunt über die Grausamkeit des jungen Mannes und fragte einen der Umstehenden, warum er denn seine Stute so mißhandle; dieser erwiderte, niemand wisse die Ursache, indes nehme er schon seit geraumer Zeit um dieselbe Stunde dieses grausame Geschäft mit ihr vor.

Sie gingen weiter und der Kalif sagte zum Großvezier, er solle sich diesen Platz wohl merken und ja nicht vergessen, den jungen Mann morgen um dieselbe Stunde, wie den Blinden, zu ihm zu bestellen.

Ehe der Kalif seinen Palast erreicht hatte, erblickte er in einer Straße, durch die er schon lange nicht mehr gegangen war, ein neuaufgeführtes Gebäude, das er für das Haus irgend eines Großen seines Hofes hielt. Er fragte den Großvezier, ob er wisse, wem dieses Haus gehöre; dieser antwortete, er wisse es nicht, wolle sich aber erkundigen.

Er fragte nun einen Nachbarn, der ihm sagte, das Haus gehöre dem Chogia Hassan, Alhabbal genannt wegen seines Seilerhandwerks, das er ihn selbst noch in seiner großen Armut habe treiben sehen; indes habe er, ohne daß man wisse, wo das Glück ihn begünstigt, ein so großes Vermögen erworben, daß er die Kosten dieses stattlichen Baues sehr leicht habe tragen können.

Der Großvezier eilte dem Kalifen nach und sagte ihm, was er gehört hatte. »Ich will diesen Chogia Hassan Alhabbal sehen«, sprach der Kalif; »gehe und melde ihm, er solle sich morgen um dieselbe Stunde wie die beiden anderen in dem Palast einfinden.« Der Großvezier ermangelte nicht, den Befehl des Kalifen auszurichten.

Am folgenden Tage nach dem Nachmittagsgebet trat der Kalif in sein Audienzzimmer, und der Großvezier führte sogleich die drei obenerwähnten Personen zu ihm ein und stellte sie ihm vor. Sie warfen sich alle drei vor dem Throne des Beherrschers der Gläubigen nieder, und als sie wieder aufgestanden waren, fragte der Kalif den Blinden, wie er heiße. »Baba Abdallah«, antwortete der Blinde. »Baba Abdallah«, sagte hierauf der Kalif zu ihm, »deine Art Almosen zu fordern, erschien mir gestern so seltsam, daß ich ohne gewisse besondere Rücksichten mich wohl gehütet hätte, dir den Gefallen zu erweisen, den du verlangtest; im Gegenteil hatte ich große Lust, dir dein Handwerk zu legen, wodurch du allem Volke großes Ärgernis gibst. Ich habe dich daher kommen lassen, um von dir zu erfahren, was dich zu einem so unverständigen Eide veranlaßt hat, und aus deiner Antwort werde ich urteilen, ob du recht gehandelt hast und ob ich dir noch länger ein Betragen gestatten kann, mit dem du ein so schlechtes Beispiel zu geben scheinst. Sage mir ohne Hehl, wie bist du auf diesen tollen Einfall gekommen? Verschweig mir nichts, denn ich verlange es durchaus zu wissen.«

Baba Abdallah, durch diesen Verweis eingeschüchtert, warf sich zum zweiten Male vor dem Throne des Kalifen auf sein Angesicht, und als er wieder aufgestanden war, begann er also: »Beherrscher der Gläubigen, ich bitte dich demütiglichst um Verzeihung für die Frechheit, womit ich es gewagt habe, dich zu einer Sache zu nötigen, die allerdings mit der gesunden Vernunft zu streiten scheint. Ich erkenne mein Verbrechen an, aber da ich meinen Herrn und König nicht kannte, so flehe ich jetzt um Gnade und hoffe, daß du meine Unwissenheit berücksichtigen wirst. In Beziehung auf das, was du Tollheit zu nennen beliebst, muß ich allerdings gestehen, daß mein Betragen in den Augen der Menschen nicht anders erscheinen kann; in den Augen Gottes aber ist es nur eine sehr geringe Buße für eine ungeheure Missetat, deren ich mich schuldig gemacht habe, und die ich nicht genugsam abbüßen würde, wenn auch alle Menschen, einer nach dem andern, kämen und mir Ohrfeigen gäben. Du wirst dies selbst beurteilen können, wenn ich dir, deinem Befehle gemäß, meine Geschichte erzählt und gezeigt haben werde, worin diese ungeheure Missetat besteht.«

Geschichte des blinden Baba Abdallah.

Beherrscher der Gläubigen – fuhr Abdallah fort – ich wurde zu Bagdad geboren, und mein Vater und meine Mutter, die beide hintereinander sehr schnell starben, hinterließen mir ein kleines Vermögen. Obwohl ich noch nicht viele Jahre zählte, so verschwendete ich es doch nicht, wie so häufig junge Leute tun, mit unnützem Aufwand und in Ausschweifungen, sondern gab mir im Gegenteil alle Mühe, es durch meinen Fleiß zu vermehren, und sann Tag und Nacht über die Mittel dazu nach. Auf diese Weise wurde ich endlich so reich, daß ich achtzig Kamele besaß, die ich an Karawanen-Kaufleute vermietete, und die mir bei jeder Reise, welche ich mit ihnen nach den verschiedenen Provinzen deines großen Reiches machte, große Summen eintrugen.

Eines Tages, als ich während der Blüte meines Glücks, und verzehrt von gewaltigem Verlangen, noch reicher zu werden, von Baßrah leer mit meinen Kamelen zurückkehrte, die auf dem Hinwege mit Waren nach Indien bepackt gewesen waren, und sie in einer menschenleeren Gegend, wo ich gute Weide fand, grasen ließ, kam ein Derwisch, der zu Fuß nach Baßrah reist, auf mich zu und setzte sich neben mich, um auszuruhen. Ich fragte ihn, woher und wohin; er richtete dieselben Fragen an mich, und nachdem wir gegenseitig unsere Neugierde befriedigt hatten, teilten wir unsern Mundvorrat miteinander und hielten ein gemeinschaftliches Mahl.

Während der Mahlzeit unterhielten wir uns im Anfang von allerhand gleichgültigen Dingen; endlich aber sagte der Derwisch, er wisse unweit von unserem Ruheplatz einen Schatz von so unermeßlichen Reichtümern, daß, wenn ich auch so viel Gold und Edelsteine davon nehmen würde, als meine achtzig Kamele zu tragen vermöchten, man ihm doch beinahe keine Verminderung ansehen könnte.

Diese gute Nachricht überraschte und erfreute mich dermaßen, daß ich kaum meiner Sinne mächtig war. Da ich nicht glaubte, daß der Derwisch mich zum besten halten könne, so warf ich mich an seinen Hals und sagte zu ihm: »Guter Derwisch, ich sehe wohl, daß du dich wenig um die Güter dieser Erde bekümmerst: Wozu kann dir also die Kenntnis von einem solchen Schatze nützen? Du bist allein und kannst nur sehr wenig fortschaffen; zeige mir daher, wo er liegt, so will ich meine achtzig Kamele damit beladen und dir selbst eines davon schenken zum Dank für deine Freundschaft und das Vergnügen, das du mir bereitet hast.«

Dies war freilich ein sehr schlechtes Angebot, allein der Teufel des Geizes war in dem Augenblick, wo er mir von dem Schatze sagte, in mein Herz gefahren, so daß ich ihm viel zu versprechen glaubte, und die neunundsiebenzig Kamellasten, die mir noch übrig blieben, mir beinahe wie nichts schienen im Vergleich zu derjenigen, die ich abgeben und ihm überlassen sollte.

Der Derwisch, der meine leidenschaftliche Geldgier merkte, ärgerte sich nicht über das unanständige Anerbieten, das ich ihm gemacht hatte. »Mein Bruder«, sagte er mit großer Gemütsruhe zu mir, »du siehst selbst, daß dein Angebot zu dem Dienste, den du von mir verlangst, in keinem Verhältnis steht. Ich hätte ja auch von dem Schatze ganz schweigen und mein Geheimnis für mich behalten können. Was ich dir indes aus freien Stücken mitgeteilt habe, magst du als einen Beweis ansehen, wie geneigt ich bin, dir einen Gefallen zu erweisen und mir durch Gründung deines und meines Glücks ein ewiges Andenken bei dir zu stiften. Ich will dir nun einen anderen gerechten und billigeren Vorschlag machen; du magst sehen, ob er dir genehm ist.

»Du sagst«, fuhr der Derwisch fort, »du habest achtzig Kamele. Ich bin bereit, dich zu dem Schatze zu führen und dieselben dort mit so viel Gold und Edelsteinen zu beladen, als sie nur tragen können; allein wenn wir sie gehörig bepackt haben, so mußt du mir die Hälfte davon nebst ihrer Last abtreten und dich mit der anderen Hälfte begnügen; dann wollen wir uns voneinander trennen und jeder mag mit dem Seinigen ziehen, wohin er will. Du siehst, daß diese Teilung ganz der Billigkeit angemessen ist; denn wenn du mir vierzig Kamele schenkst, so verschaffe ich dir so viel Geld, daß du dir tausend andere dafür kaufen kannst.«

Ich konnte nicht leugnen, daß die Bedingung, die mir der Derwisch stellte, sehr billig war. Ohne jedoch die großen Reichtümer zu bedenken, die ich durch Annahme derselben erwerben konnte, betrachtete ich die Abtretung der Hälfte meiner Kamele als einen großen Verlust und konnte mich besonders mit dem Gedanken nicht befreunden, daß der Derwisch dann ebenso reich sein solle, wie ich. Kurz, ich belohnte schon zum voraus eine rein freiwillige Wohltat, die ich von dem Derwisch noch nicht einmal empfangen hatte, mit Undank. Allein ich hatte nicht lange Zeit, zu überlegen: Entweder mußte ich die Bedingung eingehen oder mich entschließen, mein ganzes Leben lang Reue zu empfinden, daß ich eine so günstige Gelegenheit, mir ein so bedeutendes Vermögen zu erwerben, durch eigene Schuld hinausgelassen habe.

Ich trieb also augenblicklich meine Kamele zusammen, und wir zogen miteinander fort. Nach einiger Zeit gelangten wir in ein sehr geräumiges Tal, das aber einen sehr schmalen Eingang hatte. Meine Kamele konnten bloß einzeln hintereinander hindurchgehen; sobald aber die Gegend sich erweiterte, war es wieder möglich, sie in der besten Ordnung zusammen zu halten. Die beiden Berge, die das Tal bildeten und es hinten in einem Halbkreis schlossen, waren so hoch, steil und unzugänglich, daß wir nicht zu befürchten hatten, es möchte uns irgend ein Sterblicher hier sehen.

Als wir zwischen diesen Bergen angekommen waren, sagte der Derwisch zu mir: »Wir wollen jetzt nicht weiter vorwärts ziehen, halte du deine Kamele an und lasse sie auf dem Platze, den du da vor dir siehst, sich auf den Bauch niederlegen, damit wir sie ohne Mühe bepacken können; ich will dann sogleich zur Öffnung des Schatzes schreiten.«

Ich tat, was der Derwisch mir gesagt hatte, und eilte ihm dann nach. Als ich zu ihm kam, hatte er ein Feuerzeug in der Hand und trug eben einiges dürres Holz zusammen, um Feuer anzumachen. Sobald dies geschehen war, warf er etwas Räucherwerk hinein und sprach einige Worte dazu, die ich nicht verstand. Alsbald erhob sich ein dicker Rauch in der Luft. Er zerteilte diesen Rauch, und in demselben Augenblick entstand in dem Felsen, der zwischen den beiden Bergen in senkrechter Linie sehr hoch emporstieg und durchaus keine Spur von einer Öffnung zu haben schien, dennoch eine sehr große in Gestalt eines Tores mit zwei Torflügeln, das mit bewundernswürdiger Kunst in den Felsen hineingearbeitet und aus demselben Steine war.

Diese Öffnung zeigte unseren Augen in einer großen in den Felsen gehauenen Vertiefung einen prächtigen Palast, der nicht sowohl von Menschenhänden als vielmehr von Geistern erbaut zu sein schien, denn es war unmöglich, daß Menschen ein so kühnes und erstaunenswürdiges Unternehmen auch nur hätten denken sollen.

Aber, Beherrscher der Gläubigen, diese Bemerkung mache ich erst jetzt, da ich vor dir stehe; damals fiel sie mir nicht ein. Ja, ich bewunderte nicht einmal die unermeßlichen Reichtümer, die ich auf allen Seiten erblickte, und ohne die kluge und zweckmäßige Anordnung aller dieser Schätze lange zu betrachten, stürzte ich mich, wie der Adler auf seine Beute herabschießt, auf den ersten besten Haufen von Goldstücken, den ich zunächst vor mir sah, und fing an, so viel ich fortschaffen zu können glaubte, in einen Sack zu werfen, deren die Menge dalagen. Die Säcke waren groß und ich hätte sie gern bis oben gefüllt, allein ich mußte sie doch mit den Kräften meiner Kamele in einiges Verhältnis bringen.

Der Derwisch machte es ebenso, wie ich, doch bemerkte ich, daß er sich mehr an die Edelsteine hielt; als er mir nun den Grund auseinandersetzte, folgte ich seinem Beispiel, und wir nahmen weit mehr Edelsteine von verschiedenen Arten mit, als gemünztes Gold. Kurz und gut, wir füllten endlich alle unsere Säcke und luden sie den Kamelen auf. Es blieb uns jetzt nichts weiter übrig, als den Schatz wieder zu verschließen und uns wieder auf den Rückweg zu begeben.

Ehe wir uns aufmachten, ging der Derwisch noch einmal in das Schatzgewölbe hinein, allwo sich eine Menge kunstreich gearbeiteter Vasen aus Gold und anderen kostbaren Stoffen befanden, und ich bemerkte, daß er aus einer dieser Vasen eine kleine Büchse von einem mir unbekannten Holze herauszog und in seinen Busen steckte; doch hatte er mir zuvor gezeigt, daß weiter nichts darin war, als eine Art Haarsalbe.

Der Derwisch verrichtete hierauf dieselbe Zeremonie, um den Schatz zu verschließen, wie bei der Öffnung desselben, und nachdem er gewisse Worte gesprochen, schloß sich das Schatzgewölbe und der Fels erschien uns wieder ganz wie zuvor.

Wir ließen nun die Kamele mit ihren Lasten aufstehen und teilten sie unter uns. Ich stellte mich an die Spitze der vierzig, die ich mir vorbehalten, und der Derwisch an die Spitze der übrigen, die ich ihm abgetreten hatte.

So zogen wir wieder durch den engen Weg hindurch, auf dem wir ins Tal hereingekommen waren, und dann weiter miteinander bis auf die große Heerstraße, wo wir uns trennen wollten; der Derwisch, um seine Reise nach Baßrah fortzusetzen, ich, um nach Bagdad zurückzukehren. Ich dankte ihm mit den stärksten Ausdrücken für seine Wohltat, daß er gerade mich gewählt habe, um an diesen ungeheuren Reichtümern teilzunehmen; hierauf umarmten wir uns recht herzlich, sagten einander Lebewohl und zogen, jeder seine Straße, weiter. Kaum aber hatte ich einige Schritte getan, um meine Kamele, die indes auf dem ihnen angewiesenen Wege vorausgegangen waren, wieder einzuholen, als sich der Teufel des Neides und des Undanks meines Herzens bemächtigte; ich konnte den Verlust meiner vierzig Kamele und noch mehr die Reichtümer, womit sie beladen waren, nicht verschmerzen. »Der Derwisch«, sagte ich bei mir selbst, »braucht diese Reichtümer alle nicht; er kann ja über den Schatz verfügen und sich holen, so viel er will.« So hörte ich denn auf die Einflüsterungen des schwärzesten Undankes und entschloß mich, ihm seine Kamele mit ihrer Ladung wieder zu nehmen.

Um meinen Plan ausführen zu können, ließ ich vor allem meine Kamele anhalten und lief dann hinter dem Derwisch her, rief seinen Namen, so laut ich konnte, wie wenn ich ihm noch etwas zu sagen hätte, und gab ihm ein Zeichen, daß er seine Kamele auch anhalten und mich erwarten solle. Er hörte mein Geschrei und blieb stehen.

Als ich ihn eingeholt hatte, sagte ich zu ihm: »Mein Bruder, kaum hatte ich dich verlassen, so fiel mir etwas ein, an was ich zuvor nicht gedacht hatte, und du vielleicht ebenso wenig. Du bist ein frommer Derwisch und an ein ruhiges Leben gewöhnt, frei von allen Sorgen der Welt und ohne ein anderes Geschäft, als Gott zu dienen. Du weißt wohl nicht, welche Last du dir aufgebürdet hast, indem du eine so große Anzahl Kamele mit dir nahmst. Folge mir und begnüge dich mit dreißig; auch diese werden dir noch Mühe genug machen. Du kannst dich hierin ganz auf mich verlassen, denn ich habe Erfahrung!« – »Ich glaube, daß du recht hast«, antwortete der Derwisch, der sich nicht imstande sah, mit mir zu streiten, »und ich gestehe«, fuhr er fort, »daß ich nicht daran gedacht hatte. Auch fing ich bereits an, darüber unruhig zu werden; wähle dir also nach deinem Belieben zehn davon aus und führe sie in Gottes Namen fort.«

Ich wählte mir nun zehn aus, ließ sie umkehren und meinen übrigen Kamelen nachziehen. Ich hatte in der Tat nicht geglaubt, daß der Derwisch so leicht sich würde überreden lassen. Seine Nachgiebigkeit steigerte meine Gier noch mehr und ich schmeichelte mir, ich würde vielleicht ebenso leicht noch zehn andere von ihm bekommen können.

Statt ihm also für ein reiches Geschenk zu danken, fuhr ich fort: »Mein Bruder, ich bin zu sehr für deine Ruhe besorgt, als daß ich von dir scheiden könnte, ohne dir ans Herz zu legen, wie schwer dreißig beladene Kamele zu leiten sind, besonders für einen Mann wie du, der an dergleichen Geschäfte nicht gewöhnt ist. Du würdest dich weit besser befinden, wenn du mir noch ein solches Geschenk machen wolltest, wie du mir soeben gemacht hast. Du siehst, daß ich dir dies nicht aus Eigennutz sage, sondern vielmehr, um dir einen großen Gefallen zu erweisen. Erleichtere dir also deine Last noch um zehn andere Kamele und übergib sie mir, denn mir macht es nicht mehr Mühe, für hundert Kamele zu sorgen, als für ein einziges.«

Meine Rede machte den gewünschten Eindruck, und der Derwisch trat mir ohne Weigern die zehn Kamele ab, die ich verlangte, so daß er bloß noch zwanzig, ich aber sechzig hatte, deren Ladung die Reichtümer mancher Fürsten an Wert überstieg. Man sollte glauben, daß ich jetzt hätte zufrieden sein können.

Aber, o Beherrscher der Gläubigen, ich glich einem Wassersüchtigen, der, je mehr er trinkt, desto mehr Durst bekommt, und immer heftiger brannte in mir die Begierde, auch die zwanzig anderen Kamele, die der Derwisch hatte, noch zu bekommen.

Ich fing also aufs neue an, ihn inständig und mit der größten Zudringlichkeit zu bitten, er möchte mir noch zehn von seinen zwanzig bewilligen, und er ließ es sich wirklich gefallen. Um nun aber auch noch seine zehn letzten zu bekommen, umarmte ich ihn, bedeckte ihn mit Küssen und Liebkosungen und beschwor ihn solange, mir meine Bitte ja nicht abzuschlagen, um dadurch der ewigen Verpflichtung, die ich gegen ihn haben werde, die Krone aufzusetzten, bis er endlich durch die Erklärung, er schenke mir alles, meine Freude vollkommen machte. »Mache aber einen guten Gebrauch davon, mein Bruder«, setzte er hinzu, »und ich erinnere dich, daß Gott uns den Reichtum ebenso leicht wieder nehmen kann, als er ihn gibt, wenn wir ihn nicht zur Unterstützung der Armen anwenden, die er bloß deswegen in Dürftigkeit läßt, um den Reichen Gelegenheit zu geben, sich durch Almosen einen reichen Lohn in jener Welt zu verdienen.«

Ich war zu sehr mit Blindheit geschlagen, um diesen heilsamen Rat benützen zu können. Nicht zufrieden mit dem Besitze meiner achtzig Kamele und der Gewißheit, daß sie mit unermeßlichen Schätzen beladen waren, die mich zum wohlhabendsten aller Menschen machen mußten, kam ich nun auch auf den Gedanken, das kleine Büchschen mit der Salbe, das der Derwisch genommen und mir gezeigt hatte, sei vielleicht noch etwas weit Kostbareres, als diese Reichtümer, die ich ihm verdankte. »Der Ort, wo der Derwisch es nahm«, sagte ich bei mir selbst, »und die Sorgfalt, womit er es zu sich gesteckt hat, ist ein deutlicher Beweis, daß es etwas Geheimnisvolles in sich schließt.« Ich suchte es nun auf folgende Art in meine Gewalt zu bekommen. Nachdem ich ihn umarmt und mich von ihm verabschiedet hatte, drehte ich mich noch einmal gegen ihn um und sagte: »Noch eins, was willst du denn mit dem kleinen Salbenbüchschen machen? Es scheint mir so wertlos, daß es sich nicht der Mühe lohnt, es mitzunehmen; überhaupt brauchen Derwische, wie du, die den Eitelkeiten der Welt entsagt haben, keine Haarsalbe.«

Wollte Gott, er hätte mir diese Büchse verweigert! Aber wenn er es hätte tun wollen, ich hätte mich vor Wut nicht mehr gekannt; ich war stärker als er und fest entschlossen, es ihm mit Gewalt zu nehmen, nur um die Befriedigung zu haben, daß niemand sagen könnte, jener habe auch nur das Geringste von dem Schatze mitgenommen, und doch hatte ich so große Verpflichtungen gegen ihn.

Der Derwisch schlug es mir also nicht ab, sondern zog es sogleich aus seinem Busen, überreichte es mir auf die verbindlichste Art von der Welt und sagte: »Hier mein Bruder, hast du auch dieses Büchschen, damit nichts zu deiner Zufriedenheit fehle. Wenn ich sonst noch etwas für dich tun kann, so darfst du nur befehlen; ich bin bereit, dir zu willfahren.«

Als ich die Büchse in meinen Händen hatte, öffnete ich sie, betrachtete die Salbe und sagte zu ihm: »Da du so freundschaftlich bist und mir alle Gefälligkeiten erweisest, so ersuche ich dich, mir auch noch zu sagen, welchen besonderen Gebrauch man von dieser Salbe machen kann.«

»Einen höchst merkwürdigen und wunderbaren«, antwortete der Derwisch. »Wenn du nämlich etwas Weniges von dieser Salbe um das linke Auge und das Augenlid streichst, so werden vor deinen Augen alle Schätze erscheinen, die im Schoße der Erde verborgen sind; streichst du aber etwas davon auf das rechte Auge, so macht es dich blind.

Ich wünschte diese wunderbare Wirkung an mir selbst zu erfahren, und sagte zu dem Derwisch, indem ich ihm die Büchse reichte: »Hier, nimm und streich mir etwas von der Salbe ums linke Auge, du verstehst es besser, als ich. Ich kann kaum erwarten, bis ich mich von dieser Sache, die mir unglaublich scheint, selbst überzeuge.«

Der Derwisch hatte die Gefälligkeit, sich dieser Mühe zu unterziehen; er hieß mich das linke Auge schließen und umstrich es mit der Salbe. Als dies geschehen war, öffnete ich das Auge und sah, daß er mir die Wahrheit gesagt hatte. Ich erblickte wirklich eine ungeheure Menge von Schatzgewölben mit so erstaunlichen und mannigfachen Reichtümern angefüllt, daß es mir unmöglich wäre, alle einzeln anzugeben. Da ich jedoch während dessen das rechte Auge mit der Hand fest zuhalten mußte und mir dieses langweilig wurde, so bat ich den Derwisch, er möchte mir auch um dieses Auge etwas von der Salbe streichen.

»Ich will es gern tun«, antwortete er, »aber du mußt bedenken, was ich dir bereits gesagt habe; so wie du etwas auf das rechte Auge bringst, so wirst du augenblicklich blind. Die Salbe hat nun einmal diese Kraft und du mußt dich danach richten.«

Ich glaubte, es müsse noch ein anderes Geheimnis darunter stecken, das der Derwisch mir verbergen wolle, und sagte daher lächelnd zu ihm: »Lieber Bruder, ich sehe wohl, daß du mich zum besten haben willst; wie wäre es denn möglich, daß diese Salbe zwei so ganz entgegengesetzte Wirkungen haben sollte?«

»Und doch ist es so«, versetzte der Derwisch und rief Gott zum Zeugen an; »du kannst es mir auf mein Wort glauben, denn ich verschweige nie die Wahrheit.«

Ich wollte den Worten des Derwisches, der es ehrlich mit mir meinte, nicht trauen, und da ich der Lust nicht widerstehen konnte, nach meinem Belieben alle Schätze der Erde betrachten und dieselben vielleicht, wenn es mir einfiele, genießen zu dürfen, so hörte ich nicht auf seine Vorstellungen und glaubte eine Sache nicht, die, wie ich bald nachher zu meinem großen Unglück erfuhr, nur zu gewiß war.

In meinem tollen Irrwahn bildete ich mir ein: Wenn diese Salbe auf das linke Auge gestrichen die Kraft habe, mich alle Schätze der Erde sehen zu lassen, so habe sie vielleicht, wenn man sie auf das rechte streiche, die Kraft, mich zum Besitzer derselben zu machen. In dieser Meinung drang ich hartnäckig in den Derwisch, er möchte mir ein wenig Salbe um das rechte Auge streichen, aber er weigerte sich standhaft, dies zu tun. »Nachdem ich dir so viel Gutes erzeigt habe, mein

Bruder«, sagte er zu mir, »kann ich mich nicht entschließen, dich in ein solches Unglück zu stürzen. Bedenke es selbst, wie traurig es ist, des Augenlichts beraubt zu sein, und versetze mich nicht in die höchst verdrießliche Notwendigkeit, dir in einer Sache zu willfahren, die du dein Leben lang bereuen müßtest.«

Ich trieb meine Hartnäckigkeit bis aufs äußerste. »Mein Bruder«, sagte ich in festem Tone zu ihm, »ich bitte dich, schweig mir von all diesen Schwierigkeiten. Du hast mir höchst großmütig alles gewährt, um was ich dich bisher bat; verlangst du denn, daß ich wegen einer solchen Kleinigkeit im Unfrieden von dir scheiden soll? Im Namen Gottes bewillige mir auch diese letzte Gunst. Mag daraus entstehen, was da will, ich werde dir nie deswegen böse werden und die Schuld ganz allein mir zuschreiben.«

Der Derwisch bot alle seine Überredungskünste auf, um mich davon abzubringen; endlich aber, da er sah, daß ich imstande war, ihn zu zwingen, sagte er: »Da du es durchaus verlangst, so will ich deinen Willen tun.« Und so nahm er ein wenig von der unglückseligen Salbe und strich es mir auf das rechte Auge, das ich fest zuhielt; aber ach! als ich es wieder öffnete, sah ich nichts als dichte Finsternis vor meinen beiden Augen, und blieb von Stund an blind, wie du mich siehst.

»Gottverfluchter Derwisch!« schrie ich jetzt, »was du mir sagtest, ist nur zu wahr; unselige Neugierde, unersättliches Verlangen nach Reichtümern, in welchen Abgrund von Elend habt ihr mich gestürzt! Ich sehe wohl ein, daß ich es mir selbst zugezogen habe, allein, mein lieber Bruder«, setzte ich, gegen den Derwisch gewendet, hinzu, »du warst so freundschaftlich und wohltätig gegen mich; solltest du unter so vielen wunderbaren Geheimnissen, die dir bekannt sind, nicht auch eines wissen, das mir mein Augenlicht wiedergeben könnte?«

»Unglücklicher«, antwortete hierauf der Derwisch, »ich bin gewiß nicht schuld, daß du in dieses Elend gefallen bist; übrigens hast du nur, was du verdienst, und die Verblendung deines Herzens hat dir die Blindheit deiner Augen zugezogen. Es ist wahr, ich besitze Geheimnisse, wie du dich in der kurzen Zeit unseres Beisammenseins hast überzeugen können; doch habe ich keines, dir dein Gesicht wiederherzustellen. Wenn du glaubst, es gebe ein solches, so wende dich an Gott, er allein kann dich wieder heilen. Er hatte dir Reichtümer verliehen, deren du unwürdig warst;

jetzt hat er sie wieder genommen, und wird sie durch meine Hände an Menschen gelangen lassen, die nicht so undankbar sind wie du.«

Der Derwisch sprach kein Wort mehr, und ich wußte ihm auch nichts zu erwidern. Er ließ mich voll Bestürzung und in unsäglichem Schmerz versenkt stehen, trieb meine achtzig Kamele zusammen und zog mit ihnen seine Straße fort nach Baßrah.

Ich bat ihn, er möchte mich doch in diesem elenden Zustande nicht verlassen und wenigstens bis zur nächsten Karawane begleiten; allein er blieb taub gegen meine Bitten und Wehklagen. Auf diese Weise meines Augenlichts und alles dessen, was ich in der Welt besaß, beraubt, hätte ich vor Gram und Hunger sterben müssen, wenn mich nicht am anderen Tage eine Karawane, die von Baßrah zurückkam, mitleidig aufgenommen und nach Bagdad zurückgeführt hätte.

Vor wenigen Augenblicken noch in einer Lage, wo ich mich, wenn auch nicht an Macht und Gewalt, doch in Beziehung auf Pracht und Reichtum Fürsten gleichstellen konnte, sah ich mich nun auf einmal hilflos am Bettelstabe. Ich mußte mich entschließen, um Almosen zu betteln, und das habe ich auch bis jetzt getan. Um aber meine Missetat gegen Gott abzubüßen, legte ich mir zugleich die Strafe auf, von jeder mildtätigen Person, die sich meines Elends erbarmen würde, eine Ohrfeige zu empfangen.

Siehst du, o Beherrscher der Gläubigen, das ist der Grund zu dem Benehmen, welches dir gestern so seltsam vorkam und mir vielleicht deinen Unwillen zugezogen hat. Ich bitte dich noch einmal, als dein niedrigster Sklave, um Verzeihung und unterwerfe mich gern der Strafe, die ich verdient habe. Willst du indes über die Buße, die ich mir auferlegt habe, dein Urteil sagen, so bin ich überzeugt, daß du sie viel zu leicht für einen solchen Frevel finden wirst.*

Als der Blinde seine Geschichte vollendet hatte, sprach der Kalif zu ihm: »Baba Abdallah, deine Sünde ist groß, aber Gott sei gelobt, daß du es selbst eingesehen und dir bis jetzt die öffentliche Buße deshalb aufgelegt hast. Nun aber ist es genug damit, du muß jetzt deine Bußübungen im stillen fortsetzen und Gott in jedem Gebet, das du den Pflichten der Religion gemäß den Tag über zu ihm schicken mußt, um Verzeihung bitten. Damit du aber durch die Sorge um deinen Lebensunterhalt nicht davon abgehalten wirst, setze ich dir für dein ganzes Leben ein Almosen aus, nämlich vier Silberdrachmen für den Tag, die mein Großvezier dir ausbezahlen wird, Bleibe also hier und warte, bis er meinen Befehl vollzogen hat.«

Bei diesen Worten warf sich Baba Abdallah vor dem Throne des Kalifen nieder, und als er wieder aufgestanden war, dankte er demütig und wünschte ihm Glück, Heil und Gottes Segen.

Der Kalif Harun Arraschid, dem die Geschichte Baba Abdallahs und des Derwisches wohlgefallen hatte, wendete sich sofort an den jungen Mann, der seine Stute zu mißhandeln pflegte, und fragte ihn nach seinem Namen, wie er auch den Blinden gefragt hatte. Der junge Mann antwortete, er heiße Sidi Numan.

»Sidi Numan«, sagte hierauf der Kalif zu ihm, »ich habe in meinem Leben schon viele Pferde zureiten gesehen und bin selbst viel geritten, aber eine solche Unmenschlichkeit, wie du gestern auf öffentlichem Platze deine Stute plagtest, ist mir noch nie vorgekommen; auch hat es zum großen Ärgernis der Zuschauer gereicht, die laut darüber murrten. Ich selbst ärgerte mich ebenfalls darüber und wenig fehlte, so hätte ich mich gegen meine sonstige Absicht zu erkennen gegeben, um diesem Unwesen zu steuern. Gleichwohl kündigen deine Gesichtszüge keinen rohen und grausamen Menschen an; ja ich will glauben, daß du begründete Ursache hast, so zu handeln. Da ich weiß, daß es

* Dem Leser wird nicht entgangen sein, daß diese Erzählung manche Ähnlichkeit mit der des Greises und der Gazelle und der des ersten Kalenders hat.

nicht das erste Mal ist, und du schon seit geraumer Zeit deine Stute so plagst, so verlange ich den Grund zu wissen, und habe dich kommen lassen, damit du mir ihn mitteilst. Sage mir daher die Sache ganz wie sie ist, und halte mir nichts verborgen.«

Sidi Numan begriff leicht, daß er nicht ausweichen konnte. Es kam ihm sehr hart an, den verlangten Bericht zu geben, mehrere Male wechselte er die Farbe und verriet unwillkürlich, wie groß seine Verlegenheit war. Gleichwohl mußte er sich entschließen, die Gründe seines Benehmens auseinanderzusetzen. Er warf sich daher, bevor er zu sprechen anfing, vor dem Throne des Kalifen nieder, und als er wieder aufgestanden war, wollte er beginnen, um die Neugierde des Kalifen zu befriedigen, blieb aber ganz verdutzt und sprachlos stehen, weniger durch die Majestät des Kalifen, vor welchem er sich befand, als durch den Inhalt der Erzählung, die er preisgeben sollte, entmutigt.

So ungeduldig nun auch der Kalif immer augenblicklichen Gehorsam verlangte, so ließ er dennoch keinen Unwillen über Sidi Numans Schweigsamkeit blicken; denn er sah, daß es ihm nur an Kühnheit vor ihm fehle, oder daß er durch den Ton, worin er ihn angeredet, eingeschüchtert worden sei, oder endlich, daß seine Erzählung Sachen enthalten könnte, die er lieber verschweigen möchte.

»Sidi Numan«, sagte daher der Kalif in beruhigendem Tone zu ihm: »Fasse dich und stelle dir vor, du habest nicht mir, sondern irgend einem Freunde, der dich darum bittet, irgend etwas zu erzählen. Wenn in deiner Erzählung Sachen vorkommen, die dich in Verlegenheit setzen und von denen du glaubst, daß ich mich dadurch beleidigt fühlen könnte, so verzeihe ich es dir im voraus. Banne also deine Besorgnisse, sprich offen mit mir und verhehle mir nichts, gleich als ob du deinen besten Freund vor dir hättest.«

Sidi Numan, den die letzten Worte des Kalifen beruhigt hatten, nahm endlich das Wort und sprach: »Beherrscher der Gläubigen! So bestürzt und befangen auch jeder Sterbliche sein muß, der der Majestät und dem Glanze deines Thrones naht, so fühle ich mich doch stark genug, um zu glauben, daß dieses ehrfurchtsvolle Zagen mir nicht den Mund verschließen wird, wenn ich vor dir sprechen soll; denn ich weiß, welchen Gehorsam ich dir schulde und daß es meine Pflicht ist, dir nicht nur über das, was du jetzt verlangst, sondern auch über alles andere Auskunft zu erteilen. So wenig ich es wagen kann, mich für den vollkommensten Menschen zu erklären, so bin ich doch nicht schlecht genug, um etwas gegen die Gesetze zu begehen oder nur begehen zu wollen, das mich nötigen würde, ihre Strenge zu fürchten. Aber bei der besten Absicht sehe ich wohl ein, daß ich von den Fehlern, die man aus Unwissenheit macht, nicht frei bin. In diesem Falle nun befinde ich mich, und ich will mich nicht auf die Verzeihung berufen, die du in deiner Gnade mir zugesagt hast, ohne mich anzuhören, sondern unterwerfe mich im Gegenteil deiner Gerechtigkeit und jedweder Strafe, die ich verdient habe. Ich gestehe, daß die Art und Weise, wie ich seit einiger Zeit meine Stute behandle und wie du selbst mit angesehen hast, sonderbar, grausam und ein sehr schlechtes Beispiel ist; ich hoffe aber, daß du meine Gründe zureichend und mich selbst mehr des Mitleids, als der Strafe würdig finden wirst. Doch ich darf deine Erwartung nicht länger durch eine langweilige Rede spannen. Höre also, wie es mir ergangen ist.«

Geschichte des Sidi Numan.

Beherrscher der Gläubigen – fuhr Sidi Numan fort – ich spreche nicht von meiner Herkunft, denn sie ist nicht so glänzend, daß sie einige Erwähnung vor dir verdiente. Was die Güter des Glücks betrifft, so haben mir meine Vorfahren durch klugen Haushalt so viel hinterlassen, als ich nur wünschen konnte, um als rechtschaffener Mann leben zu können, ohne Ehrgeiz und ohne jemandem zur Last zu fallen.

Unter solchen Umständen war das einzige, was ich mir noch zur Vollendung meines Glücks wünschte, eine liebenswürdige Frau zu finden, der ich meine ganze Zärtlichkeit schenken könnte, und die mich ebenfalls von Herzen liebte und mein Glück mit mir teilte. Allein es hat Gott nicht gefallen, mir eine solche zu gewähren; im Gegenteil gab er mir eine, die gleich am Tage nach der Hochzeit anfing, meine Geduld auf solche Proben zu stellen, daß nur diejenigen, die ähnliche auszustehen gehabt haben, sich einen Begriff davon machen können.

Da man unserer Landessitte zufolge heiratet, ohne die Person, mit der man sich verbindet, zuvor gesehen oder kennengelernt zu haben, so wird es dir nicht unbekannt sein, daß ein Ehemann keine Ursache hat, sich zu beklagen, wenn die ihm zugefallene Frau nur nicht abschreckend häßlich oder mißgestaltet ist, und wenn nur ihre guten Sitten, ihr Verstand und ihr Benehmen die kleinen körperlichen Unvollkommenheiten, die sie etwa haben mag, vergessen machen.

Als man mir nach den gewöhnlichen Zeremonien meine Frau ins Haus gebracht hatte und ich sie zum ersten Male mit entschleiertem Gesichte sah, so freute ich mich, daß ich in Beziehung auf ihre Schönheit nicht falsch berichtet worden war. Ich fand sie ganz nach meinem Geschmack und sie gefiel mir.

Am Tage nach der Vermählung trug man uns ein aus mehreren Gerichten bestehendes Mittagsmahl auf. Ich begab mich in das Zimmer, wo die Tafel gedeckt war, und da ich meine Frau dort nicht fand, so ließ ich sie rufen. Nachdem sie mich eine Zeitlang hatte warten lassen, kam sie endlich. Ich verbarg meine Ungeduld und wir setzten uns zu Tische. Ich begann mit dem Reis, den ich wie gewöhnlich mit einem Löffel aß. Meine Frau dagegen, statt wie andere Leute sich des Löffels zu bedienen, zog aus einem kleinen Besteck, das sie in der Tasche bei sich trug, eine Art Ohrlöffelchen heraus und fing an, damit Reis herauszunehmen, und ihn Körnchen für Körnchen – denn mehr konnte sie nicht darin fassen – zum Munde zu führen.

Über diese Art zu essen erstaunt, sagte ich zu ihr: »Amine, – denn so hieß sie – hast du in deiner Familie den Reis auf die Art essen gelernt? Tust du es etwa, weil du keine große Esserin bist, oder willst du vielleicht die Körner zählen, um nicht das eine Mal mehr zu essen als das andere? Wenn du es aus Sparsamkeit tust, und um mich von Verschwendung abzuhalten, so hast du von dieser Seite nichts zu befürchten, und ich kann dich versichern, daß wir uns dadurch nie zugrunde richten werden. Wir haben, Gott sei Dank, genug, um behaglich leben zu können und uns das Nötige nicht versagen zu müssen. Tu dir deshalb keinen Zwang an, meine liebe Amine, und iß, wie du mich essen siehst.« Da ich ihr diese Vorstellungen im freundlichen Tone machte, so hoffte ich wenigstens eine artige Antwort zu erhalten; allein sie sprach keine Silbe, sondern fuhr fort, auf dieselbe Art zu essen, und um mich noch mehr zu ärgern, aß sie von dem Reis nur noch in langen Zwischenpausen, statt aber von den übrigen Speisen mit mir zu genießen, begnügte sie sich, von Zeit zu Zeit einige Brosamen zum Munde zu führen, etwa so viel, als ein Sperling aufgepickt haben würde.

Diese Hartnäckigkeit ärgerte mich; doch wollte ich das Beste von ihr glauben, und um sie zu entschuldigen, nahm ich an, sie sei vielleicht nicht gewöhnt, mit Männern zusammen zu speisen; am wenigsten mit einem Ehemann, in dessen Gegenwart man sie wohl gar eine Zurückhaltung gelehrt habe, die sie aus Einfalt zu weit treibe. Auch glaubte ich, sie habe vielleicht schon gefrühstückt, oder wolle nachher allein und ungestört noch etwas essen. Diese Betrachtungen hielten mich

ab, ihr noch mehr zu sagen, was sie hätte einschüchtern können, oder mein Mißvergnügen durch irgend ein Zeichen zu verraten. Nach der Mahlzeit verabschiedete ich mich von ihr ebenso freundlich, wie wenn sie mir nicht den mindesten Anlaß zur Unzufriedenheit mit ihrem seltsamen Benehmen gegeben hätte, und ließ sie allein.

Beim Abendessen ging es wieder so, desgleichen am folgenden Tage, überhaupt, so oft wir miteinander speisten, betrug sie sich ganz wie das erste Mal. Ich sah wohl, daß eine Frau unmöglich von so wenig Speise leben konnte, als sie zu sich nahm, und daß irgend ein mir unbekanntes Geheimnis darunter stecken mußte. Dies bewog mich zu dem Entschluß, mich zu verstellen. Ich tat, als ob ich auf ihre Handlungen gar nicht achtete, in der Hoffnung, sie würde sich mit der Zeit gewöhnen, so wie ich wünschte, mit mir zu leben. Allein meine Hoffnung war eitel, wie ich nur zu bald erfahren mußte.

Eines Nachts, als Amine mich in festem Schlafe glaubte, stand sie ganz leise auf und ich bemerkte, wie sie sich mit großer Behutsamkeit ankleidete, um kein Geräusch zu machen und mich nicht zu wecken. Da ich nicht begreifen konnte, aus welcher Absicht sie sich so um den Schlaf brachte, so war ich neugierig, zu erfahren, was sie wohl beginnen würde, und stellte mich fortwährend als ob ich fest schliefe. Sie kleidete sich vollends an und ging darauf ganz leise aus dem Zimmer. Kaum war sie draußen, so stand ich auf, warf mir ein Kleid um und konnte gerade noch durch ein Fenster, das auf den Hof hinaus ging, sehen, daß sie die Türe nach der Straße hin öffnete und sich hinaus begab.

Sogleich eilte ich auch an die Tür, die sie halb offen gelassen, und folgte ihr im Mondschein nach, bis ich sie in einen Begräbnisplatz, der unweit von unserem Hause war, hinein gehen sah. Ich schwang mich auf eine Mauer, die an den Begräbnisplatz stieß, und nachdem ich mich gehörig vorgesehen hatte, daß mich niemand bemerken konnte, erblickte ich Aminen bei einer Gule.*

* Gulen sind nach dem Glauben der Mohammedaner eine Art von Gespenstern oder Hexen, und zwar meist weiblichen Geschlechts. Sie unterscheiden sich von den Vampiren dadurch, daß sie sich bloß vom Fleisch der Leichen nähren, während letztere sich mit dem Aussaugen des Bluts begnügen.

Du weißt, o Herrscher, daß die Gulen beiderlei Geschlechts böse Geister sind, die auf den Feldern umherschweifen. Sie bewohnen in der Regel alte verfallene Gebäude, von wo aus sie die Vorübergehenden überfallen, töten und ihr Fleisch verzehren. Können sie keine Lebenden erwischen, so gehen sie des Nachts auf Begräbnisplätze, wühlen dort Leichen auf und fressen ihr Fleisch.

Ich geriet in das größte Entsetzen, als ich meine Frau bei dieser Gule sah. Sie wühlten eine Leiche auf, die am selben Tage beerdigt worden war, und die Gule schnitt zu wiederholten Malen

Fleisch davon ab, welches sie, auf dem Rande des Grabes sitzend, miteinander verzehrten. Sie unterhielten sich sehr ruhig, während dieses gräulichen und unmenschlichen Mahles, allein ich war zu weit entfernt, um etwas von ihrem Gespräch verstehen zu können; ohne Zweifel war es ebenso seltsam, wie ihre Mahlzeit, an die ich noch immer nicht ohne Schauder zurückdenken kann.

Als sie das gräßliche Mahl vollendet hatten, warfen sie den Rest des Leichnams wieder in das Grab und füllten es mit der Erde, die sie zuvor aufgewühlt hatten, wieder auf. Ich ließ sie gewähren und eilte nach Hause zurück. Beim Hereintreten ließ ich die Tür nach der Straße zu halb offen, wie ich sie gefunden hatte, ging sodann auf ihr Schlafzimmer zurück, legte mich wieder nieder und tat, als ob ich schliefe.

Bald darauf kam auch Amine ganz leise zur Türe herein, kleidete sich aus und legte sich wieder nieder, voll Freude, wie es mir vorkam, daß alles so gut abgelaufen war und ich nichts bemerkt habe.

Der Gedanke an eine so unmenschliche und abscheuliche Handlung, wie ich eben mit eigenen Augen gesehen hatte, und mein Entsetzen vor derjenigen, die sie begangen hatte und jetzt zu meiner

Seite lag, ließ mich lange nicht wieder einschlafen. Doch gelang es mir endlich; ich schlief aber so leicht, daß ich bei der ersten Stimme, die sich hören ließ, um zum öffentlichen Gebete bei Tagesanbruch zu rufen, wieder aufwachte. Ich kleidete mich an und begab mich in die Moschee.

Nach dem Gebet ging ich zur Stadt hinaus und brachte den Morgen mit Spaziergängen in den Gärten und mit Gedanken zu, wie ich wohl meine Frau zur Veränderung ihrer Lebensweise vermögen könnte. Die gewaltsamen Mittel, die mir einfielen, waren mir zuwider, und ich beschloß, nur auf dem Weg der Güte sie von ihrer unglücklichen Neigung abzubringen. Unter solchen Betrachtungen war ich unbemerkt wieder vor meine Wohnung gelangt, in die ich gerade zur Mittagsstunde wieder eintrat.

Sobald Amine mich erblickte, ließ sie das Essen auftragen und wir setzten uns zu Tische. Da ich sah, daß sie nach wie vor den Reis körnchenweise aß, so sagte ich mit aller nur erdenklichen Mäßigung zu ihr: »Du weißt, Amine, wie sehr ich mich am Tage nach unserer Hochzeit wundern mußte, als ich dich nichts als Reis und zwar so wenig und auf eine solche Art und Weise essen sah, daß jeder andere Ehemann außer mir sich dadurch beleidigt gefühlt hätte. Du weißt auch, daß ich dir meinen Verdruß darüber bloß andeutete und dich bat, auch von den übrigen Speisen zu essen, dir immer auf die verschiedenartigste Weise zubereitet werden, damit sie womöglich deinem Geschmack zusagen möchten. Seit jener Zeit hast du unsere Tafel immer auf dieselbe Weise besetzt gesehen, nur mit einigen Abwechslungen in den Speisen, damit wir nicht immer das gleiche essen müssen. Meine Erinnerungen sind indessen fruchtlos geblieben, und bis auf den heutigen Tag hast du nicht aufgehört, fortwährend so zu handeln, und mir denselben Verdruß zu bereiten. Ich habe geschwiegen, weil ich dir keinen Zwang antun wollte, und es sollte mir leid tun, wenn das, was ich jetzt zu dir sage, dich im mindesten kränken würde; aber Amine, ich beschwöre dich, sage mir, ist das Fleisch, das man uns hier vorsetzt, denn nicht besser als Totenfleisch?«

Kaum hatte ich die letzten Worte gesprochen, als Amine, die sehr gut merkte, daß ich sie in der Nacht beobachtet haben mußte, in eine Wut geriet, die alle Begriffe übersteigt. Ihr Gesicht wurde feuerrot, die Augen traten ihr fast aus dem Kopfe heraus, ihr Mund schäumte.

Dieser gräßliche Zustand, worin ich sie jetzt sah, erfüllte mich mit Entsetzen; ich war wie vom Donner gerührt und außerstande, mich gegen die schreckliche Bosheit zu schützen, die sie gegen mich im Schilde führte und worüber du staunen wirst. In der Hitze ihrer Aufwallung nahm sie ein Wassergefäß, das ihr gerade zur Hand war, tauchte ihre Finger hinein, murmelte einige Worte, die ich nicht verstand, zwischen den Zähnen, spritzte mir dann etwas von dem Wasser ins Gesicht und rief mir in wütendem Tone zu: »Elender, empfange die Strafe deiner Neugierde und werde ein Hund!« Kaum hatte Amine, die ich noch nicht als Zauberin kannte, diese teuflischen Worte ausgestoßen, als ich mich auf einmal in einen Hund verwandelt sah. Ich war über diese plötzliche und unerwartete Veränderung so erstaunt und überrascht, daß ich nicht daran dachte, alsbald auf meine Pflicht zu sinnen, und so hatte sie Zeit, einen Stock zu ergreifen und mich zu mißhandeln. Sie prügelte mich so entsetzlich durch, daß ich nicht begreife, wie ich nicht tot auf dem Platze liegen blieb. Ich glaubte mich vor ihrer Wut retten zu können, wenn ich mich in den Hof flüchtete, allein sie verfolgte mich auch dahin, und so gewandt ich auch von einer Seite zur anderen schlüpfte, um ihren Schlägen auszuweichen, so war ich doch nicht flink genug, um mich ganz davor zu schützen, und ich mußte ihre Hand noch schwer und grausam fühlen. Endlich wurde sie müde, mich zu schlagen und zu verfolgen, ärgerte sich aber nicht wenig, daß sie mich nicht hatte totschlagen können, und ersann ein neues Mittel, mich umzubringen. Sie öffnete nämlich die Türe nach der Straße zu ein wenig, um mich, wenn ich durchschlüpfen wollte, zu zerquetschen. So sehr ich nun auch zum Hunde geworden war, so merkte ich doch ihren verderblichen Plan, und da die Gefahr des Augenblicks manchmal unseren Verstand so schärft, daß wir uns dadurch retten können, so paßte ich meine Zeit so gut ab, indem ich ihre ganze Haltung und Gebärden beobachtete, daß ich ihre Wachsamkeit täuschte und schnell hindurch schlüpfte, um ihre boshafte Absicht zu vereiteln. Ich kam auch wirklich ohne weiteren Schaden davon, außer daß mir das Ende meines Schwanzes etwas eingeklemmt wurde.

Vor Schmerz darüber schrie und bellte ich die ganze Straße entlang, wodurch ich mir einige andere Hunde auf den Hals zog, die mich bissen. Um ihren Verfolgungen zu entgehen, flüchtete ich mich in den Laden eines Mannes, der gekochte Hammelköpfe, Zungen und Füße verkaufte. Der Mann nahm sogleich voll Mitleid meine Partei und jagte die Hunde weg, die mich verfolgten und in sein Haus eindringen wollten. Ich selbst versteckte mich in einem Winkel, wo sie mich nicht mehr sehen konnten. Indes fand ich auch hier den gehofften Schutz und Zufluchtsort nicht. Der Mann war nämlich einer von jenen frommen Leuten, die, weil die Hunde unrein sind, nicht genug Wasser und Seife bekommen zu können glauben, um ihre Kleider zu waschen, sobald nur ein Hund im Vorbeistreifen sie berührt hat. Nachdem also die Hunde, die mich verfolgten, wieder weggesprungen waren, bot er zu wiederholten Malen alles auf, um mich noch an demselben Tage aus dem Hause zu schaffen; allein ich hatte mich versteckt, so daß er mir nicht beikommen konnte. So brachte ich denn wider seinen Willen die Nacht in seinem Laden zu und ich bedurfte dieser Ruhe auch, um mich von der schlechten Behandlung, die Amine mir angetan, zu erholen.

Um meinen Herrn und König nicht mit der Erzählung unbedeutender Dinge zu langweilen, will ich von den traurigen Betrachtungen schweigen, die ich damals über meine Verwandlung anstellte; nur so viel muß ich bemerken, daß ich am anderen Tage, als mein Wirt, der in aller Frühe auf frischen Einkauf ausgegangen war, mit Hammelköpfen, Zungen und Füßen beladen zurückkam, seinen Laden öffnete und die Waren auslegte, aus meinem Winkel hervorkroch, und da ich mehrere Hunde aus der Nachbarschaft, die der Fleischgeruch herbeigelockt, um seinen Laden herum versammelt sah, in der Hoffnung, er werde ihnen etwas zuwerfen, so mischte ich mich unter sie und nahm eine bittende Stellung an. Mein Wirt schien Rücksicht darauf zu nehmen, daß ich in seinem Hause noch nichts bekommen hatte, und zeichnete mich dadurch aus, daß er mir öfter und größere Stücke zuwarf, als den anderen Hunden. Als er seine milde Hand wieder geschlossen hatte, wollte ich in seinen Laden zurückgehen; ich wedelte freundlich mit dem Schwanze und sah ihn mit bittenden

Blicken an, gleich als wollte ich ihn anflehen, daß er mir diese Vergünstigung noch einmal gewähren sollte; allein er war unbeugsam und widersetzte sich meiner Absicht mit dem Stock in der Hand und einem so unbarmherzigen Gesichte, daß ich genötigt war, mich davonzumachen. Einige Häuser weiter blieb ich vor dem Laden eines Bäckers stehen, der mir ganz das Widerspiel von dem sauertöpfischen Hammelkopfverkäufer und ein heiterer, gutgelaunter Mann zu sein schien, wie er es auch wirklich war. Er frühstückte eben, und obwohl ich noch durch nichts einen Hunger verraten hatte, so warf er mir dennoch ein Stück Brot zu. Ich fiel nicht gierig darüber her, wie andere Hunde, sondern machte mit dem Kopf ein Zeichen gegen ihn und wedelte mit dem Schwanze, als wollte ich ihm meine Erkenntlichkeit bezeigen. Diese Art von Höflichkeit gefiel ihm und er lächelte. Ich hatte zwar keinen Hunger, nahm aber doch, ihm zu gefallen, das Stück Brot und aß es recht langsam, um ihm bemerklich zu machen, daß ich es nur Ehren halber tue. Er bemerkte dies alles und war so gefällig, mich in der Nähe seines Ladens zu dulden. Ich blieb also sitzen und war mit dem Kopf gegen die Straße gekehrt, um ihm anzudeuten, daß ich für jetzt nur um seinen Schutz bitte.

Er bewilligte mir dies nicht bloß, sondern streichelte mich auch und machte mir dadurch Mut, ins Haus zu treten. Ich tat es auf eine Art, die ihm andeutete, daß ich es bloß mit seiner Erlaubnis tue. Er nahm es nicht übel, sondern wies mir sogar eine Stelle an, wo ich mich hinlegen konnte, ohne ihm im Wege zu sein; ich nahm sogleich Besitz von diesem Platze und behielt ihn auch, solange ich in seinem Hause war.

Ich wurde hier immer sehr gut behandelt, und von jedem Frühstück, Mittag- und Abendessen bekam ich meinen hinreichenden Anteil; dagegen bezeigte ich ihm aber auch alle mögliche Anhänglichkeit und Treue, die er von meiner Dankbarkeit nur verlangen konnte.

Meine Augen waren fortwährend auf ihn gerichtet und er tat keinen Schritt in seinem Hause, ohne daß ich ihm auf der Ferse folgte. Ebenso machte ich's, wenn er Zeit hatte, in die Stadt zu gehen und seine Geschäfte zu besorgen. Ich war darin um so pünktlicher, als ich bemerkt hatte, daß meine Aufmerksamkeit ihm gefiel, und er mir oft, wenn er ausgehen wollte, ohne daß ich es bemerken konnte, mit dem Namen Rotbacke rief, den er mir gegeben hatte.

Bei diesem Rufe fuhr ich jedesmal schnell auf und nach der Straße hinaus, wo ich lustige Sprünge machte und vor der Türe hin und her lief. Diese Freudenbezeugungen hörten erst auf, wenn er herausgekommen war, und dann begleitete ich ihn treulich, indem ich vor und hinter ihm hersprang und ihn von Zeit zu Zeit ansah, um meine Freude zu bezeugen.

Ich war schon einige Zeit in diesem Hause, als eines Tages eine Frau kam, um Brot zu kaufen. Sie bezahlte meinen Wirt, gab ihm aber unter anderem gutem Gelde auch ein falsches Stück. Der Bäcker merkte es, gab es zurück und verlangte dafür ein anderes.

Die Frau weigerte sich, es wieder zu nehmen, und behauptete, es sei gut. Mein Wirt bestand auf dem Gegenteil und sagte im Wortwechsel unter anderem: »Dieses Stück ist so augenscheinlich falsch, daß ich überzeugt bin, mein Hund, der doch nur ein unvernünftiges Tier ist, würde sich nicht dadurch täuschen lassen. Komm her, Rotbacke!« fuhr er fort, mich beim Namen rufend. Auf seinen Ruf sprang ich behend auf den Zähltisch; der Bäcker warf die Geldstücke vor mich hin und sagte: »Sieh einmal, ob nicht ein falsches Stück darunter ist.« Ich sah alle Stücke an, legte dann die Pfote auf das falsche und schob es beiseite, indem ich meinen Herrn anblickte, als wollte ich es ihm zeigen.

Der Bäcker, der sich bloß scherzweise auf mein Urteil berufen hatte, war über die Maßen erstaunt, als er sah, daß ich ohne allen Umstand das Wahre traf. Auch die Frau war jetzt von der Falschheit dieses Geldstücks überzeugt, sie wußte nichts mehr einzuwenden und gab dafür ein anderes gutes. Als sie fort war, rief mein Herr seine Nachbarn zusammen, erzählte ihnen, was geschehen war, und pries in den übertriebensten Ausdrücken meinen Verstand.

Die Nachbarn wollten sich selbst davon überzeugen und legten mir eine Menge falscher Münzen unter gute gemischt vor, allein jedesmal legte ich auf die falschen meine Pfote und schied sie von den guten ab.

Auch die Frau ihrerseits ermangelte nicht, allen ihren Bekannten, denen sie unterwegs begegnete, zu erzählen, was sie soeben erlebt hatte. So verbreitete sich in kurzer Zeit das Gerücht von meiner Geschicklichkeit im Erkennen des falschen Geldes nicht bloß in der Nachbarschaft, sondern sogar im ganzen Stadtviertel, ja zuletzt allmählich in der ganzen Stadt.

Es fehlte mir nun den ganzen Tag über nicht an Beschäftigung. Ich mußte allen denen, die bei meinem Herrn Brot kauften, aufwarten und meine Künste zeigen. Dies lockte nun alle Welt herbei und aus den entferntesten Stadtvierteln kamen die Leute, um meine Geschicklichkeit zu erproben; ja mein Ruf verschaffte meinem Herrn so viel Kunden, daß er sie kaum befriedigen konnte. Dies dauerte lange Zeit, und mein Herr konnte nicht umhin, seinen Nachbarn und Freunden zu gestehen, daß ich ein wahrer Schatz für ihn sei.

Indes brachte ihm mein bißchen Geschicklichkeit auch viele Neider auf den Hals. Man stellte mir nach, um mich ihm zu rauben, und er mußte beständig ein wachsames Auge auf mich haben. Eines Tages kam ein Frau, wie die anderen durch den Reiz der Neuheit herbeigelockt, und kaufte Brot. Mein gewöhnlicher Platz war auf dem Zähltisch; sie warf mir sechs Geldstücke zu, worunter auch ein falsches. Ich suchte es unter den übrigen heraus, legte die Pfote auf das falsche Geldstück und sah sie dabei an, als wollte ich fragen, ob dies nicht das rechte sei.

»Ja«, sagte die Frau, indem sie mich ebenfalls ansah, »es ist das falsche; du hast dich nicht geirrt.« Sie betrachtete mich dann fortwährend mit großer Bewunderung, und ich sah sie ebenfalls

an. Endlich bezahlte sie das Brot, das sie gekauft hatte, und bevor sie fortging, gab sie mir, ohne daß der Bäcker es merkte, einen Wink, mitzukommen.

Ich hatte stets auf Mittel gedacht, eine so seltsame Verwandlung, wie die meinige, wieder los zu werden; auch war mir die Aufmerksamkeit nicht entgangen, womit mich diese Frau betrachtete. Deshalb dachte ich, sie habe vielleicht etwas von meinem Mißgeschick und unglücklichen Zustand gemerkt, und darin täuschte ich mich nicht. Gleichwohl ließ ich sie fortgehen und begnügte mich, sie anzusehen. Nachdem sie indes zwei oder drei Schritte gegangen war, drehte sie sich um, und da sie sah, daß ich ihr beständig nachblickte, ohne mich von der Stelle zu rühren, winkte sie mir zum zweitenmal, ihr zu folgen.

Jetzt schwankte ich nicht länger, und da ich bemerkte, daß der Bäcker eben damit beschäftigt war, seinen Backofen für ein neues Gebäck zu reinigen, und daß er nicht auf mich achtete, so sprang ich vom Zähltisch herab und lief hinter der Frau drein, die darüber sehr erfreut zu sein schien.

Nachdem sie eine Strecke gegangen war, kam sie bei ihrem Hause an, öffnete die Türe desselben, ging hinein und sagte, indem sie die Türe noch immer offen stehen ließ, zu mir: »Komm nur herein, es wird dich nicht gereuen, daß du mir gefolgt bist.« Als ich drin war und sie die Türe wieder verschlossen hatte, führte sie mich auf ihr Zimmer, wo ich ein junges Mädchen von seltener Schönheit dasitzen und sticken sah. Es war die Tochter der mildtätigen Frau, die mich mitgenommen hatte, und, wie ich bald merkte, in der Zauberkunst sehr geschickt und erfahren.

»Meine Tochter«, sagte die Mutter zu ihr, »ich bringe dir hier den berühmten Hund des Bäckers, der das falsche Geld so gut von dem echten zu unterscheiden weiß. Du wirst dich erinneren, welche Ansicht ich gleich im Anfang, als das Gerücht sich verbreitete, aussprach, daß es nämlich vielleicht ein Mensch sei, der durch irgend eine Bosheit in einen Hund verwandelt worden. Heute fiel es mir ein, zu dem Bäcker zu gehen und Brot bei ihm zu kaufen. Ich überzeugte mich von der Wahrheit des Gerüchts, und es gelang mir, diesen seltenen Hund, den Gegenstand der Bewunderung von ganz Bagdad, hierher zu locken. Was sagst du dazu, liebe Tochter? Sollte ich mich in meiner Vermutung etwa getäuscht haben?« – »Du hast dich nicht getäuscht, liebe Mutter«, antwortete die Tochter, »und ich werde es dir sogleich beweisen.«

Das Mädchen stand auf, nahm ein Wassergefäß, tauchte die Hand hinein, bespritzte mich mit dem Wasser und sagte: »Wenn du von Geburt ein Hund bist, so bleibe Hund; bist du aber von Geburt ein Mensch, so nimm kraft dieses Wassers wieder menschliche Gestalt an.« Augenblicklich war nun der Zauber gelöst, ich verlor die Gestalt eines Hundes und wurde wieder Mensch, wie zuvor.

Durchdrungen von der Größe dieser Wohltat warf ich mich dem Mädchen zu Füßen, küßte den Saum ihres Kleides und sagte dann zu ihr: »Meine teure Befreierin, ich fühle in der tiefsten Tiefe meines Herzens deine unendliche und beispiellose Güte gegen einen Unbekannten, wie ich, und bitte dich nun, mir selbst zu sagen, was ich für dich tun kann, um meine Dankbarkeit auf eine würdige Weise an den Tag zu legen; oder vielmehr, verfüge über mich wie über einen Sklaven, der dir von Rechts wegen zugehört. Ich gehöre nicht mehr mir an, sondern dir, und damit du denjenigen, den du dir zum Eigentum erworben, näher kennenlernst, will ich dir mit wenigen Worten meine Geschichte erzählen.«

Ich sagte ihr hierauf, wer ich sei, erzählte von meiner Vermählung mit Amine, von meiner Gefälligkeit und Geduld, womit ich ihre Launen ertragen, von ihrer seltsamen Lebensweise und von der Schändlichkeit, womit sie mich aus unbegreiflicher Bosheit mißhandelt habe. Zu guter Letzt dankte ich auch ihrer Mutter für das unaussprechliche Glück, das sie mir verschafft habe.

»Sidi Numan«, sagte die Tochter zu mir, »laß uns nicht mehr von der Verbindlichkeit sprechen, die du gegen mich zu haben glaubst. Das Bewußtsein, einem anständigen Manne, wie du bist, einen Dienst erwiesen zu haben, ist mir lieber, als alle Danksagungen. Laß uns lieber jetzt von Amine, deiner Frau, sprechen. Ich habe sie noch vor deiner Vermählung mit ihr gekannt, und wie ich wußte, daß sie eine Zauberin war, so war auch ihr nicht unbekannt, daß ich ebenfalls etwas von dieser Kunst verstand; denn wir hatten bei einer und derselben Lehrerin Unterricht genommen. Wir trafen uns oft im Bade; da aber unsere Gemütsarten nicht zusammenpaßten, so vermied ich geflissentlich jede Gelegenheit, mit ihr in Berührung zu kommen, was mir um so leichter gelang, da sie aus demselben Grunde nichts mit mir zu tun haben wollte; auch wundere ich mich gar nicht über ihre Bosheit. Um indes wieder auf dich zurückzukommen, so ist das, was ich soeben für dich getan habe, noch lange nicht genug: Ich will auch vollenden, was ich angefangen. Ich begnüge mich keineswegs damit, den Zauber, wodurch sie dich auf eine so garstige Art aus der menschlichen Gesellschaft gestoßen hat, zu brechen: Du mußt ihr auch die verdiente Züchtigung auflegen, indem du in dein Haus zurückkehrst und die dir gebührende Würde wieder geltend machst, wozu ich dir Mittel und Weg an die Hand geben will. Unterhalte dich jetzt einen Augenblick mit meiner Mutter, ich bin sogleich wieder da.«

Meine Befreierin ging jetzt in ein Nebengemach, und solange sie darin verweilte, hatte ich Zeit, der Mutter nochmals meine unendliche Verpflichtung, sowohl gegen sie als ihre Tochter, auszudrücken. »Meine Tochter«, sagte sie zu mir, »ist, wie du siehst, in der Zauberkunst nicht minder erfahren, als Amine; allein sie macht einen so guten Gebrauch davon, daß du dich wundern würdest, wenn du erführest, wieviel Gutes sie vermöge dieser ihrer Wissenschaft schon getan hat und täglich noch tut. Deshalb habe ich ihr nie etwas in den Weg gelegt und tue es auch jetzt nicht. Ich würde es übrigens nicht zulassen, wenn ich bemerkte, daß sie ihre Kenntnis im mindesten mißbrauchte.«

Die Mutter hatte soeben angefangen, mir eine dieser Wundertaten, die sie mit eigenen Augen gesehen, zu erzählen, als ihre Tochter mit einer kleinen Flasche in der Hand zurückkam. »Sidi Numan«, sagte sie zu mir, »ich habe soeben meine Bücher um Rat gefragt und daraus ersehen, daß Amine in diesem Augenblick nicht zu Haus ist, aber in Bälde zurückkommen muß. Sie sagen mir ferner, die Heuchlerin stelle sich vor deinen Bedienten, als ob sie über deine Abwesenheit in großer Unruhe wäre, und sie habe ihnen weisgemacht, als sie mit dir zu Mittag speiste, sei dir plötzlich ein Geschäft eingefallen, das dich genötigt habe, unverzüglich auszugehen; du habest beim Ausgehen die Türe offen gelassen und dann sei ein Hund hereingekommen und bis in den Speisesaal gelaufen, von wo sie ihn mit Stockschlägen habe wegjagen müssen.«

»Kehre also, ohne Zeit zu verlieren, mit diesem kleinen Fläschchen, das ich dir hiermit übergebe, in dein Haus zurück. Wenn man dir geöffnet haben wird, so warte in deinem Zimmer, bis Amine zurückkommt; sie wird nicht lange ausbleiben. Sobald sie kommt, gehe ihr in den Hof hinab entgegen und stelle dich ihr Stirn gegen Stirn gegenüber. Sie wird durch dieses unerwartete Wiedersehen so bestürzt sein, daß sie dir den Rücken kehren wird, um die Flucht zu ergreifen. Dann aber spritze du einiges Wasser aus diesem Fläschchen, das du in Bereitschaft halten mußt, auf sie hin und sprich dreist die Worte: Empfange hiermit die Strafe für deine Bosheit. Mehr brauche ich dir nicht zu sagen, du wirst die Wirkung schon sehen.«

Nach diesen mir unvergeßlichen Worten meiner Wohltäterin verabschiedete ich mich, da ich hier nichts mehr zu tun hatte, von ihr und ihrer Mutter mit den Ausdrücken der innigsten Dankbarkeit und mit der aufrichtigen Versicherung, daß ich meiner Verpflichtung gegen sie ewig eingedenk sein würde und kehrte sodann nach meiner Wohnung zurück.

Alles ging so, wie die junge Zauberin mir vorausgesagt hatte. Amine blieb nicht lange aus, und als sie im Hofe war, trat ich ihr mit dem Wasser in der Hand entgegen, um sie damit zu bespritzen. Sie stieß einen lauten Schrei aus und wollte sich schnell nach der Türe umdrehen, allein ich bespritzte sie mit dem Wasser und sprach die Worte, welche mich die Zauberin gelehrt hatte, und in diesem Augenblick wurde sie in eine Stute verwandelt, in dieselbe, die du gestern sahst.

Ich faßte sie in ihrem Schrecken sogleich an der Mähne und zog sie trotz ihres Sträubens in einen Stall; hier warf ich ihr ein Halfter über, und nachdem ich sie unter bitteren Vorwürfen über ihre abscheuliche Bosheit angebunden, züchtigte ich sie mit Peitschenhieben so lange, bis ich vor Müdigkeit aufhören mußte, nahm mir aber dabei vor, tagtäglich diese Probe mit ihr zu wiederholen.

Beherrscher der Gläubigen, fuhr Sidi Numan fort, indem er seine Erzählung schloß, ich wage zu hoffen, daß du mein Benehmen nicht mißbilligen, sondern einsehen wirst, daß eine so boshafte und verderbliche Frau immer noch mit weit mehr Nachsicht behandelt worden ist, als sie verdient.

Als der Kalif sah, daß Sidi Numan nichts mehr hinzuzufügen hatte, sprach er zu ihm: »Deine Geschichte ist sehr seltsam, und die Bosheit deiner Frau läßt keine Entschuldigung zu. Auch verdamme ich nicht durchaus die Züchtigung, womit du sie belegt hast; indes wünsche ich, daß du wohl überlegest, welche Pein es für sie ist, zum Tiere erniedrigt worden zu sein, und daß du dich begnügest, sie in diesem Zustande büßen zu lassen. Ich würde dir sogar befehlen, dich an die junge Zauberin, welche diese Verwandlung hervorgebracht hat, zu wenden, und sie zur Lösung dieses Zaubers zu veranlassen, wenn mir nicht die Halsstarrigkeit und unverbesserliche Verstocktheit solcher Zauberer und Zauberinnen, die ihre Kunst mißbrauchen, bekannt wäre, und ich nicht fürchten müßte, sie möchte sich noch grausamer an dir rächen, als das erste Mal.«

Der Kalif, der von Natur sanft und mitleidig gegen die Unglücklichen war, selbst wenn sie ihr Elend verschuldet hatten, wandte sich, nachdem er Sidi Numan seine Willensmeinung erklärt, nunmehr an den dritten Mann, den der Großvezier Djafar hatte kommen lassen. »Chogia Hasan«, sprach er zu ihm, »als ich gestern an deinem Hause vorüberkam, fand ich es so prächtig, daß ich neugierig wurde, wem es gehörte. Ich erfuhr, du habest es erbauen lassen, nachdem du zuvor ein Gewerbe getrieben, das dich kaum notdürftig ernährte. Auch sagte man mir, du erhebest dich der Reichtümer, die dir Gott geschenkt, nicht, sondern machest einen guten Gebrauch davon, und deine Nachbarn wissen sehr viel Gutes von dir zu erzählen.«

»Dies alles«, fuhr der Kalif fort, »hat mir viel Vergnügen gemacht, und ich bin überzeugt, daß die Mittel und Wege, auf denen es der Vorsehung gefallen hat, dir ihre Gaben zufließen zu lassen, ganz außerordentlicher Art sein müssen. Ich wünschte sie aus deinem eigenen Munde zu erfahren, und habe dich kommen lassen, damit du mir dieses Vergnügen bereiten sollst. Erzähle mir alles aufrichtig, damit ich mich mit um so mehr Sachkenntnis deines Glückes freuen kann, woran ich von Herzen teilnehme. Auf daß dir meine Neugierde aber nicht verdächtig sei, und damit du nicht glaubst, es könnten eigennützige Triebfedern mit ins Spiel kommen, so erkläre ich dir hiermit, daß ich durchaus keinen Anspruch auf deine Reichtümer mache, sondern dir vielmehr meinen Schutz bewillige, um sie in ungestörter Sicherheit genießen zu können.«

Auf diese Versicherung des Kalifen warf sich Chogia Hasan vor seinem Throne nieder, berührte mit der Stirne den Teppich, der darüber gebreitet war, und begann dann, nachdem er wieder aufgestanden, also: »Beherrscher der Gläubigen! Jeder andere, der sein Gewissen nicht so rein und unbefleckt fühlte, als ich es fühle, hätte beim Empfang des Befehles, vor deinem Throne zu erscheinen, erschrecken können. Da ich aber niemals gegen andere Gesinnungen, als die der Ehrfurcht und Ehrerbietung, gehegt und nie etwas gegen den dir schuldigen Gehorsam, noch gegen die Gesetze begangen habe, was mir deinen Unwillen hätte zuziehen können, so hatte ich bloß die einzige Besorgnis, ich möchte den Glanz deiner Herrlichkeit nicht zu ertragen vermögen. Indessen ist es ja bekannt, daß du selbst den Geringsten deiner Untertanen huldreich und gnädig aufnimmst und anhörst; eben dies beruhigte mich und ich zweifelte nicht, daß du auch mir den Mut und die nötige Zuversicht einflößen würdest, um dir die verlangte Auskunft zu geben.

»Dieses, o Beherrscher der Gläubigen, hast du soeben getan, indem du mir deinen mächtigen Schutz zusichertest, ohne daß ich weiß, womit ich ihn verdient habe. Gleichwohl hoffe ich, daß du in deiner günstigen Stimmung gegen mich bestärkt werden wirst, wenn ich, um deinem Befehle zu genügen, dir mein Abenteuer erzählt haben werde.«

Nach dieser höflichen Anrede, wodurch er sich des Wohlwollens und der Aufmerksamkeit des Kalifen versichern wollte, und nachdem er sich noch einige Augenblicke das, was er zu sagen hatte, in sein Gedächtnis zurückgerufen, ergriff Chogia Hasan das Wort und sprach folgendermaßen:

Geschichte des Chogia Hasan Alhabbal.

Beherrscher der Gläubigen! – begann er – um dir besser begreiflich zu machen, auf welchen Wegen ich zu dem Glücke gelangt bin, dessen ich gegenwärtig genieße, muß ich dir vor allen Dingen von meinen zwei Busenfreunden erzählen, die ebenfalls Bürger der Stadt Bagdad und noch am Leben sind, so daß sie von der Wahrheit meiner Aussage Zeugnis ablegen können. Nächst Gott, dem ersten Urheber alles Guten und alles Glücks, verdanke ich ihnen am meisten.

Diese beiden Freunde heißen der eine Saadi, der andere Saad. Saadi, der gewaltig reich ist, hatte von jeher den Grundsatz, alles Glück in der Welt beruhe auf dem Besitz großer Reichtümer, wodurch man in den Stand gesetzt werde, von jedermann unabhängig zu leben.

Anderer Ansicht ist Saad. Er gibt zwar zu, daß man freilich Reichtümer besitzen müsse, insofern sie zum Leben notwendig sind, behauptet aber, der Mensch müsse sein Glück auf die Tugend gründen und dürfe sich um die Güter der nur insofern bekümmern, als sie ihm zur Befriedigung seiner Bedürfnisse dienlich seien und ihn in den Stand setzen, Wohltaten an andere zu spenden. Saad lebt auch diesem Grundsatz getreu und ist sehr glücklich und zufrieden mit seinen Verhältnissen. Obgleich Saadi unendlich reicher ist als er, so ist ihre Freundschaft doch dessenungeachtet sehr aufrichtig, und der reichere bildete sich nicht ein, er verdiene einen Vorzug vor dem ärmeren. Sie haben nie einen Streit unter sich gehabt, außer über diesen einzigen Punkt; in allen übrigen Stücken waren sie von jeher *ein* Herz und *eine* Seele.

Eines Tages, als sie sich, wie ich von ihnen selbst erfuhr, über einen ähnlichen Gegenstand besprachen, behauptete Saadi, die Armen seien bloß deswegen arm, weil sie in der Armut geboren worden, oder im entgegengesetzten Falle ihre ererbten Reichtümer entweder durch Ausschweifungen oder durch einen jener unvorhergesehenen unglücklichen Zufälle, die nicht gar so selten sind, verloren haben. »Meine Meinung«, fuhr er fort, »geht dahin, daß diese Armen nur deswegen arm sind, weil sie nie eine Geldsumme zusammenbringen können, die groß genug wäre, bei verständiger Anlegung in einem Geschäfte sie aus ihrem Elend zu ziehen; auch glaube ich, wenn sie es je so weit brächten und einen angemessenen Gebrauch von dieser Summe machten, so könnten sie mit der Zeit nicht nur wohlhabend, sondern sogar sehr reich werden.«

Saad war mit diesem Satze Saadis nicht einverstanden. »Das Mittel, das du vorschlägst«, sagte er, »einen Armen reich zu machen, scheint mir durchaus nicht so zuverlässig, wie du glaubst. Im Gegenteil ist es höchst zweifelhaft, und ich könnte meine Ansicht, gegenüber von der deinen, mit mehreren guten Gründen unterstützen, die uns aber zu weit führen würden. Jedenfalls ist es ebenso wahrscheinlich, daß ein Armer durch jedes andere Mittel reich werden kann, als gerade durch eine Summe Geldes. Man macht oft durch Zufall ein weit größeres und überraschenderes Glück, als mit einer solchen Geldsumme, die du zur Bedingung machst, wenn man auch noch so sparsam und haushälterisch damit umgeht, um sie in einem gut geführten Geschäft zu vervielfältigen.«

»Saad«, antwortete Saadi, »ich sehe wohl, daß ich nichts ausrichte, wenn ich auch noch so beharrlich meine Meinung gegen die deinige verteidige. Um dich aber zu überführen, will ich selbst einen Versuch machen, und zum Beispiel eine Summe, die ich für hinlänglich halte, einem jener Handwerker schenken, die, von Haus aus arm, von ihrem täglichen Verdienste leben und in derselben Dürftigkeit sterben, wie sie geboren wurden. Wenn es mir damit nicht gelingt, so wollen wir sehen, ob vielleicht du mit deiner Art glücklicher bist.«

Einige Tage nach diesem Wortwechsel traf es sich, daß die beiden Freunde auf einem Spaziergange in das Stadtviertel kamen, wo ich in meinem Handwerk als Seiler arbeitete, das ich von meinem Vater erlernt hatte, und dieser wiederum von dem seinigen und so weiter hinauf. Meine Kleidung und mein ganzer Anzug ließ sie leicht schließen, daß ich sehr arm sein mußte.

Saad, der sich an Saadis Versprechen erinnerte, sagte zu ihm: »Wenn du nicht etwa vergessen hast, wozu du dich gegen mich anheischig machtest, so hast du hier einen Mann, den ich schon lange Zeit sein Seilerhandwerk treiben sehe und immer in derselben Dürftigkeit. Er ist ein würdiger Gegenstand deiner Freigebigkeit und zu einem Versuche der Art, wie du neulich sagtest, vollkommen geeignet.«

»Ich habe es so wenig vergessen«, antwortete Saadi, »daß ich seitdem immer so viel Geld bei mir trage, als zu einem solchen Versuche nötig ist; ich wartete nur auf Gelegenheit, wo du zugegen wärest und Augenzeuge sein könntest. Wir wollen ihn anreden und zu erfahren suchen, ob er wirklich bedürftig ist.«

Die beiden Freunde kamen auf mich zu, und da ich sah, daß sie mit mir sprechen wollten, so hielt ich mit meiner Arbeit inne. Sie begrüßten mich beide mit dem gewöhnlichen Gruße: »Friede sei mit dir!« und Saadi ergriff hierauf das Wort, um mich zu fragen, wie ich heiße.

Ich erwiderte ihren Gruß und antwortete auf Saadis Frage: »Herr, mein Name ist Hasan, und wegen meines Handwerks bin ich allgemein unter dem Namen Hasan Alhabbal bekannt.«

»Hasan«, sagte hierauf Saadi, »da es kein Handwerk gibt, das seinen Mann nicht ernährte, so zweifle ich nicht, daß dir das deinige so viel einträgt, um bequem davon leben zu können; ja ich muß mich wundern, daß du es schon so lange treibst, ohne etwas erspart und einen bedeutenden Vorrat von Hanf angekauft zu haben; du könntest dann noch weit mehr Arbeit fertigen, sowohl durch eigenen Fleiß, als auch durch angenommene Gesellen, und dir so nach und nach dein Leben etwas bequemer machen.«

»Herr«, antwortete ich ihm, »du würdest dich nicht mehr wundern, daß ich nichts erspart und den von dir bezeichneten Weg nicht eingeschlagen habe, um reich zu werden, wenn du wüßtest, daß ich mit all meiner Arbeit vom frühen Morgen bis zum späten Abend kaum so viel verdienen kann, um für mich und meine Familie Brot und einiges Gemüse zu kaufen. Ich habe eine Frau und fünf Kinder, von denen noch keins alt genug ist, um mich unterstützen zu können. Ich muß sie nähren und kleiden, und wenn eine Haushaltung auch noch so klein ist, so gibt es doch immer tausenderlei Bedürfnisse, die man nicht wohl entbehren kann. Der Hanf ist zwar nicht teuer, aber man muß Geld haben, um einzukaufen, und das ist immer das erste, was ich von dem Erlös meiner Arbeit beiseite lege; sonst wäre es mir nicht möglich, die Kosten meiner Haushaltung zu bestreiten. Du kannst nun leicht urteilen, Herr«, fuhr ich fort, »daß es mir unmöglich wäre, etwas zu ersparen, und mich und meine Familie auf einen größeren und bequemeren Fuß einzurichten. Es ist für uns genug, daß wir mit dem wenigen, was Gott uns gibt, zufrieden sind und das andere, was uns fehlt, weder kennen noch entbehren. Ja, wir finden nicht einmal, daß uns etwas fehlt, wenn wir nur unser tägliches Auskommen haben und niemand darum ansprechen müssen.«

Als ich auf diese Art Saadi meine Verhältnisse auseinandergesetzt hatte, sprach er zu mir: »Hasan, ich wundere mich jetzt nicht mehr und begreife recht wohl, warum du dich mit deiner gegenwärtigen Lage begnügen mußt. Wenn ich dir aber einen Beutel mit zweihundert Goldstücken schenkte, würdest du nicht einen guten Gebrauch davon machen, und glaubst du nicht, daß du mit dieser Summe bald wenigstens ebenso reich werden könntest, als die angesehensten Männer deines Handwerks?«

»Herr«, antwortete ich, »du scheinst mir ein so rechtschaffener Mann zu sein, daß ich überzeugt bin, du willst keinen Scherz mit mir treiben und bietest mir dies Geschenk in allem Ernst an. Ich wage daher, ohne daß ich mir zu viel einbilde, zu behaupten, daß schon eine weit kleinere Summe hinreichen würde, um mich nicht nur ebenso reich zu machen, wie die vornehmsten meiner Handwerksgenossen, sondern ich wollte sogar in kurzer Zeit für mich allein reicher werden, als alle miteinander, die in dieser großen und wohlbevölkerten Stadt Bagdad wohnen.«

Der großmütige Saadi bewies mir sogleich, daß er in vollem Ernst gesprochen hatte. Er zog den Beutel aus seiner Tasche und überreichte ihn mir mit den Worten: »Da, nimm diesen Beutel, du wirst zweihundert Goldstücke darin finden. Ich bitte zu Gott, daß er seinen Segen dazu geben und dir die Gnade verleihen möge, sie so gut anzuwenden, wie ich es wünsche. Auch darfst du überzeugt sein, daß mein Freund Saad hier und ich uns sehr freuen werden, wenn wir einmal hören, daß sie dazu beigetragen haben, dich glücklicher zu machen, als du jetzt bist.«

Als ich nun, o Beherrscher aller Gläubigen, den Beutel empfangen und in meinen Busen gesteckt hatte, so war ich so entzückt und von Dank durchdrungen, daß die Sprache mir versagte und ich meine Erkenntlichkeit gegen meinen Wohltäter durch kein anderes Zeichen ausdrücken konnte, als daß ich die Hand nach dem Saume seines Kleides ausstreckte, um es zu küssen. Allein er entfernte sich schnell und ging mit seinem Freunde weiter. Als ich mich nun wieder zu meiner Arbeit zurückbegab, war mein erster Gedanke der, wo ich wohl den Beutel mit Sicherheit aufbewahren könne. Ich hatte in meinem armseligen kleinen Häuschen weder einen Kasten noch einen Schrank, der verschlossen werden konnte, auch wußte ich sonst keinen Ort, wo ich sicher war, daß mein Schatz nicht entdeckt würde, wenn ich ihn dahin versteckte.

In dieser Verlegenheit wollte ich es machen, wie die anderen armen Leute meines Standes, die das bißchen Geld, das sie haben, in die Falten ihres Turbans stecken, verließ daher meine Arbeit und ging nach Hause unter dem Vorwand, etwas an meinem Turban zurecht zu machen. Ich traf meine Maßregeln so gut, daß ich, ohne daß meine Frau und Kinder es merkten, zehn Goldstücke aus dem Beutel zog, die ich für die dringendsten Ausgaben beiseite legte; das übrige aber hüllte ich in die Falten der Leinwand, womit ich meine Kopfbedeckung umwickelte.

Die erste Ausgabe, die ich noch an demselben Tag machte, war für einen bedeutenden Vorrat Hanf; dann aber ging ich, da schon seit langer Zeit kein Fleisch mehr auf meinem Tisch gesehen worden war, zu einem Fleischer und kaufte mir einiges zum Abendessen.

Als ich so mit dem Fleisch in der Hand nach Hause gehen wollte, schoß auf einmal ein ausgehungerter Hühnergeier, ohne daß ich mich seiner erwehren konnte, auf mich herab und hätte es mir sicher aus der Hand gerissen, wenn ich es nicht sehr fest gehalten hätte. Aber, ach! Es wäre besser gewesen, ich hätte es ihn nehmen lassen, so hätte ich doch meinen Geldbeutel nicht eingebüßt. Je mehr er nämlich Widerstand fand, um so hartnäckiger bemühte er sich, mir das Fleisch zu entreißen. Er zog mich herüber und hinüber, während er selbst in der Luft schwebte, ohne seine

Beute fahren zu lassen. Unglücklicherweise aber fiel mir während der Anstrengungen des Kampfes mein Turban zu Boden.

Sogleich ließ der Hühnergeier seine Beute fahren, stürzte auf meinen Turban los und flog mit ihm davon, noch ehe ich Zeit hatte, ihn von der Erde aufzuraffen. Ich stieß ein so gellendes Geschrei aus, daß die ganze Nachbarschaft darüber erschrak, und Männer, Weiber und Kinder herbeikamen und ebenfalls schrieen, um den Hühnergeier dadurch zu bewegen, seinen Raub fallen zu lassen.

Es gelingt bisweilen durch ein recht lärmendes Geschrei, dieser Art von Raubvögeln ihre Beute wieder abzujagen. Mein Hühnergeier aber ließ sich nicht irre machen, sondern flog mit meinem Turban so weit davon, daß wir ihn aus dem Gesichte verloren, ehe er ihn fallen ließ. Es wäre auch ganz vergeblich gewesen, wenn ich mir die Mühe hätte nehmen wollen, ihm nachzulaufen.

So kehrte ich denn sehr betrübt über den Verlust meines Turbans und meines Geldes nach Hause zurück. Ich mußte mir nun einen anderen kaufen, wodurch die Summe von zehn Goldstücken, die ich aus dem Beutel genommen, abermals geschmälert wurde. Den Einkauf des Hanfes hatte ich bereits davon bestritten, und was mir noch übrig blieb, reichte nicht hin, um die schönen Hoffnungen, die ich gefaßt, zu verwirklichen.

Was mich am meisten peinigte, war der Gedanke, mein Wohltäter werde vielleicht, wenn er mein Unglück erfahre, es ganz unglaublich finden und für eine leere Entschuldigung ansehen, und dann werde er sich darüber ärgern, daß sein Geschenk in so schlechte Hände geraten sei.

So lange die wenigen Goldstücke, die mir übrig geblieben, noch nicht ganz ausgegeben waren, ließ ich es mir mit meiner kleinen Familie davon wohl sein. Bald aber geriet ich wieder in dieselbe Lage, und es war mir ebenso unmöglich, mich aus meinem Elend hervorzuarbeiten wie vorher; gleichwohl murrte ich nicht darüber. »Gott«, sprach ich bei mir selbst, »hat mich prüfen wollen, indem er mir zu einer Zeit, wo ich es am wenigsten erwartete, Geld zufließen ließ; er hat es mir ebenso schnell wieder entzogen, weil es ihm so gefallen hat und er schalten kann, wie er will; sein Name sei gepriesen, wie ich ihn stets für alles Gute gepriesen habe, das er mir in seiner Gnade verliehen hat. Ich unterwerfe mich seinem göttlichen Willen.«

Dies war meine Stimmung; meine Frau dagegen, der ich nicht umhin gekonnt hatte, meinen Verlust und die Veranlassung desselben zu erzählen, war ganz untröstlich darüber. In meiner Bestürzung war mir auch gegen meine Nachbarn die Äußerung entschlüpft, daß ich mit meinem Turban zugleich einen Beutel mit hundertundneunzig Goldstücken verloren habe. Da ihnen indes meine Armut bekannt war und sie nicht begreifen konnten, wie ich mir durch meine Arbeit eine so große Summe Geldes hätte verdienen können, so lachten sie bloß darüber und die Kinder spotteten meiner.

Es waren etwa sechs Monate seit meinem Unglück mit dem Hühnergeier vergangen, als die beiden Freunde nicht weit von dem Stadtviertel, wo ich wohnte, vorübergingen. Die Nähe machte, daß Saad sich meiner erinnerte. Er sagte zu Saadi: »Wir sind hier nicht weit von der Straße, wo Hasan Alhabbal wohnt; laß uns einmal hingehen und sehen, ob die zweihundert Goldstücke, die du ihm geschenkt, ihm vielleicht den Weg zu einer besseren Lage gebahnt haben, als die war, in der er sich damals befand.« – »Recht gern«, antwortete Saadi; »ich habe schon vor einigen Tagen an ihn gedacht, und freute mich zum voraus über das Vergnügen, das ich haben würde, wenn ich dich zum Zeugen des Erfolgs meines Versuchs und der Wahrheit meines Satzes machen könnte. Du wirst sehen, daß eine große Veränderung mit ihm vorgegangen ist; ja ich glaube, wir werden ihn kaum wiedererkennen.« Während Saadi so sprach, hatten die beiden Freunde bereits in meine Straße eingelenkt. Saad, der mich schon von fern und zuerst bemerkte, sagte zu seinem Freunde: »Es scheint mir, du hast etwas zu voreilig triumphiert. Ich sehe Hasan Alhabbal, kann aber an seiner Person nicht die mindeste Veränderung entdecken; er ist noch so schlecht gekleidet, wie damals, als wir mit ihm sprachen, und der ganze Unterschied besteht darin, daß sein Turban etwas sauberer aussieht. Überzeuge dich selbst, ob es wahr ist oder nicht.«

Saadi, der mich ebenfalls bemerkt hatte, sah, als er näher kam, recht gut, daß Saad recht hatte, und wußte nicht, was er von der geringen Veränderung denken sollte, die er an mir wahrnahm. Er war darüber so erstaunt, daß er kein Wort zu mir sprach; Saad aber begrüßte mich mit dem gewöhnlichen Gruße und sagte dann: »Nun, Hasan, wir dürfen wohl nicht erst fragen, wie es seit unserem letzten Zusammentreffen mit deinen Angelegenheiten steht; ohne Zweifel haben sie einen besseren Gang genommen und die zweihundert Goldstücke haben deine Lage verbessert?«

»Edle Herren«, antwortete ich, »ich muß euch zu meinem großen Leidwesen gestehen, daß eure Wünsche und Hoffnungen, wie auch die meinigen, nicht den Erfolg hatten, den ihr davon erwarten durftet, und den ich selbst mir versprach. Ihr werdet das seltsame Abenteuer, das mir zugestoßen ist, kaum glauben wollen; gleichwohl versichere ich euch, so wahr ich ein ehrlicher Mann bin, daß ich euch die blanke Wahrheit berichten will.«

Ich erzählte ihnen nun mein Abenteuer mit all den Umständen, die ich soeben meinem Herrn und König mitzuteilen die Ehre hatte.

Saadi verwarf meine Erzählung ganz und gar. »Hasan«, sagte er, »du willst dich über mich lustig machen und mich zum besten haben; was du da sagst, ist ja ganz unglaublich: Die Hühnergeier machen nicht auf Turbane Jagd, sie begehren nur das, was ihren Heißhunger befriedigen kann. Du hast indessen getan, wie alle Leute deines Gelichters zu tun pflegen. Sobald sie einen außerordentlichen Gewinn machen, oder ihnen ein unerwartetes Glück zuteil wird, so vernachlässigen sie ihr Geschäft, gehen den ganzen Tag ihrem Vergnügen nach, schmausen und leben herrlich und in Freuden, solange das Geld währt, und wenn dann alles verzehrt ist, so befinden sie sich wieder in derselben Not und Dürftigkeit, wie zuvor. Du bleibst darum in deinem Elende stecken, weil du es verdienst, und dich der Wohltat, die man dir erweist, unwürdig machst.«

»Herr«, antwortete ich, »ich muß mir diese und noch viel bitterere Vorwürfe von dir gefallen lassen; ich ertrage sie mit um so größerer Geduld, als ich überzeugt bin, daß ich sie nicht verdient habe. Die Sache ist übrigens in dem ganzen Stadtviertel so ruchbar, daß jedermann sie dir bezeugen wird. Erkundige dich selbst, so wirst du finden, daß ich dich nicht belüge. Ich muß gestehen, auch ich habe noch nie sagen gehört, daß Hühnergeier Turbane entführen, allein mir ist es begegnet, und so geschehen tagtäglich tausend Sachen, die früher nie vorgekommen sind.«

Saad ergriff meine Partei und erzählte seinem Freunde Saadi so viel andere gleich merkwürdige Geschichten von Hühnergeiern, daß dieser zuletzt seinen Beutel aus dem Busen zog und mir zweihundert neue Goldstücke in die Hand zählte, die ich in Ermangelung eines Beutels ebenfalls in meinen Busen steckte.

Als Saadi mir diese Summe hingezählt hatte, sagte er: »Hasan, ich will dir noch diese zweihundert Goldstücke schenken, aber verwahre sie ja an einem sicheren Orte, damit du nicht wieder so unglücklich bist, sie zu verlieren, und denke darauf, dir durch sie diejenigen Vorteile zu verschaffen, die du eigentlich schon aus den ersten hättest ziehen sollen.« Ich versicherte ihm, daß ich ihm für diese zweite Gnade um so innigeren Dank wissen werde, als ich sie nach dem oben gedachten Vorfall nicht verdiene, und daß ich alles aufbieten werde, um seinen guten Rat mir zunutzen zu machen. Ich wollte noch mehr sprechen, allein er ließ mir keine Zeit dazu, sondern ging schnell mit seinem Freunde weiter.

Als sie weg waren, ließ ich meine Arbeit liegen und kehrte nach Hause zurück, wo ich aber weder Frau noch Kinder antraf. Ich legte nur zehn Goldstücke von den zweihundert beiseite und hüllte die übrigen in ein Stück Leinwand, das ich zuknüpfte. Die Hauptsache war jetzt, dasselbe an einem sichern Ort zu verbergen. Nach reiflicher Überlegung fiel mir endlich ein, es in ein irdenes mit Kleien angefülltes Gefäß, das in einem Winkel stand, zu legen, da ich nicht glauben konnte, daß meine Frau oder Kinder es hier suchen würden. Meine Frau kam bald darauf nach Hause, und da ich nur noch sehr wenig Hanf mehr vorrätig hatte, so sagte ich zu ihr, ich wolle ausgehen und welchen kaufen, erwähnte aber der beiden Freunde mit keinem Worte.

Ich ging also fort; aber während ich diesen Einkauf machte, kam ein Mann, welcher Waschton, wie ihn die Frauen beim Baden brauchen, zu verkaufen hatte, durch die Straße gegangen und rief seine Ware aus.

Meine Frau, die von diesem Tone nichts mehr hatte, rief dem Mann, und da sie nicht bei Gelde war, fragte sie ihn, ob er ihr wohl etwas von seinem Ton gegen Kleie ablassen wolle. Der Verkäufer verlangte die Kleie zu sehen; meine Frau zeigte ihm das Gefäß und sie wurden handelseinig. Sie empfing den Waschton, und der Mann ging mit dem Kleiengefäß fort.

Bald darauf kam ich mit so viel Hanf, als ich nur tragen konnte, zurück, und mit mir fünf Lastträger, ebenfalls mit dieser Ware beladen, womit ich nun meinen hölzernen Verschlag anfüllte, den ich in meinem Hause angebracht hatte. Ich bezahlte die Lastträger für ihre Mühe, und als sie fort waren, wollte ich mir einige Augenblicke Ruhe gönnen, um mich von meiner Müdigkeit zu erholen. Sodann warf ich meine Blicke nach der Stelle hin, wo ich das Kleiengefäß gelassen hatte, und sah es jetzt nicht mehr.

Beherrscher der Gläubigen! Ich kann dir den Schrecken nicht schildern, der sich in diesem Augenblick meiner Sinne bemächtigte. Hastig fragte ich meine Frau, wo es denn hingekommen sei? Und sie erzählte mir den Handel, den sie gemacht, und wobei sie viel gewonnen zu haben glaubte.

»Unglückliche!« rief ich, »ach, du weißt nicht, in welches Unglück du mich, dich selbst und deine Kinder durch diesen Handel gestürzt hast, der uns rettungslos zugrunde richtet. Du glaubtest bloß Kleie zu verkaufen, und hast mit dieser Kleie deinen Waschtonhändler um hundertundneunzig Goldstücke reicher gemacht, womit Saadi, der heute in Begleitung seines Freundes wieder zu mir kam, mich zum zweitenmal beschenkt hatte.«

Es fehlte wenig, so wäre meine Frau in Verzweiflung geraten, als sie erfuhr, welch großen Fehler sie in der Unwissenheit begangen hatte. Sie brach in lautes Wehklagen aus, zerschlug sich die Brust, zerraufte sich die Haare, zerriß ihr Kleid und rief: »Ach, wie unglücklich bin ich! Verdiene ich nach diesem schrecklichen Mißgriff noch zu leben? Wo soll ich diesen Waschtonhändler aufsuchen? Ich kenne ihn ja nicht, er ist bloß dies einzige Mal durch unsere Straße gekommen und vielleicht werde ich ihn nie wieder sehen. Ach, lieber Mann«, fuhr sie fort, »du hast sehr unrecht gehandelt; warum mußt du auch bei einer Sache von solcher Wichtigkeit so zurückhaltend gegen mich sein! Dies wäre alles nicht geschehen, wenn du mir dein Geheimnis mitgeteilt hättest.« Ich würde nicht zu Ende kommen, wenn ich dir alles wieder sagen wollte, was der Schmerz ihr damals in den Mund legte; du weißt ja selbst, wie redselig die Frauen in ihren Trübsalen sind.

»Liebe Frau«, sagte ich zu ihr, mäßige dich; bedenkst du denn nicht, daß du durch dein Weinen und Schreien die ganze Nachbarschaft herbeilocken wirst, und diese brauchen nicht um unser Mißgeschick zu wissen. Statt Anteil daran zu nehmen oder uns zu trösten, würden sie sich nur über unsere Einfalt lustig machen.

»Das beste also ist, wir sagen keinem Menschen von diesem Verlust und schicken uns geduldig drein, so daß niemand etwas davon merkt; denn wir müssen uns dem Willen Gottes unterwerfen. Ja, laß uns ihn preisen, daß er von den zweihundert Goldstücken, die er uns gegeben, nur hundertundneunzig zurückgenommen und uns in seiner Güte noch zehn gelassen hat, die uns immerhin einige Unterstützung gewähren werden.«

So triftig auch meine Gründe waren, so wurde es mir doch sehr schwer, ihnen bei meiner

Frau Eingang zu verschaffen. Doch die Zeit, welche die größten und scheinbar unerträglichsten Leiden mildert, tröstete endlich auch sie.

»Wir leben freilich arm«, sagte ich zu ihr, »jedoch was haben denn die Reichen, das wir nicht auch hätten? Atmen wir nicht dieselbe Luft? Genießen wir nicht desselben Sonnenlichts und derselben Sonnenwärme? Einige Bequemlichkeiten, die sie vor uns voraus haben, könnten uns ihr Glück beneidenswert erscheinen lassen, allein sie müssen ja auch sterben wie wir. Genau genommen ist der Vorzug, den sie vor uns haben, so unbedeutend, daß wir ihn gar nicht in Betracht ziehen sollten, wenn wir nur immer die Furcht Gottes vor Augen und im Herzen haben.«

Ich will dich nicht länger mit den Betrachtungen langweilen, womit ich meiner Frau und mir selbst Trost einzusprechen suchte. Endlich wurden wir wieder ruhig, und ich ging wieder so munter an mein Geschäft, daß niemand sich hätte einfallen lassen, welch bedeutendes Unglück ich in so kurzer Zeit zweimal hintereinander gehabt habe.

Das einzige, was ich nicht verschmerzen konnte, und was mich oft und viel beschäftigte, war, wenn ich mich fragte, wie ich wohl vor Saadi bestehen würde, wenn er käme, um über seine zweihundert Goldstücke und die Verbesserung meiner Lage infolge seiner Freigebigkeit Rechenschaft zu fordern, und ich dann vor Beschämung zu Boden sinken müßte, obgleich ich das zweite Mal mein Unglück so wenig verschuldet hatte, als das erste.

Es dauerte diesmal länger, bis die beiden Freunde wieder kamen, um sich über meine Lage zu erkundigen. Saad hatte oft mit Saadi darüber gesprochen, aber dieser hatte es immer hinausgezogen. »Je länger wir warten«, sagte er, »um so reicher werden wir Hasan treffen und um so größer wird mein Vergnügen sein.«

Saad hatte nicht dieselbe Ansicht von der Wirkung, die das Geschenk seines Freundes gemacht haben würde. »Glaubst du denn wirklich«, sagte er, »Hasan werde dein Geschenk besser angewendet haben als das erste Mal? Ich rate dir, schmeichle dir nicht mit solchen Hoffnungen, denn dein Verdruß müßte dann nur noch um so empfindlicher sein, wenn du das Gegenteil findest.« »Doch«, erwiderte Saadi, »es kommt ja nicht alle Tage vor, daß ein Hühnergeier einen Turban mit in die Luft nimmt. Hasan ist von diesem Unglück plötzlich überfallen worden, er wird sich jetzt wohl vorgesehen haben, daß es ihm nicht wieder so ergangen ist.«

»Ich zweifle nicht daran«, entgegnete Saad, »allein ebenso gut kann jeder andere Zufall eingetreten sein, an welchen wir beide nicht denken konnten. Ich wiederhole es dir, mäßige deine Freude und mache dich ebenso gut auf Hasans Unglück gefaßt, als auf sein Glück. Um dir aufrichtig meine Meinung zu sagen, die ich von jeher gehabt habe, die dir aber nie gefallen will, eine Ahnung sagt mir, daß es dir nicht gelungen ist, und daß ich glücklicher sein werde mit meinem Beweise, daß ein Armer auf jedem anderen Wege eher reich werden kann, als durch Geld.«

Als Saad eines Tages wiederum bei Saadi war und sie sich lange miteinander gestritten hatten, sagte letzterer: »Genug, ich will mir heute noch Aufschluß darüber verschaffen, wie es mit der Sache steht. Es ist jetzt gerade Zeit zum Spazierengehen; laß uns sie nicht versäumen, sondern uns erkundigen, wer von beiden die Wette gewonnen hat.«

Die Freunde gingen aus und ich sah sie schon von weitem kommen. Ich war so bestürzt darüber, daß ich in Versuchung geriet, meine Arbeit liegen zu lassen und mich vor ihnen zu verbergen. Indes blieb ich dennoch bei meinem Geschäft und stellte mich, als ob ich sie nicht sehe; ich schlug meine Augen nicht eher zu ihnen auf, als bis sie mir so nahe waren, daß sie mich grüßten, und ich anständigerweise den Gruß nicht unerwidert lassen konnte. Dann aber schlug ich meine Augen wieder nieder, und indem ich ihnen meinen letzten Unfall ausführlich erzählte, machte ich ihnen begreiflich, warum sie mich immer noch in derselben Armut finden, wie das erste Mal, da sie mich gesehen haben.

Als ich mit meiner Erzählung zu Ende war, fügte ich hinzu: »Ihr werdet mir vielleicht einwenden, ich hätte die hundertundneunzig Goldstücke anderswo verwahren sollen, als in einem Kleiengefäß, das noch an demselben Tage aus meinem Hause geschafft wurde. Allein dieses Gefäß war schon seit einer Reihe von Jahren immer auf derselben Stelle gestanden, es hatte seinen bestimmten Zweck, und so oft auch meine Frau, wenn es voll war, die Kleie verkauft hatte, so war doch das Gefäß immer stehen geblieben. Wie hätte ich mir einfallen lassen können, daß gerade an diesem Tage während meiner Abwesenheit ein Waschtonhändler am Hause vorbeigehen, meine Frau ohne Geld sein und diesen Tauschhandel mit ihm abschließen mußte? Ihr könntet mir vielleicht entgegnen, ich hätte meiner Frau etwas davon sagen sollen; doch glaube ich nicht, daß so verständige Männer, wofür ich euch halte, mir diesen Rat gegeben hätten. Was aber den Punkt betrifft, daß ich sie nicht anderswo versteckt habe, so bürgt mir niemand dafür, daß sie dann sicherer gewesen wären.

»Herr«, fuhr ich dann gegen Saadi allein fort, »es hat Gott nicht gefallen, daß ich durch deine Freigebigkeit reich werden sollte; es ist dies eines seiner undurchdringlichen Geheimnisse, die wir nicht erforschen können. Er will mich nun einmal arm und nicht reich. Deshalb werde ich aber doch nie aufhören, dieselbe Dankbarkeit gegen dich zu empfinden, wie wenn deine Freigebigkeit den gewünschten Zweck vollkommen erreicht hätte.«

Ich schwieg, und Saadi nahm hierauf das Wort und sprach: »Hasan, wenn ich auch glauben wollte, daß alles das, was du da sagst, so wahr ist, als du uns gern überreden möchtest, und daß du es nicht bloß als Deckmantel brauchst, um deine Liederlichkeit oder schlechte Wirtschaft zu beschönigen, was auch wohl sein könnte, so würde ich mich dennoch hüten, irgend einen Schritt weiter zu tun und hartnäckig in Versuchen fortzufahren, die mich am Ende zugrunde richten müßten. Es ist mir nicht leid um die vierhundert Goldstücke, deren ich mich beraubt habe, weil ich einen Versuch machen wollte, dich aus deiner Armut zu ziehen. Ich habe dies Gott zuliebe getan, ohne von dir einen anderen Dank zu erwarten, als bloß das Vergnügen, dir etwas Gutes erwiesen zu haben.« Hierauf wandte er sich an seinen Freund und fuhr fort: »Saad, du kannst aus dem, was ich soeben gesprochen habe, abnehmen, daß ich das Spiel noch nicht ganz verloren gebe. Gleichwohl steht es dir frei, mit deiner Behauptung, die du schon so oft gegen mich ausgesprochen hast, auch einen Versuch zu machen. Zeige mir, daß es außer dem Gelde noch andere Mittel und Wege gibt, um das Glück eines armen Mannes zu machen in dem Sinne, wie wir beide es meinen, und suche dir keinen anderen dazu aus, als Hasan. Was du ihm auch immer geben magst, ich kann mich nicht überzeugen, daß er dadurch reicher werden könnte, als er durch die vierhundert Goldstücke hätte werden können.«

Saad hielt ein Stück Blei in der Hand und zeigte es Saadi. »Du hast gesehen«, sagte er jetzt zu diesem, »wie ich dies Stück Blei zu meinen Füßen aufraffte; ich will es Hasan schenken, und du wirst sehen, was es ihm mitbringen wird.«

Saadi lachte laut auf und verspottete Saad. »Ein Stück Blei!« rief er aus, »nun, was kann dies Hasan mehr eintragen, als einen Heller, und was kann er mit einem Heller anfangen?« Saad überreichte mir indes das Stück Blei und sagte: »Nimm es immerhin und laß Saadi lachen; du wirst uns dereinst von dem Glück, das es dir ins Haus gebracht, viel zu erzählen haben.«

Ich glaubte, Saad könne dies nicht im Ernste meinen und wolle nur seinen Scherz mit mir treiben. Gleichwohl nahm ich das Stück Blei mit Dank an, und um ihm seinen Willen zu tun, steckte ich es ziemlich nachlässig in meine Weste. Darauf verließen mich die beiden Freunde, um ihren Spaziergang fortzusetzen, und ich ging wieder an meine Arbeit.

Abends, als ich mich auskleidete, um schlafen zu gehen, und eben meinen Gürtel ablegte, fiel das Stück Blei, das Saad mir gegeben, und an das ich seither nicht mehr gedacht hatte, auf den Boden; ich hob es auf und legte es an den nächsten besten Ort.

In derselben Nacht geschah es, daß einer meiner Nachbarn, ein Fischer, bei Zurechtmachung seiner Netze bemerkte, daß es ihm an einem Stück Blei fehle. Er hatte keines mehr im Hause, auch waren die Läden alle verschlossen und er konnte es also nicht kaufen. Gleichwohl mußte er, wenn er und die Seinigen am folgenden Tag etwas essen wollten, zwei Stunden vor Tagesanbruch auf den Fischfang ausgehen. Er klagte seiner Frau diese Not und schickte sie aus, um in der Nachbarschaft etwas Blei aufzutreiben.

Die Frau gehorchte ihrem Manne, ging von Türe zu Türe auf beiden Seiten der Straße, fand aber nirgends, was sie suchte. Mit dieser Antwort kam sie zu ihrem Manne zurück, der ihr mehrere von den Nachbarn mit Namen aufführte und fragte, ob sie auch bei diesen allen angeklopft habe. Sie antwortete: »Ja.« – »Auch bei Hasan Alhabbal?« fragte er weiter; »ich wette, bei diesem bist du nicht gewesen.«

»Es ist wahr«, erwiderte die Frau, »es war mir zu weit an sein Haus, und wenn ich mich auch die Mühe nicht hätte verdrießen lassen, glaubst du denn, daß ich bei ihm etwas gefunden hätte? Zu ihm muß man nur gehen, wenn man selbst alles im Vollauf hat und nichts begehrt; ich weiß das aus Erfahrung.«

»Gleichviel«, sagte der Fischer, »du bist bloß zu faul dazu, und ich verlange, daß du jetzt hingehst. Du bist schon hundertmal bei ihm gewesen, ohne zu finden, was du suchtest; vielleicht findest du gerade heute das Blei, dessen ich bedarf: Noch einmal, ich verlange, daß du hingehst.«

Die Frau des Fischers ging murrend und brummend fort und klopfte an meine Türe. Ich schlief bereits, wachte aber sogleich auf und fragte, was es gebe. »Hasan Alhabbal«, sagte die Frau mit lauter Stimme, »mein Mann sollte ein Stück Blei haben, um seine Netze zurecht zu machen. Wenn du vielleicht welches hast, so läßt er dich darum bitten.«

Das Stück Blei, das Saad mir gegeben hatte, war mir noch so frisch im Gedächtnis, zumal da es mir beim Auskleiden auf den Boden gefallen war, daß ich es nicht vergessen haben konnte. Ich antwortete also meiner Nachbarin, ich habe welches, sie solle nur einen Augenblick warten, meine Frau werde es ihr bringen.

Meine Frau, die bei dem Lärmen ebenfalls aufgewacht war, stand auf und tappte im Finstern an den Ort, den ich ihr bezeichnete; als sie nun dort das Blei gefunden hatte, öffnete sie die Tür ein wenig und gab es der Nachbarin hinaus.

Die Frau des Fischers war ganz entzückt, daß sie nicht vergebens hatte kommen müssen und sagte zu meiner Frau: »Liebe Nachbarin, du tust meinem Mann und mir einen so großen Gefallen, daß ich dir alle Fische verspreche, die mein Mann bei dem ersten Wurf fängt, und ich bin überzeugt, daß er dies gern tun wird.«

Der Fischer war voll Freude, wider sein Erwarten das nötige Blei noch gefunden zu haben, und billigte mit Vergnügen das Versprechen seiner Frau. »Ich danke dir«, sagte er zu ihr, »daß du hierin meinen Willen so gut getroffen hast.« Sodann setzte er seine Netze vollends instand und ging wie gewöhnlich zwei Stunden vor Tag auf den Fischfang aus. Beim ersten Wurf zog er bloß einen einzigen Fisch heraus, der aber mehr als eine Elle lang und unverhältnismäßig dick war. Auch seine anderen Würfe fielen sämtlich glücklich aus, doch kam unter allen Fischen, die er fing, kein einziger dem ersten auch nur von ferne gleich.

Als er nun genug gefischt hatte und wieder nach Hause kam, so war sein Erstes, daß er an mich dachte, und ich machte große Augen, als ich bei meiner Arbeit ihn mit dem Fische vor mich treten sah. »Nachbar«, sagte er zu mir, »meine Frau hat dir heute Nacht zum Dank für deine Gefälligkeit die Fische versprochen, die ich beim ersten Wurfe fangen würde, und ich habe ihr Versprechen gutgeheißen. Gott hat mir bloß diesen einzigen für dich beschert, und ich bitte dich, ihn freundlich anzunehmen; hätte er mein Netz ganz mit Fischen angefüllt, so wären sie ebenfalls alle dein gewesen. Nimm daher mit diesem hier und meinem guten Willen vorlieb.«

»Nachbar«, antwortete ich, »das Stück Blei, das ich dir geschickt habe, ist so wenig wert, daß du durchaus keinen so hohen Preis darauf setzen solltest. Nachbarsleute müssen einander in ihren kleinen Bedürfnissen aushelfen, und ich habe für dich bloß getan, was ich in einem ähnlichen Falle von dir hätte erwarten können. Ich würde deswegen dein Geschenk ausschlagen, wenn ich nicht überzeugt wäre, daß du mir es von Herzen gern bietest, und daß du es für eine Beleidigung hieltest, wenn ich es nicht annähme. Ich nehme es also an, da du es so haben willst, und sage dir dafür meinen besten Dank.«

Damit hatten unsere gegenseitigen Höflichkeiten ein Ende, und ich trug den Fisch zu meiner Frau. »Da hast du einen Fisch«, sagte ich zu ihr; »unser Nachbar, der Fischer, hat ihn mir soeben gebracht zum Dank für das Stück Blei, um das er uns in der letzten Nacht bitten ließ. Ich denke, dies ist alles, was wir von dem Geschenke hoffen dürfen, welches mir Saad gestern gemacht hat, und von dem er behauptete, es werde mir Glück bringen.« Zugleich erzählte ich ihr, daß die beiden Freunde wieder gekommen seien und was zwischen uns vorgefallen war. Meine Frau war in Verlegenheit, als sie diesen großen und dicken Fisch sah. »Was sollen wir damit anfangen?« sagte sie; »unser Bratrost ist nur für kleine Fische eingerichtet, und wenn wir ihn mit einer kurzen Brühe sieden wollen, so haben wir keinen Topf, der groß genug wäre.« – »Das sind deine Sachen«, sagte ich; »du kannst ihn sieden oder braten, ich bin mit allem zufrieden.« Mit diesen Worten ging ich zu meiner Arbeit zurück.

Als meine Frau den Fisch geschlachtet hatte, fand sie in seinen Eingeweiden einen großen Diamant, den sie rein abspülte und für bloßes Glas hielt. Sie hatte zwar schon von Diamanten sprechen gehört und vielleicht schon welche gesehen oder in der Hand gehabt, war aber zu wenig Kennerin, um sie gehörig unterscheiden zu können. Sie gab ihn also unserm jüngsten Kind, auf daß es mit seinen Schwesterchen und Brüderchen damit spielen sollte, und die Kinder nahmen ihn alle nacheinander in die Hand und freuten sich über seine Schönheit, seinen Glanz und sein Gefunkel.

Abends, als die Lampe angezündet war, bemerkten unsere Kinder, die noch immer mit dem Diamant spielten und ihn einander in die Hände gaben, daß er einen Schein von sich gab, wenn meine Frau, die mit Zubereitung des Abendessens beschäftigt war, zufällig an der Lampe vorbeikam und Schatten machte, und dies bewog dann die Kinder, ihn einander aus den Händen zu reißen, um Versuche damit zu machen. Dabei weinten die Kleinen, wenn die Größeren ihnen den Stein nicht lange genug lassen wollten, und diese mußten ihn dann zurückgeben, nur um sie zu beschwichtigen. Da Kinder wegen jeder Kleinigkeit lustig werden oder Streit anfangen, und dies alle Tage vorkommt, so fragte weder meine Frau noch ich um die Ursache des Höllenlärms und Geschreies, das sie miteinander verführten. Endlich wurden sie ruhig, als die Größeren sich an den Tisch gesetzt hatten, um mit uns zu Nacht zu speisen, und meine Frau den Kleineren jedem seinen Teil gegeben hatte. Nach dem Abendessen spielten die Kinder wieder miteinander, und bald war der Lärm noch

größer als vorher. Jetzt wollte ich wissen, warum sie miteinander streiten, rief also den Ältesten und fragte, was der Lärm zu bedeuten habe. »Lieber Vater«, antwortete das Kind, »wir haben hier ein Stück Glas, das einen Schein von sich gibt, wenn wir der Lampe den Rücken kehren und es so ansehen.« Ich ließ es mir bringen und machte selbst den Versuch. Die Sache schien mir seltsam und ich fragte meine Frau, was denn das für ein Stück Glas sei? »Ich weiß es nicht«, sagte sie, »ich habe es im Bauche des Fisches gefunden, als ich ihn zubereitete.« Ich dachte ebenso wenig daran, daß es etwas anderes als Glas sein könnte, doch wollte ich noch mehr Versuche damit machen und sagte daher zu meiner Frau, sie sollte die Lampe einmal in den Kamin stellen. Sie tat es, und nun sah ich, daß die vermeintliche Glasscherbe einen so hellen Schein verbreitete, daß wir die Lampe nicht mehr vonnöten hatten, um zu Bett zu gehen. Ich ließ sie daher auslöschen, und legte das Glas auf den Rand des Kamins, damit es uns leuchtete. »Dies ist«, sagte ich, »schon der zweite Vorteil, den wir von dem Stück Blei haben, das Saadis Freund mir gab; wir brauchen jetzt kein Öl mehr zu kaufen.« Als meine Kinder sahen, daß ich die Lampe hatte auslöschen lassen, und das Glas ihre Stelle vertrat, so erhoben sie aus Freude und Bewunderung ein solches Geschrei, daß man es weit umher in der Nachbarschaft hörte. Wir beide, meine Frau und ich, vermehrten den Lärm noch, indem wir ihnen zuschrieen, sie sollen schweigen; allein wir konnten ihrer nicht Meister werden, bis sie im Bett lagen und einschliefen, nachdem sie sich zuvor noch lange Zeit nach ihrer Weise über den wunderbaren Schein des Glases unterhalten hatten.

Meine Frau und ich gingen nun zu Bett, und am anderen Morgen in der Frühe begab ich mich wieder, ohne weiter an das Stück Glas zu denken, an meine Arbeit. Niemand wird sich darüber verwundern, daß dies einem Mann wie mir begegnet ist, der in seinem Leben bloß Glas, aber niemals Diamanten gesehen, oder wenn er dergleichen sah, sich nie um ihren Wert bekümmert hatte. Hier muß ich dir bemerken, Beherrscher der Gläubigen, daß zwischen meinem Haus und dem meines nächsten Nachbarn sich bloß eine sehr dünne Bretterwand befand. Dieses Haus aber gehörte einem sehr reichen Juden, der seines Zeichens ein Juwelier war, und das Zimmer, wo er und seine Frau schliefen, stieß an die Scheidewand. Sie waren schon zu Bett gewesen und eingeschlafen, als meine Kinder so abscheulich zu lärmen anfingen; der Lärm hatte sie aufgeweckt und sie hatten lange nicht mehr einschlafen können.

Am Morgen kam dann die Frau des Juden, um sich sowohl in ihrem eigenen als in ihres Mannes Namen bei meiner Frau zu beschweren, daß sie in ihrem ersten Schlafe gestört worden seien. »Meine liebe Rahel«, – so hieß nämlich die Jüdin – gab meine Frau zur Antwort, »es tut mir sehr leid, daß dies vorgefallen ist, und ich bitte dich um Entschuldigung. Du weißt selbst, wie die Kinder sind, sie können über eine Kleinigkeit lachen und weinen. Komm herein, so will ich dir das Ding zeigen, das deine Klage veranlaßt hat.« Die Jüdin trat hinein, und meine Frau nahm den Diamant – denn es war wirklich einer und zwar ein sehr ausgezeichneter – vom Kamine herab, zeigte ihr denselben und sagte: »Da sieh, dieses Stück Glas ist an dem ganzen Lärm schuld, den du gestern Abend gehört hast.« Indes nun die Jüdin, die sich auf alle Arten von Edelsteinen wohl verstand, den Diamant mit Bewunderung besichtigte, erzählte ihr meine Frau, wie sie ihn im Bauche des Fisches gefunden und wie alles zugegangen sei. Als meine Frau ausgesprochen hatte, gab ihr die Jüdin den Diamant zurück und sagte zu ihr: »Aischa«, – sie wußte nämlich ihren Namen – »ich halte es ebenfalls für Glas; da es aber weit schöner ist als gewöhnliches Glas, und ich schon ein ganz ähnliches Stück Glas zu Hause habe, womit ich mich bisweilen schmücke und wozu es schön passen würde, so möchte ich es dir gern abkaufen.« Als meine Kinder vom Verkauf ihres Spielwerks reden hörten, so unterbrachen sie das Gespräch mit lautem Geschrei, und baten ihre Mutter, es ihnen zu lassen, so daß sie es ihnen versprechen mußte, nur um sie wieder zu beruhigen.

Die Jüdin mußte nach Hause zurückgehen und bat meine Frau, die sie bis an die Haustüre geleitete, beim Abschiede noch ganz leise, wenn sie das Stück Glas verkaufen wolle, so möchte sie es ja niemand zeigen, bevor sie ihr davon Nachricht gegeben hätte.

Der Jude war schon in aller Frühe nach dem Juwelierplatz in seinen Laden gegangen. Seine Frau eilte ihm nach und meldete ihm die Entdeckung, die sie gemacht hatte; sie beschrieb ausführlich die Größe, das ungefähre Gewicht, die Schönheit und den Glanz des Diamanten, besonders aber seine ausgezeichnete Eigenschaft, bei Nacht zu leuchten, wie ihr meine Frau in ihrer arglosen und treuherzigen Geschwätzigkeit erzählt hatte.

Der Jude schickte seine Frau sogleich zurück mit dem Auftrage, mit der meinigen zu unterhandeln und ihr anfangs wenig zu bieten, aber je nachdem sie Schwierigkeiten finde, immer höher zu gehen und endlich den Handel um jeden Preis abzuschließen.

Die Jüdin kam also, nahm meine Frau beiseite, ohne abzuwarten, bis sie sich selbst zum Verkauf des Diamanten entschlossen hätte, und fragte sie, ob sie nicht zwanzig Goldstücke für dieses Glas nehmen wolle, denn es sei doch nichts anderes. Meine Frau fand diese Summe bedeutend, wollte aber weder Ja noch Nein antworten, sondern sagte der Jüdin bloß, sie könne sich nicht darauf einlassen, bevor sie mit mir gesprochen hätte.

Mittlerweile wurde es Zeit zum Mittagessen, und ich wollte eben in meine Wohnung eintreten, als sie noch an der Türe miteinander sprachen. Meine Frau rief mich und fragte, ob ich es erlaube, wenn sie das im Bauche des Fisches gefundene Stück Glas für zwanzig Goldstücke verkaufen wollte, die unsere Nachbarin, die Jüdin, darauf geboten habe.

Ich gab nicht sogleich eine entscheidende Antwort, denn ich erinnerte mich jetzt der zuversichtlichen Art, wie Saad, als er mir das Stück Blei gab, behauptet hatte, es müsse mein Glück machen. Die Jüdin aber glaubte, ich antworte deswegen nicht, weil ich ihr Gebot verschmähe, und sagte daher schnell: »Nachbar, ich gebe dir fünfzig. Bist du damit zufrieden?«

Als ich sah, daß die Jüdin so geschwind von zwanzig Goldstücken auf fünfzig stieg, so wurde ich immer zäher und sagte, das sei noch lange nicht der Preis, zu dem ich es zu verkaufen gedenke. »Nachbar«, erwiderte sie, »ich gebe hundert Goldstücke; dies ist gewiß sehr viel und ich weiß nicht einmal, obe mein Mann es gutheißen wird.« Auf diese neue Steigerung sagte ich, ich verlange hunderttausend Goldstücke, obwohl ich recht gut wisse, daß der Diamant weit mehr wert sei. Indes wolle ich mich als guter Nachbar, ihr und ihrem Manne zu Gefallen, mit dieser Summe begnügen, weiter herab aber werde ich nicht gehen, und wenn sie mit diesem Preis nicht zufrieden, so werden andere Juweliere gewiß noch mehr dafür geben.

Die Jüdin bot mir zu wiederholten Malen fünfzigtausend Goldstücke, die ich aber nicht annahm, denn die gierige Art, womit sie den Handel abschließen wollte, bestärkte mich in meinem Entschluß, bei hunderttausend zu beharren. »Mehr«, sagte sie, »kann ich ohne Einwilligung meines Mannes nicht bieten; er wird aber auf den Abend nach Hause kommen und ich bitte dich nur um die Gefälligkeit, daß du solange Geduld hast, bis er mit dir sprechen und den Diamanten sehen kann.« Ich versprach ihr dies.

Als der Jude am Abend nach Hause kam, sagte ihm seine Frau, sie habe weder mit mir noch meiner Frau etwas ausgerichtet, obgleich sie mir fünfzigtausend Goldstücke geboten, und dann habe sie nur noch um die Gefälligkeit bitten können, auf ihn zu warten.

Der Jude nahm die Zeit wahr, wo ich von meiner Arbeit nach Hause zurückkam. »Nachbar Hasan«, rief er mir zu, »sei doch so gut und zeige mir den Diamanten, den deine Frau der meinigen gezeigt hat.« Ich hieß ihn ins Haus treten und zeigte ihm denselben.

Da es bereits dunkel war und die Lampe noch nicht brannte, so erkannte er sogleich aus dem Schein, den der Diamant von sich strahlte, und aus seinem herrlichen Glanz auf meiner Hand, die wie im Feuer zu liegen schien, daß seine Frau ihm einen getreuen Bericht abgestattet hatte. Er nahm ihn in die Hand, besichtigte ihn lange Zeit und konnte keine Worte für seine Bewunderung finden. »Lieber Nachbar«, sagte er endlich, »meine Frau hat dir, wie sie gesagt, fünfzigtausend Goldstücke dafür geboten; damit du nun ganz zufrieden bist, so biete ich noch zwanzigtausend dazu.« – »Nachbar«, antwortete ich, »deine Frau hätte dir auch sagen sollen, daß ich hunderttausend dafür verlangt habe; entweder gibst du mir so viel, oder der Diamant bleibt mein; ich gehe um keinen Heller herab.« Er feilschte noch lange, in der Hoffnung, ich würde ihm etwas nachlassen, allein es gelang ihm nicht, und aus Furcht, ich möchte den Diamanten auch anderen Juwelieren zeigen, wie ich jedenfalls getan hätte, schloß er den Handel endlich um den verlangten Preis ab. Er sagte, er habe zwar die hunderttausend Goldstücke nicht bar daliegen, werde mir aber morgen um dieselbe Stunde und noch früher die ganze Summe übermachen, und damit der Kauf ganz fest stände, brachte er mir am nämlichen Abend zwei Beutel von je tausend Goldstücken.

Ich weiß nicht, ob der Jude das Geld von seinen Freunden entlehnte, oder mit anderen Juwelieren zusammenstand, kurz und gut, am anderen Tage zählte er mir auf die bestimmte Stunde hunderttausend Goldstücke blank auf den Tisch, und ich übergab ihm den Diamant.

Als ich nun durch diesen Handel über alle Erwartung reich geworden war, dankte ich Gott für seine Güte und Milde, und gern hätte ich mich zu Saads Füßen geworfen, um ihm meine Erkenntlichkeit zu beweisen, wenn ich nur seine Wohnung gewußt hätte. Ebenso erging es mir mit Saadi, den ich als die erste Ursache meines Glückes verehren mußte, obschon sein guter Plan ihm nicht gelungen war.

Ich dachte nun darauf, wozu ich wohl diese bedeutende Summe am besten verwenden könne. Meine Frau, welcher von der gewöhnlichen Eitelkeit ihres Geschlechts bereits der Kopf schwindelte, machte mir sogleich den Vorschlag, kostbare Kleider für sie und ihre Kinder, dann auch ein Haus zu kaufen und es reich auszuschmücken. Überlaß die Sache mir: Was du da verlangst, wird nicht ausbleiben. Obgleich das Geld nur dazu da ist, um ausgegeben zu werden, so müssen wir es doch so einrichten, daß wir ein Kapital anlegen, wovon wir bloß die Zinsen verbrauchen wollen, ohne den Grundstock anzugreifen. Dies ist mein Plan und gleich morgen will ich das Kapital anlegen.«

Den folgenden Tag wandte ich ganz dazu an, zu einer Menge meiner Handwerksgenossen zu gehen, die in ebenso schlechten Umständen waren, wie ich bisher; ich schoß ihnen Geld vor und verpflichtete sie, jeden nach seiner Geschicklichkeit und Fähigkeit, allerlei Arten von Seilerarbeit für mich zu besorgen. Zugleich versprach ich ihnen, sie nicht lange warten zu lassen, sondern pünktlich und gut zu bezahlen, sowie sie mir ihre Arbeiten brächten. Den nächstfolgenden Tag verpflichtete ich auch noch die übrigen Seiler, die in diesen Umständen waren, für mich zu arbeiten, und seitdem stehen alle Leute von diesem Handwerk in ganz Bagdad für mich in Arbeit, sind aber auch sehr wohl zufrieden mit der Pünktlichkeit, womit ich mein Versprechen gegen sie erfülle.

Da diese Masse von Handwerksleuten eine verhältnismäßige Menge von Arbeiten fertig machen mußte, so mietete ich mir an verschiedenen Orten Lagerhäuser und stellte in jedem einen Geschäftsführer auf, der die angefertigte Arbeit in Empfang nehmen und den Verkauf im ganzen wie im einzelnen besorgen mußte: Eine Einrichtung, die mir bald bedeutenden Gewinn und eine ansehnliche Einnahme verschaffte.

In der Folge kaufte ich, um meine vielen zerstreuten Warenlager auf einem einzigen Punkte zu vereinigen, ein großes Haus, das zwar sehr vielen Raum hatte, aber baufällig war, ließ es niederreißen und an seiner Stelle dasjenige erbauen, das du, Herr König, gestern gesehen hast. So stattlich es auch erscheint, so besteht es doch nur aus den notwendigen Warenböden und aus den Wohnzimmern, so viel ich für mich und meine Familie brauche.

Es war schon einige Zeit, daß ich mein altes Häuschen verlassen und mein neues, großes Haus bezogen hatte, als Saadi und Saad, die bisher nicht mehr an mich gedacht, sich auch einmal meiner erinnerten. Sie verabredeten einen Spaziergang, und als sie durch die Straße kamen, wo sie mich sonst immer gesehen hatten, verwunderten sie sich höchlich, da sie mich nicht mehr wie gewöhnlich an meinem kleinen Seilergestell arbeitend antrafen. Sie fragten, was aus mir geworden und ob ich tot oder noch am Leben sei? Aber wie groß war ihr Erstaunen, als sie vernahmen, daß der, nach welchem sie fragten, ein vornehmer Kaufmann geworden sei und nicht mehr schlechthin Hasan, sondern Chogia Hasan Alhabbal, das heißt: Kaufmann Hasan der Seiler, heiße, und sich in der und der Straße ein Haus habe erbauen lassen, das aussehe wie ein Palast.

Die beiden Freunde suchten mich in der ihnen bezeichneten Straße auf, und da Saadi sich nicht denken konnte, daß das Stück Blei, das Saad mir gegeben, die Ursache so großen Glücks für mich geworden sein sollte, so sagte er unterwegs zu Saad: »Ich freue mich außerordentlich, daß ich Hasan Alhabbals Glück gegründet habe; nur gefällt es mir nicht, daß er mich zweimal belogen hat, um mir vierhundert statt zweihundert Goldstücke abzulocken: Denn dem Stück Blei, das du ihm schenktest, kann ich doch sein Glück nicht zuschreiben, auch wird sich niemand dies sonst einfallen lassen.«

Das mag deine Meinung sein«, antwortete Saad; »die meinige ist es nicht; auch sehe ich keinen Grund, warum du gegen Chogia Hasan so ungerecht sein willst, ihn für einen Lügner zu halten. Erlaube mir, zu glauben, daß er uns die Wahrheit berichtet und nichts verheimlicht hat, und daß das Stück Blei, das ich ihm gab, die einzige Ursache seines Glückes ist. Doch Chogia Hasan wird uns bald selbst Aufschluß darüber erteilen.«

Unter solchen Gesprächen kamen die Freunde in die Straße, wo mein Haus liegt. Sie fragten nach demselben, und man zeigte es ihnen. Als sie die Vorderseite betrachteten, konnten sich kaum glauben, daß es mir gehören sollte. Gleichwohl klopften sie an die Tür und mein Pförtner öffnete ihnen.

Saadi, der eine Unhöflichkeit zu begehen fürchtete, wenn er das Haus, das er suchte, mit dem irgend eines bedeutenden Mannes verwechselte, sagte zu dem Pförtner: »Man hat uns gesagt, dieses gehöre dem Chogia Hasan Alhabbal; sprich, ob wir uns irren oder nicht.« – »Nein, Herr, du irrst dich nicht«, antwortete der Türsteher, indem er die Pforte noch weiter öffnete, »du bist im rechten Hause: Tritt nur herein, er befindet sich eben im Saal, und einer von seinen Sklaven wird dich anmelden.«

Die beiden Freunde ließen sich bei mir anmelden, und ich erkannte sie auf den ersten Blick. Ich stand sogleich auf, lief ihnen entgegen und wollte den Saum ihres Kleides fassen, um ihn zu küssen. Sie ließen es nicht zu, und ich mußte mir wider meinen Willen gefallen lassen, daß sie mich umarmten. Ich lud sie ein, auf eine mit Teppichen belegte Erhöhung zu treten, und bot ihnen da ein Sofa an, das die Aussicht nach dem Garten hatte. Hier bat ich sie, sich zu setzen; allein sie verlangten, ich solle den Ehrenplatz einnehmen. »Edle Herren«, sagte ich zu ihnen, »ich habe nicht vergessen, daß ich der arme Hasan Alhabbal bin, und wenn ich auch ein ganz anderer wäre, als ich bin, und nicht die Verpflichtung gegen euch hätte, die ich wirklich habe, so weiß ich doch, was euch gebührt. Ich bitte euch also, beschämt mich nicht länger.« Sie nahmen jetzt den ihnen gebührenden Platz ein, und ich setzte mich ihnen gegenüber.

Nun ergriff Saadi das Wort und sagte, gegen mich gewendet: »Chogia Hasan, ich kann dir nicht sagen, wie sehr ich mich freue, dich in der Lage zu sehen, die ich dir damals wünschte, als ich dir zweimal hintereinander und ohne Vorwürfe zweihundert Goldstücke schenkte, und ich bin überzeugt, daß diese vierhundert Goldstücke die wunderbare Veränderung deiner Lage bewirkt haben, die ich mit so vielem Vergnügen wahrnahm. Nur eins kann ich nicht begreifen, nämlich aus welchem Grund du mir zweimal die Wahrheit verhehltest und Verluste vorspiegeltest, deren Veranlassung mir heute noch so unglaublich erscheint, wie damals. Nicht wahr, das letzte Mal, als wir dich sahen, hattest du mit den vierhundert Goldstücken deine Angelegenheiten noch so wenig verbessert, daß du dich schämtest, es uns zu gestehen? Ich will dies wenigstens zum voraus annehmen, und erwarte, daß du meine Meinung bestätigen wirst.«

Saad hörte diese Rede Saadis mit großer Ungeduld, ich will nicht sagen mit Unwillen, an, was er auch durch seine gesenkten Blicke und durch sein Kopfschütteln zu erkennen gab. Gleichwohl ließ er ihn aussprechen, ohne den Mund zu öffnen. Als er aber zu Ende war, sagte er: »Verzeihe,

Saadi, wenn ich vor Chogia Hasan das Wort ergreife, um dir zu sagen, daß ich mich über dein Vorurteil gegen seine Aufrichtigkeit, sowie darüber sehr wundern muß, wie du auf deinem Unglauben an seine früheren Versicherungen beharren magst. Ich habe es dir schon einmal gesagt und wiederhole es jetzt, daß ich gleich im Anfang seiner schmucklosen Erzählung von dem doppelten Mißgeschick, das er hatte, Glauben schenkte, und du magst sagen, was du willst, ich bin dennoch überzeugt, daß die Sache sich wirklich so verhält. Lassen wir indes ihn selbst sprechen, er wird uns am besten darüber Auskunft geben können, wer von uns beiden ihn richtig beurteilt hat, und wer nicht.«

Nachdem die beiden Freunde so gesprochen, ergriff ich das Wort und sagte, zu beiden gewendet: »Edle Herren, ich würde mich in betreff des von euch verlangten Aufschlusses zu ewigen Stillschweigen verdammen, wenn ich nicht zum voraus überzeugt wäre, daß euer Streit wegen meiner nicht imstande ist, das Freundschaftsband, das eure Herzen verknüpft, zu zersprengen. Ich werde mich also, da ihr es verlangt, erklären, zuvor aber beteure ich, daß es mit derselben Aufrichtigkeit geschehen wird, womit ich euch früher erzählte, was mir begegnet war.« Ich erzählte ihnen hierauf die ganze Geschichte Punkt für Punkt, wie ich sie meinem Herrn König erzählt habe, und vergaß keinen einzigen Umstand.

Meine Beteuerungen machten indessen nicht so viel Eindruck auf Saadi, daß er von seinem Vorurteil zurückgekommen wäre. Als ich zu Ende war, sagte er zu mir: »Chogia Hasân, das Abenteuer mit dem Fisch und dem in seinem Bauche gefundenen Diamanten scheint mir ebenso unglaublich, als die Entführung deines Turbans durch einen Hühnergeier, und der Umtausch des Kleiengefäßes gegen Waschton; dem mag übrigens sein wie ihm wolle, ich habe mich jetzt jedenfalls überzeugt, daß du nicht mehr arm bist, sondern reich, was ich gleich anfangs zu bewerkstelligen beabsichtigte, und ich freue mich von ganzem Herzen darüber.«

Da es schon spät war, so stand er auf und wollte sich verabschieden; Saad mit ihm. Ich stand ebenfalls auf, hielt ihn zurück und sagte zu ihnen: »Edle Herren, erlaubt, daß ich euch um eine Gnade bitte, die ihr mir nicht abschlagen dürfet. Erzeiget mir die Ehre, eine einfache Abendmahlzeit und ein Nachtlager bei mir anzunehmen, damit ich euch morgen früh zu Wasser nach einem kleinen Landhause führen kann, das ich mir gekauft habe, um daselbst von Zeit zu Zeit frische Luft zu genießen; ich werde euch noch am selben Tage mit meinen Pferden zu Lande wieder zurückführen.«

»Wenn Saad keine Geschäfte hat, die ihn anderswohin rufen«, sagte Saadi, »so nehme ich es von Herzen gern an.« – »Ich habe nie Geschäfte«, antwortete Saad, »sobald es sich davon handelt, deine Gesellschaft zu genießen; wir müssen aber«, setzte er hinzu, »beide nach Hause schicken und sagen lassen, daß man uns nicht erwarten soll.« Ich ließ ihnen einen Sklaven kommen, und während sie ihm ihren Auftrag erteilten, benutzte ich die Zeit, um Befehle zur Zubereitung des Mahles zu geben.

Inzwischen zeigte ich meinen Wohltätern mein Haus, und sie fanden es für mein Geschäft sehr zweckmäßig angelegt. Ich nenne sie beide ohne Unterschied meine Wohltäter, weil ohne Saadi Saad mir das Stück Blei nicht gegeben und ohne Saad Saadi sich schwerlich an mich gewendet haben würde, um mir die vierhundert Goldstücke zu schenken, von denen ich den Anfang meines Glückes herschreibe. Sodann führte ich sie in den Saal zurück, wo sie über die Einzelheiten meines Geschäfts allerlei Fragen an mich richteten, die ich zu ihrer Zufriedenheit beantwortete.

Endlich meldete man mir, das Abendessen sei aufgetragen. Da die Tafel in einem anderen Saale gedeckt war, so lud ich sie ein, sich dahin zu bemühen. Sie wunderten sich höchlich über die glänzende Beleuchtung und die Niedlichkeit des Saales, und auch die Getränke, sowie die Speisen fanden sie ganz nach ihrem Geschmack. Während der Mahlzeit unterhielt ich sie mit einem Konzert, und als abgetragen war, ließ ich einen Trupp Tänzer und Tä nzerinnen ihre Künste zeigen und sorgte für alle möglichen Ergötzlichkeiten, nur um ihnen zu zeigen, wie sehr ich von Dank gegen sie durchdrungen sei.

Am anderen Morgen hatte ich mit Saadi und Saad verabredet, sehr früh aufzubrechen, um die Morgenfrische zu genießen, und wir begaben uns daher noch vor Sonnenaufgang an das Ufer des Flusses; dort trafen wir ein bequemes und mit Teppichen belegtes Fahrzeug, stiegen hinein und kamen mit Hilfe sechs tüchtiger Ruderer und der günstigen Strömung des Flusses nach etwa anderthalbstündiger Fahrt bei meinem Landhaus an.

Als wir ausstiegen, blieben beide Freunde stehen, nicht sowohl um das schöne Äußere des Hauses zu betrachten, als um seine vortreffliche Lage und die herrlichen Aussichten zu bewundern, die weder zu beschränkt noch zu ausgedehnt, und nach allen Seiten hin sehr lieblich waren. Ich führte sie in die Zimmer, machte sie auf den Ausschmuck derselben, auf das An- und Zugehör und alles, was sonst zur Bequemlichkeit diente, aufmerksam, und sie fanden alles freundlich und anmutig.

Sofort gingen wir in den Garten, wo ihnen nichts besser gefiel, als ein Wald von Zitronen- und Pomeranzenbäumen aller Arten, deren Blüten und Früchte die Luft durchdufteten; sie waren in regelmäßige Baumgänge gepflanzt und durch ein immer fließendes Bächlein von lebendigem Wasser aus dem Strome bewässert. Der Schatten, die Kühle während der größten Sonnenglut, das sanfte Gemurmel des Wassers, der melodische Waldgesang unzähliger Vögel und mehrere andere Annehmlichkeiten machten einen solchen Eindruck auf sie, daß sie fast bei jedem Schritte stehen blieben, bald um mir ihren Dank dafür auszudrücken, daß ich sie an einen so anmutigen Ort geführt, bald um mir zu einem solchen Besitztume Glück zu wünschen und andere Artigkeiten zu sagen.

Ich führte sie bis ans Ende dieses Waldes, der sehr lang und sehr breit ist, und machte sie daselbst auf ein Gehölz von großen Bäumen aufmerksam, womit mein Garten aufhört. Hier führte ich sie in ein nach allen Seiten hin offenes, von einer Gruppe von Palmbäumen, die aber nach keiner Seite hin die Aussicht benahmen, überschattetes Zimmer, und lud sie ein, hineinzutreten und auf einem mit Teppichen und Polstern versehenen Sofa auszuruhen.

Zwei meiner Söhne, die ich der guten Luft wegen vor einiger Zeit mit ihrem Lehrer hierher geschickt hatte, waren tiefer in das Gehölz eingedrungen, um Vogelnester zu suchen. Endlich bemerkten sie eins zwischen den Zweigen eines großes Baumes. Sie versuchten anfangs hinaufzuklettern, da es ihnen aber sowohl an Kraft als an Geschicklichkeit gebrach, so zeigten sie es einem Sklaven, den ich ihnen mitgegeben, und der sie nicht verlassen durfte, und befahlen ihm, die Vögel auszunehmen.

Der Sklave stieg auf den Baum, gelangte bis an das Nest und sah zu seiner großen Verwunderung, daß dasselbe in einem Turban angebracht war. Er nahm nun das Nest, wie es war, stieg vom Baume herab und zeigte den Turban meinen Kindern. Da er indes nicht zweifelte, daß ich dies vielleicht selbst gern sehen würde, so machte er sie darauf aufmerksam und gab es dem ältesten, um es mir zu bringen.

Ich sah ihn schon von weitem mit großer Freude herbeikommen, wie Kinder, wenn sie ein Nest gefunden, sie gewöhnlich haben. Er überreichte es mir und sagte: »Sieh, lieber Vater, da ist ein Nest in einem Turban.«

Saadi und Saad waren über diese neue Erscheinung nicht minder überrascht, als ich; noch größer aber war mein Erstaunen, als ich den Turban für denjenigen wiedererkannte, den der Hühnergeier mir entführt hatte. Nachdem ich ihn voll Verwunderung genau besichtigt und nach allen Seiten gedreht hatte, fragte ich die beiden Freunde: »Edle Herren, habt ihr wohl ein so gutes Gedächtnis, um euch zu erinneren, daß dies der Turban ist, den ich an dem Tage trug, da ihr mir zum erstenmal die Ehre erwieset, mich anzureden?« – »Ich glaube nicht«, antwortete Saad, »daß Saadi besser darauf geachtet haben wird, als ich; aber weder er noch ich können daran zweifeln, wenn sich die hundertundneunzig Goldstücke darin finden.« – »Herr«, versetzte ich, »zweifle nicht, es ist derselbe Turban; ich erkenne ihn ganz gut und bemerke auch an seiner Schwere, daß es kein anderer sein kann; du wirst es selbst einsehen, wenn du dir die Mühe nimmst, ihn in die Hand zu nehmen.« Mit diesen Worten überreichte ich ihm den Turban, zuvor aber nahm ich die Vögel heraus und gab sie meinen Kindern.

Er nahm ihn in die Hände und überreichte ihn dann Saadi, damit dieser sich ebenfalls von seiner Schwere überzeugen sollte. »Ich will gern glauben, daß es dein Turban ist«, sagte Saadi zu mir, »doch wäre meine Überzeugung noch stärker, wenn ich die hundertundneunzig Goldstücke darin sehen würde.« Als ich nun den Turban wieder in die Hand genommen hatte, sagte ich zu ihm: »Ich bitte dich, Herr, bevor ich ihn anrühre, überzeuge dich vorerst, daß der Zustand, worin du ihn siehst, sowie dieses hübsche und bequeme Nest, woran keine Menschenhand gearbeitet hat, deutliche Beweise sind, daß er sich seit jenem Tage, wo der Hühnergeier mir ihn entführte, hier befindet; ohne Zweifel hat ihn der Vogel auf diesen Baum gelegt oder fallen lassen, dessen Äste ihn nicht auf den Boden kommen ließen. Ihr werdet mir diese Bemerkung zugute halten, denn es liegt mir gar zu viel daran, euch jeden Verdacht gegen meine Ehrlichkeit zu benehmen.« Saad unterstützte mich hierin. »Saadi«, sagte er, »dies geht dich an, nicht mich, denn ich war von jeher überzeugt, daß Chogia Hasan uns nicht täuschen will.«

Während Saad so sprach, nahm ich das Tuch weg, das mehrfach um die innere Mütze des Turbans gewickelt war, und zog den Beutel heraus. Saadi erkannte ihn sogleich für denselben, den er mir gegeben hatte. Ich schüttelte ihn vor ihren Augen auf den Teppich aus und sagte zu ihnen: »Seht, ihr Herren, das sind die Goldstücke; zählt sie selbst und überzeugt euch, ob die Zahl richtig ist. Saadi zählte sie zehn für zehn, brachte wirklich hundertundneunzig heraus und da er nun eine so offenkundige Wahrheit nicht mehr leugnen konnte, nahm er das Wort und sprach zu mir: »Chogia Hasan, ich gebe zu, daß du von diesen hundertundneunzig Goldstücken nicht hast reich werden können; allein die anderen hundertundneunzig, die du in ein Kleiengefäß versteckt haben willst, haben dir sicherlich aufgeholfen.« – »Herr«, antwortete ich, »ich habe dir in Beziehung auf die letzte Summe so gut die Wahrheit gesagt, wie bei der ersten. Du wirst doch nicht glauben, daß ich schmählich genug handeln könnte, dich zu belügen.«

»Chogia Hasan«, sagte Saad zu mir, »laß Saadi bei seinem Glauben. Ich will ihm herzlich gern die Überzeugung lassen, daß du ihm vermöge der letzten Summe die Hälfte deiner Wohlhabenheit verdankest; allein er muß dann auch zugeben, daß ich vermöge des Stückes Blei, das ich dir gab, wegen der anderen Hälfte ein Verdienst ansprechen kann, und er darf die Auffindung des kostbaren Diamanten im Bauche des Fisches nicht mehr in Zweifel ziehen.«

»Saad«, antwortete Saadi, »ich bin mit allem zufrieden, wenn du mir nur meinen Glauben unangefochten lässest, daß man Schätze Geldes nur durch Geld aufhäufen kann.« – »Nein«, antwortete Saad; »wenn der Zufall wollte, daß ich einen Diamant im Wert von fünfzigtausend Goldstücken fände, und auch wirklich die Summe dafür erhielte, hätte ich dann diese Summe durch Geld erworben?«

Dabei hatte der Streit sein Bewenden. Wir standen auf und gingen in das Haus zurück, wo das Mittagsmahl aufgetragen war, und setzten uns zu Tische. Nach dem Essen ließ ich meine Gäste allein, damit sie während der größten Hitze nach Belieben Ruhe und Kühlung suchen konnten; ich selbst aber ging zu meinem Schloßverwalter und meinem Gärtner, um ihnen die nötigen Befehle zu geben. Dann kam ich wieder zu ihnen und wir unterhielten uns von allen möglichen gleichgültigen Sachen, bis die größte Hitze vorüber war. Hierauf kehrten wir in den Garten zurück und blieben beinahe bis zum Sonnenuntergang in der Kühlung. Endlich stiegen die beiden Freunde und ich in Begleitung eines Sklaven zu Pferd und langten ungefähr um die zweite Stunde der Nacht bei schönem Mondschein in Bagdad an.

Ich weiß nicht, durch welche Nachlässigkeit meiner Leute es geschehen war, daß es in meinem Hause an Gerste für die Pferd fehlte. Die Getreidespeicher aber waren verschlossen und auch zu weit entfernt, als daß man so spät von dorther hätte etwas bekommen können.

Einer meiner Sklaven suchte in der Nachbarschaft umher und fand in einem Laden ein Gefäß mit Kleie. Er kaufte die Kleie und brachte sie samt dem Gefäß, hatte aber versprechen müssen, am anderen Tage das Gefäß zurückzubringen. Der Sklave schüttete die Kleie in die Krippe aus, und als er sie auseinander breitete, um jedem der Pferde seinen Anteil zukommen zu lassen, fühlte er unter den Händen ein zusammengebundenes Tuch, das schwer war. Er brachte es mir uneröffnet, ganz wie er es gefunden hatte, und setzte hinzu, dies sei vielleicht das Tuch, wovon er mich so oft habe sprechen hören, wenn ich meinen Freunden meine Geschichte erzählte.

Voll Freude sagte ich zu meinen Wohltätern: »Edle Herren, Gott will nicht, daß ihr von mir scheidet, ohne von der Wahrheit der Geschichte, die ich euch immer erzählt habe, vollkommen überzeugt zu sein. Hier«, fuhr ich gegen Saadi fort, »hier sind die hundert und neunzig anderen Goldstücke, die ich von dir empfangen habe, ich erkenne sie an dem Tuche.« Ich band sofort das Leintuch auf und zählte die Summe vor ihren Augen. Auch ließ ich mir das Gefäß bringen; ich erkannte es und schickte es meiner Frau mit der Frage, ob sie es kenne? Verbot aber, von dem ganzen Vorfall ihr etwas zu sagen. Sie erkannte es sogleich und ließ mir sagen, es sei dasselbe Gefäß, das sie mit Kleie angefüllt gegen Waschton ausgetauscht habe.

Nun gab sich der ungläubige Saadi endlich überwunden und sagte zu Saad: »Du hast gesiegt ich erkenne jetzt mit dir an, daß das Geld nicht immer ein sicheres Mittel ist, um noch mehr Geld aufzuhäufen und reich zu werden.«

Als Saadi ausgesprochen hatte, sagte ich zu ihm: »Herr, ich kann es nicht wagen, dir die dreihundert und achtzig Goldstücke wieder anzubieten, die der Himmel in seiner Gnade heute wieder zum Vorschein gebracht hat, um deine schlechte Meinung von der Wahrheitsliebe zu berichtigen. Ich bin überzeugt, daß du sie mir nicht in der Absicht geschenkt hast, sie dereinst zurückzubekommen. Ich für meinen Teil bin zufrieden mit dem, was der Himmel mir von anderer Seite her beschert hat, und mache ebenfalls keinen Anspruch auf das Geld. Ich hoffe aber, daß du es genehmigen wirst, wenn ich es morgen unter die Armen verteile, damit Gott es dereinst dir und mir vergelten möge.«

Die beiden Freunde brachten diese Nacht noch in meinem Hause zu; am anderen Morgen aber umarmten sie mich und kehrten jeder in seine Wohnung zurück; sie waren sehr vergnügt über die Art, wie ich sie empfangen und wie sie mich in dem Glück, das ich nächst Gott ihnen verdankte, handeln sahen. Ich habe nicht ermangelt, beide in ihren Wohnungen aufzusuchen, um ihnen noch besonders zu danken. Seitdem schätze ich es mir zur großen Ehre, daß sie mir die Erlaubnis gegeben haben, Freundschaft mit ihnen zu halten und sie häufig zu sehen und zu sprechen.«

Der Kalif Harun Arraschid hörte die Geschichte Chogia Hasans mit großer Aufmerksamkeit an, und erst als der Erzähler schwieg, merkte er, daß sie zu Ende war. »Chogia Hasan«, sprach er darauf zu ihm; »ich habe seit langer Zeit nichts gehört, was mir so viel Vergnügen gemacht hätte, als die wunderbaren Wege, auf denen es dem Himmel gefallen hat, dich auf dieser Welt glücklich zu machen. Du mußt ihm durch Gebrauch seiner Wohltaten fortwährend deine Dankbarkeit bezeigen. Es freut mich, dir sagen zu können, daß der Diamant, der dein Glück gemacht hat, sich in meiner Schatzkammer befindet, und es ist mir lieb, zu wissen, wie er dahin gekommen ist. Da indessen in Saadis Herzen vielleicht noch ein Zweifel über die ausgezeichnete Vorzüglichkeit dieses Diamanten obwalten könnte, den ich für das Kostbarste und Bewundernswürdigste aller meiner Besitztümer halte, so wünsche ich, daß du ihn nebst Saad herbringst; mein Schatzmeister soll ihm dann den Diamant zeigen, damit er sich, wenn er von seinem Unglauben noch nicht ganz geheilt ist, hier überzeuge, daß das Geld nicht immer ein sicheres Mittel ist, wodurch sich ein armer Mann in kurzer Zeit und ohne Mühe Reichtümer erwerben könne. Ich wünsche auch, daß du die Geschichte meinem Schatzmeister erzählest, auf daß er sie zu Papier bringen lasse und neben dem Diamanten in meinem Schatze aufbewahre.

Nach diesen Worten gab der Kalif durch Kopfnicken Chogia Hasan, Sidi Numan und Baba Abdallah zu verstehen, daß er mit ihnen zufrieden sei; sie verabschiedeten sich daher, indem sie sich vor seinem Throne niederwarfen, und gingen dann nach Hause.

Die Sultanin Schehersad wollte noch eine andere Geschichte beginnen, allein der Sultan verschob die Anhörung auf die nächste Nacht.

Geschichte des Ali Baba und der vierzig Räuber, die durch eine Sklavin ums Leben kamen.

Sobald die Sultanin Schehersad von ihrer wachsamen Schwester Dinarsad geweckt worden war, erzählte sie ihrem Gemahl, dem Sultan von Indien, folgende Geschichte:

Mächtiger Sultan! – begann sie – In einer Stadt Persiens an den Grenzen deines Reiches lebten zwei Brüder, von denen der eine Casim, der andere Ali Baba hieß. Da ihr Vater ihnen nur wenig Vermögen hinterlassen und sie dieses Wenige gleichmäßig unter sich verteilt hatten, so sollte man denken, ihre äußeren Umstände müssen ziemlich gleich gewesen sein; allein der Zufall wollte es anders.

Casim heiratete eine Frau, die bald nach ihrer Hochzeit eine wohlausgestattete Bude, ein reich angefülltes Warenlager und eine Menge liegender Güter erbte, so daß er auf einmal ein wohlhabender Mann und einer der reichsten Leute in der Stadt wurde.

Ali Baba dagegen heiratete eine Frau, die ebenso arm war als er selbst, wohnte sehr ärmlich und hatte keinen anderen Erwerb, um sich und den Seinigen den Lebensunterhalt zu verschaffen, als daß er in einem nahen Walde Holz fällte, das er dann auf drei Eseln, seinem einzigen Besitztum, in die Stadt brachte und verkaufte.

Eines Tages, als Ali Baba wieder im Walde war und eben Holz genug gefällt hatte, um seine Esel damit zu beladen, sah er auf einmal in der Ferne eine gewaltige Staubwolke aufsteigen, die sich in gerader Richtung dem Orte näherte, wo er war. Er blickte sehr aufmerksam nach ihr hin und erkannte bald, daß es eine zahlreiche Reiterschar war, die raschen Schrittes herankam.

Obgleich man in der Gegend nichts von Räubern sprach, so kam Ali Baba doch auf den Gedanken, diese Reiter könnten dergleichen sein, und beschloß daher, seine Esel ihrem Schicksale zu überlassen und nur seine eigene Person zu retten. Er stieg also auf einen Baum, dessen Äste zwar nicht hoch, aber außerordentlich dicht belaubt waren, und nahm darauf mit um so größerer Zuversicht seinen Posten ein, als er von da aus alles sehen konnte, was unten vorging, ohne selbst gesehen zu werden. Der Baum stand am Fuße eines von allen Seiten vereinzelten Felsens, der viel höher als der Baum und so steil war, daß man auf keine Weise hinaufsteigen konnte.

Die Reiter, sämtlich große und stattliche Leute, und sowohl mit Waffen als Pferden sehr gut versehen, stiegen an dem Felsen ab, und Ali Baba, der ihrer vierzig zählte, konnte nach ihren Gesichtern und ihrem ganzen Anzuge nicht mehr zweifeln, daß es Räuber seien. Er täuschte sich auch nicht: Es waren wirklich Räuber, die aber die Umgegend nicht im mindesten beunruhigten, sondern ihr Geschäft in weiter Ferne trieben und hier bloß ihren Sammelplatz hatten. Er wurde in seiner Meinung bestärkt, als er sie weiter beobachtete.

Jeder von den Reitern zäumte sein Pferd ab, band es an, warf ihm einen Sack voll Gerste, den er hinter sich gehabt hatte, über den Kopf, und packte dann seine Reisetasche ab. Die meisten derselben schienen Ali Baba so schwer, daß er schloß, sie müssen voll Gold und Silber sein.

Der stattlichste der Räuber, den der Ali Baba für ihren Hauptmann hielt, näherte sich ebenfalls mit seiner Reisetasche auf der Schulter dem Felsen, der dicht an dem großen Baume war, wohin Ali Baba sich geflüchtet hatte, und nachdem er sich durch einige Sträucher den Weg gebahnt, sprach er die Worte: »Sesam, öffne dich!« so laut und deutlich, daß Ali Baba sie hörte. Kaum hatte der Räuberhauptmann diese Worte ausgesprochen, so öffnete sich eine Tür, durch die er alle seine Leute vor sich her eintreten ließ; er selbst ging zuletzt hinein und die Türe schloß sich wieder.

Die Räuber blieben lange in dem Felsen, und Ali Baba mußte geduldig auf dem Baume bleiben und warten; denn er fürchtete, es möchten einzelne oder auch alle zusammen in dem Augenblick, wo er seinen Posten verlassen und fliehen wollte, herauskommen. Gleichwohl geriet er in Versuchung, herabzusteigen, sich zweier Pferde zu bemächtigen, auf das eine zu sitzen, das andere am Zügel nebenher zu führen, und so, indem er seine drei Esel vor sich hertriebe, in die Stadt zu reiten; doch war dieses Unternehmen zu gewagt, und er beschloß daher, den sicheren Teil zu ergreifen.

Endlich öffnete sich die Türe wieder, die vierzig Räuber traten heraus und der Hauptmann, der zuletzt hineingegangen war, war jetzt der erste, der herauskam und die übrigen alle an sich vorbeiziehen ließ. Ali Baba hörte, daß auf seine Worte: »Sesam, schließe dich!« die Türe sich

wieder schloß. Jeder kehrte zu seinem Pferd zurück, zäumte es, band seine Tasche über den Sattel und schwang sich wieder hinauf. Als der Hauptmann endlich sah, daß sie alle zum Ritte gerüstet waren, so stellte er sich an ihre Spitze und schlug wieder denselben Weg ein, auf dem sie gekommen waren.

Ali Baba stieg nicht sogleich vom Baume herab. »Sie könnten«, sprach er bei sich selbst, »etwas vergessen haben, das sie wieder umzukehren nötigte und dann würden sie mich ertappen.« Er verfolgte sie mit den Augen, bis er sie aus dem Gesichte verloren hatte, und stieg zur größeren Sicherheit erst lange nachher herab. Da er die Worte, kraft deren der Räuberhauptmann die Türe geöffnet und wieder geschlossen, wohl in seinem Gedächtnisse behalten hatte, so wandelte ihn die Lust an, einen Versuch zu machen, ob sie vielleicht dieselbe Wirkung haben würden, wenn er sie ausspräche. Er drängt sich daher durch das Gesträuch, fand die Türe, die von demselben verdeckt war, stellt sich vor sie hin, sprach die Worte: »Sesam, öffne dich!« und siehe da, im Augenblick sprang die Tür angelweit auf.

Ali Baba hatte einen dunkeln und finstern Ort erwartet, aber wie groß war sein Erstaunen, als er das Innere des Felsens sehr hell, weit und geräumig und von Menschenhänden zu einem hohen Gewölbe ausgehöhlt sah, daß von oben herab durch eine künstlich angebrachte Öffnung sein Licht empfing. Er erblickte hier große Mundvorräte, Ballen von köstlichen Kaufmannswaren, Seidenstoffen und Brokat, besonders auch wertvolle Teppiche, haufenweise aufgetürmt; was ihn aber am meisten anzog, war eine Masse geprägtes Gold und Silber, das teils in Haufen aufgeschüttet, teils in ledernen Säcken oder Beuteln immer einer nach dem anderen dalag. Bei diesem Anblick kam es ihm vor, als ob diese Felsenhöhle nicht erst seit einer Reihe von Jahren, sondern schon seit Jahrhunderten fortwährend Räubern zum Zufluchtsort gedient haben müsse.

Ali Baba besann sich nicht lange, was er hier tun sollte; er trat in die Höhle, und sobald er darin war, schloß sich die Türe wieder; doch beunruhigte ihn das nicht, denn er wußte ja das Geheimnis, sie zu öffnen. Mit dem Silbergelde gab er sich nicht lange ab, sondern machte sich nur an das gemünzte Gold und besonders an das, was in den Säcken war. Von diesem nahm er

zu wiederholten Malen so viel, als er tragen und seinen drei Eseln, die sich indes zerstreut hatten, aufladen konnte. Als er sie wieder an dem Felsen zusammengetrieben hatte, bepackte er sie mit den Säcken, und um diese zu verbergen, legte er Holz oben drauf, so daß niemand etwas davon merken konnte. Als er fertig war, stellte er sich vor die Türe, und kaum hatte er die Worte: »Sesam, schließe dich!« ausgesprochen, so schloß sie sich auch wieder; sie hatte sich nämlich jedesmal, wenn er hineingegangen war, von selbst geschlossen und war jedesmal, wenn er herauskam, offen geblieben.

Ali Baba nahm nun seinen Weg nach der Stadt zurück, und als er vor seinem Hause anlangte, trieb er seine Esel in einen kleinen Hof, dessen Türe er sorgfältig hinter sich zuschloß. Hierauf lud er das wenige Holz, das seinen Schatz bedeckte, ab, trug die Säcke in sein Haus und legte sie vor seiner Frau, die auf dem Sofa saß, auf den Tisch.

Seine Frau nahm die Säcke in die Hand, und als sie merkte, daß sie voll Gold waren, meinte sie, ihr Mann habe sie gestohlen. Wie er nun alle hereinbrachte, konnte sie nicht umhin, zu ihm zu sagen: »Ali Baba, solltest du gottverlassen sein, um ...« Ali Baba unterbrach sie mit den Worten: »Sei ruhig, liebes Weib, und mach dir keine Sorge darob, ich bin kein Dieb, denn ich habe dies alles nur Dieben genommen. Du wirst deine schlechte Meinung von mir bald abgeben, wenn ich dir mein Glück erzählt haben werde.« Er schüttete die Säcke aus, die einen großen Haufen Goldes ausmachten, so daß seine Frau ganz geblendet wurde; hierauf erzählte er ihr die Geschichte vom Anfang bis zum Ende und empfahl ihr dann vor allen Dingen die Sache geheim zu halten.

Als die Frau sich von ihrem Erstaunen und Schrecken wieder erholt hatte, freute sie sich mit ihrem Manne über das Glück, das ihnen widerfahren, und wollte den ganzen Goldhaufen, der vor ihr lag, Stück für Stück zählen. »Liebe Frau«, sagte Ali Baba zu ihr, »du bist nicht gescheit. Was fällt dir da ein? Du würdest nie mit dem Zählen fertig werden. Ich will eine Grube machen und es dahinein vergraben; wir haben keine Zeit zu verlieren.« – »Es wäre doch gut«, antwortete die Frau, »wenn wir wenigstens ungefähr wüßten, wie viel es ist. Ich will in der Nachbarschaft ein kleines Maß borgen und es damit messen, während du die Grube machst.« – »Liebe Frau«, sagte Ali Baba darauf, »dies würde uns zu nichts nützen und ich rate dir, laß davon ab. Du kannst übrigens tun, was du willst, aber vergiß nur nicht, die Sache verschwiegen zu halten.«

Um ihr Gelüste zu befriedigen, ging Ali Babas Frau fort und zu ihrem Schwager Casim, der nicht weit von ihr wohnte. Casim war nicht zu Hause, und sie wandte sich daher an seine Frau mit der Bitte, ihr doch einige Augenblicke ein Maß zu leihen. Die Schwägerin fragte sie, ob sei ein großes oder ein kleines wolle, und Ali Babas Frau bat sich ein kleines aus. »Recht gerne«, antwortete die Schwägerin, »warte nur ein wenig, ich will es dir sogleich bringen.«

Die Schwägerin holte das Maß; da sie aber Ali Babas Armut kannte, so war sie neugierig zu erfahren, was für Getreide seine Frau damit messen wolle, und kam daher auf den Gedanken, unten an das Maß unvermerkt etwas Teig zu kleben. Darauf kam sie zurück, überreichte Ali Babas Frau das Maß und entschuldigte sich wegen ihres Ausbleibens, indem sie es lang habe suchen müssen.

Als Ali Babas Frau nach Hause zurückkam, stellte sie das Maß auf den Goldhaufen, füllte es an und lehrte es in einiger Entfernung davon auf das Sofa. Als sie nun alles gemessen hatte, war sie sehr zufrieden mit der ansehnlichen Zahl der Maße und teilte es ihrem Manne mit, der soeben die Grube vollendet hatte.

Während Ali Baba das Geld vergrub, trug seine Frau, um ihrer Schwägerin ihre Pünktlichkeit und Ordnungsliebe zu zeigen, das Maß zurück, hatte aber nicht bemerkt, daß ein Goldstück unten noch daran klebte. »Liebe Schwägerin«, sagte sie zu ihr, als sie es zurückgab, »du siehst, daß ich dein Maß nicht zu lange behalten habe; ich bin dir sehr verbunden dafür; hier hast du es wieder.«

Kaum hatte Ali Babas Frau ihr den Rücken gekehrt, als Casims Frau das Maß von unten besah, und man kann ihr Erstaunen denken, als sie das am Boden klebende Goldstück fand. Alsbald fuhr der Satan des Neides in ihr Herz. »Wie!« sagte sie, »Ali Baba hat das Gold maßweise, woher mag es wohl der Elende genommen haben?« Casim, ihr Mann, war, wie gesagt, nicht zu Hause, sondern in seiner Bude, von wo er erst auf den Abend zurückerwartet wurde. Die Zeit bis zu seiner Heimkehr dünkte ihr eine Ewigkeit, denn sie brannte vor Ungeduld, ihm die große Nachricht mitzuteilen, die für ihn ebenso überraschend sein mußte, wie für sie.

Als Casim nach Hause kam, sagte seine Frau zu ihm: »Du glaubst ein reicher Mann zu sein, Casim, allein du täuschest dich: Ali Baba ist tausendmal reicher als du; er kann sein Gold nicht zählen, sondern muß es messen.« Casim verlangte eine Erklärung dieses Rätsels, und sie erzählte ihm, wie schlau sie auf die Entdeckung gekommen sei; zugleich zeigte sie ihm das Goldstück, das unten am Boden kleben geblieben war; es war so alt, daß der Name des Fürsten, der es hatte prägen lassen, ihnen unbekannt war.

Statt sich über das Glück des bisher so armen Bruders herzlich zu freuen, empfand Casim eine Eifersucht, die ihm keine Ruhe mehr ließ. Er konnte beinahe die ganze Nacht darüber nicht schlafen, und am anderen Morgen ging er noch vor Sonnenaufgang zu ihm. Da er seit seiner Verheiratung mit der reichen Witwe ihn nicht mehr als seinen Bruder ansah und diesen Namen ganz vergessen hatte, so redete er ihn auch jetzt also an: »Ali Baba, du bist sehr zurückhaltend in deinen Angelegenheiten. Du spielst den Armen, den Notleidenden, den Bettler, und missest das Gold in Maßen.«

»Lieber Bruder«, antwortete Ali Baba, »ich weiß nicht, was du da sagen willst; erkläre dich deutlicher.« – »Verstell dich nur nicht so«, antwortete Casim, und indem er ihm das Gold zeigte, das seine Frau ihm gegeben hatte, fügte er hinzu: »Wieviel hast du solche Goldstücke? Meine Frau hat dieses hier an dem Maße gefunden, das die deinige gestern von ihr borgte.«

Aus dieser Rede erkannte Ali Baba, daß infolge des Eigensinns seiner Frau Casim und dessen Weib bereits die Sache wußten, deren Geheimhaltung ihm so wichtig war. Allein der Fehler war einmal gemacht, und man konnte ihm nicht abhelfen. Ohne sich seinen Verdruß im mindestens anmerken zu lassen, gestand er daher seinem Bruder die ganze Sache und erzählte ihm, durch welchen Zufall und an welchem Ort er den Schlupfwinkel der Räuber entdeckt hatte; zugleich erbot er sich, den Schatz mit ihm zu teilen, wenn er nur das Geheimnis bewahren wolle.

»Ja, das verlange ich ohnehin«, versetzte Casim mit stolzem Tone; »aber«, fügte er hinzu, »ich will auch noch ganz genau wissen, wo der Schatz ist, an welchen näheren Merkmalen ich ihn erkennen und wie ich wohl selbst hineinkommen kann, wenn es mich gelüstet; sonst zeige ich dich bei dem Gerichte an. Weigerst du dich des, so hast du nicht nur nichts mehr zu hoffen, sondern wirst auch das noch verlieren, was du schon hast; ich aber werde für diese Angabe meinen Anteil erhalten.«

Mehr aus Gutmütigkeit, als durch die unverschämten Drohungen seines rohen Bruders eingeschüchtert, gab Ali Baba ihm vollständige Auskunft über alles, was er wünschte und teilte ihm auch die Worte mit, die er sprechen mußte, um in die Höhle hinein und wieder heraus zu gelangen.

Mehr verlangte Casim nicht zu wissen. Er verließ seinen Bruder mit dem festen Vorsatz, ihm zuvorzukommen und in der Hoffnung, sich des Schatzes allein zu bemächtigen. Am anderen Morgen brach er schon vor Tagesanbruch mit zehn Maultieren auf, die er mit großen Kisten beladen hatte, diese wollte er alle anfüllen und nahm sich vor, bei einer zweiten Fahrt nach dem Schatz noch weit mehr solche Kisten mitzunehmen, im Falle er noch so viele Ladungen darin vorfände, daß dies nötig wäre. Er schlug den Weg ein, den Ali Baba ihm bezeichnet hatte, gelangte an den Felsen und erkannte die Merkmale, sowie den Baum, auf dem Ali Baba sich versteckt hatte. Er suchte die Türe, fand sie und sprach die Worte: »Sesam, öffne dich!« die Türe ging auf, er trat hinein und sogleich schloß sie sich wieder. Bei Besichtigung der Höhle geriet er in große

Verwunderung, da er darin weit mehr Reichtümer antraf, als er nach Ali Babas Erzählung vermutet hatte, und sein Erstaunen wurde immer größer, je mehr er alles einzeln betrachtete. Als ein geiziger Mann, dem die Reichtümer über alles gingen, hätter er gerne den ganzen Tag lang seine Augen an dem Anblicke so vielen Goldes geweidet, wenn es ihm nicht eingefallen wäre, daß er eigentlich dazu gekommen sei, um das Gold zu holen und seine zehn Maulesel damit zu beladen. Er nahm daher eine Anzahl von Säcken, so viel er tragen konnte, ging damit auf die Türe zu, und da er an alles andere mehr dachte, als an das, was jetzt für ihn am wichtigsten war, so geschah es, daß er sich des notwendigen Wortes nicht mehr erinnerte, und, statt Sesam, sagte: »Gerste, öffne dich!« Aber wie groß war seine Bestürzung, als er sah, daß die Tür sich nicht öffnete, sondern verschlossen blieb. Nun nannte er noch mehrere andere Namen von Getreidearten, aber nur den rechten nicht, und die Tür blieb immer verschlossen. Auf diesen Zufall hatte sich Casim nicht gefaßt gemacht. Schrecken und Angst bemächtigte sich seiner, als er sich nun in so großer Gefahr erblickte, und je mehr er sich anstrengte, um das Wort Sesam in sein Gedächtnis zurückzurufen, um so verwirrter wurde er, und bald war dies Wort für ihn, als ob er es nie hätte nennen hören. Verzweiflungsvoll warf er jetzt die Säcke, womit er sich beladen hatte, zu Boden, ging mit großen Schritten in der Höhle auf und nieder, und alle die Reichtümer, von denen er sich umgeben sah, hatten jetzt keinen Reiz mehr für ihn. Doch lassen wir Casim sein Schicksal beweinen, er verdient unser Mitleid nicht.

Die Räuber kehrten gegen Mittag zu ihrer Höhle zurück, und als sie in die Nähe kamen und die mit Kisten beladenen Maulesel Casims erblickten, so wurden sie über diese neue Erscheinung unruhig, sprengten mit verhängtem Zügel heran und jagten die zehn Maulesel, die Casim anzubinden vergessen hatte, und die ruhig weideten, auseinander, so daß sie sich da und dortin im Walde zerstreuten und ihnen bald aus dem Gesicht entschwanden. Die Räuber nahmen sich nicht die Mühe, den Mauleseln nachzureiten: Es war ihnen weit wichtiger, ihren Besitzer aufzufinden. Während nun einige um den Felsen herum die Runde machten, um ihn zu suchen, stieg der Hauptmann nebst den übrigen ab, ging mit blankem Säbel gerade auf die Türe zu, sprach die Worte, und die Tür öffnete sich.

Casim, der mitten in der Höhle das Stampfen von Pferden hörte, zweifelte jetzt nicht mehr, daß die Räuber angekommen und er selbst verloren sei. Gleichwohl beschloß er, einen Versuch zu machen, um aus ihren Händen zu entrinnen und sich zu retten; daher stellte er sich dicht vor die Tür, um hinauszustürzen, sobald sie sich öffnen würde. Kaum hörte er das Wort Sesam, das seinem Gedächtnis entfallen war, aussprechen, und sah die Türe aufgehen, so stürmte er so ungestüm hinaus, daß er den Hauptmann zu Boden warf. Allein den anderen Räubern vermochte er nicht zu entgehen; diese hielten ebenfalls den blanken Säbel in der Hand und nahmen ihm auf der Stelle das Leben. Jetzt war die erste Sorge der Räuber, in die Grotte hineinzugehen. Sie fanden nahe bei der Tür die Säcke, die Casim bis dahin gebracht hatte, um seine Maulesel damit zu bepacken, und legten dieselben wieder auf den vorigen Platz, bemerkten aber nicht, daß diejenigen, die Ali Baba fortgeschafft hatte, fehlten. Indem sie sich nun über diese Begebenheit gemeinschaftlich berieten, begriffen sie wohl, wie Casim nicht habe aus der Grotte herauskommen können, allein wie er hineingekommen sei, das konnten sie nicht verstehen. Sie kamen auf den Gedanken, er sei vielleicht von oben herabgestiegen; allein die Öffnung, durch welche das Licht hereinfiel, war so hoch, und der Gipfel des Felsens so unzugänglich, daß sie einstimmig erklärten, dieses Rätsel könnten sie nicht auflösen. Daß er durch die Türe hereingekommen sei, konnten sie nicht annehmen, denn dazu mußte er doch das Geheimnis wissen, sie zu öffnen, und in dessen Besitz, glaubten sie, sei niemand außer ihnen selbst. Sie konnten nämlich nicht wissen, daß Ali Baba sie belauscht und es gehört hatte. Wie nun auch die Sache gekommen sein mochte, es handelte sich jetzt darum, ihre gemeinschaftlichen Reichtümer in Sicherheit zu bringen, und so kamen sie denn dahin überein, den Leichnam Casims in vier Teile zu teilen und innerhalb der Grotte nicht weit von der Türe zwei zur Rechten und zwei zur Linken aufzuhängen, zum abschreckenden Beispiel für jeden, der die Frechheit haben würde, etwas Ähnliches zu wagen; sie selbst aber beschlossen, erst nach Verlauf einiger Zeit, wenn der Leichengeruch sich verloren haben würde, in ihre Höhle zurückzukehren. Da sie nichts weiter zurückhielt, so verließen sie ihren Zufluchtsort, nachdem sie ihn wohl verschlossen, stiegen wieder zu Pferd und durchstreiften die Ebene in der Richtung hin, wo die Straßen am meisten von den Karawanen besucht waren, um wie gewöhnlich Jagd auf dieselben zu machen und sie auszuplündern.

Indes war Casims Frau in großer Unruhe, als die finstere Nacht anbrach und ihr Mann immer noch nicht zurückkam. Voll Bekümmernis ging sie zu Ali Baba und sagte zu ihm: »Lieber Schwager, du weißt gewiß, daß dein Bruder Casim in den Wald gegangen ist und zu welchem Zweck. Er ist immer noch nicht zurückgekommen und doch ist es bereits tiefe Nacht; ich fürchte, es möchte ihm irgend ein Unglück zugestoßen sein.«

Ali Baba hatte nach der oben angeführten Unterredung mit seinem Bruder seine Reise vermutet, und war deshalb an diesem Tage nicht selbst in den Wald gegangen, um ihm keinen Anlaß zum Argwohn zu geben. Ohne ihr irgend einen Vorwurf zu machen, der sie oder ihren Mann, wenn er noch am Leben gewesen wäre, hätte beleidigen können, sagte er zu ihr, sie solle sich deswegen noch nicht bekümmern, denn ohne Zweifel habe Casim es für zweckmäßig gefunden, erst später in die Stadt zurückzukehren.

Casims Frau glaubte dies um so leichter, da sie bedachte, wie sehr ihrem Mann daran liegen mußte, die Sache geheim zu halten. Sie kehrte also nach Hause zurück und wartete geduldig bis um Mitternacht. Nun aber verdoppelte sich ihre Bekümmernis und ihr Herzeleid um so mehr, da sie ihrem geängstigten Herzen nicht durch Schreien und Weinen Luft schaffen konnte, weil sie wohl einsah, daß die wahre Ursache davon vor der Nachbarschaft ein Geheimnis bleiben mußte. Jetzt, da ihr Fehler nicht wieder gut zu machen war, bereute sie ihre närrische Neugierde und ihr sträfliches Begehren, die häuslichen Angelegenheit ihres Schwagers und ihrer Schwägerin durchschauen zu wollen. Sie weinte die ganze Nacht durch, und bei Tagesanbruch eilte sie wieder zu ihm, indem sie mehr durch Tränen als durch Worte zu verstehen gab, warum sie komme. Ali Baba wartete nicht, bis seine Schwägerin ihn bat, er möchte sich die Mühe nehmen und nachsehen, was aus Casim geworden sei. Er machte sich auf der Stelle mit seinen drei Eseln auf und ging in den Wald, nachdem er ihr zuvor empfohlen hatte, ihre Betrübnis zu mäßigen. Als er sich dem Felsen näherte, ohne auf dem ganzen Wege weder seinen Bruder noch die Maulesel angetroffen zu haben, verwunderte er sich sehr über das Blut, das er am Eingange der Höhle bemerkte, und dies erschien ihm als eine üble Vorbedeutung. Er trat vor die Türe, sprach die Worte, sie öffnete sich und das erste, was ihm in die Augen fiel, war der Leichnam seines gevierteilten Bruders. Bei diesem traurigen Anblick besann er sich nicht lange, was er tun solle, sondern beschloß alsbald, seinem Bruder die letzte Ehre zu erweisen, denn er gedachte nicht mehr, wie wenig brüderliche Liebe dieser stets für ihn gehegt hatte. Er fand in der Höhle allerlei Zeug, um darein die vier Teile seines Bruders in verschiedene Ballen zu packen, womit er einen seiner Esel belud; oben darüber legte er Holz, damit niemand es merken möchte. Die beiden anderen Esel bepackte er ohne weitern Aufschub mit vollen Goldsäcken, über die er, wie das erste Mal, Holz legte, und nachdem er dies vollendet und der Türe befohlen hatten, sich wieder zu schließen, zog er nach der Stadt zurück. Er war jedoch vorsichtig genug, am Ausgange des Waldes solange zu warten, daß er erst mit Anbruch der Nacht dieselbe erreichte. Zu Hause angekommen, trieb er nur die zwei mit Gold beladenen Esel in den Hof, überließ seiner Frau das Geschäft, sie abzuladen, und nachdem er ihr mit wenigen Worten das Schicksal Casims mitgeteilt hatte, führte er den dritten Esel zu seiner Schwägerin. Ali Baba klopfte an die Türe und sie wurde ihm von einer gewissen Morgiane geöffnet. Diese Morgiane war eine geschickte, kluge und erfinderische Sklavin, welche die größten Schwierigkeiten zu überwinden wußte, und Ali Baba kannte sie als solche. Als er daher in den Hof getreten war, und dem Esel das Holz nebst den beiden Packen abgenommen hatte, zog er Morgiane beiseite

und sagte zu ihr: »Morgiane, das erste, was ich von dir verlange, ist unverbrüchliche Verschwiegenheit: Du wirst bald sehen, wie viel deiner Gebieterin und mir daran liegen muß. Diese zwei Päcke enthalten den Leichnam deines Herrn; wir müssen jetzt darauf denken, ihn so zu beerdigen, als ob er eines natürlichen Todes gestorben wäre. Führe mich zu deiner Gebieterin, und achte auf das, was ich ihr sagen werde.« Morgiane meldete es ihrer Gebieterin, und Ali Baba, der ihr auf dem Fuße folgte, trat ins Zimmer. »Nun, mein Schwager«, rief ihm die Witwe mit großer Ungeduld entgegen, »was für Nachricht bringst du mir von meinem Manne? Dein Gesicht verkündet nichts Tröstliches.« – »Schwägerin«, antwortete Ali Baba, »ich kann dir nichts sagen, bevor du mir gelobst, daß du mich vom Anfang bis zum Ende anhören willst, ohne den Mund zu öffnen. Nach dem Vorfall, den ich dir zu erzählen habe, ist es für dein eigenes Wohl und deine Ruhe gleich wichtig, wie für mich, daß die Sache verschwiegen bleibt.« – »Ach!« rief die Schwägerin halblaut aus, »diese Einleitung läßt mich erkennen, daß mein Mann nicht mehr am Leben ist; zugleich aber sehe ich ein, wie notwendig die Verschwiegenheit ist, die du von mir forderst. Ich muß mir freilich viel Gewalt antun, aber sprich nur, ich höre dich.« Ali Baba erzählte hierauf seiner Schwägerin den ganzen Erfolg seiner Reise bis zu seiner Heimkehr mit Casims Leichnam. »Schwägerin«, fügte er hinzu, »du hast nun freilich große Ursache, betrübt zu sein, um so mehr, je weniger du es erwarten konntest. Dieses Unglück läßt sich nicht mehr ändern; wenn aber irgend etwas imstande ist, dich zu trösten, so erbiete ich mich, die wenigen Güter, die mir Gott beschert, mit den deinigen zu vereinigen und dich zu heiraten; zugleich gebe ich dir die Versicherung, daß meine Frau nicht eifersüchtig sein und ihr euch gewiß recht gut miteinander vertragen werdet. Gefällt dir mein Vorschlag, so müssen wir vor allem darauf denken, die Sache so einzuleiten, daß jedermann glaubt, mein Bruder sei eines natürlichen Todes gestorben, und hierin denke ich, kannst du dich ganz auf Morgiane verlassen; auch ich werde meinerseits alles beitragen, was in meiner Macht steht.«

Was konnte Casims Witwe Besseres tun, als Ali Babas Vorschlag annehmen? Neben dem Vermögen, daß ihr durch den Tod ihres ersten Mannes zufiel, bekam sie einen zweiten Mann, der reicher war, als sie selbst, und infolge der Entdeckung des Schatzes noch reicher werden konnte. Sie lehnte also den Antrag nicht ab, sondern betrachtete ihn im Gegenteil als einen sehr triftigen Grund, sich zu trösten. Indem sie daher ihre Tränen trocknete, die bereits reichlich zu fließen begonnen hatten, und jenes durchdringende Klagegeschrei, das Frauen bei dem Verluste ihrer Männer zu erheben pflegen, unterließ, bewies sie Ali Baba genugsam, daß sie sein Anerbieten annahm. In dieser Stimmung verließ Ali Baba die Witwe Casims, und nachdem er Morgiane anempfohlen hatte, ihre Rolle gut zu spielen, kehrte er mit seinem Esel nach Hause zurück. Morgiane tat, was man von ihr erwartete; sie ging in demselben Augenblicke, wie Ali Baba, aus dem Hause und zu einem Apotheker, der in der Nähe wohnte. Sie klopfte an seinen Laden, und als man ihr geöffnet, verlangte sie eine gewisse Art von Arzneitäfelchen, die in den gefährlichsten Krankheiten von sehr großem Nutzen sind. Der Apotheker gab ihr einige für das Geld, das sie auf den Tisch gelegt hatte, und fragte, wer denn im Hause ihres Herrn krank sei? »Ach!« erwiderte sie mit einem tiefen Seufzer, »Casim, mein guter Herr, ist es selbst. Man kann aus seiner Krankheit nicht klug werden, er spricht nichts und kann nichts essen.« Mit diesen Worten nahm sie die Arzneitäfelchen fort, von denen Casim keinen Gebrauch mehr machen konnte. Am anderen Morgen kam Morgiane wieder zu demselben Apotheker und verlangte mit Tränen in den Augen einen Saft, den man Kranken nur in der äußersten Gefahr einzugeben pflegt; wenn dieser Saft sie nicht gesund machte, so gab man alle Hoffnung auf ihre Genesung auf. »Ach!« sagte sie mit großer Betrübnis, als sie ihn aus den Händen des Apothekers empfing, »ich fürchte sehr, dies Mittel wird ebensowenig anschlagen, wie die Arzneitäfelchen. Ach, was war es für ein guter Herr, und jetzt soll ich ihn verlieren!« Da man nun auch von der anderen Seite Ali Baba und seine Frau den ganzen Tag mit betrübtem Gesichte nach Casims Hause hin und her gehen sah, so wunderte sich niemand über das Jammergeschrei, das Casims Frau und besonders Morgiane am Abend erhoben, um Casims Tod zu verkündigen.

Am anderen Morgen ging Morgiane, die auf dem Marktplatze einen alten, ehrlichen Schuhflicker kannte, der seine Bude immer zuerst und lange vor den anderen öffnete, in aller Frühe aus, um ihn aufzusuchen. Sie begrüßte ihn mit dem gewöhnlichen Gruß und rückte ihm sogleich ein Goldstück in die Hand. Der Schuhflicker, der in der ganzen Stadt unter dem Namen Baba Mustafa bekannt und ein sehr lustiger Kamerad voll heiterer Einfälle war, besah das Stück genau, weil es noch nicht recht Tag war, und als er sich überzeugt, daß er Gold bekommen, sagte er: »Ein schönes Handgeld! Was steht zu Befehl? Ich bin bereit, alles zu tun« – »Baba Mustafa«, sagte Morgiane zu ihm, »nimm all dein Handwerkszeug, das zum Flicken nötig ist, und komm schnell mit mir; du mußt dir aber, wenn wir an dem und dem Orte angekommen sind, die Augen verbinden lassen.« Bei diesen Worten machte Baba Mustafa Schwierigkeiten. »Nein, nein«,

antwortete er, »du verlangst gewiß etwas von mir, was gegen mein Gewissen oder gegen meine Ehre ist.« – »Gott behüte«, erwiderte Morgiane, indem sie ihm ein zweites Goldstück in die Hand drückte, »ich fordere nichts von dir, was du nicht in allen Ehren tun könntest. Komm nur und mache dir keine unnötige Angst.« Baba Mustafa folgte, und Morgiane führte ihn, nachdem sie ihm an der bezeichneten Stelle ein Tuch vor die Augen gebunden, in das Haus ihres verstorbenen Herrn und nahm ihm das Tuch erst in dem Zimmer ab, wohin sie den Leichnam gebracht und seine vier Teile gehörig zusammengesetzt hatte. »Baba Mustafa«, sagte sie jetzt zu ihm, »ich habe dich hiergebracht, damit du diese vier Stücke da zusammennähen sollst. Verliere keine Zeit, und wenn du damit fertig bist, bekommst du noch ein Goldstück.« Als Baba Mustafa fertig war, verband ihm die Morgiane in demselben Zimmer wieder die Augen, und nachdem sie ihm das versprochene dritte Goldstück eingehändigt und Verschwiegenheit empfohlen, führte sie ihn an den Ort zurück, wo sie ihm auf dem Herwege die Augen verbunden hatte. Hier nahm sie ihm das Tuch wieder ab und ließ ihn nach Hause gehen; sie verfolgte ihn mit den Blicken, so weit sie konnte, damit er keine Lust bekommen sollte, zurückzukehren und sie selbst zu beobachten.

Morgiane hatte heißes Wasser bereiten lassen, um Casims Leichnam zu waschen, und Ali Baba, der zugleich mit ihr ins Haus zurückgekehrt war, wusch ihn, beräucherte ihn mit Weihrauch und hüllte ihn mit den gewöhnlichen Feierlichkeiten und Gebräuchen ins Leichentuch. Bald brachte auch der Schreiner den Sarg, den Ali Baba bei ihm bestellt hatte. Damit nun der Schreiner nichts merken möchte, nahm Morgiane den Sarg an der Türe in Empfang, und nachdem sie ihn bezahlt und weggeschickt hatte, half sie Ali Baba die Leiche hineinzulegen. Sobald dieser den Deckel darauf genagelt hatte, ging sie nach der Moschee und meldete, daß alles zu der Beerdigung bereit sei. Die Leute der Moschee, deren Geschäft es ist, die Leiche zu waschen, boten ihre Dienste an, um ihre Verrichtung zu erfüllen, allein sie sagte ihnen, dies sei schon geschehen. Kaum war Morgiane wieder zu Hause, als der Imam nebst den übrigen Dienern der Moschee ankam. Vier von Casims Nachbarn nahmen den Sarg auf die Schultern und trugen ihn hinter dem Imam her, der fortwährend Gebete sprach, auf den Begräbnisplatz. Morgiane, als die Sklavin des Verstorbenen, folgte unter Tränen und mit entblößtem Haupte, indem sie ein lautes Klagegeschrei erhob, sich heftig die Brust zerschlug und die Haare ausraufte. Hinter ihr ging Ali Baba, begleitet von den Nachbarn, die von Zeit zu Zeit und nach der Reihe die anderen Nachbarn, welche den Sarg trugen, ablösten, bis man allmählich den Begräbnisplatz erreicht hatte.

Was nun Casims Frau betrifft, so blieb diese zu Hause, um ihrer Betrübnis nachzuhängen und ein lautes Klagegeschrei zu erheben mit ihren Nachbarinnen, die der bestehenden Sitte zufolge während der Begräbnisfeierlichkeit zu ihr gekommen waren, um ihre Wehklagen mit denen der Witwe zu vereinigen, und das ganze Stadtviertel weit und breit mit Trauer erfüllten. Auf diese Art blieb Casims unglücklicher Tod ein Geheimnis zwischen Ali Baba, dessen Frau, Casims Witwe und Morgiane, und diese vier Personen bewahrten es so behutsam, daß kein Mensch in der Stadt nur im mindesten etwas argwöhnte, geschweige denn erfuhr. Drei und vier Tage nach Casims Beerdigung schaffte Ali Baba die wenigen Gerätschaften, die er besaß, samt dem aus der Schatzhöhle der Räuber geholten Gelde, letzteres aber bloß bei Nacht, in das Haus der Witwe seines Bruders, um fortan da zu wohnen. Dadurch brachte er zugleich seine Verheiratung mit seiner Schwägerin zur öffentlichen Kunde, und da Heiraten dieser Art bei unserer Religion durchaus nichts Ungewöhnliches sind, so wunderte sich auch niemand darüber. Was Casims Laden betrifft, so hatte Ali Baba einen Sohn, der seit einiger Zeit seine Lehrjahre bei einem bedeutenden Kaufmanne vollendet und von ihm immer gute Zeugnisse erhalten hatte. Diesem übergab er ihn mit dem Versprechen, wenn er fortfahre, sich gut aufzuführen, so werde er ihn mit der Zeit seinem Stande gemäß vorteilhaft verheiraten.

Wir wollen indes Ali Baba sein neues Glück genießen lassen, und uns wieder ein wenig nach den vierzig Räubern umsehen. Sie kehrten nach der bestimmten Frist in ihren Schlupfwinkel im Walde zurück und erstaunten über die Maßen, als sie Casims Leichnam nicht mehr vorfanden; noch höher aber stieg ihre Verwunderung, da sie an ihren Goldsäcken eine bedeutende Verminderung bemerkten. »Wir sind verraten und verloren«, sprach der Hauptmann, »wenn wir uns nicht sehr in acht nehmen, und sogleich die nötigsten Gegenmaßregeln ergreifen; sonst würden wir allmählich alle unsere Reichtümer einbüßen, die unsere Vorfahren und wir selbst mit so vieler Mühe und Beschwerde erworben haben. Aus dem Schaden, der uns angerichtet worden ist, geht so viel hervor, daß der Dieb, den wir ertappten, das Geheimnis wußte, die Tür zu öffnen, und wir zum guten Glücke gerade in dem Augenblicke dazu kamen, als er wieder hinausgehen wollte. Er war jedoch nicht allein, sondern ein anderer muß ebenfalls darum wissen. Was bedürfen wir weiter Zeugnis, als daß seine Leiche fortgeschafft worden ist und unser Schatz bedeutend abgenommen hat. Da es nun nicht scheint, daß mehr als zwei Personen um das Geheimnis wissen, so müssen wir, nachdem wir den ersten umgebracht, auch den zweiten aus dem Wege räumen. Was sagt ihr dazu, brave Leute, seid ihr nicht auch meiner Meinung?«

Der Vorschlag des Räuberhauptmanns leuchtete der ganzen Bande vollkommen ein; sie billigten ihn alle und vereinigten sich dahin, daß man vorderhand jede andere Unternehmung beiseite setzen und die vereinigten Kräfte bloß dieser allein widmen solle; ja man solle nicht eher davon abgehen, bis der Zweck erreicht sei.

»Eben das«, fuhr der Hauptmann fort, »habe ich von eurem Mut und eurer Tapferkeit erwartet; vor allem aber muß ein kühner, gewandter und unternehmender Mann aus eurer Mitte ohne Waffen, in der Tracht eines fremden Reisenden, in die Stadt gehen und seine ganze Geschick-

lichkeit aufbieten, um zu erkunden, ob man da nicht von dem auffallenden Tode dessen spricht, den wir, wie er verdiente, umgebracht haben, wer er war und in welchem Hause er wohnte. Dies ist für jetzt das Wichtigste, damit wir nichts tun, das wir jemals zu bereuen Ursache hätten, und uns nicht in einem Lande verraten, wo wir so lange unbekannt waren, und es so wichtig für uns ist, auch fernerhin unbekannt zu bleiben. Um indes denjenigen, der sich zu dieser Sendung erbieten wird, anzufeuern und damit er uns nicht einen falschen Bericht hinterbringe, der unser aller Verderben nach sich ziehen könnte, so frage ich euch, ob ihr es nicht für angemessen haltet, daß er sich in diesem Falle der Todesstrafe unterwerfe?«

Ohne erst die Abstimmung der anderen abzuwarten, sagte einer der Räuber: »Ich unterwerfe mich der Bedingung und mache mir eine Ehre daraus, bei diesem Geschäfte mein Leben zu wagen.

Gelingt es mir nicht, so werdet ihr euch wenigstens erinneren, daß es mir weder an gutem Willen, noch an Mut gefehlt hat, um das Wohl der Gesellschaft zu befördern.«

Der Räuber erhielt große Lobsprüche vom Hauptmann und seinen Kameraden und verkleidete sich dann so vollständig, daß niemand ihn für das halten konnte, was er wirklich war. Er ging nachts ab und traf seine Maßregeln so, daß er gerade um die Zeit, wo der Tag zu grauen anfing, in die Stadt kam. Auf dem Marktplatz angelangt, sah er nur einen einzigen Laden offen, nämlich den des Baba Mustafa.

Baba Mustafa saß mit dem Pfriemen in der Hand auf seinem Stuhle und wollte eben sein Geschäft beginnen. Der Räuber trat auf ihn zu, wünschte ihm guten Morgen, und da er sein hohes Alter bemerkte, sagte er zu ihm: »Guter Mann, du fängst sehr frühe an zu arbeiten; du kannst bei deinen Jahren unmöglich jetzt schon gut sehen. Auch wenn es noch heller wäre, so zweifle ich doch, daß deine Augen noch scharf genug sind zum Flicken.« – »Wer du auch sein magst«, antwortete Baba Mustafa, »so scheinst du mich nicht zu kennen. Ich bin zwar allerdings schon sehr alt, habe aber dennoch treffliche Augen, und zum Beweis dafür will ich dir nur sagen, daß ich vor noch nicht langer Zeit einen Toten an einem Orte zusammengeflickt habe, wo es nicht viel heller war, als es jetzt hier ist.« Der Räuber war hocherfreut, sogleich einen Mann angetroffen zu haben, der ihm, wie er hoffte, von selbst ungefragt über das Auskunft geben würde, weswegen er hierher gekommen war. »Einen Toten?« fragte er ganz verwundert, und um ihn zum Sprechen zu bringen, fügte er hinzu: »Warum denn einen Toten zusammennähen? Du wolltest offenbar sagen, das Leichentuch, worin er eingehüllt war!« – »Nein, nein«, antwortete Baba Mustafa, »ich weiß recht gut, was ich sagen will. Du möchtest mich gerne zum Sprechen bringen, allein ich werde dir nichts mehr davon erzählen.«

Der Räuber bedurfte keine weiteren Erklärungen, um überzeugt zu sein, daß er gefunden habe, was zu suchen er gekommen war. Er zog ein Goldstück aus der Tasche, drückte es Baba Mustafa in die Hand und sagte zu ihm: »Ich habe durchaus nicht die Absicht, in ein Geheimnis eindringen zu wollen, obwohl ich dich versichern kann, daß ich es nicht verbreiten würde, wenn du mir es anvertrautest. Das einzige, um was ich dich bitte, ist, daß du so gefällig sein mögest, mir das Haus zu beschreiben oder zu zeigen, wo du den Leichnam zusammengenäht hast.« – »Wenn ich dies auch gern tun wollte«, antwortete Baba Mustafa, indem er Miene machte, ihm das Goldstück zurückzugeben, »so versichere ich dich doch, daß es mir unmöglich wäre, und du kannst mir dies auf mein Wort glauben. Man hat mich nämlich an einen gewissen Ort geführt, wo mir die Augen verbunden wurden, und von da nach einem Hause, von wo aus man mich nach Vollendung meines Geschäfts auf dieselbe Weise an denselben Ort zurückführte. Du siehst also ein, daß ich dir unmöglich deinen Wunsch gewähren kann.« – »So wirst du dich doch«, fragte der Räuber weiter, »wenigstens einigermaßen noch des Wegs erinneren, den man dich mit verbundenen Augen geführt hat. Ich bitte dich, komme jetzt mit mir, ich will dir an derselben Stelle die Augen verbinden und dann wollen wir miteinander dieselbe Straße und dieselben Kreuz- und Querwege gehen, die du dich damals gegangen zu sein erinnerst. Da aber jeder Arbeiter seines Lohnes wert ist, so gebe ich dir hiermit ein zweites Goldstück. Komm und tu mir diesen Gefallen.«

Die beiden Goldstücke lockten Baba Mustafa. Er betrachtete sie eine Zeitlang in seiner Hand, ohne ein Wort zu sprechen, und ging mit sich zu Rate, was er tun solle. Endlich zog er seinen Geldbeutel, steckte sie hinein und sagte dann zum Räuber: »Ich kann zwar nicht versichern, daß ich mich des Wegs, den man mich damals führte, genau erinnere; da du es aber so haben willst, so komm, ich will mein möglichstes tun, um mich darauf zu besinnen.«

Baba Mustafa machte sich nun zur großen Freude des Räubers auf, und ohne seinen Laden zu verschließen, worin er nichts Bedeutendes zu verlieren hatte, führte er ihn an den Ort, wo Morgiane ihm die Augen verbunden hatte. Als sie dort angekommen waren, sagte Baba Mustafa: »Hier hat man mich verbunden und ich sah gerade nach derselben Straße wie jetzt.« Der Räuber, der schon sein Schnupftuch in Bereitschaft hatte, verband ihm nun gleichfalls die Augen und ging heben ihm her, indem er ihn teils führte, teils sich von ihm führen ließ, bis er stehen blieb.

»Weiter«, sagte Baba Mustafa, »bin ich, so viel ich weiß, nicht gekommen«, und er befand sich wirklich vor Casims Hause, wo jetzt Ali Baba wohnte. Der Räuber machte, bevor er ihm das Tuch von den Augen nahm, schnell mit einem Stück Kreide ein Zeichen vor die Türe, und als er es ihm abgebunden hatte, fragte er ihn, ob er wisse, wem das Haus gehöre. Baba Mustafa antwortete, er wohne nicht in diesem Stadtviertel und könne ihm auch nichts Weiteres davon sagen.

Als der Räuber sah, daß er von Baba Mustafa nichts mehr erfahren konnte, dankte er ihm für seine Bemühung und ließ ihn nach seinem Laden zurückgehen; er selbst aber ging wieder in den Wald, in der festen Überzeugung, dorten eine gute Aufnahme zu finden.

Bald nachdem der Räuber und Baba Mustafa sich getrennt hatten, ging Morgiane eines Geschäftes wegen aus dem Hause Ali Babas und als sie zurückkam, bemerkte sie das Zeichen, das der Räuber an die Türe gemacht hatte. Sie blieb stehen und betrachtete es aufmerksam. »Was mag wohl dieses Zeichen bedeuten?« sagte sie bei sich selbst; »sollte jemand Böses gegen meinen Herrn im Schilde führen, oder ist es bloß zum Scherze gemacht worden? Dem sei übrigens wie es wolle, es kann nichts schaden, wenn man sich für jeden Fall sicher stellt.« Sie nahm sofort ebenfalls Kreide, und da die zwei oder drei vorhergehenden und dahinterfolgenden Türen fast ebenso aussahen, wie ihre Haustüre, so bezeichnete sie dieselben an der nämlichen Stelle und ging sodann in das Haus zurück, ohne weder ihrem Herrn noch dessen Frau etwas davon zu sagen.

Der Räuber setzte indes seinen Weg nach dem Walde fort und kam sehr bald zur übrigen Gesellschaft zurück. Er stattete sogleich Bericht vom Erfolg seiner Reise ab und pries über die Maßen sein Glück, daß er gleich anfangs einen Mann gefunden, der ihm das, was ihn in die Stadt geführt, erzählt habe, denn er hätte es sonst von niemand erfahren können. Alle bezeigten große Freude darüber, der Hauptmann aber nahm das Wort, und nachdem er seinen Eifer gelobt, sprach er folgendermaßen zu der ganzen Gesellschaft: »Kameraden, wir haben keine Zeit mehr zu verlieren; laßt uns wohlbewaffnet, aber ohne daß man es uns ansieht, aufbrechen und um keinen Verdacht zu erregen, einzeln, einer nach dem andern, in die Stadt gehen; dort kommt von verschiedenen Seiten her auf dem Marktplatze zusammen, während ich mit unserm Kameraden, der uns eben diese gute Nachricht gebracht hat, das Haus auskundschaften werde, um darnach die zweckmäßigen Maßregeln treffen zu können.«

Die Rede des Räuberhauptmannes wurde mit großem Beifall aufgenommen, und sie waren bald reisefertig. Sie zogen nun zu zwei und drei von dannen, und da sie immer in angemessener Entfernung voneinander gingen, so gelangten sie ohne Verdacht zu erregen in die Stadt. Der Hauptmann und der Räuber, der morgens hier gewesen war, trafen zuletzt daselbst ein. Dieser führte den Hauptmann in die Straße, wo er Ali Babas Haus bezeichnet hatte, und als er an die erste, von Morgiane bezeichnete Haustüre kam, machte er ihn darauf aufmerksam und sagte, das sei die rechte. Als sie aber, um sich nicht verdächtig zu machen, weiter gingen, bemerkte der Hauptmann, daß die nächstfolgende Türe ebenfalls dasselbe Zeichen und an derselben Stelle hatte; er zeigte es daher seinem Führer und fragte ihn, ob es dies Haus sei oder das vorige. Der Räuber kam in Verlegenheit und wußte nichts zu antworten, besonders als er und der Hauptmann sahen, daß die vier oder fünf folgenden Türen ebenfalls dasselbe Zeichen hatten. Er versicherte dem Hauptmann mit einem Schwur, daß er bloß eine einzige bezeichnet habe, und setzte dann hinzu: »Es ist mir unbegreiflich, wer die übrigen so ähnlich bezeichnet haben mag, aber ich muß in dieser Verwirrung gestehen, daß ich dasjenige, was ich selbst bezeichnet habe, nicht mehr herausfinden kann.« Als nun der Hauptmann seinen Plan vereitelt sah, begab er sich nach dem Marktplatze und ließ seinen Leuten durch den ersten besten, der ihm begegnete, sagen, sie haben sich dieses Mal eine vergebliche Mühe gemacht, und es bleibe nichts anderes übrig, als den Rückweg nach ihrem gemeinschaftlichen Zufluchtsort anzutreten. Er selbst ging voran und sie folgten ihm alle in derselben Ordnung, wie sie gekommen waren.

Nachdem die Bande sich im Walde versammelt hatte, erklärte ihr der Hauptmann, warum er sie habe wieder umkehren lassen. Sogleich wurde der Führer einstimmig des Todes schuldig erklärt, auch gestand er selbst zu, daß er es verdient habe, weil er bessere Vorsichtsmaßregeln hätte ergreifen sollen, und ohne Zittern bot er demjenigen den Hals hin, der den Auftrag erhielt, ihm den Kopf abzuschlagen.

Da es für das Wohl der Bande sehr wichtig war, den Schaden, den man ihr zugefügt, nicht ungerächt zu lassen, so trat ein anderer Räuber auf, versprach, es solle ihm besser gelingen, als seinem Vorgänger, und bat sich die Übertragung dieses Geschäfts als eine Gunst aus. Es wurde ihm genehmigt; er ging nach der Stadt, bestach Baba Mustafa, wie sein Vorgänger getan, und Baba Mustafa führte ihn mit verbunden Augen vor Ali Babas Haus. Der Räuber bezeichnete dasselbe an einer weniger bemerkbaren Stelle mit Rötel, in der Hoffnung, er werde es auf diese Art gewiß von der weißbezeichneten unterscheiden können.

Aber bald darauf ging Morgiane aus dem Hause, wie am vorigen Tag, und als sie zurückkam, entging das rote Zeichen ihren scharfblickenden Augen nicht. Sie dachte sich dabei das nämliche, wie bei dem weißen Zeichen, und machte sogleich an die Türen der Nachbarhäuser, und zwar an die nämliche Stelle dasselbe Zeichen mit Rötel.

Inzwischen kehrte der Räuber zu seiner Bande in den Wald zurück, erzählte, welche Maßregel er genommen, und sagte, es wäre ihm jetzt unmöglich, das bezeichnete Haus mit den anderen zu verwechseln. Der Hauptmann und seine Leute glaubten mit ihm, die Sache müsse jetzt gelingen. Sie begaben sich daher in derselben Ordnung und mit derselben Vorsicht, wie tags zuvor, auch ganz ebenso bewaffnet, nach der Stadt, um den Plan aufzuführen, den sie ersonnen hatten. Der Hauptmann und der Räuber gingen sogleich in die Straße Ali Babas, fanden aber dieselbe Schwierigkeit, wie das erste Mal. Der Hauptmann wurde darüber erzürnt und der Räuber geriet in dieselbe Bestürzung wie derjenige, der vor ihm diesen Auftrag gehabt hatte. So sah sich denn der Hauptmann genötigt, ebenso unbefriedigt wie das erste Mal, noch an demselben Tage mit seinen Leuten den Rückweg anzutreten. Der Räuber, der an dem Mißlingen des Planes schuld war, erlitt gleicherweise die Strafe, der er sich freiwillig unterworfen hatte.

Da nun der Hauptmann seine Bande um zwei wackere Leute vermindert sah, fürchtete er, sie möchte noch mehr abnehmen, wenn er sich bei Erforschung von Ali Babas Haus auch fernerhin auf andere verlassen wollte. Ihr Beispiel zeigte ihm, daß sie mehr zu kühnen Waffentaten geeignet waren, als zu solchen Unternehmungen, wo man klug und listig zu Werke gehen mußte. Er übernahm daher die Sache selbst und ging nach der Stadt, wo ihm Baba Mustafa denselben Dienst leistete, wie den beiden Abgesandten seiner Bande; er machte jedoch kein Merkzeichen an Ali Babas Haus, sondern ging mehrere Male vorüber und betrachtete es so genau, daß er es durchaus nicht mehr verfehlen konnte.

Nachdem er sich nun von allem, was er wünschte, unterrichtet hatte, ging der Räuberhauptmann, wohl zufrieden mit seiner Reise, nach dem Walde zurück, und als er in die Felsenhöhle kam, wo sie ganze Bande ihn erwartete, sagte er zu ihnen: »Kameraden, jetzt kann uns nichts mehr hindern, volle Rache für die Bosheit zu nehmen, die an uns verübt worden ist. Ich kenne das Haus des Schurken, den sie treffen soll, ganz genau und habe unterwegs auf Mittel gedacht, die Sache so schlau anzugreifen, daß niemand weder von unserer Höhle, noch von unserm Schatze etwas ahnen soll; denn dies ist der Hauptzweck, den wir bei unserm Unternehmen vor Augen haben müssen, sonst würde es uns ins Verderben stürzen. Hört einmal an«, fuhr der Hauptmann fort, »was ich ausgesonnen habe, um diesen Zweck zu erreichen. Wenn ich euch meinen Plan auseinandergesetzt haben werde und einer von euch ein besseres Mittel weiß, so mag er es uns dann mitteilen.« Sofort erklärte er ihnen, wie er die Sache anzugreifen gedenke, und als ihm alle ihren Beifall zu erkennen gaben, befahl er ihnen, sich in die umliegenden Dörfer und Flecken und auch in die Stadt zu zerstreuen, und neunzehn Maulesel zu kaufen, nebst achtunddreißig großen ledernen Ölschläuchen, den einen voll, die anderen aber leer.

Binnen zwei bis drei Tagen hatten die Räuber alles beisammen. Da die leeren Schläuche an der Mündung für seinen Zweck etwas zu eng waren, so ließ der Hauptmann sie ein wenig erweitern, und nachdem er in jeden Schlauch einen seiner Leute mit den nötigen Waffen hatte hineinkriechen lassen, wobei jedoch eine aufgetrennte Ritze offen blieb, damit sie frei Atem schöpfen konnten, so verschloß er die Schläuche so, daß man glauben mußte, es sei Öl darin; um aber die Täuschung zu vollenden, befeuchtete er sie von außen mit Öl, das er aus dem vollen Schlauche nahm.

Nachdem er diese Anordnung getroffen und die siebenundreißig Räuber, jeden in einem Schlauche steckend, nebst dem Öl angefüllten Schlauche auf die Maultiere geladen hatte, nahm der Hauptmann um die festgesetzte Stunde mit denselben seinen Weg nach der Stadt und kam in der Abenddämmerung, etwa eine Stunde nach Sonnenuntergang, vor derselben an. Er ging zum Tore hinein und geraden Weges auf Ali Babas Haus zu, in der Absicht, bei ihm anzuklopfen und von der Gefälligkeit des Hausherrn für sich und seine Maultiere ein Nachtlager zu erbitten. Er brauchte nicht anzuklopfen, denn Ali Baba saß vor der Tür, um nach dem Abendessen frischeLuft zu schöpfen. Er ließ daher seinen Maulesel Halt machen, wandte sich an Ali Baba und sagte zu ihm: »Herr, ich bringe das Öl, das du hier siehst, aus weiter Ferne her, um es morgen auf dem Markte zu verkaufen, aber da es schon so spät ist, so weiß ich nicht, wo ich ein Unterkommen finden soll. Wenn es dir nicht zu lästig wäre, so würde ich dich um die Gefälligkeit bitten, mich für diese Nacht in deinem Hause aufzunehmen; ich würde dir großen Dank dafür wissen.« Obgleich Ali Baba den Mann, der jetzt mit ihm sprach, bereits ihm Walde gesehen und auch reden gehört hatte, so konnte er ihn doch in seinem Ölhändleraufzuge unmöglich als den Hauptmann jener vierzig Räuber wieder erkennen. »Sei mir willkommen«, sagte er zu ihm, »und tritt herein!« Mit diesen Worten machte er ihm Platz, daß er samt seinen Maultieren hineingehen konnte.

Ali Baba rief nun seinem Sklaven und befahl ihm, sobald die Maultiere abgepackt sein würden, sie nicht bloß in den Stall zu führen, sondern ihnen auch Gerste und Heu zu bringen. Auch nahm er sich die Mühe, in die Küche zu gehen und Morgiane zu befehlen, sie solle für den neuangekommenen Gast schnell ein gutes Abendbrot bereiten und in einem Zimmer ein Bett für ihn herrichten.

Ali Baba tat noch mehr, um seinem Gast viele Ehre zu bezeigen. Als er nämlich sah, daß der Räuberhauptmann seine Maulesel abgepackt hatte, und diese, wie er befohlen, in den Stall gebracht worden waren, so nahm er den Fremden, der die Nacht unter freiem Himmel zubringen

wollte, bei der Hand und führte ihn in den Saal, wo er seine Besuche zu empfangen pflegte, mit der Erklärung, er werde es nicht zulassen, daß er im Hof übernachte. Der Räuberhauptmann verbat sich diese Ehre, indem er sagte, er wolle ihm durchaus nicht zur Last fallen; der wahre Grund aber war, damit er seinen Plan um so ungestörter ausführen könnte. Indes bat ihn Ali Baba so höflich und so dringend, daß er ihm nicht länger widerstehen konnte. Ali Baba leistete demjenigen, der ihm nach dem Leben trachtete, nicht bloß solange Gesellschaft, bis Morgiane das Abendbrot auftrug, sondern unterhielt sich mit ihm auch noch fortwährend über allerlei Dinge, von denen er glaubte, sie können ihm Vergnügen machen, und verließ ihn nicht eher, als bis er sein Mahl vollendet hatte. »Ich lasse dich jetzt allein«, sagte er dann zu ihm; »wenn du irgend etwas wünschest, so darfst du es nur sagen: Alles, was in meinem Hause ist, steht zu deinen Diensten.« Der Räuberhauptmann stand zugleich mit Ali Baba auf und begleitete ihn bis an die Türe. Während nun Ali Baba in die Küche ging, um mit Morgiane zu sprechen, begab er sich in den Hof unter dem Vorwand, er wolle im Stall nachsehen, ob es seinen Maultieren an nichts fehle.

Nachdem Ali Baba Morgiane von neuem empfohlen hatte, für seinen Gast aufs beste zu sorgen und ihm nichts abgehen zu lassen, fügte er hinzu: »Morgiane, ich will dir jetzt nur noch sagen, daß ich morgen vor Tag ins Bad gehe; mache meine Badetücher zurecht und gib sie Abdallah – so hieß nämlich sein Sklave, – sodann besorge mir eine gute Fleischbrühe, bis ich nach Hause komme.« Nachdem er ihr diese Befehle gegeben hatte, ging er zu Bett.

Indes gab der Räuberhauptmann, als er aus dem Stalle herauskam, seinen Leuten Befehl, was sie tun sollen. Vom ersten Schlauche an bis zum letzten sagte er zu jedem: »Wenn ich von meinem Schlafgemach kleine Steinchen herabwerfe, so schneide mit dem Messer, das du bei dir hast, den Schlauch von oben bis unten auf und krieche aus der Öffnung heraus; ich werde dann bald bei euch sein.« Das Messer, von dem er sprach, war für diesen Zweck eigens gespitzt und geschliffen. Nachdem dies geschehen war, kehrte er zurück, und sobald er sich an der Küchentüre zeigte, nahm Morgiane ein Licht, führte ihn nach dem für ihn eingerichteten Zimmer und ließ ihn dort allein, nachdem sie ihn zuvor gefragt hatte, ob er nichts weiter zu wünschen habe. Um keinen Argwohn zu erregen, löschte er bald darauf das Licht aus und legte sich ganz angekleidet nieder, damit er gleich nach dem ersten Schlafe wieder aufstehen könnte.

Morgiane vergaß Ali Babas Befehl nicht. Sie legte seine Badetücher zurecht, übergab sie an Abdallah, der noch nicht schlafen gegangen war, und stellte den Topf zur Fleischbrühe ans Feuer. Während sie nun den Topf abschöpfte, löschte plötzlich die Lampe aus. Im ganzen Hause war kein Öl mehr und zufällig auch keine Lichter vorrätig. Was sollte sie nun anfangen? Um ihren Topf abzuschöpfen, mußte sie notwendig hell sehen. Sie entdeckte ihre Verlegenheit Abdallah, der ihr zur Antwort gab: »Da gibt es freilich keinen anderen Rat, als daß du dir aus einem der Schläuche unten im Hofe etwas Öl holst.« Morgiane dankte Abdallah für diesen Rat, und während er neben Ali Babas Zimmer sich niederlegte, um ihn dann ins Bad zu begleiten, nahm sie den Ölkrug und ging in den Hof. Als sie sich dem ersten besten Schlauch näherte, fragte der Räuber, der darin steckte, ganz leise: »Ist es Zeit?« Obwohl nun der Räuber leise gesprochen hatte, so wurde Morgiane doch über diese Stimme um so mehr stutzig, weil der Räuberhauptmann, nachdem er seine Maulesel abgeladen, nicht bloß diesen Schlauch, sondern auch alle übrigen geöffnet hatte, um seinen Leuten frische Luft zu verschaffen. Diese hatten ohnehin eine sehr üble Lage darin, obschon sie Atem holen konnten.

Jede andere Sklavin, als Morgiane, obwohl sie freilich nicht wenig überrascht war, statt des gesuchten Öls einen Mann in dem Schlauche zu finden, hätte darüber wahrscheinlich Lärm gemacht und vielleicht großes Unglück angerichtet. Morgiane aber war weit verständiger als ihresgleichen. Sie begriff sogleich, wie wichtig es war, die Sache geheim zu halten, in welch dringender Gefahr Ali Baba nebst seiner Familie und sie selbst schwebte, und daß sie jetzt notwendig so schnell als möglich und ohne allen Lärm ihre Maßregeln ergreifen mußte. Gott der Herr hatte sie mit Verstand gesegnet, so daß sie die Mittel dazu bald erkannte. Sie faßte sich im Augenblicke wieder, und ohne im mindesten Schrecken zu verraten, antwortete sie, als ob sie der Räuberhauptmann wäre: »Noch nicht, aber bald.« Darauf näherte sie sich dem folgenden Schlauche, wo sie dieselbe Frage hörte, und so fort, bis sie zum letzten kam, der voll Öl war; sie gab auf jede Frage immer dieselbe Antwort.

Morgiane erkannte daraus, daß ihr Herr Ali Baba nicht, wie er glaubte, einen Ölhändler, sondern siebenunddreißig Räuber nebst ihrem Hauptmann, den verkleideten Kaufmann, in seinem Hause beherbergte. Sie füllte daher in aller Eile ihren Krug mit Öl, das sie aus dem letzten Schlauche nahm, kehrte sodann in die Küche zurück, und nachdem sie Öl in die Lampe gegossen und sie wieder angezündet hatte, nahm sie einen großen Kessel, ging wieder in den Hof und füllte ihn mit Öl aus dem Schlauche. Sodann ging sie wieder in die Küche und setzte ihn über ein gewaltiges Feuer, in das sie immer neues Holz zuschob, denn je eher das Öl ins Sieden kam, desto eher konnte sie auch den Plan ausführen, den sie zum gemeinsamen Wohl des Hauses entworfen hatte und der keinen Aufschub zuließ. Als endlich das Öl kochte, nahm sie den Kessel und goß in jeden Schlauch, vom ersten bis zum letzten, so viel siedendes Öl, als hinreichend war, um die Räuber zu ersticken und zu töten.

Nachdem Morgiane diese Tat, die ihrem Mut alle Ehre machte, ebenso geräuschlos ausgeführt, als ausgedacht hatte, kehrte sie mit dem leeren Kessel in die Küche zurück und verschloß sie. Sodann löschte sie das große Feuer, das sie angezündet hatte, aus und ließ bloß so viel übrig, als nötig war, um die Fleischbrühe für Ali Baba zu kochen. Zuletzt blies sie auch die Lampe aus und verhielt sich ganz still, denn sie hatte beschlossen, nicht eher zu Bett zu gehen, als bis sie durch ein Küchenfenster, das nach dem Hofe hinaus sah, soweit die Dunkelheit der Nacht es gestattete, alles beobachtet hätte, was etwa vorging. Morgiane hatte noch keine Viertelstunde gewartet, als der Räuberhauptmann erwachte. Er stand auf, öffnete das Fenster, sah hinaus und da er nirgends mehr Licht gewahrte, sondern überall im Hause die tiefste Ruhe und Stille herrschen sah, so gab er das verabredete Zeichen, indem er kleine Steine hinabwarf. Mehrere davon fielen, wie er sich durch den Schall überzeugen konnte, auf die ledernen Schläuche. Er horchte begierig, hörte und merkte aber nichts, woraus er hätte schließen könnten, daß seine Leute sich in Bewegung setzten. Dies beunruhigte ihn, und er warf zum zweiten und dritten Mal kleine Steine hinab. Sie fielen auf die Schläuche, aber keiner von den Räubern gab das geringste Lebenszeichen von sich. Da er dies nicht begreifen konnte, ging er in der höchsten Bestürzung und so leise als möglich in den Hof hinab und näherte sich dem ersten Schlauche; als er aber den darin befindlichen Räuber fragen wollte, ob er schlafe, so stieg ihm ein Geruch von heißem Öl und von etwas Verbranntem aus dem Schlauch entgegen und er erkannte daraus, daß sein Plan gegen Ali Baba, ihn zu ermorden, auszuplündern und das seiner Gesellschaft geraubte Gold wieder mitzunehmen, gänzlich fehlgeschlagen hatte. Er ging nun zum folgenden Schlauch und so fort bis zum letzten und fand, daß alle seine Leute auf dieselbe Weise umgekommen waren. Die Abnahme des Öls in dem vollen Ölschlauche zeigte ihm, welcher Mittel und Wege man sich bedient hatte, um seinen Plan zu vereiteln. Jetzt, da er alle seine Hoffnungen zertrümmert sah, brach er, Verzweiflung im Herzen, durch die Türe, die aus dem Hofe in Ali Babas Garten führte, und flüchtete sich, indem er über eine Gartenmauer nach der anderen sprang.

Als Morgiane kein Geräusch mehr hörte und nach geraumem Warten den Räuberhauptmann nicht zurückkommen sah, so zweifelte sie nicht mehr daran, daß er durch den Garten geflohen sei; denn durch die Haustüre konnte er nicht zu entrinnen hoffen, da sie doppelt geschlossen war. Hocherfreut, daß es ihr so gut gelungen war, das ganze Haus zu retten, ging sie endlich zu Bett und schlief ein. Ali Baba indes stand vor Tage auf und ging, von seinen Sklaven begleitet, ins Bad.

Er hatte nicht die geringste Ahnung von der gräßlichen Begebenheit, die sich, während er schlief, in seinem Hause zugetragen hatte, denn Morgiane hatte nicht für nötig gefunden, ihn aufzuwecken, weil sie im Augenblicke der Gefahr keine Zeit zu verlieren hatte und nach Abwendung derselben ihn nicht in seiner Ruhe stören wollte. Als Ali Baba aus dem Bade in sein Zimmer zurückkam und die Sonne schon hell am Himmel glänzte, wunderte er sich sehr, die Ölschläuche noch am alten Platze stehen zu sehen, und es war ihm unbegreiflich, daß der Kaufmann mit seinen Eseln nicht auf den Markt gegangen sein solle. Er fragte deshalb Morgiane, die ihm die Türe öffnete und alles so stehen und liegen gelassen hatte, damit er es selbst sehen möchte, und sie ihm recht deutlich machen könnte, was sie zu seiner Rettung getan habe. »Mein guter Herr«, antwortete Morgiane, »Gott und der heilige Prophet erhalte dich und dein Haus! Du wirst dich von dem, was du zu wissen verlangst, besser überzeugen, wenn deine eigenen Augen sehen werden, was ich ihnen zeigen will. Nimm dir einmal die Mühe, mit mir zu kommen.« Ali Baba folgte seiner Magd; diese verschloß die Türe, führte ihn zum ersten Schlauch und sagte dann: »Blicke einmal in diesen Schlauch hinein, du wirst noch nie solches Öl gesehen haben.«

Ali Baba blickte hinein, und als er in dem Schlauche einen Mann sah, erschrak er über die Maßen, schrie laut auf und sprang zurück, wie wenn er auf eine Schlange getreten wäre. »Fürchte nichts«, sagte Morgiane zu ihm, »der Mann, den du da siehst, wird dir nichts Böses tun. Er hat das Maß seiner Missetaten erfüllte, aber jetzt kann er niemandem mehr Schaden zufügen, denn er ist tot.« – »Morgiane«, rief Ali Baba, »beim erhabenen Propheten! sage mir, was soll das heißen? – »Ich will es dir erklären«, sagte Morgiane, »aber mäßige die Ausbrüche deiner Verwunderung und reize nicht die Neugierde der Nachbarn, auf daß sie nicht eine Sache erfahren, welche geheim zu halten von großer Wichtigkeit für dich ist. Sieh jedoch zuvor die übrigen Schläuche.« Ali Baba sah in die anderen Schläuche nach der Reihe hinein, vom ersten bis zum letzten, worin Öl war, das sichtbar abgenommen hatte. Als er nun alle gesehen hatte, blieb er wie angewurzelt stehen, indem er seine Augen bald auf die Schläuche, bald auf Morgiane heftete, und so groß war sein Erstaunen, daß er lange kein Wort sprechen konnte. Endlich erholte er sich wieder und fragte dann: »Aber was ist denn aus dem Kaufmann geworden?« – »Der Kaufmann«, antwortete Morgiane, »ist so wenig ein Kaufmann, als ich eine Kaufmännin bin. Ich will dir sagen, was er ist und wohin er sich geflüchtet hat. Doch wirst du diese Geschichte viel bequemer auf deinem Zimmer anhören, denn deine Gesundheit erfordert, daß du jetzt, nachdem du aus dem Bade gekommen, etwas Fleischbrühe genießest.«

Während Ali Baba sich auf sein Zimmer begab, holte Morgiane die Fleischbrühe aus der Küche und überbrachte sie ihm; Ali Baba sagte aber, ehe er sie zu sich nahm: »Fange immerhin an, meine Ungeduld zu befriedigen, und erzähle mir diese seltsame Geschichte mit allen einzelnen Umständen.« Morgiane erfüllte den Willen ihres Herrn und sprach also: »Herr, gestern Abend, als du bereits zu Bett gegangen warst, legte ich, wie du mir befohlen, deine Badetücher zurecht und übergab sie Abdallah. Sodann stellte ich den Topf mit der Fleischbrühe ans Feuer, und während ich diese schäumte, erlosch auf einmal die Lampe, weil kein Öl mehr darin war. Im Kruge war kein Tröpfchen mehr zu finden und ebensowenig konnte ich ein Stümpchen Licht bekommen. Abdallah, der meine Verlegenheit bemerkte, erinnerte mich an die vollen Ölschläuche im Hofe, denn er zweifelte ebensowenig als ich und du selbst, daß es solche wären. Ich nahm also meinen Ölkrug und lief zu dem nächsten besten Schlauche. Als ich nahe daran war, kam eine Stimme aus demselben, die mich fragte: »Ist es Zeit?« Ich erschrak nicht, sondern erkannte sogleich die Bosheit des falschen Kaufmanns und antwortete ohne Zögern: »Noch nicht, aber bald.«

Ich trat zum folgenden Schlauche und eine andere Stimme tat dieselbe Frage an mich, worauf ich dieselbe Antwort wiedergab. So ging ich denn von einem Schlauche zum andern, immer dieselbe Frage und dieselbe Antwort, und erst im letzten Schlauche fand ich Öl, womit ich den Krug füllte. Als ich nun überlegte, daß sich mitten in deinem Hofe siebenunddreißig Räuber befanden, welche nur auf ein Zeichen oder Befehl ihres Anführers, den du für einen Kaufmann hieltest und so gut aufgenommen hattest, warteten, um das ganze Haus auszuplündern, so glaubte ich, jetzt sei keine Zeit mehr zu verlieren. Ich trug daher den Krug zurück, zündete die Lampe an, nahm den größten Kessel in der ganzen Küche und füllte ihn mit Öl. Sodann stellte ich ihn über das Feuer, und als das Öl recht kochte, so goß ich in jeden Schlauch, worin ein Räuber steckte, so viel hinein, als hinlänglich war, um sie an der Ausführung des verderblichen Planes zu verhindern, der sie hierher geführt hatte. Nachdem nun die Sache ein solches Ende genommen, wie ich es mir gedacht hatte, kehrte ich in die Küche zurück, löschte die Lampe aus, und bevor ich zu Bett ging, fing ich an, durchs Fenster ruhig zu beobachten, was der falsche Ölhändler wohl jetzt tun würde. Nach einer Weile hörte ich, daß er zum Zeichen für seine Leute kleine Steine aus dem Fenster und auf die Schläuche warf. Er wiederholte dies mehrere Male, als er aber nichts sich regen sah oder hörte, so ging er hinab, und ich sah ihn von einem Schlauche zum anderen gehen, bis ich ihn in der Dunkelheit der Nacht aus dem Auge verlor. Doch gab ich noch einige Zeit acht, und da ich ihn nicht zurückkommen sah, so zweifelte ich nicht, er werde in der Verzweiflung über seinen mißlungenen Plan durch den Garten entflohen sein. Nachdem ich mich nun überzeugt hatte, daß das Haus in Sicherheit sei, ging ich zu Bett. Dies ist nun«, setzte Morgiane zum Schlusse hinzu, »die Geschichte, nach der du gefragt hast, und ich bin überzeugt, daß sie mit einer Bemerkung zusammenhängt, die ich vor einigen Tagen gemacht habe, aber Euch nicht mitteilen zu müssen glaubte. Als ich nämlich einmal sehr frühe morgens von meinem Gang in die Stadt zurückkehrte, bemerkte ich, daß die Haustüre weiß bezeichnet war, und den Tag darauf bemerkte ich ein rotes Zeichen. Da ich nun aber nicht wußte, zu welchem Zweck dies geschehen war, so bezeichnete ich jedesmal zwei bis drei Nachbarhäuser sowohl vor als hinter uns in der Reihe ebenso an derselben Stelle. Wenn du nun dies mit der Geschichte der letzten Nacht zusammenhältst, so wirst du finden, daß alles von den Räubern im Walde angezettelt worden ist, deren Bande sich indes, ich weiß nicht warum, um zwei Köpfe verringert hat. Wie dem auch sein mag, es sind ihrer im höchsten Falle nur noch drei am Leben. Dies beweist, daß sie dir den Untergang geschworen haben, und daß du sehr auf deiner Hut sein mußt, solange man weiß, daß noch einer davon am Leben ist. Ich für meine Person werde nichts unterlassen, um meiner Pflicht gemäß für deine Erhaltung zu sorgen.«

Als Morgiane ausgesprochen hatte, erkannte Ali Baba wohl, welch wichtigen Dienst sie ihm geleistet, und sprach voll Dankbarkeit also zu ihr: »Ich will nicht sterben, bevor ich dich nach Verdienst belohnt habe. Dir habe ich mein Leben zu verdanken, und um dir gleich jetzt einen Beweis von Erkenntlichkeit zu geben, schenke ich dir von Stund an die Freiheit, behalte mir aber vor, noch weiter an dich zu denken. Auch ich bin überzeugt, daß die vierzig Räuber mir diese Falle gelegt haben. Gott, der Allmächtige und Allbarmherzige, hat mich durch deine Hand befreit; ich hoffe, daß er mich auch ferner vor ihrer Bosheit beschützen, daß er sie vollends ganz von meinem Haupte abwenden und die Welt von den Verfolgungen dieser verfluchten Otternbrut befreien wird. Doch müssen wir jetzt vor allem die Leichen von diesen Auswürflingen des Menschengeschlechts beerdigen, aber in aller Stille, so daß niemand etwas von ihrem Schicksal ahnen kann; das will ich mit Abdallah jetzt besorgen.«

Ali Babas Garten war sehr lang und hinten von hohen Bäumen begrenzt. Ohne zu säumen, ging er mit seinem Sklaven unter diese Bäume, um eine lange und breite Grube zu machen, wie für die Leichname, welche hineingelegt werden sollten, notwendig war. Der Boden war leicht aufzulockern und sie brauchten nicht viel Zeit zu diesem Geschäfte. Sie zogen nun die Leichname aus den Lederschläuchen heraus, legten die Waffen, womit die Räuber sich versehen hatten, beiseite, schleppten dann die Leichname an das Ende des Gartens, brachten sie der Reihe nach in die Grube hinein, schütteten die aufgegrabene Erde über sie hin und zerstreuten dann die übrige Erde in die Runde umher, so daß der Boden wieder so eben wurde, wie zuvor. Die Ölschläuche und die Waffen ließ Ali Baba sorgfältig verstecken, die Maulesel aber, die er zu nichts brauchen konnte, schickte er zu verschiedenen Malen auf den Markt und ließ sie durch seine Sklaven verkaufen.

Während nun Ali Baba alle diese Maßregeln ergriff, um die Art, wie er in so kurzer Zeit so reich geworden, der Kunde der Leute zu entziehen, war der Hauptmann der vierzig Männer mit bitterem Herzeleid in den Wald zurückgekehrt. Dieser unglückliche und seinen Hoffnungen so ganz zuwiderlaufende Ausgang der Sache kränkte ihn dermaßen und machte ihn so bestürzt, daß er unterwegs keinen Entschluß fassen konnte, was er gegen Ali Baba nunmehr unternehmen sollte, sondern, ohne zu wissen wie, in die Höhle zurückkam.

Gräßlich war es ihm, als er sich in diesem düsteren Aufenthalt nun allein sah. »Ihr wackeren Leute alle«, rief er, »Gefährten meiner Nachtwachen, meiner Streifereien und meiner Anstrengungen, wo seid ihr? Was kann ich ohne euch tun? Also bloß darum habe ich euch zusammengebracht und auserlesen, um euch auf einmal durch ein so unseliges und eures Mutes so unwürdiges Schicksal umkommen zu sehen? Ich würde auch weniger beklagen, wenn ihr mit dem Säbel in der Faust als tapfere Männer gestorben wäret. Wann werde ich je wieder eine solche Schar von braven Leuten, wie ihr waret, zusammenzubringen können? Und wenn ich es auch wollte, könnte ich es wohl unternehmen, ohne all dieses Gold und Silber, alle diese Schätze demjenigen als Beute überlassen zu müssen, bevor ich ihm das Leben genommen habe. Was ich mit eurem mächtigen Beistande nicht auszuführen vermochte, muß ich jetzt ganz allein tun, und wenn ich nun den Schatz vor Plünderung bewahrt haben werde, so will ich auch dafür sorgen, daß es ihm nach mir nicht an einem wackern Herrn fehle, auf das er sich bis auf die spätesten Nachkommen erhalte und vermehre.« Nachdem er diesen Entschluß gefaßt hatte, war er über die Mittel, ihn auszuführen, nicht verlegen; sein Herz wurde wieder ruhig, er überließ sich aufs neue schönen Hoffnungen und versank in einen tiefen Schlaf.

Am anderen Morgen wachte der Räuberhauptmann früh auf, legte, seinem Plane gemäß ein sehr stattliches Kleid an, ging in die Stadt und nahm eine Wohnung in einem Chan. Da er erwartete, das, was bei Ali Baba vorgegangen war, müßte Aufsehen erregt haben, so fragte er den Aufseher des Chans gelegentlich im Gespräch, ob es nichts neues in der Stadt gebe, und dieser erzählte ihm verschiedene Sachen, aber nur nicht das, was er zu wissen wünschte. Er schloß daraus, Ali Baba werde bloß darum ein Geheimnis aus der Sache machen, weil er nicht bekannt werden lassen wolle, daß er etwas von dem Schatze wisse und das Geheimnis, ihn zu öffnen, besitze, auch sei ihm wahrscheinlich nicht unbewußt, daß man ihm bloß deshalb nach dem Leben trachte. Dies bestärkte ihn in dem Vorsatz, alles zu tun, um ihn auf eine ebenso geheime Art aus dem Wege zu schaffen. Der Räuberhauptmann versah sich mit einem Pferd, mit dem er mehrere Reisen in den Wald machte, um verschiedene Arten reicher Seidenstoffe und seiner Schleiertücher in seine Wohnung zu bringen; dabei traf er die nötigen Maßregeln, um den Ort, wo er dieselben holte, geheim zu halten. Als er nun so viele Waren, als er zweckdienlich glaubte, beisammen hatte, suchte er sich einen Laden, um sie verkaufen, und fand auch einen; er mietete ihn von seinem Eigentümer stattete ihn aus und bezog ihn. Ihm gegenüber befand sich der Laden, der früher Casim gehört hatte, aber seit einiger Zeit von Ali Babas Sohn in Besitz genommen war.

Der Räuberhauptmann, der den Namen Chogia Husein angenommen hatte, ermangelte nicht, als neuer Ankommling der Sitte gemäß den Kaufleuten, die seine Nachbarn waren, seine Aufwartung zu machen. Da Ali Babas Sohn noch jung, wohlgebildet und sehr verständig war, und er mit ihm öfter als mit anderen Kaufleuten zu sprechen Gelegenheit hatte, so schloß er bald Freundschaft mit ihm. Er suchte seinen Umgang um so angelegentlicher, als er drei bis vier Tage nach Errichtung seines Ladens Ali Baba wieder erkannte, der seinen Sohn besuchte und wie er von Zeit zu Zeit zu tun pflegte, sich längere Zeit mit ihm unterhielt. Als er vollends von dem Jüngling erfuhr, daß Ali Baba sein Vater sei, so verdoppelte sich seine Gefälligkeit gegen ihn, liebkoste ihn, machte ihm kleine Geschenke und lud ihn mehrere Male zu Tische.

Ali Babas Sohn glaubte, Chogia Husein diese Höflichkeit erwidern zu müssen; da er aber sehr eng wohnte und nicht so bequem eingerichtet war, um ihn, wie er wünschte, bewirten zu können, so sprach er darüber mit seinem Vater Ali Baba und bemerkte ihm, es würde wohl nicht schicklich sein, wenn er die Höflichkeiten Chogia Huseins noch länger unerwidert ließe. Ali Baba nahm es mit Vergnügen auf sich, den Fremden zu bewirten. »Mein Sohn«, sagte er, »morgen ist Freitag, und da die großen Kaufleute, wie Chogia Husein und du, an diesem Tage ihre Läden geschlossen halten, so mache nachmittags einen Spaziergang mit ihm und richte es auf dem Rückwege so ein, daß du ihn an meinem Hause vorbeiführest und hereinzutreten nötigst. Es ist besser, die Sache macht sich so, als daß du ihn förmlich einladest. Ich werde Morgiane Befehl geben, daß sie ein Abendessen zugerichtet in Bereitschaft hält.«

Am Freitag Nachmittag fanden sich Ali Babas Sohn und Chogia Husein wirklich an dem Orte ein, wohin sie sich bestellt hatten, und machten ihren Spaziergang miteinander. Auf dem Rückwege führte Ali Babas Sohn seinen Freund absichtlich durch die Straße, wo sein Vater wohnte, und als sie vor der Haustüre waren, blieb er stehen, klopfte an und sagte zu ihm: »Hier ist das Haus meines Vaters: Da ich ihm schon viel erzählt habe von der freundschaftlichen Art, wie du mir überall entgegenkommst, so hat er mich beauftragt, ihm die Ehre deiner Bekanntschaft zu verschaffen. Ich ersuche dich nun, die Zahl deiner Gefälligkeiten gegen mich durch diese noch zu vermehren.«

Obgleich nun Chogia Husein zum dem Ziel gelangt war, nach dem er strebte, nämlich Eintritt in Ali Babas Haus zu erhalten und ihn ohne eigene Gefahr und ohne großen Lärm zu töten, so brachte er dennoch allerhand Entschuldigungen hervor und stellte sich, als wollte er von dem Sohne Abschied nehmen; da aber in diesem Augenblicke Ali Babas Sklave öffnete, so nahm ihn der Sohn artig bei der Hand, ging voran und zwang ihn gewissermaßen, mit ihm hereinzukommen.

Ali Baba empfing Chogia Husein mit freundlichem Gesichte und so gut, als er es nur wünschen konnte. Er dankte ihm für die Güte, die er gegen seinen Sohn bewiesen, und sagte dann: »Wir beide sind dir dafür zu um so größerem Danke verpflichtet, weil er noch ein junger in der Welt unerfahrener Mensch ist und du es nicht unter deiner Würde erachtest, zu seiner Bildung mitzuwirken.« Chogia Husein erwiderte Ali Babas Höflichkeiten durch andere und versicherte ihm zugleich, wenn seinem Sohne auch die Erfahrung von Greisen abgehe, so habe er doch einen gesunden Verstand, der so viel wert sei, als die Erfahrung von tausend andern.

Nachdem sie sich eine Zeitlang über verschiedene gleichgültige Gegenstände unterhalten hatten, wollte Chogia Husein sich verabschieden; Ali Baba ließ es aber nicht zu. »Herr«, sagte er zu ihm: »Wohin willst du gehen? Ich bitte dich, erweise mir die Ehre, ein Abendbrot bei mir einzunehmen. Das Mahl, das ich dir geben will, ist freilich bei weitem nicht so glänzend, als du verdienst; aber ich hoffe, du werdest es, so wie es ist, mit ebenso gutem Herzen annehmen, wie ich es dir biete.« – »Herr«, antwortete Chogia Husein, »ich bin von deiner guten Gesinnung vollkommen überzeugt, und wenn ich dich bitte, es mir nicht übel zu nehmen, daß ich dein höfliches Anerbieten ausschlage, so bitte ich dich zugleich zu glauben, daß dies weder aus Verachtung, noch aus Unhöflichkeit geschieht, sondern weil ich einen besondern Grund dazu habe, den du selbst billigen würdest, wenn er dir bekannt wäre.« – »Und was mag dies für ein Grund sein, Herr?« versetzte Ali Baba; »darf ich dich wohl darum fragen?« – »Ich kann es dir wohl sagen«, antwortete Chogia Husein; »ich esse nämlich weder Fleisch, noch andere Gerichte, wobei Salz ist; du kannst hieraus selbst schließen, welche Rolle ich an deinem Tische spielen würde.« – »Wenn du sonst keinen Grund hast«, fuhr Ali Baba dringender fort, »so soll dieser mich gewiß nicht der Ehre berauben, dich heute Abend an meinem Tische zu besitzen, außer du müßtest etwas anderes vorhaben. Erstens ist in dem Brote, das man bei mir ißt, kein Salz, und was das Fleisch und die Brühen betrifft, so verspreche ich dir, daß in dem, was dir vorgesetzt werden wird, ebenfalls keines sein soll. Ich will sogleich die nötigen Befehle geben; erweise mir daher die Gefälligkeit, bei mir zu bleiben, ich komme im Augenblick wieder zurück.«

Ali Baba ging in die Küche und befahl Morgiane, das Fleisch, das sie heute auftragen würde, nicht zu salzen, und außer den Gerichten, die er schon früher bei ihr bestellt hatte, schnell noch zwei bis drei andere zu bereiten, worin kein Salz sei. Morgiane, die soebenen im Begriff war aufzutragen, konnte nicht umhin, ihre Unzufriedenheit über diesen neuen Befehl zu äußern und sich darüber gegen Ali Baba zu erklären. »Wer ist denn«, fragte sie, »dieser eigensinnige Mann, der kein Salz essen will? Deine Mahlzeit wird nicht mehr gut sein, wenn ich sie später auftrage.« – »Werde nur nicht böse, Morgiane«, antwortete Ali Baba; »es ist ein rechtschaffener Mann, deswegen tu', was ich dir sage.« Morgiane gehorchte, aber mit Widerwillen, und es ergriff sie große Neugierde, den Mann kennenzulernen, der kein Salz essen wollte. Als sie das Mahl bereitet und Abdallah den Tisch gedeckt hatte, half sie ihm die Speisen hineintragen. Indem sie nun Chogia Husein ansah, erkannte sie ihn sogleich trotz seiner Verkleidung als den Räuberhauptmann, und bei längerer aufmerksamer Betrachtung bemerkte sie, daß er unter seinem Kleide einen Dolch versteckt trug. »Jetzt wundere ich mich nicht mehr«, sagte sie in ihrem Herzen, »daß dieser Gottlose mit meinem Herrn kein Salz essen will:* Er ist sein hartnäckigster Feind und will ihn ermorden; aber ich will ihn schon daran verhindern.«

* Das Salz war bei den Alten das Sinnbild der Freundschaft und Treue; sie brauchten es bei allen ihren Opfern und Bündnissen. Die Beduinen oder die Araber der Wüste betrachten es als das Symbol und Pfand der Treue und Unverletzlichkeit ihrer Verträge. Sie hegen – sagte *Don Raphael* – vor nichts so tiefe Ehrfurcht, als vor dem Brot und dem Salz. Haben sie einmal mit einem Menschen Brot und Salz gegessen, so wäre es ein fluchwürdiges Verbrechen, ihn auszuplündern oder sein Gepäck und seine Waren, womit er durch die Wüste reist, auch nur anzurühren. Für gleich schändlich gilt die geringste Beleidigung gegen seine Person; der Araber, der sich mit einem Verbrechen dieser Art befleckte, würde überall für einen niederträchtigen Schurken angesehen und fiele der tiefsten und allgemeinsten Verachtung anheim; ja er würde in seinen eigenen Augen verächtlich werden und könnte seine Schande niemals abwaschen. Es ist beinahe unerhört, daß Araber dieses schmachvolle Verbrechen begangen hätten; Bande, die mit Brot und Salz besiegelt wurden, sind ihnen unauflöslich. Wenn ein Fremder ihrer Habsucht diesen Damm entgegensetzen kann, so darf er mitten in der Wüste für sein Gepäck und sein Leben weit ruhiger sein, als wenn ihm der Stamm, in dessen Gebiet er kommt, zwanzig Geiseln gestellt hätte; der Araber, mit dem er einmal Salz und Brot gegessen hat, und alle seine Stammesgenossen betrachten ihn als Landsmann und Bruder. Man erweist ihm alle nur erdenklichen Ehrenbezeugungen und gibt ihm auf jede mögliche Art aufrichtige Bruderliebe zu erkennen.

Sobald Morgiane mit Abdallah das Auftragen besorgt hatte, benutzte sie die Zeit, während die Herren aßen, um die nötigen Vorbereitungen zur Ausführung eines Planes zu treffen, der von mehr als gewöhnlichem Mute zeigte, und sie war eben fertig damit, als Abdallah ihr meldete, es sei Zeit, die Früchte aufzutragen. Sie brachte dieselben und trug sie auf, sobald Abdallah den Tisch abgeräumt hatte. Hierauf stellte sie neben Ali Baba ein kleines Tischen und auf dasselbe den Wein nebst drei Schalen; dann ging sie mit Abdallah hinaus, als wollte sie mit ihm zu Nacht speisen, und um Ali Baba nicht zu stören, damit er sich mit seinem Gast angenehm unterhalten und ihm, nach seiner Gewohnheit, zusprechen könnte, sich den Wein schmecken zu lassen.

Jetzt glaubte der falsche Chogia Husein, oder vielmehr der Hauptmann der vierzig Räuber, der günstige Augenblick sei gekommen, um Ali Baba das Leben zu nehmen. »Ich will«, sprach er bei sich selbst, »Vater und Sohn betrunken machen, und der Sohn, dem ich gerne das Leben schenke, soll mich nicht hindern, seinem Vater den Dolch ins Herz zu stoßen; sodann will ich mich, wie das erste Mal, durch den Garten flüchten, während die Köchin und der Sklave noch mit ihrem Abendessen beschäftigt oder in der Küche eingeschlafen sind.«

Morgiane aber hatte die Absicht des falschen Chogia Husein durchschaut und ließ ihm nicht Zeit, seinen boshaften Plan auszuführen. Statt ihr Abendbrot einzunehmen, zog sie ein sehr anmutiges Tanzkleid an, wählte einen passenden Kopfputz dazu, lege sich einen Gürtel von vergoldetem Silber um, und befestigte daran einen Dolch, dessen Scheide und Griff von demselben Metall waren; vor ihr Gesicht hing sie eine sehr schöne Maske. Nachdem sie sich nun so verkleidet hatte, sagte sie zu Abdallah: »Abdallah, nimm deine Schellentrommel und laß uns hineingehen, um vor dem Gast unseres Herren, dem Freunde seines Sohnes, die lustigen Spiele aufzuführen, die wir ihm manchmal abends zum besten geben.« Abdallah nahm die Schellentrommel, ging darauf spielend vor Morgiane her und trat so in den Saal. Hinter ihm kam Morgiane, die sich auf eine höchst ungezwungene und anmutsvolle Weise tief verneigte, gleich als bäte sie um Erlaubnis, ihre Geschicklichkeit zu zeigen. Da Abdallah sah, daß Ali Baba sprechen wollte, hörte er auf zu trommeln. »Komm nur herbei, Morgiane«, sagte Ali Baba; »Chogia Husein mag urteilen, ob du etwas verstehst, und uns dann seine Meinung darüber sagen.« Sodann sagte er, zu Chogia Husein gewendet: »Du darfst nicht glauben, Herr, daß ich mich in große Unkosten versetzt habe, um dir dieses Vergnügen zu bereiten. Ich finde es in meinem eigenen Hause, und du siehst, daß es niemand als ein Sklave und meine Köchin ist, die mich auf solche Art belustigen. Ich hoffe, es werde dir nicht mißfallen.«

Chogia Husein war nicht darauf gefaßt, daß Ali Baba auf das Mahl noch diese Belustigung folgen lassen würde. Er fing nun an zu fürchten, er möchte die Gegegenheit, die er gefunden zu haben glaubte, nicht benutzen können. Doch tröstete er sich für diesen Fall mit der Hoffnung, bei fortgesetztem freundlichen Umgang mit Vater und Sohn werde sich bald eine neue zeigen. Obgleich es ihm nun weit angenehmer gewesen wäre, wenn Ali Baba ihn mit diesem Spiele verschont hätte, so stellte er sich dennoch, als wüßte er ihm vielen Dank dafür, und war zugleich höflich genug, ihm zu erklären: Alles, was seinem verehrten Gastfreunde Vergnügen mache, müsse notwendig auch ihm eine Quelle großer Freude sein.

Als nun Abdallah sah, daß Ali Baba und Chogia Husein aufgehört hatten zu sprechen, so fing er aufs neue an, seine Schellentrommel zu schlagen, und sang ein Tanzlied dazu. Morgiane aber, die den geübtesten Tänzern und Tänzerrinnen von Fach an Geschicklichkeit nichts nachgab, tanzte auf eine Weise, die bei jeder andern, als gerade bei der hier anwesenden Gesellschaft, Verwunderung hätte erregen müssen; am wenigsten Aufmerksamkeit schenkte der falsche Chogia Husein ihrer Kunst.

Nachdem sie nun mit gleicher Kraft und Anmut mehrere Tänze aufgeführt hatte, zog sie endlich den Dolch, schwang ihn in der Hand und tanzte einen neuen Tanz, worin sie sich selbst übertraf. Die mannigfaltigen Figuren, die sie bildete, ihre leichten Bewegungen, ihre kühnen Sprünge und die wunderbaren Wendungen und Stellungen, die sie dabei vornahm, indem sie den Dolch bald wie zum Stoß ausstreckte, bald sich stellte, als bohrte sie ihn in ihre eigene Brust, waren höchst anmutig anzuschauen. Endlich schien sie sich außer Atem getanzt zu haben; sie rieß mit der linken Hand Abdallah die Schellentrommel aus den Händen, und indem sie mit der rechten den Dolch hielt, bot sie die Trommel von der hohlen Seite Ali Baba hin, wie Tänzer und Tänzerinnen, die ein Gewerbe aus ihrer Kunst machen, zu tun pflegen, um die Freigebigkeit ihrer Zuschauer anzusprechen.

Ali Baba warf Morgiane ein Goldstück auf die Trommel; hierauf wandte sie sich an Ali Babas Sohn, der dem Beispiel seines Vaters folgte. Chogia Husein, der sie auch zu sich kommen sah, hatte bereits seinen Geldbeutel gezogen, um ihr gleichfalls ein Geschenk zu machen, und griff eben hinein, als Morgiane mit einem Mute, der ihrer Festigkeit und Entschlossenheit alle Ehre machte, ihm den Dolch mitten durchs Herz bohrte, so daß er leblos zurücksank. Ali Baba und sein Sohn entsetzten sich über die Maßen ob dieser Handlung und erhoben ein lautes Geschrei. »Unglückliche!« rief Ali Baba, »was hast du getan! Willst du durchaus mich und mein ganze Familie verderben?« – »Nein, mein Herr«, antwortete Morgiane, »ich habe es im Gegenteil zu deiner Rettung getan.« Hierauf öffnete sie Chogia Huseins Kleid, zeigte Ali Baba den Dolch, womit er bewaffnet war, und sagte dann zu ihm: »Da sieh, mit welchem kühnen Feind du zu tun hattest, und blicke ihm mit scharfem Auge ins Angesicht: Du wirst gewiß den falschen Ölhändler und den Hauptmann der vierzig Räuber erkennen. Ist es dir denn nicht aufgefallen, daß er kein Salz mit dir essen wollte? Bedarf es wohl noch weiterer Zeugnisse für seinen verderblichen Plan? Noch ehe ich ihn sah, hatte ich schon Argwohn geschöpft, als du mir sagtest, daß du einen solchen Gast habest. Ich sah ihn darauf von Angesicht, und nun liegt der Beweis vor dir, daß mein Verdacht nicht unbegründet war.«

Ali Baba fühlte in seinem innersten Herzen, welchen Dank er Morgiane schuldig war, die ihm nun zum zweiten Male das Leben gerettet hatte. Er umarmte sie und sagte zu ihr: »Morgiane, ich habe dir die Freiheit geschenkt und dabei versprochen, daß mein Dank es nicht dabei bewenden lassen werde, und ich bald noch mehr für dich tun wolle. Diese Zeit ist gekommen: Ich mache dich hiermit zu meiner Schwiegertochter.«

Hierauf wandte er sich an seinen Sohn und sagte zu ihm: »Mein Sohn, du bist ein guter Sohn, und ich glaube, du wirst es nicht unbillig finden, daß ich dir Morgiane zur Frau gebe, ohne zuvor deine Stimme zu hören. Du bist ihr ebenso großen Dank schuldig, wie ich selbst; denn es ist klar, daß Chogia Husein deine Freundschaft bloß dazu gesucht hat, um mir desto leichter meuchlerischerweise das Leben zu nehmen, und du darfst nicht zweifeln, daß er, wenn ihm dies gelungen wäre, auch dich seiner Rache geopfert haben würde. Bedenke überdies, daß du in Morgiane, wenn du sie heiratest, die Stütze meiner Familie, solange ich leben werde, und die Stütze der deinigen bis ans Ende deiner Tage besitzen wirst.«

Der Sohn gab nicht den geringsten Widerwillen zu erkennen, sondern erklärte im Gegenteil, er willige in diese Heirat nicht bloß aus Gehorsam gegen seinen Vater, sondern auch aus eigener Neigung. Hierauf traf man in Ali Babas Hause Anstalten, den Leichnam des Hauptmanns neben den übrigen Räubern zu begraben, und dies geschah so geheim und in aller Stille, daß es erst nach langen Jahren bekannt wurde, als niemand mehr lebte, der bei dieser denkwürdigen Geschichte persönlich beteiligt war.

Wenige Tage nachher feierte Ali Baba die Hochzeit seines Sohnes und Morgianens mit großem Glanze und durch ein prachtvolles Festmahl, das mit Tänzen, Schauspielen und den gewöhnlichen Lustbarkeiten gewürzt war. Auch hatte er das Vergnügen, zu sehen, daß seine Freunde und Nachbarn, die er eingeladen hatte, und die zwar die wahren Beweggründe zu dieser Hochzeit nicht wissen konnten, aber sonst die schönen und guten Eigenschaften Morgianens kannten, ihn laut wegen seiner Großmut und seiner Herzensgüte lobten.

Ali Baba war nicht mehr in die Räuberhöhle zurückgekehrt, seitdem er die Leiche seines Bruders Casim dort angetroffen und auf einem seiner drei Esel nebst vielem Golde zurückgebracht hatte, denn er fürchtete, er möchte die Räuber dort antreffen oder von ihnen überrascht werden; aber auch nach dem Tode der achtunddreißig Räuber, den Hauptmann mit eingerechnet, hütete er sich lange Zeit, dahin zurückzukehren, weil er sich sorgte, die zwei andern, deren Schicksal ihm nicht bekannt war, möchten noch am Leben sein. Endlich nach Verlauf eines Jahres, als er sah, daß nichts mehr gegen seine Ruhe unternommen wurde, wandelte ihn die Neugierde an, abermals eine Reise dahin zu unternehmen; doch ergriff er dabei die nötigen Vorsichtsmaßregeln zu seiner Sicherheit. Er stieg zu Pferd, und als er bei der Grotte anlangte, nahm er als ein gutes Vorzeichen, daß er weder Spuren von Menschen, noch von Pferden bemerkte. Er stieg ab, band sein Pferd an, trat vor die Türe und sprach die Worte: »Sesam, öffne dich!« die er noch nicht vergessen hatte. Die Türe öffnete sich, er ging hinein und aus dem Zustand, worin er alles in der Grotte antraf, konnte er ersehen, daß ungefähr seit der Zeit, da der angebliche Chogia Husein einen Laden in der Stadt errichtet hatte, niemand darin gewesen war, und die ganze Bande der vierzig Räuber ausgerottet sein mußte. Auch zweifelte er nicht mehr daran, daß er der einzige in der Welt sei, der um das Geheimnis, die Höhle zu öffnen, wisse, und daß der darin verschlossene Schatz gänzlich zu seiner Verfügung stehe. Er hatte einen Quersack mitgenommen; diesen füllte er mit so viel Gold an, als er glaubte, daß ein Pferd tragen könnte, und kehrte dann zur Stadt zurück.

Seit dieser Zeit lebten Ali Baba und sein Sohn, den er nach der Felsenhöhle führte und in das Geheimnis, sie zu öffnen, einweihte, desgleichen ihre Nachkommen, auf die sie das Geheimnis vererbten, und die ihr Glück mit weiser Mäßigung genossen, in hohem Glanze und geschmückt mit den höchsten Ehrenstellen der Stadt.

Nachdem Schehersad dem Sultan Scheherban diese Geschichte erzählt hatte, begann sie in der nächsten Nacht mit folgender:

Geschichte des Ali Chodjah, Kaufmanns von Bagdad.

Unter der Regierung des Kalifen Harun Arraschid lebte in Bagdad ein Kaufmann, Namens Ali Chodjah, der zwar nicht zu den reichsten, aber auch nicht zu den ärmsten gehörte, im Hause seiner Väter wohnte und weder Weib noch Kinder hatte. In der Zeit, da er, ganz sein eigener Herr, zufrieden vom Ertrag seines Handels lebte, hatte er drei Nächte hintereinander einen Traum, worin ihm ein ehrwürdiger Greis mit strengem Blick erschien und einen heftigen Verweis gab, weil er die vom Gesetz vorgeschriebene Wallfahrt nach Mekka noch nicht gemacht habe.

Dieser Traum beunruhigte Ali Chodjah und setzte ihn in große Verlegenheit. Als guter Muselmann wußte er wohl, daß er zu der Wallfahrt verpflichtet war, aber da er ein Haus, eine Menge Gerätschaften und einen Laden besaß, so hatte er immer geglaubt, dies seien hinlängliche Gründe, sie zu unterlassen und dagegen lieber Almosen und andere gute Werke zu stiften. Doch seit dem Traum peinigte ihn sein Gewissen so sehr, daß er aus Furcht, es möchte ihm irgend ein Unglück zustoßen, sich entschloß, mit der Erfüllung dieser Pflicht nicht länger zu zögern. Um seinen Plan noch im laufenden Jahre ausführen zu können, verkaufte Chodjah zuerst seine Gerätschaften, sodann seinen Laden nebst dem größten Teil der darin enthaltenen Waren, und behielt nur diejenigen, für die er in Mekka Absatz hoffen konnte; sein Haus fand er Gelegenheit zu verpachten. Nachdem er alles das angeordnet hatte, war er auf die Zeit, wo die Karawane von Bagdad nach Mekka aufbrechen wollte, reisefertig. Nur wollte er noch eine Summe von tausend Goldstücken, die ihn unterwegs bloß belästigt haben würde, in Sicherheit bringen: Denn das Geld, das er für die Reisekosten und andere Bedürfnisse nötig glaubte, hatte er bereits zur Seite gelegt. Ali Chodjah wählte ein Gefäß von passender Größe aus, legte die tausend Goldstücke hinein und füllte es dann mit Oliven auf. Nachdem er es zuletzt wohl verschlossen hatte, brachte er es zu einem Kaufmann, der sein guter Freund war, und sagte zu ihm: »Bruder, du weißt, daß ich in einigen Tagen mit der Karawane die Wallfahrt nach Mekka antrete. Wolltest du nicht die Gefälligkeit haben, dieses Olivengefäß hier bis zu meiner Wiederkehr in Verwahrung zu nehmen?« Der Kaufmann antwortete darauf sehr verbindlich: »Da hast du den Schlüssel zu meinem Speicher, trage dein Gefäß selbst dahin und setze es nieder, wo du willst; ich verspreche dir, daß du es unversehrt dort wieder antreffen wirst.«

Als der Tag zum Abgang der Karawane von Bagdad gekommen war, schloß sich Ali Chodjah mit einem Kamele, das er mit auserlesenen Waren bepackt hatte und zugleich zum Reiten benützte, an dieselbe an und kam glücklich nach Mekka. Daselbst besuchte er mit den anderen Wallfahrern jenen weltberühmten Tempel, zu dem jedes Jahr so viele Muselmänner von allen Nationen und allen Enden der Erde pilgern, um die von dem Gesetz ihnen vorgeschriebenen Zeremonien zu erfüllen. Nachdem er seinen Pflichten als Wallfahrer Genüge getan, stellte er seine Waren aus, um sie zu verkaufen oder umzutauschen. Zwei Kaufleute, welche vorübergingen und Alis Chodjahs Waren erblickten, fanden dieselben so schön, daß sie stehen blieben und sie genauer in Augenschein nahmen, obschon sie ihrer nicht benötigt waren. Als sie ihre Neugierde befriedigt hatten, sagte der eine zum anderen beim Weggehen: »Wenn dieser Kaufmann wüßte, wie viel er mit seinen Waren in Kahirah gewinnen könnte, so würde er sie dortin führen und nicht hier verkaufen, wo sie so wenig gelten.«

Ali Chodjah hörte diese Worte, und da man ihm schon tausendmal die Schönheiten Ägyptens gerühmt hatte, so beschloß er alsbald, diese Gelegenheit zu benutzen und dahin zu reisen. Er packte daher seine Waren wieder ein, und statt nach Bagdad zurückzukehren, schloß er sich der Karawane von Kahirah an und nahm seinen Weg nach Ägypten. In Kahirah angelangt, hatte er keine Ursache, diesen Entschluß zu bereuen, denn er fand daselbst seine Rechnung sehr gut und hatte binnen weniger Tagen alle seine Waren mit weit größerem Vorteil, als er hoffen konnte, verkauft. Er kaufte nun andere dafür ein, um damit nach Damaskus zu gehen, und während er, der größeren Bequemlichkeit wegen, auf den Abgang einer Karawane wartete, die in sechs Wochen dahin aufbrechen sollte, besichtigte er nicht bloß alle Merkwürdigkeiten von Kahirah, sondern besuchte auch die Pyramiden, fuhr eine ansehnliche Strecke den Nil hinauf und besah die berühmtesten Städte, die an den Ufern dieses Stromes lagen. Da die Karawane auf ihrer Reise nach Damaskus den Weg über Jerusalem nahm, so benutzte der Bagdader Kaufmann auch die Gelegenheit, den dortigen Tempel zu besuchen, der nächst dem in Mekka von allen Muselmännern für den heiligsten angesehen wird, daher die Stadt selbst den Namen »die heilige Stadt« erhalten hat.

Ali Chodjah fand die Stadt Damaskus wegen ihres Reichtums an Wassern, ihrer schönen Wiesen und herrlichen Gärten, so unendlich angenehm, daß alles, was er bisher in unsern Geschichtsbüchern von der Schönheit und den Reizen derselben gelesen hatte, ihm tief unter der Wahrheit zu stehen schien, und er sich lange daselbst aufhielt. Da er demungeachtet nicht vergessen konnte, daß er aus Bagdad war, so reiste er endlich wieder ab und gelangte nach Haleb, wo er ebenfalls einige Zeit verweilte; von da setzte er über den Euphrat und schlug die Straße nach Moßul ein, in der Absicht, zur Beschleunigung seiner Abreise den Tigris hinabzufahren.

Als Ali Chodjah aber nach Moßul gekommen war, so hatten unterdessen die persischen Kaufleute, mit denen er von Haleb gereist und in sehr freundschaftliche Verhältnisse getreten war, durch ihre Höflichkeiten und angenehmen Unterhaltungen so großen Einfluß über ihn gewonnen, daß sie ihn ohne Mühe überredeten, ihnen noch bis nach Schiras Gesellschaft zu leisten, von wo er dann leicht und mit bedeutendem Gewinn nach Bagdad zurückkehren könnte. So begleitete er sie denn nach den Städten Sultanieh, Rei, Koam, Ißpahan und Schiras;* aus Gefälligkeit ging er auch noch nach Indien mit ihnen und dann wieder zurück nach Schiras.

Auf diese Weise waren mit Inbegriff des Aufenthalts in jeder der genannten Städte seit Alis Abreise von Bagdad bald sieben Jahre verflossen, als er sich endlich entschloß, dahin zurückzukehren. Der Freund, dem er das Olivengefäß anvertraut, hatte bisher weder an ihn, noch an das Gefäß mehr gedacht. Gerade um die Zeit aber, da Ali mit einer Karawane von Schiras her unterwegs war, speiste dieser Kaufmann, sein Freund, eines Abends im Kreise der Seinigen; das Gespräch kam unter anderem auf Oliven, und seine Frau äußerte großes Verlangen, welche zu essen, denn sie sagte, es seien schon lange Zeit keine mehr auf den Tisch gekommen. »Ei«, sagte der Kaufmann, »bei dem Wort Oliven fällt mir ein, daß Ali Chodjah mir vor sieben Jahren bei seiner Abreise nach Mekka ein damit angefülltes Gefäß übergeben und selber in meinen Speicher getragen hat, um es bei seiner Rückkehr wieder in Empfang zu nehmen. Wo mag Ali Chodjah wohl geblieben sein? Freilich sagte mir einer, als die Karawane zurückkam, er sei nach Ägypten abgereist; ohne Zweifel ist er dort gestorben, da er sich seit so vielen Jahren nimmer gezeigt hat, und wir können jetzt wohl die Oliven essen, wenn sie noch gut sind. Gebt mir eine Schüssel und ein Licht, ich will sogleich einige davon holen, damit wir sie kosten.« – »Lieber Mann«, versetzte hierauf die Frau, »ich beschwöre dich beim Propheten, begehe diese schändliche Handlung nicht. Du weißt ja, daß nichts heiliger ist, als ein anvertrautes Gut. Freilich sagst du, es seien schon sieben

* Daß man, um von Moßul nach Schiras zu gelangen, nicht den angebenen Weg nimmt, lehrt ein Blick auf die Karte.

Jahre her, daß Ali Chodjah nach Mekka gegangen und nicht zurückgekehrt ist; man hat dir aber auch gesagt, daß er nach Ägypten gereist sei, und du kannst nicht wissen, ob er von da nicht noch weiter gezogen ist. Jedenfalls hast du noch keine Nachricht von seinem Tode erhalten, und somit kann er schon morgen oder übermorgen zurückkommen. Welche Schande für dich und deine ganze Familie, wenn er wiederkäme und du ihm sein Gefäß nicht in demselben Zustande zurückgeben könntest, wie er es dir anvertraut hat! Ich erkläre dir, daß ich nach diesen Oliven durchaus kein Verlangen habe und nicht davon essen werde. Wenn ich davon gesprochen habe, so geschah es nur gesprächsweise. Glaubst du denn überhaupt, daß die Oliven nach so langer Zeit noch gut sein werden? Gewiß sind sie alle schon verfault und verdorben. Und wenn nun Ali, wie eine dunkle Ahnung mir sagt, zurückkommt und bemerkt, daß du sie angerührt hast, was wird er dann von deiner Freundschaft und Treue schließen können? Deshalb bitte ich dich bei Gott, gib dein Vorhaben auf.«

Die Frau hielt bloß deswegen eine so lange Rede an ihren Mann, weil sie ihm seine Hartnäkkigkeit auf dem Gesichte ansah. Er hörte auch wirklich nicht auf ihren guten Rat, sondern stand auf, nahm ein Licht und eine Schüssel und ging damit in seinen Speicher. »Nun so vergiß wenigstens nicht«, rief ihm die Frau nach, »daß ich an dem, was du jetzt tust, durchaus keinen Teil habe, damit du mir nicht einstens die Schuld beimissest, wenn du je Ursache haben solltest, es zu bereuen.« Der Kaufmann blieb indes auch gegen diese Worte taub und beharrte auf seinem Vorsatz. Als er in dem Speicher war, nahm er das Gefäß, hob den Deckel ab und fand die Oliven alle verfault. Um sich nun zu überzeugen, ob die unteren ebenso verdorben seien wie die oberen, schüttete er einige davon in die Schüssel aus, und bei dieser Bewegung fielen einige Goldstücke klingend mit hinein. Beim Anblick der Goldstücke sah sich der Kaufmann, der von Natur habsüchtig und sehr neugierig war, das Gefäß genauer an und bemerkte, daß er fast alle Oliven in die Schüssel ausgeschüttet hatte und der übrige Inhalt eitel Gold vom schönsten Gepräge war. Er schüttelte nun die Oliven wieder ins Gefäß hinein, deckte es zu und kehrte zu seiner Familie zurück. »Weib«, sagte er, als er zurückkam, »du hast recht gehabt; die Oliven sind verfault, und ich habe das Gefäß wieder so verschlossen, daß Ali Chodjah, wenn er je zurückkommt, nicht merken kann, daß ich es angerührt habe.« – »Du hättest besser getan, auf mich zu hören«, antwortete die Frau, »und es gar nicht zu berühren. Gott gebe,

daß uns kein Unheil daraus erwachse.« Auf den Kaufmann machten die letzten Worte seiner Frau so wenig Eindruck, als ihre früheren Ermahnungen. Er sann fast die ganze Nacht hindurch auf Mittel, sich Ali Chodjahs Gold anzueignen und die Sache so einzurichten, daß es ihm auch für den Fall bleiben müßte, wenn jener zurückkäme und sein Gefäß verlangte. Am anderen Morgen ging er in aller Frühe aus, kaufte Oliven vom laufenden Jahr und trug sie in seinen Speicher. Nun warf er die alten Oliven aus Alis Gefäß heraus, steckte das Gold zu sich und brachte es in Sicherheit. Hierauf füllte er das Gefäß mit frischgekauften Oliven bis oben an, deckte es mit demselben Deckel wieder zu und stellte es wieder an den alten Platz.

Etwa einen Monat, nachdem der Kaufmann diese niederträchtige Handlung begangen hatte, die ihm so übel bekommen sollte, traf Ali Chodjah von seiner langen Reise wieder in Bagdad ein. Da er vor seiner Abreise sein Haus vermietet hatte, so stieg er in einem Chan ab, wo er auf so lange Zeit eine Wohnung bezog, bis er seinem Mietsmann seine Ankunft angezeigt und dieser sich eine andere Wohnung besorgt haben würde. Am anderen Tage suchte Ali Chodjah seinen Freund, den Kaufmann, auf, der ihn mit einer Umarmung bewillkommte und große Freude über seine endliche Rückkehr nach so langer Abwesenheit bezeigte; denn, sagte er, er habe beinahe schon alle Hoffnung verloren gehabt, ihn je wieder zu sehen.

Nach den bei solchen Gelegenheiten gewöhnlichen Begrüßungen bat Ali Chodjah den Kaufmann, er möchte ihm jetzt das Olivengefäß zurückgeben, das er bei ihm zur Verwahrung niedergelegt, und entschuldigen, daß er ihn damit belästigt habe. »Mein treuer Freund Ali«, antwortete der Kaufmann, »du hast durchaus keinen Grund, dich zu entschuldigen, denn dein Gefäß war mir nicht im geringsten lästig; auch hätte ich in einem ähnlichen Falle dich um die ganz gleiche Gefälligkeit gebeten. Hier hast du den Schlüssel zu meinem Speicher, hole es selbst, du wirst es noch an demselben Platze finden, wohin du es damals gestellt hast.«

Ali Chodjah ging in den Speicher des Kaufmanns, holte sein Gefäß, und nachdem er ihm den Schlüssel zurückgegeben und nochmals für seine Gefälligkeit gedankt hatte, kehrte er nach dem Chan zurück, wo er wohnte. Hier machte er das Gefäß auf, streckte seine Hand so tief hinein, als die tausend Goldstücke liegen mußten, und verwunderte sich höchlich, sie nicht zu finden. Er glaubte, dies sei Täuschung, und um schnell allem Zweifel ein Ende zu machen, nahm er eine Anzahl von Schüsseln und anderen Geschirren aus seiner Reiseküche, schüttelte sämtliche Oliven hinein, sah aber nicht ein einziges Goldstück. Darüber entsetzte er sich so sehr, daß er eine Weile wie angewurzelt stehen blieb; dann aber hob er seine Hände und Augen gen Himmel und rief: »Ist's möglich? Kann ein Mann, den ich für meinen besten Freund hielt, eine so schändliche Untreue an mir begangen haben?«

Voll Besorgnis, einen so bedeutenden Verlust erlitten zu haben, ging Ali Chodjah hierauf zu dem Kaufmann zurück. »Lieber Freund«, sagte er zu ihm, »wundere dich nicht, daß ich so schnell wiederkomme. Ich gestehe, daß ich das Olivengefäß, das ich aus deinem Speicher abgeholt, als das meinige wieder erkannt habe; allein außer den Oliven hatte ich noch tausend Goldstücke hineingelegt, und diese finde ich nicht mehr darin. Vielleicht warst du ihrer bedürftig und hast sie in deinem Geschäft angelegt? Wenn dies der Fall ist, so stehen sie dir auch ferner noch zu Dienste; nur bitte ich dich, daß du mich von meiner Unruhe befreiest und mir einen Schuldschein ausstellst; du magst sie dann nach Bequemlichkeit wieder heimzahlen.« Der Kaufmann, der auf diese Anrede schon gefaßt war, hatte sich auch schon eine Antwort darauf ausgesonnen. »Lieber Freund Ali«, antwortete er, »habe ich denn damals, als du mir dein Olivengefäß brachtest, es auch nur angerührt? Habe ich dir nicht den Schlüssel zu meinem Speicher gegeben? Hast du es nicht selbst dahin getragen und hast du es nicht an demselben Platze, wohin du es gestellt, und zwar noch ganz in demselben Zustande und ganz ebenso zugedeckt, wieder gefunden? Wenn du Gold hineingelegt hast, so muß es wohl noch darin sein; du sagtest mir bloß, es seinen Oliven darin, und ich glaubte es. Mehr weiß ich nicht von der Sache, du kannst übrigens davon halten, was du willst, ich habe nichts angerührt.« Ali Chodjah wandte alle möglichen Mittel an, um den Kaufmann zum Eingeständnis seines Unrechts zu vermögen. »Ich halte gern mit jedermann Frieden«, sagte er, »und es würde mir sehr wehe tun, wenn ich zu den äußersten Maßregeln schreiten müßte, die dir wenig Ehre vor der Welt machen würden. Bedenke doch, daß Kaufleute, wie wir, eher alles andere fahren lassen müssen, als ihren guten Ruf. Ich sage dir noch einmal, es wäre mir im höchsten Grade unangenehm, wenn deine Hartnäckigkeit mich nötigen sollte, den Weg Rechtens einzuschlagen; denn ich habe von jeher lieber etwas von meinem Recht aufgeopfert, als meine Zuflucht zu den Gerichten genommen.« – »Ali«, erwiderte der Kaufmann, »du gestehest doch selbst ein, daß du ein Olivengefäß mir in Verwahrung gegeben hast; du hast es wieder geholt, hast es selbst wegetragen, und jetzt kommst du und forderst tausend Goldstücke von mir! Hast du mir denn gesagt, daß sie in dem Gefäß seien? Ich weiß ja nicht einmal, ob Oliven darin waren, denn du hast sie mir nicht gezeigt. Warum forderst du nicht auch Perlen oder Diamanten? Laß dir einen Rat geben: Gehe jetzt nach Hause, damit nicht alles Volk vor meinem Laden zusammenläuft.«

Wirklich waren schon einige Leute stehen geblieben, und die letzten Worte des Kaufmanns, die in einem Tone gesprochen waren, der sich nicht mehr innerhalb der Grenzen der Mäßigung bewegte, hatten zur Folge, daß sich nicht bloß eine größere Anzahl von Menschen hier versammelte, sondern sogar die benachbarten Kaufleute aus ihren Läden herbeikamen, um sich nach der Ursache des Streites zu erkundigen und beide Männer wieder miteinander zu versöhnen. Als Ali Chodjah ihnen die Sache auseinandergesetzt hatte, fragten die Angesehensten den Kaufmann, was er darauf zu antworten habe? Der Kaufmann gestand, daß er Alis Gefäß in seinem Speicher aufbewahrt, leugnete aber, es jemals berührt zu haben, und schwor, er wisse bloß daher, daß Oliven darin gewesen seien, weil Ali Chodjah es ihm gesagt; zugleich nehme er sie alle zu Zeugen des Schimpfs und der Beleidigung, die jener ihm in seinem eigenen Hause angetan habe. »Du ziehst dir den Schimpf selbst zu«, sagte hierauf Ali, indem er den Kaufmann beim Arm nahm; »aber da du so schändlich handelst, so fordere ich dich vor das Gesetz Gottes. Wir wollen sehen, ob du die Frechheit hast, vor dem Kadhi dasselbe zu behaupten.« Bei dieser Vorladung, welcher jeder gute Muselmann Folge leisten muß, sofern er nicht gegen die Religion widerspenstig erscheinen will, wagte es der Kaufmann nicht, sich zu sträuben. »Ganz recht«, sagte der Kaufmann, »eben das verlange ich; wir werden bald sehen, wer von uns beiden unrecht hat.«

Ali Chodjah führte den Kaufmann vor den Richterstuhl des Kadhi und klagte ihn an, ihm eine anvertraute Summe von tausend Goldstücken gestohlen zu haben; zugleich setzte er die ganze Sache so auseinander, wie wir bereits wissen. Der Kadhi fragte ihn, ob er Zeugen habe. Er antwortete, er habe diese Vorsichtmaßregel nicht nötig geglaubt, weil er denjenigen, dem er das Geld anvertraut, für seinen Freund gehalten und bisher als einen rechtlichen Mann gekannt habe. Der Kaufmann führte zu seiner Verteidigung weiter nichts an, als was er Ali Chodjah schon in Gegenwart der Nachbarn gesagt hatte, und schloß mit der Erklärung, er sei bereit, durch einen Eid zu bekräftigen, daß nicht nur die Anklage wegen des Diebstahls von tausend Goldstücken falsch sei, sondern auch, daß er nicht einmal das geringste davon gewußt habe. Der Kadhi forderte ihm den Eid ab und entließ ihn sodann völlig freigesprochen. Ali Chodjah, im Innersten ergrimmt, zu einer so bedeutenden Einbuße verurteilt zu sein, erklärte dem Kadhi, daß er sich mit diesem Ausspruch nicht zufrieden gebe, sondern seine Klage bis vor den Kalifen Harun Arraschid bringen wolle, der ihm schon zu seinem Rechte verhelfen werde; der Kadhi aber wunderte sich nicht über diese Widersetzlichkeit, sondern betrachtete sie bloß als die Wirkung der gewöhnlichen Erbitterung aller derer, die ihren Rechtshandel haben. Er glaubte seine Pflicht vollkommen erfüllt zu haben, indem er einen Angeklagten, gegen den man keine Zeugen hatte aufstellen können, freisprach.

Während nun der Kaufmann, voll Freude, über Ali Chodjah gesiegt und auf so leichte Art tausend Goldstücke bekommen zu haben, nach Hause ging, verfaßte dieser eine Bittschrift und nahm gleich den folgenden Tag die Zeit wahr, wo der Kalif nach dem Mittagsgebet aus der Moschee zurückkehren mußte. Er stellte sich in einer Straße ihm auf den Weg, und in dem Augenblick, wo er vorüberkam, erhob er den Arm und hielt die Bittschrift hoch empor, worauf ein Beamter, der dies Geschäft hatte und dicht vor dem Kalifen herging, sogleich aus dem Zuge heraustrat und ihm sein Schreiben abnahm, um es zu übergeben.

Da Ali Chodjah wußte, daß der Kalif Harun Arraschid die Gewohnheit hatte, gleich nach seiner Rückkehr in den Palast die Bittschriften, die ihm auf diese Weise übergeben wurden, selbst zu lesen, so folgte er dem Zuge, trat in den Palast hinein und wartete, bis der Beamte, der ihm sein Schreiben abgenommen hatte, aus dem Zimmer des Kalifen wieder herauskam. Beim Heraustreten sagte dieser Beamte zu ihm: Der Kalif habe seine Bittschrift gelesen, und bezeichnete ihm zugleich die Stunde, da er ihn am anderen Tage anhören wolle; sodann fragte er ihn nach der Wohnung des Kaufmanns und ließ diesem melden, er solle sich am anderen Tag um dieselbe Stunde einfinden.

Am Abend desselben Tages machte der Kalif mit dem Großvezier Djafar und Masrur, dem Oberhaupt der Verschnittenen, alle drei verkleidet, wieder seine gewöhnliche Runde durch die Stadt, wie ich meinem Herrn und König bereits gesagt habe, daß er von Zeit zu Zeit zu tun pflegte. Indem er nun durch eine Straße ging, hörte er Lärm; er beschleunigte seine Schritte und kam an eine Türe, die in einen Hof ging, worin zehn bis zwölf Kinder im Mondschein noch spielten, wie er durch eine Ritze hindurch bemerken konnte. Der Kalif war neugierig, welches Spiel die Kinder spielten und setzte sich daher auf eine steinerne Bank, die sich gerade neben der Türe befand. Da er nun fortwährend durch die Ritze schaute, hörte er, wie eines der Kinder, welches das lebhafteste und aufgeweckteste von allen war, zu den anderen sagte: »Wir wollen den Kadhi spielen. Ich bin der Kadhi und ihr müßt mir den Ali Chodjah und den Kaufmann, der ihm die tausend Goldstücke gestohlen hat, vorführen.« Bei diesen Worten des Kindes erinnerte sich der Kalif an die Bittschrift, die ihm an demselben Tag überreicht worden war und die er noch nicht lange gelesen hatte. Er verdoppelte daher seine Aufmerksamkeit, um zu hören, wie der Urteilsspruch ausfallen würde.

Da der Streit zwischen Ali Chodjah und dem Kaufmann etwas ganz Neues war und in der ganzen Stadt Bagdad sogar unter den Kindern viel Aufsehen machte, so nahmen die übrigen Kinder den Vorschlag mit Freuden an und teilten die Rollen aus, die jedes spielen sollte. Niemand verwehrte es dem Knaben, der sich zu der Rolle des Kahdi erboten, dieselbe zu übernehmen. Als er sich nun mit dem wichtigen Amtsgesicht eines Kadhi gesetzt hatte, führte ein anderer, der einen Gerichtsdiener vorstellte, ihm zwei Knaben vor, von denen er den einen als Ali Chodjah und den anderen als den Kaufmann bezeichnete, gegen welchen Ali Klage führte.

Jetzt nahm der Kadhi das Wort und fragte in gewichtigem Tone Ali Chodjah: »Ali Chodjah, was begehrst du von diesem Kaufmann?« Der angebliche Ali Chodjah verbeugte sich tief und trug dann die Sache Punkt für Punkt dem Kadhi vor; zuletzt bat er ihn demütiglich, daß es ihm ge-

fallen möge, mit seinem richterlichen Ansehen dazwischen zu treten, damit er nicht eine so bedeutende Summe einbüßen müsse. Als der kleine Kadhi den Kläger angehört hatte, wandte er sich nach dem Kaufmann und fragte ihn: Warum er dem Ali Chodjah die Summe nicht zurückgebe, die er von ihm verlange? Der angebliche Kaufmann brachte dieselben Gründe vor, die der wirkliche vor dem Kadhi von Bagdad angeführt hatte, und verlangte gleichfalls, die Wahrheit seiner Aussage durch einen Eid bekräftigen zu dürfen. »Wir wollen uns nicht übereilen«, versetzte der Kadhi; »bevor du schwörst, wünsche ich das Olivengefäß zu sehen. Ali Chodjah«, fuhr er dann gegen den Knaben fort, der diese Rolle übernommen hatte, »hast du das Gefäß mitgebracht?« Als dieser antwortete, er habe es nicht bei sich, so sagte er zu ihm: »Nun so gehe hin und hole es.« Ali Chodjah verschwand auf einen Augenblick, kam dann wieder und tat, als ob er vor den Kadhi ein Gefäß hinstellte; zugleich erklärte er, dies sei dasselbe Gefäß, das er dem Beklagten zur Aufbewahrung gegeben und bei ihm wieder abgeholt habe. Um nichts, was zur herkömmlichen Form gehört, zu unterlassen, fragte der angebliche Kadhi den angeblichen Kaufmann, ob er es ebenfalls für dasselbe erkenne, und da dieser durch sein Schweigen zu verstehen gab, daß er es nicht leugnen könne, so befahl er, es zu öffnen. Ali Chodjah tat, als nähme er den Deckel ab, und der Kadhi, als sehe er in das Gefäß hinein. »Recht schöne Oliven«, sagte er dann, »ich will sie doch kosten.« Darauf tat er, als nähme er eine und koste sie, und fuhr nun fort: »Sie sind wirklich ganz vortrefflich. Indes glaubte ich doch, daß Oliven, die man sieben Jahre lang aufgehoben hat, nicht mehr so gut sein können. Man führe mir einmal einige Olivenhändler vor, um die Sache zu untersuchen.« Zwei Kinder wurden sofort als Olivenhändler vorgeführt. Der Kadhi fragte sie: »Seid ihr Olivenhändler?« und als sie geantworteten hatten: »Ja, dies ist unser Gewerbe«, so fuhr er fort: »Sagt einmal, wisset ihr wohl, wie lange Oliven, wenn sie von sachverständigen Leuten eingelegt sind, sich gut und genießbar erhalten können?« – »Herr«, antworteten die angeblichen Olivenhändler, »wenn man sie auch noch so sorgfältig einlegt und aufbewahrt, so taugen sie doch schon im dritten Jahre nimmer; sie haben dann weder Geschmack noch Farbe mehr, und man kann sie bloß wegwerfen.« – »Wenn das der Fall ist«, sprach der Kadhi, »so sehet einmal dies Gefäß an und sagt mir, wie lange wohl die Oliven da eingelegt sein können.« Die Kaufleute taten, als ob sie die Oliven untersuchten und kosteten, worauf sie dem Kadhi erklärten, sie seien noch ganz frisch und gut. »Da irrt ihr euch«, erwiderte der Kadhi, »dieser Ali Chodjah hier behauptet, er habe sie schon vor sieben Jahren in das Gefäß gelegt.« – »Herr«, antworteten die Sachverständigen, »wir können versichern, daß es Oliven von diesem Jahre sind, und wir behaupten zugleich, daß unter allen Olivenhändlern in Bagdad kein einziger sein wird, der nicht dasselbe Zeugnis ablegte, wie wir.«

Der Beklagte wollte gegen dieses Zeugnis der sachverständigen Kaufleute den Mund auftun, allein der Kadhi ließ ihm keine Zeit dazu, sondern sagte: »Schweig, du bist ein Dieb; man hänge ihn auf!« So endigten denn die Kinder mit großer Freude ihr Spiel, indem sie in die Hände klatschten und auf den angeblichen Verbrecher lostürzten, als wollten sie ihn zum Galgen führen.

Es läßt sich nicht beschreiben, wie sehr der Kalif Harun Arraschid die Weisheit und den Verstand des Knaben bewunderte, der ein so richtiges Urteil über eine Sache gefällt hatte, die am anderen Tag vor ihm selbst verhandelt werden sollte. Als er nun genug durch die Ritze geschaut hatte, stand er auf und fragte seinen Großvezier, der auf den Vorgang ebenfalls aufmerksam gewesen war, ob er das von dem Kinde gesprochene Urteil gehört habe, und was er davon denke?« »Beherrscher der Gläubigen!« antwortete der Großvezier Djafar, »es kann niemand über eine so seltene Klugheit in so zartem Alter mehr verwundert sein, als ich.« – »Aber«, fuhr der Kalif fort, »weißt du auch, daß ich morgen über dieselbe Sache zu entscheiden habe, und daß der wirkliche Ali Chodjah mir heute seine Bittschrift eingereicht hat?« – »Ich erfahre es eben aus dem Munde meines Herren«, antwortete der Großvezier. »Glaubst du wohl«, fragte der Kalif weiter, »daß ich darüber ein anderes Urteil fällen könnte, als das, welches wir soeben gehört haben?« – »Wenn der Fall derselbe ist«, antwortete der Großvezier, »so glaube ich, daß mein Herr nicht anders verfahren und keinen anderen Ausspruch tun kann.« – »Merk dir dieses Haus wohl«, sagte der Kalif weiter, »und führe das Kind morgen zu mir, auf daß es dieselbe Angelegenheit in meiner Gegenwart wiederum entscheide. Melde auch dem Kadhi, der den Dieb freigesprochen hat, er solle sich dabei einfinden, damit er aus dem Beispiele des Kindes sehe, was seine Pflicht sei, und sich in Zukunft bessere. Ferner will ich, daß du dem Ali Chodjah Wink geben lässest, er solle sein Olivengefäß mitbringen, und daß zwei Olivenhändler bei der Verhandlung zugegen sind.« Während der Kalif diese Befehle gab, setzte er seine Runde fort, wobei ihm diesmal nichts Bemerkenswertes mehr aufstieß. Am anderen Tag ging der Großvezier Djafar in das Haus, wo der Kalif Zeuge von dem Spiele der Kinder gewesen war, und verlangte mit dem Herrn des Hauses zu sprechen. Da dieser ausgegangen war, so wies man ihn an die Frau. Er fragte sie, ob sie Kinder habe; sie antwortete: drei, und ließ sie alle vor ihn hintreten. »Ihr lieben Kinder«, sagte der Großvezier zu ihnen, »wer von euch hat denn gestern Abend den Kadhi gespielt?« Der größte von den Knaben, der zugleich der älteste war, antwortete, er sei es gewesen, änderte aber die Farbe, da er nicht wußte, warum diese Frage gestellt wurde. »Mein Sohn«, sagte der Großvezier, »komm mit mir, der Beherrscher der Gläubigen wünscht dich zu sehen.«

Die Mutter erschrak gewaltig, als sie sah, daß der Großvezier ihren Sohn mitnehmen wollte. Sie fragte ihn: »Herr, will der Beherrscher der Gläubigen mir meinen Sohn entreißen?« Der Großvezier beruhigte sie, indem er ihr versprach, sie werde ihren Sohn spätestens binnen einer

Stunde wieder erhalten, und dann zu ihrem Vergnügen erfahren, warum er berufen worden sei. »Wenn dies wirklich so ist, Herr«, erwiderte die Mutter, »so erlaube mir wenigstens, daß ich ihm zuvor ein schöneres Kleid anziehe, damit er auf anständigere Weise vor dem Beherrscher der Gläubigen erscheinen kann.« Zugleich legte sie ihm ohne Säumen ein schöneres Kleid an. Der Großvezier führte nun das Kind fort und stellte es dem Kalifen auf dieselbe Stunde vor, auf die er Ali Chodjah und den Kaufmann beschieden hatte. Der Kalif bemerkte, daß das Kind etwas bestürzt war, und sagte daher, um es auf das, was er von ihm erwartete, vorzubereiten: »Komm her, mein Sohn, tritt näher; also du hast gestern den Streit zwischen Ali Chodjah und dem Kaufmann, der ihm sein Geld gestohlen, entschieden? Ich habe dich gesehen, dir zugehört und bin wohl zufrieden mit dir.« Der Knabe beruhigte sich jetzt und antwortete bescheiden, er sei es gewesen. »Mein Sohn«, fuhr der Kalif fort, »ich werde dir heute den wahren Ali Chodjah und den wahren Kaufmann zeigen. Komm her, setze dich zu mir.« Mit diesen Worten nahm der Kalif den Knaben bei der Hand, setzte sich auf seinen Thron und das Kind zu seiner Seite; sodann fragte er, wo die streitenden Parteien seien. Man ließ sie vortreten und nannte ihm ihre Namen, während sie sich niederwarfen und mit ihrer Stirne den Teppich berührten, welcher den Thron bedeckte. Als sie wieder aufgestanden waren, sagte der Kalif zu ihnen: »Jetzt trage jeder seine Sache vor. Dies Kind wird euch anhören und Recht sprechen; sollte es sich in irgend einem Punkte verfehlen, so werde ich ins Mittel treten.

Ali Chodjah und der Kaufmann sprachen nacheinander; als aber der Kaufmann wieder denselben Eid abzulegen verlangte, den er schon vor dem Kadhi geschworen hatte, so sagte das Kind, es sei noch nicht so weit, man müsse notwendig vorher das Olivengefäß sehen. Bei diesen Worten brachte Ali Chodjah das Gefäß, setzte es zu den Füßen des Kalifen und nahm den Deckel ab. Der Kalif besah die Oliven, nahm eine und kostete sie. Hierauf wurde das Gefäß den sachverständigen Kaufleuten, die man dazu berufen hatte, zur Untersuchung übergeben, und diese gaben den Bescheid, die Oliven seien gut und vom laufenden Jahre. Das Kind sagte ihnen, Ali Chodjah behaupte, sie seien schon vor sieben Jahren hineingelegt worden, worauf sie dieselbe Antwort gaben, wie die Kinder, welche die Rolle sachverständiger Kaufleute gespielt hatten. Obwohl nun der Beklagte einsah, daß die beiden sachverständigen Kaufleute sein Verdammungsurteil ausgesprochen hatten, so wollte er gleichwohl noch allerlei zu seiner Verteidigung anführen; das Kind hütete sich indes wohl, ihn zum Aufhängen zu verurteilen, sondern sah den Kalifen an und sagte: »Beherrscher der Gläubigen! Dies ist kein Spiel mehr, sondern es kommt meinem Herrn zu, im Ernst zum Tode zu verurteilen, nicht aber mir, der ich es gestern bloß zum Scherze tat.« Der Kalif, der nun vollkommen von der Unredlichkeit des Kaufmanns überzeugt war, ließ ihn sofort den Gerichtsdienern überantworten, um ihn zu hängen. Dies geschah auch, nachdem er zuvor angezeigt, wohin er die tausend Goldstücke versteckt hatte, die nun dem Ali Chodjah zurückgegeben wurden. Zuletzt aber gab dieser gerechte und billige Fürst dem Kadhi, welcher den früheren Urteilsspruch gefällt hatte und auch zugegen war, die Mahnung, daß er von einem Kinde lernen solle, sein Amt gründlicher zu verwalten; dann küßte er das Kind und schickte es mit einem Beutel von hundert Goldstücken, die er ihm zum Zeichen seiner Freigebigkeit einhändigen ließ, zu seiner Mutter zurück.

Die Sultanin Schehersad erzählte hierauf die Geschichte des Prinzen Ahmed und der Fee Pari Banu. Sie begann dieselbe folgendermaßen:

Geschichte des Prinzen Ahmed und der Fee Pari Banu.*

Herr! Es war einmal ein Sultan, und zwar einer der Vorfahren meines Königs, der viele Jahre lang friedlich über Indien herrschte und noch in seinem hohen Alter die Freude hatte, an drei Prinzen, seinen Söhnen und würdigen Nachahmern seiner Tugenden, sowie an einer Prinzessin, die seine Nichte war, die Zierde seines Hofes zu besitzen. Der älteste von den Prinzen hieß Husein, der zweite Ali, der jüngste Ahmed, und die Prinzessin, seine Nichte, Nurunnihar.**

Die Prinzessin Nurunnihar war die Tochter des jüngsten Bruders vom Sultan, der vom Sultan einen bedeutenden Jahresgehalt bezogen, aber schon wenige Jahre nach seiner Vermählung gestorben war, und sie als zartes Kind hinterlassen hatte. In Rücksicht auf die brüderliche Freundschaft und treue Anhänglichkeit, die sein Bruder ihm stets bewiesen, hatte der Sultan die Tochter desselben in seinen eigenen Palast aufgenommen, um sie mit den drei Prinzen erziehen zu lassen. Mit einer ausnehmenden Schönheit und allen nur erdenklichen Vollkommenheiten des Körpers vereinigte diese Prinzessin einen außerordentlichen Verstand, und ihre fleckenlose Tugend zeichnete sie vor allen Prinzessinen ihrer Zeit aus. Der Sultan, als Oheim der Prinzessin, der sich längst vorgenommen hatte, sie, wenn sie einmal mannbar geworden sein würde, zu verheiraten und durch ihre Vermählung mit irgend einem benachbarten Fürsten ein Freundschaftbündnis anzuknüpfen, dachte jetzt um so ernstlicher darauf, als er bemerkte, daß seine Söhne alle drei in leidenschaftlicher Liebe zu ihr entbrannten. Dies machte ihm viel Herzeleid, nicht sowohl, weil er dadurch verhindert wurde, das beabsichtigte Bündnis abzuschließen, sondern vielmehr, weil er die Schwierigkeit voraussah, sie über diesen Punkt zu vereinigen, und wenigstens die zwei jüngeren zu bewegen, daß sie die Prinzessin dem ältesten überlassen sollten. Er sprach mit jedem von ihnen insbesondere, und nachdem er ihnen die Unmöglichkeit vorgestellt hatte, daß die Prinzessin alle drei zugleich heiraten könne, sowie die Unruhen, die aus ihrem hartnäckigen Beharren entstehen würden, so bot er alles auf, um sie zu überreden, daß sie entweder der Prinzessin die entscheidende Wahl unter ihnen überlassen, oder alle drei von ihren Ansprüchen abstehen und zugeben sollten, daß sie mit einem auswärtigen Fürsten vermählt würde; sie selbst könne ja auf andere Verbindungen denken, bei denen er ihnen durchaus nichts in den Weg legen wolle. Da er aber eine unüberwindliche Hartnäckigkeit bei ihnen fand, so ließ er sie alle drei vor sich kommen und sprach also zu ihnen: »Meine Söhne, da es mir nicht gelungen ist, euch zu euerm eigenen Wohl und zu eurer Ruhe zu überreden, daß ihr von euren Ansprüchen auf die Prinzessin, meine Nichte, abstehen möchtet, und da ich von meiner väterlichen Gewalt keinen Gebrauch machen und sie nicht einem, mit Hintansetzung der beiden andern, geben will, so glaube ich nunmehr ein passendes Mittel gefunden zu haben, um euch zufrieden zu stellen, und die pflichtschuldige Einigkeit unter euch zu bewahren, wenn ihr anders auf meine Worte hören und das ausführen wollet, was ich euch sagen werde. Ich halte es nämlich für angemessen, daß ihr auf Reisen gehet, und zwar jeder allein und in ein anderes Land, so daß ihr nicht miteinander zusammentreffen könnet; und da ihr wisset, wie neugierig ich auf alles bin, was für selten und einzig in seiner Art gelten kann, so verspreche ich meine Nichte demjenigen, der mir die außerordentlichste und merkwürdigste Seltenheit mitbringen wird. Auf diese Weise kann es der Zufall mit sich bringen, daß ihr selbst über die Vortrefflichkeit der von euch mitgebrachten Sachen durch Vergleichung derselben urteilen werdet und dann werdet ihr hoffent-

* Zwei persische Worte, welche beide eine und dieselbe Bedeutung haben, nämlich: weiblicher Geist oder Fee.
** Ein arabisches Wort, mit der Bedeutung: Licht des Tages.

lich so billig sein, demjenigen den Vorzug zu überlassen, der ihn verdient. Zur Bestreitung der Reisekosten und zum Ankauf der Seltenheiten, die ihr mitbringen wollet, werde ich jedem von euch eine eurem Stande angemessene Summe mitgeben, die ihr aber nicht auf Reisegefolge oder Reisegerätschaften verwenden dürfet; denn ihr würdet dadurch eure Abkunft verraten und könntet leicht die Freiheit einbüßen, deren ihr nicht nur zur Ausführung eures Plans, sondern auch dazu bedürfet, um alles, was eure Aufmerksamkeit verdient, beobachten und einen um so größeren Nutzen aus eurer Reise ziehen zu können.« Da die drei Prinzen sich immer willig in die Wünsche des Sultans, ihres Vaters, gefügt hatten, und jeder sich schmeichelte, das Glück werde ihm günstig sein und zum Besitz der Prinzessin Nurunnihar verhelfen, so gaben sie zur Antwort, sie seien bereit, zu gehorchen. Der Sultan ließ ihnen ohne Aufschub die versprochene Summe ausbezahlen, und sie gaben noch an demselben Tage ihre Befehle, daß die Vorkehrungen zu ihrer Reise getroffen wurden; sodann nahmen sie Abschied von ihrem Vater, um sich am anderen Morgen in aller Frühe auf den Weg machen zu können. Sie zogen alle drei, wohlberitten, mit allem Nötigen versehen, als Kaufleute verkleidet und jeder nur mit einem einzigen vertrauten Diener in Sklavenkleidern, zu demselben Tore hinaus und gelangten miteinander in die erste Nachtherberge, von wo dann sich der Weg nach drei Richtungen teilte. Als sie hier die Abendmahlzeit verzehrten, die sie sich hatten bereiten lassen, so verabredeten sie untereinander, daß ihre Reise ein Jahr dauern sollte, und bestellten sich wieder in dieselbe Herberge, mit der Bedingung, wer zuerst eintreffe, solle auf den anderen warten, und die beiden dann auf den dritten, so daß sie alle drei, wie sie zugleich miteinander von ihrem Vater, dem Sultan, Abschied genommen hatten, ebenso bei ihrer Rückkehr wieder vor ihn treten könnten. Am anderen Morgen stiegen sie mit Tagesanbruch, nachdem sie einander umarmt und sich gegenseitig glückliche Reise gewünscht hatten, zu Pferd, und schlugen nun jeder einen von den drei Wegen ein, ohne wegen der Wahl Streit zu bekommen.

Der Prinz Husein, der älteste von den drei Brüdern, der viel von der wundervollen Größe und Macht, dem Reichtum und dem Glanze des Königsreichs Bisnagar* gehört hatte, nahm seine Richtung nach dem indischen Meer, und nach einer Reise von etwa drei Monaten, wobei er sich an verschiedene Karawanen anschloß und bald öde Wüsten und steile Berge durchzog, bald aber auch sehr bevölkerte, wohlbebaute und fruchtbare Gegenden, wie man sie nicht leicht in anderen Teilen der Erde trifft, kam er nach Bisnagar, der Hauptstadt des gleichnamigen Königreichs und dem gewöhnlichen Wohnsitze seiner Könige. Er kehrte in einem Chan ein, wo die fremden Kaufleute abzusteigen pflegen, und da er hörte, daß es hauptsächlich vier Orte in der Stadt gebe, wo die Kaufleute und Verkäufer aller Arten von Handelswaren ihre Läden haben, so begab er sich gleich am folgenden Tage nach einem dieser Stadtviertel. In der Mitte desselben lag das Schloß oder vielmehr der Palast der Könige, der einen sehr bedeutenden Raum einnahm, und gleichsam den Mittelpunkt der Stadt bildete. Die Stadt aber hatte drei Ringmauern, und ihre Tore waren zwei volle Stunden Wegs von einander entfernt. Der Prinz Husein konnte das Stadtviertel, worin er sich befand, nicht ohne Bewunderung betrachten: es war sehr geräumig und in die Kreuz und

* Das indische Königreich Bisnagar, auf der indischen Halbinsel, hatte eine sehr glänzende Periode während des fünfzehnten Jahrhunderts, und die Fürsten dieses Staats scheinen mittelbar oder unmittelbar fast ganz Südindien, wenigstens den im Süden vom Flusse Kistna gelegenen Teil, in ihrer Gewalt gehabt zu haben. Die portugiesischen Schriftsteller bezeichnen es diesweilen mit dem Namen Königreich Narsinga, dem Namen eines der mächtigsten Fürsten dieses Reichs. Die Hauptstadt Bisnagar wurde um die Mitte des vierzehnten Jahrhunderts an den Ufern des Tongbudra von zwei Brüdern gegründet, die ihr den Namen Bidjayanagara (Siegesstadt) gaben, woraus nachher Bidnagar entstand. Das Königreich wurde im Jahr 1564 durch eine Koalition der vier muselmännischen Sultane von Bizapur, Golkonda, Ahmednagar und Berar zerstört. Nach einer Schlacht, in welcher der indische Fürst besiegt und getötet wurde, fiel seine Hauptstadt in die Gewalt der Muselmänner, welche das ganze Reich verheerten und unter sich teilten.

Quere von mehreren Straßen durchschnitten, welche sämtlich zum Schutz gegen die Sonnenhitze oben überwölbt, aber gleichwohl sehr hell waren. Die Kaufläden waren alle gleich groß und hatten ganz die gleiche Form; die Läden derjenigen Kaufleute, welche die gleichen Artikel führten, waren nicht zerstreut, sondern in einer und derselben Straße beisammen; ebenso verhielt es sich auch mit den Buden der Handwerker. Die Menge der Läden, die mit einer und derselben Art von Waren angefüllt waren, wie z. B. mit den feinsten Schleiertüchern aus den verschiedenen Gegenden Indiens, mit buntbemalten Linnentüchern, worauf in den lebhaftesten Farben Menschen, Landschaften, Bäume und Blumen dargestellt waren, mit Seide- und Brokatstoffen aus Persien, China und anderen Orten, mit Porzellan aus Japan und China, mit Fußteppichen von allen Größen – dies alles überraschte ihn so sehr, daß er nicht wußte, ob er seinen eigenen Augen trauen durfte. Als er aber vollends zu den Läden der Goldschmiede und Juweliere kam (beide Gewerbe wurden nämlich von einer und derselben Klasse von Kaufleuten betrieben), da war er beim Anblick der ungeheuren Menge ausgezeichneter Gold- und Silberarbeiten ganz außer sich und wie geblendet vom Glanze der Perlen, Diamante, Smaragde, Rubine, Saphire und anderer Edelsteine, welche in Hülle und Fülle zum Verkauf ausgesetzt waren. Wenn er nun schon über die Aufhäufung so vieler Reichtümer an einem einzigen Orte verwundert war, so wuchs sein Erstaunen noch weit mehr, wenn er an den Reichtum des ganzen Königreichs dachte, denn er bemerkte, daß außer den Braminen und Tempeldienern, die es zu ihrem Berufe machten, fern von den Eitelkeiten der Welt zurückgezogen zu leben, im ganzen Reiche nicht leicht ein Inder oder eine Inderin zu sehen war, die nicht Hals- und Armbänder, ja sogar an den Schenkeln und Füßen Schmuck von Perlen und Edelsteinen gehabt hätten, deren Glanz um so mehr hervorleuchtete, als die Einwohner alle schwarz waren. Eine andere Eigentümlichkeit, die der Prinz Husein bewunderte, war die große Menge von Rosenverkäufern, von denen alle Straßen wimmelten. Er dachte, die Inder müssen große Liebhaber von dieser Blume sein, denn er sah auch nicht einen, der nicht einen Rosenstock in der Hand oder einen Rosenkranz auf dem Kopf gehabt hätte, und namentlich standen in jedem Kaufladen mehrere Vasen mit diesen Blumen zu sehen, so daß das Stadtviertel trotz seines gewaltigen Umfangs ganz davon durchduftet war. Als nun der Prinz Husein, voll

Gedanken über die vielen Reichtümer, die sich seinen Augen darboten, sämtliche Straßen dieses Stadtviertels durchwandelt hatte, fühlte er endlich das Bedürfnis, auszuruhen. Er gab dies einem Kaufmann zu erkennen, und der Kaufmann lud ihn sehr höflich ein, in seinen Laden zu treten und sich bei ihm zu setzten, was er dann auch annahm. Er war noch nicht lange da gesessen, als er einen Ausrufer vorübergehen sah, mit einem Teppich von etwa sechs Fuß ins Gevierte, den er zum Preise von dreißig Beuteln* im Aufstreiche ausbot. Diesen Ausrufer beschied er zu sich und verlangte den Teppich zu sehen, der ihm nicht bloß wegen seiner Kleinheit, sondern auch wegen seines sonstigen geringen Aussehens viel zu teuer ausgeboten schien. Als er ihn lange genug betrachtet hatte, sagte er zu dem Ausrufer, er könne nicht begreifen, wie man einen so kleinen und so unscheinbaren Teppich zu einem so hohen Preise feilbieten könne.

Der Ausrufer, der den Prinzen Husein für einen Kaufmann hielt, gab ihm zur Antwort: »Edler Herr, da dir dieser Preis schon übermäßig hoch vorkommt, so wirst du dich noch weit mehr wundern, wenn ich dir sage, daß ich Befehl habe, ihn bis auf vierzig Beutel zu steigern und bloß für diesen Preis und zwar gegen bares Geld abzulassen.« – »Demnach«, versetzte der Prinz Husein, »muß er irgend eine mir unbekannte Eigenschaft haben, die ihm so viel Wert verleiht.« – »Du hast es erraten, edler Herr«, antwortete der Ausrufer, »und du wirst es mir selbst zugeben, wenn ich dir sage, daß man sich auf diesen Teppich nur zu setzen braucht, um überall hin, wo man nur wünscht, versetzt zu werden, und daß man augenblicklich an dem gewünschten Orte ist, ohne daß irgend ein Hindernis in den Weg kommen kann.« Bei diesen Worten dachte der indische Prinz, da der Hauptgrund seiner Reise doch nur sei, dem Sultan, seinem Vater, irgend eine außerordentliche und unerhörte Seltenheit zu bringen, so werde er nicht leicht etwas habhaft werden können, das dem Sultan größere Freude machen könne. »Wenn dieser Teppich«, sagte er zu dem Ausrufer, »wirklich die Eigenschaft hätte, die du rühmst, so würde ich den dafür verlangten Preis von vierzig Beuteln keineswegs zu hoch finden und könnte mich wohl entschließen, die Summe dafür zu bezahlen; außerdem würde ich dir noch ein Geschenk machen, mit dem du gewiß zufrieden sein könntest.« – »Edler Herr«, antwortete der Ausrufer, »ich habe dir die Wahrheit gesagt und werde dich leicht davon überzeugen können, sobald du unter der Bedingung, daß ich dich eine Probe sehen lasse, den Handel eingegangen haben wirst. Da du die vierzig Beutel nicht hier hast, und ich dich doch, um sie in Empfang zu nehmen, nach dem Chan begleiten muß, wo du als Fremder abgestiegen sein wirst, so laß uns mit Erlaubnis des Herrn vom Laden in den Hinterladen treten; dort will ich den Teppich ausbreiten, und wenn wir beide, du und ich, darauf sitzen und du den Wunsch ausgesprochen haben wirst, mit mir nach deinem Zimmer im Chan versetzt zu werden, und dies nicht auf der Stelle in Erfüllung geht, so soll der Handel null und nichtig und du zu nichts verpflichtet sein. Was das Geschenk betrifft, so werde ich es, da meine Mühe mir von dem Verkäufer bezahlt werden muß, als eine Gnade annehmen, die du mir erzeigst, und wofür ich dir immer verpflichtet sein werde.« Der Prinz vertraute auf die Redlichkeit des Ausrufers, ging den Vorschlag ein und schloß unter der eben erwähnten Bedingung den Handel ab. Hierauf trat er mit Erlaubnis des Kaufmanns in den Hintergrund des Ladens, wo der Ausrufer den Teppich ausbreitete. Sie setzten sich beide darauf und kaum hatte der Prinz den Wunsch ausgesprochen, nach seinem Zimmer im Chan versetzt zu werden, so befanden sich beide dort, und zwar ohne im mindesten aus ihrer Lage gekommen zu sein. Da er nun keiner weitern Zeugnisse für die Wunderkraft des Teppichs mehr bedurfte, so bezahlte er dem Ausrufer die Summe von vierzig Beuteln in Gold aus und fügte ihm noch ein Geschenk von zwanzig Goldstücken hinzu. So war denn nun der Prinz Husein Besitzer des Teppichs, und ungemein erfreut,

* Ein Beutel gilt etwa fünfzehnhundert Francs.

gleich bei seiner Ankunft in Bisnagar ein so seltenes Stück an sich gebracht zu haben, das ihm, wie er nicht zweifelte, die Hand der Prinzessin Nurunnihar verschaffen mußte. Er hielt es in der Tat für unmöglich, daß seine beiden jüngeren Brüder etwas von ihrer Reise mitbringen könnten, was mit seinem glücklichen Funde nur entfernt in Vergleichung kommen dürfte. Auch hätte er sich jetzt sogleich auf seinen Teppich setzen und nach dem verabredeten Zusammenkunftsorte verfügen können; allein er hätte dann zu lange auf sie warten müssen, und da er ohnehin neugierig war, den König von Bisnagar und seinen Hof zu sehen, zugleich aber auch die Streitkräfte, Gesetze, Gewohnheiten, Religion und den Zustand des ganzen Reiches kennenzulernen, so beschloß er, einige Monate auf Befriedigung seiner Neugierde zu verwenden. Der König von Bisnagar hatte die Gewohnheit, den fremden Kaufleuten jede Woche einmal Zutritt zu seiner Person zu gestatten. Unter diesem Namen sah ihn der Prinz Husein, der durchaus nicht für das gelten wollte, was er war, mehrere Male, und da er nicht nur sehr hübsch von Gestalt war, sondern auch ungemein viel Verstand und feine Geistesbildung besaß, wodurch er sich vor den anderen Kaufleuten, die mit ihm vor dem König erschienen, auszeichnete, so wandte sich dieser vorzugsweise an ihn, wenn er über die Person des Sultans von Indien, über die Streitkräfte, den Reichtum und die Verwaltung seines Reichs Erkundigung einziehen wollte. Die übrigen Tage verwandte der Prinz dazu, die Merkwürdigkeiten der Stadt und Umgegend zu besichtigen. Unter anderen bewundernswürdigen Dingen sah er auch einen Götzentempel, der einzig in seiner Art und ganz aus Erz gebaut war. Seine Grundfläche betrug zehn Ellen ins Gevierte, seine Höhe fünfzehn Ellen; die größte Schönheit darin aber war ein Götzenbild in menschlicher Größe aus gediegenem Gold, das als Augen zwei Rubine hatte, und zwar so künstlich angebracht, daß jeder, der es betrachtete, gleichviel von welcher Seite, der Meinung war, es richte die Augen auf ihn. Dann sah er noch einen, der nicht minder Bewunderung verdiente, in einem Dorfe. Es war da nämlich eine Ebene von etwa zehn Morgen Landes, die aus einem einzigen köstlichen, mit Rosen und anderen anmutigen Blumen übersäten Garten bestand, und dieser ganze Raum war mit einer kleinen Mauer von der Höhe eines Geländers umgeben, um die Tiere des Feldes abzuwehren. Mitten in der Ebene erhob sich eine mannshohe Terrasse, die so kunstreich und sorgfältig mit ineinander gefügten Steinen bedeckt war, daß jedermann glaubte, es sei nur ein einziger Stein. Der Tempel, der mitten auf der Terrasse stand und eine Kuppelform hatte, war fünfzig Ellen hoch, so daß man ihn mehrere Meilen in der Umgegend sehen konnte. Seine Länge betrug dreißig, die Breite zwanzig Ellen, und der rote Marmor, woraus er erbaut war, war außerordentlich fein und glänzend. Das Kuppelgewölbe war mit drei Reihen sehr anmutiger und geschmackvoller Gemälde geschmückt, und der ganze Tempel von oben bis unten mit einer Menge anderer Gemälde, halb erhabenem Bildwerk und Götzenbildern angefüllt.

Morgens und abends wurden in diesem Tempel abergläubische Zeremonien begangen, auf welche Spiele, musikalische Vergnügungen, Gesänge, Tänze und Festschmäuse folgten. Die Diener des Tempels und die Bewohner des Orts leben bloß von den Opfergaben, welche die zahllosen Pilger aus den entferntesten Gegenden des Reichs unaufhörlich dahin bringen, um ihre Gelübde zu erfüllen.

Der Prinz Husein war auch noch Zuschauer eines feierlichen Festes, das alle Jahre am Hof von Bisnagar begangen wird, und wobei die Statthalter der Provinzen, die Befehlshaber der festen Plätze, die Vorsteher und Richter der Städte, sowie die durch ihre Gelehrsamkeit berühmtesten Braminen sich einfinden müssen. Einige von ihnen kommen aus so weiter Ferne, daß sie nicht weniger als vier Monate zu ihrer Reise brauchen. Die Versammlung besteht aus einer unzähligen Menge von Indiern und findet sich auf einer ungeheuren Ebene ein, wo sie einen überraschenden Anblick darbietet, so weit das Auge reicht. Mitten in der Ebene befand sich ein sehr langer und breiter Platz, auf einer Seite durch ein prächtiges Gebäude begrenzt in Form eines Gerüstes, das neun Stockwerke hatte, von vierzig Säulen getragen wurde, und für den König, den Hof und diejenigen Fremden bestimmt war, denen er wöchentlich einmal die Ehre erwies, sie vorzulassen. Im Inneren war es prächtig geschmückt und mit Gerätschaften versehen, von außen mit Landschaften bemalt, worin man alle Arten von Tieren, Vögeln, Insekten, selbst Fliegen und Mücken, ganz nach der Natur abgebildet sah. Die drei übrigen Seiten des Platzes waren von anderen Gerüsten eingefaßt, die wenigstens vier bis fünf Stockwerke hatten, und eines beinahe wie das andere bemalt waren. Auch hatten diese Gerüste das Eigentümliche, daß man sie von Stunde zu Stunde herumdrehen und dadurch ihr ganzes Ansehen, sowie ihre Verzierungen verändern konnte. Auf allen Seiten des Platzes standen in kurzen Zwischenräumen voneinander tausend Elefanten mit den prachtvollsten Harnischen, jeder mit einem viereckigen Turm von vergoldetem Holz auf dem Rücken, worin sich Tonspieler oder Tänzer befanden. Rüssel, Ohren und die übrigen Teile dieser Elefanten waren mit Zinnober und anderen Farben bemalt, so daß sie ein gar seltsames

Aussehen darboten. Was bei diesem ganzen Schauspiel dem Prinzen am meisten Bewunderung einflößte für die Betriebsamkeit, Geschicklichkeit und den Erfindungsgeist der Inder, war ein überaus großer und gewaltiger Elefant, der mit seinen vier Füßen oben auf einem senkrecht aufgerichteten, zwei Fuß hohen Ständer stand, und nach dem Takt der Musik mit seinem Rüssel in der Luft herumfocht. Nicht minder bewunderte er einen anderen ebenso gewaltigen Elefanten, der auf dem einen Ende eines quer über einen zehn Fuß hohen Ständer gelegten Balkens stand, an dessen anderem Ende ein ungeheurer Stein als Gegengewicht befestigt war, so daß er vermittelst desselben bald höher, bald tiefer vor dem König und dem ganzen Hofe durch die Bewegungen seines Körpers und Rüssels, gleich wie der andere Elefant, den Takt der Musik angab. Die Inder hatten nämlich zuerst den Stein als Gegengewicht angebunden, sodann das gegenüberstehende Ende zur Erde hinabgebogen und den Elefanten hinauftreten lassen. Der Prinz Husein hätte sich noch länger am Hof und im Reich Bisnagar aufhalten können; eine Unzahl anderer Wunderdinge hätte ihn gewiß bis zum letzten Tage des Jahres, auf welchen er und seine Brüder sich beschieden hatten, angenehm unterhalten; allein da er durch das, was er gesehen hatte, vollkommen befriedigt, überdies beständig mit dem Gegenstand seiner Liebe beschäftigt war, und da seit der neuen Erwerbung, welche er gemacht, die Schönheit und die Reize der Prinzessin Nurunnihar die Heftigkeit seiner Leidenschaft von Tag zu Tag steigerten, so glaubte er, sein Gemüt würde ruhiger werden und er selbst seinem Glücke näher sein, wenn er durch eine geringere Entfernung von ihr getrennt wäre. Er bezahlte daher dem Wirt des Chans den Mietzins für sein Zimmer, bezeichnete ihm die Stunde, wo er den Schlüssel dazu an der Türe abholen könne, und ohne sich über seine weiteren Vorbereitungen zur Abreise auszusprechen, ging er auf sein Zimmer zurück, schloß es hinter sich zu und ließ den Schlüssel stecken. Hierauf breitete er den Teppich aus und setzte sich mit seinem Begleiter darauf. Sodann sammelte er seine Gedanken, und kaum hatte er recht ernstlich gewünscht, in die Herberge versetzt zu werden, wo er mit seinen Brüdern zusammentreffen sollte, als er auch schon bemerkte, daß er dort war. Er kehrte also da ein, gab sich für einen Kaufmann aus und wartete auf die andern.

Indes hatte Huseins jüngerer Bruder, Prinz Ali, der, um dem Plane des Sultans von Indien zu entsprechen, eine Reise nach Persien machen wollte, sich schon drei Tage nach der Trennung von seinen beiden Brüdern einer Karawane angeschlossen und war mit derselben nach diesem Lande abgegangen. Nachdem er beinahe vier Monate unterwegs gewesen, kam er endlich nach Schiras, welches dazumalen die Hauptstadt des Königreichs Persien war. Da er auf der Reise mit einer kleinen Anzahl von Kaufleuten Bekanntschaft und Freundschaft geschlossen hatte, ohne sich jedoch für etwas anderes als einen Juwelenhändler auszugeben, so stieg er auch in einem und demselben Chan mit ihnen ab. Am folgenden Tag, während die Kaufleute ihre Warenballen öffneten, zog der Prinz Ali, der nur zu seinem Vergnügen reiste und sich bloß mit dem zu seiner Bequemlichkeit erforderlichen Reisegepäck versehen hatte, andere Kleider an und ließ sich nach dem Stadtviertel führen, wo Edelgesteine, Gold- und Silberarbeiten, Brokat, Seidenstoffe, feine Schleiertücher und andere überaus seltene und kostbare Waren zum Verkauf ausgesetzt standen. Dieser sehr geräumige und auf die Dauer gebaute Ort war oben überwölbt, und das Gewölbe wurde von starken Pfeilern getragen, die Buden aber waren teils um dies herum, teils den Mauern entlang, sowohl von innen, als von außen angelegt. Der Ort selbst war in Schiras allgemein unter dem Namen Besastan bekannt. Prinz Ali druchstreifte also den Besastan sogleich nach allen Seiten in die Länge und Breite, und aus der erstaunlichen Menge kostbarer Waren, die er da ausgelegt sah, schloß er mit Bewunderung auf die Reichtümer, welche innerhalb der Läden aufgehäuft sein mußten. Unter den vielen Ausrufern, die beständig hin und her gingen und verschiedene Sachen zum Kauf ausboten, sah er zu seiner nicht geringen Verwunderung auch einen, der ein elfenbeinernes Rohr in der Hand hielt, welches etwa einen Fuß lang und etwas dicker als ein Daumen war, und dasselbe zu dreißig Beuteln ausrief. Im Anfang glaubte er, der Ausrufer sei nicht recht bei Verstand. Um sich nun darüber Auskunft zu verschaffen, trat er in den Laden eines Kaufmanns, und sagte zu diesem, indem er auf den Ausrufer deutete: »Herr, ich bitte dich, sage mir, ob ich mich nicht täusche: Ist der Mann dort, der ein kleines elfenbeinernes Rohr zu dreißig Beuteln ausruft, wohl bei gutem Verstande?« – »Herr«, antwortete der Kaufmann, »wenn er ihn nicht anders seit gestern verloren hat, so kann ich dich versichern, daß dies der klügste und gesuchteste von allen unsern Ausrufern ist, und daß er das größte Vertrauen genießt, wenn es sich um den Verkauf von sehr wertvollen Gegenständen handelt. Was indes das Rohr betrifft, das er zu dreißig Beuteln ausruft, so muß dasselbe wohl aus irgendeinem nicht in die Augen fallenden Grunde diesen großen, ja vielleicht einen noch größeren Wert haben. Der Mann wird im Augenblicke wieder hier vorbeikommen, dann wollen wir ihn hereinrufen, und du magst dich selbst von der Sache überzeugen. Setze dich einstweilen auf mein Sofa und ruhe ein wenig aus.«

Der Prinz Ali lehnte das höfliche Anerbieten des Kaufmanns nicht ab, und kaum war er eine Weile da gesessen, als der Ausrufer wieder vorbeikam. Der Kaufmann rief ihn bei Namen und er trat herein. Hierauf sagte der Kaufmann zu ihm, indem er auf den Prinzen wies: »Antworte einmal diesem Herrn, der mich fragt, ob du wohl bei Sinnen seiest, daß du ein elfenbeinernes Rohr, das so unscheinbar aussieht, zu dreißig Beuteln ausbietest. Ich selbst würde mich darüber wundern, wenn ich nicht wüßte, daß du ein verständiger Mann bist.« Der Ausrufer wandte sich jetzt an den Prinzen und sagte zu ihm: »Edler Herr, du bist nicht der einzige, der mich wegen dieses Rohrs für einen Toren ansieht; du magst übrigens selbst urteilen, ob ich einer bin, wenn ich dir seine Eigenschaft gesagt haben werde, und dann hoffe ich, daß du ein ebenso hohes Gebot darauf tun wirst, wie diejenigen, denen ich es bis jetzt gezeigt, und welche dieselbe üble Meinung von mir hatten, wie du. Vor allem, Herr«, fuhr der Ausrufer fort, indem er dem Prinzen das Rohr überreichte, »mußt du wissen, daß dieses Rohr an jedem Ende ein Glas hat und man nur durch eines dieser Gläser zu sehen braucht, um sogleich alles zu erblicken, was man nur wünscht.« – »Ich bin bereit, dir feierliche Genugtuung zu geben«, antwortete Prinz Ali, »wenn du mir die Wahrheit dessen, was du behauptest, dartun kannst.« Da er nun das Rohr in der Hand hatte, so besah er sich die beiden Gläser und fuhr dann fort: »Zeig* mir doch, wo ich hineinsehen muß, um mir darüber Aufklärung zu verschaffen.« Der Ausrufer zeigte es ihm; der Prinz sah hinein, und da es ihn nach dem Anblick des Sultans von Indien, seines Vaters, verlangte, so sah er ihn in vollkommenster Gesundheit mitten unter seinem Reichsrat auf dem Throne sitzen. Sodann wünschte er, da er nächst dem Sultan nichts Lieberes auf der Welt hatte, als die Prinzessin Nurunnihar, auch diese zu sehen, und erblickte sie sogleich an ihrem Putztische sitzend, umgeben von ihren Frauen, lachend und in der heitersten Laune. Der Prinz Ali verlangte keine andere Probe, um sich zu überzeugen, daß dieses Rohr die kostbarste Sache nicht nur in der Stadt Schiras, sondern auf der ganzen Welt sei, und er es glaubte, wenn er unterließ, dasselbe zu kaufen, so würde er nie mehr weder zu Schiras, und wenn er zehn Jahre da bliebe, noch sonstwo eine ähnliche Seltenheit antreffen, die er von seiner Reise mitbringen könnte. Er sagte daher zu dem Ausrufer: »Ich nehme meine unvernünftige Ansicht, die ich von deinem Verstande hatte, zurück, glaube aber, daß es dir hinlängliche Genugtuung sein wird, wenn ich mich erbiete, das Rohr zu kaufen. Da ich es nicht gerne in andere Hände kommen lassen möchte, so sage mir den Preis, den der Verkäufer dafür haben will, ganz genau, und gib dir fortan keine Mühe mehr, mit diesem Rohr deine Füße müde zu gehen und es auszurufen. Du brauchst nur mit mir zu kommen, so werde ich dir die Summe ausbezahlen.« Der Ausrufer beteuerte mit einem Eid, er habe Befehl, es um vierzig Beutel zu verkaufen, und im Fall er daran zweifle, so wolle er ihn selbst zum Verkäufer führen. Der indische Prinz glaubte seinem Wort, nahm ihn mit sich nach Hause, und als sie in seiner Wohnung im Chan angelangt waren, bezahlte er ihm die vierzig Beutel in schönen Goldstücken aus und wurde auf diese Art Besitzer des elfenbeinernen Rohres. Der Prinz Ali war über diesen Kauf umso mehr erfreut, als er fest überzeugt war, seine Brüder können nichts so Seltenes und Bewundernswürdiges gefunden haben, und folglich werde die Prinzessin Nurunnihar der Lohn für die Beschwerden seiner Reise sein.

Er dachte jetzt bloß noch darauf, unerkannt den Hof von Persien, so wie die Merkwürdigkeiten der Stadt Schiras und ihrer Umgebung kennenzulernen, bis die Karawane, mit welcher er gekommen war, nach Indien zurückreisen würde. Er hatte seine Neugierde vollkommen befriedigt, als die Karawane Anstalten zur Abreise traf, und der Prinz ermangelte nicht, sich ihr anzuschließen und mit ihr auf den Weg zu machen. Kein Unfall störte oder unterbrach die Reise, und ohne weitere Unbequemlichkeit, als die Beschwerden eines so langen Weges, kam er glücklich an dem verabredeten Orte an, wo der Prinz Husein bereits eingetroffen war. Der Prinz Ali traf ihn dort, und sie warteten nun gemeinschaftlich auf ihren Bruder Ahmed.

Prinz Ahmed hatte den Weg nach Samarkand eingeschlagen, und gleich am ersten Tage nach seiner Ankunft war er, wie seine beiden Brüder, nach dem Besastan gegangen. Auch hatte er diesen Ort kaum betreten, als sich ein Ausrufer, mit einem künstlichen Apfel in der Hand, ihm nahte, und denselben zu fünfunddreißig Beuteln ausrief. Er hielt den Mann an und sagte zu ihm: »Zeig' mir einmal diesen Apfel und sage mir, welche außerordentliche Kraft oder Eigenschaft er hat, daß er zu so hohem Preise ausgerufen wird.« Der Ausrufer gab ihm den Apfel in die Hand, daß er ihn untersuchen möchte, und sagte dann zu ihm: »Edler Herr, wenn man diesen Apfel bloß nach seinem Aussehen beurteilt, so ist er freilich sehr gering; zieht man aber die Eigenschaften, Kräfte und den bewundernswürdigen Gebrauch, den man zum Wohle der Menschheit davon machen kann, in Erwähnung, so muß man sagen, daß er eigentlich mit keinem Preis bezahlt werden kann, und gewiß ist, daß sein Besitzer einen wahren Schatz besitzt. In der Tat gibt es keine tödliche Krankheit, anhaltendes Fieber, Fleckfieber, Seitenstechen, Pest, oder wie sie sonst heißen mögen, welche durch diesen Apfel nicht sogleich geheilt würde; ja, wenn einer schon in den letzten Zügen liegt, so gibt er ihm die Gesundheit auf der Stelle so vollständig zurück, wie wenn er nie in seinem Leben krank gewesen wäre. Und zwar geschieht dies auf die allerleichteste Art von der Welt, denn man darf weiter nichts tun, als den Kranken daran riechen lassen.«

»Wenn man dir glauben darf«, antwortete der Prinz Ahmed, »so ist dies freilich ein Apfel von wunderbarer Kraft, ja, man darf wohl sagen, ganz unschätzbar; aber wie kann ein ehrlicher Mann, wie ich, der ihn gerne kaufen möchte, sich überzeugen, daß bei deiner Lobpreisung des Äpfels weder Lüge, noch Übertreibung mitunterläuft?«

»Herr«,erwiderte der Aufrufer, »die Sache ist in der ganzen Stadt Samarkand bekannt und bewährt, und du darfst, ohne weiter zu gehen, nur die hier versammelten Kaufleute fragen; sie werden alle darin übereinstimmen, und mehrere von ihnen werden bekennen, daß sie selbst nicht mehr leben würden, wenn sie sich nicht dieses vortrefflichen Mittels bedient hätten. Um dir einen Begriff beizubringen, was du davon zu denken hast, so wisse, daß es die Frucht der Studien und Nachtwachen eines sehr berühmten Weltweisen aus dieser Stadt ist, der sich sein ganzes Leben hindurch der Erforschung der Pflanzen und Mineralien widmete, und endlich diese zusammengesetzte Masse hier daraus bereitete, vermittelst welcher er so wundervolle Kuren in dieser Stadt gemacht hat, daß sein Andenken hier niemals in Vergessenheit kommen wird. Vor kurzem raffte ihn der Tod so schnell weg, daß er selbst nicht mehr Zeit hatte, von seinem Universalmittel Gebrauch zu machen, und seine Witwe, die nur ein geringes Vermögen, dagegen einen Haufen von kleinen Kindern hinterließ, hat sich endlich entschlossen, den Apfel verkaufen zu lassen, um sich mit ihrer Familie etwas bequemer einrichten zu können.«

Während der Ausrufer den Prinzen Ahmed von den Wunderkräften des künstlichen Apfels unterrichtete, blieben mehrere Personen bei den Sprechenden stehen. Die meisten bestätigten das Gute, das der Ausrufer von ihm rühmte, und da einer hinzusetzte, ein Freund von ihm sei so gefährlich krank, daß man bereits an seinem Aufkommen verzweifle, und somit sei dies eine sehr bequeme Gelegenheit für den Kaufliebhaber, einen Versuch mit dem Apfel zu machen, so nahm der Prinz Ahmed das Wort und sagte zu dem Ausrufer, er wolle ihm vierzig Beutel dafür geben, sofern der Kranke durch das bloße Riechen daran geheilt würde. Der Ausrufer, welcher Befehl hatte, ihn um diesen Preis zu verkaufen, sagte zu dem Prinzen: »Herr, wir wollen einmal diesen Versuch machen, und der Apfel ist somit dein; ich sage dies mit um so größerer Zuversicht, weil gar kein Zweifel vorhanden ist, daß er diesmal ebenso gut seine Wirkung tun wird, wie er bisher Kranke, die bereits aufgegeben waren, von den Pforten des Todes zurückgerufen hat.«

Der Versuch glückte, Prinz Ahmed bezahlte dem Ausrufer vierzig Beutel für den künstlichen Apfel und erwartete nun voll Ungeduld den Abgang der ersten besten Karawane, um nach Indien zurückzukehren. Indes benützte er die Zwischenzeit, um alle Merkwürdigkeiten Samarkands und seiner Umgebung zu besichtigen, vornehmlich aber das Tal Sogd, das von dem gleichnamigen Flusse, von welchem es durchströmt wird, seinen Namen hat, und wegen der Schönheit seiner Gefilde, seiner Gärten und Paläste, sowie wegen seines Reichtums an Früchten aller Art und wegen der Annehmlichkeiten, die man während der schönen Jahreszeit dort genießt, von den Arabern für eines der vier Paradiese der Welt gehalten wird. Der Prinz Ahmed versäumte indes die Gelegenheit nicht, mit der ersten besten Karawane nach Indien abzugehen. Trotz der vielen Unbequemlichkeiten, die unausbleiblich mit einer so langen Reise verbunden sind, langte er im besten Wohlsein in der Herberge an, wo Husein und Ali ihn erwarteten. Der Prinz Ali, der etwas früher als Ahmed angekommen war und den Prinzen Husein dort schon antraf, hatte denselben gefragt, wie lange er schon da sei. Als er nun hörte, daß es demnächst drei Monate sein werden, hatte er zu ihm gesagte: »Demnach mußt du nicht weit gekommen sein.« – »Ich will jetzt«, antwortete Husein, »nichts von dem Orte sagen, wo ich war, doch kann ich dich so viel versichern, daß ich mehr als drei Monate gebraucht habe, um dahin zu gelangen.« – »Wenn das der Fall ist«, sagte darauf der Prinz Ali, »so kannst du dich nicht lange daselbst aufgehalten haben.« – »Lieber Bruder«, antwortete Husein, »du täuschest dich. Ich war vier bis fünf Monate dort und hätte sehr leicht noch längere Zeit bleiben können.« – »Sofern du nicht etwa zurückgeflogen bist«, erwiderte Ali, »so begreife ich nicht, wie du mich überreden willst, daß du schon drei Monate hier seiest.« –

»Ich habe dir die Wahrheit gesagt«, sagte Prinz Husein, »aber das Rätsel werde ich erst bei der Ankunft unseres Bruders Ahmed lösen, und dann werde ich auch die Seltenheit zeigen, die ich von meiner Reise mitgebracht habe. Was dich betrifft, so weiß ich nicht, was du mitgebracht hast, aber es scheint nichts Bedeutendes zu sein. Wenigstens sieht man deinem Reisegepäck keinen großen Zuwachs an.« – »Und was dich betrifft«, erwiderte Ali, »so bemerke ich weiter nichts, als den unscheinbaren Teppich da, womit dein Sofa bedeckt ist, und könnte dir also, wie mir's scheint, deinen Spott zurückgeben. Da du indes aus deiner Seltenheit ein Geheimnis machen zu wollen scheinst, so wirst du mir nicht übel nehmen, wenn ich in Betreff der meinigen das gleiche tue.« Darauf erwiderte der Prinz Husein: »Ich bin so vollkommen überzeugt, daß die Seltenheit, die ich mitgebracht habe, jeder andern, welcher Art sie auch sein mag, unendlich vorzuziehen ist, daß ich sie dir wohl zeigen könnte; denn sobald ich dir ihre Vortrefflichkeit auseinandersetzen würde, könntest du nicht umhin, mit mir übereinzustimmen, und ich brauche durchaus nicht zu fürchten, daß die deinige ihr vorgezogen werden dürfte. Indes halte ich es doch für passend, die Ankunft unseres Bruders Ahmed abzuwarten; dann können wir einander mit mehr Einsicht und Anstand das Glück mitteilen, das jedem von uns zuteil geworden ist.« Der Prinz Ali wollte mit seinem Bruder nicht länger wegen der Vortrefflichkeit der von ihm mitgebrachten Seltenheit rechten, sondern begnügte sich mit der Überzeugung, daß, wenn das Rohr, welches er vorzuzeigen hatte, auch nicht gerade den Vorzug verdienen sollte, es doch wenigstens nicht zurückstehen könne, und so verabredete er sich denn mit ihm, das Vorzeigen desselben bis zur Ankunft des Prinzen Ahmed aufzuschieben.

Als Ahmed endlich eingetroffen war und die drei Brüder einander zärtlich umarmt und zu dem fröhlichen Wiedersehen an demselben Orte, wo sie sich getrennt, Glück gewünscht hatten, so nahm der Prinz Husein, als der älteste, das Wort und sprach also: »Liebe Brüder, wir werden noch Zeit genug übrig haben, um uns über die einzelnen Umstände unserer Reise zu unterhalten. Vorderhand wollen wir nur davon reden, was zu wissen uns am meisten frommt, und da ihr euch des Hauptbeweggrundes zur Reise gewiß noch so gut erinneren werdet, als ich, so wollen wir einander nicht verbergen, was wir mitgebracht haben, sondern ein jeder lasse das Seinige sehen, damit wir schon zum voraus darüber sprechen und urteilen mögen, wem von uns der Sultan, unser Vater, wohl den Vorzug geben wird. Um euch mit gutem Beispiel voranzugehen«, fuhr der Prinz Husein fort, »so wißt, daß die Seltenheit, die ich von meiner Reise in das Königreich Bisnagar mitgebracht habe, in dem Teppich besteht, worauf ich sitze. Er sieht freilich sehr gewöhnlich und unscheinbar aus; wenn ich euch aber seine Eigenschaft auseinandergesetzt haben werde, dann werdet ihr euch gewaltig verwundern und selbst eingestehen müssen, daß ihr nie von etwas Ähnlichem gehört habt. Denn in der Tat, man darf sich nur, wie wir eben jetzt sind, darauf setzen und an irgend einen, wenn auch noch so entfernten, Ort hinwünschen, so ist man fast im Augenblicke dort. Ich habe es selbst versucht, ehe ich die vierzig Beutel, die er mich kostet, bezahlte, und ich muß gestehen, daß der Kauf mich nicht reut: Denn als ich meine Neugierde am Hofe von Bisnagar befriedigt hatte und zurückzukehren wünschte, so bedurfte ich keines anderen Fuhrwerks, als dieses Wunderteppichs, um mich und meinen Bedienten hierher zu bringen. Dieser kann euch sagen, wieviel Zeit ich dazu gebraucht habe. Wenn ihr es übrigens wünschet, so will ich euch beiden ebenfalls eine Probe zeigen. Indes erwarte ich jetzt, daß ihr mir sagt, ob das, was ihr mitgebracht habt, mit meinem Teppich in Vergleichung kommen kann.«

Mit diesen Worten schloß der Prinz Husein seine Lobrede auf die Vortrefflichkeit des Teppichs, worauf der Prinz Ali folgendermaßen das Wort ergriff: »Lieber Bruder, ich muß gestehen, daß dein Teppich zu den bewundernswürdigsten Dingen gehört, die man sich nur denken kann, denn ich zweifle nicht, daß er die Eigenschaft besitzt, die du von ihm gerühmt hast. Übrigens wirst du zugeben müssen, daß es auch noch andere, ich will nicht sagen bewundernswürdigere, aber doch wenigstens ebenso bewundernswürdige Dinge geben kann. Zum Beispiel dieses elfenbeinerne Rohr da erscheint auf den ersten Anblick auch nicht als eine Seltenheit, die große Aufmerksamkeit verdiente. Ich habe es indes ebenso teuer bezahlt, wie du deinen Teppich, und bin mit meinem Kauf nicht minder zufrieden, als du mit dem deinigen. Bei der Billigkeit deiner Gesinnungen wirst du mir bald zugestehen, daß ich damit nicht betrogen worden bin, wenn du dich durch einen eigenen Versuch überzeugt haben wirst, daß man nur oben oder unten hineinzusehen braucht, um alles zu erblicken, was man nur irgend wünscht. Ich verlange nicht, daß du mir auf mein bloßes Wort glaubst«, fügte der Prinz Ali hinzu, indem er ihm das Rohr überreichte; »hier ist es, überzeuge dich, daß ich nicht gelogen habe.« Der Prinz Husein nahm das elfenbeinerne Rohr aus der Hand seines Bruders, hielt ein Ende davon an sein Auge und wünschte die Prinzessin Nurunnihar zu sehen, um zu erfahren, wie sie sich befinde. Seine Brüder Ali und Ahmed, welche die Augen auf ihn geheftet hatten, gerieten in das größte Erstaunen, als sie ihn auf einmal die Farbe verändern sahen, und zwar auf eine Weise, welche die höchste Bestürzung und schwere Betrübnis verriet. Der Prinz Husein ließ ihnen keine Zeit, nach der Ursache zu fragen, sondern rief aus: »Ach, meine Brüder, wir haben alle drei vergeblich diese beschwerliche Reise unternommen in der Hoffnung, durch den Besitz der reizenden Nurunnihar dafür belohnt zu werden: Die liebenswürdige Prinzessin wird in wenigen Augenblicken nicht mehr am Leben sein. Ich sah sie soeben in ihrem Bett, umgeben von ihren Frauen und Verschnittenen, welche alle in Tränen schwimmen und nur noch ihren letzten Seufzer zu erwarten scheinen. Da nehmt, sehet sie selbst in diesem erbarmungswürdigen Zustande, und vereinigt eure Tränen mit den meinigen.« Der Prinz Ali nahm das elfenbeinerne Rohr aus der Hand seines Bruders, und nachdem er mit tiefem Herzeleid dasselbe erblickt hatte, gab er es weiter an den Prinzen Ahmed, damit dieser ebenfalls das traurige und betrübende Schauspiel, welches alle gleich nahe anging, betrachten möchte.

Als der Prinz Ahmed das Rohr aus den Händen seines Bruders Ali empfangen und beim Hineinsehen ebenfalls die Prinzessin Nurunnihar am Rande des Todes erblickt hatte, nahm er das Wort und sagte zu den beiden anderen Prinzen: »Brüder, die Prinzessin Nurunnihar, der Gegenstand unserer gemeinsamen Wünsche, befindet sich allerdings in einem Zustande, der dem Tode sehr nahe ist. Indes glaube ich, daß es wohl noch möglich ist, den Augenblick des Todes von ihr zu entfernen, wenn wir nur keine Zeit verlieren.« Zugleich zog der Prinz Ahmed den künstlichen Apfel, den er angekauft, aus seinem Busen, zeigte ihn seinen Brüdern und sagte zu ihnen: »Dieser Apfel hier hat mich ebenso viel gekostet, wie euch der Teppich oder das elfenbeinere Rohr, das ihr von der Reise mitgebracht habt. Da sich nun eine so günstige Gelegenheit zeigt, seine Wunderkraft euch zu beweisen, so reuen mich die vierzig Beutel, die ich dafür ausgegeben habe, nicht. Um euch nicht länger in gespannter Erwartung zu erhalten: Er hat die Kraft, daß ein Kranker, selbst wenn er schon in den letzten Zügen liegt, durch das bloße Riechen daran auf der Stelle seine Gesundheit wieder erlangt; der Versuch, den ich selbst angestellt habe, läßt mich nicht daran zweifeln; jetzt aber kann ich euch seine Heilkraft an der Prinzessin Nurunnihar beweisen, wenn wir nur die nötige Eile anwenden, um ihr zu helfen.« – »In diesem Fall«, versetzte der Prinz Husein, »können wir nichts Besseres tun, als uns vermittelst meines Teppichs sogleich ins Zimmer der Prinzessin versetzen zu lassen. Laßt uns keine Zeit verlieren, kommt und setzt euch mit mir hierher; er ist groß genug, um uns alle drei mit Bequemlichkeit aufzunehmen. Vor allen Dingen aber wollen wir unsern Bedienten befehlen, daß sie sogleich miteinander abreisen und uns im

Palast aufsuchen sollen.« Nachdem sie diesen Befehl gegeben hatten, setzten sich die Prinzen Ali und Ahmed zu ihrem Bruder Husein auf den Teppich, und da ihnen allen dreien nur *eines* am Herzen lag, so hatten sie auch den gemeinschaftlichen Wunsch, ins Zimmer der Prinzessin Nurunnihar versetzt zu werden. Ihr Wunsch ging in Erfüllung, und sie wurden so schnell dahin versetzt, daß sie sich an dem erwünschten Orte sahen, ohne irgend eine Bewegung bemerkt zu haben.

Die unerwartete Erscheinung der drei Prinzen erschreckte die Frauen und die Verschnittenen der Prinzessin, welche nicht begreifen konnten, durch welche Zauberei auf einmal drei Männer sich in ihrer Mitte befanden. Im Anfang erkannten sie die Prinzen nicht einmal, und schon waren die Verschnittenen im Begriff, auf die Fremdlinge, die sich in einem ihnen durchaus unerlaubten Ort eingedrängt, loszustürzen; doch kamen sie bald von ihrem Irrtum zurück und erkannten sie für das, was sie waren.

Der Prinz Ahmed hatte nicht sobald die sterbende Nurunnihar erblickt, als er rasch mit seinen Brüdern vom Teppich aufstand, sich dem Bett näherte und ihr den Wunderapfel unter die Nase hielt. Einige Augenblicke nachher schlug die Prinzessin die Augen auf, wandte den Kopf nach beiden Seiten, sah die umstehenden an, setzte sich dann auf und verlangte mit derselben Unbefangenheit und Klarheit, als ob sie bloß von einem langen Schlaf erwachte, angekleidet zu werden. Ihre Frauen sagten ihr nun sogleich voll Freude, daß sie den drei Prinzen, ihren Vettern, und hauptsächlich dem Prinzen Ahmed, ihre plötzliche Wiederherstellung verdankte. Sie bezeigte ihnen daher ihre Freude, sie wieder zu sehen, und stattete ihnen insgesamt, und dem Prinzen Ahmed insbesondere ihren Dank ab. Da sie angekleidet zu werden verlangt hatte, so sagten die Prinzen nur mit wenigen Worten, wie sehr sie sich glücklich schätzen, noch zu rechter Zeit angelangt zu sein, um insgesamt zu ihrer Rettung aus der augenscheinlichsten Lebensgefahr beitragen zu können, und nachdem sie noch ihre glühenden Wünsche für die lange Dauer ihres Lebens ausgesprochen hatten, entfernten sie sich.

Während die Prinzessin sich ankleidete, gingen die Prinzen unmittelbar von den Gemächern derselben nach den Zimmern des Sultans, ihres Vaters, um sich ihm zu Füßen zu werfen und ihm ihre Ehrfurcht zu bezeigen. Als sie vor ihm erschienen, fanden sie, daß der Oberste der Verschnittenen der Prinzessin ihnen bereits zuvorgekommen war, und sowohl ihre unvermutete Ankunft, als auch die durch sie erfolgte vollständige Heilung der Prinzessin gemeldet hatte. Der Sultan empfing und umarmte sie daher um so freudiger, als er im Augenblick des Wiedersehens die frohe Kunde erhielt, daß die Prinzessin, seine Nichte, die er wie sein eigen Kind liebte, nachdem sie von den Ärzten bereits aufgegeben worden, auf eine so wunderbare Weise ihre Gesundheit wieder erlangt habe. Nach den bei solchen Gelegenheiten gewöhnlichen Begrüßungen überreichte jeder der Prinzen die Seltenheit, die er mitgebracht hatte: Der Prinz Husein seinen Teppich, der Prinz Ali das elfenbeinerne Rohr und Prinz Ahmed den künstlichen Apfel. Jeder pries sein Stück, und nachdem sie ihm der Reihe nach alle drei Sachen eingehändigt hatten, baten sie ihn, zu entscheiden, welches er für das Vorzüglichste halte, und auf die Art zu erklären, wem von ihnen dreien er seinem Versprechen gemäß die Prinzessin Nurunnihar zur Frau gebe.

Nachdem der Sultan von Indien alles, was die Prinzen zum Lobe ihrer Seltenheiten vorbrachten, sehr wohlwollend und ohne Unterbrechung angehört, und sich sofort nach den näheren Umständen bei der Heilung der Prinzessin Nurunnihar erkundigt hatte, so schwieg er eine Weile lang still, als überlegte er, was er antworten sollte. Endlich brach er dieses Stillschweigen und hielt folgende sehr weise Rede an sie: »Liebe Söhne, ich würde mich sehr gern für einen von euch entscheiden, wenn ich es mit Gerechtigkeit tun könnte; aber überlegt selbst, ob es mir möglich ist.

Dir, o Ahmed, und deinem künstlichen Apfel verdankt die Prinzessin allerdings ihre Wiederherstellung; aber, ich frage dich, ob du dies hättest tun können, wenn du nicht durch Alis elfenbeinernes Rohr die Gefahr, worin sie schwebte, erfahren hättest und durch Huseins Teppich in den Stand gesetzt worden wärest, noch zu rechter Zeit zu Hilfe zu kommen? Dein elfenbeinernes Rohr, o Ali, hat sowohl dir, als deinen Brüdern die Kunde verschafft, daß ihr auf dem Punkte standet, die Prinzessin, eure Muhme, zu verlieren, und man muß gestehen, daß sie dir deswegen zu großem Danke verpflichtet ist. Auf der anderen Seite wirst du aber auch zugeben, daß dir diese Kunde allein, ohne den künstlichen Apfel und den Teppich, nichts genützt haben würde. Was endlich dich betrifft, Husein, so würde es sehr unrecht von der Prinzessin sein, wenn sie sich nicht wegen deines Teppichs, der zu ihrer Wiederherstellung so notwendig war, zu großem Danke gegen dich verpflichtet fühlte; du mußt aber wohl bedenken, daß er dir hierbei durchaus von keinem Nutzen gewesen wäre, wenn du nicht durch Alis elfenbeinernes Rohr ihre Krankheit erfahren und Ahmed sie nicht durch seinen Wunderapfel geheilt hätte. Da nun also weder der Teppich, noch das elfenbeinerne Rohr, noch der künstliche Apfel irgend einem auch nur den mindesten Vorzug vor den anderen verliehen, sondern ihr im Gegenteil dadurch alle ganz und gar gleich gestellt seid, und da ich die Prinzessin Nurunnihar nur einem geben kann, so sehet ihr selbst, daß die einzige Frucht eurer Reise die Ehre ist, auf gleiche Weise zur Wiederherstellung ihrer Gesundheit beigetragen zu haben. »Wenn dies nun so ist«, fuhr der Sultan fort, »so werdet ihr einsehen, daß ich zu einem anderen Mittel greifen muß, um bei der Wahl unter euch dreien ein entscheidendes Wort zu reden. Da wir noch mehrere Stunden haben, bis es Nacht wird, so will ich es heute noch tun. Gehet, nehmet jeder einen Bogen und einen Pfeil und begebt euch vor die Stadt hinaus auf die große Ebene, wo die Pferde zugeritten werden, ich werde ebenfalls dahinkommen und erkläre, daß ich die Prinzessin Nurunnihar demjenigen zur Frau gebe, welcher am weitesten schießen wird.« Übrigens kann ich bei dieser Gelegenheit nicht umhin, euch insgesamt und jedem insbesondere für das Geschenk zu danken, das ihr mir mitgebracht habet. Ich besitze mancherlei Seltenheiten in meiner Sammlung, aber keines vor allem kommt an Merkwürdigkeiten dem Teppich, dem elfenbeinernen Rohr und dem künstlichen Apfel gleich, womit ich sie jetzt vermehren und bereichern will. Diese drei Stücke werden die erste Stelle darin einnehmen, und ich werde sie aufs sorgfältigste aufbewahren, nicht bloß wegen ihrer Merkwürdigkeit, sondern auch, um bei Gelegenheit nützlichen Gebrauch davon zu machen.«

Die drei Prinzen konnten gegen diese Entscheidung ihres Vaters nichts einwenden. Als sie sich von seinem Angesicht entfernt hatten, brachte man jedem von ihnen einen Bogen und einen Pfeil, was sie sofort einem von ihren Dienern, die sich auf die Nachricht von ihrer Rückkehr sogleich versammelt hatten, einhändigten; und nun begaben sie sich, von einer unzähligen Menge Volks begleitet, auf die Ebene, wo die Pferde zugeritten werden. Der Sultan ließ nicht lange auf sich warten, und sobald er angekommen war, nahm der Prinz Husein, als der älteste, Pfeil und Bogen und schoß zuerst. Darauf schoß der Prinz Ali, und man sah seinen Pfeil viel weiter fliegen und hinfallen, als den des Prinzen Husein. Zuletzt schoß der Prinz Ahmed, aber man verlor seinen Pfeil aus dem Gesicht und niemand sah ihn niederfallen. Man eilte hin und suchte, allein so viele Sorgfalt auch alle Anwesenden, sowie der Prinz Ahmed selbst anwandten, der Pfeil war weder in der Nähe, noch in der Ferne zu finden. Obwohl man nun glauben mußte, daß er am weitesten geschossen und so die Prinzessin Nurunnihar verdient habe, so war dennoch, um die Sache augenscheinlich und gewiß zu machen, die Auffindung des Pfeiles notwendig, und der Sultan ermangelte nicht, trotz aller Gegenvorstellungen Ahemds, sich zu gunsten des Prinzen Ali zu entscheiden. Er gab nun sogleich Befehl, die nötigen Anstalten zur Hochzeitsfeier zu treffen, und wenige Tage darauf wurde die Vermählung mit vieler Pracht gefeiert.

Der Prinz Husein beehrte das Fest nicht mit seiner Gegenwart. Da seine Liebe zur Prinzessin Nurunnihar sehr feurig und herzlich war, so fühlte er sich nicht stark genug, um mit Gleichmut die Kränkung zu ertragen, sie in die Arme des Prinzen Ali führen zu sehen, der, wie er sagte, sie nicht besser verdiente und in keinem Fall heißer liebte, als er. Ja, die Sache verdroß ihn dermaßen, daß er den Hof verließ, auf sein Recht der Thronfolge Verzicht leistete und Derwisch wurde. Er ging zu einem sehr berühmten Scheich in die Lehre, der wegen seines musterhaften Lebenswandels in großem Rufe stand und mit seinen zahlreichen Schülern in einer anmutigen Einöde wohnte.

Der Prinz Ahmed wohnte aus demselben Grunde, wie sein Bruder Husein, der Hochzeit des Prinzen Ali und der Prinzessin Nurunnihar nicht bei, ohne jedoch, wie jener, der Welt deshalb zu entsagen. Da er nicht begreifen konnte, wie sein Pfeil sozusagen unsichtbar geworden sein sollte, so entfernte er sich von seinen Leuten, mit dem festen Vorsatz, ihn so sorgfältig aufzusuchen, daß er sich keine Vorwürfe zu machen hätte, und begab sich an die Orte, wo die Pfeile der Prinzen Husein und Ali aufgehoben worden waren. Von da ging er in gerader Richtung vorwärts, immer rechts und links blickend, und ohne zu finden, was er suchte, war er endlich so weit gekommen, daß er einsah, alle seine Mühe sei vergebens. Indes fühlte er sich unwillkürlich weitergezogen und setzte seinen Weg fort, bis er zu sehr hohen Felsen kam, bei denen er seitwärts hätte ablenken müssen, wenn er noch weiter hätte gehen wollen. Die Felsen waren außerordentlich steil und lagen in einer unfruchtbaren Gegend, etwa vier Stunden von dem Ort, von wo er ausgegangen war. Als Ahmed näher zu diesem Felsen hintrat, bemerkte er einen Pfeil, hob ihn auf, betrachtete und erkannte ihn zu seiner großen Verwunderung als denselben, welchen er abgeschossen hatte. »Er ist es wirklich«, sagte er bei sich selbst, »aber weder ich, noch irgend ein Sterblicher auf der ganzen Welt kann die Kraft haben, einen Pfeil so weit zu schießen!« Da er ihn auf der Erde liegend und nicht mit der Spitze darin feststeckend gefunden hatte, so schloß er, daß er an den Felsen geflogen und von da zurückgeprallt sei. »Eine seltsame Sache!« dachte er; »da muß irgend ein Geheimnis dahinter stecken, und dies Geheimnis kann für mich nur vorteilhaft sein. Nachdem das Schicksal mich so sehr betrübt und desjenigen Gutes beraubt hat, von dem ich hoffte, es werde das Glück meines Lebens werden, so hat es mir zu meinem Troste vielleicht irgend ein anderes vorbehalten.«

Da die Außenseite der Felsen mehrere vorspringende Spitzen und dann wieder mehrere tief sich hineinziehende Schluchten hatte, so trat der Prinz unter solchen Gedanken in eine der Vertiefungen hinein, und indem er seine Augen von einem Winkel zum anderen gehen ließ, entdeckte er eine eiserne Türe, an der aber kein Schloß zu sehen war. Er fürchtete, sie möchte wohl verschlossen sein; als er aber daran stieß, öffnete sie sich nach innen zu, und er erblickte einen sanft abschüssigen Weg, ohne Stufen, den er sofort, mit dem Pfeile in der Hand, hinabstieg. Im Anfang glaubte er in tiefe Finsternis zu geraten, allein bald trat an die Stelle des Lichts, das er verließ, ein anderes, weit helleres, und nach fünfzig bis sechzig Schritten gelangte er auf einen geräumigen Platz, wo er einen prachtvollen Palast erblickte, dessen wundersamen Bau er aber nicht Zeit hatte, genau zu betrachten; denn in demselben Augenblick trat eine Frau von majestätischer Gestalt und Haltung und einer Schönheit, welche durch den Reichtum ihrer Kleider und den Schmuck der funkelnden Edelsteine nicht höher gehoben werden konnte, unter der Vorhalle heraus, begleitet von einer Anzahl von Frauen, unter denen sie leicht als die Gebieterin zu erkennen war. Als der Prinz Ahmed die schöne Frau bemerkte, so beschleunigte er seine Schritte, um ihr seine Ehrfurcht zu bezeigen, und die Frau, die ihn kommen sah, rief ihm entgegen: »Tritt näher, Prinz Ahmed, du bist willkommen.«

Die Überraschung des Prinzen war nicht gering, als er seinen Namen in einer Gegend nennen hörte, von welcher er noch nie das Geringste vernommen hatte, obwohl diese Gegend so nahe an der Hauptstadt des Sultans, seines Vaters, war, und er konnte nicht begreifen, wie er einer Frau bekannt sein solle, die er selbst durchaus nicht kannte. Endlich warf er sich ihr zu Füßen, und als er wieder aufgestanden war, redete er sie folgendermaßen an: »Edle Frau, bei meiner Ankunft an einem Ort, wo ich fürchten mußte, durch unüberlegten Vorwitz zu weit gelockt worden zu sein, danke ich dir tausendmal für deine Versicherung, daß ich willkommen sei. Aber, edle Frau, wirst du es nicht für unhöflich halten, wenn ich dich frage, durch welchen seltsamen Zufall es kommt, daß ich dir nicht unbekannt bin, während ich selbst bis auf diesen Augenblick nie etwas von dir erfahren hatte, obgleich du so ganz in unserer Nachbarschaft wohnst?« – »Prinz«, antwortete die schöne Frau, »laß uns in den Saal treten; dort werde ich deine Fragen mit größerer Bequemlichkeit für dich und mich beantworten.«

Mit diesen Worten führte die schöne Frau den Prinzen Ahmed in einen Saal von wundervollem Bau. Das Gold und das Himmelblau, womit das kuppelförmige Gewölbe geschmückt war, sowie die unschätzbare Pracht der Gerätschaften erschien ihm so ganz neu, daß er seine Verwunderung darüber nicht verbergen konnte und laut ausrief, er habe noch nie etwas der Art gesehen und glaube nicht, daß irgend etwas auf der Welt diesem nur entfernt gleichkommen könne. »Und dennoch«, erwiderte die schöne Frau, »versichere ich dich, daß dies das geringste Zimmer in meinem Palast ist; du wirst es selbst zugestehen, wenn ich dir die übrigen Gemächer gezeigt haben werde.« Sie stieg sofort einige Stufen hinauf und setzte sich auf ein Sofa, und als der Prinz auf ihre Bitten neben ihr Platz genommen hatte, sagte sie zu ihm: »Prinz, du wunderst dich, wie du sagst, daß ich dich kenne, und du mich nicht; deine Verwunderung wird jedoch bald aufhören, wenn ich dir sage, wer ich bin. Es ist dir ohne Zweifel nicht unbekannt, was ja schon eure Religion euch lehrt, daß die Welt sowohl von Geistern als von Menschen bewohnt wird. Ich bin die Tochter eines dieser Geister, und zwar eines der mächtigsten und ausgezeichnetsten, und mein Name ist Pari Banu. Du darfst dich also nicht wundern, daß ich dich, deinen Vater, den Sultan, deine beiden Brüder und die Prinzessin Nurunnihar kenne. Ich weiß auch von deiner Liebe und deiner Reise und könnte dir alle einzelnen Umstände derselben wieder erzählen, denn ich war es, die zu Samarkand den künstlichen Apfel, den du gekauft, ausbieten ließ, desgleichen in Bisnagar den Teppich, den der Prinz Husein bekam, und in Schiras das elfenbeinerne Rohr, welches der Prinz Ali mitgebracht hat. Daran magst du zur Genüge erkennen, daß mir nichts von all dem, was dich betrifft, unbekannt ist. Ich will nur noch dies eine hinzufügen, daß du mir ein glücklicheres Los zu verdienen schienest, als den Besitz der Prinzessin Nurunnihar, und daß ich dir den Weg dazu gebahnt habe. Da ich nämlich gerade zugegen war, als du den Pfeil, den du in der Hand hast, abschossest, und da ich voraussah, daß er nicht einmal weiter fliegen würde, als der des Prinzen Husein, so faßte ich ihn in der Luft und gab ihm den erforderlichen Schwung, so daß er an die Felsen anprallen mußte, neben denen du ihn gefunden hast. Es wird jetzt bloß noch von dir abhängen, die Gelegenheit, die sich dir darbietet, zu benützen und noch glücklicher zu werden.«

Da die Fee Pari Banu diese letzten Worte in einem ganz anderen Tone aussprach, indem sie den Prinzen Ahmed gar zärtlich anblickte und dann sogleich sittsam errötend die Augen niederschlug, so erriet der Prinz sehr leicht, welches Glück sie damit meinte. Er überlegte schnell, daß Nurunnihar nicht mehr die Seinige werden konnte, und daß die Fee Pari Banu sie an Schönheit, Anmut und Holdseligkeit, sowie durch hervorragenden Verstand und unermeßliche Reichtümer, soweit er nämlich aus der Pracht des Palasts darauf schließen konnte, unendlich weit übertraf, und so segnete er den Augenblick, da ihm der Gedanke gekommen war, seinen Pfeil zum zweitenmal zu suchen. Indem er sich daher ganz der Neigung hingab, die ihn zu dem neuen Gegenstand seines Herzens hinzog, antwortete er ihr also: »Edle Frau, wenn ich mein ganzes Leben lang nur das Glück hätte, dein Sklave und der Bewunderer all dieser Reize zu sein, die mich mir selbst entrücken, so würde ich mich für den glückseligsten aller Sterblichen halten. Verzeih mir meine Kühnheit, wenn ich es wage, dich um diese Gunst zu bitten, und verschmähe es nicht, an deinem Hofe einen Prinzen zuzulassen, der sich ganz deinem Dienste widmen will.« »Prinz«, erwiderte die Fee, »da ich schon lange Zeit schalten und walten kann, wie ich will, und von der Vormundschaft meiner Eltern frei bin, so will ich dich nicht als Sklaven an meinem Hofe aufnehmen, sondern als Herrn meiner Person und alles dessen, was mir gehört, sofern du mir nämlich Treue geloben und mich zu deiner Gemahlin annehmen willst. Ich hoffe, du wirst es mir nicht übel deuten, daß ich dir mit diesem Anerbieten zuvorkomme. Wie gesagt, ich hänge von niemandes Willen ab, und füge bloß noch hinzu, daß es bei den Feen nicht ist, wie bei den Frauen unter den Menschen, welche dergleichen Anerbietungen nicht zu machen pflegen und sie sogar für unverträglich mit ihrer Ehre halten würden. Wir dagegen tun es und denken, daß man uns Dank dafür wissen muß.«

Der Prinz Ahmed antwortete nichts mehr auf diese Rede der Fee, aber durchdrungen von Dankbarkeit glaubte er, diese nicht besser an den Tag legen zu können, als wenn er sich näherte, um den Saum ihres Kleides zu küssen. Sie ließ ihm indessen nicht Zeit dazu, sondern reichte ihm ihre Hand, die er küßte, und indem sie nun die seinige festhielt und sie drückte, sagte sie zu ihm: »Prinz Ahmed, willst du mir nicht Treue geloben, wie ich dir gelobt habe?« – »Ach, edle Frau«, erwiderte der Prinz voll Freude und Entzücken, »was könnte ich wohl Besseres und Angenehmeres tun! Ja, meine Sultanin, meine Königin, ich weihe dir mein Herz und meine Hand zu ewigem Dienste.« – »Wenn das ist«, antwortete die Fee, »so bist du mein Gemahl und ich deine Gemahlin. Die Ehen werden bei uns ohne weitere Zeremonien geschlossen, sind aber weit fester und unauflöslicher, als die der Menschen, ungeachtet diese eine Menge Förmlichkeiten dabei haben. Während man nun«, fuhr sie fort, »für heute Abend die Anstalten zu unserm Hochzeitsmahle trifft, will ich dir, da du offenbar heute noch nichts zu dir genommen hast, vorerst einen leichten Imbiß vorsetzen lassen, und dann werde ich dir die Zimmer meines Palasts zeigen, damit du selbst entscheiden magst, ob es nicht wahr ist, was ich dir sagte, daß nämlich dieser Saal gerade das schlechteste Zimmer ist.« Einige von den Frauen der Fee, die bei ihr im Saale waren, hatten kaum ihre Absicht vernommen, so gingen sie hinaus und kamen bald darauf mit mehreren Speisen und trefflichem Weine zurück.

Als der Prinz Ahmed zur Genüge gegessen und getrunken hatte, führte ihn die Fee Pari Banu von einem Zimmer ins andere, und er sah darin Diamanten, Rubine, Smaragde und alle Arten der feinsten Edelsteine, nebst Perlen, Achat, Jaspis, Porphyr und dem kostbarsten Marmor von allen Gattungen angebracht, ohne von den Zimmergerätschaften zu sprechen, die einen unschätzbaren Wert hatten. Überdies war alles in so erstaunlichem Überfluß vorhanden, daß der Prinz erklärte, er habe in seinem Leben nie etwas Ähnliches gesehen, und es könne auf der ganzen Welt nichts der Art mehr geben. »Prinz«, sagte hierauf die Fee, »da du meinen Palast, der allerdings große Schönheiten hat, so sehr bewunderst, was würdest du erst von den Palästen unserer Geisterfürsten sagen, die alle noch weit schöner, geräumiger und prachtvoller sind! Ich könnte dich auch noch meinen Garten bewundern lassen, allein das kann ja auch anderes Mal geschehen. Die Nacht ist im Anzug, und es ist Zeit, daß wir uns zu Tische setzen.«

Der Saal, in welchen die Fee nunmehr den Prinzen führte und wo sie die Tafel hatte decken lassen, war das letzte Zimmer im Palast und zugleich das einzige, das der Prinz noch nicht gesehen hatte: Es stand indes hinter keinem von allen zurück, die er bereits in Augenschein genommen. Gleich beim Hineintreten bewunderte er den Lichtglanz unzähliger von Ambra duftender Kerzen, die in so schöner und zierlicher Ordnung aufgestellt waren, daß man sie nicht ohne Vergnügen sehen konnte. Ebenso fiel ihm ein großer Schenktisch in die Augen, der mit goldenen Gefäßen besetzt war, die durch ihre kunstreiche Arbeit noch mehr Wert hatten, als durch ihren Stoff; ferner mehrere Frauenchöre von bezaubernder Schönheit und in den prachtvollsten Kleidern, welche so lieblich sangen und so melodisch auf allen möglichen Instrumenten dazu spielten, daß er in seinem Leben nie etwas Schöneres gehört hatte. Sie setzten sich zu Tische; Pari Banu ließ es sich ganz besonders angelegen sein, dem Prinzen Ahmed die köstlichsten Speisen vorzulegen, und nannte ihm dieselben jedesmal, sooft sie ihn aufforderte zuzugreifen, mit Namen und da der Prinz nie etwas davon gehört hatte und immer ein Gericht wohlschmeckender fand, als das andere, so lobte er alles über die Maßen und rief aus, die gute Mahlzeit, womit sie ihn bewirte, übertreffe bei weitem alles, was man bei den Menschen finde. Ebenso war er ganz entzückt über die Vortrefflichkeit des Weins, welcher aufgetragen wurde, wovon er und die Fee jedoch erst beim Nachtisch, der aus Früchten, Kuchen und anderen dazu passenden Speisen bestand, zu trinken anfingen.

Nach dem Nachtisch standen die Fee Pari Banu und der Prinz Ahmed von der Tafel auf, die sogleich weggetragen wurde, und setzten sich dann sehr bequem auf das Sofa, indem sie den Rücken an seidene Polster lehnten, die mit großem, vielfarbigem Blumenwerk, alles von der feinsten Stickerei, bedeckt waren. Sofort trat eine große Anzahl von Geistern und Feen in den Saal und begannen einen reizenden Tanz, der solange dauerte, bis die Fee und der Prinz Ahmed aufstanden. Dann tanzten die Geister und Feen zum Saal hinaus und zogen so vor den Neuvermählten her, bis an die Türe des Zimmers, wo das hochzeitliche Lager bereitet war. Als sie da angekommen waren, stellten sie sich in Reihen auf, um das Paar hindurchgehen zu lassen, worauf sie sich entfernten und die beiden allein ließen.

Das Hochzeitsfest dauerte auch am anderen Tage noch fort, oder vielmehr die nächstfolgenden Tage waren ein ununterbrochenes Fest, in welches die erfinderische und hochverständige Fee Pari Banu die größte Mannigfaltigkeit zu bringen wußte, durch neue Speisen und Gerichte bei den Mahlzeiten, durch neue musikalische Vergnügungen, neue Tänze, Schauspiele und eine Menge anderer Ergötzlichkeiten, die alle so außerordentlich waren, daß der Prinz Ahmed, und hätte er auch tausend Jahre unter den Menschen gelebt, nie dergleichen hätte erdenken können.

Die Absicht der Fee war nicht bloß, dem Prinzen die deutlichsten Beweise von der Aufrichtigkeit ihrer Liebe und herzlichen Zuneigung zu geben, sondern sie wollte ihm dadurch auch recht fühlbar machen, daß er, da er am Hofe des Sultans, seines Vaters, keine Ansprüche mehr zu machen hatte, und an keinem Ort der Welt, um von ihrer Schönheit und Reizen zu schweigen, irgend etwas hätte finden können, was mit dem Glück, das er bei ihr genoß, vergleichbar wäre, – sich nun gänzlich an sie anschließen und nie mehr von ihr trennen solle. Dies gelang ihr auch vollkommen; die Liebe des Prinzen Ahmed wurde durch ihren vollständigen Besitz nicht nur nicht vermindert, sondern stieg vielmehr bis zu einem so hohen Grade, daß es nicht mehr in seiner Macht stand, von seiner Liebe zu ihr abzulassen, selbst wenn sie sich jemals hätte entschließen können, gleichgültig gegen ihn zu werden.

Endlich nach Verlauf von sechs Monaten ergriff den Prinzen Ahmed, welcher den Sultan, seinen Vater, immer geliebt und geehrt hatte, gewaltiges Verlangen, etwas von ihm zu erfahren, und da er diesen Wunsch nicht anders befriedigen konnte, als wenn er sich auf einige Zeit entfernte, um in eigener Person Nachrichten einzuziehen, so sprach er eines Tages gelegentlich mit Pari Banu darüber und bat sie, es ihm zu erlauben. Diese Worte beunruhigten die Fee, denn sie fürchtete, es sei bloß ein Vorwand, um sie zu verlassen. Deshalb sprach sie also zu ihm: »Durch was kann ich dir Ursache zu Unzufriedenheit mit mir gegeben haben, daß du dich gedrungen fühlst, mich um diese Erlaubnis zu bitten? Wär's möglich, könntest du dein mir gegebenes Wort vergessen haben und mich nicht mehr lieben, während ich dich so zärtlich und von ganzem Herzen liebe? Wenigstens solltest du davon überzeugt sein, da ich dir unaufhörlich so viele Beweise gebe.« – »Königin meines Herzens!« erwiderte der Prinz Ahmed, »ich bin von deiner Liebe vollkommen überzeugt, und würde mich ihrer unwürdig machen, wenn ich nicht durch die innigste Gegenliebe meine Dankbarkeit bewiese. Wenn meine Bitte dich beleidigt hat, so bitte ich dich tausendmal um Verzeihung und bin aber bereit, dir jede Genugtuung zu geben, die du verlangen kannst. Ich tat sie nicht, um dich zu kränken, sondern einzig und allein aus Ehrfurcht gegen den Sultan, meinen Vater, den ich von der Betrübnis zu befreien wünschte, in welche ihn meine lange Abwesenheit versetzt haben wird: Denn ich glaube, daß er um so größeres Herzeleid darüber empfindet, weil er ohne Zweifel annimmt, ich sei nicht mehr am Leben. Da es dir indes lieb ist, wenn ich hingehe, um ihm diesen Trost zu bereiten, so will ich dasselbe, was du willst, und es gibt nichts auf der Welt, was ich nicht zu tun bereit wäre, wenn es sich darum handelt, dir einen Gefallen zu erweisen.«

Der Prinz Ahmed war kein Heuchler: Er liebte die Fee in seinem Herzen wirklich so heiß, als er es sie versichert hatte, und drang nicht weiter in sie, um die gewünschte Erlaubnis zu erhalten, so daß sie über seine Nachgiebigkeit höchlich erfreut war. Da er indes seinen Plan doch nicht ganz aufgeben konnte, so erzählte er ihr geflissentlich von Zeit zu Zeit von den Eigenschaften des Sultans von Indien und hauptsächlich von den Beweisen seiner Zärtlichkeit, die er ihm insbesondere gegeben, denn er hoffte immer, sie werde sich dadurch endlich erweichen lassen. Die Vermutungen des Prinzen waren gegründet: Der Sultan von Indien hatte sich mitten unter den Lustbarkeiten wegen der Vermählung des Prinzen Ali mit der Prinzessin Nurunnihar über die Entfernung seiner beiden anderen Söhne tief bekümmert. Er erfuhr bald, daß der Prinz Husein den Entschluß gefaßt hatte, die Welt zu verlassen, und auch den Ort, den er sich zu seinem künftigen Aufenthalte ausgewählt. Als guter Vater, der einen großen Teil seines Glücks darein setzt, die Kinder, die aus seinen Lenden hervorgegangen sind, recht oft um sich zu haben, zumal wenn sie sich seiner Zärtlichkeit würdig zeigen, hätte er es freilich lieber gesehen, wenn er am Hofe und in seiner Nähe geblieben wäre; da er indes nicht mißbilligen konnte, daß er diesen Stand gewählt hatte, wodurch er sich zu immer höherer Vervollkommnung verpflichtete, so schickte er sich mit Geduld in seine Abwesenheit. Dagegen gab er sich alle mögliche Mühe, um Nachrichten von dem Prinzen Ahmed zu erhalten: Er schickte in alle Provinzen seines Reichs Boten ab und ließ den Statthaltern befehlen, ihn anzuhalten und zur Rückkehr an seinen Hof zu nötigen; allein alle Bemühungen waren vergebens, und sein Kummer wurde von Tag zu Tag größer. Oft besprach er sich darüber mit seinem Großvezier. »Vezier«, sagte er zu ihm, »du weißt, daß Ahmed derjenige von meinen Söhnen ist, den ich immer am zärtlichsten liebte; auch ist dir nicht unbekannt, welche Mittel ich aufgewendet habe, um ihn wiederzufinden, aber ach! Alles umsonst. Dies bereitet mir so großes Herzeleid, daß ich ihm am Ende erliegen muß, wenn du nicht Mitleid mit mir hast. Wofern dir meine längere Erhaltung am Herzen liegt, so beschwöre ich dich, leihe mir deinen Rat und deinen Beistand.«

Der Großvezier, der ebensowohl der Person des Sultans ergeben, als in Verwaltung der Staatsangelegenheiten eifrig war, sann auf Mittel, ihm einige Beruhigung zu verschaffen, und da fiel ihm eine Zauberin ein, von der man Wunderdinge erzählte. Er machte den Vorschlag, sie kommen zu lassen und um Rat zu fragen. Dem Sultan gefiel dies, und der Großvezier beschickte die Frau und schickte sie zu ihm. Der Sultan sagte zur Zauberin: »Der Kummer, worin mich seit der Vermählung meines Sohnes Ali mit der Prinzessin Nurunnihar, meiner Nichte, die Abwesenheit des Prinzen versetzt hat, ist so stadt- und landkundig, daß du ohne Zweifel davon wissen wirst. Könntest du mir nicht vermöge deiner Kunst und Geschicklichkeit sagen, was aus ihm geworden ist? Lebt er noch? Wo ist er? Wie geht es ihm, und darf ich hoffen, ihn je wiederzusehen?« Darauf erwiderte die Zauberin: »Herr, so viel ich auch Geschicklichkeit in meinem Fache haben mag, so ist es mir doch nicht möglich, die Frage meines Herrn und Königs sogleich zu beantworten. Wenn du mir aber bis morgen Zeit vergönnen willst, so werde ich dir wohl Bescheid geben können.« Der Sultan gestattete ihr diese Frist und entließ sie mit der Zusicherung, sie gut zu belohnen, wenn die Antwort seinen Wünschen entsprechen würde.

Die Zauberin kam am folgenden Tage wieder, und der Großvezier stellte sie zum zweiten Male vor. Sie sagte zum Sultan: »Herr, so eifrig und gewissenhaft ich auch alle Regeln meiner Kunst befolgt habe, um in Erfahrung zu bringen, was du zu wissen verlangst, so habe ich doch nur so viel ermitteln können, daß der Prinz Ahmed noch nicht tot ist. Dies ist ganz gewiß; mein Herr und König kann sich darauf verlassen. Was aber den Ort betrifft, wo er sein mag, so war es mir unmöglich, diesen zu entdecken.«

Mit dieser Antwort mußte sich der Sultan von Indien zufrieden geben, obgleich sie ihn über das Schicksal seines Sohnes beinahe in derselben Unruhe ließ, worin er schon lange schwebte.

Um nun auf den Prinzen Ahmed zurückzukommen, so erzählte dieser der Fee Pari Banu so oft und viel von dem Sultan, seinem Vater, ohne jedoch seinen Wunsch in betreff eines Besuchs bei ihm aufs neue zu erwähnen, daß sie gerade dadurch seine wahre Gesinnung erriet. Da sie nun seine Zurückhaltung und Ängstlichkeit, nach jener abschlägigen Antwort abermals ihr Mißfallen zu erregen, bemerkte, so schloß sie daraus erstens, daß seine Liebe zu ihr, wovon er auch bei jeder Gelegenheit unablässig Beweise gab, aufrichtig sei; zweitens bedachte sie in ihrem Inneren, wie ungerecht es sein würde, der Zärtlichkeit eines Sohnes gegen seinen Vater Zwang anzutun, wenn sie ihn nötigen wollte, der natürlichen Neigung, die ihn zu jenem hinzog, zu entsagen, und so beschloß sie denn, ihm das zu gestatten, was er offenbar noch immer aufs feurigste wünschte. »Prinz«, sagte sie eines Tags zu ihm, »die Erlaubnis, um die du mich batest, den Sultan, deinen Vater, zu besuchen, hatte mir gerechte Besorgnis eingeflößt, sie möchte für dich bloß ein Vorwand sein, um deine Unbeständigkeit zu beweisen und mich zu verlassen, und ich hatte sonst keinen anderen Grund, sie dir abzuschlagen. Heute aber, da ich mich sowohl durch dein Benehmen als durch deine Reden vollkommen überzeugt habe, daß ich mich auf deine Festigkeit, so wie auf die Dauer deiner Liebe verlassen kann, bin ich anderer Ansicht geworden und gewähre dir diese Erlaubnis, jedoch nur unter einer Bedingung: Du mußt mir nämlich zuvor schwören, daß deine Abwesenheit nicht lange währen und du bald zu mir zurückkehren willst. Du darfst dich über diese Bedingung nicht ärgern, denn ich mache sie nicht aus Mißtrauen, sondern nur, weil ich zum voraus weiß, daß sie dir nach der Überzeugung, die ich soeben von der Aufrichtigkeit deiner Liebe ausgesprochen habe, nicht lästig sein wird.«

Der Prinz Ahmed wollte sich der Fee zu Füßen werfen, um ihr seinen innigen Dank zu bezeigen, allein sie ließ es nicht zu. »Königin meines Herzens«, sagte er zu ihr, »ich erkenne den Wert der Gnade, welche du mir erweisest, in seiner vollen Größe, allein es fehlt mir an Worten, um dir nach Gebühr dafür zu danken. Ich beschwöre dich, ergänze in Gedanken, was ich nicht auszudrücken vermag und sei überzeugt, daß alles, was du dir selbst darüber sagen magst, weit hinter dem zurücksteht, was ich in meinem Herzen empfinde. Du hast sehr recht, wenn du glaubst, daß der Schwur, den du von mir verlangst, mir nicht schwer fallen werde; ich leiste ihn dir um so bereitwilliger, als es mir fortan unmöglich wäre, ohne dich zu leben. Ich will also abreisen; aber die Eilfertigkeit, womit ich zurückkehren werde, soll dir beweisen, daß ich es nicht sowohl aus Furcht vor einem Meineid tue, sondern weil es die innerste Neigung meines Herzens ist, mein ganzes Leben an deiner Seite zuzubringen, und wenn ich mich manchmal mit deiner Genehmigung entferne, so werde ich stets durch schnelle Rückkehr dem Kummer zu begegnen wissen, den eine allzu lange Abwesenheit mir verursachen müßte.«

Pari Banu war im Innersten erfreut über diese Versicherung des Prinzen, weil sie dadurch von allem Verdacht gegen ihn und der Furcht befreit wurde, daß sein heftiges Verlangen, den Sultan von Indien zu sehen, nur ein scheinbarer Vorwand sein möchte, das ihr gegebene Wort zu brechen. »Prinz«, sagte sie ihm, »du kannst abreisen, so bald es dir beliebt; nimm mir aber nicht übel, wenn ich dir zuvor einige Winke über die Art und Weise gebe, wie du dich auf dieser Reise am besten benehmen kannst. Fürs erste halte ich es nicht für angemessen, daß du dem Sultan, deinem Vater, von unserer Verbindung oder von meinem Stande, sowie von dem Orte erzählest, wo du dich niedergelassen und seit der Trennung von ihm deinen Aufenthalt genommen hast. Bitte ihn, er möge sich mit der Versicherung begnügen, daß du glücklich seiest und dir nichts mehr wünschest, sowie, daß der einzige Grund deiner Reise zu ihm die Absicht gewesen sei, ihn von seiner unruhigen Besorgnis über dein Schicksal zu befreien.« Hierauf gab die Fee den Prinzen zu seiner Begleitung zwanzig wohlgerüstete und stattliche Reiter. Als alles bereit war, umarmte sie der Prinz Ahmed zum Abschied und erneuerte sein Versprechen, in Bälde zurückzukehren. Man führte ihm das Pferd vor, das sie für ihn hatte satteln lassen, und es war nicht nur aufs kostbarste angeschirrt, sonder auch weit schöner und wertvoller, als irgend eines in den Marställen des Sultans von Indien. Er bestieg es zur großen Freude der Fee mit vielem edlem Anstande, winkte ihr sein letztes Lebewohl zu und sprengte von dannen.

Da der Weg nach der Hauptstadt nicht lange war, so war der Prinz Ahmed bald daselbst. Als er zum Tore einzog, empfing ihn das Volk, voll Freude über seinen Anblick, mit lautem Jubelruf und eine Menge Leute zog ihm nach bis vor den Palast des Sultans. Der Sultan empfing und umarmte ihn ebenfalls mit großer Freude, machte ihm aber väterlich liebevolle Vorwürfe wegen des Kummers, in welchen ihn seine lange Abwesenheit versetzt habe. »Diese Abwesenheit«, fuhr er fort, »war für mich um so schmerzlicher, weil ich seit dem Tag, da der Zufall zu deinem Nachteil und zugunsten deines Bruders Ali entschied, immer fürchtete, du habest dich vielleicht zu irgend einem verzweifelten Schritte hinreißen lassen.« – »Herr«, erwiderte der Prinz Ahmed, »ich überlasse es dir selbst, zu überlegen, ob ich nach dem Verluste Nurunnihars, welche der einzige Gegenstand meiner Wünsche gewesen war, mich entschließen konnte, Zeuge von meines Bruders Glück zu sein. Wenn ich eines so unwürdigen Betragens fähig gewesen wäre, was würde man bei Hof und in der Stadt, und was würde mein Herr selbst von meiner Liebe gedacht haben? Die Liebe ist eine Leidenschaft, die man nicht von sich abschütteln kann, sobald man will. Sie beherrscht und bemeistert uns; ja, ein wahrhaft Liebender hat nicht einmal Zeit, von seiner Vernunft Gebrauch zu machen. Mein Herr weiß, daß mir mit dem Pfeile, den ich abschoß, etwas so Außerordentliches begegnete, wie wohl nicht leicht einem andern, daß nämlich dieser Pfeil auf dem ganz ebenen und freien Platze, wo die Pferde zugeritten werden, durchaus nicht mehr aufzufinden war, wodurch ich denn eine Sache verlor, in der meine Liebe so gut Recht verdient hätte, als jeder von meinen beiden Brüdern. Besiegt durch die Laune des Zufalls, verschwendete ich meine Zeit nicht mit unnützen Klagen. Um mein Gemüt über diese sonderbare und unbegreifliche Begebenheit zu beruhigen, entfernte ich mich unbemerkt von meinen Leuten und ging allein nach dem Schießplatz zurück, um meinen Pfeil zu suchen. Ich suchte ihn diesseits und jenseits, rechts und links von der Stelle, wo, wie ich wußte, Huseins und Alis Pfeile aufgehoben worden waren, und wohin nach meiner Ansicht auch der meinige gefallen sein mußte; allein vergebens waren alle meine Bemühungen. Dies schreckte mich indes nicht ab, und ich setzte meine Nachforschungen fort, indem ich in gerader Linie nach der Richtung, wo er hingefallen sein mußte, immer weiter vorwärts ging. Schon war ich über eine Stunde lang, immerfort rechts und links hinblickend und mich von Zeit zu Zeit auch noch umdrehend, fortgegangen, so daß mir nicht das Geringste, was nur irgend Ähnlichkeit mit einem Pfeile hatte, entgehen konnte, als ich überlegte, mein Pfeil könne unmöglich so weit geflogen sein. Ich blieb stehen und fragte mich selbst, ob ich denn den Verstand verloren und so ganz von Sinnen gekommen sei, daß ich mir Kraft genug zutraue, einen Pfeil nach einer solchen Weite abzuschießen, wie niemals einer unserer ältesten und durch seine Stärke berühmtesten Helden im stande gewesen. Bei solchen Betrachtungen hatte ich gute Lust, mein Unternehmen aufzugeben; als ich aber diesen Entschluß ausführen wollte, fühlte ich mich unwillkürlich weiter fort gezogen, und nachdem ich vier Stunden weit gegangen und an den Ort gekommen war, wo die Ebene von Felsen begrenzt wird, bemerkte ich einen Pfeil. Ich eilte hin, hob ihn auf und erkannte ihn für den, welchen ich abgeschossen hatte, der aber weder am rechten Ort, noch zu rechter Zeit aufgefunden worden war. Statt nun die Entscheidung, die mein Herr zugunsten des Prinzen Ali getan, als eine Ungerechtigkeit gegen mich zu betrachten, legte ich das, was mir hier zustieß, ganz anders aus, und zweifelte nicht daran, es werde irgendein für mich vorteilhaftes Geheimnis dahinter stecken, und ich müsse alles aufbieten, mir darüber Aufklärung zu verschaffen; diese Aufklärung fand ich auch, ohne mich zu weit von dem Orte zu entfernen. Indes ist dies ein neues Geheimnis, und ich muß meinen Herrn und König bitten, es nicht übel nehmen, wenn ich darüber stillschweige, und sich mit der Versicherung zu begnügen, daß ich glücklich und mit meinem Schicksal vollkommen zufrieden bin. Da mich in meinem Glücke nichts zu beunruhigen und zu stören vermochte, als der Gedanke, daß mein Herr sich über mein Verschwinden vom Hofe und über mein Schicksal bekümmern werde, so hielt ich es für meine Pflicht, hierher zu kommen, um dich von dieser Unruhe zu befreien. Dies ist der einzige Grund, der mich zu dir führt, und die einzige Gnade, die ich von meinem Herrn erbitte, ist, daß du mir erlauben mögest, von Zeit zu Zeit zu kommen, um dir meine Ehrfurcht zu bezeigen und mich nach deinem Befinden zu erkundigen.«

»Mein Sohn«, antwortete der Sultan von Indien, »ich kann dir diese Erlaubnis nicht verweigern; obwohl es mir weit lieber gewesen wäre, wenn du dich hättest entschließen können, bei mir zu bleiben. Indes sage mir wenigstens, wo ich Nachrichten von dir erhalten kann, sooft du selbst mir keine zukommen lässest, oder wenn deine Gegenwart einmal nötig sein sollte.« – »Herr«, erwiderte der Prinz Ahmed, »das, worüber du mich fragst, ist ein wichtiger Teil des Geheimnisses, von dem ich bereits gesagt habe. Ich bitte daher meinen Herrn, mir gnädigst zu erlauben, daß ich über diesen Punkt stillschweige; ich werde mich so häufig zur Erfüllung meiner Pflicht einstellen, daß ich eher lästig zu werden fürchte, als dir Veranlassung zu geben, mich der Gleichgültigkeit anzuklagen, im Fall meine Gegenwart einmal nötig werden sollte.«

Der Sultan von Indien drang jetzt nicht weiter in den Prinzen Ahmed, sondern sagte zu ihm: »Mein Sohn, ich verlange nicht, in dein Geheimnis eingeweiht zu werden, und sage dir bloß, daß du mir kein größeres Vergnügen hättest machen können, als indem du mich besuchtest und mir dadurch wieder einige heitere Stunden bereitetest, wie ich sie lange nicht gehabt habe; auch wirst du jedesmal sehr willkommen sein, sooft du unbeschadet deiner Geschäfte oder Vergnügungen mich besuchen willst.«

Der Prinz Ahmed blieb bloß drei Tage am Hofe des Sultans, seines Vaters, und reiste am vierten in aller Frühe wieder ab. Die Fee Pari Banu war um so erfreuter, ihn wieder zu sehen, als sie diese baldige Rückkehr durchaus nicht erwartet hatte, und sie machte sich jetzt in ihrem Inneren Vorwürfe, daß sie ihn für fähig gehalten, die Treue, die er ihr schuldete und so feierlich gelobt hatte, zu brechen. Sie verhehlte dies auch dem Prinzen nicht, sondern gestand ihm frei und offen ihre Schwachheit und bat ihn um Verzeihung. Von nun an war die Eintracht der beiden Liebenden so vollkommen, daß, was der eine Teil wollte, sicher auch dem anderen angenehm war.

Einen Monat nach der Rückkehr des Prinzen Ahmed fiel es der Fee Pari Banu auf, daß der Prinz, der ihr einen ausführlichen Bericht über seine Reise und seine Gespräche mit dem Sultan, seinem Vater, abgestattet, und somit auch erzählt hatte, daß er ihn um Erlaubnis gebeten, ihn von Zeit zu Zeit zu besuchen – daß, sage ich, der Prinz seither mit keiner Silbe mehr des Sultans erwähnte, gleich als ob er nicht mehr auf der Welt wäre, und doch hatte er vorher sooft von ihm gesprochen. Sie dachte nun, er unterlasse es ohne Zweifel aus Rücksicht für sie, und nahm daher eines Tags Gelegenheit, also zu ihm zu sprechen: »Prinz«, fing sie an, »sag einmal, hast du denn den Sultan, deinen Vater, ganz vergessen? Erinnerst du dich nicht mehr, daß du ihm versprochen hast, ihn von Zeit zu Zeit zu besuchen? Ich für meinen Teil habe nicht vergessen, was du mir bei deiner Rückkehr sagtest, und bringe es dir hiermit in Erinnerung, auf daß du nicht länger säumest, dein Versprechen zum ersten Male zu erfüllen.« – »Geliebteste meines Herzens!« antwortete der Prinz Ahmed in demselben heiteren Tone wie die Fee, »ich fühle mich einer solchen Vergeßlichkeit durchaus nicht fähig, will aber lieber den unverdienten Vorwurf von dir ertragen, als mich einer abschlägigen Antwort aussetzen, wenn ich zu unrechter Zeit eine Sehnsucht nach etwas blicken ließe, was du vielleicht nicht gerne bewilligtest.« – »Prinz«, sagte die Fee, »ich verlange durchaus nicht, daß du solche Rücksichten gegen mich nimmst, und damit dergleichen nicht wieder vorkomme, so denke ich, da du den Sultan von Indien, deinen Vater, bereits seit einem Monat nicht mehr gesehen hast, du solltest deine Besuche bei ihm nie länger als einen Monat aussetzen. Fange morgen damit an und fahre so von Monat zu Monat fort, ohne daß du mir etwas davon sagest oder eine Äußerung von mir erwartest. Ich genehmige es sehr gern.«

Der Prinz Ahmed reiste schon am folgenden Tag mit demselben Gefolge wieder ab, das aber weit geschmackvoller gekleidet war, und auch er selbst war viel prächtiger ausgerüstet, als das erste Mal. Der Sultan empfing ihn abermals mit großer Freude und Vergnügen. So setzte er dann seine Besuche mehrere Monate lang fort, und immer erschien er in einem reicheren und glänzenderen Aufzuge.

Endlich mißbrauchten einige Veziere, welche die Lieblinge des Sultans waren und aus dem Aufwand des Prinzen auf seine Macht und Größe schloßen, die Freiheit, die ihnen gestattet war, mit ihrem Fürsten zu reden, dazu, daß sie ihn gegen seinen Sohn einzunehmen suchten. Sie stellten ihm vor, die Klugheit erfordere es, daß er in Erfahrung bringe, wo der Prinz seinen gewöhnlichen Aufenthalt habe, und womit er seinen großen Aufwand bestreite: Denn es sei ihm doch weder eine Leibrente, noch ein bestimmter Jahresgehalt angewiesen worden, und er scheine bloß deswegen an den Hof zu kommen, um dem Sultan zu trotzen und zu zeigen, daß er auch ohne seine Geschenke als Prinz leben könne; überhaupt sei zu befürchten, er möchte das Volk aufwiegeln, um ihn frevlerischerweise zu entthronen. Der Sultan von Indien, der eine zu gute Meinung von dem Prinzen Ahmed hatte, als daß er ihn eines so verbrecherischen Planes, wie seine Günstlinge ihm unterschoben, fähig geglaubt hätte, antwortete ihnen: »Ihr scherzet wohl nur; mein Sohn liebt mich, und ich bin seiner Zärtlichkeit und Treue um so gewisser, da ich mich nicht erinneren kann, ihm jemals den geringsten Anlaß zur Unzufriedenheit gegeben zu haben.« Auf diese letzten Worte bemerkte einer der Günstlinge: »Herr, obgleich du nach dem Urteil aller Verständigen nichts Besseres tun konntest, um die drei Prinzen in ihrer Angelegenheit wegen der Prinzessin Nurunnihar zufrieden zu stellen, als du wirklich getan hast, so kann man doch nicht wissen, ob der Prinz Ahmed sich in die Entscheidung des Zufalls mit derselben Entsagung fügt, als der Prinz Husein. Wie leicht könnte er es sich in den Kopf setzen, er allein verdiene die Prinzessin, und mein Herr habe dadurch, daß er ihm nicht den Vorzug vor den älteren Prinzen gab und die Entscheidung darüber dem Zufall überließ, eine Ungerechtigkeit begangen. Mein Herr wird vielleicht sagen«, fügte der boshafte Günstling hinzu, »der Prinz Ahmed verrate ja durch nichts eine Spur von Unzufriedenheit, unsere Furcht sei unbegründet und voreilig, und es sei unrecht von uns, ihm einen ohne Zweifel grundlosen Verdacht dieser Art gegen einen Prinzen seines Geblütes einflößen zu wollen. Aber, mein Herr und König, vielleicht ist dieser Verdacht auch gut begründet. Du weißt gar wohl, daß man bei einer so zarten und so wichtigen Angelegenheit immer das sicherste Mittel wählen muß. Bedenke nur, daß der Prinz dich durch seine Verstellung gar leicht ergötzen und hinters Licht führen kann, und daß die Gefahr um so bedenklicher ist, da Ahmed seinen Aufenthalt ganz in der Nähe deiner Hauptstadt zu haben scheint. Denn wenn du ebenso aufmerksam gewesen bist, wie wir, so hast du bemerken können, daß jedesmal, so oft er kommt, sowohl er, als seine Leute, ganz frisch und munter, und ihre Kleider, sowie die Decken der Pferde nebst dem übrigen Schmuck, so blank aussehen, als kämen sie eben erst von dem Handwerksmann, der sie verfertigt. Auch ihre Pferde sind so wenig müde, wie wenn sie von einem bloßen Spazierritte kämen. Dies ist ein augenscheinlicher Beweis, daß der Prinz Ahmed ganz in der Nähe wohnt, und wir würden unsere Pflicht nicht zu erfüllen glauben, wenn wir es dir nicht untertänig vorstellten, damit du zu deiner eigenen Erhaltung und zum Wohl deiner Völker die angemessene Rücksicht darauf nehmen mögest.« Als der Günstling seine lange Rede geendet hatte, brach der Sultan dies Gespräch mit den Worten ab: »Dem mag sein, wie ihm wolle, ich glaube nicht, daß mein Sohn Ahmed so schlecht ist, wie ihr mich gerne überreden möchtet; gleichwohl danke ich euch für euern Rat und bin überzeugt, daß ihr ihn mir aus der besten Absicht gegeben habt.« So sprach der Sultan von Indien zu seinen Günstlingen und gab ihnen nicht zu erkennen, daß ihre Äußerungen Eindruck auf sein Gemüt gemacht hatten. Dennoch beunruhigte er sich darüber und beschloß, die Schritte des

Prinzen Ahmed beobachten zu lassen, ohne jedoch seinem Großvezier ein Wort davon zu sagen. Er beschied die Zauberin zu sich, die durch eine geheime Türe in seinen Palast eingelassen und in sein Zimmer geführt wurde. »Du hast mir«, sagte er zu ihr, »die Wahrheit berichtet, als du mich versichertest, daß mein Sohn Ahmed nicht tot sei, und danke dir dafür; jetzt mußt du mir aber noch einen Gefallen tun. Seitdem ich ihn nämlich wieder gefunden habe und er jeden Monat einmal an meinen Hof kommt, war es mir unmöglich, seinen Aufenthalt von ihm zu erfahren, und ich wollte ihm sein Geheimnis auch nicht mit Gewalt ablocken. Indessen halte ich dich für geschickt genug, meiner Neugierde Befriedigung zu verschaffen, ohne daß er selbst oder irgend jemand am Hofe etwas davon erfährt. Du weißt, daß er hier ist, und da er gewöhnlich wieder abreist, ohne Abschied von mir oder sonst von jemanden zu nehmen, so verliere keine Zeit, begib dich noch heute auf seinen Weg und beobachte ihn so gut, daß du erfährst, wo er jedesmal hingeht, und mir darüber Bescheid bringen kannst.«

Die Zauberin entfernte sich aus dem Palast, und da man sie belehrte, an welchem Ort der Prinz Ahmed seinen Pfeil gefunden hatte, so begab sie sich augenblicklich dahin und versteckte sich in der Nähe der Felsen, so daß sie nicht bemerkt werden konnte. Am anderen Morgen reiste der Prinz Ahmed in aller Frühe ab, ohne weder beim Sultan, noch irgend einem anderen bei Hof Abschied genommen zu haben, denn dies war so seine Gewohnheit. Die Zauberin sah ihn kommen und begleitete ihn mit den Augen so weit, bis sie ihn samt seinem Gefolge aus dem Gesichte verlor. Da die Felsen so steil waren, daß kein Sterblicher weder zu Fuß, noch zu Roß sie hätte übersteigen können, so schloß die Zauberin, hier können nur zwei Sachen möglich sein: Entweder müsse sich der Prinz in irgend eine Höhle zurückziehen oder an einen unterirdischen Ort, wo Geister und Feen wohnen. Sobald sie nun vermuten konnte, daß der Prinz mit seinen Leuten verschwunden und in die Höhle oder den unterirdischen Ort, den sie sich dachte, eingegangen sein müsse, so verließ sie ihr Versteck und ging geraden Wegs auf die Schlucht zu, wo sie dieselben hineinreiten gesehen hatte. Sie ging nun selbst hinein und schritt so weit vor, bis die Schlucht sich in allerlei Krümmungen endigte; hier sah sie sich nach allen Seiten um und ging mehrere Male auf und ab. Allein trotz der angestrengtesten Aufmerksamkeit konnte sie weder eine Höhlenöffnung entdecken, noch die eiserne Türe, die dem Prinzen Ahmed sogleich aufgefallen war. Diese Türe war nämlich bloß für Männer sichtbar, und zwar nur für solche, deren Gegenwart der Fee Pari Banu angenehm sein konnte, nicht aber für Frauen. Da die Zauberin sah, daß sie sich vergeblich abmühte, so beschloß sie endlich, sich mit dieser Entdeckung zu begnügen. Sie ging also wieder nach Hause, um dem Sultan Bericht abzustatten, und nachdem sie ihm umständlich alles erzählt, was sie getan hatte, fügte sie hinzu: »Mein Herr wird aus dem, was ich eben zu erzählen die Ehre hatte, deutlich ersehen, daß es mir nicht schwer fallen wird, ihm über das Betragen des Prinzen Ahmed den befriedigendsten Aufschluß zu geben, den er nur wünschen kann. Ich will für jetzt noch nicht sagen, was ich davon halte: Ich ziehe es vor, dir eine so genaue Kenntnis davon zu verschaffen, daß du gar nicht mehr zweifeln kannst. Um dies aber möglich zu machen, erbitte ich mir Zeit und Geduld, nebst der Erlaubnis, mich nach eigenem Gutdünken schalten zu lassen, ohne nach den Mitteln zu fragen, deren ich mich dabei zu bedienen gedenke.« Der Sultan genehmigte zum voraus alle Maßregeln, welche die Zauberin ergreifen würde. »Du kannst tun, was du willst«, sagte er zu ihr, »um die Sache zum Ende zu führen; ich will dir nichts dareinreden und mit Geduld erwarten, bis du deine Versprechungen erfüllst.« Dann schenkte er ihr noch zur Aufmunterung einen sehr kostbaren Diamant mit der Bemerkung, dies bekomme sie bloß vorläufig, die vollständige Belohnung werde nachfolgen, sobald sie ihm den wichtigen Dienst, wobei er sich ganz auf ihre Geschicklichkeit verlasse, geleistet haben würde. Da der Prinz Ahmed, seit er von der Fee Pari Banu die Erlaubnis erhalten hatte, dem Sultan von Indien seine Aufwartung zu machen, regelmäßig jeden Monat einmal erschienen war, so wartete die Zauberin, die dies recht gut wußte, bis der laufende Monat zu Ende ging. Einen oder zwei Tage vorher aber begab sie sich an den Fuß des Felsen, und zwar an die Stelle, wo sie den Prinzen und seine Leute aus den Augen verloren hatte, und wartete dort, um den Plan, welchen sie entworfen, auszuführen. Gleich am anderen Tag ritt der Prinz Ahmed, wie gewöhnlich, mit demselben Gefolge, das ihn jedesmal zu begleiten pflegte, zur eisernen Türe heraus und kam ganz in die Nähe der Zauberin, die er nicht für das erkannte, was sie wirklich war. Da er bemerkte, daß sie den Kopf auf den Felsen gelehnt da lag und gar jämmerlich klagte, wie wenn sie von heftiger Krankheit geplagt wäre, so bewog ihn das Mitleid, seitwärts abzulenken, sich ihr zu nähern und sie zu fragen, was für einen Schmerz sie habe und was er zu ihrer Linderung tun könne? Die arglistige Zauberin sah den Prinzen, ohne den Kopf empor zu heben, so jammervoll an, daß sein bereits rege gemachtes Mitleid noch dadurch vermehrt wurde, und antwortete bloß mit abgebrochenen Worten, als ob es ihr sehr schwer würde zu atmen, sie sei vom Hause weggegangen, um sich in die Stadt zu begeben, aber unterwegs habe sie ein so heftiges Fieber befallen, daß ihr die Kräfte geschwunden und sie genötigt worden sei, anzuhalten und in dieser unbewohnten Gegend ganz ohne alle Aussicht auf Beistand in dem Zustande zu bleiben, worin er sie gefunden. »Gute Frau«, antwortete der Prinz Ahmed, »du bist nicht so weit von der nötigen Hilfe entfernt, als du glaubst. Ich bin bereit, es dir zu beweisen und dich ganz in der Nähe von da an einen Ort hinzubringen, wo man dich nicht nur aufs sorgfältigste verpflegen, sondern auch in Bälde vollkommen wieder herstellen wird. Du darfst bloß aufstehen und erlauben, daß einer meiner Leute dich hinter sich aufs Pferd nimmt.«

Die Zauberin, die sich bloß deshalb krank stellte, um zu erfahren, wo der Prinz Ahmed wohne, was er treibe, und überhaupt, wie es ihm ergehe, lehnte dieses freundliche Anerbieten nicht ab, und um ihm mehr durch die Tat, als durch die Worte zu beweisen, daß sie es sehr gerne annehme, stellte sie sich, als gebe sie sich sehr große Mühe, um aufzustehen, werde aber durch die Heftigkeit ihrer angeblichen Krankheit daran verhindert. Indes steigen sogleich zwei von den Reitern ab, halfen ihr auf die Beine und setzten sie hinter einen anderen Reiter aufs Pferd. Während sie selbst wieder aufstiegen, sprengte der Prinz an der Spitze seiner Reiterschar den Weg zurück und gelangte bald an die eiserne Türe, die ein vorausgeschickter Reiter geöffnet hatte. Er ritt hinein, und als er in den Hof des Feenpalastes gelangt war, stieg er nicht ab, sondern ließ der Fee durch einen seiner Leute melden, daß er sie zu sprechen wünsche. Die Fee Pari Banu eilte um so schneller herbei, weil sie nicht begreifen konnte, warum der Prinz Ahmed wohl so schnell wieder umgekehrt. Dieser ließ ihr indes keine Zeit, nach dem Grunde zu fragen, sondern sagte zu ihr, indem er auf die Zauberin deutete, welche zwei seiner Leute vom Pferd herabgehoben hatten und unter den Armen hielten: »Liebe Prinzessin, ich bitte dich, schenke dieser Frau ebenso viel Mitleid, wie ich. In dem Zustande, worin du sie jetzt siehst, habe ich sie soeben angetroffen und ihr den nötigen Beistand versprochen. Ich empfehle sie dir nun in der Überzeugung, daß du sie sowohl aus eigenem Antrieb, als auch aus Rücksicht auf meine Bitte nicht hilflos lassen wirst.«

Die Fee Pari Banu, welche während der Rede des Prinzen Ahmed ihre Augen auf die angebliche Krankheit geheftet hatte, befahl zweien ihrer Frauen, die ihr gefolgt waren, dieselbe aus den Händen der beiden Reiter zu übernehmen, in ein Zimmer des Palasts zu führen und ebenso sorgfältig zu verpflegen, wie wenn sie es selbst wäre. Während aber die beiden Frauen den empfangenen Befehl vollzogen, trat Pari Banu zu dem Prinzen Ahmed und sagte leise zu ihm: »Prinz, ich lobe dein Mitleid, es ist deiner und deines Ranges würdig, und mit großem Vergnügen werde ich deinen guten Absichten entsprechen; erlaube mir indes, dir zu sagen, daß ich sehr fürchte, diese gute Absicht möchte uns schlecht belohnt werden. Es scheint mir durchaus nicht, als ob die Frau so krank wäre, wie sie vorgibt, und mich müßte alles täuschen, wenn sie nicht ausdrücklich ausgesandt ist, um dir Unannehmlichkeiten zu bereiten. Laß dich indes dies nicht kümmern; was man auch anzetteln mag, so kannst du überzeugt sein, daß ich dich aus allen Schlingen befreien werde, welche man dir legt. So gehe denn hin und setze deine Reise fort.« Der Prinz Ahmed ließ sich durch diese Worte nicht beunruhigen und antwortete seiner Gemahlin: »Prinzessin, da ich mich nicht erinneren kann, irgend jemandem etwas zuleide getan zu haben, und da ich auch gegen niemanden eine böse Absicht hege, so kann ich mir durchaus nicht denken, wer wohl im Sinne haben sollte, mir ein Leid zuzufügen. Dem mag übrigens sein, wie ihm wolle, ich werde nie aufhören, Gutes zu tun, so oft sich mir Gelegenheit darbietet.« Hierauf nahm er Abschied von der Fee, trennte sich von ihr und setzte seine Reise, die er wegen der Zauberin unterbrochen hatte, wieder fort. Nach wenigen Stunden langte er am Hofe des Sultans von Indien an, der ihn fast ganz wie gewöhnlich empfing, da er sich so viel als möglich Gewalt antat, um seine Unruhe nicht blicken zu lassen; denn die Einflüsterungen seiner Günstlinge hatten ihm doch einigen Verdacht eingeflößt.

Indes hatten die beiden Frauen, welchen die Fee Pari Banu die Sache aufgetragen, die Zauberin in ein sehr schönes und reich geschmücktes Zimmer geführt. Sie ließen sie zuerst auf ein Sofa sitzen, wo sie sich auf ein Kissen von Goldbrokat lehnte, und bereiteten ihr dann auf demselben Sofa eine Lagerstätte, deren Unterdecken aus Atlas und mit Seidestikkereien verziert waren; das Bettuch bestand aus der feinsten Leinwand und die Oberdecke war von Goldstoff. Als sie ihr nun ins Bett geholfen hatten, – denn die Zauberin stellte sich fortwährend, wie wenn ihr Fieberanfall sie so quälte, daß sie sich kaum rühren könnte, – ging eine von den Frauen hinaus und kam bald darauf mit einem überaus feinen Porzellangefäße zurück, worin sich eine Flüssigkeit befand. Sie reichte es der Zauberin, während die andere Frau ihr aufsitzen half, und sagte zu ihr: »Da nimm diesen Saft, es ist Wasser aus der Löwenquelle und ein unfehlbares Mittel für alle und jede Fieber. Du wirst in weniger als einer Stunde die Wirkung verspüren.« Die Zauberin ließ sich, um ihre Rolle besser durchzuführen, lange bitten, wie wenn sie eine unüberwindliche Abneigung gegen diesen Trank gehabt hätte. Endlich jedoch nahm sie die Schale und schluckte den Saft hinunter, schüttelte aber dabei den Kopf, gleich als ob es sie große Überwindung kostete. Als sie sich sodann wieder gelegt hatte, deckten die beiden Frauen sie gut zu, und diejenige, die den Trank gebracht, sagte zu ihr: »Bleib jetzt ganz ruhig und schlafe, wenn du Lust hast; wir verlassen dich auf ungefähr eine Stunde und hoffen, bei unserer Wiederkehr dich vollkommen gesund anzutreffen.«

Die Zauberin, die nicht gekommen war, um lange die Kranke zu spielen, sondern bloß, um den Aufenthalt des Prinzen Ahmed auszuforschen und zu erfahren, was ihn wohl veranlassen möchte, sich vom Hofe des Sultans, seines Vaters, zu entfernen, wußte jetzt schon, was sie wollte, und hätte gern auf der Stelle erklärt, der Trank habe seine Wirkung getan, denn sie hatte großes Verlangen, nach Hause zurückzukehren und den Sultan von der glücklichen Ausführung seines Auftrags zu benachrichtigen. Da man ihr aber nicht gesagt hatte, daß der Trank auf der Stelle wirke, so mußte sie, wiewohl sehr ungern, die Rückkehr der Frauen abwarten. Diese kamen zur bestimmten Zeit zurück und fanden die Zauberin aufgestanden und angekleidet auf dem Sofa. Sie lief ihnen sogleich entgegen und rief: »O, der herrliche Trank! Er hat weit schneller gewirkt, als ihr sagtet, und ich wartete schon geraume Zeit voll Ungeduld auf euch, denn ich möchte euch bitten, daß ihr mich zu eurer mildtätigen Gebieterin führt, damit ich ihr für ihre Güte, welche ich nie vergessen werde, danken und nach dieser wundervollen Genesung ohne weiteren Aufschub meine Reise fortsetzen kann.« Die beiden Frauen, die ebenfalls Feen waren, bezeigten der Zauberin ihre Teilnahme und Freude über ihre schnelle Genesung, gingen dann vor ihr her, um ihr den Weg zu zeigen, und führten sie durch mehrere Zimmer, die alle weit prächtiger waren, als das, woraus sie eben kam, in den glänzendsten und am reichsten geschmückten Saal im ganzen Palast. In diesem Saale saß Pari Banu auf einem Throne von gediegenem Golde, der mit Diamanten, Rubinen und Perlen von außerordentlicher Größe reich verziert war, und neben ihr standen zur Rechten und Linken eine Menge Feen, sämtlich von ausnehmender Schönheit und sehr kostbar gekleidet. Beim Anblick all dieses Glanzes und dieser Herrlichkeit wurde die Zauberin ganz geblendet und so verwirrt, daß sie, als sie sich vor dem Throne niedergeworfen, nicht einmal den Mund zu öffnen vermochte, um der Fee zu danken, wie sie sich vorgenommen hatte. Pari Banu ersparte ihr auch die Mühe, indem sie zu ihr sagte: »Gute Frau, es freut mich sehr, daß sich diese Gelegenheit gefunden hat, dir einen Dienst zu erweisen, und daß du imstande bist, deine Reise fortzusetzen. Ich will dich nicht länger hier aufhalten, doch wird es dir nicht unangenehm sein, zuvor meinen Palast zu besehen. Geh mit meinen Frauen, sie werden dich begleiten und ihn dir zeigen.« Die Zauberin, die noch immer ganz verblüfft war, verneigte sich abermals mit der Stirne bis an den Teppich, der den Fuß des Thrones bedeckte, und verabschiedete sich dann, ohne Kraft oder Mut zu haben, ein einziges Wort vorzubringen. Die beiden Feen, die sie begleiteten, führten sie im ganzen Palast herum, wo sie mit Erstaunen und unter beständigen Ausrufen der Verwunderung der Reihe nach dieselben Zimmer, dieselben Reichtümer und dieselbe Pracht erblickte, welche die Fee Pari Banu dem Prinzen Ahmed gleich bei seiner Ankunft selbst gezeigt hatte. Was ihr aber die größte Bewunderung einflößte, war, daß die beiden Feen, nachdem sie das ganze Innere des Palasts in Augenschein genommen, zu ihr sagten, alles das, was sie so sehr bewundere, sei nur eine kleine Probe von der Größe und Macht ihrer Gebieterin, denn sie besitze im Umfang ihres Reichs noch unzählige andere Paläste, die alle von verschiedener Form und Bauart, aber nicht minder stattlich und prachtvoll seien. Indem sie sich so mit ihr über allerlei Gegenstände unterhielten, führten sie die Zauberin bis zur eisernen Türe, zu welcher der Prinz Ahmed sie hereingeführt hatte, öffneten dieselbe und wünschten ihr, nachdem sie Abschied von ihnen genommen und für ihre Bemühungen gedankt hatte, glückliche Reise. Als die Zauberin einige Schritte weit gegangen war, drehte sie sich um, um nach der Türe zu sehen und sich dieselbe genau zu merken; allein sie suchte vergeblich, denn die Türe war für sie, wie überhaupt für alle Frauen, was ich ja oben schon erzählt habe, unsichtbar geworden. Sie begab sich nun, abgesehen von diesem einzigen Umstande, ziemlich zufrieden mit sich selbst und der Vollziehung ihres Auftrags, zum Sultan zurück. Als sie in der Hauptstadt angelangt war, schlug sie Nebenwege ein und ließ sich wieder durch die geheime Tür in den Palast führen. Der Sultan ließ sie, sobald ihm ihre Ankunft gemeldet worden war, sogleich vor sich kommen, und da er sie mit sehr traurigem Gesichte erscheinen sah, schloß er daraus, die Sache müsse ihr nicht gelungen sein, und sagte zu ihr: »Nach deinem Anblick zu urteilen, ist deine Reise wohl vergeblich gewesen und du vermagst mir den Aufschluß, den ich von deinem Diensteifer erwartete, nicht zu geben?«

»Herr«, antwortete die Zauberin, »erlaube mir die Bemerkung, daß du aus meiner Miene nicht schließen darfst, ob ich in der Vollziehung des Auftrages, womit du mich beehrt, glücklich gewesen bin, sondern nur aus dem getreuen Bericht über alles, was ich getan und was mir begegnet ist; du wirst sehen, daß ich nichts versäumt habe, um mich deines Beifalls würdig zu machen. Der traurige Zug, den du vielleicht auf meinem Gesichte bemerkt hast, hat einen anderen Grund, als das Mißlingen unseres Planes, und ich hoffe, daß mein Herr in dieser Beziehung mit mir wohl zufrieden sein wird. Ich sage dir die eigentliche Ursache nicht: Der Bericht, den ich dir nun abstatten werde, wofern du die Geduld hast, mich anzuhören, muß alles erklären.« Sofort erzählte die Zauberin dem Sultan von Indien, wie sie sich krank gestellt und die Sache so eingerichtet habe, daß der Prinz Ahmed, von Mitleid ergriffen, sie an einen unterirdischen Ort habe bringen lassen und in eigener Person einer Fee von unvergleichlicher Schönheit vorgestellt, empfohlen und dieselbe gebeten habe, für die Wiederherstellung ihrer Gesundheit Sorge zu tragen. Ferner, mit welcher Gefälligkeit die Fee sogleich zwei anderen Feen aus ihrer Umgebung befohlen habe, sie in ihre Pflege zu nehmen und nicht zu verlassen, als bis sie vollkommen genesen sein würde; daraus sei ihr ganz deutlich geworden, daß diese Willfährigkeit nur in einem Verhältnis zwischen Mann und Frau ihren Grund haben könne. Auch ermangelte die Zauberin nicht, ihr Erstaunen bei Erblickung des Feenpalastes zu schildern, von dem sie behauptete, daß es auf der ganzen Welt nichts Ähnliches geben könne, und in welchem die beiden Feen sie wie eine Kranke, die ohne ihren Beistand weder gehen und stehen könne, herumgeführt haben. Sodann beschrieb sie ihm ausführlich, mit welchem Eifer die Feen sie in einem besonderen Zimmer verpflegt, welchen Trank sie ihr gereicht haben, und wie schnell darauf vollständige Heilung erfolgt, die aber, wie auch die Krankheit, nur verstellt gewesen sei, obgleich sie an der Kraft des Trankes durchaus nicht zweifelte; ferner von der Majestät der Fee, als sie auf einem ganz von Edelsteinen strahlenden Throne gesessen, dessen Wert alle Reichtümer Indiens übersteige, und endlich von den übrigen unermeßlichen und sowohl im allgemeinen als im besonderen ganz unberechenbaren Schützen, die in dem weiten Umfange des Palastes enthalten seien. Damit schloß die Zauberin ihren Bericht vom Erfolg ihrer Genesung und fuhr dann weiter also fort: »Was denkt mein Herr und König wohl von diesen unerhörten Reichtümern der Fee? Vielleicht wirst du sagen, du bewunderst sie und freuest dich über das hohe Glück deines Sohnes Ahmed, der dieselben mit der Fee gemeinschaftlich genießt. Was indes mich betrifft, Herr, so bitte ich um Verzeihung, wenn ich mir die Freiheit nehme, dir vorzustellen, daß ich anders davon denke, ja sogar, daß der Gedanke an das Unglück, welches dir daraus erwachsen kann, mich in Angst und Schrecken versetzt. Gerade das ist der Grund meiner Unruhe, die ich nicht so gut zu verbergen vermochte, daß du sie nicht hättest bemerken können. Ich will gern glauben, daß der Prinz Ahmed bei seiner guten Gemütsart nicht imstande ist, gegen meinen Herrn etwas zu unternehmen; aber wer bürgt dafür, daß die Fee ihm nicht durch ihre Reize, durch ihre Liebkosungen und die Gewalt, die sie bereits über ihren Gemahl erlangt hat, den verderblichen Plan eingibt, dich zu verdrängen und sich der Krone des Reichs Indien zu bemächtigen? Es kommt meinem Herrn zu, dieser hochwichtigen Angelegenheit all die Aufmerksamkeit zuzuwenden, welche sie verdient.« So fest nun auch der Sultan von Indien von der guten Gemütsart des Prinzen Ahmed überzeugt war, so hinterließen diese Vorstellungen der Zauberin dennoch einigen Eindruck bei ihm. Er entließ sie mit den Worten: »Ich danke dir für deine Bemühungen und einen heilsamen Rat. Ich erkenne die hohe Wichtigkeit desselben, kann aber in der Sache noch nichts beschließen, bevor ich meine Ratgeber angehört habe.« Als man dem Sultan die Ankunft der Zauberin gemeldet hatte, unterhielt er sich eben mit denselben Günstlingen, die ihm, wie schon oben erzählt, bereits früher Verdacht gegen den Prinzen Ahmed eingeflößt hatten. Er befahl nun der Zauberin, ihm zu folgen, und begab sich wieder zu den Günstlingen. Diesen erzählte er, was er soeben vernommen, und nachdem er ihnen mitgeteilt, warum er befürchte, daß die Fee das Gemüte des Prinzen umstimmen werde, so fragte er sie, welcher Mittel er sich wohl bedienen solle, um so großes Unheil zu verhüten? Einer der Günstlinge nahm hierauf für alle das Wort und sprach: »Herr, da du denjenigen kennst, der dieses Unglück veranlassen könnte, da er mitten an deinem Hofe lebt und in deinen Händen ist, so solltest du, um es zu verhüten, ihn sogleich verhaften und, wenn auch nicht hinrichten – denn dies würde zu viel Aufsehen erregen –, doch wenigstens auf Lebenszeit in einen engen Kerker werfen lassen.« Die übrigen Günstlinge gaben dieser Ansicht einstimmig ihren Beifall. Der Zauberin indes schien dieser Rat doch zu gewaltsam; sie bat den Sultan um Erlaubnis, zu sprechen, und als sie dieselbe erhalten, sagte sie zu ihm: »Herr, ich bin überzeugt, daß bloß der große Eifer für dein Wohlergehen deine Ratgeber bewogen hat, dir die Verhaftung des Prinzen Ahmed vorzuschlagen. Sie mögen mir es aber nicht übelnehmen, wenn ich sie zu bedenken bitte, daß man mit dem Prinzen notwendig zugleich auch seine Begleiter verhaften müßte, und diese sind Geister. Halten sie es wohl für etwas Leichtes, dieselben zu überfallen, Hand an sie zu legen und sich ihrer Person zu bemächtigen? Würden sie nicht vermögen der ihnen inwohnenden Kraft, sich unsichtbar zu machen, augenblicklich verschwinden und die Fee von der ihrem Gemahl angetanen Beleidigung benachrichtigen? Und würde die Fee diese Beleidigung wohl ungerächt lassen? Könnte sich der Sultan nicht vielleicht durch ein anderes weniger auffallendes Mittel gegen die bösen Anschläge, die der Prinz Ahmed haben mag, schützen, ohne daß dadurch der Ruhm meines Herrn im mindesten leiden oder irgend jemand ihm eine schlimme Absicht beilegen könnte? Wenn mein Herr einiges Vertrauen auf meinen Rat hätte, so würde er, da die Geister und Feen Sachen vermögen, welche alle menschliche Kraft bei weitem übersteigen, den Prinzen Ahmed bei seiner Ehre anfassen und verpflichten, ihm durch Vermittlung seiner Fee gewisse Vorteile zu verschaffen, unter dem Vorwande, daß ihm eine große Gefälligkeit damit geschehe. Z.B. sooft mein Herr zu Felde ziehen will, muß er einen ungeheuren Aufwand machen, nicht bloß für Schutzdächer und Zelte für sich und sein Heer, sondern auch für Kamele, Maulesel und andere Lasttiere: Könntest du ihn nun nicht verpflichten, daß er dir vermöge des großen Einflusses, den er bei der Fee haben muß, ein Schutzdach verschaffen soll, das in der Hand Platz haben, aber gleichwohl sich über dein ganzes Heer ausbreiten müßte. Mehr brauche ich meinem Herrn nicht zu sagen. Wenn der Prinz das Zelt herbeischafft, so kannst du noch so viele ähnliche Forderungen an ihn machen, daß er am Ende, so erfinderisch und reich an Mitteln auch die Fee, die ihn bezaubert und von dir abwendig gemacht, sein mag, den Schwierigkeiten erliegen und gestehen muß, es sei ihm unmöglich, deinen Wunsch zu erfüllen. Aus Scham wird er es dann nicht mehr wagen, sich sehen zu lassen, und genötigt sein, fern von allem Verkehr mit der Welt sein Leben mit der Fee zuzubringen; dann wird mein Herr auch nichts mehr von seinen Anschlägen zu befürchten haben, und man wird ihm eine so gehässige Handlung, wie die Hinrichtung oder lebenslängliche Einkerkerung seines eigenen Sohnes wäre, nicht vorwerfen können.« Als die Zauberin ihren Vortrag geendet hatte, fragte der Sultan seine Günstlinge, ob sie vielleicht etwas besseres wüßten, und da sie alle stillschwiegen, beschloß er, den Rat der Zauberin zu befolgen; denn dieser schien ihm der vernünftigste und den milden Grundsätzen, nach denen er bis jetzt geherrscht hatte, angemessenste zu sein.

Als nun der Prinz Ahmed am anderen Tage vor dem Sultan, seinem Vater, der sich eben mit seinen Günstlingen unterhielt, erschien und neben ihm Platz genommen hatte, so ließ dieser sich durch seine Gegenwart nicht abhalten, sein Gespräch über allerlei gleichgültige Gegenstände noch eine Weile fortzusetzen. Hierauf nahm der Sultan das Wort und sprach also zu dem Prinzen Ahmed: »Mein Sohn, als du erschienst und mich von dem tiefen Kummer, worein deine lange Abwesenheit mich versetzt hatte, befreitest, machtest du mir ein Geheimnis aus dem Orte, den du zu deinem Aufenthalt gewählt, und in der ersten Freude, dich wieder zu sehen und mit deinem Schicksal zufrieden zu wissen, wollte ich nicht weiter in dein Geheimnis eindringen, sobald ich merkte, daß du es nicht wünschest. Ich weiß nicht, welchen Grund du haben kannst, so gegen einen Vater zu handeln, der damals, so wie auch jetzt, den größten Anteil an deinem Glücke genommen haben würde. Indes weiß ich jetzt, worin dieses Glück besteht, ich freue mich mit dir darüber und billige deine Wahl, daß du eine so liebenswürdige, so reiche und so mächtige Fee geheiratet hast, wie ich aus guter Quelle erfahren. Bei all meiner Macht wäre ich nicht imstande gewesen, dir eine so vorteilhafte Verbindung zu verschaffen. Da du nun zu einem so hohen Rang erhoben bist, um welchen dich jeder andere, als ein Vater, wie ich, beneiden könnte, so bitte ich dich nicht bloß, daß du auch fernerhin, wie bisher, immer in gutem Einverständnis mit mir bleiben, sondern auch, daß du den ganzen Einfluß, den du bei deiner Fee haben kannst, aufbieten mögest, um mir in Fällen der Not ihren Beistand zu verschaffen, und du wirst mir erlauben, daß ich diesen deinen Einfluß noch heute auf die Probe stelle. Du weißt, mit welchen ungeheuren Kosten – um nichts von den Schwierigkeiten zu sagen – meine Heerführer, meine Hauptleute und ich selbst, sooft ich in Kriegszeiten zu Felde zu ziehen genötigt bin, Schutzdächer und Zelte, sowie auch Kamele und andere Lasttiere zur Fortbringung derselben anschaffen müssen. Wenn du nun bedenken wolltest, welchen Gefallen du mir damit erweisen könntest, so bin ich überzeugt, daß es dich nicht viele Mühe kosten wird, von deiner Fee ein Zelt zu bekommen, das in einer Hand Platz hat, unter welchem jedoch mein ganzes Heer ein Obdach finden kann, – zumal wenn du ihr sagst, daß es für mich bestimmt sei. Die Schwierigkeit der Sache wird dir keine abschlägige Antwort zuziehen: Alle Welt weiß ja, daß den Feen die Macht gegeben ist, noch weit außerordentlichere Dinge zu bewerkstelligen.«

Der Prinz Ahmed hatte sich einer solchen Forderung von seiten seines Vaters nicht versehen, und die Sache schien ihm gleich im Anfange äußerst schwierig, wo nicht ganz unmöglich. Denn obwohl ihm die Macht der Geister und Feen nicht ganz unbekannt war, so bezweifelte er doch, daß sie sich so weit erstrecke, ihm ein solches Zelt verschaffen zu können, wie verlangt wurde. Überdies hatte er bisher sich noch nie etwas Ähnliches von Pari Banu erbeten, sondern sich stets mit den Beweisen ihrer Liebe, die sie ihm fortwährend gab, begnügt und dabei nichts unterlassen, was sie überzeugen konnte, daß er ihre Zärtlichkeit von ganzem Herzen erwidere und keinen anderen

Wunsch habe, als sich in ihrer Gunst zu erhalten. Er war daher in großer Verlegenheit was er seinem Vater antworten sollte. »Herr«, sagte er endlich, »wenn ich dir nach dem, was mir nach Auffindung meines Pfeiles begegnet ist, und wozu ich mich damals entschloß, ein Geheimnis gemacht habe, so geschah es bloß darum, weil ich dachte, es könnte dir an nähern Aufschlüssen darüber nichts liegen. Ich weiß nicht, auf welchem Wege dir dieses Geheimnis eröffnet worden ist, kann aber nicht verhehlen, daß man dir einen wahren Bericht abgestattet hat. Ich bin allerdings Gemahl der Fee, von der man dir gesagt hat; ich liebe sie und darf überzeugt sein, daß sie mich ebenfalls liebt. Was indes den Einfluß betrifft, den ich nach deiner Ansicht auf sie haben soll, so kann ich hiervon weiter nichts sagen. Es ist mir noch niemals in den Sinn gekommen, einen Versuch damit zu machen, und ich hätte sehr gewünscht, daß mein Herr mich dieses Versuches überhoben und mich im Besitze des Glückes, zu lieben und geliebt zu werden, gelassen hätte; denn diese Liebe war so uneigennützig, daß ich gar nichts anderes mehr wünschte. Indes ist der Wunsch eines Vaters Befehl für einen Sohn, der, wie ich, es sich zur Pflicht macht, in allen Stücken zu gehorchen. Obwohl höchst ungern und mit unbeschreiblichem Widerwillen, werde ich doch nicht ermangeln, meiner Gemahlin den Wunsch meines Herrn vorzutragen, kann aber nicht versprechen, daß ich ihn erfüllen werde. Sollte ich mir daher die Ehre versagen müssen, dir meine Hochachtung zu bezeigen, so wird dies ein Zeichen sein, daß ich nichts ausgerichtet habe, und ich bitte zum voraus, du mögest mir dann verzeihen und bedenken, daß du selbst mich in diese Notwendigkeit versetzt hast.« Darauf antwortete der Sultan von Indien: »Mein Sohn, es sollte mir sehr leid tun, wenn mein Verlangen mich jemals des Vergnügens berauben würde, dich bei mir zu sehen. Ich merke wohl, daß du die Gewalt nicht kennst, die ein Mann über seine Frau hat, und die deinige würde nur sehr schwache Liebe beweisen, wenn sie bei ihrer Macht als Fee die Kleinigkeit abschlagen wollte, um die ich sie durch dich bitten lasse. Lege deine Schüchternheit ab; sie kommt nur daher, weil du glaubst, sie liebe dich nicht ebenso sehr, als du sie liebst. Geh' hin, bitte sie nur und du wirst sogleich sehen, daß die Fee dich weit mehr liebt, als du glaubst; dabei mußt du wohl bedenken, daß man sich großer Vorteile beraubt, wenn man nie um etwas bittet. Wie du sie so sehr liebst, daß du ihr nie eine Bitte abschlagen würdest, so wird auch sie dir deine Bitte nicht abschlagen, weil sie dich liebt.« Der Sultan von Indien vermochte seinen Sohn durch solche Vorstellungen nicht zu überzeugen. Es wäre dem Prinzen weit lieber gewesen, wenn er irgend etwas anderes von ihm verlangt hätte, als daß er ihn der Gefahr aussetzt, seiner geliebten Pari Banu zu mißfallen. Er war darüber sehr verdrießlich, daß er zwei Tage früher, als er sonst zu tun pflegte, vom Hofe wieder abreiste. Als er nach Hause kam, fragte ihn die Fee, die ihn bisher immer mit heiterem Gesichte erscheinen gesehen hatte, sogleich, was die Veränderung zu bedeuten habe, die sie an ihm bemerke. Da er aber, statt zu antworten, sich nach ihrem Befinden erkundigte und zwar mit einer Miene, die deutlich zu erkennen gab, daß er ihre Frage zu umgehen suchte, so sagte sie zu ihm: »Ich werde deine Frage nicht eher beantworten, als bis du die meinige beantwortet haben wirst.« Der Prinz sträubte sich lange dagegen und versicherte, es sei weiter nichts; aber je mehr er sich sträubte, um so mehr drang sie in ihn. »Ich kann dich«, sagte sie, »unmöglich in deiner gegenwärtigen Stimmung sehen, ohne daß du mir die Ursache deiner Bekümmernis gestehst, auf daß ich sie hebe, sie mag bestehen, in was sie wolle. Sie müßte von ganz außerordentlicher Art sein, wenn es mir unmöglich sein sollte, abzuhelfen, es wäre denn, daß der Sultan, dein Vater gestorben wäre. In diesem Fall müßte dir nebst dem, was ich dazu beitragen könnte, die Zeit hauptsächlich Trost gewähren.«

Der Prinz Ahmed vermochte den inständigen Bitten der Fee nicht länger zu widerstehen und sagte also zu ihr. »Geliebteste meines Herzens, Gott verlängere das Leben des Sultans, meines Vaters, und segne ihn bis ans Ende seiner Tage! Ich verließ ihn voll Kraft und in der besten Gesundheit. Dies ist es also nicht, was mir den Kummer verursacht, den du an mir gemerkt hast; nein, der Sultan selbst ist es, und die Sache betrübt mich um so mehr, da sie mich in die verdrießliche Notwendigkeit versetzt, dir lästig zu fallen. Fürs erste, geliebte Prinzessin, weißt du, wie sorgfältig ich ihm mit deiner Genehmigung das Glück zu verhehlen gesucht habe, das mir dadurch zuteil wurde, daß ich dich sah, dich liebte, dein Wohlwollen und eine Liebe verdiente und von dir das Gelübde der Treue empfing, indem ich dir das meinige gab; gleichwohl ist es mir unbegreiflich, auf welche Art er alles erfahren hat.«

Bei diesen Worten unterbrach die Fee Pari Banu den Prinzen und sagte zu ihm: »Ich weiß es recht gut. Erinnere dich nur an das, was ich dir in Betreff jener Frau vorausgesagt habe, die sich vor dir krank stellte und mit der du so großes Mitleid hattest; eben diese hat dem Sultan, deinem Vater, alles berichtet, was du ihm verbergen wolltest. Ich hatte dir schon damals gesagt, daß sie so wenig krank sei, als du und ich, und dies hat sich auch bestätigt. Denn kaum hatten die beiden Frauen, denen ich sie zur Pflege übergeben, ihr einen allgemeinen Trank gegen alle Arten von Fieber, dessen sie aber gar nicht bedurfte, überreicht, so stellte sich sich, als hätte dieser Trank sie sogleich geheilt, und ließ sich zu mir führen, um Abschied zu nehmen und unverzüglich von dem Erfolg ihrer Sendung Bericht abzustatten. Ja, sie hatte so große Eile, daß sie fortgegangen wäre, ohne meinen Palast zu besehen, wenn ich ihr nicht zu verstehen gegeben hätte, daß dies wohl der Mühe wert sei, worauf zwei von meinen Frauen sie auf meinen Befehl überall herumführten. Fahre indes nur fort und laß sehen, wodurch der Sultan, dein Vater, dich in die Notwendigkeit versetzt hat, mir lästig zu fallen, was übrigens, wie ich dich zu glauben bitte, niemals vorkommen wird.«

»Liebe Gemahlin«, fuhr hierauf der Prinz Ahmed fort, »es kann dir nicht entgangen sein, daß ich mich bis jetzt mit deiner Liebe begnügt und dich nie um irgend eine andere Gunstbezeigung gebeten habe. Was könnte ich auch bei dem Besitz einer so liebenswürdigen Gemahlin noch weiter wünschen? Ich wußte gut, wie groß deine Macht ist, allein ich hatte mir zur Pflicht gemacht, sie niemals auf die Probe zu stellen. Deswegen beschwöre ich dich, bedenke wohl, daß nicht ich, sonder der Sultan, mein Vater, die meines Erachtens höchst unbescheidene Bitte an dich tut, du möchtest ihm ein Zelt verschaffen, das ihn nebst seinem ganzen Hofe und seinem ganzen Heere, so oft er im Felde ist, gegen die Unbilden der Witterung schütze, dabei aber in einer Hand Platz habe. Ich sage es noch einmal, nicht ich bin es, der um die Gefälligkeit bittet, sondern der Sultan, mein Vater.«

»Prinz«, erwiderte die Fee lächelnd, »es tut mir leid, daß diese Kleinigkeit dir so viel Unruhe und Bekümmernis verursacht hat, wie du soebenen blicken ließest. Ich sehe wohl, daß zweierlei Sachen dazu beigetragen haben. Erstens, weil du dir zum Gesetz gemacht hattest, dich mit unserer gegenseitigen Liebe zu begnügen und mich nie um etwas zu bitten, was meine Macht auf die Probe stellen könnte; zweitens, weil du, du magst es nun leugnen oder nicht, der irrigen Ansicht warst, das Begehren, das du auf den Wunsch des Sultans, deines Vaters, an mich richten solltest, liege außerhalb der Grenzen meiner Macht. Was nun den ersten Grund betrifft, so lobe ich dich darob und würde dich nur noch mehr lieben, wenn es irgend möglich wäre. In Beziehung auf den zweiten aber wird es mir nicht schwer werden, dir zu beweisen, daß das Verlangen des Sultans eine Kleinigkeit für mich ist, und daß ich gelegenheitlich noch ganz andere, weit schwierigere Sachen zu vollbringen vermöchte. Deswegen beruhige dich und sei überzeugt, daß du mich nicht nur nicht belästigt hast, sondern ich mir stets ein großes Vergnügen daraus machen werde, dir alles zu bewilligen, um was du mich jemals bittest, sobald dir eine Gefälligkeit damit geschieht.«

Nach diesen Worten befahl die Fee, ihre Schatzmeisterin zu rufen. Die Schatzmeisterin kam und die Fee sagte zu ihr: »Nurdschihan,* – so hieß nämlich die Fee, – bring' mir das größte Zelt, das in meinem Schatze ist.« Nurdschihan kam nach einer kleinen Weile zurück und brachte ein Zelt, das nicht nur auf ihrer Hand Platz hatte, sondern man konnte es sogar darin verschließen; sie überreichte es ihrer Gebieterin, der Fee, und diese übergab es dem Prinzen Ahmed, damit er es besehen sollte.

Als der Prinz Ahmed sah, was die Fee Pari Banu ein Zelt und zwar das größte Zelt in ihrer Schatzkammer nannte, so glaubte er, sie wolle seiner spotten, und verriet sein Befremden darüber durch Mienen und Gebärden. Pari Banu, die dies bemerkte, lachte laut auf und rief: »Wie! Mein Prinz, meinst du denn, ich wolle deiner spotten? Du sollst sogleich sehen, daß ich nicht so boshaft bin. Nurdschihan«, sagte sie hierauf zu ihrer Schatzmeisterin, indem sie das Zelt aus den Händen des Prinzen nahm und ihr zurückgab, »geh', spanne es aus, auf daß der Prinz sehen kann, ob der Sultan, sein Vater, es nicht groß genug finden wird.« Die Schatzmeisterin ging aus dem Palast und entfernte sich so weit, daß beim Ausspannen des Zeltes das eine Ende

davon bis an den Palast reichte. Als sie damit fertig war, fand der Prinz Ahmed es nicht nur nicht zu klein, sondern groß genug, um zwei ebenso zahlreichen Heeren, wie das des Sultans von Indien war, ein Obdach zu verschaffen. »Prinzessin«, sagte er jetzt zu Pari Banu, »ich bitte dich tausendmal um Verzeihung wegen meiner Ungläubigkeit. Nach dem, was ich jetzt sehe, glaube ich

* Licht der Welt

nicht, daß dir irgend etwas, was du einmal unternehmen willst, unmöglich sein könnte.« – »Du siehst«, erwiderte die Fee, »das Zelt ist größer, als nötig war; indes mußt du wissen, daß es die Eigenschaft hat, ganz selbst, ohne daß jemand Hand daran legt, größer oder kleiner zu werden, je nach der Größe dessen, was dadurch bedeckt werden soll.«

Die Schatzmeisterin schlug das Zelt wieder ab, legte es in seine vorige Lage und übergab es dem Prinzen. Der Prinz Ahmed nahm es, und gleich am folgenden Tage stieg er ohne längeres Zögern mit seiner gewöhnlichen Begleitung zu Pferd, um es dem Sultan, seinem Vater, zu überreichen.

Der Sultan, der des festen Glaubens lebte, ein solches Zelt, wie er verlangt hatte, könne gar nicht aufgefunden werden, erstaunte nicht wenig über die schnelle Rückkehr seines Sohnes. Er empfing das Zelt und wunderte sich über die Maßen, daß es so klein war; noch höher aber stieg seine Bewunderung, als er es auf der oben erwähnten Ebene ausspannen ließ und sich überzeugte, daß noch zwei andere ebenso große Heere, wie das seinige, bequem darunter Platz gehabt hätten. Da er indes diesen letzteren Umstand als überflüssig und beim Gebrauch sogar unbequem hätte betrachten können, so vergaß der Prinz Ahmed nicht, ihn darauf aufmerksam zu machen, daß die Größe des Zeltes sich stets der Stärke seines Heeres anpassen werde.

Der Sultan von Indien stellte sich, als ob er seinem Sohne sehr dankbar für dieses prachtvolle Geschenk wäre, und bat ihn, der Fee Pari Banu in seinem Namen schönstens zu danken; zugleich befahl er, zum Beweis, wie hoch er dasselbe schätze, es sorgfältig in seiner Schatzkammer aufzubewahren; allein in seinem Inneren erwachte jetzt eine weit ärgere Eifersucht, als seine Schmeichler und die Zauberin ihm eingeflößt hatten, wenn er bedachte, daß sein Sohn mit Hilfe der Fee Sachen ausführen könne, die unendlich weit über die Grenzen seiner eigenen Macht hinaus gingen, obgleich er einer der gewaltigsten und reichsten König des Erdkreises war. Er wurde dadurch nur noch mehr aufgereizt, alles aufzubieten, um ihn zugrunde zu richten, und fragte die Zauberin darüber um Rat; diese aber riet ihm, den Prinzen aufzufordern, daß er ihm Wasser aus der Löwenquelle bringen sollte.

Als nun der Sultan abends, wie gewöhnlich, seine Höflinge um sich versammelt hatte und der Prinz Ahmed ebenfalls zugegen war, so sprach er folgendermaßen zu ihm: »Mein Sohn, ich habe dir bereits innigen Dank für das Zelt ausgesprochen, das du mir verschafft hast, und das ich als das kostbarste Stück in meiner ganzen Schatzkammer betrachte; du mußt mir aber noch einen anderen Gefallen tun, womit du mich ebenso sehr erfreuen kannst. Ich habe nämlich gehört, daß deine Gemahlin die Fee sich eines gewissen Wassers aus der Löwenquelle bediene, um alle möglichen Arten von Fieber, auch die gefährlichsten, zu heilen; da ich nun vollkommen überzeugt bin, daß meine Gesundheit dir sehr am Herzen liegt, so zweifle ich nicht daran, daß du die Güte haben werdest, für mich ein Gefäß mit solchem Wasser zu erbitten und es mir zu überbringen, als ein Heilmittel, dessen ich jeden Augenblick bedürftig werden kann. Erweise mir auch noch diesen wichtigen Dienst und setze dadurch deiner kindlichen Liebe, wie sie ein guter Sohn gegen einen guten Vater haben muß, die Krone auf.«

Der Prinz Ahmed, welcher geglaubt hatte, der Sultan, sein Vater, werde sich mit dem Besitz eines so einzigen und nützlichen Zeltes, wie er ihm gebracht, begnügen und ihm keinen neuen Auftrag mehr aufbürden, der ihn bei der Fee Pari Banu in Ungunst setzen könnte, war über diese zweite Forderung sehr verdrießlich, obgleich seine Gemahlin ihn versichert hatte, daß sie ihm alles bewilligen werde, was in ihrer Macht stehe. Er schwieg eine Weile, ohne zu wissen, was er antworten sollte; endlich aber nahm er das Wort und sagte: »Herr, ich bitte dich, als gewiß anzunehmen, daß es nichts gibt, was ich nicht zu tun oder zu unternehmen bereit wäre, um dir etwas zu verschaffen, was zur Verlängerung deines Lebens beitragen kann; nur wünschte ich, daß es ohne die Vermittlung meiner Gemahlin geschehen könnte, und kann es daher nicht wagen, mit Gewißheit zu versprechen, daß ich dieses Wasser bringen werde. Alles, was ich geben kann, ist die Versicherung, daß ich darum bitten werde, jedoch mit demselben Widerwillen, wie bei dem Zelte.« Als der Prinz Ahmed nun am anderen Tage zur Fee Pari Banu zurückgekehrt war, stattete er ihr einen aufrichtigen und treuen Bericht über alles ab, was er getan hatte und was am Hofe seines Vaters bei Überreichung des Zeltes vorgegangen war. Er meldete ihr dafür den großen Dank des Sultans und erzählte zugleich, welche neue Bitte er in seinem Namen an sie zu machen hatte; er schloß mit den Worten: »Geliebte Prinzessin, ich teile dir dies alles nur als einen einfachen Bericht über das mit, was zwischen meinem Vater und mir vorgegangen ist; im übrigen kannst du tun, was du willst, und ich bin ebenso zufrieden, wenn du seinen Wunsch erfüllst, als wenn du ihn gar nicht berücksichtigst; denn ich will nichts, als was dir angenehm ist.«

»Nein, nein«, antwortete die Fee Pari Banu, »es ist mir sehr angenehm, dem Sultan von Indien zeigen zu können, daß du mir nicht gleichgültig bist. Ich will ihn zufrieden stellen, und welche Ratschläge ihm auch die Zauberin erteilen kann (denn ich sehe wohl, daß er nur auf sie hört), so soll er weder mich noch dich in Verlegenheit bringen können. Es liegt diesmal etwas Boshaftes in seiner Forderung, wie ich dir sogleich auseinandersetzen werde. Die Löwenquelle befindet sich nämlich mitten im Hof eines großen Schlosses, dessen Eingang von vier ungeheuren Löwen bewacht wird, von denen immer zwei schlafen, während die anderen wachen; denn sie wechseln so miteinander ab. Laß dich indes dadurch nicht bekümmern; ich werde dir ein Mittel an die Hand geben, vermöge dessen du ohne die mindeste Gefahr mitten durch sie hindurchgehen kannst.«

Die Fee Pari Banu war eben mit Nähen beschäftigt, und da sie mehrere Zwirnknäuel neben sich liegen hatte, so nahm sie einen, überreichte ihn dem Prinzen Ahmed und sagte: »Zuerst nimm diesen Knäuel, ich werde dir bald sagen, wozu du ihn gebrauchen kannst. Fürs zweite laß zwei

Pferde anschirren, eines, umdarauf zu reiten, das andere, um es als Handpferd nebenher zu führen, belastet mit einem in vier Teile geschnittenen Hammel, der heute noch geschlachtet werden muß. Drittens versieh dich mit einem Gefäß, daß ich dir geben lassen werde, damit du Wasser damit schöpfen kannst. Morgen in aller Frühe setze dich dann zu Pferd, führe das andere Pferd am Zügel nebenher, und sobald du vor der eisernen Türe draußen bist, so wirf den Zwirnknäuel aus. Er wird dann anfangen zu rollen und immer fortrollen bis ans Tor des Schlosses. Du reitest ihm nach, und da das Tor offen sein wird, so wirst du die vier Löwen erblicken. Die beiden wachenden werden durch ihr Gebrüll sogleich die beiden anderen schlafenden aufwecken. Erschrick indes nicht darüber, sondern wirf, ohne vom Pferd abzusteigen, jedem ein Hammelviertel zu. Hierauf gib deinem Pferd die Sporen und reite, so schnell du kannst, zur Quelle; dort fülle, aber ohne abzusteigen, dein Gefäß und eile dann mit derselben Schnelligkeit zurück. Die Löwen werden noch mit Fressen beschäftigt sein und dich ungehindert hinausziehen lassen.« Der Prinz Ahmed ritt am anderen Morgen zur Stunde, welche die Fee Pari Banu bestimmt hatte, aus und vollzog Punkt für Punkt, was sie ihm vorgeschrieben. Er gelangte ans Tor des Schlosses, warf die Hammelviertel den vier Löwen zu, ritt sodann unerschrocken mitten durch sie hindurch, kam bis zur Quelle und füllte sein Gefäß mit Wasser. Sodann kehrte er sogleich wieder um und gelangte

gesund und wohlbehalten wieder zum Schlosse hinaus. Als er aber ein Stück Weges fortgeritten war, sah er sich um und erblickte zwei Löwen, die hinter ihm hersprangen. Er erschrak indes nicht, sondern zog seinen Säbel und wollte sich zur Wehr setzen. Da er aber unterwegs bemerkte, daß der eine in einiger Entfernung seitwärts ablenkte und mit Kopf und Schweif zu verstehen gab, er komme nicht, um ihm etwas zuleide zu tun, sondern um vor ihm herzulaufen, und daß der andere zurückblieb, um hintennach zu folgen, so steckte er seinen Säbel wieder ein und ritt unausgesetzt bis in die Hauptstadt Indiens. Die beiden Löwen begleiteten ihn fortwährend und wichen nicht von ihm, bis sie vor das Tor des königlichen Palastes kamen. Hier ließen sie ihn allein hineinreiten und sprangen dann denselben Weg, den sie gekommen waren, zurück, zum großen Entsetzen des Volkes und aller derer, welche sie erblickten und sich entweder versteckten, oder rechts und links von ihrem Wege ab flohen, obwohl die Löwen in gleichmäßigem Gange vorwärts eilten und durchaus mit keinem Zeichen ihre Wildheit verrieten. Mehrere Palastbeamte eilten sogleich herbei, um dem Prinzen Ahmed vom Pferd zu helfen und begleiteten ihn bis vor die Zimmer des Sultans, der eben mit seinen Günstlingen sprach. Er näherte sich dem Throne, stellte das Gefäß zu den Füßen des Sultans, küßte den reichen Teppich, der die Stufen des Thrones bedeckte, stand dann wieder auf sagte: »Herr, hier ist das heilsame Wasser, welches mein Herr in der Sammlung von Kostbarkeiten und Seltenheiten zu besitzen wünscht, die seinen Schatz zieren und bereichern. Indessen wünsche ich dir eine so vollkommene Gesundheit, daß du nie in den Fall kommst, Gebrauch davon machen zu müssen.«

Als der Prinz seine Anrede geendigt hatte, hieß der Sultan ihn zu seiner Rechten Platz nehmen und sagte zum ihm: »Mein Sohn, ich bin dir für dein Geschenk um so mehr verbunden, als du dich mir zuliebe großer Gefahr ausgesetzt hast. (Er hatte dies nämlich von der Zauberin erfahren, die sowohl von der Löwenquelle, als von der Gefahr wußte, welche mit dem Wasserschöpfen daselbst verbunden war.) Tu mir jetzt den Gefallen«, fuhr er fort, »und sage mir, durch welche Geschicklichkeit oder welche unglaubliche Kraft du dein Leben gesichert hast.« – »Herr«, antwortete der Prinz Ahmed, »ich kann dein Lob durchaus nicht annehmen, sondern es gebührt einzig und allein meiner Gemahlin, der Fee, und ich habe dabei bloß den Ruhm anzusprechen, daß ich ihren guten Rat befolgt habe.« Er setzte ihm hierauf auseinander, worin dieser gute Rat bestanden habe, und erzählte ihm die ganze Reise, die er gemacht und wie er sich dabei benommen. Als er zu Ende war, stand er Sultan, der ihn fortwährend mit großen Freudenbezeugungen, aber innerlich mit immer wachsender Eifersucht, angehört hatte, auf, zog sich ins Innere seines Palastes zurück und ließ sogleich die Zauberin vor sich führen. Die Zauberin ersparte dem Sultan die Mühe, ihr die Ankunft des Prinzen Ahmed und den Erfolg seiner Reise zu erzählen. Sie war durch das Gerücht, das sich in der ganzen Stadt verbreitet hatte, gleich anfangs davon unterrichtet worden und hat bereits ein Mittel ausgedacht, das sie für ganz unfehlbar hielt. Dieses Mittel teilte sie nun dem Sultan mit, und der Sultan erklärte es am anderen Tag in der Versammlung seiner Höflinge dem Prinzen Ahmed, der sich ebenfalls daselbst eingefunden hatte, mit folgenden Worten: »Mein Sohn, ich habe nur noch eine einzige Bitte an dich, und dann will ich keine weiteren Ansprüche mehr auf deinen Gehorsam und Einfluß bei deiner Gemahlin, der Fee, machen. Ich wünsche nämlich, daß du mir einen Mann herbeischaffst, der nicht über anderthalb Fuß groß sei, einen dreißig Fuß langen Bart habe und auf der Schulter eine fünfhundert Pfund schwere Eisenstange trage, die ihm als ein an beiden Enden beschlagener Stab diene; er muß übrigens auch sprechen können.«

Der Prinz Ahmed, der nicht glaubte, daß es auf der Welt einen solchen Menschen geben könne, wie sein Vater verlangte, wollte sich entschuldigen, allein der Sultan beharrte auf seiner Forderung und wiederholte ihm, die Fee vermöge noch weit unglaublichere Dinge.

Als nun der Prinz am folgenden Tage in das unterirdische Reich Pari Banus zurückgekehrt war, teilte er ihr die neue Forderung des Sultans, seines Vaters, mit und sagte, daß er diese

Sache noch für weit unmöglicher halte, als die beiden früheren. »Ich für meine Person«, fuhr er fort, »kann mir durchaus nicht denken, daß es auf der ganzen Welt eine solche Art von Menschen geben soll. Er will mich ohne Zweifel auf die Probe stellen, ob ich wohl einfältig genug bin, mir viele Mühe zu geben, denselben aufzufinden, oder wenn es dergleichen gibt, so muß er die Absicht haben, mich zugrunde zu richten. Denn wie kann er verlangen, daß ich mich eines so kleinen Männleins bemächtigen soll, wenn es auf diese furchtbare Art bewaffnet ist? Welcher Waffen könnte ich mich bedienen, um ihn meinem Willen unterwürfig zu machen? Wenn es wirklich einen solchen Mann gibt, so bitte ich dich, mir ein Mittel zu sagen, wie ich mich mit Ehren aus diesem Handel ziehen kann.« – »Mein Prinz«, erwiderte die Fee, »sei deshalb ohne Sorgen. Gefahr gab es bloß damals, als du dem Sultan, deinem Vater, Wasser aus der Löwenquelle bringen mußtest; nicht aber jetzt, wo es sich darum handelt, den Mann aufzufinden, welchen er verlangt. Dieser Mann ist nämlich mein Bruder Schaibar, der zwar denselben Vater, wie ich, aber sonst durchaus nicht die mindeste Ähnlichkeit mit mir hat; denn er ist von so heftiger Gemütsart, daß er, sobald man ihm mißfällt oder ihn beleidigt, sich durch nichts abhalten läßt, blutige Beweise seines Zornes zu geben. Sonst aber ist er der beste Mensch von der Welt, und stets bereit, jede Gefälligkeit zu erweisen. Er ist ganz so gestaltet, wie ihn der Sultan, dein Vater, beschrieben hat, und führt keine andere Waffe, als die fünfhundert Pfund schwere eiserne Stange, ohne die er niemals ausgeht, und die er dazu benützt, sich in Respekt zu setzen. Ich will ihn sogleich kommen lassen, damit du selbst siehst, daß ich die Wahrheit spreche; bereite dich indes vor, daß du über seine seltsame Gestalt nicht erschrickst, wenn du ihn erscheinen siehst.« – »Meine Königin«, antwortete der Prinz Ahmed, »du sagst, Schaibar sei dein Bruder? So häßlich und mißgestaltet er auch sein mag, so ist mir dies allein schon genug, daß ich bei seinem Anblick nicht erschrecken, sondern ihn lieben, ehren und als meinen nächsten Angehörigen betrachten werde.« Die Fee ließ sich hierauf in die Vorhalle ihres Palastes eine goldene Rauchpfanne mit glühenden Kohlen, und eine Kapsel von demselben Metall bringen. Aus der Kapsel nahm sie wohlriechendes Rauchwerk, das darin aufbewahrt war, und als sie es in die Rauchpfanne geworfen hatte, stieg ein dicker Rauch daraus empor. Einige Augenblicke nach dieser Zeremonie sagte die Fee zu dem Prinzen Ahmed: »Siehst du, Prinz, da kommt mein Bruder.« Der Prinz sah hin und bemerkte Schaibar, der nicht über andertalb Fuß hoch war, und mit seiner fünfhundert Pfund schweren eisernen Stange auf der Schulter und dem stattlichen, dreißig Fuß langen Barte, der sich vorn in der Höhe erhielt, feierlich einherschritt. Sein Schnauzbart war verhältnismäßig dick und bis zu den Ohren aufgestülpt, so daß er beinahe das ganze Gesicht bedeckte; seine Schweinsaugen steckten tief in dem ungeheuer dicken und mit einer spitzigen Mütze bedeckten Kopfe. Außerdem war er vorn und hinten bucklig.

Hätte der Prinz nicht vorher gewußt, daß Schaibar Pari Banus Bruder war, so hätte er ihn nicht ohne das größte Entsetzen ansehen können; so aber war er beruhigt, erwartete ihn festen Fußes mit der Fee, und empfing ihn, ohne die mindeste Verzagtheit zu verraten. Schaibar, der, als er näher kam, den Prinzen Ahmed mit einem Blick ansah, welcher ihm das Herz im Leibe zu Eis hätte verwandeln können, fragte Pari Banu sogleich, wer dieser Mensch sei? »Lieber Bruder«, erwiderte sie, »das ist mein Gemahl; er heißt Ahmed und ist der Sohn des Sultans von Indien. Ich würde dich zu meiner Hochzeit eingeladen haben, allein ich wollte dich nicht von dem Kriegszuge abhalten, den du damals vorhattest, und von dem du jetzt, wie ich mit vielem Vergnügen gehört habe, siegreich zurückgekehrt bist. Bloß ihm zuliebe habe ich mir die Freiheit genommen, dich rufen zu lassen.« Bei diesen Worten blickte Schaibar den Prinzen Ahmed mit einem freund-

licherem Auge an, worin aber immer noch sein ganzer Stolz und seine ganze Wildheit zu lesen war, und sagte: »Liebe Schwester kann ich ihm in irgend etwas dienen? Er darf nur sprechen. Da er dein Gemahl ist, so halte ich es für Pflicht, ihm in allem, was er nur wünschen mag, gefällig zu sein.« – »Der Sultan, sein Vater«, antwortete Pari Banu, »ist neugierig, dich zu sehen: Ich bitte dich also um die Gefälligkeit, dich von ihm hinführen zu lassen.« – »Er soll nur vorangehen«, erwiderte Schaibar, »ich bin bereit, ihm zu folgen.« – »Lieber Bruder«, versetzte Pari Banu, »es ist heute zu spät, um diese Reise noch zu unternehmen: Habe also die Gefälligkeit, sie auf morgen aufzuschieben. Da es indes gut ist, daß du von allem unterrichtet wirst, was seit unserer Verheiratung zwischen dem Sultan von Indien und dem Prinzen Ahmed vorgegangen ist, so will ich es dir heute Abend erzählen.«

Am anderen Morgen brach Schaibar, von allem, was ihm zu wissen nötig war, unterrichtet, mit dem Prinzen Ahmed auf, der ihn dem Sultan vorstellten sollte. Als sie vor die Hauptstadt kamen und Schaibar sich am Tore zeigte, so wurden alle, die ihn sahen, beim Anblick dieser scheußlichen Gestalt so von Entsetzen ergriffen, daß sie sich in die Buden oder Häuser versteckten und die Türen hinter sich zuschlossen: Andere aber ergriffen die Flucht und teilten allen, denen sie begegneten, dasselbe Entsetzen mit, so daß sie sogleich umkehrten, ohne nur hinter sich zu sehen. Auf diese Art fanden Schaibar und der Prinz Ahmed, die mit abgemessenen Schritten vorwärts gingen, alle Straßen und öffentlichen Plätze bis zum Palast des Sultans öde und menschenleer.

Die Pförtner des Palastes aber ergriffen, statt wenigstens Vorkehrungen zu treffen, daß Schaibar nicht hereinkommen könnte, nach allen Seiten hin die Flucht und ließen das Tor offen stehen. So kamen denn der Prinz und Schaibar unverhindert bis an den Beratungssaal, wo der Sultan auf dem Throne sitzend seine Befehle austeilte, und da die Türsteher auch hier bei Schaibars Erscheinung ihren Posten im Stich ließen, so traten sie ohne Hindernis hinein. Schaibar näherte sich stolz und mit erhobenem Kopfe dem Throne, und ohne zu warten, bis der Prinz Ahmed ihn vorstellte, redete er den Sultan von Indien mit folgenden Worten an: »Du hast nach mir verlangt, hier bin ich, was willst du von mir?« Der Sultan konnte nicht anworten, sondern hielt seine Hände vor die Augen und wandte sein Gesicht ab, um diese entsetzliche Gestalt nicht sehen zu müssen. Da ergrimmte Schaibar über diesen unhöflichen und beleidigenden Empfang, nachdem man ihn doch herbemüht hatte; er hob seine Eisenstange auf und schlug sie mit den Worten: »So sprich doch!« dem Sultan auf den Kopf, so daß er tot niedersank. Dies geschah so schnell, daß der Prinz

Ahmed keine Zeit hatte, für ihn um Gnade zu bitten; alles, was er tun konnte, war, daß er ihn verhinderte, auch den Großvezier tot zu schlagen, der nicht weit von der Rechten des Sultans saß, indem er ihm vorstellte, daß er mit den guten Ratschlägen, die derselbe seinem Vater gegeben, nur zufrieden sein könne. »Diese da also«, sagte Schaibar, »haben ihm immer die schlechten Ratschläge gegeben?« So sprechend schlug er die anderen Veziere rechts und links, welche sämtlich Günstlinge und Schmeichler des Sultans und Feinde des Prinzen Ahmed waren. So viele Schläge, so viele Tote, und nur diejenigen entkamen, die der Schrecken nicht regungslos gemacht und gehindert hatte, sich durch die Flucht zu retten. Als das schreckliche Gemetzel zu Ende war, ging Schaibar zum Beratungssaale hinaus, und als er mit seiner Eisenstange auf der Schulter mitten auf den Hof gekommen war, sah er den Großvezier, der den Prinzen Ahmed, seinen Lebensretter, begleitete, an und sagte zu ihm: »Ich weiß, daß eine gewisse Zauberin hier lebt, die dem Prinzen, meinem Schwager, noch weit aufsässiger ist, als die unwürdigen Günstlinge, welche ich soeben gezüchtigt habe; ich will, daß man diese Zauberin vor mich führe.« Der Großvezier schickte nach ihr, und man brachte sie und Schaibar schlug sie mit seiner Eisenstange, indem er ihr zurief: »Ich will dich lehren, verderbliche Ratschläge zu geben und dich krank zu stellen.« Die Zauberin sank auf der Stelle tot nieder. »Das ist immer noch nicht genug«, sagte Schaibar, »ich werde auch noch die ganze Stadt schlagen, wenn sie nicht augenblicklich den Prinzen Ahmed, meinen Schwager, als ihren Sultan und als Sultan von Indien anerkennt.« Alsbald riefen alle, die zugegen waren und diesen Ausspruch hörten, so laut sie konnten: »Es lebe Sultan Ahmed!« und in wenigen Augenblicken widerhallte die ganze Stadt von demselben Rufe. Schaibar ließ ihm das Gewand des Sultans von Indien anlegen, setzte ihn feierlich auf den Thron, und nachdem er ihm hatte huldigen und den Eid der Treue schwören lassen, holte er seine Schwester Pari Banu ab, führte sie mit großer Pracht ein und ließ sie als Sultanin von Indien ausrufen.

Was nun den Prinzen Ali und die Prinzessin Nurunnihar betrifft, die an der soeben bestraften Verschwörung gegen den Prinzen Ahmed keinem Teil genommen, ja nicht einmal darum gewußt hatten, so wies ihnen Ahmed eine bedeutende Provinz an, um darin den Rest ihrer Tage zuzubringen. Auch schickte er einen seiner Beamten an seinen ältesten Bruder, den Prinzen Husein, um ihm die eingetretene Veränderung anzuzeigen und das Anerbieten zu machen, daß er sich irgend eine Provinz im ganzen Reiche, welche er wolle, auswählen könne, um sie als sein Eigentum in Besitz zu nehmen. Der Prinz Husein aber fühlte sich in seiner Einsamkeit so glücklich, daß er dem Abgesandten auftrug, seinem jüngeren Bruder, dem Sultan, in seinem Namen herzlich für dies gefällige Anerbieten zu danken, ihn seiner Unterwürfigkeit zu versichern und ihm anzuzeigen, er bitte sich bloß die einzige Gnade aus, daß ihm erlaubt sein möge, in seiner selbstgewählten Zurückgezogenheit sein Leben zuzubringen.

Dem Sultan von Indien gefielen die Geschichten, welche die Sultanin Schehersad ihm erzählte, dermaßen, daß er immer noch zu keinem Entschluß kommen konnte, ob er sie hinrichten oder am Leben lassen solle. Die neue Geschichte, womit sie ihn jetzt unterhielt, begann sie in der nächsten Nacht mit folgenden Worten:

Geschichte der zwei neidischen Schwestern.

Herr, es war einmal ein König in Persien, mit Namen Chosru Schah, der vom Anfang an seit seinem Eintritt in die Welt großes Gefallen an nächtlichen Abenteuern fand. Oft verkleidete er sich mit einem seiner vertrauten Diener, der ebenso verkleidet war, durchstrich die Straßen der Stadt, und es stießen ihm allerlei gar seltsame Abenteuer auf, von denen ich jedoch heute meinen Herrn nicht unterhalten werde; dagegen hoffe ich, daß du mit Vergnügen dasjenige anhören wirst, welches ihm gleich bei seinem ersten Ausgang einige Tage nach seiner Thronbesteigung aufstieß, als sein Vater in hohem Alter gestorben war und ihm das Königreich Persien als Erbe hinterlassen hatte.

Nach den gewöhnlichen Feierlichkeiten bei seiner Krönung und dem Leichenbegängnisse des Sultans, seines Vaters, ging der neue Sultan Chosru Schah sowohl aus Neigung, als weil er es für seine Pflicht hielt, von allem, was da vorging, mit eigenen Augen Einsicht zu nehmen, eines Abends, etwa zwei Stunden nach Sonnenuntergang, mit seinem ebenso wie er verkleideten Großvezier aus seinem Palast. Als er nun in das Stadtviertel kam, wo nur niedriges Volk wohnte, hörte er in einer Straße, die er durchstrich, ziemlich laut sprechen. Er näherte sich dem Hause,

von welchem die Töne herkamen, blickte durch eine Spalte der Türe hinein und sah um ein Licht drei Schwestern, die auf einem Sofa saßen und sich nach dem Abendessen miteinander unterhielten. Aus der Rede der ältesten erkannte er bald, daß Wünsche den Gegenstand ihres Gespräches bildeten. »Da wir nun einmal am Wünschen sind«, sagte sie, »so wünschte ich mir den Bäcker des Sultans zum Manne, dann könnte ich mich doch satt essen an dem köstlichen Brote, welches man nur Sultansbrot nennt. Laßt hören, ob ihr auch einen so guten Geschmack habt, wie ich.« – »Und ich«, versetzte die zweite Schwester, »wünsche mir, die Frau des Oberkochs vom Sultan zu werden: Da würde ich gar leckere Gerichte essen, und da ich überzeugt bin, daß das Sultansbrot im ganzen Palast gegessen wird, so würde es mir auch daran nicht fehlen. Du siehst, Schwesterchen«, setzte sie gegen die ältere hinzu, »daß mein Geschmack so gut ist, als der deinige.«

Die jüngste Schwester, die ausnehmend schön war und weit mehr Anmut und Geist besaß, als die beiden älteren, sprach hierauf, als die Reihe an sie kam, also: »Was mich betrifft, Schwestern, so beschränkt sich mein Verlagen nicht auf solche Kleinigkeiten, sondern ich nehme einen höhern Flug, und da es einmal ums Wünschen handelt, so wünsche ich mir, die Gemahlin des Sultans zu werden. Ich würde ihm einen Prinzen schenken, dessen Locken auf der einen Seite von Gold und auf der anderen von Silber wären, dessen Tränen, wenn er weinte, als Perlen aus seinen Augen fielen, und dessen rote Lippen, so oft er lachte, einer sich erschließenden Rosenknospe glichen.« Die Wünsche der drei Schwestern, und besonders der jüngsten, erschienen dem Sultan Chosru Schah so merkwürdig, daß er sie zu erfüllen beschloß. Ohne dem Großvezier etwas von seinem Plane mitzuteilen, befahl er ihm, sich das Haus wohl zu merken und am folgenden Morgen alle drei Schwestern abzuholen und vor ihn zu führen.

Der Großvezier führte am anderen Morgen den Befehl des Sultans so schnell aus, daß er den drei Schwestern kaum Zeit ließ, sich schleunigst anzukleiden, um vor ihm zu erscheinen. Er sagte ihnen indes bloß, der Sultan wolle sie sehen. Als er sie nun in den Palast geführt und dem Sultan vorgestellt hatte, fragte dieser die drei Schwestern: »Saget mir, erinnert ihr euch noch der Wünsche, die ihr gestern Abend tatet, als ihr so guter Dinge waret? Verhehlt mir nichts, ich will sie wissen.« Bei seiner unerwarteten Anrede gerieten die drei Schwestern in große Verlegenheit. Sie schlugen die Augen nieder, der jüngsten aber stieg holde Schamröte ins Gesicht, was ihr einen solchen Reiz gab, daß sie das Herz des Sultans vollends gewann. Da sie aus Scham und aus Furcht, den Sultan durch ihre Reden beleidigt zu haben, alle drei stillschwiegen, so suchte sie der Sultan, der dies bemerkte, zu beruhigen, indem er zu ihnen sagte: »Fürchtet nichts, ich habe euch nicht kommen lassen, um euch etwas zuleide zu tun; da ich sehe, daß meine Frage euch gegen meine Absicht beunruhigt, und da ich ohnehin eure Wünsche schon weiß, so verlange ich nicht, daß ihr sie mir beantwortet. Du«, fuhr er fort, »die du mich zum Gemahl wünschest, sollst heute noch befriedigt, und ihr«, sagte er zur ersten und zweiten Schwester, »sollt mit meinem Mundbäcker und meinem Oberkoch verheiratet werden.« Sobald der Sultan diesen seinen Willen erklärt hatte, warf sich die jüngste Schwester, den beiden älteren mit gutem Beispiel vorangehend, ihm zu Füßen, um ihren Dank zu bezeigen. »Herr«, sprach sie, »meinen Wunsch, der dir bekannt worden ist, habe ich nur gesprächsweise und zur Unterhaltung geäußert; ich bin der Ehre, die du mir antust, nicht würdig und bitte dich um Verzeihung für meine Kühnheit.« Die beiden älteren Schwestern wollten sich ebenfalls entschuldigen, allein der Sultan unterbrach sie mit den Worten: »Nein, nein, es bleibt dabei, der Wunsch von jeder soll erfüllt werden.«

Die drei Hochzeiten wurden, wie der Sultan Chosru Schah beschlossen hatte, noch an dem selben Tage gefeiert, aber auf eine sehr verschiedene Weise. Die der jüngsten Schwester war mit aller Pracht und den glänzendsten Freudenfesten begleitet, wie es sich bei der Vermählung eines Sultans und einer Sultanin von Persien geziemt; die Hochzeiten der beiden anderen Schwestern dagegen wurden mit keinen größeren Feierlichkeiten begangen, als dem Range ihrer Gatten, nämlich des Mundbäckers und des Oberkochs, angemessen war.

Die beiden älteren Schwestern fühlten den unermeßlichen Abstand zwischen ihrer Heirat und der ihrer jüngsten Schwester tief im Herzen. Deswegen begnügten sie sich auch nicht mit ihrem Glücke, das ihnen doch ganz nach Wunsch und ohne daß sie es hoffen konnten, gewährt worden war; sie gaben sich vielmehr dem heftigsten Neide hin, der nicht nur ihre Freude trübte, sondern auch ihrer jüngsten Schwester, der Sultanin, großes Unglück und die kränkendsten Demütigungen und Leiden bereitete. Sie hatten noch nicht Zeit gehabt, einander ihre Gedanken über diese ihrer Meinung nach ungerechte Zurücksetzung von Seite des Sultans mitzuteilen, weil sie sich sogleich auf die Hochzeitfeier vorbereiten mußten. Einige Tage nachher aber, als sie sich verabredetermaßen in einem öffentlichen Bade wieder sahen, sagte die älteste Schwester zu der zweiten: »Nun, was sagst du denn von unserer jüngsten Schwester? Nicht wahr, ein sauberes Stück von einer Sultanin.« – »Ich muß gestehen«, sagte die andere Schwester, »daß ich die ganze Sache nicht begreifen kann; ich kann mir nicht denken, welche Reize der Sultan an ihr gefunden haben mag, daß er sich dermaßen die Augen verblenden ließ. Sie ist ja ein wahres Murmeltier, und du weißt wohl, in welchem Zustande wir beide sie gesehen haben. Konnte das bißchen Jugend, das sie vor uns voraus hat, wohl ein Grund für den Sultan sein, daß er seine Augen nicht auf dich richtete? Du wärest seiner Wahl würdig gewesen; er hätte so gerecht sein sollen, dir den Vorzug zu geben.« – »Liebe Schwester«, erwiderte die älteste, »sprechen wir nicht von mir: Ich hätte durchaus nichts einzuwenden, wenn der Sultan dich gewählt hätte; aber daß er ein so garstiges Ding vorgezogen hat, das kränkt mich tief. Ich will mich aber auch rächen, so gut ich kann, und dir muß die Sache ebenso angelegen sein, wie mir. Ich bitte dich daher, verbinde dich mit mir, laß uns einander

in die Hände arbeiten bei einer Sache, die uns beide auf gleiche Weise betrifft, und teile mir die Mittel, sie zu kränken, mit, welche dir einfallen, so wie ich dir hiermit von allem Rechenschaft zu geben verspreche, was der heiße Wunsch, sie zu demütigen, mir eingeben mag.«

Nach diesem boshaften Bündnisse besuchten die beiden Schwestern einander oft und sprachen jedesmal nur von den Mitteln und Wegen, wie sie das Glück ihrer jüngsten Schwester, der Sultanin, trüben oder gar vernichten könnten. Sie brachten mehrere Pläne in Vorschlag; wenn sie aber die Ausführung derselben besprachen, so fanden sie immer so große Schwierigkeiten, daß sie es nicht wagen konnten, Versuche damit zu machen. Indes besuchten sie von Zeit zu Zeit ihre Schwester, und mit verruchter Verstellung gaben sie ihr alle möglichen Beweise von Freundschaft, um sie zu überzeugen, wie sehr sie über diese hohe Erhebung einer Schwester erfreut seien. Die Sultanin ihrerseits empfing sie immer mit allen Beweisen der Achtung und Freundschaft, welche sie von einer Schwester erwarten konnten, die sich auf ihre Würde nichts einbildete und sie nach wie vor mit gleicher Herzlichkeit liebte.

Einige Monate nach ihrer Vermählung fühlte die Sultanin sich schwanger. Der Sultan äußerte große Freude darüber, die sich bald überall in dem Palast mitteilte und von da weiter durch die ganze Hauptstadt von Persien verbreitete. Die beiden Schwestern kamen, um ihr Glück zu wünschen; sie sprachen sogleich davon, daß sie nun einer Hebamme zu ihrer Entbindung bedürfe, und baten sie, keine andere dazu zu wählen, als sie beide. Die Sultanin antwortete ihnen freundlich: »Liebe Schwestern, ihr könnt euch wohl denken, daß dies für mich höchst angenehm sein müßte, wenn die Macht von mir allein abhinge. Ich bin euch für euern guten Willen unendlich verbunden, muß mich aber hierin notwendig dem Willen des Sultans unterwerfen. Sprecht indes mit eueren Männern, daß sie den Sultan durch ihre Freunde um diese Gnade bitten lassen, und wenn der Sultan mit mir darüber spricht, so seid überzeugt, daß ich ihm sagen werde, er könne mir keinen größeren Gefallen tun, als wenn er euch hierzu erwähle.«

Die beiden Ehemänner wandten sich an die Höflinge, deren Gunst sie genossen, und baten sie um Verwendung bei dem Sultan, daß ihren Frauen die Ehre, nach welcher sie strebten, zuteil eil werden möchte; und die Höflinge betrieben die Sache so nachdrücklich und wirksam, daß der Sultan versprach, er wolle daran denken. Er hielt auch Wort und bei einer Unterredung mit der Sultanin sagte er zu ihr, ihre beiden Schwestern scheinen ihm weit mehr geeignet, ihr bei der Niederkunft beizustehen, als jede andere fremde Hebamme; indes wolle er sie nicht dazu ernennen, außer wenn es ihr lieb und angenehm sei. Die Sultanin empfand die Achtung, wovon ihr der Sultan einen so verbindlichen Beweis gab, tief in ihrem Herzen und sagte zu ihm: »Herr, ich war gesonnen, in dieser Sache nur zu tun, was du mir befehlen würdest, da du indes die Güte hattest, deine Augen auf meine Schwestern zu werfen, so danke ich dir für die Rücksicht, die du auf mich nimmst und will es nicht verhehlen, daß sie mir weit lieber sein werden, als jede Fremde.«

Der Sultan Chosru Schah bestimmte also die beiden Schwestern der Sultanin dazu, Hebammendienst bei ihr zu verrichten, und seitdem durften diese im Palast aus- und eingehen und waren äußerst erfreut, endlich eine über alle Erwartung gute Gelegenheit gefunden zu haben, um die abscheuliche Bosheit auszuführen, die sie gegen die Sultanin, ihre Schwester, ausgesonnen hatten.

Die Zeit der Niederkunft kam heran und die Sultanin wurde glücklich von einem Prinzen entbunden, schön wie der Tag. Doch weder seine Schönheit noch sein hilfloser Zustand vermochten das Herz der erbarmungslosen Schwestern zu rühren noch zu erweichen. Sie wickelten ihn nachlässig in Windeln, legten ihn in einen kleinen Korb und überließen diesen Korb dem Strom eines Kanals, der unter den Zimmer der Sultanin vorbeifloß. Statt des Knaben aber brachten sie einen jungen toten Hund zum Vorschein und verkündigten laut, die Sultanin habe ihn geboren. Diese ärgerliche Nachricht wurde dem Sultan verkündigt, der darüber in gewaltigen Zorn ausbrach, welcher der Sultanin leicht hätte verderblich werden können; allein der Großvezier stellte ihm vor, es wäre eine Ungerechtigkeit, sie für die launenhaften Spiele der Natur verantwortlich machen zu wollen. Indes schwamm der Korb, in welchem der kleine Prinz ausgesetzt war, auf dem Kanal bis zur Ringmauer hinaus, welche den Gesichtskreis der Wohnung der Sultanin nach dieser Seite hin begrenzte, und kam gerad so durch den Garten des Palastes. Der Zufall wollte, daß der Aufseher der königlichen Gärten, einer der vornehmsten und angesehensten Beamten des Reiches, oben am Kanal hin im Garten spazieren ging. Da er den schwimmenden Korb bemerkte, rief er einem in der Nähe stehenden Gärtner und sagte zu ihm, indem er darauf hindeutete: »Gehe hin und hole mir diesen Korb da, damit ich sehe, was darin ist.« Der Gärtner ging und zog mit einer Hacke, die er in der Hand hatte, vom Ufer des Kanals aus, den Korb geschickt heran, nahm ihn heraus und überbrachte ihn. Der Aufseher der Gärten verwunderte sich über die Maßen, als er in dem Korbe ein Kind eingewickelt fand, und zwar ein Kind, welches, obgleich man ihm ansah, daß es eben erst geboren war, bereits Spuren von großer Schönheit an sich trug. Der Aufseher war schon geraume Zeit verheiratet, aber so sehnlich er auch Nachkommenschaft wünschte, so hatte der Himmel bisher immer noch nicht seine Gebete erhört. Er stellte nun seinen Spaziergang ein, befahl dem Gärtner, ihm mit dem Korb und dem Kinde zu folgen, ging in seine Wohnung, deren Eingang im Garten des Palastes war, und begab sich sogleich in die Zimmer seiner Frau. »Frau«, sagte er zu ihr, »wir haben bisher keine Kinder gehabt, hier beschert uns Gott eins. Ich empfehle es dir; sorge schleunigst für eine Amme und verpflege es, wie wenn es unser eigener Sohn wäre; denn dafür erkenne ich es von heute an.« Die Frau nahm das Kind mit Freude auf und es war ihr ein großes Vergnügen, es zu verpflegen. Der Aufseher der Gärten wollte nicht ergründen, woher das Kind komme. »Ich sehe wohl«, sprach er bei sich selbst, »daß es von den Zimmern

der Sultanin herkommt, aber es steht mir nicht zu, nach dem zu fragen, was dort vorgeht, oder an einem Orte, wo der Friede so notwendig ist, Störung zu verursachen.«

Im folgenden Jahre kam die Sultanin wieder mit einem Prinzen nieder, und die unnatürlichen Schwestern hatten ebenso wenig Mitleid mit ihm, als mit seinem älteren Bruder. Sie setzten ihn auch in einem Korbe auf dem Kanal aus und behaupteten, die Sultanin habe eine Katze zur Welt gebracht. Zum Glück für das Kind war der Aufseher der Gärten wieder am Kanal; er ließ es herausholen, seiner Frau bringen und empfahl ihr, für dieses Kind ebenso große Sorgfalt zu tragen, wie für das erste. Seine Frau tat dies auch ebenso wohl aus eigener Neigung, als um die gute Absicht ihres Mannes zu befördern. Der Sultan von Persien war über diese neue Geburt noch weit zorniger, als das erstemal, und würde seinem Grimme Luft gemacht haben, wenn nicht die Gegenvorstellungen des Großveziers eindringlich genug gewesen wären, ihn zu beruhigen.

Endlich kam die Sultanin zum drittenmale nieder, nicht mit einem Prinzen, sondern mit einer Prinzessin. Die Unschuldige hatte dasselbe Schicksal, wie die Prinzen, ihre Brüder: Die beiden Schwestern, fest entschlossen, ihren fluchwürdigen Anschlägen nicht eher ein Ziel zu setzen, als bis sie ihre jüngste Schwester, die Sultanin, zum mindesten verstoßen, verjagt und gedemütigt sehen würden, setzten auch die Prinzessin auf dem Kanal aus. Aber auch sie wurde durch das Mitleid und die Menschenliebe des Aufsehers der Gärten gerettet, dem sicheren Tode entrissen und mit den beiden Prinzen, ihren Brüdern, gesäugt und erzogen. Die beiden Schwestern fügten zu ihrer Unmenschlichkeit wiederum Lüge und Verleumdung hinzu. Sie wiesen ein Stück Holz vor und behaupteten dreist, die Sultanin sei davon entbunden worden. Der Sultan Chosru Schah aber konnte, als er von dieser neuen Mißgeburt vernahm, seinen Zorn nicht mehr bezähmen. »Hah!«

rief er aus, »diese unwürdige Frau würde meinen Palast mit Ungeheuern anfüllen, wenn ich sie länger leben ließe. Nein, das soll nicht geschehen«, setzte er hinzu, »sie ist selbst ein Ungeheuer, von dem ich die Welt reinigen will.« So sprach er denn ihr Todesurteil aus und befahl seinem Großvezier, es vollziehen zu lassen. Der Großvezier und die Höflinge, die zugegen waren, warfen sich dem Sultan zu Füßen und flehten ihn an, den Urteilsspruch zu widerrufen. Der Großvezier nahm das Wort und sprach: »Herr, es möge deinem Knecht erlaubt sein, dir vorzustellen, daß die Gesetze, welche zum Tode verurteilen, nur zur Bestrafung von Verbrechen eingeführt sind. Die drei so unerwarteten Geburten der Sultanin aber sind keine Verbrechen. Denn wie könnte man sagen, daß sie selbst daran schuld sei? Unzähligen anderen Frauen ist dasselbe Schicksal begegnet und es kommt tagtäglich vor; sie sind zu beklagen, aber nicht strafwürdig. Mein Herr möge sie von seinem Angesichte verstoßen, aber leben lassen. Der Gram, in dem sie nach dem Verluste deiner Gunst den Rest ihrer Tage zubringen muß, wird ihr Strafe genug sein.« Der Sultan von Indien ging in sich, und da er die Ungerechtigkeit einsah, die Sultanin wegen Fehlgeburten, selbst wenn sie, wie er fälschlich glaubte, wirklich vorgekommen wären, zum Tode zu verurteilen, so sagte er: »So mag sie denn meinetwegen leben! Ich schenke ihr das Leben, jedoch nur unter einer Bedingung, die ihr täglich mehr als einmal den Tod wünschenswert machen soll. Man zimmere ihr ein Gemach an der Türe der Hauptmoschee mit einem fortwährend offenen Fenster; dort sperre man sie, in

das gröbste Gewand gekleidet, ein, und jeder Muselmann, der zum Gebet in die Moschee geht, speie ihr im Vorübergehen ins Gesicht. Wer es unterläßt, soll in dieselbe Strafe verfallen, und damit mein Gebot befolgt werde, befehle ich dir, Vezier, Wächter dabei aufzustellen.« Der Ton, womit der Sultan diesen Ausspruch tat, schloß dem Großvezier den Mund. Der Befehl wurde zum großen Vergnügen der beiden neidischen Schwestern vollzogen. Man baute ein Gemach, und sobald es vollendet und die Sultanin von ihrem Wochenbette aufgestanden war, sperrte man diese wahrhaft bedauernswürdige Frau ganz so, wie der Sultan es befohlen hatte, darin ein, so daß sie auf schmähliche Weise dem Spott und Hohn des ganzen Volkes bloßgestellt war. Sie ertrug indes diese unverdiente Mißhandlung mit einer Standhaftigkeit, welche ihr die Bewunderung und zugleich das Mitleiden aller derjenigen erwarb, die ein richtigeres Urteil über diese Sache hatten, als der Pöbel.

Die beiden Prinzen und die Prinzessin wurden indes von dem Aufseher der Gärten und seiner Frau mit der Zärtlichkeit eines Vaters und einer Mutter verpflegt und aufgezogen, und diese Zärtlichkeit wuchs immer mehr, je älter die Kinder wurden; denn sowohl bei der Prinzessin als bei den Prinzen wurde eine gewisse Hoheit bemerkbar, der niemand widerstehen konnte, und namentlich entwickelte sich die ausnehmende Schönheit der Prinzessin von Tag zu Tag mehr; ferner waren alle drei sehr gelehrig und ihre Neigung nicht wie bei anderen Kindern auf Spielereien gerichtet; endlich aber hatten sie ein gewisses Etwas, das nur Prinzen und Prinzessinen zukommen kann. Um die beiden Prinzen nach ihrem Alter zu unterscheiden, nannten sie den älteren Bahman und den jüngeren Perwis: Namen, welche alte Könige von Persien geführt hatten. Der Prinzessin gaben sie den Namen Parisade, den gleichfalls mehrere Königinnen und Prinzessinnen des Reichs gehabt hatten.* Sobald die beiden Prinzen alt genug waren, gab der Aufseher der Gärten ihnen einen Lehrmeister im Lesen und Schreiben, und die Prinzessin, ihre Schwester, die bei dem Unterrichte zugegen war, äußerte, obgleich jünger als sie, so großes Verlangen, ebenfalls lesen und schreiben zu lernen, daß ihr Pflegvater voll Freude darüber ihr denselben Lehrer gab. Durch ihre Lebhaftigkeit zum Wetteifer gereizt, wurde sie vermöge ihrer ausgezeichneten Anlagen in kurzer Zeit ebenso geschickt, wie die Prinzen, ihre Brüder. Seitdem hatten die Brüder und die Schwester in allem dieselben Lehrer: In der Erdbeschreibung, der Dichtkunst, der Geschichte und in anderen, sogar in geheimen Wissenschaften, und da ihnen nichts zu schwer war, so machten sie bald so bewundernswürdige Fortschritte, daß die Lehrer darob erstaunten und unverholen bekannten, die Kinder würden es in diesen Wissenschaften, wenn sie so fortfahren, noch weiter bringen, als sie selbst. In den Erholungsstunden lernte die Prinzessin auch Musik, nämlich Singen und verschiedene Instrumente. Als die Prinzen reiten lernten, wollte sie auch hierin nicht zurückstehen und nahm Teil an ihren Übungen, so daß sie mit derselben Geschicklichkeit reiten, Bogen schießen und Speere werfen konnte. Im Wettlaufe übertraf sie ihre Brüder manchmal sogar.

Der Aufseher der Gärten konnte seine Freude kaum fassen, als er seine Pfleglinge in allen Übungen des Geistes und des Körpers so vortrefflich ausgebildet und den Aufwand für ihre Erziehung weit über seine Hoffnungen hinaus belohnt sah, und er beschloß, ihnen zulieb noch viel mehr Geld auszugeben, als bisher. Er hatte sich unterdessen mit der Wohnung im Palast des Gartens begnügt und kein eigenes Landhaus gehabt. Jetzt kaufte er eines in der Nähe der Stadt mit großem Zugehör von Feldern, Wiesen und Waldungen, und da ihm das Wohnhaus nicht schön und bequem genug schien, so ließ er es niederreißen und scheute keine Kosten, um das neue, das er baute, zum prachtvollsten in der ganzen Umgegend zu erheben. Er ging selbst täglich auf den Bauplatz, um die große Menge von Arbeitern, die hier beschäftigt waren, anzutreiben, und sobald ein passendes Zimmer im Hause für ihn fertig war, bezog er es und blieb oft mehrere Tage hintereinander dort, wenn seine Geschäfte und seine Amtspflichten es ihm erlaubten. So war das Haus bald erbaut, und während es ebenso schnell mit den reichsten Gerätschaften, wie sie zur Pracht des Gebäudes paßten, versehen wurde, ließ er nach einer von ihm selbst entworfenen

* Bahman heißt auf Persisch der Langarmige (Longimanu). Perwis ist der Name des persischen Königs Chosru Pervis zur Zeit Mohammeds; Parisade heißt Feenkind.

Zeichnung an dem Garten arbeiten und ihn ebenso einrichten, wie die anderen großen Herren von Persien. Er fügte auch noch einen sehr großen Park hinzu, den er mit einer guten Mauer einschließen und mit allen Arten von Wild besetzen ließ, damit die Prinzen und die Prinzessin sich darin nach Gefallen mit der Jagd belustigen könnten. Als das Landhaus ganz vollendet und im wohnlichen Stande war, ging der Aufseher der Gärten zum Sultan, warf sich ihm zu Füßen, und nachdem der ihm seine lange Dienstzeit, sowie die Gebrechlichkeit seines Alters vorgestellt hatte, bat er ihn um die Gnade, sein Amt in die Hände seines Herrn niederzulegen und sich von den Geschäften zurückziehen zu dürfen. Der Sultan bewilligte ihm sein Gesuch um so lieber, als er mit seinen langjährigen Diensten, sowohl unter der Regierung seines Vaters, wie auch seit seiner eigenen Thronbesteigung, sehr wohl zufrieden war; zugleich fragte er ihn, was er sonst noch zu seiner Belohnung tun könne. »Herr«, antwortete der Aufseher der Gärten, »du selbst und der Sultan, dein Vater, seligen Andenkens, habt mich dermaßen mit Wohltaten überhäuft, daß mir nichts mehr zu wünschen übrig bleibt, als bis ans Ende meiner Tage im Besitz deiner Gnade zu bleiben, die mich so hoch ehrt.« Er nahm hierauf Abschied vom Sultan Chosru Schah, und bezog mit den beiden Prinzen Bahman und Perwis und der Prinzessin Parisade sein neuerbautes Landhaus. Seine Frau war schon vor einigen Jahren gestorben. Er selbst wurde, nachdem er kaum fünf bis sechs Monate mit den Kindern in seinem neuen Hause gelebt hatte, so schnell vom Tode überrascht, daß ihm keine Zeit übrig blieb, ihnen über ihre wahre Herkunft ein Wort zu sagen. Er hatte es sich indes vorgenommen, dies zu tun, damit sie dadurch veranlaßt werden möchten, wie bisher, so auch fortwährend, ihrem Range und Stande, sowie der Erziehung, die er ihnen gegeben hatte, gemäß zu leben, wozu indes ihre eigene Neigung sie von selbst antrieb. Die Prinzen Bahman und Perwis und die Prinzessin Parisade, die von keinem anderen Vater wußten, als dem Aufseher der Gärten, vertrauten ihn als solchen und erwiesen ihm auch im Tode alle Ehre, wozu kindliche Liebe und Dankbarkeit sie verpflichteten. Zufrieden mit den großen Gütern, die er ihnen hinterlassen hatte, lebten sie nach wie vor in derselben Eintracht beisammen, und die Prinzen ließen sich nicht vom Ehrgeize verleiten, sich am Hofe zu zeigen, um dort nach den höchsten Ämtern und Würden zu trachten, deren Erlangung ihnen etwas leichtes gewesen wäre.

Eines Tages, als die beiden Prinzen auf der Jagd, die Prinzessin Parisade aber zu Hause geblieben war, erschien eine sehr alte fromme Muselmännin vor dem Haustor und bat um Erlaubnis, ins Haus zu treten, um ihr Gebet zu verrichten, wozu die Stunde gekommen war. Man meldete ihren Wunsch der Prinzessin, und diese befahl, sie hereinzulassen und ihr das Betzimmer zu zeigen, womit der Aufseher der königlichen Gärten wohlbedächtig sein Haus versehen hatte, weil keine Moschee in der Nähe war. Zugleich befahl sie, wenn die fromme Frau ihre Andacht verrichtete haben würde, so solle man ihr das Haus und den Garten zeigen und sie darauf zu ihr zu führen. Die fromme Frau trat ein, verrichtete ihr Gebet in dem Betzimmer, wohin man sie gewiesen, und als sie damit fertig war, luden zwei Frauen der Prinzessin, die vor der Türe gewartet hatten, sie ein, das Haus und den Garten zu sehen. Da sie sich geneigt zeigte, ihnen zu folgen, so wurde sie von ihnen in allen Zimmern nacheinander herumgeführt, und sie betrachtete alle Sachen wie eine Frau, die sich auf Hausgerätschaften und schöne Anordnung der einzelen Stücke sehr gut verstand. Auch in den Garten wurde sie geführt, dessen Anlage sie so neu und wohlersonnen fand, daß sie voll Bewunderung erklärte: Derjenige, der den Plan dazu entworfen, müsse ein vortrefflicher Meister in seiner Kunst sein. Endlich kam sie auch zur Prinzessin, welche sie in einem großen Saale erwartete, dessen Schönheit, Anmut und Reichtum alles übertraf, was sie in den anderen Zimmern bewundert hatte. Sobald die Prinzessin die fromme Frau eintreten sah,

sagte sie zu ihr: »Komm' heran, gute Mutter, und setze dich zu mir. Ich bin sehr erfreut, daß der Zufall mir das Glück darbot, mich einige Augenblicke an dem guten Beispiele und der frommen Unterhaltung einer Frau, wie du bist, zu erbauen, die das bessere Teil erwählt und sich ganz Gott gewidmet hat, und in deren Fußstapfen alle Welt treten sollte, wenn sie ihren wahren Vorteil verstehen würde. Die fromme Frau wollte sich nicht auf das Sofa, sondern nur auf den Rand desselben setzen, allein die Prinzessin gab es nicht zu; sie erhob sich von ihrem Sitze, ging auf sie zu, faßte sie bei der Hand und nötigte sie, sich neben ihr auf dem Ehrenplatze niederzulassen. Die fromme Frau wußte diese Höflichkeit wohl zu schätzen und sage zu ihr: »Edles Fräulein, eine solch ehrenvolle Behandlung gebührt mir nicht, und ich gehorche dir bloß, weil du es befiehlst und Herrin in deinem Hause bist.« Als sie sich gesetzt hatte, stellt, ehe die Unterhaltung begann, eine von den Frauen der Prinzessin einen kleinen, niedrigen, mit Perlmutter und Ebenholz ausgelegten Tisch vor sie hin, und auf den Tisch eine Porzellanplatte mit Kuchen, mehrere andere Platten mit Obst, wie es gerade die Jahreszeit mit sich brachte, und verschiedene andere eingemachte Früchte. Die Prinzessin nahm einen von den Kuchen und überreichte ihn der frommen Frau mit den Worten: »Nimm und iß, gute Mutter, und wähle von diesen Früchten, was dir beliebt; du bedarfst einiger Speise nach dem langen Wege, den du hierher gemacht hast.« – »Edles Fräulein«, antwortete die fromme Frau, »ich bin nicht gewohnt, so leckere Sachen zu essen; wenn ich es aber tue, so geschieht es nur, weil ich nicht verschmähen will, was mir Gott durch eine so freigebige Hand, wie die deinige, zusendet.« Während die fromme Frau aß, richtete die Prinzessin, die ebenfalls etwas zu sich nahm, um sie durch ihr Beispiel zu ermuntern, allerlei Fragen über ihre Andachtsübungen und Lebensweise an sie, worauf die Alte mit großer Bescheidenheit antwortete. Unter anderem fragte die Prinzessin im Laufe des Gesprächs, was sie von dem Hause halte, das sie gesehen, und ob es ihr gefalle. »Edles Fräulein«, erwiderte die fromme Frau, »ich müßte einen sehr schlechten

Geschmack haben, wenn ich etwas daran auszusetzen fände. Es ist schön, freundlich, prächtig ein gerichtet, jedoch ohne Überladung, trefflich eingeteilt und die Zierraten könnten nicht schicklicher angebracht sein. Dabei liegt es in einer anmutigen Landschaft, und man kann sich keinen Garten denken, der einen lieblicheren Anblick gewährt, als derjenige ist, welcher zum Hause gehört. Wenn du mir übrigens erlaubst, meine ganze Meinung auszusprechen, so will ich mir die Freiheit nehmen, dir zu sagen, daß das Haus ganz unvergleichlich sein würde, wenn noch drei Sachen dabei wären, die nach meiner Meinung fehlen.« – »Gute Mutter«, antwortete die Prinzessin Parisade, »was sind das für drei Sachen? Ich beschwöre dich im Namen Gottes, nenne mir dieselben: Ich werde alles aufbieten, sie zu erwerben, wenn es nur irgend möglich ist.« – »Edles Fräulein«, sagte hierauf die fromme Frau, »die erste von den drei Sachen ist der sprechende Vogel; dies ist ein seltsamer Vogel, Bülbülhesar* genannt, welcher die Eigenschaft hat, alle Singvögel aus der ganzen Umgegend an sich zu ziehen, so daß sie herbeikommen, um mit ihm zu singen. Die zweite ist der singende Baum, dessen Blätter ebensoviel Zungen und Kehlen sind, deren mannigfaltige Stimmen unaufhörlich einen höchst anmutigen Gesang bilden. Die dritte endlich ist das goldgelbe Wasser, von dem man nur einen einzigen Tropfen in ein ausdrücklich dazu an irgend einem Orte des Gartens bereitetes Becken ausgießen darf, so schwillt er alsbald dermaßen an, daß des Becken davon voll wird und aus der Mitte eine Garbe von Wasserstrahlen hervorspringt, die unaufhörlich auf- und niedersteigt, ohne daß jedoch das Becken überläuft.« – »Ach! meine gute Mutter«, rief die Prinzessin, »wie sehr danke ich dir, daß du mir von diesen Dingen Kunde gegeben hast! Sie sind sehr wunderbar und ich habe noch nie gehört, daß es etwas so seltsames und merkwürdiges auf der Welt gebe; da ich indes überzeugt bin, daß du den Ort kennst, wo sie sich befinden, so erwarte ich von dir die Gefälligkeit, ihn mir anzuzeigen.« Darauf antwortete die fromme Frau, um den Wunsch der Prinzessin zu erfüllen: »Edles Fräulein, ich würde mich der Gastfreundschaft, die du mir soeben mit so vieler Güte erwiesen hast, unwürdig machen, wenn ich mich weigerte, deine Frage zu beantworten und deine Neugierde zu befriedigen. Ich habe also die Ehre, dir zu sagen, daß die drei Dinge, von denen ich eben sprach, sich an einem und demselben Orte, auf der Grenze dieses Königsreichs nach Indien zu, befinden. Der Weg dahin führt an deinem Hause vorbei. Derjenige, welchen du danach aussenden willst, darf ihn nur zwanzig Tagereisen verfolgen und am zwanzigsten Tage fragen, wo der sprechende Vogel, der singende Baum und das gelbe Wasser seien. Der erste, an den er sich wendet, wird es ihm sagen.« Mit diesen Worten stand sie auf, nahm Abschied und ging ihres Weges weiter.

Die Prinzessin Parisade war so ganz damit beschäftigt, die Nachweisung der frommen Frau über den sprechenden Vogel, den singenden Baum und das gelbe Wasser ihrem Geiste einzuprägen, daß sie ihre Entfernung erst bemerkte, als sie noch einige Fragen wegen näherer Auskunft über diese Sache tun wollte. Das, was sie aus ihrem Munde vernommen hatte, schien ihr nicht genug, um mit einiger Aussicht auf Erfolg die Reise unternehmen zu können. Gleichwohl wollte sie der frommen Frau niemand nachschicken, um sie zurückzuholen, sondern sie strengte ihr Gedächtnis an und bemühte sich, alles, was sie gehört hatte, in ihren Geist zurückzurufen. Da sie nun glaubte, daß ihr nichts entgangen sei, so dachte sie mit großem Wohlgefallen daran, wie groß ihre Freude sein würde, wenn sie zum Besitze so wunderbarer Dinge gelangen könnte. Zugleich aber geriet sie in große Unruhe wegen der Schwierigkeiten, die sie dabei erkannte, und weil sie fürchtete, es möchte ihr nicht gelingen. Sie war ganz in diese Gedanken vertieft, als die Prinzen, ihre Brüder, von der Jagd zurückkamen. Sie traten in den Saal und wunderten sich sehr, ihre Schwester nicht wie

* Auf Persisch: tausend Nachtigallen.

gewöhnlich mit heiterem Gesicht und in froher Laune, sondern vielmehr in sich gekehrt und beinahe betrübt anzutreffen, denn sie erhob nicht einmal den Kopf, um wenigstens zu erkennen zu geben, daß sie ihre Ankunft bemerkte. Der Prinz Bahman nahm das Wort und sagte zu ihr: »Liebe Schwester, wo ist denn der Frohsinn und die Heiterkeit, die bisher unzertrennlich von dir gewesen? Bist du unwohl? Ist dir vielleicht irgend ein Unfall zugestoßen? Hat dir jemand Anlaß zum Verdruß gegeben? Sage es uns, damit wir den geziemenden Anteil daran nehmen und die nötigen Maßregeln ergreifen, um dich zufrieden zu stellen oder dich zu rächen, wenn jemand sich erfrecht haben sollte, ein Fräulein, wie dich, der alle Ehrfurcht gebührt, zu beleidigen.« Die Prinzessin Parisade blieb noch einige Augenblicke in derselben Stellung, ohne zu antworten. Endlich hob sie die Augen auf, sah die Prinzen, ihre Brüder, an, lenkte aber ihren Blick schnell wieder zur Erde, nachdem sie ihnen geantwortet hatte, die Sache habe nichts zu bedeuten. »Liebe Schwester«, fuhr der Prinz Bahman fort, »du verhehlst uns die Wahrheit und es muß sich wohl etwas Wichtiges zugetragen haben. In der kurzen Zeit, da wir abwesend waren, kann unmöglich um nichts und wieder nichts eine so große und unerwartete Veränderung mir dir vorgegangen sein. Du wirst erlauben, daß wir dich mit dieser ungenügenden Antwort nicht davon kommen lassen. Verbirg uns also nicht, was es ist, denn wir müßten sonst glauben, daß du die Freundschaft und die innige Eintracht, die von unserer zartesten Jugend an bis auf diese Stunde zwischen uns bestanden, nicht länger fortsetzen wollest.« Die Prinzessin, die ganz und gar nicht im Sinne hatte, mit ihren Brüdern zu brechen, wollte sie nicht in diesem Wahne lassen und antwortete ihnen also: »Als ich euch sagte, es sei nichts Wichtiges, was mich so beschäftigte, so meinte ich dies in Beziehung auf euch und nicht auf mich, denn ich finde, daß die Sache doch von einiger Erheblichkeit ist. Da ihr nun vermöge des Rechtes unserer Freundschaft und Eintracht, welche mir so teuer sind, in mich dringet, so will ich euch alles sagen. Ihr glaubtet bisher, und ich glaubte es ebenfalls, das Haus, welches unser seliger Vater uns erbauen ließ, sei in jeder Beziehung vollkommen und es fehle durchaus nicht das mindeste daran. Heute aber habe ich erfahren, daß ihm noch drei Sachen fehlen, welche es weit über alle Landhäuser auf der ganzen Welt erheben würde. Diese drei Sachen sind: der sprechende Vogel, der singende Baum und das goldgelbe Wasser.« Nachdem sie ihnen sofort auseinandergesetzt hatte, worin die Vortrefflichkeit derselben bestehe, fuhr sie also fort: »Eine fromme Frau hat mich darauf aufmerksam gemacht und mir zugleich den Ort, wo sie sind, sowie den Weg dazu angezeigt. Ihr werdet vielleicht finden, daß diese Sache für die Vollkommenheit unseres Hauses durchaus keine Bedeutung haben und daß es auch ohne dieselben immerhin für sehr schön gelten könne, weshalb wir ihrer durchaus nicht benötigt seien. Ihr mögt übrigens davon denken, wie ihr wollt, ich für meine Person kann nicht umhin, euch zu erklären, daß ich sie durchaus für notwendig zu unserm Hause erachte und mich nicht eher zufrieden geben werde, als bis ich mich in ihrem Besitze befinde. Ob nun die Sachen in euren Augen gleichgültig sind, oder nicht, so ersuche ich euch jedenfalls, mir mit euerm Rate beizustehen und zu sagen, wen ich wohl zur Erlangung derselben aussenden kann.« – »Liebe Schwester«, versetzte darauf der Prinz Bahman, »nichts kann dir am Herzen liegen, was uns nicht ebenso wichtig wäre. Da du nun die Erlangung der oben erwähnten Gegenstände so sehr wünschest, so halten wir es für unsere Pflicht, sie dir zu verschaffen. Übrigens fühlen wir uns auch, abgesehen von deinem Wunsch, aus freien Stücken und zu unserer eigenen Befriedigung dazu angetrieben; ich bin fest überzeugt, daß mein Bruder ebenso denkt, wie ich, und wir müssen alles daran setzen, um diese Eroberung zu machen. Die Sache ist von solchem Belang und so merkwürdig, daß ich wohl diesen Ausdruck brauchen darf. Ich übernehme die Ausführung; sage mir nur den Weg, den ich einschlagen muß, und den Ort, so will ich gleich morgen die Reise antreten.

»Geliebter Bruder«, wandte der Prinz Perwis ein, »ich halte es nicht für ratsam, wenn du, das Haupt und die Stütze des Hauses, dich solange entfernen willst; ich bitte daher unsere Schwester, daß sie sich mit mir vereinige, um dich von diesem Vorsatze abzubringen. Gestatte, daß ich die Reise mache; ich werde die Sache so gut ausführen als du, und jedenfalls wäre dies mehr in der Ordnung.« – »Bruder«, erwiderte der Prinz Bahman, »ich bin von deinem guten Willen überzeugt und zweifle keineswegs, daß du das Abenteuer so gut bestehen wirst, als ich. Im übrigen ist es eine abgemachte Sache und du mußt es mir überlassen. Du bleibst bei unserer Schwester, die ich dir nicht erst zu empfehlen brauche.« Nun brachte er den übrigen Teil des Tages mit Vorbereitungen zur Reise zu und ließ sich von seiner Schwester genau die Nachweisungen der frommen Frau wiederholen, um nicht zu verirren. Am anderen Morgen in aller Frühe stieg der Prinz Bahman zu Pferd; der Prinz Perwis und die Prinzessin Parisade, die ihn abreisen sehen wollten, umarmten ihn und wünschten ihm glückliche Reise. Während des Abschieds aber fiel der Prinzessin ein Gedanke aufs Herz, der ihr bisher nicht gekommen war. »Aber, mein Bruder«, sagte sie, »ich habe gar nicht an die Unfälle gedacht, mit denen eine solche Reise verbunden ist. Wer weiß, ob ich dich jemals wiedersehe! Ich beschwöre dich, steig wieder ab und unterlaß diese Reise. Lieber will ich den Anblick und den Besitz des sprechenden Vogels, des singenden Baumes und des goldgelben Wassers entbehren, als Gefahr laufen, dich auf immer zu verlieren.« – »Schwesterchen«, antwortete der Prinz Bahman, lächelnd ob der plötzlichen Ängstlichkeit der Prinzessin Parisade, »mein Entschluß steht fest, im anderen Fall würde ich ihn jetzt noch fassen, und du wirst erlauben, daß ich ihn ausführe. Solche Unfälle, von denen du sprichst, widerfahren nur den Unglücklichen. Es ist wahr, ich kann auch zu diesen gehören, aber vielleicht gehöre ich auch unter die Zahl der Glücklichen, die viel größer ist, als die der Unglücklichen. Da indes der Erfolg ungewiß und es wohl möglich ist, daß ich bei meiner Unternehmung umkomme, so kann ich weiter nichts tun, als dir dies Messer hier lassen.« Mit diesen Worten zog der Prinz Bahman ein Messer hervor, überreichte es der Prinzessin in der Scheide und sagte zu ihr: »Da nimm und mach' dir von Zeit zu Zeit die Mühe, dies Messer aus seiner Scheide zu ziehen; so lang du es blank siehst, wie es hier ist, so ist dies ein Zeichen, daß ich noch lebe; wenn du aber Blut herabträufeln siehst, so kannst du mit Gewißheit annehmen, daß ich nicht mehr bin, und dann bete für mich.« Die Prinzessin Parisade konnte den Prinzen Bahman zu keinem anderen Entschluß vermögen. Er sagte ihr und dem Prinzen Perwis zum letzten Mal Lebewohl und ritt dann auf einem stattlichen Rosse, wohlbewaffnet und ausgerüstet, dahin. Er begab sich auf den ihm bezeichneten Weg, und ohne weder rechts noch links abzuweichen, ritt er quer durch Persien hin auf demselben fort, bis er am zwanzigsten Tage seiner Reise seitwärts am Wege einen Greis von abscheulichem Ansehen erblickte, der in einiger Entfernung von einer Hütte, die ihm bei schlimmen Wetter zum Obdach diente, unter einem Baume saß. Seine Augenbrauen, die, wie auch die Haare, der Schnauzbart und der Backenbart, schneeweiß waren, reichten ihm bis auf die Nasenspitze herab; der Schnauzbart bedeckte ihm den Mund, der Backenbart und die Kopfhaare aber fielen ihm fast bis auf die Füße hernieder. An Händen und Füßen hatte er Nägel von übermäßiger Länge, und seinen Kopf bedeckte eine Art flacher, sehr breiter Hut in Form eines Sonnenschirms. Seine ganze Kleidung bestand in einer Binsenmatte, in welche er sich gewickelt hatte. Dieser gute Greis war ein Derwisch, der sich schon vor langen Jahren von der Welt zurückgezogen und seinen Körper vernachlässigt hatte, um sich einzig und allein Gott zu widmen, so daß er am Ende das Aussehen bekam, das ich geschildert habe.

Der Prinz Bahman, der schon den ganzen Morgen genau acht gegeben hatte, ob er nicht vielleicht jemand anträfe, bei dem er sich über das Ziel seiner Reise erkundigen könnte, hielt an, als er in die Nähe des Derwisches kam. Dies war nämlich der erste Mensch, der ihm begegnete, und er stieg daher ab, um allem pünktlich nachzukommen, was die fromme Frau zu der Prinzessin Parisade gesagt hatte. Indem er nun sein Roß am Zügel führte, näherte er sich dem Derwisch und begrüßte ihn mit den Worten: »Guter Vater, Gott verlängere deine Tage und gewähre dir die Erfüllung aller deiner Wünsche!« Der Derwisch erwiderte den Gruß des Prinzen, aber so undeutlich, daß dieser kein Wort davon verstand. Da nun der Prinz Bahman sah, daß der Schnauzbart, der den Mund des Derwisches bedeckte, daß Hindernis war, und da er nicht weiter reiten wollte, ohne die nötige Erkundigung eingezogen zu haben, so nahm er eine Schere, die er bei sich führte, und nachdem er sein Pferd an einen Baumaste gebunden, sagte er zu ihm: »Guter Derwisch, ich habe mit dir zu reden, aber dein Schnauzbart hindert mich, dich zu verstehen. Darum bitte ich dich, erlaube mir, ihn zu stutzen und ebenso auch deine Augenbrauen, die dich entstellen und dir mehr das Ansehen eines Bären, als eines Menschen geben.« Der Derwisch hatte hiergegen nichts einzuwenden. Er ließ den Prinzen gewähren, und da dieser nach Vollendung seiner Arbeit bemerkte, daß der Derwisch eine frische Gesichtsfarbe hatte und weit jünger aussah, als er wirklich war, so sagte er zu ihm: »Guter Derwisch, wenn ich einen Spiegel hätte, so würde ich dir zeigen, wie sehr du verjüngt bist. Jetzt bist du ein Mensch, vorher aber konnte niemand erkennen, was du warst.« Bei diesen Schmeicheleien des Prinzen Bahman lächelte der Derwisch und erwiderte höflich: »Herr, wer du auch sein magst, ich bin dir unendlich verpflichtet für diese

Gefälligkeit, die du mir erwiesen hast; zugleich erkläre ich mich bereit, dir mit allem, was in meinen Kräften steht, meine Erkenntlichkeit zu beweisen. Du bist nicht abgestiegen, ohne daß irgend ein Anliegen dich dazu genötigt hätte; sage mir nun, was es ist, ich will deinen Wunsch zu befriedigen suchen, wenn es mir möglich ist.« – »Guter Derwisch«, erwiderte der Prinz Bahman, »ich komme aus weiter Ferne und suche den sprechenden Vogel, den singenden Baum und das goldgelbe Wasser. Ich weiß, daß diese drei Sachen irgendwo in dieser Gegend sich befinden, aber den Ort, wo sie sind, weiß ich nicht. Wenn er dir bekannt ist, so beschwöre ich dich, zeige mir den Weg dazu, damit ich nicht auf einen falschen gerate und die Frucht der langen Reise, die ich unternommen, verliere.« Der Prinz bemerkte, daß der Derwisch bei seiner Rede nach und nach das Gesicht verändert, die Augen niederschlug und ein äußerst ernstes Wesen annahm, ja sogar, statt zu antworten, längere Zeit auf seinem Schweigen beharrte. Dies veranlaßte ihn, nochmals das Wort zu nehmen und also fortzufahren: »Guter Vater, ich glaube, daß du mich verstanden hast; sag' mir nun, ob du das weißt, was ich durch dich zu erfahren wünsche, oder ob du es nicht weißt, auf daß ich keine Zeit verliere, sondern mich anderwärts erkundige.« Der Derwisch brach endlich sein Stillschweigen und sagte zu dem Prinzen Bahman: »Herr, der Weg, nach dem du fragst, ist mir bekannt, allein ich habe dich gleich auf den ersten Anblick so liebgewonnen, und die Gefälligkeit, die du mir erwiesen, hat diese Freundschaft so sehr gesteigert, daß ich unentschlossen bin, ob ich dir die erwünschte Auskunft erteilen soll oder nicht.« – »Was mag dich davon abhalten?« fragte der Prinz, »und welche Bedenklichkeiten kannst du haben, mir auf meine Frage zu antworten?« – »Das will ich dir sagen«, antwortete der Derwisch; »die Gefahr, der du dich aussetzest, ist weit größer, als du glauben kannst. Schon viele andere Herren, die nicht weniger Kühnheit und Mut hatten, als du besitzen magst, sind hier vorbeigekommen und haben dieselbe Frage getan, wie du. Ich habe nichts unterlassen, um sie von ihrem Vorhaben abzubringen, allein sie wollten mir nicht glauben, und so ließ ich mich denn, obwohl mit großem Widerwillen, durch ihre dringenden Bitten bestimmen, ihnen den Weg zu zeigen; ich kann dir übrigens versichern, daß sie alle verunglückt sind und ich keinen einzigen habe zurückkommen sehen. Wenn dir dein Leben nur im mindesten lieb ist und du meinen Rat befolgen willst, so gehe nicht weiter, sondern kehre sogleich wieder heim.«

Der Prinz Bahman aber beharrte auf seinem Entschluß und erwiderte dem Derwisch: »Ich will gerne glauben, daß dein Rat gut gemeint ist, auch bin ich dir für diesen Beweis von Freundschaft sehr verpflichtet. Indes mag die Gefahr, von der du sprichst, so groß sein, als sie will, ich werde mich durch nichts von meinem Vorhaben abbringen lassen. Wenn ich angegriffen werde, so habe ich gute Waffen, und ich glaube nicht, daß mein Gegner tapferer oder beherzter sein wird, als ich.« – »Wenn aber«, wandte der Derwisch ein, »diejenigen, die dich angreifen (denn es sind ihrer mehrere), sich gar nicht sehen lassen, wie willst du dich dann gegen unsichtbare Feinde verteidigen?« – »Gleichviel«, erwiderte der Prinz, »du wirst mich nie überreden, gegen meine Pflicht zu handeln. Da du den Weg weißt, nach welchem ich dich frage, so beschwöre ich dich noch einmal, zeige ihn mir und schlage mir diese Gefälligkeit nicht ab.« Da der Derwisch sah, daß er den Prinzen Bahman nicht auf andere Gedanken bringen konnte, sondern daß derselbe, ungeachtet der wohlmeinenden Warnung, die er ihm gab, hartnäckig auf dem Entschluß beharrte, seine Fahrt fortzusetzen, so griff er in einen Sack, den er neben sich hatte, zog eine Kugel heraus und überreichte sie ihm mit den Worten: »Da ich es nicht über dich gewinnen kann, daß du auf meine Stimme hörst und meinen Rat befolgst, so nimm diese Kugel, und wenn du wieder zu Pferd sitzt, wirf sie vor dich hin und folge ihr bis an den Fuß eines Berges, wo sie stehenbleiben wird. Sobald sie stille steht, steig ab und wirf deinem Pferd den Zügel um den Hals; es wird auf derselben Stelle bleiben, bis du zurückkommst. Wenn du nun den Berg hinaufsteigst, wirst du rechts und links eine große Menge dicker schwarzer Steine erblicken und von allen Seiten ein verworrenes Getöse von Stimmen hören, die dir tausend Schimpfworte zurufen werden, um dich zu entmutigen und zu verhindern, daß du die Höhe nicht erreichst. Nimm dich indes wohl in acht, darüber zu erschrecken, und vor allen Dingen drehe den Kopf nicht, um zurückzusehen; du würdest im Augenblick in einen schwarzen Stein verwandelt werden, ähnlich denen, die du dort sehen wirst. Denn auch diese sind nichts anderes, als solche Herren, wie du, welchen ihr Unternehmen mißlungen ist, wie ich dir schon gesagt habe. Wenn du nun der Gefahr, die ich dir bloß andeute, damit du ihrer gedenken sollst, entrinnst und wirklich den Gipfel des Berges erreichst, so wirst du dort einen Käfig finden und in dem Käfig den Vogel, den du suchst. Da er sprechen kann, so frage ihn, wo der singende Baum und das goldgelbe Wasser ist, und er wird es dir anzeigen. Mehr habe ich dir nicht zu sagen: du weißt jetzt alles, was du zu tun und zu lassen hast; laß dich indes belehren, folge meinem Rat und setze dich nicht der Gefahr aus, dein Leben zu verlieren: Noch einmal, so lang du noch Zeit hast, zu überlegen, bedenke wohl, daß dieser unwiderbringliche Verlust an eine Bedingung geknüpft ist, die man, wie du gewiß einsehen wirst, leicht, selbst durch bloße Achtlosigkeit, übertreten kann.«

Darauf erwiderte der Prinz Bahman, nachdem er die Kugel empfangen hatte: »So sehr ich dir auch für deinen Rat verbunden bin, den du soeben wiederholt hast, so kann ich ihn doch nicht befolgen, werde mir indes Mühe geben, deine Warnung, daß ich beim Hinaufsteigen auf den Berg nicht hinter mich sehen soll, zu benützen; auch hoffe ich, daß du mich bald mit der gewünschten Beute zurückkommen sehen wirst, um dir noch umständlicher zu danken.« Auf diese Worte, nach welchen der Derwisch nichts mehr erwiderte, als daß er sich freuen würde, ihn wieder zu sehen, und wünsche, daß es so gehen möchte, stieg der Prinz wieder zu Pferd, verabschiedete sich von dem Derwisch mit einer tiefen Verneigung des Kopfes und warf die Kugel vor sich hin.

Die Kugel rollte mit derselben Schnelligkeit, die der Prinz Bahman ihr durch den Wurf gegeben hatte, fort und fort, so daß er den Lauf seines Pferds beschleunigen mußte, um ihr zu folgen und sie nicht aus dem Gesicht zu verlieren. Am Fuße des Berges hielt sie, wie der Derwisch gesagt hatte, still, der Prinz stieg ab, legte dem Pferd die Zügel um den Hals und es rührte sich nicht mehr vom Fleck. Nachdem er nun den Berg gehörig besehen und die schwarzen Steine darauf bemerkt hatte, fing er an, ihn zu ersteigen, aber kaum hatte er vier Schritte getan, so ließen sich schon die Stimmen vernehmen, von denen der Derwisch ihm gesagt hatte, ohne daß er jemand erblickte.

Einige sprachen: »Wohin will dieser Tollkopf? was will er? Laßt ihn nicht vorbei!« Andere: »Haltet ihn an, greift, tötet ihn!« Wieder andere schrien mit einer Donnerstimme: »Ein Dieb, ein Mörder, ein Taugenichts!« Noch andere riefen in spöttischem Ton: »Nein, tut ihm nichts zuleide, laßt das hübsche Büblein ziehen; wahrhaftig nur für ihn hat man den Käfig und den Vogel aufbewahrt.« Ungeachtet dieser ärgerlichen Stimmen klomm der Prinz Bahman eine Zeitlang standhaft und fest den Berg hinan, indem er sich selbst Mut einsprach; nun aber wurden die Stimmen immer lauter, sie machten ein so schreckliches Getöse und kamen ihm sowohl von hinten, als von vorne so nahe, daß Angst und Entsetzen sich seiner bemächtigte. Seine Füße und Knie fingen an zu zittern, er wankte und bald darauf, als er spürte, daß ihm die Kräfte versagten, vergaß er die Warnung des Derwisches und drehte sich um, um schnell den Berg wieder hinabzusteigen; allein in demselben Augenblick wurde er in einen schwarzen Stein verwandelt, wie es schon vielen anderen vor ihm ergangen war, welche dieselbe Unternehmung versucht hatten. Seinem Roß wiederfuhr dasselbe.

Seit der Abreise des Prinzen Bahman hatte die Prinzessin Parisade, welche das Messer mit der Scheide, das er ihr zum Kennzeichen seines Todes oder Lebens zurückgelassen, stets an ihrem Gürtel trug, es nicht versäumt, dasselbe häufig, ja sogar mehreremale des Tages hervorzuziehen und zu befragen. Auf diese Weise hatte sie den Trost gehabt, zu wissen, daß er vollkommen gesund sei, und sich oft über ihn mit dem Prinzen Perwis unterhalten, der manchmal zuerst davon anfing und sie um Nachrichten fragte. So auch an dem unglückseligen Tage, wo der Prinz Bahman in einen Stein verwandelt wurde. Der Prinz Perwis und die Prinzessin unterhielten sich abends nach ihrer Gewohnheit von ihm, und der Prinz sagte zu seiner Schwester: »Liebe Schwester, ich bitte dich, zieh das Messer hervor, auf daß wir erfahren, wie es ihm ergeht.« Die Prinzessin zog es herauf, und als sie es betrachteten, sahen sie von der Spitze Blut herabträufeln. Von Schmerz und Entsetzen ergriffen, warf Parisade das Messer weg und rief: »Ach, mein geliebter Bruder, so habe ich dich also verloren, durch meine eigene Schuld verloren, und werde dich nie wiedersehen! Wehe mir, o ich Unglückliche! Warum mußte ich dir auch von dem sprechenden Vogel, dem singenden Baum und dem goldgelben Wasser sagen, oder vielmehr, was konnte es mich kümmern, ob die alte Betschwester unser Haus schön oder häßlich, vollkommen oder unvollkommen fand. Wollte Gott, es wäre ihr nie eingefallen, hier einzusprechen! Heuchlerin, Betrügerin!« fügte sie hinzu, »mußtest du den freundlichen Empfang, den ich dir werden ließ, so vergelten! Warum hast du mir von einem Vogel, einem Baum und einem Wasser erzählt, welche gewiß nur in der Einbildung der Toren vorhanden sind, wie ich an dem unglücklichen Ende meines geliebten Bruders erkenne, aber dennoch durch deine Verzauberung fortwährend mein Gemüt beunruhigen!« Der Prinz Perwis war über den Tod seines Bruders Bahman nicht minder betrübt, als die Prinzessin Parisade; da er aber aus den Wehklagen seiner Schwester erkannt hatte, daß ihr Herz noch immer mit aller Macht nach dem Besitz des sprechenden Vogels, des singenden Baumes und des goldgelben Wassers verlangte, so beschloß er die Zeit nicht mit fruchtlosen Klagen zu verlieren. »Liebe Schwester«, sagte er zu ihr, »vergeblich betrauern wir unsern Bruder Bahman: unser Klagen und unser Schmerz werden ihm das Leben nicht wiedergeben. Dies ist nun einmal Gottes Wille, wir müssen uns ihm unterwerfen und seine Ratschlüsse verehren, wenn wir sie auch nicht verstehen können. Warum willst du jetzt auf einmal die Worte der frommen Frau bezweifeln nachdem du sie mit so festem Glauben für wahr und zuverlässig gehalten hast! Meinst du, sie würde dir von diesen drei Sachen erzählt haben, wenn sie nicht wirklich vorhanden wären, und sie habe dieselben bloß erfunden, um dich zu betrügen, während du ihr doch durchaus nie und nimmer mehr Anlaß dazu gegeben, sondern sie vielmehr so ehrenvoll und gütig aufgenommen und bewirtet hast? Lieber wollen wir glauben, daß der Tod unseres Bruders durch irgend ein Versehen von ihm oder durch einen Unfall herbeigeführt worden ist, den wir uns freilich nicht denken können. Darum, liebe Schwester, wollen wir uns durch seinen Tod nicht abhalten lassen, unser Ziel zu verfolgen; ich hatte mich gleich anfangs erboten, statt seiner die Reise zu machen, und bin noch jetzt dazu bereit. Sein Beispiel vermag mich nicht von meinem Vorhaben abzubringen, und ich will mich gleich morgen auf den Weg machen.« Die Prinzessin tat alles mögliche, um es dem Prinzen Perwis auszureden; sie beschwor ihn mit den rührendsten Ausdrücken, er möchte sie doch nicht der Gefahr aussetzen, statt eines Bruders beide zu verlieren, allein er blieb taub gegen alle ihre Vorstellungen. Vor seiner Abreise gab er ihr, damit sie beständig den Erfolg seiner Reise wissen möchte, wie sie von dem Schicksal des Prinzen Bahman durch das zurückgelassene Messer unterrichtet worden war, einen Rosenkranz von hundert Perlen zu demselben Behufe, und indem er ihr denselben überreichte, sprach er zu ihr: »Sprich diesen Rosenkranz für mich während meiner Abwesenheit. Wenn du ihn abbetest und die Perlen wie angeleimt feststehen, so daß du sie nicht mehr bewegen und nacheinander fallen lassen kannst, so ist das ein Zeichen, daß ich dasselbe Schicksal erlitten habe, wie unser Bruder. Hoffen wir indes, daß dies nicht geschehen wird, sondern daß ich vielmehr Glück habe, dich nach Erreichung unseres Zweckes wieder zu sehen.«

Der Prinz Perwis ritt also fort, und am zwanzigsten Tag seiner Reise traf er denselben Derwisch an derselben Stelle, wo der Prinz Bahman ihn gesehen hatte. Er ritt auf ihn zu, und nachdem er ihn begrüßt hatte, bat er ihn, wenn er es wüßte, ihm den Ort anzuzeigen, wo der sprechende Vogel, der singende Baum und das goldgelbe Wasser zu finden seien. Der Derwisch machte ihm dieselben Schwierigkeiten und Vorstellungen, wie dem Prinzen Bahman, und setzte noch hinzu, erst vor ganz kurzer Zeit habe ein junger Herr, mit dem er viele Ähnlichkeit besitze, ihn um denselben Weg gefragt; durch seine dringenden und ungestümen Bitten bewogen, habe er ihm denselben gezeigt, eine Art Wegweiser mitgegeben und genau vorgeschrieben, was er zu beobachten habe, wenn der Erfolg glücklich sein solle. Indes habe er ihn nicht zurückkommen sehen und könne daher nicht zweifeln, daß ihm dasselbe Schicksal geworden sei, wie seinen Vorgängern. »Gut Derwisch«, antwortete der Prinz Perwis, »ich weiß, wer derjenige ist, von welchem du sprichst: es war mein älterer Bruder, und ich weiß zuverlässig, daß er tot ist; auf welche Art er aber gestorben ist, kann ich mir nicht denken.« – »Das will ich dir sagen«, versetzte der Derwisch; »er ist wie alle seine Vorgänger in einen schwarzen Stein verwandelt worden, und auch du hast dieselbe Verwandlung zu erwarten, wenn du die guten Ratschläge, die ich ihm ebenfalls erteilt hatte, nicht besser befolgst, oder nicht lieber deinen Plan ganz aufgeben willst, wozu ich dich noch einmal recht dringend ermahne.« – »Derwisch«, antwortete der Prinz Perwis, »ich kann dir meinen Dank für den Anteil, den du an der Erhaltung meines Lebens nimmst, obgleich ich dir ganz fremd bin und nichts getan habe, um dein Wohlwollen zu verdienen, nicht genugsam ausdrücken. Auch das muß ich dir bemerken, daß ich die Sache reiflich überlegt habe, ehe ich meinen Entschluß faßte, und jetzt nicht mehr davon abgehen kann. Darum bitte ich dich, erweise mir dieselbe Gnade, wie meinem Bruder: vielleicht wird es mir besser als ihm gelingen, denselben Anweisungen, die ich von dir erwarte, nachzukommen.« – »Da es mir also«,sagte der Derwisch, »nicht gelingen will, dich von deinem Entschluß abzubringen, so sei es denn; wenn mein hohes Alter mich nicht daran verhinderte und ich mich aufrecht auf meinen Beinen halten könnte, so würde ich aufstehen, um dir die Kugel zu geben, die ich hier habe und die dir zum Wegweiser dienen muß.« Der Prinz Perwis ließ den Derwisch nicht mehr sagen, sondern stieg sogleich vom Pferd und trat auf den Alten zu. Der Derwisch hatte soeben die Kugel aus seinem Sack hervorgeholt, worin er noch einen großen Vorrat davon hatte; er gab sie ihm und setzte ihm auseinander, welchen Gebrauch er davon zu machen hätte. Nachdem er ihn nun, wie früher den Prinzen Bahman, aufs dringenste gewarnt hatte, vor den unsichtbaren Stimmen, so bedrohlich sie auch sein mögen, nicht zu erschrecken und nicht abzulassen, bis er den Berg erstiegen und den Käfig mit dem Vogel gefunden hätte, ließ er ihn weiter ziehen. Der Prinz Perwis dankte dem Derwisch, und als er wieder aufgestiegen war, warf er die Kugel vor sich hin, gab seinem Pferd beide Sporen und folgte ihr. Endlich gelangte er an den Fuß des Berges, und als er sah, daß die Kugel stehen blieb, so stieg er ab. Ehe er den ersten Schritt den Berg hinan tat, blieb er noch einen Augenblick stehen, um sich die Anweisungen, die der Derwisch ihm gegeben hatte, recht lebhaft ins Gedächtnis zurückzurufen. Endlich faßte er sich Mut und stieg hinan, fest entschlossen, den Gipfel des Berges zu erklimmen; kaum aber war er fünf bis sechs Schritte vorwärts gegangen, so hörte er hinter sich eine Stimme, die ihm sehr nahe zu sein schien, als wenn jemand ihn mit Schimpfworten zurückriefe und ihm zuschrie: »Halt ein, Verwegener! Ich werde dich für deine Frechheit züchtigen.« Bei dieser Beleidigung vergaß der Prinz alle Warnungen des Derwisches, legte die Hand an seinen Säbel, zückte ihn und drehte sich um, um Rache zu nehmen; kaum aber konnte er noch sehen, daß niemand ihm folgte, als er schon in einen schwarzen Stein verwandelt war, desgleichen auch sein Roß. Indes hatte die Prinzessin Parisade seit der Abreise ihres Bruders Perwis es keinen Tag versäumt, den im Augenblick des Abschieds von ihm empfangenen Rosenkranz an der Hand zu tragen, und wenn sie gerade nichts anderes zu tun hatte, ihn abzubeten, indem sie die Perlen, eine nach der anderen, durch die Finger laufen ließ. Sie hatte ihn diese ganze Zeit hindurch sogar nachts nicht von sich gelassen; jeden Abend, wenn sie zu Bett ging, hatte sie ihn um ihren Hals gelegt und morgens gleich beim Erwachen mit der Hand danach gegriffen, um zu untersuchen ob die Perlen noch immer sich bewegen ließen. Endlich an dem Tag und in dem Augenblick, da dem Prinzen Perwis dasselbe Schicksal wie seinem Bruder Bahman wiederfuhr, in einen schwarzen Stein verwandelt zu werden, hielt sie wie gewöhnlich den Rosenkranz in der Hand und betete ihn. Da fühlte sie auf einmal, daß die Perlen sich nicht mehr bewegen ließen, wenn sie ihnen mit dem Finger einen Druck gab, und zweifelte nicht daran, daß dies ein sicheres Zeichen vom Tode ihres Bruders sei. Da sie nun für diesen Fall bereits ihren Entschluß gefaßt hatte, so verlor sie keine Zeit damit, ihren Schmerz durch äußere Zeichen zu verraten. Sie tat sich Gewalt an, ihn ganz in ihr eigen Herz zurückzudrängen; am folgenden Morgen aber kleidete, bewaffnete und rüstete sie sich wie ein Mann, sagte ihren Leuten, sie werde in wenigen Tagen zurückkommen, stieg zu Roß und ritt auf derselben Straße dahin, welche die beiden Prinzen, ihre Brüder, gezogen waren. Die Prinzessin Parisade, die von ihren Jagdbelustigungen des Reitens gewohnt war, ertrug die Strapazen der Reise leichter, als andere Frauen vermocht hätten. Sie machte dieselben Tagesreisen, wie die Prinzen, ihre Brüder, und traf ebenfalls am zwanzigsten Tag den Derwisch. Als sie in seine Nähe kam, stieg sie ab, führte ihr Roß am Zügel und setzte sich neben ihm nieder. Nachdem sie ihn hierauf gegrüßt hatte, sprach sie also zu ihm: »Guter Derwisch, wirst du mir wohl erlauben, daß ich einige Augenblicke bei dir ausruhe, und hättest du wohl die Güte, mir zu sagen, ob du nie gehört hast, daß irgendwo in dieser Gegend ein Ort ist, wo man den sprechenden Vogel, den singenden Baum und das goldgelbe Wasser finden kann?« Der Derwisch antwortete: »Edles Fräulein – denn trotz deiner Verkleidung erkenne ich dein Geschlecht an deiner Stimme und muß dich also so nennen – ich danke dir für deinen Gruß und nehme die Ehre, die du mir erweist, mit großem Vergnügen an. Ich kenne allerdings den Ort, wo die genannten Dinge sich finden, aber in welcher Absicht fragst du mich darum?« – »Guter Derwisch«, erwiderte die Prinzessin Parisade, »man hat mir so viel Schönes von diesen Sachen erzählt, daß ich vor Verlangen brenne, sie zu besitzen.« – »Edles Fräulein«, versetzte der Derwisch, »man hat dir die Wahrheit gesagt; diese Dinge sind sogar noch weit erstaunlicher und wunderbarer, als man sie dir geschildert hat; aber von den Schwierigkeiten scheint man dir nichts gesagt zu haben, die du überwinden müßtest, um zu ihrem Genuß zu gelangen. Hätte man dich gebührend davon unterrichtet, so hättest du dich gewiß nicht auf eine so mühsame und gefährliche Unternehmung eingelassen. Laß dir einen guten Rat geben: reite nicht weiter, sondern kehre wieder um und mute mir nicht zu, daß ich zu deinem Verderben beitragen soll.«

»Guter Vater«, sagte hierauf die Prinzessin, »ich komme aus weiter Ferne, und es wäre mir höchst unangenehm, wenn ich heimkehren müßte, ohne meinen Plan ausgeführt zu haben. Du sprichst von Schwierigkeiten und Lebensgefahr, sagst mir aber nicht, was dies für Schwierigkeiten sind und worin diese Gefahren bestehen. Ich wünschte indes sehr, es zu erfahren, damit ich mich darüber besinnen und sehen kann, ob ich auf meine Entschlossenheit, meinen Mut und meine Kräfte Vertrauen fassen darf oder nicht.« Hierauf wiederholte der Derwisch der Prinzessin Parisade dieselbe Rede, die er an die Prinzen Perwis und Bahman gehalten hatte, ja er übertrieb sogar die Schwierigkeiten, die mit der Übersteigung des Berges verbunden seien, auf welchem der Vogel sich in seinem Käfig befinde. Des Vogels, sagte er, müssen sie sich zuerst bemächtigen, dieser werde ihr dann über den Baum und das goldgelbe Wasser Auskunft geben. Sodann schilderte er ihr des Getöse und den Wirrwarr der drohenden und erschrecklichen Stimmen, die sich von allen Seiten hören lassen, ohne daß man jemand sehe, und endlich erzählte er von den vielen schwarzen Steinen, die allein schon sowohl sie, als jeden anderen abschrecken sollten, indem diese Steine tapfere Ritter seien und diese Verwandlung deswegen erlitten haben, weil sie die Hauptbedingungen zur glücklichen Ausführung des Unternehmens, nämlich sich vor Erreichung des Käfigs nicht umzudrehen und zurückzuschauen, nicht gehörig beobachtet.

Als der Derwisch seinen Vortrag geendet hatte, sagte die Prinzessin zu ihm: »Soviel ich aus deiner Rede ersehe, so bestehen die Hauptschwierigkeiten bei dieser Unternehmung darin, daß man bis zum Käfig hinanklimmen muß, ohne sich durch das Getöse der unsichtbaren Stimmen erschrecken zu lassen, und zweitens, daß man nicht rückwärts schauen darf. Was nun die letzte Bedingung betrifft, so hoffe ich, Herrschaft genug über mich zu besitzen, um sie pünktlich einzuhalten; in Beziehung auf die erste gestehe ich, daß solche Stimmen, wie du sie mir schilderst, wohl imstande sein können, auch die Beherztesten zu erschrecken. Da es indes bei keiner sehr wichtigen und gefährlichen Unternehmung verboten ist, List zu gebrauchen, so frage ich dich, ob mir bei diesem für mich so hochwichtigen Abenteuer nicht welche erlaubt ist.« – »Und welcher List würdest du dich wohl bedienen?« fragte der Derwisch. – »Mich dünkt«, antwortete die Prinzessin, »wenn ich mir die Ohren mit Baumwolle verstopfte, so würden jene Stimmen, wie stark und erschrecklich sie auch sein mögen, weit geringeren Eindruck auf mich machen und weniger auf meine Einbildungskraft wirken können; mein Geist würde also seine Freiheit behalten und nicht so sehr in Verwirrung geraten, daß er die Besinnung verlöre.« – »Edles Fräulein«, erwiderte der Derwisch, »ich weiß nicht, ob von allen denen, die sich bisher an mich gewandt und nach eben diesen Wege gefragt haben, sich irgend einer dieser List bedient hat, welche du hier erwähnst. Nur das weiß ich, daß keiner derselben gegen mich gedacht hat, und daß sie alle umgekommen sind. Wenn du indes auf deinem Beschluß beharrst, so magst du wohl eine Probe damit machen und darfst von Glück sagen, wenn es dir gelingt; übrigens rate ich dir noch einmal, setze dich dieser Gefahr nicht aus.« – »Guter Vater«, versetzte die Prinzessin, »nichts kann mich abhalten, meinen Vorsatz auszuführen; mein Herz sagt mir, daß diese List gelingen wird, und ich bin entschlossen, mich ihrer zu bedienen. Ich brauche jetzt bloß noch von dir zu erfahren, welchen Weg ich nehmen muß, und ich beschwöre dich, versage mir diese Gefälligkeit nicht.« Der Derwisch ermahnte sie zum letztenmal, die Sache wohl zu überlegen; da er aber sah, daß sie unerschütterlich war, so zog er eine Kugel aus seinem Sack heraus und überreichte sie ihr mit den Worten: »Nimm diese Kugel, steige wieder zu Pferd, und wenn du sie vor dich hingeworfen hast, so folge ihr auf allen Umwegen, in denen sie rollen wird, bis an den Berg, auf welchem dasjenige ist, was du suchst. Am Fuße desselben wird sie stehen bleiben, dann halte du ebenfalls an, steige ab und erklimme den Berg. Das übrige weißt du; vergiß ja nicht, es zu beobachten und zieh hin.« Die Prinzessin Parisade dankte dem Derwisch, verabschiedete sich von ihm und stieg wieder zu Pferd; sie warf die Kugel vor sich hin und ritt ihr auf dem Wege, welchen sie rollte, nach, bis sie endlich am Fuße des Berges stille stand.

Hier stieg die Prinzessin ab, verstopfte sich die Ohren mit Baumwolle, und nachdem sie den Weg nach dem Gipfel des Berges genau ins Auge gefaßt, fing sie an, festen Schrittes und unerschrockenen Mutes hinanzusteigen. Sie hörte wohl die Stimmen, merkte aber sogleich, daß die Baumwolle ihr von großem Nutzen war. Je weiter sie hinaufkaum, um so stärker und vielfacher wurden die Stimmen, doch nicht so, daß sie darüber in Verwirrung geraten wäre. Sie hörte zwar allerlei Schmähworte und beißende Spottreden in Beziehung auf ihr Geschlecht, allein sie verachtete dieselben und lachte ihrer. »Ich ärgere mich nicht über eure Beleidigungen und Spöttereien«, sprach sie bei sich selbst, »ihr dürft noch Schlimmeres sagen, ich spotte eurer, und ihr sollt mich nicht hindern, meinen Weg fortzusetzen.« Endlich kam sie so weit hinauf, daß sie den Käfig und den Vogel zu bemerken anfing, welcher letztere im Bunde mit den unsichtbaren Stimmen sich ebenfalls bemühte, sie einzuschüchtern, indem er ihr, so klein er auch war, mit donnernder Stimme zurief: »Zurück, tritt nicht näher!« Die Prinzessin aber, durch diesen Anblick ermutigt, verdoppelte ihre Schritte, als sie sich dem Ziel ihrer Laufbahn so nahe sah. Sie erreichte auch glücklich den Gipfel des Berges, wo der Boden eben war, lief gerade auf den Käfig zu, ergriff ihn mit der Hand und sagte zu dem Vogel: »Vogel, du bist jetzt trotz deines Sträubens in meiner Gewalt und sollst mir nicht entschlüpfen.«

Indem nun Parisade die Baumwolle wieder aus ihren Ohren zog, sagte der Vogel zu ihr: »Tapferes Fräulein, grolle mir nicht, daß ich mich mit denjenigen vereinigt habe, die sich für die Behauptung meiner Freiheit bemühten. Obgleich in einen Käfig gesperrt, war ich dennoch mit meinem Schicksal zufrieden: da ich nun aber einmal zu Sklaverei bestimmt bin, so will ich lieber dich zur Herrin haben, die du mich auf eine so mutvolle und würdige Art erworben hast als irgend einen anderen Menschen auf der Welt; auch schwöre ich dir von diesem Augenblick an unverbrüchliche Treue und gänzliche Unterwerfung unter alle deine Befehle. Ich weiß, wer du bist, und will dir auch sagen, daß du dich selbst nicht als das erkennst, was du bist; aber es wird ein Tag kommen, da ich dir einen Dienst zu erweisen hoffe, den du mir gewiß sehr danken wirst. Um dir sogleich Beweise meiner Aufrichtigkeit zu geben, so sage mir jetzt, was du wünschst; ich bin bereit, zu gehorchen.«

Die Freude der Prinzessin war unbeschreiblich, um so mehr, da die Eroberung, welche sie soeben gemacht hatte, mit dem Tod zweier aufs zärtlichste geliebten Brüder erkauft und für sie selbst mit so vielen Anstrengungen und Gefahren verbunden war; denn jetzt, nachdem sie die Gefahren überstanden, erkannte sie die Größe derselben viel besser, als damals, da sie sich trotz der Abmahnungen des Derwisches hineinbegab. Sie antwortete nun dem Vogel also: »Vogel, es war meine Absicht, dir zu sagen, daß ich mehrere Dinge wünsche, die für mich von äußerster Wichtigkeit sind; es freut mich nun ungemein, daß du mir zuvorgekommen bist und deine Willfährigkeit zugesagt hast. Fürs erste habe ich gehört, es gebe hier ein goldgelbes Wasser, das ganz wunderbare Eigenschaften habe; ich bitte dich nun, mir vor allen Dingen den Ort zu sagen, wo es zu finden ist.« Der Vogel sagte ihr den Ort, der nicht weit entfernt war; sie ging hin und füllte ein silbernes Fläschchen, das sie mitgebracht hatte, mit dem Wasser an; dann kam sie zum Vogel zurück und sagte zu ihm: »Vogel, ich bin noch nicht zufrieden, ich suche auch den singenden Baum; sage mir, wo er ist.« Der Vogel antwortete: »Drehe dich um und du wirst hinter dir einen Wald erblicken, worin dieser Baum sich befindet.« Der Wald war ganz in der Nähe; die Prinzessin ging hin und erkannte an dem wohllautenden Zusammenklang von Stimmen unter mehreren anderen Bäumen bald denjenigen, den sie suchte. Da er aber sehr dick und sehr hoch war, so ging sie zum Vogel zurück und sagte zum ihm: »Vogel, ich habe den singenden Baum zwar gefunden, kann ihn aber weder aus der Erde heben, noch mitnehmen.« – »Dies ist auch nicht nötig«, antwortete der Vogel, »du brauchst bloß den kleinsten Zweig abzubrechen, mit nach Hause zu nehmen und in deinen Garten zu pflanzen; er wird alsbald Wurzeln schlagen und in kurzer Zeit wirst du ihn zu einem ebenso schönen Baum erwachsen sehen, wie dieser ist.« Als nun die Prinzessin Parisade sich im Besitz der drei Dinge sah, nach welchen die fromme Frau ein so heißes Verlangen in ihr erregt hatte, sprach sie also weiter zu dem Vogel. »Vogel, soviel du auch schon für mich getan hast, so ist es immer noch nicht genug. Du bist schuld an dem Tod meiner beiden Brüder, die unter den schweren Steinen sein müssen, welche ich beim Heraufsteigen gesehen habe; ich möchte sie gerne nach Hause nehmen.«

Es schien, als ob der Vogel dieses Gebotes gern enthoben gewesen wäre, denn er machte Schwierigkeiten. Die Prinzessin bestand indes darauf und fuhr fort: »Erinnere dich, Vogel, daß du eben gesagt hast, du seist mein Sklave; du bist es wirklich und dein Leben steht in meiner Gewalt.« – »Ich kann«, antwortete der Vogel, »diese Wahrheit allerdings nicht bestreiten, und obgleich deine jetzige Forderung mit größeren Schwierigkeiten verbunden ist, als die andern, so will ich sie dennoch ebenfalls erfüllen. Sieh dich überall hier um, ob du nicht einen Krug erblickst.« – »Allerdings«, sagte die Prinzessin, »da steht einer.« – »So nimm ihn«, fuhr der Vogel fort, »und beim Hinabsteigen vom Berg gieße auf jeden der schwarzen Steine ein wenig von dem Wasser, womit er angefüllt ist: auf diese Art wirst du deine Brüder wieder finden.« Die Prinzessin Parisade ergriff den Krug, nahm ihn samt dem Vogel im Käfig, dem Fläschchen und dem Zweig mit sich, und beim Hinabsteigen sprengte sie auf die schwarzen Steine alle nacheinander Wasser aus dem Krug, und siehe da, jeder verwandelte sich in einen Mann. Da sie keinen einzigen überging, so kamen auch sämtliche Pferde, sowohl die der Prinzen, ihrer Brüder, als auch der übrigen Herren, wieder zum Vorschein. Auf diese Art erkannte sie den Prinzen Bahman und Perwis wieder, und diese erkannten sie ebenfalls und umarmten sie. Sie erwiderte ihre Umarmung mit großer Herzlichkeit, und noch voll Erstaunen fragte sie: »Liebe Brüder, was macht ihr denn hier?« Als sie nun beide geantwortet hatten, sie haben soeben geschlafen, so fuhren sie fort: »Ja wohl, aber ohne mich würde euer Schlaf noch fortdauern und hätte vielleicht bis zum Tage des Gerichts gewährt. Erinnert ihr euch nicht, daß ihr ausgezogen seid, den sprechenden Vogel, den singenden Baum und das goldgelbe Wasser zu suchen, und daß ihr hier auf dem Wege die schwarzen Steine erblickt habt, womit dieser Ort besät war? Schaut euch um und seht, ob noch ein einziger davon übrig ist. Diese Herren hier und ihr ward selbst diese Steine, desgleichen auch eure Pferde, die, wie ihr sehen könnet, euch erwarten. Wenn ihr nun«, fuhr sie fort, indem sie auf den Krug zeigte, dessen sie jetzt nicht mehr bedurfte, und den sie bereits am Fuße des Berges hingestellt hatte, »wenn ihr nun zu erfahren wünscht, wie dies Wunder geschehen ist, so wisset, es geschah durch die Kraft des Wassers, womit dieser Krug angefüllt war und womit ich die Steine alle besprengt habe. Als ich den sprechenden Vogel, den ihr hier im Käfig seht, zu meinem

Sklaven gemacht und durch seine Hilfe den singenden Baum, wovon hier ein Zweig, sowie das goldgelbe Wasser, womit das Fläschchen hier angefüllt ist, gefunden hatte, so wollte ich nicht nach Hause kehren, ohne euch mitzunehmen; ich habe daher den Vogel durch die Macht, die ich über ihn erworben, gezwungen, mir das Mittel dazu anzugeben, und er hat mir diesen Krug, sowie den Gebrauch desselben, angezeigt.«

Die Prinzen Bahman und Perwis erkannten aus dieser Rede, wie sehr sie der Prinzessin, ihrer Schwester, verpflichtet waren, und die fremden Herren, die sich alle um sie versammelt und diese Rede ebenfalls gehört hatten, taten desgleichen. Sie erklärten ihr, daß sie weit entfernt seien, ihr diese Eroberung, nach welcher sie ebenfalls gestrebt hatten, zu mißgönnen, sondern daß sie vielmehr ihren Dank für das Leben, das sie ihnen wieder geschenkt, nicht besser an den Tag legen zu können glauben, als indem sie sich für ihre Sklaven erklären, bereit, alles zu tun, was sie ihnen gebiete. »Edle Herren«, antwortete die Prinzessin, »wenn ihr auf meine Rede acht gegeben habt, so kann es euch nicht entgangen sein, daß ich bei dem, was ich tat, keine andere Absicht hatte, als meine Brüder wieder zu finden; wenn es nun auch euch zugute gekommen ist, so seid ihr mir dafür keinen Dank schuldig. Ich sehe euer Anerbieten nur als einen Beweis von Höflichkeit gegen mich an, und danke auch dafür, wie sich's gebührt. Im übrigen betrachte ich euch, einen wie den andern, als ebenso freie Leute, wie ihr vor euerm Unglück wart, und freue mich mit euch über das Glück, das euch durch meine Vermittlung geworden ist. Laßt uns indes nicht länger an einem Ort bleiben, wo uns weiter nichts mehr aufhalten kann: steigen wir jetzt zu Pferd und kehren nach den Ländern zurück, woher wir gekommen sind.«

Die Prinzessin Parisade ging mit ihrem Beispiel voran, indem sie ihr Pferd holte, welches sie auf derselben Stelle wiederfand, wo sie es gelassen hatte. Bevor sie aufstieg, bat sie der Prinz Bahman, sie möchte ihn zu ihrer Erleichterung den Käfig tragen lassen. »Lieber Bruder«, antwortete die Prinzessin, »der Vogel ist mein Sklave und ich will ihn selbst tragen; wenn du indes den Zweig des singenden Baumes übernehmen willst, so ist es mir lieb. Halte auch den Käfig, bis ich aufgestiegen bin, und gib ihn mir dann zurück.« Als sie nun wieder zu Pferd saß und der Prinz Bahman ihr den Käfig mit dem Vogel zurückgegeben hatte, wandte sie sich zu ihrem zweiten Bruder Perwis und sagte zu ihm: »Und du, Bruder Perwis, nimm die Flasche mit dem goldgelben Wasser in Verwahrung, wenn es dir nicht beschwerlich ist.« Der Prinz Perwis tat es mit großem Vergnügen. Als nun die Prinzen Bahman und Perwis, sowie die anderen Herrn alle, zu Pferd saßen, wartete die Prinzessin Parisade, bis einer von ihnen sich an die Spitze stellen und den Zug beginnen würde. Die beiden Prinzen wollten aus Höflichkeit den fremden Herren den Vorzug lassen, und diese wiederum der Prinzessin. Da nun die Prinzessin sah, daß keiner von den Herren sich die Ehre zueignen, sondern alle dieselbe ihr überlassen wollten, so sagte sie zu ihnen: »Ihr Herren, ich warte darauf, daß ihr euch in Bewegung setzt.« – »Edles Fräulein«, antwortete einer der Nächststehenden im Namen aller, »wenn wir auch nicht wüßten, welche Ehre deinem Geschlecht gebührt, so gibt es doch nach dem, was du für uns getan hast, keine Ehre, die wir nicht dir zu erweisen bereit wären, obschon deine Bescheidenheit sich dawider setzt. Wir bitten dich nun, daß du uns nicht länger des Glücks berauben mögst, dir zu folgen.« – »Ihr Herren«, sagte darauf die Prinzessin, »ich verdiene die Ehre, die ihr mir erweiset, nicht, und nehme sie nur an, weil ihr es so wünscht.« Mit diesen Worten stellte sie sich an die Spitze des Zugs und die beiden Prinzen folgten ihr, unter die übrigen Herren gemischt, ohne Rangordnung. Diese Gesellschaft wollte im Vorbeireiten den Derwisch begrüßen und ihm für einen guten Empfang und seine wohlmeinenden Ratschläge, deren Wahrheit sie empfunden hatten, danken; allein er war gestorben, und man hatte nicht ermitteln können, ob aus Altersschwäche, oder weil man seiner nicht mehr bedurfte, um den Weg nach den drei Wunderdingen zu zeigen, welche die Prinzessin Parisade jetzt erobert hatte. So ritt denn die Gesellschaft ihres Weges fort, verminderte sich aber mit jedem Tag. Die Herren, die wie schon oben erzählt, aus verschiedenen Ländern gekommen waren, verabschiedeten sich, nachdem sie der Prinzessin ihren tiefgefühlten Dank wiederholt hatten, einer nach dem anderen von ihr und den Prinzen, ihren Brüdern, sowie jeder auf die Straße kam, die er hergeritten war. Die Prinzessin und die Prinzen Bahman und Perwis aber ritten auf demselben Weg weiter, bis sie nach Hause kamen.

Hier stellte die Prinzessin vor allem den Käfig in den mehrfach erwähnten Garten, an welchen der Saal stieß, und sobald der Vogel seine Stimme hören ließ, flogen die Nachtigallen, die Finken, die Lerchen, die Grasmücken, die Stieglitze und eine zahllose Menge anderer Vögel des Landes herbei, um in seinen Gesang mit einzustimmen. Den Zweig ließ sie in ihrer Gegenwart auf einem Rasenplatz in der Nähe des Hauses einsenken. Er faßte Wurzel und wurde in kurzer Zeit zum starken Baum, dessen Blätter bald dieselbe liebliche Musik und denselben vielstimmigen Gesang hören ließen, wie der Baum, von dem sie ihn abgebrochen hatte. Was endlich das Fläschchen mit dem goldgelben Wasser betrifft, so ließ sie mitten im Garten ein großes schönes Marmorbecken machen und goß das gelbe Wasser, das sie in dem Fläschchen hatte, bis auf den letzten Tropfen hinein. Sogleich fing es an aufzuschwellen, und als es beinahe den Rand des Beckens erreicht hatte, sprang es aus der Mitte in einer dicken Strahlengarbe fünfzig Schuh hoch empor, fiel dann nieder und fuhr so fort, ohne daß das Becken überlief.

Die Nachricht von diesen Wunderdingen verbreitete sich in der Nachbarschaft, und da weder die Türe des Gartens noch des Hauses jemandem verschlossen war, so strömte bald aus der Umgegend eine große Volksmasse herbei, um sie zu bewundern.

Die Prinzen Bahman und Perwis fingen einige Tage nach ihrer Heimkehr, als sie sich von den Beschwerden ihrer Reise völlig erholt hatten, ihre alte Lebensweise wieder an, und da die Jagd ihre gewöhnliche Belustigung war, so stiegen sie zu Pferd und ritten zum erstenmal seit ihrer Rückkehr nicht in den eigenen Park, sondern zwei bis drei Meilen weit von ihrem Hause weg. Während sie hier jagten, kam der Sultan von Persien, ebenfalls auf der Jagd begriffen, an denselben Ort. Sobald sie an der Menge von Reitern, die von allen Seiten zum Vorschein kamen, seine nahe Ankunft erkannten, wollten sie aufhören und sich zurückziehen, um seine Begegnung zu vermeiden; allein gerade auf dem Weg, den sie zu diesem Behufe einschlugen, begegneten sie ihm an einer so engen Stelle, daß sie weder ausweichen, noch umkehren konnten, ohne gesehen zu werden. In ihrer Überraschung hatten sie nur noch Zeit, abzusteigen und sich vor dem Sultan niederzuwerfen. So blieben sie mit der Stirn am Boden liegen, ohne ihn anzublicken; der Sultan aber, der sie so wohlberitten und anständig gekleidet sah, wie wenn sie zu seinem Hofstaat gehörten, war neugierig, ihr Gesicht zu sehen; er hielt an und befahl ihnen, aufzustehen. Die Prinzen richteten sich auf und standen mit edlem Anstand und in bescheidener, ehrfurchtsvoller Stellung vor ihrem Sultan. Der Sultan betrachtete sie einige Zeit von Kopf bis zu Fuß, ohne ein Wort zu sprechen, und nachdem er ihr gutes Aussehen und ihre edle Bildung bewundert hatte, fragte er sie, wer sie seien und wo sie wohnen. Der Prinz Bahman nahm das Wort und sprach: »Herr, wir sind Söhne des verstorbenen Aufsehers deiner Gärten und wohnen in einem Haus, das er kurz vor seinem Tode bauen ließ, damit wir darin bleiben sollen, bis wir das Alter erreicht hätten, unserm Herrn zu dienen, wenn sich Gelegenheit dazu finden würde.« – »Wie ich sehe«, fragte der Sultan weiter, »liebt ihr die Jagd?« – »Herr«, erwiderte der Prinz Bahman, » dies ist unsere gewöhnliche Übung, und keiner von den Untertanen meines Herrn, der sich dazu bestimmt, dereinst die Waffen in seinen Heeren zu führen, vernachlässigt sie.« Der Sultan war hoch erfreut über diese kluge Antwort und sagte zu ihnen: » Da dem so ist, so möchte ich euch wohl jagen sehen. Kommt und wählt euch eine Jagd, wie sie euch beliebt.« Die Prinzen stiegen wieder zu Pferd, folgten dem Sultan und waren noch nicht weit geritten, als sie mehrere Tiere zugleich hervorkommen sahen. Der Prinz Bahman erwählte sich einen Löwen und der Prinz Perwis einen Bären. Sie ritten beide zu gleicher Zeit mit einer Unerschrockenheit auf dieselben los, welche den Sultan überraschte; auch erreichten sie ihre Tiere fast zu gleicher Zeit und warfen ihre Speere mit solcher Geschicklichkeit, daß der prinz Bahman den Löwen und der Prinz Perwis den Bären durchbohrte, und der Sultan beide Tiere bald nacheinander fallen sah. Ohne sich länger aufzuhalten, verfolgte der Prinz Bahman einen anderen Bären und Prinz Perwis einen anderen Löwen, und in wenigen Augenblicken durchbohrten sie auch diese, so daß sie tot niederstürzten. Sie wollten noch weiter jagen, aber der Sultan gab es nicht zu; er ließ sie zurückrufen, und als sie wieder in seine Nähe gekommen waren, sagte er zu ihnen: »Wenn ich euch schalten und walten ließe, so würdet ihr bald meine ganze Jagd verwüstet haben. Indes will ich nicht sowohl meine Jagd schonen, als euch selbst, denn euer Leben soll mir fortan sehr teuer sein, da ich die Überzeugung hege, daß eure Tapferkeit mir dereinst noch nützlicher sein wird, als sie mir soeben ergötzlich war.« Kurz, der Sultan Chosru Schah fühlte für die beiden Prinzen eine so starke Zuneigung, daß er sie einlud,

sogleich bei ihm zu bleiben und ihm zu folgen. »Herr«, erwiderte der Prinz Bahman, »du erweist uns eine Ehre, die wir nicht verdienen, und wir bitten unsern Herrn, daß er uns dies erlassen wolle.«

Der Sultan, der nicht begriff, welche Gründe die Prinzen wohl haben konnten, diesen Beweis seiner Achtung abzulehnen, fragte sie darum und verlangte dringend, es zu erfahren. »Herr«, sagte der Prinz Bahman, »wir haben eine Schwester, die jünger ist als wir beide, und mit der wir in so inniger Eintracht leben, daß wir niemals etwas unternehmen oder tun, ohne ihren Rat eingeholt zu haben, so wie auch sie ihrerseits nichts tut, ohne uns zu befragen.« – »Diese eure geschwisterliche Eintracht gefällt mir sehr wohl«, versetzte der Sultan; »so befragt denn eure Schwester und kommt dann morgen wieder zu mir auf die Jagd, dann will ich ihren Bescheid hören.« Die Prinzen ritten nach Hause, dachten aber beide nicht mehr daran, daß der Sultan ihnen begegnet war, und daß sie die Ehre gehabt hatten, mit ihm zu jagen, und somit erzählten sie der Prinzessin auch nichts davon, daß er ihnen die Ehre erwiesen hatte, sie mit sich nehmen zu wollen. Als sie sich nun am anderen Morgen wieder beim Sultan zur Jagd eingestellt hatten, fragte sie dieser: »Nun, habt ihr mit eurer Schwester gesprochen? Will sie mir das Vergnügen gönnen, das ich erwarte, euch näher um mich zu sehen?« Die Prinzen blickten einander an, und die Röte stieg ihnen ins Gesicht. »Herr«, antwortete der Prinz Bahman, »wir bitten demütiglich um Entschuldigung; weder mein Bruder noch ich haben daran gedacht.« – »So denkt heute daran«, fuhr der Sultan fort, »und vergeßt nicht, mir morgen Bescheid zu bringen.« Die Prinzen vergaßen die Sache abermals, und der Sultan ärgerte sich nicht über ihre Gleichgültigkeit, sondern zog vielmehr drei kleine goldene Kugeln aus seiner Börse, steckte sie dem Prinzen Bahman in den Busen und sprach dabei lächelnd: »Diese Kugeln werden verhindern, daß ihr heute zum drittenmal das vergesset, was ihr mir zuliebe tun sollt; sie werden heute Abend, wenn du deinen Gürtel ablegst, ein solches Geräusch machen, daß du dich der Sache erinnern wirst, im Fall du nicht schon vorher daran gedacht hast.« Es erging, wie der Sultan vorausgesehen hatte. Ohne die drei goldenen Kugeln hätten die Prinzen abermals vergessen, mit der Prinzessin Parisade, ihrer Schwester, zu sprechen. Sie entfielen dem Busen des Prinzen Bahman, als er seinen Gürtel abgenommen hatte und sich anschickte, zu Bett zu gehen. Er eilte nun sogleich zu dem Prinzen Perwis, und beide gingen zusammen durch die Zimmer der Prinzessin, die sich noch nicht niedergelegt hatte. Sie baten um Verzeihung, daß sie so zur ungebührlichen Stunde stören und setzten ihr dann die Sache samt allen Umständen ihres Zusammentreffens mit dem Sultan auseinander. Die Prinzessin Parisade war durch diese Nachricht beunruhigt und sagte: »Euer Zusammentreffen mit dem Sultan ist glücklich und ehrenvoll für euch und kann es in der Folge noch mehr werden; für mich aber ist es verdrießlich und sehr traurig. Ich sehe wohl, daß ihr aus Rücksicht auf mich den Wunsch des Sultans abgelehnt habt und bin euch unendlich dafür verbunden; denn ich erkenne daraus, daß eure Freundschaft für mich vollkommen der meinigen zu euch entspricht. Ihr habt sozusagen lieber eine Unhöflichkeit gegen den Sultan begehen wollen, indem ihr seinen Wunsch eurer Meinung nach auf eine anständige Art ablehntet, als der geschwisterlichen Vereinigung, die wir uns geschworen haben, Eintrag zu tun; und ihr habt wohl bedacht, daß ihr, sobald ihr ihn einmal besucht habt, allmählich genötigt sein werdet, mich zu verlassen, um euch ihm ganz zu widmen. Haltet ihr es indes für so leicht, dem Sultan eine Sache gänzlich abzuschlagen, die er so angelegentlich zu wünschen scheint? Der Wunsch der Sultane ist ein Wille, dem zu widerstehen Gefahr bringt. Wenn ich euch also auch meiner Neigung zufolge abreden wollte, ihm die Gefälligkeit zu erzeigen, die er von euch fordert, so würde ich euch nur seinem Zorn aussetzen und mit mir unglücklich machen. Dies ist meine Ansicht hierüber; ehe wir jedoch einen Entschluß fassen, laßt uns den sprechenden Vogel befragen und hören, was er uns rät. Er ist verständig und voraussehend, und er hat uns für schwierige Fälle seine Hilfe versprochen.« Die Prinzessin Parisade ließ den Käfig bringen, und nachdem sie dem Vogel in Gegenwart der beiden Prinzen diese verwickelte Sache vorgetragen hatte, fragte sie ihn, wozu er ihnen unter solchen Umständen rate. Der Vogel antwortete: »Die Prinzen, deine Brüder, müssen dem Willen des Sultans entsprechen und sogar ihrerseits ihn einladen, euch hier zu besuchen.« – »Aber Vogel«, wandte die Prinzessin ein, »meine Brüder und ich, wir lieben uns ohnegleichen, und wird dieser Liebe durch einen solchen Schritt kein Eintrag geschehen?« – »Nichts weniger«, antwortete der Vogel, »sie wird dadurch nur um so stärker werden.« – »Auf diese Art«, versetzte die Prinzessin, »wird der Sultan auch mich sehen.« Der Vogel antwortete ihr, es sei notwendig, daß er sie sehe, und alles werde dann um so besser gehen.

Am folgenden Morgen stellten die Prinzen Bahman und Perwis sich wieder zur Jagd ein, und der Sultan fragte sie schon aus der Ferne, so weit er nur gehört werden konnte, ob sie diesmal daran gedacht haben, mit ihrer Schwester zu sprechen. Der Prinz Bahman nahte sich ihm und sprach: »Herr, gebiete über uns nach deinem Wohlgefallen, wir sind bereit, dir zu gehorchen; wir haben nicht nur keine Mühe gehabt, die Einwilligung unserer Schwester zu erlangen, sondern sie hat es sogar mißbilligt, daß wir in einer Sache, welche unsere Pflicht gegen unsern Herrn mit sich bringe, diese Rücksicht auf sie genommen haben. Aber, Herr, sie hat sich derselben auch so würdig gemacht, daß wir hoffen, du werdest uns verzeihen, wenn wir gefehlt haben.« – »Laßt euch das nicht bekümmern«, erwiderte der Sultan, »ich nehme das, was ihr getan habt, nicht nur nicht übel, sondern billige es sogar so sehr, daß ich hoffe, ihr werdet auch mich mit derselben Ergebenheit und Anhänglichkeit an meine Person erfreuen, sofern ich nur ein wenig Anteil an eurer Freundschaft habe.« Die Prinzen gerieten bei dieser überschwenglichen Güte des Sultans in Verwirrung und antworteten nur durch eine tiefe Verbeugung, um die hohe Ehrfurcht zu bezeugen, womit sie dieselbe empfingen.

Der Sultan jagte wider seine Gewohnheit an diesem Tage nicht lange. Da er erkannte, daß die Prinzen ebenso viel Geist besaßen als Tapferkeit und Kühnheit, so beschleunigte er seine Rückkehr, um sich recht bald und bequem mit ihnen unterhalten zu können. Sie mußten unterwegs an seiner Seite sein, eine Ehre, die, um von den vornehmen Hofleuten seines Gefolges zu schweigen, selbst die Eifersucht des Großveziers erregte, den es tief kränkte, sie vor sich reiten zu sehen.

Als der Sultan in seine Hauptstadt einritt, heftete das Volk, das die beiden Seiten der Straßen besetzt hielt, seine Augen nur auf die beiden Prinzen Bahman und Perwis und forschte, wer sie wohl sein möchten, Fremdlinge oder Eingeborne. »Wer sie auch seien«, sagten die meisten, »wollte Gott, daß der Sultan uns zwei so wohlgebildete und stattliche Prinzen geschenkt hätte! Er könnte sie fast von demselben Alter haben, wenn die Geburten der Sultanin, die schon so lange dafür leidet, glücklicher gewesen wären.«

Das erste, was der Sultan nach der Rückkehr in seinen Palast tat, war, daß er die Prinzen in den vorzüglichsten Zimmern umherführte, deren Schönheit, Reichtümer, Gerätschaften, Zierraten und Einteilung sie ohne Übertreibung lobten, wie Leute, die sich darauf verstanden. Man trug endlich ein herrliches Mahl auf, und der Sultan hieß sie neben sich zu Tisch sitzen. Sie wollten es anfangs ablehnen, gehorchten aber, als der Sultan sagte, daß dies sein Wille sei.

Der Sultan, der ungemein viel Verstand besaß und große Fortschritte in den Wissenschaften, namentlich in der Geschichte, gemacht, hatte wohl vorausgesehen, daß die Prinzen aus Bescheidenheit und Ehrfurcht es nicht wagen würden, die Unterhaltung anzufangen. Um ihnen nun Anlaß zum Sprechen zu geben, brachte er selbst etwas auf die Bahn und tat dies während der ganzen Mahlzeit;

aber auf was er auch zu sprechen kommen mochte; sie zeigten vor allem so viele Kenntnisse, Verstand, Scharfsinn und Urteil, daß er darüber in Verwunderung geriet. »Wenn es meine eigenen Kinder wären«, sprach er bei sich selbst, »und wenn ich sie ihren Geistesgaben gemäß hätte erziehen lassen, so könnten sie nicht besser unterrichtet, gewandter und gebildeter sein.« Kurz, er fand so großes Wohlgefallen an ihrer Unterhaltung, daß er, nachdem er länger als gewöhnlich bei Tisch geblieben war, aus dem Speisesaal mit ihnen in sein Zimmer ging und sich dort noch sehr lange mit ihnen besprach. Endlich sagte der Sultan zu ihnen: »Ich hätte nie geglaubt, daß es auf dem Lande unter meinen Untertanen so wohlerzogene, so verständige und so gewandte junge Herren gäbe; in meinem Leben habe ich keine Unterhaltung gehabt, die mir mehr Vergnügen gemacht hätte als die eurige. Für heute ist es indes genug und Zeit, daß ihr euch durch irgend eine Ergötzlichkeit an meinem Hofe unterhaltet, und da nichts die Wolken besser zerstreuen kann als Musik, so sollt ihr ein Konzert von Gesang und Saitenspiel hören, das euch nicht unangenehm sein wird.

Als der Sultan so gesprochen hatte, traten die dazu bestellten Spielleute und Sänger herein und entsprachen ganz der Erwartung, die man von ihrer Geschicklichkeit gehabt hatte. Vortreffliche Spaßmacher ließen sich danach hören, und Tänzer und Tänzerinnen beschlossen die Ergötzlichkeit.

Als die beiden Prinzen das Ende des Tages herannahen sahen, warfen sie sich dem Sultan zu Füßen, und nachdem sie ihm für die Ehre und Güte, womit er sie überhäuft, gedankt hatten, baten sie ihn um die Erlaubnis, heimzukehren, worauf der Sultan sie mit den Worten verabschiedete: »Ich entlasse euch jetzt; aber bedenkt wohl, daß ich euch nur den Weg nach meinem Palast zeigen wollte, damit ihr künftig von selbst kommen sollt; ihr werdet willkommen sein, und je öfter ihr mich besucht, um so größere Freude werdet ihr mir machen.«

Ehe sie sich aus dem Angesicht des Sultans entfernten, sagte der Prinz Bahman zu ihm: »Herr, dürften wir uns wohl die Freiheit nehmen, dich zu bitten, daß du uns und unserer Schwester die Gnade erweisen mögest, das nächstemal, wenn die Jagdlust dich in unsere Gegend führt, auch unsrem Hause zu nahen und einige Augenblicke darin auszuruhen; es ist zwar deiner Gegenwart nicht würdig, allein die Könige verschmähen es zuweilen nicht, in niedriger Hütte einzukehren.« Darauf antwortete der Sultan: »Das Haus von Herren, wie ihr, kann nicht anders als schön und euer würdig sein. Ich werde es mit großem Vergnügen besuchen und noch mit größerem eurer und eurer Schwester Gast sein, die mir, ohne daß ich sie gesehen habe, schon durch die bloße Erzählung von ihren schönen Eigenschaften teuer geworden ist; auch will ich mir dies Vergnügen nicht länger vorenthalten als bis übermorgen. Ich werde mich in aller Frühe an demselben Ort einfinden, wo ich mich wohl erinnere, euch das erstemal getroffen zu haben: kommt auch dahin, auf daß ihr mir zu Führern dient.«

Die Prinzen Bahman und Perwis ritten noch am selbigen Tag nach Hause und erzählten der Prinzessin Parisade sogleich, wie ehrenvoll der Sultan sie aufgenommen habe. Zugleich sagten sie ihr, sie haben nicht vergessen, ihn einzuladen, daß er im Vorbeireiten ihr Haus mit einem Besuch beehren möchte, und er habe es auch auf übermorgen zugesagt.

»Wenn dem so ist«, sagte die Prinzessin, »so müssen wir von Stund an darauf denken, dem Sultan ein würdiges Mahl zu bereiten, und es wird gut sein, wenn wir zu diesem Behuf den sprechenden Vogel befragen: dieser sagt uns vielleicht ein Gericht, das mehr nach dem Geschmack des Sultans ist als andere.« Da die Prinzen ihrer Schwester alles überließen, was sie für gut hielt, so befragte sie, als jene sich entfernt hatten, allein den Vogel. »Vogel«, sagte sie zu ihm, »der Sultan wird uns die Ehre erzeigen, in unser Haus zu kommen, und wir müssen ihn bewirten; sage uns, wie wir es am besten anstellen können, daß er zufrieden ist.« »Meine liebe Herrin«, antwortete der Vogel, »du hast vortreffliche Köche, laß diese ihr bestes tun; hauptsächlich aber sollen sie eine Schüssel Gurken mit einer Fülle von Perlen zurichten, und diese laß vor dem Sultan gleich beim ersten Gang vor allen anderen Gerichten aufstellen.« – »Gurken mit einer Fülle von Perlen!« rief die Prinzessin Parisade verwundert. »Du bist nicht bei Sinnen, Vogel, das ist ein unerhörtes Gericht. Der Sultan könnte es zwar als eine große Pracht bewundern, aber er ist doch bei Tische, um zu essen, und nicht, um Perlen zu bewundern. Überdies würden alle Perlen, die ich besitze, nicht zu dieser Fülle ausreichen.« – »Herrin«, versetzte der Vogel, »tue, was ich sage, und kümmere dich nicht um das, was daraus entsteht, denn dies kann nur etwas Gutes sein. Was indes die Perlen betrifft, so gehe morgen in aller Frühe an den ersten Baum rechts in deinem Garten und laß dort nachgraben: du wirst mehr Perlen finden, als du nötig hast.«

Die Prinzessin Parisade ließ noch am selbigen Abend einem Gärtner andeuten, daß er sich zu einer bestimmten Stunde bereit halten solle; am anderen Morgen in aller Frühe ging sie mit ihm zu dem Baum, welchen der Vogel ihr bezeichnet hatte und befahl ihm, am Fuße desselben zu graben. Als der Gärtner bis auf eine gewisse Tiefe gegraben hatte, fühlte er Widerstand, und bald entdeckte er ein goldenes Kästchen, ungefähr einen Schuh groß ins Geviert, und zeigte es der Prinzessin. »Eben darum habe ich dich hierhergeführt«, sagte sie zu ihm, »fahre fort und gib wohl acht, daß du es mit dem Spaten nicht verletzt.«

Der Gärtner zog das Kästchen endlich hervor und übergab es der Prinzessin. Da es nur durch kleine, sehr zierliche Häkchen geschlossen war, so öffnete es die Prinzessin auf der Stelle und sah, daß es voll Perlen war, zwar von mittelmäßiger Größe, aber alle gleich und zu dem beabsichtigten Gebrauch passend. Sehr vergnügt über den Fund dieses kleinen Schatzes verschloß sie das Kästchen wieder, nahm es unter den Arm und ging nach dem Haus zurück, indes der Gärtner die Erde am Fuße des Baumes wieder zusammenscharrte und alles in den vorigen Stand setzte.

Die Prinzen Bahman und Perwis, die, während sie sich ankleideten, von ihren Zimmern aus die Prinzessin, ihre Schwester, früher als gewöhnlich im Garten gesehen hatten, gingen ihr, sobald sie fertig waren, entgegen, und trafen sie mitten im Garten; da sie nun schon von ferne bemerkt hatten, daß sie etwas unter dem Arm trug, und jetzt in der Nähe sahen, daß es ein goldenes Kästchen war, so verwunderten sie sich sehr darüber. »Liebe Schwester«, sagte der Prinz Bahman zu ihr, indem er auf sie zutrat, »als wir dich mit dem Gärtner hierhergehen sahen, trugst du nichts und jetzt kommst du mit einem goldenen Kästchen zurück. Ist dies vielleicht ein Schatz, den der Gärtner gefunden und dir angekündigt hat?« – »Meine Brüder«, antwortete die Prinzessin, »die Sache verhält sich gerade umgekehrt; ich habe den Gärtner an den Ort geführt, wo das Kästchen verborgen war und es ausgraben lassen. Ihr werdet über meinen Fund noch mehr erstaunen, wenn ihr seht, was es enthält.«

Die Prinzessin öffnete das Kästchen, und die Prinzen erstaunten höchlich, als sie es mit Perlen angefüllt sahen, die zwar, jede einzeln betrachtet, sich nicht durch Größe auszeichneten, aber durch ihre Vollkommenheit und Menge sehr bedeutenden Wert hatten. Sie fragten die Prinzessin, durch welchen Zufall sie von diesem Schatz Kunde erhalten habe. »Liebe Brüder«, antwortete sie, »wenn euch nicht ein dringenderes Geschäft anderswohin ruft, so kommt mit mir, ich will es euch sagen.« Der Prinz Perwis versetzte darauf: »Wie könnten wir ein dringenderes Geschäft haben, als Kunde von dieser Sache zu erhalten, die für uns so hochwichtig ist? Ohnehin wollten wir weiter nichts, als dir entgegengehen.«

Hierauf ging die Prinzessin Parisade mitten unter den beiden Prinzen nach dem Haus zurück und erzählte ihnen unterwegs, wie sie, der Übereinkunft mit ihnen gemäß, den Vogel befragt, was er ihr geantwortet, was sie ihm in Beziehung auf das Gericht Gurken mit Perlen gefüllt entgegengehalten, und wie er ihr den Ort, wo sie soeben das Kästchen gefunden, angezeigt habe, um daselbst die nötige Anzahl Perlen zu holen. Die Prinzen und die Prinzessin gerieten auf allerlei Vermutungen, in welcher Absicht der Vogel wohl ein solches Gericht für den Sultan bereitet wissen wolle und sogar die Mittel angezeigt habe. Endlich aber, nachdem sie lange hin und wieder über diese Sache gesprochen hatten, mußten sie sich gestehen, daß sie den Zweck nicht einsehen, den Rat des Vogels jedoch Punkt für Punkt unfehlbar befolgen müssen. Als sie wieder ins Haus kamen, ließ die Prinzessin den Küchenmeister zu sich auf ihr Zimmer rufen und gab ihm ihre Anweisungen, wie er das Mahl für den Sultan zu bereiten habe. Dann fügte sie hinzu: »Außer dem, was ich dir soeben gesagt habe, mußt du noch ein besonderes Gericht für den Sultan machen, und zwar darf niemand außer dir Hand dabei anlegen. Dieses Gericht ist eine Schüssel mit gefüllten Gurken, und die Fülle hast du aus diesen Perlen hier zu machen.« Mit diesen Worten öffnete sie das Kästchen und zeigte ihm die Perlen. Der Küchenmeister, der nie von einer ähnlichen Fülle gehört hatte, trat zwei Schritte zurück, und auf seinem Gesicht stand deutlich geschrieben, was er von der Sache denke. Die Prinzessin erriet seine Gedanken und sagte: »Ich sehe wohl, du hältst mich für aberwitzig, daß ich von dir ein Gericht verlange, wovon du niemals sprechen gehört hast und von dem man mit Gewißheit behaupten kann, daß es noch nie bereitet worden ist. Es ist wahr und ich weiß es so gut als du; aber ich bin nicht aberwitzig, sondern befehle dir mit vollem Verstand, es zu bereiten. Gehe, sinne darauf und tue dein bestes; nimm das Kästchen mit und bringe es mir dann mit den übrigen Perlen zurück, wenn du nämlich nicht alle brauchst.« Der Küchenmeister wußte hierauf nichts zu erwidern, er empfing das Kästchen und nahm es mit. An demselben Tag erteilte die Prinzessin Parisade noch ihre Befehle, daß alles sowohl im Haus als auch im Garten recht hübsch in Ordnung gestellt wurde, um den Sultan würdig zu empfangen. Am anderen Morgen waren die beiden Prinzen bereits an dem verabredeten Ort, als der Sultan von Persien ankam. Der Sultan begann die Jagd und setzte sie fort, bis die brennende Hitze der Sonne, welche sich der Mittagshöhe nahte, ihn nötigte, aufzuhören. Während nun der Prinz Bahman beim Sultan blieb, um ihn zu begleiten, stellte sich der Prinz Perwis als Wegweiser an die Spitze des Zuges, und als er in der Nähe des Hauses war, gab er seinem Roß die Sporen, um der Prinzessin Parisade die Ankunft des Sultans zu verkündigen; indes war die Prinzessin schon von ihren eigenen Leuten, welche sie nach verschiedenen Seiten ausgeschickt hatte, davon benachrichtigt, und fand der Prinz sie zu seinem Empfang bereit.

Als endlich der Sultan ankam und an der Vorhalle abgestiegen war, trat die Prinzessin Parisade hervor und warf sich zu seinen Füßen; die Prinzen Bahman und Perwis aber, die zugegen waren, sagten dem Sultan, dies sei ihre Schwester und baten ihn, die Beweise ihrer Ehrfurcht gegen ihn zu genehmigen. Der Sultan bückte sich, um der Prinzessin aufstehen zu helfen, und nachdem er sie betrachtet und einige Zeit den blendenden Glanz ihrer Schönheit, ihre Holdseligkeit, ihren edlen Anstand und ein gewisses Etwas, das nicht zu ihrem ländlichen Wohnort stimmte, bewundert hatte, so sagte er: »Die Brüder sind der Schwester würdig und die Schwester der Brüder; vom Äußeren auf das Innere zu schließen, wundere ich mich nicht mehr, daß die Brüder nichts ohne Einwilligung der Schwester tun wollen; aber ich hoffe sie von dieser Seite noch besser kennen zu lernen, als es auf den ersten Anblick möglich ist, wenn ich zuvor das Haus gesehen habe.« Hierauf nahm die Prinzessin das Wort und sprach: »Herr, es ist nur ein Landhaus, wie es Leuten unserer Art, die von der großen Welt zurückgezogen leben, zukommt, und darf durchaus nicht mit den Häusern der großen Städte, noch weniger mit den prachtvollen Palästen verglichen werden, welche nur Sultanen angehören.« – »Ich kann mich hierin nicht ganz auf dein Urteil verlassen«, sagte der Sultan sehr höflich; »das, was ich jetzt sehe, macht mir deine Worte etwas verdächtig. Ich behalte mir übrigens mein Urteil vor, bis du mich das Haus hast sehen lassen; geh also voraus und zeige mir den Weg.« Die Prinzessin führte nun den Sultan mit Ausnahme des Saales in alle Zimmer, und nachdem er jedes einzelne aufmerksam betrachtet und die Mannigfaltigkeit derselben bewundert hatte, sprach er zu der Prinzessin Parisade: »Wie, mein schönes Kind, das nennst du ein Landhaus? Die schönsten und größten Städte würden bald verlassen sein, wenn alle Landhäuser dem deinigen glichen. Jetzt wundere ich mich nicht mehr, daß du dir so gut darin gefällst und die Stadt verschmähst. Laß mich auch den Garten sehen, gewiß entspricht er dem Haus.« Die Prinzessin öffnete eine Türe, die nach dem Garten führte, und das erste, was dem Sultan in die Augen fiel, war der Strahl des goldgelben Wassers. Überrascht durch dieses für ihn so neue Schauspiel, stand er lange still bewundernd da und sagte dann: »Woher kommt dieses wunderbare Wasser, das einen so lieblichen Anblick gewährt? Wo ist seine Quelle, und durch welche Kunst hat man einen so außerordentlichen Springbrunnen gemacht, desgleichen es, glaube ich, keinen mehr auf der Welt gibt? Ich will dieses Wunder noch genauer beschauen.« Mit diesen Worten ging er darauf zu, und die Prinzessin führte ihn über den Ort, wo der singende Baum stand.

Als der Sultan sich ihm nahte, hörte er ein Konzert, wie er noch nie eines gehört hatte. Er blieb stehen und sah sich überall um, wo die Musikanten wohl sein möchten; da er aber niemand weder in der Nähe noch in der Ferne erblickte, die Musik jedoch ganz deutlich hörte, so daß er davon bezaubert war, so wandte er sich an die Prinzessin Parisade und sagte zu ihr: »Aber meine

Holde, wo sind denn die Musikanten, die ich höre? Sind sie unter der Erde, oder sind sie unsichtbar in der Luft? Mit so vortrefflichen und bezaubernden Stimmen dürfen sie sich guten Mutes sehen lassen, denn sie könnten überall nur Vergnügen bereiten.« – »Herr«, antwortete die Prinzessin lächelnd, »das Konzert, das du hörst, wird nicht von Musikanten gemacht, sondern von dem Baum, den mein Herr hier vor sich sieht; wenn du dir die Mühe nehmen willst, noch vier Schritte näher herzu zu kommen, so wirst du nicht mehr daran zweifeln können und die Stimmen noch deutlicher hören.«

Der Sultan trat näher und war von dem süßen Wohlklang des Konzerts so bezaubert, daß er nicht müde werden konnte, es zu hören. Endlich erinnerte er sich, daß er auch noch das goldgelbe Wasser in der Nähe zu besehen hatte; er brach daher sein Stillschweigen und sagte zur Prinzessin: »Ich bitte dich, meine Schöne, sage mir, befindet sich dieser wunderbare Baum zufällig in deinem Garten? Hat man ihn dir zum Geschenk gemacht, oder hast du ihn aus fernem Land kommen lassen? Er muß wohl sehr weit herkommen, denn sonst hätte ich, als großer Freund von Seltenheiten der Natur, gewiß schon davon reden gehört. Welchen Namen gibst du ihm?« – »Herr«, antwortete die Prinzessin, »dieser Baum hat keinen anderen Namen als: der singende Baum, und er wächst nicht hierzulande; es wäre indessen zu lang, wenn ich dir erzählen wollte, durch welchen Zufall er sich hier befindet. Diese Geschichte hängt mit dem goldgelben Wasser und dem sprechenden Vogel zusammen, welchen wir zugleich bekommen haben, und den du auch sehen kannst, wenn du das goldgelbe Wasser nach Gefallen in der Nähe beschaut hast. Ist es meinem Herrn genehm, so werde ich die Ehre haben, dir alles zu erzählen, sobald du ausgeruht und dich von den Anstrengungen der Jagd erholt hast, die du durch diesen mühsamen Gang in der Sonnenhitze noch vermehrst.« – »Mein schönes Kind«, antwortete der Sultan, »ich weiß durchaus nichts von dieser Mühe, sie wird mir ja so schön durch die wunderbaren Dinge belohnt, die du mich sehen läßt; sage vielmehr, daß ich nicht an die Mühe denke, die ich dir verursache. Deshalb laß uns eilen und das goldgelbe Wasser betrachten; ich brenne schon vor Verlangen, hernach den sprechenden Vogel zu sehen und zu bewundern.« Als nun der Sultan an den Springbrunnen des goldgelben Wassers gekommen war, so blieben seine Augen lange auf die Wassergarbe geheftet, die unaufhörlich in die Luft emporstieg und dann wieder in das Becken sank, was eine wunderbare Wirkung hervorbrachte. »Nach deiner Rede, mein schönes Kind«, sagte er hierauf zur Prinzessin, »hat dieses Wasser keine Quelle und kommt auch nicht durch unterirdische Röhren aus irgend einem Ort der Umgegend; ich begreife also nur so viel, daß es ebenso, wie der singende Baum, von fremden Landen herstammt.« – »Herr«, erwiderte die Prinzessin, »die Sache verhält sich ganz wie du gesagt hast, und zum Beweis, daß das Wasser nicht anders woher, weder von der Seite, noch von unten kommen kann, versichere ich dir, daß das Marmorbecken aus einem einzigen Stück besteht. Was dieses Wasser aber in deinen Augen noch wunderbarer erscheinen lassen muß, ist der Umstand, daß ich nur ein einziges Fläschchen davon in das Becken gegossen habe, und es dann durch seine ihm innewohnende besondere Eigenschaft so angeschwollen ist.« Der Sultan verließ endlich das Becken mit den Worten: »Es ist jetzt genug für das erste Mal, denn ich denke noch öfter wiederzukommen; führe mich nun zu dem sprechenden Vogel.« Indem er sich nun dem Saal näherte, bemerkte der Sultan auf den Bäumen umher eine erstaunliche Menge Vögel, die mit ihrem Gesang und Gezwitscher die Luft erfüllten. Er fragte, warum dieselben gerade hier und nicht auf den anderen Bäumen des Gartens versammelt seien, wo er keinen gesehen oder singen gehört habe. »Herr«, antwortete die Prinzessin, »dies kommt daher, weil alle Vögel aus der Gegend zusammenfliegen, um den Gesang des sprechenden Vogels zu begleiten. Mein Herr kann denselben in dem

Käfig sehen, der in einem der Fenster des Saales steht, welchen du jetzt betreten wirst; wenn du darauf acht gibst, wirst du bemerken, daß sein Gesang den aller übrigen Vögel bei weitem übertrifft, sogar den Gesang der Nachtigall, die ihn kaum von ferne erreicht.« Der Sultan trat in den Saal, und da der Vogel fortfuhr zu singen, sprach die Prinzessin mit erhabener Stimme zu ihm: »Höre, Sklave, hier ist der Sultan, bezeige ihm deine Ehrfurcht.« Der Vogel hörte im Augenblick auf zu singen, und ebenso auch alle anderen Vögel mit ihm. Dann sagte er: »Sehr willkommen sei der Sultan, der Himmel überhäufe ihn mit Segen und verlängere die Zahl seiner Tage!« Da das Gastmahl vor dem Sofa in der Nähe des Fensters, wo der Käfig stand, bereitet war, so sprach der Sultan, indem er sich zu Tisch begab: »Vogel, ich danke dir für deinen Gruß und bin sehr erfreut, in dir den Sultan und König der Vögel zu erblicken.« Als der Sultan die Schüssel mit Gurken bemerkte, die er auf gewöhnliche Art gefüllt glaubte, so griff er darnach und war außerordentlich erstaunt, sie mit Perlen gefüllt zu finden. »Welche Sonderbarkeit!« sagte er, »was soll eine Fülle von Perlen? Man kann doch die Perlen nicht essen.« Dabei blickte er die beiden Prinzen und die Prinzessin mit fragenden Augen an, was dies zu bedeuten habe; aber der Vogel nahm nun das Wort und sagte: »Herr, wie magst du dich über eine Fülle von Perlen, die du mit eigenen Augen siehst, so sehr verwundern, da du doch so leicht glauben konntest, daß die Sultanin, deine Gemahlin, einen Hund, eine Katze und ein Stück Holz zur Welt gebracht habe?«

– »Ich habe es geglaubt«, versetzte der Sultan, »weil die Hebammen so versicherten.« – »Diese Hebammen, Herr«, erwiderte der Vogel, »waren die Schwestern der Sultanin, aber neidisch und eifersüchtig auf das Glück, womit du sie vor ihnen beehrt hattest, und um ihre Wut zu befriedigen, haben sie die Leichtgläubigkeit meines Herrn mißbraucht; sie werden ihr Verbrechen gestehen, sobald du sie verhören läßt. Die beiden Brüder und ihre Schwester, die du hier siehst, sind deine eigenen Kinder, die von diesen Hebammen ausgesetzt wurden; der Aufseher deiner Gärten hat sie aufgenommen, gepflegt und großgezogen.«

Die Rede des Vogels klärte dem Sultan in einem Augenblick alles auf. »Vogel!« rief er aus, »es wird mir nicht schwer, dem Glauben beizumessen, was du mir entdeckst und verkündigst. Die Neigung, die mich zu ihnen hinzog und die Zärtlichkeit, die ich von Anfang an gleich für sie fühlte, sagten mir nur zu deutlich, daß ich ihr Vater sei. So kommt denn, meine Kinder, komm, liebe Tochter, laßt euch umarmen und empfangt von mir die ersten Beweise meiner väterlichen Liebe und Zärtlichkeit.« Dabei stand er auf, und nachdem er die beiden Prinzen und die Prinzessin nacheinander umarmt und seine Tränen mit den ihrigen vermischt hatte, sagte er: »Das ist noch nicht genug, liebe Kinder, ihr müßt euch jetzt ebenfalls umarmen, nicht als die Kinder des Aufsehers meiner Gärten, dem ich zu ewigem Dank verpflichtet sein werde, daß er euch das Leben gerettet hat, sondern als meine Kinder, als Sprößlinge der Könige von Persien, deren Ruhm ihr, wie ich überzeugt bin, glänzend aufrecht erhalten werdet.«

Nachdem sich nun die beiden Prinzen und die Prinzessin mit freudigen Gefühlen ganz neuer Art, wie der Sultan es wünschte, gegenseitig umarmt hatten, so setzte sich dieser wiederum mit ihnen zu Tisch; er aß eilig, und als er fertig war, sagte er: »Liebe Kinder, ihr erkennt nun in mir euern Vater, morgen werde ich auch eure Mutter, die Sultanin, zu euch führen; bereitet euch vor, sie zu empfangen.«

Der Sultan stieg zu Pferd und ritt in aller Eile zu seiner Hauptstadt zurück. Sobald er abgestiegen und in seinen Palast gekommen war, befahl er vor allem seinem Großvezier, den beiden Schwestern der Sultanin aufs schleunigste den Prozeß machen zu lassen. Die beiden Schwestern wurden aus ihren Wohnungen geholt, einzeln gefragt, einander gegenüber gestellt, durch die Folter zum Geständnis gebracht, zur Strafe des Vierteilens verurteilt und hingerichtet; und dies alles geschah in weniger als einer Stunde.

Indes ging der Sultan Chosruh Schah, begleitet von allen Herren an seinem Hof, die gerade zugegen waren, zu Fuß bis an die Tür der großen Moschee, und nachdem er selbst die Sultanin aus dem engen Gefängnis geführt hatte, in welchem sie seit so vielen Jahren schmachtete und litt, sprach er zu ihr, indem er sie mit Tränen in den Augen in ihrem jammervollen Zustande umarmte: »Teure Frau, ich komme, um dich wegen der Ungerechtigkeit, die ich dir angetan habe, um Verzeihung zu bitten und dir die schuldige Genugtuung zu geben. Ich habe dieselbe bereits mit der Bestrafung derjenigen begonnen, die mich durch einen fluchwürdigen Betrug verleitet haben; und ich hoffe, daß du diese Genugtuung für vollständig halten wirst, da ich dir zwei ausgezeichnete Prinzen und eine liebenswürdige, von Schönheit strahlende Prinzessin schenke, die deine und meine Kinder sind. Komm und nimm deinen Rang wieder ein samt allen Ehren, welche dir gebühren.«

Diese Genugtuung geschah im Angesicht einer großen Volksmenge, die von allen Seiten herbeigeströmt war, denn die Nachricht von dieser frohen Begebenheit hatte sich in wenigen Augenblicken in der ganzen Stadt verbreitet.

Am anderen Morgen in aller Frühe begaben sich der Sultan und die Sultanin, die nun ihr

bisheriges Kleid der Erniedrigung und Trauer wieder mit einem prachtvollen königlichen Gewande vertauscht hatte, nebst dem ganzen dazu entbotenen Hofstaat nach dem Landhause der beiden Prinzen und der Prinzessin. Als sie dort angekommen und abgestiegen waren, stellte der Sultan die Prinzen Bahman und Perwis und die Prinzessin Parisade der Sultanin vor mit den Worten: »Teures Weib, hier sind die beiden Prinzen, deine Söhne, und hier ist die Prinzessin, deine Tochter; umarme sie mit derselben Zärtlichkeit, wie ich sie bereits umarmt habe: sie sind mein und dein würdig.« Da floßen nun eine unzählige Menge Tränen bei diesen rührenden Umarmungen, besonders von Seiten der Sultanin, die jetzt den Trost und die Freude erlebte, zwei Prinzen als ihre Söhne und eine Prinzessin als ihre Tochter zu umarmen, nachdem sie ihretwegen so schwer und solange gelitten hatte.

Die beiden Prinzen und die Prinzessin hatten für den Sultan, die Sultanin und den ganzen Hofstaat ein prächtiges Mahl bereiten lassen. Man setzte sich zu Tisch, und nach der Mahlzeit führte der Sultan die Sultanin in den Garten, wo er ihr den singenden Baum und das schöne Spiel des goldgelben Wassers zeigte. Den Vogel hatte sie schon in seinem Käfig gesehen, und der Sultan hatte ihn während der Mahlzeit gerühmt.

Als nun der Sultan keinen Grund mehr hatte, länger hier zu bleiben, stieg er wieder zu Pferd, und der Prinz Bahman ritt zu seiner Rechten, der Prinz Perwis zu seiner Linken, ihnen folgte die Sultanin mit der Prinzessin zu ihrer Linken. Voraus und hinter ihnen ritten die Hofbeamten je nach ihrem Rang, und in diesem Aufzug kehrten sie nach der Hauptstadt zurück. Als sie sich nahten, strömte ihnen das Volk haufenweise bis weit vor die Tore heraus entgegen, und alle hefteten ihre Blicke nicht weniger auf die Sultanin, mit herzlicher Teilnahme an ihrer Freude nach so langer Betrübnis, als auf die beiden Prinzen und die Prinzessin, die sie mit lautem Freudengeschrei empfingen. Auch der Vogel in seinem Käfig, den die Prinzessin Parisade vor sich her trug, zog ihre Aufmerksamkeit auf sich, und sie bewunderten seinen Gesang, der alle anderen Vögel so anlockte, daß sie ihm auf dem Felde von Baum zu Baum, und in den Straßen der Stadt von Dach zu Dach nachfolgten.

In diesem feierlichen Aufzug wurden die Prinzen Bahman und Perwis und die Prinzessin Parisade in den Palast geführt, und am Abend folgte große Beleuchtung und allgemeine Freudenfeste im Palast und in der Stadt, und die Lustbarkeiten dauerten mehrere Tage hintereinander fort.

Mit diesen Worten schloß Schehersad diese Geschichte; in der nächsten Nacht begann sie folgende:

Wunderbare Geschichte Omar Alnumans und seiner beiden Söhne Scharkan und Dhul Makan.

Einst war in Bagdad,* noch vor dem Kalifat Abdulmaliks, ein sehr mächtiger König, welcher Omar Alnuman hieß. Er war der tapferste Herrscher seiner Zeit, Funken sprühten aus seiner Nase, wenn er zürnte, und niemand wagte es, ihm zu widersprechen; die mächtigsten Fürsten mußten sich vor ihm beugen und die entferntesten Länder ihm Gehorsam leisten. Seine Befehle erstreckten sich bis zur Provinz Hedjas und dem glücklichen Arabien, und bis zu den indischen und chinesischen Inseln; sowohl Abessinien, als der entfernteste Norden war ihm untertan, und von allen Seiten kamen täglich Boten zu ihm, die ihm die Unterwürfigkeit, die Glückwünsche, Abgaben und Geschenke von den entlegensten Städten brachten. Omar Alnuman war von sehr edler Abkunft; er hatte vier Frauen, von denen ihm eine einen sehr tapferen und heldenmütigen Sohn gebar, den er unaussprechlich liebte. Außer den vier Frauen hatte er dreihundertundsechzig Sklavinnen bei sich, für jeden Tag im Jahr eine andere. Jede hatte eine eigene Wohnung innerhalb seines Palastes, der nach den Monaten des Jahres in zwölf Teile eingeteilt war, deren jeder dreißig Wohnungen in sich faßte. So pflegte er bei jeder eine Nacht im Jahr zuzubringen, dann sah er sie bis zum folgenden Jahr nicht wieder. Sein Sohn Scharkan hatte schon viele Länder erobert und war wegen seiner Tapferkeit und Einsicht längst zum Tronerben eingesetzt, als die Bestimmung wollte, daß eine der Sklavinnen Omars schwanger wurde. Omar freute sich sehr mit der Aussicht auf die Vermehrung seiner Nachkommen und behandelte die Schwangere mit viel Güte. Scharkan aber war sehr betrübt über diese Nachricht, denn er dachte: wie leicht könnte der Neugeborene mir einst mein Reich rauben. Er beschloß daher bei sich selbst, wenn die Sklavin einen Sohn gebären würde, ihn umzubringen.

Die schwangere Sklavin war eine Griechin, die einst der König von Cäsarea Omar mit vielen anderen Geschenken geschickt hatte. Safia, so hieß die Griechin, war sehr liebenswürdig, bescheiden, tugendhaft und geistreich. Omar gewann sie sehr lieb, und wenn er bei ihr war und sie ihn bediente, sagte sie immer: »Ich bete zu Gott, daß er mir einen Sohn beschere; ich will ihn zur Tugend und Gottesfurcht heranbilden.« Während ihrer Schwangerschaft fastete und betete sie immerfort zu Gott und war sehr fromm und wohltätig; Gott erhörte aber auch ihr Flehen und

* Man liest allenthalben *Bagdad* in der Herzogl. Gothaischen Handschrift, aus welcher diese Erzählung übersetzt wurde. Im Bulaker Text liest man hier und an einigen anderen Stellen Damask, was freilich zur Regierung eines Königs, der vor dem Omejjaden Abd Almelik lebte, besser paßt, da Bagdad damals noch nicht existierte, viel weniger Residenz war, aber im Laufe der Erzählung heißt es dann auch Bagdad, wir haben es daher durchweg stehen lassen. Wollte man aber auch allenthalben Damask lesen, so könnte man doch den Erzähler nicht von Anachronismen freisprechen, da, um nur eines zu erwähnen, im Laufe der Erzählung Nushat Essaman behauptet, sie habe *Avicenna* und *Ibn Beitar* gelesen, die bekanntlich erst unter den späteren Abbasiden lebten.

ließ sie ohne Schmerzen niederkommen. Omar sowohl, als sein Sohn Scharkan, hatten, als die Zeit der Niederkunft nahe war, jemanden zu ihr geschickt, der ihnen berichten sollte, was Safia geboren. Sobald also das Kind zur Welt kam und die Ammen erklärt hatten, es sei ein Mädchen, brachten die Boten diese Nachricht dem König und seinem Sohn, und Scharkan freute sich außerordentlich mit dieser Botschaft. Als aber die Boten weg waren, sagte Safia zu den Ammen: »Wartet nur noch ein wenig, ich fühle noch etwas in meinem Leib;« sie stieß dann einen Schrei aus und gebar mit Gottes Hilfe auch einen Sohn, so schön und frisch wie der leuchtende Mond, mit klarer Stirne und rosigen Wangen. Safia und alle Anwesenden waren außer sich vor Freude.

Die Nachricht verbreitete sich bald im ganzen Schloß, alle Sklavinnen beneideten Safia, der König aber war entzückt, ging zu ihr und küßte Mutter und Kinder, nannte den Sohn Dhul Makan (Lichts des Orts) und die Tochter Nushat Assaman (Ergötzung der Zeit), und sorgte für Ammen, Diener und Wärterinnen, sowie auch für allerlei Getränke und Öle. Die Bewohner Bagdads schmückten die Stadt vor Freude über diese Begebenheit, und die Veziere, die Fürsten und Großen des Reichs erschienen, um dem König Glück zu wünschen. Der König dankte ihnen und beschenkte sie reichlich. Vier Jahre verstrichen, in denen der König jeden Augenblick sich nach Safia und den Kindern erkundigte, sie mit allerlei Schmuck und anderen Kostbarkeiten beschenkte und für die Erziehung seiner Kinder sorgte. Scharkan aber glaubte noch immer, Safia habe nur eine Tochter geboren, denn er war stets nur mit seinen Kriegszügen beschäftigt. Eines Tages kamen Omars Adjutanten und kündigten Gesandte vom Kaiser von Konstantinopel an. Omar ließ sie hereinkommen, ging ihnen entgegen und fragte sie nach der Ursache ihrer Sendung. Die Gesandten verbeugten sich vor ihm und sagten: »O erhabener König, Herr der weitesten Länder! Der in Konstantinopel residierende Gebieter der Christen, der Kaiser Feridun, läßt dich wissen, daß er einen hartnäckigen Krieg gegen den Herrn von Cäsarea und Armenien führt. Folgendes war die Veranlassung dazu: Ein König der Araber fand auf seinen Eroberungszügen einen alten Schatz von den Zeiten Alexanders her; unter den unzählbaren Kostbarkeiten waren auch drei Perlen, so groß wie ein Straußenei; es waren Talismane, mit griechischen Charakteren darauf gegraben, die gar mannigfache Tugenden hatten; unter anderem konnte eine solche Perle, einem Kind angehängt, dasselbe vor jeder Krankheit schützen. Der König der Araber schickte nun diese Perlen mit anderen kostbaren Geschenken an den Kaiser Feridun; er ließ zwei Schiffe ausrüsten, das eine enthielt die Schätze und das andere Soldaten, um sie zu bewachen; er glaubte übrigens nicht, daß jemand es wagen würde, seine Schiffe anzugreifen, um so weniger, da sie mit Geschenken für den mächtigen Kaiser Feridun beladen waren und ein Meer durchschifften, dessen Küstenbewohner ihm untertan sind, und ließ sie daher nur von einer geringen Mannschaft bedecken. Als aber die Schiffe bei uns landeten, fielen armenische Straßenräuber, in Verbindung mit Truppen von Cäsarea, über sie her, plünderten das ganze Schiff und töteten die Mannschaft. Feridun schickte sogleich eine Armee gegen Armenien, sie wurde aber geschlagen; auch eine zweite noch stärkere vermochte nichts. Nun hat er geschworen, selbst gegen den Feind zu ziehen und nicht eher zurückzukehren, bis Cäsarea und die Hauptstadt Armeniens verwüstet sein würden. Er sendet uns daher mit Geschenken zu dir, o mächtiger König, damit du uns doch mit deinen Truppen beistehen möchtest.« Hierauf verbeugten sich die Gesandten wieder und ließen die Geschenke des Kaisers Feridun herbeiholen.

Omar freute sich sehr mit den überbrachten Geschenken. Sie bestanden aus fünfzig Sklavinnen, von den schönsten Mädchen Griechenlands, und fünfzig Mamelucken, in seidenen Kleidern mit goldenen Gürteln. Jeder Mameluck sowohl als jede Sklavin, hatte einen goldenen Ohrring mit einer Perle daran, die tausend Pfund Gold wert war, auch ihre Kleidung war von großem Wert.

Der König ließ den Gesandten viele Ehre erweisen und rief seine Veziere zusammen, um sie um Rat zu fragen. Da erhob sich der älteste unter ihnen, sein Name war Dendan, verbeugte sich vor dem König und sagte: »O mächtiger Herr! ich kann dir nichts besseres raten, als eine tapfere Armee zusammenzuziehen und deinen Sohn Scharkan an ihre Spitze zu stellen; und wir folgen ihm als seine Sklaven. Es sprechen zwei Ursachen dafür: erstens hat der Kaiser der Griechen deinen Schutz angefleht und dir Geschenke verehrt, die du angenommen; zweitens, damit sein Feind nicht später auch unser Land bedränge; drum ist gut, du schickst ihm eine Armee entgegen, erwirbst dir den Ruhm einer gewonnenen Schlacht, dein Name wird dadurch allenthalben gepriesen werden, besonders auf den Inseln des Meeres und im Westen und von allen Ländern wird man dir Huldigungen und Geschenke darbringen.« Diese Worte fanden bei Omar solchen Beifall, daß er dem Vezier ein Ehrenkleid schenkte und ihm sagte: »Ein Mann wie du ist würdig, Ratgeber der Könige zu sein, auch ernenne ich dich zum Anführer der Hauptarmee; mein Sohn Scharkan aber führe die Reservetruppen an.« Omar ließ dann Scharkan rufen, teilte ihm die Angelegenheit der Gesandten und den Rat Dendans mit und befahl ihm, sich zur Reise vorzubereiten mit zehntausend wohlgerüsteten und ausdauernden Reitern und in allen seinen Unternehmungen den Rat Dendans einzuholen. Scharkan besorgte die Befehle seines Vaters, teilte Geld unter den Truppen aus und kündigte auf den dritten Tag den Abmarsch an. Er begab sich dann in seinen Waffensaal und suchte die beste Rüstung heraus, wählte einen vorzüglichen Renner in seinem Stall, und nach drei Tagen lagerten die Soldaten vor den Toren Bagdads. Omar kam ins Lager mit vielen Schätzen, die er seinem Sohn gab, er nahm dann Abschied von ihm, umarmte auch Dendan und empfahl ersterem, den Vezier in allem um Rat zu fragen, und letzterem, für das Heer seines Sohnes besorgt zu sein und kehrte wieder in die Stadt zurück. Scharkan hielt dann Musterung über die zehntausend Mann starke Armee, und beim Schall der Pauken und Trompeten und dem Entfalten der Fahnen setzte sich die Armee in Bewegung, unter der Leitung Scharkans und Dendans, und machte nicht Halt, bis der Tag zu Ende war. Während der Nacht ruhten die Truppen aus, und sobald Gott wieder den Morgen leuchten ließ, zogen sie weiter auf dem Weg, den ihnen die Gesandten angegeben, welche vor Scharkan und Dendan herritten. Als sie nach zwanzig Tagen des Abends in ein großes, fruchtbares Tal kamen, beschloß Scharkan, hier drei Tage zu rasten. Die Soldaten stiegen ab, schlugen ihre Zelte auf und zerstreuten sich rechts und links, um Lebensmittel zu holen. Dendan blieb mit den Gesandten mitten im Lager; Scharkan aber wollte, da dieses Tal schon auf feindlichem Boden lag, bevor er sich in sein Zelt begab, die Gegend ein wenig auskundschaften; er schickte sein Gefolge zum Vezier und ritt allein im Tal umher, bis ein Viertel der Nacht vorüber war; da wurde er so müde und schläfrig, daß er, nach Gottes Bestimmung, nicht mehr Kraft hatte, sein Pferd zu spornen, und er schlief nach seiner Gewohnheit auf dem Pferd ein, das mit ihm in einen dichten Wald sich vertiefte.

Erst als das Pferd mit dem Huf auf den Boden schlug, erwachte Scharkan; er erschrak, als ihm der helle Mondschein zeigte, daß er sich mitten im Wald befand, und sagte den Spruch, dessen sich niemand zu schämen hat: »Es gibt keinen Schutz und keine Macht, außer beim erhabenen Gott.« Nachdem er aber, vor wilden Tieren sich fürchtend, eine Weile im Wald umherirrte, sah er eine schöne Wiese, wie die Fluren des Paradieses, in der Ferne vor sich liegen, und vernahm laute, süße, bezaubernde Stimmen. Er stieg ab, band das Pferd an einen Baum, nahm sein Schwert in die Hand und ging in die Wiese, die an einem Fluß lag. Da hörte er, wie eine weibliche Stimme in arabischer Sprache sagte: »Bei dem Messias! das ist nicht schön von euch; wer von euch den Mund öffnet, die werfe ich zu Boden und feßle sie mit ihrem Gürtel.« Während sie so sprach, näherte sich Scharkan leise unter dem Murmeln der Bäche und dem Gott preisenden Zwitschern der Vögel. Er sah nun ein Mädchen wie der Mond, von zehn herrlich geschmückten weißen Jungfrauen umgeben, mit herabhängenden schwarzen Haaren und Augen, die wie Pfeile die felsigsten Herzen durchbohren. Aber das Mädchen in ihrer Mitte übertraf die übrigen an Schönheit und Anmut. Sie schien die Herrin zu sein, denn Scharkan hörte, wie sie zu den übrigen sagte: »Kommt, daß ich mit euch ringe, ehe der Mond ganz verschwindet.« Hierauf näherten sich die zehn Jungfrauen, wurden auf den Boden geworfen und mit ihrem Gürtel gebunden. Dann sagte eine alte Frau, die auch bei ihnen war, ganz zornig: »Du Dirne hast deine Freude daran, diese Mädchen zu fesseln; bei Gott! ich bin ein altes Weib und habe sie vierzigmal zu Boden geworfen, du hast also keinen Grund, über deinen Sieg dir viel einzubilden; ich möchte sehen, ob du mich zu Boden werfen kannst.« Das Mädchen lachte, ging auf das alte Weib zu und sagte: »Willst du dich wirklich mit mir messen?« Die Alte antwortete: »Jawohl.« – »So steh auf«, rief das Mädchen entrüstet, »und komme, wenn du Mut hast.« Die Alte glühte vor Zorn und glich mit ihren borstigen Haaren einem Stachelschwein. Als das Mädchen dann auf sie losspringen wollte, warf sie schnell ihr Oberkleid von sich und band nur ein seidenes Tuch um die Hüften, und nun sah sie ganz wie ein häßliches Gespenst aus; auch das Mädchen legte, von der Alten dazu aufgefordert, ihr Gewand ab, und Scharkan bemerkte an ihr so schöne Formen, daß er den Kopf gen Himmel richtete und zu Gott betete, das Mädchen möchte doch die Alte besiegen. Er hatte kaum sein Gebet vollendet, als das Mädchen die Alte mit der linken Hand umfaßte und mit der rechten am Hals packte und sie in die Höhe hob, sie entschlüpfte aber ihren Händen und fiel auf den Rücken. Dann nahm das Mädchen seine seidenen Tücher und zog sie der Alten an, entschuldigte sich bei ihr und dankte Gott, daß ihr der Sturz weiter nichts geschadet. Die Alte verschwand

hierauf, ohne ein Wort zu sagen, und das Mädchen blieb allein vor den zehn Sklavinnen stehen. Da dachte Scharkan: jede Bestimmung hat ihren Zweck; gewiß hat auch mich nur der Schlaf überfallen und das Pferd mich hierhergebracht, damit ich dieses Mädchen als Beute davontrage; und was für eine Beute! Er nahm dann sein Schwert in die Hand, bestieg sein Pferd, das wie ein Pfeil daherschoß, und lenkte es den Sklavinnen zu.

Als das Mädchen sich von einem Reiter verfolgt sah, sprang es über den Fluß, der sechs Ellen breit war, und rief dann laut zu Scharkan hinüber: »Wer bist du, der du uns so in unserm Vergnügen störst? warum ziehst du dein Schwert, als zögest du gegen Soldaten aus? Sprich nur die Wahrheit, wo willst du hin? Lüge nicht, denn nur gemeine Menschen scheuen ein offenes Geständnis; gewiß hast du dich hierher verirrt, und kannst es als ein Glück betrachten, mit heiler Haut davonzukommen, denn wisse, du befindest dich hier an einem Ort, wo auf unseren Ruf im Augenblick viertausend Mönche zu unserer Hilfe erscheinen; sage nur schnell, was du begehrst; soll ich dir den Weg zeigen, oder willst du Proviant?« Scharkan erwiderte: »Ich bin ein fremder Muselmann, ich streifte allein diese Nacht umher, um Raub zu suchen, nun konnte ich nichts Schöneres finden, als diese zehn Mädchen, die ich jetzt mit zu meinen Freunden nehmen will.« – »Bei Gott!«

rief das Mädchen, »diese Sklavinnen sind nicht für dich; wenn ich nicht deinen Tod fürchtete, so würde ich mit einem einzigen Schrei diese ganze Ebene mit Kriegern füllen; doch habe ich mit Fremden Mitleid. Hast du aber Lust nach Beute, so steige ab und ringe mit mir; schwöre aber bei deinem Glauben, daß du keine Waffen gegen mich gebrauchen willst; bist du der Stärkere, so sollst du mich und die zehn Sklavinnen haben, besiege ich dich aber, so bin ich deine Gebieterin; aber schwöre, ehe ich zu dir komme, denn ich fürchte Verrat von dir, und das Sprichwort sagt:

»Wo Treulosigkeit herrscht, ist Vertrauen Schwäche.«

Wenn du aber schwörst, so setze ich über den Fluß und komme zu dir.«

Der lüsterne Scharkan dachte bei sich: Diese Mädchen weiß nicht, daß ich ein wackerer Held bin; er sagte ihr daher: »Ich schwöre, wie du willst, daß ich dir nichts zuleide tue, bis du kampfbereit bist und mir selbst gebietest, den Kampf zu beginnen; werde ich besiegt, so bin ich reich genug, um mich loszukaufen; siege ich, so führe ich die schönste Beute davon.« – »So schwöre«, sagte das Mädchen, »bei dem, der die Körper beseelt und den Glauben geoffenbart, daß du nichts anderes im Sinne hast, als mit mir zu ringen.« Scharkan schwor dann, wie sie es verlangte, band sein Pferd wieder an einen Baum, pries Gott, der ein so vollkommenes Wesen geschaffen, und bat das Mädchen, über den Fluß zu kommen, da er doch keinen so weiten Sprung zu machen imstande wäre. Das Mädchen schürzte sich auf und sprang zu Scharkan hinüber, der jetzt erst recht ihre Schönheit bewunderte und sich selig fühlte, als ihm ihr Atem entgegenwehte. Als er, sie anstaunend und nachdenkend stehenblieb, rief sie ihm zu: »Rüste dich zum Kampf, ehe die Sonne aufgeht!« Er fiel über sie her und zweifelte nicht am Sieg; als aber seine Hand ihre zarte Taille umfaßte, zitterte er wie ein Rohr bei einem Sturmwind, und es war ihr leicht, ihn zu Boden zu werfen.

Die Christin sagte dann zu Scharkan: »Bei euch Muselmännern ist es wohl erlaubt, einen besiegten Christen zu töten, wie wäre es, wenn ich nun auch dein Blut vergießen wollte? Doch der Prophet Muhamed (Gottes Friede sei mit ihm!) hat verboten, Frauen, Kinder, Greise und Mönche zu töten, und da du noch viel schwächer als ein Mädchen bist, muß ich auch dir das Leben schenken; übrigens ist eine fromme Tat nie bei Gott verloren.« Scharkan sprang vom Boden auf, schüttelte den Staub ab und blickte zur Erde. Die Christin fuhr dann fort: »Wie mag jemand nach Griechenland kommen, um einem König gegen einen anderen beizustehen, wenn er selbst sich nicht einmal gegen ein schwaches Mädchen zu verteidigen weiß?« Scharkan erwiderte: »Es fehlt mir keinswegs an Kraft; nicht deine Stärke, sondern deine Reize haben mich besiegt; willst du noch einen Kampf versuchen, so sollst du dich davon überzeugen.« Die Christin sagte lächelnd: »Es sei! doch will ich zuerst die Sklavinnen losbinden, deren Arme von den Fesseln gedrückt sind.« Sie tat dies und sagte ihnen in griechischer Sprache: »Geht an einen Ort, wo ihr vor der Lüsternheit dieses Muselmannes sicher seid.« Die Mädchen verschwanden und Scharkan sah ihnen mit feuersprühenden Augen nach. Ohne ein Wort zu sagen, umfaßte er dann die Christin wieder, aber sie hob ihn in die Höhe, schleuderte ihn wie ein Blitz auf den Boden und sagte: »Ich habe dir das erste Mal das Leben geschenkt, weil du schwach wie ein Weib bist; jetzt schenke ich es dir, weil du noch ein Kind im Ringen und weil du bei uns fremd bist. Nun geh aber, und weißt du jemand bei der Armee, die Omar dem König von Konstantinopel zu Hilfe schickt, der stärker ist als du, so schicke ihn her, ich bin bereit, auf jede Weise mich mit ihm zu messen.« Sie sprang dann wieder über den Fluß und rief lachend Scharkan zu: »Mein Herr! es tut mir leid, mich von dir trennen zu müssen, geh zu deinen Gefährten, ehe es später wird, sonst

möchten die Mönche dich überraschen.« Scharkan rief ihr, als sie schon auf das Kloster zuging nach: »O meine Herrin! kannst du mich armen Fremden und Liebeskranken so allein hierlassen?« Die Christin wendete sich lächelnd nach ihm und sagte: »Was willst du denn von mir?« – »Laß mich dein Land betreten, an deinen süßen Worten mich ergötzen und an deiner Kost mich laben; ich will wie einer deiner Diener sein.« – »Nun, in Gottes Namen, das sei dir gewährt; denn nur gemeine Menschen weisen Gäste zurück. Komm, bei meinem Haupt und meinen Augen! besteige dein Pferd und reite am Ufer des Flusses mir gegenüber.« Scharkan holte freudig sein Pferd und ritt, nur vom Fluß getrennt, neben der Christin, bis er an eine gesperrte Kettenbrücke kam. Hier sah er die Mädchen wieder, die ihrer Herrin warteten. Als diese zu ihnen gelangte, sagte sie einer von ihnen in griechischer Sprache: »Laß diesen Reiter über die Brücke und führe ihn dann ins Kloster.« Scharkan war sehr verlegen und dachte: Wäre nur der Vezier Dendan bei mir, daß er auch diese Mädchen sähe.

Scharkan sagte dann zur Herrin: »Nun werde ich dir doppelten Schutz schuldig, als dein Begleiter und dein Gast; möchtest du nicht dann auch so gnädig sein und mit mir in das Land der Muselmänner kommen und dich daselbst umsehen, um die tapferen Helden und mich selbst kennenzulernen? du kannst auf meinen Schutz bauen.« – »Bei dem Messias! ich habe dich für einen verständigen Mann gehalten, nun läßt du aber deine Treulosigkeit durchschauen; wie magst du so verräterisch sprechen? Ich weiß recht gut, daß mich euer König Omar Alnuman verfolgen würde, obschon er zwölf Schlösser, jedes mit dreißig Wohnungen und ebensoviel Mädchen, besitzt; auch weiß ich, daß euer Gesetz euch erlaubt, gegen Gefangene oder Leibeigene oder Christinnen euch alles zu erlauben. Was aber eure Helden angeht, so schwöre ich beim Messias, ich habe eure ganze Armee gesehen, als sie unser Gebiet betrat, ich fand aber nichts Edles daran; sie schien nur ein zusammengeraffter Volkshaufen. Wisse auch, daß ich nicht aus Achtung und Liebe, sondern nur aus natürlicher Freigebigkeit gegen dich gütig bin. Du solltest also dergleichen Reden lassen und wärest du auch der berühmte Scharkan.« – »Hast du schon etwas von Scharkan gehört?« – »Wohl habe ich vernommen, daß er mit einer Armee von zehntausend Mann kommen würde, um dem König von Konstantinopel beizustehen.« – »Ich beschwöre dich bei deinem Glauben, erzähle mir den ganzen Hergang des Streites, daß ich die Wahrheit von Lüge unterscheide und wisse, wem es schlecht gehen wird.« – »Bei deinem Glauben! wenn ich nicht befürchtete, man würde erfahren, daß ich ein griechisches Mädchen bin, so hätte ich es allein mit den zehntausend Reitern aufgenommen und ihren Vezier Dendan getötet und Scharkan besiegt. Doch ich habe aus Büchern und Unterhaltungen mit Arabern so viel Bildung erlangt, daß ich es unschicklich finde, meine Tapferkeit selbst zu preisen, obgleich du von meiner Gewandtheit im Ringen dich selbst überzeugt hast. Ich wünschte nur, daß der Messias mir Scharkan hierher schickte, ich würde mich dann als Mann kleiden, ihn gefangennehmen und in Ketten werfen.« Bei diesen Worten erwachte Scharkans Heldenmut und Rittersinn, er wollte sich zu erkennen geben und sie zum Kampf auffordern, aber ihre Schönheit und Anmut hielten ihn gefesselt; wie ein Dichter sagte:

> »Begeht eine Schöne einen Fehler, so legen ihre Reize tausend Fürbitten ein; in ihrem Gesicht ist ein mächtiger Fürsprecher, der ihre Untugenden aus dem Herzen tilgt, und wenn du sie zürnend ansiehst, so rufst du bewundernd aus: Sieh, der Vollmond ist aufgegangen. Der mächtige Geist der Belkis würde bei aller Kraft zu Boden stürzen, wenn er mir ihr ringen wollte.«

Scharkan ging daher, ohne zu antworten, mit ihr weiter, bis an ein großes Tor. Als die Christin es öffnete, sah Scharkan einen mit Marmor gepflasterten langen Säulengang vor sich, der von kristallenen Leuchtern erhellt war, welche wie die Sonne strahlten. Am Ende des Gangs standen Sklavinnen mit gestickten und juwelenbesetzten Kopfbinden; sie trugen wohlduftende Wachslichter in der Hand, und führten ihre Gebieterin mit Scharkan in einen Saal, wo mehrere Sofas einander gegenüber standen. Der Boden dieses Saales war ganz von Marmor, die Wände waren mit goldgestickten Vorhängen geziert, und mitten im Saal war ein Springbrunnen mit vierundzwanzig goldenen Röhren, aus denen das Wasser wie Silber schäumend sprudelte. Die Christin, welche die Herrin dieses Hauses war, hieß Scharkan auf ein an der Wand stehendes, mit Seide überzogenes Sofa sitzen, und verließ ihn.

Nach einer Weile erkundigte sich Scharkan nach der Christin bei einer Sklavin, und diese antwortete ihm: »Meine Herrin ist zu Bett gegangen und hat uns hiergelassen, um dich zu bedienen.« Sie brachten ihm dann verschiedene Speisen, und nach der Mahlzeit ein goldenes Waschbecken mit einer silbernen Kanne, um seine Hände zu waschen. Dann fing er aber an, um seine Truppen besorgt zu werden, die ihm sein Vater anvertraut hatte; er versank in tiefes Nachdenken, bereute seine Kühnheit, brachte eine sehr unruhige, schlaflose Nacht zu und rezitierte folgende Verse:

»Mir fehlt es nicht an männlichem Ernst, aber ich bin ganz verblüfft, was soll ich beginnen? Wollte mich jemand von der Liebe heilen, ich hätte alsbald meine frühere Kraft wieder gewonnen. Mein Herz ist in die Irrwege der Liebe verstrickt, ich kann nur von Gott meine Rettung erwarten.«

Am folgenden Morgen kam die Christin wieder mit zwanzig Sklavinnen, die ihre Schleppe trugen. Sie hatte ein seidenes, königliches Kleid an, mit einem juwelenbesetzten Gürtel, der ihre Taille bezeichnete und ihren vollen Busen und ihre starken Hüften noch mehr hervorhoben. Auf ihrem Haupt hatte sie ein Perlennetz mit allerlei Edelsteinen. Als Scharkan sie voller Anmut selbstgefällig daherschreiten sah, war er außer sich vor Entzücken. Die Christin sah ihn lange starr an, bis die ihn endlich erkannte und ihm sagte: »Du hast uns durch deine Anwesenheit große Ehre erwiesen, Scharkan, wie hast du die Nacht zugebracht? Wie ist es dir gegangen, wackerer Held, seitdem ich dich verlassen? Suche nur nicht länger dich zu verbergen, ich kenne dich, du bist des Königs Omar Sohn, und es ziemt so großen Männern nicht, zu lügen; deine Verstellung würde nur meinen Zorn reizen. Das Geschick hat dich nun einmal hierher gebracht, ergib dich gutwillig!« Scharkan sah ein, daß ein längeres Verleugnen unmöglich wäre, er gestand daher, daß er Scharkan sei, sie möge ihm tun, was sie wolle, beugte den Kopf zur Erde und blieb ruhig vor ihr stehen. Da sagte ihm die Christin: »Sei nur frohen Muts, du bist mein Gast, wir haben Salz und Brot miteinander gegessen, du stehst unter meinem Schutz; bei dem Messias, solange ich lebe, soll kein Mensch dir etwas zuleide tun!« Sie setzte sich dann neben ihn und liebkoste ihn solange, bis er seine Furcht verlor und dachte: Hätte sie meinen Tod gewollt, so stand es ja bei ihr, mich schon diese Nacht umbringen zu lassen. Sie sagte dann einer Sklavin etwas in griechischer Sprache; diese blieb eine Weile aus und kam mit einem Speisetisch voll Schüsseln wieder. Scharkan wollte nichts essen, denn er fürchtete, es möchte Gift an den Speisen sein. Die Christin aber erriet seine Gedanken und sagte: »Bei dem Messias! du irrst; wenn ich dich töten wollte, so hätte ich es schon getan;« sie aß dann selbst einen Bissen von jeder Speise, und Scharkan aß ihr nach. Als sie gegessen und sich die Hände gewaschen hatten, ließ die Christin allerlei Wohlgerüche, sowie goldene, silberne und kristallene Trinkgefäße bringen, füllte einen Becher und trank davon, dann füllte sie einen zweiten und überreichte ihn Scharkan, indem sie ihm sagte: »Siehst du, Muselmann, in welch schönes Leben du hineingekommen.« Sie tranken dann miteinander solange, bis Scharkan vor Wein und Liebe den Verstand verlor. Sie rief dann einer Sklavin: »Murdjana, bring Musikinstrumente herbei!« Murdjana holte eine Harfe und eine Laute und überreichte sie ihrer Gebieterin. Diese stimmte die Laute und sang mit einer Stimme, zarter als der Zephyr, folgende Verse:

»Gott verzeihe deinen Augen, die so viel Blut vergießen und so manche Pfeile schleudern. Ich verehre einen Liebenden, der die Geliebte unterdrückt und Mitleid als Verbrechen ansieht.

Heil dem Aug, das deinetwillen stets wacht, und selig ist das Herz, das nach dir stets schmachtet. Du bist ein harter Richter, wenn du mich tötest, und doch gebe ich gern mein Leben für den gewalttätigen Richter.«

Jede Sklavin nahm dann ein anderes Instrument und sang ein griechisches Lied. Dann sang ihre Herrin wieder so schön, daß Scharkan vor Entzücken außer sich war. Da sagte sie ihm: »Muselmann, verstehst du dies? Er antwortete: »Nein, bei Gott! doch der Anblick deiner schönen

Finger macht mich schon selig.« – »Und was wirst du tun, wenn ich dir etwas arabisches singe?« – »Ich werde nicht mehr Herr meines Verstandes sein.« Da sang sie folgende Verse:

»Bitter schmeckt die Trennung vom Geliebten; gibt es einen Trost für diesen Schmerz? Dreifache Qual bereitet mir das Abweisen, die Trennung und die Entfernung! Ach, wie liebe ich den Edlen, der mich bezaubert, und wie betrübend wird mir sein Scheiden sein!«

Scharkan verlor das Bewußtsein vor Entzücken, als er diese Verse vernahm, und blieb eine Weile leblos auf dem Boden hingestreckt. Als er wieder zu sich kam, wurden frische Getränke gebracht, und so verging der ganze Tag in angenehmster Unterhaltung bei Wein und Gesang. Sobald aber die Nacht ihre Flügel aufbreitete, zog sich die Christin in ihr Schlafgemach zurück, und Scharkan sagte: »Gott bewache sie!« Am folgenden Morgen kam eine Sklavin zu Scharkan und sagte ihm: »Meine Herrin läßt dich zu sich bitten.« Scharkan ging ihr nach und viele Mädchen begleiteten ihn mit Musik und Gesang, bis er an ein großes Tor von Elfenbein kam, das mit Perlen und Edelsteinen besetzt war. Als es sich öffnete, befand er sich in einem großen Saal mit verschiedenen seidenen Teppichen bedeckt; durch die offenen Fenster dieses Saales hatte er die Aussicht auf Bäume und Bäche; die Wände des Saals waren mit allerlei Bildern geschmückt, die man, wenn der Wind sie in Bewegung setzte, für lebendig hielt. Die Christin, die in diesem Saal saß, stand auf, sobald sie Scharkan erblickte, reichte ihm die Hand, ließ ihn neben sich sitzen und fragte ihn, wie er die Nacht zugebracht? Nachdem sie sich eine Weile miteinander unterhalten hatten, bat sie ihn, einige Verse, die auf Liebende sich beziehen, zu rezitieren; da trug er die Verse vor, die ein Dichter für Assa geschrieben:

»Niemals werde ich von Assas Liebe sprechen, denn ich habe es ihr feierlich geschworen. Die Mönche Madians, welche aus Furcht vor der Hölle weinten, würden, wenn sie, wie ich, Assa gehört hätten, sie angebetet haben und vor ihr niedergefallen sein.«

Sie sagte: »Assa wird für außerordentlich schön gehalten. Der Dicher dieser Verse (Kutheir) war sehr beredt und hat in folgenden beiden Versen seine Liebe zu Assa vortrefflich geschildert:

»Wollte Assa mit der Morgensonne um die Schönheit wetteifern, so würde sie den Preis erhalten; viele Frauen suchen Assa zu beschämen, deren Wangen Gott zu ihren Fußsohlen machen möchte!«

Sie fragte dann: »Was hat wohl der Dichter Djumeil gemeint, als er zu seiner Geliebten sagte:

»Du willst meinen Tod, nichts anderes; während ich nichts wünsche, als dich zu besitzen.«

Scharkan antwortete: »Er meinte wohl dasselbe, was ich auch dir sagen möchte.« Die Christin lachte und brachte den ganzen Tag singend und scherzend mit ihm zu. Abends zog sie sich wieder in ihr Schlafgemach zurück, und am folgenden Morgen ließ sie ihn wieder mit Musikbegleitung von ihren Sklavinnen in einen anderen Salon führen, der noch größer und mit noch viel schöneren Vögeln und wilden Tieren bemalt war. Hier erwartete sie ihn, reichte ihm die Hand und ließ ihn wieder neben sich sitzen.

Dann fragte ihn die Christin, ob er das Schachspiel verstehe? und als er ihre Frage bejahte, holte sie ein Schachspiel herbei und spielte mit ihm. So oft aber Scharkan ihr Gesicht sah, war er so verwirrt, daß er den Ritter an die Stelle des Turms und den Turm an die Stelle des Ritters setzte. Sie lachte über sein Spiel und sagte: »Wenn du nicht besser spielst, so verstehst du nichts.« Scharkan erwiderte: »Die erste Partie zählt nicht.« Sie spielten hierauf eine zweite, eine dritte, vierte und fünfte, die Scharkan wieder verlor. Da sagte sie: »Du wirst allenthalben geschlagen.« Scharkan versetzte lächelnd: »Wer kann dir widerstehen?« Sie ließ dann wieder Speisen und Wein bringen, dann spielte sie Harfe, worin sie Meisterin war und so wurde auch dieser Tag, schöner noch, als die früheren, zugebracht. Abends ging sie in ihr Bett und Scharkan schlief allein auf den Teppichen, bis er des Morgens wieder geholt wurde. Sie nahm die Harfe und sang:

»Führe keine Trennung herbei, sie schmeckt bitter, selbst die Sonne erblaßt beim Untergang vor Trennungsschmerz.«

Als er wieder vergnügt neben der Christin saß, hörte er auf einmal Lärm und ein Herbeidrängen von Männern, und siehe da, die Mönche traten mit gezogenem Schwert herein und sagten in griechischer Sprache: »So bist du, Scharkan, endlich in unsere Hand gefallen, zweifle

nur nicht mehr an deinem Tod!« Als Scharkan dies hörte, dachte er: Die Christin hat mich durch List solange aufgehalten, bis die Männer heimgekehrt, und so habe ich mich selbst in den Abgrund gestürzt. Als er aber einen Blick auf sie warf und ihr Vorwürfe machen wollte, sah er, wie sie ganz blaß geworden, dann aufstand und die Männer fragte: »Wer seid ihr?« Der oberste Patriarch antwortete: »O edle Prinzessin, einzige Perle! weißt du nicht, wer hier bei dir ist?« Sie sagte: »Nun, wer ist's denn?« Er erwiderte: »Es ist der beste Ritter, der größte Länderverwüster; es ist Scharkan, der Sohn des Königs Omar; er ist's, der so viel Schlösser erobert und so viele Festungen erstürmt. Die alte Frau Dsat Dawahi hat unserm Herrn, deinem Vater, dem König Hardub, die Nachricht gebracht, und so hast du die griechische Armee von diesem reißenden Löwen befreit.« Als sie diese Worte vernahm, fragte sie ihn: »Wie heißt du?« – »Mein Name ist Masur, ich bin der Oberste der Patriarchen.« – »Wie wagtest du es, unangemeldet vor mir zu erscheinen?« – »Als ich an die Tür kam, hielt mich kein Pförtner und kein Kammerherr auf, sondern alle standen vor mir auf und begleiteten mich; auch ist es gar nicht Sitte, daß ein Bote deines Vaters an der Tür warte, bis du ihm den Eintritt gestattest; übrigens ist es jetzt keine Zeit, darüber viel zu reden, dein Vater erwartet uns mit diesem Prinzen, der feuersprühenden Kohle der muselmännischen Armeen; er will ihn töten, dann wird es ihm leicht, seine Armee heimzuschicken.« – »Was du hier sagst, ist gar nicht schön; die Alte hat gelogen oder nicht gewußt, was sie gesagt; bei dem Messias! Scharkan ist nicht bei mir. Dieser Mann hier hat meine Gastfreundschaft in Anspruch genommen, die ich ihm auch gewährt, ohne zu wissen, wer er sei; nun steht er als Gast unter meinem Schutz, selbst wenn er Scharkan wäre, und ihr werdet mich wohl durch ihn nicht zuschanden machen. Geh nur zum König zurück, verbeuge dich vor ihm und sage ihm: Die Frau Dsat Dawahi habe gelogen.« – »Ich kann nicht, o Prinzessin, ohne meinen

Auftrag vollbracht zu haben, zurückkehren.« – »Wehe dir! bring meinem Vater nur meine Antwort und es trifft dich kein Tadel.«

Als der Oberste der Patriarchen aber noch immer darauf bestand, nicht ohne ihren Gast heimkehren zu können, fuhr die Prinzessin fort: »Ich sage dir, als der Fremde hereintrat, zeigte er so viel Selbstvertrauen, daß er es gewiß mit hundert bewaffneten Reitern aufzunehmen wagt; er wird es gar nicht leugnen, wenn er Scharkan ist, wird aber auch euch allen das Leben nehmen, denn er hat sein Schwert und seinen Bogen bei sich.« Der Patriarch sagte: »Ich kann mich dem Zorn deines Vaters nicht aussetzen; frage ihn nach seinem Namen, und ist er Scharkan, so gebe ich diesen Leuten ein Zeichen, sie fallen über ihn her und führen ihn gefangen zu deinem Vater.« – »So unedel darf nicht gehandelt werden, er ist nur allein, und ihr seid viele. Wenn ihr wollt, so fordert ihr ihn, einer nach dem andern, heraus, der König wird dann sehen, wer von euch der Wackerste ist.« Der Patriarch antwortete: »Bei dem Messias! du hast recht; es sei, wie du gesagt und ich will der erste sein, der mit ihm kämpfte.« – »Gut, ich will es ihm sagen; wenn er es jedoch ausschlägt, so dürft ihr ihm nichts zuleid tun, ich und alle meine Mädchen sterben lieber für ihn.« Sie erzählte dann Scharkan, was sich zugetragen; dieser sah wohl ein, daß er nicht von der Prinzessin verraten worden, sondern daß der König ohne ihr Hinzutun von ihm Kunde erhalten. Er bereute es, sich in dieses Land gewagt zu haben, als er aber hörte, daß hier von keiner Gewalt die Rede sei, sondern daß er mit einem nach dem anderen sich schlagen dürfe, trat er dem Patriarchen mit dem Schwert entgegen, sprang wie ein Löwe über ihn her und durch-

bohrte ihn. Als die Prinzessin dies sah, stieg Scharkan in ihrem Ansehen, und sie merkte wohl, daß wirklich ihre Reize, und nicht ihre Kraft, ihn überwunden. Sie sagte dann den übrigen Griechen: »O ihr Diener des Messias, rächt euern Obersten!« Der Bruder des Getöteten trat hervor, und obschon er ein mächtiger Ritter war, durchstach ihn doch Scharkan ohne Mühe. Die Prinzessin trieb nun die übrigen zur Rache an, und einer nach dem anderen focht mit Scharkan, der gleichsam spielend fünfzig Mann tötete. Nun wurden die übrigen so ängstlich, daß es keiner mehr wagte, Scharkan allein herauszufordern, sondern sie fielen in Masse über ihn her; er aber war unerschrocken und zermalmte sie wie ein Felsen. Die Prinzessin, welche, sobald sich Scharkan in Gefahr sah, sich schnell bepanzert und ein Schwerte ergriffen hatte, um ihm beizustehen, fand, als sie in den Saal zurückkam, schon achtzig Feinde erschlagen auf dem Boden umherliegen, und zwanzig hatten die Flucht ergriffen. Sie sah Scharkan mit Bewunderung an, wie er als Sieger das Blut von seinem Schwerte abwusch, und sagte ihm: »Auf dich dürfen alle Ritter stolz sein.« Er rezitierte dann folgende Verse:

»Wie manche Schar hat mich überfallen, deren Häupter ich den wilden Tieren als Speise zurückgelassen, fraget das Schlachtfeld nach mir, ihr findet die Löwen der Menschheit auf den Boden hingestreckt.«

Dann fragte sie, ob noch Männer im Schloß wären? und als man ihr antwortete: »Nur noch zwei Pförtner«, ließ sie sie vor sich führen und fragte sie: »Warum habt ihr ohne meine Erlaubnis die fremden Männer zu mir hereingelassen? »Ihr habt meine Schande gewollt und den Tod meines Gastes.« Sie antworteten: »Es ist ja nicht üblich, daß Boten deines Vaters einer Erlaubnis bedürfen;« aber sie sagte: »Ihr verdient den Tod, ihr Hunde!« und bat Scharkan, ihnen den Kopf abzuhauen. Dann sagte sie zu Scharkan: »Nun ist es notwendig, daß ich dich mit mir bekannt mache; wisse, ich bin die Tochter des griechischen Könige Hardub, mein Name ist Ibris, und die Alte, die du gesehen und die mich verraten hat, ist meine Großmutter Dsat Dawahi. Wenn nun mein Vater hört, daß ich mich mit dir verbunden habe und an dem Tod der Patriarchen schuld bin, so kann ich nicht mehr in diesem Land bleiben, drum bitte ich dich, o Prinz, so gegen mich zu verfahren, wie ich gegen dich; bedenke, daß ich um deinetwillen mich mit meinem Vater entzweit habe, und behandle mich freundschaftlich.« Scharkan war vor Freude außer sich über diese Worte und schwor bei Gott, daß, solange er atme, niemand ihr nahekommen dürfe; doch fuhr er fort: »Bist du stark genug, deine Familie und dein Vaterland auf immer zu verlassen?« – »Ich kann alles für dich tun; nur fordere ich noch eins von dir!« – »Was denn?« – »Daß du mit deinen Truppen in deine Heimat zurückkehrst.« – »O meine Herrin! mein Vater hat mich gegen den deinigen geschickt, wie kann ich so zurückgehen?« – »Dein Vater hat dich nur der Schätze willen geschickt, die mein Vater genommen, worunter auch die drei großen segensreichen Perlen; sei nur zufrieden, ich will dir die ganze Begebenheit erzählen, sowie auch die Ursache unserer Feindschaft mit dem König von Konstantinopel: Wisse, wir feiern jedes Jahr ein Fest, das wir das Klosterfest nennen; da versammeln sich alle König und Prinzessinnen und andere vornehme Mädchen, und belustigen sich sieben Tage nacheinander; auch ich wohnte früher diesen Festlichkeiten bei; erst seit Ausbruch des Krieges läßt mich mein Vater nicht mehr dazu gehen. Bei einem dieser Fest war auch Safia, die Tochter des Königs von Konstantinopel, anwesend; diese wollte nach dem Feste nicht zu Land, sondern zu Wasser in ihre Heimat zurückkehren, man rüstete ihr ein Schiff aus, das sie mit ihrem Gefolge bestieg. Aber bald überfiel sie ein Sturmwind, der sie vom rechten Weg abführte und sie in die Nähe christlicher Seeräuber von der Insel Zypern trieb, wo fünfhundert bewaffnete Franken eine Festung besetzt hielten. Die Franken steuerten hastig auf das Schiff zu, in welchem Safia war, nahmen ihm die Segel ab und schleppten es dem ihrigen nach, das ihrer Insel zusegelte. Da drehte sich der Wind auf einmal wieder und blies so heftig

von der Insel her, daß er ihre Segel zerriß und sie zu uns hertrieb; wir fingen die Schiffe auf, töteten die Franken und bemächtigten uns des Schiffs, worin Safia mit vierzig Sklavinnen und vielen Schätzen war. Die Mädchen wurden meinem Vater vorgestellt, der nicht wußte, daß Safia darunter war; er wählte zehn für sich, unter welchen auch Safia war, und verteilte die übrigen unter seine Umgebung. Er wollte aber nur fünf davon für sich behalten und schickte die übrigen, worunter auch Safia war, deinem Vater Omar mit allerlei Tuch- und Seidenstoffen. Dein Vater nahm die Geschenke an und behielt die Prinzessin Safia für sich.«

Es sagt der Erzähler, daß die Prinzessin also fortfuhr: »Am Anfang dieses Jahres schrieb nun Safias Vater, der König Feridun, dem meinigen einen Brief, in welchem er sich nach vielen Vorwürfen folgenderweise ausdrückt:

»Ihr habt schon vor zwei Jahren euch unseres Schiffs bemächtigt, das ihr fränkischen Seeräubern weggenommen und in welchem meine Tochter Safia war, ohne mir Nachricht davon zu geben; ich wagte es nicht, öffentliche Nachforschungen anzustellen, aus Furcht, meiner Tochter Ehre zu verletzen, darum schwieg ich bis jetzt; nun habe ich aber einige von den Franken ausgeforscht, die unter den Seeräubern waren; und sie sagten mir, sie haben sie in deinem Land gelassen, und erzählten mir die ganze Geschichte; wenn ihr daher nicht meine und meiner Tochter Schande wollt, so schickt sie mir bei Empfang des Briefes zurück, wo nicht, so werde ich euch zu bestrafen wissen.«

»Als mein Vater diesen Brief las, bedauerte er sehr, nicht gewußt zu haben, daß Safia eine Königstochter war; er wußte sich aber nicht zu helfen, denn nach solanger Zeit konnte er sie nicht von Omar zurückfordern lassen, um so weniger, da er vernommen hatte, daß sie ihm Kinder geboren; es blieb ihm also nichts übrig, als sich in das Mißgeschick zu fügen und bei

Feridun zu entschuldigen und ihm zu schwören, daß er seine Tochter nicht erkannt und sie daher Omar zum Geschenk gemacht habe. Feridun war außer sich vor Zorn, als er meines Vaters Antwort erhielt, woraus er sah, daß seine Tochter wie eine Sklavin verschenkt und ohne gesetzliche Ehe einem König hingegeben worden; er schwur beim Messias, sich zu rächen und von sich hören zu lassen. Er sann dann die List aus, wodurch er deinen Vater bewog, ihm eine Armee zu Hilfe zu senden, und beabsichtigte dabei, dich mit deiner ganzen Armee zu vernichten. Was aber die drei Perlen angeht, von denen er deinem Vater geschrieben, daran ist gar nichts Wahres. Safia hatte die Perlen bei sich, mein Vater nahm sie ihr aber weg, schenkte sie mir, und ich besitze sie noch. Geh also zu deinen Truppen und führe sie, ehe sie sich zerstreuen, in ihre Heimat zurück, sonst möchten die Franken und Griechen über sie herfallen, und sie sind verloren; ich weiß, daß deine Armee noch an demselben Ort lagert, wo du sie verlassen, denn du gabst ihnen ja Befehl, drei Tage zu rasten, auch können sie nicht aufbrechen, weil sie dich vermissen.« Als Scharkan diese Erzählung hörte, blieb er eine Weile in Gedanken vertieft, dann küßte er Ibris die Hand und sagte: »Gelobt sei Gott, der dich zu meiner Rettung bestimmt hat; doch wie soll ich mich von dir trennen, ohne zu wissen, was in meiner Abwesenheit aus dir wird?« Ibris antwortete: »Geh nur zu deinen Truppen und führe sie in ihre Heimat zurück; nimm auch die Gesandten gefangen, da wirst du schon die Wahrheit hören; in drei Tagen bin ich bei euch, und wir werden zusammen nach Bagdad gelangen.« Sie bat ihn dann noch einmal, dem Bund, den sie geschlossen, treu zu bleiben und stand auf, um Abschied zu nehmen. Er umarmte sie und sprach weinend folgende Verse:

> »Ich nehme Abschied von ihr und trockne mit der Rechten meine Thränen ab; während ich mit der Linken sie umarme und an mich drücke, fragt sie mich: Befürchtest du kein Unglück? Darauf antworte ich: Der Trennungstag ist das größte Unglück der Liebenden!«

Scharkan verließ dann das Kloster, bestieg sein Pferd und ritt über die Brücke durch den Wald, bis er wieder in die Ebene kam.

Als Scharkan hier drei Reiter erblickte, nahte er sich ihnen mit Vorsicht; aber bald erkannte er den Vezier Dendan mit zwei Emiren; sie stiegen ab und begrüßten einander, und Scharkan erzählte dem Vezier alles, was ihm zugestoßen. Als er dann vom Vezier hörte, die Gesandten haben die Armee verlassen, ließ er unter seinen Truppen den Befehl zur Rückkehr bekannt machen; sie brachen auf und erreichten nach fünftägigem Marsch die Grenzen ihrer Heimat wieder. Da die Truppen hier in Sicherheit waren und ihre Landsleute ihnen mit Proviant für sie und ihre Tiere entgegenkamen, ruhten sie hier zwei Tage aus. Sodann ließ Scharkan den Vezier mit den Truppen vorausgehen, und er blieb nur mit hundert Reitern zurück. Nach zwei Tagen brach auch er auf, und als er zwei Meilen weit geritten und in einer engen Schlucht zwischen zwei Bergen war, da sah er einen dichten Staub vor sich, und als dieser sich legte, entdeckte er hundert Reiter, wie reißende Löwen, ganz in Eisen steckend. Als sie in der Nähe Scharkans und der seinigen waren, schrien sie: »Bei Johannes und Maria, nun haben wir unsern Zweck erreicht! wir sind Tag und Nacht geritten, um euch hier zuvorzukommen; nun steigt ab, legt eure Waffen nieder und ergebt euch, so wollen wir euch das Leben schenken.« Bei diesen Worten glühten Scharkans Augen vor Wut, und er sprach: »Ihr Hundschristen wagt es, uns hierher zu folgen in unser Land und eine solche Sprache mit uns zu führen? Glaubt ihr, so leicht mit uns fertig zu werden und dann wieder heimzukehren?« Er rief dann seinen Leuten zu: »Macht diesen Hunden ein Ende!« Er selbst zog sein Schwert und griff die Christen an, die sich ihrerseits mit felsenfesten Herzen schlugen; schrecklich war der Kampf, der bis zur Nacht dauerte. Scharkan zählte seine Leute, und es fehlte kein

Mann; nur vier waren leicht verwundet, doch sagte er: »Bei Gott! ich habe in meinem Leben mit keinen so wackeren Rittern gekämpft.« Seine Leute sagten ihm: »Wisse, o König, ihr Anführer ist ein Franke, und ohne Gottes Gnade wären wir nicht davongekommen, denn wenn er gewollt hätte, er hätte uns alle, groß und klein, getötet.« Scharkan versetzte: »Morgen früh rücken wir wieder gegen sie aus, ich hoffe, Gott wird uns den Sieg verleihen.« Die Franken ihrerseits sagten zu ihrem Anführer: »Heute haben wir unseren Zweck nicht erreicht;« und er erwiderte ihnen: »Morgen soll die Schlacht von neuem beginnen, da fordern wir sie einzeln heraus.« So brachten beide Teile die Nacht zu, und sobald Gott wieder den Morgen leuchten ließ, bestiegen Scharkan und die Seinigen ihre Pferde und als sie auf den Kampfplatz kamen, waren die Franken schon schlagfertig. Da trat einer von den Franken aus den Reihen und rief: »Wer will meine Herausforderung annehmen!« Er hatte kaum diese Worte gesagt, da trat einer von Scharkans Leuten in die Schranken, der Franke war ganz in Gold gekleidet, mit starken Waffen in der Hand, und es dauerte nicht lange, bis er den Muselmann mit der Lanze vom Pferd stieß und ihn gefangen nahm. Er wurde jubelnd von den Seinigen empfangen, und sie erlaubten ihm nicht, sich wieder zu schlagen, sondern ein anderer trat in die Schranken, um mit dem Bruder des Gefangenen zu kämpfen, und auch dieser war bald mit der umgekehrten Lanze vom Pferd gestürzt und gefangen weggeführt; so wurden an demselben Tage zwanzig Muselmänner, einer nach dem anderen, gefangen. Scharkan war sehr betrübt und sagte abends zu seinen Leuten: »Was ist uns da geschehen! Morgen früh trete ich in die Schranken und fordere den Anführer heraus; ich will sehen, warum er in unser Land gekommen, und ihn warnen, daß er uns nicht länger bekämpfe, weigert er sich, so kämpfen wir gegen ihn, will er Frieden schließen, so nehmen wir ihn an.« Sobald der Morgen anbrach, stellten sich beide Truppen wieder auf; Scharkan wollte eben in die Schranken treten, als ein Reiter kam, den mehr als fünfzig Fußgänger bis zur Mitte des Kampfplatzes begleiteten. Dieser Ritter war der Anführer der Franken; er hatte ein blaues atlasnes Oberkleid an und sah wie der leuchtende Mond darin aus; unter diesem Kleid trug er einen starken Panzer, an seiner Seite hatte er ein indisches Schwert; er saß auf einem dunklen Renner, mit einem silbernen Flecken auf der Stirn, und hatte gar keinen Bart. Der Ritter winkte, als er mitten auf dem Kampfplatz war, den Muselmännern zu und rief in arabischer Sprache: »O Scharkan, Sohn Omars, du Länderverwüster und Schlösserbesitzer! komm hervor als Herr deiner Leute und kämpfe mit mir, denn ich bin der Anführer deiner Feinde; wer von uns den anderen besiegt, dem sollen auch alle seine Leute untertan werden.« Scharkan ritt ihm wie ein zorniger Löwe entgegen, und der Franke griff ihn mit Heldenmut an; sie kämpften den ganzen Tag wie zwei Berge, die aufeinander stoßen, oder zwei Meere, die einander entgegenwogen. Als es dunkel wurde, gingen sie auseinander. Scharkan sagte zu den Seinigen: »Ich habe in meinem Leben keinen so gewandten Ritter gesehen, der so geschickt die Lanze führt; solche Leute möchte ich unter meinen Truppen haben. Das einzige, was mir auffällt, ist, daß, so oft er Gelegenheit hatte, mir einen tödlichen Stoß zu versetzen, er die Lanze umkehrte und mit dem Schaft stieß.« Am folgenden Morgen, als Scharkan wieder auf den Kampfplatz ging, war der Franke schon da, der Kampf begann sogleich und blieb wieder den ganzen Tag unentschieden. Als sie sich des Abends trennten, sagte der Franke zu seinen Leuten: »Morgen wird es sich entscheiden.« Mit Sonnenaufgang griffen sie einander wieder an, und bis Mittag dauerte der Kampf; da wollte der Franke einen neuen Angriff tun, aber sein Pferd stolperte und warf ihn zu Boden, Scharkan fiel über ihn her und wollte mit dem Schwert nach ihm hauen, da rief ihm der Franke zu: »O Scharkan! so handelt kein Mann; so handelt nur einer, der sich von Weibern besiegen läßt.« Scharkan wurde von diesen Worten be-

troffen, und als er den Franken näher ins Auge faßte, erkannte er die Prinzessin Ibris, die er im Kloster kennengelernt; er warf das Schwert weg, verbeugte sich vor ihr und fragte sie, was sie bewogen, so gegen ihn zu verfahren? Sie antwortete: »Ich wollte dich auf dem Kampfplatz erproben und sehen, wie geschickt du im Krieg bist. Die Leute, die du bei mir siehst, sind meine Sklavinnen; schwache Jungfrauen haben deine Ritter besiegt, und wäre mein Pferd nicht gestolpert, so hättest du auch meine Kraft kennengelernt.« Scharkan sagte lächelnd: »Gelobt sei Gott, der uns erhalten und wieder vereinigt hat, o Königin der Zeit!« Ibris ließ dann die Mädchen absteigen und die zwanzig Gefangenen befreien. Als die Mädchen sich vor Scharkan verbeugten, sagte er zu ihnen: »Euresgleichen bedürfen Könige in der Not.« Er gab dann seinen Leuten ein Zeichen und sie verbeugten sich vor Ibris, denn schon wußten sie alles, was vorgefallen war.

Die zweihundert Reiter zogen dann sechs Tage lang miteinander, bis sie an eine Stadt kamen; da bat Scharkan Ibris, sie und ihre Frauen möchten die fränkische Kleidung ablegen und sich als Griechinnen kleiden. Am folgenden Morgen begegneten sie dem Vezier Dendan, den ihnen Omar, auf Scharkans Verlangen, mit tausend Reitern entgegengeschickt hatte; sie bewillkommten sich gegenseitig und ritten miteinander in die Residenz. Scharkan begab sich sogleich ins Schloß zu seinem Vater und berichtete ihm alles, was zwischen ihm und Ibris vorgefallen; auch ihre Absicht, für immer bei ihnen zu bleiben, und die List, die der König der Griechen angewandt hatte, in der Hoffnung, seine Tochter Safia wieder zu erhalten; er erzählte auch viel von Ibris' Tapferkeit und Gewandtheit im Krieg. Dem König Omar gab die Erzählung Scharkans eine so hohe Meinung von Ibris, daß er ihn bat, sie zu ihm zu bringen. Als Scharkan sie holte, entließ Omar alle Anwesenden und blieb allein auf dem Trone sitzen, nur von einigen Dienern umgeben. Ibris verbeugte sich vor ihm und hielt eine schöne Anrede, die ihm sehr wohl gefiel; er dankte ihr für das Gute, daß sie seinem Sohn Scharkan erwiesen, hieß sie sitzen und sich entschleiern. Als sie den Schleier weghob, war Omar ganz außer sich; er ließ ihr eine Wohnung in seinem Schloß einräumen, gab ihr Mädchen zur Bedienung und bestimmte ihr ein reichliches Einkommen. Er fragte sie dann nach den Perlen, welche sie besaß; sie ging in ihr Zimmer, holte ihr Gepäck herbei, zog eine goldene Schachtel hervor, öffnete sie und nahm die drei Perlen heraus, küßte sie und überreichte sie dem König. Omar ließ seinen Sohn Scharkan rufen, schenkte ihm eine dieser Perlen und sagte dazu: »Die zweite ist für deinen Bruder und die dritte für deine Schwester.« Scharkan, der immer nur von einer Schwester wußte, sagte erstaunt: »Vater, hast du denn einen Sohn außer mir?« Omar antwortete: »Jawohl! er ist nun sechs Jahre alt und heißt Dhul Makan; er ist ein Zwillingsbruder der Nushat Assaman.« Scharkan war sehr betrübt über diese Nachricht; er warf im Zorn die Perle weg und zerriß seine Kleider. Omar fragte ihn: »Warum sehe ich dich auf einmal so verändert? Du bleibst doch mein Thronfolger, die Armee hat dir schon den Eid der Treue geschworen und steht unter deinen Befehlen, warum nimmst du nicht eine dieser drei Perlen?« Scharkan schlug den Kopf zur Erde nieder, schämte sich vor seinem Vater und wußte vor Zorn nicht, was er beginnen sollte. Er ging hierauf zu Ibris, setzte sich neben sie und erzählte ihr, was er von seinem Vater erfahren, und wie dieser zwei Perlen seinem Bruder und seiner Schwester geschenkt habe; dann setzte er noch hinzu: »Wisse, daß ich auch für dich besorgt bin; Omar hat ein Aug auf dich geworfen, ich fürchte, er wird dich heiraten wollen: was wirst du dazu sagen?« Ibris antwortete: »O Scharkan! der König hat keine Gewalt über mich, er kann ohne meinen Willen mich nicht heiraten, und eher nehme ich mir das Leben, als daß ich mich zwingen lasse. Was die Perlen betrifft, so glaubte ich nicht, daß er sie verschenken würde; ich dachte, er würde sie in seine Schatzkammer verschließen; ich bitte dich nun, mir die Perle zurück-

zugeben, die er dir geschenkt hat.« Als Scharkan sie ihr gab, sagte sie: »Wie sehr fürchte ich, wenn mein Vater hört, daß ich hier bin, er möchte mit Safias Vater sich vereinigen und hierher ziehen; das wird einen großen Krieg geben.«

Scharkan erwiderte der Prinzessin Ibris: »Kehre dich nicht daran, wenn du gerne hier bleibst; fürchte nichts, wenn auch alle Bewohner der Erde und der Meere sich gegen uns verbünden.« – »Gut!« rief Ibris, »solang ihr mir Gutes erweiset, bleibe ich bei euch, mißhandelt ihr mich aber, so ziehe ich weg.« Nach einer langen Unterhaltung aßen und tranken sie miteinander, dann verließ sie Scharkan mit betrübtem Herzen. Sein Vater Omar hatte inzwischen Safia besucht, und die zwei Perlen den ihm entgegenkommenden Kindern umgehängt. Die Kinder freuten sich sehr damit, liefen zu ihrer Mutter und küßten dem Vater die Hände. Er sagte dann zu Safia: »Warum hast du mir niemals gesagt, daß du die Tochter des Königs Feridun bist? ich hätte dir mehr Ehre erwiesen und dich viel höher gestellt.« Safia antwortete: »Was bleibt mir zu wünschen übrig bei der Fülle von Wohltaten, mit denen du mich überhäufst; und nun hat mir ja auch Gott noch einen Sohn und eine Tochter von dir beschert.« Omar war mit dieser Antwort sehr zufrieden, und sobald er sich von ihr trennte, ließ er ihr und ihren Kindern einen eigenen wundervollen Palast einräumen, bestimmte ihnen Diener, Gefolge, Lehrer, Ärzte, Astrologen und Pförtner, und war äußerst zärtlich und liebevoll gegen sie. Indessen zog bald die Prinzessin Ibris ihn so sehr an, daß er sich Tag und Nacht mit ihr beschäftigte; er besuchte sie jeden Abend und gab ihr in seiner Unterhaltung sein Verlangen nach ihrem Besitz zu erkennen. Aber Ibris schenkte ihm kein Gehör, und gab vor, sie habe gar keine Freude an Männern. Dies vermehrte noch des Königs Leidenschaft, die einen solchen Grad erreichte, daß er seinen Vezier Dendan rufen ließ und ihm seine Liebe zu Ibris und ihre Härte klagte. Dendan sagte zum König: »Wenn es Nacht wird, so nimm etwas Bendj mit, trinke Wein mit ihr, und wenn die Zeit kommt, wo ihr vom Wein aufzustehen pflegt und du ihr den letzten Becher reichst, so wirf das Bendj hinein: sie wird kaum an ihr Bett kommen, wird es schon wirken; du gehst dann zu ihr und hast keinen Widerstand zu befürchten; das ist mein Rat.« Omar befolgte diesen Rat, steckte Bendj in die Tasche und begab sich, sobald es Nacht war, zu Ibris, setzte sich zu ihr und sprach von den Freuden des Weins. Da ließ Ibris den Weintisch mit allerlei Früchten und Süßigkeiten bringen, trank und unterhielt sich mit Omar, bis ihr der Wein ein wenig in den Kopf stieg; sobald Omar dies sah, füllte er noch einen Becher und trank ihn aus, schenkte wieder ein und reicht ihn Ibris, nachdem er, ohne daß sie es merkte, Bendj hineingeworfen hatte. Omar wartete, bis das Bendj auf sie gewirkt hatte, ging dann zu ihr und war außer sich vor Freude, als er sie ganz bewußtlos auf ihrem Bett liegend, mit einem Wachslicht zu ihren Häupten und einem zu Füßen fand. Er fiel leidenschaftlich über sie her und umarmte sie, sagte dann beim Weggehen einer ihrer Sklavinnen, welche Murdjana hieß: »Geh hinein zu deiner Herrin!« Als Murdjana ihre Herrin bewußtlos auf ihrem Bett fand, wusch sie ihr Gesicht, Hände und Füße mit Rosenwasser. Dies machte Ibris nießen und das Bendj von sich werfen. Sie wusch sich dann den Mund und sagte zu Murdjana: »Erzähle mir, was mir geschehen!« Murdjana erzählte ihr alles, was sie wußte, und Ibris war sehr betrübt, als sie erfuhr, daß Omar sich durch List ihr genähert habe. Sie schloß sich ein und gab ihren Sklavinnen den Auftrag, allen, die nach ihr fragen, zu sagen, sie sei krank. So blieb sie mehrere Monate abgeschlossen; der König, der sie auch für krank hielt, schickte ihr süße Speisen und Getränke, drang aber nicht darauf, sie zu sehen, denn schon war das Feuer seiner Liebe erloschen. Ibris fühlte bald die unglücklichen Folgen der gelungenen List Omars, und als die Zeit der Entbindung herannahte, sagte sie zu Murdjana: »Wisse, daß ich gegen niemand mehr, als gegen mich selbst, klagen kann, weil ich Vater und Mutter und Vaterland verlassen; nun ist mir das Leben zuwider, alle meine Kraft und mein Unternehmungsgeist ist dahin. Ich kann kaum mehr ein Pferd besteigen, während ich früher ein jedes zu bändigen vermochte. Bleibe ich hier und komme hier nieder, werde ich vor allen Mädchen zuschanden, geh ich nach Hause zurück, mit welchem Gesicht soll ich meinem Vater entgegentreten? Doch will ich lieber zu den Meinigen zurückkehren, die mich in gefallenem Zustand aufnehmen werden, Gott mag mit mir verfahren, wie er will; ich bin entschlossen, heimlich von hier wegzureisen.« Murdjana sagte: »Befiehl, was du willst, Prinzessin! ich gehorche.« Ibris legte dann erst einstweilen, ohne etwas zu sagen, ihre Effekten zurecht und wartete, bis der König auf die Jagd ging und Scharkan sich in seinen Festungen aufhielt. Sie sagte dann zu Murdjana: »Ich möchte diese Nacht abreisen, doch, was soll ich tun, ich kann jeden Augenblick niederkommen und habe keine Kraft mehr, Waffen zu tragen; du mußt dich nach einem Mann umsehen, der uns begleite und auf der Reise beistehe.« Murdjana erwiderte: »Ich weiß keinen besseren als Ghadhban, den schwarzen Sklaven, den uns Omar zum Pförtner gegeben; er ist tapfer, und da wir ihm schon viel Gutes erwiesen haben, wird er uns folgen; ich will einmal mit ihm reden und ihm recht viel Geld und eine Frau, wie er sie wünscht, versprechen; er hat mir gesagt, er sei früher Straßenräuber gewesen, wenn er uns Gehör gibt, kann er uns am besten in unsere Heimat führen.« Da Ibris selbst mit Ghadhban sprechen wollte, begab sich Murdjana zu ihm und sagte ihm: »Gott hat für dein Glück gesorgt, wenn du tust, was deine Herrin von dir begehrt«, und führte ihn zu ihr. Ghadhban küßte Ibris die Hand; sein Anblick erregte Schaudern in ihr, doch gab sie der Not nach und fragte ihn, ob er gegen die Tücken des Geschicks ihr beistehen und ihr Geheimnis treu bewahren wolle? Ghadhban warf einen Blick auf sie und fühlte eine so starke Liebe zu ihr, daß er ohne Zaudern sagte: »Meine Herrin! ich werde allen deinen Befehlen gehorchen.« – »So sattle ohne Zaudern«, sagte Ibris, »zwei Pferde aus dem königlichen Stall und zwei Kamele, lege auf jedes einen Sack mit Geld und Proviant, folge uns in unsere Heimat und begleite uns, dann gebe ich dir auch das schönste meiner Mädchen zur Frau und so viel Geld du willst; es steht dir dann frei, bei uns zu bleiben oder wieder hierher zurückzukehren.« Dieser Vorschlag freute Ghadhban so sehr, daß er sagte: »Gewiß, meine Herrin! ich werde mit meinen Augen und meinem Herzen dir dienen, ich gehe sogleich und hole die Pferde.« Er ging freudig weg und dachte bei sich: sie darf mir auf der Reise nichts versagen – sonst töte ich sie und nehme ihr alles weg.

Nach einer kurzen Weile kam Ghadhban wieder mit zwei Kamelen und drei Pferden, eins für sich, eins führte er der Prinzessin vor und das dritte Murdjana. Sie reisten nun im Gebirge den ganzen Tag nebeneinander her; gegen Abend fühlte Ibris ihre Entbindung so nahe, daß sie Ghadhban bat, sie vom Pferd zu heben. Als sie aber abgestiegen war, zog der Teufel in Ghadbans Herz, und seiner Leidenschaft nicht mehr Herr, lief er mit gezogenem Schwert auf sie zu und drohte ihr mit dem Tode, wenn sie seine Umarmung nicht dulden wollte. Aber Ibris stieß ihn von sich und sagte: »Nun fehlt mir nichts mehr, als auch noch von einem schwarzen Sklaven geschändet zu werden, nachdem ich schon einen großen König verschmäht habe. Wehe dir! wie du wagst es, so mit mir zu sprechen? lieber würde ich den Todeskelch leeren, als mich dir hingeben.« Der Schwarze wurde so aufgebracht, daß er Ibris am Hals verwundete; in diesem Augenblick kam sie nieder und Murdjana eilte herbei, um sie zu unterstützen. Als sich hierauf in der Ferne ein mächtiger Staub erhob, versetzte ihr Ghadhban noch einen Hieb in den Hals, woran sie starb, und entfloh ins Gebirge mit ihrem Pferd und ihrer ganzen Habe. Murdjana nahm den Sohn, den Ibris vor ihrem Tode geboren, zu sich und stillte ihn an ihrer Brust, zerriß ihre Kleider, streute Erde auf ihr Haupt, schlug sich ins Gesicht, bis sie blutete, und schrie: »Wehe! meine Herrin ist von einem nichtswürdigen Sklaven erschlagen worden.« So jammerte und weinte sie fort, bis sich der Staub legte und sie eine mächtige Armee herbeikommen sah. Es war die Armee des Königs Hardub, der, sobald er gehört, daß seine Tochter mit ihren Mädchen entflohen sei, sich auf den Weg gemacht hatte, um Kundschaft von ihr einzuziehen. Als der König seine Tochter erkannte, warf er sich vom Pferd herunter und fiel ohnmächtig zu Boden. Alle seine Leute, die Veziere und Fürsten, die bei ihm waren, stiegen ab, ließen ein Zelt für den König aufschlagen und blieben außen vor dem Zelt stehen. Als der König wieder zu sich kam, ließ er sich von Murdjana den ganzen Hergang der Sache erzählen, und das Verfahren Omars und des Sklaven gegen seine Tochter erbitterte ihn so sehr, daß ihm die Welt ganz schwarz vor seinen Augen erschien; er weinte heftig und alle Anwesenden weinten mit ihm; er ließ dann seine Tochter in einen Sarg legen und nach Cäsarea bringen; er aber begab sich sogleich zu seiner Mutter Dsat Dawahi, und sagte ihr: »Sieh! wie die Muselmänner mit meiner Tochter umgegangen sind; zuerst hat der König Omar sie mit Gewalt entehrt, dann hat ein schwarzer Sklave sie erschlagen; bei dem Messias! wir müssen Rache nehmen und die Schmach tilgen oder ich mache meinem Leben ein Ende.« Dsat Dawahi erwiderte:

»Niemand anders, als Murdjana, hat deine Tochter erschlagen, sie haßte sie schon lange innerlich. Was aber die Rache an Omar betrifft, so sei ganz unbesorgt; bei dem Messias! ich werde ihn und seine Kinder erschlagen und Taten vollbringen, die noch kein Held vollbracht und von denen die Erzähler in allen Ländern erzählen werden; tu nur, was ich fordere, du wirst deinen Zweck erreichen.« – »Und was befiehlst du mir?« sagte Hardub. Die Alte fuhr fort: »Bringe mir schöne Jungfrauen und schaffe mir die gelehrtesten Männer der Zeit herbei, daß sie die Mädchen in allen Wissenschaften ausbilden, besonders in der Poesie und Beredsamkeit und in der Art, mit Königen zu verkehren; die Gelehrten müssen aber Muselmänner sein, damit sie die Geschichte der Kalifen und die Sagen der alten Araber lehren. Habe nur Geduld, wenn es auch mehrere Jahre dauert, denn die Araber pflegen zu sagen: Nach vierzig Jahren Blutrache nehmen, ist auch noch bald.«

Es sagt der Erzähler, daß die alte Dsat Dawahi zu ihrem Sohn, dem König Hardub, also weiter gesprochen: »Ich weiß, daß Omar sehr die Vergnügungen der Welt liebt, er hat dreihundertundsechzig Mädchen, und nun noch hundert dazu von der Umgebung deiner seligen Tochter; wenn daher die Jungfrauen gehörig unterrichtet sein werden, so reise ich mit ihnen zu ihm.« Der König küßte seine Mutter vor Freude über ihren Rat und schickte sogleich Leute aus, um muselmännische Gelehrte zu werben. Als sie ankamen, überhäufte er sie mit Geschenken und versprach ihnen reichen Lohn, wenn sie die Jungfrauen unterrichten wollten, die er ihnen vorstellte, und die Gelehrten erboten sich, ganz nach seinem Wunsch zu handeln. –

Omar war sehr betrübt, als er von der Jagd zurückkam und Ibris nirgends zu finden war; er konnte nicht begreifen, wie sie aus dem Schloß entkommen konnte, ohne daß jemand sie bemerkt habe, und beschloß, daß, wenn er in Zukunft wieder auf die Jagd gehe, er die Türen durch vertraute Leute bewachen lassen werde, da sonst sein ganzes Reich zugrunde gehen könnte. Bald nachher kam auch Scharkan von seinen Kriegszügen zurück, und als sein Vater ihm erzählte, daß Ibris heimlich entflohen, war auch er sehr betrübt darüber. Scharkan grämte sich ohnehin schon, weil sein Vater seine Geschwister so zärtlich liebte und durch die gelehrtesten Männer erziehen ließ, er suchte zwar seinen Groll zu verbergen, aber sein entstelltes Aussehen verriet ihn. Eines Tages fragte ihn sein Vater, warum er so übel aussehe? Er antwortete: »So oft ich sehe, daß du meinen Geschwistern Liebe und Aufmerksamkeit erweisest, tut es meinem Herzen weh, ich fürchte, mein Neid möchte so stark werden, daß ich sie umbringe, und dann würdest du auch mich um ihretwillen töten; ich bitte dich daher, mir irgend eine Festung zu schenken, in der ich fern von hier lebe; denn ein Sprichwort sagt: Was das Aug' nicht sieht, betrübt das Herz nicht.« Als Omar aus diesen Worten den heftigen Neid seines Sohnes erkannte, sagte er ihm: »Mein Sohn! ich will deinen Wunsch erfüllen und dich zum Statthalter von Damaskus ernennen, der größten Stadt in meinem Reich.« Er sandte sogleich einen Eilboten dahin, um Scharkan anzukündigen, und ließ die gehörigen Bevollmächtigungsschreiben ausfertigen; Scharkan machte die nötigen Vorbereitungen zur Reise, ebenso Dendan, der ihn als Vezier begleiten sollte. Nachdem alles zur Reise bereit war, empfahl Omar seinem Sohn, mit Milde und Gerechtigkeit zu regieren, dann nahmen er und alle Vornehmen des Reichs Abschied von ihm, und Scharkan machte sich mit seinen Truppen auf den Weg nach Damaskus, wo bei seiner Ankunft Trompeten und Pauken vor ihm her erklangen und alle Straßen der Stadt festlich geschmückt waren.

Bald nach Scharkans Abreise kamen die gelehrten Erzieher Dhul Makans und Nushat Assamans zu ihrem Vater und sagten ihm: »Herr! deine Kinder sind in jeder Wissenschaft vollkommen ausgebildet.« Omar belohnte die Lehrer reichlich und entließ sie. – Dhul Makan hatte ein Alter von vierzehn Jahren, er war sehr fromm, beschäftigte sich viel mit dem Koran und anderen religiösen Büchern, liebte die Gelehrten und Armen, und war deshalb bei allen Bewohnern Bagdads, Männern und Frauen, sehr beliebt. Einst, als die Karawane der Pilgerfahrt abreiste, bat er seinen Vater, ihn auch wallfahren zu lassen, aber Omar erlaubte es nicht und sagte: »Warte bis zum nächsten Jahr, da pilgern wir miteinander.« Da aber Dhul Makan sehr ungeduldig war, ging er zu seiner Schwester, welche gerade betete, und sagte zu ihr, nachdem sie ihr Gebet vollendet hatte: »Ich sterbe vor Sehnsucht nach dem heiligen Haus Gottes und dem Grab des Propheten, und da mein Vater mir nicht erlauben will, zu pilgern, so werde ich etwas Geld zu mir nehmen und diese Nacht heimlich der Pilgerkarawane nachreisen.« Nushat Assaman erwiderte: »Ich beschwöre dich bei Gott! nimm mich mit dir, ich will auch das Grab des Propheten besuchen.« Dhul Makan willigte ein und sagte: »Verlasse dein Zimmer um Mitternacht, ohne jemandem etwas davon zu sagen.« Nushat Assaman nahm einiges Geld zu sich, kleidete sich als Mann und wartete vor der Tür des Schlosses, bis Dhul Makan geritten kam und sie zu sich nahm. Sie mischten sich dann in der Nacht unter die Karawane und Gott ließ sie glücklich nach Mekka gelangen. Sie hielten sich in Arafa auf und erfüllten dort die Pflichten des Pilgers, dann besuchten sie das Grab des Propheten. Als hernach die Karawane wieder in die Heimat zurückkehrte, sagte Dhul Makan zu seiner Schwester: »Bei Gott! ich habe im Sinn, das heilige Jerusalem und das Grab des geliebten Abraham auch zu besuchen. Nushat Assaman erklärte sich bereit, ihm zu folgen, und so gesellten sie sich zur Karawane von Syrien. Aber in der Nacht erkältete sich Dhul Makan und wurde so krank, daß Nushat Assaman, obschon selbst leidend, einzig mit seiner Pflege beschäftigt war. Indessen setzten sie doch ihre Reise nach Jerusalem fort und mieteten eine Wohnung in einem Chan; aber Dhul Makans Krankheit nahm immer zu, obschon seine Schwester ihn sorgfältig pflegte und all ihr Geld für ihn ausgab. – Als Nushat Assaman kein Geld mehr hatte, gab sie dem Diener des Chans einige ihrer Effekten zu verkaufen, und fuhr so fort, bis ihr nur noch eine zerrissene Matte blieb; dann rief sie aus: »Nun stehe Gott uns bei!« In diesem Augenblick sagte Dhul Makan: »Ich fühle mich besser und habe Lust, gebratenes Fleisch zu essen.« Sie mußte ihm nun gestehen, daß sie nichts mehr habe und sich nicht entschließen könne, zu betteln; »aber weißt du«, fuhr sie fort, »ich will morgen bei irgend einem vornehmen Mann Dienst nehmen; es fällt mir zwar schwer, mich von dir zu trennen, doch muß ich das tun, um uns zu ernähren.« Dhul Makan erwiderte: »Sollst du nach einer solchen Herrlichkeit so tief sinken? Es gibt keinen Schutz und keine Macht, außer bei Gott, dem Erhabenen!« Sie weinten lange miteinander, dann sagte Nushat Assaman: »Wir sind hier fremd und leben schon ein Jahr, ohne daß jemand an unsere Tür geklopft, wir müssen vor Hunger sterben, wenn ich nicht diene, bis du gesund wirst und wir in unsere Heimat zurückreisen können.« Sie stand dann auf, bedeckte ihr Haupt mit einem Lumpen, den der Kameltreiber bei ihnen vergessen hatte, küßte und umarmte ihren Bruder, und ging weg, ohne zu wissen, wohin. Es wurde Nacht, ihr Bruder erwartete sie, aber sie kam nicht, auch des Morgens ließ sie sich nicht sehen; nachdem nun Dhul Makan vergebens zwei Tage gewartet und den schrecklichsten Hunger gelitten hatte, rief er dem Jungen des Chans und bat ihn, er möchte ihn auf die Straße tragen; der Junge trug ihn hinaus, und als die Bewohner Jerusalems ihn in einem so erbärmlichen Zustand sahen, versammelten sie sich um ihn und weinten.

Dhul Makan gab den Bewohnern Jerusalems durch Zeichen zu verstehen, sie möchten ihm etwas zu essen bringen; man sammelte Geld für ihn, kaufte einige Speisen und gab sie ihm zu essen. Dann legte man ihn vor einem Laden auf einen Teppich und stellte ihm einen Wasserkrug zu Häupten. Gegen Mitternacht grämte er sich aber so sehr über den Verlust seiner Schwester, daß er wieder ohnmächtig wurde; da sammelten die Leute, die ihn alle bedauerten, dreißig Silberdrachmen für ihn, mieteten ein Kamel und ließen ihn ins Spital nach Damaskus bringen. Aber der Kameltreiber, der nur wenig Lohn erhielt, dachte: wie soll ich mit diesem Menschen reisen, der dem Tod ganz nahe ist? Er verbarg sich daher bis Nacht, und warf ihn auf einen Misthaufen in der Nähe eines Badofens. Als morgens der Badheizer das Bad wärmte, sah er Dhul Makan auf dem Rücken liegen und dachte: Warum mußten sie diese Leiche gerade hierher werfen? Er trat ihn dann mit den Füßen weg. Da aber Dhul Makan Lebenszeichen von sich gab, sagte ihm der Badherr: »Ihr Leute esset so viel Haschisch, bis ihr nicht mehr wisset, wo ihr euch hinlegt;« als er ihm aber ins Gesicht sah und einen jungen, bartlosen, hübschen Mann fand, bemitleidete er ihn und dachte: Dieser Jüngling scheint hier fremd und krank zu sein; bei Gott! ich will mich nicht an ihm versündigen. Der Prophet hat uns befohlen, Fremde zu ehren: dieser verdient es noch mehr, da er krank ist. Er trug ihn hierauf in sein Haus, brachte ihn seiner Frau, befahl

ihr, ihn zu bedienen und ein Bett für ihn zurechtzulegen. Die Frau räumte ihm ein Zimmer mit Teppich und Kissen ein, wärmte Wasser und wusch ihm Hände, Füße und Gesicht. Der Mann kaufte dann etwas Rosenwasser und bespritzte Dhul Makans Gesicht damit, auch reichte er ihm süße Getränke und ein reines Hemd. Als Dhul Makan zu sich kam und sich auf das Kissen lehnte, freute sich der Badheizer sehr, dankte Gott, und betete, daß es ihm gelingen möchte, diesen Jüngling durch seine Pflege wieder ganz herzustellen. – Drei Tage lang gab der Badheizer Dhul Makan Rosenwasser und andere kühlende Getränke zu trinken, bis er sich wieder besser befand; dann ging er auf den Markt, kaufte zehn Hühner, gab sie seiner Frau und sagte ihr: »Koche jeden Tag zwei davon, eins zum Mittag- und das andere zum Abendessen.« Die Frau tat dies und gab Dhul Makan die Suppe davon zu trinken und das Fleisch zu essen; dann reichte sie ihm Wasser zum Waschen, legte ihm wieder seine Kissen zurecht, deckte ihn mit einem Tuch zu und blieb bei ihm sitzen, bis er einschlief. Nachmittags kochte sie ihm das zweite Huhn und brachte es ihm. Während er aß, kam ihr Mann herein und freute sich, Dhul Makan wieder gestärkt zu finden. Der Badheizer, der täglich fünf Drachmen verdiente, gab nun einen ganzen Monat lang jeden Tag vier Drachmen für Hühner und Getränke aus. Nach einem Monat, als Dhul Makan ganz hergestellt war, fragte ihn der Badheizer, ob er mit ihm ins Bad wolle? »Recht gern«, antwortete Dhul Makan. Da holte der Badheizer einen Esel und ließ Dhul Makan darauf ins Bad reiten, und kaufte auch allerlei Seife. Sie entkleideten sich im ersten Zimmer, gingen dann ins zweite und der Badheizer rieb Dhul Makan die Füße und wusch ihn am ganzen Körper mit Seife. Dann kam der Baddiener, welchen der Herr des Bades geschickt hatte, um Dhul Makan zu waschen, und als er sah, daß der Badheizer ihm die Füße rieb, sagte er: das ist ein Eingriff in die Rechte des Herrn. Der Badheizer erwiderte: der Herr überhäuft uns mit Wohltaten. Der Diener aber rasierte Dhul Makan den Kopf. Der Badheizer gab ihm dann eins von seinen Hemden, ein Kleid, einen Gürtel und eine Kopfbinde, führte ihn nach Hause, wo ihm seine Frau wieder Hühner kochte, die er ihm zu essen gab, während er ihn die Brühe nebst anderen süßen Getränken trinken ließ.

Als Dhul Makan nun dem Badheizer für seine Pflege danken wollte, sagte ihm dieser: »Laß dies! erzähle mir lieber, woher du bist und wie du hierhergekommen, denn ich sehe wohl, daß du von guter Familie sein mußt.« Dhul Makan erwiderte: »Erzähle du mir erst, wo du mich gefunden, dann sollst du meine Geschichte hören.« Der Badheizer sagte: »Ich habe dich krank auf dem Mist liegen sehen, als ich eines Morgens das Bad heizen wollte, mehr weiß ich nicht.« Da rief Dhul Makan: »Gepriesen sei Gott, der tote Gebeine wieder belebt; du hast gewiß deine Wohltaten keinem Unwürdigen erwiesen, du sollst die Früchte davon ernten.« Er fragte dann, in welcher Stadt er sich befinde? und als der Badheizer ihm Jerusalem nannte, fiel ihm wieder seine Verlassenheit und seine verlorene Schwester ein. Er erzählte dem Badheizer hierauf seine ganze Geschichte, weinte und sprach folgende Verse:

> »Ich habe über meine Kräfte zu tragen, darum kann man mich schon zu den Sterbenden zählen; habt Mitleid mit meinem Herzen, denn selbst Schadenfrohe bedauern mich seit eurer Trennung, geizt nicht mit einem freundlichen Blick auf mich, der meinen Zustand mildere. Ich habe mein Herz zur Geduld ermahnt, aber es hat mir erwidert: das ist gegen meine Gewohnheit.«

Dhul Makan fragte dann den Badheizer: »Wie weit ist es von hier nach Damaskus?« – »Sechs Tagreisen.« – »Willst du mich wohl dahin schicken?« – »Du bist noch zu jung, um diese Reise allein zu machen, ich werde dich dahin begleiten und meine Frau fragen, ob sie mitreisen will; tut sie dies, so bleiben wir dort beisammen, denn ich kann mich nicht mehr von dir trennen.« Der Badheizer begab sich sogleich zu seiner Frau und fragte sie, ob sie hierbleiben und ihn zurückerwarten, oder ob sie mit ihm nach Damaskus reisen wolle? und da sie letzteres vorzog, wurden die Anstalten zu einer gänzlichen Auswanderung getroffen. – Sie verkauften ihre Mobilien, kauften ein Kamel zu dem Esel, den sie schon hatten, versahen sich mit Proviant und machten sich auf den Weg nach Damaskus. Sie kamen am sechsten Tag vor Sonnenuntergang daselbst an und lebten fünf Tag in einem Chan; da wurde die Frau des Badheizers plötzlich krank und starb am folgenden Tage. Dies betrübte Dhul Makan ebenso sehr, als ihren Mann, weil sie ihn sehr sorgsam gepflegt hatte; doch tröstete er den Badheizer und sagte ihm: »Gräme dich nicht zu sehr, wir müssen ja alle durch dieses Tor wandern.« Nach einigen Tagen, als sie miteinander ausgingen, um sich ein wenig zu zerstreuen, sahen sie vor den Ställen des Statthalters Kamele mit Kisten voller Seidenstoffe beladen, denen viele gesattelte edle Pferde, Sklaven und Mamelucken folgten, und um die sich viele Leute neugierig drängten. Dhul Makan fragte einen Diener, wem dies alles gehöre? Der Diener antwortete: »Es sind Geschenke des Statthalters und der Tribut, den die Stadt Damaskus dem König Omar entrichtet.« Als Dhul Makan dies hörte, schwammen seine Augen in Tränen und er rezitierte folgende Verse:

»Sind sie auch aus meinen Augen gewichen, so bleiben sie doch in meinem Herzen fest; ich sehe ihre Reise nicht mehr, doch hat sich meine Sehnsucht nicht in mir geändert, vereint uns Gott wieder, so will ich eine lange Geschichte von meinem Liebesschmerz erzählen.«

Bei der Erinnerung an seine Heimat schrie und jammerte er dann so heftig, daß der Badheizer ihn bat, seine erst wieder gefundene Gesundheit zu schonen; aber er klagte immer über den Verlust seiner Schwester und seine Entfernung von der Heimat. – Nach langem Weinen rief er endlich: »Ich kann unmöglich hier bleiben, ich bin entschlossen, diesen Leuten in meine Heimat zu folgen.« Der Badheizer sagte: »Ich folge dir, denn ich kann mich nicht von dir trennen, ich habe nun einmal begonnen, dir zu dienen, ich will fortfahren, bis ans Ende.« Dhul Makan freute sich und dankte dem Badheizer, der sogleich sein Kamel verkaufte und einen Esel dafür eintauschte, und abends reisten sie miteinander ab. – Was aber Dhul Makans Schwester, Nushat Assaman, angeht, so begegnete sie, als sie weinend ihren Bruder verlassen hatte und, um einen Dienst zu suchen, auf die Straße gegangen war, einem Beduinen, dem sie so wohl gefiel, daß derselbe danach trachtete, sie sich anzueignen, sie möge aus Jerusalem oder eine Fremde sein. Er stellte sich ihr daher in einer engen Straße in den Weg und fragte sie, ob sie eine Freie oder eine Sklavin sei? Sie blickte ihn starr an und beschwor ihn, durch eine solche Frage ihren Gram nicht zu vermehren. Da sagte der Beduine: »Wisse, Gott hat mir sechs Töchter geschenkt, es sind aber fünf davon gestorben, nur die jüngste lebt noch; ich wollte dich darum fragen, ob du ein hiesiges Mädchen oder ein fremdes bist, und als meiner Tochter Gesellschafterin mit mir kommen willst? Wenn du keine Verwandten hast, so will ich dich wie eine Tochter betrachten.« Nushat Assaman, welche hier eine sichere Stelle zu erlangen hoffte, erwiderte: »Wisse, mein Herr, ich bin eine Araberin und habe hier einen kranken Bruder; gerne folge ich dir, aber unter der Bedingung, daß ich den Tag bei deiner Tochter zubringe, die Nacht aber bei meinem Bruder.« Als der Beduine diese Worte hörte, dachte er: bei Gott! ich komme bald ans Ziel, und sagte ihr: »Du wirst bei mir sehr gut gehalten werden, ich will dich nicht als Dienerin, sondern als Gesellschafterin meiner Tochter; du kannst jeden Abend zu deinem Bruder gehen oder, wenn du willst, ihn zu uns bringen lassen.« Er sagte ihr dann noch so viele süße Worte, bis sie sich entschloß, ihm zu folgen. Der Beduine schickte hierauf seine Leute voraus, um ihre Dromedare mit Lebensmitteln zu beladen und sich ganz reisefertig zu machen. Dieser Beduine war nämlich ein Satan, ein Teufelskind, ein Straßenräuber, der weder eine Tochter, noch sonst Familie hatte; er führte Nushat Assaman bis an das Tor der Stadt, wo seine Leute mit den Dromedaren ihn erwarteten; hier bestieg er ein Dromedar, nahm das Mädchen zu sich und ritt davon, ohne die ganze Nacht stillzuhalten. Nushat Assaman sah bald den Verrat ein, sie weinte die ganze Nacht, aber der Beduine ritt immer fort, bis er im Gebirge war, wo er nichts zu fürchten hatte. Da stieg er ab und sagte zu Nushat Assaman: »Was weinst du immerfort? Bei Gott! wenn du nicht aufhörst, so schlage ich dich, bis du liegen bleibst, du elender Wurm!« Nushat Assaman wünschte sich den Tod, als sie diese Worte hörte, und rief: »Du verruchter Alter, du Höllengreis! ich vertraute dir meine Person an und du verrätst mich? Ist das bei den Arabern Sitte?« Der Beduine wurde aufgebracht und schrie sie an: »Wie? du wagst es, mir zu antworten?« Er holte dann eine Peitsche herbei und schlug sie, bis sie still war.

Am folgenden Tag erinnerte sich Nushat Assaman wieder ihres Bruders und sagte dem Beduinen: »Du verdammter Alter! was willst du von mir, daß du mich durch List in dieses öde Gebirge geschleppt?« Der hartherzige Beduine schlug sie wieder, bis sie bewußtlos ihm zu Füßen stürzte und sie küßte; dann sagte er: »Bei Gott! wenn du noch einmal weinst, schneide ich dir die Zunge ab und stoße sie dir in den Rachen.« Nushat Assaman schwieg eine Weile, dachte über ihre traurige Lage nach und sprach folgende Verse:

»Das Schicksal ist veränderlich, es bringt bald Freude, bald Leid; alles vergeht, wenn es auch noch solange dauert, so wie dem Dasein des Menschen selbst auch ein Ziel gesetzt wurde. Aber wehe mir! wie lange muß ich noch solche Gewalt und solche Schrecken ertragen; einst wurde ich von Königen verzärtelt, und nun werde ich von den gemeinsten Menschen geschlagen.«

Als der Beduine diese Verse hörte, wurde er gerührt und sagte ihr: »Höre, ich habe nicht gerne, wenn man mir im Zorn antwortet, tu das nicht mehr, dann verkaufe ich dich einem gottesfürchtigen Mann, der dich gut behandeln wird.« Er wischte ihr dann die Tränen ab und gab ihr ein Laibchen Gerstenbrot, das sie in der Nacht verzehrte. Um Mitternacht erteilte der Beduine wieder den Befehl zum Aufbruch. – Nach einer dreitägigen Reise kamen sie nach Damaskus und stiegen in einem Chan ab. Nushat Assaman sah sehr übel aus und weinte immerwährend. Da sagte ihr der Beduine: »Wenn du nicht aufhörst zu weinen, so verkaufe ich dich einem Juden oder einem Christen, dann wirst du erst einsehen, wie wohl es dir bei mir erging.« Er nahm sie dann bei der Hand und ging mit ihr auf den Bazar der Abendländer. Er begab sich hierauf zu einigen Sklavenhändlern und erzählte, daß er eine Sklavin habe, deren kranker Bruder in Jerusalem zurückbleiben mußte, worüber sie sich sehr gräme, er wolle sie daher wohlfeil hergeben. Da fragte ihn ein Kaufmann: »Wie alt ist sie denn?« Der Beduine antwortete: »Sie ist noch Jungfrau, ist sehr schön, verständig und gebildet; nur sieht sie jetzt mager und übel aus, weil sie immer an ihren Bruder denkt.« Der Kaufmann folgte dem Beduinen, um die Sklavin zu sehen und mit ihr zum Statthalter Scharkan, dem Sohn Omars, zu gehen, von dem er einen Freibrief und ein Empfehlungsschreiben an seinen Vater wünschte; »gefällt ihm die Sklavin«, sagte er zum Beduinen, »und will er sie zum Geschenk annehmen und mir meine Bitte gewähren, so bezahle ich dir ihren Wert, wo nicht, so mußt du sie zurücknehmen.« Der Beduine sagte: »In Gottes Namen; ich nehme diese Bedingung an«, und führte den Kaufmann ins Zimmer, wo die Sklavin war. Er rief sie: »Radjia!« denn diesen Namen hatte er ihr gegeben – sie aber weinte und gab keine Antwort. Der Beduine sagte dann dem Kaufmann: »Dort sitzt sie, nähere dich ihr und sage ihr einige freundliche Worte.« Der Kaufmann ging mit freundlichem Gesicht auf sie zu und sagte: »Friede sei mit dir! wie geht es dir, meine Tochter?« Sie rief: »Es gibt keinen Gott, außer Gott! es war so über mich verhängt.« Als sie aber den Kaufmann anblickte und einen schönen, ehrwürdigen Mann vor sich sah, dachte sie: der will mich gewiß kaufen, weigere ich mich, so bleibe ich, Gott behüte! bei meinem Tyrannen, der mich noch totschlägt; ich will ihm daher freundlich antworten, um ihm zu gefallen.

Nushat Assaman sagte daher mit süßer Stimme, den Kopf zur Erde gebeugt: »Gottes Segen und Barmherzigkeit sei mit dir! es geht mir so, daß man einen solchen Zustand nur Feinden wünschen mag.« Der Kaufmann war vor Freude außer sich, als er diese Worte hörte, und sagte zum Beduinen: »Es ist ein recht vornehmes Mädchen; wie teuer ist sie?« Der Beduine wurde zornig und sagte: »Du verdirbst meine Sklavin, du nennst dieses Stück Lumpen ein vornehmes Mädchen? ich verkaufe sie dir gar nicht.« Der Kaufmann, der den Beduinen für wahnsinnig hielt, sagte: »Sei nur ruhig, ich will sie, trotz ihrer Fehler, kaufen.« Da fragte der Beduine: »Nun«,

was gibst du mir für sie?« – »Jeder Vater gibt seinem Kind einen Namen – fordere du, was du für deine Ware willst.« – »Biete du, was du geben willst.« Der Kaufmann dachte bei sich: Es scheint, der Beduine ist nicht recht bei Sinnen; bei Gott! sie ist für mich unschätzbar, sie spricht so gut und ist so hübsch, daß sie mein Herz gewonnen hat; wenn sie dazu noch lesen und schreiben kann, so ist sie vollkommen; der Beduine scheint ihren Wert nicht zu kennen. Er wandte sich dann zum Beduinen und bot ihm zweihundert Silberdrachmen. Der Beduine stellte sich aufgebracht und sagte: »Bei Gott! du kannst gehen, ich verkaufe dir nicht einmal das Stück Tuch, das sie bedeckt, für zweihundert Drachmen; lieber behalte ich sie und lasse sie mit Kamelen auf die Weide gehen und die Mühle herumdrehen; ich hielt dich für einen verständigen Mann, nun sehe ich, daß du dumm bist; drum geh, sonst mußt du noch manches Unangenehme hören.« Der Kaufmann dachte: der ist närrisch, ich will jetzt vom Preis schweigen; doch, wenn er wollte, ich gäbe ihm gern alles, was ich besitze. Er fragte dann: »Was hat sie für Kleidungsstücke bei dir?« – »Bei Gott! das Stück Tuch, in das sie eingehüllt ist, ist noch zu viel für sie.« – »Entschleiere einmal ihr Gesicht und zeige mir sie, wie es bei Sklavinnen üblich ist.« – »Du kannst sie untersuchen, solange du willst.« – »Bewahre Gott! ich will nur ihr Gesicht sehen, das genügt mir schon.« – Der Kaufmann setzte sich ganz schüchtern neben sie und fragte sie: »Wie heißt du?« – »Willst du meinen früheren oder meinen jetzigen Namen wissen?« – »Hast du denn zwei Namen?« – »Einst hieß ich Nushat Assaman (Zeitlust), jetzt aber Ghusat Assaman (Zeitleid).« Der Kaufmann, den diese Worte zu Tränen rührten, fragte sie dann, ob sie einen kranken Bruder habe? Sie antwortete: »Wohl, mein Herr! das Schicksal hat uns getrennt, er ist in Jerusalem.« Als hierauf die Erinnerung an ihren Bruder ihren Augen wieder viele Tränen entlockte, streckte der Kaufmann die Hand nach ihrem Gesicht aus, um dieselben abzutrocknen; sie aber bedeckte ihr Gesicht und sagte: »Hüte dich, mich zu berühren, mein Herr!« Der Beduine, der dies sah und glaubte, sie wolle sich nicht von ihm untersuchen lassen, fiel mit der Kamelpeitsche, die er in der Hand hatte, über sie her und schlug sie, bis sie zu Boden stürzte, aus Mund und Nase blutete und ohnmächtig wurde. Der Kaufmann, den dieser Auftritt tief ergriff, dachte bei sich: Bei Gott! ich will diese Sklavin kaufen, wenn ich sie auch mit Gold aufwiegen müßte, um ihr von diesem Tyrannen Ruhe zu

schaffen.« Als sie wieder zu sich kam, wischte sie ihre Tränen und ihr Blut mit einem Lumpen ab, hob ihr Auge gen Himmel und sagte weinend und mit trauriger Stimme folgende Verse:

»O habt Mitleid mit der Edlen, die durch Gewalt so erniedrigt worden, die viele Tränen vergießt und denkt: wann wird diese Pein enden?«

Sie sagte dann leise zum Kaufmann: »Ich beschwöre dich bei Gott! laß mich nicht bei diesem gottlosen Übeltäter, lieber wollte ich mich umbringen, als nur noch eine Nacht bei ihm zubringen; kaufe mich für jeden Preis und befreie mich! Gott wird dich auch von der Pein der Hölle befreien.« Der Kaufmann sagte zum Beduinen: »Mißhandle diese Sklavin nicht so; sag mir, was du für sie willst!« – »Biete nur recht viel, dann kannst du sie haben; wo nicht, so geh deines Weges, ich behalte sie, daß sie Mist trage und die Kamele auf die Weide führe.« – »Nun, so höre ein einziges Wort: ich gebe dir fünfzigtausend Dinare.« – »Gott heißt dich noch mehr bieten.« – »Nun, siebzigtausend.« – »Bei Gott! du und deine ganze Familie, ihr habt in eurem ganzen Leben nicht für tausend Dinare Brot gegessen; doch, nun höre mein letztes Wort: ich gebe dir hunderttausend Dinare, bist du nicht zufrieden, so werde ich dem Statthalter von Damaskus einen

Wink geben und er wird sie für nichts mit Gewalt nehmen.« Der Beduine willigte ein und sagte: »Nun werde ich dafür Salz kaufen.« Sobald der Kaufmann ihm aber das Geld brachte, machte er sich damit sogleich auf den Weg nach Jerusalem, denn er hoffte auch ihren Bruder zu täuschen und als Sklaven zu verkaufen. – Der Kaufmann bedeckte Nushat Assaman mit einem Tuch, führte sie in sein Haus und ließ ihr sehr kostbare Kleider zuschneiden. Nach einigen Tagen ging er mit ihr auf den Bazar und kaufte ihr einen schönen goldenen Schmuck, legte ihn in ein Kästchen mit Atlas überzogen, und sagte ihr: »Ich schenke dir, was du willst, nur bitte ich dich, wenn ich dich dem Statthalter von Damaskus vorstelle, sage ihm, wie teuer ich dich gekauft; es ist freilich wenig, denn der Abschnitt deines Nagels ist mehr wert, aber immerhin habe ich doch eine schöne Summe für dich gegeben; sage ihm auch, wie ich dich behandelt habe, und bitte ihn, daß er mir einen Empfehlungsbrief an seinen Vater Omar gebe, damit ich gar keinen Zoll von meinen Waren zu bezahlen habe.« – Als Nushat Assaman dies hörte, weinte sie. Da sagte der Kaufmann: »Ich merke, daß du weinst, so oft ich von Bagdad spreche: kennst du etwa jemanden daselbst? Sage mir es, bei Gott! denn ich kenne dort alle Kaufleute.« – »Mein Bekannter ist weder ein Kaufmann, noch sonst ein Privatmann; ich kenne den König Omar, den Herrn von Bagdad.« Der Kaufmann, der außer sich vor Freude war und schon seinen Zweck erreicht zu haben glaubte, fragte sie: »Hast du etwa bei ihm früher gedient?« – »Nein«, erwiderte Nushat Assaman, »sondern ich bin mit seiner Tochter erzogen worden, und ich war ihm sehr teuer; wenn du also von Omar einen Freibrief begehrst, so bringe mir nur Tinte und Papier, ich gebe dir auch ein Briefchen an ihn; sage ihm nur, Nushat Assaman sei vom Schicksal heimgesucht und als Sklavin verkauft worden, und befinde sich jetzt beim Statthalter von Damaskus.«

Der Kaufmann, über Nushat Assamans Beredsamkeit erstaunt, sagte: »Ich glaube nicht, daß du eine Sklavin bist; ich glaube, du bist nur aus Mutwillen verkauft worden; du kannst also lesen und schreiben?« – »Noch viel mehr als dies«, versetzte Nushat Assaman; »ich verstehe auch Chemie und Medizin; ich habe Galen, Avicenna und Ibn Beitar gelesen; ich habe Theologie, Geschichte, Grammatik, Logik, Rhetorik, Mathematik und Philosophie studiert, und selbst über Metaphysik geschrieben; ich habe immer unter Gelehrten gelebt und mit ihnen über die schwierigsten theologischen Streitfragen disputiert; doch bringe mir jetzt Tinte und Papier!« Als der Kaufmann dies hörte, rief er: »Heil dem, der dich in seinem Schloß besitzt! Er holte dann, was sie wünschte, und überreichte es ihr mit einer tiefen Verbeugung; sie nahm Papier und Kalam und schrieb folgende Verse:

> »Warum ist der Schlaf aus meinen Augen gewichen? hast du sie durch deine Trennung das Wachen gelehrt? Bei dem Gedanken an dich entzündet sich eine helle Sehnsuchtsflamme in meinem Herzen; denn nie wollte ich von dir scheiden, aber wer kann seinem Geschick entgehen? Wie schön waren die verflossenen Tage, doch sie sind dahin mit allen ihren Freuden; höre meine Klagen über unsere Trennung, sie sind so ergreifend, daß sie Steine erweichen.«

Sie schrieb dann darunter:

> »Von der, die der Kummer niedergeschlagen, die das Wachen geschwächt, die in ihrer Dunkelheit kein Licht findet und den Tag nicht von der Nacht unterscheiden kann, die stets sehnsuchtsvoll nach den Sternen blickt. Von der traurigen und von ihrer Familie und Heimat entfernten Nushat Assaman.«

Nushat Assaman versiegelte dann das Briefchen und überreichte es dem Kaufmann. Der Kaufmann bewunderte sie, nahm das Briefchen mit Freude an und versprach sich viel Glück davon.

Er behandelte sie nun mit noch größerer Achtung, so daß er selbst auf den Markt ging, um für sie einzukaufen, und des Abends schickte er sie ins Bad.

Als Nushat Assaman im Bad war, schickte ihr der Kaufmann ein Badmädchen, um sie zu waschen und anzukleiden, und sagte diesem Mädchen: »Wenn sie angezogen ist, so laß mich es wissen.« Während sie badete, ließ er die kostbarsten Speisen, Süßigkeiten und Früchte zubereiten und auf das Sofa des Vorsaals bringen, und als sie herauskam, aßen sie miteinander, bis sie satt waren, und schenkten das Übrige den Bedienten des Bades.

Am folgenden Morgen brachte ihr der Kaufmann die schönsten und teuersten Kleider und den kostbarsten Schmuck, goldene Ohrringe mit großen Perlen und Diamanten für tausend Drachmen, eine Halskette mit Smaragdsteinen, eine über die Brust herabhängende Kette von Ambra, mit Kugeln und Halbmonden von Hyacinthen und Diamanten, kurz, Kleidung und Juwelen waren von unendlich hohem Preis. Als sie angekleidet war, bat sie der Kaufmann, ihm zu folgen. Auf der Straße erstaunten alle Leute, die sie sahen, und sagten: »Wohl dem, der eine solche Sklavin besitzt.« Der Kaufmann führte sie in Scharkans Schloß und bat, vorgelassen zu werden. Als er die Erlaubnis erhielt, vor Scharkan zu erscheinen, verbeugte er sich und sprach: »O du glückseliger, einsichtsvoller Herr! ich bringe dir ein wunderbares Geschenk, desgleichen in dieser Zeit höchst selten ist: ein Mädchen voller Reize und Tugenden.« Als Scharkan sie zu sehen wünschte, ging der Kaufmann hinaus, holte Nushat Assaman und stellte sie ihm vor.

Scharkan kannte Nushat Assaman nicht, denn aus Haß zu ihr und ihrem Bruder hatte er sie ja verlassen, als sie noch klein waren; doch fühlte er sich, ohne zu wissen warum, so sehr zu ihr hingezogen, daß er dem Kaufmann sagte, er wolle ihm das Geld, das er für sie ausgegeben, wieder erstatten und sie bei sich behalten. Der Kaufmann sagte: »Ich überlasse sie dir, jedoch nur unter der Bedingung, daß du mir ein Empfehlungsschreiben an deinen Vater gibst, daß ich gar keine Abgaben in seinem Lande zu entrichten habe.« Scharkan erwiderte: »Recht gern; doch sage mir, was hast du für sie gegeben?« – »Ich habe sie für hunderttausend Dinare gekauft und ebenso viel für ihre Kleidung ausgegeben.« – »Ich bin so sehr mit dir zufrieden, daß mein Schatzmeister dir dreihunderttausend Dinare ausbezahlen soll.« Scharkan ließ dann die vier Kadhis der Stadt kommen und den Kaufmann in ihrer Gegenwart ausbezahlen; dann sagte er: »Ich erkläre hiermit, daß ich diesem Mädchen vor dem Angesicht Gottes die Freiheit schenke und sie zur Gattin nehme.« Die Kadhis schrieben sogleich den Freibrief und den Ehekontrakt, und Scharkan streute Gold und Silber unter die Umstehenden aus. Er ließ dann einen Firman ausfertigen, wodurch der Kaufmann für immer von allen Abgaben freigesprochen wurde, auch schenkte er ihm noch ein Ehrenkleid und andere Kostbarkeiten. Da er aber auch wissen wollte, ob die Sklavin wirklich so gelehrt sei, wie sie ihm der Kaufmann schilderte, ließ er die vier Kadhis hinter einem Vorhang ein gelehrtes Gespräch mit ihr anknüpfen, woraus sich bald ergab, daß der Kaufmann sie noch viel zu wenig gerühmt hatte. Die Kadhis gestanden, sie haben in ihrem Leben in den gelehrtesten Büchern nicht so viel Schönes gefunden, als sie zu sagen wußte. Bald sprach man in der ganzen Stadt so viel von ihr, daß die Frauen der Veziere, Fürsten und Großen des Reichs herbeikamen, ihr die Hand küßten und sich mit ihr unterhielten. Alle waren über ihren Geist, ihre Bildung, ihre Beredsamkeit und ihre Liebenswürdigkeit so erstaunt, daß sie sagten: »Die war nie Sklavin: das ist eine Königin oder eine Prinzessin.«

Scharkan sagte dann zu seinen Dienern: »Eilt nun und bereitet alles zur Hochzeit vor, und bringt die kostbarsten Speisen herbei!« auch bat er die Damen, noch solange bei Nushat Assaman zu bleiben, bis sie des Abends hochzeitlich geschmückt sein würde. Die Diener stellten besondere

Tische für Männer und besondere für Frauen auf. Alle Sängerinnen und Musiker aus Damaskus wurden herbeigerufen, und die vornehmsten Bewohner der Stadt zur Hochzeit geladen. Des Nachts wurde die ganze Stadt, vom Tor bis ans Schloß, beleuchtet. Die Kammermädchen gingen dann mit Nushat Assaman in ein besonderes Zimmer, fanden sie aber so natürlich schön, daß sie wenig mit ihr zu tun hatten. Scharkan ging indessen ins Bad, und als er zurückkam, stellte man ihm die Braut siebenmal in verschiedener Kleidung vor, und ließ sie dann allein beisammen. Scharkan liebte Nushat Assaman täglich mehr, und seine Freude war grenzenlos, als sie ihm nach einiger Zeit ihre Schwangerschaft anzeigte. Er ließ es sogleich in der ganzen Stadt bekannt machen, und die Veziere und Staatsräte kamen freudig zu ihm, um ihm Glück zu wünschen. Sobald er wieder allein war, ließ er durch seinen Geheimsekretär seinem Vater schreiben: Er habe eine durch Bildung, Verstand und Kenntnisse ausgezeichnete Sklavin gekauft, sie befreit und geheiratet, und nun sei sie schon in gesegneten Umständen; er werde sie ihm einmal später schicken, damit sie seinen Bruder und seine Schwester auch kennenlerne; zum Schluß grüßte er seine Geschwister, den Vezier Dendan und die übrigen hohen Staatsbeamten. Nach einem Monat kehrte der Bote, der diesen Brief Omar überbrachte, nach Damaskus mit folgender Antwort zurück:

»Von dem traurigen und niedergeschlagenen wegen der Trennung derer, die ihm teuer sind, vom König Omar, der über das Scheiden seiner Kinder bestürzt ist, an seinen teuren Sohn Scharkan: Wisse, mein Sohn, daß es mir durch deine Abreise so unheimlich zumute wurde, daß ich auf die Jagd ritt; dies benutzte dein Bruder, dem ich, aus Furcht vor einem Unglück, nicht erlaubte, zu wallfahren, um mit seiner Schwester heimlich den Pilgern zu folgen. Ich erwarte mit Sehnsucht die Rückkehr der Pilger und weinte Tag und Nacht, aber niemand wußte etwas von ihnen; es ist, als wenn die Erde sie verschlungen hätte. Ich zog um ihretwillen Trauerkleider an, denn mein Herz ist sehr betrübt.«

Dann folgte in Versen:

»Ihr Bild entschwindet mir keinen Augenblick, ich habe ihnen den höchsten Platz in meinem Herzen eingeräumt; hätte ich keine Hoffnung mehr auf ihre Wiederkehr, ich würde keine Stunde mehr leben, und besuchte mich ihr Bild nicht im Traum, ich könnte nie schlafen.«

Der Brief schloß mit vielen Grüßen und der Bitte: Er möchte doch keinen Augenblick säumen, Nachforschungen anzustellen, um die Schande, die ihm eine solche Flucht zufügte, zu tilgen.

Als Scharkan diesen Brief gelesen hatte, schmerzte ihn die Trauer seines Vaters, hingegen freute er sich über das Verschwinden seiner Geschwister. Er ging dann wieder zu Nushat Assaman, die er ebensowenig als sie ihn kannte, und blieb Tag und Nacht bei ihr, bis sie von einer Tochter entbunden wurde. Da überreichte sie ihm seine Tochter und bat ihn, ihr einen Namen zu geben. Scharkan antwortete: »Es ist nicht Sitte bei uns, dem Kind vor dem siebenten Tag einen Namen zu geben.« Als er dann am folgenden Tag sein Töchterchen küßte, sah er an seinem Hals eine der drei Perlen, welche Ibris aus Griechenland mitgebracht hatte. Er war außer sich vor Zorn und sagte: »Wehe dir, Sklavin! woher hast du diese Perle?« Nushat Assaman antwortete: »Deine Mutter und alle Damen dieses Schlosses sind meine Dienerinnen; schämst du dich nicht, mich Sklavin zu nennen? Ich bin Herrin und dir zum Trotz Königin und Prinzessin. Wisse, ich bin Nushat Assaman, Tochter des Königs Omar, des Herrn von Bagdad und Chorasan.« Bei diesen Worten fing Scharkan an zu zittern, wurde blaß und verlor das Bewußtsein.

Als er wieder zu sich kam und über die Sache nachdachte, sagte er ihr, ohne sich zu erkennen zu geben: »Wenn du die Tochter des Königs Omar bist, wie bist du denn verkauft worden und wieso hast du deinen Vater verlassen?« Da erzählte sie ihm die ganze Geschichte ihrer Pilgerfahrt mit ihrem Bruder, die des Beduinen, der sie geraubt, und des Kaufmanns, der sie von ihm gekauft.

Scharkan hatte nun keinen Zweifel mehr, daß er wirklich seine Schwester von väterlicher Seite geheiratet, und beschloß, sie einem seiner ersten Offiziere zur Frau zu geben, damit, wenn einmal das Geheimnis entdeckt würde, er sagen könne, sie sei schon vor ihrer Schwangerschaft dessen Gattin gewesen. Er sagte ihr in einem sanften Ton: »O Nushat Assaman! du bist meine Schwester, ich bin Scharkan, der Sohn Omars; der Pfeil des Schicksals hat uns getroffen, und wir mußten vollbringen, was im Himmel beschlossen. Es gibt keinen Schutz und keine Hilfe, außer bei Gott, dem Erhabenen! wir sind Gottes und kehren zu ihm zurück: er möge mir mein großes Verbrechen verzeihen.« Als Nushat Assaman dies hörte, weinte sie heftig, schlug sich ins Gesicht

und rief ganz außer sich: »Was soll ich meinem Vater antworten, wenn er mich fragt, woher ich diese Tochter habe?« Scharkan antwortete: »Meine Absicht ist, dich mit meinem ersten Schloßverwalter zu verheiraten und das Kind, bei ihm erziehen zu lassen, und hier sagen wir niemand, daß wir Geschwister sind; so kann alles geheim bleiben.« Einige Monate, nachdem der Verwalter Nushat Assaman geheiratet und das Kind, welches man Kadha Fakana* nannte, zu sich genommen hatte, erhielt Scharkan folgenden Brief von seinem Vater:

»Wisse, o teurer König! daß ich noch immer wegen der Trennung von meinen Kindern in großer Trauer bin und keine Nachtruhe finden kann; wenn du daher diesen Brief empfängst, so schicke mir die Sklavin, die du geheiratet und von der du mir geschrieben hast, sie sei so schön, so gelehrt und so verständig; ich wünsche sehr, sie zu sehen und kennenzulernen; schicke mir auch die Abgaben von Damaskus, denn es ist vor zwei Monaten ein altes, frommes, gottesfürchtiges Weib mit fünf Jungfrauen zu mir gekommen, deren Gelehrsamkeit gar nicht zu beschreiben ist. Sie gefielen mir so gut, daß ich sie sogleich in mein Schloß nahm und die Alte fragte, wie teuer diese Mädchen wären? Die Alte antwortete mir: sie würde sie nur für die diesjährigen Abgaben von Damaskus hergeben. Diese Forderung schien mir wahrlich nicht zu groß, denn eine allein ist so

* D. h. Gott hat beschlossen und es geschah.

viel wert; darum gewährte ich auch ihren Wunsch. Die Jungfrauen sind nun in meinem Schloß, und die Alte wartet, bis die Abgaben von Damaskus ankommen; eile daher, sie mir zuzusenden, und schicke auch die Sklavin mit; ich will sehen, ob sie die meinigen an Kenntnissen übertrifft. Ich werde sie nicht lange hier behalten und sie dir mit den Abgaben Bagdads zurückschicken.«

Als Scharkan diesen Brief gelesen hatte, ging er damit zu seinem Schwager, ließ Nushat Assaman rufen, machte sie mit dem Inhalt desselben bekannt und fragte sie, was wohl hierauf zu erwidern sei? Da Nushat Assaman sich sehr nach ihrem Vater sehnte, sagte sie: »O mein Bruder, schicke mich mit meinem Gatten nach Bagdad, daß ich meinem Vater erzähle, wie es mir auf der Pilgerfahrt ergangen; ich will ihm sagen, du habest mich mit dem Verwalter verheiratet, sobald du mich gekauft und befreit hattest; auch meine Tochter Kadha will ich mit mir nehmen.« Scharkan ließ alles zur Reise vorbereiten, gab dem Verwalter das nötige Geld, sorgte für Kamele, Diener und Maulesel, nahm Abschied von seiner Schwester und ihrem Gatten, und ließ sie von einer Abteilung Truppen mit dem Tribut von Damaskus begleiten. Diese Karawane war es, welche Dhul Makan vorüberziehen sah und der er sich mit dem Badheizer anschloß.

Nach fünf Tagen erreichte die Karawane Hamah, wo sie drei Tage ausruhte; von hier zog sie nach Moßul, wo sie wieder einige Tage verweilte, so daß dem Badheizer bald der Proviant ausging. Dhul Makans Sehnsucht nach seiner Heimat und seiner Familie wurde immer heftiger, je näher er derselben kam; eines Nachts, als der Wind aus Irak ihn anwehte, rezitierte er folgende Verse:

»O Freunde, wie lange muß ich noch meine Liebe geduldig verbergen, ohne daß ein Bote mir Nachricht von euch bringt? O möchten doch die Tage der Vereinigung lang, und die der Trennung bald zu Ende sein!«

Da sagte ihm der Badheizer: »O mein Freund, laß doch dieses Weinen und Jammern, wir sind in der Nähe des Zeltes des Schloßverwalters.« Dhul Makan erwiderte: »Ich kann mich nicht fassen, ich muß durch Verse das Feuer meines Herzens zu löschen suchen.« Er wandte dann sein Gesicht gegen Bagdad, rezitierte noch einige Verse und weinte, bis er ohnmächtig wurde.

Nushat Assaman, welche diese Nacht viel an ihren Bruder dachte und vor Kummer nicht schlafen konnte, fühlte sich leichter, als sie ihn hörte, und befahl ihrem Diener, den Mann herbeizuholen, der in der Nähe ihres Zeltes Verse rezitierte. Der Diener antwortete: »Ich habe niemanden gesehen, noch gehört, die Leute schlafen alle.« Aber Nushat Assaman erwiderte: »Sieh dich um und bring mir den, der wacht, der ist's gewiß, der Verse rezitierte.«

Der Diener ging im Lager umher, bis er zu Dhul Makan und dem Badheizer kam; als dieser ihn sah, fiel er fast in Ohnmacht vor Furcht. Der Diener sagte ihm: »Wehe dir! du bist's, der eben Verse rezitiert hat; meine Herrin hat dich gehört.« Der Badheizer, welcher glaubte, die Verwalterin sei dadurch vom Schlaf geweckt worden, fürchtete sich, ja zu sagen, und schwor bei Gott, er habe keine Verse rezitiert. Da schrie ihn der Diener an: »So sage mir, wer es war; da du doch wachst, mußt du es wissen.« Da aber der Badheizer besorgte, der Diener möchte Dhul Makan etwas zuleide tun, schwur er bei Gott, er kenne ihn nicht. »Du lügst, Teufel, es ist ja außer dir und dem Jungen niemand hier!« – »Es war ein Reisender, der vorüberging und auch mich im Schlaf störte, aber ich kenne ihn nicht.« – »Wenn du ihn wieder siehst, so ergreife ihn: ich lasse ihn hängen.« – »Gut, geh nur, ich führe dir ihn zu, wenn er wiederkommt.« Der Diener kehrte nun zu seiner Herrin zurück und erzählte ihr, was er vom Badheizer gehört. Indessen kam Dhul Makan wieder zu sich, der Mond hatte eben die Mitte des Himmels erreicht, die Nachtigallen zwitscherten, da erhob auch er seine Stimme und wollte singen, aber der Badheizer sagte ihm:

»Was beginnst du da? weißt du, daß ich dem Tode nicht entgangen wäre, wenn ich nicht den Diener des Verwalters gewonnen hätte, der, während du in Ohnmacht lagst, mit einem großen Haselnußstocke kam und den, der Verse rezitierte, suchte? Ich bitte dich also, laß die Gedichte für diese Nacht, die ja bald vorüber sein wird.« Als Dhul Makan dies hörte, weinte er heftig und sagte: »Wer will mit verbieten, Verse zu rezitieren? Es geschehe, was da wolle, ich bin nun meiner Heimat nahe und frage nach dem Verwalter und seinem Diener nichts.« Der Badheizer entgegnete: »Das ist eine Lust des Satans: was nützen diese Verse, die uns beide in den Abgrund stürzen können? Bei Gott, wenn du es nicht unterläßt, so werde ich nicht länger bei dir bleiben, obschon ich beschlossen hatte, mich nie von dir zu trennen. Wir sind ja so müde vom Gehen und Wachen und haben nichts zu essen mehr, was brauchst du Verse zu rezitieren?« Aber Dhul Makan ließ sich nicht abhalten, noch einige Verse zu singen, in denen er über die lange Trennung von seiner Heimat und von seiner Schwester klagte, bis er wieder bewußtlos hinfiel. Der Badheizer deckte ihn mit seinem Mantel zu und sagte: »Bei Gott! du widerstehst deinem Satan nicht.« Nushat Assaman, welche noch immer vor Sehnsucht nicht eingeschlafen war, hörte auch dieses Gedicht wieder, in welchem sie selbst und ihr Bruder erwähnt wurde; sie weinte lange, rief dann den Diener wieder und sagte Ihm: »Wehe dir! ich höre denselben Mann, wie früher, wieder singen, ganz in unserer Nähe; du bist ein träger Mensch und hast dich nicht recht umgesehen; bei Gott! wenn du mir ihn nicht gleich herbringst, so wecke ich den Verwalter, daß er dich prügle und fortjage. Geh' und nimm hundert Dinare mit, suche ihn auf, gib ihm das Geld und bring ihn her, tu ihm aber ja nichts zuleid; wenn er nicht kommen will, so gib ihm den Beutel dort mit tausend Dinaren, erkundige dich, wer er ist, was er treibt, woher er ist und laß ihn in Frieden; komm aber ja nicht wieder und sage: ich habe ihn nicht gesehen, sonst, bei Gott! geht's dir nicht gut.«

Der Diener ging mißmutig weg und schlug und trat die Leute, die umherlagen und schliefen, bis er wieder zum Badheizer kam, der mit entblößtem Haupt dasaß. Er fragte ihn, ob er nicht eben wieder ein Lied gesungen habe? Da der Badheizer den Diener zornig sah, sagte er aus Furcht: »Bei Gott, mächtiger Führer, ich war es nicht!« – »Bei Gott, Unglückseliger!« rief der Diener, »ich lasse dich nicht, bis du mir zeigst, wer gesungen hat, denn ich habe sonst alles von meiner Herrin zu befürchten.« Der Badheizer weinte vor Furcht und hielt sich und seinen Freund für verloren. Er küßte dann dem Diener die Hand und sagte: »Bei Gott! ich war es nicht und kenne auch den Sänger nicht; versündige dich nicht an mir, ich bin ein unglücklicher Mann aus Jerusalem.« – »So folge mir zur Herrin und erzähle ihr deine Leiden, denn außer dir wacht doch niemand hier.« – »Du kennst mich ja und weißt, wo ich liege, weißt auch, daß die Wache niemanden von seinem Platz weichen läßt; geh also deines Weges, und wenn du noch jemanden singen oder Verse rezitieren hörst, so will ich es gewesen sein oder wenigstens ihn angeben.« Er küßte dann dem Diener solange die Hand, bis er sich bewegen ließ, wegzugehen; da er sich aber fürchtete, zur Herrin zurückzukehren, machte er einen Umweg und blieb dann hinter dem Badheizer stehen, um zu hören, wer wieder singen würde. Kaum glaubte der Badheizer, daß der Diener weggegangen, so weckte er Dhul Makan und erzählte ihm, was sich wieder mit dem Diener zugetragen. Dhul Makan sagte: »Laß mich, ich kümmere mich um niemanden, ich bin meiner Heimat nahe.«

Der Badheizer sagte zornig zu Dhul Makan: »Wie, du willst uns mit Gewalt ins Verderben stürzen? Kannst du nicht ruhig bleiben? Die Herrin ist krank und müde und kann nicht schlafen, und hat nun schon zweimal ihren Diener geschickt, um zu sehen, wer sie stört.« Aber Dhul Makan kehrte sich nicht daran und fing wieder an, Verse zu singen. Der Badheizer, außer sich vor Angst und Zorn, steckte ein Tuch zwischen die Zähne, ging von ihm weg und blieb in der Ferne stehen. Da sah er, wie der Diener sich Dhul Makan näherte und ihm sagte: »Friede sei mit dir und Gottes Segen und Barmherzigkeit! Ich suche dich nun schon zum drittenmal, meine Gebieterin wünscht dich zu sprechen.« Dhul Makan erwiderte: »Was will diese Hündin von mir? Gott verdamme sie und ihren Gatten, und ihren Vater und ihre Mutter!« Der Diener wagte es nicht, ihm Vorwürfe zu machen, weil seine Herrin ihm befohlen hatte, ihn mit der größten Schonung zu behandeln; er sagte ihm daher mit sanfter Stimme: »Mein Sohn, wir waren allerdings sehr kühn gegen dich, doch haben wir nichts Schlimmes mit dir vor; wir bitten dich nur, deine edlen Schritte zu uns zu lenken, du wirst zufrieden wieder entlassen werden, und eine frohe Botschaft wird deiner harren, so Gott will.« Dhul Makan erwiderte: »Gut, in Gottes Namen!« ergriff die Hand des Dieners und ging mit ihm bis zu Nushat Assamans Zelt. Der Badheizer sah

ihnen nach und schrie: »Wehe, wehe! der Jüngling ist verloren; es gibt keinen Schutz und keine Hilfe, außer bei Gott, dem Erhabenen! Schade für diesen Jüngling; morgen werden sie ihn hängen.« Er beschloß dann bei sich, nur diese Nacht noch hier zu bleiben und am folgenden Morgen auf seinem Esel wieder heimwärts zu reiten; denn, dachte er, am Ende könnte der Jüngling sagen, ich habe ihn geheißen Verse zu rezitieren, und es wäre auch um mich geschehen.

Als Dhul Makan vor der Tür des Zelts war, ging der Diener hinein und sagte: »Meine Herrin! hier bringe ich dir den Sänger, den du verlangt hast; es ist ein wohlgestalteter Jüngling, dem man den Wohlstand ansieht.« Nushat Assaman, deren Blut in Wallung kam und deren Herz dem Verwandten entgegen pochte, sagte: »Laß ihn etwas rezitieren, daß ich ihn in der Nähe höre; dann frage ihn, wie er heißt, wo er her ist, und was für ein Geschäft er hat.« Der Diener ging hinaus und sagte ihm, die Herrin wolle einige Gedichte von ihm hören und dann auch wissen, wer er sei? Dhul Makan erwiderte: »Ich will recht gerne etwas deklamieren, doch wenn deine Herrin nach meinem Namen fragt, so sage ihr: mein Name ist erloschen, mein Wesen hat sich verändert; mein Körper ist verwelkt; meine Abenteuer sind groß, sie haben keinen Anfang und kein Ende, ich bin betäubter als ein Betrunkener.« Als Nushat Assaman diese Klagen vernahm, weinte sie lange und ließ ihn durch den Diener fragen; ob er von seinem Vater, seiner Mutter oder von einer Geliebten scheiden mußte? Dhul Makan antwortete: »Ich bin von allen geschieden, die mir teuer sind; doch am schmerzlichsten fühle ich die Trennung von meiner teuern Schwester, mit der mich die Launen des Schicksals heimgesucht, das im Verborgenen wirkt.« Nushat Assaman wünschte, daß Gott ihn wieder mit ihr vereinigen möchte, und bat ihn, einige Verse über seinen Zustand zu rezitieren.

Dhul Makan rezitierte einige Verse, in welchen er Nußhat Assamans Namen nannte. Als sie die hörte, hob sie den Vorhang ihres Zeltes auf, um ihn zu sehen; sie erkannte ihn sogleich und schrie laut: »O mein Bruder, o Dhul Makan!« Dieser erkannte sie ebenfalls und rief: »O meine Schwester, o Nushat Assaman!« Sie fielen dann einander in die Arme und wurden beide ohnmächtig. Der erstaunte Diener bespritzte sie mit Rosenwasser, bis sie wieder zu sich kamen; da umarmten sie sich abermals und Nushat Assaman sprach folgende Verse:

> »Als wir uns wiedersahen, klagten wir einander, was uns begegnet war, denn durch einen Boten lassen sich Klagen nicht gut mitteilen; eine gemietete Klagefrau ist nicht wie eine wirklich Betrübte.«

Als Dhul Makan diese Verse hörte, drückte er seine Schwester noch einmal an seine Brust und sprach folgende Verse:

> »Ich betrauerte unsere Trennung so sehr, daß ein Strom von Tränen aus meinen Augen floß, und ich gelobte, daß, wenn das Schicksal uns wieder vereint, meine Zunge nie mehr das Wort Trennung aussprechen sollte. Nun hat mich aber die Freude so überrascht, daß auch sie mir Tränen hervorlockt. Mein Aug ist so sehr an Tränen gewöhnt, daß es nun vor Freude, wie einst vor Trauer, weint.«

Nachdem sie eine Weile kosend beisammen vor der Tür des Zeltes saßen, sagte Nushat Assaman zu ihrem Bruder: »Komm herein ins Zelt und erzähle mir, was dir seit unserer Trennung widerfahren; ich will dir dann auch meine Abenteuer mitteilen.« Dhul Makan bat sie, zuerst zu sprechen, und sie erzählte ihm alles, was ihr widerfahren, bis endlich ein Brief von ihrem Vater kam, der sie zu sehen wünschte; und pries Gott, der es so fügte, daß sie nun zusammen ihren Vater wieder sähen, wie sie ihn verlassen. Sie bat ihn dann, ihr zu erzählen, wie es ihm ergangen seit seiner Krankheit in Jerusalem, und er berichtete ihr, wie ihn Gott einen Badheizer finden ließ, der ihn sorgsam pflegte und sein ganzes Vermögen für ihn aufwandte, und ihn so behandelte, wie kein Vater seinen Sohn behandelt. »Dieser Mann«, sagte er, »hungerte, um mir zu essen zu geben; er litt Durst, um den meinigen zu stillen; ging zu Fuß, um mich reiten zu lassen, so daß ich wohl sagen kann: Gott hat nur durch ihn mein Leben erhalten.« Nushat Assaman sagte: »Gott belohne ihn dafür, aber auch ich will seine Wohltaten ihm vergelten, so viel ich es vermag.« Sie rief dann den Diener und schenkte ihm den Beutel Geld, dem sie ihm für den Sänger gegeben, weil sie durch ihn mit ihrem Bruder vereinigt worden, und befahl ihm, schnell den Verwalter zu rufen. Als dieser in das Zelt seiner Gattin kam und einen Jüngling bei ihr sah, fragte er: »Wer ist dieser Mann?« Nushat Assaman erwiderte: »Er ist mein Bruder«, und erzählte ihm die ganze Geschichte von Anfang bis zu

Ende; dann fuhr sie fort: »Wisse, mein Herr! du hast keine Sklavin, sondern eine Prinzessin geheiratet: ich bin Nushat Assaman, die Tochter des Königs Omar.« Als der Verwalter dies hörte, freute er sich, auf diese Weise Schwiegersohn des Königs von Bagdad geworden zu sein, und hoffte irgend eine Statthalterschaft zu erlangen. Er ließ dann sein Gefolge und seine Diener rufen und befahl ihnen, für Dhul Makan ein Zelt aufzuschlagen und ihm eines von seinen besten Pferden zu bringen, und er selbst wünschte ihm Glück zu seiner Vereinigung mit seiner Schwester. Nushat Assaman sagte dann ihrem Bruder: »Da wir bald in unsere Heimat kommen, so wollen wir jetzt noch allein beisammen bleiben; wir haben einander doch schon lange nicht gesehen.« Der Verwalter schickte ihnen hierauf Wachslichter, Lampen und Süßigkeiten; auch sandte er drei Paar kostbare Kleider für Dhul Makan.

Auf Dhul Makans Verlangen wurden auch Diener mit einem guten Pferd nach dem Badheizer geschickt, um ihn zu holen. Dieser war schon am Ende des Lagers, im Begriff, seinen Esel zu satteln; er weinte heftig über die Trennung von seinem Freund; dann rief er: »In Gottes Namen, ich habe ihn gewarnt, nicht zu singen, aber er ließ sich nicht abhalten und sagte: »Ich bin meiner Heimat nahe und kümmere mich um niemanden. Ich möchte nur wissen, wie es ihm geht.«

Während der Badheizer so vor sich hinsprach, erblickte er auf einmal den ihm wohlbekannten Diener mit mehreren anderen Jungen; da sank er vor Furcht zusammen und wurde ganz blaß, denn er glaubte, Dhul Makan habe ihn verraten und seine Schuld auch ihm aufgebürdet, trotz aller Wohltaten, die er von ihm empfangen. Noch mehr erschrak er, als der Diener ihm zurief: »Du Lügner, du brauchst deinen Esel nicht zu satteln, du Satan! Du sagtest, du wüßtest nicht, wer Verse rezitiert, und es war doch dein Gefährte; nun lasse ich dich nicht, bis wir nach Bagdad kommen; du sollst dort sein Schicksal teilen.« Der Badheizer rief: »Es gibt keinen Schutz und keine Hilfe, außer bei Gott! Was ich befürchtete, ist zugetroffen.« Auf ein Zeichen des alten Dieners hoben ihn dann die Jungen auf das Pferd und folgten ihm. Der Diener sagte ihnen aber leise: »Wer ihm ein Haar verletzt, der muß es büßen; tut ihm nichts zuleide und behandelt ihn mit Anstand!« Als sich der Badheizer von so vielen Dienern umgeben sah, verzweifelte er am Leben und sagte dem Alten: »O Oberster! ich bin weder ein Bruder, noch sonst ein Verwandter dieses Jünglings, sondern ich habe ihn krank auf einem Misthaufen gefunden, aus Mitleid gepflegt und hierher begleitet.« Aber der Zug ging fort, der Badheizer mußte schweigen und der Diener sagte ihm bloß: »Du und der Jüngling, ihr habt meine Herrin mit euren Versen ermüdet.« Als sie dann hinter dem Zelt des Verwalters abstiegen, wurde ihnen eine Schüssel voll Speise und ein Krug mit Zuckerwasser gereicht; der Diener aß mit dem Badheizer aus einer Schüssel, aber dieser weinte noch immerfort wegen der Trennung von Dhul Makan. Die Karawane brach dann bald auf und reiste in einem fort, bis nur noch eine Strecke von drei Tagen nach Bagdad übrig blieb, da ruhte sie eine Nacht aus. Am folgenden Morgen wollte man wieder aufsitzen und aufpacken, als man auf einmal in der Ferne einen dichten Staub entdeckte, der die ganze Atmosphäre verdunkelte; er kam dann immer näher, bis man darunter viele Soldaten zu Pferd und zu Fuß mit Trommeln und Fahnen bemerkte; eine Abteilung von etwa fünfhundert Reitern trennte sich dann von den übrigen und umzingelte den Verwalter.

Der Verwalter fragte die Reiter: »Wer seid ihr, daß ihr mich wie einen Gefangenen behandelt?« Der Anführer dieser Truppen versetzte: »Wer bist du? wo kommst du her und wo willst du hin?« der Verwalter antwortete: »Ich komme von Damaskus; Scharkan, der Statthalter von Damaskus, schickt mich zu seinem Vater Omar nach Bagdad mit Geschenken und Tribut.« Als sie dies hörten, bedeckten sie ihre Augen mit ihren Tüchern und sagten weinend: »Der König Omar ist vergiftet worden, komm mit uns, wir führen dich zu unserm Vezier Dendan.« Sie drängten sich nun mitten durch die Armee, bis sie zum Vezier gelangten. Dieser ließ schnell ein Zelt aufschlagen, setzte sich, ließ auch den Verwalter Platz nehmen und fragte ihn über seine Person aus, als er hörte, er bringe Geschenke für Omar, weinte er, denn er hatte ihn sehr lieb, und sagte auch: »Omar ist an Gift gestorben; die Geschichte seines Todes ist sehr lang, und es ist jetzt nicht Zeit, sie zu erzählen. Nach seinem Tode entspann sich ein großer Streit über dessen Nachfolger, bis endlich die vier Kadhis und alle Gelehrten sich versammelten und beschlossen, daß man nach Damaskus ziehen und Scharkan zum Sultan von Bagdad ernennen sollte. Manche wollten indessen Omars zweiten Sohn zum König haben, der so fromm war, daß er allein mit seiner Schwester nach dem Hedjas pilgerte; da man aber seither gar nichts mehr von ihm gehört hatte, so fiel die Wahl auf Scharkan, denn die Notwendigkeit hat auch ihre Gesetze.«

Der Verwalter erkannte aus dieser Rede, daß seine Gattein ihm die Wahrheit gesagt, und freute sich sehr mit der schönen Aussicht, Dhul Makan noch als Sultan zu sehen; er sagte zu Dendan: »Gepriesen sei der alles Vermittelnde, der jedem nach Wunsch beschert, ohne Rechenschaft zu geben. Bei Gott! dieses Ereignis ist höchst wunderbar und verdient aufgezeichnet zu werden. Wisse, o mächtiger Herr! Gott hat alles nach euerm Wunsch gefügt, indem er euch hier euern König Dhul Makan mit seiner Schwester Nushat Assaman zuschickt.« Der Vezier freute sich sehr mit dieser Nachricht und bat den Verwalter, ihm ihre ganze Geschichte zu erzählen, die wir zu wiederholen überflüssig finden. Als er damit zu Ende war, fiel der Vezier zu Boden und dankte Gott für seine Schickung; er teilte sie dann allen Fürsten und Vornehmen des Reichs mit. Das freudigste Erstaunen verbreitete sich allenthalben; die ganze Armee pries Gott, daß er sie nicht nötige, das Land Irak zu verlassen; die Häupter derselben begaben sich ehrfurchtsvoll zum Verwalter und verbeugten sich vor ihm. Sie hielten dann, während die Truppen langsam vorwärts rückten, einen großen Rat, den der Vezier Dendan und der Verwalter leitete, und Dhul Makan wurde einstimmig zum König von Bagdad gewählt. Der Verwalter beschloß dann, voraus nach Bagdad zu gehen, um alles für den Empfang des Sultans vorbereiten zu lassen, und um Dhul Makan, der mit Nushat Assaman vorausgeeilt war, davon zu benachrichtigen, daß er statt seines Bruders zum Sultan von Bagdad erwählt worden.

Alle Großen drängten sich um den Verwalter vor seiner Abreise und baten ihn, sie bei ihrem Herrn zu empfehlen, daß er sie in ihrem Amt lasse.

Die Sultanin Schehersad hielt hier inne; in der folgenden Nacht fuhr sie fort:

Der Verwalter machte sich dann mit seinen Dienern und Mamelucken höchst entzückt auf den Weg und reiste in einem fort, bis er ins Lager kam, wo Dhul Makan mit Nushat Assaman ihr Zelt aufgeschlagen hatten. Er ließ sich sogleich bei seiner Gattin melden und erzählte ihr und ihrem Bruder alles, was vorgefallen, tröstete sie über den Tod ihres Vaters und beglückwünschte Dhul Makan als Sultan. Dieser fragte: »Auf welche Weise ist denn mein Vater ums Leben gekommen?« Der Verwalter antwortete: »Der Vezier Dendan, der morgen bei euch eintreffen wird mit der ganzen Armee, die dich zum Sultan erwählt, weiß alles und wird es uns erzählen. Dir bleibt aber nichts übrig«, setzte der Verwalter hinzu, »als die Regierung zu übernehmen; denn weigerst du dich und wird ein anderer Sultan, so schwebt dein Leben in Gefahr.« Dhul Makan beugte eine Weile den Kopf zur Erde, dann sagte er: »Ich nehme den Thron an; doch, mein Bruder Scharkan?« – »Dieser«, antwortete der Verwalter, »wird Sultan von Damaskus bleiben, du aber Sultan von Bagdad und Chorasan.« Als Dhul Makan schwieg, überreichte ihm der Verwalter das königliche Gewand, das ihm der Vezier geschickt, und den Szepter; ließ dann abladen und an einem erhöhten Platz das königliche Zelt aufschlagen mit sieben Kuppeln, seidene Teppiche ausbreiten und einen Thron errichten; dann sorgte er für eine gute Küche und Wasserträger.

Kaum waren diese Anstalten getroffen, als sich in der Ferne ein großer Staub zeigte, der die ganze Atmosphäre verdunkelte, und hervor kam eine tobende Armee, wie das Meer; es waren die Truppen von Bagdad und Chorasan, an deren Spitze der Vezier Dendan stand. Dhul Makan zog schnell sein königliches Kleid an, umgürtete das Regentenschwert, bestieg ein Pferd, das ihm der Verwalter vorführte, ritt mit seinen Mamelucken nach dem großen Zelt und setzte sich auf den Thron, mit dem Szepter auf den Knieen. Der Verwalter stand als Untergebener vor ihm, und die Mamelucken bewachten mit gezogenem Schwert den Eingang des Zeltes. Bald hörte man nichts mehr vor Pferdegewieher; die Häupter der Soldaten stiegen ab, und der Verwalter stellte sie immer, je zehn zu zehn auf einmal, dem Sultan vor, dem sie Gehorsam und Treue schworen und der ihnen viele Geschenke machte und die schönsten Hoffnungen gab, so daß sie alle entzückt von ihm waren. Zuletzt trat der Vezier Dendan zum Sultan und weinte vor Freude, als er den Sohn seines Königs wieder erkannte. Dhul Makan bewillkommte ihn freundlich und sagte: »So hat der allwissende Gott es gewollt und niemand konnte es ändern;« dann gab er Befehl, die Tafeln für die Truppen zu ordnen, und nachdem sie gegessen hatten, erlaubte er ihnen, mehrere Tage auszuruhen, damit er ungestört beim Vezier bleiben und sich von ihm die Geschichte des Todes seines Vaters erzählen lassen könne. Als die Leute sich zerstreut hatten, fragte Dhul Makan seine Schwester, ob sie die Erzählung von ihres Vaters Tod mit anhören wolle? und da sie viel Lust dazu hatte, kam sie mit ihm in sein Zelt und setzte sich hinter einen Vorhang; Dhul Makan setzte sich außerhalb des Vorhangs, ließ den Vezier Dendan rufen und bat ihn, ihm zu erzählen, auf welche Weise sein Vater ermordet worden. Der Vezier begann:

Geschichte der Vergiftung des Königs Omar durch die alte Dsat Dawahi.

Wisse, als der König nach seiner Rückkehr vor der Jagd euch nirgends fand und auch ein halbes Jahr lang keine Nachricht von euch erhielt, gab er alle Hoffnung auf, euch wiederzusehen, war sehr betrübt und niedergeschlagen, und weinte Tag und Nacht. Ein Jahr nach eurer Abwesenheit, als wir eines Tages bei ihm saßen, trate eine alte Frau vor ihn, welche wie eine fromme Nonne aussah, und führte fünf Jungfrauen von unbeschreiblicher Schönheit herein; sie hatten den Koran studiert, waren sehr gebildet und in der Geschichte; Philosophie und Moral bewandert. Die Alte war so beredt und sah so gottesfürchtig aus, daß der König sich ihr gleich näherte. Sie pries dann die Gelehrsamkeit und den Geist der Jungfrauen, und bat den König, sich davon zu überzeugen. Der König, ein seliger Vater, freute sich sehr und sagte zu den Jungfrauen: »Jede von euch erzähle mir etwas aus der Geschichte der älteren Völker!«

Jede der fünf Mädchen erzählte dann eine so unterhaltende und belehrende Geschichte aus der alten Zeit, daß der König an ihrer Gelehrsamkeit und Beredtsamkeit nicht mehr zweifelte; er ließ daher der Alten mit den Jungfrauen das Schloß einräumen, das früher von der Königin Ibris bewohnt war, und sie zehn Tage lang mit den kostbarsten Speisen und Getränken bewirten. Die Verehrung des Königs für die Alte nahm immer zu, denn so oft er sie besuchte, fand er sie betend oder mit anderen Andachtsübungen beschäftigt, und in demselben Maße wuchs auch seine Liebe zu den Jungfrauen. Als er sich am ersten Tage nach dem Preis der Mädchen bei der Alten erkundigte, sagte sie ihm: »Die sind weder für Gold, noch für Silber, noch für Kupfer, noch für

Getreide, noch für alle denkbaren Schätze feil; die kannst du nicht anders erlangen, als wenn du einen ganzen Monat lang jeden Tag fastest und die Nacht betend durchwachst.«* Der König willigte ein, und die Alte stieg noch im Ansehen bei ihm. Nach einigen Tagen sagte sie ihm: »Ich will dir dein Fasten erleichtern, gib mir nur ein Glas Wasser!« Als ihr ein Glas Wasser gereicht wurde, murmelte sie ein paar unverständliche Worte her, bedeckte das Glas mit einem Lumpen, versiegelte es und sagte dem König: »Trink dies nach zehn Tagen, so wird alle Liebe zur Welt aus deinem Herzen schwinden, und es wird dir nicht schwer fallen, ganz der Gottesfurcht zu leben; ich gehe indessen zu meinen Freunden, welche als heilige Männer einsam leben, und nach zehn Tagen kehre ich wieder.« Der König nahm das Glas und stellte es in ein Zimmer, zu dem niemand Zutritt hatte, und steckte den Schlüssel zu sich. Er fastete nun zehn Tage nacheinander, trank am elften das Wasser, das ihm die Alte gegeben, und befand sich sehr wohl und gestärkt darauf.

Es sagte der Erzähler, daß der Vezier Dendan zu Dhul Makan also gesprochen: Die Alte kam dann wieder mit einer süßen Speise auf einem grünen Blatt, das aber keinem Baumblatt glich, und grüßte deinen seligen Vater, der sie sehr freundlich bewillkommte, im Namen ihrer Freunde und sagte ihm: »Sie schicken dir diese süße Speise aus jener Welt, du kannst damit dein Fasten brechen.« Der König freute sich sehr, von heiligen Einsiedlern ein Geschenk zu erhalten. Er fastete nun wieder zehn Tag lang, und am elften kam die Alte und sagte: »Ich habe den göttlichen Männern alles erzählt, was zwischen uns vorgegangen; sie freuen sich sehr über unsere Freundschaft und wünschen die Jungfrauen zu sehen, die ich dir gebracht, um sie Gebete zu lehren, welche dir Glück und Segen bringen; wer weiß, vielleicht erhältst du sie mit vielen Schätzen zurück.« Dein Vater dankte ihr und sagte: »Zwar besitze ich Schätze genug, so daß ich keiner Geschenke bedarf, doch will ich mich deinem Willen nicht widersetzen; wann willst du sie mit dir nehmen?« Die Alte antwortete: »Am siebenundzwanzigsten Tag; ich bleibe dann drei Tage aus und komme gerade zu Ende des Monats mit ihnen zurück, wenn sie durch dein Fasten die Deinigen geworden. Du mußt aber«, fuhr sie fort, »auch einige von deinen Frauen mit ihnen schicken, um ihnen Gesellschaft zu leisten, und um ebenfalls von den frommen Männern gesegnet zu werden.« Der König erwiderte: »Ich werde meine griechische Sklavin Safia mitschicken, denn sie ist über den Verlust ihrer beiden Kinder sehr unglücklich, damit sie gesegnet werde und ihre Kinder wiederfinde.«

Die Alte, welche nichts sehnlicher wünschte, als Safia zu entführen, versprach ihm, sie ihren Freunden zu empfehlen, und so wurde sie mit den übrigen Jungfrauen der Alten überliefert. Ehe diese wegging, überreichte sie dem König einen versiegelten Becher und sagte ihm: »Am dreißigsten Tag geh ins Bad, dann schließe dich in ein einsames Zimmer deines Schlosses ein, trink diesen Becher aus und schlafe ein wenig; du wirst dann erreichen, was du begehrst, und die Wirkung meines Segens wahrnehmen.« Der König dankte ihr freudig, küßte ihr die Hand und bat sie, fortzufahren für ihn zu beten.

Nach drei Tagen, als die Alte mit Safia und den Jungfrauen schon fern war, ging der König ins Bad und trank in seinem Zimmer, was ihm die Alte gegeben und schlief ein. Wir erwarteten den König den ganzen Tag, aber er erschien nicht; da dachten wir, vielleicht schläft er so lange, vom Bad, vielem fasten und beten ermüdet; als wir aber auch am zweiten Tag ihn vergebens erwartete, traten wir in sein Zimmer und fanden sein Fleisch zerrissen, seine Gebeine zerstückelt und voll mit Würmern. Wir untersuchten dann den Becher, der auf dem Tisch stand, und fanden ein Blättchen im Deckel verborgen, auf welchem geschrieben war: »Der Übeltäter Omar ist nicht zu bedauern; so geht es dem, der Prinzessinnen entehrt; ihr habt nicht königlich gegen Ibris

* Der Erzähler hat vergessen, daß sie früher, nach Omars Brief, die Einkünfte von Damaskus forderte.

gehandelt, die wir im Freien erschlagen fanden, nachdem sie Scharkan aus ihrer Heimat entführt und Omar sie entehrt hatte; drum beschuldigt niemanden über die Ermordung des Königs, es hat ihn kein anderer vergiftet, als die alte gewandte Dsat Dawahi, die nun Safia dem mächtigen König der Griechen zurückbringt, um mit ihm Frieden zu schließen und bei ihm zu bleiben. Wir werden recht bald Krieg gegen euch führen und euer Land verheeren; es soll kein Haus stehen bleiben und keine Seele verschont werden, die Feuer anblasen könnte, mit Ausnahme derjenigen, welche das Kreuz anbeten; ihr sollt die Bestätigung meiner Prophezeiung erfahren.«

Da wir aus diesem Brief die List der Alten erkannten, erzählte Dendan weiter, brachen wir in lautes Geschrei aus, schlugen uns ins Gesicht, zerrissen unsere Kleider und Turbane und weinten; doch alles war vergebens. Nun waren unter den Truppen zwei Parteien, die einen wählten deinen Bruder Scharkan, andere wollten dich zum Sultan; die Sache blieb unentschieden, bis wir endlich nach einem Monat, da wir nichts von dir hörten, uns vereinigten und nach Damaskus ziehen wollten, um deinen Bruder abzuholen; aber gelobt sei Gott, der uns dich auf dem Weg finden ließ. – Als der Vezier mit seiner Erzählung zu Ende war, weinten Dhul Makan und seine Schwester und der Verwalter. Letzerer sagte dann zu Dhul Makan: »Nun hilft alles Weinen nichts, fasse Mut und befestige deine Regierung; wer einen Sohn, wie du bist, hinterläßt, der stirbt nicht.« Dhul Makan beruhigte sich nach und nach und hielt Musterung über die Truppen. Am folgenden Morgen ließ er sich durch den Vezier die Schätze seines Vaters bringen und verteilte sie unter die Truppen, auch schenkte er dem Vezier ein Ehrenkleid, als Zeichen, daß er auf seinem Posten bleibe; die übrigen Großen beschenkte er ebenfalls und teilt auch zuletzt noch die Abgaben von Damaskus, die der Verwalter gebracht hatte, unter den Offizieren aus. Alle beugten sich vor Dhul Makan, wünschten ihm langes Leben und sagten: »Wir haben nie einen so freigebigen König gesehen.« Jeder zog sich dann in sein Zelt zurück, und nach dreitägigem Rasten brachen sie nach Bagdad auf. Die ganze Stadt war bei ihrem Einzug festlich geschmückt. Dhul Makan begab sich in das Schloß seines Vaters, setzte sich auf den Thron, von dem Vezier, dem Verwalter und einigen Offizieren umgeben. Alsbald ließ er seinen Geheimsekretär rufen, um seinem Bruder von allem, was vorgefallen, Bericht zu erstatten, und setzte selbst noch am Schluß des Briefes hinzu: »Bereite dich beim Empfang dieses Briefes mit deiner Armee zu einem Feldzug vor, denn wir wollen vereint gegen die Ungläubigen ausziehen, um den Tod unseres Vaters zu rächen und unsere Schmach zu tilgen.« Er versiegelte dann den Brief, gab ihn dem Vezier Dendan mit den Worten: »Niemand ist geeigneter als du, diesen Brief Scharkan zu überbringen; behandle ihn, weil er älter ist als ich, mit viel Ehrerbietung, und sage ihm, wenn er das Reich seines Vaters wolle, so möge er es haben, und ich übernehme dann die Statthalterschaft von Damaskus, überhaupt sei ich bereit, ihm in allem nachzugeben, was er verlange.« Der Vezier machte sich reisefertig und nahm Abschied von Dhul Makan. Dieser erinnerte sich dann auch des Badheizers, ließ ihm eine hübsche Wohnung einräumen und schickte ihm Kleider; die übrigen schönen Abenteuer des Badheizers werden wir bei einer anderen Gelegenheit erzählen. Als eines Tages Dhul Makan von der Jagd zurückkam, stellte ihm einer seiner Befehlshaber mehrere Pferde und schöne Mädchen vor, er wählte daraus eine, die ihm sehr gut gefiel, und heiratete sie. Bald darauf kam Dendan zurück, meldete ihm die Ankunft seines Bruders Scharkan und bat ihn, ihm entgegenzugehen. Dhul Makan reiste einen Tag weit mit den Vornehmsten des Reichs seinem Bruder entgegen, der am folgenden Morgen an der Spitze aller syrischen Truppen, Reiter und Fußvolk, herangezogen kam. Als Dhul Makan seinen Bruder Scharkan sah, wollte er absteigen, aber dieser gab es nicht zu, sondern stieg selbst ab und ging gegen seinen Bruder hin. Sie umarmten sich und weinten heftig, ritten dann

nebeneinander an der Spitze der Armee nach Bagdad und begaben sich in ihres Vaters Schloß, wo sie die Nacht beisammen zubrachten. Am folgenden Morgen erließ Dhul Makan einen Befehl, um alle Truppen zusammen zu berufen für den heiligen Krieg, und bei ihrem Eintreffen wurden sie gut empfangen und reichlich beschenkt. Dhul Makan mußte dann selbst seinem Bruder alle seine Lebensereignisse mitteilen, und das er von den Wohltaten des Badheizers sprach, fragte ihn Scharkan, womit er ihn den belohnt habe? Dhul Makan antwortete: er wolle damit warten bis nach Beendigung des Kriegs. Scharkan erkundigte sich dann auch nach seiner Schwester und ließ sie durch ihren Gatten, den Verwalter, grüßen. Sie erwiderte seinen Gruß und fragte nach ihrer Tochter Kadha, und als Scharkan ihr sagen ließ, sie sei recht wohl und sehr stark geworden, dankte sie Gott dafür. Scharkan begab sich dann wieder zu seinem Bruder und bat ihn, nicht länger mehr zu zögern, ins Feld zu ziehen. Aber dieser versetzte: »Wir müssen noch warten, bis das Heer aus allen Provinzen versammelt ist.« Inzwischen ließ er den Proviant vorbereiten, besuchte seine Frau noch einmal, die in gesegneten Umständen war, und bestimmte ihr Astrologen und Ärzte. Zwei Monate nach der Ankunft Scharkans, als endlich aller Truppen versammelt waren, brach die Armee auf. Dendan führte den rechten Flügel an, Rustem befehligte die Perser und Bahram die Türken; Dhul Makan ritt im Zentrum; er hatte seinen Bruder Scharkan zur Rechten und den Verwalter zur Linken. So zogen sie einen Monat lang vorwärts, nur von Zeit zu Zeit, weil die Armee gar zahlreich war, ein paar Tage ausruhend, bis sie endlich die griechische Grenze erreichten. Die Einwohner der Dörfer und Flecken entflohen nach Konstantinopel und brachten Kunde vom Anzug des Feindes. Der König von Konstantinopel, Feridun, wandte sich an Dsat Dawahi, welche sich noch bei ihm aufhielt. Diese reiste zu ihrem Sohn, dem König Hardub, zurück und riet ihm, sich dem König Feridun anzuschließen; »seid ihr vereint«, sagte sie, »so glaube ich nicht, daß die Muselmänner etwas gegen uns vermögen werden.« Hardub versammelte alle seine Truppen, nahm alle seine Schätze zusammen und zog zum mächtigen König von Konstantinopel. Als dieser die Ankunft des Königs von Cäsarea vernahm, ging er ihm entgegen und freute sich ebenso sehr mit den zahlreichen Hilfstruppen, die er ihm zuführte, als mit seiner Tochter Safia, welche ihm Dsat Dawahi jetzt erst wieder schenkte. Er ließ Hardub und seiner Mutter seinen schönsten Palast einräumen und schickte Boten nach allen Ländern und Provinzen, um seine Soldaten zusammenzurufen.

Die orientalischen Christen und Franken kamen von allen Meeren und Inseln herbeigelaufen; Engländer, Ungarn, Spanier, Franzosen, Deutsche, Armenier, Genueser und andere stellten sich so zahlreich ein, daß ihnen bald das Land zu eng wurde. Als alle beisammen waren, gab Feridun den Befehl zum Aufbruch, und sie zogen nach zehn Tagen in ein am Ufer des Meeres gelegenes Tal, Numansthal genannt. Hier rasteten sie drei Tage, und als sie am vierten wieder aufbrechen wollten, sahen sie auf einmal die ganze Atmosphäre verdunkelt. Endlich erhob sich ein Staub bis zum Himmel empor, und sie erblickten plötzlich die Reihen der Muselmänner mit den muhamedanischen Fahnen, und blinkende Schwerter und blitzende Lanzen erleuchteten die Dunkelheit. Zuerst kam der Vezier Dendan mit dreißigtausend Syrern, dann Rustem und Bahram mit zwanzigtausend Mann persischer und türkischer Reiterei. Die Christen, deren Armee sich bis ans Meer hin erstreckte, riefen bei diesem Anblick: »O Maria, o Jesu, o heiliges Kreuz!« Das erste Zusammentreffen war den Muselmännern nicht günstig, denn auf den Rat der Alten hatte Feridun zwölfhundert Schiffe voll mit Soldaten vorausgeschickt, die dann auf einmal die Muselmänner im Rücken angriffen, und schon wähnten sie, es werde kein einziger von ihnen entrihnen. Feridun dankte dem Messias, der ihm eine so kluge Frau, wie Dsat Dawahi, beschert, denn die Verwirrung war so groß unter den Muselmännern, daß er sich schon seines Sieges gewiß hielt. Aber bald rückte Dhul Makan mit der großen Armee von hundertundzwanzigtausend Reitern heran, und rief seinen Leuten zu: »Soldaten des Barmherzigen, stürmt los auf die Abtrünnigen, auf die Feinde Gottes! Von einer anderen Seite drang Scharkan mit einer bedeutenden Truppenabteilung herbei und vereinigte sich mit seinem Bruder. Jetzt stieg der Mut der Muselmänner wieder; Scharkan kämpfte wie ein Löwe und durchbrach die Reihen der Griechen, welche eine Million sechsmalhunderttausend Mann stark waren; zu Tausenden fielen sie vor ihm und dem Verwalter nieder, welcher nicht aufhörte zu rufen: »Gott ist groß!« So verschaffte Gott dem Glauben des Islams den Sieg; die Griechen wurden gegen das Meer zurückgetrieben, bis die Nacht dem Kampf ein Ende machte und die Krieger wie Betrunkene herumtaumelten. Der Löwe des Glaubens, Scharkan, schlief die ganze Nacht nicht, ebenso wenig sein Bruder Dhul Makan; sie ermutigten die Truppen, trennten die Verwundeten von den übrigen und trösteten sie mit dem reichen Lohn, der ihrer am Tage der Auferstehung harre. Von den Muselmännern waren nur dreitausendfünfhundert Mann auf dem Schlachtfeld geblieben, von den Griechen hingegen fünfundvierzigtausend. Dsat Dawahi verzweifelte aber noch nicht; des Abends ließ sie die Befehlshaber der Griechen und den König zu sich rufen und sagte ihnen: »Glaubet nur fest an den Messias und tut Buße, denn schon war der Sieg euer, und, bei dem Messias! Niemand als der Sultan Scharkan konnte die Muselmänner zum Stehen bringen. Morgen aber will ich ihre Reihen durchbrechen; ich will ihnen den wackern Ritter Lukas vorführen, der gar manchen schon erschlagen, der soll Scharkan zu einem Zweikampf herausfordern, und ist er gefallen, so soll auch kein einziger mehr von den seinigen entkommen. Kommt nur her, ich will euch mit heiligem Weihrauch weihen.« Die Feldherren der Griechen verbeugten sich vor ihr, machten das Kreuz und ließen sich von ihr mit einem vom Patriarchen zubereiteten Weihrauch, den er nach allen christlichen Ländern zu versenden pflegte, beräuchern.

Sobald der folgende Morgen heranbrach, rüsteten sich die griechischen Ritter wieder zum Kampf, und ihr König teilte Geschenke unter ihnen aus, malte ein Kreuz auf ihr Gesicht, beräucherte sie mit dem oben erwähnten, von dem Patriarchen zubereiteten Räucherwerk und segnete sie. Dann ließ er Lukas rufen, welcher Messiasschwert genannt wurde, und beräucherte und besalbte ihn. Dieser war der tapferste Mann, der geschickteste Bogenschütze und der beste Schläger mit Lanze und Schwert in ganz Griechenland; er war gräßlich anzusehen, sein Gesicht glich dem eines Esels, seine Gestalt der eines Affen. Seine Züge hatten den Ausdruck eines Lauschers, seine Nähe war bitterer als die Trennung Liebender und der Unglaube war auf seinem ganzen Wesen gestempelt. Feridun sagte ihm: »Ich wünsche, daß du Scharkan herausforderst, und uns durch seinen Tod Ruhe verschaffst.« Der Verruchte bestieg sogleich seinen Renner; er hatte ein rotes Kleid an und einen goldenen Panzer und trug eine Lanze mit drei Spitzen, die wie Feuer strahlten. Er ritt, wie Iblis auf dem Rücken des Satans am Tage des Gerichts, von dreitausend der tapfersten Ritter umgeben, und ließ in arabischer Sprache vor sich her ausrufen: »O ihr Anhänger Muhameds, lasset euern wackersten Helden, das Schwert des Islams, den König von Damaskus in die Schranken treten, und wer von uns siegt, dem unterwerfe sich die Armee seines Gegners.« Kaum waren diese Worte gesprochen, so flog ein mächtiger Staub in die Höhe und Scharkan kam herbeigeritten, dem sein Bruder mitgeteilt hatte, daß ein griechischer Ritter ihn herausgefordert und geschworen hatte, alle Muselmänner zu vertilgen; er kam wie ein grimmiger Löwe, oder wie ein wütender Leopard, auf einem Renner, so leicht wie eine Gazelle, dahergesprengt, und rief Lukas zu: »Du hast, Verruchter, den tapfern Helden herausgefordert: nun, bei der Ehre des Herren und des leitenden Propheten, hier stehe ich kampfgerüstet; du sollst deine Kühnheit büßen.« Lukas, der diese Worte nicht verstand, machte das Kreuz und drang mit dem Schwert in der Hand auf Scharkan ein. Er wußte mit einer solchen Schnelligkeit das Schwert aus der einen Hand in die andere zu werfen und es an allen Seiten zu fassen, daß die Muselmänner sehr für Scharkan fürchteten. Aber im Augenblick, wo der Feind Gottes Scharkan einen Hieb versetzen wollte, faßte dieser das Schwert auf und entriß es seinem Gegner. Alle Zuschauer riefen erstaunt: »So was kann kein Mensch!« Scharkan rief dann mit lauter Stimme: »Bei dem, der die sieben Himmel gewölbt, und die Erde wie einen Teppich ausgebreitet und Berge mit Festigkeit darauf erhoben, ich will diesen Verruchten, zur Verwunderung aller, die zusehen oder einst davon lesen werden, erschlagen.« Er versetzte ihm dann einen Hieb auf die rechte Seite der Stirn, gerade an der Stelle, wo ihm Feridun ein Kreuz gemalt hatte, und Gott sandte schnell seinen Geist in die Hölle. (Wehe einem solchen Aufenthaltsorte!) Als Lukas getötet war, schlugen sich die Christen ins Gesicht, machten das Kreuz, erhoben ein lautes Wehegeschrei und drangen in Masse mit Schwert und Lanze gegen Scharkan vor; aber die Muselmänner eilten diesem zu Hilfe, und das Handgemenge wurde allgemein; Schwert traf auf Schwert, Häupter flogen vom Rumpfe, Staub umhüllte die Erde, Seelen trennten sich vom Körper, Pferde flogen, als hätten sie Flügel statt Füße, bis endlich die Nacht heranbrach, die beide ermatteten Armeen trennte und der Kampfplatz mit Erschlagenen und Verwundeten bedeckt war. Scharkan begab sich zu seinem Bruder und ließ den Vezier und den Verwalter rufen, und sagte ihnen: »Freilich ist uns Gott der Erhabene bisher gegen unsere Feinde beigestanden, doch, da unser Feind vom Meer her immer Verstärkung erhält, so müssen wir zuletzt unterliegen, wenn wir nicht auf ein Mittel denken, ihn auf einmal zu vernichten; aber gelobt sei Gott, der Herr der Welten, der uns ein Mittel eingibt, die Ungläubigen auszurotten.

Geh' du, mächtiger Verwalter, mit zwanzigtausend Mann von der syrischen Reiterei eine Strecke von sieben Pharasangen das Meer entlang, dann machst du einen Umweg durch das Gebirge und näherst dich weiter unten wieder dem Meer, so daß ihr nur zwei Pharasangen weit hinter dem Feind steht; dort bleibt ihr verborgen. Du hörst am folgenden Morgen das Schlachtgetümmel, ich werde zuerst mit meiner Armee weichen, um den Feind vorwärts zu locken, auf einmal kehre ich mich dann wieder dem Feind zu, du wirst unsere Fahnen sehen, auf denen die Inschrift leuchtet: Es gibt keinen Gott, außer Gott, und Muhamed ist sein Gesandter; dann schwinge auch du die grüne Fahne und rufe: Gott ist groß! und überfalle den Feind von hinten, so daß du den Flüchtlingen den Rückzug auf ihre Schiffe abschneidest.« Der Verwalter machte sich auf den Weg und verbarg sich am bestimmten Ort: Des Morgens früh griffen die Christen wieder schnell zu den Waffen, entblößten ihr Haupt, pflanzten das Kreuz auf die Schiffe, traten ans Land mit ihren Pferden und begannen die Schlacht von neuem. Die Todesmühle rollte umher, Häupter fielen vom Rumpf, Augen wurden ausgestochen, Arme abgehauen, Herzen ausgerissen, Pferde schwammen im Blut. Die Muselmänner priesen den Barmherzigen und die Christen Messias. Da Scharkan absichtlich zurückwich, riefen die Christen schon: »O Diener des Messias, der Sieg ist unser, die Muselmänner fliehen, Marias Sohn, der schon in der Wiege sprach, hat uns geholfen.« Der König Hardub schickte sogleich einen Eilboten nach Konstantinopel, um der Hauptstadt seinen Sieg zu verkünden, und ließ dem König Feridun sagen: »Das Räucherwerk des Patriarchen, das unsere Krieger ausdufteten, hat uns geholfen;« auch schwor er bei allen christlichen Wundern, bei seiner Tochter Ibris und bei dem Taufwasser, er wolle alle Muselmänner ausrotten.

Als der Bote mit dieser Nachricht fort war, schrie der Anführer der Armee: »Rächet Lukas!« Der König der Griechen schrie: »Rächet die teure Ibris!« Aber auf einmal rief Scharkan den Seinigen zu: »O ihr Knechte des gerechten Gottes, hebt euer Schwert gegen die Ungläubigen auf! O Muselmänner, hier sind die Gottesleugner vor euch, vernichtet sie im Namen des Allmächtigen und aus Liebe zu unserem Propheten Muhamed. Wie sind ja die an Einheit Glaubenden; fürchtet das Feuer der Hölle und schont euer Leben im Kampf gegen die Ungläubigen nicht: denn vor euch blüht das Paradies.« Als Scharkan nach dieser Anrede aufs neue den Feind angriff, bemerkte er vor sich einen jungen, geschmeidigen Ritter, der mit vielem Mut sich gegen die tapfersten Armenier schlug und mitten im Schlachtgetümmel, sowohl durch seine Kühnheit und Tapferkeit, als durch seine schöne Gestalt und sein blitzendes Auge, die allgemeine Bewunderung erregte: Scharkan ging auf ihn zu und sagte: »Wer bist du, Ritter, der du mit solchem Eifer Gottes Willen erfüllst?« Der Ritter antwortete: »Wie schnell hast du mich vergessen? Er nahm das Visier vom Gesicht, und siehe da, es war Dhul Makan. Scharkan freute sich sehr, ihn ge-

funden zu haben, weil er seiner Jugend willen gar zu besorgt für ihn war, und besonders als König für ihn fürchtete, denn der Tod des Königs entscheidet oft eine ganze Schlacht; er bat ihn, nun in seiner Nähe zu bleiben und sich nicht allein so großer Gefahr auszusetzen. Dhul Makan erwiderte: »Das ist mein erster Feldzug, darum wollte ich so viel als möglich deinem Beispiel folgen.« Als die Griechen unerwartet mit erneuter Wut angegriffen wurden, ergriffen sie die Flucht und eilten ihren Schiffen zu; aber sie fielen den verborgenen zwanzigtausend syrischen Reitern, welche der Verwalter und der Vezier anführten, in die Hände, so daß sie von allen Seiten eingeschlossen waren, und die Muselmänner ein furchtbares Gemetzel unter ihnen anrichteten. Mehr als hunderttausend dieser Schweinsseelen schickte Gott in die Hölle und nur zwanzig christliche Schiffe entkamen. Die Muselmänner machten eine unermeßliche Beute; sie nahmen fünfzehnhundert

Schiffe voll mit Geld, goldenen und silbernen Gerätschaften, Waffen und Pferden, so daß sie in höchster Freude dem erhabenen Gott dankten. Die zwanzig Schiffe, welche entkamen, flüchteten nach Konstantinopel. Dort war schon die Nachricht eingetroffen, daß die Griechen gesiegt, und die Alte hatte gesagt: »Ich habe es wohl gewußt, daß mein Sohn keine muselmännische Armee fürchtet, auch habe ich viele Gebete deshalb an den Messias gerichtet.« Die Stadt wurde beleuchtet, man war vergnügt und trank brav Wein; aber auf einmal wurde diese Freude in Trauer verwandelt, als die flüchtigen Schiffe mit dem König Hardub ankamen und den Ausgang der Schlacht berichteten. Nun wurde geklagt und gewimmert; Feridun war wie vom Schlage getroffen, warf seine Krone zur Erde und fiel in Ohnmacht, als er hörte, daß außer diesen paar Schiffen, alles verloren sei, und rief: »Wehe uns! gewiß zürnt uns Messias.« Der Patriarch trat dann zu ihm und sagte: »Das Räucherwerk war nicht für die ganze Armee hinreichend, darum ist sie geschlagen worden; nun aber will ich recht viel in der Kirche beten, bis alle Muselmänner vernichtet sind.«

Dann trat die alte Dsat Dawahi zu Feridun und sagte: »Verzweifle nicht, du kannst ja viele andere Truppen zusammenbringen, ich werde nun eine List gebrauchen, die uns helfen muß. Ich will mich bei dem Anführer der muselmännischen Truppen einschleichen, vielleicht kann ich ihn, wie seinen Vater, ermorden, und dann soll kein einziger von seiner ganzen Armee in seine Heimat zurückkehren! Ich brauche nur hundert Syrer, die, wie ich, dem Messias zu Ehren ihr Leben zu opfern bereit sind. Der König brachte hundert eifrige Christen zusammen und beredete sie, der Alten ins Lager der Muselmänner zu folgen, indem er jedem einen Zentner Gold und denen, die Geld geringschätzten, den Lohn des Messias versprach. Die Alte kochte allerlei Kräuter und packte sie zusammen, zog über ihre Kleider eine große Kutte mit weiten Ärmeln an, wie die syrischen Derwische sie zu tragen pflegten, und ging so zu Feridun. Kein Mensch erkannte sie in diesem Aufzug, bis sie sich entschleierte; jeder bestärkte sie dann in diesem Vorsatz und wünschte ihr den Beistand des Messias. – Diese verruchte Dsat Dawahi war eine sehr gewandte, belesene und gelehrte Frau; sie hatte Astrologie und alle möglichen Zauberkünste studiert, und war voll List und Trug; auch ihr Äußeres war so abscheulich, wie ihr Inneres; sie war kahl, bucklig, aussätzig, sah gelb aus und triefte immer und überall; schon in ihrer Jugend hatte sie eine Pilgerfahrt nach dem Heiligen Tempel unternommen, um die Religion und die Gebräuche der Muhamedaner kennenzulernen; dann nahm sie das Judentum an, bis sie auch im jüdischen Glauben unterrichtet war. Sie hielt sich fast immer bei ihrem Sohn, dem König Hardub, auf, der sehr viele Sklavinnen hatte, denen sie Unterricht erteilt und die sie, je nachdem sie ihr gefielen, ihrem Sohn empfahl. Dieser begab sich nach seiner Mutter Abreise zu Feridun und stellte ihm die Gefahr vor, die sie bedrohte, wenn die muselmännische Armee vorwärts rückte und die Hauptstadt belagerte. Feridun, der seine gefährliche Lage einsah, sandte Boten nach allen seinen Provinzen, um alle noch vorhandenen Truppen aus den verschiedenen Festungen zusammen zu berufen. Dsat Dawahi hatte sich indessen auf den Weg gemacht und, sobald sie in der Stadt war, ihre Begleiter als muselmännische Kaufleute verkleidet und ihnen zweihundert Maulesel, mit allerlei syrischen Waren beladen, mitgegeben. Auch hatte sie sich von Feridun einen Brief geben lassen, worin er ihnen als muselmännische Kaufleute überall freien Durchzug mir ihren Waren, ohne daß sie irgend einen Zoll zu entrichten haben, gestattete. Die Alte rieb sich dann die Stirn mit einem wollenen Tuch, sie ganz rot wurde, legte Ketten an ihre Füße, bis sie in die Nähe der Muselmänner kam, dann nahm sie sie weg und schmierte das Mal, daß sie zurückließen, mit Blut ein; sie ließ sich dann auch von ihren Begleitern schlagen, bis man die Spuren der Prügel auf ihrem Leib sah. Sie befahl ihnen dann, die muselmännische Glaubensformel auszusprechen. »Das ist kein Sünde.«

sagte sie, »weil die Not euch dazu zwingt; wenn wir nun zu den Muselmännern kommen«, fuhr sie fort, »so überlaßt alle eure Waren dem ersten Muselmann, der euch anhält, laßt euch zum König führen und sagt ihm: Selbst die ungläubigen Griechen nahmen nichts von uns und ihr Muselmänner wollt uns berauben? Seht hier den Freibrief des Kaisers der Christen! Saget ihm ferner, ihr wärt in Konstantinopel gewesen, und nachdem ihr eure Geschäfte vollendet, habe euch auf einmal eine Statue folgenderweise angeredet: Gott hat mir die Sprache verliehen, um euch in eurem Glauben zu stärken, euch den Untergang der Christen und die Eroberung Konstantinopels durch das Schwert Gottes, den tapfern Scharkan, zu verkünden; ferner um euch zu sagen, daß ihr drei Tage weit von hier im Gebirge ein Kloster finden werdet, wodurch die List eines verruchten Mönchs schon viele Jahre ein frommer Derwisch schmachtet; befreit ihn und führt ihn zu den Muselmännern zurück, so will ich schon das weitere einleiten.« Nach dieser Verabredung ließ sie sich in eine Kiste legen und in das muselmännische Lager tragen.

Während die Alte gegen Scharkan neue Ränke schmiedete, feierten die Muselmänner ihren Sieg und teilten untereinander die unermeßliche Beute, die sie gemacht; sie nahmen die besten und größten Schiffe der Griechen, füllten sie mit Soldaten und Lebensmitteln, und bohrten die übrigen in den Grund. Dhul Makan, welcher wohl einsah, daß die Muselmänner ihren Sieg nur seinem Bruder zu verdanken hatten, bat ihn, an seiner Stelle die Regierung zu übernehmen, während er nun den Kampf gegen die Ungläubigen fortsetzen und für seinen Vater zehn griechische Könige und fünfzigtausend Soldaten töten wolle. Aber Scharkan sagte: »Ich werde, bis wir Konstantinopel einnehmen – dauert es auch Jahre lang – nicht in meine Heimat zurückkehren, so sehr ich mich auch nach meiner wunderschönen Tochter Kadha sehne.« Dhul Makan versetzte hierauf: »Auch ich verlange sehr nach meiner Sklavin, die ich in gesegneten Umständen verlassen; ich weiß nicht, was mir Gott bescheren wird; doch, wenn mir Gott einen Sohn beschert, wirst du ihm deine Tochter zur Frau geben?« Scharkan reichte seinem Bruder die Hand, als Zeichen seiner Zusage. Sie beschlossen sodann, mit einem Teil ihrer Truppen zu Land gegen Konstantinopel vorzurücken und einen Teil zu Wasser dahin zu senden. Nachdem sie viele Wüsten und Einöden durchwandert hatten, kamen sie endlich in eine grüne, fruchtbare Ebene mit vielen Quellen und Bächen. Hohe Bäume sproßten empor, unter deren Schatten Gazellen weideten und auf deren Zweige die Vögel sangen; die Rose, von einem sanften Zephyr angeweht, schaukelte sich wie ein Trunkener, Veilchen und Basilienkraut erquickten mit ihrem lieblichen Duft den Wanderer. Als Dhul Makan diese schöne Ebene sah, sagte er zu seinem Bruder: »Bei Gott! die Gegend von Damaskus ist nicht so schön: wir wollen drei Tage hier verweilen und neue Kräfte schöpfen.« Man hatte kaum ihr Zelt aufgeschlagen, da vernahmen sie ein Geschrei in der Ferne.

Scharkan fragte, was es gäbe? Man sagte ihm: eine Karawane syrischer Kaufleute ist angekommen, denen wahrscheinlich die Soldaten einen Teil ihrer Waren, die sie aus dem Land der Ungläubigen mitgebracht, weggenommen; nun rufen sie nach Hilfe und wollen vor den König geführt werden. Scharkan sagte: »Man bringe sie her!« Die verkleideten Christen kamen und erzählten, was sie die Alte gelehrt, zeigten Scharkan den Freibrief, den ihnen der Kaiser der Griechen gegeben und sagten: »O König der Zeit! die Ungläubigen haben uns nichts genommen, und nun sollen wir von Muselmännern beraubt werden?« Scharkan erwiderte: »Eure Ware soll euch zurückgegeben werden; doch habt ihr Unrecht getan, Waren ins Land der Ungläubigen zu bringen.« Da sagten sie: »Gott hat uns dahin geführt, um etwas zu erlangen, was noch niemand vor uns erlangt hat; doch was wollen wir dir nur allein sagen, sonst könnten wir, und wer nach uns jene Gegend bereist, untergehen.« Scharkan führte sie hierauf in sein Zelt, wo sie ihm und Dhul Makan, der auch zugegen war, die Lüge vom frommen Derwisch auf eine so rührende Weise erzählten, daß beide Brüder vor Mitleid weinen mußten. Scharkan fragte dann: »Habt ihr ihn befreit, oder schmachtet er noch im Kloster?« – »Wir haben ihn befreit«, antworteten die Kaufleute, »und den Anführer des Klosters, aus Furcht verraten zu werden, getötet, und sind schnell entflohen, obschon wir gehört, daß in diesem Kloster viele Schätze verborgen sind.« Bei diesen Worten öffneten sie die Kiste, die sie bei sich hatten, und holten die Alte hervor, die wie eine dürre Gurke aussah.

Scharkan und sein Bruder weinten sehr heftig bei dem Anblick der mageren und ausgetrockneten Dsat Dawahi, deren ganzer Körper von vielen erlittenen Qualen Zeugnis ablegte; ehrfurchtsvoll näherten sie sich ihr und küßten ihre Hände und Füße. Dsat Dawahi sagte ihnen: »Laßt eure Tränen, ich klage euch ja nichts, ich bin ja zufrieden mit dem, was der Herr über mich verhängt, ich sehe mein Unglück als eine Versuchung vom Allmächtigen an; denn wer sein Unglück nicht standhaft trägt, gelangt nicht ins Paradies, und wenn ich mich nach meiner Heimat zurücksehnte, so war es nur, um im heiligen Kampf unter den Hufen der Pferde zu sterben.« Scharkan stand dann auf und ließ ihr etwas zu essen bringen; aber sie schlug es ab und sagte: »Gott weiß, ich faste schon vierzehn Tage, wie soll ich jetzt aufhören, da mich Gott von meiner großen Pein befreit: ich werde nichts essen bis Abends.« Des Abends brachten sie ihr wieder zu essen, da sagte sie: »Noch ist's nicht Zeit: ich muß zuerst den allmächtigen Gott anbeten;« und so betete sie die ganze Nacht und die drei folgenden durch, und flößte Dhul Makan so viel Erfurcht ein, daß er ihr ein Zelt neben dem seinigen aufschlagen ließ; auch Scharkan hatte eine so hohe Meinung von ihr, daß er selbst über sie wachte und sie bediente. Am vierten Tag forderte sie zu essen;

man brachte ihr allerlei Gerichte, sie nahm aber bloß Brot mit etwas Salz und fastete dann wieder. Scharkan, der ihr zusah, sagte zu seinem Bruder: »Dieser Mann entsagt so sehr allen weltlichen Genüssen, daß, wäre nicht der heilige Krieg, ich bei ihm bleiben und mit ihm beten würde.« Dhul Makan und der Vezier waren auch so sehr für sie eingenommen, daß sie beschlossen, diese Nacht bei ihr zuzubringen, damit sie für sie bete.

Dhul Makan und der Vezier trafen das verruchte Weib, als alle Leute schliefen, so andächtig betend, daß sie sich bis Mitternacht nicht nach ihnen umsah. Erst nach Mitternacht unterbrach sie ihr Gebet und fragte sie, was sie wollten? Dhul Makan bat sie, sie möchte ihm die Geschichte ihrer Gefangenschaft erzählen, und für ihn beten, das bringe ihm mehr Glück, als der Besitz von Konstantinopel. »Bei Gott!« erwiderte sie, »wäret ihr nicht die Fürsten der Muselmänner, ich würde euch nichts erzählen, weil ich keinem Menschen, sondern nur Gott meine Not klage. Wisset, ich lebte lange bescheiden nach Gottes Willen mit anderen vornehmen Leuten in Jerusalem; da ging ich eines Nachts am Wasser spazieren, sah mein Bild und wurde eitel und hochmütig. Um diese Sünde, die mein Herz zu verderben drohte, zu büßen, reiste ich ein Jahr lang umher und betete Gott an jedem heiligen Ort an; da kam ich auch in das Gebirge, wo das Kloster eines Einsiedlers, Matruch genannt, liegt. Der Einsiedler kam mir entgegen, küßte mir Hände und Füße und sagte mir: »Ich sehne mich schon lange nach dem Land der Muselmänner; kehre bei mir ein, morgen reise ich mit dir.« Hierauf führte er mich ins Kloster, brachte mich in ein dunkles Zimmer, schloß die Tür und ließ mich vierzig Tage eingesperrt ohne Speise und ohne Trank. Am einundvierzigsten Tag kam der Patriarch Astimerus mit seiner schönen Tochter Tamthil und zehn Dienern ins Kloster, und Matruch erzählte ihm, wie er mich behandelte. Als aber Matruch mit dem Patriarchen, der meine Leiche sehen wollte, in mein Zimmer trat und mich noch lebendig und eifrig betend fand, lief er weg und schrie: »Das ist ein Zauberer.« Astimerus aber blieb und ließ mich durch seine Leute so tüchtig durchprügeln, daß ich mir den Tod wünschte und dachte: so wird mein Dünkel bestraft. Sie legten mich dann in Ketten und führten mich in ein noch dunkleres Gefängnis. Alle drei Tage schickten sie mir ein Laibchen Gerstenbrot, und alle paar Monate sah ich den Patriarchen mit seiner Tochter im Kloster. Letztere ist, seitdem sie herangereist, als Mann gekleidet: denn sie ist das schönste Mädchen in Griechenland, und ihr Vater fürchtete, der König möchte von ihr hören und sie zur Gattin verlangen, obschon sie sich dem Messias geweiht. In diesem Kloster hat der Patriarch alle seine Schätze verborgen, die ihr wohl eher als die Ungläubigen zu besitzen verdient. Ich blieb fünfzehn Jahre eingesperrt und sah häufig die bezaubernde Tamthil und die unbeschreiblichen Kostbarkeiten, die im Kloster verborgen sind. Morgen Nacht wird nun Tamthil wieder mit ihrem Vater ins Kloster kommen; wenn ihr wollt, so gehe ich mit euch, ihr werdet ein Mädchen finden, das die schönsten Lieder singt und eines Königs würdig ist; nur schade, daß ihre Stimme nicht den Koran zu lesen sich erhebt; auch werde ich euch die Schätze zeigen, deren ihr euch bemächtigen könnt. Doch fürchte ich sehr«, fuhr sie fort, »wenn der Patriarch eure Armee sieht, möchte er sich fürchten, mit seiner Tochter ins Kloster zu kommen.« Die Prinzen hörten der häßlichen Alten mit Erstaunen und Entzücken zu, ließen den Verwalter rufen und befahlen ihm, morgen früh mit der Armee gegen Konstantinopel aufzubrechen; sie aber wollten in drei Tagen ihm nachfolgen und nur mit hundert tapferen Rittern zurückbleiben; sie baten ihn jedoch, ihre Abwesenheit der Armee zu verheimlichen.

Am folgenden Morgen brach die Armee, unter der Anführung des Verwalters, Bahrams und Rustems, gegen Konstantinopel auf, während die Prinzen, der Vezier, die Alte, hundert Ritter und viele Diener mit Mauleseln, um die Schätze des Patriarchen damit fortzuschaffen, den Weg nach dem Kloster einschlugen. Die Alte hatte aber schon zum voraus auf den Flügeln eines Vogels dem Kaiser von Konstantinopel Nachricht von allem gegeben und ihn gebeten, heimlich durch das Gebirg zehntausend Mann nach dem Kloster zu schicken, die sie mit den Prinzen überfallen sollten. »Ich werde«, sagte sie am Schluß des Briefs, »den Muselmännern die goldenen Kreuze und andere Kostbarkeiten überliefern, auch werde ich, um sie desto sicherer zu täuschen, den Einsiedler Matruch ermorden lassen; dieser muß als Opfer für das Christentum fallen, weil es dann um alle Muselmänner geschehen sein wird.« Sobald der Kaiser diesen Brief erhielt, sandte er zehntausend wohlbewaffnete Reiter mit Proviant versehen ab, und in zwei Tagen waren sie in der Nähe des Klosters. Indessen führte die Alte die Prinzen und den Vezier ins Kloster und als ihnen der Einsiedler Matruch entgegenkam, rief ihnen die Alte zu: »Bringt diesen Verruchten um!« und im Augenblick versetzte ihm Scharkan mit dem Schwert einen Todesstreich. Die Alte führte sie dann in das Gemach, wo allerlei Kostbarkeiten des Klosters verborgen waren. Die Muselmänner freuten sich sehr, packten alles in die Kisten, die sie mitgebracht hatten, und luden sie auf ihre Maulesel. Da aber Tamthil mit ihrem Vater, aus Furcht vor den Muselmännern, nicht kam, wartete Scharkan noch drei Tage; dann sehnte er sich so sehr nach seinen Truppen zurück, daß er sich von Dhul Makan überreden ließ, abzureisen und lieber nach der Eroberung von Konstantinopel wieder Tamthil aufzusuchen. Die Alte, um keinen Verdacht zu erregen, hielt sie nicht länger auf, aber kaum waren sie vom Berg herunter in das enge Tal gekommen, als sie von zehntausend Ungläubigen umzingelt wurden. Scharkan konnte sich nicht erklären, wieso diese Truppen auf einmal hierher gelangten, noch wer sie hierher geleitet; sein erster Gedanke war nun, die Zugänge des Tales zu verteidigen, aber Dendan, welcher behauptete, schon einmal bei einer Belagerung Konstantinopels mit seinem Vater in dieser Gegend gewesen zu sein, sagte, man müsse sich sobald als möglich durchschlagen, der Feind würde sonst den Berg vor der Schlucht besetzen und sie mit Steinen totwerfen. Die Alte rief: »Was bedeutet diese Furcht? Seid ihr nicht entschlossen, euch auf dem Pfad Gottes zu opfern? war ich doch fünfzehn Jahre unter der Erde eingekerkert, ohne über Gottes Ratschluß zu murren; darum kämpft nur: wer als Märtyrer stirbt, dem weist der einzige Gott das Paradies zur Wohnung an.« Diese Worte belebten den muselmännischen Mut so sehr, daß Scharkan es wagte, mit Ungestüm auf den Feind einzudringen und mit seiner Handvoll Ritter den hartnäckigsten Kampf zu bestehen.

Auch Dhul Makan schlug die Köpfe der Christen fünf- und zehnweise herunter und die Alte spornte ihren Eifer stets durch Zeichen und Worte an. Der Kampf dauerte den ganzen Tag, und als die Nacht heranbrach, zog sich Scharkan mit den Seinigen, von denen aber nur noch fünfundvierzig übrig waren, in eine Höhle zurück. Er war eine Weile sehr bestürzt, weil er die Alte nicht wiedersah, aber auf einmal kam die Verruchte mit dem Haupt des griechischen Feldherrn in der Hand. Dieser war von einem Türken getötet worden und Gott hatte schnell seinen Geist in die Hölle geschickt, aber die Christen fielen über den Türken her und hauten ihn in Stücke, während Gott seine Seele ins Paradies sandte. Die Verruchte schnitt dann den Kopf des Feldherrn ab, und brachte ihn den Prinzen höchst erfreut und erzählte ihnen, sie habe heute den Märtyrertod gesucht und nicht geruht, bis sie den Feldherrn der Ungläubigen getötet.

Sie redete ihnen dann wieder zu, nur den Mut zu verlieren, sie wolle noch diese Nacht auf einem kurzen Weg die muselmännische Armee von ihrer Lage benachrichtigen und mit zwanzigtausend Mann zurückkommen, die diese Ungläubigen aufreiben sollten. Als Scharkan fragte, wie sie entkommen wolle, da doch alle Ausgänge des Tales bewacht wären? lachte sie und sagte: »Gott wird mich den einen unsichtbar machen und den anderen den Mut nehmen, mir

etwas zuleid zu tun.« Scharkan versetzte hierauf: »Bei Gott! du hast recht, ich habe auch heute gemerkt, daß Gott dich beschützt; es wäre gut, wenn du bald gingest.« – »Ich gehe gleich, und wenn du mitkommen willst, so mache ich dich auch unsichtbar; auch dein Bruder kann uns begleiten, doch mehr als zwei kann ich nicht schirmen.« – »Was mich betrifft, so werde ich von meinen Gefährten mich nicht trennen, wenn aber mein Bruder und der Vezier mit dir gehen wollen, so mögen sie es zum Wohl der Muselmänner tun und morgen mit zehntausend Mann zurückkehren.« – »So warte eine Weile, ich will vorausgehen und sehen, wo die Ungläubigen lagern und ob sie schlafen, ich komme dann wieder und hole deinen Bruder und den Vezier ab.« – Während nun die Alte im feindlichen Lager mit den Griechen verabredete, daß sie sie mit dem Sultan Dhul Makan und dem Vezier frei durchziehen lassen und erst, wenn sie mitten unter ihnen sich befänden, sie gefangennehmen möchten, begab sich Scharkan zu seinem Bruder und rühmte den Mut und die Heldenkraft des Derwisches, der den obersten Feldherrn getötet, und als die Alte zurückkam und ihnen vollkommenes Gelingen ihrer Unternehmung versprach, entschloß sich Dhul Makan und der Vezier, ihr zu folgen, denn das ihnen bestimmte Geschick mußte sie ereilen. Als sie nun an den Ungläubigen, welche den Ausgang des engen Tales bewachten, vorüberkamen, widersetze sich ihnen, der schlauen Verabredung mit der Alten gemäß, niemand, so daß Dhul Makan ausrief: »Es gibt keinen Gott, außer Gott, und Mohammed ist ein Gesandter Gottes! das ist ein offenbares Wunder, wie nur Heilige zu wirken imstande sind; dieser Derwisch muß einer der eifrigsten Diener Gottes sein.« Der Vezier sagte hierauf: »Bei Gott! ich glaube, alle diese Griechen sind blind, daß sie uns so ungehindert durchziehen lassen.«

Aber auf einmal sprangen die Ungläubigen über den Vezier und den Prinzen her, legten sie in Ketten und fragten: »Ist noch sonst jemand bei euch?« Sie antworteten, indem sie auf die

Alte hindeuteten: »Hier ist noch ein Mann;« aber die Griechen sagten: »Wir sehen niemanden«, und die Alte verschwand vor ihren Augen, so daß der Vezier und der Prinz glaubten, sie haben sich durch irgend eine Sünde oder ein Vergehen gegen den Derwisch selbst in dieses Unglück gestürzt; besonders der Vezier, der früher einmal einige Zweifel gegen die Aufrichtigkeit der Alten geäußert hatte, machte sich bittere Vorwürfe.

Scharkan, der glücklicherweise zurückgeblieben war, machte sich am folgenden Morgen auf, betete, frühstückte etwas, rüstete seine Soldaten wieder zum Kampf gegen die Ungläubigen und flößte ihnen durch das Versprechen eines himmlischen Lohnes viel Mut ein. Als sie aber in die Nähe der Griechen kamen, riefen diese ihnen zu: »Wehe euch, Muselmänner! wir haben ja euern Sultan und euern Vezier gefangen, kommt also mit in unsere Hauptstadt, vielleicht wird unser Kaiser euch begnadigen und Frieden mit euch schließen: das ist wohl das beste, was euch zukommen kann; wollt ihr nicht, so sind wir bereit, euch zu bekämpfen, bis wir euch gänzlich aufgerieben.« Scharkan war sehr bestürzt, als er dies hörte, und weinte heftig über die Gefangenschaft seines Bruders und des Veziers, für deren Rettung ihm wenig Hoffnung übrig blieb. Gewiß, dachte er, haben sie dem Derwisch nicht die gebührende Ehrfurcht erwiesen; es gibt keinen Schutz und keine Hilfe, als bei dem allmächtigen Gott; wir sind Gottes und kehren zu ihm wieder zurück! Indessen drang er auf die Griechen, die ihn von allen Seiten umzingelten, mutig ein und tötete viele von ihnen. Keiner der Seinigen fürchtete den Tod und niemand sann auf die Flucht, bis die Erde mit Leichen bedeckt war und ein ganzes Meer von Blut sich darüber ausdehnte. Der Kampf dauerte den ganzen Tag, erst abends zog sich Scharkan mit den wenigen Seinigen wieder in die Höhle zurück, nachdem er an diesem Tag fünfunddreißig seiner besten Begleiter verloren hatte. Er war höchst bestürzt über seinen Verlust und wußte kein anderes Mittel, als sich ganz dem Willen Gottes hinzugeben. Am folgenden Morgen sagte er den paar Leuten, die noch bei ihm waren: »Bei Gott! wenn wir nur den Eingang der Höhle verteidigen; vielleicht hat Gott doch den Derwisch zu unserer Armee gelangen lassen, daß er bald mit zehntausend Mann Hilfstruppen wieder zurückkehre.« Dieser Rat wurde von seinen Gefährten gutgeheißen; sie blieben am Eingang der Höhle stehen und trieben den ganzen Tag durch die Griechen zurück, die sich derselben bemächtigen wollten, und töteten gar manchen von ihnen. – In der darauffolgenden Nacht sagten die Griechen unter sich: »Wie lange wollen wir noch hier verweilen, um gegen die fünfundzwanzig Mann zu kämpfen, die noch bei Scharkan übrigbleiben? Wohlan! laßt uns, wenn sie sich nicht ergeben, ihre Höhle in Brand stecken, so daß sie ein Raub der Flammen werden und aller Welt zur Lehre dienen; der Messias verdamme sie, sie sind alle so tapfer, daß wir ihnen nicht anders beikommen können.« Sie trugen dann Holz zusammen vor den Eingang der Höhle und zündeten es an. Scharkan rief in der höchsten Not die Worte aus, deren sich niemand zu schämen hat: »Es gibt keinen Schutz und keine Hilfe, außer bei Gott, dem Erhabenen!« Schon wollten einige Griechen mit dem Schwert auf ihn eindringen, als der Befehlshaber ihnen zurief: »Laßt ihn leben, wir wollen ihn gefangen dem Kaiser nach Konstantinopel bringen, er mag mit ihm nach Wunsch verfahren.« Scharkan und die noch übrigen Moslime wurden hierauf gefesselt und einer starken Wache übergeben. Als in der Nacht aber die Griechen alle betrunken waren und auf den Boden hingestreckt lagen, sprengte Scharkan in der Verzweiflung die Ketten, dann nahm er dem Wächter die Schlüssel zu den übrigen Ketten aus der Tasche und entfesselte Dhul Makan, den Vezier und die fünfundzwanzig Mann, die noch bei ihm waren, und sagte zu seinem Bruder: »Ich will nun drei von den Wachen töten, und wir ziehen ihre Kleider an und gehen dann unbemerkt zu unserer Armee.« Aber Dhul Makan konnte diesem

Entschluß nicht beistimmen; »denn«, sagte er, »leicht möchte ihr Geschrei, wenn du sie tötest, die übrigen aufwecken: es ist besser, wir machen nur, daß wir so aus dieser Schlucht herauskommen.« So gingen sie denn in der größten Angst mitten durch die Griechen durch; Gott nahm sie unter seinen Schutz und ließ keinen von den betrunken umherliegenden Griechen erwachen. Als sie glücklich aus der Enge waren und sich auch mit Pferden und Waffen versehen hatten, sagte Scharkan: »Mein Rat ist nun, wir gehen auf diesen Hügel und rufen alle auf einmal: Gott ist groß, hier ist die muselmännische Armee, ihr Feinde Gottes. Die Griechen werden in ihrer Trunkenheit und in der dunklen Nacht sich nicht zu helfen wissen, und sich selbst untereinander morden.« Dhul Makan widersprach auch diesem Rat und schlug vor, lieber ganz still und leise, ohne ein Wort zu sprechen, ihre Armee einzuholen; »denn«, sagte er, »wie leicht könnten wir, wenn wir sie aufwecken, von ihren leichtfüßigen Rossen wieder eingeholt werden, und Gott, gepriesen sei sein Name! hat gesagt: stürzt euch nicht selbst in Gefahr.« Aber Scharkan sagte: »Es wird uns nichts geschehen, so Gott will«, und beredete die übrigen, mit ihm den Hügel zu ersteigen und so laut zu schreien: »Gott ist groß!« daß der ganze Berg zitterte, und Bäume und Steine mit ihnen aus Gottesfurcht einstimmten. Als die Griechen dies hörten, riefen sie: »Bei dem Messias, der Feind hat uns überfallen!« Sie umgürteten ihre Schwerter und erschlugen einer den anderen, bis so viele von ihnen fielen, daß nur Gott ihre Zahl kennt. Als aber der Anführer der Griechen nach den Gefangenen sehen wollte und keine Spur mehr von ihnen fand, sagte er: »Wehe euch, gewiß haben die Gefangenen uns überlistet, nun eilt ihnen nach und sucht sie noch im Gebirge einzuholen.« Die Griechen faßten Mut und bestiegen ihre Pferde, und es dauerte nicht lange, da hatten sie die Muselmänner so eng umzingelt, wie ein Armband den Arm umfaßt. Dhul Makan sagte seinem Bruder: »Du siehst, daß, was ich befürchtet habe, nun eingetroffen ist, jetzt bleibt uns nichts übrig, als im heiligen Kampf umzukommen.«

Während aber Dhul Makan und Scharkan in der größten Bedrängnis fest entschlossen waren, für Gottes Sache zu sterben, wurde auf einmal von dem lauten Ruf: Allah Akbar! (Gott ist groß!) die Erde erschüttert, und zwanzigtausend Reiter verbreiteten die ganze Nacht durch ein schreckliches Blutbad unter den Griechen. Erst als der Morgen leuchtete, erkannte Scharkan seine eigene Armee, an deren Spitze Bahram und Rustem standen, welche von ihren Pferden abstiegen und vor ihm und seinem Bruder sich verbeugten. Folgendes ist die wunderbare Ursache ihrer Ankunft: Bahram, Rustem und der Verwalter waren mit wehenden Fahnen, wie wir schon berichtet, bis vor Konstantinopel gezogen. Als die auf den Wällen und Zitadellen Wache haltenden Griechen das Gewieher der Pferde hörten und einen dicken Staub, dann eine Armee, tobend wie der Ozean und zahlreich wie ein Schwarm Heuschrecken, sahen, deren Stimme sich bis zum Himmel erhob, benachrichtigten sie den Kaiser davon, und in einem Augenblick waren die Wälle mit unzählbaren Soldaten besetzt. Der Verwalter sagte dann zu Bahram und Rustem: »Mir wird bang vor dieser Masse Feinde, wie leicht könnten sie durch Spione entdecken, daß die Prinzen und der Vezier nicht bei uns sind und mit doppeltem Mut uns überfallen; ich rate daher, daß ihr mit zehntausend Reitern nach dem Kloster ziehet, um die Prinzen und den Vezier zu holen, dann haben wir nichts mehr zu befürchten.« So wählten sie jeder zehntausend Reiter und machten sich auf den Weg nach dem Kloster. Auch die Alte hatte sich, nachdem sie Dhul Makan den Griechen überliefert, nach Konstantinopel begeben, in der Absicht, den Muselmännern die Gefangenschaft ihres Sultans zu melden und sie dadurch in die größte Bestürzung zu versetzen, damit die Griechen, denen sie Nachricht davon geben wollte, sie um so leichter besiegen könnten. Sie begegnete unterwegs Rustem und Bahram und glaubte anfangs, sie seien auf der Flucht und vor Konstantinopel

geschlagen worden; bald aber bemerkte sie, daß alle ihre Fahnen unverletzt geblieben, und sie dachte wohl, sie würden ihre Freunde aufsuchen; sie erzählte ihnen daher, wie sie von einer griechischen Armée überfallen worden und wie Scharkan nur noch mit fünfundzwanzig Mann übrig geblieben. Bahram und Rustem dankten der Alten für ihre Nachricht und beschleunigten ihren Marsch so sehr, daß sie, wie schon erwähnt, noch zur rechten Zeit eintrafen, um die Muselmänner zu retten, die dann mit ihnen vereint ihren Zug nach Konstantinopel antraten. Scharkan rezitierte folgende Verse nach der gewonnenen Schlacht:

»Sei gepriesen, o du, dem allein das höchste Lob geziemt; du hast mit deiner Huld mich reichlich beschenkt, mir ein Königreich und ein Schwert der Kraft und des Sieges verliehen. Du hast aus der größten Gefahr mich errettet und die Griechen mit blutbeflecktem Gewand zurückgetrieben; dort liegen sie nun hingestreckt, von Blut, nicht vom Wein berauscht. Von den Unsrigen sind aber nur wenige gefallen und diese besitzen nun im ewigen Paradies Schlösser am Ufer klarer Bäche.«

Die Alte, welche, nachdem sie Rustem und Bahram verlassen, ihren Weg nach Konstantinopel fortsetzte, begab sich zum Verwalter, der sie freundlich bewillkommte, und erzählte ihm, wie sie Rustem und Bahram auf dem Weg begegnet, setzte aber hinzu: sie sei in großer Angst um ihretwillen, weil sie auf eine weit zahlreichere Armee Ungläubiger stoßen würden, und rate ihm daher, mit einem Teil seiner Armee ihnen nachzufolgen, um sie vor dem Untergang zu bewahren.

Die Muselmänner weinten über das traurige Los, das ihren Brüdern bevorstand, und bedauerten besonders den tapferen Bahram. Der Verwalter wählte dann zehntausend seiner besten Reiter und sandte sie mit einem der tapfersten Helden, sein Name war Kadasch, den übrigen Truppen nach. Am folgenden Tag, als Kadasch der Armee der Muselmänner begegnete, hielt er sie anfangs für feindliche Truppen und schrie: »Es gibt keinen Schutz und keine Hilfe, außer bei Gott, dem Allmächtigen! Nichts kann Gottes Bestimmung ändern.« Dhul Makan, der sich ebenfalls vom Feind angegriffen glaubte, sagte zu seinem Bruder: »O sähe ich doch noch einmal den frommen Derwisch, daß er mich segne! dann will ich gern als Märtyrer sterben.« Als aber die Truppen einander näherkamen und auf den Fahnen die Inschrift sahen: »Es gibt keinen Gott, außer Gott, Muhamed ist Gottes Gesandter«, eilte Scharkan, wie der Blitz, zu ihrem Anführer Kadasch, der ihm die Ursache seiner Ankunft meldete und sich sehr freute, die Prinzen, den Vezier und die beiden Heerführer noch beim Leben zu finden. Diese erkundigten sich dann nach dem Derwisch und riefen aus: »Das ist ein heiliger Mann, er hat in einem Tag eine Reise von zehn Tagen zurückgelegt!« Sie zogen dann weiter gen Konstantinopel, bis sie auf einmal einen mächtigen Staub erblickten, der die ganze Atmosphäre verdüsterte und ein lautes Kriegsgeschrei vernahmen. Scharkan sagte: »Ich fürchte, das ist ein Wehgeschrei der Muselmänner, die von den Griechen geschlagen wurden.« Er eilte den Ankommenden entgegen und sah an ihrer Spitze den Derwisch, der ihnen zurief: »Helft uns, o ihr Helden des einzigen Gottes! die verdammten Hunde, die Griechen, haben das muselmännische Lager überfallen, als es sich sicher in seinen Zelten glaubte, und die schrecklichste Niederlage hat es getroffen.« Scharkan stieg erschrocken von seinem Pferd ab und küßte dem Derwisch ehrfurchtsvoll Hände und Füße. Das gleiche tat sein Bruder, nur der Vezier blieb auf seinem Pferd sitzen und sagte: »Bei Gott! ich traue dem Derwisch nicht, er hat uns kein Glück gebracht; laßt ihn sagen, was er will, ich fürchte, er ist ein Verräter, wie der, welcher unsern König Omar vergiftet.« Scharkan machte ihm aber Vorwürfe über seinen ungerechten Verdacht und behauptete, daß er ohne Gottes Hilfe in so kurzer Zeit keine so große Strecke hätte zurücklegen können. Er ließ der Alten dann ein nubisches Maultier vorführen, aber sie wollte nicht reiten, sondern lief wie ein Fuchs neben Scharkans Pferd her und rezitierte mit lauter Stimme Stellen aus dem Koran, bis sie zur flüchtigen Armee der Muselmänner kamen, unter welcher die Griechen zerstörend umherwüteten.

Auch diese Niederlage der Muselmänner war wieder das Werk der verfluchten Dsat Dawahi, die, nachdem sie Rustem und Bahram begegnet war und dann auch noch Kadasch mit zehntausend Mann von der Armee getrennt hatte, dem Kaiser schrieb: »Wisse, daß ich Scharkan, seinen Bruder, den Sultan, und den Vezier durch List gefangen und durch falsche Botschaft die muselmännische Armee bestürzt und zerteilt habe; überfalle also im stillen mit allen Truppen der Stadt das noch übrige muselmännische Lager, du kannst es ganz aufreiben, der Messias hat dich mit seiner Gnade überschüttet.« Als der Kaiser diesen Brief gelesen, ließ er ihren Sohn, den König Hardub, rufen und teilte ihm den Brief seiner Mutter mit; sie machten dann das Kreuz und sagten: »Gott erhalte dieses Weib.« Hardub gab sogleich den Feldherren Befehl zum Aufbruch, und diese fielen unter ihrem ungläubigen Feldgeschrei über die Muselmänner her. Der Verwalter rief grimmig seinen Truppen zu: »Wenn ihr flieht, so seid ihr verloren, haltet ihr aber eine Weile tapfer aus, so wird sich Gott eurer erbarmen.« Die Muselmänner griffen nun, Gottes Einheit verkündigend, nach dem Schwert, während die griechischen Priester das Kreuz in die Höhe schwangen. Die Herde des Barmherzigen, von fliegenden Engeln umschwärmt, mischte sich unter die Truppe des Satans, und den ganzen Tag durch flogen die Köpfe vom Rumpf herunter. Während der Nacht umgaben die Griechen die Muselmänner von allen Seiten, und als der Morgen graute, erneuerte sich der Kampf, bis das Schlachtfeld von Leichen bedeckt und ein Teil des muselmännischen Lagers erstürmt war; da ergriffen die übrigen Muselmänner die Flucht, und der Feind verfolgte sie mit dem Schwert in der Hand. Aber in diesem Augenblick stieß Scharkan mit den übrigen Feldherren zu den

Fliehenden, und sie wendeten sich vereint mit frischer Kraft gegen die Ungläubigen, die, als sie die Fahnen des Islams erblickten, Johannes, Maria und das heilige Kreuz anriefen und zur Hauptarmee zurückkehrten, deren rechten Flügel der Kaiser und deren linken Hardub befehligte. Scharkan stellte seine Truppen auch in Schlachtordnung und sagte zu seinem Bruder: »Nun wünschte ich nur, daß irgend eine Herausforderung von seiten der Griechen zu einem Zweikampf stattfände.« Kaum hatte er diese Worte gesagt, als ein alter, ehrwürdiger, in weiße Wolle gekleideter Mann auf einem kostbaren Maulesel aus den Reihen der Griechen hervortrat und den Muselmännern laut zurief: »Ich bin ein Gesandter, dem ihr vergönnen müßt, seine Botschaft zu verkünden; ich komme mit einem Antrag von dem Kaiser, der euch Frieden und Heil bringt; versprecht mir Sicherheit, so steige ich ab und teile ihn euch mit.« Als Scharkan ihm Sicherheit gewährte, stieg er ab und sagte: »Ich komme vom Kaiser, dem ich vorgestellt habe, wie sündhaft es ist, so viel Blut vergießen zu lassen, da man doch lieber einen Zweikampf den Streit entscheiden lassen könne; er gab mir recht und sagte: »Ich will gern mein Leben für meine Armee opfern, der Anführer der Muselmänner mag dasselbe tun, und wer von uns siegt, dem muß die Armee des Besiegten sich ergeben; auch will der König Hardub mit dem Bruder des Anführers sich schlagen, beide Armeen mögen ganz ruhig zusehen.« Scharkan antwortete: »O Priester! wir nehmen diese Herausforderung an, sage es deinem Kaiser; doch sind wir heute von der Reise zu sehr ermüdet, wir wollen diese Nacht ausruhen und morgen früh soll der Kampf stattfinden.« Der Priester ging freudig zum Kaiser, und da dieser ein sehr tapferer Ritter und ein sehr gewandter Schütze war, und sehr gut mit Schwert und Lanze umzugehen wußte, hoffte er schon durch seinen Sieg über Scharkan, die Zierde des Islams, sich alle Muselmänner zu unterwerfen, und brachte daher eine sehr vergnügte Nacht zu.

Kaum leuchtete der Morgen, da kam der Kaiser auf einem der besten Pferde herangeritten, in einem chinesischen, vergoldeten Panzer, der so stark mit Edelsteinen besetzt war, daß er wie ein Spiegel glänzte, mit einem Schwert und einer Lanze von fränkischer Arbeit bewaffnet; er entblößte sein Gesicht und rief: »Wer mich kennt, der weiß, wer ich bin, wer mich nicht kennt, dem sage ich: ich bin der Kaiser Feridun.« Er hatte kaum diese Worte gesprochen, als Scharkan auf einem kostbaren Pferd, reich bepanzert, mit einem indischen juwelenbesetzten Schwert in der Hand, herbeisprengte. Der Kaiser rief ihm zu: »Du Verruchter! glaubst du, ich werde wie einer der Ritter vor dir weichen, denen du seither begegnet bist?« Sie griffen dann einander an, als wenn zwei Berge zusammenstießen oder zwei Meere einander entgegenwogten. Bald näherten sie sich, bald gingen sie wieder auseinander, bald scherzten sie, bald machten sie Ernst, und die Griechen sowohl als die Muselmänner hofften, ihr Held werde doch zuletzt siegen. Schon neigte sich die Sonne zum Untergang, und noch war der Kampf unentschieden. Der Kaiser bat dann um Waffenstillstand und sagte zu Scharkan: »Du bist wahrlich ein wackerer Ritter, doch deine Leute, die hinter dir stehen, sagen, du seist nicht von edler Geburt, sie behaupten, du stammest von einem Sklaven her.« Scharkan geriet durch diesen Schimpf in Zorn und wollte sich umdrehen, um zu sehen, wer so etwas gesagt; aber der Kaiser benützte diesen Augenblick, um mit dem Schwert nach ihm zu schlagen: zwar bückte sich Scharkan schnell hinter den Sattelknopf, um dem Hieb auszuweichen, doch erhielt er eine so schwere Wunde in die Brust, daß er laut schrie und in Ohnmacht fiel. Dhul Makan eilte mit dem Vezier und den besten Reitern herbei, aber auch der Kaiser hatte seine Truppen zu Hilfe gerufen, so daß das Handgemenge allgemein wurde und bis tief in die Nacht hinein dauerte. Als endlich die Finsternis die beiden Heere trennte, begaben sich alle Priester und Feldherren zum Kaiser, um ihm zu seinem Sieg Glück zu wünschen; und er versprach ihnen, am folgenden Tag

Dhul Makan herauszufordern; dann, sagte er, werden bald alle Muselmänner die Flucht ergreifen. Im Lager der Muselmänner hatten sich indessen Dhul Makan, der Vezier und die Feldherren um Scharkan versammelt; sie ließen Ärzte kommen, um ihn zu pflegen, und wachten die ganze Nacht bei ihm. Auch die Alte kam herbei und weinte und seufzte, berührte Scharkans Wunde und las den Koran, bis er endlich des Morgens die Augen öffnete und wieder sprach. Dhul Makan war außer sich vor Freude und sagte: »Gewiß verdankt er seine Genesung dem Segen des Derwisch. Scharkan erkundigte sich dann nach der Armee und hörte, wie sie um seinetwillen trauere. Er dankte Gott für seine Genesung und beschwor seinen Bruder Dhul Makan, auf den Kampfplatz zu eilen, wo beide Armeen schon schlagfertig einander gegenüber standen. Als Dhul Makan auf das Schlachtfeld kam, fragte er: »Wo ist der Kaiser Feridun, daß ich ihn zu Boden werfe? Feridun wollte zu ihm hervortreten, aber der König Hardub hielt ihn zurück mit den Worten: »Gestern hast du gekämpft, heute ist die Reihe an mir.« Er bestieg noch ein besseres Pferd, als das des Kaisers; sein Wiehern entzückte jedes Ohr, es lief schneller als der Wind und leichter als der Blitz. Aber nicht lange dauerte der Kampf, bald versetzte Dhul Makan dem König einen Hieb mit seinem Schwert, daß sein Kopf vom Rumpf flog. Die Griechen eilten zu spät ihrem König zu Hilfe, der Vezier Dendan kam mit zwanzigtausend Reitern herbei und rief ihnen zu: »Rächet Omar und Scharkan!« und Gott verlieh den Gläubigen einen vollständigen Sieg; viele Feinde wurden niedergemäht oder gefangen genommen und die übrigen in die Stadt zurückgetrieben, die sie schnell hinter sich schlossen.

Nach geendigtem Kampf kehrte Dhul Makan zu seinem Bruder zurück und freute sich sehr, als er ihn viel besser fand; der Derwisch saß neben ihm und las ihm Legenden von den Propheten und Gesetzprobleme vor. Scharkan sagte zu seinem Bruder: »Ich wußte, daß ihr heute siegen würdet, ich vernahm euern Ruf: Allah Akbar! Doch verdankt ihr euren Sieg nur dem frommen Derwisch, der den ganzen Tag für euch gebetet hat!« Scharkan ließ sich nun die Einzelheiten der Schlacht erzählen, und als die als Derwisch verkleidete Alte den Tod ihres Sohnes vernahm, vergoß sie viele Tränen, welche die Muselmänner für Freudentränen hielten, und schwor bei sich, Scharkan statt ihres Sohnes zu töten. Die Muselmänner verhielten sich nun ruhig, bis Scharkans Wunde geheilt war; dann ließ er der Armee bekannt machen, daß er am folgenden Morgen selbst die Belagerungsarbeiten leiten würde. Als aber in der Nacht ein jeder sich zur Ruhe begeben hatte und nur einige Diener in Scharkans Zelt schliefen, schlich die Alte wie eine Schlange zu ihm, zog einen vergifteten Jatagan aus dem Busen hervor, welcher einen Felsen hätte flüssig machen können, bedeckte Scharkan mit ihrer linken Hand Mund und Nase und schnitt ihm mit der Rechten in den Hals, bis sie seinen Kopf ganz vom Rumpf trennte; sie tat dasselbe den Dienern, die umherlagen, verließ das Zelt und dachte bei sich selbst: Das ist noch nicht genug für meinen Sohn, ich muß auch noch den Sultan ermorden. Als sie aber nach seinem Zelt ging, fand sie es so gut bewacht, daß sie sich fürchtete, sich demselben zu nähern. Sie wandte sich hierauf gegen das Zelt des Veziers und erschrak, als sie ihn noch wach und den Koran lesend fand. Der Vezier bewillkommte sie und lud sie ein, bei ihm zu bleiben; sie sagte aber: »Ich bin auf dem Weg, einen Heiligen zu besuchen, da ich aber im Vorübergehen dich hörte im Koran lesen, wollte ich dir nur schnell gute Nacht wünschen.« Der Vezier dachte: Bei Gott! ich habe Lust, mit ihr einen Heiligen zu besuchen und folgte ihr, als sie ihn verließ. Sie bemerkte es aber und, aus

Furcht, verraten zu werden, sagte sie: »O Vezier! bleibe du hier und lese fort den Koran, ich darf dich nicht ohne Erlaubnis mitnehmen; wenn aber der Heilige diese Nacht es erlaubt, so komme ich morgen früh und führe dich zu ihm.« Der Vezier wagte es nicht, ihr zu widersprechen, doch überfiel ihn ein geheimer Schauer; er suchte vergebens einzuschlafen, es wurde ihm so bange, daß er aufstand und zu Scharkan ging in der Absicht, die Nacht durch sich mit ihm zu unterhalten. Als er aber in Scharkans Zelt kam, sah er es mit Blut gefüllt und fand ihn und alle Diener getötet. Da stieß er einen so heftigen Schrei aus, daß alle Soldaten erwachten; auch der Sultan kam herbeigelaufen, und alle Anwesenden weinten laut, als sie sahen, was geschehen war und riefen: »Es gibt keinen Schutz und keine Hilfe, außer bei Gott, dem Erhabenen!« Dhul Makan lag in Ohnmacht, und als er wieder zu sich kam, zerriß er seine Kleider und schlug sich ins Gesicht, bis das Blut herausspritzte; dann sagte er zum Vezier: »Wer mag wohl diesen Mord begangen haben, und warum sehe ich den Derwisch nicht hier?« Der Vezier sagte: »Niemand anders als der Derwisch hat dieses Unheil angerichtet, ich fühlte im ersten Augenblick schon eine Abneigung gegen ihn.« Er erzählte dann, wie der Derwisch in der Nacht in sein Zelt geschlichen und es nicht zugeben wollte, daß er ihm folge. Am folgenden Tag rückten die Muselmänner, nach Scharkans Beerdigung, bis vor die Tore Konstantinopels, welche verschlossen blieben, und kein Grieche ließ sich auf den Wällen blicken. Dhul Makan schwor aber, nicht zu weichen, bis er für seinen Bruder Rache genommen, Konstantinopel zerstört und alle christlichen Könige getötet haben würde, und müßte er auch Jahre hier lagern. Er ließ sich daher die Schätze bringen, die sie im Kloster erbeutet hatten, teilte sie unter die Truppen aus und befahl ihnen, einen Teil des Empfangenen ihren Familien zu schicken, weil sie doch noch lange hier bleiben würden. Er bat dann den Vezier Dendan, seiner Schwester Nushat Assaman zu schreiben, sie wegen des Verlustes ihres Bruders Scharkan zu trösten und ihr die Erziehung und Bildung seines Sohnes recht ans Herz zu legen. Er ließ hierauf den Anführer der Karawane kommen, übergab ihm den Brief an seine Schwester und empfahl ihm noch mündlich, daß seine Schwester auch über sein eigenes Kind wachen möge, da doch seine Frau, die er in gesegneten Umständen verlassen, wohl jetzt niedergekommen sein müsse.

Nachdem die Karawane abgereist war, gab Dhul Makan den Truppen Befehl, die Mauern der Stadt von allen Seiten zu umzingeln. Sie waren aber höchst betroffen, als kein Grieche drei Tage lang sich auf den Wällen zum Kampf sehen ließ, und ihre Bestürzung war nicht gering, als sie die Stadt so gut befestigt fanden, daß sie nicht wußten, wie hineindringen. Folgendes ist der Grund, warum kein Grieche drei Tage lang auf den Wällen erschien. Nachdem die Alte Scharkan ermordet hatte, näherte sie sich leise den Mauern, gab sich der griechischen Wache zu erkennen und ließ sich an einem Strick hinaufziehen. Sie eilte zum Kaiser und fragte, ob es wahr sei, daß ihr Sohn erschlagen worden? Als der Kaiser ihre Frage bejahte, weinte und jammerte sie solange, bis alle Anwesenden mit ihr weinten. Sie erzählte dann dem Kaiser, wie sie Scharkan und seine Diener getötet, schwor aber, nicht eher zu ruhen, bis sie auch noch den Sultan Dhul Makan, den Vezier und die obersten Feldherren durch irgend eine List umbringe; »Scharkans Kopf allein«, sagte sie, »kann den meines Sohnes nicht aufwiegen. Ich will«, fuhr sie fort, »ein Jahr lang über meinen Sohn trauern, alle Glocken abschneiden und alle Kreuze zerbrechen, und solange sollt ihr auch den Krieg einstellen. Die Muselmänner können jahrelang vor der Stadt lagern, sie werden sich vergebens abmühen, sie einzunehmen.«

Die Alte ließ sich dann Tinte und Papier reichen und schrieb den Muselmännern: »Wisset, daß ich schon früher euern König Omar mitten in seinem Schloß ermordet, daß ich dann, als Derwisch gekleidet, viele der eurigen vor der Höhle beim Kloster erschlagen und daß ich zuletzt noch Scharkan und seine Diener getötet habe; wäre mir das Schicksal geneigt gewesen, so hätte ich auch noch den Sultan und den Vezier getötet. Wollt ihr euch nun vor weiterem Unglück schützen, so zieht ab und kehrt in eure Heimat zurück; wo nicht, so möget ihr jahrelang hier zu eurem Verderben vergebens lagern.« Diesen Brief ließ sie nach dreitägiger Trauer mit einem Pfeil zu den

Muselmännern hinüberschleudern. Als die Muselmänner den Brief an einem Pfeil sahen, brachten sie ihn dem Sultan und dieser bat den Vezier, ihn zu lesen. Da rief der Vezier: »Bei Gott! ich fühlte immer eine geheime Abneigung gegen diese Person, die nun durch ihre List uns schon zweimal ins Unglück stürzt.« Dhul Makan schwor bei Gott, nicht von hier zu weichen, bis er diese Alte an das Tor Konstantinopels angenagelt, und versprach seinen Truppen, alle Schätze der Hauptstadt unter sie zu verteilen. Die Belagerung dauerte schon ein ganzes Jahr, und Dhul Makan hörte nicht auf zu weinen und zu trauern, trotz aller Trostworte des Veziers, bis endlich Turbedan, der Anführer

der Karawane, von Bagdad zurückkam und ihm einen Brief von seiner Schwester Nushat Assaman mitbrachte, worin sie ihm schrieb: »Nach vielen Grüßen wisse, mein Bruder, daß dir Gott einen sehr hübschen Sohn geschenkt hat, den ich Kana ma kana (was geschehen ist, ist geschehen) genannt habe. Es ist ein wunderbares Kind, das einst gewiß recht berühmt werden muß. Ich habe auf allen Kanzeln für euch beten lassen, daß es euch gut gehe. Sowohl ich als die Frauen der Feldherren und Soldaten, befinden uns wohl; es regnet häufig und alles ist sehr wohlfeil bei uns. Deinem Freund, dem Badheizer, geht es auch recht gut, er lebt in großem Wohlstand und hat viele Diener und Sklaven; er möchte gern wissen, was aus dir geworden, aber wir haben ihm alles verschwiegen. Friede sei mit dir!« Dhul Makan dankte Gott für diese Nachricht und sagte dem Vezier: »Nun ist das Jahr vorüber, wir wollen die Trauer ablegen und nur noch am Jahrestag des Todes meines Bruders Scharkan ein heiliges Totenfest auf seinem Grab feiern.« Dhul Makan ließ nun neben dem Grabmal seines Bruders Zelte aufschlagen und darin ein großes Mahl geben, wozu viele von der Armee eingeladen wurden, welche den Koran verstanden, und man brachte bei Wachslichtern die ganze Nacht damit zu, den Koran zu lesen und Gott zu preisen. Des Morgens näherte sich Dhul Makan weinend dem Grab seines Bruders und sprach folgende Verse:

»Untröstlich ist mein Herz, weil der leuchtende Vollmond ins Grab gesunken, tadelt immerfort, nur heute tadelt mein Aug nicht, wenn es blutige Tränen weint. Ohne Abschied trennten wir uns und lange werden wir uns nicht wiedersehen. Manchen Unfall habe ich standhaft getragen, aber für diesen Schlag gibt es in dieser Welt kein Heilmittel mehr.«

Diese Verse rührten alle Anwesenden, auch der Vezier weinte und rezitierte einige Trauergedichte, die aufs neue viele Tränen hervorriefen und eine allgemeine Verwünschung der Alten zur Folge hatten.

Als Dhul Makan und der Vezier nach vollendeter Feierlichkeit sich wieder in ihr Zelt begaben, besprachen sie sich wegen der Belagerungsarbeiten; Dhul Makan verhehlte dem Vezier seinen Mißmut über den sich so sehr in die Länge ziehenden Krieg nicht, und bat ihn, ihm zu seiner Zerstreuung eine schöne Liebesgeschichte oder irgend andere Abenteuer von alten Königen zu erzählen. Der Vezier antwortete: »Wenn dir eine Erzählung Zerstreuung und Erheiterung gewähren kann, so soll es dir daran nicht fehlen, denn ich habe gar manche Nacht deinen seligen Vater mit allerlei Geschichten und Erzählungen unterhalten; ich will dir diese Nacht die Geschichte zweier Liebender erzählen.« Dhul Makan bestimmte ihm die Stunde dazu und war sehr ungeduldig, bis sie herannahte. Sobald es dunkel wurde, ließ er Wachslichter und Lampen anzünden, allerlei Speisen und Getränke auftragen und die besten Räucherwerke anzünden. Dann schickte er nach dem Vezier und lud auch Bahram, Rustem, Derkasch und den Verwalter ein, und bat ersteren, als Gott den Vorhang der Nacht über sie geworfen, nunmehr seine Erzählung zu beginnen. Der Vezier begann:

Geschichte der zwei Liebenden.*

Wisse, o König! einst lag hinter dem Gebirge Ispahan eine Stadt, welche man die Grüne nannte. Dort regierte ein König, sein Name war Suleiman, der sehr mächtig, gerecht und wohltätig war, so daß sein Ruf sich allenthalben verbreitete und von allen Ländern Botschaften zu ihm gelangten. Er lebte viele Jahre zufrieden und glücklich ohne Weib und Kinder. Eines Tages ließ er seinen ihm an Güte gleichenden Vezier rufen und sagte ihm: »Mir wird es unheimlich, weil ich nun bald schwach werde und ohne Weib und Kind bin, das paßt nicht für einen Regenten; wer soll nach mir herrschen? Je zahlreicher die Nachkommen eines Königs sind, um so größer und ausgedehnter wird seine Macht. Auch hat der Prophet gesagt (Gottes Gnade sei mit ihm!): Verheiratet und vermehret euch, denn ich werde am Auferstehungstage eure Vorzüglichkeit gegen andere Völker geltend machen. Was denkst du nun davon? sprich kurz!« Der Vezier sagte mit Tränen in den Augen: »König der Zeit! fern sei von mir, über Dinge zu sprechen, welche Sache des Allbarmherzigen sind, soll ich den Zorn des Himmels auf mich laden und in die Hölle fahren?« Der König erwiderte: »Ich lasse mir nicht gern eine Sklavin kaufen, deren Stamm und Abkunft mir unbekannt; die möchte mir, wenn sie von unedler Geburt ist, auch ungeratene Kinder gebären; sie gleicht dann einem schlechten Boden, wo alle gute Saat vergebens ist. Darum wünsche ich, daß du für mich um irgendeine Prinzessin werbest, eine recht schöne und tugendhafte, so daß sie mir auch Kinder, die ihr gleichen, gebäre; nur eine solche will ich vor Zeugen gesetzlich heiraten.« – »O König! schon sehe ich ein Mittel, deinen Wunsch zu erfüllen; ich habe gehört, Saherschah, der König des weißen Landes habe eine Tochter, welche das schönste Mädchen ihrer Zeit ist. Wie Zweige des Ban

* Der Schluß dieser Geschichte hat Ähnlichkeit mit der Geschichte der Hajat Alnufus und des Prinzen Ardschir im zweiten Band, weshalb wir ihn auch nur ganz kurz andeuten.

ist ihr Wuchs, ihre Augen sind wie Kohel, ihre Stirne glänzt wie der Mond, lang sind ihre Haare und fein ist ihre Taille, wie ein Dichter sagt:

> »Sie ist so zart gebaut, daß ihr Wuchs die Zweige des Ban beschämt, und ihr Gesicht Sonne, Mond und Blumen; sie ist ein Paradies dem, welchem sie lächelt, und eine brennende Hölle dem, den sie zurückstößt; ihre Küsse sind Honig, mit dem besten Wein vermischt, ihre Zähne sind Perlen. Wie manchen hat ihre Liebe schon getötet, wie manchen Freier hat ihr Blick zum Gefangenen gemacht.«

Darum halte ich es für gut, daß du einen verständigen und erfahrenen Gesandten zu ihrem Vater schickst, der um sie für dich anhalte, denn sie hat ihresgleichen nicht auf der weiten Erde. Du gelangst dann zu einer schönen Gattin und handelst dem Willen Gottes gemäß.« Als der König dies vernahm, sagte er dem Vezier: »Das Beste ist, du gehst zu ihrem Vater und hältst bei ihm um sie an, ich kenne keinen gebildeteren und verständiger Mann, als du bist, und der Prophet hat gesagt: »Der Islam will kein Klosterleben.« Geh also jetzt nach Hause und mache dich auf morgen reisefertig, damit ich bald meinen Gram und meine Sorgen loswerde.« Der Vezier verließ den König und ließ sich, um Saherschah zu beschenken, die schönsten und kostbarsten Edelsteine, arabische Pferde und Waffen und ganze Kisten voll Geld geben, lud alles auf Kamele und Maulesel, nahm fünfzig Mamelucken, hundert Sklaven und eine Sklavin mit, verabschiedete sich beim König, der wie auf feurigen Kohlen vor Ungeduld stand und ihn ersuchte, recht schnell wieder zu kommen, und reiste Tag und Nacht, bis er nur noch eine Tagreise von der Stadt entfernt war, wo die Prinzessin wohnte. Hier ließ er sich am Ufer eines Baches nieder und schickte einen seiner Vertrauten voraus zum König, um ihm seine Ankunft zu melden. Der König, welcher gerade auf dem Lustplatz vor dem Tor saß, begegnete dem Abgesandten, und da er ihm ansah, daß er ein Fremder war, ließ er ihn zu sich rufen, und als er von ihm hörte, daß der Vezier des mächtigen Königs Suleiman morgen zu ihm kommen wolle, freute er sich sehr und schickte ihm einige seiner Adjutanten mit anderen hohen Personen entgegen. Da der Vezier schon um Mitternacht wieder aufgebrochen war, begegneten ihm die Adjutanten bald; sie bewillkommten ihn und führten ihn durch sieben Hallen des königlichen Schlosses, dann ließen sie ihn absteigen und geleiteten ihn in einen großen Saal. Mitten in diesem Saal saß der König auf einem Thron von Elfenbein, mit Perlen und Diamanten besetzt, mit Füßen aus Elefantenzähnen, mit einem kostbar durchwirkten atlasnen Überzug und mit einem Baldachin, der reich mit Perlen und Edelsteinen geschmückt war. Um den König herum standen die höchsten Beamten des Hofs und der Armee. Der Vezier erschöpfte seine ganze Beredsamkeit in Versen und in Prosa, um den König auf eine recht anständige Weise zu begrüßen. Der König erwiderte seine Grüße recht freundlich, nahm ihn mit vieler Auszeichnung auf, ließ ihn neben sich sitzen und unterhielt sich lange mit ihm. Dann wurde ein Tisch gedeckt und nach der Mahlzeit, als alle Leute die Tafel verließen und nur noch ein paar Vertraute des Königs übrigblieben, stand der Vezier auf und sagte zum König: »O mächtiger Herr! ich komme in einer Angelegenheit zu dir, die dir nur Glück und Segen bringen kann: ich erscheine als Gesandter des mächtigen, gerechten und wohltätigen Königs Suleiman, des Herrn des grünen Landes und der Gebirge von Ispahan, vor dir, er schickt dir viel Geld und kostbare Geschenke und wünscht sich mit dir zu verschwägern; ist dir das wohl erwünscht?« Als Saherschah diese Worte hörte, pries er Gott, stand auf, verbeugte sich ehrfurchtsvoll und sagte: »O verehrter Vezier! höre meine Worte: ich bin ja nur einer von den vielen Dienern deines mächtigen Herrn und meine Tochter nur eine seiner vielen Sklavinnen! was du also begehrst, kann mir nur höchst ehrenvoll sein, ich habe weiter nichts zu antworten.«

Der König Saherschah ließ dann Kahdis und Zeugen kommen, welche bezeugten, daß er seine Einwilligung dazu gegeben, daß der Vezier für seinen Herrn mit seiner Tochter einen Ehekontrakt schließe. Als dieser niedergeschrieben war, holte der Vezier die oben beschriebenen Geschenke herein und überreichte sie dem König, der sich alsbald mit der Ausstattung seiner Tochter beschäftigte und zwei Monate lang große allgemeine Festlichkeiten veranstaltete. Nach zwei Monaten, als alles in Ordnung war, wurden die Zelte vor der Stadt aufgeschlagen und alle Effekten der Prinzessin herausgebracht. Sie nahm zweihundert griechische, türkische und abessinische Sklavinnen mit, so daß dieses Lager einer Abteilung des Paradieses glich, denn die Mädchen waren alle hübsch und jung, und ihre Herrin strahlte wie eine der schönsten Huri unter ihnen hervor, die der Engel Ridhwan schlecht bewacht. Sie saß in einer goldnen Sänfte, mit Perlen und Edelsteinen verziert, für welche zehn Maulesel bestimmt waren, und die einem niedlichen Gemach glich, und deren Baldachin wie ein Pavillon des Paradieses aussah. Als alle Kisten auf Maulesel und Kamele gepackt waren, kam der König ins Lager und begleitete seine Tochter drei Meilen weit; dann nahm er Abschied von ihr und übergab sie dem Vezier, der mit ihr heimwärts reiste. Als der Vezier nur noch drei Tage weit von seiner Heimat entfernt war, schickte er einen Boten voraus, um dem König die Ankunft seiner Braut zu melden. Der Bote eilte, so sehr er konnte, und als der König diese freudige Nachricht hörte, schenkte er ihm ein Ehrenkleid und schickte Truppen ab, um seine Braut in großem Pomp, mit entfalteten Fahnen über ihrem Haupt, abzuholen. Auch ließ er in der Stadt ausrufen, daß keine Frau und kein Mädchen, nicht einmal ein altes Weib, zu Hause bleibe, das ihr nicht entgegenginge und sie bis ins königliche Schloß begleite. Alle Straßen wurden verziert und die Vornehmsten des Reichs standen auf dem Weg, um die königliche Braut zu erwarten. Endlich kam sie an, der Vezier ritt vor ihr her in dem Ehrenkleid, das ihm ihr Vater geschenkt hatte; alle Truppen umgaben sie mit entfalteten Fahnen, die Erde war so voll von jubelnden Menschen und lärmender Musik, daß die wilden Tiere glaubten, der jüngste Tag sei gekommen, und in die Wüsten und Einöden flohen. So ging der Zug fort bis an das Schloß, das bald von der schönen Braut einen neuen Glanz erhielt. Man führte sie in einen Saal, wo ein Thron von Elfenbein für sie errichtet worden, und kaum hatte sie sich niedergelassen, als der König zu ihr hereintrat und nach Gottes Willen sie so schön und liebenswürdig fand, daß er ganz munter wurde und bald mit ihr allein zu bleiben suchte. Nur kurze Zeit verging, bis sie dem König die Nachricht gab, daß sie die Hoffnung habe, Mutter zu werden, und vor Freude darüber verließ sie der König einen ganzen Monat lang keinen Augenblick. Erst nach Verlauf des Monats ging er wieder in seinen Divan, beschäftigte sich mit den Staatsangelegenheiten und teilte viele Geschenke aus. In der letzten Nacht des neunten Monats, als die Königin das Herannahen ihrer Entbindung fühlte, wurden die Ammen gerufen, und Gott ließ sie ohne Schmerzen mit einem Sohn niederkommen, hübsch wie der Mond; sie nannte ihn Hasan und gab ihm den Beinamen Tadj Almuluk (Krone der Könige). Die Diener, welche sogleich dem König die Entbindung seiner Gemahlin anzeigten, wurden für die frohe Botschaft reichlich beschenkt, auch fühlte sich der König so glücklich, daß er alle Witwen und Waisen kleidete, seinen Untertanen viele Abgaben erließ und öffentliche Festlichkeiten veranstaltete.

Das Kind wurde vier Jahre lang von seinen Ammen in einem Meer von Glück und Zärtlichkeit erzogen, dann ließ der König Gelehrte kommen, die ihm in allem, was einem Prinzen zu wissen ziemt, Unterricht erteilten. Als er in seinem vierzehnten Jahr in allen Wissenschaften vorangeschritten war, gab ihm sein Vater einen Fecht- und einen Rittmeister, und er war bald ein sehr gewandter Ritter; dabei war er so schön, daß alle, die ihn sahen, von ihm bezaubert

wurden, und er hatte viele Freunde, die sich schon im voraus freuten, ihn einst als König zu sehen. Tadj Almuluk wurde in seinem achtzehnten Jahr, als schon der frische Flaum seine roten Wangen bedeckte, die ein braunes Mal, wie ein Ambrapünktchen schmückte, ein so leidenschaftlicher Jäger, daß er kaum einen Augenblick mehr zu Hause Geduld hatte. Zwar suchte ihn sein Vater davon abzuhalten, weil er die Gefahren der Wüste und der wilden Tiere für ihn fürchtete, aber er ließ sich nicht raten. Eines Tages veranstaltete er eine große Jagdpartie und nahm Lebensmittel auf zehn Tage mit. Man reiste vier Tage weit, bis man in einen grünen Wald kam am Ufer eines Baches, in welchem viel Wild umherstreifte, hier ließ der Prinz einen großen Kreis schließen und bestimmte die Stelle, wo man wieder zusammentreffen sollte. Die Jäger zogen aus und trieben eine Menge wilder Tiere vor sich her; der weite Kreis zog sich dann immer näher zusammen und trieb das Wild in die Enge, bis es zuletzt unter den Pferden herumlief; dann ließen sie die Hunde und Jagdvögel gegen es los und schossen mit Pfeilen darauf, so daß, als der Kreis beisammen war, eine Menge Wild in ihre Hände fiel. Tadj Almuluk ließ sich dann am Bach nieder, teilte das Wildpret unter seinen Leuten aus, legte das beste für seinen Vater und die Großen des Reichs zurück und brachte die Nacht im Wald zu. Am folgenden Morgen, als die Sonne aufging, sah er in der Ferne eine große Karawane, die sich auch an diesem Bach, nicht weit von seinem Zelt, niedergelassen hatte. Er schickte einen seiner Freunde zu den Reisenden, um zu hören, wer sie seien und was sie wollen. Der Bote kehrte bald wieder mit der Nachricht zurück, es wären Kaufleute, welche im Vertrauen auf die Sicherheit gewährende Regierung seines Vaters mit Waren in dieses Land gekommen, worunter manche, die sie nur um seinetwillen mitgebracht. Als der Prinz dies hörte, sagte er: »Wenn sie Waren haben, die für mich passen, so will ich sie ihnen abkaufen.« Er ritt dann mit seinen Mamelucken zum Anführer der Karawane.

Dieser wünschte dem Prinzen viel Glück und langes Leben und ließ ihm ein rotes Atlaszelt mit Gold durchwirkt aufschlagen, und machte ihm einen Divan auf zwei seidenen Teppichen zurecht. Der Prinz ließ dann die Kaufleute mit ihren Waren zu sich in das Zelt kommen und kaufte vieles von ihnen, was er gerade brauchen konnte. Schon wollte er wieder weiterziehen, als er bei der Karawane einen hübschen Jüngling erblickte, mit leuchtender Stirne und marmornem Hals, hübsch gekleidet, ehrwürdig aussehend, doch sehr blaß und niedergeschlagen, wie einer, der die Trennung von seiner Geliebten betrauert. Als sich Tadj Almuluk ihm näherte, hörte er, wie er folgende Verse rezitierte:

»Lange währt schon die Trennung, immer schwerer wird mein Kummer und meine Pein, und wie Regengüsse stürzen Tränen aus meinen Augen. Als ich am Trennungstag ihr Lebewohl sagte, verabschiedete ich auch zugleich mein Herz und nun bin ich allein, ohne Herz und ohne Hoffnung. O mein Freund! warte, bis sie mir noch einmal Lebewohl sagt, ihre Worte sind so erquickend, daß sie Kranke heilen.«

Als er diese Verse rezitiert hatte, weinte er und fiel in Ohnmacht. Als er wieder zu sich kam, sah er starr vor sich hin und sprach noch folgende Verse:

»Hütet euch vor ihrem bezaubernden Blick, denn niemand ist vor den Pfeilen ihrer schwarzen Augen sicher, sie sind sanft und schmachtend, doch schneidender als das blanke Schwert; hütet euch vor ihrer wohlklingenden Stimme, sie bringt euch Fieber und verwirrt eueren Verstand.«

Nachdem der Jüngling diese Verse rezitiert hatte, seufzte er tief und weinte wieder, bis er ohnmächtig wurde. Als er wieder zu sich kam, fragte ihn der Prinz, der ihm zu Häupten stand: »Warum hast du mir deine Waren nicht auch vorgelegt?« Der Jüngling antwortete: »Ich habe nichts, das würdig wäre, deiner Hoheit gezeigt zu werden.« Aber Tadj Almuluk versetzte: »Du mußt mir zeigen, was du hast; auch sollst du mir sagen, warum du so traurig bist und so viel weinst; ist dir ein Unrecht geschehen, so will ich es gut machen, bist du verschuldet, so will ich deine Schulden bezahlen, denn beim ersten Anblick fühlte ich mich schon zu dir hingezogen.« Er ließ dann gleich zwei Stühle bringen aus Elfenbein und Ebenholz, mit grüner, golddurchwirkter Seide bepolstert, und einen Teppich ausbreiten, und bat den Jüngling noch einmal, ihm seine Waren vorzulegen. Der Jüngling sagte: »Ich beschwöre dich bei Gott! laß mich, ich habe nichts, das deiner würdig wäre.« Aber Tadj Almuluk nötigte ihn, seine Waren herbeizuholen. Der Jüngling legte endlich mit Tränen in den Augen ein Stück Ware nach dem anderen vor Tadj Almuluk. Es war unter anderem ein Stück Atlas dabei, ganz mit Gold durchwirkt, das zweitausend Dinare wert war. Als er dieses aufrollte, fiel ein Päckchen heraus, das er schnell verbarg, während er folgende Verse sprach:

»Mein Leben vergeht in Sehnsucht, Täuschung, Trennung und Liebesqual. Die Trennung will mich nicht töten und keine Vereinigung mich beleben; die Entfernung läßt mich trostlos und doch ist mir deine Nähe nicht gegönnt; du bist ungerecht und erbarmungslos, von dir ist keine Hilfe zu erwarten, und doch kann ich mich nicht von dir losreißen. Alle meine Kräfte vermögen nichts gegen deine Liebe, ich weiß nicht, wohin mich wenden.«

Als der Kaufmann das Päckchen unter seinen Beinen verbarg, fragte ihn Tadj Almuluk erstaunt: »Was enthält dieses Päckchen?« – »Mein Herr, kümmere dich darum nicht und verlange es nicht zu sehen, ich habe mich darum nur geweigert, dir meine Waren zu zeigen, weil ich befürchtete, du möchtest es bemerken. Ich darf dir es durchaus nicht zeigen.« Tadj Almuluk ließ aber nicht ab und drang so lang in den Jüngling, bis er es hervorholte. Als aber Tadj Almuluk

einen alten Lappen Tuch sah, sagte er höchst erstaunt dem immer weinenden und Verse rezitierenden Jüngling: »Ich glaube, du bist nicht recht bei Verstand; was vergießest du so viele Tränen über diesen alten Lappen?« – »Mein Herr! meine Geschichte ist wunderbar, ich weine nur über das Bild, das in diesem Lappen verborgen ist, und über das Mädchen, das es gestickt.«

Der Jüngling rollte dann das Tuch auf, es stellte auf der einen Seite eine Gazelle vor, von feiner Seide gestickt und mit Goldfäden durchwirkt, auf der anderen Seite eine Gazelle, mit Silberfäden durchwirkt; am Hals hatte sie eine goldene Kette und drei längliche Smaragdsteine; auch hatte sie ein buntmarmoriertes, mit Perlen besetztes seidenes Kleid überhängen. Tadj Almuluk bewunderte die kostbare Arbeit dieser Stickerei, die einer lebendigen Gazelle glich, und sagte: »Gepriesen sei der, welcher den Menschen so viel Weisheit und Geschicklichkeit verliehen! Der Künstler, welcher diese Gazelle gestickt hat, findet seinesgleichen nicht.« – »Mein Herr! ein Frauenzimmer hat dies Bild verfertigt, und ich habe wunderbare Abenteuer mit ihr erlebt.« Der Prinz war so begierig, die Geschichte dieses Jünglings zu hören, daß er solange in ihn drang, bis er folgendermaßen erzählte: Wisse, mein Herr! mein Vater war ein reicher Kaufmann, und Gott hatte ihm keine Nachkommen, außer mir, beschert. Ich wurde mit meines Vaters Nichte erzogen, welche früh ihren Vater verloren hatte. Man ließ uns unbewacht beisammen leben und wie Geschwister auf einem Bett schlafen, weil mein Vater meinem seligen Onkel versprochen hatte, daß er seine Tochter mir zur Gattin geben wolle. Als ich kaum das Jünglingsalter erreicht hatte und noch ganz unerfahren war, sagte mein Vater zu meiner Mutter: »Nun ist es Zeit, daß wir unseren Sohn mit unserer Nichte vermählen, wir haben keinen Grund mehr, länger zu warten.« Sie beschäftigten sich hierauf mit unserer Ausstattung und beschlossen, nächsten Freitag nach dem Gebet den Ehekontrakt schreiben zu lassen und die Hochzeit zu feiern. Schon wurden alle Verwandten und Freunde meiner Eltern eingeladen, und als der Freitag kam, wurde unser Haus gewaschen und mit Teppichen belegt, und alles Nötige zum Fest hergerichtet. Mein Vater ging aus, um Süßigkeiten, Rosenwasser und dergleichen einzukaufen; meine Mutter hieß mich ins Bad gehen und schickte mir ein neues Kleid nach, das ich nach dem Bad anzog. Ich wollte dann in die Moschee gehen, als mir einfiel, daß ich noch einen Freund vergessen hatte einzuladen. Ich ging in seine Wohnung, er war nicht zu Hause, und ich mußte in der ganzen Stadt herumlaufen, um ihn aufzusuchen. Da kam ich in eine Straße, die ich in meinem Leben nicht betreten hatte; ich war sehr ermüdet und angegriffen vom Bad sowohl als vom neuen Kleid, dessen Wohlgeruch die ganze Straße parfümierte; ich setze mich auf eine Bank am Eck dieser Straße und legte mein gesticktes Taschentuch unter, in welches einiges Geld eingebunden war. Die Hitze war so groß, daß mir der Schweiß zum Gesicht herunterlief und auf mein Kleid tropfte. Da ich auf meinem Sacktuch saß, wollte ich meinen Kaftan nehmen, um mich abzutrocknen, da fiel mir auf einmal ein weißes Tuch in den Schoß, zarter als der Zephyr. Ich nahm das Tuch und warf einen Blick in die Höhe, um zu sehen, wo es hergekommen; da begegnete mein Auge der Meisterin dieser Gazelle an einem

Fenster, vor welchem ein großes messingenes Gitter war; sie legte den Finger vor den Mund und zeigte mir ein so schönes Gesicht, daß ich dessen Reize gar nicht beschreiben kann. Sie legte dann den Zeigefinger und den mittleren Finger auf ihren Busen, schloß das Fenster und verschwand, ließ aber in meinem Herzen eine brennende Flamme zurück; ich wußte nicht, was beginnen, denn ich verstand ihren Wink nicht, und obschon ich bis Sonnenuntergang vor ihrem Haus sitzen blieb, sah und hörte ich doch niemanden mehr. Endlich stand ich auf und entfaltete das Tuch, das mir das Mädchen zugeworfen, und es kam mir ein Moschusduft entgegen, der mir ins Hirn stieg und so sehr meine Nerven reizte, daß mir wurde, als befände ich mich im Paradies. Als ich von meiner Betäubung mich wieder erholte, sah ich ein Briefchen vor mir, auf dem folgende Verse geschrieben waren:

> »Hier schicke ich dir in zarter Schrift meine Klage über den Schmerz der Entfernung; wundere dich nicht, daß meine Schrift so fein und fast unleserlich zart: so müssen Liebende schreiben, die selbst vor Gram so mager geworden.«

Auf dem Tuch selbst stand geschrieben:

> »Ich bin das Tuch der treu Liebenden und diene nun gerne dem schönen Jüngling, um ihm Stirne und Wangen abzutrocknen.«

Diese Verse vermehrten noch meine Flamme, schnell steckte ich das Tuch und das Briefchen ein und ging damit nach Haus. Es war schon eine Weile Nacht, als ich nach Hause kam. Meine Braut hatte den Kopf auf die Knie gestützt und weinte; als sie mich aber sah, trocknete sie ihre Tränen ab, stand auf, zog mir mein Kleid aus und sagte: »Alle Gäste sind gekommen, nebst dem Kadhi und den Zeugen, und sind schon längst von der Tafel aufgestanden; da du aber immer nicht erschienst, schwor dein Vater, aufgebracht darüber, daß er so viele Unkosten vergebens gehabt, daß er nun vor einem Jahr unseren Ehekontrakt nicht schreiben lassen werde. Wo warst du denn so lange? Ich erzählte ihr alles, was mir widerfahren, und bat sie, mir beizustehen und mir die Fingersprache meiner Geliebten zu erklären. Sie schwor, mir mit allen Kräften behilflich sein zu wollen und sagte: »Das Zeichen mit dem Finger auf dem Mund bedeutet: bei dem, der Himmel und Erde geschaffen! du bist mein Leben und mein Herz; das Tuch bedeutet einen freundlichen Gruß von der Geliebten, und die zwei Finger, die sie auf den Busen legte, bedeuten: nach zwei Tagen komme wieder, da können wir uns wiedersehen und unseren Gram verscheuchen. Glaube nur, mein Vetter! sie liebt dich sehr und setzt ihr Vertrauen auf dich, das kann ich dir sagen; und dürfte ich frei ein- und ausgehen, ich würde euch unter meinem Schutz vereinigen.« Als ich dies hörte, dankte ich dir und dachte: hier ist nichts zu tun, als zwei Tage Geduld zu haben. Ich ging nicht aus, aß und trank nicht, sondern blieb die zwei Tage traurig zu Hause sitzen, den Kopf auf dem Schoß meiner Cousine ausruhend, die mich herzlich liebte. Als die zwei Tage vorüber waren, sagte sie mir: »Nimm dich nun zusammen und fasse Mut!« Sie holte mir dann andere Kleider, zog mich an und beräucherte mich; ich ging wieder in jene Straße und setzte mich auf die Bank vor dem Hause meiner Geliebten.

Als ich eine Weile dasaß, öffnete sich das Fenster, ich blickte hinauf und begegnete dem Auge meiner Geliebten, und war ganz außer mir vor Entzücken. Als ich mich wieder faßte und aufwärts blickte, erschien sie mit einem Spiegel und einem roten Tuch, sie schob ihre Ärmel zurück und legte alle fünf Finger auf die Brust, dann hob sie die Hand weg und zeigte mir den Spiegel am Fenster, dann hing sie das rote Tuch dreimal zur Straße heraus, nahm es wieder hinein, preßte es aus und legte es zusammen; hierauf winkte sie mit dem Kopf nach dem Ende der Straße, schloß das Fenster, verschwand und nahm mein Herz mit und kehrte nicht mehr wieder. Ich war wieder in der größten Verwirrung, denn sie hatte abermals kein Wort gesprochen, und ich hatte wieder ihre Zeichen nicht verstanden. Ich blieb bis Sonnenuntergang auf der Bank sitzen und ging dann zu meiner Cousine, welche, die Wangen auf ihre Hand gestützt, weinend dasaß. Sobald sie mich sah, sprang sie auf und nahm mir mein Kleid ab, legte meinen Kopf in ihren Schoß, trocknete mein Gesicht mit ihrem Ärmel ab, bemitleidete und ermutigte mich. Als ich ihr erzählte, was ich gesehen, sagte sie: »Das Zeichen mit den Fingern bedeutet: nach fünf Tagen

kehre wieder; das Zeichen mit dem roten Tuch und dem Spiegel bedeutet: warte im Laden des Färbers, bis mein Bote kommt und dich abholt.« Ich sagte: »Bei Gott! deine Erklärung ist richtig, denn ich habe am Ende der Straße den Laden eines jüdischen Färbers gesehen; aber«, setzte ich weinend hinzu, »wer kann fünf Tage warten?« Meine Cousine tröstete mich und sagte: »Fasse Mut! wie manche Leute schmachten jahrelang vergebens, und du liebst ja erst seit zwei Tagen.« Sie brachte mir dann Speisen, ich nahm einen Bissen und wollte essen, da fiel mir meine schöne Geliebte ein und es schmeckte mir nichts. Das Leben wurde mir sauer, ich konnte weder essen noch trinken noch schlafen; ich wurde blaß und sah sehr übel aus, denn ich war noch sehr jung und empfindsam, und liebte zum ersten Mal in meinem Leben. Meine Cousine wachte stets bei mir und erzählte mir Liebesgeschichten bis ich einschlief. Beim Erwachen fand ich sie wieder neben mir, mit Tränen des Mitleids in den Augen. So brachte ich fünf Tage zu. Dann brachte mir meine Cousine warmes Wasser, wusch mich, trocknete mich ab und sagte: »Nun geh! Gott stehe dir bei und stille dein Verlangen nach deiner Geliebten!« Ich ging ans Ende der Straße und setzte mich vor den Laden des jüdischen Färbers, der des Samstags wegen geschlossen war. Ich wartete den ganzen Nachmittag und den ganzen Abend, bis man vor Dunkelheit gar nichts mehr sah, aber niemand ließ etwas von sich hören. Da fürchtete ich mich, länger hier allein zu sitzen, und kehrte, mit Mühe meine Beine nachschleppend und wie ein Betrunkener taumelnd, nach Hause zurück. Meine Cousine kam mir entgegen, trocknete mir Tränen und Schweiß ab und sagte lächelnd: »Warum hast du nicht die Nacht bei deiner Geliebten zugebracht?« Diese Worte brachten mich so sehr auf, daß ich sie mit einem Stoß auf die Brust zu Boden warf. Sie fiel mit dem Kopf auf einen Pflock, und das Blut strömte aus ihrer offenen Stirn. Sie stand auf, ohne ein Wort zu sagen, legte verbrannte Lumpen auf ihre Wunde, verband sie, wusch das Blut vom Teppich ab und sagte mir lächelnd und mit zarter Stimme: »Bei Gott! mein Vetter, meine Absicht war nicht, dich oder deine Geliebte zu verspotten. Ich hatte Kopfschmerzen und wollte mir das Blut abwischen und jetzt ist durch diesen Blutverlust mein Kopf viel leichter; erzähle mir nun, wie es dir heute gegangen.« Als ich ihr weinend erzählte, wie ich vergebens meine Geliebte erwartet, sagte sie: »Sieh das nicht als Zeichen ihrer Gleichgültigkeit an, sie wollte gewiß nur deine Ausdauer prüfen; geh morgen wieder hin: deine Erlösung ist nahe.« Sie sagte mir dann noch manches zu meiner Beruhigung, aber ich war untröstlich.

Als meine Cousine mir zu essen brachte, stieß ich es mit den Füßen weg und sagte: »Wer liebt, ist verrückt, dem schmeckt keine Speise und kein Schlaf mehr.« Sie weinte, hob die Schüssel vom Boden auf, wusch den Boden und unterhielt mich mit Erzählungen und Märchen; ich aber betete zu Gott, er möge doch bald Tag werden lassen. Des Morgens früh eilte ich wieder nach der Straße meiner Geliebten und setzte mich auf die Bank. Da öffnete sich das Fenster, meine Geliebte erschien und lachte, sie verschwand eine Weile und kehrte wieder mit einem Spiegel, einem Säckchen und einem Gefäß, das mit grünem Samen gefüllt war; sie öffnete das Säckchen, steckte den Spiegel hinein, knüpfte es wieder zu und warf es ins Zimmer; dann löste sie ihre Haare auf und ließ sie über ihr Gesicht herunterhängen; zuletzt brachte sie eine Lampe und stellte sie zum Samen hin, verschwand und kehrte nicht wieder. Mein Herz zerbrach fast vor Qual über ihre stummen Zeichen, ich kehrte traurig zu meiner Cousine zurück, welche mit Tränen in den Augen an die Wand gelehnt stand und zwei Tücher um den Kopf hatte, eines über der Stirn auf ihrer Wunde und das andere um die Augen, die von vielem Weinen entzündet waren. Als sie mich sah, trocknete sie ihre Tränen ab, wagte es aber lange nicht, mich anzureden; endlich sagte sie: »Nun, mein Vetter, wie geht es denn?« Ich erzählte ihr weinend, was meine Geliebte vor meinen Augen getan. Da sagte sie: »Habe Geduld, du bist dem Ziel deiner Wünsche nahe. Das Verstecken des Spiegels und das Herabhängen der Haare bedeutet Sonnenuntergang und dunkle Nacht; die Samen bedeuten eine Zusammenkunft im Garten, der hinter ihrer Straße ist; und durch die Lampe wollte sie sagen, du solltest im Garten nur diese Lampe aufsuchen und sie dort erwarten.« Als ich diese Erklärung vernahm, rief ich aus: »O wie lange wird noch unsere Trennung währen!« Meine Cousine sagte mir: »Habe nur noch diesen Tag Geduld!« nahm mir mein Kleid ab und hatte nicht den Mut, mir zu essen vorzustellen; sie bat mich dann, mich mit ihr den Tag durch zu unterhalten, da ich doch abends bei einer anderen sein würde; ich aber betete immerfort zu Gott, daß er doch bald die Nacht heranbrechen lasse. Als endlich die Sonne unterging, gab mir meine Cousine weinend ein Stückchen Moschus und sagte mir: »Stecke das in den Mund, und wenn du nach süßen Umarmungen von deiner Geliebten Abschied nimmst, so sprich folgenden Vers:

»O ihr Liebenden! bei Gott! sagt mir, wenn die Liebe den Jüngling überwältigt, was soll er tun?«

Sie küßte mich dann und ich mußte ihr schwören, daß ich diesen Vers beim Herausgehen sagen würde. Hierauf ging ich in den Garten, dessen Türe offen war, und nahm meine Richtung nach einem Licht, das ich in der Ferne sah, und ich fand es in einem Gartenhäuschen mit einer Kuppel von Elfenbein und Ebenholz. Das Zimmer war mit seidenen Teppichen belegt und außer der Lampe von einer großen Wachskerze beleuchtet; in der Mitte des Zimmers war ein Springbrunnen mit allerlei Figuren und daneben stand ein Tischchen mit einem seidenen Tuch, auf dem, zwischen allerlei Blumen und Aromaten, die kostbarsten Speisen und Getränke in den feinsten chinesischen und goldenen Gefäßen standen. Das Gartenhäuschen entzückte mich und heiterte mich auf, doch sah ich keinen Menschen darin, um mich zu empfangen.

Ich setze mich auf das Sofa, um meine Geliebte zu erwarten, aber drei Stunden vergingen und niemand kam; da verlor ich die Geduld, auch stiegen mir die feinen Gerüche der Speisen in die Nase, denn ich hatte schon mehrere Tage nichts gegessen, so daß ich ziemlich ausgehungert war; ich näherte mich dem Tischchen und deckte die Platte ab, da fand ich in deren Mitte auf einem chinesischen Teller vier gebratene Hähne, und rund herum standen Granatäpfelbeeren und mehrere andere saure und süße Zuspeisen; ich aß, bis ich satt war, und da ich schon lange nicht schlafen konnte, so hatte ich kaum meine Hände gewaschen, als sich meine Augen schlossen und mein Kopf auf das Kissen fiel, ich hatte einen sehr tiefen Schlaf, aus dem ich nicht eher erwachte, bis mich die Sonne brannte. Als ich die Augen öffnete, fand ich auf meinem Leib einige Kohlen und Salz umhergestreut; ich stand auf, schüttelte mein Kleid ab, sah mich rechts und links um, fand aber niemanden; auch bemerkte ich, daß ich auf dem harten marmornen Boden gelegen war. Ich war sehr traurig, weinte heftig vor Ärger über meinen Schlaf und ging wieder nach Hause zu meiner Cousine, welche sich auf die Brust schlug und heftig weinte. Als sie mich sah, trocknete sie schnell ihre Tränen ab, kam mir freundlich entgegen und sagte: »O mein Vetter! tadle mich nicht, wenn ich darüber weine, daß du in deiner Liebe glücklich bist, während ich verlassen zu Hause bleibe.« Sie nahm mir dann lächelnd mein Kleid ab, schüttelte es aus und sagte: »Bei Gott! das ist nicht der Geruch eines Glücklichen; was ist dir geschehen, mein Vetter?« Als ich ihr alles erzählte, sagte sie: »Wehe, mein Vetter! wahrlich du dauerst mich, dieses Weib plagt dich sehr, sie hat dich wahrscheinlich schlafend gefunden und war böse darüber, denn sie hielt dich für einen Lügner, weil wahre Liebende nicht schlafen; aber auch sie liebt dich nicht wahrhaft, darum hat sie dich auch nicht geweckt, sondern dich mit Salz bestreut, um dir zu sagen, du seiest sehr geschmacklos und bedürftest gar zu sehr noch einiger Würze, denn ernstlich Liebenden ist der Schlaf eine Sünde. Mit den Kohlen meinte sie: Gott schwärze dein Angesicht! Gott bewahre dich vor ihr!« Als ich diese Erklärung vernahm, sah ich mein Unrecht ein und bedauerte, so viel gegessen zu haben, brach in laute Tränen aus und beschwor meine Cousine, Mitleid mit mir zu haben und mir zu raten, was ich nun tun könnte, um nicht vor Verzweiflung zu sterben. Da meine Cousine mich sehr lieb hatte, sagte sie: »Bei meinem Haupt und meinen Augen, ich habe dir schon gesagt: wenn ich ausgehen dürfte, ich hätte euch schon längst unter meinem Schutz vereint; doch nun kann ich dir keinen besseren Rat geben, als diesen Abend wieder in das Gartenhäuschen zu gehen, du mußt aber den vierten Teil der Nacht ruhig warten und nichts essen, damit dich nicht der Schlaf überfalle.« Ich dankte ihr für ihren Rat und betete zu Gott, daß es doch bald Nacht werden möchte. Als die Nacht heranbrach und ich weggehen wollte, rief mir meine Cousine noch einmal zu, ich möchte ja den Vers nicht vergessen.

Ich fand im Garten wieder alles so hergerichtet, wie am vorhergehenden Abend, und ganz frische Speisen standen wieder auf dem Tisch, die einen solchen Wohlgeruch verbreiteten, daß ich meine Lust, sie zu sehen, nicht lange bezähmen konnte; ich deckte die Schüssel auf und sah wieder Hähne mit verschiedenen Zuspeisen, die mich so anlachten, daß ich mich nicht enthalten konnte, von jedem Gericht etwas zu nehmen; da es aber sehr wohlschmeckte, aß und trank ich, bis ich satt war, zog dann das Kissen herbei und dachte: ich will mich nur ein wenig anlehnen, gewiß nicht schlafen; aber bald fielen meine Augen zu und ich erwachte erst nach Sonnenaufgang. Als ich meine Augen wieder öffnete, fand ich auf meinem Leib einiges Spielzeug, einige Dattelkerne und Samen vom Heuschreckenbaum, und das ganze Häuschen war geleert; ich schüttelte alles ab und ging bestürzt nach Hause. Meine Cousine, die aus hoffnungsloser Liebe zu mir immer weinte und Verse rezitierte, kam mir entgegen; ich schmähte sie und schrie sie an, sie aber trocknete ihre Tränen ab, küßte mich zwischen die Augen und drückte mich an ihren Busen; da ich mich aber unfreundlich zurückzog, sagte sie: »Mir ist, als hättest du wieder geschlafen.« Ich erwiderte: »Ja, bei Gott!« erzählte ihr, was ich beim Erwachen auf meinem Leib gefunden, und beschwor sie bei Gott, mir es zu erklären. Sie sagte weinend: »Bei meinem Haupt und meinen Augen! sie wollte mit dem Spielzeug dir sagen, daß es ihr scheine, als wäre dein Sinn mit etwas anderem als mit der Liebe beschäftigt; mit den Dattelkernen wollte sie andeuten, daß, wenn du liebtest, dein Herz von Liebe glühen müßte und du die Süßigkeit des Schlafes nicht kosten könntest, denn die Liebe erfüllt wie Datteln das Herz mit Feuer. Der Heuschreckenbaumsamen aber bedeutet, daß das Herz des Liebenden schmachtet, und daß du den Schmerz der Trennung mit Geduld tragen mögest, wie Hiob seine Leiden.« Diese Erklärung schürte die Flamme in meinem Herzen, ich schrie und jammerte und bat meine Cousine, mir zu raten, was ich nun tun könne. Sie sagte: »Ich weiß nichts anderes, als daß du diesen Abend doch noch einmal hingehst, aber nimm dich ja in acht, nicht wieder zu schlafen. Sie brachte mir dann zu essen und sagte: »Iß dich nur jetzt recht satt, damit du heute Abend nicht wieder in Versuchung gerätst.« Ich aß mich satt, und des Nachts zog mir meine Cousine ein kostbares Kleid an, küßte mich und erinnerte mich wieder an den Vers. Ich begab mich wieder in den Garten, ging aber weit vom Tisch weg, hielt meine Augen mit den Fingern offen und schüttelte meinen Kopf hin und her; als ich aber lange wartete, wurde ich hungrig, und der Geruch der Speisen und des Weines tötete mich fast. Ich näherte mich dem Tischchen und aß ein bißchen Fleisch mit einigen Zuspeisen; dann ging ich auf den Weinkrug los, in der Absicht, nur einen Becher voll zu trinken, aber es kam zu einem zweiten, dritten und bis zu einem zehnten Becher; da fiel ich wie eine Leiche um und kam erst, als der Tag herangebrochen war, wieder zu mir. Als ich erwachte, fand ich auf meinem Leib ein Schwert und eine eiserne Münze, und ich selbst lag vor dem Garten draußen.

Ich nahm das Schwert und die Münze und ging erschrocken nach Hause, warf Schwert und Münze vor meine traurige Cousine hin, schlug meine Brust und zerbiß mir die Hände vor Reue; meine Cousine weinte vor Mitleid eine Weile mit mir, bis ich sie bat, mir zu erklären, was das Schwert und das Eisen bedeute. Da sagte sie: »Die Münze stellt ihr Auge vor, bei dem sie schwört, daß, wenn du wiederkehrest und einschläfst, sie dich mit dem Schwert tötet; darum, mein Vetter, bin ich sehr ängstlich um deinetwillen und rate dir, dich ja keinem Unglück auszusetzen, wenn du nicht gewiß bist, daß du wach bleibst.« Ich fragte sie, was ich tun sollte, um mich vor dem Schlaf zu hüten? Sie drückte mich an ihren Busen, legte mich aufs Bett und liebkoste und streichelte mich solange, bis ich einschlief; sie nahm dann einen Fächer und machte mir Wind, bis die Sonne sich zum Untergang neigte; da weckte sie mich, und als ich die Augen öffnete, sah ich, wie sie ihre Tränen abtrocknete. Sie brachte mir hierauf zu essen, und als ich nichts essen wollte, sagte sie: »Hast du mir nicht versprochen, mir zu gehorchen?« Ich ließ mir nun von ihr Essen einstopfen, bis ich satt war, sie gab mir dann Sibebensaft mit Zucker zu trinken, wusch mich mit Rosenwasser, zog mir wieder ein schönes Kleid an und sagte: »Nun, mein Vetter! schlafe ja nicht und vergiß auch meinen Vers nicht, du wirst gewiß diese Nacht bei deiner Geliebten zubringen, bleibe nur wach, denn sie wird erst spät kommen.« Ich ging vergnügt und mit vollem Leib in den Garten und wartete wachend drei Viertel der Nacht, bis schon der Hahn krähte. Da wurde ich hungrig, näherte mich dem Tisch und aß, bis ich satt war. Schon war mir der Kopf schwer und ich wollte wieder einschlafen, als ich ein Rauschen hörte und aus der Ferne ein Licht sich nähern

sah. Ich nahm mich zusammen und nach einem Augenblick erschien meine Geliebte von zehn Sklavinnen umgeben, wie der Mond zwischen Sternen hervorstrahlt; sie hatte ein grünes, golddurchwirktes Atlaskleid an, wie ein Dichter sagte:

»Sie erschien im Garten in grünem Gewand, mit aufgelöstem Gürtel und herabhängenden Haaren; ich fragte sie nach ihrem Namen und sie sagte: Ich bin die, welche Feuer schleudert ins Herz der Liebenden. Ich klagte ihr meinen Liebesgram; sie sagte: du klagst einem Stein und weißt es nicht. Ich erwiderte: Wäre dein Herz auch von Stein, so hat doch Gott aus dem harten Felsen schon süßes Wasser entspringen lassen.«

Sie lachte, als sie mich sah, und sagte: »Ich wundere mich, daß du doch einmal wach bist; dürfen die von Liebesqual Heimgesuchten so die ganze Nacht schlafen?« Sie gab dann ihren Sklavinnen einen Wink, worauf sie sich entfernten; dann fiel sie in meine Arme, wir küßten einander, ich sog an ihrer oberen und sie an meiner unteren Lippe, dann ließen wir uns auf das Sofa nieder und brachten die ganze Nacht in den seligsten Umarmungen zu. Als ich des Morgens weggehen wollte, sagte sie: »Warte eine Weile, ich muß dir noch etwas zeigen.« Sie zog ein Tuch heraus, in welches eine Gazelle gestickt war, und da es mir sehr wohlgefiel, schenkte sie mir es unter der Bedingung, daß ich sie jede Nacht im Garten besuchen wolle; sie sagte mir aber: »Nimm es wohl in acht, es ist die Arbeit meiner Schwester Nur Alhuda.« Ich war vor Freude ganz außer mir und verließ sie, ohne mich des Verses zu erinnern, den mich meine Cousine gelehrt.

Der Jüngling erzählte weiter: Als ich nach Hause kam, fand ich meine Cousine auf dem Bett, und Tränen stürzten auf ihre Wangen herunter. Sobald sie mich sah, kam sie mir entgegen, küßte mich und fragte, ob ich ihren Vers rezitiert habe? Ich sagte: »Nein, bei Gott, diese Gazelle hat mich ihn vergessen lassen«, und zeigte ihr das gestickte Tuch, das mir meine Geliebte gegeben. Als der Abend kam, sagte sie: »Gehe nun wieder in Gottes Namen, aber vergiß den Vers nicht!« Als ich in den Garten kam, war meine Geliebte schon da und erwartete mich. Ich setzte mich neben sie, wir aßen und tranken und brachten die Nacht wieder wie die vorhergehende zu; des Morgens beim Weggehen sagte ich den Vers:

»O ihr Liebenden, bei Gott! sagt mir, wenn Liebe den Mann überwältigt, was soll er tun?«

Als sie diesen Vers hörte, strömten Tränen aus ihren Augen und sie rezitierte folgenden Vers:

»Er soll seine Liebe verschweigen und mit Demut und Geduld alles ertragen.«

Ich lernte diesen Vers auswendig und freute mich, den Wunsch meiner Cousine erfüllt zu haben. Als ich nach Hause kam, fand ich sie auf dem Bett liegend; meine Mutter stand ihr zu Häupten und weinte um sie, und sagte mir: »Du bist ein schöner Vetter, deine Cousine ist sehr unwohl und du verläßt sie.« Mein Cousine richtete sich dann auf und fragte mich, was meine Geliebte gesagt? Als ich ihr den Vers meiner Geliebten mitgeteilt, sagte sie: »Ich beschwöre dich bei Gott, wenn du wieder zu ihr kommst, so rezitiere ihr folgenden Vers:

»Er hat nach Geduld gerungen, aber sein Herz verschmachtet vor Liebe.«

Ich versprach es ihr, und hielt auch Wort, als ich am folgenden Abend wieder, wie früher, mit meiner Geliebten vereinigt war. Letztere weinte über den Vers und rezitierte folgenden:

»Wenn er nicht Kraft genug hat, seine Liebe zu verbergen, so gibt es für ihn kein anderes Mittel, als den Tod.«

Als ich nach Hause kam, fand ich meine Cousine schlafend, und meine Mutter stand neben ihr. Aber sie hatte kaum meine Stimme vernommen, als sie die Augen öffnete und sagte: »O mein Teurer, hast du meinen Vers rezitiert?« Ich sagte: »Ja«, und wiederholte ihr den meiner Geliebten. Sie fiel in Ohnmacht, und als sie wieder zu sich kam, rezitierte sie folgenden Vers:

»Wir haben vernommen, wir gehorchen und sterben gern; bring nun meinen Gruß derjenigen, welche meine Liebe nicht erwidert.«

Als ich meiner Geliebten am folgenden Tag diesen Vers sagte, schrie sie: »Wehe! wehe! die, welche diesen Vers gesagt, ist tot; wehe dir, ist es nicht eine Verwandte?« – »Es ist meine

Cousine.« – »Wehe dir, du hast ihre Liebe nicht erwidert, und so ist sie den Märtyrertod gestorben; Gott verdamme dich! hätte ich davon was gewußt, so wärest du nie in meine Nähe gekommen. – »Sie aber wußte um unsere Liebe; sie erklärte mir deine Zeichen, und war mir in allem behilflich.« »Gott zerstöre deine Jugend, wie du die ihrige zerstört, du Hund hast sie getötet, geh nur nach Hause und frage nach ihr.« Ich ging in der größten Verwirrung nach Hause, und schon, als ich in unsere Straße kam, vernahm ich ein lautes Wehgeschrei, und als ich fragte, was das bedeute, erhielt ich zur Antwort: man habe meine Cousine tot gefunden. Als ich nach Hause kam, sagte mir meine Mutter: »Du hast dich an deiner Cousine versündigt. Wehe dir! Möge Gott das Blut deiner Cousine an dir rächen, du schlechter Vetter!« Ich antwortete nicht, gedachte aber der Verse, die sie rezitierte. Nachdem sie beerdigt war und ich drei Tage lang an ihrem Grab getrauert hatte, fragte mich meine Mutter wieder: »Was hast du denn deiner Cousine getan, daß sie vor Gram gestorben? Ich«, fuhr sie fort, »habe sie oft nach der Ursache ihrer Krankheit gefragt, sie hat mir aber nichts gestanden.« Da ich meiner Mutter nichts gestehen wollte, behauptete ich, ihr nichts zuleid getan zu haben. Sie erzählte mir dann, sie sei kurz vor ihrem Tod noch bei ihr gewesen und habe gehört, wie sie mich immerwährend segnete und oft ausrief: Gott möge mir ihren Tod als keine Schuld anrechnen; aber trotz aller Bitten verschwieg sie hartnäckig die Ursache ihrer Leiden, und auf die Frage: was ich ihr zuleid getan, antwortete sie: »Nichts, Gott führt mich aus dieser vergänglichen Welt in jene ewigdauernde hinüber.« Ihre letzten Worte waren: »Sage deinem Sohn, wenn er wieder dahin geht, wo er hinzugehen pflegt, so möge er diese Worte sagen: Treue ist schön, Verrat aber abscheulich;« diese Worte, sagte sie, würden auch nach ihrem Tod mir noch ein Beweis ihrer aufrichtigen Teilnahme sein. »Dann«, fuhr meine Mutter fort, »gab sie mir noch etwas für dich, das ich dir aber nicht eher ausliefern soll, bis du über sie weinst und jammerst.« Ich wünschte es zu sehen, aber meine Mutter sagte: »Ich zeige und gebe es dir erst, wenn ich dich in dem Zustand sehe, wie meine Nichte mir anbefohlen.« Ich aber vergaß meine Cousine bald und dachte Tag und Nacht nur an meine Geliebte. Ich konnte kaum den Abend erwarten, bis ich in den Garten kam und sie mir wieder um den Hals fiel. Sie fragte mich nach meiner Cousine und ich sagte ihr: »Sie ist tot, und darum bin ich auch der Trauergebete willen vier Tage nicht gekommen.« Meine Geliebte sagte weinend: »Habe ich es nicht gewußt? du hast sie getötet; hätte ich es doch früher geahnt und sie für ihre Wohltat belohnt, die Edle, die mich mit dir vereint hat. Nun hüte dich! Gott hat sich ihrer erbarmt; ich fürchte sehr, du hast dich an ihr versündigt.« Ich sagte ihr: »Sie hat mir vor ihrem Tode verziehen«, erzählte ihr auch, was mir meine Mutter gesagt, und wiederholte ihre Worte: »Treue ist schön, Verrat abscheulich.« Als sie diese Worte hörte, sagte sie: »Gottes Erbarmen sei mit ihr! diese Worte retten dich, ich will dich nicht mehr betrüben und dir keinen Gram verursachen; aber ich bin sehr ängstlich um deinetwillen, du bist noch jung und unerfahren, kennst die List und Bosheit der Frauen nicht, und hast nun niemand mehr, der dir beisteht; drum nimm dich vor allem wohl in acht, jemanden dein Geheimnis anzuvertrauen: du könntest in ein Unglück stürzen, und deine Retterin ist nicht mehr.«

Meine Geliebte weinte noch lange über meine Cousine, und bewunderte die Kraft, mit welcher sie ihr Geheimnis so sorgfältig bewahrt, und die Selbstaufopferung, mit der sie ihren Geliebten einer anderen überließ. Sie bat mich dann, sie auf ihr Grab zu begleiten, damit sie einige Verse auf ihren Grabstein einhaue, ihr ein Grabmal bauen lasse und für sie bete. Ich versprach ihr, am folgenden Morgen mit ihr zu gehen, und brachte noch die Nacht bei ihr zu. Sie sagte jeden Augenblick: »Warum hast du mir früher nichts von deiner Cousine erzählt?« Ich antwortete immer: »Treue ist schön, Verrat abscheulich«, und so schwieg sie still. Des Morgens früh stand sie auf, nahm einen Beutel voll Geld zu sich und bat mich nochmals, mit ihr auf das Grab meiner Cousine zu gehen. Sie griff auf dem Weg immer in den Beutel, teilte im Gehen Geld aus und sagte dabei: »Diese Almosen gebe ich für das Heil der Teuren, die ihr Geheimnis verborgen, bis sie den Todeskelch geleert.« Als wir an das Grab kamen, warf sie sich darauf hin, zog dann einen kleinen Hammer und einen stählernen Meißel aus der Tasche und schrieb in einer zierlichen Schrift folgende Verse auf den Grabstein:

> »Ich kam auf ein zertretenes Grab, mitten in einem Garten, wo sieben Anemonen blühten, und fragte: Wem gehört dieses Grab? Da antwortete mir die Erde: Verehre es, es ist das Grab einer Liebenden. Ich sagte: O Liebende, Gott schenke dir Heil und lasse dich auf den schönsten Anhöhen des Paradieses wohnen! Arme Liebende, sogar ihr Grab verrät die Demütigung, die sie unter den Menschen erlitten. Könnte ich, ich würde dein Grab in einen Garten umwandeln und ihn mit meinen Tränen bewässern.«

Nachdem sie diese Verse eingegraben und lange geweint hatte, kehrten wir in ihren Garten zurück und sie versprach mir, mich nie zu verlassen. Ich blieb ein Jahr lang bei ihr, wurde dick und fett, denn ich tat weiter nichts, als essen und trinken und küssen und Kleider wechseln, hatte gar keinen Kummer und keine Sorge, und meine Cousine war längst bei mir vergessen. Eines Abends, als ich hübsch gekleidet und wohl parfümiert aus dem Bad kam, trank ich so viel Wein und wurde von dem Duft meiner Kleider so berauscht, daß ich nicht mehr wußte, was ich tat. Ich sollte in den Garten zu meiner Geliebten gehen, kam aber in eine falsche Straße; da begegnete mir ein altes Weib, das in der einen Hand eine Wachskerze und in der anderen einen zugerollten Brief trug. Ich näherte mich der Alten, wie sie weinend folgende Verse rezitierte:

> »Gott segne den frohen Boten, der mir so süße Kunde bringt; könnte ihm ein Geschenk genügen, ich gäbe ihm mein Herz, das in der Abschiedsstunde zerstückelt worden.«

Als sie mich bemerkte, fragte sie mich, ob ich lesen könnte, und als ich ihre Frage bejahte, zeigte sie mir einen Brief von einem lange abwesenden Freund, ich las ihn und teilte ihr dessen frohen Inhalt mit; sie dankte mir mit den Worten: »Gott befreie dich von jedem Kummer, wie du eben den meinigen zerstreut.« Ich wollte schon wieder weitergehen, da sprang sie auf mich zu, küßte mir die Hand und sagte: »O mein Herr, Gott bewahre deine Jugend zum Lohn! komm mit mir an dieses Haustor, da wohnt meine Tochter; der Brief, den du gelesen, ist der erste von meinem Sohn, der schon vor zehn Jahren mit Waren abgereist ist, so daß wir alle Hoffnung, ihn wiederzusehen, schon aufgegeben hatten.

Die Alte setzte dann noch hinzu: »Komm nun mit mir und lese den Brief meiner Tochter vor, die ihren Bruder außerordentlich liebt und Tag und Nacht über ihn weint, denn mir glaubt sie es doch nicht, wenn ich ihr auch sage, er hat geschrieben, daß er wohl ist, denn die zärtlich Liebenden befürchten immer das Schlimmste. Sei also so gefällig, mit mir an die Tür zu kommen, ich will meine Tochter herunterrufen, daß sie dir innerhalb der Tür zuhöre; du wirst auf diese Weise ihrem Jammer ein Ende machen. Hat nicht der Gesandte Gottes (Gottes Friede sei mit ihm!) gesagt: Wer seinem Nebenmenschen in dieser Welt eine Sorge abnimmt, dem nimmt Gott der Erhabene am Auferstehungstag dafür zweiundsiebenzig Qualen ab.« Ich folgte der Alten bis vor ein großes Haustor, das mit Messing belegt war. Ich blieb an der Tür stehen und die Alte rief einige persische Worte hinauf, da kam eine junge Dame herunter, mit heraufgeschürztem Kleid, als käme sie eben von irgend einer Arbeit, sie sah aber sehr vornehm aus;

ihre wohlgeformten Füße waren von goldenen Fußringen, mit einem Schloß von sieben Diamanten, umfaßt, an ihrem Hals hing eine kostbare Perlenschnur, ein ganz neues Diadem aus den kostbarsten Edelsteinen zusammengesetzt, schmückte ihre Stirne, ein Paar feingearbeitete Armbänder lagen um den weißesten Arm, den Gott geschaffen, und Ringe von Perlen hingen an ihren Ohren. Sobald sie mich erblickte, sagte sie mit einer süßen Stimme, wie ich sie noch nie gehört: »O Mutter, ist das der Mann, der den Brief lesen will?« Die Alte sagte: »Ja«, da reichte mir das Mädchen den Brief hin. Aber als ich mich zu ihr hinneigte, um den Brief zu nehmen, stieß mich die Alte ins Haus hinein, eilte wie ein Blitz auf das Haustor zu und verschloß es. Ich war kaum im Inneren des Ganges, als die Dame mich mit aller Kraft umfaßte und mich durch sieben Gänge in einen großen Saal mit vier Erhöhungen schleppte. Hier legte sie mich auf den Boden und sagte: »Öffne deine Augen!« Als ich wieder frei atmete und die Augen öffnete, erstaunte ich über den prachtvollen Saal, in welchem ich mich befand. Der marmorne Boden war mit seidenen Teppichen und Divanen belegt, auch waren zwei kupferne Bänke darin und ein goldenes mit Perlen und Edelsteinen besetztes Sofa, wie es nur einem König ziemt. Sie fragte mich dann: »Was hast du lieber, Teurer! den Tod oder das Leben?« – »Allerdings ziehe ich das Leben vor.« – »So heirate mich!« – »Ich kann dich nicht heiraten.« – »Wenn du bei mir bleibst, so bist du sicher vor jenem listigen Weib.« – »Was für ein listiges Weib?« – »Kennst du wohl das Weib nicht, mit dem du nun schon ein Jahr und vier Monate Umgang hast? Gott verdamme deine Geliebte und bestrafe sie durch noch schlimmere Menschen, als sie ist; wie viele Männer hat sie schon ins Unglück gestürzt; ich begreife gar nicht, wie du, mein Sohn, solange von ihr verschont bleibst.« Ich fragte sie ganz erstaunt: »O meine Herrin! wer hat dich mit ihr bekannt gemacht?« Sie antwortete: »ich kenne sie so gut, als die Zeit ihre Unfälle kennt, doch möchte ich alles wissen, was zwischen euch vorgefallen ist, und weshalb du bis jetzt von ihr verschont geblieben bist.« Da erzählte ich ihr alles, was zwischen uns vorgefallen, verheimlichte ihr nichts, auch von meiner Cousine und von den Versen, die sie mich gelehrt. Da weinte die Dame laut und sagte: »Bei Gott! so gibt es keine zweite mehr, wie deine Cousine war, und ohne sie wärest du schon längst ins Verderben gestürzt. Ich wünschte schon lange, dich hierher zu locken, es ist mir aber erst heute durch die List der Alten gelungen. Sei nun ganz zufrieden und heiter, bleibe bei mir, du bist ein hübscher Junge, ich will dich nach der Vorschrift Gottes und seines Gesandten heiraten und dir alles gewähren, was du an Geld oder anderen Gegenständen bedarfst. Du findest hier dein Brot gebacken und dein Wasser im Becher bereit; du hast nichts anderes zu tun, als zu essen, zu trinken und mich zu küssen.« Sie klatschte dann mit den Händen und sagte der Alten, welche herbeigelaufen kam: »Bringe deine Leute her!« Die Alte kam nach einer Weile mit vier Zeugen wieder, zündete vier Wachslichter an und warf ein seidenes Tuch um die Dame. Die Zeugen schrieben den Ehekontrakt und die Dame erklärte, zehntausend Dinare als Morgengabe erhalten zu haben. Nachdem dies geschehen war, gab sie den Zeugen ihren Lohn und sie gingen fort. Kaum waren die Zeugen zur Tür hinaus, als die Dame das Tuch wieder von sich warf und sich zu mir auf den Divan setzte. Als ich eine Weile schüchtern neben ihr saß, faßte sie mich bei der Hand, küßte und umarmte mich mit den Worten: »Erlaubter Genuß ist keine Schande.« Hierauf warf ich mich an ihre Brust und brachte die ganze Nacht in den süßesten Umarmungen zu. Als ich des Morgens weggehen wollte, kam sie mir lachend entgegen und sagte: »Glaubst du, es geht hier, wie bei deiner ersten Geliebten? Du bist mein gesetzlicher Gatte in Gegenwart von vier Zeugen geworden; wenn du geschlafen hast, so erwache, und wenn du betrunken warst, so werde nüchtern. Dieses Haus wird nur einmal im Jahr geöffnet; geh einmal und betrachte das Haustor!« Ich stand auf

und ging nach dem Haustor und fand es mit eisernen Nägeln vernagelt. Meine Gattin sagte mir dann: »Wir haben hier Mehl und Getreide, Granatäpfel, Zucker, allerlei Backwerk, Schafe, Hühner und Gänse und sonst alles, was wir auf ein Jahr brauchen; ich erkläre dir also, daß du vor Verlauf eines ganzen Jahres nicht hinauskommen wirst.« Da rief ich verzweiflungsvoll: Es gibt keinen Schutz und keine Macht, außer bei Gott dem Erhabenen!« Sie aber sagte: »Was liegt daran? du hast ja hier das angenehmste Leben auf der Welt, du brauchst gar nichts zu arbeiten und findest in diesen Mauern alle Lebensgenüsse vereint.« Ich fügte mich in mein Schicksal und brachte ein ganzes Jahr bei meiner Gattin zu, tat nichts als essen und trinken und sie umarmen. Nach neun Monaten gebar mir meine Gattin einen Sohn, der mir das letzte Vierteljahr verkürzte. Als das Jahr zu Ende war, hörte ich, wie man die Tür öffnete, und es traten Männer herein mit Mehl und Zucker und anderem Lebensvorrat; da wollte ich hinausgehen, aber meine Frau sagte: »Warte bis abends, so wie du hierhergekommen, sollst du auch wieder weggehen.« Ich wartete zitternd bis Abend; als ich dann gehen wollte, sagte meine Frau: »Bei Gott! ich lasse dich nicht zur Tür hinaus, wenn du mir nicht vorher schwörst, daß du vor Tagesanbruch, ehe die Tür wieder geschlossen, wiederkehrst.« Ich willigte ein, und sie ließ mich den heiligsten Eid, bei dem Koran, dem Schwert und unserer Scheidung, schwören, daß ich nur meinen Vater besuchen und dann gleich wieder zu ihr kommen wollte. Als ich von ihr wegging und an dem Garten vorüberkam, wo meine erste Geliebte wohnte, fand ich ihn offen, da dachte ich: ich komme nun unvermutet, nach einer Abwesenheit von einem Jahr, wieder, und doch ist der Garten offen. Ich muß doch einmal sehen, was meine Geliebte macht; nachher will ich meinen Vater besuchen.

Als ich in das Gartenhäuschen kam, sah ich meine geliebte Dalila dasitzen, den Kopf auf die Knie gestützt und die Hand auf die Wangen. Sie sah sehr blaß und entstellt aus und ihre Augen waren hohl vom vielen Wachen und Weinen. Als sie mich sah, sagte sie: »Gelobt sei Gott, der dich wohl erhalten.« Sie freute sich sehr mit mir, sprang auf und küßte mich. Ich stand ganz beschämt vor ihr und sagte: »Wieso hast du gewußt, daß ich eben jetzt kommen würde?« – »Das konnte ich allerdings nicht wissen, aber, bei Gott! ich bringe nun hier schon ein ganzes Jahr, jede Nacht wachend, zu, um dich zu erwarten; so lebe ich höchst betrübt seit dem Tage, wo du mich verließest, nachdem ich dir ein kostbares, neues Kleid geschenkt und du mir versprachst, bald wieder zu kommen. Nun, mein Geliebter! erzähle mir, warum du solange ausgeblieben?« Ich berichtete ihr alles, was mir widerfahren, sagte ihr auch, daß ich verheiratet wäre mit Habiba und daß ich geschworen habe, vor Tagesanbruch wieder bei ihr zu sein. Als Dalila dies hörte, wurde sie ganz blaß und sagte: »Nun denke, wenn Habiba – nachdem sie durch eine List dich ein Jahr lang bei sich eingesperrt hielt – doch noch keine einzige Nacht von dir getrennt bleiben will, wie muß mir zumute sein, da ich schon ein ganzes Jahr mit allen seinen dreihundertundsechzig Nächten ohne dich lebe? Ich habe dich doch früher gekannt, und weil ich deiner Liebe traute und aus Rücksicht für deine Cousine, der Gott sein Erbarmen schenken möge, dir gar keinen Zwang auferlegt.« Bei diesen Worten sah sie mich ganz grimmig an, wie ein Gespenst, so daß ich an allen Gliedern zitterte. Nach einer kleinen Pause fuhr sie fort: »Nun, da du verheiratet bist und einen Sohn hast, was kann mir deine Gesellschaft nützen? Ich kann keinen Ehemann um mich leiden, ich lebe nur gern in Gesellschaft unverheirateter Männer; du hast mich für eine gemeine Dirne aufgegeben, die dich durch List herbeigelockt, ich habe nichts mehr mit dir gemein; aber, bei Gott! sie soll dich auch nicht länger besitzen, keine von uns beiden soll dich haben.« Sie rief hierauf ihre Leute herbei, und es kamen zehn Sklavinnen, die mich zu Boden warfen und auf mir knieten. Dalila ergriff ein Messer und sagte: »Bei Gott! ich schlachte dich, wie man einen Bock schlachtet, das ist die geringste Strafe, die du für dein Verfahren gegen deine Cousine verdienst.« Als ich auf dem Boden lag, von den Sklavinnen festgehalten, und Dalila schon das Messer wetzte, verlor ich alle Hoffnung auf das Leben und schrie nach Hilfe, aber niemand hörte mich und Dalila wurde immer härter und grimmiger, befahl den Sklavinnen, mich zu binden und zu prügeln, wobei sie selbst nicht untätig blieb, bis meine Stimme erlosch und ich in Ohnmacht fiel. Ich dachte, als ich wieder zu mir kam, es wäre besser für mich gewesen, sie hätte mich gleich geschlachtet, als so gepeinigt und nun glaubte ich die Worte meiner Cousine, welche mir sagte: »Gott bewahre dich vor ihrer Bosheit und List.« Ich schrie und weinte wieder, aber sie kehrte sich nicht daran, und sobald sie das Messer gewetzt hatte, hieß sie die Sklavinnen, welche noch immer auf mir knieten, aufstehen und kam auf mich zu, um mir den Hals abzuschneiden. Da gab mir Gott die Worte meiner Cousine ein: »Treue ist schön, Verrat abscheulich.« Als Dalila diese Worte hörte, warf sie das Messer weg und sagte: »Gott erbarme sich deiner Cousine, die auch nach ihrem Tode dir noch das Leben rettet; doch will ich dich nicht ohne Zeichen deiner Untreue entlassen.«

Dalila ließ mir dann die Hände binden, setzte ein kupfernes Pfännchen über das Feuer, goß Schmalz hinein und einige andere Salben. Dann nahm sie ein Rasiermesser und brachte mir eine schwere Wunde bei, brannte sie mit einem heißen Eisen und legte ein blutstillendes Pflaster darauf. Ich lag lange in Ohnmacht, und als ich wieder zu mir kam, war das Blut schon gestillt, aber ich war verstümmelt. Als Dalila meine Augen offen sah, sagte sie mir: »Nun kannst du wieder zu deiner Gattin gehen oder zu wem du sonst willst; ich habe meine Rache vollbracht, packe dich jetzt fort und danke dein Leben deiner Cousine.« Bei diesen Worten gab sie mir einen Tritt

mit dem Fuß; da ich aber nicht aufstehen konnte, ließ sie mich durch ihre Sklavinnen zur Tür hinaustragen. Ich blieb eine Weile auf der Straße liegen, bis ich imstande war aufzustehen, dann kroch ich ganz langsam zu meiner Frau, deren Haustür noch offen war. Ich fiel an der Tür hin, und meine Frau kam heraus und trug mich in den Saal. Da sie mich aber verstümmelt fand und wohl wußte, daß ich meinen Eid gebrochen, ließ sie mich im Schlafe wegtragen. Als ich erwachte, fand ich mich auf der Straße vor der Tür ihres Gartens liegen. Ich stand auf und ging in mein elterliches Haus; da hörte ich, wie meine Mutter über meine lange Abwesenheit weinte; sie sagte eben: »O mein Sohn Asis, wüßte ich doch nur, in welchem Land du dich aufhältst.« In diesem Augenblick nahte ich mich ihr und umarmte sie. Sie weinte, sowohl vor Freude mich wieder zu sehen, als vor Kummer über mein übles Aussehen, und auch ich weinte mit ihr, weil ich mich meiner Cousine erinnerte, die mir so viele Wohltaten erwiesen. Noch größer aber wurde meine Trauer, als ich nach meinem Vater fragte und meine Mutter mir sagte, er sei vor zehn Tagen gestorben. Diese Nachricht schmerzte mich so sehr, daß ich in Ohnmacht fiel. Als ich wieder zu mir kam, fiel mein Blick auf den Platz, wo meine Cousine zu sitzen pflegte, und ich weinte wieder in einem fort bis Mitternacht und sagte meiner Mutter: »Wohl habe ich mein Schicksal verdient und noch ein härteres.« Meine Mutter fragte mich, was mir denn widerfahren und ich erzählte ihr meine Abenteuer. Da dankte sie Gott, daß ich noch so davon gekommen und nicht geschlachtet worden sei; sie tröstete mich dann und pflegte mich, bis ich wieder ganz geheilt war. Dann sagte sie: »Jetzt, da du keine Geliebte mehr hast und deine Cousine von Herzen beweinst, will ich ihrem Willen gemäß dir geben, was ich für dich aufbewahren sollte.« Sie öffnete eine Kiste und gab mir das Stück Tuch, worauf die Gazelle gestickt war, und es waren folgende Verse dazu geschrieben:

»Du hast der Liebe Schmerz in mir erregt und bist dabei ruhig geblieben; du hast mein müdes Auge wachen lassen, während das deinige schlief. Du versprachst mir, meine Liebe zu verbergen und ließest dir alles auslocken. Dein Bild schwebt mir stets vor Augen, sie werden sich nie dem Schlaf schließen, noch wird mein Herz je dem Trost zugänglich sein. O mein Freund! ich beschwöre dich, schreibe auf meinen Grabstein, wenn ich tot sein werde, daß ich als Opfer der Liebe gestorben. Rufe meinen Namen aus, wenn du an meinem Grab vorübergehst: meine Gebeine werden stöhnend deinen Gruß erwidern.«

Ich weinte laut, als ich diese Verse gelesen hatte, und schlug mir ins Gesicht. In diesem Briefchen fand ich dann noch ein anderes Papier, auf dem folgendes geschrieben war: »Wisse, mein Vetter, daß ich dich von meinem Blut freispreche und zu Gott bete, daß er zwischen dir und deiner Geliebten immerwährende Eintracht erhalte; sollte sie dir etwas zuleide tun, so kehre nicht zu ihr zurück und knüpfe auch kein neues Verhältnis an; ertrage dein Unglück mit Geduld, sonst gehst du zugrunde; denn wäre nicht dein Lebensziel bestimmt, so hättest du schon längst den Todeskelch geleert; doch gelobt sei Gott, der meinen Sterbetag vor den deinigen gesetzt. Gib wohl acht auf diese Gazelle, die mein einziger Trost in deiner Abwesenheit war. Kommst du in die Nähe des Mädchens, das diese Gazelle gestickt hat, so reiß dich von ihr los, knüpfe aber dann keine andere Bekanntschaft an. Wisse, daß diejenige, welche diese Gazelle gestickt hat, jedes Jahr eine solche verfertigt und in die Welt schickt, um berühmt zu werden. Deine Geliebte hat sie zufällig bekommen und aus falscher Ruhmsucht den Leuten gesagt, sie wäre von ihrer Schwester. Sie hat aber gelogen, Gott entziehe ihr seinen Schutz! Ich sage dir dies, weil ich weiß, daß nach meinem Tod die Welt dir eng wird, du könntest dann umherreisen, um die aufzusuchen, welche diese Gazelle verfertigt hat, deshalb wisse, es ist niemand anders, als die Tochter des Königs der Kampferinseln.« Als ich diesen Brief gelesen hatte, weinte ich den ganzen Abend mit meiner Mutter und verlebte dann ein trauriges Jahr mit ihr, bis Kaufleute aus meiner Stadt sich zu einer Reise vorbereiteten; da entschloß ich mich, sie zu begleiten, auch meine Mutter redete mir zu, weil sie hoffte, die Reise würde mich zerstreuen, und so machte ich mich mit ihnen auf den Weg; doch blieb mir auf der ganzen Reise kein Auge trocken, und so oft wir in eine Herberge einkehrten, nahm ich mein Päckchen heraus und betrachtete die Gazelle und dachte an meine Cousine, die aus hoffnungsloser Liebe zu mir gestorben. Nach einem Jahr kehrte ich mit der Karawane nach Hause zurück. Da aber meine Leiden immer mehr wuchsen, trat ich eine zweite Reise an, die mich an den sieben Kampferinseln vorüberführte, mit ihren kristallenen Schlössern; dort regiert ein König, welcher Scheherman heißt, und man sagte mir, meine Gazelle sei von dessen Tochter Dunia gestickt. Als ich sie sah, weinte ich von neuem über meine Verstümmelung, denn Dunia ist das reizendste Geschöpf Gottes, und seither ist mein Schmerz nicht mehr zu lindern. Ich bin nun des traurigen Lebens satt, ich will jetzt in meine Heimat zurückkehren und bei meiner Mutter sterben, weiß aber nicht, ob meine Kräfte noch so weit reichen.

Hierauf weinte und seufzte der Jüngling lange, betrachtete die Gazelle und sagte dem Prinzen: »Das ist meine Geschichte, mein Herr, hast du je eine so wunderbare gehört?«

Als Tadj Almuluk von der berühmten Künstlerin Dunia hörte, entzündete sich eine Flamme in seinem Herzen und er sagte ganz verwirrt zu dem Jüngling: »Bei Gott! dir ist widerfahren, was noch keinem anderen vor dir; aber sage mir, wieso hast du das Mädchen gesehen, das diese Gazelle gestickt?« Asis antwortete: »Mein Herr! ich bin durch List zu ihr gelangt. Als ich nämlich mit diesen Kaufleuten in die Stadt kam, wo sie wohnt, und in den Gärten spazieren ging, sah ich einen steinalten Mann vor einem herrlich blühenden Garten sitzen; ich fragte ihn, wem dieser

Garten gehöre, und er antwortete mir: Der Prinzessin Dunia, deren Schloß gerade über dem Garten liegt, und aus dem sie durch eine geheime Tür zuweilen hierher spazieren geht, um den Duft der Blumen einzuatmen. In der Hoffnung, durch einen Blick das Feuer, das in mir brannte, zu löschen, bat ich den Alten um Erlaubnis, mich ein wenig in den Garten zu setzen. Als er es mir erlaubte, gab ich ihm einiges Geld, um etwas zu essen zu holen; er nahm das Geld freudig, führte mich an einen angenehmen, schattigen Platz und sagte: »Warte hier, bis ich wiederkomme. Der alte Gärtner kam bald mit einem Hammelbraten zurück und wir aßen zusammen, bis wir satt waren; mir aber zersprang das Herz vor Ungeduld, die Prinzessin zu sehen. Auf einmal öffnete sich die geheime Tür und der Alte sagte mir: Verbirg dich schnell, mein Sohn! Dann trat

ein Verschnittener zum Alten und fragte ihn, ob jemand bei ihm wäre? Der Alte sagte: Nein! und schloß die Gartentür. Jetzt trat ein Mädchen aus dem Schloß heraus, so schön, daß ich glaubte, der Mond ging eben auf. Ich sah sie lange an und verlangte nach ihr, wie der Durstige nach Wasser. Als sie wieder ins Schloß zurückging, verließ auch ich den Garten und begab mich in meine Wohnung, denn ich wußte, daß ich als Kaufmann um keine Prinzessin werben könnte, und dann war ich ja auch ganz verstümmelt; darum hielt ich mich denn auch nicht länger dort auf und setzte meine Reise mit den Kaufleuten weiter fort, bis hierher.« Tadj Almuluks Verwirrung nahm immer zu; er bestieg sein Pferd, nahm Asis mit in seine Heimat und ließ ihm ein Haus einräumen mit allem, was er bedurfte. Aber das, was er gehört hatte, ließ einen so tiefen Eindruck in ihm zurück, als hätte er Dunia gesehen; er ging am folgenden Tag weinend und entstellt ins Schloß und erzählte seinem Vater, was er von Asis über die Reize und Geschicklichkeit der Prinzessin

Dunia gehört. Der König sagte zu Tadj Almuluk: »Mein Sohn, laß ab von solchen Gedanken! die Prinzessin Dunia ist die Tochter eines großen Königs, dessen Land sehr entfernt von dem unsrigen liegt; was ist zu tun? Geh lieber in das Schloß deiner Mutter, dort findest du fünfhundert Mädchen wie der Mond, wähle dir, welche du willst, und gefällt dir keine davon, so verschaffe ich dir eine andere Prinzessin, die wohl noch schöner sein mag, als Dunia.« Der Prinz aber erwiderte: »Ich will keine andere als die, welche diese Gazelle gestickt; wo nicht, so irre ich in Wüsten und in Einöden umher, bis ich sterbe.« – »So habe wenigstens Geduld, mein Sohn, bis ich zu ihrem Vater schicke und bei ihm für dich anhalten lasse, so wie es auch bei mir mit deiner Mutter der Fall war, und wenn er sie dir verweigert, so mache ich sein Königreich vor einer Armee zittern, deren Vorposten bis zu seinem Lande reichen, während der Nachtrab noch hier lagert.«

Der König rief sogleich Asis und bat ihn, da er den Weg nach den Kampferinseln wisse, seinen Vezier dahin zu begleiten; dem Vezier wurde sogleich befohlen, sich reisefertig zu machen, um bei dem König der Kampferinseln für Tadj Almuluk um seine Tochter anzuhalten. Tadja Almuluk war indessen sehr niedergeschlagen, und als der Abend dämmerte, rezitierte er folgende Verse:

> »Die Dunkelheit bricht heran und meine Tränen fließen stärker und der Liebesgram entlockt mir brennende Seufzer. Fragt nur die Nächte, sie werden euch von der Qual meines Herzens Kunde geben. Sehnsuchtsvoll blicke ich zu den Sternen hinauf und wie Hagelkörner stürzen Tränen aus meinen Augen. Ich fühle mich so einsam und verlassen wie ein Waisenknabe, und klage meinen Schmerz niemandem, als Gott.«

Als des anderen Morgens sein Vater zu ihm kam und ihn sehr übel aussehend fand, tröstete er ihn und versprach ihm, ihn mit seiner Geliebten zu vereinigen. Sobald der Vezier reisefertig war, reiste er mit Asis ab, und der König gab ihm viele Geschenke mit. An der Grenze der Kampferinseln angelangt, schickte der Vezier einen Boten voraus, um dem König seine Ankunft zu melden, und der König schickte mehrere Meilen weit ihm seine Adjutanten entgegen, die ihn ins Schloß geleiteten. Nachdem der Vezier vier Tage lang im Fremdenhotel bewirtet wurde, begab er sich zum König und trug ihm sein Anliegen vor. Der König beugte verlegen den Kopf zur Erde, weil er wohl wußte, daß seine Tochter keine Lust zum Heiraten hatte. Dann sagte er zu einem seiner Diener: »Geh zu deiner Herrin Dunia und berichte ihr, was du eben gehört.« Der Diener kam nach einer Weile zurück und sagte: »Als ich deinen Befehl bei der Prinzessin vollzog, wurde sie so aufgebracht, daß sie mit einem Stock auf mich lossprang und mir das Hirn spalten wollte; auch sagte sie: Wenn man mich zur Ehe zwingen will, so werde ich meinen Gatten umbringen.« Der König sagte hierauf zum Vezier: »Ihr habt gehört, meine Tochter will nicht heiraten, berichtet es euerm König.« Der Vezier und Asis kehrten nun unverrichteter Sache in ihre Heimat zurück und erstatteten dem König Bericht von dem Mißlingen ihrer Sendung. Der König ließ sogleich die Befehlshaber seiner Armee rufen und befahl ihnen, die Truppen zu einer Expedition auszurüsten. Aber der Vezier riet ihm ab und sagte: »Der König ist ja ganz unschuldig, nur seine Tochter hat ihm sagen lassen, daß, wenn er sie zwinge, sie ihren Gatten töten würde.« Der König war sehr verlegen und ängstlich für seinen Sohn, er dachte auch: wenn es mir gelingt, ihren Vater zu besiegen und sie selbst zu bezwingen, so wird sie sich das Leben nehmen. Als er hierauf seinem Sohn dies mitteilte, sagte dieser: »O mein Vater! ich kann nicht länger das Leben so ertragen, ich will selbst nach den Kampferinseln reisen und Mittel suchen, zur Prinzessin zu gelangen, und sollte ich auch sterben; ich weiß nichts anderes zu tun.« Der König willigte ein und fragte ihn: »In welcher Eigenschaft willst du dahin reisen?« – »Ich will am liebsten als Kaufmann dort erscheinen.« Der König ließ sogleich für einmalhunderttausend Dinare Waren einpacken und Tadj Almuluk machte sich reisefertig, brachte jedoch vor Liebesgram und Sehnsucht eine sehr unruhige Nacht zu; ebenso Asis, der mit dem Prinzen weinte, weil er sich wieder seiner Cousine erinnerte. Am folgenden Morgen trat Tadj Almuluk in Reisekleidern vor seine Mutter, meldete ihr seine Abreise, ließ sich fünfzigtausend Dinare von ihr geben und nahm Abschied von ihr; dann ging er

zu seinem Vater, der ihm ebenfalls noch fünfzigtausend Dinare gab und ihm erlaubte, einstweilen sein Zelt vor der Stadt aufschlagen zu lassen, was auch sogleich geschah. Der Prinz blieb dann noch zwei Tage im Zelt mit Asis, den er immer lieber gewann, so daß er ihn beschwor, ihn zu begleiten. Asis willigte ein, trotz seiner Sehnsucht nach seiner Mutter. Nach zwei Tagen reisten sie in Gesellschaft des Veziers ab, der alles Mögliche tat, um Tadj Almuluk zu beruhigen, und auch Asis suchte ihn zu zerstreuen, indem er ihm Gedichte rezitierte und Erzählungen und Geschichten vortrug. Als aber die Reise schon ununterbrochen zwei Monate dauerte, wurde dieser ungeduldig und sprach voller Verzweiflung folgende Verse:

»Lang ist der Weg, groß mein Schmerz und brennend die Liebesflamme meines Herzens. Meine Leiden haben mein Haar grau gefärbt, denn ich schwöre, sie sind so schwer, daß der höchste Berg sie nicht tragen könnte. Erkundigt euch bei der Nacht nach mir, sie wird euch sagen, daß sie mich nie anders als von Sehnsucht verzehrt gesehen. O Dunia, meine Liebe tötet mich und nur die Hoffnung einer Vereinigung gibt mir Kraft, weiterzuziehen!«

Er fragte dann den Vezier, wie weit noch bis zu den Kampferinseln wäre, und er wurde untröstlich, als er hörte, er habe noch zwei Monate zu reisen. Aber er faßte wieder neue Geduld und Hoffnung, als nachts im Traum seine Geliebte ihn besuchte und sich in seine Arme warf. »Dies«, sagte der Vezier, als ihm der Prinz seinen Traum erzählte, ist ein gutes Zeichen; sei nur munter und fröhlich.« Nach einer Reise von vier Monaten entdeckten sie endlich in der Ferne einen weißen Punkt und Asis sagte zu Tadj Almuluk, als eben die Sonne aufging: »Dieser weiße Punkt ist die Stadt, die wir suchen.« Tadj Almuluk war vor Freude außer sich, ging mit neuer Kraft vorwärts und stieg, da er als Kaufmann reiste, in einer Kaufmannsherberge ab, die noch größer war, als die, in welcher früher schon Asis mit seiner Karawane gewohnt hatte. Hier lud er seine Waren ab, brachte sie in die Magazine und ruhte vier Tage aus. Der Vezier hielt es dann für ratsam, ein großes, geräumiges Haus zu mieten, wo man viele Feste geben und recht viel Aufsehen erregen könnte. Als sich ein solches Haus gefunden hatte, sagte er zum Prinzen: »Das genügt noch nicht, um unsern Zweck zu erreichen; wir müssen nun auf dem großen Waren-Bazar einen Laden mieten; du wirst durch deine Schönheit bald bewundert werden, und Asis kann als dein Gehilfe bei dir sitzen; so werden wir, so Gott will, nach und nach zum Ziele gelangen.« Sie gingen nun zusammen auf den Bazar, und alle Leute, die den Prinzen sahen, sagten: »Der Engel Rhidwan hat die Pforten des Paradieses schlecht bewacht, so daß dieser schöne Jüngling entweichen konnte;« ein anderer sagte: »Das ist gewiß ein Engel.« Der Vezier erkundigte sich auf dem Bazar nach dem Obersten der Kaufleute, und man führte ihn in seinen Laden, wo viele Kaufleute versammelt waren, welche alle den Vezier seines ehrwürdigen Aussehens willen mit vieler Auszeichnung aufnahmen.

Auch der Oberste stand sogleich vor dem Vezier auf, grüßte ihn freundlich, bewillkommte ihn, hieß ihn neben sich sitzen und fragte ihn, ob er irgend ein Anliegen habe? Er antwortete: »Mein Herr, ich bin ein alter Mann und Vater dieser beiden Söhne, mit denen ich schon alle Länder durchreist habe; ich pflege immer in den großen Städten ein Jahr zuzubringen, damit meine Söhne sich zerstreuen und deren Einwohner kennenlernen. Ich habe nun auch hier schon eine Wohnung gemietet und wünsche nun noch einen schönen Laden in der günstigsten Lage des Bazars, damit meine Söhne mit dem hiesigen Handel und den hiesigen Kaufleuten bekannt werden.« Der Oberste, welchen das schöne Gesicht des Prinzen und Asis' bestach, rief voll Entzücken aus: »Gepriesen sei Allah, der dir so hübsche Söhne beschert«, und ging sogleich wie ein Diener selbst mit dem Vezier, und wies ihm einen sehr schönen und geräumigen Laden an, dessen Fächer von Elfenbein und Ebenholz waren, übergab ihm die Schlüssel dazu und wünschte ihm viel Glück. Der Vezier dankte ihm und ließ seine Waren aus den Magazinen in den Laden bringen. Als am folgenden Morgen alle Waren im Laden waren, ging der Vezier mit dem Prinzen und Asis ins Bad; da der Oberste der Kaufleute hörte, daß sie ins Bad gegangen, begab er sich auch dahin und wartete im Saal, bis sie aus dem Badezimmer herauskamen. Auf einmal erschienen der Prinz und Asis mit roten Wangen, schwarzen Augen und glänzender Haut; sie glichen zwei Monden und gingen bescheiden einher wie zwei Gazellen. Der Oberste sagte ihnen: »Euer Bad bekomme euch wohl!« Tadj Almuluk erwiderte: »Wärest du doch mit uns ins Bad gekommen!« Beide gingen dann auf ihn zu und küßten ihm die Hand und erboten sich, noch einmal mit ihm ins Badezimmer zu gehen, um ihn zu bedienen, weil er ihnen einen so schönen Laden angewiesen. Als sie zum zweitenmal im Bad waren, ließ Asis keinen anderen den Obersten mit Wasser begießen und der Prinz wusch ihn mit eigener Hand. Der Oberste wollte es zwar nicht zugeben, aber der Vezier sagte: »Betrachte meine Söhne nur als die deinigen.« Darauf antwortete der Oberste: »Gott erhalte sie, gewiß werden sie über die ganze Stadt Segen verbreiten!« Als der Oberste so von Asis begossen und von dem Prinzen gewaschen wurde, glaubte er, er wäre im Paradies. Nachdem er am ganzen Körper gewaschen war, brachten die Diener seine Tücher und trockneten ihn ab; dann zog er sich an und verließ mit dem Vezier, dem Prinzen und Asis das Badehaus. Im Heimgehen sagte der Vezier zum Obersten: »O mein Herr, ist nicht das Bad der höchste Genuß auf Erden?« Der Oberste antwortete: »Gott lasse es dir und deinen Söhnen wohl bekommen und bewahre sie vor dem bösen Auge!« Tadj Almuluk rezitierte dann folgende Verse:

»Das Leben im Bad ist das allerschönste Leben, nur schade, daß man so kurz darin verweilt. Es ist ein Paradies, in dem man aber nicht gern lange weilt, und eine Hölle, in die man gerne geht; man lebt im Wasser auf wie Moses, und im Feuer wie Abraham.«

Asis sagte dann: »Ich weiß auch einige Verse über das Bad«, und auf Verlangen des Obersten rezitierte er folgende:

»Ich kenne ein Haus, in welchem die schönsten Blumen aus harten Steinen aufblühen, es ist entzückend, während rund umher ein Höllenfeuer brennt. Es ist ein Paradies, das wie die Hölle aussieht, darin wandeln viele Sonnen und Monde umher.«

Dem Obersten gefielen diese Verse so gut, daß er den Vezier mit den Jungen zu sich einlud; aber sie nahmen es nicht an, sondern gingen in ihr Haus. Am folgenden Morgen standen sie auf, wuschen sich, beteten, frühstückten und öffneten ihren Laden, nachdem sie die kostbarsten Teppiche, Diwane und Matten dahin geschafft hatten. Der Vezier saß mitten im Laden, und an seinen beiden Seiten saßen der Prinz und Asis; vor jedem standen zwei Diener, außer vielen andern, die im Hintergrund allerlei Arbeiten verrichteten. So blieben sie den ganzen Tag beisammen und sahen aus, als kämen sie vom Paradies. Bald verbreitete sich ihr Ruf durch die ganze Stadt, und alle Leute drängten sich in ihren Laden, um die kostbarsten Waren und die schönen Jünglinge zu sehen. Der Prinz, aus Furcht sich zu verraten, wagte es nicht, nach seiner Geliebten zu fragen, und seufzte und schmachtete lange vergebens nach ihr; es schmeckte ihm weder Essen noch Trinken, und er wurde sehr mager und blaß. Eines Tages, als er im Laden saß, blieb eine Alte mit zwei Sklavinnen vor dem Laden stehen und bewunderte sein schönes Gesicht und seinen hübschen Wuchs, und rief aus: »Gepriesen sei Allah, der ihn geschaffen und wie den schönsten Baumzweig gebildet: das ist kein Mensch, das ist ein edler Engel!«

Diese Alte war die Erzieherin der Prinzessin Dunia, die er durch seine persönlichen Vorzüge, sowie durch königliche Geschenke, so sehr für sich einnahm, daß sie ihm ihre Dienste anbot, und durch ihre und des königlichen Gärtners Vermittlung gelang es ihm, Dunias Herz und Hand zu gewinnen.

Als der Vezier Dendan diese Erzählung vollendet hatte, sagte Dhul Makan: »Niemand weiß, wie du, ein betrübtes Herz aufzuheitern.« Der Vezier versprach ihm, die nächste Nacht noch eine schöne Geschichte zu erzählen. Indessen dauerte die Belagerung von Konstantinopel vier Jahre lang, und die Truppen waren ermüdet von vielem Arbeiten und Wachen und beklagten sich beim Vezier. Der Vezier kam zu Dhul Makan und sagte ihm: »Die Truppen fangen an zu murren, sie sehnen sich nach ihrer Heimat zurück.« Dhul Makan ließ die Anführer der Armee versammeln und fragte sie, ob sie wohl abziehen wollten, ohne für den König Omar und dessen Sohn Scharkan

Rache genommen und ohne die Alte gehängt zu haben, die an allem Unheil schuld sei? Die Heerführer übertrugen ihre Stimmen dem Vezier, und dieser sagte dem König: »Ein längeres Bleiben wäre jetzt doch ganz fruchtlos; ich halte es für besser, jetzt heimzukehren und nach einiger Zeit wieder die Kreuzanbeter plötzlich mit allerlei Kriegsmaschinen und Belagerungswerkzeugen zu überfallen.« Dhul Makan willigte in den Abzug ein, denn auch er sehnte sich nach seinem Sohn Kana ma Kana und seiner Nichte Kadha.

Dhul Makan ließ alsbald bekannt machen, daß er in drei Tagen aufbrechen würde, und die ganze Armee bereitete sich höchst entzückt zur Rückreise vor. Am vierten Tag erschallten die Trompeten und Zimbeln, die Fahnen entfalteten sich und die Truppen brachen freudig auf, mit dem König und dem Vezier an ihrer Spitze. Ganz Bagdad war auf den Beinen, als die Armee zurückkehrte und Freunde und Verwandte sich wiedersahen. Der König eilte in sein Schloß, wo er seine Gattin und seinen nunmehr siebenjährigen Sohn Kana wiedersah.

Als der König von der Reise ausgeruht hatte, ging er mit seinem Sohn ins Bad, dann bestieg er den Thron, den seine Veziere und Vornehmen des Reichs umgaben, und ließ den Badheizer rufen, gegen den er so viele Verbindlichkeiten hatte. Als er hereintrat, standen der König

und alle Großen vor ihm; der Badheizer, der so fett und dick geworden, daß sein Hals dem eines Elefanten glich, war höchst erstaunt, als man ihm so viele Ehre erwies, denn er erkannte den König nicht. Aber dieser näherte sich ihm und sagte: »O wie schnell hast du mich vergessen!« Als er ihn wiedererkannte, umarmte er ihn und sagte: »Mein Freund! wer hat dich zum Sultan gemacht?« Alle Umstehenden lachten über ihn und Dendan sagte ihm: »Sei nur ehrerbietig, dein ehemaliger Freund ist jetzt Sultan, du bist ihm noch teuer; drum, wenn er dir sagt, du sollst dir etwas wünschen, so fordere nur recht viel.« Der Badheizer dankte ihm für seinen Rat und sagte: »Er wollte etwas verlangen, wovon ihm jede Nacht träume und das er stets im Sinne habe, vielleicht werde sein Freund es ihm gewähren.« – »Sei nur nicht schüchtern«, sagte der Vezier; »bei Gott! wenn du statt seines Bruders die Statthalterschaft von Damaskus von ihm forderst, wird er dir es auch gewähren.« Als nun Dhul Makan dem Badheizer sagte: »Wünsche dir, was du willst, und forderst du die Hälfte des Königsreichs, soll es dir gewährt sein, weil du mir das Leben gerettet«, antwortete er: »Ich möchte etwas, aber ich fürchte, du wirst mir es abschlagen.« Der König wiederholte: »Gib mir nur deinen Wunsch zu erkennen, fürchte nichts!« Aber der Badheizer sagte mehreremal, er fürchte, es möchte dem König so leicht nicht sein, seinen Wunsch zu erfüllen, und er wolle es lieber nicht sagen; denn er fürchte, und so fort, bis endlich der König ihm zornig zurief: »Wie oft muß ich dir noch sagen: fürchte nichts, es sei, was es wolle.« Da sagte der Badheizer: »Gib mir einen Firman, der mich zum Aufseher aller Badheizer von Jerusalem ernennt.« Der Sultan lachte, und alle Anwesenden lachten mit ihm und jener sagte: »wünsche dir etwas anderes.« Da sagte der Badheizer: »Habe ich nicht voraus gewußt, daß der Sultan mir meine Bitte nicht gewähren kann?« Der Vezier winkte ihm und hieß ihn etwas anderes wünschen. »Nun, ich will Oberster der Mistträger in Jerusalem oder Damaskus sein.« Alle Anwesenden lachten noch mehr, und der Vezier schlug ihn. Da sagte der Badheizer: »Was schlägst du mich? ich bin ja unschuldig; hast du mir nicht gesagt, ich dürfe das Allerhöchste wünschen? Wenn mir der Sultan dies nicht gewähren will, so verlasse ich Seine Hoheit und gehe in meine Heimat zurück.« Der König, welcher merkte, daß er nur Scherz treibe, näherte sich ihm dann und sagte: »Ich beschwöre dich, mache jetzt dem Scherz ein Ende und begehre etwas, das meiner Stellung gemäß ist.« Der Badheizer sagte: »Nun, wenn ich ernst sein soll, so bitte ich dich um die Statthalterschaft von Damaskus.« Der König sagte: »Sie sei dir verliehen«, und ließ ihm sogleich den Firman ausfertigen.

Dhul Makan sagte dann zum Vezier: »Du gehst mit ihm nach Damaskus und kehrst bald wieder mit meiner Nichte Khada hierher zurück, daß ich sehe, wie es ihr gegangen und was sie gelernt hat.« In einem Monat war alles zur Reise bereit; der Vezier und der Badheizer nahmen dann Abschied vom Sultan, der diesem empfahl, in seiner Statthalterschaft Gerechtigkeit walten zu lassen und für das Wohl der Muselmänner besorgt zu sein. Auch verlangte er von ihm, daß er sich zum heiligen Kampf gegen die Ungläubigen rüste, damit er mit seinen Truppen erscheine, sobald er dazu aufgefordert würde, und dann nahmen sie Abschied voneinander. Der Badheizer, dem Dhul Makan den Namen Sultan Siblakan und den Ehrennamen Mudjahid* gab, reiste mit fünftausend Mamelucken ab, die ihm die Großen Bagdads geschenkt hatten, und Rustem und die anderen Heerführer der Muselmänner begleiteten ihn drei Tage weit. Als er in Damaskus ankam, wo man schon durch Eilboten und durch Vögel von seiner Ernennung zum Statthalter Nachricht hatte, fand er die ganze Stadt festlich geschmückt, und alle Bewohner, groß und klein, jung und alt, Freie und Sklaven, kamen ihm entgegen. Er begab sich in die Zitadelle mit dem Vezier, der ihn in allem unterrichtete, bestieg den Thron, teilte viele Geschenke aus und regierte mit so vieler Einsicht, daß ihn der Vezier bewunderte. Er beschäftigte sich dann bald mit der Ausstattung Kadhas, der Tochter Scharkans; er ließ ihr eine schöne Sänfte machen, schenkte ihr zwei Sklavinnen zur Bedienung und übergab sie dem Vezier, der sie in einem Monat nach Bagdad brachte. Dhul Makan, welcher dem Vezier, sobald er dessen Ankunft vernahm, entgegenging, freute sich sehr, als er seine achtjährige Nichte sah, doch rief ihr Anblick eine schmerzliche Erinnerung an ihren

*Der heilige Kämpfer.

Vater zurück; er ließ ihr viele Kleider zuschneiden und kostbaren Schmuck verfertigen, und sie mußte mit seinem Sohn Kana zusammenwohnen. Beide wurden sehr geschickt, doch war Kadha durch ihren Verstand und durch ihre Beredsamkeit ausgezeichnet, während Kana etwas leichtsinnig, hingegen äußerst freigebig und edelmütig war. Sie ritten oft miteinander aus und übten sich im Schlagen und Fechten. Als sie beide zwölf Jahre alt waren und der König alle Vorbereitungen zum heiligen Kampf getroffen hatte, ließ er den Vezier rufen und neben sich sitzen, und nachdem er ihn reichlich beschenkt hatte, sagte er ihm: »Ich muß dich um Rat fragen, ob ich recht tue, wenn ich die Regierung meinem Sohne Kana übertrage, damit ich mich bei meinem Leben noch an seiner Herrschaft freue. Der Vezier riet ihm ab, weil erstens der Prinz noch zu jung war, und weil zweitens gar oft ein Sultan, der die Herrschaft seinem Sohn überläßt, bald darauf stirbt. Der König stimmte ihm bei und fragte ihn dann, ob er dazu rate, daß er seinen Sohn Kana mit seiner Nichte Kadha vermähle, da doch beide gleich schön und liebenswürdig und dasselbe Alter und denselben Rang haben? Der Vezier antwortete: »Verfahre in dieser Sache, wie es dir gut dünkt; wir werden deinem Befehl gehorchen.« Der König ließ sogleich den Verwalter, den Gatten seiner Schwester, rufen, ernannte ihn in Gegenwart aller Großen des Reichs zum Vormund seines Sohnes und ließ ihn den Eid der Treue schwören.

Dhul Makan ging dann zu seiner Schwester Nushat Assaman und empfahl ihr seinen Sohn Kana und dessen Mutter, und sie versprach ihm, Kana wie ihren eigenen Sohn zu lieben. Sodann predigte Dhul Makan seinem Sohn Tag und Nacht über das, was er nach seinem Tod zu tun habe, denn er fühlte wohl, daß seine Stunde nicht mehr fern sein würde. In der Tat war er bald so krank, daß er wenig Hoffnung mehr zur Genesung hatte. Er ließ dann wieder seinen Sohn und den Vezier rufen, und als beide neben ihm saßen, sagte er jenem: »Mein Sohn! betrachte diesen Vezier als deinen Vater, ebenso auch den Verwalter, den ich zu deinem Pflegevater ernannt, denn ich werde bald aus dieser vergänglichen Welt in jene ewigdauernde übergehen. Es tut meinem Herzen weh, mich von dir, meiner Gattin und meiner Schwester zu trennen. Noch etwas wird aber bis zur Sterbestunde mich kränken; es ist der Tod deines Großvaters Omar und deines Oheims Scharkan, für die ich noch keine Rache genommen. Ich beschwöre dich daher bei Gott! wenn er dich nach mir beim Leben erhält, räche deinen Großvater und deinen Onkel an den Ungläubigen, besonders an der verruchten Dsat Dawahi; doch nimm dich wohl in acht vor ihrer List und Bosheit, und befolge den Rat des Verwalters und des Veziers.« Als Kana diese Worte hörte, flossen seine Augen in Tränen über, und auch der alte Vezier mußte weinen. Indessen zog sich die Krankheit des Sultans noch mehrere Jahre hin. Der Verwalter leitete inzwischen alle Regierungsangelegenheiten und fand überall Treue und Gehorsam. Kana und seine Braut Kadha brachten ihre ganze Zeit mit Fechten, Reiten, Schießen und Jagen zu. Kanas Mutter aber verließ das Bett ihres immer schwächer werdenden Gatten nicht. Eines Tages, als Dhul Makan ganz allein auf seinem Krankenbett lag und über sein baldiges Scheiden von allem, was er besaß, nachdachte, rezitierte er folgende Verse:

> »Meine Kraft ist gesunken, meine Zeit ist vorüber, ihr seht, in welchem Zustand ich mich nun befinde. In den Tagen des Glücks war ich der erste unter meinem Volk und derjenige, dem am wenigsten zu wünschen übrig blieb. Nun mußte ich mein Königreich aufgeben und in einen Zustand der Schwäche und Untätigkeit verfallen. Meine Geduld und meine Standhaftigkeit sind dahin. Wenn nur Gott mir die Gnade schenkt, daß mein Sohn meinem Platz auf dem Thron einnehme, und mit Schwert und Lanze an meinen Feinden Rache ausübe; nur diesen Wunsch möchte ich noch vor meinem Tode erfüllt sehen.«

Als er diese Verse vollendet hatte, erschien ihm im Traum jemand, der ihm sagte: »Sei nur froh, dein Sohn wird an deine Stelle treten und alle Länder mit seinem Namen erfüllen. Danke dem Herrn, dem Schöpfer des Weltalls, der seine Huld an dir vollendet, und betrübe dich nicht über den Verlust deines Königreichs, deiner Schätze und deines Lebens.« Wenige Tage nachher war seine bestimmte Lebenszeit abgelaufen, und er starb. Alle Bewohner Bagdads waren tief betrübt über seinen Tod, und er wurde von Vornehmen und Niederen beweint. Doch bald wurde er vergessen, und seine Gattin und ihr Sohn Kana wurden immer mehr vernachlässigt. Sie mußten zusammen in einem Zimmer wohnen und erhielten nur ein spärliches Monatsgeld.

Kanas Mutter ging weinend zu Nushat Assaman und sagte ihr in Anwesenheit ihres Gatten, des Verwalters: »O große erhabene Herrin! Der Verstorbene hat keinen Freund mehr; Gott lasse Euch nie in Not kommen und fahre fort, Euch über alle Eure Untertanen mit Gerechtigkeit regieren zu lassen. Ihr wißt, was wir einst an Vermögen, Rang und Macht besaßen, und nun ist alles dahin durch den Tod meines Gatten; ich komme daher, um Eure Hilfe zu erflehen.« Nushat Assaman war gerührt, als sie wieder an ihren Bruder erinnert wurde; sie tröstete die Witwe und versprach ihr allen Beistand, erwies ihr viele Ehre, schenkte ihr ein kostbares Kleid und ließ ihr im Schloß neben ihrer Wohnung ein geräumiges Zimmer einrichten, wo sie wieder einige Zeit recht vergnügt mit ihrem Sohn Kana lebte. Dieser wuchs herrlich heran und auch Kadha entwickelte sich zu einer reizenden Jungfrau; wenn sie beisammen waren, glichen sie zwei leuchtenden Sternen, oder zwei glänzenden Monden, oder zwei schlanken Baumzweigen. Kadha übertraf in ihrem fünfzehnten Jahr die Sonne an Schönheit; ihr Gesicht war voller Anmut, ihre Taille zart und die Küsse ihres Mundes süß wie ein Paradiesstrom. Auch Kana war ausgezeichnet durch seine unbeschreibliche Schönheit. Edelmut und Tapferkeit strahlten aus seinen Augen, und doch lag viel Sanftes und Süßes in allen seinen Zügen; er hatte hübsche Locken, und auch sein Bart fing an sichtbar zu werden.

Eines Tages war Kadha am Tigris, von Sklavinnen und Dienern umgeben; es war im Frühling, die Erde hatte ihr grünes Prachtgewand umhüllt und stolzierte mit ihren wunderbaren Blumen. Die Rosen dufteten unter dem Tau hervor, die Kamomille lächelte den sanften Zephyr an. Ihr Geliebter war nicht fern und bewachte sie vor dem bösen Auge, denn sie sah aus wie der leuchtende Mond. Aber sein Herz wurde verwundet von den Pfeilen ihrer Augen, sein Gemüt war aufgeregt und er brach in folgende Verse aus:

»Wann wird mein durch Trennung gemartertes Herz befriedigt werden? Ich klage Gott meine Pein und meinen Liebesgram; o wüßte ich doch nur, ob Kadha meine Liebe teilt.«

Als Kadha, von ihren Dienern und Sklavinnen umgeben, diese Verse hörte, war sie sehr aufgebracht und sagte zu Kana: »Willst du durch deine Verse mich zum allgemeinen Gerede machen? Bei Gott! wenn du das noch einmal tust, so beklage ich mich bei meinem Vater, dem mächtigen

Sultan von Bagdad, der wird dich schon demütigen.« Kana ging betrübt in die Stadt allein zurück und Kadha erzählte ihrer Mutter Nushat Assaman, wie Kana durch seine Verse ihrem Ruf schade. Ihre Mutter sagte: »Laß ihn, er ist ein armer Waise, er hat es nicht bös gemeint; hüte dich, deinem Vater etwas davon zu sagen, der würde sonst seinem Leben bald ein Ende machen; man würde bald so wenig wie vom gestrigen Tage mehr von ihm sehen, und in ganz Bagdad hieße es dann: Kana hat sich schlecht aufgeführt.« Kana wurde indessen immer verzweifelter; er machte gar kein Geheimnis aus seiner Liebe und schaffte seinem Herzen durch Gedichte Luft, bis endlich dem Verwalter, welcher nun den Namen Sasan führte, einige seiner Verse zu Ohren kamen. Er ging sogleich zu seiner Gattin und sagte: »Sittlichkeit und Zusammenleben junger Leute verschiedenen Geschlechts vertragen sich so wenig miteinander, als Holz und Feuer; bei Könign sollen nicht einmal Bruder und Schwester in einem Hause wohnen; solange Augen blicken und Hüften sich wiegen, sind Jünglinge und Mädchen nicht sicher beieinander; darum wäre es wohl jetzt auch Zeit, da Kana das Mannesalter erreicht hat, daß ihm kein Zutritt mehr zu Kadha gestattet werde, welche doch wohl verdient, daß man sie sorgfältig bewache.«

Nushat Assaman gab dem Verwalter recht, und als am folgenden Tage Kana wie gewöhnlich zu seiner Tante kam, sagte sie ihm: »Ich fühle mich gezwungen, dir einen guten Rat zu erteilen: der Sultan hat von den Versen gehört, die du in deiner Leidenschaft gedichtet, und mir den Befehl erteilt, dir den Zutritt zu Kadha zu versagen; drum komme gar nicht mehr ins Haus, und wenn du was brauchst, so laß mich herausrufen, ich reiche dir, was du verlangst, zur Türe hinaus.« Kana konnte vor Zorn und Tränen kein Wort herausbringen. Er eilte zu seiner Mutter und erzählte ihr, was ihm seine Tante gesagt. Seine Mutter sagte: »Das kommt von deinem vielen Reden und Ausplaudern deines Geheimnisses; du weißt, daß Kadha durch ihre Schönheit berühmt ist, und da ihr Vater dich erzogen hat, so hättest du mit ihr keine Liebschaft anknüpfen sollen.« Kana erwiderte hierauf: »Und wer verdient denn eher als ich ihr Gatte zu werden? Bin ich nicht ihr Vetter?« Seine Mutter antwortete ihm: »Laß ab von solchen Reden und hüte dich wohl, so etwas einem anderen als mir zu sagen; denn wenn der König Sasan so etwas hört, so ist es um dich geschehen; wer Kadha heiraten will, muß zuerst in den Himmel steigen und das Zwillingsgestirn herunterholen.« Kana war höchst bestürzt, als er seine Mutter so sprechen hörte, und nach einer Weile sagte er ihr: »Wenn dem so ist, kann ich nicht länger hier bleiben; laß uns von hier wegziehen!« Seine Mutter weinte heftig und willigte zuletzt ein. Sie ging in Sasans Palast und nahm das Nötige für sich und ihren Sohn; da begegnete ihr Kadha mit ihrer Mutter und erkundigte sich nach ihrem Sohn, und als sie ihr seinen Zustand schilderte, sagte Kadha: »Bei Gott! ich habe ihn ungern aus meiner Nähe verstoßen, denn ich liebe ihn noch heftiger, als er mich liebt, ich fürchte nur die Bosheit der Menschen; ich bin ihm von meiner Jugend her recht gut. Meine Zunge ist ohnmächtig, alle Liebe auszusprechen, die ich für ihn fühle, und wäre die seinige nicht so voreilig gewesen, so hätte ihm mein Vater seine Gunst nicht entzogen; doch die Zeiten sind veränderlich und die schönste Tugend ist Geduld; vielleicht wird derjenige, welcher jetzt unsere Trennung beschlossen, auch einst wieder uns vereinigen.« Kanas Mutter dankte ihr und ging wieder zu ihrem Sohn zurück, um ihn durch Kadhas freundliche Worte zu trösten. Dieser Trost belebte ihn wieder von neuem, aber seine Leidenschaft wurde auch wieder um so heftiger. Er lebte lange noch auf feurigen Kohlen, bis er siebzehn Jahre alt war; da dachte er in einer schlaflosen Nacht: Wie lange soll ich noch hier bleiben und meinen Körper zusammenschmelzen lassen, ohne meine Geliebte zu sehen? Mein Aufenthalt hier ist zu peinlich, ich habe nicht einmal einen Freund, dem ich meinen Kummer vertrauen kann: es ist besser, ich verlasse dieses Land. Er ging hierauf barfuß und halb nackt aus seiner Wohnung, mit einer alten siebenjährigen Mütze auf dem Kopf, einem trockenen Laib Brot unter dem Arm und in einem Kleid mit kurzen Ärmeln und wartete im Dunkeln, bis das Stadttor geöffnet wurde, dann lief er den ganzen Tag im Freien umher. Seine Mutter war verzweifelt, als sie ihn nicht wiederkommen sah, und schrie weinend: »O mein einziger Freund, o mein Sohn, o Verlangen der Edlen, wie betrübt mich deine Abwesenheit! Ich will nicht mehr essen und nicht mehr trinken und nicht mehr ruhen, ich will nichts als weinen und jammern; o mein Sohn, wo bist du? wo soll ich dich rufen? wo bist du, Dhul Makan? siehst du nicht, wie dein Sohn aus seiner Heimat vertrieben worden? du warst doch so gerecht, hast alle Hungrigen gesättigt und den Schutzlosen Hilfe gereicht.« Sie jammerte und weinte solange, daß sie alle Bewohner Bagdads rührte. Einige gingen zum König Sasan und sagten: »O König der Zeit! Kana ist doch der Sohn unseres Königs, wir müssen ihn aufsuchen lassen.« Er schrie sie aber heftig an und sagte: »Ergreift ihn und teilt ihn in zwei.« Alle Anwesenden wurden durch diese Worte eingeschüchtert und sagten für sich: »Wir müssen geduldig Gottes Beschluß abwarten.« Später erinnerte sich Sasan doch des letzten Willens des verstorbenen Königs, worin er ihm seinen Sohn empfahl. Er schickte Derkasch mit hundert Reitern aus, um ihn aufzusuchen, Derkasch kam aber nach zehn Tagen ohne Nachricht von ihm zurück. Kana irrte indessen in der Wüste umher, nährte sich von den Pflanzen der Erde und schützte sich gegen die Mittagssonne unter den Bäumen. Einst kam er in ein Tal in der Nähe eines Flusses, da hörte er in der Nacht, wie jemand seufzte und weinte und Liebesgedichte rezitierte; da er hoffte, hier einen tröstenden Freund und Reisegesellschafter zu finden, ging er der Stimme nach und rief: »O nächtlicher Wanderer, nähere dich mir und erzähle mir deine Geschichte, vielleicht kann ich dir in deinem Unglück beistehen. Der Fremde antwortete: »Zudringlicher, der du mich in meiner Freude störst und mich belauschest, sage mir, wer bist du? Bist du ein Mensch oder ein Geist? Nur schnell, ehe dein Tod sich naht; denn ich wandere schon zwanzig Tage umher, ohne einem lebendigen Wesen zu begegnen. Bist du ein Geist, so ziehe weiter in Frieden; bist du ein Ritter, so bleibe an deinem Platz stehen, bis der Tag heranbricht, da wird sich's zeigen, wer von uns der Wackerste.« Kana wich, als er dies hörte, nicht von der Stelle, und der Fremde ebensowenig, und beide rezitierten die ganze Nacht durch Liebesgedichte. Als der Tag heranbrach, sah Kana, daß der Fremde ein Beduine war. Er trug Schwert und Schild und einen Schlauch voll Lebensmittel, und sah verliebt und unglücklich aus. Kana grüßte ihn und der Beduine erwiderte seinen Gruß, sah ihn verächtlich an, weil er so jung und arm aussah, und sagte: »Wer bist du, Junge, daß du so in der Nacht umherwanderst? Du siehst ziemlich armselig aus, ich habe Mitleid mit dir und will dich in meine Dienste nehmen.« Als Kana merkte, daß der Beduine mit Verachtung auf ihn herabsah, sagte er mit sanfter Stimme: »Lasse meine Jugend und dein Anerbieten, mich in Dienst zu nehmen, und sage mir, wer du bist.«

Als der Beduine Kanas Bitte vernommen, erwiderte er ihm: »Wisse, ich bin Sabach, der Sohn Rabachs, des Sohnes Hamams, und mein Stamm gehört zu den syrischen Beduinen. Ich habe eine reizende Cousine, welche Nedjma heißt. Nach dem Tode meines Vaters wurde ich mit ihr bei meinem Oheim erzogen. Als wir aber beide herangewachsen waren, verstieß mich mein Oheim, weil ich ein armer Waise bin. Die Vornehmen des Stammes gingen zu ihm und redeten ihm zu, mir seine Tochter zur Frau zu geben. Er schämte sich, mir sie geradezu zu verweigern, und sagte: »Wenn er die Morgengabe entrichten kann, so soll er sie haben.« Als ich ihn aber fragte, was er als Morgengabe verlange, sagte er: »Fünfzig Pferde, fünfzig Kamele, zehn Sklaven und zehn Sklavinnen, fünfzig Kamele voll Weizen und ebensoviel mit Gerste, und fünfzig Stück

Seidenstoff.« Bei dieser Forderung beschloß ich, von Syrien nach Irak zu reisen und in der Nähe von Bagdad eine reiche Karawane auszuplündern, um das von mir als Morgengabe Verlangte bezahlen zu können. Nun sage mir aber auch, wer du bist. – »Ich bin der Sohn des Königs Dhul Makan, und befinde mich in derselben Lage, wie du; ich bin nur noch unglücklicher, weil meine Geliebte eine Prinzessin ist, für die ich keine Morgengabe auftreiben kann.« – »Du siehst wahrlich eher einem Bettler, als einem Prinzen gleich.« – »Edler Araber«, versetzte Kana, »wundere dich nicht über die Launen des Schicksals, das mich so tief gebeugt; der Aufenthalt in meiner Heimat, ohne meine Geliebte zu sehen, wurde mir so drückend, daß ich in diesem Aufzug nächtlich entfloh; aber nichtsdestoweniger bin ich ein königlicher Prinz.« Als der Beduine Sabach dies hörte, rief er freudig: »O welches Glück! mein Ziel ist erreicht, nun brauche ich nichts mehr; du bist von königlichem Geblüte und hast dich nur als Bettler verkleidet; gewiß werden die Deinigen dich aufsuchen und, wenn sie dich finden, die größten Schätze für dein Lösegeld bieten; kehre also um, Junge, und gehe als mein Sklave vor mir her.« Kana erwiderte: »O edler Araber, handle nicht so schlecht und mache dir keine eitlen Hoffnungen; meine Leute werden mich nicht um eine Drachme loskaufen, sie wünschen im Gegenteil nichts mehr, als mich ins Verderben gestürzt zu wissen, um Ruhe zu bekommen, und ich selbst bin sehr arm, habe nicht viel und nicht wenig; laß uns lieber zusammen fern von Irak umherreisen, vielleicht können wir miteinander die Morgengabe erringen, so daß du dann deine Cousine heiraten kannst.« Der hochmütige Sabach war sehr aufgebracht und sagte: »Wehe dir! du wagst es noch, mir zu widersprechen? Gleich kehre dich um und gehe vor mir her, sonst geht es dir schlecht.« – »Wie soll ich dir gehorchen«, versetzte Kana, »wenn du so ungerecht gegen mich handelst? Fürchtest du nicht den Tadel der Araber? Willst du mich demütig vor dir herführen, ohne mich vorher auf dem Kampfplatz erprobt zu haben? Weißt du denn, ob ich feig oder tapfer bin?« Sabach sagte lächelnd: »Bei Gott! das sind Worte eines wackeren Helden; nun, was hältst du denn für billig?« Kana antwortete: »Wenn du willst, daß ich dein Diener werde, so lege deine Waffen ab und ringe mit mir; wer von uns siegt, der gebiete dem andern.« Sabach lachte so heftig, daß er auf den Rücken fiel; dann warf er Schwert und Schild und den Sack mit Vorrat weg, schürzte sich auf und ging auf Kana los, und umfaßte ihn in der Meinung, ihn leicht auf den Boden zu werfen; aber er fand bald, daß Kana im Ringen unüberwindlich. Seine Füße standen so fest, wie zwei auf sicheren Pfeilern ruhende Minarette, oder wie zwei Berge. Schon wankten seine Füße und er bereute es, ihn nicht gleich mit dem Schwert getötet zu haben; er wollte daher auf das Schwert losspringen, aber Kana hielt ihn fest und schüttelte ihn so heftig, daß ihm die Eingeweide zerrissen, dann hob er ihn in die Höhe, und wollte ihn in den Fluß werfen.

Sabach schrie in Kanas Armen: »Was beginnst du mit mir?« – »Ich werfe dich in den Fluß, welcher sich in den Tigris ergießt, der dich dann in den Jesusbach trägt, und letzterer bringt dich in den Euphrat, mit dem du in deine Heimat schwimmst. Dort wird man dich erkennen und deine Tapferkeit loben und deine treue Liebe.« Sabach schrie: »Bei dem Leben deiner Cousine, der Zierde aller Schönen, laß mich!« Kana ließ ihn langsam zu Boden nieder. Als aber Sabach wieder auf seine Waffen zuging, um Kana damit anzugreifen, sagte ihm dieser: »Ich weiß, was in dir vorgeht, du denkst, im Ringen bist du der Schwächere, aber mit den Waffen in der Hand würdest du mich besiegen; nun, damit dir gar kein Vorwand bleibe, ergreife du dein Schwert, laß mir nur den Schild, wir wollen sehen, wer von uns den anderen erschlägt.« Sabach freute sich mit diesem Vorschlag und drang mit dem Schwert auf Kana ein; dieser schlug gar nicht, sondern verteidigte sich nur mit dem Schild, bis er merkte, daß Sabachs Kräfte abgenommen, und seine

Hände vom Schlagen ermüdet waren; dann erst drang er auf ihn ein, stürzte ihn zu Boden und schleppte ihn an den Füßen dem Flusse zu. Sabach schrie: »Was willst du tun, du einziger Ritter deiner Zeit?« – »Habe ich dir nicht gesagt, ich will dich den Deinigen zusenden, daß sie nicht länger um dich verlegen seien und deine Cousine ihren Bräutigam wiederfinde?« Sabach schrie wieder: »Tu dies nicht, du Held deines Jahrhunderts! ich will dir schwören, daß ich dir als Diener folge.« Er rezitierte dann weinend folgende Verse:

»Wehe mir! ich lebe schon lange fern von meiner Heimat als verstoßener Fremdling; o wüßte ich, ob ich in der Fremde sterben soll, ohne daß meine Verwandten meinen Tod erfahren, ohne daß ein Freund mich beweine!«

Kana bemitleidete ihn und ließ ihn los, nachdem er ihm einen Eid abnahm, daß er ihm als treuer Gefährte folgen wolle. Sabach holte dann, nachdem er Kana die Hand geküßt, seinen Vorrat an Gerstenbrot herbei und verzehrte ihn mit Kana am Ufer des Flusses; hierauf wuschen sie sich, beteten und unterhielten sich von ihren Familien-Angelegenheiten. Kana fragte dann Sabach: »Wohin möchtest du jetzt reisen?« Er antwortete: »Am liebsten nach Bagdad, in deine Heimat.« Da sagte Kana: »So zieh hin, ich sage dich von deinem Eid los und folge dir bald.« Als aber Sabach von ihm Abschied genommen hatte, dachte er: Bei Gott! in einer solchen Armut und in so elendem Zustand kehre ich nicht in die Heimat zurück, vielleicht wird mir durch Gottes Gnade geholfen. Er fiel dann vor dem Fluß zu Boden und betete: »O Gott! der du die Erde durch Regen befruchtest, den Fischen im Meer und dem Wurm im steinigen Boden ihre Nahrung reichst, du einziger Gott, habe Mitleid mit mir, und spende mir deine gnädige Hilfe!« Während er so in Verzweiflung mit der Stirne auf der Erde hingestreckt lag, hörte er ein Geräusch in der Ferne; er sah umher und erblickte einen Ritter, der wie der Blitz auf einem Pferd herbeisprengte. Der Ritter war verwundet, ließ dem Pferd die Zügel frei und hielt sich am Hals fest; als er zu Kana kam, der sich inzwischen erhoben hatte, war er in den letzten Zügen: das Blut strömte aus seiner Wunde wie Wasser aus der Mündung eines Schlauchs hervor, kaum hatte er noch Kraft genug, Kana zuzurufen: »O Herr der Araber! hebe mich langsam vom Pferd herunter und sieh mich als deinen Freund an, solange ich noch lebe, und gib mir ein wenig Wasser, obschon ein Verwundeter, besonders wenn ihm bald die Seele ausgeht, nicht trinken sollte. Wenn ich leben bleibe, so mache ich deiner Armut ein Ende, und wenn ich sterbe, so hast du durch deine Tat dir himmlischen Lohn erworben.« Kana bemitleidete den Ritter, hob ihn von seinem Pferd herunter, welches das beste seiner Zeit war, gab ihm Wasser zu trinken und, nachdem er ihn ein wenig in Ruhe gelassen, fragte er ihn: »Wer hat dich so mißhandelt?« Der Ritter antwortete: »Wahrheit ist besser als Trug, darum wisse, daß ich mein ganzes Leben als Pferderäuber zugebracht habe; sobald ich ein gutes Pferd sah, jagte ich ihm nach und scheute keine Gefahr, um mir es zuzueignen, und wenn es dessen Eigentümer zwischen seinen Augenlidern verborgen hielt; ich kann alle Ketten lösen und jedes Band zerreißen; mein Name ist Ghasan, und man nennt mich das Verderben aller Rosse und das Schrecknis aller Ritter. Ich hatte auch von diesem Pferd gehört, das dem König Feridun, dem Kreuzanbeter von Konstantinopel; gehörte, er hatte ihm den Namen Katul (das Tötende) und den Beinamen Madjnun (das Verrückte) gegeben, ich reiste daher nach Konstantinopel und blieb eine Weile dort, um es zu stehlen. Eines Tages sah ich auf diesem Pferd eine bei den Griechen hochverehrte alte Frau, ihr Name war Dsat Dawahi (die Unheilverbreitende). Sie war bloß von zehn Sklaven begleitet und begab sich nach Bagdad zum König Sasan, um

Friedensverhandlungen mit ihm anzuknüpfen; ich folgte ihr, konnte aber nicht zum Pferd gelangen, weil es zu gut von den Sklaven bewacht wurde. Als sie endlich nicht mehr weit von Bagdad war und ich nachdachte, wie ich das Pferd mir zueignen könnte, ehe sie die Stadt erreicht, erhob sich ein mächtiger Staub, und fünfzig Reiter, welche Straßenräuber waren, kamen herbei mit ihrem Hauptmann, der wie eine zürnende Hyäne oder wie ein reißender Löwe aussah. Der Hauptmann, welcher Kadasch hieß, umzingelte mit seinen Räubern die Alte, und in einem Augenblick hatte er die zehn Sklaven gefesselt und die Alte und das Pferd weggenommen; da dachte ich, nun ist alle meine Mühe vergebens, mein Wunsch wird nicht in Erfüllung gehen; ich blieb indessen doch in der Nähe, um zu sehen, wie das enden würde. Die Alte fing an zu weinen, als sie sich in solcher Not sah, und sagte: O mächtiger Held! was willst du von mir und meinen Sklaven? hast du nicht genug an meinem Pferd? ich bin ja nur eine Abgesandte; sie flehte dann solange und versprach ihm so viele Pferde und anderes Vieh, bis er sie losließ und mit seinen Räubern wieder weiterzog. Ich folgte ihm bei Tag und bei Nacht, bis ich eine Gelegenheit fand, das Pferd zu stehlen; dann bestieg ich es schnell und trieb es fort; aber die Räuber holten mich ein, umzingelten mich von allen Seiten und drangen mit ihren scharfen Schwertern auf mich ein; ich hielt mich zwar fest auf dem Pferd, das für mich kämpfte mit den Vorder- und Hinterbeinen, bis es endlich wie ein fliegender Stern oder abgeschossener Pfeil mit mir davonsprang. Doch erhielt ich im Kampf eine schwere Wunde, und nun reite ich schon drei Tage umher, ohne etwas zu genießen oder zu schlafen, und das Blut strömt immerfort aus meinen Wunden. Du hast mir nun eine große Wohltat erwiesen, die dir Gott vergelten mag; aber sage mir doch, du siehst so arm und elend aus, und doch sind unverkennbare Spuren eines ehemaligen Wohlstandes an dir merkbar: wer bist du wohl?«

Als Kana dem Verwundeten hierauf seine ganze Geschichte erzählte und ihm Auskunft über seine Familie gab, sagte jener: »Du wirst gewiß einst noch recht groß werden, der größte aller arabischen Könige, denn nichts geschieht ohne Ursache: du wirst der berühmteste Ritter deiner Zeit werden; doch jetzt bitte ich dich, mich wieder auf mein Pferd zu heben, und dich hinter mich zu setzen und das Pferd in meine Heimat zu lenken, denn ich habe nicht mehr so viel Kraft, mich allein auf dem Pferd zu halten, sterbe ich unterwegs, so ist das Pferd dein, du bist dessen würdiger als jeder andere.« Kana sagte: »Bei Gott! wenn du es wünschest, ich würde dich auf meinen Schultern in deine Heimat bringen; und wenn ich über mein Leben verfügen könnte, so würde ich dir die Hälfte davon schenken, ohne dafür dein Pferd zu verlangen. Ich stamme von Leuten her, die gerne Wohltaten ausüben und Unglücklichen beistehen, weil man sich dadurch siebzig Unglückstore in der Hölle verschließt.« Als er ihn aber auf das Pferd heben wollte, sagte der Ritter: »Warte nur ein bischen!« drückte die Augen zu, streckte die Hände aus und rief: »Ich bezeuge, daß es keinen Gott gibt, außer Gott, und daß Muhamed sein Prophet; o Erhabener, verzeihe mir meine großen Verbrechen, ich habe viele Gewalttaten ausgeübt, habe immerfort Wein getrunken und Pferde geraubt, habe manche Tat vollbracht, die ein Kind grau machen könnte.« Als er diese Worte gesprochen, sperrte er den Mund auf, und schöpfte den letzten Atemzug. Kana grub ihm ein Grab und legte ihn hinein; dann ging er auf das Pferd zu, trocknete es ab, küßte es und nahm den Weg nach Bagdad.

Kana freute sich außerordentlich mit seinem Pferd, er hielt sich für den glücklichsten Menschen und dachte: ein solches gibt es nicht einmal in den Ställen des Königs Sasan, und so wanderte er vergnügt weiter. Bald begegnete er einer Karawane von Bagdad, welche ihm die Nachricht gab, daß der Vezier Dendan eine Verschwörung gegen den König Sasan angezettelt habe, und daß schon ein Teil der Armee geschworen, sie wollten keinen anderen König, als Kana; der Vezier sammle nur noch mehr Truppen aus den indischen Inseln; aus Nubien und anderen Gegenden, so viele, daß man gar nicht mehr weiß, wo ihre Zahl anfängt und wo sie aufhört, in der Absicht, Kana auf den Thron zu setzen. »Dieser Aufruhr«, fuhren die Kaufleute fort, »bestürzte Sasan sehr, denn er sah voraus, daß sich bald alles gegen ihn empören würde, groß und klein, Freie und Sklaven. Er öffnete daher seine Schatzkammern und teilte viele Schätze unter den Großen des Reichs aus; auch bereute er es, Kana so mißhandelt zu haben, und wünschte, daß er zurückkehre, damit er ihn durch Geschenke, durch Ehrenämter und durch die Verbindung mit seiner Tochter für sich gewinnen könne.« Kana trat bei diesen Worten schnell die Rückreise nach Bagdad an, und wie der Wind flog er dahin auf seinem Pferd, das jedermann in Erstaunen setzte. Ganz Bagdad lief ihm entgegen, die vornehmsten Bewohner der Stadt begleiteten ihn ins Schloß, und einige Sklaven eilten zu seiner Mutter, um ihr die Ankunft ihres Sohnes zu melden. Aber Kana hielt sich nur wenige Augenblicke bei ihr auf; dann sagte er ihr: »Laß mich jetzt, ich will zu meinem Oheim, dem König Sasan, durch dessen Huld ich erzogen worden bin.« Als er zu Sasan kam, stand dieser vor ihm auf und bewillkommte ihn. Kana küßte ihm Hände und Füße und schenkte ihm sein Pferd. Der König bewillkommte ihn nochmals und sagte: »Bei Gott! die ganze Erde war mir zu eng seit deiner Abwesenheit; gelobt sei Gott, der dich wohl erhalten.«

Der König Sasan bewunderte dann Kanas Pferd und sagte: »Ich habe schon viel von diesem Katul gehört, als ich gegen die Kreuzanbeter mit deinem Vater Dhul Makan und deinem Oheim Scharkan Krieg führte; hätte dein Vater es kaufen können, er hätte gern tausend andere Pferde dafür gegeben; nun gottlob, daß wir es haben, aber du sollst es für dich behalten, denn du bist dessen würdiger, als jeder andere.« Er ließ dann Kana Ehrenkleider, Geld und

Pferde geben und die schönste Wohnung im Schloß einräumen, denn er wußte nicht, wie es mit dem Vezier und den Rebellen stand. Kana vergaß bald sein früheres Elend, er ging zu seiner Mutter und erkundigte sich nach seiner Geliebten. Seine Mutter sagte: »Ich habe während deiner Abwesenheit gar nicht an deine Geliebte gedacht, um so weniger, da sie die Ursache deiner Abreise war.« Er klagte ihr dann seine Liebe und bat sie, zu ihr zu gehen, vielleicht würde sie ihn bemitleiden und mit einem Blick begnadigen und seinem Kummer ein Ende machen. Die Mutter sagte: »Laß dies! Gelüste kosten dem Menschen das Leben; laß ab von Dingen, die nur Unheil bringen, ich werde nie zu ihr gehen.« Kana verließ seine Mutter trostlos und begegnete einer alten Frau, ihr Name war Saadana, klagte ihr seine Lage und bat sie, Kadha wieder für ihn zu gewinnen. Saadana willigte ein und ging ins Schloß; nach einer Weile kehrte sie wieder und sagte ihm: »Kadha grüßt dich und läßt dir sagen, sie wird um Mitternacht zu dir kommen.«

Kana war außer sich vor Freude; als sie aber um Mitternacht in ein schwarzes Tuch, wie eine Sklavin eingehüllt, in Kanas Zimmer trat, fand sie ihn schlafend. Sie weckte ihn auf und sagte: »Wie kannst du mir glauben machen, du liebst mich, und schläfst hier so ruhig?« Kana sprang erschrocken auf und sagte: »Bei Gott! o Verlangen meines Herzens, ich habe nur geschlafen, weil ich dein Bild im Traume zu sehen wünschte.« Sie umarmten sich dann und klagten einander gegenseitig die erlittenen Trennungsschmerzen. Als der Morgen heranbrach, nahm Kadha von ihrem Geliebten Abschied, kehrte in ihre Wohnung zurück und vertraute ihr Geheimnis einer ihrer Dienerinnen; diese verriet sie aber beim König Sasan, der in eine solche Wut geriet, daß er mit einem Schwert auf Kadha losging und sie erschlagen wollte; aber seine Gemahlin Nushat Assaman eilte herbei und beschwor ihn, keine Handlung zu begehen, die ihn vor allen Königen zuschanden machen würde. »Übrigens«, sagte sie, »hat Kadha nichts verbrochen; Kana ist ein Mann von Ehre, kein schlechter Mensch; übereile dich nicht, die ganze Stadt weiß schon von der Verschwörung des Veziers und von den Truppen, die er gesammelt, um Kana auf den Thron zu setzen.« Sasan versetzte: »Wehe dir! glaubst du, ich lasse diesen Buben leben, bis der Vezier anrückt? Bei Gott! ich will ihn in einen Abgrund stürzen, wo Erde und Himmel ihm keinen Schutz gewähren, denn alles Gute, das ich ihm bisher erwiesen, geschah nur der Erhaltung meines Thrones willen; du sollst schon sehen, was ich tun werde.« Am folgenden Tag kam Kana zu seiner Mutter und sagte ihr: »Ich habe beschlossen, auf Abenteuer auszugehen; ich will die großen Herren überfallen und berauben, ihre Pferde, ihre Sklaven und all ihr Gut wegführen; wenn ich dann recht reich bin, so kehre ich wieder und werbe um Kadha bei ihrem Vater.« Seine Mutter suchte ihm vergebens die Gefahr vorzustellen, die solche Züge begleiten, er blieb bei seinem Entschluß, schickte die Alte zu Kadha und ließ ihr sagen, daß er wegreise, um eine ihr geziemende Morgengabe sich zu verschaffen, und ließ sie bitten, nur noch einmal zu ihm zu kommen. Die Alte ging zu ihr und kehrte bald wieder mit der Antwort: sie würde ihn um Mitternacht besuchen. Als sie zur bestimmten Stunde der Nacht erschien, sagte sie ihm: »Nimm mein Leben für den Schlaf, den ich dir solange geraubt, und für die Sorgen, die ich dir verursacht.« Er sprang auf und küßte sie und sagte: »O Wunsch meines Herzens, mein Leben werde das Lösegeld für alle deine Leiden!« Er teilte ihr dann seinen Entschluß mit, und als sie darüber weinte, sagte er ihr: »Weine nicht, meine Cousine, ich hoffe, daß Gott, der jetzt unsere Trennung beschlossen, uns auch bald wieder vereinigen wird.« Sobald der Morgen heranbrach, ging Kana zu seiner Mutter und nahm Abschied von ihr, umgürtete sein Schwert, ergriff die Lanze, bestieg sein Pferd Katul und ritt durch die Stadt so schön und strahlend, wie der Vollmond. Als er an das Tor kam, begegnete ihm sein Gefährte Sabach und sagte ihm: »Wie ich sehe, bist du schon reich geworden und besitzt ein kostbares Pferd, ich aber bin noch ebenso arm, wie ich war.« Kana antwortete ihm: »Auch dir wird das Glück noch lächeln; willst du mit mir reisen und gemeinschaftlich mit mir auf Raub ausgehen? was wir erlangen, teilen wir dann.« – »Jawohl, bei Gott!« erwiderte Sabach; »ich verlasse dich nicht mehr.« Er lief dann vor dem Pferd her, mit einem Schwert auf dem Arm und die Vorratstasche zwischen den Schultern. Sie wanderten vier Tage in der Wüste umher und stillten ihren Hunger an erlegten Gazellen und ihren Durst an Quellwasser; am fünften Tag kamen sie vor einen hohen Berg, an dessen Fuß allerlei Grünes wuchs, Blumen und Früchte blühten, und Pferde und allerlei Vieh umherweidete. Als Kana dies sah, freute er sich sehr, rüstete sich zum Kampf und beschloß, diese ganze Herde wegzuführen; er sagte zu Sabach: »Komm, laß uns diese Sklaven töten und ihre Herde wegnehmen, da können wir einmal Schätze sammeln.« Sabach erwiderte aber: »Es sind zu viele Leute dabei, worunter recht wackere, wir können uns in keine so große Gefahr begeben, aus der wir gewiß nicht glücklich entkommen; laß ab davon, wir würden nie mehr unsere Geliebten wiedersehen.« Kana lachte über Sabachs Feigheit und ließ ihn stehen, stürzte wie ein junger Löwe unter die Herde und trieb alles Vieh mit den Sklaven vor sich her. Aber bald umzingelte ihn eine Masse Sklaven mit scharfen Schwertern und langen Lanzen, angeführt von einem sehr starken türkischen Ritter, den das Schlagen nie ermüdete; dieser drang auf Kana ein und sagte ihm: »Wehe dir! wüßtest du, wem diese Herde gehört, du hättest sie nicht so weggeführt; wisse, sie gehört den cirkassischen Helden; es sind deren fünfzig, Löwen gleich, die noch kein Sultan unterjochen konnte. Es ist ihnen in dieser Gegend ein Pferd gestohlen worden, und sie haben geschworen, nicht von hier zu weichen, bis sie es wieder haben; darum weidet ihr Vieh noch hier, während sie den Dieb aufsuchen.«

Als Kana dies hörte, sagte er: »Hier ist das Pferd von dem ihr sprecht, es gehört mir, was wollt ihr nun von mir?« Er schrie dann seinem Pferd Katul in die Ohren; es sprang wie rasend auf, und Kana fiel über den Ritter und seine Umgebung her und tötete einen nach dem andern, bis die übrigen Sklaven sich fürchteten; da rief er ihnen zu: »Ihr Bastarde! schnell, treibt die Herde vor mir her, sonst färbe ich meine Lanze mit eurem Blut.« Die Sklaven befolgten Kanas Befehl, und als Sabach dies sah, kam auch er wieder freudig zu Kana herbei. Aber plötzlich erhob sich ein Staub, und fünfzig Ritter sprengten heran, wie zürnende Löwen; Sabach entfloh wieder auf den höchsten Hügel, um dem Kampf zuzusehen und sagte: »Ich bin kein Ritter, ich bin nur ein Spaßvogel.« Die fünfzig Ritter umgaben Kana von allen Seiten, dann trat einer von ihnen zu ihm heran und fragte, wo er mit dieser Herde hin wolle? Kana antwortete: »Laß mich, oder kämpfe mit mir! Diese Herde beschützt ein Löwe, ein Held, dessen Schwert alles niederhaut.« Der Ritter, welcher der Hauptmann der fünfzig war und Kardasch hieß, betrachtete Kana, aus dessen Augen Heldenmut strahlte und der lieblich wie eine dürstende Gazelle aussah, und hielt ihn für seine Geliebte Faten, mit welcher er die größte Ähnlichkeit hatte. Faten war die Anführerin ihres Stammes, durch Tapferkeit und Gewandheit in der Kriegskunst ebenso ausgezeichnet, wie durch Anmut und Schönheit; sie hatte geschworen, nur den Mann zu lieben, der sie auf dem Kampfplatz besiegen würde. Kardasch war unter ihren Werbern, aber er fürchtete sich, mit einem Frauenzimmer zu kämpfen; zwar hatten ihm seine Freunde gesagt: du bist so schön und so reizend, daß, sobald Faten dich sieht, sie so sehr für dich eingenommen sein wird, daß sie sich freiwillig dir ergibt. Aber er konnte sich doch nicht dazu entschließen, und hatte sich daher mit seinen Freunden auf den Weg gemacht. Als er aber jetzt Kana erblickte und ihn für Faten hielt, glaubte er, sie folge ihm aus Liebe, weil sie so viel von seiner Schönheit und Tapferkeit gehört; er ging daher auf Kana zu und sagte: »Wehe dir, Faten! du kommst, um mir Beweise von deiner Tapferkeit zu geben; sei mir willkommen! steige nur ab, ich habe mir nur deinetwillen alle diese Schätze erworben; heirate mich, ich lasse dich von Prinzessinnen bedienen und die ganze Welt soll deiner Schönheit huldigen, denn ich erhebe dich zur Königin dieser Länder!« Bei diesen Worten entbrannte Kanas Zorn immer mehr und er rief: »Du Hund! laß jetzt Faten und trete hervor zum Kampf, du wirst bald auf der Erde hingestreckt liegen.« Als Kardasch merkte, daß er es mit einem wackeren Ritter und tüchtigen Krieger zu tun hatte und seinen Irrtum einsah, sagte er zu den ihn begleitenden Rittern: »Hütet euch, alle auf einmal über unsern Gegner herzufallen, das wäre eine Schmach für uns; es soll nur einer nach dem anderen mit ihm kämpfen, er mag auch noch so wacker sein.« Auf diese Worte trat ein Ritter hervor auf einem braunen Pferd mit einem Silberflecken auf der Stirne; es war groß, aber dünnleibig, wie Antars Renner. Kana drang auf ihn ein, und nach einem erstaunlich harten Kampfe spaltete er ihm mit einem geschickten Heldenhieb, Turban, Helm und Hirn, so daß er wie ein Kamel zu Boden stürzte. Nun trat ein zweiter und dritter hervor, aber Kana durchbohrte sie, den einen nach dem andern.

Als Kardasch seinen Gegner als den besten Krieger seiner Zeit erkannte, rief er ihm zu:

»O Held deines Jahrhunderts; ich will dir dein Leben schenken und das Blut meiner Gefährten nicht rächen, denn ich habe Mitleid mit deiner Jugend; geh und nimm von dieser Herde, was du willst.« Kana erwiderte: »Laß diese Reden, mögest du immer edelmütig sein, aber suche nur dich selbst zu retten.« Kardasch entbrannte vor Zorn und schrie: »Wehe dir! wüßtest du, wer ich bin, so sprächest du anders auf diesem Kampfplatz; erkundige dich nur nach mir, ich bin ein reißender Löwe, der tapferste aller Ritter, meine Name ist Kardasch, ich bin's, der die mächtigsten Könige beraubt und die bestbedeckten Karawanen ausplündert; das Pferd, auf dem du sitzt, ist das einzige, was ich wünsche, auch möchte ich wissen, wie es in deine Hand gefallen.« – »Auf diesem Pferd«, versetzte Kana, »ritt zum König Sasan eine alte Frau, gegen die wir noch wegen meines Großvaters Omar und meines Oheims Scharkan Rache zu nehmen haben; denn wisse, ich bin Kana, der Sohn des Königs Dhul Makan.« Als Kardasch dies hörte, sagte er: »Nun so fliehe, denn dein Vater war ein tugendhafter, wohltätiger Mann.« Kana erwiderte aber: »Ich fürchte dich nicht, du Schurke.« Jetzt fielen sie übereinander her mit lautem Kriegsgeschrei, so daß man glaubte, der Himmel stürzte über sie zusammen und rannten gegeneinander an wie zwei Böcke. Kana wurde beim ersten Angriff zum Weichen genötigt, aber bald kehrte er um und durchstach Kardasch mit seiner Lanze. Er trieb dann die ganze Herde und alle Güter zusammen und befahl den Sklaven, alles schnell wegzuführen. Sabach kam auch wieder vom Berg herunter und sagte zu Kana: »Du hast brav gekämpft, du bester Ritter deiner Zeit, ich habe indessen für dich gebetet und Gott hat mein Gebet erhört;« er fiel dann über Kardasch her, schnitt ihm den Kopf ab und steckte ihn auf seine Lanze. Kana befahl ihm, die Herde zu treiben, und so zogen sie miteinander fort, Tag und Nacht, bis sie nach Bagdad kamen. Alle Bewohner Bagdads freuten sich, als sie Kana mit einer so großen Herde sahen, und als sie Kardaschs Kopf erblickten, waren sie froh, einen so fürchterlichen Straßenräuber aus dem Wege geschafft zu wissen. Als Kana dann alle seine Abenteuer erzählte, wurde er mit großer Ehrfurcht aufgenommen, und ein zahlreiches Gefolge begleitete ihn nach dem Schloß, wo er sehr viele Geschenke austeilte. Sobald aber der König seine Ankunft vernahm, versammelte er die vertrautesten seiner Räte und sagte zu ihnen: »Ich muß euch jetzt meine geheimsten Gedanken mitteilen. Wisset, daß der Tod Kardaschs durch Kana unserem Land Verderben bringt, denn er stand mit gar vielen Türken und Stämmen der Wüste in Verbindung, die ihn rächen werden, auch haben wir viel von seinen Verwandten zu fürchten. Ferner wisset ihr wohl, daß der Vezier Dendan sich gegen mich verschworen hat und mit einem Teil des Heeres Kana durch Gewalt auf den Thron setzen will; mein Untergang ist dann um so sicherer, da alle Bewohner Bagdads Kana gewogen sind, weil er der rechtmäßige Erbe seines Vaters und Großvaters ist. Ihr sehet wohl die Gefahr, die mir droht, und es gibt nur ein Mittel, sie abzuwenden.« Als die Räte des Königs diese Worte vernahmen, sagten sie: »O König! hier ist leicht zu helfen; wir glauben, daß die Leute nur darum Kana gern haben, weil sie wissen, daß du ihn erzogen, und glauben, daß du ihn wie einen Sohn liebst; übrigens sind wir zu allem bereit: willst du, daß wir ihn töten, so töten wir ihn, oder wenn du willst, so schaffen wir ihn auf sonst eine Weise aus dem Wege.« Der König sagte: »Das wäre das beste, doch schwört mir es.« Da schworen sie beim erhabenen Koran, daß sie Kana töten wollten; dann sagten sie: »Wenn der Vezier Dendan seinen Tod vernimmt, wird all sein Bemühen vergebens sein.« Der König dankte ihnen hierauf und begab sich nach Hause; auch die Räte trennten sich mit dem festen Entschluß, Kana zu töten. Dies erfuhr aber Kadha und war höchst bestürzt darüber; sie ließ die Alte rufen, die schon früher ihr behilflich war, und schickte sie zu Kana, um ihn von der Absicht des Königs in Kenntnis zu setzen. Kana ließ ihr antworten: »Die Erde ist Gottes, er läßt darüber schalten, wen er will.« Kana verließ die Stadt nicht, und der König hoffte lange vergebens, daß er einmal ausgehen würde, um ihn heimlich umbringen zu lassen. Eines Tages ging er mit Sabach, der ihn überall hin begleitete, auf die Jagd und fing zehn Gazellen, da war eine hübsche schwarzäugige dabei, die immer rechts und links sich drehte. Kana bemitleidete sie und ließ sie wieder laufen. Sabach fragte: »Warum hast du dies getan?« Kana lachte und ließ auch die übrigen laufen, und sagte: »Es geziemt einem Mann nicht, eine schwache Gazelle gefangen zu nehmen, die sich so nach ihren Jungen umsieht.« Da sagte Sabach lachend: »Laß mich auch frei, damit ich zu den Meinigen zurückkehre.« Kana lachte und stieß ihn mit dem Schaft seiner Lanze zu Boden, so daß er wie eine Schlange sich herumwand. Auf einmal erhob sich ein Staub, und zwanzig Perser kamen geritten, die der König abgeschickt hatte, sobald er hörte, daß Kana sich aus der Stadt entfernt. Sie fielen über Kana her, aber er kämpfte wie ein Löwe, bis er einen nach dem anderen getötet. Der König war sehr bestürzt, als er erfuhr, daß statt Kana seine besten zwanzig Reiter ums Leben gekommen. Kana kehrte nach diesem Kampf wieder nach Bagdad zurück, wo alle Leute ihm zur Rettung aus der Gewalt der Reiter Glück wünschten. Der König Sasan aber ging zu seiner Gattin und erzählte ihr, wie alle Bewohner Bagdads für Kana eingenommen wären, und wie nun der Verräter Dendan bald mit der Armee ankommen würde, um Kana auf den Thron zu setzen, so daß ihm nur Schmach und Tod übrig bleibe, wenn er nicht ein Mittel finde, Kana zu töten. Nushat Assaman sagte: »Verrat ist abscheulich, sogar gegen Feinde, um wieviel mehr gegen so nahe Verwandte; das Beste ist, du gibst ihm deine Tochter zur Frau.« Aber der König stand zornig auf und sagte: »Bei Gott! glaubte ich nicht, du scherzest nur, ich würde dir das Leben nehmen.« Durch diese Wort eingeschüchtert, sagte Nushat Assaman: »Nun, du hast recht, ich scherze nur; wir müssen durch irgend eine List Kana ins Grab schicken und zwar am besten durch unsere schlaue, ränkeschmiedende Sklavin Bakun.« Diese hatte Kana und Kadha erzogen, und Kana war ihr sehr zugetan und schlief oft auf ihrem Schoß. Sasan ließ die Sklavin Bakun sogleich rufen und machte ihr die schönsten Versprechungen; wenn sie Kana umbringen wollte. Sie antwortete: »Dazu geschieht mir zwar sehr wehe, doch befolge ich deinen Befehl; verschaffe mir nur einen giftigen Dolch, es soll bald um ihn geschehen sein.« Sasan rief freudig aus: »Gott segne dich!« und brachte ihr einen Dolch. Bakun begab sich nun zu Kana, der auf feurigen Kohlen stand, weil er gerade Kadha erwartete, und sagte ihm: »Die Zeit der Vereinigung ist nahe; die Tage der Trennung sind vorüber, das habe ich dir von Kadha zu verkündigen.« Kana freute sich sehr und versprach ihr den schönsten Lohn. Sie erbot sich dann, ihm allerlei schöne Märchen zu erzählen, bis Kahda ihn besuchen könnte. Kana nahm ihr Anerbieten mit Dank an, legte den Kopf auf ihren Schoß und schlief ein. Als Bakun sah, daß er fest schlief, dachte sie: nun ist es Zeit, ans Werk zu gehen; sie zog den Dolch aus ihrem Busen, und wollte eben Kana damit durchbohren, als seine Mutter ins Zimmer trat. Bakun verbarg schnell ihren Dolch und ging Kanas Mutter entgegen, die sogleich ihren Sohn weckte. Sie hatte nämlich von Kadha gehört, daß ihr Vater seinen Tod beschlossen, und war daher zu ihm geeilt, um ihn zur Flucht zu bewegen. Kana verließ am folgenden Morgen mit seinen Freunden Bagdad und begab sich zu Dendan, bei dem er auch Nushat Assaman traf, welche von ihrem Gatten entflohen war; sie machten mit ihren Truppen einen Streifzug ins Gebiet des griechischen Fürsten Rumsan, wurden aber nach mehreren glücklichen Gefechten gefangen und erhielten Befehl, sich zum König zu begeben. Kana sowohl als der Vezier glaubten dem Tod sehr nahe zu sein; aber der König ließ sie sitzen und Tische vor ihnen decken, und nachdem sie gegessen und getrunken hatten, sagte er ihnen: »Ich will euch einen Traum erzählen, den ich diese Nacht gehabt, vielleicht könnt ihr mir ihn deuten.« Der Vezier sagte: »Gut, mein König,

erzähle, was du gesehen.« Der König sprach: »Ich befand mich im Traum in einer sehr finstern Grube, wo ich gar zu sehr gepeinigt wurde, ich wollte aufstehen und die Grube verlassen, da sah ich einen goldenen Gürtel liegen; ich streckte die Hand danach aus, um ihn zu nehmen, und es wurden auf einmal zwei Gürtel daraus, ich umgürtete mich damit, und sieh, da war es wieder nur ein Gürtel; das ist's, o Vezier! was ich im Traum gesehen.« Der Vezier sagte: »O unser Sultan! bei dem höchsten König und Richter, dein Traum bedeutet (doch nur Gott ist allwissend): es wird ein Bruder, ein Neffe, ein Vetter oder sonst einer von deinen Verwandten gegen dich auftreten und dir dein Königreich streitig machen.« Als der König dies hörte, dachte er, ich muß mich meiner Gefangenen schnell entledigen, um bald wieder in meiner Residenz zu sein; er ließ daher alle gefangenen Fürsten der Sassaniden köpfen; dann fiel ihm ein, daß ihm Kana am gefährlichsten werden könnte, und er erteilte dem Scharfrichter den Befehl, auch ihm den Kopf abzuschlagen. Aber in diesem Augenblick trat die Amme des Königs hervor und sagte in fränkischer Sprache: »O König! wie kannst du das Herz haben, deinen Neffen zu erschlagen, den Sohn deines Bruders und deiner Schwester?« Als der König dies hörte, wurde ihm ganz trübe vor den Augen und er schrie ganz zornig: »Du hast oft von einer Perle gesprochen und von meinem Vater, der durch Gift gestorben, und von meiner Mutter, die von einem Sklaven umgebracht worden war, warum hast du mir nicht die ganze Geschichte erzählt?« Da sagte die Amme: »Ich will dir nun alles mitteilen, was ich weiß. Mein Name ist Murdjana und deine Mutter hieß Ibris; sie war sowohl wegen ihrer Schönheit, wie auch wegen ihrer Tapferkeit sehr berühmt, auch ihre Beredtsamkeit verschaffte ihr großes Ansehen. Der große König Omar, der ohne Zweifel dein Vater war, schickte einst seinen ältesten Sohn Scharkan mit dem Vezier Dendan in den Krieg. Scharkan verließ seine Armee und begegnete deiner Mutter Ibris, die ich damals begleitete, auf ihrem Gut am Ufer eines Flusses. Ibris bewirtete Scharkan fünf Tage lang in ihrem Schloß. Da hörte es ihr Vater, der König Hardub, durch die alte Schawahi, und Ibris, welche Muselmännin geworden, mußte mit Scharkan zu seinem Vater Omar nach Bagdad fliehen. Ich zog mit ihr, auch Richana und zwanzig andere Sklavinnen, unter dem Schutz Scharkans.

Als der König Omar Ibris sah, liebte er sie so sehr, daß er seiner Leidenschaft nicht mehr Herr war und mit Hilfe eines Schlaftrunks sie überlistete. Deine Mutter hatte Omar drei Perlen geschenkt, wovon er eine seiner Tochter Nushat Assaman gab, eine Scharkan und die dritte Dhul Makan. Deine Mutter nahm dann die Scharkans wieder und verließ Bagdad heimlich mit mir und einem Sklaven, Namens Ghadban. Dieser führte uns über Berge und Wüsten, bis er eines Nachts deine Mutter Ibris so verbrecherisch anfiel, daß sie vor Schrecken und Angst niederkam. In diesem Augenblick sahen wir von der Seite unserer Heimat her einen mächtigen Staub, der die ganze Atmosphäre verdunkelte. Der Sklave fürchtete den Tod und brachte in der Wut deine Mutter um (Gott verdamme ihn!) und ergriff die Flucht. Als er weg war, kam dein Großvater, der König Hardub, mit Soldaten und fand seine Tochter auf den Boden hingestreckt. Wir beerdigten dann deine Mutter in ihrem Schloß und ich nahm ihr die Perle ab, die an ihr hing, und hing sie dir um; ich verbarg dir aber alles dies, weil es der große König Hardub mir so befohlen; aber nun darf ich dir nimmer länger ein Geheimnis aus deiner Geburt und Abstammung machen.« Nushat Assaman schrie laut auf, als sie dies hörte, und sagte: »Also ist der König Rumsan mein Bruder von seiten meines Vaters, des großen Königs Omar, und Ibris, die Tochter des Königs Hardub, war deine Mutter, denn in der Tat erkenne ich die Sklavin Murdjana wieder.« Der König weinte, als er dies hörte, nahm dem Scharfrichter das Schwert weg, ließ Kana und den Vezier, welche schon vom Leben Abschied genommen hatten, entfesseln und bat Murdjana, alles zu wiederholen, was sie soeben erzählt hatte. Diese tat, wie ihr befohlen worden, und als sie ihre Erzählung vollendet hatte, bemerkte sie die dritte Perle an Kanas Hals und schrie: »Hier ist der sicherste Beweis, daß ich die Wahrheit berichtet; hier ist die zweite Perle, ähnlich derjenigen, welche ich von deiner Mutter genommen und dir umhing.« Als dem König kein Zweifel mehr blieb, daß er Kanas Oheim sei, umarmte er den Vezier und Kana, und ließ sogleich durch Freudenboten mit Trompeten und Psaltern seinen Truppen die Ankunft seiner Verwandten verkündigen.

Der Vezier Dendan schickte auch Boten an die Anführer seiner Truppen und befahl ihnen, alle Feindseligkeiten einzustellen. Als er dann dem König Rumsan das treulose Benehmen des Königs Sasan gegen Kana schilderte, beschloß jener, mit ihm nach Irak zu ziehen, um Kana auf den ihm gebührenden Thron zu setzen. Beide Armeen vereinigten sich unter den Befehlen Rumsans und Dendans; Sasan ergriff die Flucht, sobald er von ihrem Anzug hörte, und überließ die Regierung Kana und Rumsan, welche übereinkamen, daß jeden Tag ein anderer herrschen sollte. Eines Tages, als Rumsan auf dem Thron saß, trat ein Kaufmann weinend vor ihn und erzählte ihm, er sei vor den Toren Bagdads mit seiner ganzen Karawane ausgeplündert worden, und bat ihn, eine Abteilung Truppen den Räubern nachzusenden. Rumsan sowohl als Kana, der die Klage des Kaufmanns mit anhörte, bemitleideten ihn; jeder von ihnen stellte sich an die Spitze von hundert tapferen Rittern und schworen, nicht eher heimzukehren, bis sie die Räuber gezüchtigt und der Karawane ihr Gut wieder verschafft. Nach einem vierundzwanzigstündigen Marsch holten sie die Räuber in einem fruchtbaren Tal ein, als sie gerade beschäftigt waren, die erbeuteten Waren unter sich zu verteilen; sie umzingelten sie von allen Seiten, und nach einer kurzen Gegenwehr führten sie sie mit allen ihren Gütern gefangen nach Bagdad. Hier wurden dem Kaufmann seine Waren zurückgegeben, und siehe da, es fielen zwei Briefe heraus: der eine war von Scharkans und der andere von Nushat Assamans Hand. Kana erkannte die Schrift sogleich und fragte den Kaufmann, wie er zu diesen Briefen gekommen und was sie enthalten? Der Kaufmann erzählte ihm, daß er vor vielen Jahren eine Sklavin mit Namen Nushat Assaman gekauft, die er dem König Scharkan in Damaskus geschenkt, und beide haben ihm Empfehlungsbriefe an den damaligen König Omar gegeben. Als Kana dies hörte, ließ er Nushat Assaman rufen und stellte ihr den Kaufmann vor. Sie erkannte ihn sogleich als den Mann, der sie von Beduinen gekauft, bewillkommte ihn freundlich und ließ ihn in ihrem Schloß mit der größten Ehrerbietung bewirten. Kana ließ dann die Räuber vor sich kommen, und es stellte sich in der Untersuchung heraus, daß drei von ihnen als eigentliche Anführer am schuldigsten waren. Der König forderte sie auf, ihm einige ihrer Abenteuer zu erzählen. Da trat einer von ihnen hervor und sagte: »Der schönste Raub, den ich in meinem Leben begangen, war der eines jungen Mädchens aus Jerusalem. Sie sah sehr arm aus, war aber ausgezeichnet schön; ich bot ihr eine Stelle als Gesellschafterin meiner Tochter an, als ich sie aber auf meinem Kamel hatte, führte ich sie nach Damaskus und verkaufte sie als Sklavin für hunderttausend Dinare.« Als Nushat Assaman diese Erzählung hörte, stieß sie einen lauten Schrei aus und sagte dem König: »Das ist der Beduine, der mich von Jerusalem entführt und mich auf dem Weg so grausam behandelt hat; der verdient den Tod.« Sie zog bei diesen Worten Kanas Schwert aus der Scheide und erschlug den Beduinen. Sie ließ ihn dann an den

Füßen wegschleppen und vor das Tor den Hunden zur Nahrung hinwerfen. Die beiden anderen hatten kein besseres Los, denn es zeigte sich bald, daß der eine der Sklave Ghadban war, welcher Ibris getötet, und der andere der Kameltreiber, welcher Dhul Makans Geld behalten und ihn vor die Tür des Badheizers geworfen hatte. »Nun«, sagte Kana, nachdem alle drei hingerichtet waren, »bleibt uns nur noch, an der verruchten Dsat Dawahi Rache zu nehmen, die meinen Oheim und Großvater meuchelmörderisch umgebracht.« – »Auch diese will ich in deine Hände liefern«, versetzte Rumsan. Er ließ sich sogleich Tinte und Kalam reichen und schrieb der Alten, er habe ganz Irak erobert und alle Muselmänner unterworfen, und lud sie ein, zu ihm nach Bagdad zu kommen. Rumsan, der längst Muselmann geworden, kleidete sich wieder als Franke und ging ihr entgegen. Sobald sie aber in Bagdad anlangte, wurde sie von Kanas Leibwache ergriffen und vor ein Tor der Stadt gehängt. Bagdad wurde hierauf drei Nächte nacheinander beleuchtet, und Kana feierte seine Vermählung mit Kadha.

Tausend und eine Nacht

Arabische Erzählungen

Vollständige Ausgabe
mit über 700 Illustrationen

Vierter Band

KARL MÜLLER VERLAG ERLANGEN

Inhalt des vierten Bandes.

Seite

Geschichte des Königs Kalad und seines Veziers Schimas.

Man behauptet, einst lebte in Indien ein mächtiger König von hoher Statur und starkem Körperbau, sein Name war Kalad. Er gebot über zweiundsiebzig Vizekönige; dreihundertundfünfzig Kadhis war die Justizpflege anvertraut, und in seinem Divan saßen siebzig Veziere, von denen je zehn einem Oberen gehorchten. Über alle siebzig stand aber der Großvezier Schimas, der sowohl bei dem König als bei den übrigen Vezieren sehr beliebt war. Die Regierung dieses Königs war sehr mild, denn er liebte seine Untertanen, war sehr wohltätig und erleichterte ihre Abgaben mehr, als alle seine Vorgänger. Er war aber doch sehr mißvergnügt, weil er keinen Sohn hatte, der ihm hätte auf den Thron folgen können. Eines Nachts, als ihn der Schlaf in diesen Gedanken überwältigte, sah er im Traume die Wurzel eines Baumes, aus dem viele Zweige hervorsprossen; dann entstieg dieser Wurzel eine Flamme, welche alle Zweige rund umher verzehrte. Der König erwachte hierauf sehr erschrocken und befahl einem seiner Diener, sogleich den Vezier Schimas zu rufen. Dieser kam schnell herbei und verbeugte sich vor dem König, der auf seinem Bett saß, wünschte ihm dauerndes Glück und sagte: »O König, Gott erhalte dich! Was ist dir Unangenehmes widerfahren, daß du mich plötzlich in der Nacht rufen läßt?« Der König hieß ihn sitzen, erzählte ihm seinen Traum und sagte: »Ich habe dich rufen lassen, weil ich dich als einen

großen Gelehrten kenne, der Träume auszulegen versteht.« Schimas beugte den Kopf eine Weile und erhob ihn dann wieder lächelnd. Der König bat ihn, ihm zu sagen, was er von diesem Traum halte, ihm aber ja nichts zu verbergen. Schimas antwortete: »Beruhige dich in Gottes Namen und sei froh, denn ich habe viel Glück für dich. Gott wird dir einen Sohn bescheren, der nach langem Leben dein Reich erben wird, doch etwas wird vorfallen, das ich dir jetzt noch nicht mitteilen kann.« Der König freute sich sehr und sagte: »Wenn deine Deutung war ist, so erkläre mir alles, damit meine Freude vollkommen sei; mein ganzes Streben geht doch nur nach Gottes Wohlgefallen.« Schimas aber suchte allerlei Vorwand, um sich von der gänzlichen Auslegung des Traumes loszusagen. Da ließ der König Astrologen und andere Traumdeuter rufen und bat sie, ihm seinen ganzen Traum auszulegen. Einer von ihnen bat um das Wort und sagte: »O König! Dein Vezier Schimas kann den Traum ebensogut deuten, als einer von uns, aber er scheut sich vor dir; wenn du mir deine Gnade verbürgst, will ich dir enthüllen, was er dir verborgen.« Als der König ihm Gnade versprach, sagte er: »Wisse, o König, du wirst einen Sohn zeugen, der dein Reich erben und einige Zeit in deinem Pfade wandeln wird, bald aber wird er treulos gegen seine Untertanen handeln, sein Volk wird mißvergnügt werden, und es wird ihm gehen, wie der Maus mit der Katze!« Der König rief Gottes Hilfe an und fragte: »Was ist das für eine Geschichte?«Da begann der Traumdeuter:

Geschichte der Katze mit der Maus.

Man erzählt, o König! Eine Katze ging einst in der Nacht auf Raub aus, lief aber die ganze Nacht in den Wiesen umher, ohne etwas zu finden. Da es heftig regnete und es sie sehr fror, suchte sie einen trockenen Zufluchtsort und ging auf ein Loch zu, welches sie in der Wurzel eines Baumes bemerkte. Als sie nahe daran war, roch sie eine Maus darin und kroch langsam an den Baum hin, um sie zu fangen. Da aber die Maus die Nähe der Katze merkte, schleppte sie schnell Erde herbei und verstopfte die Öffnung des Loches. Die Katze miaute gar jämmerlich und schrie: »Warum tust du dies, mein Freund? Ich suche Zuflucht bei dir, erbarme dich meiner und laß mich diese Nacht in deiner Höhle zubringen; ich bin alt, schwach und matt, kann mich nicht mehr bewegen; ich laufe schon die ganze Nacht auf dem Felde umher, habe mir oft den Tod gewünscht, um einmal meiner Qualen los zu werden, und nun liege ich hier vor deiner Tür, krank vor Nässe und Kälte; ich bitte dich um Gotteswillen, beherberge mich im Gang deiner Höhle, ich bin arm und fremd; es heißt ja: Wer einen Fremden bei sich beherbergt, dem wird am Gerichtstage das Paradies als Wohnung angewiesen.« Als die Maus das Flehen der Katze vernahm, sagte sie erschrocken: »Wie kann ich dir öffnen? Du bist doch mein natürlicher Feind und lebst nur von meinem Fleisch; ich fürchte deinen Verrat, du bist treulos von Natur, ich kann dir nicht glauben, ich kann dir ebensowenig mein Leben anvertrauen, als man eine schöne Frau einem Wollüstling, einen Schatz einem Dieb, oder Holz dem brennenden Feuer anvertraut; auch sagt man: Von einer natürlichen Feindschaft, so schwach sie auch sein mag, ist doch starkes Übel zu erwarten.«

Die Katze antwortete hierauf mit demütiger, rührender Stimme: »Was du sagst, mein Freund, ist wahr; ich leuge meine Sünden gar nicht, doch Gott verzeihe mir und verzeihe auch du mir vergangene Schuld, heißt es doch: Wer einem Geschöpfe seinesgleichen verzeiht, dem verzeiht auch Gott; ich war allerdings bisher dein Feind, doch nun suche ich deine Freundschaft; sagt man nicht: Willst du deinen Feind in einen Freund verwandeln, so erweise ihm Gutes; ich will nun einen festen Bund mit dir schließen und dir versprechen, daß ich dir nie etwas zuleide tun werde; ohnedies habe ich gar keine Kraft mehr dazu. Nimm nur meine Freundschaft an, vertraue auf Gott und versage mir deine Hilfe nicht!« Da sagte die Maus: »Wie soll ich mit einem Treulosen einen Bund schließen? Wie darf ich das tun, da doch unsere Feindschaft uns von Natur angeboren ist? Legte ich mich in deine Gewalt, so wäre es gerade, als wenn jemand seine Hand in den Mund einer Otter stecken wollte.« Da sagte die listige Katze: »Mein Leben erlischt in mir, bald werde ich vor deiner Tür sterben, und du wirst die Schuld tragen, denn du hättest mich retten können; ich sage dir zum letzten Mal, wenn du mich einläßt, so werde ich dein wahrer Freund sein, stets für dich beten, und der Himmel wird dich dafür belohnen.« Bei diesen Worten wurde die Maus von Gottesfurcht ergriffen und dachte bei sich: Wer seinem Feind Gutes erweist, dem steht Gott gegen ihn bei; ich will nun im Vertrauen auf Gott diese Katze vom Untergang retten und mir dadurch himmlischen Lohn erwerben. Sie trat dann zur Katze heraus und schleppte sie in die Höhle: Die Katze machte sich schwer und stellte sich tot, so daß es der Maus sehr mühsam wurde, sie auf ihr Lager zu bringen. Nachdem die Katze ein wenig ausgeruht hatte, öffnete sie den Mund und klagte über Schwäche und Mattigkeit. Die Maus bemitleidete sie und redete ihr Mut ein. Die Katze aber kroch allmählich bis zur Öffnung der Höhle, um der Maus den Ausgang zu versperren, dann sprang sie auf sie los und faßte sie mit allen Vieren und biß sie, hierauf schleuderte sie sie in die Höhe und lief ihr wieder nach. Die Maus rief Gottes Hilfe an und sagte zur Katze: »Treuloser Freund, hältst du so den Bund, den wir geschlossen, und den Eid, den du geschworen? Ist das mein Lohn dafür, daß ich dich in meine Höhle hereingelassen und dir mein Leben anvertraut? Mit Recht sagt man: Wer dem Versprechen eines Feindes traut, der ist seines Lebens nicht mehr sicher und verdient den Tod; doch ich vertraue auf Gott, der wird mich retten.« Während die Maus so zur Katze sprach, welche vorhatte sie zu zerreißen,

kam ein Jäger mit Fanghunden herbei; einer derselben hörte das Geräusch in der Höhle, sprang munter heran in der Meinung, es sei ein Fuchs, der etwas zerreißen wolle, packte die Katze von hinten, und zog sie heraus und zerriß sie in Stücke. Die Maus aber kam ohne schwere Wunde davon, denn die Katze hatte sie in ihrem Schrecken losgelassen, und so bestätigt sich hier: Wer Mitleid hat, der wird auch (von Gott) bemitleidet; wer Unrecht handelt, dem geschieht auch Unrecht.

»Das ist's, o König, was dieser Katze geschehen, darum soll niemand sein Wort brechen und das ihm geschenkte Vertrauen mißbrauchen, sonst geht es ihm auch so; wer aber Gutes übt, dem wird reicher Lohn. Doch betrübe dich nicht, o König, dein Sohn wird später wieder deinen Pfad wandeln und Buße tun. Dein gelehrter Vezier fürchtete sich aber, dir dies zu offenbaren, weil schon mancher durch seine Gelehrsamkeit sich große Gefahr zugezogen.« Der König entließ die Traumdeuter hierauf gnädigst, ging nachdenkend in seine Wohnung und brachte die Nacht bei der geliebtesten und geachtetsten seiner Frauen zu. Nach einigen Monaten, als sie die Merkmale der Schwangerschaft an sich wahrnahm, lief sie freudig zum König, um es ihm zu melden. Dieser rief höchst entzückt aus: So war mein Traum doch wahr! Gott wird mir auch ferner in allem beistehen.« Er erwies von nun an seiner Frau viele Ehre und ließ ihr das schönste und beste Zimmer im Schloß einräumen. Sobald Schimas ins Schloß kam, teilte ihm der König seine Hoffnung, bald Vater zu werden, mit, und sagte: »Nun sind meine Wünsche erfüllt; ich hoffe, meine Frau wird einen Sohn gebären, der meinen Thron erben kann. Was sagst du dazu, Schimas?« Schimas schwieg und antwortete nichts. Da sagte der König: »Warum freust du dich nicht mit mir? Warum schweigst du? Ist dir das nicht angenehm?« Schimas verbeugte sich und sagte: »Mögest du lange leben, o König; warum sollte der in der Mittagshitze unter einem schattigen

Baum Ausruhende, oder der Lechzende, welcher an klarem Wein oder frischem Quellwasser sich labt, sich nicht freuen? Noch größer, o König ist meine Freude mit dem, was dir Gott geschenkt, bin ich doch ein Diener Gottes und dein Diener. Doch sagt man: Von drei Dingen darf ein Verständiger nicht zu früh sprechen: von einem auf die Reise gehenden Kaufmann, bis er zurückkehrt; Von einem in den Krieg Ziehenden, bis er seinen Feind überwunden, und von einer Schwangeren, bis sie ihr Kind geboren; denn wisse, o König, wer von etwas spricht, ehe es da ist, dem geht es wie dem Einsiedler mit dem verschütteten Schmalz.« Der König fragte: »Was ist das für eine Geschichte?« Da begann Schimas:

Geschichte des Einsiedlers mit dem Schmalz.

Wisse, o König, einst lebte ein Einsiedler in einer Stadt bei einem der vornehmsten Bürger, der ihn sehr liebte und ihm jeden Tag drei Brötchen und etwas Honig und Schmalz reichen ließ. Da das Schmalz damals sehr selten und teuer war, sammelte der Einsiedler alles, was er von seinem Gönner erhielt, in einem großen Krug, den er zu Häupten seines Bettes stellte, um immer ein wachsames Auge darauf haben zu können. Eines Tages, als er auf seinem Bett saß, fiel ihm sein Schmalz ein, das jetzt so hoch im Preis stand, und er dachte bei sich: Ich werde es jetzt ganz im stillen verkaufen und dafür eine Ziege kaufen, ich mache dann Gemeinschaft mit einem Bauern, der einen Bock hat, sie wird im ersten Jahr ein Männchen oder ein Weibchen, und im zweiten ein Weibchen oder ein Männchen gebären, und so wird es fortgehen, bis ich eine Menge Böcke und Ziegen habe; ich verkaufe dann die Böcke und kaufe Kühe und Stiere dafür; wenn auch diese sich vermehrt haben, verkaufe ich einen Teil davon und kaufe ein schönes Gut und bebaue es; dann lasse ich mir ein schönes Schloß darauf bauen, schaffe mir kostbare Kleider an, kaufe Sklaven und Sklavinnen, dann heirate ich die Tochter eines reichen Kaufmanns oder Fürsten, und feiere eine Hochzeit, wie noch nie eine gefeiert worden; es wird weder an allerlei Fleischgerichten noch an Süßigkeiten fehlen. Auch lasse ich Musiker und Sänger und Märchenerzähler kommen, die uns bei dem Dufte der schönsten Blumen und der feinsten Wohlgerüche belustigen; ich werde Reiche und Arme einladen, alles was durch Gelehrsamkeit und Bildung sich hervortut, sogar den Sultan mit seinen Offizieren; ich lasse in der ganzen Stadt ausrufen: Jeder soll zu essen und zu trinken bei mir finden! Ist dann die Braut königlich geschmückt, begebe ich mich zu ihr und ergötze mich an ihren Reizen, esse und trinke und scherze mit ihr und denke bei mir selbst: Nun bin ich am Ziele meiner Wünsche, fern von dem traurigen Einsiedlerleben. Bald freue ich mich dann mit dem Knaben, den mir meine Frau gebären wird, und gebe ein großes Fest bei seiner Geburt; ich lasse ihn in Pracht und Glanz erziehen und in allem unterrichten, so daß sein Name berühmt werde in allen Gesellschaften. Ich werde ihm dann dies und jenes befehlen; gehorcht er mir, so lasse ich ihn immer mehr unterrichten, wird er aber ungehorsam, so komme ich mit dem Stocke hinter ihn. Bei diesen letzen Worten hob der Einsiedler den Stock, den er in der Hand hatte, mit aller Kraft in die Höhe, begegnete dem Schmalzkrug, der ihm zu Häupten stand, und zerbrach ihn; das Schmalz stürzte über seinen Kopf herunter, beschmierte sein Gesicht und seinen Bart, und befleckte seine Kleider und sein Bett, und so wurde er eine Warnung denen, die sich belehren wollen.

»Darum, o König, soll man niemals von etwas sprechen, das noch gar nicht ist.« Der König sagte: »Du hast recht, Schimas, du bist ein herrlicher Vezier, deine Worte sind aufrichtig und dein Wandel gerade, darum nehme ich auch alles von dir gut auf.«Schimas erwiderte, sich

verbeugend: »Gott schenke dir ein langes Leben und eine dauerhafte, glänzende Regierung; du weißt, daß ich dir stets meinen aufrichtigsten Rat erteile, daß nur deine Zufriedenheit mit mir mich glücklich macht, daß ich keine andere Freude, als die deinige habe, daß ich nicht schlafe, wenn du mir zürnst, denn Gott hat mich durch dein Wohlwollen über alle Erwartungen bereichert; darum bete ich immer zu ihm, daß seine Engel dich beschützen mögen und er durch seine Gnade dir reichen Lohn zufließen lasse. Amen.«

Der König war entzückt über die Worte des Veziers, und erhöhte seinen Rang und seine Stellung noch mehr. Nach einiger Zeit gebar die Königin einen Sohn; der König freute sich sehr, als man es ihm meldete, und dankte Gott, dem barmherzigen Vater, für diese nicht mehr erwartete Gnade. Er ließ dann nach allen Seiten seines Landes schreiben, und alle Veziere, Oberhäupter der Truppen, andere Große des Reiches und alle Gelehrten zu einem Fest einladen; die Gäste fanden sich zahlreich ein, denn jeder wollte den geliebten König beglückwünschen. Nach dem Fest entließ sie der König wieder hochgeehrt und reichlich beschenkt. Als er wieder allein mit seinen Vezieren war, fragte er sie: »Was denkt ihr von dem Glück, das mir beschwert worden?« Der Großvezier Schimas bat und das Wort und sprach: »Gepriesen sei Gott, unser Herr, der uns aus nichts geschaffen, daß er uns einen König geschenkt, durch dessen Huld uns so viel Glück zuströmt und durch dessen Gerechtigkeitsliebe ein jeder in unserem Lande sicher und ruhig lebt! Wo regiert wohl noch ein so gerechter, weiser, fürsorgender und beschützender König? Wie wacht er über alle unsere Bedürfnisse; wie horcht er auf alle Klagen seiner Untertanen, und wie beschützt er sie gegen jeden Feind! Haben doch die Türken ihre Söhne ihren Königen als Sklaven gegeben, damit er sie gegen Feinde beschütze: Wie dankbar müssen wir sein, da unter der Regierung unseres Königs kein Feind unser Land zu betreten wagt; wie sehr verdient er die göttliche Huld, da wir so unbeschreiblich glücklich unter seinen Fittichen leben; Gott erhalte ihn lange! Nun hatten wir aber bisher immer zu Gott gebetet, daß er ihn mit einem Sohn segne, und jetzt, wo er unser Gebet gehört hat, ist unsere Freude so groß, wie die jenes Fisches im Wasserteich. Der König fragte: »Was ist das für eine Geschichte?«

Geschichte des Fisches im Wasserteich.

Wisse, o König, fuhr Schimas fort: Einst hielten sich viele Fische in einem Wasserteich auf, der nur von Regenwasser gefüllt war. Da kam einmal ein Sommer, in welchem es sehr wenig regnete. Der Teich wurde immer kleiner, und die Abnahme des Wassers setzte die Fische in große Besorgnis. Sie sagten einer zum anderen: »Was wird aus uns werden; was fangen wir an und bei wem holen wir Rat?« Da sprang der ältetste hervor und sagte: »Es bleibt uns nichts übrig, als zu Gott unsere Zuflucht zu nehmen und zum Krebs, dem verständigsten unter allen Wasserbewohnern.« Die übrigen Fische stimmten ihm bei und sie begaben sich sämtlich zum Krebs,

der ruhig an der Türe seines Nestes lag und nichts von der Not der Fische wußte. Der älteste trat zu ihm und sagte, nachdem er ihn gegrüßt hatte: »Macht dir unsere traurige Lage keine Sorge, o weiser, gelehrter Krebs?« Dieser fragte: »In welcher Lage befindet ihr euch denn?« Da erzählten sie ihm von dem Mangel an Wasser und von ihrem nahen Untergang, und baten ihn um Rat und Beistand. Der Krebs schwieg eine Weile und dachte: Wie wenig Vertrauen haben diese unverständigen Fische zu Gott? Doch ich will ihre Furcht verscheuchen, Gottes Wille wird dann geschehen. Er sagte ihnen daher: »Wisset, ihr Fische, das Jahr hat ja erst begonnen und noch bleibt uns Wasser genug; es wird gewiß noch regnen, darum vertraut auf Gott, betet viel zu ihm, denn er erhört das Gebet seiner Geschöpfe; laßt uns nur den Winter abwarten; regnet es dann wie gewöhnlich, gut, wenn nicht, so fliehen wir aus diesem Teiche wohin Gott will.« Sämtliche Fische stimmten der Meinung des Krebes bei, dankten ihm und gingen ihres Weges. Nach wenigen Tagen kam ein Regen vom Himmel und füllte den Teich noch mehr als gewöhnlich. – »So auch wir, o König; schon hatten wir alle Hoffnungen auf einen Thronerben aufgegeben – der Mensch soll aber nie an seinem Herrn verzweifeln – und nun ist unser Wunsch erfüllt: – Gott hat dich mit einem Sohn gesegnet, dessen Regierung nach Vollendung deines langen Lebens unseren Nachkommen Heil bringen wird.« Der zweite Vezier sagte dann: »Wie sehr verdient ein König, der gerecht und mild gegen seine Untertanen ist, der ihre Frauen und Güter beschützt und stets ein wachsames Auge auf ihr Wohl richtet, daß er in diesem und in jenem Leben den höchsten Rang einnehme. Da nun du, o König, alle Herrschertugenden im höchsten Maße besitzt und dein Land durch dich so gesegnet ist, so mußte es uns weh tun, dich ohne Nachkommen zu sehen; nun hat aber Gott unser Gebet erhört. Deine Hingebung und volles Vertrauen zu Gott wurde belohnt, wie das des Raben mit der Schlange.« Der König fragte: »Was ist das für eine Geschichte?«

Geschichte des Raben und der Schlange.

Wisse, o König, erzählte der zweite Vezier: Einst wohnte ein Rabe mit seinem Weibchen auf einem Baum. Als die Zeit kam, wo sie Junge ausbrüteten – es war im Sommer – da kroch eine Schlange aus ihrer Höhle hervor, hing sich an die Wurzel des Baumes fest, schlich hinauf, bis sie zu dem Nest des Raben gelangte, legte sich hinein und brachte den ganzen Sommer darin zu. Der Rabe wartete, bis sie nach der heißen Jahreszeit das Nest wieder verließ, und ging dann wieder hinein mit seinem Weibchen und sagte zu diesem: »Laßt uns Gott danken, der uns von diesem Übel befreit, und haben wir auch dieses Jahr keine Jungen ausbrüten können, so hören wir doch nicht auf, auf Gott, unseren Schöpfer, zu vertrauen, und danken wir ihm, daß er uns gesund und wohl wieder hierher zurückkehren ließ. Wir müssen uns eben in seinen Willen fügen, vielleicht werden wir das nächste Jahr uns an unseren Jungen freuen.« Als aber die Zeit kam, wo sie wieder Eier legten, kam die Schlange wieder aus ihrer Höhle, und wollte wieder auf den Baum kriechen und in das Nest des Raben schleichen. Da ließ sich aber ein Raubvogel vom Himmel herunter, biß sie in den Kopf, daß sie ohnmächtig zu Boden fiel, und die Ameisen sich um ihre Wunde sammelten und sie auffraßen. Der Rabe lebte nun in Ruhe mit seinem Weibchen, das ungestört seine Eier ausbrütete und den Schöpfer pries. – »So wollen auch wir Gott danken, daß er dich mit einem Sohne gesegnet, und beten, daß er alles zu einem glücklichen Ende führe!« Der dritte Vezier begann hierauf: »Freue dich, o König, mit der Wohltat des Himmels, der dir ebenso hold ist, wie allen Menschen, die in deinem Reich leben. Alles, was der Mensch hat, kommt ihm ja von Gott, der jeden nach Willen beschenkt, den einen mit Wohlstand und Kindern, den anderen mit Vernunft und Verstand; er erhebt und erniedrigt, macht reich oder arm, und für alles muß man ihm danken. Aber du, o König, gehörst zu den Glücklichen in diesem Leben, und wirst es auch einst jenseits werden. Doch jeder muß mit seinem Los zufrieden sein, und wer sich nicht begnügt mit dem, was er hat, dem geht es wie dem wilden Esel mit dem Fuchs.« Der König fragte: »Was ist das für eine Geschichte?« Der Vezier antwortete:

Geschichte des wilden Esels mit dem Fuchs.

Man erzählt, o König! Einst lebte ein Fuchs, der jeden Tag seine Höhle verließ, um sich seine Nahrung zu verschaffen. Eines Tages, als er wie gewöhnlich aufs Gebirge ging, traf er einen anderen Fuchs, und sie erzählten einander, was sie auf ihrem Raubzug gefangen. Da sagte der eine: »Ich traf gestern einen toten wilden Esel, und da ich sehr hungrig war, – denn ich hatte in drei Tagen fast gar nichts gegessen – freute ich mich sehr darüber und dankte Gott, der mir ihn beschert. Ich habe mich an dessen Herz so satt gegessen, daß ich seit drei Tagen nicht hungre.« Als der andere Fuchs dies hörte, beneidete er ihn und dachte bei sich: Ich muß doch auch einmal ein Eselsherz essen, um satt zu werden. Er ging so lang mit diesem Gedanken um, bis er ganz mager wurde und erschöpft in seiner Höhle lag. An diesem Tag gingen Jäger auf die Jagd und konnten den ganzen Tag nichts schießen, bis sie endlich einen wilden Esel trafen. Einer von ihnen schoß mit einem Pfeile nach ihm, der im Herzen stecken blieb, worauf der wilde Esel leblos vor die Höhle des Fuchses hinfiel. Die Jäger wollten dem Esel den Pfeil aus dem Herzen ziehen, aber nur das Holz ging heraus, die eiserne Spitze blieb darin stecken.

Als der Fuchs das Geräusch vor seiner Türe hörte, verbarg er sich bis Nachts, wo die Jäger wieder fort waren. Jetzt kam er langsam aus seiner Höhle hervor, denn er konnte vor Schwäche nicht mehr schnell gehen, und freute sich sehr, als er einen toten Esel vor der Türe fand, und dankte Gott, der ihm so seinen Wunsch ohne Mühe erfüllt. Er ging heißhungrig darauf los, riß ihm den Leib auf und wühlte mit seinem Kadaver umher, bis er das Herz fand. Aber die Spitze des Pfeils blieb ihm im Hals stecken und brachte ihn dem Tod nahe; da klagte und jammerte er: »Mir geschieht es recht; kein Geschöpf soll mehr verlangen, als ihm Gott zugeteilt – ich wäre jetzt nicht in solcher Not, wenn ich mich mit Gottes Gabe begnügt hätte.« – »So, o König, wagten auch wir nichts mehr von Gott zu fordern, aber er hat dich doch mit einem Erben beglückt, dem er ein langes Leben schenken und den er deinen Pfad betreten lassen möge!« Dann sprach der vierte Vezier: »Wenn ein König weise ist und versteht, beglückend über seine Untertanen zu herrschen, wenn er sich zum Guten wendet und das Böse meidet, wenn er die Abgaben seines Volkes erleichtert, ihr Blut schont und ihre Schwäche deckt, so wird dadurch sein Reich immer mehr befestigt, er wird stets gegen seine Feinde siegen und durch Gottes Huld alles erlangen, wonach er strebt. Ein gewalttätiger Regent aber wird sich und seine Untertanen ins Verderben stürzen, und es wird ihm gehen, wie dem König mit dem Reisenden.« Der König fragte, was das für eine Geschichte wäre? Da erzählte der Vezier:

Geschichte des Königs und des Wanderers.

Wisse, o König! Einst herrschte im äußersten Westen ein König, der sehr gewalttätig war, und sowohl seine Untertanen, als Fremde, die in sein Land kamen, unterdrückte. Jeder Fremde fürchtete sich, sein Land zu betreten, denn es wurde ihm nur der fünfte Teil seines Besitzers gelassen und die übrigen vier Fünfteile für den König weggenommen. Es traf sich nun, daß einst ein Wanderer, der von Jugend auf nur dem Gottesdienst lebte, auf seinen Reisen auch die Residenz dieses Königs besuchte. Sobald er ans Tor kam, fielen die Beamten, die die vier Fünftel einzunehmen hatten, über ihn her und untersuchten sein Gepäck; sie fanden aber nur zwei Kleider auf ihm, von denen sie ihm das eine auszogen, nachdem sei ihn vorher tüchtig durchprügelten. Der

fromme Wanderer schrie: »Wehe euch, ihr Übeltäter, ich bin ein armer Pilger, was tut ihr mit meinem Kleid? Laßt mir es, oder ich verklage euch beim Regenten.« Sie antworteten: »Wir handeln nach dem Befehl des Regenten; tue, was du willst!« Da dachte der Wanderer bei sich selbst: »Ich will einmal zum Regenten gehen und sehen, ob diese Leute die Wahrheit sagen. Er erkundigte sich nach dem königlichen Palast; aber als er hineintreten wollte, hielten ihn die Pförtner auf und mißhandelten ihn. Nun dachte er: Es bleibt mir nichts anderes übrig, als zu warten, bis der König ausgeht, dann will ich ihm klagen, was mir widerfahren. Während er so dachte, hörte er, wie jemand aus dem Palast sagte: »Der König geht auf die Jagd.« Da freute er sich sehr und stellte sich auf den Weg, wo der König vorbeireiten mußte, grüßte ihn und sagte: »O König, höre meine Klage! Ich bin ein armer Wanderer, werde überall gut behandelt, wohin ich mich wende; als ich aber hierher kam, fielen deine Leute über mich her, schlugen mich und zogen mir ein Kleid aus; nun bitte ich dich um deinen Beistand.« Da sagte der König: »Wer hieß dich als Fremder meine Stadt betreten?« Der Wanderer antwortete: »Ich habe gefehlt, o König, ich will nie mehr diese Stadt betreten, laß mir nur mein Kleid zurückgeben.« Der König versetzte: »Du beklagst dich, daß wir dir dein Kleid genommen und freuest dich nicht, daß dein Leben verschont geblieben; morgen will ich dir auch das Leben nehmen.« Hierauf ließ ihn der König einsperren. Der Wanderer bereute es, nicht sein Leben gerettet und lieber sein Kleid aufgegeben zu haben. Als es Nacht wurde, betete er: »O Gott, du kennst meine Lage diesem Tyrannen gegenüber, ich flehe dich an, rette mich aus seiner Hand und bestrafe diesen gewalttätigen Mann, der Arme und Fremde unterdrückt: Du bist doch der gerechte und allwissende Richter.« Der Gefängniswärter, der dieses Gebet hörte, dachte, als um Mitternacht ein Brand ausbrach, der den König mit seiner ganzen Familie verzehrte und die ganze Stadt in Asche verwandelte, das ist gewiß nur in Folge des Gebets des Wanderers geschehen; er befreite ihn daher und rettete sich mit ihm in eine andere Stadt. – »So, mächtiger Herr, enden ungerechte Tyrannen: Sie werden hier von allen verflucht, und Gottes Strafe harrt ihrer in jenem Leben. Wir aber, o König, danken morgens und abends dem Herrn, daß er uns einen so edlen und beschützenden Herrn geschenkt. Wir waren nur darüber betrübt, daß er dir einen Erben versagt, und fürchteten, es möchte dir jemand folgen, der die Treue gegen uns verletzt. Nun hat aber der gnädige Gott uns auch von dieser Sorge befreit, indem er dich mit einem Sohne gesegnet, den er in dauerndem Ruhm und Glück dir nachfolgen lasse!« Der fünfte Vezier begann: »Gepriesen sei der allmächtige Gott, der edle Gaben spendet denen, die in reiner Absicht ihn anflehen, der seine Huld schenkt denen, die durch einen religiösen Lebenswandel ihm ihre Dankbarkeit bezeigen: So hat auch Gott dich, o König! der du die höchsten Tugenden besitzest, nach langer Hoffnungslosigkeit noch mit einem Sohne gesegnet, mit dem wir uns herzlich freuen, weil wir stets befürchteten, du möchtest ohne Nachkommen sterben, wir aber in Fehde und Zwiespalt zuletzt untergehen, wie die Raben durch den Falken.« Der König fragte: »Wie war das?«

Geschichte des Falken und der Raben.

Wisse, o König! erzählte der Vezier: Es lebten einst in einem weiten Tal, das reich an Früchten, Flüssen und Brunnen war, viele Vögel, welche den Schöpfer des Tags und der Nacht priesen. Die meisten dieser Vögel waren Raben, die in Friede und Sicherheit unter einem von ihrem Geschlecht lebten, der die Obergewalt mit vieler Milde und Güte handhabte und sie gegen die größten Raubvögel beschützte. Groß war daher die Trauer der Vögel, als ihr Anführer starb. Sei versammelten sich, um einen Nachfolger zu wählen, aber es entstand ein großer Zwist unter ihnen, weil manche wieder einen Raben wählen wollten, andere aber nicht. Endlich kamen die Obersten der Vögel dahin überein, daß alle Vögel einen Tag fasten und am folgenden Morgen bei Sonnenaufgang zu gleicher Zeit in die Höhe fliegen sollten: Wer dann am höchsten flöge, der sollte König werden. Dies geschah am folgenden Tage, und nach langem Wettflug sahen die Vögel in die Höhe und fanden einen Falken über sie alle hervorragen. Dieser wurde nun einstimmig zum König gewählt; er übernahm gern die Regierung und versprach, seine Untertanen noch besser als sein Vorgänger zu behandeln. Aber bald nach seinem Regierungsantritte flog er jeden Tag mit einer Abteilung Vögel nach einer Höhle, fraß dort ihre Augen und ihr Gehirn, und warf ihren Körper ins Wasser. Die Vögel merkten bald, daß ihre Zahl jeden Tag geringer wurde; sie gingen daher zum Falken und sagten: O König! Wir wissen nicht, wie es zugeht, daß wir seit deinem Regierungsantritt uns jeden Tag vermindern, und besonders vermissen wir solche Vögel, die als deine Diener dich umgeben.« Der Falke erwiderte zürnend: »Gewiß bringt ihr die Vögel aus meinem Gefolge ums Leben, und jetzt fordert ihr sie vor mir.« Er sprang dann auf sie los, nahm zehn ihrer Häupter gefangen, drohte ihnen mit dem Tod und ließ sie im Angesicht aller

Vögel prügeln. Nun bereuten die Vögel, was sie getan, und sagten: »Wir wußten wohl, daß es uns nach dem Tod unseres ersten Königs schlecht gehen würde, aber wir verdienen es um so mehr, weil wir einen Fremden über uns gesetzt; mit Recht sagt das Sprichwort: »Wer nicht von den Seinigen regiert sein will, der wird vom Feind tyrannisiert; nun bleibt uns nichts übrig, als uns zu zerstreuen und in fernen Gegenden einen Zufluchtsort zu suchen.« – »So, o König! fürchteten auch wir, es möchte ein gottloser Mann einst unser König werden; nun hat aber Gott dich mit einem Sohne gesegnet, von dem wir nur Heil erwarten.« Dann sprach der sechste Vezier: »Du hast gehört, o König, wie es den Vögeln mit dem Falken gegangen und wie auch wir ein ähnliches Los befürchteten. Nun müssen wir nur noch zu Gott beten, daß er deinem Sohne ein langes Leben schenke. Zwar kann der Mensch nie im voraus wissen, ob das, was er wünscht, ihm frommt oder nicht, und es könnte manchem durch vermessene Wünsche gehen, wie dem Schlangenbeschwörer und seiner Frau und seinen Kindern.« Der König fragte: »Wie ging es diesen?« Da erzählte der Vezier:

Geschichte des Schlangenbeschwörers und seiner Frau und Kinder.

Wisse, o König! Einst lebte ein Mann, dessen Geschäft war, Schlangen zu erziehen, um sie über die Zukunft zu befragen. Er hielt seine Schlangen in einem großen Krug vor den Seinigen verborgen, ging jeden Morgen damit in die Stadt, um durch seine Schlangen Nahrung zu suchen, und kehrte abends wieder nach Hause zurück und verbarg den Krug. Aber eines Tages bemerkte seine Frau diesen Krug und fragte ihn, was er enthalte? Ihr Mann sagte ihr: »Was liegt dir daran? haben wir nicht unser tägliches Brot im Überfluß? Begnüge dich damit und frage nicht weiter.« Die Frau schwieg, dachte aber bei sich: Ich werde schon durch irgend eine List Mittel finden, zu sehen, was in diesem Krug ist. Sie hieß dann auch ihre Kinder, den Vater zu bitten, daß er ihnen sage, was sein Krug enthalte. Die Kinder, welche glaubten, es sei etwas zu essen darin,

plagten nun ihren Vater täglich, er möchte ihnen doch zeigen, was er in seinem Krug habe; er aber wies sie ab und suchte sie durch allerlei Ausreden zufriedenzustellen. Nach langer Weigerung des Schlangenbeschwörers verabredeten sich endlich seine Kinder mit ihrer Mutter, sie wollten vor ihrem Vater nichts mehr essen noch trinken, bis er ihnen zeige, was in dem Krug verborgen. Als der Vater bald darauf mit allerlei Speisen nach Hause kam und die Kinder zum Essen einlud, stellten sie sich recht böse und nahmen nichts an. Der Vater gab ihnen süße Worte und fragte sie, was sie für Speisen, Getränke oder Kleidungsstücke wünschten. Sie antworteten aber: »Wir wollen nichts, als daß du uns deinen Krug öffnest, damit wir sehen, was darin ist; sonst bringen wir uns um.« Er erwiderte: »Es wird euch nichts Gutes daraus entsprießen, wohl aber großes Unglück.« Doch die Kinder hörten nicht auf zu murren und zu trotzen, bis ihr Vater einen Stock herbeiholte und ihnen mit Schlägen drohte und, als sie davonliefen, sie ins Innere der Wohnung verfolgte. Während er aber mit seinen Kindern beschäftigt war und die Frau allein mit dem Krug blieb, in welchem die Schlangen waren, deckte sie ihn auf. Die Schlangen krochen heraus und töteten sie und ihre Kinder, nur ihr Mann entkam durch eine schnelle Flucht aus dem Haus. – »Daraus merkte ich mir, o König! daß kein Mensch so zudringlich etwas begehren soll, das ihm Gott nicht gewähren will. Aber du, o König! warst geduldig und ergeben, hast auf Gott vertrauend ihn nicht zu sehr mit Bitten um ein Kind bestürmt, er erkannte aber dein Inneres und segnete dich mit einem Sohne, den er zu deinem gerechten, gottgefälligen Nachfolger heranwachsen lassen möge.« Der siebente Vezier sprach endlich: »Ich habe vernommen, was die gelehrten sechs Veziere vor mir über deinen ausgezeichneten Lebenswandel gesagt. Auch ich danke dem Herrn, der dir einen Sohn geschenkt, die edelste Gabe, die einem Menschen auf Erden werden kann, denn wer kinderlos stirbt, dessen Andenken erlischt mit ihm. Durch dein Vertrauen auf Gott ging es dir, wie der Spinne mit dem Wind.« Der König fragte, was das für eine Geschichte wäre, und der Vezier fuhr fort:

Geschichte der Spinne mit dem Wind.

Wisse, o König! Eine Spinne setzte sich einst an einem hohen Mastbaum fest, baute sich dort ihr Haus, wohnte darin in voller Ruhe und dankte Gott für den sicheren Zufluchtsort, den sie gefunden. Aber nach einiger Zeit wollte Gott ihre Geduld und Ausdauer prüfen; er ließ einen heftigen Sturm wehen, der sie samt ihrem Haus wegriß und auf das tobende Meer schleuderte. Aber bald trieben die Wellen sie wieder ans Land und sie dankte Gott für ihre Rettung; doch stellte sie den Wind zur Rede und sagte: »Warum hast du aus meiner Wohnung mich vertrieben, ist das von Gott erlaubt?« Der Wind antwortete: »O Spinne! Weißt du nicht, daß diese Welt eine Wohnung des Unglücks ist? Wem hat je das Glück immer gelächelt? Weißt du nicht, daß Gott seine Geschöpfe versucht, um ihre Geduld zu prüfen? Was klagst du, da er dich aus dem furchtbaren Meer gerettet? Die Spinne antwortete: »Du hast recht, ich bin Gott Dank schuldig und ich vertraue ihm auch, er wird in diesem fremden Land mein Führer sein und mich in meine Heimat zurückbringen.« Hierauf versetzte der Wind: »Ich selbst hoffe mit dem nächsten Westwind dich wieder mitzunehmen, weil du so dankbar und so gottergeben bist; vertraue nur auf Gott; wer ihm vertraut, dem kommt er entgegen, wer mit Geduld ausharrt, der erreicht das Ziel.« Die Spinne betete nun mit noch mehr Hingebung zu Gott; Gott erhörte ihr Gebet und gebot einem sanften Wind, sie wieder in ihre Heimat zu tragen. – »So wollen auch wir jetzt zu Gott beten, der lange deine Ausdauer geprüft und nun in deinem Alter dir noch einen Sohn geschenkt hat, daß er diesem verleihe, was er dir an Macht und Ruhm verliehen.« Als der König die sieben Veziere vernommen und ihnen für ihr Lob und ihre Glückwünsche gedankt hatte, sagte er: »Wisset

o Veziere! Gottes Beschluß ist unabänderlich, sein Wille geschehe an meinem Sohn; was er voraus bestimmt hat, trifft sicherer ein, als alles, was ihr von dessen Widerspenstigkeit und Treulosigkeit voraussehet; lasset uns hoffen, daß Gott ihn segnen und zu einem frommen, tugendhaften Regenten heranwachsen lassen wird! Amen.« Hierauf erhoben sich die Veziere und verbeugten sich vor dem König, der sie mit reichen Geschenken entließ. Dann ging der König zu seinem Sohn, küßte und segnete ihn und nannte ihn Wardchan. Als der Prinz zwölf Jahre alt war, ließ ihm der König ein Schloß bauen mit dreihundertundsechzig Gemächern, und übergab ihn drei Lehrern, die ihn in allen Wissenschaften unterrichten sollten. Sie mußten jeden Tag in einem anderen Zimmer zubringen, und wenn sie es verließen, auf die Tür schreiben, was der Prinz an diesem Tag gelernt, und alle sieben Tage dem König Bericht erstatten. Da der Prinz viel Verstand, Geist und Gedächtnis hatte, auch mit derselben Lust die Lehren aufnahm, wie ein Kranker ein Arzneimittel, durch welches er seine Gesundheit wieder zu erlangen hofft, so bezeigten sie dem König ihre Zufriedenheit mit demselben und sagten ihm, sie hätten in ihrem Leben keinen Schüler gehabt, der alles so leicht begreife; sie scheuten daher auch keine Mühe, um ihn alles zu lehren, was sie wußten, weshalb ihnen der König immer mehr Ehre erwies. Bald übertraf Wardchan alle seine Zeitgenossen in seinen Kenntnissen, und die Lehrer stellten ihn seinem Vater vor mit den Worten: »Freue dich, o König; mit deinem Sohn, der alles gelernt hat, was wir selbst wissen.« Der entzückte König dankte Gott, ließ den Vezier Schimas rufen und teilte ihm die Worte der Lehrer seines Sohnes mit. Der Vezier sagte: »Der rote Rubin glänzt auch aus dem härtesten Gebirge hervor; dein Sohn aber ist eine kostbare Perle, aus anderen edlen Perlen entsprungen, und sein reicher Verstand stimmt mit seiner schönen Gestalt überein. Nun halte ich es für angemessen, o König, daß du morgen alle Veziere und Gelehrten und Philosophen zusammen berufest, damit sie öffentlich sich mit dem Prinzen unterhalten und ein jeder sich von seinen Kenntnissen überzeuge.«

Der König billigte diesen Vorschlag, und am folgenden Tag, als alle Gelehrten der Stadt versammelt waren, trat zuletzt Schimas in die Versammlung und verbeugte sich vor dem Prinzen. Als dieser sich zu gleicher Zeit vor Schimas verbeugte, sagte letzterer: »Es ziemt einem jungen Löwen nicht, daß er vor einem anderen Tier sich verbeuge, und nicht dem Licht, daß es gegen die Finsternis ehrerbietig sei.« Da erwiderte der Prinz: »Auch der junge Löwe verbeugt sich vor dem Leoparden, und das Licht vor der Finsternis, um zu sehen, was darin verborgen ist.« Schimas bat dann um Erlaubnis, einige Fragen an ihn zu richten, und als der Prinz sie zu beantworten sich erbot, fragte er: »Welcher Mensch ist der vorzüglichste?« – »Derjenige, der die zukünftige Welt dieser vorzieht.« – »Und wer kann dies?« – »Derjenige, welcher bedenkt, daß er in einer vergänglichen Welt lebt, daß er sterben muß, daß dem Tod ein neues Leben und ein Tag des Gerichts folgt, und daß, wer hier nicht fromm lebt, keine gute Zukunft zu erwarten hat. Den Bewohnern dieser Welt geht es wie Handwerkern, die einst in einem engen Haus eine Arbeit zu verrichten hatten; jedem war sein Werk vorgezeichnet, und es wurden Aufseher angestellt, die einen jeden nach vollendeter Arbeit aus dem Haus befreien und ihn reichlich belohnen, die Müßiggänger aber hart bestrafen sollten. Während sie nun an der Arbeit waren, zeigte sich ihnen ein Honigstock, sie kosteten ihn und fanden ihn süß, vernachlässigten aber die Arbeit, um an der Süßigkeit des Honigs sich zu ergötzen, und alle Warnungen der Aufseher blieben fruchtlos. Als der Oberste dies vernahm, befahl er den Aufsehern, alle umzubringen, die wegen des bischen Süßigkeit ihr Werk vernachlässigt, diejenigen aber zu belohnen, welche die Süßigkeit verschmäht.« – »Du hast recht; doch wie lassen sich die Bedürfnisse dieser Welt mit den Ansprüchen der zukünftigen vereinigen? Wenn der Mensch nicht für irdische Bedürfnisse sorgt, so geht doch sein Körper zugrunde.« – »Man kann auf dem Weg des Rechtes für irdische Bedürfnisse sorgen, aber ein Teil des Tages genügt dazu, den übrigen soll man seinem Seelenheil und dem zukünftigen Leben widmen. Ich will dir hierüber noch ein Beispiel anführen.«

Der Prinz fuhr fort: »Einst herrschten gleichzeitig zwei Könige, von denen der eine gerecht, der andere aber gewalttätig war. Das Land des letzteren war sehr fruchtbar und lieblich, und reich an Fundgruben und Perlen und Edelsteinen; der König war aber so habgierig, daß er alle Kaufleute in seinem Land beraubte. Als der gerechte König, der ein großer Liebhaber von Edelsteinen war, von diesem Reich hörte, ließ er einen seiner Leute rufen, gab ihm viel Geld und befahl ihm, in jenes Land zu reisen, um Edelsteine für ihn zu kaufen. Sobald aber der gewalttätige König von der Ankunft dieses Mannes hörte, ließ er ihn vor sich kommen, und sagte ihm: »Wehe dir! Weißt du nicht, wie ich selbst gegen die Kaufleute meines eigenen Landes verfahre? Wie magst du, Fremdling, mein Land betreten? Wer bist du?« Der Kaufmann sagte ihm, sein König habe ihn mit Geld hierhergeschickt, um Edelsteine einzukaufen und das Geld, das er bei sich habe, gehöre nicht ihm. Da erwiderte der König: »Ich lasse dich nicht lebendig aus meinem Land ziehen, wenn du mir nicht dein Geld gibst.« Der Kaufmann ließ den Kopf sinken und dachte bei sich: »Ich stehe hier zwischen zwei Königen; widerstehe ich diesem, so läßt er mir mein Geld mit Gewalt nehmen und mich umbringen, stelle ich ihn zufrieden, so wird mein König, dem das Geld gehört, mich umbringen lassen. Das beste ist, ich gebe diesem König einen Teil meines Geldes und rette dadurch mein Leben, für das übrige kaufe ich Edelsteine, die hier ja so wohlfeil sind, und bringe sie meinem König, und so stelle ich beide zufrieden. Der Kaufmann bot hierauf dem König eine bedeutende Summe und bat um Erlaubnis, noch einige Zeit im Land bleiben zu dürfen, um die Geschäfte seines Königs zu verrichten. Der König nahm das Geld und gewährte dem Kaufmann seine Bitte. Dieser kaufte für das ihm übriggebliebene Geld die kostbarsten Edelsteine um einen

sehr geringen Preis, reiste dann wieder in seine Heimat und entschuldigte sich bei seinem König. Der gerechte König nahm seine Entschuldigung an, setzte ihn zur Rechten in seinem Divan und sicherte ihm ein reiches Einkommen für sein ganzes Leben zu.« – Als der Vezier nach der Anwendung dieses Beispiels fragte, sagte der Prinz: »Der gerechte König stellt die zukünftige Welt vor, der gewalttätige diese Welt; der Kaufmann ist das Bild des Menschen, das Geld bedeutet die Gaben Gottes, und die Edelsteine die schönen frommen Werke; wer sich damit begnügt, für unentbehrliche Bedürfnisse dieses Lebens tagtäglich zu sorgen und mit der übrigen Zeit sich jene Welt zu verschaffen sucht, der stellt beide Teile zufrieden.« Der Vezier fragte dann: »Werden Körper und Seele gleich sein in Lohn und Strafe?« – »Sie nehmen gleichen Anteil an allem, denn sie handeln auch hier in Gemeinschaft, wie einst ein Blinder und ein Lahmer.« – »Was ist das für eine Geschichte?« – Ein Blinder und ein Lahmer, welche Freunde waren und miteinander bettelten, wünschten sich eines Tages, ein reicher Mann möchte sie doch in seinen Garten aufnehmen; dies hörte ein gutherziger Mann, der einen Garten hatte, er bemitleidete sie, nahm sie in seinen Garten, pflückte ihnen Früchte, ließ sie im Garten und bat sie nur, nichts darin zu verderben. Sobald diese aber die süßen Früchte gekostet hatten, schmeckten sie ihnen so gut, daß sie nach mehr gelüsteten.

Der Lahme und der Blinde teilten einander ihr Verlangen mit; der Lahme bedauerte, nicht zu den Früchten gelangen zu können, und der Blinde, sie nicht zu sehen. Während sie so nach diesen Früchten schmachteten, kam der Wächter zu ihnen und fragte sie, warum sie so traurig wären; als sie ihm die Ursache gestanden, rief er ihnen zu. »Wehe euch! Habt ihr nicht gehört, wie der Eigentümer des Gartens euch gewarnt hat, nichts zu verderben? Bezähmet daher eure Begierde, sonst wird er euch aus seinem Garten jagen.« Aber sie erwiderten: »Wir müssen von diesen Früchten haben, der Eigentümer wird nichts merken; wir bitten dich, uns nicht zu verraten

und uns ein Mittel anzugeben, wie wir unsere Begierde befriedigen können.« Als der Wächter sah, daß sie seinem Rat nicht folgen wollten, sagte er zum Blinden: »Richte dich auf und nimm den Lahmen auf deine Schultern, er wird mit seinen Augen dich leiten und du mit deinen Füßen ihn zum Baum tragen; ich entferne mich, und ihr könnt dann eure Lust stillen.« Der Blinde erhob sich sogleich, nahm den Lahmen auf die Schultern und trug ihn an den Baum hin, wo sie nun Früchte pflückten und Zweige zusammenrissen und den ganzen Garten zertraten. Sobald der Eigentümer des Gartens aber heimkehrte und den ganzen Garten in Unordnung fand, ging er zornig auf sie los und sagte ihnen: »Was habt ihr getan? Ist das der Lohn dafür, daß ich euch in meinen Garten gelassen und euch von dessen Früchten gereicht habe? Konntet ihr so mein Vertrauen mißbrauchen?« Sie antworteten: »O Herr! Du weißt doch, daß mir nichts verderben konnten, der eine ist ja blind und der andere lahm.« Aber er erwiderte: »Wollt ihr eure Tat auch noch leugnen? Glaubt ihr, ich wisse nicht, wie ihr es gemacht? Hättet ihr eure Schuld gestanden, so würde ich euch eueres Weges gehen lassen; weil ihr sie aber noch leugnet, verdient ihr bestraft zu werden.« Er jagte sie hierauf aus dem Garten und warf sie in einen Kerker, wo sie umkamen. – »Die Bedeutung dieser Parabel«, fuhr der Prinz fort, »ist folgende: Der Blinde stellt den Körper vor und der Lahme die Seele; der Garten ist das Bild der Welt, der Eigentümer des Gartens ist

Gott der Schöpfer; der Baum bedeutet die tierische Lust, und der Wächter den Verstand, der vor dem Bösen warnt und das Gute empfiehlt; darum müssen auch Körper und Seele Lohn und Strafe miteinander teilen.« Schimas fragte ferner: »Welcher Gelehrte ist der Vorzüglichste?« – »Der nach den Geboten des Herrn handelt, nur *sein* Wohlgefallen sucht und seinen Unwillen scheut.« – »Welche Gebote sollen wir uns am meisten zu Herzen nehmen?« – »Die, welche uns auffordern, gegen Nebenmenschen mild zu sein, unseren Stolz zu beugen und oft an Gott zu denken; wer dies tut, gleicht dem, der einen klaren Spiegel immer säubert, so daß er stets an Glanz zunimmt.« – »Welche Schätze sind die vorzüglichsten?« – »Die des Himmels, Lob und Preis Gottes; auch Wohltätigkeit gehört zu den Schätzen des Himmels.« – »Was entstellt Einsicht, Vernunft und Wissenschaft?« – »Die Begierden und Leidenschaften; sobald diese bei den Menschen Eingang finden, entarten sie alle seine Vorzüge, und er gleicht dem in der Luft schwebenden Raben.« – »Wieso das?«

»Ein Rabe«, erzählte der Prinz, »der verständigste und bescheidenste aller Vögel seiner Zeit, lebte lange in einer einsamen Wüste; da kam eines Tages ein Jäger in die Wüste, spannte sein Netz auf, warf ein Stückchen Fleisch hinein und ging fort. Der Rabe sah dies aus der Ferne, aber seine Begierde nach dem Fleisch war so groß, daß er das Netz darüber vergaß; er ließ sich herunter, fiel über das Fleisch her und verstrickte sich im Netz. Als der Jäger wiederkam und den Raben im Netz sah, sagte er ganz erstaunt: Ich habe das Netz nur für kleine Vögel ausgespannt, wie kommt's, daß du, verständiger Rabe, dich in eine solche Gefahr stürzest? – »Daraus sehen wir«, fuhr der Prinz fort, »daß die Lüsternheit über alle Tiere viel Gewalt übt. Der Mensch muß daher, wenn er mit den Augen seines Verstandes sich von Begierden ergriffen sieht, mit aller Kraft dagegen kämpfen und sich nicht von ihnen, wie ein Esel am Zaum, in den Abgrund führen lassen, sonst geht es ihm schlecht und er findet nie Ruhe.« Der Vezier fragte dann: »Was ist der Vezier dem Sultan schuldig?« – »Ihm seinen Rat zu erteilen«, antwortete der Prinz, »seine Geheimnisse zu bewahren, ihn über alles aufzuklären, nichts zu vernachlässigen, was ihm übertragen ist, dem Zorn des Königs auszuweichen, auf eine Weise ihn anzureden, daß er ihn wohl verstehe, nicht mehr von ihm zu fordern, als seine Stellung ihm gegenüber ziemt, ihn zart wie ein Kind zu behandeln und ihn nie in seinen Reden zu verletzen, sonst möchte es ihm gehen, wie dem Jäger mit dem Löwen.« – »Wie war das?« fragte Schimas. Der Prinz erzählte: »Einst lebte ein Jäger, der wilden Tieren nachjagte, ihr Fleisch verkaufte und ihre Haut und was er nicht verkaufen konnte, einem Löwen hinwarf, der sich in der Wüste an ihn gewöhnt und zuletzt so zahm wurde, daß er sich ihm nähern, seinen Rücken streicheln und seinen Schwanz in die Hand nehmen durfte. Als der Jäger die Unterwürfigkeit des Löwen sah, dachte er eines Tages: Ich will einmal auf ihm reiten, um mich dessen bei meinen Freunden rühmen zu können. Als er dies tat, geriet der Löwe in Zorn, hob die Tatze auf, schlug den Jäger damit, zerriß ihn mit seinen Klauen und trat ihn mit Füßen. So darf auch der Vezier«, schloß der Prinz, »durch die Milde des Sultans sich nicht verleiten lassen, ihn zu beleidigen.« Dann fragte Schimas: Was soll ein Vezier tun, wenn der König ungerecht und gewalttätig ist, wenn ihm schlechte Handlungen aufgetragen werden und er nicht imstande ist, den Sultan vom Bösen abzubringen?« – »So soll er«, antwortete der Prinz, »nachdem sein wiederholter Rat nicht angehört worden, sich von ihm trennen.« – »Und was sind dem König seine Untertanen schuldig?« – »Ihm gehorsam sein, an seiner Freude, wie an seinen Leiden, teilnehmen, ihm geben, was ihm gebührt, ihr Leben für ihn opfern und ihm dankbar sein, wenn er gerecht und wohltätig ist.« – »Und was ist der König seinen Untertanen schuldig?« – »Ein König, der sein Reich befestigen will, muß Gottes Gebote befolgen, gegen alle seine Untertanen gerecht sein und sich eifrig mit den Regierungsangelegenheiten beschäftigen.«

Nachdem nun der Prinz noch über vieles andere gefragt wurde, und seine Antworten den höchsten Beifall aller Anwesenden gefunden hatten, fragte der König: »Nun, was sagt ihr zu diesem Prinzen? Verdient er euer König zu werden?« Schimas antwortete: »O mächtiger, einsichtsvoller, treuherziger König! Du bist unser Herr und Gebieter, und nach deinem Willen richtet sich all unser Streben; jeder von uns wird sich freuen, wenn du sogleich deinen Sohn zu deinem Nachfolger ernennst, denn er ist würdig, König zu werden; er ist ja dein Sohn und hat seine Gelehrsamkeit vor allen Weisen an den Tag gelegt.« Der König, von dieser Antwort entzückt, sagte zu seinem Sohn: »Du bist, gelobt sei Gott, so verständig und so unterrichtet, daß wir dir nicht zu empfehlen brauchen, wie du deine Untertanen beherrschen sollst; du wirst nach Gottes Gesetzen Gerechtigkeit walten und durch die Macht dich nicht zum Bösen verleiten lassen; eine Stunde, mit Gerechtigkeitspflege zugebracht, zieht einen tausendjährigen Lohn nach, während Ungerechtigkeit dich ins Verderben stürzt; schließe dein Auge nicht, wenn Gewalt geübt wird, die deine Untertanen kränkt, schone ihr Blut und ihre Ehre, entziehe ihnen deine Nähe nicht, damit ihre Liebe stets zunehme; ehre deine Veziere, beherzige ihren Rat und wache stets für das Gute; begnüge dich mit dem, was du hast, und gelüste nicht nach dem Reich anderer, neige dich zu nichts hin, was das Gesetz oder dein Verstand verwirft; es wird dir wohl ergehen, wenn du alles dies beobachtest, und dich reuen, wenn du es vernachlässigst; bete zu Gott, daß er dich unter die ihm Gehorchenden und nicht unter die Widerspenstigen reihe.« Als alle Anwesenden »Amen« sagten, setzte der König seinem Sohn die Krone aufs Haupt, hob ihn auf seinen Thron und gebot allen Anwesenden, Häuptern der Truppen, Gelehrten und Vezieren, ihm zu huldigen und Treue in Wort und Gesinnung zu schwören. Nach dieser Huldigung lebte der König noch zehn Jahre; da überfiel ihn eine schwere Krankheit, die kein Arzt zu heilen vermochte. Als er sich dem Tod nahe sah, versammelte er alle Veziere und Häupter der Truppen und des Volkes, ließ auch seinen betrübten Sohn zu sich rufen und sagte: »Ich habe nun den letzten Tag dieses Lebens erreicht, ich trenne mich ungern von euch, doch niemand entgeht dem Tod. Fürchte Gott, mein Sohn, und gedenke dieser Stunde und des darauf-folgenden Gerichtstages, wo sich Schwereres ereignen wird, als du jetzt mit deinen Augen siehst.« Der Prinz sagte weinend: »Du weißt, daß ich dir stets gehorchte und deine Lehren beobachtete, ich will auch jetzt deinen letzten Willen vernehmen und ihn treu befolgen; doch wie kann ich deine Trennung ertragen? Wo finde ich einen anderen Vater, so liebend, so treu ratend?« Der König sagte: »Höre, mein Sohn, auf meine Worte und grabe sie in dein Herz; wenn du nach meinem Tod König wirst, so merke dir zehn Dinge, die ich erprobt und die ich dir, als meinen kostbarsten Schatz und teuersten Erwerb hinterlasse. Bist du im Zorn, so schweige; wirst du von einem Unglück heimgesucht, so habe Geduld; sprichst du, so sei wahr in deinen Reden; versprichst du etwas, so erfülle dein Versprechen; urteilst du, so sei mild; bist du mächtig, so sei großmütig; fordert man etwas von dir, so gewähre; bist du jemanden feind, so vergiß seine Schuld; lobt man dich, so sei freigebig; schmäht man dich, so sei gerecht.«

Hierauf wendete sich der König zu den übrigen Anwesenden und sagte: »O ihr Veziere und Häupter des Reiches! Ich weiß, daß ihr mir Freunde und treue Ratgeber wart, und erkenne es öffentlich zu dieser Stunde an; ihr wisset aber auch, daß ich einen jeden von euch ehrte und belohnte. Nun fordere ich von euch, daß ihr meinem Sohne werdet, was ihr mir waret, er wird gewiß in meine Fußstapfen treten: Bleibt einig untereinander, fürchtet Gott und gehorcht euren Oberen, ihr werdet dann nie euren Feinden unterliegen und eures Vaterlands Wohl sichern; hütet euch vor Widerspenstigkeit und Treuebruch, sonst stürzt ihr euch und euer Land ins Verderben und macht eure Feinde schadenfroh. Erinnert euch dessen, was ihr mir bei der Geburt des Prinzen geschworen,

bewahret den Bund, den wir miteinander geschlossen, Gott wird euch und meinem Sohn, der von nun an euer König ist, beistehen.« Als er diese Worte gesprochen hatte, überfielen ihn die Todeskrämpfe, seine Zunge wurde gelähmt, das Schwarze seiner Augen verbarg sich, er drückte seinen Sohn an sich, küßte und umarmte ihn, betete zu Gott um Verzeihung und verschied in Frieden. Alle Anwesenden weinten heftig, entkleideten und wuschen ihn, zogen ihm ein königliches Totengewand an, legten ihn in einen goldenen Sarg, trugen ihn in die königliche Gruft und beweinten ihn von ganzer Seele. Der Prinz teilte viel Almosen aus und wurde im ganzen Reich bemitleidet. Nach einigen Tagen kamen die Veziere und Großen des Reiches zu ihm und trösteten ihn, indem sie ihm sagten: »Du mußt nun die Trauer aus deinem Herzen verscheuchen, denn du bist durch den Tod deines Vaters unser König und mußt seine Stelle auf dem Thron einnehmen; was geschehen ist, war Gottes Wille, in den sich jeder fügen muß.« Der Prinz sagte: »Tut, was ihr für euch gut haltet, ich widersetze mich euerem Willen nicht.« Sie küßten ihm die Hände, zogen ihm die Erbprinz-Uniform aus und bekleideten ihn mit dem königlichen, golddurchwirkten und mit Perlen und Edelsteinen besetzten Gewand, setzten ihn auf den königlichen, mit Juwelen verzierten Thron und verbeugten sich vor ihm, wie sie es vor seinem Vater getan. Nach dieser Zeremonie mußten

Ausrufer in der Stadt verkünden, daß die Trauer ein Ende habe und daß jeder wie früher in Ruhe und Sicherheit kaufe und verkaufe. Alle Städte des ganzen Landes wurden sieben Tage lang festlich geschmückt, und es fanden allerlei Festlichkeiten, Mahlzeiten, musikalische Unterhaltungen und öffentliche Spiele statt. Am vierten Festtag ritt der König in der Mitte seiner Veziere an der Spitze seiner Truppen mit unzählbarem Gefolge aus; die Freude des Volkes war sehr groß, und von allen Seiten brachte man ihm Glückwünsche dar. Nachdem er viele Geschenke ausgeteilt hatte, ritt er unter Begleitung von Zimbeln und Trommeln, von deren Schall der Boden zitterte, in seinen Palast zurück. Bald wurde er noch mehr als sein Vater, wegen seiner Bildung, Weisheit und Tapferkeit, geachtet und geehrt, denn auch sein Verfahren gegen seine Untertanen war gerecht, mild und dem göttlichen Gesetz gemäß. Aber nach einiger Zeit verblendete ihn Satan durch weltliche Gelüste, er liebte allzu leidenschaftlich das schöne Geschlecht und übertrat deshalb die Gesetze Gottes und seine Pflichten gegen seine Untertanen; denn sobald er eine schöne Frau sah, mußte er sie besitzen, und war es auch die Frau seines Veziers; auch brachte er oft ganze Monate in seinem Harem zu, ohne sich um die Regierung zu kümmern.

Die Veziere waren über diese Lebensweise des Königs sehr betrübt; sie versammelten sich heimlich, um zu beraten, was zu tun sei, um das Land von dem Verderben zu retten, das ihm durch die Nachlässigkeit des Königs drohte. Sie ließen auch den Vezier Schimas rufen und fragten ihn, ob der Lebenswandel des Königs, der allen Verträgen zuwider handle und oft ganze Monate unsichtbar bleibe, ihm keine Sorgen mache? In diesem Augenblick sah Schimas einen der Offiziere des Schlosses, welcher aus dem Palast kam; er ging auf ihn zu und sagte ihm: »Melde dem König, ich habe ihm etwas Wichtiges mitzuteilen und bitte nach seinem Mittagsmahl um die Erlaubnis, ihn zu besuchen, vergiß aber ja nicht!« Nach der Tafel ging der Offizier zum König und sagte ihm: »Schimas bittet um die Erlaubnis, dir etwas Wichtiges mitzuteilen.« Der König ließ ihn hereinkommen, und nach wechselseitigen Grüßen fragte er ihn erschrocken, was ihn herbringe? Schimas erwiderte: »Erschrick nicht vor mir, o erhabener König, ich sehnte mich nach deinem glor-

reichen Antlitz, das ich solange schon nicht gesehen, auch wünsche ich dir einiges mitzuteilen.« – »Sprich, ohne Scheu!« – »O König! Gott hat von deiner Jugend an dich durch Kenntnisse und Weisheit ausgezeichnet und dir Macht und Reich geschenkt, damit du über deine Herde wachest; nun zerstreue nicht, was er dir gesammelt, zerstöre nicht, was er gebaut, entwürdige nicht, was er so herrlich ausgestattet; ich sehe leider, daß du alle deine Herrscherpflichten vernachlässigst und bloß deinen Begierden nachhängst; laß ab von diesem Wandel, denn das Wohl des Königs hängt von dem seiner Untertanen ab. Du kennst selbst das Gute und weißt, was dein seliger Vater dir eingeschärft.« – »Und was rätst du mir zu tun?« – »Du sollst die Folgen bedenken und auf den geraden Weg zurückkehren, auf dem das wahre Leben sich findet; folge nicht den Leidenschaften, die dich ins Verderben stürzen, daß es dir nicht gehe wie dem Mann mit dem Fisch.« – »Wie war das?« – Schimas erzählte:

Geschichte des Mannes mit dem Fisch.

Ein Mann, der einst vor einem breiten Fluß sich befand, beugte sich an einer leicht zugänglichen Stelle, um Wasser zu trinken. Da sah er einen schönen, herrlich gestalteten Fisch vorüberschwimmen; er hörte auf zu trinken, betrachtete den Fisch und dachte: Wie wunderschön von Ansehen ist dieser Fisch, wie muß er erst zum Essen sein; wenn ich nicht fürchtete zu ertrinken, so würde ich ihm nachjagen. Bald kam der Fisch wieder vorüber und zwar etwas näher; da sprang er darauf los und faßte ihn am Schwanz, konnte ihn aber nicht zu sich heraufziehen. Der Fisch suchte sich loszuwinden, er aber wollte ihn nicht gehen lassen und ließ sich mit in die Tiefe ziehen, bis er endlich in einen Strudel kam, aus dem ein schlechter Schwimmer, wie er war, sich nicht mehr zu befreien imstande ist. Erst als er dem Ertrinken nahe war, ließ er den Fisch los und schrie um Hilfe. Da kam ein Fischer vorbei und sagte ihm: »Ich weiß kein Mittel, dich aus dem Strudel zu ziehen; ich kann nicht begreifen, wie du dich da hineinwagtest.« Der Mann sagte: »Ich habe den geraden Weg verlassen, um meine Leidenschaft zu befriedigen«, und erzählte ihm den Vorfall mit dem Fisch.

Hierauf entgegnete der Fischer: »Ich habe nie einen unverständigeren Menschen gesehen, als du bist; ich bin froh, wenn ich mit dem Netz Fische fangen kann, und du willst sie mit der Hand fassen; aus diesem Strudel kann nur ein vorsichtiger Schwimmer sich retten, aber nicht ein Mann, der seiner Hand so viel zutraut; du hättest den Fisch früher loslassen sollen, ehe er dich in den Strudel gezogen, jetzt verdienst du zu ertrinken, und an dir bestätigt sich das Sprichwort: Lüsterne Menschen stürzen sich selbst in den Abgrund; füge dich nun in den Willen des erhabenen Gottes und bereue, was du getan.« Der Mann aber schrie solange um Hilfe, und seufzte und jammerte und bat den Fischer solange, bis er aus Mitleid und Gottesfurcht ihn zu retten suchte. Er warf ihm zuerst sein Netz zu; da er es aber nicht erreichen konnte, stürzte er sich selbst in den Strudel und warf es ihm mit vieler Kraft noch einmal zu; diesmal konnte er dessen Ende fassen, und der Fischer mit Gottes Beistand ihn schwimmend nach sich ans Ufer ziehen und ihn vom Tode retten. »Ich habe dir, o mächtiger König«, fuhr Schimas fort, »dieses Beispiel angeführt, weil auch ich dich mit eigener Gefahr aus der Tiefe retten will, die dich zu verschlingen droht; entsage deinen verächtlichen Vergnügungen, die dir nichts nützen, und halte dich an edlere Dinge, zu denen du berufen bist. Du bist noch jung, laß dir nichts Böses nachreden und deinen Namen nicht vor Gott und den Menschen beflecken.« – »Ich billige deine Rede und finde sie wahr; doch lassen wir das Vergangene, was soll nun geschehen?« – »Lasse morgen alle Veziere und Gelehrten und andere Ratgeber vor dich kommen, übe dein Herrscheramt aus, wie es einem gerechten Regenten ziemt, entschuldige dich bei ihnen über dein langes Ausbleiben und führe wieder einen bessern Lebenswandel.« Als der König dies zu tun versprach, ging Schimas freudig zu den Vezieren und den Großen zurück und berichtete ihnen den günstigen Erfolg seiner Unterredung mit dem König. Dieser aber dachte über die Worte seines Veziers nach, der ihn so zur Rede gestellt hatte, und wurde sehr aufgebracht darüber. Des Abends, als ihn nach seiner Gewohnheit eine seiner Frauen besuchte, um die Nacht bei ihm zuzubringen – es war gerade diejenige, die er am meisten liebte – und ihn sehr blaß und mißmutig fand, fragte sie ihn, was ihm fehle. Er erzählte ihr, was zwischen ihm und dem Vezier vorgefallen. Da sagte sie lachend: »Sonderbar, der Löwe fürchtet sich vor dem Hasen; mir ist klar, daß deine Veziere und Ratsherren dir das Leben verdüstern wollen; sie gönnen dir keine Ruhe, kein Vergnügen; sie wollen, daß du dich immer abmühest, damit sie sorgenlos leben können: Weil sie wenig Freude haben, sollst auch du nicht angenehm leben; bei dir geht es wie bei dem Jungen mit den Dieben.« Der König fragte: »Was ist das für eine Geschichte?« Da erzählte seine Geliebte:

Geschichte des Jungen mit den Dieben.

Sieben Diebe, die eines Tages auf Raub ausgingen, begegneten einem armen Waisen, der etwas zu essen bettelte. Einer der Diebe sagte ihm: »Komm mit uns, wir geben dir zu essen und zu trinken und kleiden dich.« – »Gerne folge ich euch, wohin ihr wollt«, erwiderte der Junge, »und sehe euch als meine Verwandten an.« Sie nahmen ihn mit in einen Garten, in welchem ein großer, schwer mit Früchten beladener Nußbaum war, hießen ihn hinaufsteigen und ihn schütteln, verboten ihm aber, auf dem Baum Nüsse zu essen; erst wenn sie alle abgeschüttelt und aufgelesen sein würden, sollte er seinen Anteil erhalten. Der Junge tat, wie ihm befohlen, und die Diebe hoben die Nüsse auf, steckten sie ein und aßen davon. Da kam auf einmal der Eigentümer des Gartens, machte ihnen Vorwürfe und drohte ihnen, sie beim Richter zu verklagen. Die Diebe, welche sich schon satt gegessen hatten, entschuldigten sich, indem sie sagten: »Wir gingen hier vorüber und sahen den Jungen an der Gartentüre stehen, da fragten wir ihn, wer er sei; er antwortete, er wäre der Eigentümer des Gartens und erbot sich auf unser Verlangen, uns Nüsse von dem Baum zu schütteln.« Als der Eigentümer des Gartens dies hörte, ließ er den noch hungrigen Jungen vom Baum herunterkommen, sagte ihm: »Wie wagst du es, du Dieb, in diesen Garten zu kommen?« und stellte sich an, ihn tüchtig durchzuprügeln. Der Junge schrie: »O Herr! Es ist nicht so, wie diese Leute sagen; ich bin ein armer Waise, der einige Nahrung suchte, da kamen die Leute und wollten mich als ihr Kind annehmen, und als wir hierher kamen, befahlen sie mir, Nüsse abzuschütteln, ich sollte aber keine essen, bis sie sie alle aufgelesen.« Der Eigentümer des Gartens glaubte ihm und ließ ihn frei ziehen, warnte ihn aber, die Gesellschaft dieser Diebe zu meiden. Der arme Junge ging wieder heim und auch die Diebe machten sich bald aus dem Weg. »So, o Herr«, schloß die Geliebte des Königs, »wollen auch deine Veziere und Gelehrten dir Mühe und Sorgen aufladen, damit sie um so mehr Ruhe genießen.« Der König ließ sich von diesen süßen Worten betören, gab ihr seinen Beifall und sagte: »Du bist mir teurer, als die alle, und hast durch deine Ansicht mich von schwerem Kummer befreit, laß uns jetzt essen und trinken und uns um niemanden mehr kümmern.« Dieses Weib freute sich ihres Sieges über des Königs Verstand; sie zog ihn immer mehr von den Regierungsangelegenheiten ab, bis er ganz in Vergnügen und Wollust versank. Als des Morgens alle Veziere und Häupter des Reiches und der Truppen sich in

den bekannten Gerichtssaal begeben wollten, um den König zu erwarten, fanden sie die Türe geschlossen; sie klopften an, aber niemand antwortete, und als sie nach dem König fragten, sagte ihnen eine Frau, er schlafe und halte heute und morgen keinen Divan. Nun fielen alle über Schimas her und sagten ihm: »Wie gefällt dir des Königs Verfahren gegen dich und gegen uns? Dieser junge König behandelt uns jeden Tag mit mehr Geringschätzung; unsere Geduld ist nun zu Ende, geh einmal zu ihm und sehe, was ihn abhält, zu erscheinen.« Schimas wartete bis abends, dann sagte er einem Offizier des Königs: »Sage deinem Herrn, der Vezier Schimas habe ihm etwas mitzuteilen, das ihm großen Nutzen und viel Vergnügen verursachen wird.« Schimas traf den König allein und sagte ihm nach wechselseitiger Begrüßung: »Ich bitte Gott um Verzeihung für mein Vergehen!« – »Welches Vergehen?« fragte der König. »Das, welches ich begangen haben muß, um in eine so verächtliche Stellung zu geraten; ist mir dies vom Schicksal auferlegt, so bitte ich Gott und dich um Verzeihung, ist es aber bloß Folge deines Willens, so tust du Unrecht; du bist ja unser Hirt und Oberhaupt und darfst nicht wegen eitler Vergnügungen uns vernachlässigen, du wirst sonst dem Mann gleichen, der ein Kamel erzogen und es zur Unzeit melken wollte, so daß es entfloh, und er weder Kamel noch Milch hatte. Niemand darf des Hungers willen beständig am Tisch sitzen, noch des Durstes willen immerfort Wasser trinken, oder aus Liebe zu Weibern immer in ihrer Umgebung leben: Die Hälfte der vierundzwanzig Stunden, die Nacht nämlich, genügt dazu; am Tag aber ist man schuldig, seinem Beruf zu leben. Wer sich zuviel mit Weibern abgibt, der schwächt seinen Körper und seinen Geist, und verkürzt sein Leben. Die Frauen empfehlen das Gute, das sie selbst nicht tun, und verbieten das Böse, das sie selbst begehen; höre sie nicht an, sonst geht es dir, wie dem Gärtner mit seiner Frau.« Der König fragte: »Wie ging es diesem?« Schimas erzählte:

Geschichte des Gärtners mit seiner Frau.

Einst war ein Gärtner, der eine sehr schöne Frau hatte, die er so sehr liebte, daß er sich ganz von ihr beherrschen ließ. Er hatte einen Garten, den er jeden Tag tränkte und pflegte, und aus dem er abends mit nach Hause nahm, was sich gerade vorfand. Eines Abends, als er zu seiner Frau kam, fragte sie ihn, wie es mit dem Garten stehe? Der Gärtner antwortete: »Es steht alles gut und er bringt mir viel Segen.« Da sagte die Frau: »Wenn du wahr sprichst, so solltest du mich einmal mitnehmen, daß ich dich dafür segne.« Der Gärtner erwiderte: »Dein Wunsch ist leicht zu erfüllen und ich bedarf deines Segens; so Gott will, sollst du morgen mit mir gehen, bereite dich nur dazu vor.« Als sie am folgenden Morgen in ihrem Garten waren, stiegen junge Leute, die sich in einem benachbarten Garten belustigten, ganz leise auf die Mauer, welche die beiden Gärten trennte, um die Frau zu sehen, deren Stimme so lieblich zu ihnen hinüberklang, und einer sagte zum anderen: »Gewiß hat der Gärtner ein Freudenmädchen hierher bestellt; laß uns hinabsteigen und ihn von seinem Mädchen verjagen.« Da erwiderte einer der jungen Leute: »Warte noch, bis wir uns überzeugen, daß dem wirklich so ist.« Sie sahen bald, wie die Frau, nachdem sie eine Weile im Garten umhergegangen war, sich an ein Bächlein setzte, ihren Mann zu sich rief und ihn küßte; er machte sie darauf aufmerksam, daß hier kein passender Ort dazu wäre, aber sie schlang leidenschaftlich ihre Arme um ihn und drückte ihn an ihr Herz.

Sobald die jungen Leute dies sahen, sprangen sie von der Mauer herunter und sagten zum Gärtner: »Laß uns dieses Mädchen, sonst bringen wir dich um, du Ehebrecher und laufen davon.« Der Gärtner erwiderte mit demütiger Stimme: »In Wahrheit, dieses Weib ist meine Gattin; nehmet unsere Kleider und was wir sonst haben, und lasset uns in Frieden ziehen, Gott wird euch dafür belohnen!« Aber die Jünglinge sagten: »Ihr seid Ehebrecher und wollt uns belügen.« Da ging einer von ihnen und band den Gärtner an einen Baum und steckte ihm einen Stein in den Mund. Die Frau aber wurde trotz ihrer vielen Tränen so mißhandelt, daß der Gärtner vor Ärger und Gram starb. Als die Jünglinge den Gärtner tot sahen, befürchteten sie, durch die Frau verraten zu werden; sie führten sie daher zu ihm hin und erwürgten sie neben ihm, und entflohen.

»Hieraus siehst du, o König, wie es dem Mann geht, der seiner Frau nachgibt; darum hüte dich wohl, du, der du so weise warst, jetzt so töricht zu werden, und dich von Frauen beherrschen und von so verderblicher Leidenschaft hinreißen zu lassen.«

Der König sagte: »Ich sehe nun ein, daß du recht hast; so Gott will, werde ich morgen im Divan erscheinen und deinen Rat befolgen.« Schimas freute sich über dieses Versprechen des Königs, ging zu den übrigen Vezieren und sagte ihnen: »Der König kehrt bald wieder auf den guten Weg zurück, von dem ihn seine Jugend abgeleitet; er schämt sich vor euch, und nur ein unüberwindliches Hindernis hielt ihn heute ab, vor euch zu erscheinen, er wird aber morgen früh kommen, darum fehle niemand von euch.« Der König brachte nun wieder einige Zeit in Unruhe und Nachdenken über die Worte des Veziers zu, bis die Schöne zu ihm kam, an der die Reihe war. Sie grüßte ihn mit süßen, zarten Worten. Der König erwiderte ihren Gruß, stieß aber dabei einen tiefen Seufzer aus. Da sagte die Schöne: »Gott lasse dir keinen Kummer zustoßen! Warum seufzest zu so, o tapferer Löwe? Erzähle mir, was dir widerfahren, daß du so ganz außer dir bist?« Als ihr der König erzählte, was zwischen ihm und dem Vezier vorgefallen, sagte sie lächelnd, nachdem sie eine Weile den Kopf zur Erde gebeugt hatte: »Du machst mich staunen; wie, du bist König und Königssohn, und fürchtest dich vor deinen Untertanen? Gott bewahre, was wirst du erst tun, wenn ein Feind dich heimsucht? Sei nur recht standhaft, die Herde muß dem Hirten und nicht der Hirt der Herde folgen. Du betrübst dich, weil du etwas Schlimmes von ihnen befürchtest? Sie wollen gewiß nur deine Tapferkeit prüfen; sie werden dich beherrschen, wenn sie dich feig finden, dich aber fürchten, wenn du dich tapfer zeigst; so machen es die schlechten Veziere; wenn du ihnen Gehör schenkst, so werden sie dich zuletzt in den Abgrund stürzen, und es wird dir gehen, wie dem Kaufmann mit den Dieben?« Der König fragte: »Was war das für eine Geschichte?« Da erzählte sie in der folgenden Nacht:

Geschichte des Kaufmanns und der Diebe.

Einst reiste ein reicher Kaufmann mit vielen kostbaren Waren in ein großes Königreich, mietete sich daselbst eine anständige Wohnung, in der er sich mit seinen Waren niederließ, und viele Leute der Hauptstadt befreundeten sich mit ihm, weil er die kostbarsten Stoffe mitgebracht hatte. Bald war seine Ankunft aber einigen sehr gewandten Dieben, die schon viele andere reiche Leute bestohlen und sich sogar an des Königs Schatzkammer schon gewagt hatten, kein Geheimnis mehr. Eines Nachts versammelten sie sich an einem bestimmten Ort und unterhielten sich von diesem fremden Kaufmann, und beratschlagten, wie sie ihn berauben könnten, obschon seine Niederlage an einem sehr festen und wohlverwahrten Ort war. Da sagte einer von ihnen: »Seid nur ganz ruhig, ich übernehme dieses Geschäft ganz allein und werde euch bald dessen Erfolg ankündigen.« Die Diebe freuten sich und lobten ihren Gesellen, und wünschten ihm Glück zu seinem Unternehmen. Am folgenden Morgen kleidete er sich als Arzt und nahm eine niedliche Tasche mit allerlei Kräutern und Medikamenten und Pflastern auf den Rücken, und ein schönes medizinisches Buch unter den Arm, ging in die Nähe der Wohnung des Kaufmanns und ordnete seine Pulver und Salben auf Blätter und behielt das Buch unter seinem Arm. Bald kamen viele Leute, um seine Medikamente zu sehen, und er hatte für jeden ihn um Rat Fragenden eine Antwort bereit. Nachdem er sich auf diese Weise einen Ruf in der Stadt erworben, begab er sich zum Kaufmann, der eben seine Mittagsmahlzeit hielt, und fragte ihn, ob er eines Arzneimittels bedürfe. Der Kaufmann sagte, er brauche nichts; doch hieß er ihn sitzen und mit ihm essen. Der Dieb aß mit ihm und als er merkte, daß der Kaufmann ein Freund von guten Bissen war, sagte er zu ihm: »Da wir nun Freunde sind, darf ich dir einen wohlgemeinten Rat nicht vorenthalten; ich sehe, du bist ein starker Esser und schadest dadurch deinem Körper; wenn du nicht dafür sorgst, so gehst du bald dem Tod entgegen.« – »Wie«, sagte der Kaufmann, »kann mir das schaden? Ich esse ja schon lange so viel und befinde mich wohl dabei?« Der Dieb antwortete: »Der Nachteil wird sich erst später zeigen, drum nimm eine Arznei, die dich vor vielen Krankheiten schützen wird.« Der Kaufmann nahm dem Dieb

eine ihm dargereichte Arznei ab und trank sie des Abends, obschon sie sehr bitter war. Am anderen Abend brachte ihm der Dieb wieder eine Arznei, noch bitterer als die erste; doch der Kaufmann ließ sich nicht vom schlechten Geschmack abschrecken. Als der Dieb nun sah, daß der Kaufmann ihm vertraute und alles trank, was er ihm überreichte, holte er am dritten Tag Gift und überreichte es dem Kaufmann, der noch in derselben Nacht daran starb. Der Dieb kam nun mit seinen Gesellen herbei und trug alles davon, was er besaß.

»Ich erzähle dir dies, o König«, sagte die Schöne, »damit du dich nicht betören läßt von Leuten, die dich hintergehen wollen.« Der König erwiderte: »Du hast recht, ich werde morgen wieder nicht zu meinen Vezieren gehen.« Als daher des Morgens die Leute wieder vergebens den König erwarteten, gingen sie zu Schimas und sagten ihm: »Du siehst, o weiser Herr, daß es der König immer schlimmer macht, drum geh und sage ihm, daß, wenn er sich nicht bessert, das Wohl des Reiches es erfordert, daß wir ihn des Thrones verlustig erklären. Wir werden morgen mit unseren Waffen vor dem Schloß erscheinen, und kommt er nicht heraus, so erstürmen wir es, bringen ihn um und ernennen einen anderen König; er mag dann nur sich selbst anklagen.« Schimas ging zum König und sagte ihm: »Was bewegt dich, gegen unsere Verträge zu handeln und so dir selbst zu schaden? Was verwandelt deine Klugheit in Torheit, deine Aufrichtigkeit in Lüge, deine Treue in Treulosigkeit? Warum folgst du meinem Rat nicht, wie dein Vater dir befohlen? Erwache doch, ehe das Unheil zu groß wird; wie willst du allen deinen Gegnern entkommen, die beschlossen haben, dich zu töten und einen anderen König zu ernennen? Verschmähe deine Untertanen nicht, denn wenn auch Steine noch solange im Wasser liegen, springt doch Feuer heraus, wenn man sie aneinander reibt; befürchte, daß es dir gehe mit deinem Volk, wie dem Wolf in der folgenden Geschichte. Und der Vezier erzählte:

Geschichte vom Fuchs, Wolf und Löwen.

Einst zog nämlich eine Herde Füchse aus, um etwas zu essen zu suchen. Als sie ein totes Kamel fanden, sagte einer von ihnen: »Nun haben wir auf einen Monat zu leben; doch wollen wir uns einen Obersten wählen, der dafür wache, daß das Kamel gleich verteilt werde und der Schwächere nicht zu kurz komme.« Während sie darüber sich besprachen, kam ein Wolf herbei, und einer der Füchse sagte: »Hier ist ein Wolf; wir wollen ihn zu unserem Oberhaupt erwählen, denn er ist stark und mächtig, und auch sein Vater war schon unser König. Hoffen wir, daß er ebenso gerecht sein wird, wie sein Vater war.« Die Füchse begaben sich insgesamt zum Wolf, teilten ihm ihren Beschluß mit und baten ihn, die Regierung zu übernehmen, damit er nach Recht und Billigkeit unter ihnen entscheide und einem jeden das ihm Gebührende zuteile. Der Wolf nahm ihren Antrag an, und teilte am ersten Tag die Nahrung zur allgemeinen Zufriedenheit aus; aber am anderen Tag dachte er bei sich: Wenn ich fortfahre, dieses Kamel unter den Füchsen zu teilen, halten sie mich für schwach; aber ich bin doch stark, sie können mir nicht widerstehen, darum will ich niemandem mehr etwas geben, ich fürchte mich nicht vor ihnen, sie sind ja meine Sklaven.

Als am folgenden Tag die Füchse wieder demütig vor dem Wolf erschienen und um Nahrung baten, sagte er ihnen: »Was ihr besitzt gehört mir, geht eueres Wegs; wer sich wieder sehen läßt, wird umgebracht.« – Die Füchse sagten zueinander: »Dieser gottlose Verräter hat uns ins Verderben gestürzt, und wir haben keine Macht über ihn; was fangen wir nun an?« Da sagte ein Fuchs: »Nur der Hunger hat ihn heute irre geleitet; laßt ihn heute essen und sich sättigen, wir wollen dann morgen wieder vor ihm erscheinen.« Am anderen Morgen sagten sie ihm: »O Wolf, wir haben dich zum König erwählt, damit du jedem seinen Anteil gewährst und niemandem Unrecht geschähe; wir haben uns aber selbst getäuscht, denn seit gestern müssen wir hungrig umhergehen; doch wollen wir das gerne vergessen, gib uns nur heute etwas zu essen.« Aber der Wolf wurde noch gröber und wollte wieder nichts hergeben. Da sagten die Füchse untereinander: »Von diesem Wolf haben wir nur immer Schlimmeres zu erwarten, darum laßt uns den Löwen um Hilfe anflehen und ihm unser Kamel zum Lohn überlassen, damit er diesen treulosen Wolf umbringe.« Dieser Vorschlag wurde gebilligt und der Löwe nahm ihr Gesuch an und brachte den Wolf um, den dann die Füchse in Stücke zerrissen.

»Lerne daraus, o König«, fuhr der Vezier fort, »daß man seine Untertanen nie geringschätzen darf; ich warne dich zum letzten Male und erinnere dich an den letzten Willen deines seligen Vaters; klage dann nur dich selbst an!« Der König sagte: »So Gott will, werde ich morgen Sitzung halten.« Schimas verließ ihn hierauf und berichtete dem Volk, was er dem König gesagt und was ihm dieser geantwortet. Sobald aber diese Unterredung der Geliebten des Königs bekannt wurde, eilte sie zu ihm und sagte: »Wie sehr muß ich mich über dich und über deinen Gehorsam gegen deine Veziere wundern. Haben sie dich etwa nackt gefunden und dich auf einmal auf den Thron erhoben? Und selbst dann dürften sie sich nicht so abscheulich gegen dich benehmen; du darfst dich nicht so tief herablassen. Weißt du nicht, daß sie die Sklaven deines Vaters waren, der dich zu ihrem Herrscher eingesetzt? Du bist aber so furchtsam, als hätte dich nicht dein Vater gezeugt, du erschrickst vor denen, die Gott unter deine Fußsohlen gelegt. Mit Recht sagt man: Wenn das Herz eines Königs nicht von Eisen ist, so verdient er nicht, König zu sein. Denn nur das Vieh hat ein Herz von Fleisch. Diese Leute drohen dir mit ihrem Abfall und Ungehorsam bloß um dich einzuschüchtern; gibst du ihnen nach, so werden sie sich bald über dich erheben und aus Gewohnheit

nach deiner Macht lüstern werden. Hüte dich wohl davor, es möchte dir sonst gehen, wie dem Hirten mit den Dieben.« Der König fragte: »Wie war dies?« Und seine Geliebte fing an zu erzählen:

Geschichte des Hirten und der Diebe.

Ein Hirt war einst mit seinen Schafen auf der Weide und wachte über sie, daß ihm keines gestohlen werde. Eines Nachts kam ein Dieb in der Absicht, ein Schaf zu stehlen; er fand aber den Hirten so wachsam bei Tag und bei Nacht, daß er kein Mittel sah, seinen Zweck zu erreichen. Nachdem er lange sich vergebens bemüht hatte, nahm er eine Löwenhaut, stopfte sie mit Stroh aus und stellte sie auf einen Hügel, so daß der Hirt sie sehen konnte. Er ging dann zum Hirten und sagte ihm: »Ein Löwe fordert sein Nachtessen von dir.« – »Wo ist ein Löwe?« fragte der Hirt. »Dort auf dem Hügel«, antwortete der Dieb. Der Hirt blickte hin und sah das ausgestopfte Fell, das er für einen Löwen hielt, und fürchtete sich so sehr, daß er dem Dieb sagte: »Nimm von meiner Herde, was du willst.« Der Dieb nahm, was ihm beliebte, und dachte bei sich: nun bin ich meiner Beute gewiß, und sooft er nach Schafen gelüstete, holte er die Löwenhaut und erschreckte den Hirten damit, bis er ihm nach und nach alle Schafe abgelockt hatte.

Die Geliebte des Königs sprach dann weiter: »Dies erzähle ich dir, o König, damit du dich ja nicht weich finden lassest, und diese Menschen ihren Zweck erreichen: Der Tod ist ihnen viel näher, als daß sie dir ein Übel zuzufügen imstande wären.« Der König horchte auf diese Rede und gab ihr seinen Beifall. Am folgenden Morgen kamen alle Bewohner der Residenz bewaffnet vor das Tor des Schloßes und forderten den Pförtner auf, zu öffnen. Als dieser sich weigerte, holten sie Feuer herbei, um das Tor zu verbrennen. Der Pförtner berichtete dem König, was sich zugetragen und fragte ihn, was er tun solle. Als sich der König in so großer Gefahr sah, ließ er seine Geliebte rufen und sagte ihr: »Hat mir nicht Schimas die Wahrheit prophezeit? Nun hat sich das Volk zusammengerottet, und man will mich umbringen.« Die Geliebte erwiderte: »Fürchte nichts, o König, Gott wird dir beistehen, laß nur deine Veziere und die Gelehrten und Häupter des Volkes und der Truppen umbringen, du hast dann von den Übrigen nichts mehr zu befürchten, niemand wird sich mehr deinem Willen widersetzen, noch deine Ruhe stören.« Der König sagte ihr: »Du hast recht«, ließ sich schnell seinen Turban geben und schickte nach Schimas. Als er kam, sagte er ihm: »Du weißt, daß ich dich liebe, denn du bist mein Bruder und Vater seit meines Vaters Tod, auch befolge ich deinen Rat und zeige mich meinen Leuten; entschuldige mich nur jetzt bei ihnen und stelle die Eintracht wieder her; ich wollte eben zu ihnen herauskommen, als diese Gewalttätigkeiten stattfanden; doch ich entschuldige sie, und morgen werde ich in allem ihren Wünschen willfahren.« Schimas verbeugte sich vor dem König, küßte ihm Hände und Füße, ging dann

freudig zum Volk hinaus, verkündete ihm, was der König versprochen, und hielt es von seinem gewalttätigen Vorhaben ab. Man löschte das Feuer aus, und jeder ging nach Hause. Der König wendete sich hierauf zu den zehn ältesten und stärksten Sklaven seines Vaters und sagte ihnen: »Ihr wisset, wie ihr bei meinem Vater sowohl, als nach dessen Tod bei mir so gut und hoch gehalten waret; nun frage ich euch, ob ihr auch etwas für mich tun wollt?« Die Sklaven antworteten: »Befiehl nur, o Herr, wir sind deine Sklaven und bereit, alles für dich zu tun.« Da sagte der König: »Ihr wisset, was die Bewohner dieser Stadt meinem Vater geschworen, und nun haben sie die Treue gebrochen und meinen Tod beschlossen. Ich muß daher, um das Übel auszurotten, seine Anführer und Gelehrten ums Leben bringen, und zwar auf folgende Weise: Ich lasse einen nach dem anderen vor mir erscheinen; sobald er aber hereinkommt, führt ihr ihn in das Nebenzimmer und bringt ihn um.« Da die Sklaven Gehorsam versprachen, setzte sich der König am folgenden Morgen auf den Thron mit dem Richterbuch in der Hand, und ließ die Tore öffnen und alle Veziere, Gelehrten und Häupter des Volkes einen nach dem anderen vor sich kommen und von den Sklaven aus dem Wege räumen. Nachdem auf diese Weise alle Mächtigen das Leben verloren hatten, wurde das gemeine Volk weggejagt, und ein jeder eilte in seine Wohnung. Der König überließ sich nun ganz seinem Vergnügen und vernachlässigte das Heil des Staates und das Wohl seiner Untertanen. Da aber dieser König wegen seines an Gold, Silber und Edelsteinen so reichen Landes von allen seinen Nachbarn beneidet wurde, so dachte einer der benachbarten Sultane, der von der Hinrichtung der Veziere und Gelehrten hörte: Nun werde ich bald zum Besitz dieses kostbaren Landes gelangen; dieser junge, unbesonnene König hat niemanden mehr, auf den er sich stützen kann, es wird mir leicht werden, sein Land zu erobern. Er beschloß daher, um seine Stärke zu prüfen, ihm folgenden Brief zu schreiben: »Im Namen Gottes, des Allgnädigen, Allbarmherzigen! Wir haben vernommen, daß du die Gelehrten deines Reiches und deine Veziere und mächtigen Krieger hast umbringen lassen, und daß du überhaupt einen schlechten und ruchlosen Lebenswandel führst, wodurch uns Gott den Sieg über dich erleichtert. Du stehst nun unter meinen Befehlen, baue mir daher einen großen Palast auf der Oberfläche des Wassers mitten im Meer; kannst du dies nicht, so verlasse dieses Land. Ich werde meinen Vezier mit zwölftausend Regimentern, jedes aus tausend Kriegern zusammengesetzt, in dein Land schicken, um davon Besitz zu nehmen; er wird dir nur drei Tage Frist gönnen, und widersetzest du dich ihm, so wird es bald um dich geschehen sein.« Diesen Brief schickte der Sultan durch einen Boten ab, und als der verweichlichte König ihn gelesen hatte, verlor er allen Mut und alle Kraft, und wußte nicht, was beginnen, denn er hatte niemanden, der ihm Beistand leistete. Er ging ganz blaß und entstellt zu seinen Frauen, und als sie ihn fragten: »Was hast du, o König?« antwortete er: »Ich bin nicht mehr König, ich bin nur noch ein Sklave«, und las ihnen weinend den eben erhaltenen Brief vor und fragte sie, ob sie ihm nun in dieser Not zu raten wüßten? Die Frauen antworteten: »Wir sind ja nur Weiber, wir haben weder Verstand noch Kraft genug, um in einer solchen schwierigen Sache einen Ausweg zu finden; du kannst nur bei Männern Rat und Hilfe suchen.« Jetzt sah der König erst ein, daß er durch die Hinrichtung seiner Veziere, Gelehrten und Großen des Reiches ein großes Unheil über sein Land gebracht hatte; er bereute sehr, was er getan, und sagte zu seinen Frauen: »Mir geht es mit euch, wie dem Rebhuhn mit den Schildkröten.« Da fragten die Frauen: »Was war das für eine Geschichte?« Darauf erzählte der König:

Geschichte des Rebhuhns mit den Schildkröten.

Einst lebten Schildkröten auf einer sehr fruchtbaren, mit vielen Bäumen bepflanzten Insel. Da flog eines Tages ein Rebhuhn vorbei, das wegen der großen Hitze einen kühlen Ruheplatz suchte, und ließ sich neben dem Nest der Schildkröten nieder. Als die Schildkröten von ihrem Ausfluge zurückkehrten und das Rebhuhn sahen, fanden sie es so ausgezeichnet schön, daß sie sich mit seiner Gesellschaft freuten und sagten: »Das ist gewiß der Herr aller Vögel.« Sie näherten sich ihm daher so freundlich, daß es jeden Abend, nachdem es den Tag über auf der Insel umhergestreift war und Korn aufgelesen hatte, wieder zu ihnen zurückkehrte. Die Schildkröten gewannen es bald so lieb, daß es ihnen schwerfiel, den ganzen Tag von ihm getrennt zu leben. Sie sagten daher eine zur anderen: »Wir müssen ein Mittel finden, das Rebhuhn ganz an uns zu fesseln, daß wir auch am Tage uns an ihm ergötzen und nicht zu befürchten haben, daß es einmal auf seinen Ausflügen sich an einen anderen Vogel anschließe und uns ganz verlasse.« Da sagte eine von den Schildkröten: »Ich will euch aus dieser Verlegenheit helfen.«

Die Schildkröte näherte sich des Abends dem Rebhuhn, als es heimkehrte, wünschte ihm guten Abend, küßte die Erde vor ihm und sagte: »Gott hat dir unsere Liebe in vollem Maße geschenkt und uns ebenso mit der deinigen gesegnet. Doch der Liebende findet nur Ruhe in der Nähe seiner Geliebten, jede Trennung aber bringt ihm herben Schmerz; wir können aus Wohlgefallen an dir dich gar nicht genug sehen und in deiner Abwesenheit gar keine Freude genießen, und doch sind wir so wenig beisammen: Das kränkt uns sehr; auch du mußt sehr leiden, wenn deine Liebe der unsrigen gleich ist.« Das Rebhuhn sagte: »Mir ist nur wohl, wenn ich bei euch bin, doch was soll ich mit meinen zwei Flügeln anfangen, die mich immer von euch treiben?« Die Schildkröte antwortete: »Wenn dir deine Flügel alle Ruhe und alles Vergnügen rauben und dich dazu noch der Gefahr aussetzen, von einem deiner Feinde unter den Vögeln auf dem Flug ergriffen zu werden, so lege sie ab, bleibe bei uns und lasse dir es wohl sein in unserem Überfluß.« – »Wie kann ich das?« fragte das Rebhuhn. Da sagte die Schildkröte: »Reiße eine Feder nach der anderen mit deinem Schnabel aus, bis keine einzige mehr übrigbleibt.« Das Rebhuhn verlor keinen Augenblick, diesen Rat zu befolgen. Das Schicksal führte aber gerade ein Wiesel vorüber, das auch auf

dieser Insel wohnte; es sah mit Erstaunen das kahle Rebhuhn und rief: »Nun ist mein Glück gemacht, nun entgeht mir dieses Rebhuhn nicht mehr.« Es sprang sogleich auf das Rebhuhn los, das vergebens seine federlosen Flügel aufschlug, um zu entfliehen; es wurde vom Wiesel ergriffen und zerrissen. Die Schildkröten, vor deren Augen dies geschah, weinten vor Mitleid. Als aber das Rebhuhn sie fragte, ob sie mit etwas anderem, als mit Tränen ihm helfen könnten, sagten sie: »In Wahrheit, gegen ein solches Übel wissen wir nichts anderes zu tun.« Da sagte das Rebhuhn: »Weinet nicht, ihr seid unschuldig, ich selbst habe mein Unglück herbeigezogen.«

»So muß auch ich«, sagte der König, »nur mir selbst Vorwürfe machen, daß ich euren Rat befolgt und die Wackersten und Klügsten in meinem Reich umgebracht habe, die, welche mich am meisten liebten und mich am besten gegen meinen Feind schützen konnten, und finde ich jetzt keinen Ersatz für sie, so muß ich, wie jenes Rebhuhn, untergehen.« Der König ging dann in das Zimmer, wo die Leichen seiner Veziere und Gelehrten lagen, und weinte heftig und schrie: »O könnte doch jemand diese Toten nur einen Augenblick wieder beleben, daß ich ihnen mein Verbrechen bekenne und ihnen meinen Zustand klage.« Nachdem er den ganzen Tag, ohne zu essen oder zu trinken, in tiefster Trauer in diesem Zimmer zugebracht hatte, zog er schlechte Kleider an und streifte verkleidet in der Stadt umher. Da sah er zwei Jungen von zwölf Jahren, die an einer Mauer saßen, und hörte, wie einer zum anderen sagte: »Hast du schon gehört, daß unser Feld aus Mangel an Regen ganz verdorrt ist? Alles Unglück kommt von unserem König, der die Gelehrten und Veziere schuldlos hat umbringen lassen, bloß um seine Geliebte, die Feindin Gottes und der Menschen, zufrieden zu stellen.«

Der zweite Junge erwiderte dem ersten: »Das ist noch nicht alles, du wirst noch Schlimmeres erleben.« – »Wie«, versetzte der erste, »gibt es etwas Schlimmeres, als keinen Regen zu haben?« – »Jawohl«, erwiderte der andere; »schon hat ein benachbarter König dem unsrigen einen Boten geschickt, durch welchen er ihn auffordern läßt, ihm ein Schloß mitten im Meer auf der Oberfläche des Wassers zu bauen; vermag er dies nicht, so wird er zwölftausend Regimenter, jedes aus tausend Kriegern bestehend, abschicken, um Besitz von seinem Königreich zu nehmen, und wisse, daß dieser König sehr mächtig ist und über ein unzählbares Volk herrscht; wenn nun unser König dieses Übel nicht abzuwenden weiß, so ist es um unsere Stadt geschehen; denn unser Nachbar war ein Feind des Vaters unseres Königs; er wird dann Männer und Kinder umbringen, die Frauen in Gefangenschaft führen, alles Vermögen rauben und den König verbannen. Gott stehe uns bei!« Des Königs Tränen flossen im Übermaß, als er dieses Gespräch hörte, und er dachte: Dieser Junge muß sehr klug sein, wie kann er etwas von dem Boten wissen, der noch niemanden gesprochen? Vielleicht wird mir Gott durch ihn helfen. Er näherte sich hierauf dem Jungen und sagte: »Was du eben vom König erzählt, lieber Junge, ist wahr, er hat mit Unrecht seine Veziere und Weisen umbringen lassen; doch woher weißt du, was der König von Indien unserem König geschrieben?« – »Ich weiß es«, sagte der Junge, »durch meine Zauberkunst, die ich von meinem Vater gelernt.« Da fragte der König: »Gibt dir diese wohl ein Mittel an, durch welches der König aus seiner Not gerettet werden könnte?« – »Wohl weiß ich ein Mittel«, antwortete der Junge; »doch ich werde es nur dem König selbst offenbaren, wenn er mich rufen läßt und um Rat fragt.« Da fragte der König: »Woher kennt er dich, daß er nach dir schicken soll?« Der Junge erwiderte: »Wenn er nach den Gelehrten und Weißen schickt, so findet er auch mich unter dieser Zahl, tut er dies aber nicht und fährt fort, bei seinen Weibern sich zu zerstreuen, so werde ich nicht zu ihm gehen, um auch, wie seine Veziere, umgebracht und dazu noch von allen Leuten für blödsinnig gehalten zu werden; dann würde sich das Sprichwort bestätigen: »Wer mehr Kenntnisse hat, als Verstand, der geht durch seine Kenntnisse wegen seiner Torheit zugrunde.« Der König, erstaunt über die Worte dieses Jungen, fragte ihn nach seiner Wohnung, und der Junge antwortete: »Ich wohne in dieser Straße, und hier ist die Mauer meines Hauses.« Der König merkte sich sein Haus, grüßte die Jungen, kehrte freudig in sein Schloß zurück, legte die Trauerkleider ab und zog wieder sein königliches Gewand an, aß und trank und dankte Gott, bekannte sein Verbrechen, bat um Vergebung und beschloß, Buße zu tun und fromme Werke zu vollbringen. Sodann ließ er einen seiner Diener rufen und beschrieb ihm das Haus des Jungen, den er an der Mauer gesehen, so wie den Jungen selbst, und die Straße, in welcher er wohnte, und sagte ihm: »Geh' zu diesem Jungen, und sage ihm in einem milden, einnehmenden Ton: Der König läßt dich zu sich bitten, um dich über etwas zu befragen, das dir viel Glück bringen wird.« Der Bote traf den Jungen noch an derselben Stelle der Mauer, wo ihn der König verlassen, und teilte ihm den Wunsch des

Königs mit. »Ich bin bereit, zu gehorchen«, sagte der Junge, folgte dem Boten, verbeugte sich mit Anstand vor dem König, grüßte ihn und wünschte ihm Glück. Der König hieß ihn sitzen und fragte ihn: »Weißt du wohl, wer heute an deinem Hause vorüberging und mit dir sprach?« Der Junge fing an nachzudenken, und sagte nach einer Weile: »Du warst es, erhabener König!« – »Du hast die Wahrheit gesagt, geliebter Junge«, versetzte der König, ihn küssend und zu sich auf seinen Thron hebend. Der König ließ dann Speisen und Getränke bringen, und nachdem sie gegessen hatten, sagte er: »Du sprachst heute von einem Mittel, den Drohungen des Königs von Indien zu entgehen; nun, worin besteht dieses?« – »In einem tapferen Herzen«, sagte der Junge; »schicke nur nach deinen Frauen, die dir geraten haben, meinen Vater Schimas und die übrigen Veziere und Gelehrten umzubringen.« – »Wie«, sagte der König tief seufzend, »Schimas war dein Vater? Gott, der dich mir schickt, um über das Unrecht, das ich an deinem Vater begangen, mich zu beschämen, stehe mir bei! Diese Strafe habe ich verdient, doch will ich dich nun an die Stelle deines Vaters erheben und dich seinetwillen noch mehr ehren; rate mir nur jetzt, wie ich gegen meinen Feind mich verteidigen soll, und lasse die Frauen auf eine andere Zeit.« Da sagte der Junge: »Schwöre mir, daß du alles tust, was ich von dir fordere.« Der König erwiderte! »Gott ist Zeuge, daß ich nur deinem Rat und deinem Willen zu folgen bereit bin.« – »Nun«, versetzte der Junge, »laß den Boten des Königs von Indien bis zum dritten Tag warten, dann sagst du ihm, du wolltest ihm morgen die Antwort geben, so gewinnst du Zeit und wenn er Einwendungen macht, so weise ihn zurecht, doch ohne Härte. Wenn er dann alles Vorgefallene in der Stadt verbreitet, und die Einwohner vor dem Untergang warnt, so lasse ihn zu dir rufen, und sage ihm: Du verdienst den Tod, weil du mich bei meinen Untertanen anklagst, doch Gott verzeiht dir; auch habe ich jetzt zu wenig Zeit, mich mit dir zu beschäftigen. Du fragst ihn dann, ob er sonst noch einen Auftrag habe, und antwortet er, nein, so sage ihm: Dein König muß ein recht blödsinniger Mann sein, der keine Folgen bedenkt und niemand um Rat fragt, sonst würde er nicht durch eine solche Forderung sich in so große Gefahr begeben; doch freue ich mich über seine Torheit, denn ich habe dadurch einen gerechten Vorwand, sein Land zu erobern, ohne von irgend jemandem deshalb getadelt zu werden. Ich halte es nicht einmal der Mühe wert, ihm zu antworten, ein Schulknabe mag dies tun; du schickst dann nach mir, und ich werde die Antwort schreiben.« Der König schenkte dem Jungen seinen Beifall, gab ihm ein kostbares Ehrenkleid und entließ ihn; gegen den Boten benahm er sich aber ganz, wie ihm der Junge geraten, und zuletzt ließ er letzteren wieder rufen, gab ihm des Königs Brief und sagte ihm: »Beantworte dieses Schreiben.« Der Junge las den Brief und sagte lächelnd: »O König! Wenn du die Beantwortung dieses Briefes für wichtig hältst, so will ich deinem Befehl gehorchen, aber ein weit jüngerer Knabe könnte es auch tun.« Da sagte der König: »Schreibe schnell, denn der Bote eilt, er ist schon einen Tag zu lang aufgehalten worden.«

Der Junge nahm Tinte und Papier und schrieb: »Friede und Heil vom Barmherzigen aller Gläubigen! Wisse du, den man den großen König nennt, wir haben deinen Brief erhalten, gelesen und verstanden und daraus deine Torheit und Gewalttätigkeit erkannt; aus Verachtung gegen dich haben wir deinen Boten zurückgehalten, und nur aus Mitleid für diesen schicken wir dir eine Antwort. Was du von meinen Vezieren, Gelehrten und Großen des Reiches schreibst, ist wahr, doch ist das nur ein Unkraut, das ich aus dem Weizenfeld gerissen; für jeden Umgebrachten haben wir tausend Bessere und Tüchtigere. Jedes Kind, das nur sprechen kann, ist so reich an Kenntnissen, als der Regen des Himmels an Segen; fragst du nach meinen Kriegern, so findest du bei mir Helden, von denen ein einziger tausend deiner Truppen schlägt. Was meine Schätze angeht, so schneiden wir Juwelen aus den Gebirgen wie Steine, und meine Fundgruben bringen mir täglich tausend Pfund Silber ein, auch ist der Wohlstand und die Macht meiner Untertanen unbeschreiblich. Dein Wunsch, ein Schloß mitten im Meer zu haben, beweist deinen Unverstand; gebiete zuerst dem Wind Ruhe und den Wellen Stillstand, dann wollen wir dir ein Schloß bauen. Du glaubst, Gott habe dir den Sieg über mich verliehen, ich aber, der ihm vertraue und nach dessen Geboten handle, hoffe das Gegenteil, weil du dich ungerechterweise, als wäre ich dein Sklave, über mich erheben willst. Du verdienst eine Strafe von mir, doch ich fürchte Gott und verzeihe dir, wenn du mir auch dieses Jahr Tribut schickst; wo nicht, so sende ich dir eine Armee von elfhunderttausend Mann unter der Anführung des Veziers Ghadhan, der dich drei Jahre lang belagern wird, statt der drei Tage Frist, die du mir gegönnt; er wird Besitz von deinem Reich nehmen und nur dich allein töten; darum sei auf deiner Hut und überlege es wohl, ehe du es wagst, dich mir zu widersetzen.« Dieses Schreiben wurde versiegelt und dem Boten gegeben, der nach dem, was er vom Jungen hörte, froh war, mit heiler Haut davon zu kommen. Als er zu seinem König zurückkehrte, der schon wegen dessen langer Abwesenheit einen großen Divan hielt, überreichte er ihm den Brief und erzählte ihm alles, was er gesehen und gehört. Der König konnte seiner Erzählung nicht glauben, bis er endlich den Brief las; da erschrak er sehr und sah sich schon seines Reiches beraubt. Er ließ sogleich seine Veziere und Gelehrten rufen und las ihnen den Brief vor; sie suchten zwar den König

zu beruhigen, doch war ihr eigenes Herz voller Furcht. Endlich sagte der Großvezier: »Alle diese Worte helfen nichts, ich rate dir, dich in einem Schreiben bei dem König zu entschuldigen, ihn an die alte Freundschaft zu erinnern, und ihm zu sagen, du habest nur seine Tapferkeit und Gewandtheit erproben wollen, wünschest ihm aber ein langes, glorreiches Leben.« Der König sagte: »Das muß ein mächtiger Sultan sein, dessen Schulknaben solche Briefe schreiben; ich habe selbst ein verzehrendes Feuer angezündet, ich muß es nun auch löschen.« Er ließ dann sogleich kostbare Geschenke zubereiten, schrieb einen schönen Brief und schickte ihn mit einem Hauptmann, von vielem Gefolge begleitet, ab. Der König ließ bei der Ankunft des Hauptmannes den Jungen rufen, um ihm den Brief vorzulesen, und auf dessen Rat nahm er die Entschuldigungen und die Geschenke des Hauptmannes an und machte ihm königliche Gegengeschenke.

Der Junge aber wandte alle seine Gelehrsamkeit auf und schrieb einen sehr sinnreichen, freundlichen Brief, den er dem König vorlas. Der Hauptmann wurde dann mit dem Brief entlassen und von einer Abteilung Truppen den halben Weg begleitet. Nach der Abreise des Hauptmannes, der wegen der Wiederherstellung des Friedens von seinem Herrn durch Erhöhung seines Ranges belohnt wurde, kehrte der König wieder zu seinem früheren frommen Lebenswandel zurück, hörte auf, der Frauenliebe und dem Vergnügen zu leben, und beschäftigte sich ausschließlich mit den Angelegenheiten seiner Untertanen. Der junge Sohn des Veziers Schimas wurde zum Vezier

ernannt, die Stadt wurde drei Tage hintereinander festlich geschmückt und groß war die Freude des Volkes, das einer besseren Zukunft entgegen sah, und für den König und den Vezier Gebete gen Himmel sandte. Als dann der König den Vezier fragte, was nun zur neuen Organisation des Staats zu tun sei? sagte er: »Zuerst muß das Übel an seiner Wurzel ausgerottet werden, damit es nicht wieder zu noch größerem Unheil nachwachse.« – »Was meinst du damit?« fragte der König. »Ich meine«, antwortete der junge, aber verständige Vezier, »den Hang nach Weibern und das Befolgen ihres Rates; durch Frauenliebe wird sogar der Klügste irregeführt. War nicht Salomo, der Sohn Davids, der Weiseste aller Sterblichen, so daß Menschen und Genien, Tiere und Vögel ihm dienstbar waren? Hat er nicht viele Werke über weltliche Angelegenheiten und Religion geschrieben, und doch vergaß er alles wieder durch seine Liebe zu den Weibern, und wußte in Gegenwart aller Gelehrten eine Frage nicht mehr zu beantworten, die in einem ihm früher wohlbekannten Werk ausführlich behandelt war, so daß er zuletzt gestehen mußte, daß er durch seine Liebe zu den Weibern seinen Verstand verloren hatte, und daher alle Leute, besonders aber Gelehrte und Könige, davor warnte.« Der König erwiderte hierauf: »Schon habe ich aufgehört, die Frauen zu lieben; doch sage mir, was ich ihnen tun soll, weil sie mir geraten haben, deinen Vater und die übrigen Großen zu ermorden.« Der Vezier erwiderte: »Nicht sie allein sind schuldig; sie sind wie schöne Waren, die wohl Käufer herbeilocken, doch niemanden zwingen, sie zu kaufen.« Da sagte der König: »Ich sehe, daß du die Schuld auf mich laden willst, und du hast ganz recht.« Der Vezier erwiderte: »Das wollte ich zwar nicht, o König; doch Gott hat uns Macht über uns selbst gegeben, wir können dem Bösen widerstehen, wenn wir wollen. Gott will nur unser Bestes, durch unsern eigenen Willen aber neigen wir uns zum Schlimmen hin; doch jetzt ist nichts mehr zu tun, als das Gewand der Torheit mit dem des Verstandes zu vertauschen, die Begierden zu besiegen und den Geboten des Herrn zu folgen, Gott wird dir dann verzeihen, dir heitere Tage schenken und allen deinen Feinden Ehrfurcht vor dir einflößen.« Der König versprach dem Vezier, der ihn aus so großer Not gerettet, ihm in allem zu gehorchen, alle seine Vorschläge anzunehmen und alle seine Handlungen zu billigen. Auf den Rat des Veziers wurden dann alle Gelehrten versammelt und sieben neue Veziere gewählt, die Frauen des Königs aber in das Haus, wo die Ermordeten lagen, lebenslänglich eingesperrt; so fielen sie selbst in die Grube, die sie anderen gegraben. – Soviel ist uns von dieser wunderbaren Geschichte zugekommen.

Geschichte der unglücklichen Frau mit dem Bettler.

Man erzählt unter anderm: Ein König verbot einst seinen Untertanen, Almosen zu geben, und ließ jedem, der diesem Verbot zuwider handelte, die Hand abschneiden, so daß niemand mehr es wagte, den Armen etwas zu schenken. Eines Abends kam ein hungriger Bettler zu einer Frau und forderte Almosen. Da sagte ihm die Frau: »Wie kann ich dir etwas geben? Der König läßt ja jedem die Hand abhauen, welcher Almosen reicht.« Aber der Bettler beschwor sie solange bei Gott, sie möchte ihm doch etwas geben, daß sie seinen Bitten nicht widerstehen konnte und ihm zwei Laib Brot schenkte. Sobald der König dies erfuhr, ließ er die Frau rufen und ihre beiden Hände abschneiden. Nach einiger Zeit sagte der König zu seiner Mutter: »Ich möchte gern heiraten, wähle mir doch eine schöne Frau.« Seine Mutter antwortete: »In unserer Nachbarschaft lebt die schönste Frau, die man je gesehen hat; aber sie hat beide Hände verloren.« Der König wünschte sie zu sehen, und als sie vor ihm erschien, wurde er so bezaubert von ihrer Schönheit, daß er sie heiratete. Aber die Nebenbuhlerinnen dieser Frau beneideten sie so sehr, daß sie sie dem König als ein schlechtes Frauenzimmer schilderten. Der König schrieb dies seiner Mutter und befahl ihr, die von ihr empfohlene Frau aus dem Harem zu verstoßen. Die Frau wanderte nun, über ihr Unglück weinend, mit ihrem Kinde am Hals in der Wüste umher, bis sie an einen Bach gelangte;

da kniete sie nieder, um ihren Durst zu löschen, und ließ das Kind in den Bach fallen. Sie weinte darüber sehr heftig, als zwei Männer vorüberkamen und sie fragten, warum sie so weine. »Mein Kind«, schrie die Arme, »ist ins Wasser gefallen.« Sie fragten: »Sollen wir es retten?« Als die Frau sie darum bat, beteten die Männer zu Gott und das Kind kam unverletzt aus dem Wasser. Sie fragten dann die Frau: »Wünschest du auch deine beiden Hände wieder zu haben?« Auf ihre bejahende Antwort beteten die Männer wieder, und, siehe da! Ihre beiden Hände wuchsen wieder hervor, noch schöner als sie waren. Dann sagten sie ihr: »Weißt du, wer wir sind?« – »Das weiß nur Gott.« – »Wisse denn, wir sind die zwei Laibe Brot, die du dem Bettler gegeben und durch welche du deine beiden Hände verloren; danke nun Gott, der dir deine beiden Hände wiedergegeben und dein Kind.« Sie dankte und pries Gott und setzte ihren Weg getröstet fort.

Geschichte des edlen Gebers.

Man erzählt ferner: Einst verlor ein sehr reicher Juwelier sein ganzes Vermögen, so daß ihm gar nichts mehr übrig blieb. Da sagte ihm seine Frau: »Geh zu einem deiner Freunde und suche Hilfe bei ihm.« Er ging zu einem Freund und klagte ihm seine Not. Der Freund lieh ihm fünfhundert Dinare, mit denen er wieder sein Geschäft betreiben sollte. Der Juwelier öffnete hierauf wieder seinen Laden und kaufte und verkaufte. Als er einst in seinem Laden saß, kamen drei Männer und fragten nach seinem Vater; der Juwelier sagte ihnen, er sei schon längst tot. Da fragten sie, ob er keine Nachkommen hinterlassen. »Ich bin dessen Sohn!« – »Kannst du dies beweisen?« – »Alle Kaufleute des Bazars können mir es bezeugen!« – »Bringe einige her, um uns zu überzeugen, daß der Mann, nach welchem wir dich fragten, dein Vater war.« Der Juwelier rief einige Kaufleute zu sich, und nachdem sie bezeugt hatten, daß der Mann, nach dem die drei Fremden sich erkundigt hatten, sein Vater war, zogen diese einen Sack heraus, in welchem etwa dreißigtausend Dinare Gold und Edelsteine waren, und sagten: »Das hat dein Vater uns aufzubewahren gegeben«, und gingen wieder ihres Weges. Bald darauf kam eine Frau und entlieh einen Edelstein, welcher fünfhundert Dinare wert war, und bald darauf kaufte sie ihn für dreitausend Dinare. Der Juwelier ging nun zu seinem Freund und wollte ihm die fünfhundert entlehnten Dinare zurückgeben; dieser nahm sie aber nicht und sagte: »Ich habe sie nach Gottes Willen hergegeben, behalte sie nur, nimm auch dieses Briefchen, öffne es aber nicht, bis du zu Hause bist und beherzige dessen Inhalt.« Der Juwelier nahm das Briefchen, ging nach Hause und fand folgende Zeilen darin: »Die Männer, welche bei dir waren, sind mein Vater und meine beiden Oheime; die Frau, welche bei dir einkaufte, war meine Mutter, und alles Geld und alle Edelsteine kamen von mir. Ich hatte dabei nicht die Absicht, dich zu beleidigen, sondern dir ein Erröten zu ersparen.«

Wunderbare Erfüllung eines Traumes.

Man erzählt ferner: Ein sehr begüterter Mann aus Bagdad verlor sein ganzes Vermögen und hatte viele Mühe, sich sein tägliches Brot zu erwerben. Eines Nachts, als er sich in trauriger Stimmung niederlegte, erschien ihm im Traum jemand, der ihm sagte: »Du wirst deinen Lebensunterhalt in Kahirah finden, reise dahin.« Der Mann machte sich des Morgens auf und trat seine Reise nach Kahirah an. Da er des Abends daselbst ankam, ging er in eine Moschee und schlief darin. In derselben Nacht drangen Diebe von der Moschee aus in ein daran stoßendes Haus, um es zu bestehlen. Aber die Bewohner dieses Hauses erwachten und machten Lärm. Die Polizei kam herbei, und die Diebe entflohen wieder durch die Moschee. Als der Polizeioberste in die Moschee kam und den Mann aus Bagdad fand, den er für einen der Diebe hielt, ergriff er ihn, ließ ihn fast tot prügeln und ins Gefängnis werfen.

Nach drei Tagen wurde er vor den Polizeiobersten geführt, der ihn fragte, woher er wäre und was er in Kahirah täte? Er antwortete: »Ich wohne in Bagdad und bin hierher gekommen, weil mir jemand im Traum gesagt, ich werde hier meinen Lebensunterhalt finden; nun fand ich aber nichts, als die Prügel, die du mir erteilen ließest.« Der Polizeioberste lachte so herzlich, daß er alle seine Zähne zeigte, und sagte: »Du dreifach unverständiger Mensch, mir ist jemand im Traum erschienen, der mir sagte: In dem Stadtviertel N. N. in Bagdad ist ein Haus, das so und so aussieht, in dessen Hof ist ein Gärtchen, mit einem Pistazienbaum; dort ist Geld begraben, das von einem Verbrechen herrührt, geh hin und nimm es! Und doch bin ich hier geblieben, und du törichter Mensch machst eine solche Reise wegen eines eitlen Traumes.« Er gab ihm dann einige Drachmen und sagte ihm: »Suche damit deine Rückkehr anzutreten.« Der Mann nahm das Geld und kehrte damit nach Bagdad zurück, ging in sein Haus, welches kein anderes war, als das vom

Polizeiobersten von Kahirah beschriebene, ließ unter dem Baum aufgraben, und fand so viel Geld darunter, daß er wieder reicher war, als zuvor.

Tod eines Liebenden aus dem Stamm Uzra.

Man erzählt ferner: Unter dem Stamm der Söhne Uzra war ein Mann, der keinen Tag ohne eine neue Liebe leben konnte. Einst liebte er ein schönes Mädchen aus seinem Stamm und warb um sie; sie aber verschmähte ihn und wies ihn immerfort ab. Der Mann wurde darüber krank und grämte sich so sehr, daß alle seine Kräfte schwanden und er so schwach und mager wurde, daß seine Liebe kein Geheimnis mehr blieb. Lange baten seine und ihre Verwandten seine Geliebte, sie möchte ihn doch besuchen, aber sie weigerte sich, bis er dem Tod nahe war. Erst als sie sein nahes Ende vernahm, bemitleidete sie ihn und entschloß sich, ihn zu besuchen. Als er sie erblickte, flossen seine Augen in Tränen über und er sprach folgende Verse:

»Wenn du meinen Leichenzug vorüberziehen siehst, wirst du ihm nicht folgen und den Verschiedenen grüßen, der dem Grabe überlassen wird?«

Das Mädchen sagte weinend: »Ich dachte nicht, daß es so weit mit dir gekommen wäre, aber bei Gott, ich will dir alles gewähren, was du von mir forderst.« Da rezitierte er weinend folgenden Vers:

»Sie nahet mir, wenn Todesschatten uns trennen, und will mir gehören, wenn ich sie nicht mehr besitzen kann.«

Dann atmete er tief und verschied. Das Mädchen weinte, küßte ihn und fiel in Ohnmacht, und nach drei Tagen starb auch es und wurde in sein Grab gelegt.

Geschichte des Dichters Mutalammes.

Ferner wird erzählt: Der Dichter Mutalammes mußte einst vor Numan, dem Sohn Munzirs, entfliehen, und er blieb solange abwesend, daß man ihn für tot hielt. Er hatte eine schöne Frau, welche Umeima hieß und ihn so innig liebte, daß sie lange keinen anderen heiraten wollte, so sehr auch ihre Familie sie darum bat. Doch endlich wurde ihr so viel zugeredet und fast Zwang angetan, daß sie nachgeben mußte und mit einem Mann aus ihrem Stamm sich verlobte. Mutalammes kam aber gerade zur Hochzeitsnacht von seiner Reise zurück. Er hörte Musik und Freudengesang und jubelnde Frauen, und fragte einen Knaben, was denn für ein Fest gefeiert werde. Der Knabe antwortete: »Die Gattin Mutalammes' verheiratet sich wieder diese Nacht.« Als Mutalammes dies hörte, mischte er sich verkleidet unter die Frauen und sah, wie der Bräutigam neben seiner Frau saß und sie küssen wollte. Sie aber seufzte und sprach weinend: »O wüßte ich doch bei so vielen heranstürmenden Unglücksfällen, wo du weilest, o Mutalammes!« Dieser antwortete: »O du meine Heimat! o Umeima! wisse, daß ich mich stets nach dir sehnte, sooft die Karawane ihre Zelte aufschlug.« Als der Bräutigam dies hörte, merkte er, daß er überflüssig geworden, und zog sich zurück. Mutalammes blieb allein bei seiner Frau und lebte höchst glücklich mit ihr, bis der Tod sie trennte.

Sonderbares Gebet eines Pilgers.

Man erzählt ferner: Zur Zeit der Pilgerfahrt rief einst ein Mann, an den Vorhängen der heiligen Kaba sich festklammernd: »O Gott, laß sie doch wieder ihrem Mann zürnen, daß sie sich mir hingebe!« Als einige Pilger dieses sonderbare Gebet hörten, ergriffen sie ihn, prügelten ihn durch, führten ihn zum Emir der Pilger und sagten ihm, was sie von diesem Mann an einem so heiligen Ort vernommen. Der Emir der Pilger gab den Befehl, ihn zu hängen; aber der Angeklagte beschwor ihn bei Mohammed, dem Abgesandten Gottes, er möchte doch zuerst seine Erzählung anhören, dann nach Belieben mit ihm verfahren. Der Emir gewährte ihm seine Bitte, und er sprach: Wisse, o Emir, ich bin ein Mann von der niedersten Volksklasse, der sich oft mit Haschisch berauscht; mein Geschäft war, dem Vieh die Haut abzuziehen, und Blut und anderen Schmutz auf den dazu bestimmten Ort zu bringen. Eines Tages ging ich mit meinem beladenen Esel über die Straße, da sah ich, wie alle Leute davonliefen, und einer derselben sagte mir: »Flüchte dich schnell in dieses Gäßchen, sonst bringt man dich um.« Ich fragte, warum denn alle Leute so flöhen. Da antwortete mir der Diener eines vornehmen Herren: »Es kommt ein Harem, und die ihm vorangehenden Diener schlagen alle Leute, um den Weg freizumachen.« Ich wollte, als ich dies hörte, mit meinem Esel in eine Nebenstraße einlenken, da kamen die Diener, mit großen Stöcken in den Händen, an der Spitze von ungefähr dreißig Frauen, worunter eine einen Wuchs wie die Zweige des Ban, und Augen wie eine nach Wasser lechzende Gazelle hatte; diese ausgezeichnet schöne und liebliche Frau war die Gebieterin aller übrigen, die sie begleiteten. Ich blieb stehen und betrachtete sie von allen Seiten. Auf einmal rief sie einen ihrer Diener zu sich und sagte ihm etwas ins Ohr. Sogleich lief der Diener auf mich zu und nahm mich fest. Alle Leute liefen davon, nur ein alter Mann nahm meinen Esel und führte ihn weg, während die Eunuchen mich mit einem Strick banden und mit sich schleppten.

Ich wußte gar nicht, was dies zu bedeuten habe, und alle Leute hinter mir schrien: »Das ist nicht erlaubt von Gott, mit einem armen Bettler, einem elenden Haschischfresser, so umzugehen.« Manche sagten zu den Eunuchen: »Habt doch Mitleid mit ihm, Gott wird sich auch eurer erbarmen, und laßt ihn doch los!« Ich dachte bei mir selbst: Gewiß hat die Dame den Schmutz und Unrat, mit dem mein Esel beladen war, gerochen und will dafür mich bestrafen lassen. Was kann ich tun? Es gibt keinen Schutz und keine Macht, als bei Gott, dem Erhabenen!

Ich wurde nun von den Eunuchen mitgeschleppt, bis wir an die Pforte eines großen Hauses kamen. Da traten sie hinein und führten mich in einen großen Saal von unbeschreiblicher Schönheit; er war rein ausgekehrt und frisch bespritzt, und mit kostbaren Matten und Polstern bedeckt. Die Gebieterin und ihr Gefolge zogen an mir vorüber, und ich blieb allein mit den Eunuchen zurück und dachte: Man hat mich gewiß hereingebracht, um mich hier mit dem Tod zu bestrafen, ohne daß jemand nur meinen Tod erfahre. Aber statt dessen führten mich die Eunuchen in das Badzimmer, welches an den Saal stieß, und drei Sklavinnen kamen, hießen mich sitzen, und die eine

rieb mir die Füße, die andere wusch mir den Kopf und die dritte trocknete mich ab. Als dies geschehen war, gaben sie mir einen Bündel Weißzeug und Kleider, und hießen mich sie anziehen.

Ich sagte: »Bei Gott! Ich weiß nicht, wie man solche Kleider anzieht.« Sie näherten sich mir lachend und kleideten mich an, bespritzten mich mit Rosenwasser und führten mich wieder in einen herrlich verzierten und mit Divanen belegten Saal. Hier saß eine Dame, von vielen Sklavinnen umgeben, die, sobald ich in den Saal trat, vor mir aufstand und mich hieß, neben ihr Platz zu nehmen. Kaum hatte ich mich gesetzt, als die Sklavinnen auf ihren Befehl die verschiedenartigsten, schmackhaftesten Speisen auftrugen, dergleichen ich in meinem Leben nie gekostet hatte und deren Namen ich nicht einmal kannte. Nachdem ich mich sattgegessen hatte, wurden die Schüsseln weggetragen, und man brachte mir Wasser, um meine Hände zu waschen. Die Dame ließ dann allerlei Nachtisch bringen und hieß mich davon essen. Als auch dies geschehen war, befahl sie einigen Sklavinnen, Wein und Trinkgefäße herbeizuschaffen, sowie auch allerlei feines Räucherwerk. Ein Mädchen wie der Mond schenkte uns ein, und ich und die Dame tranken solange beim Klang des Saitenspiels, bis wir berauscht waren. Dies alles geschah, o Emir, und ich glaubte immer nur zu träumen. Auf ihren Wink entfernten sich dann die Sklavinnen; sie umarmte mich und drückte mich an ihren Busen, und ich sog den feinsten Moschusduft aus ihren Lippen und glaubte nicht anders, als entweder ich sei im Paradies, oder ich träume. Des Morgens fragte sie mich nach meiner Wohnung, gab mir ein goldgesticktes Taschentuch, in welches etwas eingebunden war, und sagte mir: »Geh' damit ins Bad.« Ich ging freudig fort und dachte: Ist Geld in diesem Tuch, so kann ich dafür zu Mittag essen; doch ging ich so ungern von ihr fort, als hätte ich das Paradies verlassen müssen, und begab mich in meine Wohnung, öffnete das Tuch, welches sie mir geschenkt hatte, und fand fünfzig Goldstücke darin, die ich sogleich eingrub. Nach Mittag, als ich in Gedanken vertieft vor meiner Tür saß, kam auf einmal eine Sklavin zu mir und sagte: »Meine Gebieterin verlangt nach dir.«

Ich folgte der Sklavin bis zur Tür ihres Hauses, bat um Erlaubnis, hineinzutreten, und küßte die Erde vor der Dame. Sie hieß mich wieder sitzen, ließ Speisen und Wein bringen, und ich brachte wieder diese Nacht wie die vorhergehende bei ihr zu. Des Morgens schenkte sie mir wieder ein Tuch, in welches fünfzig Goldstücke eingebunden waren, mit denen ich wieder in meine Wohnung ging, wo ich sie eingrub. So ging es acht Tage lang, ich wurde jeden Nachmittag geholt und blieb bis morgens bei meiner Dame. Aber am achten Tag, als ich bei ihr war, kam auf einmal eine Sklavin herbeigelaufen, die mich schnell in ein Nebenzimmer hineinstieß. Dieses Zimmerchen hatte ein Fenster, das auf die Straße ging; ich hörte Geräusch von Dienern und Pferdtritten, und ich sah vom Fenster aus einen jungen Mann wie der Vollmond, von vielen Mamelucken begleitet, der vor der Haustüre abstieg, dann in den Saal trat, vor der Dame sich verbeugte und ihre Hand küßte. Sie schwieg lange, und es kostete ihm viele Mühe und Demütigung, bis sie sich mit ihm versöhnte und einwilligte, die Nacht bei ihm zuzubringen. Des Morgens, als er wieder mit seinen Leuten ausgeritten war, kam die Dame zu mir und fragte mich: »Hast du gesehen?« Ich antwortete: »Jawohl.« Nun sagte sie: »Dieser Mann ist mein Gatte; ich will dir erzählen, was zwischen uns vorgefallen. Eines Tages waren wir beisammen im Garten neben unserem Haus. Auf einmal stand er von meiner Seite auf und blieb sehr lange weg. Da folgte ich unbemerkt, um nach ihm zu sehen; als ich an der Küche vorüberkam, fragte ich eine meiner Sklavinnen nach ihm; sie zeigte mir ein kleines Kabinett; hier fand ich ihn in den Armen einer Sklavin. Als ich dies sah, schwor ich einen heiligen Eid, auch einen Mann von der niedersten Klasse zu umarmen. Ich durchzog daher drei Tage lang alle Straßen der Stadt, um einen solchen Mann zu finden; erst am vierten Tag begegnete ich dir, und fand dich so erbärmlich und schmutzig, daß ich meinen Eunuchen befahl, dich mitzunehmen. Was nun zwischen uns geschehen ist, war Gottes Beschluß. Nun ist mein Eid

gelöst, und ich werde dich nicht eher wieder rufen lassen, bis mein Mann sich wieder einer Sklavin nähert und mir untreu wird.« Hierauf entließ sie mich, nachdem ich vierhundert Goldstücke aus ihrem Haus fortgetragen, von denen ich schon einen großen Teil ausgegeben. Darum kam ich hierher und betete zu Gott, der Mann möchte doch seine Sklavin wieder besuchen, damit ich seine Gattin wiedersehe.« Als der Emir der Pilger diese Geschichte hörte, ließ er den Angeklagten frei und erklärte ihn für unschuldig in Gegenwart aller seiner Ankläger.

Geschichte des Arabers mit den Bohnen.

Unter anderem wird auch erzählt: Als Harun Arraschid den Barmekiden Djafar hängen ließ, befahl er, daß wer ihn betrauere und beweine, auch gehängt werden sollte, so daß es natürlich ein jeder unterließ. Eines Tages kam ein Araber aus entfernter Wüste, der jedes Jahr Djafar ein Gedicht überreichte, für welches er tausend Dinare erhielt, womit er und seine Familie das ganze Jahr lebte. Sobald er hörte, daß Djafar gehängt worden, ging er auf den Hinrichtungsplatz, ließ dort sein Kamel niederknieen, seufzte und weinte laut und rezitierte sein Gedicht; dann schlief er ein und sah Djafar im Traum, der ihm sagte: »Du hast meinetwillen diese mühsame Reise unternommen und findest mich nun, wie du siehst; doch geh nach Baßrah, frage nach dem Kaufmann N. N. und sage ihm, Djafar der Barmekide läßt ihn grüßen und bei den Bohnen beschwören, dir tausend Dinare zu geben.« Der Araber machte sich sogleich auf den Weg nach Baßrah, suchte den Kaufmann auf und trug ihm Djafars Bitte vor. Der Kaufmann weinte so heftig, daß er beinahe sein Leben aufgab, nahm den Araber mit Auszeichnung auf, bewirtete ihn drei Tage lang und gab ihm am vierten Tage fünfzehnhundert Dinare, indem er ihm sagte: »Du erhältst tausend Dinare nach Djafars Befehl und fünfhundert als Geschenk von mir.« Auch hieß er ihn jedes Jahr wiederkehren, um tausend Dinare in Empfang zu nehmen. Der Araber beschwor den Kaufmann, er möchte ihm doch sagen, was Djafar mit den Bohnen meinte. Da sagte der Kaufmann: »Ich war früher ein armer Bohnenhändler. Einst ging ich an einem kalten Tag auf dem Markt mit Bohnen umher; meine Kleidung war so schlecht, daß sie mich weder gegen die Kälte, noch gegen den Regen schützte. Ich zitterte vor Frost und fiel einige Male auf den nassen Boden. Dies bemerkte Djafar und bemitleidete meinen schauerlichen Zustand, ließ mich zu sich rufen und sagte mir: »Verkaufe meinem Gefolge diese Bohnen.« Ich holte mein Maß herbei, und so wie ich die Bohnen hergab, füllte Djafar mein Maß mit Gold, bis ich statt meiner Bohnen ein großes Bündel Gold hatte. Zuletzt fragte Djafar: »Hast du nichts mehr?« Ich suchte im Korb und fand nur noch eine Bohne. Djafar nahm sie, teilte sie in zwei Hälften, ging damit in seinen Harem und sagte: »Wer will diese halbe Bohne kaufen?« Eine seiner Frauen sagte: »Ich, für das Bündel Gold, das der Mann trägt.« – »Nun«, sagte Djafar, »ich behalte die andere Hälfte für den doppelten Preis.« Ich glaubte, es sei nur Scherz, aber ein Diener brachte das Gold herbei und legte es in meinen Korb. So hat mich Gott, gepriesen sei sein Name, durch Djafar reich gemacht, und wenn ich dir jedes Jahr tausend Dinare gebe, so ist dies nur eine geringe Vergeltung für seine Wohltaten gegen mich.«

Der wunderbare Reisesack.

Man erzählt ferner: Als der Kalif Harun Arraschid eines Nachts sehr übel gelaunt und mißmutig war, ließ er seinen Vezier Djafar rufen und sagte ihm: »Ich bin sehr verstimmt und fühle meine Brust so beengt, suche doch auf irgend eine Weise mir Zerstreuung zu verschaffen.« Djafar sagte: »O Fürst der Gläubigen! Ich habe einen Freund, der Ali der Perser heißt, der weiß sehr viele Märchen und Geschichten.« – »So hole ihn gleich her«, sagte der Kalif. Djafar schickte sogleich jemanden, um Ali zu rufen. Er kam bald und grüßte den Kalifen. Dieser hieß ihn sitzen und sagte ihm: »Meine Brust ist diesen Abend so beklommen, daß ich dich rufen ließ, weil ich hörte, du wissest so viele Märchen und Anekdoten; erzähle mir nun etwas, das meinen Gram und meine düsteren Gedanken verscheuche.«

Ali erwiderte: »Was wünschest du, o Fürst der Gläubigen, zu hören, um dich aufzuheitern? Soll ich etwas erzählen, was ich mit meinen eigenen Augen gesehen, oder etwas, das ich mit meinen Ohren gehört?« Der Kalif antwortete: »Erzähle mir etwas, das du selbst gesehen.« Da begann Ali:

Wisse, o Fürst der Gläubigen! Ich reiste einst mit einem Jungen von Bagdad, meiner Vaterstadt, weg und hatte einen sehr hübschen Reisesack bei mir. Während ich kaufte und verkaufte, kam ein wilder Kurde auf mich zu, nahm mir meinen Reisesack weg und sagte: »Dieser Sack mit allem, was darin ist, gehört mir.« Ich war ganz außer mir und rief alle umstehenden Leute um Hilfe. Die Leute sagten: »Geht miteinander zum Kadhi.« Wir gingen zum Kadhi und sagten ihm: »Wir haben eine Streitsache.« – »Wer ist der Kläger?« fragte der Kadhi. Der Kurde

näherte sich ihm und sagte: »Gott stärke unsern Herrn, den Kadhi! Ich habe diesen Sack mit allem, was darin ist, verloren und eben wieder in der Hand dieses Mannes gefunden.« – »Wann hast du ihn verloren?« fragte ihn der Kadhi. Der Kurde antwortete: »Erst gestern.« – »Wenn du den Sack kennst«, versetzte der Kadhi, »so sage mir, was darin ist.« Der Kurde antwortete: »Im Sack sind zwei silberne Spiegelchen, Kohel für das Auge, ein Tuch für die Hände, zwei Leuchter, zwei Schüsseln und zwei Löffel, ein Kissen, zwei Matten, zwei Waschbecken mit Kannen, ein Topf, ein Kamm, zwei Hündchen, eine Kuh, zwei Kälber, zwei Schafe, eine Ziege, zwei Lämmer, zwei weiße Katzen, ein männliches und zwei weibliche Kamele, ein Büffelochs, zwei Stiere, eine Löwin, zwei Löwen, ein Wolf, zwei Füchse, zwei Divane und zwei Säle und eine Küche mit zwei Türen, und viele Kurden, die bezeugen, daß dieser Sack mir gehört.« Als der Kurde vollendet hatte, fragte mich der Kadhi: »Was sagst du dazu, Ali?« Ich näherte mich ihm, erstaunt über die Rede des Kurden, und sagte: »Gott verherrliche unseren Kadhi! In meinem Sack ist ein zerfallenes Häuschen mit einem Hundeställchen, ferner eine Schule für Knaben, dann viele Soldaten mit ihren Zelten, die Städte Kahirah und Bagdad und das Schloß Schadads, ein Fischernetz, ein Stock, mehrere Pfeiler und viele Mädchen und Knaben, und tausend Meister, welche bezeugen, daß dieser Sack mein Sack ist.« Als der Kurde dies hörte, sagte er weinend und schluchzend: »O mein Herr Kadhi, der Sack gehört mir, ich weiß alles, was darin ist. Du findest darin Schlösser und Zitadellen, Städte und Dörfer, Bären und Löwen und allerlei wilde Tiere; ferner eine Stute und zwei junge Hengste, zwei lange Lanzen und zwei Hasen, eine alte Frau und zwei Freudenmädchen, zwei Obersten und zwei Gaukler, und einen Blinden und einen Lahmen, einen Pfaffen und zwei Kirchendiener, und einen Patriarchen, einen Kadhi und zwei Zeugen, welche bezeugen, daß der Sack mir gehört.« Nun war ich außer mir vor Zorn und Ärger, ich ging auf den Kadhi zu und sagte: »Gott stärke unsern Herrn, den Kadhi! In meinem Sack ist ein Zeughaus, mit allerlei Waffen und Kriegsmaterialien gefüllt, Weinberge, Gärten mit Feigen– und Apfelbäumen, allerlei Weingefäße mit Dienern und Freunden und Gesellschaften, Musiker mit allerlei Instrumenten und Sänger und Sängerinnen, Kinder mit ihren Ammen, zwei abessinische Sklavinnen, drei Indianerinnen, vier Medinenserinnen, fünf Griechinnen, sechs Türkinnen, sieben Perserinnen, acht Kurdinnen, und neun Ägypterinnen; im Sack waren der Euphrat und der Tigris mit Fischen und Fischernetzen und Feuerzeug, tausend Pferde, mehrere Badehäuser, viele Städte und Länder mit allen ihren Beamten und Handwerkern, Kufa und Anbar, zwanzig Kisten voll Weißzeug und Kleider, und einige Magazine mit allerlei Mundvorrat gefüllt, Gaza, Askalon, die ganze Strecke von Damiet bis Assuan, der Palast des Chosrocs, Vaters des Nuschirwan, das ganze Reich Salomons, Chorasan, Balch und Jspahan, alle Länder, die zwischen Indien und Nubien liegen.« Der Kadhi, ganz betäubt von dem Aufzählen aller dieser Gegenstände, sagte: »Ihr seid gewiß zwei abtrünnige Ketzer, die mit einem frommen Kadhi ihren Spaß haben wollen; hat man jemals gehört, daß ein Reisesack alles das enthalte, was ihr beschrieben? Das ist ein bodenloses Meer!« Der Kadhi ließ dann den Sack öffnen; man fand darin ein wenig Brot, eine Zitrone, ein wenig Käse und ein paar Oliven; ich warf den Sack dem Kurden zu und ging fort.

Den Kalifen ergötzte diese Geschichte so sehr, daß er vor Lachen auf den Rücken fiel und den Perser Ali reichlich beschenkte. Gott ist allwissend!

Der freigebige Hund.

Einst war ein armer Mann so sehr von seinen Gläubigern gedrängt, daß er seine Familie und seine Heimat verlassen und in fremden Ländern bettelnd umherziehen mußte. Hungrig und müde, im zerknirschtesten Seelenzustand, erreichte er eine große, prachtvolle Stadt, von hohen Mauern umgeben. Auf einem großen Platz sah er einige vornehme Leute in ein Haus gehen, das einem königlichen Palast glich, und folgte ihnen in einen Saal, wo ein Mann von sehr ehrwürdigem Aussehen in dessen oberen Ende saß, der gleich einem Vezier von vielen Dienern und Sklaven umgeben war. Der Mann stand vor seinen Gästen auf und hieß sie willkommen. Der Arme aber trat erschrocken zurück, als er diese vielen Diener und andere Pracht und Herrlichkeit sah, und setzte sich aus Furcht in einen Winkel, wo ihn niemand sehen konnte. Als er so dasaß, kam ein Diener mit vier Jagdhunden, die mit kostbarem Seidenstoffe bedeckt waren und goldene Ketten mit silbernen Schellen am Hals hatten, und band jeden derselben in einer Ecke an. Dann ging er weg und kam nach einer Weile wieder mit goldenen Schüsseln, voll von den herrlichsten Speisen, stellte jedem Hund eine solche Schüssel vor und entfernte sich wieder. Der Arme war so sehr von Hunger geplagt, daß er mit Lüsternheit nach den Speisen der Hunde sah, und gern hätte er mit einem derselben gegessen, wenn er sich nicht gefürchtet hätte. Einer dieser Hunde bemerkte dies durch eine göttliche Eingebung, entfernte sich von seiner Schüssel und winkte dem Armen zu, er möchte sich nähern. Der Arme trat herbei und aß, bis er satt war, dann wollte er wieder gehen; aber der Hund gab ihm durch Zeichen zu verstehen, er möge die Schüssel mit allem, was darin ist, nehmen, ja, er schob sie sogar mit der Tatze vor ihn hin. Der Arme nahm sie, ging damit fort und niemand folgte ihm.

Der Arme reiste dann in eine andere Stadt, verkaufte die goldene Schüssel, kaufte Waren dafür und kehrte damit in seine Heimat zurück, verkaufte sie wieder, bezahlte seine Schulden und hatte nun so viel Glück, daß er sehr bald ein reicher Mann wurde. Da dachte er: Ich muß doch noch einmal in jene Stadt Eisen, aus der ich die goldene Schüssel genommen, und dem Eigentümer derselben ein schönes Geschenk machen für die Freigebigkeit, die einer seiner Hunde gegen mich ausgeübt, und ihm auch den Wert der Schüssel wieder ersetzen. Er machte sich bald auf die Reise nach jener Stadt; als er aber das Haus suchte, in welchem er die Schüssel gefunden, sah er an dessen Stelle einen Steinhaufen, auf dem Raben krächzten. Die Wohnungen waren verödet und alles hatte ein Ansehen der Verwüstung. Er ließ sich betrübt nieder und dachte nach über den Wechsel der Zeit und des Geschicks. Als er umherblickte, sah er einen armen Mann in

einem Grausen erregenden Zustand, der Felsen Erbarmen einflößte; er fragte ihn: »Wie ist das Schicksal gegen den Eigentümer dieses Hauses verfahren? Wo sind die leuchtenden Monde und Sterne?* Wo ist das schöne Gebäude hingekommen, von dem nur noch einige Ruinen übrig sind?«

* Die schönen Mädchen.

Der Arme antwortete, aus einem betrübten Herzen seufzend: »Ein jeder beherzige, was der Gesandte Gottes gesagt: Gott hat das Recht, jeden, den er erhoben, auch wieder zu erniedrigen. Frage nicht warum und wieso; denn wer kann über die Launen des Schicksals sich wundern? Wisse, ich war der Eigentümer dieses Hauses, ich habe es erbauen lassen und mir gehörte es mit allem, was darin war. Aber die Zeit hat sich geändert: Ich habe mein ganzes Vermögen verloren, und befinde mich nun, ohne selbst zu wissen warum, in diesem erbärmlichen Zustand.« Auf die Frage des Verarmten, was ihn herführe, erzählte ihm der wieder reich gewordene seine Geschichte mit dem Hund und sagte ihm: Er sei gekommen, um ihm den Wert der goldenen Schüssel zurückzuerstatten, die ihm aus der Not geholfen und um ihm ein ansehnliches Geschenk zu bringen. Aber der Arme schüttelte mit dem Kopf und sagte weinend und schluchzend: »Ich glaube, du hast den Verstand verloren, lieber will ich den größten Mangel dulden, als zurücknehmen, was einer meiner Hunde verschenkt hat. Nimmermehr! Reise wieder hin, wo du hergekommen, ich werde nicht den Wert eines Nagelabschnitts vor dir annehmen.« Der Reiche küßte ihm Hände und Füße, dankte ihm, nahm Abschied und reiste in seine Heimat zurück.

Der gewandte Dieb.

Man erzählt auch: Der Polizeipräfekt von Alexandrien wurde einst von einem Soldaten besucht, der ihm sagte: »Wisse, o Herr, ich bin diese Nacht in die Stadt gekommen und in dem Chan N. N. abgestiegen. Als ich des Morgens erwachte, fand ich meinen Reisesack zerrissen und einen Geldbeutel mit tausend Dinaren daraus gestohlen.« Der Polizeipräfekt schickte sogleich nach dem Aufseher und ließ alle Bewohner des Chans zu sich rufen, und schon wurden die Torturinstrumente herbeigeholt, um die Leute zu züchtigen. Da drang auf einmal ein Mann durch die Volksmasse, ging auf den Präfekten zu und sagte: »O Emir, lasse diese Leute frei, sie sind unschuldig, ich habe das Geld dieses Soldaten gestohlen, hier ist sein Beutel.« Bei diesen Worten zog er ihn aus seinem Ärmel und legte ihn vor den Präfekten. Dieser sagte zum Soldaten: »Nimm dein Geld und lasse diese Leute in Frieden.«

Als der Dieb hierauf von allen Anwesenden gelobt und bewundert wurde, sagte er zum Präfekten: »Das war keine große Kunst, diesen Beutel selbst wieder herzubringen, die, ihn nochmals zu stehlen, ist viel größer.« – Der Präfekt fragte, »wie hast du es denn (zum erstenmal) angefangen?« Der Dieb antwortete: »Als ich in Kahirah auf dem Bazar der Geldwechsler stand, sah ich, wie dieser Soldat sein Gold einwechselte und in den Beutel legte; ich folgte ihm von Straße zu Straße, konnte aber keine Gelegenheit finden, ihn zu bestehlen; als er dann von Kahirah abreiste, folgte ich ihm von einem Ort zum anderen, bis er endlich hierher kam; da ließ ich mich in demselben Chan neben ihm nieder und wartete, bis er schlief. Als ich ihn laut schnarchen hörte, näherte ich mich ihm leise, schnitt den Sack mit einem Messer auf und nahm so den Beutel heraus.« Während er dies sagte, nahm er wirklich in Gegenwart des Präfekten dem Soldaten den Beutel weg und lief fort. Die Leute glaubten, er wolle ihnen nur zeigen, wie er es gemacht, er aber warf sich schnell in einen Teich, und ehe die Kawas sich entkleideten, um ihn zu verfolgen, war er schon in einer der vielen aneinander stoßenden Straßen Alexandriens verschwunden. Der Präfekt sagte zum Soldaten: »Nun bist du um dein Geld, den Leuten hier kannst du nichts anhaben, denn durch Gottes Gnade ist ihre Unschuld bewiesen.«

Die drei Polizeipräfekten.

Ferner wird erzählt: Der König Naßir ließ einst den Polizeipräfekten von Neu– und Alt–Kahirah und den von Bulak zu sich rufen und sagte ihnen: »Ich wünschte von jedem von euch zu vernehmen, was ihm am wunderbarsten in der Verwaltung seines Amtes vorgekommen.« Da sprach der Polizeipräfekt von Kahirah: »Wisse, o Herr, es waren in meiner Stadt zwei Gerichtszeugen, die über Leben und Tod Zeugnis abzulegen hatten, und von denen ich wußte, daß sie den Weibern, dem Trunk und anderen Schlechtigkeiten nachhingen, und doch konnte ich kein Mittel finden, sie zu ertappen und zu bestrafen; ich gab allen Weinhändlern, Früchtehändlern, Wachskerzenverkäufern und Eigentümern verworfener Häuser den Auftrag, mich zu benachrichtigen, wenn diese Leute bei ihnen einkehrten, um etwas zu kaufen, was man zu Saufgelagen braucht oder sonstige Schlechtigkeit zu begehen. Endlich kamen eines Nachts Leute zu mir, die mir sagten: »Die Gerichtszeugen sind da und da, und geben sich sündhaften Genüssen hin.« Ich machte mich auf und ging ganz allein an das Haus, das mir bezeichnet wurde, und klopfte an der Türe. Eine Sklavin öffnete mir und fragte, wer ich sei? Aber ich antwortete nicht, sondern ging gerade ins Haus und fand den Hausherrn und die beiden Gerichtszeugen beim Wein und neben Freudenmädchen sitzend. Als sie mich sahen, standen sie auf, erwiesen mir viel Ehre, hießen mich obenan sitzen und sagten ganz ohne Scheu: »Sei uns willkommen, edler Gast!« Dann stand der Hausherr auf, blieb eine Weile weg und kam wieder mit einem Beutel, worin dreihundert Dinare waren, und sagte: »Wisse, o Emir! Du kannst uns freilich entehren und strafen, doch was gewinnst du dabei? Du machst dir nur viele Mühe umsonst, nimm lieber dieses Geld und verschone uns, Gott heißt ja auch der Bedeckende, er liebt es, daß die Menschen Fehler bedecken, und er wird dich für deine Gnade belohnen.« Ich dachte bei mir: Ich will dieses Geld nehmen und ihnen diesmal noch verzeihen. So nahm ich denn das Geld und ging fort, ohne von jemandem bemerkt worden zu sein.

Auf einmal kam am anderen Tag der Diener des Kadhi und sagte: »Der Kadhi läßt dich bitten, zu ihm zu kommen.« Als ich zum Kadhi kam, sah ich die zwei Gerichtszeugen und den Hausherrn, der mir die dreihundert Dinare gegeben. Dieser klagte mich beim Kadhi an, ich sei ihm dreihundert Dinare schuldig, und da ich es wegen der Zeugen nicht leugnen konnte, mußte ich die dreihundert Dinare wieder herausgeben und zu spät bereute ich es, sie geschont zu haben, beschloß aber, ihnen in Zukunft so viel wie möglich zu schaden. Das ist das Sonderbarste, das mir begegnete. – Das Sonderbarste, was mir, o Herr, in meinem Amte vorgekommen ist, sprach dann der Polizeipräfekt von Bulak, ist folgendes: Ich war einst dreitausend Dinare schuldig und wußte nicht, wie sie heimzahlen: Ich verkaufte alles, was ich hatte, konnte aber nicht mehr als tausend Dinare zusammenbringen. Als ich so des Nachts in düstere Gedanken vertieft dasaß, klopfte es an der Tür. Ich sagte einem Diener, er möge doch sehen, wer an der Tür ist, er ging und kam ganz blaß und zitternd zurück und sagte: »An der Tür steht ein halbnackter Mann, nur mit einer Haut bedeckt; er hat ein Schwert in der Hand und ein Messer im Gürtel; ihn begleiteten einige Leute, die ebenso aussehen, wie er, und er wünscht dich zu sprechen.« Ich ergriff das Schwert, ging vor die Tür und sah Männer, wie sie mir der Diener beschrieben hatte. Ich fragte sie, wer sie wären; sie antworteten: »Wir sind Diebe, haben heute Nacht eine große Beute erlangt, die wir nun zu deiner Verfügung stellen, damit du dir aus deiner Verlegenheit helfen mögest und deine Schulden damit bezahlest.« Ich fragte dann: »Wo ist denn das Geraubte?« Da brachten sie eine große Kiste voll von goldenen und silbernen Gefäßen. Ich freute mich sehr und dachte, damit kann ich meine Schulden bezahlen und es bleibt mir noch ebensoviel übrig. Als ich die Kiste ins Haus gebracht, dachte ich, das wäre doch unedel von mir, wenn ich sie so leer abziehen ließe, ich holte daher die tausend Dinare, die ich hatte, und schenkte sie ihnen. Sie nahmen das Geld und gingen fort, ohne daß jemand etwas von dem ganzen Vorfall erfuhr. Als ich aber am folgenden Morgen die Kiste näher untersuchte, fand ich nichts, als kupfernes und zinnerenes, übersilbertes und vergoldetes Geschirr, das zusammen nicht fünfhundert Drachmen wert war; so kam ich um meine tausend Dinare und befand mich in einer noch traurigeren Lage, als zuvor; das ist das Sonderbarste, was mir während der Verwaltung meines Amtes widerfahren. – Sodann erhob sich der Polizeipräfekt von Alt-Kahirah und sprach: Das Sonderbarste, das mir während der Verwaltung meines Amtes zugestoßen, ist folgendes: Einst ließ ich zehn Diebe hängen, jeden auf einem besondern Galgen, und befahl den Wächtern, acht zu geben, daß sie nicht gestohlen werden. Als ich aber des anderen Morgens kam, um nach den Dieben zu sehen, fand ich zwei an einem Galgen hängen; ich fragte die Wächter, wer dies getan und wo der Galgen hingekommen, auf dem der eine gehängt worden. Die Wächter wollten nichts gestehen, bis ich ihnen mit Prügeln drohte, da sagten sie: »O Emir wisse, wir sind gestern Nacht eingeschlafen, und als wir erwachten, vermißten wir einen der Gehängten samt seinem Galgen, da fürchteten wir uns vor dir und ergriffen einen Bauern, der eben auf einem Esel zu uns geritten kam, und hängten ihn statt des Diebes, der uns gestohlen worden.« Ich fragte sie: »Was habt ihr bei dem Bauern gefunden?« Sie antworteten: »Einen Esel mit einem Quersack beladen.« – »Und was darin?« – »Das wissen wir nicht.« Da ließ ich den Quersack holen, und als ich ihn öffnete, fand ich darin die zerschnittene Leiche eines Ermordeten; da dachte ich bei mir selbst höchst erstaunt: Gepriesen sei Gott! Gewiß hat der Bauer durch seine Mordtat verdient, gehängt zu werden. Der Herr läßt seinen Geschöpfen kein Unrecht widerfahren.

Der zweimal bestohlene Geldwechsler.

Ferner wird erzählt: Ein Geldwechsler, der einen Beutel mit Gold bei sich hatte, ging einst vor einer Bande Spitzbuben vorüber; da sagte einer von ihnen: »Wenn ich will, so ist dieser Beutel mein.« Sie fragten: »Wieso?« Er antwortete: »Ihr sollt es bald sehen.« Er folgte dem Geldwechsler, welcher, in seinem Haus angelangt, den Beutel auf eine Bank warf und in den Hof ging. Er rief dann seiner Sklavin, sie möchte ihm das Waschbecken bringen; sie ging mit dem Waschbecken in den Hof und ließ die Tür des Zimmers, in welchem der Beutel war, offen. Der Dieb benutzte diesen Augenblick, stahl den Beutel, ging damit zu seinen Freunden und erzählte ihnen den Erfolg seiner Unternehmung. Da sagten ihm seine Freunde: »Wahrlich, was du hier getan, kann jedermann tun, doch wenn jetzt der Geldwechsler aus dem Hof kommt und seinen Beutel nicht findet, wird er die Sklavin dafür bestrafen; wahrlich, du hast nichts Lobenswertes vollbracht; bist du ein geschickter Dieb, so mußt du dafür sorgen, daß die Sklavin nicht geschlagen werde.« Er sagte: »Gut, das will ich.« Der Dieb ging sogleich in das Haus des Geldwechslers zurück, und er hörte vor der Tür, wie dieser seine Sklavin wegen des Beutels bestrafte. Er klopfte an der Tür, und als der Geldwechsler ihn fragte, wer er sei, sagte er: »Ich bin der Diener deines Nachbarn auf dem Bazar, der dich grüßen und dich fragen läßt, warum du auf einmal so leichtsinnig geworden, daß du deinen Beutel vor die Tür deines Ladens hinwirfst und fortgehst, so daß, wenn ihn ein Fremder genommen hätte, er für dich auf immer verloren geblieben wäre.« Er zog bei diesen Worten den Beutel heraus und zeigte ihn dem Geldwechsler. Dieser sagte: »Bei Gott, wahr, hier ist mein Beutel!« Und er streckte seine Hand danach aus, um ihn zu nehmen. Aber der Spitzbube sagte: »Bei Gott, ich gebe dir ihn nicht, bis du mir einen Empfangsschein schreibst und dein Siegel darauf drückst, damit ich meinen Herrn überzeugen kann, daß ich ihn dir überliefert.« Der Geldwechsler ging in sein Kabinett, um ihm den verlangten Schein zu schreiben; aber unterdessen lief der Dieb mit dem Beutel davon und die Sklavin hatte keine Strafe mehr zu befürchten.

Der fromme Israelit.

Ferner wird erzählt: Einst lebte ein frommer Mann unter den Söhnen Israels, der stets Gott anbetete und dessen Familie sich von ihrer Hände Arbeit ernährte. Er verkaufte nämlich jeden Tag die gesponnene Baumwolle und kaufte dafür rohe ein, und lebte so von dem Gewinn mit seiner Familie. Eines Tages, als er die Baumwolle verkaufte, traf er einen Freund, der in solcher

Not war, daß er ihm das eben gelöste Geld schenkte und zu seiner Familie ohne rohe Baumwolle und ohne Lebensmittel zurückkehren mußte. Als er seiner Familie erzählte, daß er all sein Geld einem unglücklichen Freund geschenkt, fragten sie: »Was fangen wir nun an?« Da nahm der

Mann einen alten Wasserkrug und eine alte Mütze, die er noch im Haus hatte, und ging damit auf den Markt, aber niemand wollte sie kaufen. Endlich ging ein Mann mit einem übelriechenden Fisch vorüber und sagte ihm: »Willst du mir deine ungangbare Ware für die meinige geben?« Der Israelit willigte ein, gab ihm den Wasserkrug und die Mütze, und ging mit dem Fisch zu seiner Frau und sagte: »Brate diesen Fisch, daß wir doch einstweilen nicht hungern, bis uns Gott das weitere beschert.« Da spaltete die Frau den Fisch, und siehe da, es war eine Perle darin, die nicht durchlöchert war. Am folgenden Morgen ging der Israelit damit zu einem sachverständigen Freund, um sie ihm zu zeigen. Dieser fragte den Israeliten, woher er diese Perle habe. Er antwortete: »Gott hat sie mir beschert.« – »Nun«, sagte der Freund, »sie ist tausend Drachmen wert, die ich dir gern dafür geben will; doch geh lieber damit zu N. N., der reicher ist als ich.« Der Israelit ging damit zu dem bezeichneten Mann und dieser sagte: »Sie ist 70,000 Drachmen wert, mehr nicht.« Der Israelit ließ sich das Geld geben und rief zwei Lastträger, die es ihm bis zur Tür seiner Wohnung trugen. Als er hier anlangte, kam ein Bettler und sagte: »Gib mir auch etwas von dem Geld, das dir Gott beschert!« Der Israelit antwortete: »Gestern war ich ebenso arm, als du, nimm daher die Hälfte dieses Geldes.« Nachdem nun der Israelit das Geld in zwei Teile geteilt hatte und dem Bettler die eine Hälfte übergeben wollte, sagte dieser: »Behalte dein Geld, Gott segne dich! Ich bin ein Abgesandter deines Herrn, hierher beschieden, um dich zu versuchen.« Der Israelit sagte: »Gott sei gelobt und gepriesen«, und lebte dann mit seiner Familie im größten Wohlstand bis zu seinem Tod.

Abul Hasan und der Kalif Mamun.

Man erzählt auch: Abu Hasan war einst in sehr großer Not, er wurde von Bäckern, Gemüsehändlern und allen Handwerkern gedrängt, und wußte sich gar nicht zu helfen. Da kam, als er über seine Armut nachdenkend in seinem Haus saß, sein Diener herein und sagte ihm: »Es steht ein Pilger vor der Tür, der zu dir hereinzukommen wünscht.« Abu Hasan ließ ihn hereinkommen. Der Pilger, ein Mann aus Chorasan, trat herein und grüßte Abu Hasan, der ihm seinen Gruß erwiderte. Dann fragte er ihn: »Bist du Abu Hasan?« – »Der bin ich, was begehrst du von mir?« – »Ich bin hier fremd und bin auf der Pilgerfahrt nach dem heiligen Haus Gottes; ich habe zehntausend Drachmen bei mir, die ich nicht gerne nachschleppen möchte, ich wünsche daher, mein Geld dir aufzubewahren zu geben, bis ich von der Pilgerfahrt zurückkehre. Kommt später die Pilgerkarawane zurück und ich bin nicht dabei, so kannst du mich als gestorben betrachten und das Geld als ein Geschenk von mir behalten.« – Ich sagte, so erzählt Abu Hasan: »Es sei so, mit Gottes Willen.« Da zog der Fremde einen großen Geldsack heraus, ich ließ mir von meinem Diener die Waage bringen, und als der Pilger das Geld gewogen hatte, übergab er es mir und ging fort. Sobald der Pilger fort war, ließ ich meine Gläubiger kommen und bezahlte meine Schulden, denn ich dachte: Gott wird mir schon helfen, bis der Pilger von Mekka zurückkehrt. Aber am anderen Tage kam auf einmal der Diener und meldete mir den Pilger von Chorasan, der einen Tag vorher bei mir war. Ich ließ ihn bitten, hereinzukommen, und als er bei mir war, sagte er: »Ich hatte beschlossen, nach Mekka zu wallfahren, nun erhielt ich aber Nachricht, daß mein Vater gestorben ist, so daß ich nach meiner Heimat zurückreisen muß; gib mir daher das Geld, das ich dir aufzubewahren gegeben, wieder.« Da kam ich in die allergrößte Verlegenheit, in der sich je irgend einer befand; ich wußte nicht, was ich antworten sollte: Leugnete ich, das Geld empfangen zu haben, so hätte er mich schwören lassen, und es wäre um meine Ehre in jener Welt geschehen gewesen; gestand ich die Wahrheit, so hätte er mich hier zuschanden gemacht. Endlich sagte ich ihm: »Mein Haus ist nicht dazu eingerichtet, Geld zu verwahren, ich habe daher dein Geld einem Freund gebracht, bei dem es besser verschlossen werden kann; komme also morgen wieder, ich will es inzwischen von ihm holen lassen. Der Pilger ging fort, und ich war in der größten Verzweiflung und konnte die ganze Nacht vor Angst wegen der Wiederkehr des Pilgers kein Auge schließen. Da ich keine Ruhe zu Hause fand, hieß ich mitten in der Nacht meinen Diener den Maulesel satteln. Er sagte mir: Ich könne noch nicht ausreiten, der Morgen sei noch fern. Ich ging wieder zu Bett, konnte aber nicht schlafen und weckte dreimal den Diener, der mir immer sagte: Es sei noch zu früh, bis endlich der Morgenstern leuchtete; da ritt ich aus, ohne zu wissen wohin, und ließ dem Maulesel den Zaum frei, so daß er hingehen konnte, wo er wollte. Er trug mich in den östlichen Teil der Stadt Bagdad; ich begegnete einigen Leuten, wollte ihnen ausweichen und einen anderen Weg einschlagen, aber als sie bemerkten, daß ich das Kostüm eines Rechtsgelehrten trug, folgten sie mir und fragten mich, ob ich wisse, wo Abu Hasan wohne. Ich sagte: »Ich bin Abu Hasan.« Als sie dies hörten, sagten sie: »Komme zum Fürsten der Gläubigen.« Ich ging mit ihnen zum Kalifen Mamun, und dieser, als er hörte, ich sei Abu Hasan, bat mich, ihm zu erzählen, was mir widerfahren. Ich erzählte ihm die ganze Geschichte mit dem Mann aus Chorasan. Da fing er laut zu weinen an und sagte: »Wehe dir! Der Gesandte Gottes (Friede sei mit ihm!) hat mich die ganze Nacht wegen deiner nicht schlafen lassen. Sobald ich anfangs der Nacht einschlafen wollte, rief er mir zu: Hilf Abu Hasan! Da erwachte ich und wußte nicht, was ich tun sollte, weil ich dich nicht kannte. Ich schlief wieder ein, und er rief wieder: Wehe dir! hilf Abu Hasan! Ich konnte nun nicht mehr schlafen, weckte meine Leute und schickte sie nach allen Seiten umher, um dich zu holen.«

Der Kalif, so fährt Abu Hasan fort, gab mir dann zehntausend Drachmen und sagte: »Diese sind für den Mann aus Chorasan.« Dann gab er mir noch andere zehntausend Drachmen und sagte: »Die sind für dich, suche damit dich wieder in Wohlstand zu versetzen.« Dann gab er mir noch 30,000 Drachmen mit den Worten: »Statte dich damit aus und erscheine bei der ersten öffentlichen Versammlung, daß ich dir ein Amt verleihe.« Ich ging mit dem Geld nach Hause, und kaum hatte ich das Morgengebet verrichtet, als der Mann aus Chorasan kam; da holte ich einen Beutel von zehntausend Drachmen herbei und sagte ihm: »Hier ist dein Geld.« Er versetzte: »Das ist nicht das Geld, das ich dir aufzubewahren gegeben.« Ich sagte: »Du hast recht«, und erzählte ihm, wie es mir gegangen. Da sagte er weinend: »Bei Gott, hättest du mir gleich die Wahrheit gestanden, ich hätte mein Geld nicht von dir zurückgefordert, und, bei Gott! Ich nehme nichts von diesem Geld und spreche dich von deiner Schuld frei.« Mit diesen Worten verließ er mich. Ich machte nun Ordnung in meinen Geschäften, und an einem Versammlungstag ging ich zu Mamun, der unter seinem Teppich hervor einen Firman holte und mir sagte: »Hier ist deine Ernennung zum Kadhi des westlichen Teils der edlen Stadt Medina, wofür du einen Gehalt von soundsoviel monatlich zu empfangen hast. Fürchte Gott, und der Gesandte des Herrn wird dir ferner beistehen.« Alle Anwesenden waren erstaunt und wußten nicht den Sinn seiner Worte zu deuten, bis ich sie ihnen erklärte.

Abu Hasan starb als Kadhi der edlen Stadt Medina unter Mamun. Gottes Erbarmen sei mit ihm!

Mutawakkel und Mahbubah.

Unter anderem wird noch erzählt: Unter den vielen Sklavinnen des Mutawakkel – er hatte deren viertausend von allen Nationen: Griechinnen, Abessinierinnen, Araberinnen usw.– war eine aus Baßrah, die ihm Obeid Ibn Taher mit vierhundert anderen Schwarzen und Weißen zum Geschenk gemacht hatte. Sie hieß Mahbubah, war ausgezeichnet schön und liebenswürdig, hatte eine herrliche Stimme und viel Fertigkeit im Lautenspiel, schrieb sehr schön und war auch Dichterin. Mutawakkel war so für sie eingenommen, daß er sich keine Stunde von ihr trennen konnte. Als sie die starke Neigung des Kalifen zu ihr bemerkte, wurde sie kühn und aufbrausend und erzürnte einst Mutawakkel so sehr, daß er sie von sich stieß und allen Bewohnern des Schlosses verbot, mit ihr zu sprechen. Aber nach kurzer Zeit sehnte sich der Kalif wieder sehr nach ihr, und eines Morgens sagte er einem seiner Gesellschafter: »Ich habe diese Nacht geträumt, ich wäre wieder mit Mahbubah versöhnt.« Der Mann erwiderte: »Ich hoffe von dem erhabenen Gott, daß dieser Traum sich verwirkliche.« Während dieses Gesprächs kam eine Dienerin und sagte Mutawakkel etwas ins Ohr. Er stand sogleich auf und ging in seinen Harem.

Die Dienerin hatte dem Kalifen nämlich gesagt: Mahbubah singe und spiele auf der Laute: Ob er nicht hören wolle, was dieser Gesang zu bedeuten habe. Mutawakkel näherte sich ihrer Tür und hörte, wie sie folgende Verse sang:

> »Ich gehe im Schloß umher und niemand redet mich an, kein Ohr vernimmt meine Klagen, als hätte ich ein Verbrechen begangen, das keine Buße wieder gutmachen kann; o wollte doch jemand bei dem König für mich sprechen, der mich im Traum besucht und mir verziehen hat; schon leuchtet ja der Morgen wieder, und noch bin ich von ihm verstoßen.«

Als Mutawakkel diese Verse hörte, war er sehr erstaunt über diese sonderbare Übereinstimmung ihrer Träume. Er ging in Mahbubahs Gemach, die sogleich aufstand, sich ihm zu Füßen warf, seine Füße küßte und ihm sagte: »Ich habe dich heute Nacht im Traum gesehen und daher beim Erwachen die Verse gedichtet, die du eben gehört.« Mutawakkel erzählte ihr auch seinen Traum, versöhnte sich mit ihr und brachte sieben Tage mit den Nächten bei ihr zu. Mahbubah liebte ihn so sehr, daß sie seinen Namen auf ihre Wangen eingrub, und als er starb, blieb sie allein von allen seinen Sklavinnen untröstlich bis zu ihrem Tod. Sie wurde neben ihm begraben. Gottes Erbarmen sei mit ihnen allen.

Die Frau mit dem Bären.

Ferner wird erzählt: Zur Zeit der Regierung Hakems in Ägypten lebte in Kahirah ein Metzger, Namens Wardan. Jeden Tag kam eine Frau zu ihm mit einem Dinar, der so schwer war als dritthalb gewöhnliche ägyptische Dinare, kaufte dafür Hammelfleisch und ließ es von einem Lastträger in einem Korb forttragen. Als dies lange so fortdauerte, fing Wardan an, über den regelmäßigen Besuch und das eigene Geld dieser Frau zu erstaunen. Er fragte daher einst in ihrer Abwesenheit den Träger, der jeden Tag mit ihr ging, wohin er das Fleisch trage. Der Träger

antwortete: »Mir selbst ist diese Frau ganz unbegreiflich; jeden Tag belädt sie mich hier bei dir mit Fleisch, dann kauft sie verschiedene andere Speisen ein: Frische und dürre Früchte, Lichter, Wein u.s.w., und läßt mich alles in die Nähe der Gärten des Veziers tragen. Dort angelangt, bindet sie mir die Augen zu, so daß ich nicht weiß, wohin ich meinen Fuß stelle, führt mich eine Strecke weit an der Hand, dann sagt sie mir: »Lege hier ab!« Ich lege nun alles Eingekaufte in einen Korb, der ihr gehört, und sie führt mich wieder mit meinem leeren Korb an der Hand bis an die Stelle, wo sie mir die Augen zugebunden. Hier nimmt sie mir meine Augenbinde herunter und gibt mir zehn Drachmen.« Als Wardan dies hörte, sagte er: »Gott stehe dir bei! Das machte mich noch neugieriger.« Ich dachte nun (so erzählt er selbst) die ganze Nacht sehr unruhig über diese Frau nach, und als sie am folgenden Morgen wie gewöhnlich wiederkam und Fleisch kaufte und mit dem Träger wegging, überließ ich meinen Laden dem Jungen und folgte ihr, ohne von ihr bemerkt zu werden, bis zur Stadt hinaus in die Nähe der Gärten der Verziere. Ich sah, wie sie dem Träger die Augen verband, und folgte ihr dann noch heimlich gegen das Gebirge zu.

Die Frau nahm nun vor einem großen Felsen dem Träger seine Last ab und leerte sie in einen Korb; ich näherte mich indessen dem Felsen und fand eine Treppe in denselben gehauen; ich stieg hinunter und kam in einen langen Gang, der sehr hell beleuchtet war: endlich fand ich eine Art Gemach mit einer Tür. Ich versteckte mich hinter der Tür des Gemachs und sah bald, wie die Frau das Fleisch zerschnitt, die besten Stücke in einen Topf legte und das übrige einem großen Bären zuwarf, der alles auffraß. Als das Fleisch im Topf gekocht war, aß sie, brachte dann Wein und Früchte, trank selbst, gab dem Bären aus einer goldenen Schüssel zu trinken und liebkoste ihn, bis sie einschliefen. Voll Ärger über das Leben dieser Frau ging ich mit einem Messer, das so scharf war, daß es Knochen noch schneller als Fleisch durchschnitt, in das Gemach und hieb dem Bären den Kopf ab. Vom Gestöhne des Tiers erwachte die Frau und schrie: »O Wardan! Ist das der Lohn des Guten, das ich dir getan?« Ich sagte ihr: »O Feindin deiner selbst! Gibt es nicht Männer genug auf der Welt, daß du in Gesellschaft eines Tieres leben mußt?« Sie beugte ihren Kopf zur Erde, antwortete nicht und richtete stets ihre Blicke auf den geschlachteten Bären. Nach einer Weile sagte sie: »Höre mich an, Wardan, und es wird dir gut gehen und du wirst reich werden für dein ganzes Leben lang; schlachte mich, wie du diesen Bären geschlachtet, nimm von meinem Schatz hier soviel du brauchst, und gehe deines Weges!« Da sagte ich ihr: »Bin ich nicht besser als dieses Tier? Warum willst du sterben? Ich will dich heiraten, und wir können zusammen von diesem Schatz leben.« – »Das kann nicht sein, Wardan«, erwiderte sie; »wie kann ich diesen Bären überleben? Bei Gott, wenn du mich nicht schlachtest, so werde ich dir nach deinem Leben trachten und du wirst dem Tod nicht entgehen!« Da zog ich sie an den Haaren herbei und schlachtete sie, und sie fuhr mit dem Fluch Gottes, der Engel und der Menschen in die Hölle. Dann sah ich mich in ihrer Wohnung um und fand eine unbeschreibliche Masse Gold und Perlen und Edelsteine. Ich nahm den Korb des Trägers, legte so viel hinein, als ich tragen konnte, deckte ihn mit einem Tuch, das ich bei mir hatte, zu, und ging in einem fort bis an das Siegestor. Da begegneten mir zehn Offiziere aus dem Palast des Kalifen Hakem, und Hakem selbst an ihrer Spitze. Er fragte mich: »Hast du den Bären und die Frau getötet?« Als ich diese Frage bejahte, sagte er: »Nimm den Korb vom Kopf, sei guten Mutes, was darin ist, gehört dir, niemand kann dich dessen berauben.« Ich legte den Korb vor ihm nieder, er deckte ihn auf, und als er sah, was darin war, fuhr er fort: »Erzähle mir, wie du es gemacht.« Als ich ihm alles erzählt hatte, sagte er: »Du hast die Wahrheit gesprochen; nun, Wardan, komme mit mir und überliefere mir den übrigen Schatz.« Ich ging mit ihm und fand die Falltüre geschlossen. Aber Hakam sagte mir: »Dieser Schatz kann auf deinen Namen geöffnet werden.« Da näherte ich mich der Falltüre, rief den Namen Gottes an, und siehe da, die Türe öffnete sich von selbst. Dann sagte Hakem: »Steige jetzt hinunter und hole heraus, was darin ist, denn dies kann nur durch dich geschehen; dieser Schatz ist für dich hier niedergelegt worden, ich habe es so

in meinen Büchern geschrieben gefunden und den Augenblick erwartet, bis es eintraf.« Ich stieg hinunter und holte den Schatz herauf; Hakem ließ Lasttiere kommen, um ihn in sein Schloß zu bringen; mir aber ließ er den Korb mit allem, was darin war, und ich ging damit auf den Bazar, der später unter dem Namen Wardans–Bazar bekannt wurde. Das ist ein sonderbares und höchst merkwürdiges Ereignis.

Das Liebespaar in der Schule.

Man erzählt auch: Ein Jüngling war mit einer jungen Sklavin in der Schule und liebte sie so leidenschaftlich, daß er sich alle Mühe gab, sich ihr zu nähern. Eines Tages, als der Lehrer kein Auge auf seine Schüler hatte, schrieb er auf die Tafel der Sklavin folgende Verse:

»Was sagst du dem, den die Liebe so ausgetrocknet, wie ein dünnes Rohr? Dessen Schmerz so heftig ist, daß er seine Liebe nicht länger mehr in seinem Herzen verbergen kann?«

Als die Sklavin ihre Tafel wieder nahm und des Jünglings Verse darauf fand, weinte sie vor Mitleid über ihn und schrieb folgende Antwort:

»Sehen wir einen Jüngling, in dem die Liebesflamme glüht, so sind wir ihm von Herzen gut und sagen ihm, daß seine Liebe erwidert wird und viele Freuden bringen kann.«

Als sie diese Verse geschrieben hatte, trat der Lehrer wieder ins Zimmer und nahm plötzlich ihre Tafel, und als er gelesen hatte, was darauf stand, bemitleidete er die Liebenden und schrieb noch folgende Verse hinzu:

»Erhöre deinen Geliebten, fürchte niemanden, habe Mitleid mit dem von Liebesgram Gepeinigten.«

Nun trat zufällig der Eigentümer der Sklavin in die Schule, und nahm die Tafel seiner Sklavin und las, was darauf geschrieben stand von der Hand des Jünglings, der Sklavin und des Lehrers; da schrieb auch er folgende Verse hinzu:

»Möge Gott euch nie trennen und eure Verleumder stets beschämen, auch eueren Lehrer segne ich, weil er so nachsichtsvoll und teilnehmend war.«

Sodann ließ der Eigentümer der Sklavin den Kadhi und Zeugen rufen und den Ehekontrakt zwischen dem Jüngling und der Sklavin schreiben; er ließ auch eine große Mahlzeit bereiten und überhäufte sie mit Geschenken, und sie lebten miteinander in Glück und Wohlstand, bis der jeder Lust ein Ende machende Tod sie trennte.

Der Eseltreiber und der Dieb.

Ein leichtsinniger Eseltreiber ging einst auf der Straße und hatte den Zaum seines Esels in der Hand, den er daran nachschleppte. Zwei Diebe bemerkten dies, und einer sagte zum anderen: »Ich will diesem Mann seinen Esel entwenden.« – »Wie kannst du dies?« fragte der andere. »Folge mir nur«, erwiderte jener und ging auf den Esel zu, nahm ihm den Zaum ab, gab den Esel seinem Freund und legte den Zaum um seinen Kopf, und ging dem Eigentümer des Esels solange nach, bis sein Freund mit dem Esel fort war. Sobald er den Esel in Sicherheit wußte, blieb er stehen; der Eseltreiber zog am Zaum, aber der Dieb ging nicht weiter. Da drehte sich der Eseltreiber um, und als er den Zaum um den Kopf eines Menschen sah, fragte er ihn: »Wer bist du?« Der Dieb antwortete: »Ich bin dein Esel und habe dir eine wunderbare Geschichte zu erzählen. Wisse, ich hatte eine sehr fromme, alte Mutter; einst kam ich betrunken nach Hause, da sagte sie: »Mein Sohn, es ist bald Zeit, daß du dich zu Gott bekehrest; ich nahm meinen Stock und schlug sie damit; sie verfluchte mich, und Gott verwandelte mich in einen Esel, und als solcher diene ich dir die ganze Zeit her. Heute hat nun aber meine Mutter meiner gedacht und mich bemitleidet; darum hat mir Gott meinen Verstand wiedergegeben und mir wieder die Gestalt eines Menschen verliehen.« Da sagte der Eseltreiber: »Es gibt keinen Schutz und keine Macht, außer bei Gott, dem Erhabenen; ich beschwöre dich bei Gott, erlasse mir meine Schuld!« Der Dieb ließ den Eseltreiber stehen und ging seines Weges, und der Bestohlene ging tief betrübt nach Hause. Da fragte ihn seine Frau: »Was ist dir zugestoßen und wo ist dein Esel?« Er antwortete: »Weißt du es noch nicht?« und erzählte ihr die Geschichte. »Wehe uns vor Gott!« rief die Frau aus; »so haben wir die ganze Zeit einen Menschen für einen Esel arbeiten lassen.« Sie flehte dann Gott um Gnade an und teilte Almosen aus. Nachdem aber der Eseltreiber einige Zeit müßig zu Hause saß, sagte ihm seine Frau: »Wie lange willst du noch so zu Hause sitzen? Geh auf den

Markt, kaufe einen anderen Esel, mit dem du etwas erwerben kannst.« Er ging auf den Markt und blieb bei einem Esel stehen, um ihn zu kaufen; auf einmal erkannte er ihn als seinen früheren Esel. Da sagte er ihm ins Ohr: Wehe dir, du Verruchter! Warst du schon wieder betrunken und hast deine Mutter geschlagen? Bei Gott! Ich kaufe dich nicht mehr.« Er ließ den Esel dann stehen und ging fort.

Hakem und der reiche Kaufmann.

Ferner wird erzählt: Der Kalif Hakem Biamr Jllah ritt einst mit großem Gefolge aus und bat einen Mann, der, von vielen Dienern und Sklaven umgeben, vor seinem Garten saß, er möchte ihm doch zu trinken geben. Der Mann reichte ihm zu trinken und sagte: »O Fürst der Gläubigen, wollest du mir nicht die Ehre erweisen, ein wenig bei mir einzukehren?« Hakem stieg

ab und ging mit seinem Gefolge in den Garten. Da ließ der Mann hundert Matten, hundert Teppiche, hundert Kissen, hundert Schüsseln mit Früchten, süßen Speisen mit Zuckerwerk herbeibringen. Als der Fürst der Gläubigen dies sah, sagte er: »Ich bin höchst erstaunt; wußtest du denn, daß ich kommen würde, daß du so viele Vorbereitungen veranstaltet?« Er antwortete: »Nein, bei Gott, Fürst der Gläubigen, ich bin ein Kaufmann von deinen Untertanen und habe hundert Sklavinnen; sobald der Fürst der Gläubigen mir die Ehre erwies, bei mir abzusteigen, ließ ich von jeder etwas von ihrem Divan und von ihren Speisen und Getränken holen.« Da verbeugte sich der Fürst der Gläubigen dankend vor ihm und sagte: »Gepriesen sei Gott, der meinen

Untertanen einen solchen Wohlstand schenkt!« Er schickte dann in seine Schatzkammer und ließ alle in diesem Jahr geschlagenen Münzen holen – es waren 3,700,000 Drachmen – und schenkte sie diesem Mann, indem er sagte: »Nimm dies Geld, damit deine Freigebigkeit nie beschränkt werde.« Dann ritt er wieder weiter.

Nuschirwan und das vorsichtige Mädchen.

Es wird auch erzählt: Der gerechte König der Perser, Chosru Nuschirwan, ritt einst auf die Jagd und blieb allein hinter seinen Soldaten, die ihn begleiteten, zurück. Da er dürstete, ging er auf eine Hütte, die er in der Nähe vor sich sah, zu, hielt vor der Tür und forderte Wasser zum Trinken. Ein Mädchen, das an der Tür stand, ging schnell ins Haus, preßte ein Zuckerrohr aus, mischte dessen Saft mit Wasser und brachte es dem König in einem Becher. Der König bemerkte etwas Spreu im Wasser und trank sehr langsam. Als er getrunken hatte, sagte er zu dem Mädchen: »Dein Wasser ist sehr gut, wenn es nur etwas klarer gewesen wäre.« Da sagte das Mädchen: »Das habe ich absichtlich getan, denn ich bemerkte, daß du recht durstig bist, und fürchtete, du möchtest zu schnell trinken und dir schaden, darum warf ich etwas Spreu hinein.« Nuschirwan erstaunte über diese Antwort und erkannte daran ihren Verstand und ihre Klugheit.

Nuschirwan fragte dann: »Wie viele Zuckerrohre hast du ausgepreßt zu diesem Wasser?« – »Ein einziges«, antwortete das Mädchen. Nuschirwan erstaunte darüber und ließ sich die Steuerregister dieses Dorfes bringen, und als er sah, daß es eine sehr geringe Steuer bezahlte, dachte er: Das ist viel zu wenig für einen Ort, der einen so guten Boden hat, daß man aus einem Zuckerrohr einen Becher voll Zuckerwasser machen kann, und beschloß, sobald er nach Hause kommen würde, seine Steuer erhöhen zu lassen. Einige Zeit nachher kam er wieder in dieses Dorf, und hielt wieder vor derselben Hütte und bat um Wasser. Das Mädchen erkannte ihn wieder und lief ins Haus, um ihm zu trinken zu holen, aber sie blieb lange weg. Da fragte sie Nuschirwan, warum sie so viele Zeit brauche, sie möchte doch ein wenig eilen. Das Mädchen antwortete: »Heute gibt ein Zuckerrohr nicht Saft genug, ich habe schon drei Zuckerrohre ausgepreßt, und noch genügt es nicht.« – »Woher kommt dies?« fragte der König. »Daher«, antwortete das Mädchen, »weil uns der Sultan nicht mehr so gut ist; denn sobald des Sultans Wohlwollen sich von einem Orte abwendet, nimmt auch dessen Segen und Glück ab.« Nuschirwan lachte, ließ die Steuer dieses Orts wieder herabsetzen und war von dem Geist und der Beredsamkeit dieses Mädchens so hingerissen, daß er sie heiratete.

Die tugendhafte Frau.

Man erzählte ferner: Unter den Söhnen Israels lebte eine tugendhafte Frau, die jeden Tag ins Gebethaus ging und zuvor in einem Garten neben dem Bethaus sich wusch. Eines Tages kamen zwei Männer, die Aufseher dieses Gartens, zu ihr und wollten sie zur Sünde verleiten. Als sie sie abwies, sagten sie ihr: »Wenn du uns widerstehst, so klagen wir dich als eine Buhlerin an.« Die Frau sagte: »Gott wird mich gegen eure Bosheit schützen.« Da öffneten die Männer die Gartentür und machten Lärm. Als Leute herbeiliefen und fragten, was es gäbe, sagten sie: »Wir haben diese Frau bei einem jungen Mann ertappt, der uns aber entlaufen ist.« Die Frau wurde nach dem damaligen Gesetz drei Tage lang eingesperrt, um dann gesteinigt zu werden, und die zwei Männer kamen jeden Tag zu ihr, legten ihre Hand auf der Frau Haupt und sagten: »Gelobt sei Gott, der an dir Rache nimmt!« Als man sie steinigen wollte, folgte ihr Daniel, der damals zwölf Jahre alt war und hier sein erstes Wunder ausübte. Er sagte: »Übereilt euch nicht, lasset mich die Wahrheit untersuchen.« Man errichtete ihm einen Thron; er setzte sich darauf, trennte die beiden Männer – er war der erste, der die Zeugen voneinander absonderte – und fragte jeden, was er gesehen. Nachdem beide dieselbe Tat bezeugten, fragte er, wo diese Tat begangen worden. Da antwortete der eine: »Unter einem Quittenbaum im östlichen Teil des Gartens«, und der andere: »Unter einem Apfelbaum im westlichen Teil des Gartens.« Die Frau stand indessen, Augen und Hände zum Himmel gehoben, ihn um Rettung anflehend da. Da ließ Gott einen Donnerschlag die beiden Männer treffen, und die Unschuld der Frau wurde klar. Das ist die erste öffentliche Handlung des Propheten Daniel.

Das wunderbare Augenheilmittel.

Es wird erzählt: Der Fürst der Gläubigen, Harun Arraschid, ging einst mit seinem Gesellschafter Abu Jakub, mit dem Barmekiden Djafar und den Dichtern Abu Nuwas und Asmai aus; da begegneten sie einem alten Mann auf einem Esel reitend. Harun Arraschid sagte zu Djafar: »Frage diesen Mann, woher er ist.« Djafar fragte ihn, und der Alte antwortete: »Von Baßrah.« – »Und wo willst du hin?« fragte ferner Djafar. »Nach Bagdad«, antwortete der Alte. »Und was willst du dort tun?« – »Ich will mir dort ein Arzneimittel für meine Augenkrankheit holen.« Da sagte Harun Arraschid zu Djafar: »Treibe mit diesem Mann ein wenig Scherz.« Djafar erwiderte: »Ich werde, wenn ich mit ihm Scherz treibe, unangenehme Dinge hören müssen.« Aber Harun Arraschid beschwor ihn nochmals, er möge ihn doch zum besten haben. Da sagte Djafar dem Alten: »Was gibst du mir, wenn ich dir ein Mittel sage, das dich gewiß heilt?« Der Alte antwortete: »Gott wird dir einen bessern Lohn geben, als ich es vermag.«

Djafar sagte dann zu dem Alten: »So höre denn mein geheimes Mittel, das ich vor dir noch niemandem anvertraut. Nimm drei Pfund Wind, drei Pfund Sonnenstrahlen, drei Pfund Mondschein und drei Pfund Flamme eines Öllichts, mische alles in einem bodenlosen Mörser, laß es drei Monate in der Luft stehen, dann stoße es drei Monate lang. Wenn du es gestoßen hast, leere es in eine durchlöcherte Schachtel und laß es wieder drei Monate in der Luft stehen. Du gebrauchst dann diese Arznei jeden Tag dreihundert Mal, ehe du schlafen gehst, und wenn du sie drei Monate hintereinander gebraucht hast, wirst du mit Gottes Willen genesen.« Als der Alte diese Worte von Djafar hörte, sagte er: »Gott schenke dir für deinen Lohn eine Sklavin, durch die du zuletzt dein Gesicht verlierst, und wenn du stirbst und deine Seele in die Hölle fährt, so ziehe sie dich im Kot am Bart herum.« Harun Arraschid lachte so heftig, daß er umfiel, und als er wieder zu sich kam, ließ er dem Alten dreitausend Drachmen geben.

Die Pyramiden.

Man erzählt auch: Als Mamun, der Sohn Harun Arraschids, einst nach Kahirah kam, beschloß er, die Pyramiden zu besuchen, um die darin verborgenen Schätze zu nehmen. Als er dahin gelangte, wollte er sie umreißen lassen, konnte aber nicht. Nach vielen Anstrengungen und außerordentlichen Kosten gelang es ihm endlich, in einer derselben ein kleines Fensterchen ausgraben zu lassen, und man behauptet, er habe hinter diesem Fensterchen gerade so viel Geld gefunden, als er ausgegeben, nicht mehr und nicht weniger. Mamun war sehr erstaunt über diesen Fund, nahm das Geld fort und gab seinen Vorsatz auf. Diese drei Pyramiden gehören zu den Wundern der Welt; man findet ihresgleichen auf der ganzen Erde nicht, so fest und unerschütterlich sind sie gebaut und dabei so hoch. Sie sind aus großen Steinen zusammengesetzt, die an den beiden Enden durchlöchert sind. Durch diese Löcher wurden eiserne Stangen gezogen und durch heißes Blei befestigt, und so wurde das ganze Gebäude zusammengehalten, das hundert mekkanische oder fünfhundert gewöhnliche Ellen hoch ist. Die Alten behaupten, in der westlichen Pyramide seien dreißig Schatzkammern voll von den feinsten Edelsteinen, Geld, wunderbaren Statuen, allerlei Instrumenten und feinen Waffen, mit dem Wasser der Weisen bestrichen, das sie vor Rost bewahrt bis zum Tage der Auferstehung; auch findet sich darin allerlei Glaswerk, das man biegen kann, ohne daß es zerbricht und allerlei künstlich zusammengesetzte Arzneien. In der zweiten Pyramide finden sich die Sagen der Priester auf Tafeln gegraben; jeder Priester hat eine Tafel in der Hand, auf der seine Wunderwerke geschrieben sind. An den Wänden sind Statuen wie Götzen, die allerlei Handarbeit verrichten, und über jede Pyramide ist ein Schatzkämmerer und ein Wächter gesetzt, die sie bis auf ewige Zeiten bewachen. Sehr schön sind die folgenden Verse eines Dichters über die Pyramiden:

»Betrachte die Pyramiden und lasse dich von ihnen belehren über die Täuschung der Zeit. Könnten sie sprechen, sie würden dir sagen, wie die Zeit mit den Früheren und den Späteren verfahren.«

Ein anderer Dichter sagt sehr passend:

»Kein Gebäude unter dem Himmel gleicht an Festigkeit den Pyramiden Ägyptens, sie flößen der Zeit Ehrfurcht ein, während sonst alles auf der Welt sich vor der Zeit fürchtet.«

Ferner sagt ein Dichter:

»O ihr, die ihr das Vergängliche zur Stütze wählet, wo sind die Erbauer der Pyramiden? Noch lebt ihr Werk lebendig fort, während sie selbst schon längst zu Nichts geworden.«

Der kühne Diebstahl.

Ein Dieb, der aufrichtig Buße getan und wieder als ehrlicher Kaufmann einen Laden geöffnet hatte, schloß eines Abends seinen Laden und ging in sein Haus; da kam ein Dieb in der Gestalt und dem Aufzug des Eigentümers des Ladens, zog Schlüssel aus seiner Tasche heraus und ging zum Wächter des Bazars, um sein Licht bei ihm anzuzünden; dann öffnete er den Laden und zündete noch ein anderes Licht an, das er bei sich hatte. Als der Wächter an dem Laden vorüberging, fand er den Dieb da sitzen, mit dem Rechnungsbuch in der Hand und an den Fingern zählend. Sobald der Morgenstern aufging, sagte der Dieb zum Wächter: »Hole mir ein Kamel.« Der Wächter holte ein Kamel, und der Dieb lud ihm vier Stück Waren auf, schloß den Laden wieder, schenkte dem Wächter, der ihn für den Eigentümer des Ladens hielt, zwei Drachmen und ging hinter dem Kamel her. Als des Morgens der Eigentümer des Ladens in seinen Laden kam, dankte ihm der Wächter noch einmal für die zwei Drachmen. Der Kaufmann wußte nicht, was er meinte, bis er in seinen Laden kam und die zwei Lichter brennend und das Buch noch daliegend fand; auch vermißte er sogleich die vier Stück Waren. Als er den Wächter fragte, was das bedeute, erzählte er ihm, was er in der Nacht gesehen. Da sagte der Kaufmann: »Hole mir den Kameltreiber, der diesen Morgen die Waren fortgebracht.« Als der Wächter ihn brachte, fragte der Kaufmann, wohin er die Waren gebracht. Der Kameltreiber nannte ihm den Hafen und das Schiff. Der Kaufmann ließ sich von ihm dahin begleiten, ging zum Schiffer und sagte ihm: »Wo

hast du diesen Morgen den Kaufmann mit vier Stück Waren hingebracht?« Der Hauptmann antwortete: »Da und da hin, von wo sie durch einen Lastträger weitergebracht wurden.« Der Kaufmann ließ den Träger kommen und fragte ihn, wohin er die Waren getragen. Als er den Ort nannte, der weit vom Ufer war, ließ sich der Kaufmann von ihm begleiten, öffnete das Magazin, das ihm der Träger bezeichnet hatte, und fand darin die vier Stück Waren, die er sogleich als die seinigen erkannte. Er nahm sie mit einer Decke, in welche sie eingewickelt waren, und gab sie dem Träger, schloß das Magazin wieder und ging mit dem Träger fort. Unterwegs begegnete ihm der Dieb und folgte ihm, bis er die Waren auf das Schiff gebracht. Dann sagte er zu ihm: »Mein Freund, du hast unrecht, mir meine Decke zu nehmen, da du doch alle deine Waren wiedergefunden.« Der Kaufmann lachte und gab ihm seine Decke wieder, und ging seines Weges, ohne ihn anzuklagen.

Ibn Alpharebi und Masrur.

Man erzählt noch: Harun Arraschid war eines Nachts sehr mißmutig. Er ließ seinen Vezier Djafar, den Barmekiden, rufen, und sagte ihm: »Ich kann nicht einschlafen vor Beklemmung und weiß gar nicht, was ich anfangen soll.« Masrur, der dabeistand, als Harun Arraschid dies sagte, fing laut zu lachen an. Da fragte ihn der Kalif: »Warum lachst du? Spottest du meiner?« Masrur antwortete: »Nein, bei Gott und deiner Verwandtschaft mit dem höchsten Propheten! Ich lache nicht über dich, sondern mir fiel ein Mann ein, den ich gestern, als ich ausging, am Ufer des Tigris von vielen Menschen umgeben sah, die er durch seine spassigen und witzigen Einfälle lachen machte; darum verzeihe, o Fürst der Gläubigen!« Harun Arraschid sagte: »Hole mir sogleich diesen Mann!« Masrur eilte zu ihm – er hieß Ibn Alpharebi – und sagte ihm: »Der Fürst der Gläubigen wünscht dich zu sprechen; ich will dich zu ihm führen, jedoch unter der Bedingung, daß, wenn er dir etwas schenkt, du nur ein Viertel davon behältst und das übrige mir gibst.« Ibn Alpharebi erwiderte: »Das nicht; aber ich will das Geschenk mit dir teilen.« Nach langem Streit kamen sie endlich dahin überein, daß Ibn Alpharebi ein Drittel behalten und Masrur zwei Drittel geben sollte. Als Ibn Alpharebi vor dem Fürsten der Gläubigen erschien, sagte ihm dieser: »Wenn du mich durch deine Spässe lachen machst, so werde ich dich beschenken, wo nicht, so sollst du drei Schläge mit dieser ledernen Tasche erhalten.« Ibn Alpharebi, welcher glaubte, die Tasche sei leer, willigte ein, machte allerlei Spässe und sagte Dinge, worüber der härteste Felsen hätte lachen müssen, aber alle seine Mühe war vergebens, Harun Arraschid war zu keinem Lächeln zu bringen, und er sagte zu Ibn Alpharebi: »Nun hast du deine Schläge verdient.« Man holte die lederne Tasche herbei, in welcher vier Steine waren, die zwei Pfund wogen, und als er den ersten Hieb auf seinem Rücken empfing, schrie er jämmerlich und erinnerte sich des Vertrages, den er mit Masrur geschlossen, und sagte: »Verzeihe, Fürst der Gläubigen! Erlaube mir zwei Worte zu sprechen.« Harun Arraschid fragte ihn, was er zu sagen habe. Er erwiderte: »Ich bin mit Masrur übereingekommen, daß ich ihm zwei Drittel der Gaben des Fürsten der Gläubigen überlassen und nur ein Drittel für mich behalten wollte, und zwar kostete es mich noch viele Mühe, bis er mir das Drittel zugestand; nun ist der eine Hieb genug für mich, die anderen beiden kommen ihm zu; hier steht er, laß ihn seinen Anteil nehmen!« Der Fürst der Gläubigen lachte und ließ Masrur prügeln. Als dieser einen Schlag empfing, sagte er: »Ich habe genug, ich überlasse Ibn Alpharebi zwei Drittel.« Der Kalif lachte wieder, ließ tausend Dinare holen und schenkte jedem von ihnen fünfhundert. Beide gingen dann erfreut mit dem Geschenk des Kalifen fort.

Der fromme Sohn Harun Arraschids.

Es wird auch erzählt: Harun Arraschid hatte einen Sohn, der, als er sechzehn Jahre alt war, immer mit frommen Einsiedlern und Heiligen lebte, stets auf den Gräbern umherwanderte und ausrief: »Ihr habt die Welt besessen, was habt ihr nun davon in euerem Grab; ich möchte wissen, was ihr alles in der Welt gesagt und was von euch gesagt worden.« Eines Tages, als er ein wollenes Oberkleid um den Leib und ein wollenes Tuch um sein Haupt hatte, begegnete ihm sein Vater mit den Vezieren und Großen des Reiches, und es sagte einer zum anderen: »Dieser Jüngling macht den Fürsten der Gläubigen vor allen Königen zuschanden; wenn er ihn doch nur zurechtwiese, vielleicht würde er seinen Lebenswandel ändern.« Harun Arraschid sagte ihm dann: »Mein Sohn, du machst mich zuschanden durch deine Eigenheiten.« Der Jüngling antwortete nicht, sondern rief einem Vogel, der auf dem Dach des Schlosses stand, zu: »O Vogel, bei dem, der dich geschaffen, lasse dich auf meine Hand nieder!« Sogleich flog der Vogel auf des Jünglings Hand. Dann sagte er ihm: »Kehre wieder auf das Dach zurück!« Da flog der Vogel wieder auf

die Stelle, wo er hergekommen war. Dann rief er ihm zu: »Bei deinem Schöpfer, lasse dich auf die Hand des Fürsten der Gläubigen nieder!« Aber der Vogel weigerte sich. Da sagte der Jüngling zu seinem Vater: »Du machst mich zuschanden unter den Heiligen durch deine Liebe zur Welt, darum habe ich auch beschlossen, mich von dir zu trennen.« Hierauf ging der Jüngling fort und reiste nach Baßrah, wo er mit den Maurern arbeitete und 1⅙ Drachmen Taglohn empfing, von welchem er lebte. Abu Amer aus Baßrah erzählt von ihm: Als in meinem Haus eine Mauer einstürzte, ging ich auf den Platz, wo die Maurer standen, um einen Arbeiter zu holen, der sie wieder aufbauen sollte. Da fiel mein Auge auf einen hübschen Jüngling mit einem feinen Gesicht; ich ging auf ihn zu, grüßte ihn und sagte ihm: »Mein Freund, willst du Arbeit, so komme mit mir!« – »Recht gerne«, antwortete der Jüngling, »doch unter der Bedingung, daß du mir nur 1⅙ Drachmen Taglohn gibst, und sooft zum Gebet gerufen wird, mich mit der Gemeinde beten lässest.« Ich willigte ein, nahm ihn mit nach Hause und er arbeitete, wie ich noch nie arbeiten gesehen. Als ich ihn an das Mittagessen erinnerte, nahm er nichts an, und ich merkte, daß er fastete. Als dann das Gebet ausgerufen wurde, sagte er: »Erinnere dich unserer Übereinkunft!« Ich sagte: »Gut.«Da löste er seinen Gürtel, wusch sich auf die frommste Weise, ging in die Moschee und betete mit der Gemeinde. Dann kam er wieder und arbeitete mit dem größten Eifer, bis das Nachmittagsgebet ausgerufen wurde. Da erinnerte er mich wieder an die Bedingung, ging in die Moschee und betete mit der Gemeinde, dann kehrte er wieder zur Arbeit zurück. Ich sagte ihm: »Mein Freund, sonst arbeiten die Maurer nur bis zum Nachmittagsgebet.« Er sagte aber: »Gepriesen sei Gott, ich pflege immer bis nachts zu arbeiten.« Als es Nacht war, gab ich ihm zwei Drachmen. Da sagte er: »Was ist das?« Ich antwortete: »Nur ein geringer Lohn für deine große Arbeit.« Aber er warf mir sie zu und sagte: »Ich nehme nicht mehr, als ich mir vorbehalten«, und trotz aller Mühe konnte ich ihn nicht dahin bringen, mehr als 1⅙ Drachmen zu nehmen.

Am folgenden Morgen ging ich wieder auf den Sammelplatz der Arbeiter; aber ich fand ihn nicht, und als ich nach ihm fragte, sagte man mir, er komme nur jeden Sonnabend. Ich ging sonnabends wieder, um ihn aufzusuchen, und fragte ihn, ob er in Gottes Namen wieder bei mir arbeiten wollte? Er sagte: »Recht gerne, nach den dir wohlbekannten Bedingungen.« Ich nahm ihn mit nach Hause und führte ihn an die Arbeit. Da bemerkte ich, ohne von ihm gesehen zu werden, wie er nur eine Handvoll Lehm auf die Mauer warf und plötzlich alle Steine fest aufeinander saßen, und ich dachte: Solche Kraft haben nur die Heiligen. Er arbeitete an diesem Tage noch viel mehr als früher, und des Abends gab ich ihm seinen Lohn, mit dem er fortging. Am dritten Sonnabend wollte ich ihn wieder holen, fand ihn aber nicht, und als ich nach ihm fragte, hörte ich, er sei krank und liege auf dem Begräbnisplatz in dem Zelt einer alten Frau, die durch ihre Frömmigkeit berühmt war. Ich ging nach dem Zelt und fand ihn darin auf dem Boden liegend, ohne etwas unter sich zu haben. Ich grüßte ihn und setzte mich ihm zu Häupten und weinte über seine Jugend, die er so in der Fremde zubringen mußte. Ich fragte ihn dann, ob ich ihm irgend einen Dienst erweisen könnte? Er sagte: »Jawohl; wenn du morgen mich wieder besuchst, so wirst du mich tot finden, wasche mich dann, hülle mich in den Oberrock, den ich anhabe, und beerdige mich, ohne jemand etwas von mir zu sagen. Doch ehe du mich beerdigst, nimm aus den Taschen meines Oberkleides, was darin ist. Wenn mich dann die Erde bedeckt und du für mich gebetet hast, so reise nach Baßrah und gib dem Kalifen Harun Arraschid, was du in meiner Tasche findest, und grüße ihn von mir; sage ihm auch, daß ich bis zur Todesstunde mich nach ihm gesehnt, daß weder Haß noch Überdruß mich von ihm getrennt, daß ich nur darum in die Fremde wanderte, weil meine Seele zu fern von seiner Welt stand.« Dann rezitierte er noch folgende Verse:

> »O Freund, laß dich durch die Annehmlichkeiten des Lebens nicht verblenden: Das Leben ist nicht von Dauer und seine Freuden vergehen bald; hast du je das Schicksal eines Volks gekannt, so wisse, daß du einst danach gefragt wirst, und hast du je eine Leiche ins Grab geführt, so bedenke, daß man auch dich dahin tragen wird.«

Nachdem er durch diese Verse mich ermahnt hatte, verließ ich ihn, und als ich ihn am folgenden Morgen wieder besuchte, war er tot (Gottes Erbarmen sei mit ihm); ich wusch ihn, öffnete seine Tasche und fand einen Rubin darin, der eine Million Dinare wert war, da dachte ich: Bei Gott, der Jüngling hat der Welt vollkommen entsagt! Ich reiste dann nach Baßrah, begab mich vor den Palast des Kalifen und wartete, bis Harun Arraschid herauskam; dann trat ich ihm in den Weg und gab ihm den Rubin. Sobald er ihn sah, fiel er in Ohnmacht. Die Diener hielten mich an; aber als er zu sich kam, sagte er ihnen, sie möchten mich nur loslassen, ließ mich ins Schloß führen, und als ich in seinem Zimmer war, fragte er mich: »Was hat Gott über den Eigentümer dieses Rubins verhängt?« – »Er ist gestorben«, antwortete ich, und erzählte ihm, was ich von ihm wußte. Da schrie er schluchzend: »Der Sohn hat das Bessere gewählt und der Vater wird zuschanden!« Dann rief er einen Frauennamen; da trat eine Frau heraus, die, als sie mich sah, wieder zurücktreten wollte; aber der Kalif sagte ihr: »Bleibe nur, du brauchst vor diesem Mann dich nicht zu verbergen«, und warf ihr den Rubin zu. Sobald sie ihn sah, stieß sie einen Schrei aus und fiel in Ohnmacht. Als sie wieder zu sich kam, sagte sie: »O Fürst der Gläubigen! Was hat Gott über meinen Sohn verhängt?« Der Kalif bat mich, es ihr zu sagen, denn er konnte vor Tränen nicht sprechen. Als ich ihr seinen Tod erzählte, weinte sie und rief mit herzzerreißender Stimme: »O wie sehne ich mich nach dir, Freude meines Auges, o könnte ich dir doch zu trinken geben, wenn niemand es tut! O könnte ich dich doch unterhalten, wenn es dir unheimlich wird!«

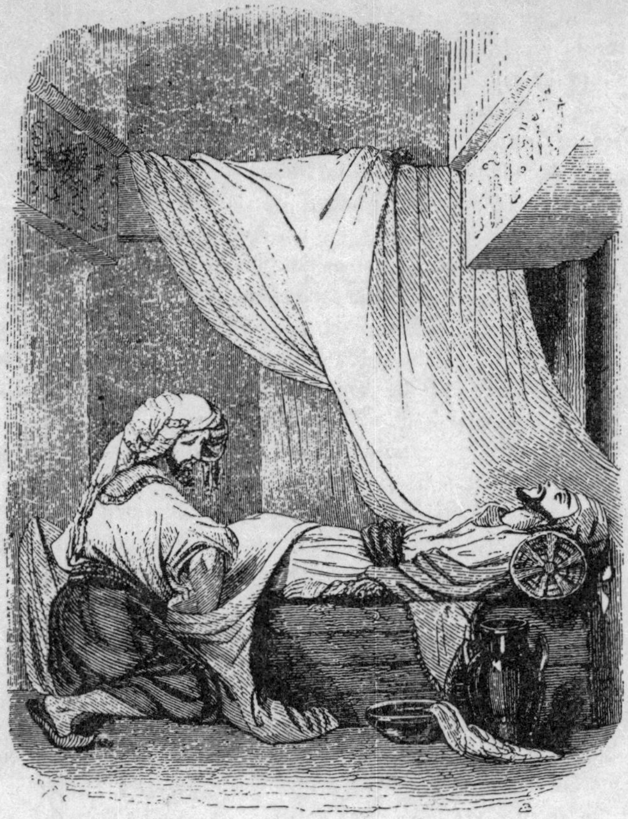

Ich fragte dann: »O Fürst der Gläubigen, war denn dieser Jüngling dein Sohn?« – »Jawohl«, antwortete Harun Arraschid, »er besuchte oft die Gelehrten und Frommen, ehe ich zum Kalifen erhoben worden, sobald ich aber die Regierung antrat, wollte er sich von mir entfernen; da sagte ich zu seiner Mutter: »Dein Sohn will abgeschieden von uns nur Gott allein leben; er wird gewiß hart geprüft werden und in große Not kommen, gib ihm daher diesen Rubin, damit er in der Not etwas habe; ich gab ihr also diesen Rubin, und sie drang in ihn, bis er ihn annahm; so verließ er uns, und wir haben ihn nicht wiedergesehen, bis er aus unserer Welt geschieden, um mit reiner Seele vor seinen erhabenen Herrn zu treten.« Dann sagte der Kalif: »Komm mit mir, und zeige mir sein Grab!« Als wir dort anlangten, weinte und seufzte er lange, betete für seinen Sohn und rief: »Wir sind Gottes und zu ihm kehren wir zurück.« Dann bot mir der Kalif eine Stelle an; ich schlug sie aber ab und sagte: »Ich habe eine Lehre von deinem Sohn angenommen«, und rezitierte folgende Verse:

> »Ich bin ein Fremdling, gehöre niemandem an, wo ich auch weile; ich bin ein Fremdling, habe weder Frau noch Kind; meine Herberge sind die Moscheen, von denen nie mein Herz sich trennt, und dafür danke ich Gott, dem Herrn der Welten.«

Der trauernde Schullehrer.

Man erzählt ferner von einem Mann aus Baßrah folgendes: Ich ging einst – so erzählt er selbst – vor einem Schullehrer vorbei, der so hübsch aussah und so zierlich gekleidet war, daß ich bei ihm stehen blieb. Er stand vor mir auf, hieß mich sitzen, und ich unterhielt mich mit ihm über den Koran, über die Sprache, Poesie und Grammatik; ich fand ihn in allem sehr bewandert, und er gefiel mir so gut, daß ich ihn sehr oft besuchte und mich zu ihm setzte. Eines Tages aber, als ich ihn wieder wie gewöhnlich besuchen wollte, fand ich seine Schule geschlossen; die Nachbarn, die ich nach ihm fragte, sagten mir, es sei ihm jemand gestorben. Da hielt ich es für meine Pflicht, ihm einen Trostbesuch zu machen. Ich ging also in sein Haus, klopfte an der Tür, eine Sklavin kam mir entgegen und fragte mich, was ich wollte? »Ich will deinen Herrn sprechen.« – »Mein Herr ist in Trauer.« – »Sage ihm: Dein Freund N. N. will dich trösten.« Sie ging und meldete mich, und er erlaubte mir, ihn zu besuchen.

Als ich in sein Zimmer kam, saß er da ganz allein mit verbundenem Haupt. Ich sagte: »Gott vergrößere deinen Lohn in jener Welt! Das ist ein Weg, den jeder betreten muß, du mußt dein Unglück standhaft tragen.« Dann fragte ich ihn: »Hast du einen Vater verloren? – »Nein.« – »Ist deine Mutter gestorben?« – »Nein.« – »Dein Bruder?« – »Nein.« – »Sonst ein naher Anverwandter?« – »Nein.« – »Wer denn?« – »Meine Geliebte.« – »Du kannst schon wieder eine andere finden, schöner als sie war.« – »Wisse, daß ich sie nie gesehen noch gehört habe.« – »Das ist sonderbar; wie konntest du sie denn lieben?« – »Ich saß am Fenster und hörte, wie ein Vorrübergehender folgenden Vers sang:

»O Mutter Amrus, Gott möge dich dafür belohnen! Gib mir doch mein Herz wieder, wie es war.«

»Da dachte ich, wäre die Mutter Amrus nicht die ausgezeichnetste Frau in der Welt, so würde man keine solche Verse für sie dichten, darum liebte ich sie. Nach zwei Tagen sah ich wieder denselben Mann vorübergehen, und er sang folgenden Vers:

»Als der Esel die Mutter Amrus wegtrug, kehrte der Esel allein zurück, ohne sie.«

»Aus diesem Brief schloß ich, daß sie gestorben sein müsse, und darum traure ich schon drei Tage um sie.« Als ich dies hörte – fährt der Erzähler fort – ließ ich ihn sitzen und ging weg, erstaunt über seinen Blödsinn; denn nur ein Tor kann eine Frau lieben, die er nie gesehen.

Der bekehrte König.

Man erzählt noch: Ein gewisser König reiste einst verkleidet in seinem Reich umher und kam durstig in einem großen Dorf an. Da blieb er vor der Tür eines Hauses stehen und forderte Wasser. Eine sehr schöne Frau kam aus dem Haus mit einem Becher voll Wasser und überreichte ihn ihm. Nachdem der König getrunken hatte, betrachtete er die Frau und fand sie so reizend, daß er ihr Liebeserklärungen machte. Die Frau, die ihn wohl kannte, nahm ihn mit ins Haus, hieß ihn sitzen, legte ihm ein Buch vor und sagte: »Unterhalte dich einstweilen damit, ich muß nur schnell etwas besorgen, dann komme ich wieder.« Der König setzte sich und fing an, in dem Buch zu lesen; es enthielt Warnungen gegen den Ehebruch und die Strafen, die Gott über

den Ehebrecher verhängt. Da überfiel ihn ein Schaudern und er beschloß, sich zu bekehren. Er rief sogleich die Frau, gab ihr das Buch und ging fort. Als der Gatte dieser Frau nach Hause kam, erzählte sie ihm das Vorgefallene. Er war sehr verlegen und fürchtete sich, der König möchte doch noch nach ihr gelüsten, und wagte es nicht mehr, von jenem Augenblick an, sie zu berühren. Nach einiger Zeit erzählte die Frau ihren Verwandten, daß ihr Gatte nicht mehr seine Pflichten gegen sie erfülle. Da führten sie ihn hin zum König und sagten: »Gott verherrliche unseren König! Hier ist ein Mann, der ein Stück Land von uns gepachtet hat, um es anzubauen und zu besäen, das hat er auch einige Zeit getan, nun aber läßt er es brach liegen; er besäet es nicht mehr, und doch gibt er es uns nicht zurück, daß wir es durch einen anderen besäen lassen, und so fürchten wir, das Land möchte, wenn es nicht bebaut wird, zugrunde gehen.

Da sagte der König zu dem Manne: »Warum besäest du dein Feld nicht?« Der Mann antwortete: »Gott erhebe den König! Ich habe gehört, es sei ein Löwe auf das Feld gekommen, den ich so sehr fürchte, daß ich mich meinem Felde nicht mehr zu nähern wage, denn ich weiß wohl, daß ich zu schwach bin, um ihm zu widerstehen.« Der König merkte nun, worum es sich handelte, und sagte zu dem Manne: »Geh' nur und besäe dein vortreffliches Feld wieder, der Löwe wird es nie mehr betreten und dir nie was zuleide tun; Gott segne dich!« Sodann ließ er noch für ihn und seine Gattin kostbare Geschenke herbeiholen und entließ sie damit.

* * *

Abu Bekr, der Sohn Muhameds, erzählt: Ich reiste einst von Anbar nach Amurijeh in Griechenland und stieg in der Nähe der Stadt vor einem Kloster, das am Wege lag, ab. Der Prior des Klosters, welcher Diener des Messias hieß, kam mir entgegen und führte mich ins Kloster, das vierzig Klosterbrüder bewohnten, und ich wurde von ihnen sehr gastfreundlich bewirtet; auch sah ich bei ihnen eine Frömmigkeit, die ich noch nie gefunden. Nachdem ich meine Geschäfte in Amurijeh versehen hatte, kehrte ich wieder nach Anbar zurück. Ein Jahr darauf pilgerte ich nach Mekka, und als ich am Festtag den Kreis um den Tempel machte, sah ich den Prior, Diener des Messias, auch um den Tempel ziehen mit fünf seiner Klosterbrüder. Nachdem ich mich überzeugt hatte, daß er es war, ging ich auf ihn zu und fragte ihn: »Bist du nicht der Prior, Diener des Messias?« Er antwortete: »Nein, ich heiße jetzt Diener Gottes, der Einsiedler.« Dann küßte ich seinen Bart und weinte. Dann ergriff ich seine Hand und bat ihn, mir zu sagen, warum er Muselmann geworden. Er antwortete: »Die Ursache meiner Bekehrung ist wunderbar. Einst reisten nämlich einige fromme Muselmänner durch den Flecken, neben welchem unser Kloster liegt, und schickten einen Jüngling, der bei ihnen war, aus, um Speisen einzukaufen. Da sah der Jüngling eine junge Christin auf dem Markt, welche Brot verkaufte, und fand sie so schön, daß er sich in sie verliebte und vor heftiger Leidenschaft ohnmächtig dahinsank. Als er wieder zur Besinnung kam, ging er zu seinen Reisegefährten und erzählte ihnen, was ihm begegnet, und sagte: »Reiset ihr nur weiter, ich werde nicht mit euch gehen.« Sie wiesen ihn zurecht und predigten ihm, aber er hörte sie nicht an und ließ sie fortreisen. Er kehrte dann in den Flecken zurück, setzte sich vor die Tür des Ladens jener Christin, und als sie ihn fragte, was er wolle, gestand er ihr seine Liebe. Sie wendete sich von ihm weg, er aber blieb drei Tage vor der Türe sitzen, ohne etwas zu essen, noch zu trinken, und sah immer der Christin ins Gesicht. Als sie sah, daß sie den Fremden nicht loswerden konnte, ging sie zu ihren Leuten und erzählte es ihnen. Diese hetzten die Jungen des Fleckens gegen ihn: Sie warfen mit Steinen nach ihm, die ihm fast die Rippen zerschlugen, aber dennoch wich der Fremde nicht von der Stelle. Schon hatten die Einwohner des Fleckens beschlossen, ihn zu töten, als mir Kunde davon wurde. Ich ging sogleich zu ihm und fand ihn auf der Erde hingestreckt; ich wischte das Blut von seinem Gesicht ab, trug ihn ins Kloster und pflegte seine Wunden vierzehn Tage lang. Sobald er dann wieder imstande war zu gehen, verließ er das Kloster und setzte sich wieder vor die Tür des Bäckerladens, um die schöne Christin anzusehen. Als sie ihn wieder bemerkte, ging sie zu ihm und sagte: »Bei Gott, du hast mich gerührt; willst du meinen Glauben annehmen, so heirate ich dich.« Der Jüngling antwortete: »Bewahre mich Gott, daß ich den Monotheismus mit dem Polytheismus vertausche!« Da sagte sie: »Komm mit mir in mein Haus, umarme mich und ziehe dann weiter mit deinem Glauben.« Aber der Jüngling antwortete: »Ich kann nicht zwölf Jahre der Tugend und Enthaltsamkeit für die Lust eines Augenblicks hingeben.« – »So verlasse mich denn«, versetzte die Christin. – »Das vermag mein Herz nicht.« – Die Christin wendete sich wieder von ihm weg, und die Jungen des Fleckens kamen und warfen ihn mit Steinen, daß er auf sein Gesicht fiel und rief: »Gott, der den Koran vom Himmel gesandt, ist mein Herr, er läßt den Frommen nicht ohne Lohn.« Als ich den Lärm hörte, lief ich wieder aus dem Kloster zu dem Jüngling, jagte die Buben fort und hob ihn von der Erde auf. Da hörte ich, wie er sagte: O Gott, vereinige mich mit ihr im Paradies!«

Ich wollte ihn dann ins Kloster tragen, aber er starb, ehe er es erreichte. Da ließ ich vor dem Flecken ein Grab bauen und beerdigte ihn dort. Um Mitternacht hörte man auf einmal die Christin so laut schreien in ihrem Bett, daß alle Bewohner des Fleckens sich zu ihr drängten, um zu hören, was ihr zugekommen. Da erzählte sie: »Als ich schlief, kam der Muselmann zu mir, der heute gestorben ist, und faßte meine Hand und führte mich ins Paradies; als ich aber an die Pforte des Paradieses kam, ließ mich der Wächter nicht hinein, indem er sagte: Das Paradies bleibt den Abtrünnigen verschlossen. Da bekehrte ich mich vor ihm zum Islamismus und ging mit ihm hinein, hier sah ich Paläste und Gärten, so schön, daß ich sie euch nicht beschreiben kann. Endlich führte er mich in einen großen Palast und sagte: Dieser Palast von Edelsteinen ist für uns bestimmt, ich werde nicht eher hineingehen, bis du bei mir bist, und so Gott will, wird dies in fünf Tagen geschehen. Dann streckte er die Hand nach einem Baum aus, der vor der Tür des Palastes stand, pflückte zwei Äpfel von demselben und sagte: Iß den einen und bewahre den anderen für den Prior des Klosters auf. Ich aß den einen und fand ihn so schmackhaft, wie ich noch keinen gegessen. Sodann ergriff er wieder meine Hand und führte mich in meine Wohnung.« Ich nahm dann – so fuhr der Diener Gottes fort – den einen Apfel aus ihrer Tasche, und er leuchtete in der dunklen Nacht wie ein Stern, es war eine Frucht, wie man keine ähnliche auf dieser Welt sieht. Ich nahm ein Messer und zerschnitt ihn in so viele Teile, daß jeder meiner Gefährten im Kloster ein Stück davon bekam, und wir haben nie einen feineren Geschmack noch einen edleren Geruch gefunden, als dieser Apfel hatte; wir dachten: Das ist gewiß Satans Werk, der sie von ihrem Glauben abtrünnig machen will. Die Verwandten der Christin führten sie dann nach Hause, aber sie wollte weder Speise noch Trank zu sich nehmen, bis in der fünften Nacht, da stand sie auf, ging auf das Grab des Jünglings, warf sich dort hin und starb, ohne daß ihre Leute etwas davon wußten.

Am folgenden Morgen kamen zwei alte Muselmänner in den Flecken mit härenen Kleidern, auch zwei alte Frauen waren bei ihnen, ebenso gekleidet, und sagten: »O ihr Bewohner des Fleckens! Gott der Erhabene hat eine seiner Heiligen unter euch als Muselmännin sterben lassen, wir kommen, um sie als solche zu beerdigen.« Aber die Bewohner des Fleckens, welche nach langem Suchen endlich die Christin tot auf dem Grab des Muselmannes fanden, sagten: »Die gehört uns, sie ist in unserem Glauben gestorben und wir wollen sie beerdigen.« Die Alten behaupteten hingegen, sie sei als Muselmännin gestorben. Nach langem Streit sagte endlich einer der Alten: »Wollt ihr euch überzeugen, daß sie als Muselmännin gestorben, so lasset alle vierzig Priester aus dem Kloster kommen, um sie vom Grab wegzubringen; vermögen sie es nun, so gebe ich zu, daß sie als Christin beerdigt werde. Bringen sie sie aber nicht von der Stelle, dann möge einer von uns es versuchen, sie wegzuziehen, und gelingt es ihm, so dient es als Beweis, daß sie als Muselmännin gestorben.« Die Bewohner des Fleckens waren mit dieser Probe zufrieden und ließen sogleich die vierzig Klosterbrüder kommen, um sie wegzutragen, aber sie konnten es nicht. Zwar nahmen sie ein sehr starkes Seil und banden es um ihren Körper und zogen mit aller Kraft

daran, aber das Seil zerriß; zuletzt versuchten sogar noch alle Bewohner des Fleckens, sie wegzutragen, aber dennoch brachten sie sie nicht von der Stelle. Endlich sagten sie einem der Alten: »Nun versuche du es, sie wegzutragen.« Er näherte sich ihr, faßte ihren Oberrock und sagte: »Im Namen Gottes des Barmherzigen, des Allmilden!« nahm sie auf den Arm und trug sie in eine Höhle dort in der Nähe; die zwei alten Frauen wuschen sie und hüllten sie in ein Totengewand, und beerdigten sie neben dem Grab des Jünglings. Wir alle – fuhr der Diener Gottes fort – sahen dies mit unseren Augen. Als wir daher allein untereinander waren, sagte einer zum andern: »Es ist unsere Pflicht, die Wahrheit anzuerkennen, die sich uns so klar geoffenbart hat. Wie können wir einen sichereren Beweis für die Echtheit des islamitischen Glaubens fordern, als den, den wir mit eigenen Augen gesehen?« Ich bekehrte mich daher zum Islamismus mit allen Priestern des Klosters und allen Einwohnern des Fleckens. Wir schickten dann nach Djeziereh und ließen um einen frommen Lehrer bitten, der uns mit den Grundsätzen des Islams und der Art und Weise des Gottesdienstes bekannt machte, und so leben wir nun im schönsten Segen. Gott sei gelobt und gepriesen!

Der Todesengel vor zwei Königen und einem Frommen.

Man erzählt ferner: Einer der älteren Könige wollte sich einst im höchsten Glanz, von allen Großen des Reiches umgeben, seinem Volke zeigen. Er befahl allen seinen Freunden und Emiren, sich zu einer Musterung vorzubereiten, ließ sich von seinem Kammerdiener die kostbarsten Kleider bringen und von seinem Stallmeister die schönsten Pferde vorführen, und nachdem er das schönste gewählt hatte, ritt er, ganz in Gold und Perlen und allerlei Edelsteine gehüllt, mit glänzendem Gefolge von seinem Schloß weg und begab sich mitten unter seine Truppen. Hier ließ er seinen Renner stolz umhertummeln, Satan blies Eitelkeit und Hochmut in seine Nase, so daß er voll Selbstgefallen zu sich selbst sagte: Wer in der Welt kann sich mit mir vergleichen?

Während der König so stolz umhersprengte und vor Hochmut niemanden ansah, kam auf einmal ein Mann in zerrissenen Kleidern auf ihn zu und grüßte ihn. Der König erwiderte seinen Gruß nicht. Da ergriff der Mann die Zügel seines Pferds. Als der König dies sah, sagte er ihm: »Ziehe deine Hand zurück, du weißt nicht, wessen Zügel du ergriffen.« – »Ich habe ein Anliegen.« – »Warte, bis ich absteige, dann magst du mir dein Anliegen vortragen.« – »Ich kann nicht warten, bis du absteigst, mein Geschäft leidet keinen Aufschub.« – »So sprich denn!« – »Ich muß es dir geheim sagen.« Da neigte der König sein Ohr zu ihm hin und der Mann sagte ihm ins Ohr: »Ich bin der Todesengel und komme, um deine Seele zu holen.« – »Warte doch, bis ich nach Hause gehe, und meiner Frau und meinen Kindern und meinen Nachbarn Lebewohl sage.« – »Das kann nicht sein, die siehst du nie mehr wieder; deine Lebenszeit ist vorbei, ich muß sogleich deine Seele haben.« Sobald der Todesengel dies gesagt hatte, fiel der König von seinem Pferd tot zur Erde. Der Todesengel begab sich hierauf zu einem frommen, gottgefälligen Mann, grüßte ihn und sagte ihm: »Ich habe dir, o frommer Mann, ein Geheimnis anzuvertrauen.« – »Sage mir es ins Ohr.« – »Ich bin der Todesengel.« – »Sei mir willkommen! Gelobt sei Gott, der dich zu mir gesandt; ich erwarte deine Ankunft schon seit langer Zeit mit vieler Sehnsucht.« – »Wenn du vorher irgend ein Geschäft zu verrichten hast, so tue es.« – »Ich kenne kein wichtigeres Geschäft, als meinem Herrn zu begegnen.« – »Wie soll ich deine Seele holen? Denn Gott hat mir befohlen, ich möchte dir die Wahl lassen.« – »So warte, bis ich mich wasche und bete, dann töte mich beim Niederfallen.« Der Mann wusch sich nun und betete, und als er betend niederfiel, nahm der Engel seine Seele und brachte sie an den Ort des Erbarmens, der Verzeihung und der Seligkeit.

Ebenso wird erzählt: Ein gewisser König sammelte einst unzählbare Schätze und schaffte sich alles in der Welt an, was zu seinem Vergnügen und zu seiner Bequemlichkeit dienen konnte; er ließ sich ein großes, hohes Schloß bauen, wie es die mächtigsten Sultane nur hatten, mit zwei festen Toren, die von vielen Dienern und Soldaten und Pförtnern bewacht wurden. Eines Tages befahl er seinem Koch, eine Mahlzeit von den ausgesuchtesten Speisen zuzubereiten, und lud alle seine Freunde, seine ganze Familie und viele seiner Beamten dazu ein. Als er bei der Mahlzeit auf seinem königlichen Sofa an ein Kissen gelehnt ganz stolz da saß, sagte er zu sich selbst: Du hast dir alle Annehmlichkeiten der Welt verschafft, jetzt genieße sie auch und freue dich des Lebens und des Glücks, um das du dich solange bemüht. Kaum hatte er dieses Selbstgespräch geendet, als ein Mann in zerrissenen Kleidern, mit einem Bettelsack am Hals hängend, so stark an die Tür des Schlosses klopfte, daß das ganze Schloß zitterte und der Thron des Königs wankte. Die Diener liefen erschrocken zur Tür und riefen dem Klopfenden zu: »Wehe dir! Was ist das für eine Ungezogenheit und Frechheit? Warte, bis der König gespeist hat, dann wird man dir etwas geben von dem, was übrig bleibt.« Der Fremde sagte zu den Dienern: »Saget eurem Herrn, er soll zu mir herauskommen, ich habe ihm etwas sehr Wichtiges mitzuteilen.« Die Diener versetzten: »Wer bist du, Elender, daß du den König zu dir herausbitten läßt?« Er erwiderte: »Sagt ihm nur, was ich euch aufgetragen.« Sie gingen nun zu ihrem Herrn und meldeten es ihm. Da sagte der König: »Habt ihr ihn nicht angeschrieen und fortgejagt?« Während aber der König dies sagte, klopfte es noch einmal an die Tür, heftiger als zum ersten Male. Die Diener sprangen auf die Türen zu mit Stöcken und Waffen, um den Klopfenden zu schlagen. Aber er schrie sie an: »Bleibt an eurer Stelle! Ich bin der Todesengel.« Da zitterte ihr Herz, ihr Verstand und ihr Mut verließ sie, und sie konnten vor Angst kein Glied mehr bewegen. Der König rief ihm zu: »Töte jetzt einen anderen statt meiner!« Aber der Todesengel erwiderte: »Ich bin nur deinetwillen gekommen und werde keines anderen Leben nehmen. Ich will dich von allen Schätzen, die du aufgehäuft, und von allen Annehmlichkeiten, die du dir verschafft, trennen.« Als der König dies hörte, seufzte und weinte er und schrie: »Gott verdamme das Geld, das mich verblendet und abgehalten hat, meinem Herrn, gepriesen sei sein Name, zu dienen. Ich glaubte, es würde mir nützen, aber es war zu meinem Verderben, denn nun soll ich mit leeren Händen abziehen und es meinen Feinden überlassen.«

Da verlieh aber der erhabene Gott dem Geld eine Sprache und es rief aus: »Warum fluchst du mir? Fluche dir lieber selbst! Denn Gott hat uns beide, dich und mich, aus Staub geschaffen; mich hat er aber in deine Hand gegeben, damit du dir durch mich Vorrat für jene Welt verschaffest, damit du den Armen und Schwachen Almosen gebest, und Moscheen und Brücken und andere Gebäude zum allgemeinen Wohl errichten lassest; statt dessen hast du mich aber eingespeichert und nur zu deinem Vergnügen verwendet; du hast meinen Wert nicht anerkannt, darum mußt du mich jetzt deinen Feinden überlassen, und dir bleibt nur Verderben und Reue; aber was kann ich dafür, daß du mich anklagest?« Sobald das Geld so gesprochen hatte, nahm der Todesengel des Königs Seele, während er noch auf seinem Thron saß. So spricht Gott der Erhabene im Koran: »Während sie sich freuen mit dem, was ihnen gegeben worden, nehmen wir sie plötzlich weg und geben sie der Verzweiflung preis.«

Alexander und ein gottesfürchtiger König

So erzählt man auch: Alexander der Zweihörnige sah auf seinen Zügen ein schwaches Volk, das gar nichts von den Annehmlichkeiten der Welt besaß. Sie begruben ihre Toten vor den Türen ihrer Häuser, besuchten beständig diese Gräber, und kehrten den Staub davon ab und beteten darauf zu Gott; ihre Nahrung bestand ganz allein aus Kräutern und Pflanzen der Erde. Da schickte Alexander jemanden zu ihrem König und ließ ihn zu sich bitten. Aber der König dieses Volkes sagte: »Ich habe nichts bei ihm zu schaffen.« Alexander ging zu ihm und fragte ihn, wie es ihm und seinem Volke gehe. Er sehe weder Gold noch Silber bei ihnen, auch gar nichts, was zu den Annehmlichkeiten des Lebens gehöre.

Der König erwiderte: »Was nützen die Annehmlichkeiten des Lebens? Es wird doch niemand mit dem, was er besitzt, zufrieden.« Alexander fragte ihn dann, warum sie ihre Toten vor ihren Häusern begraben. Der König antwortete: »Damit wir sie stets vor Augen haben, immer an den Tod denken und nie jenes Leben vergessen, damit die Liebe zur Welt aus unserem Herzen weiche und uns nicht von der Verehrung Gottes abziehe.« – »Und warum«, fragte Alexander, »nährt ihr euch von Pflanzen?« – »Weil wir nicht unseren Leib zum Grabe der Tiere machen wollen«, erwiderte der König; »denn schmackhafte Speisen machen nicht das Glück eines Menschen aus.« Dann zog er einen Menschenschädel heraus, legte ihn vor Alexander hin und fragte: »Weißt du, wer das war?« – »Nein«, antwortete Alexander. »Es war«, versetzte der König, »ein sehr mächtiger Sultan, der seine Untertanen tyrannisierte, die Schwachen unterdrückte und seine ganze Zeit verwendete, weltliche Gegenstände zu sammeln. Gott hat nun seine Seele genommen und ihr die Hölle als Wohnort angewiesen, und hier ist sein Kopf.« Dann zog er einen anderen Schädel heraus

und fragte: »Kennst du diesen?« – »Nein«, antwortete Alexander. »Dieser war«, fuhr der König fort, »ein gerechter König der Erde, ein Wohltäter seiner Untertanen; Gott hat seiner Seele im Paradiese einen hohen Rang angewiesen.« Alexander mußte laut weinen; dann drückte er den König an sein Herz und sagte ihm: »Wenn du bei mir leben willst, so ernenne ich dich zu meinen Vezier und teile mein Königreich mit dir.« Der König antwortete: »Das sei fern von mir! Dazu habe ich keine Lust.« – »Und warum?« fragte Alexander. »Darum«, erwiderte der König, »weil alle Leute wegen deiner Macht und deines Reichtums dich hassen, während sie mich in meiner Armut und Genügsamkeit aufrichtig lieben; darum gelüste ich weder nach Macht, noch nach anderen weltlichen Vorzügen.« Alexander drückte ihn noch einmal an sein Herz, küßte ihn und ging weiter.

Nuschirwan erforscht den Zustand seines Landes.

Man erzählt auch: Der gerechte König Nuschirwan stellte sich einst krank und sagte seinen Freunden und Vertrauten, die Ärzte hätten ihm zu einer Arznei alte Ziegelsteine aus einem verwüsteten Dorf verordnet. Es wurden Boten nach allen Teilen des Königreiches geschickt, aber sie kamen zurück und sagten: »Wir haben nirgends ein verwüstetes Dorf gefunden.« Da freute sich Nuschirwan, dankte Gott und sagte: »Ich wollte nur sehen, ob es in meinen Ländern noch einen in Trümmern liegenden Ort gebe, damit ich ihn aufbauen lasse; da ich nun höre, daß es keinen solchen gibt, so bin ich überzeugt, daß der Wohlstand und die Kultur in meinem Lande den höchsten Grad der Vollkommenheit erreicht hat.« So, sagte Schehersad, waren die alten Könige stets bemüht um die Kultur ihres Landes, denn sie wußten, wie wahr die Weisen gesagt: Der Glaube muß von der Regierung unterstützt werden, die Regierung durch Truppen, die Truppen durch Geld und das Geld durch die Kultur des Landes, und diese wird durch die Gerechtigkeit gegen die Untertanen gefördert, denn durch Gewalttat und Tyrannei zwingt ein König seine Untertanen, auszuwandern; die Bevölkerung seines Landes nimmt ab, die Schatzkammern werden leer und die Zurückbleibenden verwünschen ihren Tyrannen solange, bis sein Untergang sie befreit.

Die tugendhafte Frau eines israelitischen Richters.

Man erzählt ferner: Unter den Söhnen Israels war ein Kadhi, der eine ausgezeichnet schöne Frau hatte, die auch sehr gottesfürchtig war und oft fastete. Als der Kadhi einst nach Jerusalem wallfahren wollte, übertrug er das Richteramt seinem Bruder und empfahl ihm auch seine Frau. Aber der Bruder des Kadhi hatte so oft ihre Schönheit rühmen hören, daß er sie besuchte und ihre Liebe zu gewinnen suchte. Die Frau stieß ihn von sich, aber er hörte nicht auf, sie zu verfolgen, bis sie sich gar nicht mehr vor ihm sehen ließ. Als er endlich alle Hoffnung verloren hatte, ihre Gunst zu erlangen, und fürchtete, sie möchte ihn bei seinem Bruder nach seiner Rückkehr anklagen, bestellte er falsche Zeugen, die sie als Ehebrecherin anklagten; sie wurde vor den damals regierenden König gebracht, und er verurteilte sie zum Tode. Man legte sie in eine Grube und warf so viele Steine auf sie, bis sie ganz damit bedeckt war. Dann sagte der König: »Diese Grube sei ihr Grab.« Als die Nacht heranbrach und die Frau noch schluchzte und stöhnte, kam ein Reisender vorüber, der sie hörte. Er ging auf sie zu, zog sie aus der Grube hervor, führte sie zu seiner Gattin und befahl ihr, ihre Wunden zu pflegen. Sobald sie wieder geheilt war, übergab ihr die Frau des Reisenden ihr Kind zur Pflege, behielt sie bei sich und wies ihr eine besondere Wohnung an. Eines Tages sah sie ein Gauner, dem sie so wohl gefiel, daß er zu ihr schickte und um ihre Liebe sich bewarb. Als sie ihm aber kein Gehör gab, beschloß er, sie zu töten, schlich des Nachts, als sie schlief, in ihr Haus und ging mit einem Messer auf sie zu, um sie zu töten; aber statt der Frau traf er den Jungen, der bei ihr war, und tötete ihn. Sobald er sein Versehen wahrnahm, überfiel ihn eine solche Furcht, daß er schnell davonlief und durch Gottes Gnade die Frau verschonte. Als sie des Morgens erwachte und das Kind getötet fand, ging sie damit zu seiner Mutter. Aber diese sagte: »Du hast mein Kind getötet«, und schlug sie sehr heftig und wollte ihr den Hals abschneiden. Glücklicherweise kam der Mann hinzu und befreite die Frau des Kadhi aus seiner Gattin Hand. Jene ging nun mit einigen Drachmen, die sie bei sich hatte, fort, ohne zu wissen, wohin. Da kam sie in ein Dorf und sah viele Leute zusammengerottet, und einen Mann noch lebendig an einem Baumzweige hängend. Sie fragte: »Was hat dieser Mann

begangen?« Man antwortete ihr: »Er hat ein Verbrechen begangen, das er nur durch den Tod büßen kann oder durch so und so viel Almosen.« Sie zog ihr Geld aus der Tasche und sagte: »Nehmet diese Drachmen als sein Lösegeld und lasset ihn los.« Die Leute nahmen ihr Geld und befreiten den Mann. Dieser tat sogleich Buße in Gegenwart seiner Retterin, und gelobte ihr, bis zu seinem Tode Gott treu zu dienen. Er baute ihr eine Hütte zu ihrer Wohnung und brachte ihr Holz und Lebensmittel. Die Frau lebte nun ganz der Gottesverehrung, und kein Kranker oder sonst Unglücklicher kam zu ihr, den sie nicht heilte oder tröstete, so daß alle Leute für sie beteten und den Segen des Himmels für sie erflehten. Nun bekam durch Gottes Richterspruch der Bruder des Kadhi, der sie hatte steinigen lassen, einen Krebs im Gesicht; die Frau, welche sie wegen des getöteten Kindes geschlagen hatte, wurde aussätzig, und der Gauner, der sie hatte verführen wollen und statt ihrer das Kind getötet hatte, wurde lahm. Da die Frau durch ihre Frömmigkeit und die Wunder, die sie vollbrachte, weit und breit berühmt und von allen Teilen des Landes her besucht wurde, sagte der Kadhi, der inzwischen von seiner Wallfahrt zurückgekehrt war und mit Bedauern von dem Verbrechen und der Strafe seiner Frau gehört hatte, zu seinem Bruder: »Warum gehst du nicht auch zur frommen Frau in die Hütte? Vielleicht wird dich Gott durch sie heilen.« Da bat er den Kadhi, ihn zu ihr zu bringen. Auch der Gatte der aussätzigen Frau hörte bald von der frommen Frau sprechen und führte seine Gattin zu ihr. Der Gauner endlich begab sich auch zur Hütte, um sich heilen zu lassen, und so trafen alle zusammen vor der Tür ihrer Hütte; sie konnte alle sehen, ohne von ihnen gesehen zu werden, und sobald sie an die Tür kam, erkannte sie ihren Gatten, dessen Bruder, den Gauner und die ungerechte Frau und sagte ihnen: »Hoffet nicht, geheilt zu werden von mir, wenn ihr nicht zuerst alle eure Sünden bekennet, denn Gott verzeiht nur dem, der seine Sünden nicht verhehlt, und gewährt nur einem solchen, was er begehrt.« Da sagte der Kadhi zu seinem Bruder: »Bekehre dich zu Gott und beharre nicht im Übel, nur so wirst du gerettet.« Der Kadhi ermahnte dann seinen Bruder noch durch folgende Verse:

> »Ein Tag wird kommen, wo Unterdrückte und Unterdrücker einander gegenüberstehen, und wo Gott die verborgensten Geheimnisse offenbaren wird. An jenem Ort werden die Sünder gedemütigt werden, während Gott die erheben wird, die ihm gehorsam waren. Wehe denen, die den Herrn erzürnen, als wüßten sie von Gottes Strafe nichts. Da hört alle Täuschung auf und bleibt nichts, als Ergebung in Gottes Willen.«

Der Bruder des Khadi sagte: »Ich will mein Verbrechen bekennen«, und gestand sein Unrecht gegen seine Gattin. Dann sagte die Mutter des getöteten Kindes: »Auch ich will meine Sünde bekennen«, und erzählte, wie sie ungerechterweise eine Frau geschlagen und fortgejagt habe. »Und ich«, sagte endlich der Gauner, wollte einer Frau den Hals abschneiden, weil sie meiner Leidenschaft Widerstand leistete und tötete statt ihrer ein Kind, das bei ihr lag: Das ist mein Verbrechen.« Als die Frau des Khadi diese Geständnisse hörte, rief sie aus: »O Gott, wie du siehst, haben die Sünder sich gedemütigt, laß ihnen nun den Lohn des Gehorsams werden, du bist ja mächtig über alles.« Gott erhörte ihr Gebet und heilte sie alle. Sodann gab sie sich zu erkennen, und der Khadi dankte Gott, daß er ihn wieder mit ihr vereint. Sein Bruder aber, der Gauner und die Mutter des Kindes baten sie um Verzeihung; sie verzieh ihnen, und alle blieben nun beisammen und lebten der Gottesverehrung, bis der Tod sie trennte.

Die gerettete Frau in Mekka.

Einer der Großen erzählt: Während ich einst in dunkler Nacht den Kreis um die Kaaba machte, hörte ich eine jammernde Stimme aus einem traurigen Herzen heraufsteigen, welche rief: »O Allgütiger, mein Herz bleibt seinem Gelübde treu!« Mich rührte diese Stimme so sehr, daß ich mich ihr näherte, und siehe da, es war die Stimme einer Frau. Ich sagte ihr: »Friede sei mit dir, Mutter Gottes!« Sie antwortete: »Mit dir sei Friede und Gottes Barmherzigkeit und Segen.«

Ich beschwor sie dann bei Gott, mir zu sagen, was das für ein Gelübde wäre, dem ihr Herz treu bleiben wollte. Sie antwortete: »Hättest du mich nicht bei Gott beschworen, ich würde dir mein Geheimnis nicht anvertraut haben. Doch siehe, was ich bei mir habe!« Ich sah sie genau an und fand ein Kind schlafend in ihren Armen liegen, und sie erzählte dann: »Ich verließ, dieses Kind unter meinem Herzen tragend, meine Heimat, um hierher zu wallfahren. Ich hatte mich aber kaum eingeschifft, als uns der Wind ungünstig wurde; ein mächtiger Sturm erhob sich bald; die Meereswellen tobten mit solchem Ungestüm, daß sie das Schiff zerschlugen; ich aber rettete mich auf einem Brett, wurde entbunden und wurde so auf diesem Brett, mit meinem Kind im Schoß, von

den Wellen hin und her getrieben. Auf einmal kam einer der Matrosen des Schiffes zu mir geschwommen und faßte mein Brett und sagte: Bei Gott! Ich habe dich schon geliebt, als ich dich auf dem Schiff sah; da ich dich nun erreicht habe, so erhöre meine Liebe, oder ich werfe dich vom Brett herunter ins Meer. Ich sagte: Wehe dir! Hat dir das eben erlebte Unglück nicht zur Belehrung und Ermahnung gedient? Er antwortete: Dergleichen habe ich schon oft gesehen und bin immer glücklich davon gekommen; das macht keinen Eindruck auf mich. Ich sagte: Wir sind doch in einer Lage, aus der wir nur durch Gottergebenheit gerettet werden können, nicht durch Sünde. Aber alle meine Reden waren vergebens, der Matrose wurde so zudringlich, daß ich, in der Hoffnung, ihn täuschen zu können, ihm sagte: Warte nur, bis mein Kind schläft. Aber er nahm mir mein Kind weg und warf es ins Meer. Als ich dieses sah, zerbrach mein Herz vor Gram, ich hob den Kopf gen Himmel und rief den Allmächtigen an, daß er mich aus der Hand dieses schwarzen Ungeheuers befreie. Kaum hatte ich mein Gebet vollendet, als ein großes Seetier aus dem Meer emporstieg und ihn vom Brett herunterwarf. Als ich nun allein auf dem Brett war, da erwachte mein Schmerz von neuem über den Verlust meines Kindes, meiner Leibesfrucht, und ich betete zu Gott, daß er mich doch wieder mit ihm vereinige. Am folgenden Morgen sah ich auf einmal weiße Segel in der Ferne, auf die mich Wind und Wellen hinstießen. Die Schiffsleute nahmen mich gerne auf, und als ich in ihrer Mitte war, sah ich auf einmal mein Kind bei ihnen. Ich fiel darüber her und sagte den Leuten, daß es mein Kind wäre, und fragte sie, wie sie dazu gekommen. Sie antworteten: Unser Schiff hielt mitten in seinem Lauf auf einmal still, und als wir uns nach der Ursache umsahen, entdeckten wir ein Seeungeheuer, so groß wie eine Stadt, mit einem Kinde auf dem Rücken, das an seinen Fingern saugte.

»Als ich dies hörte«, sprach die Frau weiter, »erzählte ich den Schiffsleuten, was mir begegnet, und dankte dem Herrn für seine Hilfe und gelobte, nie aufzuhören, ihm in seinem Tempel zu dienen; auch habe ich seither ihn nie um etwas angefleht, das er mir nicht gewährt hätte.« Ich wollte nun – fährt der vornehme Pilger fort – ihr einiges Geld schenken, aber sie sagte: »Laß mich! Ich erzähle dir von Gottes Huld und Gnade, wie kannst du glauben, daß ich von einer anderen Hand als der seinigen etwas annehme.« Da sie durchaus nichts von mir annehmen wollte, verließ ich sie und rezitierte folgende Verse:

»Wie oft ist Gottes Huld im Verborgenen tätig, ohne daß der schärfste Verstand es wahrnimmt, wie manche Armut verwandelt er in Wohlstand, wie manchem brennenden Herzen reicht er erfreuliche Labung; wie mancher ist des Morgens von Gram beladen, der des Abends nur Wonne empfindet. Geht es dir einmal schlecht einen Tag, so vertraue nur dem einzigen Allmächtigen und flehe die Fürbitte des Propheten an, dem alles gewährt wird, was er für die Seinigen fordert.«

Der von Gott geliebte Neger.

Ferner wird erzählt im Namen Maleks, des Sohnes Dinars (Gottes Barmherzigkeit sei mit ihm!): Einst regnete es sehr lange in Baßrah nicht, wir beteten mehrmals um Regen, fanden aber keine Erhörung. Eines Abends begab ich mich wieder mit vielen meiner Freunde in die Moschee, wo die ganze Gemeinde mit allen Schulkindern das Gebet um Regen verrichtete, ohne daß jedoch sich ein Wölkchen am Himmel zeigte. Nach vollendetem Gebet, als die Gemeinde schon wieder die Moschee verlassen hatte, und nur ich und der Baumeister Thabet noch zurückblieben, trat ein Schwarzer in die Moschee; er hatte ein schönes Angesicht und eine hübsche Gestalt, und war in ein wollenes Tuch gehüllt, für das ich nicht zwei Drachmen gegeben hätte; er holte Wasser im Hof, wusch sich, betete das Abendgebet, hob dann sein Auge gen Himmel und sprach: »Mein Gott und Herr! Wie lange versagst du deinen Dienern noch, was in deiner Macht steht, ihnen zu gewähren? Sind denn die Schätze deines Reiches erschöpft? Bei deiner Liebe zu mir beschwöre ich dich, sende uns gleich einen labenden Regen!« Kaum hatte der Neger dieses Gebet vollendet, bildeten sich schwarze Wolken am Himmel und es regnete so stark, als fiele der Regen aus der Öffnung eines großen Wasserschlauches, so daß wir beim Heimgehen bis zu den Knieen im Wasser wateten. Voller Verwunderung über den Neger und sein Gebet näherte ich mich ihm und sagte ihm: »Schämst du dich nicht dessen, was du eben gesagt?« – »Wieso denn?« – »Du sagtest, zu Gott dich wendend: Bei deiner Liebe zu mir; woher weißt du denn, daß Gott dich liebt?« – »Laß mich! Wie kann ich an Gottes Liebe zweifeln? Wer war ich denn, daß er mich mit seiner Einheit bekannt machte, wenn es nicht aus Liebe geschah? Übrigens, wenn ich von Gottes Liebe spreche, so meine ich damit nur so viel, als mit den göttlichen Eigenschaften übereinstimmt, so wie ich mit

meiner Liebe zu ihm auch wieder ganz andere Begriffe verbinde.« Ich bat ihn dann, ein wenig bei uns zu bleiben; aber er entgegente, er sei ein Sklave und müsse seinem kleinen Herrn gehorchen. Als er aber wegging, folgte ich ihm mit Thabet in der Ferne, bis er in das Haus eines Sklavenhändlers ging. Es war Mitternacht, und die zweite Hälfte der Nacht wurde mir vor Ungeduld sehr lang. Sobald der Morgen anbrach, ging ich zum Sklavenhändler und fragte ihn, ob er einen Sklaven zu verkaufen habe? »Ich habe deren hundert«, antwortete er, und stellte mir sie einen nach dem anderen vor, ohne daß ich den Neger, welchen ich suchte, unter ihnen fand. Als er dann sagte, er habe keinen mehr, und wir weggehen wollten, sah ich in einem zerfallenen Zimmer hinter dem Haus den Neger beten. Ich kehrte wieder zum Sklavenhändler zurück und bat ihn, mir ihn zu verkaufen. Der Sklavenhändler sagte: »Mein Freund, dieser Sklave taugt nichts, der weint die ganze Nacht durch und schläft den ganzen Tag.« – »Eben darum«, versetzte ich, »will ich ihn kaufen.« Der Sklavenhändler ging und führte ihn halb schlafend herein und sagte: »Nimm ihn hin und gib mir dafür, was du willst, ich habe dir seine Fehler angezeigt.« Ich gab ihm zwanzig Dinare und fragte ihn nach dem Namen des Sklaven. Der Sklavenhändler sagte mir: »Er heißt Meimun.« Als ich ihn hierauf an der Hand faßte, um ihn nach Hause zu führen, fragte er mich: »Mein kleiner Herr, warum hast du mich gekauft? Bei Gott! Ich tauge nicht zum Dienst der Geschaffenen.«

Ich antwortete: »Ich habe dich gekauft, weil ich dich selbst bedienen will, bei meinem Haupt!« – »Und warum dies?« – »Warst du nicht gestern bei uns in der Moschee?« – »Hast du mich gesehen?« – »Jawohl, und sogar gesprochen.« Da ging er in eine Moschee und rief nach dem Morgengebet: »Mein Gott und mein Herr! Der geheime Bund zwischen uns ist nun den Menschen bekannt, wie kann ich länger leben? Ich beschwöre dich, nimm mir sogleich meine Seele!« Er verbeugte sich hierauf und fiel hin. Ich wartete eine Weile, als er aber den Kopf nicht mehr in die Höhe hob, schüttelte ich ihn, aber vergebens, er war tot. (Gottes Erbarmen sei mit ihm!) Da streckte ich seine Hände und seine Füße und sah ein lächelndes Gesicht, das ganz weiß und leuchtend wie der Mond geworden. Dann kam ein Jüngling zur Tür herein und sagte: »Friede sei mit euch! Gott erhöhe eueren Lohn für das, was ihr unserem Freund Meimun erwiesen. Hier habt ihr ein Totengewand, zieht es ihm an.« Bei diesen Worten gab mir der Jüngling zwei Kleider, wie ich dergleichen nie auf Erden gesehen; wir zogen sie ihm an und beerdigten ihn an der Stelle, wo noch heute in trockenen Jahren sowohl als in anderen Notfällen gebetet wird.

Das tugendhafte israelitische Ehepaar.

Man erzählt ferner: Einst lebte unter den Söhnen Israels ein sehr tugendhafter und gottesfürchtiger Mann, der sein Herz allen weltlichen Dingen verschlossen hatte, auch seine treue Gattin teilte seine Frömmigkeit und seine Duldung. Sie ernährten sich lange von ihrer Hände Arbeit, flochten den ganzen Tag Fächer, Mückenwehrer und dergleichen, damit ging der Mann abends auf die Straßen und Märkte, bis er sie verkaufte, und brachte für das Geld Lebensmittel nach Hause. Als der Mann eines Tages nach vollendeter Arbeit in einer Straße umherging, wo er Käufer suchte, sah ihn die Frau eines vornehmen Weltmannes und fand ihn so schön und ehrwürdig, daß sie sich leidenschaftlich zu ihm hingezogen fühlte. Da ihr Mann gerade abwesend war, sagte sie zu ihrer Dienerin: »Kannst du vielleicht ein Mittel erfinden, den Mann, der da vorübergeht, hereinzubringen und zu veranstalten, daß er unbemerkt die Nacht bei mir zubringe?« Die Dienerin ging zu ihm auf die Straße, rief ihm nach, sie wollte ihm etwas abkaufen, und lockte ihn so bis zur Haustür. Dann sagte sie ihm: »Komm herein, setze dich auf die Bank hier, daß ich deine Waren meiner Herrin zeige, damit sie aussuche, was sie zu kaufen wünscht.« Da der Mann kein Mißtrauen hegte, folgte er der Dienerin ins Haus, ohne irgend ein Übel zu befürchten. Aber kaum hatte er sich niedergesetzt, verschloß die Dienerin die Haustür und ihre Herrin kam aus ihrem Gemach, zog ihn zu sich hinein und sagte: »Wie lange wünsche ich schon mit dir allein zu sein! Mit welcher Ungeduld erwartete ich diesen Augenblick! Sieh, das Zimmer ist beräuchert, das Essen ist bereit, der Herr des Hauses kommt heute Nacht nicht nach Hause, und ich liebe dich von ganzem Herzen. Wie manche Könige und Große und Reiche haben schon um meine Liebe sich beworben; aber du bist der erste Mann, dem ich eine solche Gunst bezeige.« Die Frau sprach noch vieles in diesem Sinne, aber der Mann hob seinen Kopf nicht in die Höhe, weil er vor Gott sich scheute und seine schwere Strafe befürchtete. Als er aber kein Mittel sah, sie loszuwerden, sagte er: »Ich habe eine Bitte an dich.« – »Worin besteht sie?« – »Gib mir reines Wasser uns laß mich auf der Terrasse deines Hauses waschen und etwas verrichten, was ich dir jetzt nicht sagen kann.« – »Das Haus ist groß und hat der verborgenen Winkel gar viele, sowie auch ein Reinigungszimmer, du brauchst nicht auf die Terrasse zu gehen.« – »Ich muß den höchsten Platz im Haus besteigen.« Da rief sie eine Dienerin und sagte zu ihr: »Geh' mit dem Mann auf die Terrasse

des Hauses und nimm ein Waschbecken voll Wasser mit!« Als der Mann auf der Terrasse war, wusch er sich, betete, blickte dann auf die Straße hinunter und merkte wohl, daß, wenn er hinunterspringen wollte, er zerstückelt auf den Boden kommen würde. Doch dachte er an die große Sünde, die er begehen wollte, und an deren harte Strafe, und entschlossen, sein Leben zu opfern, rief er aus: »Mein Gott und Herr! Du siehst meine Lage und weißt, daß ich gerne mein Leben hingebe, um dein Wohlgefallen zu erlangen, doch bist du ja allmächtig.« Als er diese Worte vollendet hatte, warf er sich von der Terrasse herunter; aber Gott schickte einen Engel, der ihn auf seine Flügel nahm und sanft auf die Erde niederließ, ohne daß er sich nur im mindesten beschädigte.

Als der fromme Mann den Boden erreichte, dankte er Gott, der ihn für sein Vertrauen so reichlich belohnt, und ging mit leerer Hand zu seiner Gattin. Sie fragte ihn, warum er so lange ausgeblieben und was er mit der mitgenommenen Arbeit angefangen? Er erzählte ihr, was ihm für eine Versuchung zugestoßen und wie ihn Gott auf eine wunderbare Weise gerettet. Die Frau sagte hierauf: »Da unsere Nachbarn wissen, daß wir jeden Tag fasten und abends Feuer machen, um unser Abendessen zu kochen, so wollen wir in Gottes Namen auch diesen Abend Feuer anzünden, um ihnen unsere Armut zu verbergen; wir aber wollen auch diese Nacht fortfasten.« Sie ging dann und machte ein großes Feuer, um die Nachbarn zu täuschen; dann wusch sie sich und betete mit ihrem Mann das Nachtgebet. Auf einmal kam eine ihrer Nachbarinnen, um Feuer bei ihr zu holen. Die Jüdin sagte ihr, sie möchte nur an den Ofen gehen. Als die Nachbarin aber an den Ofen trat, rief sie der Jüdin, sie möchte doch schnell ihr Brot aus dem Ofen nehmen, ehe es verbrenne. Die Jüdin sagte zu ihrem Manne: »Hast du gehört, was diese Frau sagte?« Er erwiderte: »Geh' einmal und sieh nach!« Die Frau stand auf und ging an den Ofen, und siehe da, er war mit Brot gefüllt von dem allerfeinsten und weißesten Mehl. Sie brachte es, Gott dankend, ihrem Mann und sie aßen miteinander davon. Dann sagte sie: »Laß uns zu Gott beten, daß er uns etwas beschere, wodurch wir diesem armseligen Leben und dieser harten Arbeit enthoben werden, damit wir uns ganz seinem Dienst hingeben können.« Als sie miteinander gebetet hatten, spaltete sich auf einmal das Dach des Hauses, und es fiel ein Rubin herunter, der das ganze Haus beleuchtete. Sie freuten sich über alle Maßen mit dieser Gabe Gottes und dankten ihm immer mehr für seine Huld. Als sie aber spät in der Nacht einschliefen, träumte die Frau, sie befinde sich im Paradies, wo sie viele Kanzeln und unzählige Throne aufgestellt sah. Sie fragte, für wen dies wäre. Man sagte ihr: »Die Kanzeln sind für die Propheten, und die Thron für die Aufrichtigen und Frommen.« Sie fragte dann nach dem Throne ihres Gatten. Man zeigte ihn ihr, und sie bemerkte eine Spalte auf einer Seite. Sie fragte: »Was bedeutet diese Spalte?« Man antwortete ihr: »Sie bedeutet den Rubin, der euch vom Himmel gesandt worden.« Hierauf erwachte die Frau aus ihrem Traum und weinte und war sehr traurig wegen des mangelhaften Thrones ihres Gatten mitten unter makellosen der anderen Frommen, und sie sagte zu ihrem Manne: »Bete zu Gott, daß er diesen Rubin wieder zurücknehme; es ist besser, diese wenigen Tage noch Armut und Hunger zu ertragen, als unter den vortrefflichen Männern auf einem mangelhaften Thron sitzen.« Der Mann betete, der Rubin flog wieder durch das Dach fort, und das fromme Ehepaar lebte in Armut und Gottesverehrung, bis sie der Herr zu sich rief.

Der Schmied und das tugendhafte Mädchen.

Es wird auch erzählt: Ein frommer Mann hörte einst, es lebe in einer gewissen Stadt ein Schmied, der die Hand ins Feuer strecken und ein glühendes Eisen herausholen könne, ohne sich im mindesten zu beschädigen. Da er diesen Schmied gern sehen wollte, reiste er nach jener Stadt, erkundigte sich nach der Wohnung des Schmieds, ging zu ihm und sah wirklich, daß man ihn nur Wahrheit von ihm erzählt hatte. Er wartete, bis der Schmied mit seiner Arbeit zu Ende war, ging dann auf ihn zu, grüßte ihn und sagte: »Ich wünsche diese Nacht dein Gast zu sein.« Der Schmied hieß ihn willkommen, nahm ihn mit in seine Wohnung, speiste mit ihm zur Nacht und ging dann mit ihm zu Bett. Als der Fremde bei dem Schmied keine Spur von Andacht und nächtlichen Gebeten fand, dachte er: Vielleicht unterläßt er es in meiner Gegenwart. Er blieb daher noch eine zweite Nacht und eine dritte, beobachtete den Schmied genau, fand aber, daß er nicht mehr als die vorgeschriebenen üblichen Gebete verrichtete und daß er in der Nacht nicht aufstand, um zu beten. Er sagte daher am folgenden Morgen dem Schmied: »Ich habe gehört, welche wunderbare Gabe dir Gott verliehen, und nun sehe ich gar nicht, daß du wie ein von dem Herrn besonders Begnadigter lebst; wie bist du denn zu dieser Auszeichnung gelangt?« – »Das will ich dir erzählen«, erwiderte der Schmied. »Ich liebte einst sehr leidenschaftlich ein Mädchen, das aber so tugendhaft war, daß alle meine Bemühungen, sie zu besitzen, fruchtlos blieben. Während ich nun einmal in einem schrecklichen Hungerjahr zu Hause saß, klopfte es an meiner Tür; ich ging an die Tür, um nachzusehen, wer zu mir wollte, und siehe da, es war das Mädchen, das ich liebte, und es sagte: »Mein Freund, ich bin hungrig und erhebe mein Haupt zu dir, daß du für Gottes Sache mir etwas schenkest.« Ich erwiderte: »Weißt du nicht, was ich um deinetwillen leide und wie die Liebe zu dir mich schon so lange martert? Ich werde dir daher nichts schenken, bis du mich erhörst.« Das Mädchen antwortete: »Lieber vor Hunger sterben, als eine Sünde gegen Gott begehen«, und ging wieder fort. Nach zwei Tagen kam sie wieder und forderte wieder zu essen; ich gab ihr wieder

dieselbe Antwort, nahm sie ins Zimmer und hieß sie sitzen, denn sie war sehr schwach und elend. Als ich ihr dann Speisen vorlegte, flossen Tränen aus ihren Augen und sie sagte: »Speise mich zu Ehren Gottes«, aber ich erwiderte: »Bei Gott! Nicht eher, bis du mich umarmst.« Da stand sie auf, ließ die Speisen stehen und sagte: »Ich will lieber den Tod, als die Strafe Gottes.« Nach zwei Tagen klopfte es wieder an der Tür und als ich herausging, sah ich das Mädchen wieder, und es sagte mir mit einer von Hunger geschwächten Stimme: »Meine Kraft ist dahin, und ich vermag es nicht, von einem andern, als von dir, etwas zu fordern; speise mich doch zu Ehren Gottes.« Ich erwiderte: »Nicht eher, bis du meinem Verlangen nachgibst.« Sie trat ins Zimmer und setzte sich; da ich keine Speisen hatte, zündete ich Feuer an, kochte etwas, stellte es ihr in einer Schüssel vor und dachte: Dieses Mädchen muß doch wohl verrückt sein, da es so sehr von Hunger geplagt ist und dennoch meine Anträge verwirft; aber es verweigerte mir standhaft meine Bitte, bis ich mir selbst Vorwürfe machte über mein sündhaftes Begehren und, mich reuevoll zu Gott bekehrend, endlich sagte: »Hier hast du zu essen, fürchte nichts, ich gebe es dir im Namen Gottes.«

Als das Mädchen dies hörte, sagte es: »Mein Gott, wenn dieser Mann aufrichtig ist, so bewahre ihn vor dem Feuer in dieser und in jener Welt, du kannst ja, was du willst.« Ich ließ sie nun essen und ging, das Feuer vom Herd zu nehmen; da fiel eine brennende Kohle auf meine Füße, und durch Gottes Allmacht empfand ich nicht den geringsten Schmerz, und es fiel mir ein, daß wahrscheinlich ihr Gebet erhört worden. Ich ergriff dann eine andere glühende Kohle mit der Hand und sie brannte mich auch nicht. Da ging ich wieder zu dem Mädchen ins Zimmer und sagte: »Mein Gott, so wie du eben meinen Wunsch erfüllt, so erhöre auch jetzt mein Gebet und nimm meinen Geist zu dir! Du bist ja allmächtig.« Gott erfüllte auch sogleich diese Bitte. Sein Erbarmen sei mit ihr!

Der Wolkenmann und der König.

Man erzählt noch: Es lebte einst unter den Söhnen Israels ein durch seine Frömmigkeit berühmter Mann auf dem Gebirge als Einsiedler. Er betete ganze Nächte durch, und Gott gewährte ihm stets, was er von ihm begehrte. Gott stellte sogar eine Wolke zu seiner Verfügung,

die ihm überall hin folgte und ihn mit Wasser versah, sowohl zum Waschen als zum Trinken. Eines Tages ließ er sich aber im Dienste des Herrn eine Nachlässigkeit zuschulden kommen; da entzog ihm Gott seine Wolke und erhörte sein Gebet nicht mehr. Der Einsiedler war sehr bestürzt, bereute sein Vergehen und entbrannte vor Sehensucht nach der Stunde, wo ihm Gott seine Huld wieder schenken würde. Als er eines Nachts mit diesem Wunsch beschäftigt einschlief, wurde ihm im Traum gesagt: »Wünschest du, daß dir Gott deine Wolke wiedergebe, so gehe zu dem König N. N. und bitte ihn, daß er für dich bete, denn nur durch den Segen seines Gebetes wird sie dir Gott wieder gewähren.« Der Einsiedler machte sich am folgenden Morgen auf die Reise nach dem Land, das ihm im Traum angegeben worden, und erkundigte sich nach dem Palast des Königs. Als man ihn dahin führte, sah er einen Jüngling auf einem hohen Stuhl vor der Tür sitzen, der ihn fragte, was er wolle? Der Einsiedler antwortete: »Mir ist ein Unrecht geschehen, das ich dem König klagen will.« Da sagte der Pförtner: »Du kannst heute nicht zu ihm gelangen, der König hat einen besonderen Tag in der Woche dazu bestimmt, alle Bittenden anzuhören; warte also, bis dieser Tag kommt.« Als der Einsiedler hörte, wie der König so abgeschlossen von seinem Volk lebe, dachte er: Wie kann dieser Mann ein Heiliger sein? Doch wartete er, bis der bestimmte Audienztag kam, den der Pförtner angezeigt hatte, dann ging er wieder vor das Schloß und fand an dem Tor viele Leute, welche warteten, bis sie vorgelassen wurden. Endlich kam ein Vezier mit einigen Dienern und Sklaven und ließ die Bittenden ins Schloß treten. Im Audienzsaal saß der König, von den Großen seines Reiches umgeben, und vor ihm stand der Vezier, der einen Bittenden nach dem anderen ihm vorstellte. Als endlich die Reihe an den Einsiedler kam, sah ihn der König eine Weile an und sagte dann: »Willkommen, Herr der Wolke! Setze dich, bis ich mit den übrigen zu Ende bin.«

Der Einsiedler war sehr erstaunt über diese Anrede sowohl als über das Talent, das der König in der Ausübung seines Amtes entwickelte. Nachdem er mit vieler Weisheit alle ihm vorgetragenen Streitsachen geschlichtet hatte, erhob er sich, faßte den Einsiedler bei der Hand und führte ihn ins Innere des Schlosses durch ein Tor, vor welchem ein schwarzer Sklave in kriegerischer Rüstung mit Bogen, Panzer und Schwert bewaffnet saß. Er stand auf, als er den König sah, hörte seine Befehle an und öffnete das Tor. Der König führte mich dann weiter – so erzählt der Einsiedler – bis wir an eine andere Tür kamen, die er selbst öffnete; wir befanden uns jetzt in einem alten, zerfallenen Gebäude und traten in ein Gemach, das nur einige Dattelbaumblätter, ein Waschbecken und einen Teppich enthielt. Sobald der König in diesem Zimmer war, warf er sein königliches Gewand von sich, zog ein grobes Oberkleid von weißer Wolle an und bedeckte seinen Kopf mit einer Filzmütze; dann setzte er sich, hieß mich auch sitzen und rief seine Gattin. Als diese erschien und fragte, was er befehle, sagte er: »Weißt du, wer heute unser Gast ist?« – »Jawohl«, antwortete sie, »der Wolkenmann.« Er sagte dann: »Nun kannst du wieder gehen, du hast nichts bei ihm zu tun.« Die Frau war auch in ein grobes wollenes Oberkleid gehüllt; aber ihr Gesicht war schön und leuchtete wie der Mond. Als wir wieder allein waren, fragte mich der König, ob er gleich für mich beten solle, daß ich wieder fortkomme, oder ob er mir zuvor über sein Leben einige Auskunft geben sollte. Ich bat ihn, mir über seine Umstände einiges mitzuteilen, und er sprach: »Wisse, mein Vater und Großvater und alle meine Ahnen bis zur frühesten Zeit zurück waren Könige dieses Landes. Als nach dem Tode meines Vaters die Krone mir zufiel, hatte ich keine Freude daran, denn ich hätte vorgezogen, als Einsiedler zu leben. Da ich aber fürchtete, wenn ich mich ganz zurückziehe, möchten Empörungen und Zwist im Lande entstehen, und die heiligen Gesetze nicht mehr geachtet werden und der Glaube untergehen, ließ ich alles wie es war und stellte Sklaven vor die Tore des Palastes, um die Bösen zu schrecken und zu bestrafen, und zog, wie meine Vorgänger, ein königliches Gewand an. Sobald

ich aber mit den Regierungsangelegenheiten zu Ende bin, begebe ich mich hierher und kleide mich, wie du mich jetzt siehst, und lebe hier allein dem Gottesdienste, von meiner frommen Base unterstützt, die du eben hier gesehen. Wir verfertigen des Tages allerlei Arbeit aus diesen Blättern, verkaufen sie und für das Geld essen wir zu Nacht, den ganzen Tag aber fasten wir; so leben wir schon vierzig Jahre. Bleibe nun bei uns, bis wir unsere Arbeit verkauft haben, iß mit uns zu Nacht und übernachte bei uns.« Gegen Abend kam ein Diener und holte die Arbeit, verkaufte sie und kaufte Bohnen dafür, welche unser Nachtessen wurden. Gegen Mitternacht hörte ich dann, wie der König und die Königin aufstanden und beteten. Gegen Morgen sah endlich die Königin, wie sich eine Wolke am Himmel bildete, und sie sagte mir: »Freue dich, unser Gebet ist erhört worden.« Ich nahm Abschied von ihnen und ging, von meiner Wolke begleitet, fort, und was ich nachher in ihrem Namen von Gott begehrte, wurde mir gewährt.

Die bekehrte Christin.

Man erzählt: Der Fürst der Gläubigen, Omar, der Sohn, Chattabs, rüstete einst eine Armee aus und schickte sie nach Syrien, um eine der dortigen christlichen Festungen zu belagern. Unter der muselmännischen Armee waren zwei Brüder, so kühn und so tapfer, daß der Emir der Christen oft zu den Seinigen sagte: »Wenn wir einmal diese zwei Muselmänner getötet und aus dem Weg geschafft haben, so fürchte ich die übrigen nicht mehr.« Endlich gelang es den Christen nach vielen Anstrengungen und allerlei List und Hinterhalt, den einen der Brüder zu töten und den anderen gefangen zu nehmen. Als man ihn in Ketten vor den Befehlshaber der Festung brachte, sagte er, nachdem er ihn eine Weile betrachtet hatte: »Es wäre schade, einen solchen Mann zu töten, und doch wäre es schlimm für uns, wenn er wieder zu den Muselmännern zurückkehrte; das Erwünschteste wäre wohl, wenn er sich zum Christentum bekehrte, wir hätten dann eine starke Stütze an ihm.« Da sagte einer der Feldherren: »Wenn dieser Mann bekehrt werden soll, so kann es am besten durch ein Weib geschehen, denn die Muselmänner sind gar leidenschaftlich. Ich bin gewiß, daß, wenn er meine schöne Tochter sieht, er bald in sie verliebt sein wird.« Der Emir sagte: »So nimm ihn mit dir!« Der Feldherr nahm den Muselmann mit in sein Haus, bat seine Tochter, ihre schönsten Kleider anzuziehen, um ihre natürlichen Reize noch zu erhöhen, und als das Essen aufgetragen wurde, mußte sie wie eine Dienerin vor dem Muselmann stehen und auf seine Befehle warten. Als der Muselmann sich in einer solchen Versuchung sah, nahm er seine Zuflucht zu Gott, drückte seine Augen fest zu und betete und las den Koran mit einer sehr lieblichen Stimme, die bald einen sehr tiefen Eindruck auf die junge Christin machte. Nach sieben Tagen war ihre Liebe so groß, daß sie gerne Muselmännin geworden wäre, um dadurch seine Neigung zu gewinnen. Sie bat ihn, er möchte sie doch mit dem Islamismus bekannt machen, und als er sie die Grundpfeiler desselben gelehrt hatte, legte sie das Glaubensbekenntnis ab; dann lehrte er sie auch das Gebet und die demselben vorangehende Reinigung. Als dann die Christin ihm gestand, sie sei nur aus Liebe zu ihm zum Islam übergegangen, sagte er ihr: »Nach den Gesetzen des Islams können wir nicht heiraten, außer in Gegenwart zweier rechtgläubigen Zeugen, die hier nicht zu finden sind, und vermittelst einer Morgengabe, die ich auch hier nicht besitze. Wenn du nur ein Mittel findest, daß wir aus dieser Festung entkommen, dann verspreche ich dir, nie eine andere als dich zu heiraten.« – »Ich will mir Mühe geben«, erwiderte das Mädchen.

Am folgenden Morgen ging das Mädchen zu seinen Eltern und sagte ihnen: »Schon habe ich das Herz dieses Muselmannes gewonnen und ihm vorgeschlagen, er möge sich zum Christentum bekehren, wenn er mich besitzen wolle. Hierauf sagte er mir aber: Das kann nicht sein an dem Ort, wo mein Bruder erschlagen worden; wenn ich nur an einem anderen Ort leben könnte, da würde ich mich zu zerstreuen suchen und dann alles tun, was von mir begehrt wird. Ich glaube also«, fuhr das Mädchen fort, »ihr tut nicht übel daran, wenn ihr ihn nach einem anderen Ort gehen lasset, ich verbürge mich für ihn bei dem König.« Der Vater des Mädchens ging zum Emir und hinterbrachte ihm die Worte des Mädchens. Der Emir freute sich sehr über diese Nachricht und erlaubte dem Muselmann, mit dem Mädchen in das Städtchen zu gehen, welches sie vorgeschlagen hatte. Hier verweilten sie aber nur einen Tag; sobald die Nacht heranbrach, machten sie sich auf den Weg und reisten die ganze Nacht durch. Der Muselmann hatte einen sehr schnellfüßigen Renner bei sich, und er nahm das Mädchen zu sich auf sein Pferd. Als der Morgen zu leuchten anfing und sie abgestiegen waren, um sich zu waschen und das Morgengebet zu verrichten, hörten sie auf einmal Waffengeklirr, Männerstimmen und Pferdtritte; da sagte der Muselmann zu dem Mädchen: »Das sind Christen, die uns verfolgen, wir entkommen ihnen nicht mehr, mein Pferd ist so müde, daß es kaum mehr den Fuß aufheben kann, was fangen wir nun an?« Das Mädchen schrie ihn an: »Wehe dir! Du zitterst und fürchtest dich, und hast mir doch so viel von Gottes Macht erzählt und von der Hilfe, die er denen reicht, die ihn anflehen? Komm laß uns zu Gott beten, vielleicht beschützt er uns und steht uns mit seiner Huld bei.« – »Du hast recht«, erwiderte der Jüngling, und sie beteten recht inbrünstig zu dem Herrn. Indessen kamen die Heranreitenden immer näher, und auf einmal hörte der Muselmann die Stimme seines als Märtyrer gestorbenen Bruders, welche ihm zurief: »Fürchte dich nicht, mein Bruder, die herannahenden Truppen sind Engel, die der Herr euch sendet, um Zeugen eures Ehebündnisses zu sein. Der Herr segnet euch und hat auch zum Lohn eurer Tugend und eures Vertrauens die Erde vor euch

zusammengebogen, so daß ihr bei Sonnenaufgang auf dem Berg vor der Stadt Medina anlangen werdet.«

»Wenn du dann«, fuhr der Märtyrer fort, »zu Omar, dem Sohn Chattabs, kommst, so grüße ihn von mir und sage ihm: Gott wird dich wegen deines Eifers für den Islam belohnen.« Als der Märtyrer so gesprochen hatte, erhoben die Engel ihre Stimme und grüßten den Jüngling und seine Braut und sagten: »Gott hat euch im Himmel schon zweitausend Jahre, ehe er Adam geschaffen, miteinander verbunden.« Das junge Ehepaar war außer sich vor Freude über diese Botschaft, und kaum leuchtete die Sonne, als sie vor den Mauern Medinas sich befanden, und Omar, der Sohn Chattabs, mit seinen Freunden ihnen entgegenkam. Dieser pflegte sonst sehr lange beim Morgengebet zu verweilen; er las oft mehrere Suren des Korans vor dem Gebet, so daß, ehe das eigentliche Gebet begann, die entlegensten Bewohner der Stadt Zeit hatten, aufzustehen, sich zu waschen und in die Moschee zu kommen. An diesem Tag aber betete Omar sehr schnell, und kaum hatte er vollendet, sagte er seinen Freunden: »Kommt mit mir, wir wollen den Verlobten entgegengehen.« Seine Freunde staunten ihn an und wußten nicht, was er meinte; er ging aber vor ihnen her zum Tor hinaus und grüßte das junge Ehepaar, nahm sie mit in die Stadt und ließ ein großes Hochzeitsmahl bereiten, dem viele Muselmänner beiwohnten. Nachdem die Mahlzeit zu Ende war, begab sich der Jüngling zu seiner Braut, und Gott schenkte ihnen Söhne, die auf den Pfaden Gottes kämpfend ihrem Stamm Ehre machten.

Die himmlische Vergeltung.

Man erzählt auch: Ein Prophet, der einen hohen Berg bewohnte, unter welchem eine Wasserquelle floß, und hier fern von den Menschen seine ganze Zeit der Andacht weihte, sah eines Tages einen Reiter auf die Quelle zukommen, der vom Pferd abstieg, einen Beutel, der ihm um den Hals hing, ablegte, sich ausruhte und Wasser trank. Der Reiter ging dann wieder und ließ den Beutel, in welchem Geld war, unter dem Baum liegen.

Bald nachher kam ein anderer Mann, um ebenfalls von dem Wasser zu trinken; er sah den Beutel mit Geld da liegen, nahm ihn und ging damit weg. Nach diesem kam ein Dritter, es war ein Holzhauer, der eine schwere Last Holz auf dem Rücken hatte; er legte seine Bürde neben der Quelle nieder und setzte sich, um Wasser zu trinken, als der erste Reiter wiederkehrte und ihn fragte: »Wo ist der Beutel hingekommen, der hier lag?« Der Holzhauer antwortete: »Ich weiß nichts davon.« Da zog der Reiter sein Schwert, tötete den Holzhauer, durchsuchte ihn vergebens und ging wieder seines Weges. Als der Prophet alles dies vom Berg aus sah, rief er: »O Herr, der eine hat das Geld genommen und ein anderer wird ungerechterweise erschlagen.« Da offenbarte ihm Gott folgende Worte: »Beharre du nur bei deiner Andacht und kümmere dich nicht um die Weltregierung; der Vater des Reiters hat einst dem Vater des Diebes tausend Dinare geraubt, so habe ich dem Mann wieder das Geld seines Vaters verschafft; der Holzhauer aber hat den Vater des Reiters umgebracht, darum ließ ich diesen den Tod seines Vaters rächen.« Da rief der Prophet: »Es gibt keinen Gott außer dir, gepriesen sei dein Name, du allein kennst alles Verborgene!«

Sohn des auf Gott Vertrauenden.

Ferner wird erzählt: Einst lebte unter den Söhnen Israels ein sehr frommer, reicher Mann, der auch einen sehr tugendhaften Sohn hatte. Als der Vater dem Tode nahe war, setzte sich sein Sohn ihm zu Häupten und bat ihn, ihm seinen letzten Willen kund zu tun. Der Vater sagte: »Schwöre nie bei Gott, weder einen wahren, noch einen falschen Eid.« Bald nach des Vaters Tod kam einer von den Söhnen Israels zu dem Mann und sagte: »Dein Vater war mir soundsoviel Geld schuldig, und du weißt wohl davon, gib mir also das Geld oder schwöre, daß du nichts davon weißt.« Da der Mann sich des letzten Willens seines Vaters erinnerte, gab er ihm, was er begehrte, um nur keinen Eid zu schwören. Nach diesem kamen dann noch viele andere mit falschen Forderungen, bis der Mann endlich sein ganzes Vermögen hergegeben hatte. Als ihm nichts mehr übrig blieb, sagte er zu seiner gottesfürchtigen Frau, die ihm zwei Söhne geboren hatte: »Da ich nun alles weggegeben habe, was ich besaß, und wenn wieder jemand mich einer Schuld anklagt, ich gezwungen wäre, zu schwören, so laß uns unsere Heimat verlassen und in ein Land reisen, wo uns niemand kennt.« Er bestieg daher mit seiner Frau und seinen zwei Kindern das erste beste Schiff, ohne eigentlich zu wissen, wohin er wollte.

Aber bald wurde das Schiff zerschmettert, der Mann rettete sich auf einem Brett, die Frau auf einem anderen, und jeder der beiden Söhne wieder auf einem anderen. Die Wellen ließen sie nicht lange beisammen. Die Frau wurde ans Land gestoßen in ein kleines Dorf, einer ihrer Söhne in ein entlegenes Städtchen, der andere wurde von einem vorübersegelnden Schiff aufgenommen, den Vater aber stießen die Wellen auf eine entfernte Insel. Sobald er dort anlangte, wusch er sich im Meer und betete; da sah er verschiedenartige Gestalten aus dem Meer steigen, die mit ihm beteten. Nach vollendetem Gebet ging er auf einen Baum zu und sättigte sich an dessen Früchten. Dann fand er auch eine Wasserquelle, an welcher er seinen Durst löschen konnte, wofür er Gott dankte. So lebte er drei Tage lang, und sooft er betete, beteten Gestalten, die dem Meer entstiegen, mit ihm. Am vierten Tage hörte er eine Stimme, die ihm zurief: »O frommer Mann, der seinen Herrn verehrt und den Willen seines Vaters achtet, betrübe dich nicht! Gott wird dir alles wieder ersetzen, was du verloren hast; auf dieser Insel sind unermeßliche Schätze verborgen, die dir der Herr schenken will, und durch dich soll diese Insel angebaut und bewohnt werden; ich werde viele Schiffe zu dir hierher senden, sei gütig gegen die Leute, die darauf sind, und lade sie ein, bei dir zu bleiben, Gott wird ihre Herzen dir zuneigen.« Der Mann fand bald die Schätze, die ihm Gott versprochen hatte, bald kamen auch mehrere Schiffe auf die Insel, und da er sehr wohltätig und zuvorkommend gegen die Leute war und sich sehr angelegentlich nach den Armen und Bedürftigen erkundigte und sie unterstützte, so kamen immer mehr Auswanderer herbei von allen Ländern her, und nach kaum zehn Jahren war die Insel angebaut und hatte eine sehr ansehnliche Bevölkerung, die den frommen Juden zum König erwählte. Der neue König wurde bald allenthalben wegen seiner außerordentlichen Wohltätigkeit berühmt, so daß sein ältester Sohn, den ein guter Mann aufgenommen hatte und sehr sorgfältig ausbilden und erziehen ließ, auch von ihm hörte und zu ihm reiste, ohne zu wissen, daß er sein Vater war. Der König nahm ihn sehr gut auf und machte ihn bald zu seinem Geheimsekretär. Bald darauf hörte auch der jüngere Sohn, der ebenfalls einen guten Erzieher gefunden hatte und ein tüchtiger Kaufmann wurde, von diesem frommen und gerechten König, und begab sich auch zu ihm und wurde bald zum Verwalter der königlichen Güter ernannt. Nicht lange nachher kam auch der Kaufmann auf die Insel, welcher des Königs Frau bei sich aufgenommen und ihr versprochen hatte, sie nie zu verlassen und ihr stets alles zu bieten, daß sie ungestört der Gottesverehrung leben könne.

Als der Kaufmann mit der Frau vor der Insel Anker geworfen hatte, nahm er allerlei kostbare Kleidungsstücke und andere edle Erzeugnisse des festen Landes zu sich und ging damit zum König, um sie ihm als Geschenk anzubieten. Der König freute sich sehr damit und machte ihm herrliche Gegengeschenke. Da unter den Geschenken des Kaufmanns einige Wurzeln und Medikamente waren, deren Namen und Gebrauch der König kennen wollte, bat er den Kaufmann, bei ihm zu übernachten und ihm alles zu erklären. Aber der Kaufmann erwiderte: »O König, ich habe auf dem Schiff eine fromme Frau, deren Gebet mir Segen bringt und der ich beständigen Schutz versprochen habe; ich kann sie nicht allein auf dem Schiff lassen. Der König sagte: »Ich will zuverlässige Männer zu ihr schicken, die sie und das Ihrige bewachen und beschützen werden.« Da der Kaufmann nichts hierauf zu entgegnen hatte, willigte er ein, bei dem König zu bleiben, und dieser schickte seinen Sekretär und seinen Verwalter auf das Schiff und befahl ihnen, es die ganze Nacht zu bewachen. Sie gingen auf das Schiff, der eine setzte sich auf den Vorderteil und der andere auf den Hinterteil desselben. Nachdem sie einen Teil der Nacht mit Beten zugebracht hatten, sagte einer zum anderen: »Da uns der König befohlen hat, das Schiff zu bewachen, so wollen wir, um nicht einzuschlafen, uns miteinander von den Weltbegebenheiten oder von unseren eigenen Abenteuern und Erfahrungen unterhalten.« Da erwiderte der andere: »Ich habe schon viel erfahren, denn das Schicksal hat mich von meinem Vater und meiner Mutter getrennt; auch hatte ich einen Bruder, der so hieß wie du, wir waren auf einem Schiff beisammen, das der Sturm zerschmetterte, und so wurden wir voneinander getrennt.« Als der erste dies hörte, fragte er nach den Namen seiner Mutter und seines Vaters, und als jener sie nannte, warf er sich ihm in die Arme und sagte: »Bei Gott, du bist mein Bruder!« Sie erzählten dann einander noch vieles, was ihnen in der Jugend widerfahren, und ihre Mutter hörte allem zu, aber sie nahm sich zusammen und verriet sich nicht. Als der Morgen leuchtete, sagte ein Bruder zum andern: »Laß uns jetzt nach Hause gehen und zu Hause weiter plaudern.« Bald nachher kam der Kaufmann wieder und fand seine Frau sehr angegriffen. Er fragte sie, was ihr zugestoßen. Sie antwortete: »Du hast mir diese Nacht zwei Männer geschickt, die von mir etwas Schlechtes wollten, so daß ich sehr aufgebracht

gegen sie bin.« Der Kaufmann ging ganz zornig zum König und erzählte ihm, wie sich seine Vertrauten gegen die Frau benommen. Der König, der sie wegen ihrer Ehrlichkeit und Zuverlässigkeit sehr liebte, ließ sie sogleich rufen; auch nach der Frau schickte er, damit sie erkläre, was die Männer verschuldet haben. Als die Frau erschien, sagte ihr der König: »Was hast du Schlechtes von meinen Vertrauten gesehen?« Die Frau sagte: »O König, ich beschwöre dich bei dem allmächtigen Gott, bei dem Herrn des Himmels! Befiehl ihnen, das Gespräch zu wiederholen, das sie diese Nacht miteinander geführt.« Auf den Befehl des Königs erzählten sie wieder einander die Geschichte ihrer Trennung. Da stand der König von dem Thron auf, fiel über sie her, umarmte sie und schrie: »Bei Gott, ihr seid meine Söhne!« Hierauf nahm die Frau ihren Schleier vom Gesicht und rief: »Und ich, bei Gott, bin ihre Mutter!« So blieben sie denn beisammen und lebten in Glück und Freude, bis sie der Tod erreichte. Gepriesen sei der, welcher den Diener rettet, der sich zu ihm wendet, und den nie beschämt, der auf ihn sein Vertrauen setzt.

Ikirma und Chuseima.

Es wird noch erzählt: Zur Zeit des Kalifen Suleiman, des Sohnes Abd Almeliks, lebte ein Abkömmling von dem Stamm der Söhne Asad, der durch seine Biederkeit, seinen Edelmut und seine Freigebigkeit allenthalben berühmt war; sein Name war Chuseima, der Sohn Baschars. Nachdem er lange alle seine Freunde mit Wohltaten überhäuft hatte, verließ ihn das gute Glück, so daß er zuletzt derjenigen bedurfte, deren Wohltäter er bisher gewesen war. Aber diese Menschen waren seiner bald überdrüssig, und sobald er eine Veränderung in ihrem Benehmen gegen ihn wahrnahm, ging er zu seiner Frau, welche zugleich seine Base war, und sagte ihr: »Ich habe meine Freunde ganz verändert gegen mich gefunden und daher beschlossen, nicht mehr aus dem Hause zu gehen, bis ich sterbe.« Er schloß sogleich die Tür und lebte zu Hause von dem, was er noch hatte, bis endlich gar nichts übrig blieb und er gar nicht mehr wußte, was er tun sollte. Dies hörte zufällig Ikirma, der Statthalter von Mesopotamien, der wegen seiner Freigebigkeit berühmt war, und er sagte zu denjenigen, die ihm von Chuseimas Not erzählten: »Sind selbst diesem Mann keine Freunde und keine Bekannten zu Hilfe gekommen?« Er wartete dann, bis es dunkel war, nahm vierhundert Dinare und legte sie in einen Beutel, ließ sich sein Maultier satteln und nahm nur einen Diener mit, der das Geld trug, und ritt bis vor die Tür von Chuseimas Haus. Hier nahm er dem Diener den Beutel ab, schickte ihn weg und stieß die Tür auf. Als Chuseima herauskam, gab ihm Ikirma den Beutel und sagte: »Verbessere damit deine Lage!« Chuseima fand den Beutel so schwer, daß er ihn fallen ließ; er ergriff dann den Zaum von Ikirmas Maultier und sagte: »Wer bist du? Ich will es wissen, damit ich mein Leben für dich opfere!« Ikirma antwortete: »Ich werde es dir jetzt nicht sagen; wollte ich von dir gekannt sein, so wäre ich nicht zu dieser Stunde gekommen.« Aber Chuseima entgegnete: »Wenn du mir nicht sagst, wer du bist, so nehme ich dein Geld nicht an.« Da sagte Ikirma: »Ich bin ein Mann, der gern das Unglück der Elenden mildert, mehr sage ich dir nicht«, und lief schnell fort. Chuseima ging mit dem Beutel zu seiner Frau und sagte ihr: »Freue dich, Gott hat uns geholfen, wenn dieser Beutel voll Geld ist; zünde einmal Licht an!« Aber die Frau sagte: »Wir haben kein Licht im Hause.« Und so mußte er mit Ungeduld den Morgen erwarten. – Ikirma aber, als er wieder nach Hause kam, hörte, daß seine Frau ihn vermißt und nach ihm gefragt habe, und als man ihr gesagt, er sei ausgeritten, ihr die Sache sehr verdächtig vorgekommen sei. Sie sagte ihm daher, als er zurückkam: »Wie? Der Statthalter von Mesopotamien reitet in der Nacht aus ohne Gefolge? Der kann nur irgend ein Mädchen oder eine Frau besuchen.« – »Gott weiß es«, antwortete Ikirma, »daß ich weder bei einer Frau noch bei einem Mädchen war.« – »So sage mir denn, wo du warst«, entgegnete die Frau. Er antwortete: »Ich bin ja nur darum zu dieser Stunde ausgeritten, weil niemand wissen soll, wohin.« Aber sie plagte ihn so lange, bis er ihr endlich die ganze Geschichte erzählte, und als er damit zu Ende war, fragte er sie, ob er auch noch schwören solle; aber sie erklärte, daß sie nun vollkommen beruhigt sei. Nachdem Chuseima am folgenden Morgen mit dem Geld seine Schulden bezahlt und sich neu ausgestattet hatte, ritt er zu dem Kalifen Suleiman, dem Sohn Abd Almeliks, der ihn wohl kannte und daher auch gleich sich kommen ließ. Sobald Chuseima den Kalifen gegrüßt hatte, fragte ihn dieser, warum er ihn so lange nicht gesehen. Chuseima antwortete: »Meine schlechten Umstände haben mich abgehalten, und erst vergangene Nacht wurde ich in den Stand gesetzt, vor dem Fürsten der Gläubigen zu erscheinen«, und erzählte ihm hierauf, wie ihm jemand einen Beutel mit Geld gebracht. Suleiman sagte: »Kennst du den Mann?« – »Nein«, anwortete Chuseima; »er wollte sich nicht zu erkennen geben, und nannte sich nur den Mann, der das Unglück der Elenden mildert.« Suleiman wünschte sehr zu erfahren, wer er war, um ihn belohnen zu können. Bald nachher ließ Suleiman Chuseima eine Fahne überreichen und ernannte ihn zum Statthalter von Mesopotamien an Ikirmas Stelle. Chuseima machte sich auf den Weg nach Mesopotamien, und als er in die Nähe der Hauptstadt kam, ging ihm Ikirma mit den vornehmsten Bürgern der Stadt entgegen und begleitete ihn in den Regierungspalast. Chuseima fand bei der Übernahme der Kasse, daß viel Geld im Schatz fehlte, und forderte Ikirma auf, es herauszugeben. Ikirma bestand darauf, er habe kein Geld, man möge mit ihm verfahren, wie man wolle. Chuseima ließ ihn einsperren und schickte noch einmal zu ihm ins Gefängnis, um ihn aufzufordern, das, was er dem Schatz schuldig sei, zu bezahlen. Ikirma antwortete: »Ich gehöre nicht zu denen, die lieber ihre Ehre opfern, als ihr Geld; tue, was du willst!« Chuseima ließ ihn hierauf in Ketten legen und länger als einen Monat im Kerker schmachten. Als aber Ikirmas Gattin vernahm, was ihm zugestoßen, rief sie eine ihrer Sklavinnen, welche sehr viel Verstand hatte, und sagte ihr: »Gehe sogleich zu dem Statthalter Chuseima und sage: Du habest ihm einen wohlgemeinten Rat zu geben, und wenn er fragt: Was? Sage ihm, sobald du allein mit ihm bist: Belohnst du so mit Kerker und Fesseln den, welcher die Leiden der Elenden mildert?« Die Sklavin tat, wie ihr befohlen worden, und sobald Chuseima ihre Worte hörte, rief er mit lauter Stimme: »Wehe mir! So kam jenes Geld von ihm?« – »Allerdings«, erwiderte die Sklavin. Chuseima ließ sogleich die angesehensten Einwohner der Stadt zu sich rufen und ritt mit ihnen bis vor die Türe des Gefängnisses, trat dann mit seinem Gefolge hinein und fand Ikirma ganz entstellt von Schmerz und Gram, und beschämt den Kopf zur Erde beugend. Er fiel über ihn her, küßte sein Haupt und sagte: »Deine Handlungen waren edel, und ich habe dich schlecht dafür belohnt.« – »Gott verzeihe dir und mir!« erwiderte Ikirma. Chuseima nahm ihm dann die Fesseln ab und wollte sie sich selbst anlegen lassen, damit er erdulde, was er seinem Wohltäter angetan.

Ikirma beschwor jedoch Chuseima bei Gott, dies zu unterlassen, und so gingen sie denn alle zusammen in des letzteren Wohnung; auch Ikirma, der sich entfernen wollte, wurde von Chuseima genötigt, mit ins Haus zu kommen. Als Ikirma ihn fragte, was er von ihm wolle, sagte er: »Ich will dich in einen besseren Stand setzen, denn ich schäme mich vor deiner Gattin noch mehr, als vor dir selbst.« Er führte ihn hierauf ins Bad, wo er ihn selbst bediente, schenkte ihm ein kostbares Kleid und viel Geld und begleitete ihn in sein Haus. Als Chuseima in Ikirmas Haus war, bat er ihn, ihm zu erlauben, sich bei seiner Frau zu entschuldigen, und als dieses geschehen war, bat er ihn, mit ihm zum Kalifen zu reisen, der damals in Syrien sich aufhielt. Als sie vor dem Palast des Kalifen anlangten und der Pförtner Chuseima meldete, sagte der Kalif: »Der Statthalter von Mesopotamien kommt ohne Befehl hierher, da muß wohl etwas Außerordentliches sich ereignet haben. Er ließ ihn daher schnell hereintreten und fragte ihn, noch ehe er grüßte: »Was bringst du?« Chuseima antwortete: »Nur Gutes, o Fürst der Gläubigen! Ich habe endlich den Heilenden des Unglücks der Edlen gefunden, und da ich wußte, wie sehr du wünschest, ihn kennenzulernen, wollte ich dich mit dessen Anblick erfreuen.« – »Und wer ist es?« fragte Suleiman. »Ikirma«, antwortete Chuseima. Der Kalif ließ ihn hereintreten, grüßte und bewillkommte ihn freundlich und sagte: »Deine Wohltaten haben dir nur Schmerzen gebracht; doch schreibe jetzt auf, was du brauchst!« Ikirma machte ein Verzeichnis von allem, was ihm Bedürfnis war, und Suleiman ließ ihm alles geben und schenkte ihm noch obendrein zehntausend Dinare und zwei Stücke Tuch. Dann sagte er ihm: »Chuseimas Schicksal liegt in deiner Hand; wenn du willst, lasse ich ihm seine Statthalterschaft, wo nicht, so nehme ich sie ihm.« Ikirma bat den Kalifen, er möge Chuseima auf seinem Posten lassen; er selbst aber erhielt dann vom Kalifen die Statthalterschaft von Adserbeidjan und Armenien. Beide verließen hierauf den Kalifen Suleiman und blieben seine Statthalter während der ganzen Dauer seines Kalifats.

Es wird noch erzählt: Unter dem Kalifate Hischams, des Sohnes Abd Almeliks, lebte ein

Mann, unter dem Namen Junus, der Schreiber, bekannt. Er reiste einst nach Damaskus mit einer Sklavin, die durch ihre Schönheit und Liebenswürdigkeit ausgezeichnet war, und die er auch in allem, was ein Mädchen wissen soll, hatte unterrichten lassen, so daß er sie auf hunderttausend Drachmen schätzte. In der Nähe von Damaskus ließ er sich mit seiner Karawane am Ufer eines kleinen Sees nieder und holte einige Speisen herbei, die er noch bei sich hatte, und einen Krug mit Wein. Auf einmal kam ein hübscher junger Mann mit zwei Dienern hergeritten, grüßte Junus und fragte ihn, ob er sein Gast sein dürfe. Junus lud ihn ein, hielt seine Steigbügel und ließ ihn absteigen, gab ihm zu trinken und hieß seine Sklavin etwas singen, so daß der Reiter ganz entzückt war. Nachdem sie so bis nach der Zeit des Nachtgebets miteinander gezecht hatten, fragte der Reiter den Schreiber Junus, was ihn nach Damaskus führe.

Junus antwortete dem jungen Mann: »Ich will diese Sklavin hier verkaufen!« – »Und um welchen Preis?« fragte dieser. – »Um die Summe, die ich brauche, um meine Schulden zu bezahlen und meine Lage zu verbessern.« – »Ich gebe dir dreißigtausend Drachmen.« – »Das genügt nicht, biete mehr!« – »Meinetwegen vierzigtausend Drachmen!« – »So viel brauche ich gerade, um meine Schulden zu bezahlen, ich bliebe dann mit leeren Händen.« – »Nun, so nehme ich sie für fünfzigtausend Drachmen, schenke dir noch ein Kleid und gebe dir Teil an meinem Geschäfte, solange ich lebe.« – »So sei sie dir verkauft!« Der Reiter fragte dann, ob er sie gleich mitnehmen dürfe und ihm erst morgen das Geld geben, oder ob er sie solange noch behalten wolle. Junus, vom Weine berauscht, schämte sich, gegen den Reiter Mißtrauen zu zeigen und sagte: »Ich traue dir, nimm sie nur gleich mit, Gott segne dich durch sie!« Der Reiter sagte einem seiner Diener: »Nimm sie vor dir auf dein Pferd!« Dann nahm er Abschied von Junus und ritt weg.

Nach einigen Stunden sah erst Junus seinen Leichtsinn ein und er bereute es, die Sklavin einem Mann gegeben zu haben, den er gar nicht kannte und zu dem er gar nicht zu gelangen wußte.

Am folgenden Morgen, als die Karawane nach dem Morgengebet in die Stadt zog, hatte er Lust, ihr zu folgen, denn die Sonne war sehr glühend an der Stelle, wo er sich befand; er fürchtete aber, es möchte ein Bote von dem Reiter kommen und ihn nicht finden, und er so nach der ersten Torheit noch eine zweite, größere, begehen. Er setzte sich daher in den Schatten einer Mauer, die dort war, und bald kam zu seiner größten Freude einer der Diener, die den Reiter begleitet hatten und sagte: »Kennst du den Herrn, der dir die Sklavin abgekauft?« – »Nein«, antwortete Junus. »So komme mit mir«, sagte der Diener, »es ist Walid, der Sohn Suheils,* der Statthalter von Indien.« Junus bestieg das Pferd, das der Diener für ihn mitgebracht, und als er in Walids Wohnung kam, trat ihm seine Sklavin entgegen und grüßte ihn. Junus fragte sie, wie es ihr gehe. Sie antwortete: »Ich bin in dieses Gemach gebracht und mit allem Nötigen versehen worden.« Bald kam ein Diener und führte ihn in einen Saal, wo der Käufer auf einem Throne saß und ihn bewillkommte und nach seinem Namen fragte. Dann sagte er: »Ich habe eine kummervolle Nacht zugebracht, weil ich die Sklavin nahm, ohne daß du mich kanntest; hast du es nicht bereut, sie einem Fremden ohne Geld gegeben zu haben?« Er ließ zuerst fünfzigtausend Drachmen bringen und legte sie Junus vor. Dann ließ er noch fünzehnhundert Dinare herbeiholen und sagte: »Tausend Dinare gebe ich dir für die gute Meinung, die du von mir gehabt, und fünfhundert für deine Reisekosten; ich nehme die Sklavin nur unter dieser Bedingung; bist du zufrieden?« – »Vollkommen zufrieden«, antwortete Junus und küßte Walid die Hände. Er lobte dann die Sklavin sehr, ließ sie rufen und vor Junus einige Verse singen. Dann befahl er einem Diener, ein Pferd für Junus zu bringen und ein Maultier für seine Effekten, und sagte ihm: »Wenn du meiner wieder bedarfst, so komme nur, du sollst keinen Mangel haben, solange ich lebe.« Hierauf ritt Junus fort mit seinem Geld. Als dann später Walid Kalif wurde, ging Junus zu ihm, und Walid hielt sein Versprechen, nahm ihn mit vieler Auszeichnung auf, schenkte ihm viel Geld und Güter und verschaffte ihm hohes Ansehen. Junus lebte in den glücklichsten Umständen in der Nähe des Kalifen bis zu seinem Tod. Gottes Erbarmen sei mit ihm!

Es lebte in grauer Vorzeit ein griechischer Weiser, dessen Namen Daniel war; seine Gelehrsamkeit war so groß, daß alle Gelehrten Griechenlands zu ihm wanderten, um seine Weisheit zu vernehmen, und daß sein Wort allenthalben als höchste Autorität galt. Dieser Mann hatte aber keinen Sohn und war sehr betrübt darüber. Eines Abends ging er traurig und krank nach Hause, nahm fünf Blätter, die ihm noch übrig geblieben von einem Buch, das er ins Meer hatte fallen lassen, verschloß sie in eine Kiste und sagte zu seiner Frau: »Wisse, daß meine Todesstunde nahe ist; ich werde diese vergängliche Welt verlassen und in eine ewigdauernde übergehen. Gott weiß, ob du nicht in gesegneten Umständen bist und nach meinem Tod einen Sohn gebärst; ist dies der Fall, so nenne ihn Haseb Kerim Eddin (den Edlen im Glauben), gib ihm eine gute Erziehung, und wenn er dich fragt, was ich ihm hinterlassen, so überreiche ihm diese fünf Blätter, und wenn er sie liest und versteht, so ist er der gelehrteste Mann seiner Zeit.« Er nahm nach diesen Worten Abschied von ihr, seufzte tief, schöpfte noch einmal Atem und schied aus der Welt. (Der erhabene Gott erbarme sich seiner!) Seine Familie und Stammgenossen beweinten, wuschen und beerdigten ihn. Seine Frau aber gebar nach einiger Zeit einen hübschen Knaben, den sie Haseb nannte, wie ihr Gatte es befohlen; als er zur Welt kam, ließ sie Sterndeuter kommen, um ihm seine Zukunft zu prophezeien, und sie sagten ihr: »Wisse, daß dein Sohn sehr lange leben wird, wenn er einige Gefahren übersteht, die ihm in seiner Jugend zustoßen werden; er wird dann auch der Weiseste seiner Zeit werden.« Die Astrologen gingen dann wieder nach Hause und die Mutter pflegte Haseb

*Dies soll wohl »Jesids« heißen, denn der auf Hischam folgende Kalif war ein Sohn Jesids

bei sich im Hause, bis er das Alter von fünf Jahren erreicht hatte; dann schickte sie ihn in eine Schule, und nach mehreren Jahren ließ sie ihn ein Handwerk lernen, aber er lernte gar nichts und wollte gar nicht arbeiten, so daß er seiner Mutter viel Kummer machte. Man riet ihr dann, ihn zu verheiraten, weil er durch die Ehe doch zur Arbeit gezwungen würde, und sie warb um eine Gattin für ihn. Nachdem er einige Zeit verheiratet war, sagten seine Nachbarn, welche Holzhauer waren, zu seiner Mutter: »Kaufe deinem Sohn einen Esel und Strick und ein Beil, wir wollen ihn dann mit uns in den Wald nehmen, und was wir für das Holz lösen, werden wir, wenn er mit uns arbeitet, untereinander teilen, so daß ihr davon leben könnt.« Hasebs Mutter freute sich sehr mit dem Anerbieten ihrer Nachbarn und kaufte ihrem Sohn einen Esel, ein Beil und einen Strick, und schickte ihn mit den Holzhauern ins Gebirge. Diese halfen ihm schneiden und aufladen; kehrten mit ihm zur Stadt zurück, verkauften das Holz und ernährten ihre Familien damit. Sie setzten diese Lebensweise lange fort, bis sie eines Tages, als sie im Gebirge waren, ein starker Regen überfiel, da flüchteten sie sich in eine Höhle, um sich vor dem Regen zu schützen. Haseb schlug in der Höhle mit seinem Beil auf den Boden, da merkte er, daß der Boden hohl war; er grub eine Weile nach und fand eine runde Platte mit einem Ring. Bei dieser Entdeckung freute er sich sehr und rief seine Gefährten. Die Holzhauer eilten zu ihm und halfen ihm die

Platte aufheben; als sie weg war und sie eine Grube ganz mit Honig gefüllt sahen, sagten sie zueinander: »Diese Grube ist von Honig gefüllt; es bleibt uns nichts übrig, als in die Stadt zu gehen, um Gefäße zu holen, in welchen wir ihn in die Stadt tragen, um ihn dort zu verkaufen; das Geld teilen wir dann. Doch muß einer von uns hier bleiben, um die Grube zu bewachen.« Haseb sagte: »Ich will als Wache hier bleiben, geht ihr in die Stadt und kommt bald wieder mit Gefäßen.« Alle gingen fort bis auf Haseb und kehrten bald wieder mit großen Töpfen zurück; sie füllten sie mit Honig, führten sie in die Stadt, verkauften sie und kehrten wieder zur Grube mit leeren Gefäßen. So machten sie viele Reisen hin und her und verkauften immer den Honig in der Stadt, während Haseb immer in der Höhle blieb, um die Grube zu bewachen, bis eines Tages einer der Holzhauer zu den übrigen sagte: »Wisset, da Haseb die Grube entdeckt hat, so könnte er morgen, wenn er in die Stadt kommt, uns anklagen und alles Geld in Anspruch nehmen, das wir für den Honig gelöst; das beste ist daher, wir lassen ihn nun noch einmal in die Grube steigen, um den übrigen Honig herauszugeben, dann lassen wir ihn unten vor Hunger sterben; es wird nie ein Mensch etwas mehr von ihm erfahren.« Sämtliche Holzhauer stimmten mit diesem Vorschlag überein; sie gingen wieder zur Höhle und sagten zu Haseb: »Steige in die Grube hinab, um uns den übrigen Honig zu holen. Haseb stieg hinunter; als er aber die Gefäße gefüllt hatte und den Holzhauern sagte: »Zieht mich wieder hinauf, es ist kein Honig mehr da«, erhielt er keine Antwort, denn sie waren alle in die Stadt zurückgekehrt und hatten ihn in der Grube gelassen. Haseb rief vergebens nach Hilfe und sagte weinend: »Es gibt keinen Schutz und keine Macht, als bei Gott dem Erhabenen! Nun bin ich lebendig begraben.« Die Holzhauer verkauften wie immer ihren Honig in der Stadt; dann gingen sie zu Hasebs Mutter und sagten ihr: »Mögest du leben statt deines Sohnes Haseb!« Sie fragte: »Was ist denn diesem geschehen?« Da antworteten die Holzhauer: »Als wir im Gebirge waren, fing es an, stürmisch zu regnen, und wir flüchteten uns in eine Höhle; da entfloh die Eselin deines Sohnes ins Tal, und als dein Sohn ihr nachlief, um sie zurückzubringen, kam ein großer Wolf, tötete deinen Sohn und fraß den Esel.« Als Hasebs Mutter dies hörte, schlug sie sich ins Gesicht, streute Erde auf ihr Haupt und trauerte um ihren Sohn; die Holzhauer aber wurden angesehene Kaufleute, sie aßen und tranken, schickten auch Hasebs Mutter zu essen und führten das vergnügteste Leben. – Haseb blieb lange in der Grube, bis endlich ein großer Skorpion auf ihn von oben herunterfiel; er brachte ihn um und dachte: die Grube war doch ganz mit Honig angefüllt, wo mag wohl dieser Skorpion hergekommen sein? Er machte sich auf, um die Stelle zu untersuchen, wo der Skorpion hergekommen; da sah er eine Spalte, durch die Licht hereinfiel; er nahm sein Messer und erweiterte sie, bis er durchschlüpfen konnte; er kam dann an einen langen Gang und sah zuletzt eine große eiserne Tür mit einem silbernen Schloß, an dem ein goldener Schlüssel war. Er näherte sich der Tür und öffnete sie, und als er durchgegangen und eine Strecke vorwärts war, kam er vor einen großen See; daneben sah er einen Hügel aus grünem Smaragd, auf dem ein goldener Thron stand mit allerlei Edelsteinen besetzt.

Rings um diesen Thron standen Stühle, einige von Gold, andere von Silber, andere von Kupfer und einige von Eisen, von Sandelholz, von Elfenbein und von Ebenholz; es waren nicht weniger als zwölftausend Stühle. Haseb setzte sich auf den Thron, um welchen die Stühle standen, und vor großem Erstaunen und Wohlgefallen an diesem See und diesen Stühlen schlief er ein. (Gepriesen sei der, welcher nie schläft!) Als er wieder erwachte, hörte er ein Zischen und Wispern und Blasen; er öffnete seine Augen und richtete sich auf, da sah er auf den Stühlen große Schlangen sitzen; eine jede war hundert Ellen lang. Hasebs Mund trocknete aus vor Furcht; er verzweifelte schon am Leben, als er die Augen dieser Schlangen sah, welche wie blanke Schwerter funkelten. Als er dann seinen Blick auf den See warf, sah er darin viele kleine Schlangen, so viele, daß nur Gott ihre Zahl kennt. Nach einer Weile kam eine Schlange herbei, so dick wie ein Maultier und trug eine goldene Kufe auf dem Rücken, in welcher eine Schlange mit einem Menschengesicht wie Kristall leuchtete. Als sie in die Nähe Hasebs kam, grüßte sie ihn mit beredter Zunge, und er erwiderte ihren Gruß. Dann kam eine Schlange und setzte die Kufe auf einen der Stühle; die Schlange, die darin war, schrie dann die übrigen in ihrer Sprache an;

ED. WATTIER
ANDREW. BEST. LELOIR

sie erhoben sich alle von ihren Stühlen, fielen vor ihr nieder und grüßten sie. Erst auf einen Wink dieser Schlange setzten sie sich wieder. Sie sagte hierauf zu Haseb: »Fürchte dich nicht vor uns, ich bin die Königin der Schlangen und ihre Sultanin!« Diese Worte beruhigten Hasebs Herz um so eher, als sie einigen Schlangen befahl, etwas zu essen zu bringen, und sie sogleich mit Äpfeln, Trauben, Granatäpfeln, Pistazien, Haselnüssen, Mandeln, Nüssen und Bananen herbeikamen und sie Haseb vorstellten. Die Königin hieß ihn noch einmal willkommen, fragte ihn nach seinem Namen und bat ihn, von diesen Früchten ohne Furcht zu essen. »Gekochte Speisen«, sagte sie, »haben wir nicht.« Haseb aß von den Früchten, bis er satt war, und dankte dem erhabenen Gott dafür. Als er vollends gegessen hatte, wurden die Speisen weggetragen, und die Königin fragte ihn, woher er komme und wie er diesen Ort erreichen konnte. Haseb erzählte ihr, was seinem Vater mit dem Engel Gabriel begegnet, wie er erst nach seines Vaters Tod geboren worden und in der Schule nichts lernen wollte, wie er dann Holzhauer wurde und die Grube entdeckte, in der ihn seine Gefährten zurückgelassen, und wie er endlich durch einen Skorpion auf einen Ausgang aufmerksam gemacht worden. »Das ist«, schloß er, »alles, was ich über die Art und Weise, wie ich hierher gelangt, zu erzählen weiß.« Als Haseb seine Erzählung vollendet hatte, sagte ihm die Schlange: »Sei nur ruhig: Es wird dir nur Gutes begegnen; bleibe nur einige Zeit bei mir, Haseb, ich will dir auch meine Geschichte erzählen, du wirst darüber erstaunen.« Haseb sagte: »Ich gehorche recht gern deinem Befehl.« Darauf begann die Königin: »Wisse, o Haseb, es war in Ägypten ein Mann von den Söhnen Israels, welcher einen Sohn hatte, der Bulukia hieß. Der Mann tat nichts anderes, als Gott anbeten und die heilige Schrift lesen; als er erkrankte und dem Tod nahe war, kamen die Vornehmsten des Landes zu ihm und grüßten ihn; er sagte ihnen: Wisset, ihr Männer, meine Abschiedsstunde ist nahe; ich verlasse diese Welt, um in eine andere zu wandern; ich habe euch nichts zu empfehlen, als meinen Sohn Bulukia, dessen ihr euch annehmen möget. Hierauf rief er: Ich bekenne, daß es keinen Gott gibt außer dem einzigen Gott, atmete zum letzten Mal und schied aus der Welt. (Gott erbarme sich seiner!) Man bereitete ihm sein Totengewand zu, wusch und beerdigte ihn und ernannte seinen Sohn Bulukia zum Sultan. Dieser war so gerecht gegen seine Untertanen, daß die höchste Ruhe und Zufriedenheit in seinem Land herrschte. Eines Tages aber öffnete er die Schatzkammern seines Vaters, um zu sehen, was sie enthalten; da fand er in einer der Kammern eine verborgene Tür; er öffnete sie und kam in ein kleines Kabinett, worin auf einer weißen marmornen Säule ein Kästchen von Ebenholz stand. Bulukia öffnete es und fand darin ein anderes, goldenes Kästchen; er öffnete auch dieses und sah ein Buch darin, auf dessen Außenseite geschrieben war: Ein Prophet mit Namen Mohammed wird einst aufstehen (Gott sei ihm gnädig und bewahre ihn!), der ist der Herr aller ihm Vorangegangenen und ihm Nachfolgenden. Als Bulukia diese Worte gelesen, wurde er ganz rasend vor Liebe zu Mohammed; er versammelte die Großen und die Priester seines Volkes, machte sie mit dem Buch bekannt und sagte ihnen: Mein Vater verdient, daß ich ihn aus dem Grabe hervorziehe und verbrenne, weil er mir dieses Buch verborgen hat, das er gewiß aus der Tora oder aus den Büchern Ibrahims ausgezogen hat; wie mochte er ein solches Buch so sorgfältig verschließen und niemand damit bekanntmachen! Aber die Vornehmen der Söhne Israels widersetzten sich einer solchen Handlung und sagten: Laß ihn nun in der Erde ruhen, Gott hat ihn zu sich genommen! Bulukia ging dann zu seiner Mutter und sagte ihr, was er in der Schatzkammer seines Vaters gefunden, und erklärte ihr, daß er nun Mohammed so leidenschaftlich liebe, daß er alle Länder durchziehen wolle, bis er mit ihm zusammenträfe, sonst müsse er sterben. Er zog sogleich ein Reisekleid an und bat seine Mutter, nicht zu unterlassen, für ihn zu beten. Die alte Königin weinte und sagte: Was wird aus mir werden, wenn du fort bist? Aber er erwiderte: Ich kann unmöglich länger hier bleiben, und reiste fort in der Richtung nach Syrien, ohne einen Menschen in diesem Land zu kennen. Als er ans Ufer des Meeres kam, fand er ein Schiff; er bestieg es und wurde auf eine Insel gebracht. Da stieg er ans Land und schlief ein. (Gepriesen sei der, welcher nie schläft!) Unterdessen segelte das Schiff weiter, und als er erwachte, war es schon fort und hat ihn allein auf der Insel gelassen. Als er weinend auf der Insel umherging, begegneten ihm Schlangen, so groß wie Kamele und so lang wie Dattelbäume, die Gottes Lob verkündigten und für Mohammed beteten, worüber er sehr erstaunte.

»Eine dieser Schlangen fragte nun Bulukia: »Wer bist du, wo willst du hin und wo kommst du her?« Er antwortete: »Ich heiße Bulukia, gehöre zu den Söhnen Israel und reise aus Liebe zu Mohammed (Gott sei ihm hold!), um ihn aufzusuchen; doch wer seid ihr, ihr edlen Geschöpfe?« Sie antworteten: »Wir sind Bewohner der Hölle, zur Pein der Ungläubigen geschaffen.« Bulukia fragte sie, wie sie denn hierher gekommen. Die Schlange antwortete: »Wisse, Bulukia, daß die Hölle, welche auch ein lebendiges Wesen ist, zweimal im Jahr Atem schöpft, einmal im Sommer und einmal im Winter, und daher entsteht auch die große Hitze im Sommer; so oft sie ausatmet, wirft sie uns aus, und wenn sie wieder einatmet, zieht sie uns wieder an.« Bulukia fragte dann, ob in der Hölle noch größere Schlangen umherkriechen, worauf die Schlange antwortete: »Wir sind die allerkleinsten; in der Hölle gibt es aber Schlangen, die es gar nicht empfinden, wenn die größte von uns in ihre Nase kriechen würde. Bulukia fragte fernen: »Woher kennt ihr Mohammed, für den ihr betet?« Sie antworteten: »O Bulukia, Mohammeds Name ist über die Tür des Paradieses geschrieben, und wäre er nicht, so hätte Gott gar nichts geschaffen, weder Paradies noch Hölle, weder Himmel noch Erde; Gott hat alles nur seinetwillen geschaffen und hat überall Mohammeds Namen mit dem seinigen verschlungen, darum beten wir für Mohammed (Gott sei ihm hold!)« Als Bulukia diese Worte von der Schlange hörte, vermehrte sich seine Liebe und Sehnsucht zu Mohammed noch. Er nahm dann von den Schlangen Abschied, ging ans Ufer des Meeres, wo ein Schiff vor Anker lag, bestieg es und fuhr damit nach einer anderen Insel. Als er hier ans Land stieg und eine Weile umherging, sah er endlich viele große und kleine Schlangen. Unter anderen sah er auch eine, welche weißer und glänzender als Kristall war, sie saß in einer goldenen Kufe auf dem Rücken einer anderen Schlange, groß wie ein Elefant; die Schlange in der Kufe war die Königin der Schlangen, und die bin ich.« Haseb sagte: »Nun erzähle mir, was zwischen dir und Bulukia vorgefallen!« Die Königin fuhr fort: »Als ich Bulukia sah, grüßte ich ihn und fragte ihn, wo er herkomme, wer er sei, was er suche und wie er heiße; er antwortete mir: »Ich heiße Bulukia, bin von den Söhnen Israels und ziehe umher, um Mohammed, den Propheten Gottes, aufzusuchen, den ich in der heiligen Schrift angekündigt fand.« Er fragte mich dann: »Und wer bist du?« Ich sagte ihm: »Ich bin die Schlangenkönigin und heiße Tamlicha; wenn du Mohammed, dem Gott gnädig sei, triffst, so grüße ihn von mir.« Bulukia nahm dann Abschied von mir, bestieg das Schiff wieder und reiste nach Jerusalem. Da lebte ein Mann, der in allen Wissenschaften bewandert war; er hatte Geometrie, Astronomie, Chemie und Metaphysik studiert, auch viel in der Tora, in den Evangelien und Psalmen und den Büchern Abrahams gelesen. Dieser Mann – er hieß Afan – hatte in einem seiner Bücher gefunden, daß, wer den Siegelring unseres Herrn Salomon anlegt, dem gehorchen alle Vögel, Tiere, Menschen und Genien, kurz alle Geschöpfe. Als unser Herr Salomon aber starb, wurde er in einen Sarg gelegt und in einem Berg begraben, der von sieben Meeren umgeben ist,

wo kein Schiff hinkommen kann, damit weder ein Genius noch ein Mensch ihm den Siegelring nehme.«

»Nun hatte aber Afan in einem seiner Bücher gefunden, daß, wenn man sich mit dem ausgepreßten Saft eines gewissen Krautes die Füße salbt, man auf jedem Meer, das Gott geschaffen, gehen kann, ohne unterzusinken; niemand kann aber zu diesem Kraut gelangen, ohne die Hilfe der Schlangenkönigin. Als nun Bulukia nach Jerusalem kam und in einem Tempel Gott anbetete, ging Afan auf ihn zu und grüßte ihn; Bulukia erwiderte seinen Gruß und fuhr wieder fort die Tora zu lesen und andächtig zu beten. Da näherte sich ihm Afan und fragte ihn, wer er sei und wo er herkomme; Bulukia antwortete: »Ich bin aus Ägypten und reise umher, um Mohammed zu suchen.« Afan lud ihn ein, mit ihm nach Hause zu kommen und sein Gast zu sein. Bulukia ging mit Afan, der ihn sehr gut bewirtete und ihm eine bequeme Wohnung einräumte. Am folgenden Morgen fragte Afan seinen Gast, wieso er Mohammed liebe und woher er etwas von ihm wisse. Als Bulukia hierauf seine Geschichte von Anfang bis zu Ende erzählte, verlor Afan fast den Verstand vor Erstaunen, dann sagte er: »Führe du mich zur Schlangenkönigin, ich bringe dich hernach zu Mohammed, dem Gott gnädig sei, doch wird das noch lange dauern. Sperre aber nur einmal die Schlangenkönigin in einen Käfig, wir tragen sie zu den Pflanzen, die auf dem Berg wachsen; jede Pflanze, an der wir vorübergehen, wird ihr dann sagen, wozu sie zu gebrauchen ist durch die Allmacht des erhabenen Gottes. Ich weiß, daß es ein Kraut gibt, dessen Saft die Eigenschaft hat, dem, der sich die Füße damit salbt, die Kraft zu verleihen, auf allen Meeren, die Gott geschaffen, umherzugehen. Haben wir einmal durch die Schlangenkönigin dieses Kraut kennengelernt, so lassen wir sie wieder ihres Weges gehen und salben uns mit dem Saft desselben, durchwandern die sieben Meere, bis wir zu Salomons Grab gelangen, da nehmen wir den Siegelring von seinem Finger und werden so mächtig wie Salomon, und erreichen alle unsere Wünsche; wir trinken hierauf von der Lebensquelle im Meer der Dunkelheit; unser Leben wird dann mit Gottes Willen so lange währen, bis wir in späterer Zeit mit Mohammed zusammenkommen.« Als Bulukia diese Worte hörte, sagte er: »Ich will dir zeigen, wo die Schlangenkönigin sich aufhält.« Afan ließ sich hierauf einen eisernen Käfig machen, nahm zwei Becher, füllte den einen mit Wein und den anderen mit Milch, und reiste mit Bulukia Tag und Nacht, bis sie auf die Insel kamen, wo er mich gesehen hatte. Sobald sie ans Land stiegen, machte Afan eine Falle an den Käfig, stellte die beiden Becher hinein und entfernte sich wieder. Nach kurzer Zeit kam ich herbei und staunte eine Weile den Käfig an, sobald ich aber die Milch und den Wein roch, stieg ich vom Rücken der Schlange herunter, die mich trug, und kroch in den Käfig hinein. Als ich aber

von dem Wein getrunken hatte, schwindelte mir der Kopf; Afan, der nicht weit vom Käfig verborgen war, bemerkte dies, schloß die Türe des Käfigs und trug mich fort. Als ich wieder zu mir kam und mich eingesperrt auf dem Gipfel des Berges neben Bulukia fand, sagte ich: »So geht es denen, die Menschen schonen.« Bulukia erwiderte aber: »Fürchte nichts, o Königin der Schlangen, wir tun dir nichts zuleide, du sollst uns nur die Pflanze zeigen, deren Saft uns die Kraft gibt, auf allen Meeren zu gehen, die Gott geschaffen, ohne zu versinken; sobald wir sie gefunden, bringen wir dich wieder dahin zurück, wo wir dich gefangen.« So gingen sie nun mit dem Käfig, in welchem ich eingesperrt war, auf dem Gebirge umher unter allerlei Pflanzen, deren jede verkündete, wozu sie zu gebrauchen, bis sie endlich zu einem Kraut kamen, welches ausrief: »Wer mich pflückt und meinen Saft auspreßt und damit seine Füße salbt, der kann auf allen Meeren gehen, die Gott geschaffen, ohne daß sein Fuß wanke.« Als Afan dies hörte, stellte er den Käfig auf den Boden, pflückte von diesem Kraut, so viel er brauchte, zerstieß es, drückte es aus, goß den Saft in zwei Fläschchen, die er aufbewahrte, und salbte seine Füße mit dem übrigen. Dann ging er mit Bulukia wieder auf die Insel, wo er mich gefunden; Afan öffnete die Tür des Käfigs und ließ mich heraus. Als ich wieder im Freien war, sagte ich: »Was wollt ihr mit diesem Saft tun?« Sie antworteten: »Wir wollen die sieben Meere durchschreiten, um zu dem Grab unseres Herrn Salomon zu gelangen und den Siegelring von seinem Finger zu nehmen.« Ich erwiderte aber: »Das könnt ihr nie erreichen, denn der erhabene Gott hat nur Salomon damit beschenkt, als er betete: O Gott, schenke mir ein Reich, das keiner nach mir haben wird, du bist ja der Gebende. Was tut ihr also mit diesem Ring? Hättet ihr lieber das Kraut gepflückt, das dem, der es genießt, bis zum Auferstehungstag Gesundheit und Jugend verleiht, das hätte euch mehr genützt.« Als Afan dies hörte, bereute er, was er getan, und ging wieder mit Bulukia fort. Ich aber kehrte wieder zu meinem Heer zurück, wo durch meine Abwesenheit eine große Verwirrung entstanden war; ein Teil desselben war erkrankt, ein anderer gestorben. Als die Schlangen aber mich wieder sahen, versammelten sie sich vor Freude jubelnd um mich und fragten mich nach der Ursache meiner langen Abwesenheit. Ich erzählte ihnen, was mir mit Afan und Bulukia wiederfahren, und befahl ihnen, um keinen weiteren Verfolgungen der Menschen mehr ausgesetzt zu sein, mit mir auf den Berg Kaf zu ziehen, wo ich nun sonderbarerweise dich traf. Das ist's«, schloß die Schlangenkönigin, »was ich dir, o Haseb, erzählen wollte.«

Haseb war sehr erstaunt über diese Erzählung und bat die Schlangenkönigin Tamlicha, ihm eine ihrer Schlangen mitzugeben, die ihn wieder auf die Erde zu seiner Familie zurückführe. Tamlicha sagte aber: »Du darfst uns nicht bis zum Winter verlassen; sieh dich indessen auf dem Berg Kaf ein wenig um, wie Berge und Täler, Bäume und Flüsse, Blumen und Vögel den einzigen allmächtigen Gott preisen.« Haseb fragte dann Tamlicha, ob Afan und Bulukia wirklich die sieben Meere überschreiten und Salomons Siegel aus seiner Grabstätte ihm vom Finger nehmen konnten. Tamlicha antwortete: »Sie haben wirklich die sieben Meere durchschritten und haben dessen Wunder gesehen, dann sind sie an einen hohen Berg von grünem Smaragd gekommen, an dessen Fuß eine Wasserquelle hervorsprudelt, welche wie der feinste Moschus duftet. Sie freuten sich sehr und glaubten schon am Ziel zu sein.«

»Afan sah dann in der Ferne ein Minarett mit einer großen Kuppel; er ging mit Bulukia darauf zu, und als sie hineinkamen, fanden sie einen goldenen Thron mit allerlei Edelsteinen besetzt; um diesen Thron herum standen eine unzählbare Menge Stühle. Sie sahen dann unseren Herrn Salomon auf dem Thron; er hatte ein grünes seidenes Kleid an, mit Gold und Perlen und allerlei kostbaren Edelsteinen durchwirkt, seine rechte Hand lag auf seiner Brust und der Siegelring war an seinem Finger. Afan lehrte Bulukia allerlei Beschwörungen und Zauberformeln, die er immerfort hersagen sollte, dann näherte er sich dem Thron; aber auf einmal sprang eine große Schlange unter dem Thron hervor und zischte so laut, daß die ganze Gegend erbebte, und Feuerfunken flogen aus ihrem Mund. Mit grimmiger Miene sagte sie zu Afan: »Wenn du dich nicht schnell von hier entfernst, so gehst du zugrunde.« Aber Afan erschrak nicht vor dieser Schlange und rezitierte immer seine Beschwörungsformeln. Da blies ihn die Schlange so heftig an, daß fast das Minarett zusammenstürzte, und sagte: »Wehe dir! Wenn du nicht umkehrst, so wirst du verbrennen.« Als Bulukia dies hörte, entfloh er; aber Afan erschrak nicht, ging auf den Thron zu und streckte die Hand nach dem Ring aus; da fiel die Schlange über ihn mit einem Feuerregen her, bis er zu einem Haufen Asche wurde. Bulukia fiel in Ohnmacht, als er dies sah; während er aber in Ohnmacht lag, befahl Gott seinem Engel Gabriel, zur Erde zu steigen und ihn zu retten, ehe die Schlange auch ihn töte. Gabriel ließ sich herunter, weckte Bulukia, grüßte ihn und fragte ihn, wie er hierher gekommen. Bulukia erzählte Gabriel, was ihm mit

Afan widerfahren, von Anfang bis zu Ende. Da sagte Gabriel: »Wisse, daß, wer Mohammed liebt, von keinem Feuer verbrannt wird.« Bulukia bat ihn dann, er möchte ihn doch mit Mohammed bekannt machen. Gabriel sagte aber: »Geh' jetzt deines Weges, Bulukia, die Zeit Mohammeds ist noch fern;« dann stieg er wieder gen Himmel und Bulukia sah jetzt erst ein, daß ich mit Recht ihm vorausgesagt, der Ring würde ihnen nichts nützen, und bereute, was er getan. Er stieg dann vom Berg herunter und brachte die Nacht Afan beweinend und über die Wunder dieses Berges nachdenkend zu. Am folgenden Morgen salbte er seine Füße wieder und ging mehrere Tage und Nächte auf dem Meer umher, dessen wunderbare Geschöpfe anstaunend, bis er an eine Insel kam, die dem Paradies glich. Da stieg er ans Land und bewunderte deren Schönheit. Der Boden war Safran, die Steine Rubin und andere edle Metalle, das Holz war lauter Jasmin und Aloe, und es wuchsen nichts als Rosen, Nelken, Lilien, Veilchen und andere wohlriechende Blumen auf der Erde. Schöne Vögel von allerlei Farben sangen fröhlich auf den Zweigen der Bäume, zwischen denen klare Bäche rieselten; allerlei niedliche Tiere weideten friedlich umher; der Taube Liebesgesang erfreute das Herz, und die Nachtigall antwortete ihr mit zärtlicher Stimme; die ganze Insel verkündete laut den Herrn des Ostens und Westens, den niemand erreicht und vor dessen Bestimmung niemand entfliehen kann. (Gepriesen sei er, der erhabene

Gott!) Bulukia merkte bei diesem Anblick, daß er einen anderen Weg eingeschlagen, als den, welchen ihn Afan auf der Hinreise geführt.«

Er wandelte auf der Insel umher bis abends, dann bestieg er einen hohen Baum. Auf einmal fing das Meer zu toben an und es kam ein großes Tier hervor, das so laut schrie, daß die ganze Insel wankte. Nach einer Weile kamen Löwen, Tiger, Wölfe, Panther und andere wilde Tiere herangesprungen, jedes mit einem Edelstein im Vorderfuß, der wie ein Licht glänzte; es waren ihrer so viele, daß nur Gott ihre Zahl kennt; die ganze Insel war davon angefüllt. Sie unterhielten sich miteinander, bis der Tag anbrach, dann verschwanden sie wieder. Bulukia, aus Furcht vor ihrer Wiederkehr, stieg nun ins zweite Meer und ging Tag und Nacht, bis er an einen hohen Berg kam, unter welchem ein tiefes Tal lag, dessen Boden von Magnetstein war; hier stieg er ans Land und trocknete einige Fische in der Sonne. Als er aber am Ufer des Meeres sie verzehren wollte, kam ein Tiger drohend auf ihn zu, als wollte er ihn verschlingen, da salbte er sich schnell die Füße und sprang ins dritte Meer. Die Nacht war sehr dunkel und stürmisch und er mußte lange umhertappen, bis er auf eine Insel kam, wo allerlei Obstbäume wuchsen. Er pflückte einige Früchte, aß sie, dankte Gott und ging dann auf der Insel spazieren, die ihm so gut gefiel, daß er zehn Tage darauf zubrachte; am elften salbte er seine Füße wieder und ging auf das vierte Meer. Nach mehreren durchwanderten Tagen und Nächten kam er auf eine Insel, deren Boden aus weißem Sand bestand, auf dem weder Bäume noch sonst etwas Grünes zu sehen war. Es war ein Sandmeer, in welchem Raubvögel ihre Nester hatten. Er hielt sich daher gar nicht auf, sondern ging gleich auf das fünfte Meer, das er in einigen Tagen überschritt, und gelangte an eine kleine Insel, deren Boden wie Kristall glänzte und von vielen Goldadern durchschnitten war. Bäume wuchsen auf dieser Insel, die wie die Sonne leuchteten, und Blumen, die wie Gold aussahen. Bulukia brachte den Tag auf der Insel zu, und des Nachts sah er die Blumen wie Sterne leuchten. Man behauptet, diese Insel heiße die Blumeninsel, und diese Blumen seien lauter Funken, die von der Sonne abfallen. Bulukia schlief eine Nacht auf dieser Insel; am folgenden Morgen salbte er seine Füße wieder und stieg ins sechste Meer; dieses führte ihn nach einigen Tagen auf eine Insel, wo zwei Berge sich erhoben, auf denen viele Bäume wuchsen, an deren Zweigen Menschenköpfe an den Haaren hingen; andere Bäume sah er, an denen grüne Vögel mit den Füßen hingen, wieder andere, die wie Feuer strahlten und Früchte trugen, von denen brennende Funken herabtropften, er sah auch lachende und weinende Früchte und noch viele andere wunderbare Dinge. Auch sah er, als er des Nachts unter einem Baum lag, die Nymphen aus dem Meer steigen, mit Edelsteinen in der Hand, die wie ein Licht glänzten; sie tanzten und spielten und hüpften und scherzten miteinander, bis der Morgen heranbrach, dann sprangen sie wieder ins Meer. Auch Bulukia salbte sich wieder und betrat das siebente Meer. Er mußte zwei Monate lang gehen, ehe er Land erblickte, und große Hungersnot leiden, da er nichts als Fische aus dem Meer nehmen konnte, die er roh verzehren mußte. Endlich kam er an einem Morgen auf eine Insel, welche reich an Bächen und Bäumen war; er ging gleich auf einen Baum zu und streckte die Hand aus, um Äpfel zu nehmen. Da schrie ihn ein Mensch aus diesem Baum an: Wenn du etwas von diesem Baum nimmst, so teile ich dich in zwei Teile. Bulukia hob die Augen auf und sah eine Gestalt vor sich, welche wohlgemessene 40 Ellen lang war, er fürchtete sich sehr und sagte: Warum darf ich von diesen Früchten nichts essen? Der Mann antwortete: Weil du ein Erdensohn bist und dein Vater Adam Gottes Befehl übertrat und von dem verbotenen Baum aß. – Wem gehören denn diese Bäume und wer bist du? – Ich heiße Scherahia, und diese Insel mit ihren Bäumen gehört dem König Sachr, dessen Untertan ich bin,

beauftragt, diese Insel zu bewachen; doch wer bist du und wie kommst du hierher? Bulukia erzählte ihm seine ganze Geschichte, worauf Scherahia ihm etwas zu essen brachte und Abschied von ihm nahm. Bulukia irrte nun wieder zehn Tage umher, zwischen Bergen und Tälern, bis er einen dichten Staub in der Ferne erblickte. Als er auf diese Staubwolken zuging, hörte er ein großes Geschrei und Kriegsgetümmel, und sah in einem Tal, durch welches man zwei Monate zu reisen hat, ganz eigene Gestalten, auf Pferden sitzend, gegeneinander so erbittert kämpfen, daß das Blut wie ein Strom unter ihnen floß; dabei schrieen sie mit einer Stimme wie der Donner und waren mit langen Schwertern und Lanzen, und eisernen Stangen und Bogen und Pfeilen bewaffnet. Bulukia zitterte das Herz vor Angst, als er diesen mörderischen Krieg sah; sobald aber die Krieger ihn erblickten, traten sie auseinander und machten dem Kampf ein Ende. Eine Abteilung der Krieger, deren Aussehen Bulukias Erstaunen erregte, näherte sich ihm, und ein Reiter trat auf ihn zu und fragte ihn: Wer bist du, woher kommst du, wo willst du hin und wer hat dir diesen Weg gezeigt? Bulukia antwortete: Ich bin ein Mensch, wandere umher aus Liebe zu Mohammed, dem Gott gnädig sei, und habe den rechten Weg verfehlt. Aber wer seid ihr denn? – Wir sind Genien vom weißen Land, das hinter dem Berg Kaf liegt, in einer Entfernung von 75 Jahren. – Was bedeutet denn der Krieg zwischen euch, und wie heißt dieses Land? – Du befindest dich hier auf dem Land Schaddads, des Sohnes Aads, und Gott befiehlt uns, jedes Jahr gegen die ungläubigen Genien hier zu kämpfen; wir aber tun weiter nichts, als Gott preisen und seine Heiligkeit verkünden. Wir haben auch einen König, der Sachr heißt, du mußt mit uns zu ihm gehen, daß er dich sehe. Sie führten dann Bulukia in ihr Lager, und er sah große seidene Zelte, so viel, daß nur Gott der Erhabene ihre Zahl kennt. Alle Zelte waren grün, nur ein sehr großes Zelt war rot, dieses hatte tausend Ellen im Umfang, die Stricke waren von blaugrüner Seide, und die Pfähle von Silber und Gold; es war das Zelt des Königs Sachr, in welchem ihm Bulukia vorgestellt wurde. Sachr saß auf einem goldenen Thron, mit Perlen und Edelsteinen besetzt, zu seiner Rechten standen die Könige der Genien und zu seiner Linken die Befehlshaber der Truppen, die Gelehrten und die Vornehmen des Reiches. Als Bulukia vor den König trat, verbeugte er sich und grüßte ihn. Der König erwiderte seinen Gruß und bat ihn, näher zu treten und sich auf einen Stuhl neben ihn zu setzen. Der König fragte ihn dann: Wer bist du? Er antwortete: Einer von den Söhnen Adams, ein Israelit. Der König bat ihn dann, ihm zu erzählen, wie er hierher gekommen und was ihm auf der Reise widerfahren. Als der König Sachr Bulukias Abenteuer vernahm, befahl er den Kammerdienern, etwas zu essen zu bringen. Nach einer Weile brachten sie gedeckte Tische, worauf allerlei Schüsseln von Silber, Gold und Messing standen; in einigen Schüsseln waren fünfzig gekochte Kamele, in anderen zwanzig, wieder in anderen fünfzig Hammel; es waren im ganzen 1050000 Schüsseln. Die Genien aßen dann miteinander, und Bulukia aß mit ihnen, bis er satt war, dann wurden die Fleischspeisen abgetragen und Früchte gebracht. Nachdem auch diese gegessen waren, priesen sie gemeinschaftlich Gott und beteten für seinen Propheten Mohammed. Als Bulukia den Namen Mohammed hörte, war er sehr erstaunt und bat den König Sachr um Erlaubnis, ihn etwas zu fragen. Auf einen bejahenden Wink des Königs sagte er: O König, wer seid ihr, woher stammt ihr und wieso kennt ihr Mohammed, daß ihr ihn liebt und für ihn betet? Der König antwortete: O Bulukia, Gott der Erhabene hat sieben Höllen übereinander geschaffen und zwischen der einen und der anderen ist eine Strecke von tausend Jahren. In die erste Hölle kommen die gläubigen Sünder, die ohne Buße sterben, in die zweite die Gottesleugner, in die dritte die Völker Jadjudsch und Madjudsch, in die vierte die Anhänger Satans, in die fünfte die, welche das Gebet vernachlässigen, in die sechste, wo man harte Pein aussteht, die Juden und Christen, und in die siebente die Heuchler. Die erste Hölle, welche die oberste ist, ist die minder peinliche von allen. Sie enthält tausend Feuerberge und bei jedem Berg 70000 Täler, und in jedem Tal 70000 Feuerstädte, in jeder Stadt 70000 Quartiere, in jedem Quartier 70000 Häuser, in jedem Haus 70000 feurige Stühle und auf jedem Stuhl 70000 verschiedene Qualen, und doch, o Bulukia, ist diese Hölle die oberste und allerleidlichste von allen. Die Anzahl der Feuerstädte in den übrigen Höllen aber kennt nur Gott. Bulukia weinte bei diesen Worten und fiel in Ohnmacht. Als er wieder zu sich kam, fragte er den König Sachr: Wie wird es denn uns gehen? Er antwortete: Fürchte nichts, Bulukia, wisse, daß, wer Mohammed liebt, der bleibt von der Hölle befreit, und kein Feuer kann ihn verletzen, denn die Hölle flieht vor allen, die an ihn glauben. Was aber uns angeht, o Bulukia, uns hat Gott aus Feuer geschaffen. Zuerst schuf nämlich Gott in der Hölle zwei Könige, der eine hieß Chalit und der andere Malit. Chalit hatte die Gestalt eines Löwen und Malit die eines Wolfes. Chalit war männlichen Geschlechts und Malit war ein Weibchen. Gott befahl ihnen dann, sich zu begatten, und sie zeugten allerlei Skorpione und Schlangen, mit denen Gott zur Pein der Ungläubigen die Hölle bevölkerte, denn diese häßlichen Tiere vermehrten und verbreiteten sich bald ins Unendliche. Nachher befahl Gott den beiden Engeln, zum zweiten Mal sich zu begatten; Malit wurde schwanger

und gebar sieben Männchen und sieben Weibchen, die, als sie groß wurden, nach dem Willen ihrer Eltern wieder einander heirateten; nur ein einziger widersetzte sich und wurde in einen Wurm verwandelt, dieser Wurm war Iblis (der Teufel), den Gott verdamme; später betete er doch den erhabenen Gott an, bis er in den Himmel erhoben und zu denen, die in der Nähe Gottes leben, gebracht wurde.

Iblis blieb unter den Gottesfürchtigen, bis Gott Adam erschuf; da befahl er Iblis, sich vor Adam zu beugen; der stolze Iblis wollte dies aber nicht tun, darum fluchte ihm Gott und verbannte ihn aus seiner Nähe. Von Iblis, der sich dann später vermehrte, kommen die Satane; von den sechs übrigen Paaren aber, die einander heirateten, stammen die gläubigen Genien her, zu denen wir gehören. Das ist alles, Bulukia, was ich dir über unsere Abkunft zu sagen weiß. Bulukia war sehr erstaunt über diese Worte und bat den König Sachr, ihm einen seiner Genien mitzugeben, der ihn in seine Heimat zurückbringe. Der König sagte: Wir dürfen nur tun, was uns Gott befiehlt; doch wenn du willst, so gebe ich dir eines meiner Pferde und befehle ihm, dich an die Grenze meines Reiches zu bringen; dort findest du einen König, welcher Barachja heißt, der mein Pferd wohl kennt; sobald er es sieht, wird er dich herunternehmen und das Pferd zurückschicken; das ist alles, was ich für dich tun kann, mehr nicht. Bulukia weinte, als er dies hörte, und sagte zum König: Tue, was du willst! Der König ließ dann ein Pferd bringen, man setzte Bulukia darauf und sagte ihm: Hüte dich wohl abzusteigen oder es zu schlagen oder zu schelten, sonst bist du verloren; laß es nur immer fortgehen, bis es von selbst mit dir stehen bleibt; dann steige ab und gehe deines Weges. Als Bulukia am Zelt des Königs vorüberritt, da sah er in der Küche große Kessel, die fünfzig Kamele hielten, unter denen Feuer brannte; er erstaunte so sehr über die Größe dieser Küche und ihrer Gerätschaften, daß er ein wenig stille hielt. Der König, der ihn vor der Küche halten sah, glaubte, er sei hungrig; er ließ daher zwei gebratene Kamele bringen und hinter ihm auf den Rücken des Pferdes befestigen. Bulukia nahm dann Abschied von diesen Genien und reiste bis an die Grenze ihres Reiches, wo das Pferd stehen blieb. Hier stieg er ab und schüttelte den Staub von seinem Kopf; da kamen Männer herbei, die sogleich das Pferd erkannten und es am Zaum in den Stall führten, ihn aber brachten andere zum König Barachja. Der König saß in einem prächtigen Saal, von vielen Genienfürsten und Helden und Truppenanführern zur Rechten und zur Linken umgeben. Nach gegenseitigem Gruß befahlt der König Bulukia, näher zu treten und sich neben ihn zu setzen. Als er dies getan hatte, ließ der König die Tische bringen, und Bulukia sah, daß hier ebenso unmäßig wie bei dem König Sachr gelebt wurde. Nach der Mahlzeit, an welcher auch Bulukia teilzunehmen eingeladen wurde, fragte ihn der König, wann er den König Sachr verlassen. – Vor zwei Tagen. – Weißt du, welche Strecke du in diesen zwei Tagen zurückgelegt? – Nein, ich weiß es nicht. – Du hast eine Reise von siebzig Tagen gemacht; du hättest aber noch weniger Zeit gebraucht, wenn man dem Pferd seinen freien Lauf gelassen hätte; da es nämlich wußte, daß du ein Mensch bist, wollte es dich herunterwerfen, darum hat man ihm zwei Kamele aufgebunden. Bulukia war sehr erstaunt über diese Worte und dankte Gott, glücklich angekommen zu sein. Barachja ließ sich dann von ihm seine ganze Reise und die Geschichte seiner Wanderungen erzählen und fand so viel Wohlgefallen daran, daß er ihn zwei Monate bei sich behielt.« Nachdem Haseb diese wunderbare Erzählung von der Schlangenkönigin Tamlicha gehört hatte, bat er sie, sie möchte doch nun ihm eine ihrer Gehilfinnen mitgeben, daß er in seine Heimat zurückkehre. Aber die Schlangenkönigin erwiderte: »Wisse, ob Haseb, wenn du auf die Oberfläche der Erde zurückkehrst, zu deinen Leuten gehst und dann ein Bad nimmst, so muß ich, sobald du dich wäschst, sterben.« Haseb sagte zur Schlangenkönigin: »Ich will dir schwören, daß ich in meinem Leben in kein Bad mehr gehen will, sondern, wenn ich eines Bades bedarf, mich zu Hause waschen lasse.« Aber die Schlangenkönigin erwiderte: »Und wenn du mir hundert Eide schwörst, so glaube ich dir nie und lasse dich nicht weg; du bist ja Adams Sohn und kennst so wenig Treue, als dein Stammvater, der Gottes Bündnis gebrochen, obschon der erhabene Gott vierzig Jahre lang an der Materie, woraus er geschaffen worden, gearbeitet und allen Engeln befohlen hatte, vor ihm niederzufallen.« Als Haseb dies hörte, schwieg er; dann rief er weinend: »Es gibt keinen Schutz und keine Macht, außer bei Gott dem Erhabenen!« Nach zehn Tagen bat er die Schlangenkönigin, ihm zu erzählen, was denn aus Bulukia geworden, nachdem er zwei Monate bei Barachja zugebracht hatte. Da erzählte sie: »Wisse, o Haseb, nachdem Bulukia den König Barachja verlassen hatte, irrte er Tag und Nacht in Wüsten und Einöden umher, bis er an einen hohen Berg kam, auf dem er einen erhabenen Engel sitzen sah, der Gott lobte und für Mohammed betete: Er hatte eine Tafel in der Hand, auf der etwas weiß und schwarz geschrieben war. Der Engel hatte zwei Flügel, einen nach Osten und einen nach Westen. Bulukia ging auf den Engel zu und grüßte ihn. Der

Engel erwiderte seinen Gruß und fragte ihn, wer er sei und wo er herkomme. Bulukia erzählte ihm seine ganze Geschichte und bat ihn dann, ihm auch zu sagen, wie er heiße und was diese Tafel mit den Inschriften bedeute. Der Engel antwortete: Mein Name ist Michael. Ich bin beauftragt, über den Wechsel des Tages und der Nacht zu wachen; bis zum Auferstehungstag ist dies mein Geschäft. Auf dieser Tafel sind die Stunden des Tages und der Nacht aufgezeichnet. Nachdem Bulukia die ehrfurchtgebietende Gestalt des Engels bewundert und über seine geheimnisvollen Worte nachgedacht hatte, nahm er Abschied von ihm und reiste wieder einen Tag und eine Nacht, bis er in eine schöne, fruchtbare Wiese kam, welche von sieben Bächen durchschnitten war. Er erging sich eine Weile darin, bis er an einen hohen Baum kam, unter welchem vier Engel saßen; der eine hatte die Gestalt eines Menschen, der andere die eines wilden Tieres, der dritte die eines Stieres, und endlich der vierte die eines Vogels. Sie lobten Gott und beteten gemeinschaftlich: O mein Herr und Schöpfer, ich beschwöre dich bei deiner Allmacht und bei der Würde des Propheten Mohammed, verzeihe die Sünden aller Geschöpfe, welche meine Gestalt haben, und sei ihnen gnädig, du bist ja der Nachsichtsvolle! Bulukia verließ auch diese Engel mit großem

Erstaunen und ging wieder weiter; da kam er an einen hohen Berg, auf dem ein Engel saß, der Gott lobte, für Mohammed betete und immer seine Hand zudrückte und wieder öffnete, sie ausstreckte und wieder zu sich zog.

»Bulukia ging auf den Engel zu und grüßte ihn. Da fragte ihn derselbe: Wo kommst du her, wo gehst du hin, wer bist du und wie ist dein Name? Er antwortete: Ich heiße Bulukia, bin von den Söhnen Adams und wandere umher in der Liebe zu Mohammed, dem Gott hold sei, und erzählte ihm hierauf seine ganze Geschichte. Als er damit zu Ende war, fragte er den Engel: Wer bist du, wie heißt du und was ist das für ein Berg? Der Engel antwortete: Wisse, Bulukia, dieser Berg ist der Berg Kaf, der die ganze Welt umgibt; ich halte in meiner Hand alle Länder, die der erhabene Gott geschaffen; ich vollziehe hier Gottes Willen, und ohne von hier zu weichen, bringe ich, wenn er es befiehlt, Erdbeben, Hungersnot oder Fruchtbarkeit auf der Erde hervor, denn in meiner Hand liegen die Adern der Erde. Bulukia fragte dann: Hat Gott hinter dem Berg Kaf auch noch ein Land geschaffen? Der Engel antwortete: Gott hat hinter dem Berg Kaf ein weißes Land geschaffen wie Silber; nur Gott weiß, wie groß dieses Land ist, er hat es mit Engeln bevölkert, die, statt zu essen, ihn preisen, und statt zu trinken, seinen heiligen Namen verkünden, und die viel für Mohammed beten, dem Gott gnädig sei. Jeden Donnerstag Abend versammeln sie sich auf diesem Berg und preisen Gott und beten zu ihm für die Sünder unter den Muselmännern und für die, welche sich am Freitag baden; so leben sie fort bis zum Tag der Auferstehung. Bulukia fragte ferner, ob es hinter dem Berg Kaf auch noch andere Berge

gäbe. Und der Engel antwortete: Hinter dem Berg Kaf ist noch ein Berg, der fünfhundert Jahre hoch ist; er ist ganz aus Schnee und Eis gebildet und dient als Damm der Hölle, sonst würde die ganze Welt durch die Hitze der Hölle verbrennen. Dann, mein Freund, fuhr der Engel fort, sind hinter dem Berg Kaf noch vierzig Länder, jedes vierzigmal so groß, als die bekannte

Welt; einige sind aus Gold, andere aus Silber, wieder andere aus Rubin, manche aus Smaragd und aus Safran, und jedes dieser Länder hat eine eigene Farbe; auch diese Länder hat Gott mit Engeln bevölkert, die sein Lob verkünden und seinen Namen heiligen und für die Anhänger Mohammeds beten, sonst aber gar nichts wissen, weder von Adam noch von Eva, weder von Tag noch von Nacht. Wisse ferner, o Bulukia, daß diese Länder in sieben Schichten übereinander liegen; um sie zu tragen, hat Gott einen Engel geschaffen, den nur er zu schildern vermag und dessen Kraft nur er kennt; unter diesen Engel hat Gott einen Felsen gelegt, unter den Felsen einen Stier, unter den Stier ein Seeungeheuer, und unter dieses Seeungeheuer ein unendliches Meer. Mit dem Seeungeheuer hat Gott einst Jesus bekannt gemacht, als er es zu sehen wünschte; Gott befahl nämlich einem Engel, Jesus an das Meer zu bringen, wo das Seeungeheuer ruht. Als er dort war, sagte ihm der Engel: Sie nun, Jesus, hier ist das Seeungeheuer! Jesus konnte aber nichts sehen, denn es fuhr an ihm vorüber wie ein Blitz, so daß er in Ohnmacht fiel. Als er wieder zu sich kam, fragte ihn Gott, ob er das Seeungeheuer gesehen und dessen Länge und Breite beobachtet habe. Er antwortete: Bei deiner Herrlichkeit und Erhabenheit, o Herr! Ich habe nichts gesehen, als ein Licht, das an mir vorüberzog, so lang, daß man drei Tage von einem Ende zum anderen zu reisen hätte; ich weiß aber nicht, was es war. Da sagte Gott: Das, was du für ein Licht hieltst, war nichts anderes, als der Kopf des Seeungeheuers, und wisse, o Jesus, daß ich jeden Tag vierzig solche Seeungeheuer schaffe.

Bulukia fragte dann, was Gott unter dem Meer geschaffen, in dem das Seeungeheuer lebt. Der Engel antwortete: Einen großen Luftraum, unter diesem ein Feuer und unter dem Feuer eine braungefleckte Schlange, so groß, daß, fürchtete sie sich nicht vor Gott, sie den Engel verschlingen würde, der die sieben Länder trägt, samt dem Felsen und dem Stier und dem Seeungeheuer und dem Meer und dem Luftraum mit allem, was der Engel sonst trägt, ohne etwas davon im Leib zu spüren. Als Gott diese Schlange schuf, sagte er ihr: Ich will dir etwas anvertrauen, bewahre es aber wohl! Die Schlange sagte: Tue, was du willst. Da sagte Gott: Öffne deinen Mund! Als sie ihren Mund öffnete, steckte ihr Gott die Hölle in den Leib und sagte ihr: Bewahre die Hölle auf bis zum Auferstehungstag; wenn dieser kommt, wird Gott seinen Engeln den Befehl erteilen, mit Ketten herbeizueilen und die Hölle auf den Versammlungsplatz zu schleppen, dann wird Gott den Toren der Hölle befehlen, sich zu öffnen, und es werden Funken herausspritzen, größer als der höchste Berg. Als Bulukia diese Worte vernahm, weinte er heftig, nahm vom Engel Abschied und wendete sich nach Westen, bis er zwei Engel traf, die vor einer großen verschlossenen Tür saßen; der eine hatte die Gestalt eines Löwen und der andere die eines Stieres. Bulukia grüßte sie, und nachdem sie seinen Gruß erwidert hatten, fragten sie ihn, wer er sei und was er hier tue; er erzählte ihnen alle seine Reiseabenteuer von Anfang bis zu Ende, und fragte sie dann, wer sie seien und was sie hier für eine Tür bewachen. Die Engel antworteten: Wir haben kein anderes Geschäft, als vor dieser Tür Wache zu halten, Gott zu preisen und für Mohammed zu beten; was aber hinter dieser Tür ist, wissen wir selbst nicht. Bulukia beschwor sie bei dem erhabenen Schöpfer, ihm diese Tür zu öffnen, damit er sehe, was dahinter ist. Aber sie antworteten: Weder wir, noch irgendein Geschöpf Gottes hat die Macht, diese Türe zu öffnen, das kann nur der wahrhaftige Engel Gabriel. Als Bulukia diese Worte vernahm, betete er zu Gott: O Herr, schicke mir den Engel Gabriel, daß er mir diese Tür öffne, damit ich sehe, was sie verschließt. Gott erhörte sein Gebet und befahl dem Engel Gabriel, sich auf die Erde niederzulassen, um Bulukia die Tür zu öffnen. Gabriel grüßte Bulukia, öffnete die Tür und hieß ihn zur Tür hineingehen. Als Bulukia darin war, schloß Gabriel die Tür wieder und stieg gen Himmel.

Bulukia sah ein ungeheueres Meer, halb süß und halb gesalzen, das von zwei hohen Bergen aus Rubin umschlossen war. Auf diesen Bergen gingen Engel umher, die Gott lobten; Bulukia ging auf sie zu, grüßte sie und fragte sie, was das für ein Meer und für Berge wären. Sie erwiderten seinen Gruß und antworteten ihm: Du befindest dich hier unter dem himmlischen Thron, und dieses Meer ist die Quelle aller Gewässer von der Welt, wir schöpfen aus diesem Wasserbehälter und verteilen sowohl süßes, als gesalzenes Wasser unter alle Meere, Seen und Flüsse bis zum Auferstehungstag. Diese zwei Berge aber hat Gott geschaffen, um das Wasser zusammenzuhalten. Bulukia fragte sie dann nach seinem Weg, und sie sagten ihm: Es gibt keinen anderen, als längs dieses Meeres. Bulukia zog sein Fläschchen heraus, salbte sich die Füße wieder und ging einen Tag und eine Nacht auf dem Meer. Da begegnete ihm ein schöner Jüngling, den er grüßte und fragte, wo er hingehe. Der Jüngling sagte: Mein Freund, ich muß eilen, denn meine Gesellschaft, welche gleich folgen wird, darf mir nicht zuvorkommen. Als der Jüngling weiterzog, sah Bulukia vier Engel, die wie ein Blitz über das Meer liefen; er stellte sich in den Weg und beschwor sie bei dem Herrn, sie möchten ihm doch sagen, wie sie heißen und wo sie hingehen. Da antwortete der eine: Ich heiße Gabriel, ein anderer: Israfil, der dritte: Michael, und der vierte:

Asrail. – Gott hat uns befohlen, sagten sie einstimmig, einen Drachen in die Hölle zu werfen, der schon tausend Städte verwüstet und alle ihre Bewohner aufgefressen hat. Bulukia zog dann wieder weiter, bis er an eine Insel kam; hier sah er einen schönen Jüngling, dessen Angesicht wie ein Licht glänzte; er saß zwischen zwei Gräbern und weinte und seufzte. Bulukia näherte sich ihm und fragte ihn, wie er heiße, wer er sei, was diese Gräber hier bedeuten und warum er so weine. Der Jüngling wendete sich zu Bulukia, weinte so heftig, daß alle seine Kleider durchnäßt wurden, und sagte: Meine Geschichte ist wunderbar und verdient wohl, daß du dich zu mir setzest, um sie anzuhören; doch zuerst sage mir, wer du bist und wie du hierhergekommen. Bulukia erzählte ihm alles, vom Eröffnen der Kiste seines Vaters, in der das Buch lag, in welchem von Mohammed geschrieben war, bis zu seinem Eintritt in die verschlossene Pforte. Als er vollendet hatte, sagte der Jüngling: Das ist alles sehr unbedeutend; du hast noch nichts in deinem Leben gesehen. Wisse, o Bulukia, ich habe unzählbare Wunder erlebt; ich habe den König Salomo zu seiner Zeit gesehen; setze dich nur zu mir, daß ich dir alles erzähle, was mir im Leben widerfahren; du wirst dann auch hören, warum ich hier bei diesen beiden Gräbern sitze.« – Haseb war sehr erstaunt über diese wunderbare Erzählung der Schlangenkönigin Tamlicha; doch bat er sie, ihm seine Freiheit zu schenken und durch eine ihrer Schlangen ihn auf die Erde zurückbringen zu lassen, und schwor abermals, er wolle nie ins Bad gehen. Aber sie antwortete wieder: »Ich glaube dir nicht, wenn du hundert Eide schwörst; daraus kann nie etwas werden.« Haseb weinte bei dieser Antwort so heftig, daß alle Schlangen aus Mitleid mit ihm weinten und die Königin baten, ihn auf die Erde zurückzuschicken, wenn er schwöre, nie ins Bad zu gehen. Die Schlangenkönigin begab sich hierauf zu Haseb und ließ ihn beim erhabenen Gott schwören, daß er nie ins Bad gehen wolle, und befahl dann einer Schlange, ihn auf die Oberfläche der Erde zurückzubringen. Als aber diese Schlange zu ihm kam und ihn wegführen wollte, bat er die Schlangenkönigin, ihm zuerst die Geschichte des Jünglings zu erzählen, dem Bulukia auf der Insel begegnet war, worauf jene begann:

Wisse, o Haseb, nachdem Bulukia seine Geschichte vollendet hatte und sich neben den Jüngling setzte, begann dieser: »Wisse, mein Freund, mein Vater war ein mächtiger König, der in Kabul residierte; sein Name war Tighanus. Unter ihm standen zehntausend Statthalter, deren jeder über hundert Städte und hundert Schlösser gesetzt war; auch waren sieben Sultane meinem Vater untertan, und von Osten bis Westen wurden ihm aus den entferntesten Ländern Huldigungen dargebracht, denn seine Regierung war sehr mild und gerecht. Der erhabene Gott segnete auch meinen Vater in allen seinen Unternehmungen; nur hatte er keine männlichen Nachkommen, weshalb er immer dachte: Wer wird wohl nach meinem Tode mein Nachfolger sein? Eines Tages ließ er die Weisen seines Landes und die Sterndeuter zu sich kommen und fragte sie, ob er wohl noch einen Sohn zeugen werde, dem er sein Reich hinterlassen könne. Die Sterndeuter öffneten ihre Bücher und beobachteten sein Gestirn, machten ihre Berechnungen und sagten: Wisse, o mächtiger König und edler Herrscher, eine Prinzessin von Chorasan wird dir noch einen Sohn gebären. Der König Tighanus freute sich sehr mit dieser Prophezeiung, schenkte den Sterndeutern unzählbare Schätze und entließ sie wieder. Er ließ sogleich seinen Großvezier Einsar kommen, der ein sehr tapferer Ritter war, teilte ihm der Sterndeuter Prophezeiung mit, und bat ihn, nach dem Lande Chorasan zu reisen und um eine dortige Prinzessin für ihn zu werben. Der Vezier verließ sogleich den König, um die Vorbereitungen zur Reise zu treffen und Ritter und Truppen zu seiner Begleitung zu versammeln. Der König aber ließ fünfzehnhundert Kamele mit Gold, Silber, Perlen, Edelsteinen, Seidenstoffen und allerlei Ausstattungsgerätschaften beladen und gab sie dem Vezier mit; auch schrieb er einen Brief folgenden Inhalts:

»Nachdem wir Bahrawan, den König von Chorasan, freundlich grüßen, melden wir ihm, daß die Weisen und Sterndeuter uns prophezeiten, nur von deiner Tochter würde uns ein Sohn geboren werden; wir schicken dir daher den Vezier Einsar mit allerlei Geschenken zur Morgengabe als unseren Stellvertreter und Bevollmächtigten, und ersuchen dich, ihm ohne Säumen zu gewähren, was er von dir fordert; was du uns Gutes tust, wird reichlich belohnt werden; hüte dich aber, dich unsern Wünschen zu widersetzen, denn wisse, o König Bahrawan, daß uns Gott das mächtige Königreich Kabul geschenkt hat; wenn du uns deine Tochter gibst, so verbinden wir unsere Reiche und wir schicken dir jedes Jahr so viel Geld du brauchst. Das ist's, was wir dir mitzuteilen haben.«

»Diesen Brief versiegelte der König, übergab ihm den Vezier und befahl ihm, abzureisen. Der Vezier reiste, von vielen Offizieren begleitet, nach Chorasan. Sobald der König Bahrawan dessen Ankunft vernahm, schickte er ihm einige Adjutanten entgegen mit allerlei Speisen und Getränken, und mit Futter für die Pferd.. Sie ließen ihren Proviant abladen, sobald sie dem Vezier begegneten, und bewillkommten ihn im Namen des Königs. Der Vezier brachte mit ihnen zehn Tage unter vielen Festlichkeiten in einer freundlichen Weise zu. Am ersten Tage, als er ausgeruht hatte, zog er in die Stadt; hier besuchte ihn der König sogleich und lud ihn ein, mit ihm ins Schloß zu kommen. Der Vezier überlieferte dann die Geschenke, die er mitgebracht hatte, und den Brief des Königs Tighanus.«

»Als Bahrawan den Brief gelesen hatte, freute er sich sehr und sagte zum Vezier: Dein Begehren sei dir gewährt; dem König Tighanus gäbe ich auch mein Leben, wenn er es verlangte. Er ging dann zu seiner Gattin und ihren Verwandten, um ihnen die Botschaft des Veziers mitzuteilen, und auch sie sahen mit Freude der Vermählung der Prinzessin von Chorasan mit dem König von Kabul entgegen.

»Der Vezier verweilte, nachdem ihm die Gewährung seiner Bitte zugesagt wurde, noch zwei Monate bei dem König Bahrawan; dann bat er ihn, ihm die Prinzessin, um deretwillen er gekommen, mitzugeben, daß er sie dem König zuführe. Der König ließ alles, was zur Aussteuer seiner Tochter gehörte, auf Kamele laden, beauftragte die Priester seiner Hauptstadt, einen Ehekontrakt zwischen seiner Tochter und dem König Tighanus aufzusetzen, beschenkte den Vezier, als Stellvertreter des Königs, mit den kostbarsten Edelsteinen, ließ die Stadt mit Teppichen belegen und herrlich ausschmücken, und dann reiste der Vezier mit der Prinzessin ab. Der König Tighanus liebte die Prinzessin von Chorasan mehr als seine übrigen Frauen, und nach einem Jahr zeigte sich die Bestätigung dessen, was die Astrologen prophezeit hatten, denn sie gebar einen Sohn, so schön wie der Vollmond. Der König Tighanus freute sich außerordentlich über die Niederkunft seiner Gattin; er ließ die Weisen und Sterndeuter abermals rufen und sagte ihnen: Ich wünsche von euch zu vernehmen, was diesem neugeborenen Kind in seinem Leben widerfahren wird. Die Sterndeuter und Weisen beobachteten des Prinzen Gestirn und fanden es glückverkündend; nur sahen sie, daß ihm nach dem fünfzehnten Jahr manches Unangenehme zustoßen würde; wenn er das aber überstanden hat, sagten sie, so wird er viel Glück erleben, ein großer König werden, noch mächtiger und gesegneter als sein Vater; alle seine Feinde werden untergehen, und ungetrübte Freude werden ihn bis zu seinem Tode begleiten. (Doch nur Gott ist allwissend!) Als der König Tighanus diese Wahrsagung der Astrologen hörte, wurde er sehr vergnügt. Er ließ dann Ammen und Pflegefrauen kommen, um den Prinzen zu erziehen, den er Djanschah nannte. Als der Prinz ein Alter von fünf Jahren erreichte, ließ ihn Tighanus Lesen lehren, so daß er bald das Evangelium lesen konnte, und noch ehe weitere sieben Jahre vergingen, lernte er auch die

Kriegskunst und übte sich in allen Ritterspielen; er war bald in allem sehr gewandt und hatte besonders viel Freude an der Jagd; auch im Krieg zeichnete er sich zur größten Freude seines Vaters als ein wackerer Held aus. Eines Tages zog der König Tighanus mit Djanschah und vielem Gefolge auf die Jagd und trieb sich drei Tage lang vergebens in Wüsten und Einöden umher. Am dritten Nachmittag sprang an Djanschah eine Gazelle von wunderschöner Farbe vorüber und entfloh vor ihm. Djanschah verfolgte sie, aber sie sprang immer vor ihm her, ohne daß er sie erreichen konnte, obschon sieben Mamelucken sich bald zu ihm gesellten und sie mit ihm verfolgten. Endlich blieb aber doch der Gazelle, da sie den Prinzen und die sieben Mamelucken im Rücken und das Meer vor sich hatte, nichts anderes zu ihrer Rettung übrig, als sich ins Wasser zu stürzen.

»Als die Gazelle im Meer war, sprang der Prinz mit sechs Mamelucken in einen Fischerkahn, der am Ufer lag, und ließ den siebten Mamelucken an Land, um die Pferde zu halten. Sie ruderten dann der Gazelle nach, bis sie sie eingeholt und aufgefangen hatten. Schon wollten sie wieder ans Land zurückkehren, da erblickte Djanschah eine Insel im Meer, und er sagte zu seinen Mamelucken: Laßt uns, ehe wir heimkehren, diese Insel sehen. Die Mamelucken erwiderten: Wir gehorchen dir in allem, was du befiehlst, und ruderten nach der Insel zu, stiegen daselbst ans Land und gingen eine Weile darauf spazieren. Dann bestiegen sie mit der Gazelle das Schiff wieder, um heimzukehren; aber die Nacht überfiel sie, sie irrten auf dem Meer umher und wurden vom Wind getrieben, ohne zu wissen wohin.

»Der König Tighanus vermißte aber bald seinen Sohn und schickte Soldaten nach allen Wegen aus, um ihn aufzusuchen. Da kamen nun auch einige Offiziere an das Meer, wo der zurückgebliebene Mameluck bei den Pferden stand; sie gingen auf ihn zu und fragten ihn nach seinem Herrn und nach den anderen sechs Mamelucken, und der Mameluck erzählte ihnen, was er wußte. Sie kehrten dann mit dem Mamelucken und den Pferden zum König zurück, um ihm diese Auskunft über seinen Sohn zu bringen. Der König weinte heftig, als er diese Nachricht hörte, warf die Krone von seinem Haupt, schlug die Hände übereinander, ließ Briefe nach den verschiedenen Inseln ausfertigen, versammelte hundert Schiffe und befahl den Hauptleuten, überall auf dem Meer seinen Sohn Djanschah zu suchen. Nach diesen Anstalten kehrte er höchst bestürzt mit seinen Truppen in die Stadt zurück und trauerte mit seiner Gattin, die sich auch ins Gesicht schlug, sobald sie die Abwesenheit ihres Sohnes bemerkte; ihre Angst war aber noch größer, als nach zehn Tagen die hundert Schiffe zurückkehrten, ohne den Prinzen gefunden zu haben. Dieser irrte lange mit den Mamelucken auf dem Meer herum, bis ihn ein Sturmwind an eine Insel warf. Er stieg auf diese Insel mit seinen sechs Mamelucken, und nachdem sie eine Weile umhergegangen waren, kamen sie an eine Wasserquelle, neben der ein Mann saß. Djanschah ging auf ihn zu und grüßte ihn. Der Fremde erwiderte seinen Gruß mit einer Stimme, welche dem Gezwitscher der Vögel ähnlich war und den Prinzen in Erstaunen versetzte; dann sah er sich links und rechts um, teilte sich in zwei Teile, und jede Hälfte wendete sich nach einer anderen Seite. Kaum war dieser fort, kamen noch unzählbare Gattungen Menschen vom Gebirge her zur Quelle, teilten sich in zwei Hälften und gingen auf den Prinzen und die Mamelucken los, um sie zu fressen. Djanschah entfloh; aber sie verfolgten ihn und fraßen ihm drei seiner Mamelucken. Djanschah bestieg dann schnell mit den übrigen drei Mamelucken den Nachen und segelte wieder ins offene Meer, ohne zu wissen, nach welcher Richtung. Bald mußte er die Gazelle schlachten lassen, um nicht vor Hunger zu sterben. Nach einigen Tagen trieb ihn der Wind auf eine andere Insel, welche reich an Bäumen und Bächen wie das Paradies war. Diese Insel gefiel dem Prinzen so gut, daß er seine Mamelucken fragte, ob einer von ihnen ans Land steigen wolle, um sich auf dieser Insel umzusehen. Einer von ihnen erbot sich zum Aussteigen; doch der Prinz sagte: Es ist besser, ihr geht alle drei zusammen, und ich warte hier, bis ihr wiederkehrt.

»Die Mamelucken stiegen ans Land und durchstreiften die Insel nach Osten und nach Westen, ohne einem Menschen zu begegnen. Als sie aber mitten auf die Insel kamen, sahen sie eine Zitadelle von weißem Marmor mit einem Palast aus dem reinsten Kristall. Mitten in der Zitadelle war ein Garten mit allerlei frischen und trockenen Früchten und allerlei wohlriechenden Pflanzen, und vielen Vögeln, die auf den Baumzweigen zwitscherten. Am Ende des Gartens lag ein großer Teich, vor welchem ein herrliches Zelt aufgeschlagen war. In diesem Zelt standen viele Stühle rings umher, und in ihrer Mitte erhob sich ein großer Thron mit allerlei Edelsteinen besetzt. Die Mamelucken bewunderten dieses schöne Schloß und den Garten und gingen überall herum, ohne jemand zu finden. Sie kehrten dann zu ihrem Herrn zurück und berichteten ihm, was sie gesehen. Als der Prinz ihren Bericht hörte, sagter er: »Ich muß auch dieses Schloß sehen!« Er verließ sogleich das Schiff und ging mit den Mamelucken nach der Zitadelle. Der Prinz war auch erstaunt über dieses schöne Schloß, und ging den ganzen Tag mit den Mamelucken im Garten spazieren und aß von dessen Früchten. Als der Abend herankam, begab er sich an die Stelle, wo die Stühle und der Thron standen, setzte sich auf den Thron und weinte heftig wegen der Trennung von seinem Vater und seiner Heimat, und die drei Mamelucken weinten mit ihm. Auf einmal hörten sie einen großen Lärm vom Meer her, und es kam eine Herde Affen, so zahlreich wie ein Heuschreckenschwarm, herbei, die sich nach allen Seiten hin verbreiteten, so daß Djanschah und die Mamelucken sich sehr fürchteten. Als die Affen – fuhr die Schlangenkönigin in ihrer Erzählung fort – den Prinzen Djanschah, welcher kein anderer als der Jüngling war, den Bulukia auf den Gräbern fand, auf dem Thron sahen, küßten sie die Erde vor ihm und verbeugten sich ehrerbietigst. Dann kamen mehrere Affen mit verschiedenen geschlachteten Tieren in die Zitadelle, zogen ihnen die Haut ab, zerschnitten kochten sie und legten sie in goldene und silberne Gefäße. Bald wurde der Tisch gedeckt und die Affen gaben dem Prinzen und den Mamelucken durch Zeichen zu verstehen, sie möchten sich dem Tische nähern und mitessen. Djanschah stieg vom Thron herunter und aß mit den Mamelucken und den Affen, bis er satt war: Dann wurden die Speisen von einigen Affen weggetragen und Früchte herbeigebracht. Djanschah aß auch davon und dankte dem erhabenen Gott. Nach vollendeter Mahlzeit wendete sich der Prinz zu den Häuptern der Affen und fragte sie: Wer seid ihr und wem gehört dieses Schloß? Die Affen antworteten: Wisse, dieser Ort gehört Salomon, dem Sohne Davids, Friede sei mit ihm! Er kam jedes Jahr einmal hierher spazieren und ordnete unsere Regierungsangelegenheiten. Wisse auch, o glücklicher König, daß wir dich jetzt zu unserem Sultan ernennen und dir treu dienen wollen: Du kannst essen und trinken und befehlen, was du willst, es soll alles nach deinem Wunsche geschehen. Sodann verbeugten sich die Affen und zogen sich einer nach dem anderen zurück. Djanschah bestieg den Thron wieder und schlief darauf ein, und die drei Mamelucken saßen um ihn herum. Am anderen Morgen kamen die vier Veziere der Affen mit ihren Truppen, welche die ganze Gegend ausfüllten, und ließen sie in geschlossenen Reihen an ihm vorüberziehen; dann baten sie ihn im Namen der Armee, er möchte doch ihr Sultan werden. Hierauf zerstreuten sich die Affen wieder mit furchtbarem Lärmen; nur einige blieben stehen, um den Prinzen zu bedienen.«

»Bald darauf kam wieder eine Herde Affen mit Hunden, so groß wie Pferde, deren jeder eine Kette um den Hals gebunden hatte. Die Anführer der Affen gaben dem Prinzen durch Zeichen

zu verstehen, daß er auch einen solchen Hund besteige und mit ihnen reite; er tat nach ihrem Wunsch; die drei Mamelucken und viele Truppen auf Hunden und zu Fuß folgten ihm. Als sie am Ufer des Meeres vorüberkamen, sah Djanschah, daß das Schiff, mit welchem er gekommen, in den Grund gebohrt war; er wendete sich zu den Anführern der Affen und fragte sie, wo sein Schiff hingekommen. Sie antworteten ihm: Wisse, o König, als du mit dem Schiff auf unsere Insel kamst, beschlossen wir gleich, dich zu unserem Sultan zu ernennen; da wir aber fürchteten, du möchtest, wenn wir uns dir nähern, vor uns entfliehen und wieder fortsegeln, haben wir das Schiff in den Grund gebohrt. Als Djanschah dies hörte, sagte er zu seinen Mamelucken gewendet: »Nun hilft uns keine List mehr zum Entkommen, wir müssen nun bei diesen Affen bleiben; doch Geduld ist eine schöne Tugend, Gott kann immer helfen!« Er zog dann traurig mit den Affen weiter bis an das Ufer eines Flusses, hinter welchem ein hoher Berg lag. Auf diesem Berge sah er eine unzählbare Menge Werwölfe und fragte die Affen, was das für Tiere seien. Die Affen antworteten: »Das sind unsere Feinde, gegen die wir nun Krieg führen.« Djanschah war sehr erstaunt über die Gestalt dieser Werwölfe; sie waren so groß wie ein Pferd und hatten Stierköpfe; manche glichen sogar Kamelen. Sobald sie die Affen erblickten, stürzten sie vom Gebirge herunter an den Fluß und warfen die Affen mit Steinen, so groß wie Säulen, und töteten viele von ihnen.

Als Djanschah die Niederlage der Affen sah, rief er den Mamelucken zu: »Holt schnell die Bogen herbei und schießt Pfeile gegen die Werwölfe ab, um sie zurückzutreiben.« Die Mamelucken taten dies und töteten viele Werwölfe und trieben die übrigen in die Flucht. Nachdem alle verschwunden waren, bestieg Djanschah mit den Affen einen hohen Berg. Auf dem Gipfel des Berges erblickte er eine marmorne Tafel, auf der geschrieben war: Wanderer, der du in dieses Land kommst, wisse, daß die Affen dich zu ihrem Sultan machen und dir nur zwei Wege zur Flucht übrig lassen. Der eine zieht sich östlich am Gebirge hin, ist drei Monate lang und führt dich an Werwölfen, allerlei reißenden Tieren, Gespenstern und abtrünnigen Geistern vorüber; dann gelangst du an das Meer, das die Welt umgibt. Auf dem andern, westlichen Weg hast du vier Monate durch das Ameisental zu reisen, wo du dich sehr vor den Ameisen in acht nehmen mußt. Dieses Tal endet an einem hohen Berg, über den man zehn Tage zu steigen hat und der wie Feuer brennt. Jenseits des Berges – stand ferner auf der Tafel – fließt ein großer Strom mit so reißender Schnelligkeit, daß man ganz verblendet wird, wenn man hineinsieht; jeden Samstag trocknet aber dieser Strom aus. Am jenseitigen Ufer des Stromes liegt eine Stadt, die nur von Juden bewohnt ist; es befindet sich überhaupt kein einziger Muselmann im ganzen Land; auch ist weit umher die ganze Gegend öde und menschenleer. Solange du bei den Affen bleibst, werden sie stets gegen die Werwölfe siegreich kämpfen. Unten stand: Wisse, daß Salomo, der Sohn Davids, diese Inschrift auf die Tafel gegraben.

Als Djanschah diese Inschrift gelesen hatte, weinte er heftig und erzählte den Mamelucken, was diese Tafel enthielt: Dann kehrte er mit den Affen, die über ihren erfochtenen Sieg sich gar zu sehr freuten, zur Zitadelle zurück und residierte darin als Sultan der Affen achtzehn Monate lang. Nach Verlauf dieser Zeit befahl er der Affenarmee, sich zu einer großen Jagdpartie auszurüsten, und zog mit ihr in Begleitung seiner Mamelucken mehrere Tage durch Wüsten und Einöden, bis er an das Ameisental kam, wo er das Merkmal fand, das auf obenerwähnter Inschrift angegeben war; da befahl er den Affen, ihre Zelte aufzuschlagen, um in diesem Tal zehn Tage lang zu lagern. Aber in der folgenden Nacht sagte er zu seinen Mamelucken: »Meine Absicht ist, jetzt zu entfliehen; wir wollen ins Ameisental gehen, das uns in die Judenstadt führt; Gott wird uns beistehen, daß wir glücklich diesen Affen entkommen. Die Mamelucken sagten: »Wir gehorchen in allem, was unser Herr uns befiehlt.« Als dann ein Teil der Nacht vorüber war und die Affen, welche seine Leibwache bildeten, schnarchend vor seinem Zelt lagen, machte er sich mit den Mamelucken auf, bewaffnete sich mit Schwert und Dolch und anderen Kriegsgerätschaften, und entfloh ins Ameisental. Als am Morgen aber die Affen vom Schlaf erwachten und Djanschah und die Mamelucken nicht mehr fanden, teilten sie sich in zwei Haufen; der eine ritt nach Osten gegen den Ozean und der andere nach Westen ins Ameisental, bis sie Djanschah und den Mamelucken auf die Spur kamen. Djanschah hörte bald die Affen hinter sich und floh immer vorwärts ins Tal; aber er wurde noch vor Mittag eingeholt, und schon wollten die Affen ihn und seine Mamelucken töten, als eine Herde Ameisen aus dem Tal hervorkamen, jede so groß wie ein Hund, sich über die Affen herstürzten und viele von ihnen fraßen; doch auch von den Ameisen wurde eine große Anzahl getötet. Der Kampf zwischen ihnen dauerte den ganzen Tag fort, und Djanschah benutzte diese Zeit, um vor beiden zu entfliehen und ins Innere des Tales zu dringen.

Aber noch am folgenden Morgen sah sich Djanschah von den Affen verfolgt; da rief er seinen Mamelucken zu: »Ziehet eure Schwerter und dringet auf sie ein!« Die Mamelucken zogen ihre Schwerter und hieben nach den Affen rechts und links, bis auf einmal ein großer Affe kam, mit Vorderzähnen wie ein Elefant; dieser sprang auf einen der Mamelucken los und teilte ihn entzwei; ihm folgten viele andere Affen, so daß Djanschah weiter ins Tal fliehen und zuletzt, um sein Leben zu retten, sich in den Strom stürzen mußte; die beiden übrigen Mamelucken taten dasselbe, aber sie ertranken, denn der Strom riß sie mit sich fort; und nur der Prinz schwamm hinüber, hielt sich an einem Baum fest und stieg ans jenseitige Ufer. Er lief den ganzen Tag umher und weinte über den Verlust seiner Mamelucken. Abends ging er in eine Höhle und brachte die Nacht in großer Furcht darin zu.

Am folgenden Tage zog Djanschah wieder weiter und nährte sich von den Pflanzen der Erde, bis er an den Berg kam, der wie Feuer brannte. Er bestieg diesen Berg und entdeckte bald den Strom, der jeden Samstag austrocknet und jenseits des Stromes die große Stadt, welche nur

von Juden bewohnt war. Er wartete bis Samstag, weil er wußte, daß an diesem Tag der Strom ausgetrocknet sein würde; dann ging er hinüber in die Judenstadt, fand aber keinen Menschen auf den Straßen. Da klopfte er an eine Tür und als man ihm öffnete, sah er die Bewohner des Hauses still dasitzen: Niemand sprach ein Wort. Djanschah sagte ihnen: »Ich bin fremd und hungrig.« Da stellten sie ihm zu essen vor und gaben ihm durch Zeichen zu verstehen, er möge essen und trinken, aber kein Wort sprechen. Djanschah aß und trank und schlief dann die ganze Nacht durch. Am folgenden Morgen kam der Hausherr zu ihm und bewillkommte ihn und fragte ihn, woher er komme und wohin er wolle. Djanschah erzählte ihm weinend seine Geschichte und sagte, er wolle in seine Heimat zurückkehren, und nannte seine Vaterstadt. Der Jude sagte mit Verwunderung: »Diese Stadt habe ich in meinem Leben nicht nennen hören; wir wissen nur durch Karawanen, welche zuweilen hierher kommen, daß es ein Land gibt, welches Jemen heißt. Djanschah fragte: »Ist das Land, von dem die Karawanen sprechen, sehr weit von hier?« Der Jude antwortete: »Die Karawanenführer sagen, dieses Land sei zwei Jahre und drei Monate weit von hier entfernt.« Djanschah fragte dann: »Wann wird wohl wieder eine solche Karawane kommen?« Der Jude antwortete: »Das nächste Jahr.«

Djanschah weinte heftig bei diesen Worten über seine lange Trennung von seinen Eltern, über alles, was er auf der Reise leiden mußte, und über den Verlust seiner Mamelucken. Der Jude sagte ihm aber: »Weine nicht, Jüngling; bleibe bei uns, bis die Karawane kommt, dann schicken wir dich mit ihr in deine Heimat zurück.« Djanschah blieb nun zwei Monate lang bei dem Juden und ging jeden Tag aus, um die Stadt zu sehen. Als er eines Tages nach seiner Gewohnheit auf der Straße war und sich rechts und links umsah, hörte er, wie ein Mann ausrief: »Wer will tausend Dinare nehmen und ein wunderschönes Mädchen, und von morgens bis mittags eine Arbeit verrichten?« Der Mann rief lange so und niemand antwortete. Djanschah dachte: Das muß zwar keine leichte und gefahrlose Arbeit sein, die man mit tausend Dinaren und einem schönen Mädchen bezahlen will; indessen will ich mich doch melden. Er ging zum Ausrufer und sagte: »Ich will diese Arbeit verrichten.« Der Ausrufer nahm ihn bei der Hand und sagte: »Komm mit in die Wohnung dessen, bei dem die Arbeit geschehen soll.« Djanschah ließ sich von ihm in ein großes Haus führen, in dessen Hof ein Jude auf einem Stuhl von Ebenholz saß. Der Ausrufer sagte zu diesem: »Ich laufe nun schon drei Monate in der Stadt herum und rufe deine Arbeit aus, konnte aber niemanden finden, bis endlich dieser Jüngling sich hier meldete.« Der Jude bewillkommte Djanschah und hieß ihn sitzen; nachdem er eine Weile neben ihm saß, führte er ihn in das Wohnzimmer und gab einem Sklaven Befehl, zu essen zu bringen. Sie aßen miteinander, wuschen sich, dann tranken sie, und als sie getrunken hatten, holte der Jude einen Beutel mit tausend Dinaren und führte ein wunderschönes Mädchen an der Hand und sagte zu Djanschah: »Hier ist der versprochene Lohn für die Arbeit, die du zu verrichten hast; morgen früh sollst du ans Werk gehen.« Hierauf verließ er ihn.

Djanschah legte das Geld beiseite und brachte die Nacht auf dem Diwan neben dem Mädchen zu. Am folgenden Morgen kam der Jude zu ihm, führte ihn ins Bad und befahl den Sklaven, ihm ein seidenes Kleid nachzubringen. Als Djanschah aus dem Bad kam, überreichten ihm die Sklaven das seidene Kleid und führten ihn wieder nach Hause. Der Jude ließ dann allerlei Musiker und Getränke holen; man spielte und trank und scherzte, bis die halbe Nacht vorüber war; da zog sich der Jude in seinen Harem zurück, und Djanschah schlief wieder an der Seite seines Mädchens. Sobald aber der Morgenstern leuchtete, kam der Jude zu Djanschah und sagte ihm: »Ich wünsche nun, daß du mir meine Arbeit verrichtest.« Djanschah erwiderte: »Ich bin bereit zu allem, was du befiehlst.« Da ließ der Jude von seinen Sklaven zwei Maulesel bringen, hieß Djanschah den einen besteigen und ritt selbst auf dem zweiten. Nachdem sie von morgens bis Mittag auf dem Wege waren, kamen sie an einen unermeßlich hohen Berg. Der Jude stieg hier ab und befahl auch Djanschah abzusteigen. Er zog dann ein Messer und ein Seil aus der Tasche und sagte zu Djanschah: »Schlachte deinen Maulesel!« Djanschah schürzte sich auf, warf dem Maulesel den Strick um die Füße und stürzte ihn zu Boden. Dann sagte der Jude zu Djanschah: »Spalte dem Maulesel den Leib und schlüpfe hinein!« Als Djanschah hineinschlüpfte, nähte der Jude den Leib wieder zu, ging fort und verbarg sich im Gebirge.

Nach einer Weile kam ein großer Vogel herangeflogen, ergriff den Maulesel und trug ihn auf den Berg, um ihn zu essen. Sobald aber der Leib aufgepickt war, kroch Djanschah heraus und stellte sich aufrecht; da erschrak der Vogel vor ihm und flog davon. Djanschah sah sich rechts und links um, fand aber niemanden. Bald entdeckte er viele Totengebeine und Leichen in der Sonne verdorrt und schrie: »Es gibt keinen Schutz und keine Macht, außer bei Gott, dem Erhabenen!« Er blickte dann vom Berg herunter und sah den Juden unten stehen und hörte, wie er ihm zurief, er möchte ihm von den Steinen herunterwerfen, die auf dem Berg liegen, er wolle

ihm dann den Weg angeben, auf welchem er wieder herunterkommen könne. Djanschah warf dem Juden etwa zweihundert Steine vom Berge herunter zu; es waren nichts als Rubine, Smaragde und andere kostbare Edelsteine. Als er aber dann dem Juden sagte: »Zeige mir nun den Weg, der mich herunterführen soll, ich werfe dir dann noch einmal so viele Steine zu!« Gab ihm der Jude keine Antwort, sondern wickelte seine Edelsteine ein, lud sie auf den Maulesel, bestieg ihn selbst und ritt davon. Djanschah blieb nun allein auf dem Berg sitzen und weinte und schrie um Hilfe drei Tage lang. Am vierten Tag machte er sich auf und ging zwei Monate lang auf dem Berg umher, von rohen Pflanzen sich nährend. Endlich kam er an den Abhang des Berges; da sah er ein Tal vor sich mit vielen Bäumen und Bächen. Er kam bald an einen Pfad, neben welchem sich ein Bach ins Tal ergoß und stieg da hinunter. Nachdem er eine Weile im Tal umherging und nach allen Seiten sich umsah, erblickte er ein sehr hohes Schloß; er ging darauf zu und sah vor dem Tor einen alten Mann mit ehrwürdigem, strahlendem Gesicht, der in der rechten Hand ein Beil von Rubin hielt. Djanschah näherte sich ihm und grüßte ihn; der Alte erwiderte seinen Gruß, bewillkommte ihn und hieß ihn sitzen. Als Djanschah sich vor das Tor des Schlosses neben den Alten setzte, fragte ihn dieser: »Wie kommst du in dieses Land, das vor dir noch kein Sohn Adams betreten, und wo willst du hin?« Djanschah erinnerte sich an alle Mühseligkeiten und Leiden, die ihm auf der Reise widerfahren, und weinte so heftig, daß er nicht antworten konnte. Da sagte ihm der Alte: »Laß das Weinen, mein Sohn!« und holte ihm etwas zu essen. Djanschah aß, bis er satt war, und dankte Gott. Als er gegessen hatte, bat ihn der Alte wieder, ihm zu erzählen, wie er hierhergekommen, und Djanschah erzählte ihm alle Abenteuer seiner Reise bis zu seinem Zusammentreffen mit ihm; dann bat er den Alten, welcher ihm mit viel Aufmerksamkeit und Teilnahme zugehört hatte, ihm zu sagen, wem dieses Tal und dieses Schloß gehöre und wie er heiße. – Der Alte antwortete: »Wisse, mein Sohn, dieses Tal mit allem, was du darin siehst, so wie auch dieses Schloß, gehört unserm Herrn Salomo, dem Sohne Davids (Friede sei mit ihm!); mein Name aber ist Scheich Naßr und ich bin König der Vögel. Unser Herr Salomo hat mir dieses Schloß anvertraut und mich die Sprache der Vögel gelehrt und zum Herrscher über alle Vögel von der ganzen Welt ernannt; sie müssen sich jedes Jahr in diesem Schloß versammeln, und ich halte Musterung über sie.« Djanschah fragte weinend: »Was soll ich nun tun, um in meine Heimat zu kommen?« Der Alte antwortete: »Es bleibt dir nichts übrig, als hier zu warten, bis sich die Vögel versammeln; da gebe ich einem der Vögel den Auftrag, dich mitzunehmen; einstweilen kannst du hier im Schloß wohnen, essen und trinken und spazieren gehen.« Djanschah bleib bei Scheich Naßr und lebte mit ihm sehr angenehm, bis endlich die Vögel kamen, um Scheich Naßr zu besuchen. Bei der Ankunft der ersten Vögel übergab Scheich Naßr Djanschah die Schlüssel des Schlosses mit den Worten: »Bleibe du hier und ergehe dich im ganzen Schloß; nur die Tür eines Zimmers darfst du nicht öffnen, sonst geht es dir schlecht; nimm dich also wohl in acht!« Hierauf verließ Scheich Naßr das Schloß und ging den Vögeln entgegen. Sobald die Vögel Scheich Naßr erblickten, flogen sie zu ihm hin, und eine Gattung nach der anderen küßte ihm die Hand.

Djanschah ging indessen im Schloß umher und besuchte ein Gemach nach dem anderen, bis er endlich an die Tür kam, die ihm Scheich Naßr zu öffnen verboten hatte.

Die Türe war schöner als die aller übrigen Gemächer, und es hing ein goldenes Schloß davor. Da dachte Djanschah: Gewiß ist dies das schönste Zimmer im Schloß; ich möchte doch wissen, was darin ist, daß Scheich Naßr mir den Eingang verboten. Er blieb eine Weile nachdenkend stehen; dann sagte er: »Ich muß in dieses Zimmer und sehen, was darin ist; es kommt dem Menschen doch nur zu, was im Himmel über ihn bestimmt ist.« Er öffnete hierauf die Tür und sah einen großen Teich, neben welchem ein kleines Schloß gebaut war aus Gold, Silber und Kristall; die Fenster waren aus Rubin, und der Boden aus grünem Smaragd, Diamanten, Perlen und marmorfarbigen Edelsteinen. Mitten im Schloß war ein goldener Springbrunnen voll mit Wasser, und rund herum allerlei goldene und silberne wasserspeiende Tiere und Vögel, die, sooft der Wind ihnen in die Ohren wehte, jedes in seiner Sprache redete. Neben dem Springbrunnen war ein großer Saal mit einem Thron aus Rubin mit Perlen und Edelsteinen verziert, und über dem Thron war ein Zelt von grüner Seide aufgeschlagen mit allerlei Juwelen durchwirkt; das Zelt war fünfzig Ellen groß und dessen Boden mit einem Teppich bedeckt, der unserem Herrn Salomo gehörte. Hinter dem Schloß war ein Garten mit vielen Bächen und Fruchtbäumen, und ein Blumenbeet von Rosen, Jasminen, Nelken, Lilien, Narzissen, Veilchen, Anemonen und anderen wohlriechenden Blumen, die ein leiser Zephyr sanft umherschaukelte. Djanschah ging lange in diesem Garten umher, der unbeschreiblich viele

Merkwürdigkeiten enthielt; dann bewunderte er wieder den schönen Teich, dessen Boden aus den kostbarsten Edelsteinen zusammengesetzt war.

Nachdem Djanschah alle Wunder des Gartens und Springbrunnens angestaunt hatte, ging er ins Zelt, das neben dem Springbrunnen aufgeschlagen war, bestieg den Thron, der darin stand, und schlief eine Weile. Als er erwachte, ging er wieder zum Zelt hinaus und setzte sich vor die Tür, um noch einmal dieses schöne Schloß zu bewundern.* Auf einmal kamen drei Vögel in der Gestalt von Tauben, aber so groß wie Adler, herbeigeflogen, ließen sich neben dem Teich nieder

und spielten und scherzten eine Weile miteinander; dann zogen sie ihre Federn aus und sprangen in den Teich, und siehe da! Es waren drei Mädchen wie der Mond, dergleichen Djanschah in der Welt noch nie gesehen hatte. Er wußte nicht, was er am meisten bewundern sollte, ihr blühendes Gesicht mit seinen regelmäßigen Zügen oder das Ebenmaß und die Grazie ihres Wuchses. Nachdem sie eine Weile gebadet hatten, stiegen sie wieder ans Land und gingen im Garten spazieren. Djanschah verlor fast den Verstand, als er sie in der Nähe sah; er lief ihnen nach und grüßte sie. Als sie seinen Gruß erwiderten, fragte er sie: »Wer seid ihr, meine Damen, und wo kommt ihr her?« Da sagte die Jüngste unter ihnen: »Wir kommen aus dem Reiche Gottes, um in diesem Garten ein wenig spazieren zu gehen.« Djanschah blieb eine Weile betroffen; dann sagte er: »O habe doch Mitleid mit mir und mit meinem Zustand, es sind mir schon gar zu viele Leiden im Leben zugestoßen.« Das Mädchen antwortete: »Ich kann dir nicht helfen; geh' deines Weges!«

* Einige der folgenden Nächte haben Ähnlichkeit mit denen aus der Geschichte Hasans aus Baßrah, konnten aber des Zusammenhangs willen nicht ausgelassen werden.

Djanschah weinte heftig über diese Antwort, denn er war schon in Liebe und Verlangen aufgelöst, und er sprach folgende Verse:

> »Sie erschien mir im Garten im grünen Gewande mit aufgelöstem Gürtel und herunterhängenden Haaren; ich frage sie nach ihrem Namen, und sie antwortet: Ich bin die, welche das Herz der Liebenden wie mit heißen Kohlen entzündet. Da klage ich ihr die Qualen der Liebe und sie antwortet: Du klagst einem Felsen, weißt du das nicht? Ich erwidere: Wäre auch dein Herz ein Felsen, hat nicht Gott Wasser aus einem Felsen entspringen lassen?«

Die Mädchen machten sich über diese Verse lustig und fuhren fort, zu scherzen und zu spielen und zu singen. Djanschah brachte ihnen dann einige Früchte, die sie aßen; dann legten sie sich nieder und schliefen die ganze Nacht in der Nähe von Djanschah. Als der Morgen leuchtete, zogen sie ihre Kleider wieder an und flogen in der Gestalt von Tauben davon. Djanschah sah sie vor seinen Augen verschwinden und verlor fast seinen Verstand darüber; er schrie laut auf und fiel in eine Ohnmacht, die den ganzen Tag dauerte.

Scheich Naßr aber war inzwischen von seiner Zusammenkunft mit den Vögeln zurückgekehrt und hatte schon einige Vögel gebeten, Djanschah in seine Heimat zu bringen, was die Vögel auch gerne tun wollten; er suchte Djanschah überall im Schloß, konnte ihn aber nirgends finden. Endlich kam er an die Tür des verschlossenen Gemachs und fand sie offen; da dachte er: Djanschah müsse trotz seines Verbotes hineingegangen sein; und als er vor das Schloß kam, fand er ihn ohnmächtig auf dem Boden liegen.

Als Djanschah durch die Pflege des Scheichs Naßr aus seiner Ohnmacht erwachte, seufzte er vor Liebe und Sehnsucht und rezitierte folgende Verse:

> »Sie erschien wie der Mond in der Nacht der Seligkeit, mit zarten Hüften und schlankem Wuchs und einem Auge, so reizend, daß es jedes Herz fesselt; die Röte ihrer Lippen glich Rubinen, und lange, schwarze Haare bedeckten ihren Rücken. Hüte dich wohl vor ihr, denn ihr Herz ist härter als ein Fels; aus den Bogen ihrer Augenbrauen sendet sie Pfeile ab, die auch aus der Ferne nie das Ziel verfehlen.«

Als Scheich Naßr diese Verse hörte, sagte er: »Mein Sohn, habe ich dich nicht vor der verschlossenen Tür gewarnt? Warum hast du mein Gebot nicht beobachtet?« Djanschah weinte so heftig, daß er lange nicht imstande war, Scheich Naßr zu erzählen, was ihm in seiner Abwesenheit widerfahren. Dann bat er ihn, ihm zu sagen, wer die drei Mädchen waren, die ihm als Tauben erschienen. Scheich Naßr antwortete: »Diese drei Tauben sind Genientöchter, die jedes Jahr einmal hierher kommen, um in diesem Garten auszuruhen, und dann wieder in ihre Heimat zurückkehren.« – »Und wo ist denn ihre Heimat?« fragte Djanschah. Scheich Naßr antwortete: »Bei Gott! Mein Sohn, das weiß ich selbst nicht! Darum rate ich dir: Mache dich jetzt auf; ich will dich mit den Vögeln in deine Heimat schicken. Denke nicht mehr an diese Mädchen, die dir ewig unerreichbar bleiben!« Djanschah stieß ein furchtbares Geschrei aus, als er diese Worte hörte, und fiel wieder in Ohnmacht. Als er wieder zu sich kam, sagte er zu Scheich Naßr: »O mein Vater! Ich werde nicht in meine Heimat zurückkehren, bis ich diese Mädchen wieder gesehen, ich will lieber hier sterben; laß mich hier bleiben, ich bin zufrieden, wenn ich sie nur jedes Jahr einmal sehe.« Er warf sich dann Scheich Naßr zu Füßen und küßte sie, und fuhr heftig weinend fort: »Habe Mitleid mit mir, Gott wird sich auch deiner erbarmen; hilf mir in meiner Not, Gott wird auch dir helfen!« Da sagte ihm Scheich Naßr: »Bei Gott! Mein Sohn, ich weiß nicht, wer diese Mädchen sind; doch wenn deine Liebe so heftig ist, so bleibe noch ein Jahr bei mir; sie müssen gewiß das

nächste Jahr um diese Zeit wiederkehren; da verbirgst du dich im Garten unter einem Baum, und wenn sie in den Teich steigen, um zu baden und zu scherzen, und recht weit von ihren Kleidern sind, da springst du hervor und nimmst das Kleid derjenigen von ihnen, die dir am besten gefällt. Wenn dann die Mädchen dich bemerken, werden sie ans Land steigen und die, deren Kleid du genommen, wird dich mit süßen Worten und rührender Stimme bitten, ihr das Federnkleid zurückzugeben. Gibst du ihr dann Gehör, so bleibt dir kein Mittel mehr übrig, sie an dich zu fesseln, denn sobald sie ihr Kleid wieder anzieht, fliegt sie in ihre Heimat, und du siehst sie nie mehr wieder. Nimm daher ihr Kleid unter den Arm und gib es ihr ja nicht zurück, bis ich von der Zusammenkunft mit den Vögeln zurückkehre, da will ich euch verbinden und zusammen in deine Heimat zurücksenden. Das ist alles, mein Sohn, was ich für dich tun kann, sonst nichts.«

Djanschah beruhigte sich bei diesen Worten und blieb noch ein ganzes Jahr bei Scheich Naßr, bis endlich die Zeit der Zusammenkunft mit den Vögeln wiederkehrte; da kam Scheich Naßr und sagte zu ihm: »Ich gehe jetzt wieder zur Versammlung der Vögel; beherzige wohl, was ich dir geraten in bezug auf die Kleider der Mädchen.« Djanschah versprach ihm, alles zu befolgen, und wünschte ihm Glück zur Reise. Sobald Scheich Naßr fort war, ging Djanschah in den Garten und verbarg sich unter einem stark belaubtem Baum, und wartete darunter drei Tage lang;

da aber niemand kam, war er sehr betrübt und niedergeschlagen und weinte, bis er in Ohnmacht fiel. Nach einer Weile, als er wieder zu sich kam, sah er bald nach dem Himmel, bald auf die Erde, bald in den Teich, und sein Herz zitterte vor Liebe und Verlangen. Auf einmal kamen drei Tauben aus der Luft und ließen sich neben dem Teich nieder. Sie drehten sich nach allen Seiten um, und als sie niemanden, weder einen Menschen noch einen Genius erblickten, entkleideten sie sich, stiegen in den Teich und spielten und scherzten miteinander. Als sie glänzend wie neugegossenes Silber im Wasser umherschwammen, sagte die älteste zu den anderen: »Wie wäre es, wenn jemand in diesem Garten verborgen wäre?« Die mittlere antwortete: »Wo denkst du hin? Seit der Zeit unseres Herrn Salomo ist weder ein Mensch noch ein Genius in dieses Schloß gekommen.« Hierauf sagte die jüngste lachend: »O wenn jemand im Garten verborgen wäre, würde er gewiß mich rauben!« Dann scherzten sie wieder untereinander und schwammen im Teich umher. Djanschah, der unter dem Baum hervor sie ungesehen beobachten konnte, wartete mit zitterndem Herzen, bis sie mitten im Teich waren, recht weit von ihren Kleidern, dann sprang er hervor wie ein Blitz und nahm das Federnkleid der Jüngsten, welche Schemsiah hieß. Als die Mädchen sich umdrehten und Djanschah erblickten, tauchten sie vor Scham unter das Wasser; dann hoben sie nur den Kopf aus dem Wasser hervor, näherten sich dem Ufer und fragten ihn: »Wie kommst du hierher und wer bist du, daß du Schemsiahs Kleider nimmst?« Djanschah antwortete: »Kommt nur näher her zu mir, da will ich euch erzählen, wie es mir gegangen.«

Da sagte Schemsiah: »Wer bist du, daß du gerade meine Kleider gestohlen, und mich hier ohne Bedeckung gelassen?« Djanschah antwortete: »O Licht meines Auges, Innerstes meines Herzens, steige nur ans Land, da will ich dir alles sagen, wie ich dich kennengelernt und warum ich hierher gekommen.« Schemsiah sagte: »O mein Herr, Freude meines Auges, Frucht meines Herzens, gib mir meine Kleider, daß ich meine Scham bedecke, dann will ich zu dir kommen.« – »Ich will mich nicht selbst vor Liebesgram ins Grab stürzen; ich kann dir deine Kleider nicht zurückgeben, bis Scheich Naßr kommt.« – »Wenn du mir meine Kleider nicht geben willst, so warte, bis meine Schwestern angezogen sind, daß sie mir etwas bringen, um mich zu bedecken.« – »Das will ich recht gern«, sagte Djanschah und ging einstweilen voraus ins Schloß. Die Mädchen stiegen dann ans Land, und die ältesten gaben der jüngsten einen Teil ihrer Kleider, mit denen sie aber nicht fliegen konnte, und sie gingen zusammen ins Schloß zu Djanschah, der auf dem Thron saß. Schemsiah, die wie der Mond oder wie eine weidende Gazelle aussah, setzte sich neben ihn und sagte: »O schöner Jüngling, der du dich und uns ins Verderben gestürzt, erzähle mir nun, was dir widerfahren.« Djanschah fing an zu weinen, bis alle seine Kleider von Tränen benetzt waren; aber Schemsiah trocknete ihn ab und war so liebevoll gegen ihn, daß er bald gefaßt genug war, seine ganze Geschichte zu erzählen.

Als Djanschah seine Erzählung vollendet hatte, stand Schemsiah auf und sagte: »Mein Herr, wenn du mich wirklich liebst, so gib mir meine Kleider, daß ich mit meinen Schwestern zu meinen Eltern zurückkehre und ihnen von deiner Liebe zu mir erzähle; dann komme ich wieder hierher zu dir und bringe dich in deine Heimat.« Djanschah sagte weinend: »Erlaubt dir dein Gott, daß du mich unschuldigerweise tötest?« – »Wieso das?« fragte Schemsiah. »Ich weiß«, erwiderte Djanschah, »daß, wenn du deine Kleider anziehst, du mich verläßt, und ich muß sogleich sterben.« Schemsiah lachte über diese Worte und ihre Schwestern lachten mit ihr. Dann sagte sie: »Sei frohen Herzens, ich will dich heiraten.« Sie umarmte ihn hierauf, drückte ihn an ihre Brust und küßte ihn auf die Wangen und zwischen die Augen. Nachdem sie sich lange umarmt hatten, setzten sie sich wieder auf den Thron, und Schemsiah sagte zu Djanschah: »O mein Geliebter, Freude meines

Auges, bei Gott; ich liebe dich sehr und werde mich nie von dir trennen!« Diese Worte erleichterten Djanschahs Brust und erheiterten sein Gesicht. Sie aßen dann miteinander einige Früchte, welche die älteste Schwester aus dem Garten holte, und bald darauf kam Scheich Naßr zurück. Da standen alle vor ihm auf und grüßten ihn. Er erwiderte ihren Gruß, bewillkommte sie und hieß sie wieder sitzen. Als sie wieder Platz genommen hatten, sagte er zu Schemsiah: »Ich empfehle dir diesen Jüngling hier, der dich sehr leidenschaftlich liebt; er ist von edler Geburt, sein Vater ist Sultan im Lande Kabul.« Schemsiah sagte: »Ich gehorche dir in allem, was du mir befiehlst«, und küßte Scheich Naßr die Hand. Scheich Naßr versetzte hierauf: »Wenn du aufrichtig bist, so schwöre mir bei Gott, daß du ihm nie untreu werden willst, solange du lebst.«

Schemsiah schwor einen schweren Eid, daß sie Djanschah heiraten, ihm stets treu bleiben und sich nie von ihm trennen wolle, solange sie lebe. Als sie diesen Eid geschworen hatte, glaubte ihr Scheich Naßr und rief freudig aus: »Gelobt sei Gott, der euch beide vereinigt!« Djanschah war vor Freude außer sich und lebte noch drei Monate mit Schemsiah in Scheich Naßrs Schloß in den schönsten irdischen Genüssen. Nach drei Monaten sagte sie zu Djanschah: »Nun wünsche ich, daß du in deine Heimat zurückkehrst, damit wir uns dort verheiraten.« Djanschah ging zu Scheich Naßr und teilte ihm Schemsiahs Wunsch mit. Scheich Naßr sagte: »Kehre in deine Heimat mit ihr zurück und laß sie dir empfohlen sein; du kannst ihr ohne Furcht ihre Kleider zurückgeben, sie wird dich nie mehr verlassen.« Djanschah ging ins Schloß und holte Schemsiahs Kleider und gab sie ihr. Als sie sie angezogen hatte, sagte sie ihm: »Steige nun auf meinen Rücken, drücke deine Augen und deine Ohren zu, damit dich das Geräusch der Himmelssphäre nicht zerschmettere; halte dich mit der Hand recht fest an meinem Rücken und nimm dich wohl in acht, daß du nicht herunterfällst.« Djanschah bestieg ihren Rücken, und Scheich Naßr belehrte sie über die Lage des Landes

Kabul, damit sie den Weg dahin finde. Dann empfahl er ihr noch einmal Djanschah und nahm von beiden Abschied. Schemsiah verabschiedete sich hierauf von ihren beiden Schwestern und sagte ihnen: »Geht nun in eure Heimat zurück und erzählt zu Hause, was mir mit Djanschah begegnet.« Dann flog sie in einem fort von morgens bis abends, und Djanschah hielt sich fest an ihrem Rücken. Gegen Abend erblickte sie in der Ferne ein Tal mit vielen Bäumen, Früchten und Bächen; da sagte sie zu Djanschah: »Wir wollen uns ein wenig in diesem Tal ergehen und diese Nacht darin ausruhen.« Djanschah erwiderte: »Tue, was dir gut dünkt.« Sie ließ sich hierauf aus der Luft auf die Erde herunter, Djanschah stieg von ihrem Rücken ab und küßte sie zwischen die Augen; sie setzten sich eine Weile an das Ufer eines Flusses, dann gingen sie spazieren und aßen von den Früchten des Tales, bis es Nacht wurde; da legten sie sich unter einen Baum und schliefen die ganze Nacht. Des anderen Morgens stand Schemsiah auf und hieß Djanschah wieder auf ihren Rücken steigen, und flog wieder in einem fort bis Mittag; da erkannte sie die Merkmale, die ihr Scheich Naßr vom Lande Kabul gegeben, und ließ sich in eine schöne, weite Wiese herab, wo viele Bäche flossen und viele Gazellen umherhüpften. Als sie auf den Boden kam, stieg Djanschah ab und küßte sie zwischen die Augen. Da sagte Schemsiah: »Weißt du, mein Geliebter, welche Reise wir in zwei Tagen zurückgelegt?« Djanschah antwortete: »Bei Gott, ich weiß es nicht!« – »Wir haben«, fuhr sie fort, »eine Reise von dreißig Monaten gemacht.« Djanschah dankte Gott und setzte sich neben Schemsiah. Auf einmal, als sie so beisammen saßen und aßen und tranken und scherzten, kamen zwei Mamelucken auf sie zu, von denen der eine zur Zeit, wo Djanschah mit seinem Vater auf die Jagd gegangen war, die Pferde gehalten hatte, während Djanschah den Nachen bestieg. Sie küßten Djanschah Hände und Füße, als sie ihn erkannten, und sagten: »Dein Vater jagt hier in der Nähe; wir wollen ihm schnell deine Ankunft melden.« Djanschah antwortete: »Tut dies; dann bringt Zelte herbei: Wir wollen hier eine Woche ausruhen, damit alle Fürsten und Heerführer mir hierher entgegenkommen, und ich dann mit Pomp und Glanz meinen Einzug halte.«

Die beiden Mamelucken bestiegen ihre Pferde und ritten zu Djanschahs Vater und sagten: »Gute Nachricht, o König der Zeit!« Als der König Tighanus dies hörte, sagte er: »Wehe euch, bringt ihr mir etwa Botschaft von meinem Sohne Djanschah?« Die Mamelucken antworteten: »Ja wohl, dein Sohn Djanschah ist von seiner Reise zurückgekehrt; er ist hier in der Nähe.« Der König verlor das Bewußtsein bei diesen Worten. Als er wieder zu sich kam, freute er sich sehr, befahl seinem Vezier, jedem der Mamelucken ein Ehrenkleid zu schenken für tausend Dinare und noch einen Beutel voll Geld dazu. Der Vezier holte sogleich nach dem Befehl des Königs zwei Ehrenkleider und zwei Beutel voll Geld, gab sie den zwei Mamelucken und sagte ihnen: »Hier habt ihr den Lohn für die frohe Botschaft, die ihr überbracht, ihr möget wahr gesprochen oder gelogen haben.« Da versetzten die Mamelucken: »Wir lügen nicht, wir sind eben bei Djanschah gesessen, haben ihn gegrüßt und ihm die Hand geküßt; auch hat er uns befohlen, Zelte zu holen, weil er sieben Tage in der Wiese verweilen will, bis alle Emire, Fürsten und Prinzen ihm entgegenkommen.« Als der König Tighanus dies hörte, ließ er in die Trompeten stoßen und Botschafter umherreiten, um die Ankunft Djanschahs allenthalben zu verkünden; auch sandte er einen Eilboten an Djanschahs Mutter, um ihr die Rückkehr ihres Sohnes zu melden. Dann zog der König Tighanus mit vielen Truppen in die Wiese, wo Djanschah neben Schemsiah saß. Djanschah stand auf, als er die Truppen bemerkte und ging ihnen entgegen. Alle Reiter stiegen von ihren Pferden ab, als sie den Prinzen erblickten, grüßten ihn und küßten seine Hände. Djanschah ging immer vorwärts an den Truppen vorüber, bis er zu seinem Vater kam. Als dieser Djanschah erblickte, sprang er vom Pferd herunter, umarmte ihn und weinte heftig. Dann bestieg er sein Pferd wieder, Djanschah ritt ihm zur Rechten und die Truppen folgten. Hierauf wurden Zelte aufgeschlagen und Fahnen aufgesteckt, und die Trompeten erschallten von allen Seiten. Der König ließ für Schemsiah ein Zelt von roter Seide aufschlagen, und als sie eine Weile darin ausgeruht hatte, besuchte er sie mit dem Prinzen. Als Schemsiah den König Tighanus sah, stand sie auf und verbeugte sich vor ihm. Er setzte sich, ließ den Prinzen zu seiner Rechten und Schemsiah zu seiner Linken Platz nehmen, bewillkommte letztere und fand viel Wohlgefallen an ihr.

Der König ließ sich dann von seinem Sohn alles erzählen, was ihm während seiner Abwesenheit widerfahren, und als er dessen Erzählung angehört hatte, wendete er sich zu Schemsiah und sagte: »Gelobt sei Gott, der dich mit meinem Sohn vereinigt! Wünsche dir nun etwas, ich werde es dir gewähren, was es auch sein mag!« Sie sagte: »Ich wünsche, daß du mir ein Schloß bauen lassest mitten in einem Garten, am Ufer eines Flusses.« Der König antwortete: »Dein Wille geschehe!« Während dieses Gesprächs kam Djanschahs Mutter mit den Frauen der Fürsten und Veziere und aller Vornehmen der Stadt. Als Djanschah sie kommen sah, ging er ihr entgegen zum Zelte hinaus. Bei dem Anblick ihres Sohnes verlor sie fast den Verstand vor Freude; sie fiel ganz außer sich über ihn her und hielt ihn lange umarmt. Dann sagte sie weinend folgenden Vers:

> »Die Freude stürmt so gewaltig über mich her, daß ich vor allzu großem Entzücken weinen muß; mein Auge hat sich so sehr ans Weinen gewöhnt, daß nun die Freude ihm wie einst der Gram Tränen entlockt.«

Während sie so einander die Schmerzen der Trennung und Sehnsucht klagten, kamen auf einmal Boten, welche Schemsiahs Ankunft meldeten, die ihre Schwiegermutter zu begrüßen kam. Djanschahs Mutter ging ihr entgegen, grüßte und umarmte sie, und begleitete sie wieder mit allen Frauen der Fürsten und Staatsoberhäuptern in ihr Zelt zurück und brachte zehn Tage in allerlei Festlichkeiten bei ihr zu. Der König, der auch so lange in seinem Zelt geblieben war, befahl nun den Truppen, in die Stadt zu ziehen, und er ritt selbst an der Spitze, von zahlreichem Gefolge umgeben. Die Stadt wurde mit Atlas und anderen Seidenstoffen, farbigem Tuch und sonstigem Zierat ausgeschmückt. Die Vornehmen des Reiches veranstalteten allerlei Feste, und die Armen und Bedürftigen wurden reichlich gespeist.

Nach zehn Tagen schickte der König Tighanus zu sachverständigen Baumeistern und Geometern und befahl ihnen, ein Schloß mitten in seinem Garten anzulegen. Die Baumeister entwarfen einen Plan zur Erbauung des Schlosses, und als der Grund gelegt wurde, ließ Djanschah eine weiße marmorne Säule herbeischaffen und befahl den Arbeitsleuten, sie wie ein Rohr auszuhöhlen. Als dies geschehen war, nahm er Schemsiahs Kleid und legte es in diese Säule, die er dann in den Grund versenken und mit einem Gewölbe überbauen ließ. Sobald das Schloß vollendet war, ließ es der König ausmöblieren, und bald darauf wurde Djanschahs Hochzeit in diesem Schloß gefeiert. Als aber Schemsiah das Schloß betrat, stieg ihr der Geruch ihres Kleides entgegen und leitete sie auf den Platz, wo es verborgen war. Nun ging sie mit dem Gedanken um, sich desselben wieder zu bemeistern. Aber sie mußte warten, bis die Hochzeitsgäste das Schloß verließen und Djanschah in ihren Armen eingeschlafen war.

Gegen Mitternacht, als er in tiefen Schlaf versunken war, stand sie leise auf, ging zur Säule hin, grub das Gewölbe auf, das darüber gebaut war, bis sie zur Säule gelangte, in welcher das Kleid war; dann zerschnitt sie das Blei, das darüber gegossen war, nahm das Kleid heraus, zog es an und flog auf die Terrasse des Schlosses; von hier aus rief sie ihren Leuten zu, sie möchten

Djanschah wecken, damit sie von ihm Abschied nehme. Als Djanschah heraustrat und Schemsiah auf der Terrasse des Schlosses in ihrem Federnkleid sitzen sah, sagte er: »Was hast du getan?« Sie antwortete: »O mein Geliebter, Freude meines Auges! Bei Gott, ich liebe dich sehr und bin dir sehr gern hierher gefolgt; auch habe ich mich mit deinem Vater und deiner Mutter gefreut; aber länger will ich doch nicht hier bleiben. Wenn du mich nun auch liebst, so folge mir zur Zitadelle von Edelsteinen.« Sobald sie diese Worte gesagt hatte, flog sie davon und kehrte zu den Ihrigen zurück. Djanschah wurde fast wahnsinnig, als er sie verschwinden sah, und fiel ohnmächtig zu Boden.

Seine Leute benachrichtigten seinen Vater von dem, was vorgefallen; er eilte ins Schloß und fand seinen Sohn noch immer ohnmächtig über den plötzlichen Verlust seiner Geliebten; er bespritzte ihn mit Rosenwasser, bis er wieder zu sich kam; dann fragte er ihn: »Wie konnte deine Gattin von der Terrasse entfliehen?« Der Prinz antwortete: »Wisse, mein Vater, Schemsiah war eine Genientochter, aus Liebe zu ihr nahm ich ihr das Kleid weg, mit welchen sie fliegen konnte, und verbarg es in einer Säule, die ich in den Grund versenkte; sie aber grub die Grundlage des Hauses auf, nahm das Kleid, flog davon und lud mich ein, ihr in die Diamanten-Zitadelle zu folgen.« Da sagte der König: »Betrübe dich nicht, mein Sohn, ich will alle Reisenden und Kaufleute versammeln und mich erkundigen, wo diese Zitadelle liegt; dann ziehen wir hin, und mit Gottes Hilfe werden ihre Verwandten sie dir zurückgeben.« Der König ließ hierauf sogleich seine vier Veziere rufen und befahl ihnen, alle Kaufleute und Reisenden der Stadt zu versammeln und sie nach der Diamanten-Zitadelle zu fragen, und dem, der weiß, wo sie liegt, tausend Dinare zu geben. Die Veziere taten, wie ihnen der König befohlen, aber niemand wußte etwas von dieser Zitadelle; sie kehrten daher bestürzt zum König zurück und berichteten es ihm. Dieser ließ nun, um seinen Sohn zu zerstreuen, die schönsten Sklavinnen, die besten Sänger und geschicktesten Musiker ins Schloß kommen. Auch schickte er Kundschafter nach allen Ländern aus, um die Zitadelle der Genien zu erfragen; aber alle kehrten ohne Nachricht zurück. Er ging dann weinend zu seinem Sohn, der mitten unter Sängern und Sklavinnen doch seine Geliebte nicht vergessen konnte, sagte ihm, daß alle seine Bemühungen, die Zitadelle zu erforschen, fruchtlos geblieben, und schlug ihm vor, eine andere Gattin zu nehmen, schöner und liebenswürdiger als Schemsiah. Aber Djanschah war untröstlich, und brachte alle Nächte weinend und seufzend zu; auch sein Vater lebte daher sehr mißvergnügt und unruhig.

Dies vernahm der König Kefid, der über Indien herrschte und ein alter Feind des Königs Tighanus war. Kefid gebot über tausend Statthalter, deren jeder über tausend Völkerschaften herrschte, von denen jede tausend Reiter ins Feld stellte. Er versammelte daher seine Veziere und Staatsräte und Emire, und sagte ihnen: »Ich habe vernommen, daß der König Tighanus wegen der Trauer seines Sohnes Djanschah alle Staatsangelegenheiten vernachlässigt: nun wißt ihr wohl, daß er einen Teil meines Landes geraubt, meinen Vater und meine Brüder getötet und ihr Gut geplündert hat; wir wollen daher diesen günstigen Augenblick benutzen, um eine Armee auszurüsten, ihn zu überfallen, ihn und seinen Sohn zu töten und ihr Land uns zu unterwerfen.

Die Veziere und Emire schenkten dem König Kefid ihren Beifall, und jeder von ihnen machte die nötigen Vorbereitungen zum Feldzug. Als nach sieben Tagen alle Anstalten zum Krieg getroffen waren und die Truppen sich versammelt hatten, erschallten die Trompeten und Zimbeln, die Fahnen wurden umhergetragen, und der König Kefid begab sich mit seinen Truppen bis an die Grenze des Landes Kabul, das dem König Tighanus gehörte. Sie fingen gleich an, die Ortschaften an der Grenze auszuplündern, den Bewohnern Gewalt anzutun, Große zu töten und

Kinder gefangenzunehmen, so daß bald die Nachricht davon zum König Tighanus gelangte. Dieser entbrannte vor Zorn, versammelte die Großen des Reiches, die Veziere und Emire und sagte ihnen: »Wisset, daß der König Kefid herangezogen ist, um uns zu bekriegen, er hat so viele Truppen bei sich, daß nur Gott ihre Zahl kennt; ratet nun, was zu tun ist.« Sie sagten: »O König der Zeit, wir müssen ihm entgegenziehen und unser Land verteidigen.« Da sagte der König Tighanus: »Nun bereitet euch vor zum Feldzug!« Er öffnete dann alle Waffenmagazine und verteilte Panzer, Schwerter, Schilde, Helme und anderes Kriegsmaterial, versammelte die Armee, ließ die Trompeten erschallen und die Fahnen aufpflanzen, und zog mit den Truppen dem König Kefid entgegen. Als sie an die Grenze des Landes Kabul in das Land Sahran kamen, stieg der König Tighanus ab, schrieb einen Brief und schickte ihn mit einem Boten an den König Kefid. Folgendes war der Inhalt des Briefes:

»Wir tun dir, o König Kefid, hiermit kund, daß du als ein Niederträchtiger gehandelt hast; wärest du von königlichem Geblüte, so hättest du nicht auf diese Weise unser Land überfallen, um darin zu plündern und Gewalt auszuüben. Hätte ich früher deine Absicht gewußt, so wäre ich dir längst schon entgegen gezogen, um dir den Eintritt in mein Land zu versperren; doch willst du nun zurückkehren, so lassen wir das Geschehene und hegen keine Feindschaft mehr; wenn nicht, so stelle dich zum Kampf.«

Der Bote, der sehr verständig und von Kundschaftern begleitet war, begab sich ins feindliche Lager; da sah er viele seidene Zelte, darunter ein sehr großes von rotem Atlas; es war das Zelt des Königs Kefid, in dessen Mitte er selbst auf einem Thron saß, von Emiren, Vezieren und Staatsräten umgeben. Der Bote zog vor dem Zelt den Brief hervor, es kamen Soldaten und nahmen ihn ihm ab und brachten ihn dem König. Als Kefid den Brief gelesen hatte, schrieb er folgende Antwort:

»Wir tun dem König Tighanus kund, daß wir entschlossen sind, uns zu rächen, sein Land zu verwüsten, und alle Großen zu töten; morgen werde ich mich auf dem Kampfplatz zeigen.«

Diesen Brief versiegelte er und gab ihn dem Boten. Der Bote kehrte zu dem König Tighanus zurück, verbeugte sich vor ihm, übergab ihm die Antwort des Königs Kefid und sagte ihm: »O König, ich habe eine unzählbare Menge Reiter und Fußvolk gesehen!« Tighanus wurde sowohl durch den Inhalt der Antwort als durch das, was der Bote ihm mündlich sagte, so aufgebracht, daß er sogleich seinem Vezier Einsar den Befehl erteilte, mit tausend Reitern in der Nacht plötzlich den Feind zu überfallen und in Verwirrung zu bringen. Auf der anderen Seite hatte der König Kefid seinem Vezier Chatarfan befohlen, mit fünftausend der tapfersten Ritter um Mitternacht über die Truppen des Königs Tighanus herzufallen.

Beide Veziere rückten mit ihren Truppen aus, um die Befehle ihrer Herren zu vollziehen. Um Mitternacht stießen sie aufeinander, und es entstand ein mörderischer Kampf zwischen ihnen, der die ganze Nacht fortdauerte. Gegen Morgen wurden Kefids Truppen geschlagen, und nachdem sie etwas zweitausenddreihundert Mann, darunter auch den berühmten Helden Sarchin, verloren hatten, ergriffen die übrigen die Flucht. Als Kefid die flüchtigen Truppen zurückkehren sah, entbrannte er vor Zorn und sagte ihnen: »Wehe euch, was ist euch geschehen?« Sie antworteten: »Als wir um Mitternacht mit dem Vezier Chatarfan auszogen, da begegnete uns Einsar, der Vezier des Königs Tighanus, und auf einmal fanden wir uns mitten unter seinen Truppen; wir kämpften bis morgens, und viele von uns wurden getötet, und wären wir nicht entflohen, wir hätten den letzten Mann verloren!« Der König Kefid rief ganz außer sich vor Zorn: »Die Sonne zürne euch und versage euch ihren Segen!« Der König Tighanus hingegen flog fast vor Freude, als der Vezier Einsar zurückkehrte und ihm zum Sieg seiner Truppen Glück wünschte. Er ließ dann seine Truppen zählen, und es fehlten nur zweihundert. Am folgenden Tag musterte der König Kefid seine Armee und führte sie in geordneten Reihen auf das Schlachtfeld; es waren fünfzehn vollständige Reihen, jede von zehntausend Reitern; auch hatte er zweihundert Helden bei sich, die auf Elefanten ritten. Alles war zum Kampf gerüstet, die Fahnen waren aufgerollt, die Trompeten erschallten und die Helden sehnten sich nach Kämpfern. Auch der König Tighanus hatte seine Truppen in Schlachtordnung aufgestellt; es waren zehn Reihen, jede von zehntausend wackeren Reitern, und hundert Helden ritten ihm zur Rechten und zur Linken.

Als die beiden Armeen einander angriffen, zitterte die Erde unter den Hufen der Rosse; das Lärmen der Zimbeln und Trompeten, vermengt mit dem Gewieher der Pferd und dem Kriegsgeschrei der Männer, war betäubend; der Staub umhüllte die Häupter der Kämpfenden, welche den ganzen Tag wie Löwen stritten. Erst die Dunkelheit der Nacht trennte die beiden Armeen und führte jede in ihr Lager zurück. Der König Kefid entbrannte vor Zorn, als er seine Truppen zählte und fünftausend Mann vermißte; aber der König Tighanus war sehr aufgebracht, als er seine Truppen musterte und dreitausend seiner ausgezeichnetsten Ritter fehlten. Am folgenden Tag

zogen beide Armeen wieder auf das Schlachtfeld, und jede hoffte diesmal den Sieg davonzutragen. Aber der König Kefid rief seinen Truppen zu: »Wer unter euch will hervortreten und durch einen Zweikampf den Krieg eröffnen?« Da trat ein Ritter, auf einem Elefanten reitend, aus den Reihen hervor – sein Name war Barkik, der Sohn Farsachs – stieg von seinem Elefanten ab, verbeugte sich vor dem König und bat um Erlaubnis, als Kämpfer in die Schranken zu treten; er bestieg dann seinen Elefanten wieder, spornte ihn in die Kampfbahn und schrie: »Wer will mit mir sich messen, wer will mit mir fechten, wer will mit mir eine Lanze brechen?« Als der König Tighanus dies hörte, wendete er sich zu seinen Truppen und rief: »Wer von euch will die Herausforderung dieses Ritters annehmen?« Da trat ein Ritter hervor, auf einem hübschgestalteten Roß reitend, verbeugte sich vor dem König Tighanus und bat um Erlaubnis, den Zweikampf anzunehmen; auf einen bejahenden Wink des Königs ritt er dann auf Barkik zu.

Dieser sagte ihm: »Wer bist du, daß du mich so geringschätzest und ganz allein mit mir kämpfen willst, und wie ist dein Name?« Er antwortete: »Mein Name ist Ghadhanfar, der Sohn Schamchils!« Da sagte Barkik: »Ich habe schon in meiner Heimat von dir gehört; doch diesmal laß ab vom Kampf, sonst ist all dein Ruhm dahin!« Ghadhanfar aber zog seine Lanze hervor und Barkik sein Schwert, und sie fochten lange miteinander, bis endlich Barkik seinem Gegner einen Hieb versetzte, der ihm aber nichts schadete; Ghadhanfar benutzte jedoch diesen Augenblick, um Barkik mit der Lanze so zu durchbohren, daß er ihn an seinem Elefanten festnagelte. Als dies geschehen war, kam ein Mann auf Ghadhanfar zu und sagte ihm: »Wer bist du, daß du meinen Bruder tötest?« Mit diesen Worten verwundete er ihn am Schenkel. Aber Ghadhanfar zog schnell sein Schwert und teilte ihn in Zwei, so daß ganze Meere von Blut auf die Erde strömten, dann kehrte er um und eilte zum König Tighanus zurück.

Als der König Kefid dies sah, feuerte er seine Truppen zum Kampf an; der König Tighanus tat dasselbe; Pferde rannten auf Pferde, Männer stießen auf Männer, Schwerter klirrten, Trompeten erschallten, Krieger schrien jubelnd und jammernd, bis die Sonne unterging; da zog sich der König Tighanus zurück, zählte seine Soldaten und fand, daß er gegen fünftausend Reiter verloren hatte und vier Fahnen. Auch der König Kefid zog sich in sein Zelt zurück und ließ seine Truppen zählen, und es fehlten ihm sechshundert der besten Ritter und sieben Fahnen waren zerbrochen. Hierauf wurde ein Waffenstillstand von drei Tagen geschlossen.

Während des Waffenstillstandes schrieb der König Kefid an seinen Freund, den König Kafun, mit dem er von mütterlicher Seite her verwandt zu sein vorgab, und bat ihn um Hilfstruppen. Kafun versammelte so viele Ritter, als er konnte und zog zu ihm. Aber der König Tighanus erhielt bald Nachricht davon durch einen seiner Kundschafter, welcher ihm sagte, er habe einen furchtbaren Staub in der Ferne gesehen, der bis zum Himmel steige. Tighanus befahl einer Abteilung Soldaten, zu sehen, was dieser Staub bedeute, und sie sahen, als ihn der Wind zerstreute, sieben Fahnen darunter hervorkommen, jede von dreitausend Reitern umgeben, die zur Armee des Königs Kefid stießen, und diese Nachricht verbreitete großen Schrecken im Lager des Königs Tighanus.

»Der König Kefid hingegen begrüßte freudig seinen Bundesgenossen Kafun und erzählte ihm, der König Tighanus habe seinen Vater und seine Brüder getötet, nun wolle er Rache an ihm nehmen. Der König Kafun sagte: Die Sonne segne dich, mein Freund, und begab sich mit dem König Kefid höchst zufrieden in sein Zelt.

»Das ist's, was die beiden Könige angeht. Der Prinz Djanschah aber, höchst beunruhigt darüber, daß er zwei Monate lang weder seinen Vater, noch die Sklavinnen sah, mit denen er ihn zuweilen besuchte, erkundigte sich bei einem seiner Diener, der ihm besonders ergeben war, nach ihm, und als er von dem Krieg mit Kefid hörte, sagte er: Bringt mir mein Pferd, ich will zu meinem Vater auf das Schlachtfeld. Bei sich dachte er aber: Bin ich einmal im Freien, so reise ich in die Judenstadt; dort wird mir Gott beistehen, daß ich wieder einen Kaufmann finde, der wie das erste Mal gegen mich verfährt; niemand weiß ja, woher sein Glück kommt. Er bestieg sein Pferd und nahm tausend Reiter mit sich, so daß alle Leute glaubten, er ziehe in den Krieg zu seinem Vater. Aber des Abends ließ er die Ritter in einer großen Ebene absteigen, um daselbst zu übernachten, und als sie schliefen, machte er sich allein auf, setzte sich wieder auf sein Pferd und schlug den Weg nach Bagdad ein, weil ihm der Jude gesagt hatte, daß von Bagdad alle zwei Jahre eine Karawane zu ihnen komme, in der Absicht, sich dieser Karawane anzuschließen. Als die Ritter, die Djanschah begleitet hatten, ihn bei ihrem Erwachen vergebens auf allen Seiten suchten, gingen sie zu seinem Vater und berichteten ihm des Prinzen Flucht. Tighanus war so aufgebracht, daß ihm Funken aus dem Gesicht sprühten, ganz außer sich warf er die Krone von seinem Haupt und sagte: Nun habe ich meinen Sohn verloren und der Feind ist in meinem Angesicht. Es gibt keinen Schutz, außer bei Gott! Seine Emire und Veziere suchten ihn zu trösten und zu ermutigen, aber er wollte den Krieg nicht fortsetzen, sondern zog sich mit seinen Truppen in die Hauptstadt zurück, ließ die Tore schließen und die Mauern befestigen. Kefid kam jeden Monat, um die Stadt zu erstürmen, wurde aber von den Belagerten zurückgeschlagen und so dauerte der Krieg zwischen den beiden Königen noch sieben Jahre lang.

»Djanschah aber reiste, nachdem er seine Truppen verlassen hatte, Tag und Nacht durch Wüsten und Einöden, und überall, wo er hinkam, erkundigte er sich nach der Diamanten-Zitadelle; aber niemand hatte je davon gehört. Er erkundigte sich dann nach der Judenstadt, und ein Kaufmann sagte ihm, sie liege an der äußersten Spitze des Ostens: er solle in einem Monat mit ihm nach der indischen Stadt Marsakan gehen, von da nach Chorasan, von Chorasan nach der Stadt Schanum, von hier nach Chowaresm; dann bliebe nur noch eine Reise von fünfzehn Monaten nach der Judenstadt.* Djanschah wartete, bis die Karawane nach Marsakan abreiste, und als er mit ihr diese Stadt erreichte, erkundigte er sich nach der Diamanten-Zitadelle, aber niemand konnte ihm Auskunft darüber geben. Er reiste daher unter vielen Leiden und Gefahren nach Chorasan; dort fragte er nach der Judenstadt, und man bezeichnete ihm den Weg, der dahin führt. Er reiste nun Tag und Nacht, bis er an die Stelle kam, wo er vor den Affen entflohen war. Dann hatte er wieder mehrere Tage zu reisen, bis er an den Strom kam, an dessen jenseitigem Ufer die Judenstadt lag. Er setzte sich ans Ufer des Stromes und wartete bis samstags, wo er durch die Allmacht Gottes austrocknete. Dann ging er in das Haus des Juden, der ihn auch zum ersten Mal aufgenommen hatte. Der Jude grüßte und bewillkommte ihn, brachte ihm zu essen und zu trinken, und fragte ihn, wo er so lange geblieben. Er antwortete: Im Reiche Gottes.

»Am folgenden Tage ging er in die Stadt spazieren, da hörte er wieder ausrufen: Ihr Leute, wer will ein schönes Mädchen und tausend Dinare um einen halben Tag Arbeit? Er ging zum Ausrufer und sagte: Ich will diese Arbeit verrichten. Der Ausrufer sagte ihm: Folge mir, führte ihn in ein großes Haus und sagte zum Hausherrn: Dieser Jüngling will deine Arbeit übernehmen. Der Hausherr bewillkommte ihn, führte ihn in seine Wohnung und ließ ihm Speise und Getränke reichen. Nachdem er gegessen und getrunken hatte, brachte ihm der Hausherr tausend Dinare und ein schönes Mädchen.

»Am folgenden Morgen nahm Djanschah das Mädchen und die tausend Dinare und schenkte sie dem Juden, der ihn samstags bewirtet hatte. Dann ging er wieder zum Kaufmann zurück und ritt mit ihm bis an den Fuß eines sehr hohen Berges. Der Kaufmann zog ein Messer und einen Strick heraus, warf letzteren dem Pferd um die Füße, stürzte es zu Boden und schlachtete es; dann zog er ihm die Haut ab, hieb ihm Kopf und Füße ab, spaltete den Leib und sagte zu Djanschah: »Schlüpfe hinein, daß ich zunähe, und sage mir dann, was du siehst; das ist die Arbeit, die ich von dir verlange. Djanschah schlüpfte hinein, und der Kaufmann nähte den Leib zu und verbarg sich. Nach einer Weile kam ein ungeheurer Vogel und trug das Pferd auf den Gipfel des Berges. Hier wollte er das Pferd fressen, aber sobald Djanschah dies merkte, schnitt er den Leib auf, kroch hervor, und der Vogel entfloh vor Schrecken. Djanschah sah den Kaufmann am Fuß des Berges stehen und fragte ihn, was er wolle? Er bat ihn, ihm von den Steinen des Berges herunterzuwerfen, aber Djanschah erwiderte: Hast du nicht vor fünf Jahren mich treulos verlassen und mir so viele Leiden und Gefahr verursacht? Bei Gott! Ich werfe dir nichts zu. Mit diesen Worten ließ er den Juden stehen und nahm den Weg zum Schloß des Scheich Naßr, dem König der Vögel. Nach einer sehr mühevollen Reise von mehreren Tagen und Nächten gelangte er endlich vor das Schloß unseres Herrn Salomo, und Scheich Naßr saß vor dem Tor. Als dieser Djanschah erblickte, stand er auf, grüßte und bewillkommte ihn und sagte ihm: Wie kommst du wieder allein hierher? Du bist ja so vergnügt mit Schemsiah von hier abgereist? Djanschah weinte und erzählte ihm, wie Schemsiah davongeflogen und ihm gesagt hatte: Wenn du mich liebst, so folge mir auf die Diamanten-Zitadelle. Scheich Naßr erstaunte und sagte: Bei Gott! Ich weiß nichts von dieser Zitadelle, und bei unserm Herrn Salomo, dem Sohne Davids, Friede sei mit ihm! Ich habe nie etwas davon gehört. Djanschah rief weinend: Wie wird es mir nun gehen? Ich sterbe vor Liebe und Verlangen. Scheich Naßr suchte ihn zu

*Der Übersetzer hat hier wörtlich seinen Text wiedergegeben, so unsinnig er auch in geographischer Beziehung sein mag.

trösten und sagte ihm: Warte, bis die Vögel wieder zu mir kommen, ich will sie nach der Diamanten-Zitadelle fragen, vielleicht kennt sie einer von ihnen. Djanschah beruhigte sich bei diesen Worten und ging mit Scheich Naßr ins Schloß, und öffnete wieder das Gemach, das zum Teich führte, in welchem die drei Mädchen gebadet hatten, aber der Teich blieb leer. Nach Verlauf einiger Wochen kam Scheich Naßr zu ihm und sagte ihm: Nun ist die Zeit der Ankunft der Vögel, hier hast du einige heilige Namen, lerne sie auswendig, dann kannst du mich zu den Vögeln begleiten. Djanschah freute sich sehr und begleitete Scheich Naßr zu den Vögeln, welche diesen, eine Gattung nach der anderen, begrüßten.

»Als aber Scheich Naßr die Vögel nach der Diamanten-Zitadelle fragte, antworteten alle: Wir haben sie in unserem Leben nicht nennen hören. Djanschah weinte heftig bei dieser Antwort und fiel in Ohnmacht. Scheich Naßr rief dann einen großen Vogel herbei und sagte ihm: Bringe diesen Jüngling in das Land Kabul. Der Vogel nahm Djanschah auf den Rücken und sagte ihm: Nimm dich wohl in acht, daß dich die Luft nicht zerschneide, und stopfe deine Ohren zu wegen der Wind- und Seekrankheit und dem Getöse der Himmelssphären. Djanschah tat, wie ihm gesagt wurde, und der Vogel erhob sich und flog mit ihm einen Tag und eine Nacht; dann ließ er sich herunter in der Nähe der Wohnung des Königs der Tiere und sagte ihm: Ich habe den Weg verfehlt, den mir Scheich Naßr beschrieben, wir müssen wieder umkehren. Aber Djanschah sagte: Geh' nur deines Weges, ich will hier sterben oder in meine Heimat zurückkehren. Der Vogel flog hierauf seines Weges fort und Djanschah ging in das Schloß des Schah Bedr, des Königs der Tiere. Dieser fragte ihn, wer er sei und wo er mit diesem ungeheuren Vogel herkomme? Djanschah erzählte ihm seine ganze Geschichte vom Anfang bis zum Ende, und bat ihn um Auskunft über die Diamanten-Zitadelle. Schah Bedr erstaunte sehr über seine Erzählung und sagte: Bei unserem Herrn Salomo, dem Sohne Davids, Friede sei mit ihm: Ich weiß nichts von dieser Zitadelle; sobald mir aber jemand darüber Auskunft gibt, will ich dich dahin senden. Djanschah weinte heftig und blieb einige Zeit bei Schah Bedr. Eines Tages kam Schah Bedr zu ihm und sagte ihm: Nimm diese Tafel und lerne auswendig, was darauf geschrieben, dann kannst du mich zu den Tieren begleiten und sie nach der Diamanten-Zitadelle fragen. Nach einer kurzen Weile kamen alle möglichen Gattungen Tiere an und grüßten Schah Bedr. Er fragte sie nach der Diamanten-Zitadelle, aber niemand wußte etwas davon. Da weinte Djanschah und bedauerte es, nicht mit dem Vogel gereist zu sein, den ihm Scheich Naßr mitgegeben. Der König der Tiere bemitleidete ihn und sagte ihm: Mein Sohn, betrübe dich nicht, ich habe einen älteren Bruder, der dem König Salomo abtrünnig geworden und viel mehr vermag, als Scheich Naßr, denn er ist der Herrscher über alle Genien dieses Landes; ich will dich zu ihm schicken, vielleicht weiß er etwas von der Diamanten-Zitadelle. Hierauf setzte er Djanschah auf

den Rücken eines ungeheuren Tieres und gab ihm Empfehlungsschreiben mit an seinen Bruder, den König Schamach. Das Tier lief sogleich weg, und nach mehreren Tagen und Nächten blieb es in einiger Entfernung von der Wohnung des Königs Schamach stehen, denn aus Ehrfurcht vor ihm wagte es nicht, sich ihm ganz zu nähern. Djanschah stieg ab und ging zum König, küßte ihm die Hände und übergab ihm das Schreiben seines Bruders. Als der König Schamach es gelesen hatte, bewillkommte er Djanschah und sagte ihm: Mein Sohn, ich habe in meinem Leben die Diamanten-Zitadelle nicht nennen hören. Djanschah weinte und seufzte, und erzählte auf Verlangen des Königs Schamach seine ganze Geschichte. Als er zu Ende war, sagte Schamach: Mein Sohn, ich glaube nicht, daß unser Herr Salomo je von dieser Zitadelle gehört, noch sie gesehen hat; aber ich kenne einen sehr alten Priester im Gebirge, dem alle Tiere und Vögel und Genien gehorchen, der selbst durch seine Beschwörungen die Könige der Genien sich zu unterwerfen versteht; auch war er es allein, der etwas gegen mich vermochte, als ich von unserm Herrn Salomo abtrünnig und gefangengenommen wurde, denn er ist ein gar zu listiger Zauberer und geschickter Beschwörer. Er hat auch, um in seiner Kunst sich auszubilden, alle Länder durchreist, und ich glaube nicht, daß es einen Ort gibt, der ihm verborgen ist. Ich will dich zu ihm schicken, vielleicht kann er dir den Weg angeben, der dich zur Diamanten-Zitadelle führt; weiß er ihn nicht, so weiß ihn auch niemand in der ganzen Welt, denn alle Geschöpfe Gottes sind seine Diener. Er ist ein so großer Zauberer, daß er eine Achse aus drei Stücken zusammengesetzt hat; wenn er sie in die Erde einschlägt und über das erste Stück einige Zauberformeln liest, so kommt Fleisch heraus, aus dem noch Blut fließt; macht er Beschwörungen über das zweite Stück, so fließt süße Milch hervor, und aus dem dritten Stück wächst auf sein Verlangen Gerste, Weizen und allerlei Obst. Wenn er dann die Achse wieder aus der Erde nimmt, so zieht er sich wieder in sein Kloster zurück, das man das Diamantenkloster nennt. Dieser verdammte Priester, dem ich dich nun empfehlen will, heißt Jaghmus. Der König Schamach rief dann einen ungeheuren Vogel herbei, setzte Djanschah darauf und befahl jenem, diesen Menschen zum Priester Jaghmus zu bringen. Der Vogel hatte vier Flügel, deren jeder dreißig Ellen lang war, und zwei Füße, wie die Füße eines Elefanten; er flog nur zweimal im Jahre aus, und ein Adjutant des Königs Schamach mußte ihm jeden Tag aus Jrak seine Beute zur Fütterung holen. Auf den Befehl seines Herrn flog er mit Djanschah mehrere Tage und Nächte durch, bis er an das Gebirge kam, wo das Diamantenkloster stand. Djanschah stieg dann ab und ging ins Kloster, wo er den Priester in der Kirche betend fand. Als der Priester gebetet hatte und Djanschah sich vor ihm verbeugte, bewillkommte ihn jener und bat ihn, ihm die Ursache seines Besuchs mitzuteilen. Djanschah erzählte ihm seine ganze Lebensgeschichte von seiner Geburt an bis zu seiner Ankunft im Kloster. Der Priester erstaunte sehr über diese Erzählung und sagte: Bei Gott, mein Sohn, ich habe in meinem Leben nichts von dieser Zitadelle gehört, und ich lebe doch schon seit den Zeiten Noahs, des Propheten Gottes, und herrschte über die ganze Erde bis zur Erscheinung unseres Herrn Salomo; ich glaube sogar, daß sie Salomo, dem Sohne Davids, Friede sei mit ihm, unbekannt war. Warte jedoch, mein Sohn, bis die Vögel, Tiere und Genienfürsten zusammenkommen, vielleicht kann uns einer von ihnen Auskunft darüber geben. Djanschah blieb beim Priester, bis die Tiere, Vögel und Genien sich versammelten; da fragte sie der Priester nach der Diamanten-Zitadelle, aber jeder sagte: Ich habe sie weder gesehen, noch etwas davon gehört. Djanschah weinte und seufzte und flehte Gottes Hilfe an.

»Auf einmal erschien ein ungeheuer großer schwarzer Vogel, der eben erst aus der Luft herabstieg, und küßte dem Priester die Hand. Der Priester fragte auch ihn nach der Diamanten-Zitadelle, und der Vogel sprach: O Priester, als wir hinter dem Berge Kaf wohnten auf dem Kristallberg, der neben einem großen Tal sich erhebt, und ich noch ganz jung war, da weidete ich viele Jahre lang mit meinen Schwestern auf dem Berg: Unsere Eltern aber machten jeden Tag einen Ausflug, um uns mit noch besserer Nahrung zu versorgen. Einst flogen sie auch von uns weg und blieben sieben Tage aus, so daß wir fast vor Hunger starben. Am achten Tag kamen sie weinend zurück, und als wir sie nach der Ursache ihrer ungewöhnlich langen Abwesenheit fragten, sagten sie uns, ein widerspenstiger Geist habe sie ergriffen und auf die Diamanten-Zitadelle zum König Schahlan gebracht, und dieser habe sie erst dann wieder freigelassen, als sie ihm sagten, sie haben Junge zu Hause, die vor Hunger sterben müßten. Wenn nun, fuhr der Vogel fort, meine Eltern noch lebten, so könnten sie dir Auskunft geben über die Lage der Diamanten-Zitadelle, ich weiß aber nichts Näheres darüber. Als Djanschah dies hörte, weinte er heftig und bat den Priester, diesem Vogel zu befehlen, daß er ihn auf den Kristallberg hinter dem Berg Kaf bringe, wo seine Eltern ihr Nest hatten. Der Priester ersuchte den Vogel, Djanschah in allem zu gehorchen, und der Vogel versprach, keine Mühe für ihn zu scheuen. Er ließ

sogleich Djanschah auf seinen Rücken steigen und trug ihn nach dem Kristallberg, wo das Nest seiner Eltern war. Hier ließ er sich herunter und sagte zu Djanschah: Hier ist das Nest meiner

Eltern. Djanschah stieg ab und sagte weinend: Ich bitte dich, bringe mich in die Gegend, nach welcher deine Eltern auszufliegen pflegten und von welcher sie zurückkehrten. Der Vogel sagte: Ich gehorche dir in allem, Djanschah; er flog nun noch sieben Tage und sieben Nächte mit ihm, dann setzte er ihn eines Abends auf einen Berg und sagte ihm: Von hier an weiter weiß ich nichts mehr. Djanschah stieg auf den Gipfel des Berges und schlief darauf ein. Als er wieder erwachte, wurde er ganz geblendet von dem Glanz des Schlosses, das in einer Entfernung von zwei Monaten ihm entgegenstrahlte; es war die Diamanten-Zitadelle, die aus den feinsten Edelsteinen und Kristall gebaut war. Diese Festung mit dem Schloß war so groß und so strahlend, daß sie die ganze Gegend, eine Strecke von zwei Monaten umher, beleuchtete, und dort thronte der König Schahlan, der Vater der drei fliegenden Mädchen. Dieser König hatte, sobald seine Tochter zu ihm zurückgekehrt war und ihm von ihrem Abenteuer mit Djanschah und von seiner Liebe zu ihr erzählt hatte, in der Hoffnung, Djanschah werde sie wieder aufsuchen, allen widerspenstigen Genien, seinen Adjutanten, den Befehl erteilt, sobald sie einen Menschen erblickten, ihn festzunehmen und vor ihn zu führen.

»Als nun Djanschah auf das leuchtende Schloß zuging, das er vom Berg erblickt hatte, begegnete ihm einer der Adjutanten des Königs Schahlan, der gerade in jener Gegend ein Geschäft hatte, und fragte ihn, wie er heiße? Djanschah fürchtete sich vor diesem Adjutanten und antwortete zitternd: Ich heiße Djanschah und hatte eine Geliebte unter den Genien, die Schemsiah hieß; es gelang mir, sie für mich zu gewinnen, aber sie entfloh mir wieder. Er erzählte ihm dann seine ganze Geschichte und weinte so heftig, daß der Adjutant voller Rührung zu ihm sagte: Weine nicht, denn du bist am Ziel; wisse auch, daß Schemsiah dich liebt und ihren Eltern ihre Liebe gestanden hat, auch sind alle Bewohner der Zitadelle dir zugetan! Sei nur frohen Mutes! Der Adjutant nahm ihn dann auf die Schultern und trug ihn in die Nähe der Diamanten-Zitadelle und benachrichtigte sogleich den König Schahlan und seine Tochter Schemsiah von Djanschahs Ankunft. Der König kam ihm entgegen, umarmte, grüßte und bewillkommte ihn und ließ Schemsiah die Ankunft ihres Gatten melden, und auf des Königs Befehl erschienen alle seine Adjutanten und Truppen, um Djanschah zu begrüßen und zur Zitadelle zu begleiten. Der König schenkte Djanschah ein buntfarbiges seidenes Kleid mit Gold bestickt, desgleichen kein König auf Erden eines besitzt, auch ließ er ihm ein herrliches Pferd vorführen, und ritt mit ihm, von zahlreichen Truppen umgeben, bis ans Tor der Zitadelle; da stiegen sie ab und traten ins Schloß, dessen Edelsteine, Gold, Silber, Perlen und Kristall Djanschah nicht genug bewundern konnte; auch erstaunte er über die schönen Diwane und Teppiche, die er hier sah, und weinte vor Freude. Der König und Schemsiahs Mutter trockneten ihm seine Tränen ab und sagten ihm: Laß jetzt das Weinen und den Gram, du bist ja am Ziel. Man führte ihn dann mitten ins Schloß, wo schöne Sklavinnen ihm entgegen kamen und ihm ihre Dienste anboten. Der König ließ den Tisch herrichten und setze sich neben ihn auf den Thron. Die Sklavinnen brachten Speisen und Getränke,und nach der Mahlzeit brachten sie Wasser zum Waschen. Bald nachher kam Schemsiahs Mutter wieder und bewillkommte Djanschah abermals und sagte ihm: Du bist nun am Ende deiner vielen Mühseligkeiten und kannst nach langem Wachen wieder ruhig schlafen; gelobt sei Gott, der dich erhalten! Sie ging hierauf weg und holte ihre Tochter Schemsiah, welche ganz schamrot Djanschah grüßte; auch ihre Schwestern, welche mit ihr im Schloß waren, kamen, um Djanschah zu grüßen und seine Hände zu küssen. Die Königin sagte dann zu Djanschah: Verzeihe meiner Tochter, was sie gegen deine Liebe verbrochen, denn sie hat es unseretwillen getan. Djanschah stieß einen lauten Schrei aus und fiel in Ohnmacht, und man mußte ihn lange mit Rosen- und Moschus-

Wasser bespritzen, bis er wieder zu sich kam. Als er die Augen öffnete und Schemsiah erblickte, sagte er: Gelobt sei Gott, der mich ans Ziel meiner Wünsche geführt und die Flammen meiner Sehnsucht gestillt hat! Schemsiah sagte ihm hierauf: Gott bewahre dich vor den Flammen! – Doch erzähle mir, was dir seit meiner Abwesenheit widerfahren, und wie du diesen Ort entdeckt, den selbst die meisten Genien nicht kennen, denn wir haben uns gegen alle Könige der Genien aufgelehnt und leben hier verborgen. Djanschah erzählte ihr alles, was ihm zugestoßen, vom Tag ihrer Flucht bis zu seiner Ankunft. Als er dabei auch den Krieg zwischen seinem Vater und dem König Kefid erwähnte, sagte ihm die Königin: Nach einem Monat feiern wir Schemsiahs Hochzeit nochmals, dann kannst du mit ihr in deine Heimat ziehen, und wir geben dir tausend unserer mächtigsten Genien mit, von denen der Geringste auf deinen Befehl den König Kefid und seine ganze Armee in einem Augenblick vernichten wird; wir schicken dir dann jedes Jahr eine Abteilung Genien, von denen ein einziger alle deine Feinde töten kann. Wir geben dir aber, fuhr die Königin fort, unsere Tochter Schemsiah nur unter der Bedingung mit in dein Land, daß du abwechselnd ein Jahr in deiner Heimat und ein Jahr bei uns zubringst. Der König Schahlan setzte sich dann auf den Thron und befahl den Großen des Reichs, siebentägige Feste zu veranstalten und alles zur Hochzeitsfeierlichkeit vorzubereiten. Nach einem Monat, als alles zur Hochzeit bereit war, wurde Djanschah zu Schemsiah geführt, und er lebte einige Zeit mit ihr im schönsten Liebesrausch. Doch bald erinnerte er sich wieder seines Vaters und sagte zu Schemsiah: Dein Vater hat mir versprochen, dich mit mir in meine Heimat zurückzuschicken, daß wir abwechselnd ein Jahr dort und ein Jahr hier zubringen, bitte ihn nun um die Erfüllung seines Versprechens. Sobald der Abend hereinbrach, ging Schemsiah zu ihrem Vater und trug ihm Djanschahs Bitte vor. Der König sagte: Ich füge mich gern in seinen Willen; wartet nur bis zu Anfang des Monats, daß ich die Genien zu eurer Begleitung ausrüste. Als die bestimmte Zeit vorüber war, befahl Schahlan seinen Genien, sich in den Dienst Djanschahs und Schemsiahs zu begeben, und ließ für Djanschah und Schemsiah einen großen goldenen Thron verfertigen, mit Perlen und Edelsteinen beschlagen, und darüber ein rotes seidenes Zelt spannen, mit Gold durchwirkt und mit allerlei Farben bemalt. Djanschah und Schemsiah setzten sich darauf, und vier Genien faßten ihn an den vier Ecken. Schemsiah nahm Abschied von ihrer Mutter, ihren Schwestern und ihren übrigen Verwandten, ihr Vater aber stieg auf den Thron und begleitete sie bis mittags, dann stieg er ab und nahm Abschied, empfahl Djanschah seine Tochter, und sie beide den Genien, die sie tragen sollten; er schenkte dann Schemsiah noch zweihundert schöne Sklavinnen, und Djanschah hundert junge Mamelucken, und kehrte wieder in seine Zitadelle zurück. Djanschah mit den Seinigen reiste nun auf dem Thron, der zwischen Himmel und Erde von vier schwebenden Genien getragen wurde, zehn Tag nacheinander fort und legte jeden Tag eine Strecke von dreißig Monaten zurück. Am elften Tag erblickte einer der Genien das Land Kabul, das ihm wohl bekannt war, und gab den Trägern Befehl, sich herabzulassen. Die Genien ließen sich gerade vor der Stadt des Königs Tighanus, Djanschahs Vater, auf die Erde herunter.

»Der König Tighanus, welcher, wie wir schon erzählt haben, nach der Abreise seines Sohnes die Flucht ergriffen und sich in die Stadt zurückgezogen hatte, die dann der König Kefid eng belagerte, befand sich in so großer Not, daß er gern dem Feind die Stadt öffnen wollte, wenn er ihm nur Leben und Freiheit zusicherte. Da ihm aber Kefid auch diese Bitte nicht gewährte, beschloß er, um seinen Leiden ein Ende zu machen, sich selbst das Leben zu nehmen. Er hatte schon von seinen Vezieren und Staatsräten und von seinen Frauen Abschied genommen und saß eben in größter Verzweiflung da, als die Genien ins Schloß traten, welches innerhalb der Zitadelle lag, und auf Djanschahs Befehl den Thron mitten im Diwan niedersetzten und ihn heraushoben. Als Djanschah seinen Vater in einem so betrübten Zustand fand, sagte er zu Schemsiah: O Geliebte meines Herzens, sieh, in welcher Lage mein Vater sich befindet. Schemsiah befahl sogleich den Genien, die Truppen des Königs Kefid zu schlagen, bis kein einziger von ihnen übrig bleibe. Djanschah befahl einem der Genien, der sehr stark war und Karatesch hieß, den König Kefid gefangen zu bringen. Die Genien gingen mit dem Thron und dem darüber gespannten Zelt weg, und um Mitternacht ließen sie ihn im Lager des Königs Kefid nieder und fielen vernichtend über Kefids Truppen her; ein einziger faßte acht bis zehn Feinde samt den Elefanten, auf welchen sie ritten, hob sie in die Luft und ließ sie fallen, so daß sie in Stücken niederfielen, andere schlugen von oben herab mit eisernen Stangen, bis sie die ganze Armee aufgerieben hatten. Karatesch ging dann in das Zelt des Königs Kefid, der auf einem Diwan saß, und ergriff ihn und flog mit ihm in die Luft, brachte ihn auf den Thron und befahl den vier Genien, ihn fortzutragen. Als Kefid erwachte, fürchtete er sich sehr vor den Genien und stieß einen lauten Schrei aus, als er sah, daß er zwischen Himmel und Erde schwebte, und schlug sich vor Verzweiflung ins Gesicht. Der König Tighanus, der bei dem Anblick seines Sohnes in Ohn-

macht gefallen war, kam eben wieder zu sich und umarmte ihn heftig weinend, als Schemsiah hereintrat, ihm die Hände küßte und ihm sagte: Mein Herr, komm auf die Terrasse des Schlosses, um zuzusehen, wie die Genien meines Vaters gegen die Truppen des Königs Kefid kämpfen. Tighanus setzte sich auf die Terrasse und sah, wie die Genien mit der Armee des Königs Kefid umgingen. Die einen schlugen mit eisernen Stangen Elefanten samt ihren Reitern zu Boden, andere nahmen durch einen einzigen Schrei ins Gesicht einer ganzen Reihe Soldaten das Leben, wieder andere hoben auf einmal zehn Reiter in die Höhe und stürzten sie mit solcher Kraft auf die Erde, daß ihr Rücken zerschmettert wurde. Der König Tiganus saß noch auf der Terrasse des Schlosses und sah höchst vergnügt dem Kampf zu, als Djanschah den Genien befahl, den Thron auf dem der König Kefid, weinend und hilferufend saß, mitten in die Zitadelle des Königs Tighanus niederzulassen. Als die Genien Djanschahs Befehl vollzogen, bat Tighanus einen der Genien, den König Kefid zu fesseln und in den schwarzen Turm zu sperren. Sodann ließ er den errungenen Sieg mit Trompeten und Trommeln verkündigen und auch Djanschahs Mutter von allem, was geschehen war, in Kenntnis setzen. Diese kam zu ihrem Sohn und fiel vor Freude in Ohnmacht. Djanschah bespritzte sie mit Rosenwasser und drückte sie innig an seine Brust, bis sie wieder zu sich kam und seine Umarmung erwiderte. Sodann kam Schemsiah, von vielen Sklavinnen begleitet, zu ihr und begrüßte sie und hielt sie lange umarmt.

»Der König ließ nun die Tore der Stadt wieder öffnen und sendete überall Boten umher. Alle Emire und Fürsten kamen aus den entlegensten Provinzen, um dem König zu seinem Sieg und zur glücklichen Rückkehr seines Sohnes Djanschah Glück zu wünschen und ihnen allerlei Geschenke darzubringen. Bald darauf ließ der König Schemsiahs Hochzeitsfeier noch einmal begehen, die Stadt wurde festlich geschmückt und Schemsiah im reichsten Putz und Schmuck ihrem Gatten zugeführt. Schemsiah bat dann den König Tighanus, er möchte dem König Kefid seine Freiheit schenken und ihn in sein Land zurückkehren lassen, denn sobald er wieder etwas Böses tun wollte, würde sie ihn durch einen ihrer Genien aufgreifen lassen. Der König sagte: Dein Wille geschehe, und befahl dem Genius Schamauel, der Kefid eingesperrt hatte, ihn aus dem Gefängnis zu holen und zu ihm zu führen. Schamauel brachte Kefid gefesselt vor den König Tighanus. Aber dieser ließ ihm die Fesseln abnehmen, setzte ihn auf ein hinkendes Pferd und sagte ihm: Die Königin Schemsiah hat mich gebeten, dich zu begnadigen; du kannst in dein Land zurückkehren; unternimmst du aber wieder etwas Schlechtes, so sendet sie einen ihrer Genien, der dich wieder hierherbringt. Der König Kefid reiste hierauf allein mit betrübtem Herzen im schlechtesten Zustand in seine Heimat zurück, und Djanschah lebte mit Schemsiah bei seinem Vater in den glücklichsten Verhältnissen.

»Dies alles erzählte Djanschah Bulukia und sagte ihm zuletzt: Ich bin Djanschah, der alles dies erlebt hat. Bulukia, der aus Liebe zu Mohammed umherwanderte, bewunderte diese Geschichte und sagte zu Djanschah: Nun, mein Freund, was bedeuten denn diese beiden Gräber, zwischen denen du weinend sitzest? Djanschah antwortete: Wisse, o Bulukia, nachdem wir viele Jahre hindurch gegessen und getrunken und abwechselnd ein Jahr in Kabul und ein Jahr auf der Diamanten-Zitadelle angenehm zugebracht hatten, ließen wir einmal unsern Thron, auf welchem wir, von Genien getragen, die Reise zu machen pflegten, auf dieser Stelle nieder und schlugen unser Zelt neben diesem Fluß auf, aßen, tranken, spielten und belustigten uns. Auf einmal sagte Schemsiah: Ich habe Lust, in diesem Fluß zu baden. Sie entkleidete sich und auch ihre Sklavinnen entkleideten sich und schwammen im Fluß umher; ich blieb am Ufer sitzen und sah zu, wie sie miteinander scherzten. Auf einmal kam ein ungeheuer großer Fisch herbei und tötete Schemsiah; die Sklavinnen entflohen aus dem Fluß aus Furcht vor dem Seeungeheuer und kamen ins Zelt zurück; doch blieben einige und holten Schemsiah aus dem Fluß und brachten sie tot ins Zelt. Als ich sie tot vor mir sah, fiel ich in Ohnmacht. Die Sklavinnen bespritzten mich mit Wasser, und als ich wieder zu mir kam, weinte ich und befahl den Genien, Schemsiahs Verwandten Nachricht von ihrem Tod zu geben. Die Genien flogen davon und kehrten bald mit Schemsiahs Eltern zurück, die ihre Tochter wuschen, beerdigten und betrauerten. Sie wollten mich dann mit in ihre Zitadelle nehmen, aber ich sagte zum König: Laß mir hier ein Grab bauen, damit, wenn ich sterbe, ich hier neben Schemsiah beerdigt werde. Der König befahl einem der Genien, das zu tun, und so verließ er mich hier einsam trauernd um Schemsiah. Das ist meine Geschichte, schloß Djanschah, und die Ursache, warum ich hier zwischen den Gräbern sitze. Dann rezitierte er folgende Verse:

Seitdem du nicht mehr bist, ist mein Haus kein Haus mehr und mein guter Nachbar kein Nachbar mehr: Der Freund, der mich darin besuchte, ist nicht mehr derselbe, auch die Blumen, die es umgaben, sind anders. Nicht mehr dieselbe Sonne, noch derselbe Mond beleuchten es mehr. Wohin bist du geflohen, Geliebte, die du mein Herz mit fortgetragen? Warum bist du fern und machst durch deine Abwesenheit mir die ganze Welt unheimlich und das ganze Leben trübe? Seit ich dich nicht mehr sehe, schmeckt mir das Leben nicht mehr süß, und ich kann deine Wohnung nicht mehr sehen, ohne vor Gram und Sehnsucht zu vergehen. Ich frage stets meine Heimat nach dir und es ist mir, als wäre sie meine Heimat nicht mehr; o möge sie, weil du sie nicht mehr bewohnst, nie mehr grünen, möge kein Regen des Himmels sie mehr tränken!«

»Als Bulukia das alles von Djanschah gehört hatte, sagte er: Bei Gott! Ich habe geglaubt, ich sei weit in der Welt umhergereist, nun habe ich aber durch deine Erzählung alles vergessen, was ich gesehen. Nun, mein Freund Djanschah, bitte ich dich, die Güte zu haben, mir den sicheren Weg zu zeigen. Djanschah belehrte ihn über den Weg, den er einschlagen sollte, und nahm Abschied von ihm.«

Als die Schlangenkönigin Tamlicha mit ihrer Erzählung zu Ende war, fragte sie Haseb, woher sie dies wisse; sie sagte: »Wisse, o Haseb, ich habe vor fünfundzwanzig Jahren eine große Schlange nach Ägypten geschickt und ihr einen Brief mit Grüßen an Bulukia mitgegeben. Als er meinen Brief sah, bat er die Überbringerin, ihn mitzunehmen, und sagte ihr, er habe ein Geschäft mit mir abzumachen. Die Schlange führte ihn zu ihrer Tochter und diese sagte ihm: Drücke deine Augen fest zu! Er drückte sie zu, und als er sie wieder öffnete, fand er sich auf dem Gebirge, wo die Schlange wohnte, der ich den Brief gegeben hatte. Er fragte dann nach mir und die Schlange sagte ihm, ich sei mit meinen Truppen nach dem Berg Kaf gezogen und kehre erst im Sommer zurück; wenn er etwas von mir wolle, so sage er es nur ihr als meiner Stellvertreterin. Bulukia sagte: Ich bitte dich, zeige mir die Pflanze, deren Saft vor Alter und Schwäche schützt. Die Schlange erwiderte: Ich werde dir sie nicht eher angeben, bis du mir erzählst, was dir mit Afan widerfahren, seitdem ihr euch von uns getrennt. Bulukia erzählte ihr seine ganze Geschichte, und als er vollendet hatte, bat er sie, ihm nun sein Verlangen zu gewähren, daß er wieder heimkehre. Die Schlange schwor bei unserm Herrn Salomo, sie kenne keine solche Pflanze, und befahl einer ihrer Dienerinnen, ihn wieder in seine Heimat zu bringen. Diese sagte ihm: Drücke deine Augen zu! Er drückte sie zu und befand sich auf einmal auf dem Berg Mokattem in der Nähe der Stadt Kahirah, von wo er in seine Wohnung ging.«

»Als ich nun«, fuhr die Schlangenkönigin fort, »vom Berg Kaf zurückkam, trat mir meine Stellvertreterin entgegen, bewillkommte mich, richtete mir Grüße von Bulukia aus und erzählte mir alles, was ihm auf seiner Wanderung widerfahren; so, o Haseb, ist mir die Geschichte von Bulukia bekannt geworden.« Haseb bat nun die Schlangenkönigin, ihm noch zu erzählen, was Bulukia begegnet war von dem Augenblick, wo er Djanschah verlassen, bis er nach Ägypten kam. Da sagte die Schlangenkönigin: »Nachdem Bulukia Djanschah verlassen hatte, reiste er Tag und Nacht, bis er an ein großes Meer kam, da salbte er seine Füße mit dem Saft, den er bei sich hatte, und ging auf dem Meer, bis er eine Insel erreichte, reich an Früchten, Bäumen und Flüssen, wie das Paradies. Er sah unter anderem einen großen Baum mit Blättern, wie Segel eines Schiffes, unter welchem ein Tisch, mit den verschiedenartigsten herrlichsten Speisen bedeckt, stand. Auf dem Baum sah er einen Vogel aus Perlen und grünem Smaragd, die Füße waren silbern, der Schnabel war aus rotem Rubin und die Federn aus allerlei Edelsteinen; da pries er Gott und betete für Mohammed, Friede sei mit ihm, und staunte eine Weile diesen wunderbaren Vogel an und dann sagte er: O herrliches Geschöpf, wer bist du? Der Vogel antwortete: Ich bin einer der Vögel des Paradieses. Wisse, mein Freund, als Gott Adam aus dem Paradies verbannte, gab er ihm vier Blätter mit, um seine Scham zu bedecken: da fiel eines davon auf den Boden, ein Wurm fraß es, und daher stammen die Seidenwürmer; ein anderes fiel auf den Boden, eine Biene aß davon, und daher kommt der Honig. Von dem dritten Blatt, das einer

Gazelle in den Mund fiel, kommt der Moschus, und von dem vierten, das Adam in Indien fallen ließ, der feine Weihrauch. Auch ich verließ damals das Paradies und wanderte lange auf der Erde umher, bis mir Gott diesen Platz anwies, wo jeden Donnerstag Abend alle Heiligen sich versammeln, um von diesen Früchten zu genießen, mit denen sie Gott jeden Freitag bewirtet und die er die ganze Woche im Paradies verschlossen hält. Bulukia aß auch von diesen Früchten und dankte Gott. Als er gegessen hatte, erschien ihm der Prophet Alchidhr,* Friede sei mit ihm. Bulukia grüßte ihn und wollte wieder weiter gehen, aber der Vogel erlaubte ihm, sich neben ihn zu setzen und Alchidhr bat ihn, ihm zu erzählen, wie er hierhergekommen. Nachdem Bulukia seine ganze Geschichte von Anfang bis zu Ende erzählt hatte, fragte er Alchidhr, wie weit er nach Ägypten habe. Alchidhr antwortete: Es ist ein Weg von fünfundneunzig Jahren. Bulukia weinte heftig, als er dies hörte, warf sich auf Alchidhrs Hand, küßte sie und sagte: Rette mich aus diesem fremden Land, daß ich nicht darin untergehe. Gott wird dich dafür belohnen. Alchidhr antwortete: Bete zu Gott, und wenn er es mir befiehlt, so bringe ich dich nach Ägypten. Bulukia weinte und flehte zu Gott mit demütigem Herzen. Gott erhörte sein Gebet, offenbarte sich in der Nacht Alchidhr

* Es ist Pinehas oder Eli der Bibel.

und befahl ihm, Bulukia nach Ägypten zu bringen. Alchidhr sagte des Morgens zu Bulukia: Erhebe dein Haupt, Gott hat dein Gebet erhört; umfasse meinen Leib recht fest und drücke deine Augen zu! Sobald Bulukia Alchidhr umschlungen und seine Augen zugedrückt hatte, machte dieser nur einen einzigen Schritt und sagte zu Bulukia: Du kannst deine Augen wieder öffnen. Als er sie öffnete, befand er sich vor der Tür seines Hauses; er drehte sich um und suchte Alchidhr, um von ihm Abschied zu nehmen, aber er sah keine Spur mehr von ihm.

»Als Bulukia in sein Haus trat und seine Mutter ihn erblickte, schrie sie laut und fiel in Ohnmacht; man bespritzte ihr Gesicht mit Wasser, bis sie wieder zu sich kam, dann umarmte sie ihren Sohn und weinte heftig, doch bald darauf lachte sie wieder. Bald nachher kamen Bulukias übrige Verwandte und Freunde mit vielen Geschenken, um ihm Glück zu wünschen; die Nachricht seiner Rückkehr verbreitete sich nach und nach im ganzen Land von Osten bis Westen, Zimbeln und Psalter ertönten auf allen Straßen, und die Freude und das Erstaunen über Bulukias wunderbare Rettung waren allgemein.«

Als die Schlangenkönigin dem vor Verwunderung und Teilnahme heftig weinenden Haseb alles dies erzählt hatte, sagte sie ihm: »Nun kehre auch du in deine Heimat zurück, aber hüte dich wohl, den Eid zu brechen, den du mir geschworen und gehe niemals ins Bad!« Haseb wiederholte seinen Schwur, worauf Tamlicha einer Schlange befahl, ihn auf die Oberfläche der Erde zurückzubringen. Die Schlange kroch lange umher, bis sie endlich Haseb durch einen unterirdischen Gang auf die Oberfläche der Erde zurückbrachte. Haseb ging dann seines Weges fort, bis er in die Stadt kam, und die Sonne ging gerade unter, als er vor sein Haus trat, Er klopfte an der Tür, seine Mutter kam heraus und öffnete sie ihm, und als sie ihren Sohn erblickte, schrie sie laut und weinte und umarmte ihn. Hasebs Frau, welche dieses Geschrei hörte, kam auch herbei, bewillkommte ihren Mann, küßte seine Hände und freute sich sehr mit ihm. Sie führten ihn dann ins Innere des Hauses, und nachdem er eine Weile bei den Seinigen saß, fragte er nach den Holzhauern, die mit ihm Holz gehauen und ihn dann in der Grube gelassen hatten. Seine Mutter sagte ihm: »Die Holzhauer sind damals zu mir gekommen und haben mir gesagt, ein Löwe habe dich gefressen; sie aber wurden angesehene Kaufleute, und erwarben sich ein großes Vermögen; sie haben viele Magazine mit den schönsten Waren angefüllt, und besitzen viele Güter und Sklaven.« Haseb sagte zu seiner Mutter: »Gehe morgen früh zu ihnen und sage ihnen: Mein Sohn Haseb ist von seiner Reise zurückgekehrt, kommt ihn zu besuchen und zu begrüßen.« Als Gott den Morgen heranbrechen ließ, ging Hasebs Mutter in die Häuser der Holzhauer und sagte ihnen, was ihr ihr Sohn aufgetragen. Die Holzhauer nahmen jeder ein gesticktes seidenes Kleid und sagten ihr: »Bring dies deinem Sohn und sage ihm, morgen früh werden wir zu ihm kommen.« Die Alte ging wieder zu ihrem Sohn zurück, brachte ihm das Geschenk und sagte ihm, daß sie morgen ihn besuchen würden. Die Holzhauer berieten sich aber mit einigen Kaufleuten über das, was sie tun sollten, und entschlossen sich, Haseb die Hälfte ihres Geldes, ihrer Mamelucken und ihrer Sklavinnen zu geben. Sie besuchten Haseb am folgenden Tag und brachten die Hälfte ihres Vermögens mit, küßten ihm die Hände und sagten: Unser Schicksal liegt nun in deinen Händen.« Haseb erwiderte: »Was geschehen ist, ist geschehen. Gott hatte es so bestimmt, und da half keine menschliche Vorsicht.« Sie sagten ihm dann: »Komm mit in die Stadt spazieren, wir wollen dann zusammen ins Bad gehen;« Haseb versetzte aber: »Ich habe geschworen, nie in ein Bad zu gehen.« Da sagten sie: »So komm mit uns in unser Haus, daß wir dich bewirten!« Er ging mit ihnen und brachte bei jedem eine Nacht zu, sieben Nächte nacheinander, dann kaufte er einen Laden und lebte lange als reicher Kaufmann, bis er eines Tages, als er in die Stadt ging, einem alten Freunde begegnete, welcher Herr eines

Badhauses war. Als dieser ihn sah und erkannte, umarmte er ihn und sagte: »Komm herein in mein Bad, daß ich dich nach dem Bad bewirte.« Haseb sagte: »Ich habe geschworen, nie mehr in ein Bad zu gehen.« Da schwor der Badherr, er würde von allen seinen Frauen sich dreimal scheiden lassen,* wenn er nicht mit ihm komme und ein Bad nehme. Haseb dachte eine Weile nach und sagte dann: »Du willst meine Kinder zu Waisen machen, mein Haus verwüsten und mir eine schwere Sünde aufladen.« Da küßte der Badherr Haseb die Füße und sagte: »Ich will die Sünde übernehmen, komm nur mit mir.« Die Badgesellen und alle Badgäste drangen dann in Haseb, schleppten ihn ins Haus, zogen ihm die Kleider aus und führten ihn in die Badstube. Er hatte sich aber kaum an die Wand gesetzt und sich Wasser über den Kopf gießen lassen, als zwanzig Mann zu ihm traten und ihm sagten: »Steh auf! Du bist des Sultans Gefangener.« Einer dieser Männer ging sogleich zum Vezier, um ihn davon in Kenntnis zu setzen, und bald darauf kam der Vezier zu Pferd mit sechzig Mamelucken vor das Bad, grüßte und bewillkommte Haseb, schenkte dem Badherrn hundert Dinare, ließ Haseb ein Pferd besteigen und ritt mit ihm ins Schloß zum

* Gewöhnlicher Eid der Muselmänner: tust du dies nicht, so lasse ich mich dreimal von meiner Frau scheiden, weil nach der dritten Scheidung man seine Frau nicht wieder heiraten darf.

Sultan. Sie ließen sich in einem Saal des Schlosses nieder, und man brachte ihnen Speisen und Getränke und Wasser zum Waschen. Als sie gegessen und getrunken hatten, schenkte der Vezier dem erstaunten Haseb zwei Ehrenkleider, deren jedes fünftausend Dinare wert war.

Haseb, dessen Befremden immer wuchs, bat den Vezier, ihm doch zu sagen, was dies alles bedeute? Der Vezier antwortete ihm: »Wisse, daß uns Gott durch deine Ankunft eine große Gnade erzeigt hat. Der Sultan ist so krank infolge eines Aussatzes, daß man jeden Augenblick seinen Tod befürchtet; und wir haben in Büchern gelesen, daß er durch dich wieder geheilt werden kann.« Haseb, den diese Worte in noch größeres Erstaunen versetzten, wurde dann, von vielen Soldaten begleitet, durch sieben Tore geführt, bis er endlich zum Sultan gelangte, welcher Kersedan hieß. Dieser Sultan herrschte über sieben Länder, und hundert Könige, die auf goldenen Thronen saßen, waren ihm untertan; außerdem gebot er über zehntausend Heerführer, deren jeder hundert Adjutanten hatte und von hundert Offizieren mit gezogenem Schwert umgeben war. Als Haseb in den Saal trat, schlief der Sultan und hatte das Gesicht mit einem Tuch bedeckt. Haseb, durch die furchtbare Umgebung des Sultans eingeschüchtert, verbeugte sich tief und betete für das Wohl des Sultans. Der Großvezier Schamhur bewillkommte ihn und ließ ihn zur Rechten des Sultans sitzen. Sobald Haseb sich niedergelassen hatte, brachte man ihm wieder einen Tisch mit Speisen und Getränken und Wasser zum Waschen. Dann stand der Vezier auf – und sogleich erhoben sich auch alle übrigen Anwesenden – ging auf Haseb zu und sagte ihm: »Wir alle hier wollen deine Diener werden, fordere von uns, was du willst, auch die Hälfte des Reiches soll dir nicht versagt werden, heile nur unseren Sultan!« Er nahm dann Haseb bei der Hand und führte ihn vor das Bett des Sultans. Haseb deckte sein Gesicht auf und erschrak vor dessen üblem Aussehen. Der Vezier küßte dann Haseb die Hand und sagte: »Wir wünschen, daß du den Sultan heilest; wir geben dir dann alles, was du verlangst; du allein, als Abkömmling Daniels, kannst ihn vom Tod retten.« – »Es ist wohl wahr, daß ich ein Abkömmling Daniels, des Propheten Gottes, bin, aber ich bin nicht wissenschaftlich gebildet, ich habe nur dreißig Tage eine medizinische Schule besucht, ohne etwas gelernt zu haben; jetzt bedaure ich sehr, nichts gelernt zu haben, um den Sultan heilen zu können.« – »Mache keine langen Reden; wenn wir alle Gelehrten des Ostens und Westens versammeln, so kann niemand als du den Sultan heilen.« – »Wie soll ich ihn heilen, ich kenne ja weder seine Krankheit, noch ein Mittel dagegen?« – »Mache es nur kurz, seine Genesung steht in deiner Hand.« – »Wieso denn? Sagt mir, wie ich ihn heilen soll, und wenn ich es vermag, so will ich es gern tun.« – »Die Genesung des Sultans hängt von der Schlangenkönigin ab; du kennst sie, hast sie gesehen und weißt, wo sie sich aufhält.« – »Was wollt ihr von der Schlangenkönigin? Ich kenne sie nicht und habe in meinem Leben nichts von ihr gehört.« – »Lüge nicht, ich habe Beweise, daß du sie kennst und zwei Jahre bei ihr zugebracht hast.« – »Ich kenne sie nicht und war nicht bei ihr und höre jetzt zum ersten Mal von ihr sprechen.«

»Wir haben ein heiliges Buch, in welchem angedeutet ist, daß ein Mann zur Schlangenkönigin gelangen und zwei Jahre bei ihr zubringen würde, dessen Leib schwarz wird, sobald er ins Bad geht; zeige also deinen Leib!« Haseb entblößte seinen Leib, und da er in der Tat ganz schwarz war, sagte er: »Mein Leib ist schwarz von dem Tag her, wo mich meine Mutter geboren.« Der Vezier entgegnete: »Wir haben in jedes Bad drei Mamelucken geschickt und jeden beim Ein– und Ausgehen untersuchen lassen: Die haben gesehen, daß dein Leib beim Entkleiden noch weiß war, und dich darum hierher gebracht; sage uns also, wo du wieder auf die Oberfläche der Erde gekommen, wir werden uns dann schon der Schlangenkönigin bemächtigen.« Haseb bereute es jetzt, wo es zu spät war, ins Bad gegangen zu sein, doch fügte er sich in die göttliche Bestimmung und bestand hartnäckig darauf, die Schlangenkönigin nicht gesehen zu haben. Da gab der Vezier den Offizieren den Befehl, ihn zu entkleiden, auf den Boden hinzustrecken und zu prügeln. Haseb ließ sich schlagen, bis er vor Schmerzen dem Tod nahe war. Als der Vezier sah, daß er mit Gewalt nichts gegen Haseb vermochte, küßte er ihm den Kopf und sagte in einem sanften Ton: »Was leugnest du länger deine Bekanntschaft mit der Schlangenkönigin, da wir Beweise haben, daß du sie kennst und bei ihr warst? Zeige uns nur den Ort, wo du zur Erde heraufgekommen, wir haben schon jemanden, der sie ergreifen wird, du kannst dann deines Weges gehen.« Der Vezier ließ dann Haseb wieder aufrichten und ihm ein goldgesticktes Kleid mit Edelsteinen besetzt bringen, das er ihm selbst anzog. Der Vezier bestieg sein Pferd, von allen Emiren und vielen Truppen begleitet, und Haseb mußte an ihrer Spitze reiten, um ihnen die Stelle zu zeigen, wo er zur Oberfläche der Erde zurückgekehrt war. Als Haseb den Brunnen erreichte, aus dem er hervorgekommen, stieg er ab, und der Vezier nebst seinem Gefolge taten das gleiche. Der Vezier ließ dann Feuer anzünden, machte Räucherwerk, murmelte allerlei unverständliche Zaubersprüche, nahm ein Buch heraus und las darin; dann rief er mit lauter Stimme dreimal nacheinander: »Komm hervor, Schlangenkönigin!« Bis endlich das Wasser, das in dem Brunnen war, austrocknete, eine große Tür sich öffnete, aus der ein jämmerliches Geschrei hervorkam, wie der Donner, so daß man glaubte, die ganze Welt würde zusammenstürzen. Alle Anwesenden fielen ohnmächtig hin und einige starben sogar. Dann kam aus der Höhle eine Schlange hervor, größer als ein Elefant, die eine goldene Kufe auf dem Rücken hatte, in welcher eine andere Schlange lag mit einem strahlenden Menschengesicht. Letztere, welche die Schlangenkönigin war, wendete sich rechts und links um, bis sie Haseb erblickte und sagte ihm in deutlicher Menschenzunge: »Wo ist der Eid, den du mir geschworen? Warum bist du ins Bad gegangen? Doch was bestimmt ist, das muß geschehen; Gott hat nun das Ende meines Lebens beschlossen, ich soll sterben und der Sultan Kersedan soll von seiner Krankheit geheilt werden.« Bei diesen Worten weinte sie heftig, und Haseb weinte mit ihr. Der Vezier streckte dann die Hand nach ihr aus, um sie zu ergreifen, da sagte sie: »Wenn du deine Hand nicht zurückziehst, du Verruchter, so verwandle ich dich durch einen einzigen Hauch in einen Haufen Fleisch und schwarze Asche; komm du, Haseb, lege du mich auf die Platte, die ihr mitgebracht, und trage mich auf deinem Kopfe: es ist von Ewigkeit her geschrieben, daß ich durch dich sterben soll.« Haseb nahm sie und legte sie auf die Platte. Sogleich nahm der Brunnen wieder seine frühere Gestalt an. Als Haseb mit der Schlange auf dem Kopf zur Stadt ging, sagte sie ihm: »Höre Haseb, was ich dir sagen will; ich muß dir einen guten Rat erteilen, obschon du deinen Eid gebrochen, denn so wollte es die Bestimmung von jeher: Wenn du in das Haus des Veziers kommst und er dir sagt: Schlachte die Schlangenkönigin und teile sie in drei Stücke, so tue es nicht, behaupte, du könntest nicht mit Schlachten umgehen, und laß ihn selbst mich schlachten. Sobald er mich geschlachtet und zerschnitten hat, wird ein Bote vom Sultan kommen und den Vezier zu ihm rufen. Er wird vorher mich in einen Topf legen und über das Feuer stellen und dir befehlen, mich am Feuer zu lassen, bis der Schaum aufkocht, diesen Schaum dann in ein Schüsselchen abzuheben, ihn kalt werden zu lassen und dann zu trinken; auf diese Weise, wird er sagen, vergehen deine Schmerzen am Leibe. Er wird dich ferner beauftragen, mich zum zweiten Mal ans Feuer zu stellen, bis wieder Schaum aufkocht, und diesen Schaum für ihn stehen zu lassen, damit er ihn von seinen Kreuzschmerzen heile. Tue dies aber nicht, sondern trinke du den zweiten Schaum und bewahre ihm den ersten auf, sonst geht es dir schlecht. Hast du«, fuhr die Schlangenkönigin fort, »den zweiten Schaum getrunken, so nimm mein Fleisch aus dem Topf, lege es auf eine kupferne Schüssel und gib dem König davon zu essen; sobald er es aber im Leib hat, so bedecke seinen

Mund mit einem Tuch. Dann warte bis Mittag, da soll er etwas Wein trinken, und er wird so gesund werden, wie er war, durch den Beistand Gottes. Merke dir aber wohl, was ich dir hier anempfahl.« Haseb war unter diesem Gespräche mit der Schlange, die er auf dem Kopf trug, an das Haus des Veziers gekommen; da legte er die Platte ab, auf welcher die Schlangenkönigin lag.

Der Vezier entließ nun sein ganzes Gefolge und sagte zu Haseb: »Schlachte jetzt die Schlangenkönigin!« Haseb antwortete: »Ich kann nicht schlachten, ich habe in meinem Leben nicht geschlachtet; hast du Lust, so schlachte sie selbst!« Der Vezier nahm die Schlange aus Hasebs Hand und schlachtete sie. Als Haseb bei diesem Anblicke heftig weinte, sagte ihm der Vezier: »O Blödsinniger, wegen einer Schlange weinst du?« Nachdem der Vezier die Schlangenkönigin geschlachtet hatte, zerschnitt er sie in drei Teile und legte sie in einen kupfernen Topf, den er über das Feuer stellte. In diesem Augenblicke kam einer der Mamelucken des Sultans und sagte zum Vezier: »Der Sultan verlangt sogleich nach dir.« Der Vezier holte zwei Schüsselchen, gab sie Haseb und sagte ihm: »Laß diesen Topf kochen, bis der Schaum aufsteigt, hebe ihn dann in eines dieser Schüsselchen ab, laß ihn kalt werden, dann trinke ihn, und es wird an deinem Körper kein Schmerz mehr zurückbleiben. Setze dann den Topf wieder ans Feuer, und wenn zum zweiten Mal Schaum aufsteigt, so hebe ihn in das zweite Schüsselchen ab und bewahre ihn auf, bis ich wiederkomme, daß ich es trinke, um meine Kreuzschmerzen zu vertreiben.« Der Vezier ging hierauf zum Sultan und Haseb wartete, bis der erste Schaum aufstieg; er nahm ihn herunter, goß es in eines der Schüsselchen und ließ es stehen. Als dann zum zweiten Mal Schaum aufkochte, nahm er ihn wieder herunter und bewahrte ihn für sich auf, und als das Fleisch weichgekocht war, nahm er es vom Feuer und ließ es stehen. Nach einer Stunde kam der Vezier herbeigesprungen und fragte Haseb, was er getan? Haseb antwortete: »Alles, wie du mich geheißen.« Er fragte dann wieder: »Was hast du mit dem ersten Schaum getan?« – »Ich habe ihn getrunken.« – »Was empfindest du?« – »Ich fühle ein Kochen und Brennen im ganzen Körper.« – »So gib mir das zweite Schüsselchen, daß ich mich auch heile.« Haseb reichte ihm das erste Schüsselchen, das der Vezier für das zweite hielt und austrank. Kaum hatte er getrunken, fiel ihm das Schüsselchen aus der Hand, sein ganzer Körper wurde von Geschwüren bedeckt, sein Leib öffnete sich und er starb auf der Stelle, wie das Sprichwort sagt: Wer einem anderen eine Grube gräbt, der fällt selbst hinein. Als Haseb sah, wie es dem Vezier ging, fürchtete er sich, die zweite Schüssel zu trinken, doch dachte er, wäre diese auch schlecht, so würde sie der Vezier nicht für sich gewählt haben, übrigens vertraue ich auf Gott; und so trank er sie in Gottes Namen. Sobald er getrunken hatte, öffnete Gott in seinem Herzen die Quellen der Weisheit und Gelehrsamkeit, und versetzte ihn in die freudigste Stimmung. Der Vorschrift der Schlange eingedenk, nahm er dann das Fleisch, das im kupfernen Topf war, und verließ das Haus des Veziers. Auf der Straße blickte er gen Himmel und sah die sieben Himmel bis zum äußersten Lotusbaum des Paradieses; er sah, wie das ganze Firmament im Kreise herumging, auch die Bewegung der Fixsterne und Planeten zeigte ihm Gott, und die Beschaffenheit der Erde und der Meere und den Lauf der Flüsse. So wurde er auf einmal erfahren in Geometrie und Astronomie und anderen Wissenschaften, die mit der Uranologie in Verbindung stehen, als, die Kenntnis der Sonnen- und Mondfinsternisse und dergleichen. Er blickte dann zur Erde, und alles, was darauf war, redete ihn an, alle Pflanzen, Bäume und Metalle entdeckten ihm den Nutzen, den sie bringen, und so wurde er auf einmal in der Botanik, Arzneikunde, Chemie und Mineralogie äußerst bewandert. Als er endlich mit dem Fleisch zum König Kersedan kam, verbeugte er sich vor ihm und sagte ihm: »Dein Haupt lebe für das deines Veziers Schamhur.«* Der König erschrak sehr über den Tod seines Veziers und weinte so heftig, daß alle übrigen Veziere, Fürsten und Staatsräte mit ihm weinten. Dann fragte der König: »Der Vezier Schamhur war ja eben bei mir, er ist nur nach Hause gegangen, um zu sehen, ob das Fleisch gekocht ist, wie ist er auf einmal gestorben?« Haseb erzählte ihm, wie es dem Vezier gegangen, nachdem er die Schüssel ausgetrunken. Da sagte der König: »Wie wird es mir gehen, da Schamhur nicht mehr ist?« Haseb antwortete: »Betrübe dich nicht, o König der Zeit, ich will dich in drei Tagen so herstellen, daß keine Spur von deiner Krankheit übrigbleibt.« Haseb stellte dann den Fleischtopf vor den König, schnitt ein Stück von der Schlangenkönigin herunter und reichte es ihm. Sobald er es gegessen hatte, deckte ihm Haseb den Mund mit einem Tuch zu und ließ ihn von Mittag bis Abend schlafen, dann gab er ihm etwas Wein zu trinken und ließ ihn die Nacht durch wieder mit bedecktem Gesicht schlafen. An den zwei folgenden Tagen wiederholte Haseb dasselbe Verfahren; da schwitzte der König von Kopf bis Fuß, seine ganze Haut schälte sich und er wurde ganz gesund. Haseb führte ihn dann ins Bad, und als er herauskam, war er wie eine Silberstange. Er zog dann seine prachtvollsten Kleider an, setzte sich auf den Thron und ließ Haseb neben sich sitzen. Er befahl hierauf, den Tisch für beide zu decken, und nachdem sie gegessen, getrunken und sich gewaschen hatten, kamen alle Emire und Veziere

* Gewöhnliche Redensart für: N. N. ist gestorben.

und Großen des Reiches, um dem König zu seiner Genesung Glück zu wünschen. Der König ernannte in ihrer Gegenwart Haseb zu seinem Großvezier an die Stelle Schamhurs. Dann sagte der König: »Wer Haseb liebt, der liebt auch mich, wer ihn verehrt, der verehrt auch mich, und wer ihm Gehorsam leistet, der beweist dadurch seinen Gehorsam gegen mich.« Alle Veziere, Emire und Großen des Reiches begrüßten nun Haseb und wünschten ihm Glück zum Vezierate; der König aber schenkte ihm ein Ehrenkleid mit Perlen und Edelsteinen besetzt, das tausend Dinare wert war. Ferner schenkte er ihm zweihundert Mamelucken, zweihundert weiße Sklavinnen wie der Mond, zweihundert Abessinierinnen, zweihundert Paar Kleider, fünfhundert Maulesel mit Waren beladen, zweihundert Kamele und ebensoviele Stiere, Büffel und Schafe.

Haseb wurde dann auf Befehl des Sultans von allen Vezieren, Emiren und Großen des Reiches und vielen Truppen in sein Haus begleitet. Seine Mutter freute sich außerordentlich und wünschte ihm Glück zum Vezierate. Dann kamen seine übrigen Verwandten und Freunde und auch die Holzhauer, um ihm zu gratulieren. Am folgenden Tag begab er sich in das Schloß des Veziers Schamhur, ließ alles versiegeln und in sein Haus bringen. Haseb war so auf einmal durch die Allmacht Gottes, nachdem er sehr arm war und keinen Buchstaben verstand, der reichste und gelehrteste Mann in der Welt. Eines Tages sagte er zu seiner Mutter: »Hat mein Vater Daniel kein Buch oder etwas Ähnliches hinterlassen?« Da brachte ihm seine Mutter eine Kiste, in welche Daniel die fünf Blätter gelegt hatte, die ihm vom Buch übriggeblieben waren, welches Gabriel in den Fluß Gichon geworfen hatte. Als Haseb nach dem Übrigen vom Buch fragte, sagte ihm seine Mutter: »Wisse, dein Vater wollte ein Arzneimittel gegen den Tod verfertigen, da befahl Gott dem Engel Gabriel, Friede sei mit ihm, das Buch deinem Vater zu entreißen und es in den Strom Gichon zu werfen. Als der Engel dies getan hatte und dein Vater das Buch im Wasser sah, sprang er ihm nach, rettete aber noch fünf Blätter davon, welche er, als seine Todesstunde herannahte, in diese Kiste legte; er sagte mir: Bewahre sie auf, und wenn du einen Sohn gebärst und er dich fragt, ob ich nichts hinterlassen, so gib sie ihm.« Haseb lernte noch vieles aus diesen Blättern, obgleich er schon der gelehrteste Mann seiner Zeit war, und lebte ganz den Wissenschaften, bis der Zerstörer aller Freuden und der Trenner aller Vereinigungen ihn heimsuchte. Das ist das Ende dessen, was uns zugekommen von der Geschichte Hasebs, des Sohnes Daniels; Gott erbarme sich ihrer insgesamt!

Geschichte Alis, des Ägypters.

Man erzählt: Es lebte einst in Kahirah ein sehr reicher Kaufmann, der unzählbare Güter, Gold und Edelsteine besaß, auch hatte ihm Gott einen Sohn geschenkt, der ausgezeichnet war durch seine Schönheit, Liebenswürdigkeit und hübsche Gestalt, und den er im Koran und in allen möglichen Wissenschaften unterrichten ließ und zu seinem Geschäft verwendete. Als der Kaufmann einst sehr krank und dem Tod nahe war, ließ er seinen Sohn, welcher Ali hieß, rufen und sagte ihm: »Mein Sohn, diese Welt ist vergänglich, die zukünftige aber von ewiger Dauer, und kein Mensch entgeht dem Tod; da nun meine Todesstunde nahe ist, so höre, was ich dir anempfehle. Ich hinterlasse dir so viele Güter und Schätze, daß, wenn du auch jeden Tag fünfhundert Dinare ausgibst, du doch dabei nicht arm wirst; bleibe nur gottesfürchtig, befolge die Gesetze Gottes und befolge die Worte des Propheten, dem Gott gnädig sei; sei nur immer wohltätig und wähle dir gute und fromme Leute zu Freunden; sei nicht geizig und gehe nicht mit schlechten Menschen um. Sei mild gegen deine Diener und deine Frau und übrigen Verwandten; deine Frau stammt von großer Familie und ist nun schwanger, vielleicht wird dir Gott fromme Nachkommen schenken.« Nachdem er ihm noch manches weinend anempfohlen hatte, rief er : »Ich bete zu Gott, dem Herrn des Himmels und der Erde, daß er dir in jeder Not und Bedrängnis beistehe.« Als er diese Worte vollendet hatte, schöpfte er noch einmal Atem und verschied. Gott erbarme sich seiner! Ali war außerordentlich betrübt über den Tod seines Vaters. Er machte mit den Freunden seines Vaters,

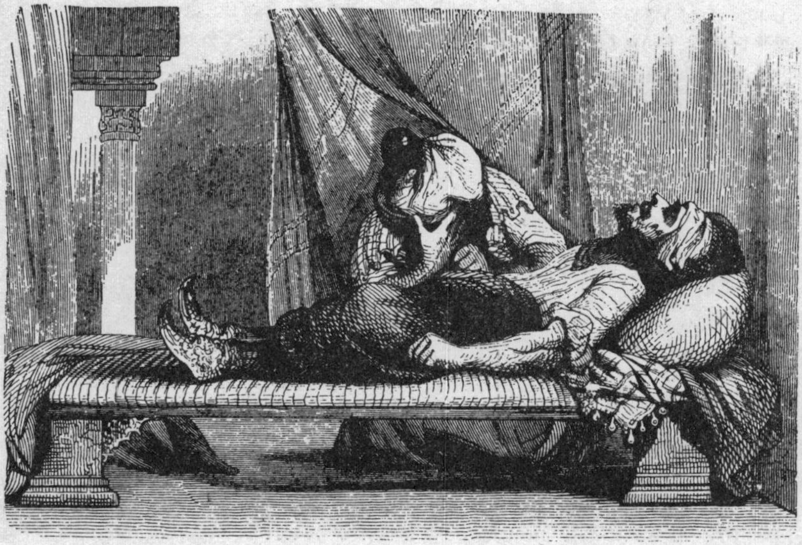

welche ihn zu trösten suchten, die Vorbereitungen zu dessen Beerdigung, ließ vierzig Tage lang für ihn beten und den Koran lesen, blieb stets zu Hause, um ihn zu betrauern, nur jeden Freitag ging er aus, um seines Vaters Grab zu besuchen. Nach vierzig Tagen kamen seine Bekannten, die jungen Kaufleute, zu ihm und sagten: »Was bedeutet diese lange Trauer? Warum vernachlässigst du so alle deine Geschäfte und deine Freunde? Das muß dich krank machen.« Sie redeten ihm dann so lange zu, bis er sich vom Teufel verführen ließ und einwilligte, mit ihnen auszugehen. Sie ließen ihn auf seinem Maultier reiten und begleiteten ihn in einen Garten, der einem von ihnen gehörte, und wohin der Eigentümer ein Frühstück bringen ließ. Sie brachten den ganzen Tag im Garten zu, aßen und tranken und belustigten sich, und jeder kehrte dann wieder in sein Haus zurück. Am folgenden Morgen kamen sie wieder und beredeten ihn, in einen anderen, noch schöneren Garten zu kommen. Er ritt mit ihnen, fand wieder ein Frühstück dort, und nachdem sie gegessen hatten, wurde berauschender Wein gebracht. Ali fragte: »Was ist das für ein Getränk?« Sie antworteten; »Es ist ein Getränk, das den Kummer verscheucht und das Herz erfreut.« Ali ließ sich überreden, den ganzen Tag mit ihnen zu trinken, und des Abends kehrte jeder wieder in seine Wohnung zurück. Als Ali nach Hause kam, überfiel ihn ein Schwindel. Seine Frau fragte ihn, was ihm fehle, und er sagte ihr: »Wir haben uns heute in einem Garten belustigt, wo ich mit meinen Freunden Wein trank; daher kommt mein Schwindel.« Seine Frau sagte ihm: »Mein Herr, hast du die Warnung deines Vaters vergessen? Hat er dir nicht verboten, mit leichtsinnigen Menschen umzugehen?« Er antwortete: »Diese jungen Kaufleute sind nicht leichtsinnig, es sind nur lustige junge Leute«, und fuhr fort, jeden Tag mit einem anderen zu gehen, bis sie ihm sagten: »Nun ist die Reihe an dir, uns zu bewirten.« Ali antwortete: »Ihr seid mir willkommen«, und ließ am folgenden Tag allerlei Speisen und Getränke herrichten, so wie es die übrigen getan, nahm Köche, Diener und Kaffeeschenker mit in einen Garten und brachte darin einen ganzen Monat mit seinen Freunden zu.

Als der Monat zu Ende war, bemerkte Ali, daß er all sein bares Geld ausgegeben hatte. Aber der verdammte Satan reizte ihn und stellte ihm vor, daß ihm noch viel anderes Vermögen übrig bleibe; er fuhr daher noch drei Jahr lang fort, so mit seinen Freunden zu leben, trotz der Warnungen seiner Frau und der Ermahnungen seines Vaters, und verkaufte nach und nach alle seine Juwelen, Häuser und Güter; zuletzt verkaufte er sogar das Haus, das er selbst bewohnte, und er mußte eine erbärmliche Wohnung in einem Hof mieten und da mit seiner Frau und seinem Sohn, den sie ihm inzwischen geboren, wohnen. Als ihm gar nichts mehr übrig blieb, sagte ihm seine Frau: »Ich habe dich immer gewarnt und an die Ermahnung deines Vaters erinnert, du hast mir aber kein Gehör geschenkt; wovon sollen wir nun leben? Geh einmal zu deinen Freunden und sieh, ob sie dir etwas schenken.« Ali machte sich auf, ging zu seinen Freunden, von einem zu dem anderan, aber alle kehrten ihm den Rücken und sagten ihm noch manches Unangenehme. Er kehrte bestürzt zu seiner Frau zurück und sagte ihr, es wolle ihm niemand etwas schenken. Die Frau ging hierauf zu einer ihrer Nachbarinnen, mit der sie befreundet war, und schilderte ihr weinend ihre Lage. Die Nachbarin nahm sie freundlich auf und schenkte ihr so viel, daß sie einen Monat davon leben konnte. Als sie damit zu Ali zurückkehrte, sagte er: »Da uns nun gar nichts mehr übrig bleibt, so will ich gehen, wohin mich Gott führt, vielleicht wird er uns helfen.« Er tröstete seine Frau und küßte sein Kind und verließ das Haus, ohne zu wissen, wohin er gehen wolle, und nahm den Weg nach Bulak. Hier fand er ein Schiff, das eben nach Damiet absegeln wollte, er bestieg es und fuhr nach Damiet. Als er ausstieg, begegnete er einem alten Freund seines Vaters, der ihn begrüßte und fragte, wo er hin wolle. Ali sagte: »Nach Bagdad.« Der Mann nahm ihn mit in sein Haus, bewirtete ihn, gab ihm Lebensmittel und einiges Geld, und brachte ihn auf ein Schiff, das nach Syrien fuhr.

Als er in Syrien anlangte und nicht wußte, wohin er sich wenden sollte, begegnete er einem Kaufmann, der ihn bemitleidete und ihn mit in sein Haus nahm. Ali blieb bei ihm, bis er eine Karawane fand, die nach Bagdad reiste; er schloß sich ihr an und Gott flößte einem der Kaufleute dieser Karawane Erbarmen für ihn ein, so daß er ihn während der Reise ernährte. Als die Karawane nur noch einen Tag von Bagdad entfernt war, wurde sie von Straßenräubern überfallen und ausgeplündert; nur wenige von der Karawane konnten durch die Flucht sich retten.

Ali setzte seine Reise nach Bagdad fort und kam bei Sonnenuntergang an, als gerade die Tore der Stadt geschlossen wurden. Er sagte zu den Torwächtern: »Laßt mich noch in die Stadt!« Sie ließen ihn hinein und fragten ihn, wer er sei, und wo er herkomme. Er antwortete: »Ich bin aus Kahirah und hatte viele Maulesel und Waren bei mir, die mir nachkommen sollten; ich bin vorausgereist, um einstweilen eine Wohnung zu mieten, wo ich mich mit meinen Waren niederlassen könnte; da kamen aber Straßenräuber und nahmen meine Maulesel mit den Waren, und ich konnte nur meine Person retten.«

Die Torwächter luden Ali ein, die Nacht bei ihnen zuzubringen, bis er am folgenden Morgen eine Wohnung mieten würde. Ali suchte in seiner Tasche und fand noch einen Dinar von dem Geld, das ihm der Kaufmann in Damiet geschenkt; er gab ihn einem der Torwächter und sagte ihm: »Nimm diesen Dinar und kauf' dafür etwas zum Nachtessen.« Der Torwächter nahm das

Geld, ging in die Stadt und kaufte Brot und gekochtes Fleisch, das sie miteinander verzehrten, dann legten sie sich schlafen. Am folgenden Morgen ging einer der Torwächter mit Ali zu einem Kaufmann und erzählte ihm, was Ali widerfahren. Der Kaufmann, der in seinem Laden war, ging mit Ali in sein Haus, gab ihm eines seiner Kleider, führte ihn ins Bad und ließ ihm in seiner Wohnung ein Frühstück reichen. Dann sagte er einem seiner Diener: »Gehe mit diesem Herrn und zeige ihm unsere Häuser und gib ihm die Schlüssel des Hauses, das ihm am besten gefällt.« Ali ging mit dem Diener und sah in einem Quartier drei neue verschlossene Häuser. Als er zwei derselben besehen hatte, fragte ihn der Diener, welches von beiden ihm am besten gefiele. Da sagte Ali: »Wem gehört denn dieses große dritte Haus?« – »Es gehört auch uns.« – »Warum öffnest du es nicht, daß ich es auch besehe?« – »Du hast nichts darin zu schaffen, denn es hat noch niemals jemand darin übernachtet, den man nicht den anderen Morgen tot gefunden hätte; wir öffnen nicht einmal die Tür, sondern steigen nur auf die Terrasse der benachbarten Häuser, da sehen wir die Leiche liegen und schaffen sie fort; darum läßt nun mein Herr dieses Haus leer stehen.« – »Öffne nur die Tür, daß ich es sehe; hier übernachte ich, und findet man mich tot, so habe ich Ruhe vor meinem Elend.« Der Diener öffnete das Haus, welches unvergleichlich schöner als die übrigen war, und Ali sagte ihm: »Ich will kein anderes als dieses.« Der Diener ging zu seinem Herrn und sagte ihm, der Fremde wolle kein anderes Haus als das große. Der Hausherr begab sich selbst zu Ali, um ihn von seinem Wunsch abzubringen. Als Ali aber darauf bestand und an alle Warnungen sich nicht kehrte, sagte der Hausherr: »Du mußt mir ein Zeugnis geben, daß, wenn dir ein Unglück im Haus begegnet, die Schuld nicht auf mich falle.« Ali willigte ein, und der Hausherr ließ einen Zeugen vom Gericht holen und ließ sich von Ali ein Zeugnis geben; dann überlieferte er ihm die Schlüssel des Hauses. Ali öffnete das Haus und der Hausherr schickte ihm ein Bett, das er auf eine Bank legte. Als er im Hof einen Brunnen mit einem Eimer sah, füllte er ihn, wusch sich und betete und setzte sich eine Weile. Da kam der Diener mit einer Lampe, einem Wachslicht und Waschbecken nebst einem Wasserkrug, und empfahl sich wieder. Ali zündete das Wachslicht an, aß zu Nacht und betete das Nachtgebet. Er dachte dann: Ich will lieber das Bett hinaufnehmen, als hier im Hof schlafen. Er ging eine Treppe hinauf und kam in einen großen Saal, dessen Decke vergoldet und dessen Boden und Wände von farbigem Marmor waren. Er legte hier sein Bett zurecht und las ein wenig im Koran. Auf einmal rief jemand: »Ali, Sohn Hasans, soll ich herunterkommen?« Er antwortete: »Wo ist das Gold?« In diesem Augenblicke strömte Gold von oben herunter, bis der ganze Saal voll war. Als der Goldregen aufhörte, sagte dieselbe Stimme: »Schenke mir nun meine Freiheit, daß ich weiterziehe, denn mein Dienst ist nun vollbracht.« Ali sagte: »Ich beschwöre dich bei dem erhabenen Gott, sage mir, was dies zu bedeuten hat?« Die Stimme antwortete: »Dieses Geld ist von frühester Zeit her dir bestimmt; so oft nun jemand dieses Haus betrat, sagten wir: Ali, sollen wir herunterkommen? Der Fremde fürchtete sich aber und schrie, da kamen wir herab und brachen ihm das Genick! Da wir nun dich fragten und du uns nach dem Gold fragtest, wußten wir, daß du der rechte Ali bist, dem das Gold gehört! Auch ist noch ein anderer Schatz für dich in der Provinz Jemen aufbewahrt. Nun schenke mir aber meine Freiheit, daß ich meines Weges gehe.« Ali schwor, er werde ihn nicht frei lassen, bis er ihm auch den Schatz von Jemen bringe. Als der Geist gehen wollte, rief Ali ihm nach: »Noch etwas fordere ich von dir: Bringe mir meine Frau und meine Kinder auf eine bequeme Weise hierher, so daß ihnen die Reise gar nicht beschwerlich falle.« Der Geist versprach, sie in drei Tagen mit großem Gefolge und Dienern in einem Tragsessel zu bringen, und ging fort. Ali suchte im Saal einen Platz, um das Gold zu verbergen.

Da bemerkte er in einer Ecke des Saales einen Marmorstein mit einer Drehscheibe, und als er daran drehte, schob sich die Platte zurück, und er sah eine Tür, die in eine große Schatzkammer führte, welche mit neuen Säcken gefüllt war; er legte sein Gold in diese Säcke, schloß die Tür wieder, schob den Marmorstein wieder vor und setzte sich auf die Bank hinter der Tür.

Während er hier saß, kam der Diener des Kaufmanns und klopfte an die Tür des Hauses. Sobald Ali ihm öffnete, lief er nach Haus, um seinem Herrn zu sagen, daß der Fremde sich wohl befände. Sein Herr ging freudig in das Haus und nahm ein Frühstück mit, umarmte und küßte Ali und fragte: »Wie ist es dir gegangen?« – »Recht gut; ich habe oben im marmornen Saal geschlafen?« – »Hast du nichts gesehen und ist niemand zu dir gekommen?« – »Nein, ich habe im Koran gelesen, bis ich eingeschlafen bin, und bin dann bis diesen Morgen nicht mehr erwacht.« Der Kaufmann dankte Gott, ging in sein Haus und schickte Ali Diener und Sklavinnen und Divane, und ließ das Haus reinigen. Ali behielt drei Mamelucken, drei schwarze Sklaven und vier Sklavinnen zu seiner Bedienung, und schickte die übrigen zurück. Auch die übrigen Kaufleute machten ihm allerlei Geschenke, sowohl an wertvollen Gegenständen als an Kleidungsstücken, Speisen und Getränken, nahmen ihn mit sich auf den Bazar und fragten ihn, wann seine Waren ankommen würden, worauf er antwortete: nach drei Tagen. Als die drei Tage vorüber waren, kehrte der Diener des Schatzes, der Ali in der Nacht erschienen war, zurück und sagte ihm: Mache dich auf und gehe deiner Frau entgegen, die aus Ägypten angekommen und einen Teil des Schatzes aus Jemen mit sich führt, der deine Waren vorstellt.« Ali ging zu den Kaufleuten und sagte: »Kommt, wir wollen zur Stadt hinaus der Karawane entgegengehen; bringt auch eure Frauen mit, daß sie die meinige bewillkommen.«

Sie gingen zusammen in einen der Gärten vor der Stadt, und auf einmal sahen sie einen furchtbaren Staub; sie liefen, um zu sehen, wer komme, und entdeckten viele Maulesel mit Dienern, welche singend und tanzend herbeikamen. Der Führer der Karawane ging dann auf Ali zu und sagte: »Mein Herr, du bist lange vor uns angekommen, weil wir von Straßenräubern drei Tage aufgehalten wurden, vor denen wir uns verbergen mußten, bis sie Gott aus dem Weg schaffte.« Diese Männer und Maulesel und Pferde und Kamele der Karawane waren aber nichts als Genien in Menschen- und Tiergestalt. Die Kaufleute führten nun die Karawane in die Stadt, und die Frauen blieben zurück, um Alis Gattin zu begleiten. Die Männer bewunderten die vielen Waren, womit die Maulesel beladen waren, und die Frauen die prachtvolle Kleidung der Gattin Alis und ihrer Kinder und sagten: »So etwas besitzt der König von Bagdad nicht.« Sie zogen zusammen nach Alis Haus, wo alle Waren abgeladen wurden. Dann aßen und tranken sie miteinander bis nach Mittag, darauf zogen sie sich zurück und ein jeder beschenkte Ali nach seinem Rang und Vermögen, so daß sein ganzes Haus mit Sklaven und Sklavinnen, Zucker, allerlei Getreide und Schafen angefüllt wurde. Er entließ dann die Diener des Schatzes, für welche der Hauseigentümer ihm einen Platz einräumen wollte, sie gingen zur Stadt hinaus und flogen wieder nach ihrem Wohnort.

Des Abend, als der Hauseigentümer sich entfernte, ging Ali in sein Harem, begrüßte seine Frau und fragte sie, wie es ihr seit seiner Abwesenheit gegangen. Sie sagte, sie habe viel gelitten an Hunger und Mangel an Kleidung, er fragte sie dann, wie sie hierher gekommen. Sie antwortete: »Ich schlief gestern Nacht bei meinen Kindern; auf einmal wurde ich mit ihnen wie ein Vogel in die Höhe gehoben: Dann wurden wir wieder in ein Lager, wie die Beduinen haben, herabgelassen; da sahen wir zwei große Maulesel mit Tragsesseln beladen und von Führern und Dienern umgeben. Ich fragte: Wo sind wir und was gibt es hier? Die Führer antworteten: Wir sind die Diener Alis, Hasans Sohn, er schickt uns, um euch zu ihm nach Bagdad zu bringen. Ich fragte, ob der Weg dahin lang oder kurz wäre. Sie antworteten: Er ist kurz, er braucht nur diese Nacht dazu! Und, in der Tat! Bei Tagesanbruch waren wir hier.« Er fragte sie dann, wer ihr dies schöne Kleid gegeben. Sie antwortete: »Einer der Führer hat mir eine Kiste, die ein Maulesel trug, geöffnet und mir und den Kindern die Kleider daraus gegeben; er hat dann die Kiste wieder geschlossen und mir den Schlüssel überreicht.« Er fragte sie, ob sie die Kiste kenne, aus der er die Kleider genommen. Sie antwortete: »Recht gut«; und ging mit ihm in das Magazin, wo die Kisten waren, und zeigte sie ihm. Ali öffnete sie und fand darin viele Kleider nebst den Schlüsseln zu allen anderen Kisten; er nahm sie und öffnete auch die übrigen Kisten und bewunderte die Schätze, die sie enthielten: Es waren Perlen und Edelsteine dabei, wie sie kein König besitzt. Er schloß dann die Kisten wieder und ging mit seiner Frau in den Saal und zeigte ihr auch das Gold, das unter der Marmorplatte war. Sie fragte ihn erstaunt, woher er dies alles habe. Er erzählte ihr seine Geschichte von dem Tag an, wo er Kahirah verlassen, bis zu ihrem Wiedersehen. Da sagte sie: »Das alles hast du deinem Vater zu verdanken, der vor seinem Tod zu Gott betete, er möge dir aus jeder Not helfen. Nun, gelobt sei Gott, der dir mehr wiedergegeben, als du verloren hast! Ich beschwöre dich aber, ja nicht mehr mit leichtsinnigen Menschen umzugehen.« Ali beherzigte die Ermahnung seiner Gattin und betete zu Gott, daß er ihm keine schlechten Genossen mehr zuschicke, die ihn vom Gehorsam gegen ihn abziehen. Er richtete sich dann einen Laden ein, den er mit allerlei Juwelen ausfüllte, und lebte mit seiner Familie in Bagdad äußerst angenehm. Bald hörte der König von ihm und ließ ihn zu sich rufen. Ali ging ins Schloß, nahm vier goldene Schüsseln voll mit allerlei Edelsteinen mit und bot sie dem König als Geschenk an. Als der König diese Juwelen von unschätzbarem Wert sah, nahm er sie an, zeigte sie den Großen des Reiches und sagte: »Wie manche Könige haben schon um die Hand meiner Tochter geworben: Hat je einer mich so beschenkt? Darum habe ich beschlossen, diesem Kaufmann meine Tochter zu geben; was sagt ihr dazu?« Die Ratsherren sagten: »Tue, was dir gut dünkt!« Der König gab die Schüsseln einem Verschnittenen und ging damit zu seiner Frau, erzählte ihr, was er von Ali wußte, und erklärte ihr, daß er wünsche, seine Tochter mit ihm zu vermählen.

Da die Königin sich gern in den Willen ihres Gatten fügte, ließ er am folgenden Morgen Ali und alle Kaufleute von Bagdad vor sich kommen; auch der Kadhi wurde gerufen und beauftragt, den Ehekontrakt zwischen der Prinzessin und Ali zu schreiben. Ali erhob sich aber und sagte:

»Verzeihe, o König der Zeit, ich verdiene als Kaufmann nicht, des Königs Schwiegersohn zu werden.« Der König warf ihm aber das Ehrenkleid eines Veziers um, mit den Worten: »Ich ernenne dich zugleich zu meinem Vezier.« Da sagte Ali: »Höre nur ein Wort von mir; wenn du doch deine Tochter vermählen willst, so gib sie lieber meinem Sohn, der vierzehn Jahre alt ist.« Der König erwiderte: »Laß ihn sogleich holen!« Ali schickte jemanden nach seinem Sohn und als er erschien, verbeugte er sich vor dem König und blieb bescheiden stehen. Der König fand ihn noch schöner als seine Tochter, und fragte ihn nach seinem Namen. »Ich heiße Hasan«, antwortete der Jüngling. Der König befahl dem Kadhi, den Ehekontrakt zwischen seiner Tochter und Hasan zu schreiben. Man trennte sich dann wieder; Ali ritt mit dem Gefolge und den Insignien eines Veziers nach Hause, empfing die Glückwünsche aller Kaufleute und erzählte seiner Frau alles, was vorgefallen.

Am folgenden Tag ließ der König Festlichkeiten auf dreißig Tage anordnen, und als diese vorüber waren, feierte Hasan seinen Hochzeitstag und war entzückt über die Schönheit und Anmut der Prinzessin. Der König ließ dann noch zwei Schlösser neben dem seinigen bauen, eines für Ali und das andere für Hasan, so daß sie einander zu jeder Zeit besuchen konnten.

Einige Zeit nachher wurde der König sehr krank, da ließ er die Großen des Reiches versammeln und sagte: »Ich bin dem Tod nahe und wünsche daher, daß ihr bei meinem Leben noch einen anderen König wählet, damit ich ruhig sterbe.« Sie sagten einstimmig: »Wir wählen Hasan, deinen Schwiegersohn!« – »Wenn ihr das von Herzen und nicht bloß mir zu Gefallen sagt«, fuhr der König fort, »so erklärt es morgen im Beisein aller Emire, des Großkadhis und der Häupter der Truppen, und huldigt ihm in meiner Gegenwart.« Am folgenden Tage taten sie, was der König verlangte; dieser ließ Hasan rufen und eröffnete ihm, daß er zum Sultan gewählt worden. Hasan wollte, solange sein Vater lebte, nicht König werden; als aber Ali sich weigerte, die Regierung zu übernehmen, verbeugte er sich vor dem König, und dieser ließ ihm huldigen, trat ihm in einem Abdankungsschreiben die Regierung ab und ließ ihn auf den königlichen Thron sitzen. Drei Tage nach dieser Huldigungs-Zeremonie war der König dem Tod nahe; er ließ Hasan zu sich rufen, ermahnte ihn, nach dem Willen Gottes zu herrschen, empfahl ihm seine Tochter und starb. Ali zog ihm das Totengewand an, ließ ihn beerdigen und vierzig Tage für ihn den Koran lesen. Nach dieser Trauerzeit lebte Hasan höchst glücklich als ein milder und einsichtsvoller Regent. Sein Vater Ali war der Vezier seiner Rechten und ein anderer tugendhafter Mann der Vezier seiner Linken. Seine Gattin gebar ihm drei Söhne, welche ihm auf den Thron folgten, und auch seine Nachkommen lebten in den gesegnetsten Umständen, bis der Zerstörer aller Freuden sie heimsuchte. Gepriesen sei der, dessen Herrlichkeit ewig dauert!

Abukir und Abusir.

In Alexandrien wohnte einst ein Färber, Namens Abukir, neben einem Barbier, welcher Abusir hieß. Jener war ein großer Lügner und Müßiggänger; auch war ihm kein Diebstahl oder sonstiges Verbrechen zu schwer, als wäre sein Herz aus Pfeilern eines jüdischen Tempels gegossen gewesen; sooft ihm jemand etwas zu färben brachte, ließ er sich zuerst den Lohn geben unter dem Vorwand, er habe kein Geld, um Farbmaterialien zu kaufen; er verschwendete ihn aber sogleich für allerlei Leckerbissen; dann verkaufte er auch den Stoff, den er färben sollte, und wenn dessen Eigentümer ihn wieder verlangte, sagte er ihm: »Komme morgen, so früh du willst, findest du deinen Stoff gefärbt.« Kehrte aber der Eigentümer am folgenden Tag wieder, so sagte ihm Abukir: »Ich hatte gestern Abend Gäste, darum konnte ich nichts arbeiten; morgen, so Gott will, sollst du mit mir zufrieden sein.« Am dritten Tag hieß es: »Es tut mir leid, aber meine Frau ist gestern entbunden worden, da konnte ich sie keinen Augenblick verlassen.« So ging das fort mit Entschuldigungen, Versprechungen und Schwüren, bis endlich der Eigentümer ihm sagte; »Ich habe jetzt das viele Versprechen satt, gib mir meinen Stoff ungefärbt wieder.« Da erwiderte Abukir: »Bei Gott, mein Freund, ich schäme mich, die Wahrheit zu gestehen; aber Gott verdamme alle Diebe! Denke, ich hatte deinen Stoff noch an demselben Tag, wo du ihn mir brachtest, ausgezeichnet schön gefärbt und an ein Seil zum Trocknen aufgehängt; als ich aber danach sehen wollte, fand ich ihn nicht mehr.« War nun der Betrogene ein guter Mann, so sagte er: »Gott wird mir etwas anderes dafür schenken!« war er aber nicht so leichtgläubig, so stritt er eine Weile mit ihm, drohte ihn zu verklagen, konnte aber wenig dabei gewinnen. Bald wurde indessen Abukir in ganz Alexandrien so verschrieen, daß niemand mehr in seine Werkstätte kam, und nur Fremde oder Leute vom Lande brachten ihm hie und da etwas zu färben. Er hielt sich daher gewöhnlich in der Barbierstube seines Nachbarn auf, zeigte sich nur, wenn jemand Arbeit brachte, verbarg sich aber, so oft man kam, um dieselbe wieder abzuholen.

Eines Tages, als er wie gewöhnlich bei Abusir saß, kam ein Bote vom Kadhi und versiegelte seine Werkstätte. Es hatte nämlich ein Mann, dessen Waren Abukir verkauft hatte, sich an den Kadhi gewendet und ihn gebeten, alles, was in der Werkstätte sich vorfände, verkaufen zu lassen; da sich aber nur ein paar alte Wasserkrüge darin fanden, so ließ er die Werkstätte verschließen. Als Abusir dies sah, sagte er zu Abukir: »Wie kommt's, daß du alles verlierst, was die Leute dir zu färben bringen? Ist etwa deine Werkstätte ein Sammelplatz von Dieben?« – »Lieber Nachbar«, erwiderte Abukir, »ich will dir die Wahrheit sagen; mir ist niemals etwas gestohlen worden, sondern ich habe alles verkauft, was mir die Leute zum Färben brachten, weil mein Handwerk so schlecht geht, daß ich vom Färberlohn allein nicht leben kann.« Abusir fing hierauf auch an, über sein Geschäft zu klagen, und sagte: »Sieh, ich bin doch der beste Barbier in der Stadt, und doch kommen wenig Leute zu mir, weil ich arm bin; darum ist mir auch mein Handwerk zuwider.« Abukir versetzte: »Sowohl dein Geschäft, als das meinige ist gut, nur ist uns der Aufenthalt in Alexandrien nicht günstig; laß uns zusammen in die Welt reisen, wir können uns überall besser als hier ernähren; gedenke der Worte des Dichters:

> »Verlasse die Heimat, wenn du nach Ruhm dürstest. Auch gewährt dir das Reisen Zerstreuung, Reichtümer, Wissenschaft und Bildung; scheue nicht Mühe und Sorgen, Trennung und Gefahr: Der Edle stirbt lieber, als daß er in Verachtung lebe zwischen Neid und Bosheit.«

Abusir ließ sich von Abukir überreden und schiffte sich mit ihm fast ohne Vorrat nach einem entfernten, ihnen ganz unbekannten Land ein. Zu ihrem Glück war auf dem Schiff, welches hundertundzwanzig Kaufleute trug, kein einziger Barbier, so daß es Abusir nicht an Arbeit fehlte, wofür er von dem einen Geld, von dem anderen Lebensmittel und von dem dritten süßes Wasser erhielt. Ihrer Verabredung gemäß teilte er alles mit Abukir, der seine ganze Zeit auf dem Schiff schlafend oder essend zubrachte.

Der Hauptmann selbst bedurfte auch bald der Dienste des Barbiers und lud ihn samt seinem Freund Abukir zum Abendessen ein. Abukir stellte sich seekrank und bat Abusir, ihm zu gestatten, von dem zu essen, was er gebracht. Er schnitt sich hierauf Stücke herunter, als wären es Steine aus einer Steingrube, und verschlang sie, wie ein Elefant, der mehrere Tage Hunger gelitten; er verdrehte jetzt seine Augen wie ein Werwolf und blies aus der Nase wie ein Stier, der sich mit Stroh und Bohnen gefüllt. Als indessen der Hauptmann nach Tisch ihm eine Schüssel voll Speisen schickte, leerte er auch diese noch, als hätte er noch gar nichts gegessen, und so ging das fort bis zum zwanzigsten Tag, wo das Schiff vor einer großen Stadt Anker warf. Abusir mietete ein Zimmer und richtete es für sich und Abukir ein; dieser ließ sich aber sogleich auf den Teppich nieder und schlief wieder, bis ihn Abusir zum Abendessen weckte. Am folgenden Morgen ging Abusir mit seinem Barbierinstrument aus und arbeitete den ganzen Tag über in der Stadt; des Abends teilte er das Geld und die dafür eingekauften Lebensmittel mit Abukir. Am dritten Tag fragte er Abukir, ob er nicht auch ausgehen und sich nach Arbeit umsehen oder wenigstens in der

Stadt spazieren gehen wolle; aber Abukir gab vor, er sei noch seekrank, und blieb wieder liegen, bis ihm Abusir den Tisch vorstellte.

So ließ sich Abukir achtzig Tage lang von dem Barbier bewirten und dachte nicht daran, selbst etwas zu erwerben. Auch am einundachtzigsten Tag, als der Barbier krank wurde, regte sich Abukir noch nicht, sondern ließ den Pförtner ihres Hauses alle Arbeit verrichten; erst nach einigen Tagen, als die Krankheit des Barbiers immer zunahm, gefiel es ihm nicht mehr auf seinem Teppich; er nahm daher, während der Barbier bewußtlos da lag, das Geld aus seiner Tasche, schloß die Tür von außen, ging auf den Bazar und kaufte hübsche Kleider, und wandelte wie ein vornehmer Herr gekleidet in der Stadt umher.

Da fiel ihm sehr bald auf, daß alle Bewohner der Stadt entweder weiß oder blau gekleidet waren; er ging daher zu einem Färber, zog sein Taschentuch heraus und sagte ihm: »Was kostet dieses Tuch zu färben?« – »Zwanzig Drachmen.« – »Bei uns färbt man ein solches Tuch für zwei Drachmen.« – »So lasse es in deinem Land färben; ich nehme nicht weniger als zwanzig Drachmen.« – »Und wie willst du es färben?« – »Welche Frage? Ein Färber färbt das Weiße blau.« – »Ich will es aber rot gefärbt haben.« – »Das kann ich nicht.« – »So färbe es grün.« – »Das bin ich auch nicht imstande.« – »Nun meinetwegen gelb.« – »Ich kann nur blau färben, und kein einziger der vierzig Färber, welche hier wohnen, ist geschickter als ich.« – »So wisse denn, daß ich auch ein Färber bin, daß ich aber jedem Stoff alle möglichen Farben geben kann; wenn du willst, so arbeite ich bei dir und lehre dich alle Farben; du kannst dann alle übrigen Färbermeister zuschanden machen.« – »Es ist uns verboten, einen Fremden aufzunehmen.« – »Wenn ich mir aber selbst eine Färberei einrichte?« – »Das wird dir auch nicht gestattet werden; es dürfen nur vierzig Färber hier wohnen, und wenn einer stirbt, so tritt immer ein Färbersohn oder ein anderer Verwandter des Verstorbenen an dessen Stelle.« Abukir verließ diesen Färber, begab sich zu einem anderen und erhielt dieselbe Antwort; ebenso zu einem dritten und vierten: Niemand wollte ihn als Gesellen annehmen, noch wollte der Oberste der Färber ihm die Erlaubnis erteilen, ein eigenes Geschäft zu errichten. Da wandte er sich verzweiflungsvoll zum König und sagte ihm: »O König der Zeit, ich bin hier fremd und wünsche mein Handwerk, das eines Färbers nämlich, als Gesell oder Meister hier zu treiben; aber kein hiesiger Meister will mich als Gesellen aufnehmen, obschon ich nicht nur blau, sondern auch schwarz, gelb, grün und rot in allen ihren Nuancen zu färben verstehe, noch will man hier gestatten, mich hier als Meister niederzulassen.« Der König antwortete ihm: »Wenn du wahr sprichst, so lasse ich dir eine Färberei einrichten und gebe dir Geld, um die nötigen Materialien zu kaufen, und wagt es ein hiesiger Färber, dir im mindesten etwas in den Weg zu legen, so lasse ich ihn vor die Tür seiner Werkstätte hängen.« Der König schenkte ihm sogleich tausend Dinare, ein schönes Pferd, ein kostbares Kleid und zwei Mamelucken, wies ihm eine bequeme, gut eingerichtete Wohnung an und befahl den Maurern und Zimmerleuten, eine Färberei nach Abukirs Willen an jedem ihm beliebigen Ort herzurichten. Als dieselbe vollendet war und Abukir die nötigen Farben eingekauft hatte, schickte ihm der König fünfhundert Stücke Tuch; Abukir gab ihnen die verschiedenartigsten Farben und hing sie vor seine Werkstätte zum Trocknen auf; die ganze Stadt versammelte sich bald vor seiner Werkstätte, denn noch nie hatte man vorher einen rot-, grün-, gelb- oder schwarzgefärbten Stoff gesehen; jeder brachte ihm die feinsten Stoffe, um sie färben zu lassen, und belohnte ihn reichlich dafür. Der König war so erfreut über die gefärbten Tücher Abukirs, daß er ihm unermeßliche Geschenke machte und seine Färberei die königliche Färberei nannte. Alle übrigen Färber kamen und entschuldigten sich bei ihm und wollten bei ihm als Gesellen arbeiten, aber er nahm keinen von ihnen

an, sondern arbeitete mit Hilfe vieler Sklaven und Sklavinnen, und wurde bald einer der reichsten und angesehensten Männer der Stadt.

So viel von Abukir. Abusir, welchen er bewußtlos verlassen hatte, blieb drei Tage liegen, bis er wieder zu sich kam; dann seufzte und klagte er so laut, daß der Pförtner, der ihn hörte, zu ihm ging und ihn nach seinem Freund fragte. Abusir antwortete ihm, er habe seit kurzer Zeit erst sein Bewußtsein wieder erlangt und wisse nichts von ihm. Er griff dann in den Beutel, um sich etwas zu essen kaufen zu lassen, fand ihn aber leer und schloß daraus, daß Abukir mit seinem Geld davongelaufen sei.

Der Pförtner, der Abusirs Verzweiflung sah, bemitleidete ihn, bereitete ihm eine gute Suppe zu und pflegte ihn zwei Monate lang, bis er wieder ganz hergestellt war. Als Abusir zum ersten Male wieder ausging und eine große Masse Menschen vor einer Färberei versammelt sah, fragte er, was hier zu sehen wäre. Man antwortete ihm: »Es ist ein fremder Färber, namens Abukir, hierher gekommen, der nicht nur blau, sondern auch rot, gelb, grün und schwarz färben kann. Jeder bringt ihm nun Arbeit und bewundert die hier aufgehängten Stoffe.« Abusir dachte bei sich selbst: Gottlob, daß es ihm gut geht! Gewiß hat er mich wegen vieler Beschäftigung vergessen; aber wie wird er sich freuen, wenn er mich, seinen Wohltäter, jetzt wiedersieht. Als er aber sich der Färberei näherte, sagte ihm Abukir, welcher wie ein Vezier, von vielen Sklaven umgeben, auf einer Bank mit hohen Polstern saß: »Taugenichts, wie oft habe ich dir schon verboten, hier zu stehen? Willst du durch einen Diebstahl mich zuschanden machen?« Dann rief er seinen Sklaven zu: »Ergreift ihn und werfet ihn nieder!« Er nahm dann einen Stock, prügelte Abusir und sagte ihm: »Jetzt geh'; sehe ich dich aber noch einmal vor meiner Tür, so werde ich dich bei der Polizei anklagen und dich hängen lassen. Wie oft«, sagte ferner Abukir, zu den erstaunten Umstehenden sich wendend, »hat mich dieser Nichtswürdige schon bestohlen; ich habe den Leuten ihre

Waren ersetzt und dazu geschwiegen, weil ich dachte: Es ist ein armer Mann, ich will ihn nicht unglücklich machen; nun soll er aber keine Gnade mehr finden, wenn er wiederkehrt.« Abusir entfernte sich mit zerknirschtem Herzen unter den Verwünschungen einer großen Volksmenge nach Hause. Als seine Schmerzen nachgelassen hatten, wollte er ein Bad nehmen. Er fragte jemanden nach einem Badehaus, aber man antwortete ihm, man wisse nicht, was er meine. »Ich möchte«, sagte Abusir, »in ein Haus gehen, wo man sich wäscht und reinigt.« – »So gehe in den Fluß.« – »Ich will aber in ein Bad.« – »Wir wissen nichts von einem Badehaus; wenn wir uns reinigen wollen, so gehen wir in den Fluß; selbst der König weiß von keiner anderen Waschanstalt.« Als Abusir hörte, daß man in dieser Stadt von der Annehmlichkeit eines Bades noch nichts wußte, begab er sich zum König, verbeugte sich vor ihm und sagte: »Ich bin ein fremder Badheizer und habe mit Erstaunen vernommen, daß deine Stadt kein einziges Badehaus besitzt; das befremdet mich sehr von einer sonst so angenehmen Stadt. Ich komme daher, um dir vorzuschlagen, hier ein Badehaus zu errichten.« – »Und wie ist denn ein solches Badehaus?« fragte der König. Abusir beschrieb ihm ein Badehaus nach dem Muster der kahiranischen Badehäuser, und der König wurde so sehr dafür eingenommen, daß er Abusir ein Ehrenkleid, Sklaven, Sklavinnen und Geld schenkte, dann den Baumeistern befahl, ein Badehaus nach dem Plan Abusirs zu bauen. Als das Badehaus vollendet war, sagte Abusir zum König: »Nun fehlen nur noch Divane und Teppiche.« Der König schenkte ihm zehntausend Dinare zur Möblierung des Badehauses. Abusir kaufte die schönsten Teppiche, Bettdecken und Handtücher, heizte das Bad, lehrte zehn jungen Mamelucken, wie sie die Gäste waschen, einseifen, abtrocknen und kneipen sollten, ließ drei Tage jedermann ohne Bezahlung baden und lud dann den König ein, bei ihm zu baden. Abusir bediente den König selbst und zeigte ihm den Schmutz, den er von seinem Körper abrieb und der wie Lampendocht aussah. Nachdem er ihn gewaschen hatte, ließ er ihn in das Bassin steigen, in das er Rosenwasser gegossen hatte; dann legte er ihn in den beräucherten Saal und ließ ihn von den Mamelucken abtrocknen. Der König befand sich in einem Zustand von Behaglichkeit, den er bisher noch nicht gekannt hatte, und sagte zu Abusir: »Wahrlich, meine Stadt wird eigentlich jetzt erst zu einer vollkommenen Stadt! Was wirst du wohl für ein Bad fordern? – »Was der König für angemessen findet.« – »Ich glaube, tausend Dinare für ein solches Bad wäre nicht zu viel.« – »Der König verzeihe, mein Bad würde auf diese Weise nicht viel besucht werden, denn es sind nur wenige Leute reich genug, um für ein Bad tausend Dinare zu geben.« – »Nun, welchen Preis willst du denn festsetzen?« – »Ich halte es für das Beste, es den Leuten zu überlassen, wie sie mich bezahlen wollen; die Armen werden mir wenig und die Reichen viel geben.« Die Großen des Reiches, welche mit dem König im Bad waren, gaben Abusir ihren Beifall, und der König selbst gestand, daß es so am besten sein würde. »Doch«, sagte er, »wünschte ich, daß der Mann, dem unsere Stadt eine solche Zierde verdankt, reichlich belohnt werde: Darum gebe ihm diesmal jeder von euch hundert Dinare, einen schwarzen und einen weißen Sklaven und eine Sklavin; in Zukunft aber bezahle jeder nach Belieben.« Da an diesem Tage vierhundert vornehme Leute badeten, erhielt Abusir vierzigtausend Dinare, achtundert Sklaven und vierhundert Sklavinnen; dazu schenkte ihm der König noch zehntausend Dinare, zehn weiße und zehn schwarze Sklaven und zehn Sklavinnen. Als Abusir diese Menge Sklaven und Sklavinnen beisammen sah, sagte er zum König: »Eine so zahlreiche Dienerschaft kann wohl von einem mächtigen Regenten unterhalten werden, aber wo soll ich alle diese Leute unterbringen? Woher Speisen, Getränke und Kleider für sie nehmen?« Der König sagte lachend: »Du hast recht; willst du mir deine Sklaven, das Stück für hundert Dinare, verkaufen?« – »Recht gern«, erwiderte Abusir. Darauf befahl der König seinem Schatzmeister, Abusir auszubezahlen, und

schenkte dann die Sklaven wieder ihren früheren Eigentümern. Abusir dankte dem König, daß er ihn auf eine so edle Weise von den Werwölfen befreit, die nur Gott zu sättigen imstande wäre.

Am folgenden Tag ließ Abusir in der ganzen Stadt bekanntmachen, daß sein Bad jedermann offen stehe und daß jeder nach Belieben bezahlen könne. Da strömte das Volk in Scharen herbei, das Badehaus war den ganzen Tag gedrängt voll, jeder bezahlte nach seinem Vermögen, und des Abends, als das Bad sich leerte, hatte Abusir eine ganze Kiste voll Geld beisammen. Am dritten Tag, als er hörte, die Königin wolle auch sein Bad besuchen, teilte er den Tag in zwei Teile, bestimmte die erste Hälfte für Männer und die andere für Frauenzimmer, und lehrte einige Sklavinnen, wie sie mit den Badenden umzugehen hätten.

Die Königin war sehr zufrieden mit dem Bad, sie schenkte Abusir tausend Dinare und vermehrte durch ihre Lobsprüche noch den Zudrang zu Abusirs Badehaus. Eines Tages begab sich auch des Königs Schiffer ins Bad, diesen nahm Abusir mit besonderer Auszeichnung auf, bediente ihn selbst, reichte ihm nach dem Bad Sorbette und Kaffee und weigerte sich, von ihm auch das geringste anzunehmen. Als Abukir von einem neuen Badehaus allenthalben mit Entzücken sprechen hörte, wandelte auch ihn die Lust an, wieder einmal zu baden. Er zog eines seiner schönsten Kleider an, setzte sich auf einen Maulesel und ritt von acht Sklaven begleitet ins Bad. Als er Abusir sah und ihn als den Herrn des Badehauses erkannte, sagte er ihm: »Ist das recht, daß du mich nie aufgesucht, während doch die ganze Stadt meinen Namen und meine Färberei kennt und ich sogar bei dem König in großem Ansehen stehe? Ich meinerseits habe allenthalben nach dir gefragt und meine Sklaven nach dir ausgeschickt, konnte aber nirgends Nachricht von dir erhalten.« Abusir erwiderte: »War ich nicht bei dir? Da behandeltest du mich, als wäre ich ein Dieb.« Abukir stellte sich höchst betrübt und sagte: »So warst du es, den ich für den Spitzbuben hielt, der mir schon so viele Waren gestohlen? Er hat die vollkommenste Ähnlichkeit mit dir, aber warum gabst du dich mir nicht zu erkennen? Darum mußt du mir verzeihen, hättest du nur deinen Namen genannt, so wäre eine solche Verwechslung nicht möglich gewesen.« Abusir erwiderte: »Gräme dich nicht länger, es ist vorüber, es war so von Ewigkeit her über mich verhängt.« – »Und wieso«, fragte Abukir, »bist du zu einer solchen Herrlichkeit gelangt?« Abusir erzählte ihm, wie er, nachdem er gesehen, daß man in der ganzen Stadt noch kein Badehaus besitze, dem König den Vorschlag gemacht, ein solches zu errichten, und wie er dadurch zu großem Ansehen und vielen Reichtümern gelangte. Als Abukir sein Bad genommen hatte, sagte er zu Abusir: »Dein Bad ist sehr schön und bequem eingerichtet, nur etwas fehlt noch!« – »Und das wäre?« fragte Abusir. »Eine Salbe«, antwortete Abukir, »welche die Haare am Körper ausfallen macht; ich will dir sagen, wie diese Salbe zubereitet wird, du kannst sie dann, wenn der König wieder dein Bad besucht, ihm anbieten, er wird dir sehr dankbar dafür sein und dich noch mehr lieben und ehren.« – »Du hast recht«, sagte Abusir, »die darf in einem Bad nicht fehlen; darum will ich sie heute noch zubereiten.«

Abukir verließ hierauf seinen Freund, bestieg sein Maultier, ritt in das königliche Schloß und sagte zum König: »Ich habe dir einen Rat zu erteilen, großer König; wisse, daß, wenn du wieder in das neue, hier errichtete Bad gehst, dein Leben gefährdet ist; der Fremde, dem du so viele Wohltaten erwiesen, ist dein Feind und hat dieses Bad aus keiner anderen Absicht errichtet, als um dich zu vergiften; seine Frau und seine Kinder sind als Gefangene bei dem Sultan der Christen, der ihnen ihre Freiheit versprochen, wenn du durch ihn umkommst. Auch ich war bei diesem Sultan als Gefangener, er gewann mich aber wegen meiner Geschicklichkeit in der Färberei so lieb, daß er mich in meine Heimat zurückkehren ließ; Abusir aber wurde zurückgehalten, bis er versprach, dich zu vergiften. Darum hat er hier ein Badehaus errichtet und eine giftige Salbe zubereitet, die er dir gegen die Haare am Körper empfehlen wird; sobald du aber Gebrauch davon machst, wird er entfliehen, um mit seiner Gattin und seinen Kindern in seine Heimat zurückzukehren.«

Als der König dies hörte, entbrannte sein Zorn gegen Abusir, und um sich von der Wahrheit zu überzeugen, ritt er sogleich ins Bad. Abusir entkleidete sich, um den König wie gewöhnlich selbst zu bedienen, und als er ihn angeseift und abgewaschen hatte, sagte er: »O König, ich habe eine Salbe verfertigt, die alle häßlichen Haare ohne Schmerz ausrottet, darf ich dich damit einreiben?« Der König antwortete: »Bring sie her!« Als Abusir sie brachte und der König sie sehr übelriechend fand, zweifelte er nicht mehr daran, daß er vergiftet werden sollte; er rief daher seinen Mamelucken zu: »Ergreift diesen Mann und fesselt ihn.« Die Mamelucken vollzogen des Königs Befehl, und niemand wagte es, ihn nach der Ursache seines Zorns gegen Abusir zu fragen. Der König kleidete sich dann wieder an und ging ins Schloß, ließ Abusir vor sich kommen, übergab ihn seinem Schiffer und sagte diesem: »Nimm einen großen Sack, lege zwei Zentner ungelöschten Kalk hinein und stecke diesen Verbrecher dazu; erscheine dann in einem Nachen vor meinem Palast, und auf meinen Wink bindest du den Sack zu und wirfst ihn ins Wasser, damit dieser Übeltäter zugleich verbrenne und ertrinke.« Der Schiffer entfernte sich mit Abusir und fuhr nach seinem

Häuschen, welches auf einer kleinen Insel gerade dem Schlosse gegenüber lag. Hier angelangt, sagte er zu Abusir: »Ich erinnere mich der Ehre, die du mir erwiesen, als ich vor einiger Zeit dein Bad besuchte und möchte mich jetzt gern erkenntlich zeigen. Aber sage mir zuerst, was du verbrochen hast, daß der König einen so abscheulichen Tod über dich vehängt?« – »Bei Gott! Ich habe nichts verbrochen«, antwortete Abusir. »Nun«, sagte der Schiffer, »du warst reich und angesehen, gewiß hat dich jemand beneidet und beim König verleumdet; aber so Gott will, sollst du gerettet werden; ich habe die freundliche Aufnahme nicht vergessen, die ich bei dir gefunden, darum will ich dich hier verbergen, bis ein Schiff nach deiner Heimat segelt, statt deiner aber einen großen Stein zum Kalk in den Sack binden, um den König zu täuschen. Doch will ich dir hier ein Netz geben; du mußt während meiner Abwesenheit fischen, denn ich bin heute wegen dieses Vorfalls verhindert worden, und muß doch Fische für die königliche Küche liefern.« Der Fischer fuhr hierauf mit einem Sack voll Kalk und einem großen Stein vor das königliche Schloß und fragte den König, der am Fenster saß, ob er ihn ins Wasser werfen sollte; der König winkte ihm bejahend mit der Hand, ließ aber bei dieser Bewegung seinen Siegelring fallen, durch dessen Zauberkraft er mit einer einfachen Handbewegung jeden Feind töten konnte. Er schwieg aber, denn nur wegen dieses Ringes war er so gefürchtet, und hätte er gesagt, daß ihm sein Ring ins Wasser gefallen, so wäre im Augenblick ein Aufstand gegen ihn ausgebrochen.

Abusir fischte inzwischen mit vielem Glück; er hatte kaum sein Netz einige Male ausgeworfen, als er schon einen ganzen Haufen voll Fische vor sich liegen hatte. Da dachte er: Ich will

nun, da ich schon lange keine Fische gegessen habe, mir auch einen Fisch backen. Er nahm daher einen großen, fetten Fisch und schnitt ihn mit einem Messer, das er bei sich hatte, auf; aber siehe da! Das Messer blieb im Schlund stecken, denn dieser Fisch hatte den Zauberring des Königs aufgefangen. Abusir nahm den Ring heraus und zog ihn an, ohne dessen Tugenden zu kennen. Da kamen zwei Diener des Leibkochs, um die Fische zu holen, und fragten Abusir nach dem Schiffer; Abusir antwortete: »Ich weiß nicht«, und machte dabei eine kleine Bewegung mit der Hand. Dies genügte, um die beiden Diener leblos hinzustrecken. Abusir war sehr erstaunt, als er beide zugleich hinstürzen sah, und während er über die Ursache ihres plötzlichen Todes nachdachte, kam der Schiffer und sah die beiden Leichen und den Zauberring am Finger Abusirs. Da rief er ihm schnell zu: »Bewege deine Hand nicht, sonst bin ich des Todes, wie diese beiden Diener! Woher hast du den Ring an deinem Finger?« – »Ich habe ihn in einem Fisch gefunden.« – »Wisse, es ist des Königs Zauberring, ich habe gesehen, wie er ihn ins Wasser fallen ließ; jetzt kannst du ohne Furcht wieder mit mir in die Stadt kommen, denn mit einer einzigen Bewegung deines Fingers liegt der Kopf des Königs vor deinen Füßen.« Abusir freute sich sehr, als er dies hörte, stieg wieder in des Schiffers Nachen und ließ sich vor dem königlichen Schloß ausschiffen. Der König saß bestürzt wegen des Verlustes seines Ringes mitten unter seinen Vezieren und Heerführern, und fuhr zusammen, als er Abusir unangemeldet hereintreten sah. »Wie kommst du daher?« fragte der König; »bist du nicht ertrunken?«

Abusir antwortete dem König: »Dein Schiffer, dem ich einst einige Dienste im Bade geleistet, hat mich gerettet, weil er wohl einsah, daß ich ein Opfer des Neides werden sollte, und statt meiner einen Stein ins Wasser geworfen. Während dies aber geschah, fischte ich vor seiner Hütte, und als ich einen Fisch für mich backen wollte, fand ich deinen Zauberring darin. Ich komme daher, um dir ihn wiederzugeben, und glaubst du wirklich, daß ich den Tod verdiene, so sage mir nur, was ich verbrochen habe, ich will dann gern meine Strafe tragen.« Als hierauf Abusir den Ring vom Finger nahm und ihn dem König überreichte, umarmte ihn dieser und sagte: »Du bist wohl der beste und rechtschaffenste Mensch auf Erden, kein zweiter hätte mir nach dem, was zwischen uns vorgefallen, den Ring wiedergegeben; verzeihe mir nur das Übel, das ich über dich verhängen wollte.« – »Wenn ich dir verzeihen soll«, sagte Abusir, »so erkläre mir die Ursache deines grausamen Befehls.« – »Bei Gott!« sagte der König, »ich kann nicht mehr an deiner Unschuld zweifeln; ich hätte auch nie einen Verdacht gegen dich gehabt, aber der Färber Abukir hat mich gewarnt und mir gesagt, du wolltest mich vergiften, um die Deinigen aus den Händen des Sultans der Christen zu befreien.« – »Großer König!« rief Abusir, »ich weiß nichts von einem Christenkönig, war nie im Land der Ungläubigen und habe weder Weib noch Kind.« Er erzählte ihm dann, wie der Färber Abukir so verräterisch seit ihrer Abreise von Alexandrien gegen ihn gehandelt hatte, bis er ihm zuletzt den treulosen Rat gab, eine Haarsalbe für den König zu verfertigen. »Aber wisse, o König!« setzte er hinzu, »diese Salbe ist durchaus nicht schädlich und wird bei uns in jedem Bad gebraucht; ich will vor deinen Augen an mir selbst die Beweise davon geben. Auch kannst du, um dich von allem zu überzeugen, den Pförtner des Chans, in welchem ich mit Abukir wohnte, und die Gesellen, von denen er mich schlagen ließ, verhören.« Der König ließ sogleich den Pförtner des Chans, die Gesellen und Abukir selbst, letzteren gefesselt, barfuß und mit entblößtem Haupt vor sich kommen, und da die Aussage Abusirs von dem Pförtner und den Gesellen bestätigt wurde, ließ er Abukir in einen Sack mit Kalk binden und ins Wasser werfen. Abusir aber, dem der König jeden Wunsch zu gewähren versprach, erbat sich ein Schiff, um in seine Heimat zurückzukehren. Der König schenkte ihm ein eigenes Schiff mit Matrosen, die seine Mamelucken wurden, und ließ es mit den kostbarsten Gegenständen anfüllen. Er steuerte nach Alexandrien und als er hier landete, sah einer seiner Mamelucken einen zugebundenen Sack am Ufer liegen und meldete es seinem Herrn. Abusir öffnete den Sack und fand darin den Leichnam Abukirs, welchen das Meer hier ausgeworfen hatte, er zog ihn heraus und ließ ihn beerdigen und ihm einen Grabstein setzen. Abusir überlebte seinen Genossen noch um einige Jahre und als er starb, wurde er neben ihm begraben, und ihre Grabstätte wurde früher »Abukir und Abusir« genannt, später wurde dieser Platz nur »Abukir« genannt.

Zeitmond und Morgenstern.

Ein sehr reicher Kaufmann – sein Name war Abd Arrahman – hatte einen so schönen Sohn und eine so schöne Tochter, daß er ersteren Zeitmond und letztere Morgenstern nannte. Er fürchtete so sehr die List, den Neid und die Bosheit der Menschen, daß er seine Kinder bis zu ihrem vierzehnten Jahre nicht ausgehen ließ; auch nahm er keinen fremden Lehrer ins Haus, sondern unterrichtete selbst mit seiner Frau seine Kinder im Schönschreiben, Koranlesen, Mathematik und anderen Wissenschaften. Als aber Zeitmond das vierzehnte Jahr erreicht hatte, sagte seine Mutter zu Abd Arrahman: »Wie lange willst du deinen Sohn noch von der Welt trennen? Das geht wohl für ein Mädchen, aber ein Knabe muß unter Menschen leben; drum nimm ihn mit dir auf den Bazar, mache ihn mit deinen Freunden bekannt und lehre ihn den Handel. Wer weiß, ob dir nicht einmal etwas zustößt; läßt du ihn immer zu Hause eingesperrt, so wird ihn niemand als deinen Sohn anerkennen wollen, und nach deinem Tode wird sich die Regierung deine hinterlassene Reichtümer zueignen; selbst meine Tochter möchte ich nicht länger so abgeschlossen lassen; man soll sie sehen und von ihr sprechen, vielleicht findet sich ein ebenbürtiger junger Mann, der um sie anhält.« Abd Arrahman erwiderte: »Nur meine allzu große Liebe zu meinen Kindern ist die Ursache ihrer Abgeschlossenheit; ich fürchte das böse Auge.« – »Vertraue auf Gott«, versetzte seine Gattin: »Wer unter seinem Schutze steht, hat kein Leid zu fürchten; nimm nur heute deinen Sohn mit!« Abd Arrahman ließ sich überreden und nahm seinen Sohn in einem höchst zierlichen Kleid mit auf den Bazar. Zeitmond war an diesem Tag so reizend, daß, wer ihn sah, bei ihm stehen blieb und ihn küßte. Zu Abd Arrahmans großem Ärger drängten sich immer mehr Leute zu ihm; der eine rief: »Heute ist eine neue Sonne auf dem Bazar aufgegangen;« der andere: »Heute hat sich neuer Mond gezeigt.« Abd Arrahman vermochte nichts gegen die Lobpreisungen des Volks und verwünschte nur immer seine Gattin, welche ihn beredet hatte, Zeitmond mitzunehmen.

Unter den vielen Leuten, welche Zeitmond bewunderten, war auch ein reisender Derwisch, welcher den Jüngling lange betrachtete und viele Verse rezitierte; dann näherte er sich Zeitmond und schenkte ihm einige Blumen. Abd Arrahman griff in die Tasche und gab ihm, in der Hoffnung, ihn dadurch zu entfernen, einige Drachmen; aber der Derwisch setzte sich auf den erhöhten Platz des Ladens vor Zeitmond hin, hörte nicht auf, ihn anzusehen und dabei zu seufzen und zu weinen. Alle Leute hefteten mit Erstaunen ihre Augen auf ihn; die einen riefen: »Kein Derwisch taugt etwas!« die andern: »Der Derwisch ist sterblich verliebt in den Knaben!« Abd Arrahman aber ärgerte sich so sehr darüber, daß er zu seinem Sohne sagte: »Komm, wir wollen den Laden schließen und nach Hause gehen, wir haben für heute genug gehandelt.« Dann hieß er den Derwisch aufstehen, schloß den Laden und ging nach Hause.

Aber der Derwisch folgte Abd Arrahman mit vielen Leuten bis vor seine Haustür. Da wendete er sich um und fragte ihn: »Was willst du, Derwisch, und warum weinst du so?« Er antwortete: »Ich möchte diese Nacht dein Gast sein; nimm mich auf, denn ich bin ein Gast Gottes!« – »Du bist mir willkommen!« antwortete Abd Arrahman, dachte aber bei sich: Ich werde aufpassen, und erlaubt er sich die geringste Unanständigkeit gegen meinen Sohn, so bringe ich ihn um. Er führte ihn in ein Gemach, hieß Zeitmond ihm Gesellschaft leisten, sagte ihm aber vorher: »Setze

dich neben den Derwisch und scherze mit ihm; ich werde durch die Öffnung von oben herunter zusehen und ihn töten, wenn er dir zu nahe tritt.« Der Derwisch hörte nicht auf, zu weinen und Zeitmond anzusehen, ohne ihn jedoch zu berühren, bis das Nachtessen aufgetragen wurde. Einige Zeit nach dem Essen ging Abd Arrahman weg und sagte seinem Sohn: »Schlafe du beim Derwisch, vielleicht bedarf er deiner in der Nacht.« Als aber der Derwisch für dieses Anerbieten dankte und beteuerte, er schlafe immer ganz ruhig nach dem Gebet, war Abd Arrahman überzeugt, daß er ihm durch seinen Verdacht sehr Unrecht getan.

Am folgenden Morgen bat er den Derwisch, ihm doch zu sagen, warum er seinen Sohn stets mit Tränen in den Augen angesehen. Nach einigem Zögern begann der Derwisch: »Wisse, ich kam letzten Freitag des Morgens nach Baßrah, da fand ich alle Läden geöffnet, ohne daß sich ein Mensch sehen ließ; auch zeigte sich in keiner Straße weder eine Katze noch ein Hund; vor den Bäckerläden lag frisches Brot, in den Kaffeehäusern stand die Kaffeepfanne auf den Kohlen, und in den Trinkhäusern waren die Tische mit Sorbetten gefüllt, aber nirgends war eine lebende Seele anzutreffen. Ich aß und trank, soviel ich Lust hatte, und dachte: Sonderbar, wo sind wohl die Bewohner dieser Stadt mit ihren Hunden und ihren Katzen hingekommen? Es ist, als wäre auf einmal alles ausgestorben oder in der größten Angst entlaufen, ohne sich Zeit zu nehmen, die Läden zu schließen. Während ich so über diese wunderbare Erscheinung nachdachte, hörte ich auf einmal eine Trommel schlagen; da fürchtete ich mich und verbarg mich schnell in einem Haus, wo ich durch eine Wandritze auf die Straße sehen konnte. Ich hatte mich kaum zurückgezogen, da sah ich vierzig Paar Mädchen ganz unverschleiert vorüberziehen; dann folgte eine Dame zu Pferd, ebenfalls unverschleiert, welche so schön war, daß ich vor Liebe fast wahnsinnig wurde; das Pferd konnte kaum

die Füße bewegen, so schwer war es und die Dame, die es trug, mit Gold, Silber und Edelsteinen beladen; zu ihren beiden Seiten, vor und hinter ihr ritten Mädchen mit gezogenen Schwertern, deren Griff von Smaragd war. Als die Dame mir gegenüber war, hielt sie still und sagte zu den Mädchen: Ich höre hier im Laden ein Geräusch; seht einmal nach, ob sich nicht ein Mann darin verborgen hat, um uns unverschleiert zu sehen. Die Mädchen gingen in den Laden, gerade dem Haus, in welchem ich verborgen war, gegenüber, und kamen eine Weile darauf mit einem Mann heraus, dem sie auf den Befehl der Dame den Kopf abschlugen, der auf der Straße liegen blieb. Ich fing an, für mein Leben zu zittern, doch konnte ich meinen Blick nicht von der Dame entfernen, die zu meinem Glück, ohne mich zu bemerken, vorüberzog. Als sie eine Weile vorüber war, kehrten alle Leute wieder zu ihren Geschäften zurück; ich erkundigte mich nach der schönen

Dame, aber niemand konnte mir Auskunft über sie geben. So verließ ich Baßrah mit einer feurigen, hoffnungslosen Liebe im Herzen, welche durch die große Ähnlichkeit, die dein Sohn mit meiner Geliebten hat, wieder frische Tränen meinen Augen entlockte.«

Zeitmond, welcher diese Erzählung mit anhörte, beschäftigte sich so sehr mit der Dame, welche den Derwisch so entflammte, daß er die ganze Nacht nicht schlafen konnte und am folgenden Morgen seinen Vater bat, ihn gleich anderen Kaufmannssöhnen mit Waren auf Reisen zu schicken. Abd Arrahman sagte ihm: »Andere Kaufleute schicken ihre Söhne mit Waren von der Heimat weg, um mehr Geld zu gewinnen; ich bin aber so reich und genügsam, daß ich dessen nicht bedarf. Wie könnte ich übrigens die Trennung von dir ertragen, da ich keine Stunde ohne dich leben kann? Auch wäre ich wegen deiner ausgezeichneten Schönheit schon allzu sehr besorgt für dich.« Zeitmond erwiderte aber: »O Vater, ich muß einmal reisen, und wenn du mir keine Waren gibst, so entfliehe ich so.« Als Abd Arrahman dies hörte, sprach er mit seiner Gattin darüber, welche ihm sehr zuredete, Zeitmond wie andere Kaufmannssöhne reisen zu lassen. Er ließ ihm daher für neunzigtausend Dinare Waren zusammenpacken, und seine Gattin gab ihm noch vierzig Edelsteine, von denen der geringste fünfhundert Dinare wert war, mit denen er sich bald auf den Weg nach Baßrah machte.

Die ganze Reise lief glücklich ab, bis er nur noch einige Meilen weit von Baßrah war, da wurde er von einem räuberischen Beduinenstamm überfallen, die ganze Karawane wurde ausgeplündert, seine Leute wurden getötet und er selbst wurde von den Räubern für tot gehalten. Als sie sich aber mit ihrem Raub entfernt hatten, machte er sich auf und ging, Gott für seine Rettung und die Erhaltung seiner Edelsteine, welche er in einem Gürtel auf dem Leib trug, dankend, in die Stadt. Es war auch an einem Freitag, und er fand die Stadt in demselben Zustand, wie der Derwisch sie ihm beschrieben hatte; bald kam auch der Mädchenzug, welchen er aus dem Winkel eines Ladens, in welchem er sich schnell verbarg, sehen konnte, und auch seiner bemächtigte sich eine glühende Liebe zur Dame, welche zu Pferd war.

Als der Zug vorüber war und die Leute wieder auf die Straße und in ihre Läden kamen, ging Zeitmond auf den Bazar der Juweliere und verkaufte einen der vierzig Edelsteine, welche ihm seine Mutter gegeben, kaufte sich schöne Kleider, ging ins Bad und von da zu einem Barbier, um sich den Kopf rasieren zu lassen. Diesem erzählte er, wie er bei seiner Ankunft die ganze Stadt leer gefunden und bald darauf einen Zug Mädchen gesehen habe, von denen besonders eine zu Pferd wegen ihrer ausgezeichneten Schönheit einen tiefen Eindruck auf ihn gemacht. »Mein Sohn«, rief der Barbier erschrocken, »hüte dich, mit irgend jemandem darüber zu sprechen, denn nicht alle Leute sind so verschwiegen wie ich; wie leicht könnte zuletzt die Dame erfahren, daß du sie unverschleiert gesehen, und dich umbringen lassen. Denn wisse, daß du der erste bist, der diesen Zug gesehen hat; die Bewohner Baßrahs ziehen sich jeden Freitag zu dieser Stunde in ihre Moscheen zurück und schließen vorher ihre Hunde und Katzen ein, so daß die Straßen ganz leer sind. Warum aber all dies geschieht, weiß ich selbst nicht; ich will einmal diesen Abend es versuchen, etwas Näheres bei meiner Frau darüber zu hören, denn sie kommt in die vornehmsten Häuser und weiß alle Stadtneuigkeiten; morgen will ich dir dann alles wieder erzählen.«

Zeitmond nahm eine Handvoll Gold aus der Tasche und gab es dem Barbier für seine Frau, dann eine zweite für ihn selbst. Als der Barbier das viele Gold sah, sagte er zu Zeitmond: »Ich will sogleich nach Hause gehen und meine Frau um Auskunft über den sonderbaren Zug der Mädchen bitten; bleibe du einstweilen hier in meinem Laden, bis ich wiederkehre.« Nach einer Weile kam der Barbier wieder zu Zeitmond und sagte ihm: »Meine Frau läßt dich grüßen und bittet dich, selbst zu ihr zu kommen; sie wird alles aufbieten, um dir in deinem Anliegen behilflich zu sein.«

Zeitmond ging mit dem Barbier und wurde von dessen Gattin sehr freundlich aufgenommen. Er schenkte ihr wieder hundert Dinare und bat sie, ihm zu sagen, wer die schöne Dame war, welche hinter den vielen Sklavinnen ritt, und was überhaupt dieser ganze Zug bedeute. Da sagte sie: »Wisse, mein Sohn, der König von Indien hat dem Sultan von Baßrah eine so außerordentlich schöne Perle geschenkt, daß dieser sogleich alle Juweliere aus der Stadt kommen ließ und sie fragte, wer diese Perle durchlöchern wollte, ohne sie im mindesten zu beschädigen. Wer dies vermag, sagte der Sultan, der darf wünschen, was er will, es soll ihm nichts versagt werden; wer aber etwas daran verletzt, soll getötet werden.

»Kein einziger Juwelier wagte es, diese Arbeit unter solchen Bedingungen zu übernehmen; sie sagten daher dem Sultan: So sicher ist niemand in seiner Arbeit, als unser Vorgesetzter Abid; der allein kann ohne Gefahr eine solche Perle durchlöchern. Der Sultan ließ Abid rufen und übergab ihm die Perle, und als er sie unbeschädigt wiederbrachte, sagte ihm der Sultan: Nun, welchen Lohn erbittest du dir? – Ich werde es morgen dem Sultan sagen, antwortete Abid; ich will einmal zuerst mit meiner Gattin mich darüber beraten; denn er liebt sie so sehr, daß er nichts ohne sie tut; sie verdient auch wohl eine solche Liebe, denn sie ist die Dame zu Pferd, die dir so gut gefällt.

»Als Abid seine Gattin fragte, was er vom Sultan fordern sollte, sagte sie ihm: Da uns gar nichts fehlt, so bitte den Sultan er soll ausrufen lassen, daß jeden Freitag zwei Stunden vor dem Gebet sich alle Bewohner der Stadt in die Moschee zurückziehen sollen, damit ich mit meinen Mädchen unverschleiert ausreiten könne; daß, wer sich aber an einem Fenster oder auf der Straße blicken lasse, meinem Schwert verfalle. Abid begab sich am folgenden Tag wieder zum Sultan und trug ihm seinen Wunsch vor, den ihm auch der König, seinem Versprechen gemäß gewährte. Da aber die Leute fürchten, Hunde und Katzen möchten ihnen ihre Waren in den offenen Läden verderben, sperren sie auch diese Tiere ein, ehe sie in die Moschee gehen. Nun weißt du«, fuhr die Gattin des Barbiers fort, »wer diese Dame ist; willst du aber mit ihr bekannt werden, so sage mir, ob du nicht etwa einige Kostbarkeiten bei dir hast.« – »O ja«, erwiderte Zeitmond, »ich habe allerlei Edelsteine bei mir, von fünfhundert bis tausend Dinaren das Stück.« – »Gut«, versetzte die Frau des Barbiers, »wenn du einige derselben zu opfern bereit bist, so kannst du zu deinem Ziel gelangen. Geh' einmal zuerst mit einem Stein, welcher fünfhundert Dinare wert ist, zu Scheich Abid, dem Obersten der Juweliere, und sagte ihm, er soll dir einen Siegelring daraus machen; du gibst ihm sogleich zwanzig Dinare Arbeitslohn und jedem seiner Gesellen einen Dinar, bleibst eine Weile bei ihm sitzen und unterhältst dich mit ihm; kommt ein Bettler, so schenke ihm einen Dinar; zeige dich überhaupt recht freigebig, damit alle Leute im Hause dich lieb gewinnen. Dann komme morgen wieder mit hundert Dinaren zu mir, da wollen wir das Weitere beraten.«

Zeitmond befolgte genau den ihm erteilten Rat, und Abid war so für ihn eingenommen, daß er den Edelstein mit nach Hause nahm, um ihn selbst nach Zeitmonds Wunsch zu schleifen. Dies tat er nur bei Arbeiten, an denen ihm sehr viel gelegen war und die er allein verrichtete, damit keiner seiner Gesellen es absehe und anderen Meistern verrate. Als er an dem Siegelring arbeitete, kam seine Frau in die Werkstätte und fragte ihn, wem dieser Ring gehöre, der eines Königs würdig wäre. »Er gehört einem fremden Kaufmannssohn«, antwortete Abid, »der ebenso schön und wohlgebildet ist, als edel und freigebig; wenn ich nicht fürchtete, dich zu beleidigen, so würde ich sagen, er ist noch tausendmal schöner als du.« Abid fuhr dann wie ein recht einfältiger Gatte, fort, Zeitmond solange zu loben, bis seine Gattin sich immer mehr zu ihm hingezogen fühlte. Als der Ring fertig war, ergriff sie ihn und legte ihn an, und da er ihr gerade paßte, sagte sie zu Abid: »Der Ring gefällt mir so gut, daß ich ihn für mich behalte, ich nehme ihn nicht mehr vom Finger.« – »Habe Geduld«, erwiderte Abid, »der Jüngling ist sehr edel, vielleicht verkauft er mir ihn, oder vielleicht hat er noch einen ähnlichen Stein, den ich dann für dich herrichte.«

Am folgenden Morgen begab sich Zeitmond zum Barbier, schenkte ihm wieder hundert Dinare und bat seine Frau um weitere Verhaltungsmaßregeln. »Wenn dir heute Abid den Ring bringt«, sagte des Barbiers Frau, so tue, als wenn du ihn anziehen wolltest, und sagte, er sei dir zu eng; wenn er ihn dir dann erweitern will, so sage; Lasse ihn, wie er ist: schenke ihn einer deiner Sklavinnen und mache mir einen anderen aus einem besseren Stein. Du gibst ihm dann einen Edelstein, welcher siebenhundert Dinare wert ist, bezahlst ihm dreißig Dinare für den Siegelstecher voraus und schenkst jedem Arbeiter zwei Dinare. Morgen komme dann wieder mit zweihundert Dinaren zu mir, da will ich dir sagen, was du ferne zu tun hast.« Zeitmond begab sich hierauf in den Laden Abids und tat, wie ihm des Barbiers Frau geraten. Abid konnte eine solche Freigebigkeit gar nicht fassen; freudig ging er nach Hause, gab seiner Frau Zeitmonds Ring und erzählte ihr, wie edel sich Zeitmond gegen ihn benommen. »Dieser Jüngling«, fuhr er dann fort, »kann unmöglich ein Kaufmannssohn sein; er ist gewiß irgendein fremder Prinz.« Hierauf zog er dann den zweiten Stein aus der Tasche und arbeitete daran, bis der Ring fertig war. Seine Gattin zog ihn wieder an und wünschte auch diesen zu behalten; aber Abid sagte ihr: »Habe Geduld, vielleicht verkauft er mir ihn.« Am dritten Tag, als Zeitmond wieder zum Barbier mit zweihundert Dinaren kam, sagte ihm dessen Frau: »Wenn Abid dir heute den zweiten Ring bringt, so sage, er sei dir zu weit, er solle dir, um nicht wieder zu irren, das Maß nehmen; schenke ihm auch den zweiten Ring für eine seiner Sklavinnen und gib ihm einen Edelstein, welcher tausend Dinare wert ist, vierzig Dinare für den Siegelstecher und drei Dinare für jeden Arbeiter. Komme dann morgen wieder zu mir mit dreihundert Dinaren, ich werde dich bald ans Ziel führen.« Zeitmond befolgte wieder pünktlich, was ihm des Barbiers Frau geraten. Als daher Abid wieder zu seiner Gattin kam, konnte er gar nicht aufhören, seine Freigebigkeit und sein edles Benehmen zu loben; auch von seinen äußeren Reizen sprach er wieder so viel, daß seine Gattin ihm sagte: »Wenn dieser Jüngling wirklich so ist, wie du ihn schilderst, warum hast du ihn nicht auf diesen Abend eingeladen? Eine solche Ehre verdient doch wohl ein Mann, der dir zwei so kostbare Ringe schenkt? Lade ihn nur morgen ein, und wenn er es nicht annehmen will, so schwöre bei deinem Haupt und bei deinen Augen, bis er dir zu kommen verspricht.«

Zeitmond kam diese Einladung nicht unerwartet, denn schon hatte die Frau des Barbiers gesagt, daß Abid ihn wahrscheinlich einladen werden und daß er natürlich seine Einladung nicht abschlagen dürfe. Abids Gattin stand hinter ihrem Gitter, als Zeitmond zum Abendessen kam, und der Blick, den sie auf ihn warf, überzeugte sie, daß ihr Gatte in seinem Lob noch sehr bescheiden war. Als daher die Mahlzeit vorüber war und eine Sklavin den beiden Männern Kaffee bringen sollte, mischte sie einen Schlaftrunk hinein, so daß sie gleich darauf in einen tiefen Schlaf versanken. Sie ging dann in das Gemach, in welchem die Männer waren, umarmte Zeitmond und küßte ihn so viel, daß er beim Erwachen des anderen Morgens im ganzen Gesicht rote und blaue Flecken hatte. Als er sich bei Abid darüber beklagte, sagte er ihm: »Das kommt von den Schnaken, die fallen stets die jungen, glattwangigen Gäste an, welche bei mir schlafen, bärtigen Männern wie ich aber tun sie nichts.«

Nachdem Zeitmond auch noch bei Abid gefrühstückt hatte, begab er sich zur Frau des Barbiers, welcher sogleich sein verküßtes Gesicht auffiel. Sie fragte ihn: »Nun, wie hast du die Nacht zugebracht? Bist du am Ziel deiner Wünsche? Erzähle mir doch, was du gesehen!« – »Ich habe gar nichts gesehen«, antwortete Zeitmond; »ich habe mit Abid allein zu Nacht gegessen, dann

schliefen wir bis diesen Morgen.« – »Und was hast du denn an deinen Wangen und Lippen?« fragte lachend des Barbiers Frau. – »Die Schnaken haben micht so gestochen diese Nacht.« – »Und sonst ist dir gar nichts aufgefallen?« fragte sie ferner. – »O ja«, antwortete Zeitmond; »ich fand diesen Morgen einiges Spielzeig in meinen Taschen und weiß nicht, wo es herkommt.« – »Nun«, fragte die Ratgeberin, »ich will dir sagen, was das bedeutet. Deine Geliebte hat dich diese Nacht im Schlaf besucht und dir damit angedeutet, daß du noch ein Kind bist und nicht viel von Liebe verstehst, sonst würdest du nicht schlafen; drum bleibe das nächste Mal wach, denn ich bin es überzeugt, sie wird ihren Gatten bewegen, dich noch einmal einzuladen; ist dies der Fall, so komme morgen wieder zu mir mit fünfhundert Dinaren. Du bist nun deinem Ziel sehr nahe.« Die Frau des Barbiers hatte sich nicht getäuscht, denn kaum war Zeitmond aus Abids Hause weggegangen, als er zu seiner Gattin ging und ihr sagte, wie sein Gast so von Schnaken geplagt wurde, daß er sich schäme. »So geht es allen Gästen«, erwiderte sie, »welche in diesem Saal schlafen; darum lade ihn auf heute Abend wieder ein, vielleicht kann er in einem anderen Gemache besser schlafen.« Abid widersprach seiner Frau nicht, und auch diese Nacht verging wieder wie die vorige, nur daß Zeitmond diesmal beim Erwachen statt des Spielzeugs ein Messer in seiner Tasche fand. Er begab sich daher nach dem Frühstück wieder zu seiner Alten und erzählte ihr, wie die Nacht gelaufen, und wie er trotz aller seiner Anstrengung doch, sobald er den Kaffee getrunken hatte, sich nicht mehr wach halten konnte. Gott stehe dir bei«, sagte die Alte, »wenn du diesen Abend wieder eingeladen wirst und einschläfst, denn durch das Messer bedroht dich deine Geliebte mit dem Tod. Wenn dir also dein Leben teuer ist, so trinke keinen Kaffee, denn dieser scheint mit einem einschläfernden Getränk vermischt zu sein.«

Auch diesmal sagte die Frau des Juweliers zu ihrem Mann, nachdem Zeitmond sich entfernt hatte: »Es ist Sitte, einen Gast drei Tage lang zu bewirten, darum lade auch heute noch den jungen Kaufmann ein.« Der Juwelier eilte in Zeitmonds Wohnung und beschwor ihn, auch diese Nacht noch sein Gast zu sein, was er auch nicht ablehnte. Es wurde wie in den beiden ersten Nächten gespeist und gebetet; als aber nach der Mahlzeit die Sklavin den Kaffee brachte, sagte ihr Zeitmond: »Gib mir ein wenig Wasser, ich habe Durst.« Während sie aber ging, um den Wasserkrug zu holen und der Juwelier seinen Kaffee schlürfte, goß Zeitmond den seinigen aus, stellte sich aber, um seine Geliebte zu täuschen, als schliefe er, bis sie mit einem Messer auf ihn zukam. Da sprang er lachend auf und umarmte sie. »Du hast gewiß eine schlaue Ratgeberin«, sagte die Frau des Juweliers, »denn so viel List ist nicht deinem jungen Gehirn entsprungen; weiter als bis zu einer so kurzen Vereinigung reicht aber gewiß auch ihr Verstand nicht. Mir genügt aber weder eine Nacht, noch ein Monat, noch ein Jahr deiner Nähe; ich muß dich für immer besitzen, ich muß von meinem Mann geschieden werden und dir noch sein ganzes Vermögen verschaffen, folge nur meinem Rat.«

Abids Gattin sagte weiter zu Zeitmond: »Wenn mein Gatte dich wieder einladet, so danke ihm und sage, du möchtest ihn nicht länger von seinem Harem trennen, du müßtest gewiß auf diese Weise ihm und seinem Harem zur Last werden; will er häufig in deiner Gesellschaft sein, so miete er dir eine Wohnung in seiner Nähe, damit du zu jeder Stunde in der Nacht noch in dein Haus gehen könntest. Überbringt mir dann mein Gatte«, fuhr die Frau fort, »deine Antwort, so rate ich ihm, unserem Nachbarn aufzukündigen und seine Wohnung dir einzuräumen, und bist du einmal unser Nachbar, so wird mir Gott schon ferner beistehen.« Nach dieser Unterredung küßten und umarmten sie sich, bis der Tag heranbrach, dann entfernte sich die Frau und die Sklavin weckte Abid, welcher sich freute, als Zeitmond ihm sagte, er sei diese Nacht nicht von Schnaken beunruhigt worden. Als des Abends Abid wieder zu Zeitmond kam, um ihn abzuholen, sagte dieser, was Abids Gattin ihm geraten, und Abid bat ihn, nur diese Nacht noch bei ihm zuzubringen, morgen wolle er ihm eine Wohnung in seiner Nähe mieten. Diese Nacht verging wieder, wie die vorige, Abid lag wie eine Leiche hingestreckt, während dessen Gattin mit Zeitmond sich aufs zärtlichste unterhielt. Am folgenden Morgen wurde dem Nachbar aufgekündet und Zeitmonds Effekten in dessen Haus gebracht. Abids Gattin ließ dann, während ihr Gatte ausgegangen war, einen geschickten Baumeister kommen und bot ihm so viel Geld, bis er sich dazu verstand, einen geheimen Gang in das nachbarliche Haus anzubringen. Sobald er vollendet war, begab sie sich zu Zeitmond, so oft ihr Gatte auf dem Bazar oder eingeschlafen war, und schleppte ihm auch nach und nach viel Geld und wertvolle Gegenstände zu. Nach einigen Tagen brachte sie ihm ein Messer, das ihr Gatte selbst verfertigt hatte und das über fünfhundert Dinare wert war, und sagte ihm: »Geh' damit auf den Bazar zu meinem Gatten, erzähle ihm, du habest dieses Messer für dreihundert Dinare gekauft und möchtest wissen, ob es nicht zu teuer ist. Fragt er dich, von wem du es gekauft hast, so sage, von einem jungen Mann, welcher dir erzählte, seine Geliebte habe es ihm geschenkt. Sobald du ihm aber das Messer gezeigt hast, gehst du damit wieder nach Hause und gibst mir es an der geheimen Tür, wo ich dich erwarten will.« Zeitmond tat, wie seine Geliebte wünschte; Abid, welcher sogleich sein Messer erkannte und es doch nicht zu sagen wagte, wurde so bestürzt, daß er Zeitmond kaum zu antworten imstande war, er hatte auch keine Ruhe mehr im Laden, sondern wollte, um jeden Zweifel zu tilgen, nach Hause gehen und sehen, ob sein Messer noch an seinem Platz sei. Aber schon war Zeitmond vor ihm zu Hause und gab seiner Gattin das Messer zurück. Als daher Abid es forderte, übergab sie es ihm und fragte ihn, was er damit wolle und warum er so angegriffen aussehe, er werde doch wohl niemanden umbringen wollen? »Zeige mir nur das Messer, ich schwöre dir, daß ich niemandem etwas damit zuleide tue.« Da holte sie das Messer aus der Kiste, er betrachtete es auf allen Seiten und rief: »Bei Gott, sonderbar«, und gab es ihr wieder zurück. Dann beschwor sie ihn, ihr zu sagen, was das bedeute; und als er ihr erzählte, was sie wohl wußte, stellte sie sich beleidigt und sagte: »Du konntest also meine Treue bezweifeln und dazu noch glauben, ich verschenke meinem Liebhaber, was dir gehört?« Abid entschuldigte sich auf alle mögliche Weise, bis sie sich wieder besänftigte. Am folgenden Tag, als er wieder auf dem Bazar war, brachte sie Zeitmond ihres Gatten Uhr, welche siebenhundert Dinare wert war, denn er hatte sie selbst mit den feinsten Steinen verziert, und sagte ihm: »Geh zu Abid und erzähle ihm, du habest von demselben jungen Mann, der dir das Messer verkauft hat, auch diese Uhr gekauft und frage ihn, ob sie nicht für fünfundachtzig Dinare zu teuer sei, dann bringe mir sie schnell wieder.« Zeitmond befolgte treulich den Befehl seiner Geliebten, und als Abid seine Uhr sah, dergleichen gar kein anderer Meister je verfertigt hatte, stiegen neue Zweifel gegen seine Gattin in ihm auf,

er eilte schnell nach Hause und fragte ganz atemlos nach seiner Uhr. Seine Frau, welcher sie Zeitmond schon wieder zurückgebracht hatte, überreichte sie ihm und fragte, was er auf einmal damit wolle, und als er ihr gestand, daß er sie im Verdacht hatte, weil er sie bei Zeitmond gesehen, überschüttete sie ihn wieder mit Vorwürfen über sein Mißtrauen und sagte: Wäre also die Uhr oder das Messer aus unserem Haus entwendet worden, so müßte ich sie meinem Geliebten geschenkt haben? Wenn du so fortfährst, werde ich weder deine Speise, noch dein Getränk mehr mit dir teilen und dich in der Tat hassen.« Abid tat, was er konnte, um seine Gattin wieder zufriedenzustellen, und ging wieder auf den Bazar. Des Abends, als er allein nach Hause kam, fragte ihn seine Gattin, ob die Freundschaft zwischen ihm und Zeitmond schon erkaltet sei, daß er ihn nicht mitgebracht? Er antwortete: »Ich hasse ihn, weil er die Veranlassung zu meinem ungerechten Verdacht gegen dich war.« – »Hole ihn nur«, sagte seine Gattin, »du bist es meiner Ehre schuldig.« Abid ging zu Zeitmond und fiel fast in Ohnmacht, als er vieles, was ihm gehörte, in dessen Zimmer umherliegen sah; indessen wagte er es nicht, ein Wort zu sagen, und bat ihn, den Abend wieder bei ihm zuzubringen. Zeitmond mußte bei Tisch allein das Gespräch unterhalten, denn Abid war so tief ergriffen, daß er nicht viel Worte hatte. Nach dem Abendessen wurde wieder der Kaffee gebracht, worauf Abid in einen tiefen Schlaf versank, während Zeitmond die Nacht mit dessen Gattin durchwachte.

Nachdem Abids Gattin Zeitmond genug geküßt hatte, sagte sie ihm: »Morgen werde ich mich als Sklavin verkleiden, das kann ich sehr gut, denn ich war ja einst Sklavin, du führst mich dann zu Abid und sagst, du habest mich auf dem Sklavenmarkt für tausend Dinare gekauft, er möchte sehen, ob du nicht zu viel für mich gegeben.« Wenn er mich unverschleiert gesehen hat, so führst du mich wieder in dein Haus, aus welchem ich mich sogleich in meine Wohnung begebe; ich will einmal sehen, wie Abid sich dabei benehmen wird; diese List führt uns am schnellsten zu unserm Ziele.« Abid wurde fast wahnsinnig, als er die Sklavin betrachtete und sie als seine Frau erkannte, und den Schmuck an ihr sah, welchen er ihr selbst geschenkt hatte, sogar seine Ringe an den Fingern hatte, die er nicht mit anderen verwechseln konnte; noch größer war seine Verzweiflung, als er sie nach ihrem Namen fragte, und sie ihren wahren Namen, Halimah, nannte. In aller Eile schloß er den Laden und ging nach Hause, um zu sehen, ob seine Gattin zu Hause sei, aber als er in seine Wohnung trat, saß sie schon wieder ruhig da mit demselben Schmuck, den er bei ihr als Sklavin gesehen. Voller Verwunderung rief er: »Es gibt keinen Schutz und keine Macht, außer bei Gott, dem Erhabenen!« – »Was ist dir wieder?« fragte ihn seine schlaue Gattin, »du siehst ja aus, als hättest du den Verstand verloren.« Abid erzählte ihr, wie er geglaubt habe, sie als Zeitmonds Sklavin auf dem Bazar zu sehen. »Und warst du es nicht«, setzte er hinzu, »so hat diese Sklavin die größte Ähnlichkeit mit dir, nicht nur ihr Wuchs und Gesicht sind ganz dem deinigen gleich, sondern sie trägt auch denselben Halsschmuck und dieselben Ringe wie du.« – »Wenn du noch einigen Verdacht hast«, entgegnete Halimah, »und etwa glaubst, ich wolle dich zum besten haben, so will ich hier in meinem Zimmer bleiben, eile du zu Zeitmond: findest du dieselbe Sklavin wieder bei ihm, so hat sie eben die auffallendste Ähnlichkeit mit mir – (Gepriesen sei der, dem nichts zu vergleichen ist!) – findest du sie aber nicht bei ihm, so will ich jene Sklavin gewesen sein, die du auf dem Bazar gesehen.« Abid beteuerte zwar, er habe nicht den mindesten Verdacht mehr, ließ sich aber von Halimah überreden, sich durch einen plötzlichen Besuch bei Zeitmond noch näher von seinem Irrtum zu überzeugen. Ehe er aber zu seiner Haustür hinaus war und an der Zeitmonds klopfte, war Halimah durch den geheimen Gang schon bei diesem und benachrichtigte ihn von allem, so daß Abid wirklich an eine vollkommene Ähnlichkeit zwischen seiner Gattin und Zeitmonds Sklavin glaubte und sich bei Halimah, welche wieder vor ihm in ihr Haus zurückgekehrt war, vielmals entschuldigte. Als er hierauf wieder in seinen Laden ging, begab sich Halimah zu Zeitmond mit vier Beuteln voll Gold und sagte ihm: »Jetzt bereite alles zur Reise vor, in einigen Tagen müssen wir diese Stadt verlassen und in deine Heimat reisen, denn ich sehe, daß trotz aller

Eifersucht er mich doch immer mehr liebt und sich nicht scheiden läßt. Schaffe zuerst all dein Geld und deine anderen wertvollen Gegenstände fort, die ich dir gebracht; dann gehe zu meinem Gatten, melde ihm deine Abreise und frage ihn, was du für die Hausmiete schuldig bist, dann komme wieder zu mir.« Abid war sehr betrübt über Zeitmonds Abreise, und vom Augenblick an, wo er Nachricht davon erhielt, verließ er Zeitmond keinen Augenblick mehr, und stets fand er seine Gattin als Sklavin bei ihm, wenn er auch einen Augenblick vorher sie in seinem Haus gesehen hatte. Als Zeitmond alle Vorkehrungen zur Abreise getroffen hatte, sagte ihm Halimah: »Du hast nun alles, was meinem Mann gehört; es bleibt ihm nur noch eine Sklavin, die ich ihm aber auch nicht lassen will; ich werde mich daher unzufrieden mit ihr stellen und ihn nötigen, sie zu verkaufen; du kaufst sie ihm ab und wir nehmen sie auch mit, denn sie ist meine Vertraute und hat mir stets mit vieler Treue und Anhänglichkeit gedient.« Da auch diese List gelang, so wurde es der schlauen Frau möglich, mit ihrem Geliebten und ihrer Sklavin abzureisen, ohne daß ihr Gatte, der Zeitmond noch eine Strecke weit begleitete, auch nur eine Ahnung von ihrer Flucht hatte, denn als er sein Haus verließ, saß sie noch ruhig in ihrem Gemach, und schon saß sie in Zeitmonds Hof auf dem Dromedar, als Abid zu ihm kam. Erst als Abid von Zeitmond Abschied genommen hatte, um nach Hause zurückzukehren, fürchtete Halimah, er möchte, wenn er sie nicht zu Hause fände, ihr nachsetzen; darum schlug sie mit

Zeitmond einen anderen Weg ein und blieb mit ihm auf unbefahrenen Straßen, bis sie die Grenzen Ägyptens erreichten. Hier schickte Zeitmond einen Boten voraus an seinen Vater, welchem er seit seiner Abreise keine Nachricht von sich gegeben hatte, und der daher ein höchst betrübtes Leben führte. Er war außer sich vor Freude, als er seines Sohnes Rückkehr vernahm, und ging ihm mit vielen Kaufleuten entgegen. Nachdem er seinen Sohn umarmt und geküßt hatte, fragte er ihn, woher er die schöne Skalvin habe, welche mit ihm gekommen. »Sie ist keine Sklavin«, antwortete Zeitmond, »sie ist meine Geliebte, die schöne Dame, um derentwillen ich nach dem Bild, welches der Derwisch von ihr entwarf, meine Heimat verlassen.« Er erzählte ihm dann, als er allein mit ihm war, alle seine Abenteuer vom Tag seiner Abreise an und teilte ihm seinen Entschluß mit, Halimah für seine Gattin auszugeben. Da sagte Abd Arrahman: »Wenn du das tust, so werde ich dir nie mehr gut sein; bedenke, daß sie einst ebenso gegen dich verfahren kann, wie gegen ihren ersten Gatten. Sie ist eine Verräterin, und verdient daher kein Vertrauen. Gehorche mir, ich will dir eine tugendhafte Frau aus angesehener Familie verschaffen, die noch schöner sein wird, als Halimah, und mir und dir Ehre macht; es ist besser, als daß man sage: Zeitmond hat ein Mädchen aus niederer, unbekannter Familie geheiratet.«

So fuhr Abd Arrahman fort, seinen Sohn zu umarmen und ihm allerlei Verse und Anekdoten von lasterhaften Frauen zu erzählen, bis er in eine Trennung von Halimah willigte und seinem Vater erlaubte, eine andere Frau für ihn zu werben. Letzterer ließ sogleich Halimah und ihre Sklavin in ein abgelegenes Haus bringen und gestattete nur einem Schwarzen den Zugang zu ihnen, um sie mit den nötigen Lebensbedürfnissen zu versehen. Für seinen Sohn aber ließ er um die Tochter des Scheich El Islam werben, welches das schönste Mädchen ihrer Zeit war und welche ihm auch seines Ansehens und seiner Reichtümer willen nicht versagt wurde. Der Ehe-Kontrakt wurde bald geschrieben und große Festlichkeiten wurden veranstaltet. Mehrere Tage nacheinander wurde eine große Mahlzeit zubereitet, zu der zuerst die Geistlichen, dann die übrigen Gelehrten und Staatsmänner, dann die Kaufleute und zuletzt die Armen geladen waren. Unter den letztern bemerkte Zeitmond plötzlich seinen Freund Abid in einem höchst ärmlichen Aufzug. Er hatte sich nämlich auf die Reise nach Ägypten gemacht, sobald er nach Hause kam, seine Haustüre offen und seinen Schatz geleert fand und seine Frau nirgends zu sehen war. Um indessen kein Aufsehen zu machen und seinen Feinden keine Schadenfreude zu verursachen, sagte er zu dem obersten seiner Gesellen, er mache mit seiner Gattin in Gesellschaft Zeitmonds eine Vergnügungsreise, trug ihm aber, falls Fremde oder der König von Baßrah nach ihm fragen sollten, auf, ihnen zu sagen, er sei mit seiner Gattin nach Mekka gepilgert. Abid hatte aber auf der Reise dasselbe Schicksal, wie Zeitmond auf seiner Reise nach Baßrah; er wurde von Arabern angefallen und ausgeplündert. Er mußte ganz nackt bis in das nächste Dorf laufen, wo ihm einige gute Leute ein paar alte Kleider schenkten. Er reiste dann mit geschenktem Vorrat weiter von Ort zu Ort und kam so hungrig in Kahirah an, daß er auf den Straßen bettelte, bis ihn ein Kahiraner mit zur öffentlichen Tafel nahm. Sobald Zeitmond ihn bemerkte, machte er leise seinen Vater darauf aufmerksam. Dieser sagte ihm: »Der Mann ist sehr hungrig, lasse ihn vor allem sich sättigen, dann wollen wir ihn zu uns rufen lassen.« Sobald Abid gegessen und Kaffee und Sorbet getrunken und sich gewaschen hatte, ließ Zeitmond ihn zu sich kommen, umarmte ihn und weinte an seinem Hals. Aber Abd Arrahman sagte ihm: »So empfängt man keinen Freund; lasse ihn zuerst ins Bad gehen und andere Kleider anziehen, dann unterhalte dich mit ihm.« Er ließ hierauf Abid von einem seiner Diener wegführen, und nach einer Weile kehrte er wieder und sah aus wie der Oberste der Kaufleute. Zeitmond stellte ihn dann seinen Bekannten als einen alten Freund und Wohltäter vor und erzählte ihnen, daß er von Arabern ausgeplündert worden und es daher seine Pflicht sei, sich seiner anzunehmen. Als aber die Gäste sich zurückgezogen hatten und sie allein mit ihm waren, sagte ihm Abd Arrahman: »Du wirst wohl selbst einsehen, daß deine Frau viel schuldiger ist als mein Sohn, und ihm daher nicht grollen; bedenke aber auch, daß alle Männer mehr oder weniger von ihren Frauen sich gefallen lassen müssen. Ich rate dir daher, ihr zu verzeihen; schon bereut sie ihr Betragen gegen dich und wird gewiß in Zukunft dir treu sein. Was das verlorene Geld angeht, so gräme dich darüber nicht, ich will dir es gern ersetzen und auch für alles Nötige zur Reise sorgen, falls du mit ihr in deine Heimat zurückkehren willst; ziehst du es aber vor, hier bei uns zu bleiben, so wollen wir dir deinen Aufenthalt so angenehm als möglich machen. Hier hast du den Schlüssel des Hauses, in welches ich sie allein mit ihrer Sklavin eingeschlossen habe, weil ich wohl dachte, daß der Gatte einer so schönen Frau ihr bald nachfolgen würde. Gehe zu ihr, tue ihr aber nichts zuleid und versöhne dich mit ihr.« Abid nahm den Schlüssel und ging in das Haus, welches ihm Abd Arrahman bezeichnete. Dieser aber folgte ihm unbemerkt mit einem Schwert und beschloß bei sich selbst, ihn umzubringen, wenn er schwach und gemein genug sein würde, sich mit einer so schlechten Frau wieder zu versöhnen. Als Abid in das Haus seiner Gattin kam, hörte er im Vorzimmer, wie sie über Zeitmonds Verehelichung mit einer anderen laut weinte. Ihre Sklavin sagte ihr: »Warum hast du meiner Warnung kein Gehör geschenkt? Ich habe dir oft genug gesagt: Dein Verhältnis mit dem fremden Jüngling wird ein schlechtes Ende nehmen.« Darauf versetzte Halimah: »Noch gebe ich nicht alle Hoffnung auf; Zeitmond kann sich nicht immer von mir trennen, er wird schon wieder zu seiner früheren Liebe zurückkehren, so wie ich ihn niemals aus meinem Herzen verbannen werde.«

Bei diesen Worten trat Abid in ihr Zimmer und erwürgte sie; dann wendete er sich zur Sklavin und sagte ihr: »Von dir kommt alles Übel, du warst ihre Vertraute, warum hast du mich

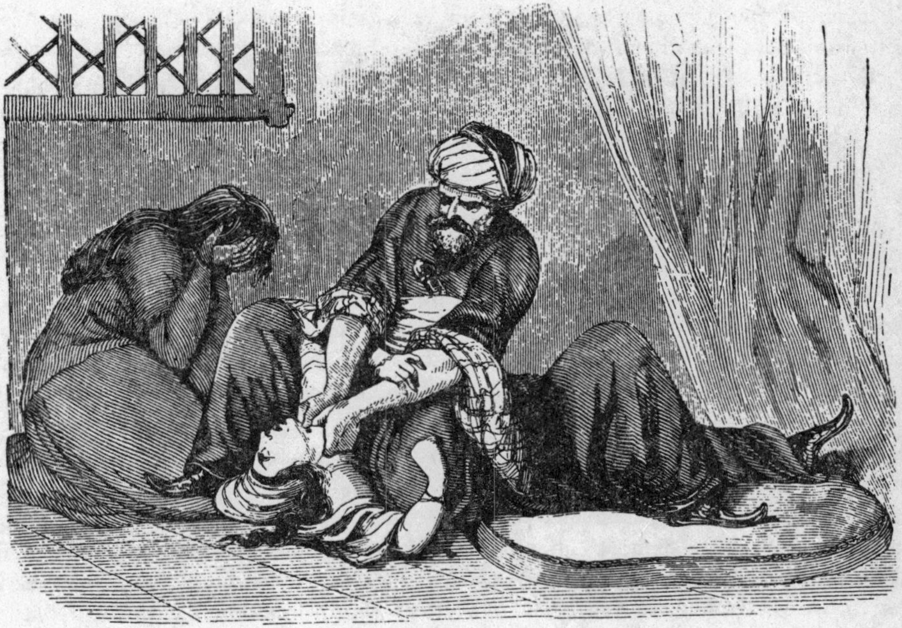

nicht von ihrem schlechten Lebenswandel in Kenntnis gesetzt? Auch du sollst sterben!« Sobald indessen Abid diese doppelte Mordtat begangen hatte, fing er an zu fürchten, Abd Arrahman möchte ihn, weil es in seinem Haus geschah, darüber zur Rede stellen. Aber dieser kam ihm freundlich entgegen und sagte ihm: »Fürchte nichts, du hast als Mann gehandelt. Hättest du deiner Frau verziehen und fortgefahren, mit ihr als Gatte zu leben, ich hätte euch alle mit eigener Hand aus der Welt geschafft! Nun sollst du aber, wenn es dir angenehm ist, zum Lohn für dein männliches Betragen meine Tochter Morgenstern zur Gattin haben; sie ist tausendmal schöner als Halimah und so tugendhaft und wohlerzogen, daß du nie etwas Schlimmes von ihr zu befürchten hast.« Abid nahm dieses Anerbieten mit Dank an und fand in der Hochzeitnacht, daß Abd Arrahman nicht zu viel von der Schönheit seiner Tochter gesagt hatte. Den Leuten aber sagte man, Abid habe zwei Sklavinnen von Baßrah mitgebracht, die bald nach ihrer Ankunft gestorben.

Nach einiger Zeit sehnte sich Abid nach seiner Heimat, wo er noch sein Geschäft und viele Häuser und Güter zurückgelassen hatte, und bat daher seinen Schwiegervater, ihm zu erlauben, auf einige Zeit nach Baßrah zu reisen. Abd Arrahman sah mit Freude, daß Abid seine Heimat nicht vergessen hatte, und erbot sich sogar, ihm seine Tochter mitzugeben. »Wird aber«, sagte Abid, »deine Tochter gern ihre Heimat und ihre Familie verlassen?« – »Bei uns«, antwortete Abd Arrahman, »haben die Frauen keinen anderen Willen, als den ihres Mannes; man weiß auch daher bei uns nichts von Ehescheidung, ja, es verheiratet sich sogar keine Frau zum zweiten Male, wenn ihr erster Gatte stirbt.« Abid reiste also mit seiner Gattin nach Baßrah, wo er, sobald man nicht mehr zu befürchten hatte, jeden Freitag eingesperrt zu werden, überall eine freundliche Aufnahme fand; auch der König verzieh ihm seine Abreise ohne Urlaub, sobald er die Ursache derselben erfuhr. Nach fünf glücklichen Jahren starb Abid. Da wollte der König seine Witwe heiraten. Sie weigerte sich aber, der Sitte ihres Landes gemäß, und bat den König um Erlaubnis, in ihre Heimat zurückzukehren. Der König ließ sie von seinem Vezier mit einem starken Geleit nach Ägypten bringen, wo sie bei ihrem Vater als Witwe ihr Leben beschloß.

So sind eben die Frauen verschieden: Die eine buhlt noch beim Leben ihres Mannes mit einem fremden Jüngling, und die andere weist nach dem Tod ihres Gatten noch die Hand eines Königs zurück. Wer glaubt, alle Frauen seien einander gleich, der ist im Gehirn nicht recht gesund!

Die Abenteuer Alis und Zahers aus Damaskus.

Ali, der Sohn Zahers, erzählte einst dem Kalifen Abdul Malik, dem Sohne Merwans: Wisse, o Fürst der Gläubigen (Gott erhalte dich in deiner Frömmigkeit!), mein Vater Zaher aus Damaskus war ein sehr reicher Mann und stand in so großem Ansehen, daß die höchsten Staatsbeamten ihm häufig nachstehen mußten; er lebte lange kinderlos und hatte manche schlaflose Nacht, wenn er dachte, daß alle seine gesammelten Schätze nach seinem Tod an Fremde übergehen würden. »Eines Nachts«, – so erzählte mir mein Vater selbst – »sah ich im Traum eine weibliche Gestalt, schöner als der Mond, vor mir herwandeln, die mir mit einem Korallenmund freundlich zulächelte und dabei eine Perlenschnur enthüllte, deren Glanz sich bis zu den Wolken erhob; auch ihre Stirn leuchtete wie der Halbmond, aber ihre Haare hingen wie die schwarze Nacht über ihren Nacken herunter; ihre Wangen, welche Anemonen glichen, belebten ein Paar Gazellenaugen, welche von Augenbrauen wie von einem Bogen umwölbt waren. Ganz entzückt rief ich aus: Gepriesen sei der edle Schöpfer! Bist du, meine Herrin, ein Mensch oder ein Genius? Denn ich habe in meinem Leben kein so schönes Weib gesehen. Sie antwortete: Wo denkst du hin! Seit wann sehen Genien mir gleich? Ich stamme von den besten Menschen her; mein Name ist Farha; ich bin die Tochter des Königs Mutaa, des Gebieters der Korallenstadt, welche auf einer Insel des schwarzen Meeres nahe am grünen Meer liegt. Meine Vaterstadt wird wegen ihrer vielen Perlen, Korallen,

Saphire und anderer Edelsteine von vielen Kaufleuten besucht, die ihr allerlei Lebensmittel dagegen bringen. Da ich aber keinen von allen schön genug fand, um ihn zu meinem Gatten zu wählen, machte ich mit der Einwilligung meines Vaters eine Reise, um einen Mann zu suchen, der würdig ist, mein Gebieter zu werden. Du bist aber der einzige, dessen Frau ich sein möchte!

»Ich fragte sie hierauf: Und wo kann ich dich finden, um dich zu heiraten? Sie antwortete: In der Residenz meines Vaters, des Königs Mutaa, auf der Koralleninsel. Mit diesen Worten verschwand sie und ich erwachte und konnte die ganze Nacht nicht mehr einschlafen. Sobald Gott den Morgen hereinbrechen ließ, befahl ich meinen Dienern, Geld und Waren zusammenzupacken und alles Nötige zu einer Reise nach Bagdad herbeizuschaffen. Mein Traum beschäftigte mich so sehr, daß alles in größter Eile geschehen mußte. Um nicht aufgehalten zu werden, ließ ich einen Teil meines Vermögens zurück und setzte einen Verwalter darüber. In Bagdad vertauschte ich meine Waren gegen andere, die in Indien am gangbarsten sind, und nach zehn Tagen bestieg ich ein Schiff, das nach Indien segelte. Der Wind war anfangs so günstig, daß, als es den Hafen verließ, es einem Pfeil glich, der aus dem Bogen fliegt. Drei Monate lang war unsere Fahrt glücklich; aber am ersten Tage des vierten Monats wurde auf einmal der ganze Himmel schwarz, die Wellen spielten hin und her, das Meer schäumte, der Wind blies bald von der einen, bald von der anderen Seite. Die Schiffsleute fingen an, laut zu weinen und den erhabenen Gott anzurufen; aber plötzlich kamen vier Wellen von vier verschiedenen Seiten her und zerschlugen das Schiff in tausend Trümmer, so daß alle Schiffsleute in den Abgrund des Meers versanken. Mir gelang es indessen, mich an ein Brett festzuklammern, das die Wellen drei Tage lang umhertrieben; am vierten Tag aber legte sich der Wind und die See wurde ruhiger. Da flehte ich Gott um Rettung an, und siehe da! Ein schönes Schiff mit großen Segeln steuerte auf mich zu, und als es dicht vor mir war, rief ein Mann von sehr ehrwürdigem Aussehen den Schiffsleuten zu: Nun haben wir unseren Zweck erreicht; werft diesem Unglücklichen eine Strickleiter zu! Ich ergriff die Leiter, die mir die Matrosen zuwarfen, und bestieg das Schiff, fiel aber vor allzu großer Freude über meine unerwartete Rettung in Ohnmacht und blieb bewußtlos liegen bis nach Sonnenuntergang. Als ich die Augen wieder öffnete, sah ich vor mir einen goldenen Leuchter mit zwei Wachskerzen von

Mannesgröße mit Ambra und Aloeholz besteckt, welche, so oft die Flamme sie berührte, die edelsten Wohlgerüche verbreiteten; daneben saß auf einem griechischen Teppich ein Jüngling

in golddurchwirkte Seide gekleidet, von einem goldenen, mit vielen Edelsteinen besetzten Gürtel umwunden und mit einem grünen smaragdenen Szepter in der Hand. Geblendet von so vielem Glanz schlug ich verlegen wieder die Augen nieder; aber der Jüngling, der dies bemerkte, sagte mir: O Zaher, was setzt dich so sehr in Verlegenheit? Wisse, daß wir dich schon zehn Tage auf allen Bergen und Meeren suchen; außer uns segeln noch neun Schiffe deinetwillen umher, alle abgesandt vom mächtigen König Mutaa, Beherrscher der Koralleninsel. Gottlob, daß wir dich gefunden haben, denn der König hat dem, der dich ihm bringt, zehntausend Dinare versprochen. Höchst erstaunt über diese Worte, sagte ich: Ich beschwöre dich bei Gott, sage mir, woher wußtest du, daß ich hierherkommen würde und wie kennst du meinen Namen! Er antwortet mir: Wisse, ich bin ein Adjutant des Königs Mutaa und wurde von ihm nach Syrien gesandt, um dich zu holen. Da hörte ich, du seist nach Bagdad gereist; ich reiste dir nach, vernahm aber, daß du dich nach Indien eingeschifft; später hörte ich, das Schiff, auf dem du dich befandest, sei verunglückt, da berichtete ich es dem König Mutaa, welcher sogleich zehn Schiffe auslaufen ließ, um dich aufzusuchen; auch befahl er den Offizieren, die er mit diesen Schiffen absandte, dich mit besonderer Auszeichnung zu behandeln. Hier hielt er inne und überreichte mir den seidenen Überrock und den goldenen Gürtel, die er am Leib hatte, ließ mir ein Tischchen mit verschiedenem Braten, Backwerk und Süßigkeiten vorstellen und lud mich ein, nach Lust davon zu essen.

»Als ich gegessen hatte, sah ich in der Ferne auf dem Meer ein großes Licht, und als ich den Adjutanten darauf aufmerksam machte, sagte er mir: »Es ist gewiß das Schiff des Königs Mutaa, der gemerkt hat, daß wir dich gefunden haben, und dir nun selbst entgegenzieht: Darum laß uns schnell auf ihn zusteuern, um ihn nicht länger in Zweifel zu lassen. In wenigen Augenblicken waren wir in der Nähe des großen, hell beleuchteten Schiffes, auf welchem in der Tat der König Mutaa saß, der uns freundlich zulächelte und zurief, wir möchten seinem Schiff ans Ufer folgen. Hier angelangt, verbeugte ich mich vor ihm und dankte ihm für meine Rettung. Er bewillkommte mich herzlich, ließ mir ein herrliches Pferd vorführen, und ich ritt an seiner Seite durch die Stadt, deren Bewohner uns freundlich zujubelten, nach dem königlichen Schloß. Am Vorhof des Schlosses, als die verschiedenen Adjutanten und das übrige Gefolge des Königs abstiegen, wollte auch ich desgleichen tun; aber Mutaa gab es nicht zu, sondern ließ mich bis in das Innere des Palastes reiten. Hier sah ich eine Pracht und Herrlichkeit, die in meiner Heimat nirgends zu sehen ist. Der König führte mich in einen großen Saal, wo eine Schar Diener seiner harrten, setzte sich auf einen Thron und hieß mich an seiner Seite Platz nehmen. Sogleich wurde ein Tisch mit allerlei Speisen beladen und vorgesetzt; der König sagte: Im Namen Gottes! Und reichte mir selbst die besten Bissen, wofür ich ihm jedesmal die Hand küßte.

»Als wir gegessen hatten, wurden silberne und goldene Kannen und Waschbecken herumgereicht. Endlich sagte mir der König: Weißt du wohl, Zaher, warum ich dich hierher gebracht und dich mit so vieler Liebe aufnehme? Ich habe eine Tochter, die Sonne ist noch bis heute über keiner Schöneren und Liebenswürdigeren aufgegangen; auch hat sie es durch den Unterricht, den ihr eine alte Amme erteilt, in der Zauberkunst so weit gebracht, daß, wenn sie es wollte, sie in einer Nacht die ganze Welt von Osten bis Westen durchfliegen könnte. Sehr oft kamen Gesandte aus fernen Ländern, welche im Namen von Königen und Prinzen um sie warben; da sagte sie mir immer: Ich will zuerst mit eigenen Augen meinen zukünftigen Gatten sehen. Hierauf verließ sie mich und kehrte am folgenden Morgen wieder und sagte: Der gefällt mir nicht; du kannst den Gesandten mit irgend einer Entschuldigung entlassen. Ich erwiderte ihr stets: Tue, was du willst, meine Tochter, ich werde dir keinen Zwang antun und dich mit keinem Mann verheiraten, der dir nicht gefällt. Eines Tages, als sie auch in Damaskus war, um einen dortigen Prinzen zu sehen, der um sie werben ließ, und auch ihn nicht nach ihrem Geschmack fand, erging sie sich auf den Bazaren und in den Straßen der Stadt, und da sie nirgends einen Mann fand, der ihr gefiel, schlich sie sich durch Zauberkünste mitten in der Nacht von Haus zu Haus, bis sie endlich zu dir kam; du allein hast ihr Herz besiegt und ihr so gefallen, daß sie dich zu heiraten wünscht. Sie wußte auch bald die Stunde auszurechnen, in welcher du hier anlangen würdest. Gelobt sei Gott, der dich wohlerhalten und zur vorausgesagten Zeit hierher geführt! Ich erwiderte: O erhabener König, bin ich doch weniger als einer deiner Diener, wie sollte ich mich dem Wunsch deiner Tochter widersetzen, wenn dir dessen Erfüllung genehm ist!

»Der König begab sich hierauf in ein Kabinett, und nach einer Weile trat er wieder lächelnd heraus, ließ den Kadhi und Zeugen rufen, man schrieb den Ehekontrakt, streute Gold und Silber aus, beräucherte den Verlobungssaal und beschenkte die Dienerschaft. Als alles dies geschehen war, wurden auch der Kadhi und die Zeugen bezahlt. Dann sagte mir der König: Stehe auf, Zaher, und folge mir! Ich stand auf und alle anwesenden Veziere, Staatsräte und anderen hohen Beamten erhoben und entfernten sich. Der König führte mich dann durch sieben Gänge und sieben Gemächer, in deren jedem etwa tausend ganz junge, in Seide gekleidete Mamelucken standen; endlich kamen wir in den innersten Saal, in dessen Mitte ein Springbrunnen sprudelte und an dessen oberer Seite ein mit Perlen und Edelsteinen verzierter elfenbeinerner Thron stand, der mit von Gold durchwirktem Atlas bedeckt war. Als wir dem Thron nahe waren, öffneten sich zwei Türen, eine zur Rechten und eine zur Linken des Saales, und es traten aus beiden Türen Sklavinnen hervor, welche goldene, mit Juwelen besetzte Räucherpfannen trugen, die den Saal mit Moschus- und Ambraduft erfüllten, so daß ich glaubte, die Pforten des Paradieses seien geöffnet. Als ich eine Weile neben dem König saß, erschienen aus einem Seitenzimmer hundert Sklavinnen wie der Mond, mit einer Jungfrau in ihrer Mitte, welche wie die Sonne strahlte, so schön, daß weder die Zunge eines Menschen, noch die eines Genius sie zu beschreiben vermag, und so reich geschmückt als eine Sultanin. Sobald sie mir näher trat, erkannte ich sie als das Mädchen, das mir im Traum erschienen war; ich verlor fast den Verstand vor Freude, vergaß alle Gefahr, der ich mich um ihretwillen ausgesetzt hatte, und pries Gott, den Schöpfer eines so vollkommenen Wesens.

»Als der König mein Entzücken bei dem Anblick sah, sagte er: Hier ist meine Tochter, nimm sie hin, Gott segne euch! Der König entfernte sich hierauf; auch die Sklavinnen zogen sich mit Farha zurück, erschienen aber bald wieder mit ihr in einem anderen, noch schöneren Aufzug und so gingen und kehrten sie zweiundsiebzigmal mit meiner jedesmal anders gekleideten Braut wieder, bis ihre Stirn mit Schweiß bedeckt war, ihre Wangen wie Feuer glühten und mein Verlangen den höchsten Grad erreichte; da zog ich sie zu mir her, führte sie in ein Seitenzimmer, küßte und umarmte sie und sagte ihr: O Freude meines Auges, wie wenig bedaure ich es, um deinetwillen Familie und Vaterland verlassen und mich der Todesgefahr ausgesetzt zu haben. Sie erwiderte: Auch ich hatte manche schlaflose Nacht, manche Mühe und Sorge, bis ich zu deinem Besitz gelangte, ich mußte mir Menschen- und Genienkönige unterwerfen, um jede Stunde bis zu deiner Ankunft hierher Nachricht von dir zu erhalten. Nun, gelobt sei Gott, der mir in allem beigestanden! Laß uns jetzt alles Überstandene vergessen und uns ganz der Wonne und dem Genuß hingeben; doch da niemand gegen die Tücke des Schicksals gesichert ist, gib mir wenigstens als Erinnerung an diese Nacht den Ring, den du an deinem Finger hast. Ich zog den Ring, den ich von meinem Vater geerbt, von meiner Hand und überreichte ihn ihr, und sie gab mir ein kostbares Armband dagegen. Ich schlief dann bald in ihren Armen ein, denn ich hatte schon lange

nicht mehr geschlafen, und erwachte erst, als die Sonne schon längst brannte; aber wie groß war mein Schrecken, als ich die Augen öffnete und mich in einer öden Wüste befand, in der kein Mensch sich regte, kein Vogel einen Laut von sich gab, kein grünes Blättchen das Auge erfreute, wo sich nur das Geheul von Werwölfen und das dumpfe Murmeln von bösen Genien vernehmen ließ. Ich stand verzweifelt auf, sah mich nach allen Seiten um, entdeckte aber nichts als Himmel und Sand; da sagte ich den Spruch, dessen sich niemand zu schämen hat: Es gibt keinen Schutz und keine Macht, außer bei Gott, dem Erhabenen! Dann hob ich die Augen weinend gen Himmel und rief: O Herr, der du das Geheime wie das Offenbare kennst, erbarme dich meiner aus Liebe zu Mohammed, blicke auf mich herab mit deinem Auge, das nie schläft, ich weiß ja nicht, wohin ich mich wenden soll, um gegen die brennende Sonne mich zu schützen! Kaum hatte ich diese Worte vollendet, als ich in Ohnmacht fiel, und ich blieb regungslos liegen, bis die Sonne sich von mir wandte und eine frische Luft mich anwehte. Da stand ich auf und tappte in der Dunkelheit umher, ohne zu wissen, nach welcher Seite hin; bald fiel ich aber, von Hunger, Durst, Müdigkeit und Schmerz erschöpft, zu Boden und schlief wieder ein. Da hörte ich im Traum eine Stimme, welche mir zurief: Sei ohne Furcht, Zaher! Deine Hilfe ist nahe. Ich erwachte gestärkt und durch meinen Traum neu ermutigt, und ging wieder bis vor Tagesanbruch aufs Geratewohl vorwärts; da erblickte ich in der Ferne etwas wie ein Feuer, und als ich mich demselben mehr näherte, sah ich, daß es eine Laterne war, welche auf dem Turm eines alten, festen, aber sehr hohen Klosters brannte. Das Kloster selbst war auch von tausend Kerzen und Lampen beleuchtet und schien sehr stark bewohnt zu sein. Ich war nur noch ein paar Schritte davon entfernt, da öffnete ein steinalter, schwarz gekleideter Mönch ein Fenster, steckte den Kopf heraus und rief: O Herr, Schöpfer der sieben Erden und der sieben Himmel, der gesalzenen Meere und der süßen Flüsse, der Dunkelheit und des Lichts, der du die Toten belebst und die Lebendigen tötest, Beherrscher dieser und jener Welt, o Gott dessen heilige Namen gepriesen seien, Dank sei dir für deine Huld und Erlösung bei deinen Versuchungen, es gibt keinen Gott, außer dir, du allein kennst das Verborgenste, bei dir allein, der du Jakob seinen Sohn Joseph zurückgegeben, ist ein sicherer Zufluchtsort zu finden, du allein bist der wahrhaft Vergebende, darum, o Herr, verzeihe allen denen, die dir ungehorsam waren, und sende allen Unglücklichen deine Hilfe! Ich warf mich, von diesem Gebet ergriffen, vor die Tür des Klosters und schlief vor allzu großer Mattigkeit bald wieder ein. Als ich erwachte, schien mir die Sonne schon heiß ins Gesicht, und ich fand mich von einer Schar Mönche umgeben, die in ihren schwarzen Kutten wie Raben aussahen, sie sprachen unter sich eine mir fremde Sprache, und als ich aufstand und sie grüßte, verstanden sie mich nicht, denn niemand erwiderte meinen Gruß; nur ein alter Mönch, er am Fenster betete, drängte sich zu mir, grüßte mich in meiner Sprache und sagte: Mein Freund, bei dem Messias! Wir leben nun in dieser Wüste seit unserem Alter von sieben Jahren und nun zählen wir alle siebzig und achtzig Jahre, und bis zu dieser Stunde haben wir weder einen Menschen noch einen Djinn erblickt, denn wir befinden uns hier auf einer viereckigen Insel, welche von allen Seiten vom Meer umgeben ist und die so hohe Ufer hat, daß kein Schiff hier landen kann; sie erscheint dem auf dem Meer Schiffenden wie eine weiße Wolke, und der Berg, der sie umgibt, wird der Diamantberg genannt, ist aber so steil und unzugänglich, wie eine umgestürzte Schüssel; sage mir daher, wie es dir möglich war, hierher zu gelangen? Als ich diese Worte des Mönchs vernahm, sagte ich: Bei deinem Glauben, bei dem verehrten Evangelium, bei der mächtigen, heiligen Maria! Sage mir, wie weit ist Damaskus von hier? Der Mönch staunte mich eine Weile an, dann sagte er: Was sprichst du von Damaskus? Du befindest dich auf einer Insel des schwarzen Meeres, das alle übrigen Meere samt dem Berg Kaf umgibt, darauf hat man, nach den Berichten der Reisenden, welche an die Ufer dieser Insel kommen, zehn Jahre zu segeln, bis man das blaue Meer erreicht, auch dieses durchschifft man nicht in weniger als zehn Jahren, es führt in das grüne Meer und letzteres nach einer abermaligen zehnjährigen Fahrt ins griechische Meer, welches nach bewohnten Ländern und Inseln sich erstreckt.

»Ich fragte den Mönch: Und woher habt ihr denn in dieser unfruchtbaren, trockenen Wüste Nahrung und Trank? Er antwortete: Komm mit mir ins Kloster, da sollst du alles sehen. Als ich in den Hof kam, sah ich eine Wasserquelle, süßer als Honig und frischer als Schnee; sie war von allerlei Obstbäumen umgeben, auf denen die schönsten Vögel umherhüpften. Da ich schon lange nicht gegessen und getrunken hatte, bat ich den Mönch, mir einiges Wasser und einige Früchte zu reichen. Er führte mich auf die Terrasse des Klosters und hieß mich einen Augenblick warten; ich sah mich um und war erstaunt, als ich beim hellen Tag in der Entfernung von ungefähr einer Tagereise in eine schwarze Nacht hineinblickte, und bat den Mönch, mir diese Erscheinung zu erklären. Er sagte mir: Das, was du für die Nacht hältst, ist das schwarze Meer, das, wie ich dir schon gesagt habe, diese Insel umgibt, doch komme jetzt und stille deinen Durst und deinen Hunger. Er führte mich hierauf in einen herrlichen Saal, wo ein goldener mit Perlen und Edelsteinen besetzter Tisch aufgetragen wurde, schöner als der des Herrn von Damaskus. Auf dem Tisch standen vier goldene Platten mit allerlei Fleischspeisen, frischen Fischen, Backwerk und ganz wohlschmeckendem Gerstenbrot. Alles war so vortrefflich und ich dabei so hungrig, daß ich in meinem Leben nicht so viel Lust am Essen hatte, wie damals. Als der Mönch bemerkte, daß ich satt war, brachte er mir allerlei Früchte, verschieden an Aussehen, Geschmack und Geruch von den unsrigen. Da sagte ich ihm: Da doch der Zugang zu dieser Insel, nach deinen eigenen Worten so schwer ist, woher habt ihr denn so frische Fische, so vielerlei Früchte und Fleisch und Gerstenbrot? Er antwortete: Erzähle mir zuerst, wie du hierher gelangt, dann will ich deine Frage beantworten. Ich erzählte ihm nun alles, was mir, von meinem Traum in der Heimat bis zum Augenblick, wo ich vor der Tür seines Klosters erwachte, widerfahren. Als ich vollendet hatte, stieß er ein lautes Gelächter aus und sagte: Wisse, mein Freund, wärest du nicht zu etwas Großem bestimmt, so hättest du nie die Strecke von Damaskus hierher zurücklegen können, denn die Insel, auf welcher der König Mutaa herrscht, liegt zwischen dem grünen und dem griechischen Meer, also sehr weit von deiner Heimat und von hier; was aber deine Frage in bezug auf unsere Früchte und andere Speisen angeht, so sollst du alles erfahren, folge mir nur. Er führte mich hierauf wieder in den Hof des Klosters und von hier in einen unterirdischen dunklen Gang, aber bald kamen wir wieder ins Freie und befanden uns auf einem Boden, der wie Silber glänzte, vor einem kleinen See, dessen Wasser süßer als Honig und kälter als Schnee war; um den See herum blühten die herrlichsten Blumen und die schönsten Fruchtbäume, auf denen die Vögel in den verschiedensten Sprachen Gottes Allmacht priesen; ich war wie berauscht vom süßen Duft dieser Blumen und vor Entzücken über all diese Herrlichkeit ganz außer mir.

»Der Mönch fragte mich alsdann: Habt ihr wohl in eurer Heimat auch solche Lustgärten? Ich antwortete: Nein, bei Gott! Eine so wundervolle Anlage gibt es in der ganzen Welt nicht mehr. Er sagte mir dann: Nun blicke auch einmal zurück. Ich drehte mich um und sah etwas, das einer Wolke am Himmel glich, und fragte, was das wäre. Das ist, erwiderte der Mönch, der Berg, auf welchem unser Kloster liegt, es liegt so fern, daß es von hier nur einer Wolke gleicht, in der Nacht hingegen hält man es für einen Stern, wegen der vielen Lampen, die darin brennen. – Nun weiß ich, woher ihr Getreide und Früchte nehmet; doch wie kommt ihr zu Perlen und Edelsteinen und frischen Fischen? – Wisse, mein Freund! Das hier angrenzende Meer steigt zuweilen bis hierher; wenn dann das Wasser sich zurückzieht, bleiben gewöhnlich Fische zurück und auch viele Perlen und Edelsteine, an denen dieses Meer sehr reich ist. Wir blieben nun am Ufer des Reiches bis abends sitzen, da bemerkte ich die Lichter des Klosters wie kleine Sternchen über mir, und nach der Versicherung des Mönchs sieht man sie bis auf eine Strecke von zehn Tagreisen. Wir wollten eben wieder den Rückweg ins Kloster antreten, da hörte ich von jener Seite her ein so mächtiges Geschrei, daß die ganze Insel bebte; ich fuhr zusammen und fragte den Mönch, was dieser Lärm bedeute. Bei dem Messias, erwiderte der Mönch, ich habe manche Nacht hier allein zugebracht und nie das mindeste Geräusch vernommen; ohne Zweifel sind fremde Seetiere auf die Insel gekommen, die nun aber mit den einheimischen Tieren im Kampf sind. Wir stellten uns dann auf einen hohen Stein, der vor dem Teich lag, und sahen uns nach allen Seiten um, da entdeckten wir überall kleine fliegende Lichtchen, die sich gegenseitig verzehrten, auch sahen wir bewaffnete Männer in der Luft, gegen andere mit Schwert und Lanze kämpfend, dann stießen zwei Armeen zu Pferd aufeinander mit einem Kriegsgeschrei, daß die Erde wankte. Das blutigste Gefecht dauerte eine Weile fort, endlich gingen die zwei Heere auseinander und es stellte sich ein alter, ehrwürdiger Graubart, von schönem Aussehen, jedoch halbblind, zwischen sie und rief mit lauter Stimme: Schonet doch euer Blut, ihr törichtes Volk, und reibt einander nicht gegenseitig auf wegen eines Fremdlings, der weder König noch Prinz, sondern nur ein unbedeutender Mensch von der gewöhnlichen Klasse ist. Dann trat dem Alten ein Mann in Elefantengestalt entgegen, sein Name war Tud (hoher Felsen), und sagte ihm: O unser Vater, bei dem Siegel unseres Herrn Salomo, der Sohn Davids! Unser Herr, der König Mutaa, ist ganz unschuldig an diesem unheilbringenden Krieg; das ganze Übel kommt von diesem verruchten Teufel Schulahek her, der ist in unser Land gedrungen, hat unser Heiligtum entweiht, einen fremden Mann, Namens Zaher, entführt und ganz allein auf die Insel gesetzt; wir wollten weiter nichts, als diesen Fremdling nach dem Befehl der Prinzessin Farha zu uns nehmen, ihn beschützen und wieder in die Korallenstadt zum König Mutaa bringen, da widersetzte sich uns der Räuber Schulahek, und so entspann sich der mörderische Kampf, dessen du Augenzeuge warst. Der alte Halbblinde, sein Name war Abu Tawaif, erwiderte hierauf: Wisse, o König Tud, Schulahek ist nicht so sehr zu tadeln, wie du glaubst; die Prinzessin Farha, welche so viele Menschen und Genien durch ihre Schönheit bezaubert, hat unter anderen auch Schulahek und seinen Bruder Schalhuk in das Netz ihrer Liebe gezogen, sie bekriegten sich daher aus Eifersucht, und nach langem Kampf gelang es Schulahek, seinen Bruder zu töten. Als er aber nun um Farha anhielt, wurde er von ihr zurückgestoßen und sie zog ihm einen fremden Menschen aus Damaskus vor, darum gab er sich Mühe, ihr diesen zu entreißen, und darum flog er mit ihm auf diese entlegene Insel. Darauf sagte Tud: Und warum hat er ihn nicht umgebracht? Der Alte antwortete: Weil er doch die Rache Farhas und ihres Vaters fürchtete, darum zog er vor, ihn hierher zu setzen; aber verdient wohl ein Geshöpf wie Zaher, daß ihr um seinetwillen euch so bekriegt? – Du hast recht, antwortete Tud, indessen gebührt dem Fremdling Schutz und Beistand; Zaher ist übrigens ganz unschuldig, dazu tu' ich weiter nichts, als den Befehl meiner Herrin Farha vollziehen; mir ist indessen selbst lieb, wenn ihr den Frieden zwischen uns nach euerem Gutdünken herstellen wollt, aber ich frage euch alle, bei dem Siegel Salomos, der Sohn Davids (Friede sei mit ihm!), ist einer unter euch, der seinen Gast dessen Feind ausliefern würde? Sämtliche Genien antworteten: Nein, das würden wir nicht tun; aber sollen wir wegen eines hergelaufenen Menschen uns noch länger bekriegen? – Es ist wahr, sagte Abu Tawaif, der Mensch hat viel Unheil unter uns gestiftet, da aber sein bitterster Feind sein Leben nicht anzutasten wagte, so wäre es doppelt unrecht, wenn wir ihn töteten; bringt mir ihn einmal her! Bei diesen Worten sprang ein Genius aus der Luft auf mich los und trug mich vor Abu Tawaif.

»Weißt du, sagte er mir, daß ein ganzes Heer Genien um deinetwillen aufgerieben worden ist? Sage mir einmal, wie du es wagen konntest, dir eine Gattin zu wählen, um die so viele Könige und Genien vergebens warben? Als ich ihm hierauf meine ganze Geschichte von meinem Traum bis zu meinem Spaziergang mit dem Mönch erzählte, sagte er: Ich beschwöre euch, Tud und Schulahek, macht euerem Kampf ein Ende und entlasset eure Scharen, ihr kennt ja die List und Macht der Königin Farha, dieser arme Mensch ist ganz unschuldig; ich will ihn durch einen meiner Diener in seine Heimat zurückbringen lassen. – Das darf nicht sein, sagte Schulahek; wenn ihr ihn nicht töten wollt, so soll er doch auch nicht frei in seine Heimat ziehen, wo meine Geliebte sich bald wieder mit ihm vereinigen könnte; laßt uns ihn ins Meer werfen: Steht Gott ihm bei, so wird er sich retten, wo nicht, so mag er untergehen, und wir sagen der Königin Farha, wenn sie uns mit einem Krieg bedroht, bei dem Anblick des blutigen Kampfes zwischen uns hat er die Flucht ergriffen.

»Dieser Vorschlag fand allgemeinen Beifall, und schon wollten einige Genien mich wegschleppen, als auf einmal unzählbare Lichtchen und Flämmchen zum Vorschein kamen und furchtbare Stimmen hörbar wurden, welche riefen: Tut es nicht, tut es nicht, wir sind Abgeordnete der Königin Farha, welcher euer Vorhaben bekannt wurde, und die uns mit dem König Seisam, der sogleich hier eintreffen wird, zur Rettung Zahers hierher gesandt. Als Abu Tawaif den Namen Seisam, Gebieter des Götzentales, vernahm, wurde er ganz blaß, und sagte zitternd zu Schulahek: Ich habe wohl gedacht, diese verruchte Königin Farha wird alles aufbieten, um ihren Geliebten nicht zu verlieren. Jetzt hat sie meinen teuren Sohn Seisam für sich gewonnen, der wird euch alle vernichten, wenn ihr dem fremden Menschen, dessen er sich annimmt, etwas zuleide

tut. – Beschließe, was dir gut dünkt, rief Schulahek dem Alten zu, nur lasse Zaher nicht mehr zu Farha zurückkehren, das könnte ich nicht ertragen. Abu Tawaif gab dem Wunsch Schulaheks nach und beredete seinen Sohn Seisam, zu erlauben, daß Zaher wieder in seine Heimat gebracht werde. Als sie sich aber nach mir umsahen, war ich verschwunden und nirgends mehr zu finden. Da sagte Seisam zu Schulahek: Gewiß hast du ihn von einem deiner untergeordneten Genien wegbringen lassen, um ihn im verborgenen aus der Welt zu schaffen. Schulahek schwor aber bei dem Siegel Salomos. er wisse nicht, wo ich hingekommen, und glaubte, Seisam habe mich der Königin Farha geschickt. Bald hätte sich aus diesem Wortwechsel ein blutiger Kampf entsponnen, wenn nicht Abu Tawaif sie beschworen hätte, so lange zu warten, bis es sich herausstellen würde, was aus mir geworden; ich selbst, setzte er hinzu, übernehme es dann, den Schuldigen zu bestrafen, und wäre es mein eigener Sohn.

»Mein Vater Zaher«, fuhr Ali fort, »den nach der göttlichen Bestimmung ein widerspenstiger Geist, Dalhudsch genannt, im Augenblick, als die beiden Genienhäupter miteinander stritten, aus ihrer Mitte entführte, wurde auf dessen Schloß, das auf einer Insel mitten im Meer der Dunkelheit liegt, getragen, um dort, weil er Veranlassung zu einem so mörderischen Krieg zwischen den Genien war, gepeinigt zu werden. Dalhudsch ersann alle möglichen Qualen für ihn, ließ ihn sogleich in Ketten legen und in einen finsteren Kerker werfen. Des Abends, als er beim Wein saß, ließ er ihn holen und zur Belustigung seiner Trinkgenossen durchprügeln, dann ließ er ihn in einer Ecke stehen und schüttete ihm jedesmal, wenn er von neuem einschenkte, das Überbleibsel des Bechers ins Gesicht.«

Ali erzählte weiter: Mein Vater hatte mehrere Tage hindurch so viel zu dulden, daß sein Wächter, der Geist Mifradj, ihn bemitleidete und, statt ihn nach den Vorschriften Dalhudschs auf verschiedene Weise zu quälen, seine Leiden durch freundliche Worte zu mildern suchte. »Gerne«, sagte er ihm; »würde ich dich in ein von Menschen bewohntes Land zurückbringen, aber eine Strecke von zehn Jahren trennt uns von der Welt des Lichts, die wir nicht ohne die größte Gefahr zurücklegen können, und wo wären wir sicher vor dem gottlosen König Dalhudsch? Der würde uns bis ans Ende der Welt verfolgen.« Während aber Mifradj, auf diese Weise fortfahrend, meinem Vater versprach, so viel es von ihm abhinge, seine Lage erträglich zu machen, trat plötzlich Dalhudsch ins Gefängnis und schwor bei der Dunkelheit, nun müsse Mifradj für Zaher leiden, und ließ ihm sogleich tausend Prügel geben. Mifradj stellte sich ohnmächtig, bis Dalhudsch wieder das Gefängnis verlassen hatte; dann machte er sich schnell auf, entfesselte meinen Vater, nahm ihn auf den Arm und flog mit ihm die ganze Nacht durch über die Wolken hinauf; dann sagte er ihm: »Weißt du, Zaher, daß wir schon eine Strecke von zehn Jahren zurückgelegt haben?« Voll Erstaunen rief mein Vater, nicht bedenkend, daß sein Genius bei dem Namen Gottes vernichtet würde: »Es gibt nur einen einzigen Gott, und Mohammed ist sein Abgesandter!« Kaum hatte er

diesen Spruch vollendet, da fiel ein feuriger Pfeil vom Himmel auf Mifradj und verbrannte ihn: Mein Vater aber fiel zur Erde herunter, ohne sich jedoch zu beschädigen.

Die ihm unbekannte Gegend, wo er wieder die Erde berührte, war sehr öde; erst als er einen halben Tag hindurch aufs Geratewohl umherirrte, kam er in ein wohlbebautes, frucht- und wasserreiches Land, und sah am Ufer eines Flusses einen Mann, der sich zum Beten wusch. Er wusch sich auch und betete mit ihm. Nach vollendetem Gebet sagte er ihm: »Ich beschwöre dich bei dem, den wir anbeten, sage mir doch, in welchem Land ich mich befinde und unter welchen Geschöpfen.« – »Wisse«, antwortete er, »diese Insel ist von rechtgläubigen Genien bewohnt, die der Prophet Hidhr den Koran gelehrt hat; man nennt sie die Diamanteninsel; sie ist vom grünen Meer umgeben, das sich bis zum Berg Kaf erstreckt. Hier ist der Sammelplatz der Engel, welche täglich auf der Erde umherstreifen, um die Befehle Gotte zu vollziehen.« Er fragte ihn dann: »Wie sieht denn der Berg Kaf aus?« – »Der Berg Kaf«, antwortete er, »besteht aus einer grünen Perle, ist von den edelsten Geschöpfen Gottes bewohnt und von den mächtigsten Engeln rings umher bewacht, niemand kann ihn betreten ohne besondere Erlaubnis Gottes. Doch komme mit mir zu unserem König, der kann dir besser als ich über alles Auskunft geben.«

Ali erzählte weiter: Der Genius führte meinen Vater hierauf in eine herrliche, sehr feste Stadt, deren Tore von Engeln bewacht waren, welche Geister unter sich hatten, die mit silbernen und goldenen Pfeilern in der Hand auf und ab gingen. Da mein Vater aber in der Stadt keine Minaretts sah, auf denen bei uns das Gebet ausgerufen wird, fragte er seinen Begleiter, wieso sie die Stunde des Gebetes wüßten. Er antwortete: »Wenn die Zeit kommt, wo uns von dem Propheten Hidhr das Gebet vorgeschrieben ist, steigt eine Lichtsäule aus dem Berg, der über der Stadt sich erhebt, und tausend Engel rufen laut: »Gott ist groß! O ihr Geschöpfe des Herrn verkündet, daß es nur einen Gott gibt und daß Mohammed sein Abgesandter!« Er erzählte ihm hierauf von vielen anderen wunderbaren Erscheinungen dieser Insel und versprach ihm, wenn der König es erlauben würde, ihn auf dieser ganzen Insel herumzuführen.

Unter solchen Gesprächen erreichten sie das Schloß des Königs Amrad, dem nichts von allem, was mein Vater bisher gesehen, zu vergleichen ist. Sein Begleiter trat in den Diwan, wo Amrad von seinen Vezieren, Räten und Truppenanführern umgeben saß, und meldete ihn. Dann holte er ihn ab, stellte ihn dem König vor und sagte ihm: »Der König wünscht zu wissen, wieso du hierher gekommen, da doch vor dir kein Mensch noch dieses Land je betrat.«

Er erzählte dem König seine ganze Geschichte von seinem ersten Traum von Farha an, bis zu seiner Flucht mit Mifradj, den er ohne seinen Willen verbrannte. Er hatte aber seine Erzählung noch nicht ganz vollendet, als man einen furchtbaren Lärm vernahm und eine unzählbare Menge Lichtchen und Flämmchen in der Luft erblickte. Auch trat ein Adjutant des Königs in den Diwan und sagte: »Erhabener Herrscher, vor unserer Stadt liegt eine Armee, deren Stärke nur Gott kennt; ich habe natürlich sogleich deine Truppen rings um die Stadt aufgestellt; doch wollte ich nichts weiteres unternehmen, ohne zuvor deine Befehle darüber einzuholen.« – »Da wir noch nicht wissen«, sagte der König Amrad zu seinen Räten, »ob sie in feindseliger Absicht hierher kommen, so ist das beste, wir schicken ihnen einen Gesandten und lassen sie fragen, was sie hierher geführt.« Er begab sich dann auf die Terrasse des Schlosses, und als er fand, daß sein Adjutant in seinem Bericht von der Anzahl der angerückten Heere nichts übertrieben hatte, rief er seinen Großvezier Dilhat zu sich und sagte ihm: »Gehe zur Stadt hinaus zu den Häuptern der fremden Truppen, frage sie, wer sie sind, welchen Glauben sie haben und in welcher Absicht sie gekommen.« Dilhat bestieg sein Pferd und ritt, von einigen Dienern begleitet, zur Stadt hinaus, und bat einen fremden Soldaten, ihn zu den Häuptern der Armee zu geleiten und ihm zu sagen, wer sie eigentlich sind. »Die Armee, die du hier vor dir siehst, sagte der Soldat, »gehört vier Königen, die selbst hier an ihrer Spitze stehen. Der eine heißt Schulahek, der andere Tud, der dritte Seisam und der vierte Dalhudsch; auch Abu Tawaif, der schlaueste aller Genienhäupter, ist bei ihnen. Wenn du zu den Königen willst, so gehe nur in Abu Tawaifs Zelt, dort unten auf der grünen Wiese, da findest du sie alle beisammen.« Dilhat ging nach dem ihm bezeichneten Ort, wo ein äußerst geschmackvolles und reich verziertes Zelt aufgeschlagen war, in das er als Abgesandter des Königs Amrad eingelassen wurde.

Folgendes ist die Ursache, warum diese vier Könige nach der Diamanteninsel zum König Amrad gezogen. Als Dalhudsch an dem Tage nach meines Vaters Flucht in dessen Gefängnis kam, in der Absicht, ihn dem Gott der Finsternis zu opfern, und weder ihn noch seinen Wächter Mifradj fand, dachte er gleich, daß dieser, wegen seiner harten Strafe erbittert, es versucht haben werde, mit Zaher zu entkommen. Er machte sich daher gleich auf und flog nach allen Meeren und Inseln, um sie aufzusuchen, bis er auch auf die Diamanteninsel kam. Dort hörte er, wie ein Genius zum anderen sagte: »Heute habe ich ein großes Wunder gesehen: Einen Menschen auf dem Rücken eines Genius; letzterer wurde dann plötzlich zu Asche, der Mensch aber hat unbeschädigt die Erde erreicht und befindet sich gegenwärtig bei unserem König.« Als Dalhudsch dies hörte, freute

er sich über den Untergang Mifradjs, und da er wohl wußte, daß Zaher nunmehr in sichere Obhut gelangt, flog er wieder heimwärts. Da fand er aber vor seinem Schloß ein Heer, so zahlreich wie die Regentropfen der Sündflut, und dachte: Bei der Nacht und der Dunkelheit! Hier muß sich etwas Außerordentliches ereignet haben, denn so viele Truppen habe ich noch nie beisammen gesehen; auch hat es bisher noch niemand gewagt, mein Schloß zu belagern. Er wendete sich daher an einen der Belagerer und sagte ihm: Ich bringe schon mein ganzes Leben auf dieser Insel zu, und noch nie sah ich einen Genius des Lichts darauf; was führt nun auf einmal ein so großes

Heer zu uns, und unter welchen Befehlen steht es?« – »Dieses Heer«, antwortete der Soldat, besteht aus drei Abteilungen, deren eine dem König Schulahek, die andere dem König Tud und die dritte dem König Seisam gehorcht; letzterer ist der Sohn des Teufels Abu Tawaif, der sich auch hier befindet, um mit ihnen einen Menschen Namens Zaher aufzusuchen, den der König Dalhudsch geraubt haben soll.« – »Und woher wissen sie denn«, fragte Dalhudsch, »daß Zaher hierher gebracht worden?« – »Sie haben es«, antwortete der Soldat, »von Mifradjs Gattin gehört, welche, um ihren Gatten und Zaher zu befreien, die Hilfe des Königs Seisam anflehte.« Als Dalhudsch dies hörte, dachte er bei sich selbst: Da doch Zaher noch lebt, so habe ich von diesen Königen nichts zu befürchten. Er ging daher zu Abu Tawaif und sagte ihm: »Zaher aus Damaskus, um dessentwillen du mit den drei Königen hierhergezogen bist, befindet sich auf der Diamanteninsel bei dem König Amrad; ich hatte ihn geraubt, weil ich eurem Krieg ein Ende machen und den Menschen, der so viel Unheil unter Genien stiftet, züchtigen wollte; aber der Wächter, den ich über ihn setzte, hat mich verraten und ihn nach der Diamanteninsel getragen. Wenn euch daher so viel an diesem Menschen gelegen ist, so will ich euch mit meinen Truppen dahin begleiten.« Dieser Vorschlag wurde von Abu Tawaif angenommen, und so zog er denn mit den vier Königen weiter, um Zaher aufzusuchen.

Als der Abgesandte Dilhat diese Könige in Abu Tawaifs Zelt auf goldenen Stühlen sitzend fand, grüßte er mit Ehrerbietung und sagte zu Abu Tawaif: »Ich bin ein Abgesandter des Königs Amrad, welcher mit Erstaunen ein so zahlreiches fremdes Heer auf seinem Gebiet erblickt und gern wissen möchte, in welcher Absicht ihr hierher gekommen. Ich zweifle zwar nicht im mindesten an euren friedlichen Gesinnungen; ihr werdet wohl die Macht des Königs Amrad kennen und um keinen Preis euch in einen Krieg mit ihm einlassen wollen, der euch jedenfalls nur verderblich werden kann; denn solltet ihr auch einmal über seine Truppen siegen, so steht es ihm doch immer frei, euch zu verweigern, was ihr von ihm begehrt, und sich auf den Berg Kaf zurückzuziehen, wo ihn Engel beschützen, deren feurige Pfeile euch abhalten, ihn weiter zu verfolgen.« – »Allerdings«, erwiderte Abu Tawaif, »wünschen wir sehnlich, mit deinem Herrn in gutem Einverständnis zu bleiben; jedoch können wir es nur unter der Bedingung, daß er uns den Menschen aus Damaskus ausliefere, der sich bei ihm aufhält und um dessentwillen, weil die Königin Farha ihn liebt, schon so viel Genienblut geflossen ist.«Dilhat kehrte darauf wieder zu Amrad zurück und machte ihn mit den Namen und der Forderung der vereinigten Könige bekannt.

Amrad versammelte sogleich seine Räte und trug ihnen die ganze Geschichte Zahers und das Verlangen der Genienhäupter Tud, Seisam, Dalhudsch und Schuhalek vor und sagte: »Bei den Lichtstrahlen des Propheten Mohammed! So ungern ich auch Krieg führe, werde ich doch niemals einen rechtgläubigen Muselmann, der meinen Schutz anfleht, gegen seinen Willen ungläubigen Genien ausliefern: Ich will sogleich Zaher kommen lassen, und will er nicht gern mit den Genienkönigen von hier ziehen, so mögen sie sehen, ob sie stark genug sind, ihn mir mit Gewalt zu entreißen. Als mein Vater erschien, sagte ihm der König: »Die Genienhäupter, von denen du mir schon erzählt hast, sind mit ihren Heeren hier angelangt, um dich abzuholen; willst du mit ihnen zu deiner Gattin ziehen, oder ziehst du es vor, hier zu bleiben?« Mein Vater neigte eine Weile den Kopf zur Erde und sagte: »Wenn ich die Wahrheit gestehen soll, erhabener König, so sehne ich mich am meisten nach meinen Verwandten und Freunden in Damaskus; doch auch hier verweile ich nicht ungern, da man hier den einzigen Gott anbetet, der auch mein Gott ist. Aber diese ungläubigen Genien verabscheue ich so sehr, daß ich, selbst wenn sie mir vorschlügen, mich wieder mit der Königin Farha zu vereinen, auch nicht mit ihnen ziehen möchte.« – »Du hast die Antwort Zahers gehört«, sagte der König entschlossen zu Dilhat; »kehre zu den Genienhäuptern zurück und sage ihnen, ich sei zum Kampf bereit, wenn sie darauf bestehen, daß ich den Menschen, dem ich Schutz gewährt, ihnen herausgebe.« Als Dilhat diese Antwort den Königen hinterbrachte, entbrannte ihr Zorn und sie riefen voller Entrüstung aus: »Wie, wegen eines elenden Menschen, der uns schon so viele Not verursachte, fordert uns der König Amrad zum Kampf heraus? Das ist ein Verfahren, das wir nicht dulden dürfen! Laßt uns aufbrechen und seine Stadt verheeren und alle ihre Bewohner töten oder gefangennehmen!«

Nachdem sich aber die erste Wut der König gelegt hatte, sagte ihnen Abu Tawaif: »Wisset, meine Kinder, der König Amrad ist nicht so leicht zu überwinden, wie ihr wohl glaubt, er ist selbst ein Held und seine Armee gleicht einem tobenden Meer. Das beste ist, wir ziehen von hier ab und sagen dem König, wir seien nur auf das dringende Verlangen der Königin Farha gekommen, weil sie glaubte, ihr Gatte wäre neuen Mißhandlungen ausgesetzt; da wir aber sehen, daß ihn der König so sehr liebt, daß er seinetwillen uns den Krieg erklärt, so können wir ihn ohne Sorge hier lassen. Wir lassen aber«, fuhr Abu Tawaif fort, »einige unsichtbare Genien hier und beauftragen sie, Zaher zu rauben, sobald sie ihn einen Augenblick allein finden. So erreichen wir unseren Zweck, ohne unsere Truppen einem zweifelhaften Kampf auszusetzen.« Dieser Vorschlag wurde mit jubelndem Beifall angenommen, und es wurde sogleich ein Bote an den König Amrad gesandt, der ihm den Abzug der Genien aus den angeführten Gründen mitteilen sollte. Aber der König Amrad, den ein Engel von den treulosen Anschlägen Abu Tawaifs in Kenntnis gesetzt hatte, ließ sogleich meinen Vater rufen und sagte ihm: »Dein Leben ist hier in Gefahr; du bist von unsichtbaren Genien umgeben, die nur einen günstigen Augenblick abwarten, um dich zu entführen. Ich werde dich daher von einem meiner dienstbaren Geister entweder in deine Heimat oder zur Königin Farha zurücktragen lassen; welches von beiden ziehst du vor?« – »Gnädiger König!« antwortete mein Vater, »so sehr ich auch meine Gattin, die vielleicht schon Mutter ist, liebe, so habe ich doch seit meinem ersten Traum von ihr so viel gelitten, daß ich nicht von neuem ein so unruhiges, gefahrvolles Leben wieder beginnen möchte; am liebsten ist es mir daher, wieder in ein Land, das von Menschen meinesgleichen bewohnt ist, gebracht zu werden.« Der König ließ sogleich einen fliegenden Geist rufen und sagte ihm: »Bringe diesen Menschen in seine Heimat und gib ihm so viel, daß er sein ganzes Leben sorgenlos bei seiner Familie zubringen kann.« Der Geist nahm meinen Vater und einen Beutel voll mit Edelsteinen auf seinen Rücken und flog mit ihm die halbe Nacht durch; dann setzte er ihn auf den Gipfel eines hohen Berges, gab ihm den Beutel und sagte ihm: »Ich muß jetzt zurückkehren, denn bei Tagesanbruch muß ich wieder zu Hause sein; bleibe du hier bis Tag, dann steige den Berg hinab, da findest du eine große Stadt, von der aus du leicht in deine Heimat gelangen kannst.« Aber mein Vater wollte nicht lange auf einer Stelle sitzen bleiben und ging, sobald der Geist sich entfernt hatte, auf dem Berg umher und kam immer mehr von dem einzigen Pfad ab, der zur bezeichneten Stadt führte. Als der Tag heranbrach, befand er sich mitten zwischen furchtbaren Klüften und Abgründen, aus denen er gar keinen Ausweg mehr sah. Da warf er sich nieder und betete: »O Gott, der du mich aus den Händen der ungläubigen Genien befreit, ist meine Lebenszeit abgelaufen, so beschleunige meinen Tod und lasse mich nicht länger auf diesem öden Berg umherirren; willst du aber durch deine Gnade mich noch länger beim Leben erhalten, so zeige mir einen Ausweg aus diesem wilden Gebirge, wo weder ein grünes Blättchen, noch ein Tropfen Wasser zu sehen ist!« Als er sich aber wieder erholte, sah er zwei Füchse vor sich, welche wohlgenährt aussahen; er dachte, hier muß ein fruchtbares Land in der Nähe sein, sonst hielten sich keine Tiere da auf. Er ging daher diesen Füchsen über Felsen und Klippen nach, bis sie in

eine Höhle sich verloren. Er folgte ihnen und fand eine sehr künstlich ausgehauene Treppe, welche von der Öffnung, durch welche er hineingegangen, eine Weile beleuchtet war; aber das Licht verlor sich allmählich, je tiefer er hinunterstieg. Die Treppe war indessen so bequem, daß er auch in der Dunkelheit vorwärts schreiten konnte, und bald erblickte er zu seiner größten Freude von der entgegengesetzten Seite eine Öffnung, der ähnlich, welche ihm den Eingang in die Höhle gestattete. Er setzte daher rastlos seinen Weg fort, bis er wieder auf die Oberfläche der Erde kam am Ufer des Meeres, in der fruchtbarsten und blühendsten Gegend, die er in seinem Leben gesehen.

Nachdem er sich an den süßen Früchten und dem frischen Wasser, das hier reichlich aus der Erde sprudelte, gelabt hatte, ging er auf eine kupferne Statue zu, welche er auf einer zwanzig Ellen hohen, marmornen Säule vor sich sah. Die Statue hatte die rechte Hand ausgestreckt und hielt eine goldene Tafel, welche folgende Inschrift hatte: »Im Namen Gottes des Barmherzigen! Wisse, o Wanderer, der du hierher gelangst, du stehst an der äußersten Grenze des von Menschen bewohnten Landes; hier beginnt das Reich der Genien. Diese Insel des Ozeans ist der Fuß eines der höchsten Berge nach dem Berg Kaf. Als Salomo, der Sohn Davids (Gottes Friede sei mit ihm!), sich einst vom Wind durch die ganze Welt tragen ließ und diesen Berg auf der oberen Seite so öde und steinig und auf der unteren so äußerst lieblich und fruchtbar fand, sagte er zu seinen Genien: O gäbe es doch einen Weg durch diesen Berg, damit, wenn jemals ein Mensch sich hierher verirrt, er nicht vor Durst und Hunger umkomme! Da sagte ein Genius: O Prophet Gottes, alle Berge haben Zweige und Adern wie die Bäume; auch dieser Berg hat unter anderen eine große Ader, welche von dessen Gipfel bis zu dieser Insel sich erstreckt; wenn du es befiehlst, so erweitere ich sie, so daß man bequem von dem Berg zur Insel herabsteigen kann. Auf Salomos Befehl machte er sich sogleich an die Arbeit, bis der Weg durchgebrochen war; dann baute er auch noch

einen Hafen in der Nähe, welcher bei den heftigsten Stürmen den Schiffen ein sicheres Obdach gewährt.«

Als mein Vater diese Inschrift gelesen hatte, besuchte er den von Genien erbauten Hafen und dachte: Kämen nicht zuweilen Schiffe hierher, so würden die Genien hier keinen Hafen erbaut haben; ich will also hier warten, bis ich Gelegenheit zur Rückkehr in meine Heimat finde. Es dauerte in der Tat nicht lange, da kam ein Schiff mit Segeln, die den Flügeln eines großen Vogels glichen, wie ein Pfeil daher geschossen und lief in den von Genien erbauten Hafen ein. Als aber die Kaufleute ans Land stiegen, erschraken sie vor meinem Vater, der mit seinem langen Bart, Schnurrbart und Nägeln eher einem wilden Tier, als einem Menschen gleich sah. Einer von ihnen sagte: »Das ist gewiß der Djinn dieser Insel!« ein anderer entgegnete aber: »Nein, er hat Menschenfüße, es ist vielleicht ein Verunglückter; ich will im Vertrauen auf Gott mich ihm einmal nähern.« Er nahm sein Schwert zur Hand, ging auf meinen Vater zu und sagte ihm: »Bist du ein Djinn, so ziehe dich zurück vor dem heiligen Namen Gottes, bist du aber ein Mensch, so sei mir gegrüßt!« Mein Vater erwiderte seinen Gruß und sagte: »Warum hältst du mich für einen Djinn? Ich bin ein Mensch aus Damaskus!« – »So komme mit mir auf mein Schiff«, sagte der Kaufmann, »und erzähle mir, wie du hierher gekommen.« Nachdem mein Vater den Kaufleuten seine ganze Geschichte erzählt hatte, sagten sie ihm, er könne mit ihnen nach Syrien zurückkehren, denn auch sie seien von einem Sturm aus dem mittelländischen Meer in den Ozean getrieben worden, als sie aus dem Abendland nach Latakie segeln wollten. Mein Vater – fuhr Ali in seiner Erzählung vor dem Kalifen Abdul Malik fort – schenkte den Schiffsleuten einige von den Edelsteinen aus dem Beutel, den ihm der König Amrad geschenkt hatte, wogegen er reichlich mit Kleidern, Wasser und Nahrungsmitteln versorgt wurde. Er gelangte nach einigen kleinen Unglücksfällen nach Latakie, wo er nur kurze Zeit sich aufhielt, und kehrte dann zur größten Freude aller seiner Bekannten und Verwandten nach Damaskus zurück, wo er bald die höchsten Staatsämter bekleidete. Neun Monate nach meiner Mutter Hochzeit gebar sie mich und ließ mich auf das Sorgfältigste erziehen. Mein Großvater, der mich wie seinen eigenen Sohn liebte, ließ die besten Lehrer kommen und mir im Lesen und Schreiben, dann in der Philosophie, Geschichte und Astronomie Unterricht erteilen. Ich hatte kaum das Jünglingsalter erreicht, als mir die Schwermut meiner Mutter auffiel; sooft sie mich sah, umarmte sie mich mit einer mehr als mütterlichen Heftigkeit. Sehr oft weinte sie, wenn sie mich küßte, und sagte: »Du siehst deinem Vater gar zu ähnlich.« Sooft ich sie aber fragte, wer denn mein Vater war, nannte sie mir einen unbekannten König. Eines Tages schlug ich einen ihrer Sklaven, der mir von meiner Kindheit an verhaßt war, und sagte ihm: »Verruchter Schwarzer, wie oft habe ich dir schon gesagt, ich wollte dich nicht mehr vor meinen Augen haben, warum weichst du mir nicht aus, wenn du mich kommen siehst?« Da antwortete er mir: »Ich bin allerdings nur ein Sklave, doch jeder kennt meine Eltern und weiß, daß sie auch Sklaven waren, wie ich; aber du vaterloser Bub, weißt du, daß dein Vater ein unbekannter, auf dem Meer aufgefundener, hergelaufener Mensch war! Gott verdamme dich, weil du mich so mißhandelst, und lasse dich gleich mir unter fremden Leuten umherwandern, die kein Mitleid mit dir haben!« Der Sklave entfloh bei diesen Worten; ich verfolgte ihn mit entblößtem Schwert, konnte ihn aber nicht erreichen und wußte gar nicht, wo er hingekommen, ob er in die Erde versunken oder in den Himmel gestiegen. Ich blieb eine Weile über die Aussage des Sklaven nachdenkend sitzen; dann begab ich mich zu meiner Mutter. Sie küßte und umarmte mich wie gewöhnlich; ich blieb aber ernst und düster neben ihr sitzen, und als sie mich fragte, was mir denn Unangenehmes widerfahren sei, sagte ich ihr: »Bei dem erhabenen, barmherzigen Gott, ich muß wissen, wer mein Vater war, oder mein Schwert soll deinem lasterhaften Leben ein Ende machen!« Meine Mutter erwiderte weinend: »Mein Sohn, bei dem, der die Berge geschaffen und ihre Größe und Schwere kennt, dein Vater war einer der Besten und Edelsten seines Volkes!« – »Nicht so viele Worte!« rief ich ganz außer mir: »Nenne mir meinen Vater, oder ich bringe dich und mich um, denn ich habe heute etwas gehört, das meine jugendlichen Locken grau färbt.« Als meine Mutter dies hörte, sagte sie mir: »Stecke dein Schwert ein und setze dich ruhig zu mir, ich will dir alles gestehen.« Sie erzählte mir dann, wie so viele Prinzen um ihre Hand anhielten, aber kein einziger ihr gefiel; wie sie dann in Damaskus meinen Vater beim ersten Anblick liebte, ihm daher im Traum erschien und ihn aufforderte, zu ihr auf die Diamanteninsel zu kommen; wie er dann nach einem Schiffbruch auf dem Meer gefunden und mit ihr gesetzlich verheiratet wurde. »Aber«, schloß sie dann, »mein Glück war nur von kurzer Dauer: Als ich am Morgen nach der Hochzeitsnacht erwachte, fand ich ihn nicht mehr. Ich erfuhr zwar, daß ihn Schulahek, einer der Genienhäupter, die mich heiraten wollten, geraubt; aber all mein Bemühen, wieder mit ihm vereinigt zu werden, blieb ohne Erfolg, denn der König Amrad, bei dem sich dein Vater zuletzt aufhielt, ist mächtiger als ich, und läßt keinen Genius mehr in seine Nähe kommen. Ich habe nun nichts mehr von ihm, als einen Siegelring, den ich in der Brautnacht gegen ein Armband mit ihm vertauschte.« Als meine Mutter ihre Erzählung vollendet hatte, sagte ich ihr: »Wenn die Sache sich so verhält, so bleibt mir nichts übrig, als meinen Vater aufzusuchen; erlaube mir, alsbald nach Syrien zu reisen.« Sie erwiderte aber: »Mein Sohn, ich kann die Trennung von dir nicht ertragen; auch fürchte ich, es möchte dir auf einer so großen Reise ein Unglück begegnen.« Ich verließ sie zornig über ihre Weigerung, jedoch höchst glücklich über die Nachricht, die sie mir von meinem Vater gegeben. Ich hatte sie aber kaum eine Viertelstunde verlassen, da wurde ich zu meinem Großvater, dem König Mutaa, gerufen.

Ich freute mich schon, denn ich dachte: Gewiß hat ihm meine Mutter gesagt, ich wollte nach Syrien reisen, und er hat sie bewogen, mir ihre Einwilligung zu erteilen. Als ich aber zu meinem Großvater kam, sah er mich grimmig an und sagte: »Wenn du dich nicht der härtesten Züchtigung aussetzen willst, so schlage dir deinen Reiseplan aus dem Kopf und aus dem Herzen, und sprich nie mehr davon.« Ich dachte: Gut, wenn ihr auf diese Weise mich behandelt, so will ich euch hintergehen. Als ich darauf wieder zu meiner Mutter kam, sagte ich ihr: »Wie konntest du meinen Scherz so ernst nehmen? Kenne ich von der ganzen Welt doch nur dieses Schloß, wie wollte es mir einfallen, allein eine Reise nach Damaskus zu machen? Das einzige, was ich wünschte, das wäre, den Siegelring meines Vaters an meinen Fingern tragen zu dürfen, um doch etwas von ihm zu haben.« – »Gebiete über alles, was ich besitze, und über mich selbst«, sagte meine Mutter, indem sie mir den Ring überreichte. Ich ging hierauf zu einem meiner Freunde, der auch Zaher hieß, wie mein Vater, und erzählte ihm alles, was zwischen mir und meiner Mutter und meinem Großvater vorgefallen, und sagte ihm, ich könnte keinen Augenblick mehr Ruhe finden, bis ich bei meinem Vater sein werde. Mein Freund Zaher stimmte mir bei und schwor, er wolle mich begleiten. Wir gingen sogleich an den Hafen und mieteten heimlich ein Schiff nach Syrien, auf das ich durch Zaher einige Kleidungsstücke und einen Beutel voll Gold und Edelsteine, die ich meiner Mutter entwendete, bringen ließ, und am folgenden Abend segelten wir ab. Der Wind war uns in den ersten zwei Tagen sehr günstig, am dritten Tage aber legte er sich nach und nach, die Segel wurden immer lockerer, das Schiff immer träger, bis zuletzt eine gänzliche Windstille eintrat, so daß das Schiff mitten auf dem Meer wie in dem verschlossensten Hafen unbeweglich dastand. Der Hauptmann erschrak sehr, als er dies sah, und sagte uns: »Seid auf eurer Hut vor den furchtbaren Seetieren die auf diesem Meer hausen, und die zuweilen auf das Schiff steigen und die Mannschaft auffressen; setzet euch mit dem Schwert in der Hand auf den Rand des Schiffes, um sie zurückzustoßen.« In der folgenden Nacht, als ich mit der einen Hälfte der auf dem Schiff sich befindenen Kaufleute Wache hielt, während die andere Hälfte schlief, sah ich auf einmal etwas wie ein hoher Berg auf das Schiff zukommen; der Hauptmann, der es zu gleicher Zeit mit mir sah, schrie: »Wir sind verloren, hier naht sich uns ein Seetier, gegen das weder Schwert noch Lanze etwas vermögen, denn seine Haut ist so hart, daß man Schilder daraus macht, wenn man je ein solches Tier tot findet.« Indessen zog doch jeder sein Schwert und suchte das Tier, das immer näher kam, abzuschrecken, und als es nur noch ein paar Schritte von dem Schiff war und die große bewaffnete Menschenmasse darauf sah, zog es sich wirklich zurück. Aber bald darauf, als wir uns

schon gerettet glaubten, kehrte es mit mehr als zweihundert seiner Gattung wieder. Schon rief der Hauptmann: »Nehmet Abschied von euren Freunden und betet zu Gott um Verzeihung eurer Sünden, denn heute ist der letzte Tage auf dieser und unser erster auf jener Welt.« Die Tiere hatten das Schiff schon von allen Seiten umzingelt und waren schon im Begriff hinaufzuspringen, als auf einmal ein heftiger Wind sich erhob, der das Schiff wie einen fliegenden Stern über sie wegtrieb; da jubelte alles, was auf dem Schiff war, und der Hauptmann warf, vor Freude außer sich, seinen Turban in die Höhe. Wir setzten nun bei immer günstigem Wind, klarem Himmel und ruhiger See unsere Reise dreißig Tag lang fort: Der eine sang, der andere rezitierte Gedichte, der dritte erzählte Märchen, so daß uns die Zeit recht angenehm verstrich. Am einunddreißigsten Tag aber bemerkten wir am Himmel einen schwarzen Punkt, nicht größer als ein Drachmen, und bald darauf wehte eine schneekalte Luft, so daß wir alle unsere Winterkleider anzogen. Der schwarze Punkt dehnte sich indessen immer mehr aus, bis er zuletzt sich über den ganzen Himmel verbreitete und man den Auferstehungstag nahe glaubte. Bald blitzte und donnerte es von allen Seiten her, die

Wolken vergossen Tränen wie aus Wasserschläuchen, die See kochte und schäumte und trieb das Schiff im Kreis umher. Wir waren alle beschäftigt, das Wasser aus dem Schiff zu schöpfen, das der offene Himmel und das aufbrausende Meer zugleich füllten, aber bald fiel ein so zerschmetternder Hagel, daß wir nicht mehr auf dem Verdeck bleiben konnten, und kaum waren wir heruntergestiegen, als vier Wellen, wie die höchsten Berge von verschiedenen Seiten her gegen das Schiff schlugen und es so zerschmetterten, daß das größte Brett nur die Größe einer Schiefertafel behielt; alles, was auf dem Schiff war, sank in den Abgrund, nur ich hielt mich an einem Sack Mehl fest, das bekanntlich (?) vierzig Tag lang sich auf der Oberfläche des Wassers erhält, und schwamm darauf zwei Tage und zwei Nächte umher, von den Wellen manchmal bis zu den Sternen hinauf und wieder bis in den Abgrund hinuntergeschleudert. Aber am dritten Tage war ich so sehr von Hunger und Durst geschwächt und von der Nässe und Kälte erstarrt, daß ich nicht mehr Kraft genug hatte, mich an dem Mehl festzuhalten. Indessen hielt ich mich doch mit Hilfe der Wellen noch bis gegen Abend auf der Oberfläche des Wassers, da ich aber nicht mehr hoffen konnte, die Nacht zu überleben, hörte ich auf zu schwimmen und wollte durch einen schnellen Tod meinem Leiden ein Ende machen, als ich auf einmal etwas wie ein großes Feuer mitten auf dem Meer vor mir sah. Jetzt strengte ich von neuem alle meine noch übrige Kraft an, um mich dem Feuer zu nähern. Bald bemerkte ich aber, daß ich ein großes goldenes Schloß, von vier riesenhaften Genien getragen, für ein Feuer gehalten, denn es war so hell beleuchtet und so reich mit funkelnden Edelsteinen verziert, daß es über das ganze Meer wie die reinste Mittagssonne ein blendendes Licht verbreitete. Als ich nur noch ein paar Schritte davon entfernt war, hörte ich, wie jemand rief: »Nehmet den Verunglückten auf!« und sogleich flog ein Genius aus dem Schloß zu mir und trug mich hinein.

Ali fuhr fort: »Ich fiel in Ohnmacht, als der Genius mich aus dem Wasser hob, und kam erst am folgenden Morgen wieder zum Bewußtsein. Da befand ich mich auf einem Bett von rotem Atlas überzogen, vor mir lag ein grünes golddurchwirktes seidenes Kleid, und auf dem Marmorboden stand eine Kohlenpfanne, auf der Aloeholz brannte, daneben ein Tisch, mit den ausgesuchtesten Speisen der Luft, des Wassers und der Erde gefüllt. Sobald ich mich aus dem Bett erhob, kamen zwei Diener, welche an der Türe standen, auf mich zu, wuschen mich mit Rosenwasser und zogen mich an. Ich setzte mich ganz ausgehungert an den Tisch, bis ich satt war. Dann brachten die Diener allerlei Früchte und Süßigkeiten, und zuletzt wieder Wasser mit wohlriechender Seife. Hierauf verschwanden sie und es traten vier Mädchen wie der Mond zu mir herein und fragten mich, wer ich sei und wie ich auf dieses Meer gekommen? Als ich ihnen meine ganze Geschichte erzählt hatte, sagten sie: »Danke dem Schöpfer, daß dich die Wellen zu uns hergetrieben, denn hier harret deiner nur Glück und Freude.« Ich bat sie dann, mir zu sagen, wo ich mich eigentlich befinde? Was dieses Schloß mitten auf dem Meer bedeute, wer es gebaut und bewohne? Da sagte eine von ihnen: »Wisse, mein Freund, du befindest dich hier auf dem großen Ozean, der die ganze Welt umgibt, und aus dem alle übrigen Meere ausfließen. Dieses Meer ist aber auch bewohnt; so befindest du dich vor einer runden Insel, die zwischen zwei unermeßlich hohen Bergen liegt, an deren Gipfeln sich ein Schloß mit goldenen Mauern erhebt, das im Sonnenschein wie ein Stern leuchtet. Auf dieser Insel wächst das beste Aloeholz, und entspringt eine Quelle von dunkelblauem, wohlriechendem Wasser, in der sich Fische von den verschiedensten Farben aufhalten, ohne Gräte, mit goldgelben Augen und spitzigen schneidenden Ohren, mit denen sie den härtesten Felsen zersplittern können. Auch sammelt sich zuweilen ein dichter Schaum auf dieser Quelle, den der Wind häufig, an den zwei Bergen vorüber, ins Meer treibt, wo ihn Kaufleute auffangen und unter dem Namen Ambra verkaufen. Die Stadt, welche auf dieser Insel liegt,

übertrifft an Glanz und Reichtum alle Städte der Welt und heißt auch darum Asaf, weil ein jeder bei ihrem Anblick ausruft: Asaf (Wehe!) über die ganze übrige Welt! Sie ist von goldenen Mauern umgeben, mit Zinnen aus Rubinen, und von Reitern bewacht, welche große silberne Lanzen mit smaragdenen Spitzen in der Hand tragen. Mitten in der Stadt erhebt sich ein Schloß, dessen Inneres und Äußeres mit den kostbarsten Edelsteinen überschüttet ist, und dessen wundervolle Einrichtung ich gar nicht beschreiben kann; es enthält unter anderem einen viereckigen Saal, der auf vier goldenen Pfeilern ruht, in dessen Mitte ein Springbrunnen aus rotem Korall ein Meer von Wohlgerüchen verbreitet. Auch hängen in diesem Saal viele goldene Käfige mit silbernem Schloß und smaragdenem Schlüssel, aus denen die süßesten Töne das Ohr entzücken. An der Spitze dieses Saales sitzt auf einem Thron, von grüner Seide überzogen, das schönste Mädchen, das der Herr geschaffen, die mächtige Königin Turaja, Tochter des Königs Farkad, von vielen Menschen und Genien umgeben.«

»Nicht weit von der Insel, auf welcher die Königin Turaja regiert, liegt aber noch eine größere, sehr völkerreiche Insel, deren König Kanas heißt; er hat eine Tochter, welche unter dem Namen »die blaue Königin« bekannt ist und in der Zauberkunst den höchsten Grad erreicht hat. Sie liebt fremde Männer aufs leidenschaftlichste, und hat daher auf allen Seiten dieses Meeres ihre Spione, die, sobald sie einen schönen Mann sehen, ihr Nachricht davon geben; sie läßt ihn dann durch einen ihr ergebenen Geist zu sich bringen, unterhält sich mit ihm, solange es ihr Freude macht, dann bringt sie ihn um oder verzaubert ihn in irgendein vierfüßiges Tier, oder in einen Vogel. Die Königin Turaja hat daher, um zu verhüten, daß nicht jeder Verunglückte in die Gewalt der abscheulichen blauen Königin falle, dieses Schloß, mitten auf dem Meer, an der Grenze ihres Reichs bauen lassen, und Gott sei gedankt, daß du auf diese Weise gerettet worden.« Die Sklavinnen führten mich dann in einem zierlichen Nachen mit den feinsten Teppichen belegt nach der Stadt Asaf, und brachten mich in ein für Fremde bestimmtes Hotel, das der mächtigste Sultan bewohnen dürfte, so schön war dessen Bauart und innere Einrichtung, und so vortrefflich war es mit allen Annehmlichkeiten des Lebens versehen. Es war Nacht, als wir in das Hotel kamen, und ich wurde in ein Zimmer geführt, in welchem unzählbare Wachslichter mit Aloeholz besteckt in goldenen Leuchtern brannten; ein mit den schmackhaftesten Speisen und Getränken beladener Tisch stand vor einem höchst bequemen und reichgeschmückten Divan. Die Sklavinnen bedienten mich noch bei Tisch, dann zogen sie sich zurück, und ich legte mich auf den Divan und schlief die ganze Nacht. Als ich am folgenden Morgen erwachte, sah ich ein wunderschönes Mädchen in einem golddurchwirkten mit Perlen verziertem Kleid vor mir; ich sagte ihr: »Bist du, Teure, die Königin Turaja?« – »Wo denkst du hin, blödsinniger Mensch?« sagte sie; »ich bin die geringste ihrer Sklavinnen, die Dienerin dieses Gemachs, und harre deiner Befehle.« – »Wann wird denn die Königin Turaja hierherkommen?« – »Ich glaube, du bist von Sinnen, wenn du dir einbildest, die Königin Turaja werde dich hier besuchen. Nach drei Tagen wird sie dich rufen lassen und dich fragen, wer du bist und wieso du hierher gekommen, und dich dann nach deinem Rang behandeln, hüte dich aber nur, ihr etwas von deinen Umständen zu verbergen, denn sie erfährt durch ihre Geister doch alles, und findet sie dich als einen Lügner, so bist du verloren.« Während mir nun die Sklavin noch manches von ihrer Königin erzählte, erschienen auf einmal vierhundert Mamelucken in Atlaskleidern, mit goldenem Gürtel um den Hüften und gezogenem Schwert in der Hand, und ihr Anführer sagte mir: »Mein Herr, die Königin Turaja schickt uns hierher, um dich abzuholen.« Die Sklavin sah ihn mit Erstaunen an und sagte mir: »Wisse, daß du der erste Fremde bist, den die Königin vor dem dritten Tag nach seiner Ankunft ins Schloß rufen läßt, das ist eine gute Vorbedeutung; sei nur recht ehrerbietig und gehorsam gegen sie, sprich nicht zu laut vor ihr, und sei recht bescheiden.« Ich verließ hierauf das Fremdenhotel, der Anführer der Mamelucken hieß mich ein Maultier besteigen, dessen Geschirr ein Königreich wert war, und ritt mit mir nach dem Schloß durch sieben Vorhöfe, welche von mehreren tausend Genien bewacht waren. Als ich endlich in den Thronsaal gelangte, bewillkommte mich die Königin, und alle Veziere und Generäle welche bei ihr waren, erhoben sich vor mir. Nachdem ich ihren Gruß erwidert, und noch einen Wunsch für die lange Dauer ihres Reiches und ihres Lebens hinzugefügt hatte, sagte sie: »Ich weiß schon, wer du bist, und kenne deine Mutter recht gut, darum habe ich dich auch heute schon sprechen wollen; erzähle mir nur zuerst, wie es dir seit deiner Abreise von deiner Heimat gegangen?« Als ich ihr alles von meiner Einschiffung bis zu dieser Stunde mitgeteilt hatte, bewillkommte sie mich nochmals und sagte: »Betrachte mein Land als das deinige, und meine Diener als die deinigen!« Dann erhob sie sich, ergriff meine Hand und führte mich in das Schloß ihres Vaters. Dieser sagte ihr: »Warum besuchst du mich heute so spät, meine teure Tochter?« – »Der Jüngling, den ich hier vorstelle«, antwortete sie, »ist die Ursache meines ungewöhnlich langen Ausbleibens.« Der König, welcher sogleich merkte, daß ich seiner Tochter nicht gleichgültig war, hieß mich näher treten und neben ihn sitzen, und lud mich ein, mit ihm das Frühstück zu nehmen. Die Königin Turaja legte mir die besten Bissen vor, und ich stülpte meine Ärmel zurück und aß mit den Spitzen meiner Finger, bis ich satt war. Nachdem wir gegessen, und unsere Hände aus goldenen Waschbecken mit Rosenwasser und parfümierter Seife gewaschen hatten, wurden die Trinkgefäße mit allerlei frischen und trockenen Früchten nebst Zuckerwerk aufgetragen, und als wir den Wein im Kopf spürten, befahl der König einer seiner Sklavinnen, die Sängerinnen zu holen. Sie kehrte bald wieder mit hundert königlich geschmückten jungen Mädchen, deren jede einen golddurchwirkten Atlasbeutel mit grünen seidenen Schnüren und einem diamantenen Schloß in der Hand trug. Sie nahmen ihrem Rang nach rings um den Saal herum Platz, zogen ihre Instrumente aus den Beuteln und fingen

an zu singen und zu spielen, daß ich glaubte, das ganze Schloß tanze mit mir herum. Sie wurden erst nach einigen Stunden wieder entlassen, und als wir allein waren, fragte mich die Königin, ob ich ihr Gatte werden wollte? Da ich vom ersten Augenblick an, wo ich sie sah, eine heftige Liebe für sie fühlte, antwortete ich ihr: »Es ist das höchste Glück, das mir in diesem Leben zuteil werden könnte.«

Turaja machte hierauf ihren Vater mit meiner Familie und meinen Abenteuern näher bekannt, gestand ihm ihre Liebe zu mir und bat ihn um seine Einwilligung in unsere Verbindung. Der König Farkad erteilte uns seinen Segen, worauf die Königin Turaja mich wieder bei der Hand nahm und in ihr Schloß zurückführte. Als wir allein waren, holte sie ein Schwert, ein Stückchen Brot und einen Koran und schwor, daß sie weder in meiner Anwesenheit noch in meiner Abwesenheit, weder bei meinem Leben noch nach meinem Tod einem anderen Mann gehören wolle als mir. Dann bat sie mich, denselben Eid zu schwören, und als ich geschworen hatte, küßte und umarmte sie mich als ihren Gatten. – Am folgenden Morgen sagte sie mir: »Bleibe du hier im Schloß, ich muß wegen einer dringenden Angelegenheit meinen Vater besuchen.« Als sie mich verließ, ging ich im Schloß umher, von einem Gemach zum andern, bis ich zuletzt auf die Terrasse stieg, welche mir eine wundervolle Aussicht auf die ganze Stadt und das Meer gewährte. Schon wollte ich wieder herunter ins Schloß steigen, als ein Vogel auf mich zuflog, mich bis zu den Wolken hinaufhob und den ganzen Tag mit mir herumflog. Erst gegen Sonnenuntergang ließ er sich mit mir auf eine sehr blühende, stark bevölkerte Insel herunter und verwandelte sich plötzlich in einen schönen, königlich gekleideten und geschmückten Jüngling. Höchst erstaunt über diese Verwandlung fragte ich ihn, zu welcher Gattung Geschöpfe er gehöre? Er antwortete mir: »Ich bin ein Mensch wie du, und heiße Tarad, Sohn Anans, König des rauchenden Berges; doch komme nur weiter mit mir, ich will dich mit meinem ganzen Leben bekannt machen.« Er führte mich dann in ein Schloß, vor dessen Toren viele Diener mit goldenen Stäben und Mamelucken mit indischen Schwertern standen, die sich alle vor ihm bis zur Erde verbeugten. In einem großen Saal des Schlosses setzte er sich auf einen Divan, hieß mich neben ihn sitzen und begann:

»Wisse, mein Freund, mein Vater, der mächtige König Anan, hat außer mir noch zwölf Söhne, deren jeder ein großes Königreich besitzt. Er liebte mich aber von meiner Jugend an mehr als alle meine übrigen Brüder, daher beneideten mich diese, und bald verwandelte sich sogar ihr Neid in bitteren Haß. Mein Vater, welcher befürchtete, meine Brüder möchten mir einmal in seiner Abwesenheit etwas zuleide tun, rief eines Tages einen ihm ergebenen Genienfürsten mit Namen Dahisch, der über unzählbare mächtige Genien zu gebieten hat, zu sich und sagte ihm: »Von heute an sollst du nicht mehr mir, sondern meinem Sohn Tarad dienen, vollziehe alle seine Befehle, und hieße er dich auch Berge ausreißen oder Meere austrocknen, und schütze ihn besonders gegen die bösen Anschläge seiner Brüder.« Da mich dieser Genienfürst aller Mühe, Sorge und Arbeit enthob, gab ich mich ganz dem Studium der Zauber- und Beschwörungskunst hin, zu der ich von meiner Kindheit an schon viel Neigung hatte. Ich brachte es bald in dieser Kunst so weit, daß ich glaubte, mich mit den anerkanntesten Zauberern messen zu dürfen. Als ich das Mannesalter erreicht hatte und mich nach einer Gattin sehnte, rief ich Dahisch und sagte ihm: Wisse, daß ich nicht mehr länger hier allein leben mag, ich will mich verheiraten, möchte aber keine andere Gattin als Turaja, die Königin der Moschusinsel, denn nach allem, was ich gehört und gelesen habe, übertrifft sie alle anderen Frauen an Schönheit, Macht, Weisheit und Gelehrsamkeit; darum geh' zu ihr und sage ihr: Der König Tarad, der Sohn Anans, Herr des rauchenden Berges, will dich zur Gattin haben, gewährst du ihm sein Verlangen, so sollst du das glücklichste Weib auf Erden werden, wo nicht, so wird er mit Menschen- und Genienscharen zu dir ziehen, dein Land verwüsten und dich als Gefangene fortschleppen. Dahisch entgegnete mir: Weißt du nicht, erhabener König, daß Turaja so mächtig ist, daß sie den Berg Kaf umzustürzen vermag? Alle Könige dieser Meere sind ihre Verbündeten, selbst Abu Tawaif gehorcht ihr und fürchtet sie: Wie soll ich eine solche Sprache gegen sie führen? – Tu' was ich dir befehle, versetzte ich zornig; mich schrecken ihre Zauberkünste nicht ab; indessen nimm doch aus Vorsicht tausend Riesengenien mit verbranntem Gesicht mit dir und bringe mir bald ihre Antwort. Dahisch weigerte sich nicht länger und flog in sehr kurzer Zeit, von tausend Genien begleitet, nach der Moschusinsel. Als die Königin Turaja die Ankunft eines Genienfürsten mit tausend fliegenden Genien vernahm, schickte sie ihnen einen ergebenen Geist entgegen und ließ sie fragen, in welcher Absicht sie gekommen. Der Geist flog zu Dahisch und grüßte ihn, dieser erwiderte aber den Gruß nicht und der Geist schloß daraus, daß es widerspenstige Genien sein müßten. Einer derselben fragte dann in einem unsanften Ton: Was verlangst du von uns? – Ich bin, antwortete der Geist, von der erhabenen Königin Turaja zu euch gesandt, um euch zu fragen, wer ihr seid, wem ihr gehorchet und was ihr begehret? Dahisch erwiderte hierauf: Ich bin gekommen, um im Namen des Königs Tarad um die Königin Turaja zu werben. Als der Geist mit dieser Antwort zu seiner Herrin zurückkehrte, sagte sie ihm: »Geh' wieder zu Dahisch und sage ihm, er möge mich allein in meinem Schloß besuchen, und mir das Nähere über seine Botschaft mitteilen.

»Als aber der Geist den Wunsch seiner Herrin dem Fürsten Dahisch vortrug, sagte dieser: Du Hund, wie wagst du es, eine solche Botschaft an mich zu übernehmen? Wer ist deine Herrin, daß sie es wagt, mich allein zu sich zu rufen, statt zu mir herauszukommen? Er zog hierauf sein Schwert, tötete den Geist, und drang mit seinen verbrannten Genien ins Schloß.

»Schon hielt sich Dahisch seines Sieges gewiß, als die Königin Turaja ihm entgegentrat, durch das Ausrufen eines heiligen Namens ihn zu Boden stürzte und von ihren Geistern, welche jetzt tausendweise herbeiströmten, in Ketten legen ließ; auch die Genien, die mit ihm gekommen waren, wurden teils verbrannt, teils gefangengenommen. Turaja setzte sich dann auf ihren Thron, ließ Dahisch, der sich so klein wie ein Hühnchen machte, gefesselt vor sich führen und sagte ihm: Wehe dir! Warum hast du meinen Geist erschlagen? Gott verdamme dich! Doch laß mich einmal deine Botschaft vernehmen. – Verzeihe, Königin! rief Dahisch mit zitternder Stimme, mich sendet Tarad, der Sohn Anans, König des rauchenden Berges, zu dir, um dich zu fragen, ob du ihm nicht mit deiner Hand beglücken wolltest. – Und was hat er dir ferner aufgetragen? fragte dann Turaja. Dahisch senkte den Kopf zur Erde und antwortete nicht. Hat er dir weiter nichts gesagt? fragte Turaja nochmals, und da Dahisch in seinem Schweigen beharrte, schlug sie ihm den Kopf ab und befahl ihren Geistern, alle seine Begleiter aus der Welt zu schaffen. Als dieser Befehl vollzogen war, rief sie Charub, einen ihrer Adjutanten, zu sich und sagte ihm: »Bringe mir Tarad, den Sohn Anans, hierher!« Charub nahm sogleich die Gestalt eines ungeheuren Vogels an und flog zu mir, hob mich von meinem Thron weg und trug mich zur Königin Turaja. Willkommen, Herr Bräutigam, rief sie mir höhnisch zu; bei Gott! Du sollst allen Königen dieser Insel zur Warnung dienen, daß keiner so bald es wage, mich nur zu nennen. Sie sagte dann einigen ihrer Genien: Führet ihn ins Gefängnis und bewachet ihn wohl, bis ich von meinem Vater, dem König Farkad, zurückkehre, den ich fragen will, was ich mit diesem Hund anfangen soll. Aber im Augenblick, als ein furchtbarer Genius mich ins Gefängnis führen und die Königin sich entfernen wollte, trat der König Farkad herein und fragte seine Tochter, warum sie ihn heute nicht zur gewöhnlichen Stunde besuchte, und was ihr denn widerfahren, daß sie so aufgeregt aussehe? Turaja erzählte ihm hierauf alles, was zwischen mir, Dahisch und ihr vorgefallen. Gott lasse dich ferner über alle deine Feinde siegen, sagte der König erfreut; doch wo ist der König Tarad? Ich möchte ihn auch gern sehen. Als die Königin auf mich hindeutete, sagte er: Das ist ein König, der um meine Tochter wirbt? Der zittert ja wie ein altes Weib! Er trat mich dann mit seinem Fuß aus dem Saal und befahl dem Scharfrichter, mich zu hängen. Ich hatte schon alle Hoffnung auf Gnade verloren, da traten die Adjutanten des Königs herein und sagten: Der König Anan, Abu Tawaif und einige andere Genienkönige sind mit einer großen Anzahl Truppen im Anzug, um den König Tarad zu befreien; vor dem Schloß steht ihr Abgesandter, der vorgelassen zu werden wünscht. – Führe ihn herein, sagte Farkad einem seiner Adjutanten. Da erschien ein alter Mann, der so ehrwürdig aussah, daß Farkad ihn freundlich aufnahm, neben sich sitzen ließ und ihn in einem sanften Ton fragte, woher er komme, wer er sei und welche Botschaft er bringe? Ich bin, antwortete der Alte, ein Gesandter des Königs Anan, der mit Abu Tawaif mir bald hierher folgen wird, um dich um Gnade für seinen leichtsinnigen, tollkühnen Sohn zu bitten, den er trotz aller seiner Fehler doch zärtlich liebt. Farkad befahl einem seiner Diener, mich einstweilen in ein Gemach des Schlosses zu bringen, und auch den Gesandten meines Vaters ließ er in eines der schönsten Zimmer des Schlosses führen und ihm zwei Genien zur Bedienung geben. Als er dann allein mit Turaja war, sagte er ihr: Teure Tochter, so sehr auch Tarad den Tod verdient, müssen wir doch bedenken, daß er ein König und Sohn eines mächtigen Königs ist, auch uns wird der Großmut nur noch mehr vor den Augen aller Könige erheben; übrigens wäre es auch unklug von uns, wenn wir, um an einem verwegenen Jüngling Rache zu nehmen, uns in einen Krieg mit Anan und Abu Tawaif einlassen wollten; was sagst du dazu? – Ich habe keinen anderen Willen als den deinigen, erwiderte Turaja; ich denke, wir warten einmal die Ankunft Anans ab und sehen, wie er sich gegen

uns benimmt; sieht er das Unrecht seines Sohnes ein und bittet uns um Gnade für ihn, so werde sie ihm gewährt; droht er uns aber mit Gewalt, so üben wir Gerechtigkeit aus und lassen uns nicht von ihm einschüchtern. Einige Tage nach diesem Vorfall trat ein Adjutant vor den König Farkad und meldete ihm die Ankunft des Königs Anan mit Abu Tawaif und einigen anderen Genienhäuptern. Farkad und Turaja bestiegen ihre Pferde und ritten ihm, in Begleitung einiger fliegender Genien, deren Flügel so bunt wie Pfauenfedern aussahen, entgegen. Als sie ihm vor dem Tor begegneten, stieg Anan vom Pferd und verbeugte sich vor Farkad; dieser wollte ebenfalls absteigen, aber Anan schwor, er gebe dies nicht zu. Da schwor Turaja auch, er dürfe nicht zu Fuß gehen und redete ihm solange zu, bis er wieder aufstieg und zwischen Farkad und Turaja in die Stadt ritt. Schon waren auf dem Schloß alle Vorkehrungen zum Empfang Anans und Abu Tawaifs getroffen, und es harrte ihrer ein Mittagsmahl, wie man es nur bei so mächtigen Genienkönigen findet, die sich das beste, was da kriecht und läuft und schwimmt und fliegt, zu verschaffen wissen. Während der Mahlzeit wurde wenig und nur von unbedeutenden Dingen gesprochen; erst als der Nachtisch aufgetragen wurde, erhob sich Abu Tawaif und sagte: Der glorreiche König Farkad weiß schon durch unseren Boten, was den König Anan bewogen hat, seine Insel zu verlassen und hierher zu kommen; darf ich wohl dem betrübten Vater die Versicherung geben, daß sein Sohn ihm zurückgegeben wird? Da erhob sich Duha, der Vezier des Königs Farkad, der klügste Mann seines Jahrhunderts und bat ums Wort.

»Als der König Farkad Duhas Bitte gewährte, sagte er: Es ist jedermann bekannt, daß der König Farkad der friedliebendste Regent dieser Inseln ist, daß aber Tarad ohne allen Grund und gegen alles Recht die Ehre der Königin Turaja angegriffen hat; er ist nun selbst in die Grube gefallen, die er ihr zu graben glaubte; er ist jetzt ihr Gefangener, statt daß er sie mit Gewalt aus ihrer Heimat fortzuschleppen hoffte; gern wird sie ihm indessen, so groß auch sein Verbrechen war, um seines Vaters und des ehrwürdigen Abu Tawaif willen verzeihen; aber wer bürgt uns dafür, daß dieser tollkühne Jüngling, einmal wieder in Freiheit, seine verbrecherischen Absichten aufgeben und nicht neue Ränke gegen sie schmieden wird?«

»Da erhob sich Abu Tawaif und sagte: Sein Vater Anan und ich, wir verbürgen uns für ihn, wir selbst übernehmen es, ihn zu züchtigen, wenn er es je wieder wagen sollte, gegen die erhabene Königin Turaja etwas zu unternehmen; laßt ihn nur rufen, ich will es ihm selbst verkünden. Ich wurde hierauf aus meinem Zimmer geholt und in den Saal geführt, wo mein Vater, Abu Tawaif, Farkad, Turaja, Duha und einige andere Veziere und Genienhäupter beisammen saßen. Ich senkte den Kopf zur Erde und befand mich in einem Zustand, der tausendmal schlimmer als der Tod war, denn mein Herz war von Reue, Ärger, Scham und Liebe gedrückt. Auch sah ich so niedergeschlagen und zerknirscht aus, daß alle Anwesenden aus Mitleid weinten. Abu Tawaif redete mich dann folgenderweise an: Weißt du nicht, verwegener Jüngling, daß Gutes mit Gutem vergolten wird, daß aber der Bessere den Anfang macht? Daß Böses mit Bösem bestraft wird, der Schlimmere aber es zuerst übt? Hast du eine so geringe Meinung von der allenthalben verehrten und gefürchteten Königin Turaja, daß du glaubtest, sie ungestraft beleidigen zu können? Doch du bist ein unüberlegter Jüngling, darum will sie dich auch begnadigen, schwöre aber in unserem Beisein, daß du sie fernerhin nie mehr beunruhigen, daß du nie mehr ihr Land betreten, noch ihren Namen aussprechen willst, schwöre dies, dann bürgen wir für dich; bedenke aber, daß der unsichtbare Gott deinen Eid hört und daß du in diesem und jenem Leben verloren bist, wenn du ihn brichst. Ich schwor bei Dem, der die Himmel wie ein Zelt ausgedehnt und die Erde wie eine Wiege geschaffen, der den Morgen in ein weißes und die Nacht in ein schwarzes Gewand hüllt, daß ich mich ihr nie mehr nähern, noch ihren Namen aussprechen wollte. Kaum hatte ich diesen furchtbaren Eid geschworen, als ich in Ohnmacht fiel; ich brachte die ganze Nacht halb bewußtlos zu, und am folgenden Morgen, als ich wieder zu mir kam, erschien mein Vater und forderte mich auf, ihm zu folgen. Ich mußte mit ihm hierher zurückkehren, ohne zuvor meine Geliebte wieder gesehen zu haben, und auf der ganzen Reise machte er mir Vorwürfe über meine Unbesonnenheit, die mir noch härter waren, als der Verlust meiner Geliebten. Ich mußte, ehe er von mir Abschied nahm, ihm noch einmal schwören, daß ich Turaja ganz vergessen wollte; aber kaum war ich allein, da dachte ich nur noch an Turajas Reize, die ich über alle Schilderung gefunden; ich nahm daher die Gestalt eines Vogels an, und seither flatterte ich jeden Tag um ihr Schloß herum in der Hoffnung, sie zu erblicken, bis ich heute dich auf der Terrasse fand, da wandelte mich die Lust an, dich mit mir zu nehmen, um etwas von meiner Geliebten zu hören; auch bin ich sehr begierig, zu vernehmen, wieso du auf die Insel der Königin Turaja gekommen, und in welcher Eigenschaft du dich in ihrem Schloß aufhältst.«

Als Tarad diese wunderbare Geschichte – fuhr Ali dem Kalifen zu erzählen fort – vollendet hatte, dachte ich: Hier muß ich behutsam zu Werke gehen; sage ich diesem rasenden Jüngling, daß ich Turajas Gatte bin, so wird er aus Eifersucht mich umbringen; ich sagte ihm daher bloß, ich sei der Sohn der Königin Farha, Freundin der Königin Turaja, und habe dieser auf meiner Mutter Befehl einen kleinen Besuch gemacht. Als Tarad dies hörte, sagte er: »Wehe mir, wenn Turaja dich vermißt und erfährt, daß ich dich fortgeschleppt habe; da wird sie zu meinem Vater und Abu Tawaif schicken und mich als einen meineidigen König anklagen, da ist es um meine Ehre, vielleicht gar um mein Leben geschehen, das Beste ist daher, ich schicke dich ihr zurück, und bitte dich, sie um Gnade für mich anzuflehen.« Kaum hatte er aber diese Worte vollendet, da trat hastig sein Adjutant herein und sagte ihm: Draußen steht ein Abgesandter der Königin Turaja mit mehr als hundert schwarzen Genien, welcher dich zu sprechen wünscht.« Bei dem Namen Turaja fing Tarad an zu zittern und zu beben, und mit Mühe stammelte er: »Führe ihn herein.« Als der Abgesandte erschien, stand Tarad vor ihm auf, grüßte ihn mit Ehrerbietung und fragte ihn, welche Botschaft er bringe? Der Bote überreichte ihm einen versiegelten Brief, den er hastig erbrach, und als er ihn gelesen hatte, brach er in Schmähungen gegen Turaja aus und sagte dem Gesandten: »So behandelt man keinen König, so sehr er auch gefehlt haben mag.« Da ich fürchtete, Tarad möchte mein Geheimnis erfahren, benützte ich diesen Augenblick, um aus seinem Schloß zu fliehen und irrte auf seiner Insel umher, ohne zu wissen, wohin ich meinen Fuß setzte. Nach einigen Stunden, als ich ziemlich weit vom Schloß entfernt war, warf ich mich voller Verzweiflung auf die Erde, dachte an meinen Vater, an meine Mutter und an Turajas Angst um meinetwillen, und fing an laut zu weinen und Gottes Hilfe anzuflehen. Da rief mir eine Stimme aus der Höhe zu: »Beruhige dich, Ali, es naht dir Hilfe.« Als ich die Augen aufhob, erblickte ich über mir einen großen Genius in Vogelsgestalt; ich bat ihn, sich zu mir herabzulassen und mir zu sagen, zu welcher Gattung Genien er gehöre? Er stieg herunter und sagte mir: »Ich gehöre zu den Genien des Königs Tarad und entfliehe vor dem roten Tod, der sie durch das Schwert der Königin Turaja erreicht. Bald nach deiner Flucht aus dem Schloß des Königs Tarad erblickten wir nämlich eine Röte in der Atmosphäre, daß wir glaubten, der ganze Himmel stehe in Flammen; es waren die feuerspeienden Scharen der Königin Turaja, welche Tarads Schloß wie ein Schwarm Heuschrecken oder Ameisen umlagerten und alles, was darin war, töteten oder gefangennahmen. Die Königin selbst, welche an ihrer Spitze stand, sprang auf Tarad mit gezogenem Schwerte zu und fragte ihn: Wo ist Ali, der Sohn der Königin Farha? Tarad schwor bei Gott, er wisse nicht, wo er hingekommen, er habe sich bei Ankunft ihres Gesandten entfernt und sei wahrscheinlich irgendwo verborgen, oder habe aus Furcht vor den Genien die Flucht ergriffen. Aber Turaja nannte ihn einen Wortbrüchigen und Meineidigen, trat ihn mit Füßen und befahl einem ihrer Offiziere, ihn gefangenzunehmen. Nun, gottlob, daß ich dich hier finde, ich will dich sogleich zur Königin Turaja, die vor Liebe zu dir ganz rasend ist, bringen; du mußt ihr sagen, daß Tarad dir nichts zuleide getan, so wird sie ihm gewiß auch diesmal wieder verzeihen.« – »Tu dies, mein Freund«, sagte ich, »du wirst dadurch Turaja, Tarad und mich verbinden.« Da nahm er mich auf seinen Rücken und flog mit mir so hoch hinauf, daß ich nur noch eine Hand breit vom Himmel entfernt war, dann ließ er sich auf einen hohen Berg herunter, schüttelte mich ab und stellte sich vor mich in der Gestalt eines Raben mit einem Löwengesicht und Adlerkrallen. Ganze Feuersäulen stiegen aus seinem Schlund hervor, und auch seine Augen, welche in die Länge gespalten waren, sprühten Funken, seine Worte glichen dem Donner, und sein Hauch verbreitete Leichengeruch um ihn. »Was bedeutet diese fürchterliche Gestalt?« fragte ich ihn erschrocken. Statt einer Antwort schlug er mich so heftig ins Gesicht, daß ich das Bewußtsein verlor, und als ich wieder zu mir kam, befand ich mich allein auf dem Gipfel eines hohen Berges, mit einem so schweren Stein auf der Brust, daß ich mich weder links noch rechts bewegen und kaum noch atmen konnte. Ich lag so den ganzen Tag unter diesem Felsen; die Sonne brannte mir so heiß ins Gesicht, daß ich es mit den Händen bedecken mußte. Als ich aber gegen Abend sie von meinen Augen weghob, sah ich vier Jungfrauen vor mir, deren Aussehen, Kleidung und Schmuck mich nicht zweifeln ließ, daß es Prinzessinnen sein müßten. Ihr Anblick blendete mich noch mehr, als früher die Sonne; ich schloß daher meine Augen wieder und stellte mich, als schliefe ich. Da hörte ich, wie eine von ihnen sagte: »Wer mag wohl dieser schöne Jüngling sein? Wer hat ihn auf diesen steilen Berg gebracht

und ihm einen so schweren Stein aufgebürdet?« Eine andere antwortete: »Dieser Jüngling ist Ali, der Sohn der Königin Farha, der Geliebte der Königin Turaja; der König Sarech, welcher die Königin Turaja leidenschaftlich liebt, hat ihn hierhergetragen, um ihn hier vor Hunger und Durst umkommen zu lassen; aber bei dem Siegel Salomos, wäre auch der König Sarech so mächtig wie Barachja, Salomos Vezier (Friede sei mit ihm!), so muß doch dieser Jüngling gerettet werden.«

Bei diesen Worten ging die Jungfrau auf mich zu und hob den Stein von meiner Brust. Ich öffnete die Augen wieder, schöpfte Atem, stand auf und beschwor meine Retterin, mir doch zu sagen, wieso sie diesen unzugänglichen Berg besteigen konnte, was sie hierherführte und wer sie sei? Sie antwortete mir: »Ich heiße Djauharah und bin die Tochter der blauen Königin, Herrin der weißen Stadt; die drei Mädchen, die du hier bei mir siehst, sind meine Schwestern; die eine heißt Sumurda und ist meine rechte Schwester, die anderen beiden, Murdjana und Jakuta, sind meine Stiefschwestern. Uns ist kein Land zu fern, kein Berg zu hoch und kein Meer zu tief, denn wir fliegen wie Vögel in der Luft und tauchen wie Fische in den Abgrund des Meeres hinab; auf diesen Berg sind wir aber nur um deinetwillen gekommen, als wir auf einem Ausflug dich so hilflos daliegen sahen; komme jetzt mit uns, erhole dich von deinen schweren Qualen; dann steht es dir frei, wieder zu deiner Geliebten zurückzukehren.« Sie nahm mich hierauf in ihren Arm und flog mit mir so schnell wie ein Blitz nach einer herrlichen großen Stadt, welche in einem reizenden Tal lag, ließ sich mit mir auf die Terrasse eines Schlosses herab und führte mich eine marmorne Treppe hinunter in einen Saal, der an Größe und Glanz dem der Königin Turaja nicht nachstand. Es war schon Nacht, als wir ankamen, aber der Saal war heller beleuchtet, als wenn die Mittagssonne ihn beschienen hätte. Djauharah befahl sogleich den Sklavinnen, welche den Saal füllten, das Nachtessen aufzutragen, und kaum hatte sie es gefordert, als niedliche kleine Tischchen mit goldenen Schüsseln, kristallenen Tellern und silbernen Löffeln gebracht wurden, erstere mit Speisen gefüllt, deren Geschmack und Aussehen mir ganz fremd waren, aber ganz vorzüglich mundeten. Als wir satt waren, wurden die Weingefäße gebracht mit allerlei trockenen und frischen Früchten; eine alte Wirtschafterin, die wie eine scheckige Schlange aussah und Feirusadj hieß, schenkte ein und reichte die Becher im Kreis umher, dann holte sie auch Sängerinnen, welche ihren Gesang mit allerlei Instrumenten begleiteten. Gegen Mitternacht, als wir mehr oder weniger berauscht waren, sagte Djauharah zu ihren Schwestern: »Unser Gast bedarf jetzt der Ruhe, darum ziehet euch in eure Gemächer zurück.« – »Glaubst du etwa«, erwiderte Sumurda, »ich werde vor dir diesen Saal verlassen? Wenn eine von uns den noch übrigen Teil der Nacht in Alis Nähe zubringen soll, so gebührt es mir, als der Ältesten, zuerst.« – »Nein«, versetzte Djauharah, »ich habe den Stein von ihm hinweggewälzt, unter dem er gestorben wäre; ich habe ihn auf meinem Arm hierhergetragen, ich allein habe ein Recht auf seine Gesellschaft.« Sumurda zog aber ihr Schwert und drang auf Djauharah ein: Diese zog schnell das ihrige, und es entstand ein Kampf, als wenn zwei Meere einander entgegentobten. Während aber Djauharah und Sumurda um meinen Besitz miteinander fochten, näherten sich mir Murdjana und Jakuta und sagten: »Weißt du, daß dein Leben hier in Gefahr ist? Wie leicht könnte eines dieser Mädchen in seiner Wut dich ergreifen und der anderen zum Trotz umbringen! Wir raten dir daher, diesen Augenblick zu benützen und mit uns zu kommen.« Ich ging mit ihnen zur Tür hinaus; eine von ihnen nahm mich auf ihre Schultern und die andere flog hinter uns her, um uns zu bewachen, bis wir glücklich in Murdjanas Schloß anlangten. Aber kaum hatten wir uns auf einem Divan niedergelassen, als schon die alte Feirusadj erschien und den Mädchen sagte: »Wisset, daß, nachdem Djauharah und Sumurda noch einige Zeit miteinander gefochten hatten, es mir gelang, mit Hilfe einiger Sklavinnen sie zu trennen und den Frieden wieder herzustellen. Als sie aber dann nach der getroffenen Übereinkunft sich die eine zur Rechten und die andere zur Linken Alis setzen wollten und ihn nicht mehr fanden, so dachten sie wohl, er sei von euch entführt worden, und wollten sogleich mit ihren Kriegerscharen euch hier überfallen. Mit vieler Mühe gelang es mir, sie zu bewegen, zuerst mich hierherzusenden, um Ali von euch zurückzufordern und erst, wenn ihr mir ihn verweigert, euch den Krieg zu erklären.« Als Feirusadj so gesprochen hatte, erhoben sich Murdjana und Jakuta und sagten wie mit *einer* Zunge: »Bei dem erhabenen Gott, lieber sterben wir, als daß wir diesen Jüngling unseren Schwestern ausliefern, und wärest du uns nicht von Jugend an so teuer, so würden wir dich als Überbringerin einer so kühnen Botschaft umbringen; doch kehre zurück und sage unseren Schwestern, das Schwert möge zwischen uns entscheiden.« Feirusadj entschuldigte sich und versprach, alles aufzubieten, um ihre Gebieterin von einem Krieg abzuhalten, hoffte aber in ihrem Inneren, durch List viel leichter ihr Ziel zu erreichen. Sobald sie nämlich Djauharah die Antwort ihrer Schwestern überbracht hatte, kochte sie eine ihr wohlbekannte schwarze Wurzel und wusch damit ihren ganzen Körper, so daß sie wie eine geborene Negerin aussah; sie kleidete sich dann wie die Sklavinnen Murdjanas und flog

nach ihrem Schloß, mischte sich unter ihre Sklavinnen und trat so in den Saal, wo ich zwischen Murdjana und Jakuta vor einem Weintischchen saß.

Gegen Morgen, als ich einen Augenblick den Saal verließ und in den Hof ging, folgte sie mir, murmelte ein paar unverständliche Worte her, und sogleich stieg ein abscheulicher Genius aus der Erde, dem sie befahl, mich in Djauharahs Schoß zu tragen. Als aber der Genius mit mir hoch in der Luft, ungefähr Mitte Wegs zwischen Djauharahs und Murdjanas Insel, war, rief ich: »Es gibt keinen Gott außer dem einzigen Gott, und Mohammed ist sein Abgesandter!« Sogleich traf ein feuriger Pfeil meinen Träger und verwandelte ihn in Asche, ich aber fiel herunter in den Abgrund des Meeres. Zu meinem Glück war die See so stürmisch, daß mich die Wellen bald wieder herauf warfen und ich ohne große Anstrengung den ganzen Tag fortschwimmen konnte. Aber gegen Abend nahmen meine Kräfte ab, ich konnte keinen Arm mehr bewegen und dachte: Jetzt wird die Tiefe des Meeres mich verschlingen und kein Mensch und kein Genius wird mein Grab kennen, als die Wellen mich auf einen großen toten Fisch trieben, der auf der Oberfläche des Wassers schwamm. Ich klammerte mich daran fest und ließ mich so einen Teil der Nacht von den Wellen umherschaukeln. Nach Mitternacht tauchten aber Seetiere von jeder Größe und jeder Gestalt, manche waren größer als Elefanten, aus dem Meer, umgaben meinen Fisch von allen Seiten und fraßen solange daran, bis nur noch das Stück, auf dem ich lag, übrig blieb. Da ich fürchtete, mitgefressen zu werden, sprang ich schnell herunter und schwamm wieder eine Weile umher, bis mein Fuß auf etwas Hartes stieß; da hielt ich an und blieb darauf stehen, bis der Tag heranbrach und mir zeigte, daß ich mich auf einem aus dem Meer hervorragenden kleinen Felsen befand, in der Nähe einer großen Stadt, mit einem schönen von Schiffen angefüllten Hafen. Ich dankte Gott für meine Rettung aus so großer Not, denn ich zweifelte nicht, daß mich bald jemand vom Land aus erblicken und abholen würde. Ich hatte mich nicht getäuscht, denn bald war ein Fischerkahn vom Hafen losgebunden, der auf mich zusegelte und mich aufnahm. Ich dankte dem Schiffer, der mich in seinen Kahn hob, und bat ihn, mir zu sagen, wo ich mich befände? »Du kommst sogleich«, antwortete er mir, »in die weiße Stadt, welche auch wegen der vielen Säulen, auf denen nicht nur das königliche Schloß, sondern auch viele Privathäuser ruhen, die Säulenreiche genannt wird; diese Stadt und Insel wird von einer Frau beherrscht, welche die blaue Königin heißt; sie ist eine der mächtigsten Königinnen der Erde und behandelt ihre Untertanen mit vieler Härte, um so gütiger ist sie aber gegen fremde Jünglinge deinesgleichen.« Der Schiffer gab mir dann ein Stück von seinem Brot und einen Trunk süßes Wasser, und ich fischte mit ihm den ganzen Tag, bis der Kahn mit den schönsten Fischen angefüllt war. Gegen Abend, als wir in den Hafen einliefen, sagte mir der Schiffer: »Morgen bringe ich die Fische der Königin, denn ich bin ihr Leibfischer, und sage ihr, daß ich sie einem fremden Jüngling verdanke, den ich auf einer Klippe gefunden, und bitte sie um die Erlaubnis, dich ihr vorzustellen.« Wir waren aber kaum gelandet, als die Diener der Königin kamen und dem Fischer sagten: »Gib schnell her, was du gefangen, denn wir brauchen diesen Abend Fische zu einem Festmahl.« Der Fischer gab die Fische her und begleitete die Diener bis zur Königin, um ihr zu sagen, daß er seinen reichen Fang nur mir verdanke, worauf sie ihm sogleich befahl, mich zu ihr zu führen. Als ich vor ihr erschien, verbeugte ich mich wie ihre Diener, aber sie bewillkommte mich sehr freundlich und hieß mich sitzen. Da setzte ich mich einen Augenblick, stand aber gleich wieder auf. »Warum bleibst du nicht sitzen?« fragte sie mich. Ich antwortete ihr: »Ich habe mich nur einen Augenblick niedergelassen, um den Befehl der erhabenen Königin zu vollziehen, ich erhob mich aber wieder aus Ehrfurcht vor ihr.« Sie hieß mich dann wieder sitzen, ließ sich bei ihren Gästen als unwohl melden und blieb allein bei mir. Ich mußte ihr alle meine Abenteuer erzählen, und als ich vollendet hatte, sagte sie: »Armer Mann, du hast viel gelitten, ein Säugekind könnte grau davon werden, doch sei frohen Mutes, du bist hier in einem Hause des Trostes und der Freude.« Sie ließ dann ein köstliches Abendessen auftragen und nach der Mahlzeit mich von einer Sklavin in ein Schlafgemach führen, wie ich noch keines in meinem Leben gesehen. Ich schlief bald auf einem seidenen Diwan ein, und erwachte erst am folgenden Morgen, als die Sonne schon längst aufgegangen war. Als ich mich gewaschen und gebetet hatte, kamen vier Diener in mein Zimmer und sagten: »Ist es unserem Herrn gefällig, ins Bad zu kommen?« Ich machte mich auf und folgte ihnen in ein königlich eingerichtetes Badzimmer; die Diener wuschen mich, bis ich wie eine Silberstange aussah, dann zogen sie mir ein recht prachtvolles Kleid an, umgürteten mich mit einem juwelenbesetzten Gürtel und setzten mir eine goldene Krone auf, die mit allerhand Edelsteinen verziert war, und führten mich, so geschmückt, zur blauen Königin. Sie stand vor mir auf, zog mich zu sich auf den Diwan und fragte mich, wie ich die Nacht zugebracht. Ich küßte ihr die Hand, grüßte sie und die Veziere, die um sie versammelt waren, und dankte für die ausgezeichnete Bewirtung. Wir unterhielten uns dann bis zur Mittagsstunde; die Königin wandte keinen Blick von mir, und ich hörte, wie sie zu einer Dame, die in ihrer Nähe saß, sagte: »Ich habe in meinem Leben keinen so schönen Jüngling gesehen.« Nach dem Mittagsgebet gingen wir zur Tafel, wo ich wieder neben der Königin Platz nehmen mußte. Aber nach Tisch, als sie vom Wein erhitzt war und die übrigen Gäste sich entfernt hatten, sah ich ein, daß ich meine gute Aufnahme nicht der Gastfreundschaft der Königin, sondern ihrer leidenschaftlichen Liebe zu mir verdankte, denn kaum waren wir allein, da fiel sie mir wie ein schamloses Weib um den Hals. Mir schwebte aber Turajas Bild vor Augen, ich dachte an den Eid der Treue, den ich ihr geschworen, und wand mich aus ihren Armen los. Da sagte sie voller Wut: »Wie, eine Königin, wie ich, läßt sich zu dir herab und du verschmähst sie?« Sie murmelte dann einige mir unverständliche Worte,

stieß mich aus dem Zimmer und sagte: »Verlasse deine menschliche Gestalt und werde ein zahnloser Hund von ekelhaftem Aussehen.« Bei diesen Worten, die ich noch als Mensch vernahm, fing ich an zu zittern und zu beben, und in einem Augenblick war ich ein häßlicher Hund ohne Zähne und konnte kein Wort mehr sprechen. Ich lief nun, wie andere Hunde, in den Straßen umher; aber die Hunde spürten doch etwas Fremdartiges an mir, und verfolgten mich bellend und beißend von einer Straße zur anderen, bis ich zuletzt in eine kleine Sackgasse kam, wo ich keinen Ausweg mehr fand. Da versammelten sich mehr als hundert Hunde um mich, und zerbissen mich von Kopf bis Fuß. Ich bellte so jämmerlich, daß eine Frau, welche in dieser Gasse wohnte, mich bemitleidete und, mit einem Stock in der Hand, herauskam und die Hunde von mir vertrieb. Dann faßte sie mich ins Auge und sagte zu sich selbst: »Dies ist kein Hund, sondern ein verzauberter Mensch;« sie nahm mich daher am Ohr und führte mich in ihr Haus.

Diese Frau hieß Djarda und hatte es in der Zauberkunst noch weiter als die blaue Königin gebracht. Sobald ich in ihrem Haus war, zog sie sich einen Augenblick in ihr Kabinett zurück, dann kam sie wieder mit einer Kohlenpfanne und einem Schüsselchen Wasser, beräucherte und bespritzte mich, murmelte allerlei Beschwörungen und sagte zuletzt: »Bei den heiligen Namen, die ich soeben ausgesprochen, nimm wieder deine frühere Gestalt an!« Kaum hatte sie diese Worte gesprochen, als ich in meiner früheren Gestalt vor ihr stand. Sie führte mich dann zu ihren Töchtern, welche schnell mit ihren Ärmeln ihr Gesicht bedeckten und erstaunt fragten: »Woher kommt dieser Jüngling auf einmal, da doch die Haustüre geschlossen ist?« – »Diesen Jüngling«, antwortete Djarda, habe ich als Hund von der Straße hereingeführt, wir wollen ihn morgen der Königin bringen, die wird ihre Freude an ihm haben; doch holt ihm schnell etwas zu essen, denn er ist gewiß recht hungrig.« Die Mädchen brachten allerlei Speisen und aßen selbst mit mir; dann kam Djarda mit den Weingefäßen und schenkte so lange ein, bis sie und ihre Töchter berauscht waren. Da ich fürchtete, es möchte mir auch in diesem Haus nicht anders gehen, als bei der Königin, und ohnedies nicht wünschen konnte, am folgenden Morgen dieser zurückgebracht zu werden, verließ ich unter dem Vorwand, ein wenig frische Luft zu atmen, das Zimmer und schlich mich leise zum Haus hinaus. Ich lief lange in der Stadt umher, bis ich endlich vor einem schönen großen Haus eine bequeme steinerne Bank mit einer Matte bedeckt sah; ich legte mich darauf und schlief ein. Ich war aber kaum eingeschlafen, als mich jemand am Arm rüttelte; ich öffnete die Augen und sah einen schönen jungen Mann von sehr vornehmem Aussehen vor mir, der mir sagte: »Was schläfst

du hier im Freien auf dieser harten Bank? Komm mit mir herein ins Haus!« Ich folgte ihm schüchtern in ein Haus, das ebenso kunstvoll gebaut und eingeteilt, als geschmackvoll verziert war. Nachdem er mich durch manche große Säle mit Springbrunnen geführt hatte, blieb er in einem kleinen niedlichen Zimmer, setzte sich auf einen seidenen Diwan, hieß mich neben ihm Platz nehmen und fragte mich, wo ich herkomme und wer ich sei? Ich machte ihn mit meiner ganzen Lebensgeschichte bekannt, von meiner Geburt an bis zu meiner Flucht aus dem Haus der alten Zauberin. »Danke Gott«, rief er aus, »für deine Rettung aus der Gewalt der blauen Königin und der noch boshaften und gefährlichen Djarda. Du mußt jetzt ein paar Tage bei mir verborgen bleiben, ich erwarte einen befreundeten Kaufmann aus der Gegend des rauchenden Berges, der bringt uns vielleicht Nachricht von dem König Anan und der Königin Turaja, dann beschließen wir das Heilsamste für dich.«

Ich blieb nun drei Tage bei diesem Jüngling und wurde von ihm mit der größten Freundlichkeit und Aufmerksamkeit bewirtet. Am vierten Tag trat ein alter Mann von ehrwürdigem Aussehen zu uns herein, der Jüngling bewillkommte ihn herzlich und sagte zu ihm: »Ich habe dich schon lange erwartet, Maher, deine Waren liegen längst bereit, wo bleibst du denn so lange?« – »Unser ganzes Land«, antwortete Maher, »ist sehr mit Kriegern angefüllt, daß man nicht ohne Gefahr und nur auf Umwegen durchkommen kann; der König Anan unternimmt nämlich einen Feldzug mit vielen Verbündeten gegen die Königin Turaja, welche seinen Sohn Tarad nicht eher ausliefern will, bis sie ihren Geliebten, einen gewissen Ali, Sohn Farhas, wiedergefunden.« – »Wenn dem so ist«, sagte der Hausherr, »so reise schnell zur Königin Turaja mit diesem Jüngling, der kein anderer als Ali ist, vielleicht triffst du noch zeitig genug mit ihm ein, um den Krieg zu verhindern, der um seinetwillen auszubrechen droht.« – »Morgen früh«, versetzte Maher, »will ich mich mit ihm auf den Weg machen.«

Am folgenden Tag schenkte mir mein Wirt einen Beutel, voll mit Gold und Edelsteinen, vier Sklaven, zwei Maultiere mit Lebensmitteln beladen, und ein Reitpferd, dessen Geschirr ein halbes Königreich wert war, und begleitete mich, noch ehe die Sonne mich verraten konnte, bis zur Stadt hinaus, wo Maher mit vielen berittenen Dienern mich erwartete. Er empfahl mich diesem noch einmal, nahm Abschied von mir und kehrte in die Stadt zurück. Ich reiste nun mit Maher drei Tage lang durch ein sehr wildes und unwirtbares Land, am vierten Tag aber gelangten wir in ein lachendes Tal mit wohlduftenden Blumen, murmelnden Bächen und zwitschernden Vögeln; ich bat Maher, hier ein Zelt für uns aufschlagen zu lassen, um einen Tag auszuruhen. Er stieg sogleich von seinem Maultier und ließ von seinen Dienern am Ufer eines Baches, dessen Wasser den Tränen eines Liebenden in der Trennungsnacht gleichen, ein großes seidenes Zelt aufschlagen und Teppiche darunter ausbreiten, mit Diwanen von Straußfedern. Nachdem ich eine Weile ausgeruht hatte, erging ich mich im Tal und pries den Schöpfer der Welt, der die Zahl der Regentropfen sowohl als der Sandkörnchen kennt. Der Gesang der Taube glich den Seufzern des Fremdlings, der sich nach seiner Heimat sehnt, die Baumzweige umschlangen sich, vom Winde gewiegt, wie Freunde, die sich wiedersehen, die ganze Natur schien mir belebt und entzückte mich so sehr, daß ich in Gedanken immer vorwärts ging, ohne zu wissen, wohin, bis endlich der Abend herannahte. Jetzt suchte ich vergebens Maher wieder auf, ich wußte aber den Weg nicht zurückzufinden. Da indessen die Nacht immer dunkler wurde, bestieg ich einen Baum, in der Absicht, darauf zu übernachten, um vor wilden Tieren geschützt zu sein; morgen, dachte ich, werden meine Leute mich aufsuchen und ich werde auch eher den Weg wieder zu ihnen finden. Als ich auf dem Baum war, sah ich zwei Männer kommen, von denen der eine auf einem Elefanten und der andere auf einem Löwen ritt, und viele Diener auf Pferden und Kamelen folgten. In der Nähe des Baumes, auf welchem ich saß, machten sie Halt und der eine sagte zum anderen: »Wollen wir nicht hier die Nacht zubringen, Madjad?« – »Jawohl, Cheidar, hier sind wir sicher vor weiteren Verfolgungen.« – »Was bedeutet wohl das königliche Zelt, an dem wir vorübergekommen?« – »Auch mir ist es aufgefallen; wir wollen einen unserer Diener hinschicken und ausspähen lassen, wem es gehört, vielleicht gibt es etwas zu erbeuten für uns.« Bei diesen Worten zitterte ich wie die Blätter des Baumes, auf dem ich mich befand, und hielt meinen Atem zurück, um nicht entdeckt zu werden.

Ich hörte dann, wie Cheidar einen seiner Diener nach dem Zelt schickte und ihn beauftragte, sich auf eine geschickte Weise Nachricht über den Besitzer desselben zu verschaffen. Der Diener kam bald wieder und sagte: »Das Zelt gehört einem Mann aus dem Land des rauchenden Berges, welcher Ali, den Sohn Farhas, zur Königin Turaja begleitet; Ali selbst wird aber schon den ganzen Abend vermißt und irrt vermutlich in diesem Tal umher.« Als Madjad dies hörte, rief er aus: »Welch ein sonderbares Zusammentreffen! O Gott, laß uns doch Ali finden!« Bei diesen Worten hob er die Augen gen Himmel und bemerkte mich auf dem Baum, den eben der Mond beleuch-

tete. Meine Angst war so groß, daß ich fast vom Baum fiel, aber Madjad rief mir zu: »Steige herunter, Ali, fürchte nichts! Gelobt sei Gott, der uns ohne weitere Mühe und Gefahr mit dir vereint.« Ich stieg herunter und fragte sie, was sie von mir wollten, und bat sie, mich zu den Meinigen zu führen. Sie riefen den Diener, der ihnen Nachricht von mir gegeben, und wir gingen zusammen in Mahers Zelt; hier angelangt, fragte ich nochmals: »Wer seid ihr und was wollt ihr von mir?« Da antwortete Madjad: »Wir sind die Söhne des Königs Anan, Brüder Tarads, der dich aus dem Schloß der Königin Turaja weggetragen. Diese machte sich, als sie dich vermißte, mit einem zahlreichen Heer gegen Tarad auf, und nahm ihn gefangen. Als mein Vater um seine Freiheit anhielt, sagte sie: Ich gebe ihn nicht eher heraus, bis ich Ali wiederhabe.

»Vergebens schworen mein Vater und Tarad, sie haben keine Kunde von dir; sie sagte immer: Ich fordere ihn von euch zurück, ihr müßt mir ihn verschaffen, und wär er unter der Erde. Mein Vater und wir alle suchten dich dann überall und sandten Boten nach allen Provinzen unseres Reiches; als aber all unser Bemühen vergebens war, schrieb mein Vater der Königin Turaja, daß, wenn sie den unschuldigen Tarad nicht freilasse, er mit allen seinen Verbündeten gegen sie ausrücken würde. Aber der fliegende Genius, der diesen Brief überbrachte, kehrte nicht wieder, und statt seiner erblickte mein Vater auf einmal nichts als Flügel am Himmel und Füße auf der Erde; es waren die fliegenden Genien und andere Truppen der Königin Turaja, welche sein Schloß von oben und von unten her zugleich angriffen, ihn gefangennahmen und mit sich fortschleppten. Mein Bruder und ich, wir kamen gerade von einer Reise zurück, als dies geschah, und es blieb mir nichts als eine schnelle Flucht übrig. Nun sei Gott gelobt, der uns so unverhofft zu dir führte: Denn du ziehst jetzt mit uns zur Königin Turaja, sie wird sich dann von der Unschuld meines Vaters und meines Bruders überzeugen und ihnen wieder ihre Freiheit schenken.«

Am folgenden Morgen nahm ich von Maher Abschied, und setzte meine Reise mit Tarads Brüdern nach dem rauchenden Berg fort, wo Turaja noch immer Anans Schloß besetzt hielt. Wir hatten auf der Reise noch manchen harten Kampf mit Räubern und mit Genien, welche mir die blaue Königin und die Zauberin Djarda nachgesandt, zu bestehen, und ohne den Beistand einiger der Königin Turaja ergebenen Geister, welche ebenfalls umherstreiften, um mich aufzusuchen, wäre ich wieder zu jenen zurückgebracht worden; aber durch die Gnade Gottes erreichten wir am achten Tag nach unserer Trennung von Maher die Residenz des Königs Anan. Turaja war außer sich vor Freude, als sie mich wiedersah, und auch ich vergaß in ihrer Nähe alle überstandene Gefahr und sank ohnmächtig in ihre Arme. Als ich wieder zu mir kam, sagte Madjad zu Turaja: »Du siehst nun, erhabene Königin, daß weder mein Bruder noch mein Vater deinem Geliebten etwas zuleide getan, lasse dir nun selbst von ihm erzählen, wie ihn Tarad behandelt und wie er dir auf so lange entrissen worden, sei dann gerecht gegen meinen Vater und gnädig gegen meinen Bruder!« Turaja begab sich mit mir allein in ein Gemach und bat mich nach nochmaliger Umarmung, ihr nichts zu verbergen von allem, was mir seit unserer Trennung widerfahren.

Nachdem ich mehrere Male alle meine Abenteuer mit Tarad, mit der blauen Königin und ihren Töchtern, mit Djarda und dem gastfreundlichen Jüngling wiederholt hatte, begab sie sich zu ihrem Vater, dem König Farkad, erzählte ihm alles wieder und fragte ihn, was er nun über Tarad und Anan verfüge. Farkad ließ sogleich Anan, Tarad und Abu Tawaif rufen und sagte zu ersterem: »Da du ganz unschuldig an den Leiden bist, die den armen Ali trafen, so können wir nur bedauern, daß der Leichtsinn deines Sohnes dich in einen für dich so unheilbringenden Krieg stürzte; wir können das Geschehene nicht ändern, aber alles, was wir dir genommen haben, soll dir wiedergegeben werden; dein Sohn Tarad hingegen, wenn er auch selbst Ali nichts zuleide getan hat, so ist er doch Veranlassung zu all dem Unglück gewesen, das seither diese Länder getroffen, auch hat er seinen, vor euch allen geschworenen Eid gebrochen, indem er auf die Terrasse des Schlosses meiner Tochter flog und einen darauf sich befindlichen Gast entführte; er kann daher nicht mehr begnadigt, auch deine und Abu Tawaifs Bürgschaft für ihn nicht mehr angenommen werden, er soll als Gefangener in meine Heimat geschickt werden, wo ich ihn übrigens als König behandeln will; ihm soll auch die blaue Königin mit ihren Töchtern folgen, welche Ali für sich haben wollten und noch in unserer Nähe ihn mit ihren Scharen überfielen.« Er suchte dann

Turaja zu bewegen, mit ihm in ihre Heimat zu ziehen; aber sie konnte sich nicht entschließen, dieses schöne Land zu verlassen, denn die Insel des rauchenden Berges ist nach Übereinstimmung aller Reisenden die reizendste auf der ganzen Welt und ist zuerst von Salomo angebaut worden, dem es auf seiner Wanderung durch die Welt hier am besten gefiel, er nannte sie daher auch die Paradiesinsel. Sie ließ also ihren Vater mit den Gefangenen und dem größten Teil der Armee voranziehen und versprach ihm, bald mit mir zu folgen. Als sie aber nach einigen Tagen mit mir und Anan einen größern Spaziergang machte, sahen wir auf einmal etwas wie eine weiße Wolke

vom Himmel herabsteigen und uns von allen Seiten umlagern, und siehe da, es waren mehr als zweitausend Genien mit weißen Flügeln, angeführt von der blauen Königin, dem König Tarad, der alten Feirusadi und der Zauberin Djarda. Beide letzteren hatten nämlich, sobald sie ihre Königin als Gefangene abführen sahen, in aller Eile ein paar tausend Genien aus der weißen Stadt, der Residenz der blauen Königin, geholt, und in der Nacht, als Farkads Armee schon weit voraus war und nur noch einige hundert Soldaten die Gefangenen bewachten, fielen sie über die Wache her und töteten sie bis auf den letzten Mann, so daß Farkad gar keine Nachricht davon erhielt; dann kehrten sie zusammen auf die Insel des rauchenden Berges zurück und überfielen Turaja.

Turaja – fuhr Ali in seiner Erzählung vor dem Kalifen Abdul Malik fort – kämpfte zwar wie eine Löwin und tötete allein mehr als hundert ihrer Feinde, aber zuletzt war sie so von Genien umringt, wie der Finger von einem Siegelring; es blieb ihr nichts übrig, als sich zu ergeben, denn Anan, der ihr beistehen wollte, wurde von seinem Sohn Tarad als Gefangener vom Kampfplatz weggeführt, mich aber packte die alte Feirusadj, trug mich auf einen hohen Berg und sagte: »Damit es nicht zwischen der blauen Königin und ihren Töchtern um deinetwillen zu neuen Feindseligkeiten komme, sollst du, Verwüster der belebten Häuser, eine Gestalt annehmen, die niemanden verführt.« Sie nahm dann ein bißchen Erde, murmelte etwas, spie darauf, warf sie mir ins Gesicht und sagte: »Verlasse deine menschliche Gestalt und werde ein häßlicher Rabe, der auf den Gipfeln der Berge umherirrt und mit dem sich kein Mensch bis zum Auferstehungstag befreundet.« Sie hatte kaum diese Worte gesprochen, als ich auf einmal ein Rabe wurde, so schwarz wie die Nacht; ich breitete meine Flügel aus und flog davon.

Ehe ich aber, o Fürst der Gläubigen, fuhr Ali fort, dir meine weiteren Schicksale als Rabe vortrage, will ich dir erzählen, was sich noch ferner zwischen Turaja und der blauen Königin zugetragen. Sobald jene als Gefangene der blauen Königin gebracht wurde, sagte diese: »Wehe dir, du kühne Dirne, mit welchem Recht eignest du dir den schönsten Jüngling auf Erden zu, und verwüstest um seinetwillen ganze Königreiche! Bei Gott! Wenn ich dich nicht um seinetwillen schonte, du wärest schon unter den Toten, doch soll dir das Leben in meiner Hauptstadt nicht allzu süß werden.« Sie befahl dann einigen Genien, Turaja zu fesseln und in die weiße Stadt zu bringen, wohin sie auch gleich folgte. In ihrer Heimat angelangt, begab sich die blaue Königin sogleich ins Bad, dann setzte sie sich im höchsten Glanz, von ihren Töchtern und den Großen des Reiches umgeben, auf ihren goldenen Thron und ließ die Königin Turaja in Ketten vor sich führen. Turaja beugte einen Augenblick vor Scham den Kopf zur Erde, denn es war die erste Niederlage, die sie in ihrem Leben erlitten, dann hob sie ihn aber stolz zur blauen Königin empor und sagte: »Wahrhaft große Könige sind großmütig nach dem Krieg, übrigens kannst du dich nicht rühmen, mich besiegt zu haben, du hast mich plötzlich mit zahlreichen Scharen überfallen, verdankst also deinen Sieg weder deiner Kraft noch meiner Schwäche; indessen, Gott hatte es so über mich bestimmt und niemand kann seinen Verhängnissen ausweichen. Bedenke aber, daß, sobald mein Vater erfahren wird, daß ich hier gefangen bin, er mit einer Armee heranziehen wird, der du nicht zu widerstehen vermagst. Übrigens, wären nur meine Hände und Füße von ihren Ketten befreit, so würde ich allein es mit dir aufnehmen.« Als die blaue Königin dies hörte, sagte sie zu ihren Töchtern: »Ich glaube, Turaja hat den Verstand verloren, sonst würde sie in diesem Zustand es nicht wagen, so mit mir zu reden; aber nehmet ihr einmal ihre Fesseln ab, ich will doch sehen, was diese Verrückte im Sinn hat, und ihr zeigen, daß ich sie auch ungebunden nicht fürchte.« Djauharah hatte ihr kaum die Ketten abgenommen, als sie mit dem Fuß stampfte; sogleich bekam sie Flügel und flog zu einem oberen Fenster hinaus ihrer Heimat zu. Aber auch die blaue Königin nahm die Gestalt eines ungeheuren Vogels an und verfolgte sie, bis sie ihr nahe war, dann packte sie sie an einem Fuß und sagte ihr: »Wehe dir, du Dirne, glaubst du, es wäre so leicht, mir zu entkommen? Warte nur, ich will dich jetzt in einen Käfig sperren, aus dem zu entfliehen dir alle Lust vergehen soll.« Aber noch ehe die blaue Königin ausgeredet hatte, verwandelte sich Turaja in eine Ameise, ließ sich auf den Boden herunter und kroch in die Erde hinein. Die blaue Königin nahm darauf die Gestalt eines Hahnes mit einem großen Schnabel an und pickte die Erde auf, bis sie zur Ameise gelangte. Aber im Augenblicke, wo sie die Ameise mit ihrem Schnabel fassen wollte, verwandelte sie sich in ein Feuer, das wie der Blitz in sie hineinfuhr und ihre Flügel verbrannte, darauf stieg das Feuer in die Höhe und entfernte sich. Die blaue Königin sah sich dann nach ihren Töchtern und Freunden um, sammelte ihre Truppen abermals und verfolgte Turaja, bis sie sie wieder einholte. Turaja war eben im Kampf gegen Feirusadj und Djauharah, als sie sich plötzlich wieder von Feinden umgeben sah, an deren Spitze die blaue Königin mit roten vor Freude strahlenden Wangen stand und ihr zurief: »Wehe dir, Dirne, jetzt ist deine Todesstunde gekommen.« Turaja rief mit kräftiger Stimme: »Es gibt keinen Schutz und keine Macht, außer bei Gott, dem Erhabenen!« Und siehe da, ihr Vater Farkad kam mit einer zahlreichen Armee herangezogen, um sie aus der Hand ihrer Feindin zu befreien. Sobald er nämlich einige Tage vergebens die Ankunft der Gefangenen mit der Abteilung Truppen, die er bei ihnen zurückgelassen, erwartet hatte, machte er sich auf, um ihnen entgegenzuziehen; da fand er die Seinigen erschlagen, von den Gefangenen aber war keine Spur zu sehen; jetzt fing er auch an für seine Tochter zu zittern, und zog daher wieder nach dem rauchenden Berg hin, um sie zu beschützen. Sobald Turaja ihren Vater sah, fiel sie ihm um den Hals und sagte: »Gelobt sei Gott, der dich jetzt hierher gesandt: Denn wärest du nur ein wenig später gekommen, so hättest du mich nicht mehr unter den Lebenden gefunden.« Sie spornte dann seine Truppen zum Kampf an, welche bald die Genien der blauen Königin entweder töteten oder gefangennahmen, die Königin selbst wurde von Turaja bis in ihre Hauptstadt verfolgt und erschlagen, ihr Reich aber dem König Anan geschenkt, »denn«, sagte Turaja, »ich bleibe nur noch so lange hier, bis meine ausgeschickten Boten Ali auffinden, dann kehre ich mit ihm in meine Heimat zurück.«

Während dies in der weißen Stadt sich zutrug, o Fürst der Gläubigen, flog ich als Rabe unstet umher, ohne zu wissen, in welcher Richtung. Drei Tage lang schwebte ich in der Luft, ohne Speise und ohne Trank, da wurde ich so matt, daß ich keinen Flügel mehr bewegen konnte; ich mußte mich daher herunterlassen, blieb aber bald an einem Baum hängen, bald stieß ich mich an einen Felsen, bis ich endlich ganz ohnmächtig den Boden erreichte. Es versammelten sich aber mehr als tausend Raben um mich, der eine schlug mir seinen Flügel um den Kopf, der andere pickte mich mit dem Schnabel, der dritte riß mir die Federn aus und zerbiß meine Haut, kurz ich mußte alles dulden, wie ein Spatz, der in die Gewalt eines Adlers gefallen. Als sie mich genug geplagt hatten, warf mich ein Rabe, der mich für tot hielt, in das Netz eines Jägers und flog davon. Ich glaubte mich nun jetzt außer aller Not und wollte wieder weiter fliegen, verstrickte mich aber immer mehr, bis zuletzt der Jäger herbeieilte, mich durchprügelte, am Fuße packte und sagte: »Du scheußlicher Rabe, Freund der Verwüstung und Trennung, du sollst dafür büßen, daß du alle anderen Vögel aus meinem Netz verscheuchst.« Er zog dann eine Schere aus der Tasche, schnitt mir die Flügel ab, band mir einen Strick um den Fuß und zog mich daran fort. Er sah aber bald ein, daß er an mir doch einen guten Fang getan, denn ich lockte unterwegs viele Vögel herbei, welche in sein Netz fielen. Als wir des Abends in eine Herberge kamen, sagte er, mich sanft streichelnd: »Gelobt sei Gott, der dich mir sandte, durch dich ist mein Tag gesegnet worden, ich habe heute mehr Vögel gefangen, als sonst in einer ganzen Woche.« Am folgenden Tag, da er bemerkte, daß ich müde war, setzte er mich neben sich auf sein Kamel, und sooft dieses stehenblieb, pickte ich es mit meinem Schnabel, bis es wieder weiter ging; darüber lachte der Jäger herzlich und sagte: »Du bist ein allzu gescheiter Vogel.« Des Abends erreichten wir endlich die Stadt Nischran, wo der Jäger wohnte. Es war eine große Stadt, mitten unter blühenden Gärten gebaut; der König dieser Stadt hieß Rihan und hatte drei Töchter, welche es in der Zauberkunst weiter als Harut und Marut gebracht hatten. Als der Jäger in seine Wohnung kam, wunderte sich seine Gattin darüber, daß er so schnell zurückgekehrt. Er sagte ihr: »Ich verdanke meine baldige Rückkehr mit reicher Beute diesem Raben; gib nur recht acht auf ihn, ich gehe jetzt zu einem Jagdhändler und verkaufe ihm, was ich gefangen.« Die Frau des Jägers führte mich in ein schönes Zimmer und stellte mir Speisen und Wasser vor; ich aß und trank und hüpfte in der Stube umher, spielte mit der Frau und ihren Töchtern, sprang bald dieser, bald jener auf den Schoß, bis der Jäger wieder zurückkam, da verbeugte ich mich und blieb ehrfurchtsvoll vor ihm stehen. Sowohl der Jäger als seine ganze Familie gewannen mich bald so lieb, daß sie nie mehr ohne mich ausgingen. Auf der Straße hatte ich meine große Freude daran, die Hunde zu plagen: Dem einen schlug ich die Flügel ins Gesicht, den anderen biß ich in den Rücken, und wenn sie sich umdrehten und bellten, flog ich davon; auch die Katzen neckte ich so lange, bis sich keine mehr vor mir sehen ließ. Bald sprach man in der ganzen Stadt von mir, viele Leute kamen zum Jäger, um mich zu sehen und mit mir zu spielen, und ein jeder brachte mir etwas Gutes zum Essen mit. Nach einiger Zeit hörte auch der König so viel von meinem Verstand, daß er einen seiner Diener zum Jäger schickte und ihn bitten ließ, mich ins Schloß zu bringen. Der Jäger nahm mich unter den Arm und trug mich zum König. Ich verbeugte mich dreimal vor ihm, wie es seine Untertanen zu tun pflegten, so daß alle seine Veziere und Adjutanten ausriefen: »Bei Gott, das ist ein wunderbarer Vogel.« Als darauf der König seine Hand nach mir ausstreckte, küßte ich sie mit meinem Schnabel und setzte mich bescheiden zu seinen Füßen, aber er hob mich zu sich auf seinen Schoß, streichelte meinen Rücken, ließ einige süße Speisen bringen und sagte: »Komm, kluger Vogel, iß mit mir!« Ich schüttelte schüchtern meinen Kopf, um damit anzudeuten, ich verdiene eine solche Ehre nicht, aber

der König sagte nochmals: »Iß nur, freundlicher Rabe!« Da griff ich nach den Süßigkeiten, bis ich satt war, dann putzte ich meinen Schnabel an meinen Federn ab. Dies ergötzte den König so sehr, daß er mich dem Jäger abkaufte und mich stets in seiner Nähe behielt. Eines Tages, als der König etwas später als gewöhnlich in sein Harem ging, fragte ihn seine Gattin, warum er sie so lange allein lasse? Er antwortete: »Ich habe einen Raben, der so klug ist, wie ich noch nie einen Vogel gefunden, er hat mir heute so viel Spaß gemacht, daß ich mich ganz vergaß.« Da sagte die Königin: »Und warum zeigst du mir nicht auch einmal diesen Vogel? Bei Gott, ich habe schon so viel von ihm gehört, daß ich längst wünschte, ihn auch einmal zu sehen; ich wagte es nur nicht, dich darum zu bitten, weil du seiner nie erwähntest.« Der König befahl einer Sklavin, mich zu holen, und als sie mich brachte, sagte er: »Herzenstrost«, denn diesen Namen hatte er mir schon längst gegeben, weil ich ihn in mancher trüben Stunde durch meine Scherze erheiterte, »unterhalte einmal diese Damen ein wenig.« Ich fing an, allerlei Späße zu machen, der einen küßte ich die Wangen, der anderen zog ich das Tuch vom Hals, die dritte zupfte ich an den Locken, der vierten tanzte ich auf dem Schoß herum, bis sie alle vor Lachen sich kaum mehr aufrecht erhalten konnten. Die Königin hatte so viele Freude an mir, daß sie durch eine Sklavin ihren Töchtern sagen ließ, sie möchten doch auch kommen, um an ihrer Unterhaltung mit dem Raben teilzunehmen. Nach einer Weile erschienen drei Mädchen von bezaubernder Schönheit und stolzer Haltung, und kaum hatte die älteste von ihnen einen Blick auf mich geworfen, als sie zu den beiden anderen sagte: »Bei Gott, dieser Rabe ist ein verzauberter Mensch!«

Die Mädchen faßten mich scharf ins Auge und riefen: »Du hast recht, teure Schwester, das ist sonderbar.« Sie baten dann ihre Mutter, ihnen zu erlauben, mich mit sich auf ihr Zimmer zu nehmen, und als sie es erlaubte, sagte mir die älteste Prinzessin: »Folge mir, ich will dir etwas zeigen, das verdient, aufgezeichnet und bis zum Auferstehungstag nicht vergessen zu werden.« Sie führten mich dann in ihr Zimmer zu ihrer alten Erzieherin, welche noch von Amalekiten abstammte und ihre Lehrerin in der Zauberkunst war, und sagten ihr: »Verehrte Mutter, hier bringen wir dir einen Raben, den irgend ein böser Mensch verzaubert hat; willst du nicht einmal sehen, ob du ihm helfen kannst?« Die Alte, welche ein sehr schwaches Gesicht hatte, bat sie, da es schon anfing dunkel zu werden, einige Lichter anzuzünden, dann riß sie mir einige Federn aus, betrachtete meine Haut und rief: »Ich erkenne an diesem Raben die Zauberkraft der alten Feirusadj, Erzieherin der blauen Königin; gewiß liebte ihn diese und ließ ihn verzaubern, weil er ihre Liebe nicht erwiderte.« Sie ging dann mit mir in ein Nebenzimmer, wo ihr Zauberapparat aufbewahrt war, goß gelbes Wasser aus einer versiegelten Flasche in einen kupfernen Becher und murmelte einige mir unverständliche Worte darüber. Das Wasser fing an zu kochen und in die Höhe zu steigen. Da schrie sie: »Bleibe stehen«, und das Wasser, welches eben überlaufen wollte, senkte sich bis an den Rand des Bechers. Sie setzte dann den Becher auf den Boden und es sproßt ringsumher ein grünes Kraut mit einer gelben Blüte aus dem Boden, von diesen Blüten pflückte sie eine Handvoll und rieb meine Füße und meinen Schnabel damit, dann bespritzte sie meinen Kopf mit dem Wasser aus dem Becher und stieß einen furchtbaren Schrei aus, meine ganze Haut zog sich zusammen und ich fiel in Ohnmacht. Als ich wieder zu mir kam, war ich wieder ein Mensch wie zuvor, die Alte stand freundlich lächelnd vor mir und fragte mich, sobald ich die Augen öffnete, nach meinem Namen und ob ich nicht die blaue Königin kenne. Als ich ihr hierauf meine ganze Geschichte erzählte, sagte sie zu den Prinzessinnen: »Ihr seht, daß ich mich nicht getäuscht habe, es war aber auch keine leichte Aufgabe, diesen Zauber zu lösen, wenig fehlte, und ich hätte mein Leben dabei eingebüßt; doch nun ist gottlob alle Gefahr überstanden; dieser schöne Jüngling, der, wie ich wohl merke, euch gar nicht gleichgültig ist, kann jetzt wieder als freier Mensch umherziehen, denn hierher reicht die Macht der blauen Königin nicht.« Ich beschwor sie dann bei Gott, mir zu sagen, ob ich weit von der Moschusinsel entfernt wäre? »Wo denkst du hin?« antwortete sie mir: »Du bist

hier ganz in der Nähe des Reiches der Dunkelheit, nicht weit vom Meer Alexanders des Zweihörnigen und der Quelle des ewigen Lebens; ich rate dir, hier bei mir zu bleiben, ich nehme dich an Kindesstelle an und stelle dich dem König als meinen Neffen vor: Nach meinem Tode erbst du alle meine Schätze und ziehst damit hin, wo es dir am besten gefällt.« Ich hatte schon Erfahrung genug, um zu wissen, wie gefährlich es ist, einer Zauberin etwas abzuschlagen; so gern ich also, auch trotz aller Entfernung und Gefahr, sogleich in das Land meiner Geliebten zurückgekehrt wäre, so dankte ich doch für ihr Anerbieten und willigte ein, bei ihr zu bleiben, dachte aber bei mir selbst, Gott wird mir schon eine günstige Gelegenheit zum Entkommen verschaffen und mich wieder mit meiner Geliebten vereinigen. Ich hatte mich nicht geirrt, denn auf meine Einwilligung, bei ihr zu bleiben, sagte sie: »Gelobt sei Gott, der deine Zunge nach seinem Willen geleitet, denn hättest du mein Anerbieten nicht angenommen, so wärest du in diesem Augenblick schon wieder, was du warst.« Sie führte mich dann in ihr Zimmer, das eine freundliche Aussicht auf den Hafen und das Meer gewährte, ließ mir von ihren Dienerinnen die köstlichsten Speisen reichen, dann brachte sie mir selbst einen Kelch voll Wein, der mir meine frühere Kraft und Jugendfrische wieder gab. Als ich gegessen und getrunken hatte, schickte sie mich in ihr Bad, wo schon die schönsten Kleider für mich bereit lagen, und als ich wieder zu ihr kam, sah ich so verjüngt und verschönert aus, daß sie mich kaum wieder erkannte. Auch die Prinzessinnen, welche des Abends die Alte besuchten, um zu sehen, was aus mir geworden, erkannten mich in meinem wieder gewonnenen guten Aussehen und veränderten Aufzug nicht wieder. Es sagte eine zur anderen, als sie mich neben der Alten sahen: »Sitzt hier ein Genienkönig oder ein Engel vom Himmel? Gepriesen sei der Herr, der ihn so geschaffen! Wie schön ist sein Wuchs, wie angenehm seine Gesichtsbildung, Josef dürfte noch sein Diener sein.« Sie waren so bezaubert von meiner Schönheit, daß sie sich ganz vergaßen und stets von neuem in Ausrufungen der Bewunderung ausbrachen. Ich wollte gleich bei ihrem

Hereintreten aufstehen und ihnen entgegengehen, aber die Alte erlaubte es mir nicht, indem sie sagte: »Ein Prinz deinesgleichen darf vor niemandem aufstehen, und käme der König selbst hierher.« Sie bewillkommte dann die Prinzessinnen und sagte zu ihnen: »Euer Besuch ist mir sehr angenehm, denn ihr werdet euch gewiß mit Ali, dem Sohn meiner Freundin Farha, Tochter des Königs Mutaa, gut unterhalten.« Die Prinzessinnen dankten ihr, küßten ihr die Hand und blieben den ganzen Abend bei uns, bis endlich die Alte ihnen sagte: »Wenn der König, euer Vater, hört, daß ihr den ganzen Abend in Gesellschaft eines fremden jungen Mannes zugebracht, so wird er euch und mir zürnen, darum rate ich euch, uns jetzt zu verlassen.« Als aber die Prinzessinnen sich entfernt hatten, überhäufte mich die Alte so sehr mit Schmeicheln und Liebkosungen, daß mir ganz unheimlich bei ihr zumute wurde. Noch verdächtiger wurde sie mir, als ihre Sklavin Rihana ins Zimmer trat und sie ihr zurief: »Wer hat dich hierhergerufen, du Dirne? Was hast du in diesem Zimmer zu suchen? Entferne dich eiligst und lasse niemanden ungerufen hereintreten.«

Die Alte holte dann abermals Wein und andere berauschende Getränke herbei, und schenkte mir solange ein, bis ich einschlief. Da erschien mir Turaja im Traum, schlank wie der Zweig eines Ban, mit schmachtendem Blick wie eine nach ihren Jungen sich umsehende Gazelle; Tränen standen auf ihren Wangen wie Tautropfen auf Rosenblättern, sie hatte das Gesicht auf ihre Hand gestützt und sagte mit gebrochener Stimme: »Gleichst du auch gewöhnlichen Menschen, Ali? Konntest du mich so leicht vergessen und dich hier von einer alten Zauberin zurückhalten lassen, sollen meine Feinde an unserer Trennung schadenfroh sein? Du weißt, was ich um deinetwillen gelitten, sei nicht verzagt, zerbrich die Fesseln, die um dich geschmiedet worden, und suche unsere Vereinigung!« Bei diesen Worten öffnete ich meine Augen wieder, und die Alte, welche vor mir saß, kam mir wie eine giftige Schlange vor. Ich fing nun wieder an zu trinken, stellte mich ganz heiter und schenkte der Alten solange ein, bis sie ganz bewußtlos auf den Diwan hinsank. Jetzt machte ich mich schnell auf, öffnete leise die Tür ihres Zimmers, dann das Haustor und entfloh zur Stadt hinaus. Ich lief die ganze Nacht fort, ohne zu wissen wohin, und als der Morgen heranbrach, befand ich mich in einer Wüste, wo weder ein grünes Blättchen noch ein Tropfen Wasser zu sehen war. Bald brannte die Sonne so heiß, daß der glühende Boden meine Fußsohlen entzündete und ich kaum mehr auftreten konnte; da warf ich mich verzweifelt auf den Boden und wälzte mich den ganzen Tag in einem Meer von Tränen und Schweißtropfen umher. Nach Sonnenuntergang, als ein kühler Wind sich erhob, stand ich wieder auf und lief die ganze Nacht in der Dunkelheit umher. Am folgenden Morgen, als die Welt wieder mit ihrem Lichtgewande sich schmückte, und die belebende Sonne das Totenreich der Dunkelheit verdrängte, befand ich mich an einem so hohen Berg, daß kein Vogel sich bis zu dessen Spitze hinaufschwingen kann; er war mit allerlei Fruchtbäumen bewachsen, auf deren Zweigen die schönsten Vögel ihr Morgenlied sangen, und von vielen Bächen bewässert, die wie ein Pfeil von unsichtbarer Höhe herab sich ergossen. Ich labte mich an dem Wasser eines dieser Bäche, denn es war weißer als Milch, frischer als Schnee und süßer als Honig, und setzte mich unter einen hohen Baum, dessen volle Zweige mit ihren großen Blättern kein Sonnenstreifchen zu mir dringen ließen. Ich war so müde und schläfrig, daß ich bald einschlief, aber die Alte erschien mir im Traum mit gezogenem Schwerte, noch häßlicher als sie in Wirklichkeit war, und hob ihr Schwert auf, um mich zu töten, worauf ich vor Schrecken wieder erwachte. Da ich nicht mehr einschlafen konnte, machte ich mich auf und ging den Berg hinauf. Auf einmal erblickte ich zwei riesenhafte Gestalten vor mir, von scheußlichem Aussehen; ihre Augen standen mitten im Gesicht und waren in die Länge gespalten, und sie hatten hervorstehende Zähne, so groß wie Elefantenzähne.

Ich hielt still und hörte, wie einer zum anderen sagte: »Hast du den Jüngling gesehen, Meischum, der dort unten schläft? Wie mag der wohl hierhergekommen sein? Ich bin in meinem Leben noch keinem menschlichen Wesen auf diesem Berg begegnet.« – »Freilich habe ich ihn gesehen, Barari«, antwortete Meischum, »es ist ein Jüngling, so schön wie der Mond, wer ihn sieht, der liebt ihn.« – »Er heißt Ali, der Sohn Farhas.« – »Wenn du wahr sprichst«, versetzte Meischum, »so bin ich am Ziel meiner Bemühungen; denn wisse, mein Freund, ich bin von der Königin Turaja ausgesandt, um Ali, ihren Geliebten, zu suchen, und habe ihr geschworen, nicht heimzukehren ohne Nachricht von ihm. Ich wandere schon so lange in allen bewohnten und wüsten Ländern, in Städten und Dörfern, auf Bergen und Tälern umher und frage Menschen und Genien nach ihm. Zuletzt hörte ich, es sei ein als Rabe verzauberter Mensch hierhergekommen, dem die Erzieherin der Prinzessinnen seine frühere Gestalt wieder gegeben. Ich erkundigte mich im Schlosse nach diesem Fremden, aber man sagte mir, er sei heimlich abgereist, niemand wisse, wohin. Doch komm, laß uns schnell zu ihm eilen, ehe ich wieder seine Spur verliere.« Da rief ich ihm zu: »Bleibe, wo du bist; ich bin Ali, der Sohn Farhas, den du suchst; willst du mich zu meiner Geliebten, der Königin Turaja, tragen?« – »Das geht nicht«, antwortete Meischum, »das würde meinen Flug hemmen, und ich muß so bald als möglich der Königin Nachricht von dir geben, daß sie nicht vor Schmerz und Sorge um dich sterbe; bleibe indessen hier bei meinem Freund Barari, ich eile zu Turaja und komme bald hierher mit ihr.« Kaum hatte er diese Worte gesprochen, als er seine Flügel schwang, und in einem Augenblick war er meinem Auge entschwunden. Als Meischum fern war, sagte mir Barari: »Weiche nicht von dieser Stelle, bis ich wiederkehre.« Er flog dann auch weg und kam erst des Abends mit einigen Nahrungsmitteln wieder zu mir. Am folgenden Tag nahm er wieder Abschied von mir, und nicht lange nachher ließ sich ein fliegender Genius zu mir herunter, nahm mich auf den Rücken und schwang sich mit mir gen Himmel; ich fiel vor Angst und Schrecken in Ohnmacht, und als ich wieder zu mir kam, befand ich mich in einem königlichen Schloß, einer Dame gegenüber, welche auf einem goldenen, juwelenverzierten Thron saß, vor welchem viele Dienerinnen knieten. Als ich die Augen öffnete, sah mich die Dame starr an und sagte leise zu einer anderen Dame, die vor ihr stand: »Dieser Jüngling verdient wahrlich nicht, daß meine Schwester Turaja sich um seinetwillen so gräme und mit allen Genienkönigen Krieg führe, sieh, wie sein Auge so matt ist, wie farblos seine Wangen und wie unbedeutend sein ganzes Wesen; wahrlich, hätte ich gewußt, daß der vielgepriesene Ali so aussieht, ich hätte gewiß niemanden abgesandt, um ihn hierherzubringen, doch, da er einmal in meiner Gewalt ist, so diene er mir zum Versöhnungsmittel mit meiner Schwester Turaja.« Sie sagte dann laut zu den sie umgebenden Dienern: »Wer von euch geht am schnellsten zu meiner Schwester Turaja, welche sich noch in der weißen Stadt bei den Töchtern der blauen Königin aufhält, und berichtet ihr, daß ihr Geliebter Ali, der Sohn Farhas, bei mir ist.« Da trat Humarich, ein Genius von riesenhafter Gestalt und schauderhaftem Aussehen, hervor und sagte: »Ich eile wie der Wind zu ihr, wenn du es befiehlst, erhabene Königin.« Sie ließ sich sogleich Tinte und Papier bringen und schrieb ihrer Schwester Turaja einen Brief, dessen Inhalt keiner Erwähnung bedarf, legte ihn zu und übergab ihn Humarich, welcher ihr die Hand küßte und sich auf den Weg machte. Als mich aber die Königin des Abends wieder sah, nachdem ich mich gebadet, umgekleidet, ausgeruht und an stärkendem Wein gelabt hatte, bereute sie es, ihrer Schwester Kunde von mir gegeben zu haben; denn sie fand mich so schön, daß sie in Anwesenheit aller Gäste mich mehrere Male küßte, und als sie sich zurückgezogen, mich bat, noch bei ihr zu bleiben. Aber ihr glühendes Auge ließ mich ihre Absicht erraten, ich entfernte mich daher, trotz ihrer wiederholten Bitte, noch einige Stunden bei ihr zuzubringen, und schloß mich in mein Zimmer ein. Am folgenden Morgen, nachdem ich mich gewaschen und gebetet hatte, trat ein Diener in mein Zimmer und sagte: »Die Königin will dich sprechen, sie erwartet dich vor der Stadt.« Ich verließ mit dem Diener das Schloß, vor welchem ein gesatteltes Maultier für mich bereit stand, und ritt zur Stadt hinaus, wo die Königin mit einer Alten auf einem griechischen Teppich unter einem schattigen Baum saß. Sie lud mich ein, Platz zu nehmen, und stellte mir die Speisen und Getränke vor, welche sie in einem Quersack mitgebracht hatte. Als ich gegessen und getrunken hatte, sagte sie: »Komm jetzt mit mir, die Alte wird hier bei unseren Effekten bleiben.«

Die Königin führte mich in ein grünes Tal, dessen Bäche sanft murmelten, dessen Vögel munter sangen und dessen Baumzweige sich liebend umarmten. »Welch ein herrliches Tal!« rief ich voll Entzücken aus; »laß uns doch ein wenig absteigen, verehrte Königin, und hier ausruhen.« – »Wenn dir dieses Tal so gut gefällt, so steige nur ab, du sollst es nicht allzubald verlassen.« Als ich auf dem Boden war, ließ auch sie sich von ihrem Maultier herunter und sagte: »Schämst du dich nicht, Ali, meine Speisen zu essen und meinen Wein zu trinken, und doch meinen Wünschen dich zu widersetzen? Aber bei Gott! Wärest du ein süßes Meer, und ich müßte vor Durst sterben,

ich möchte keinen Tropfen von dir trinken.« Bei diesen Worten schlug sie mich ins Gesicht, hauchte mich an und schrie: »Ali, Sohn Farhas, werde eine marmorne Statue, die weder spricht, noch sonst ein Lebenszeichen von sich gibt!« und bei Gott, o Fürst der Gläubigen, kaum hatte sie diese Worte ausgestoßen, fiel ich als ein Stein auf die Erde und wußte nichts mehr von der Welt. Als ich wieder zu mir kam, stand die Alte vor mir und sagte zur Königin: »Es hängt nun ganz von deinem Willen ab, Ali hier als Statue bis zum Auferstehungstag liegen zu lassen; wenn aber deine Schwester, die Königin Turaja, kommt, und nach ihm fragt, was willst du ihr zur Antwort geben?« – »Habe ich etwa die Königin Turaja zu fürchten?« erwiderte die Königin; »sind meine Truppen nicht zahlreich wie der Sand des Meeres und die Regentropfen des Himmels? Sind nicht die mächtigsten Genienhäupter dieser Insel meine Bundesgenossen?« Als die Alte merkte, daß die Königin so von Liebe und Ärger erfüllt war, daß ihre Worte keinen Eingang fanden, sagte sie: »Du hast mehr Einsicht, als ich, mächtige Königin, tu, was dir gut dünkt.« Die Königin befahl dann zweien ihrer Diener, mich, abgelegen vom Weg, an eine Stelle des Tales zu tragen, wo die Bäume so dicht ineinander verzweigt sind, daß kein Sonnenstreifchen durchdringen kann, und verbot ihnen bei Todesstrafe, mit jemand über diesen ganzen Vorfall zu sprechen. »Wenn Turaja nach ihm fragt«, sagte sie zur Alten, »so sagen wir, er sei gegen unseren Willen allein ausgegangen und nicht wiedergekehrt.« Die Diener trugen mich dann fort und die Königin kehrte vergnügt zur Stadt zurück. Die Königin Turaja wollte eben mit Meischum, der, wie ich schon erzählt habe, mich bei Barari auf dem waldigen Berg zurückgelassen hatte, abreisen, als Humarich mit dem Brief der Königin Schuhba eintraf. Sie erbrach hastig den Brief ihrer Schwester, und als sie darin die Nachricht von meiner Ankunft las, fragte sie den Boten, ob er mich mit eigenen Augen gesehen,

und als er bei ihrem Leben schwor, er habe mich bei der Königin gesehen, nahm sie ihn freundlich auf und ließ sogleich ihren Truppen den Befehl erteilen, daß sie sich zum Aufbruch nach der Grenzeninsel, wo die Königin Schuhba residierte, rüsten. Jedermann erstaunte über diesen Befehl, denn zwischen Turaja und Schuhba herrschte seit ihrer frühesten Jugend ein bitterer Haß. Sie waren nämlich die einzigen Töchter des Königs Farkad, und jede von ihnen wollte am meisten von ihrem Vater geliebt sein. Auch behauptete jede von ihnen, es in der Zauberkunst, die sie ihr Vater lernen ließ, am weitesten gebracht zu haben. Ihre gegenseitige Eifersucht war zuletzt so groß, daß sie einen Tag bestimmten, wo sie auf einem öffentlichen Platz im Angesicht der ganzen Stadt ihrer langen Fehde durch einen Zweikampf ein Ende setzen wollten. In diesem Kampf wurde Schuhba tödlich verwundet, ja man trug sie sogar ganz leblos vom Kampfplatz. Der König Farkad, in dessen Abwesenheit alles dies vorgefallen war, kehrte eben von einer Reise zurück, als man seine Tochter Schuhba in ihr Schloß brachte; er ließ sogleich die besten Ärzte rufen und war außer sich vor Freude, als sie die Wunde für nicht lebensgefährlich erklärten. Schuhba öffnete die Augen wieder, sobald die Ärzte ihre Wunde mit einem Pulver bestreuten und ihr etwas Wein eingossen, und nach einigen Wochen war sie wieder vollkommen geheilt. Aber der Gedanke, von ihrer verhaßten Schwester vor den Augen aller Großen des Reiches und aller Häupter der Armee besiegt worden zu sein, drückte sie so sehr, daß sie gar nicht mehr auszugehen Lust hatte, und der Aufenthalt in ihrer Heimat ihr unerträglich wurde. Sie bat daher ihren Lehrer, ihr eine entfernte Insel aufzusuchen, wo sie mit ihren Getreuen ein neues Reich gründen könne. Ihr Lehrer sandte sogleich die ihm ergebenen Genienhäupter auf Kundschaft aus; sie durchstreiften alle Länder der Welt und fanden keinen angenehmeren, noch unbewohnten Aufenthaltsort, als die Insel, welcher sie wegen ihrer Fruchtbarkeit und reizenden Lage den Namen Vollkommenheitsinsel gaben. Als sie mit dieser Nachricht zu ihm zurückkehrten, befahl er ihnen, sich mit ihren Truppen zur Reise vorzubereiten, dann begab er sich zum König Farkad und sagte ihm: »Wenn dir das Leben deiner Tochter Schuhba teuer ist, so willige in ihre Entfernung von diesem Land; du siehst, wie sie täglich an Kraft und Gesundheit abnimmt, ihr Gemütszustand bedarf durchaus einer Luftveränderung, und schon habe ich einen Aufenthaltsort für sie gewählt, wo sie, so Gott will, bald wieder genesen kann.« Der König antwortete hierauf: »Du weißt, verehrter Meister, daß meine Tochter Schuhba mein Leben und meine Seele ist, und daß mir nichts schmerzlicher sein kann, als eine Trennung von ihr; jedoch, weil ich sie so von Herzen liebe, will ich sie lieber in der Ferne wohl wissen, als hier krank und leidend sehen, darum möchte ich auch ihrer Abreise kein Hindernis in den Weg legen.« Er ließ sogleich seinen Schatzmeister rufen und dem Lehrer so viel Geld, als er für nötig fand, auszahlen, dann befahl er dem Großadmiral, die besten Schiffe für seine Tochter auszurüsten.

Auf dem Schiff, das Schuhba besteigen sollte, ließ er ein Zelt aus Aloeholz errichten und dessen Boden mit den kostbarsten Teppichen belegen. Als alles zur Reise bereit war, ließ er den Hauptmann dieses Schiffes zu sich kommen und sagte ihm: »Ich beschwöre dich bei Gott, sorge dafür, daß meine Tochter eine angenehme Fahrt habe; lasse deine Matrosen nicht zu viel Lärm machen, daß sie in ihrer Ruhe nicht gestört werde, und sei in allem recht vorsichtig.« Dann nahm er von seiner Tochter und ihrem Lehrer Abschied. Der Hauptmann ließ nur die kleinen Segel spannen, solange die Schiffe im Angesicht des Hafens waren, wo der König ihnen nachsah; dann wurden aber die großen Segel gespannt, und der Wind war ihnen so günstig, daß sie in wenigen Tagen die Vollkommenheitsinsel erreichten. Schuhba war sehr zufrieden mit der Wahl ihres Meisters, denn diese Insel schien ihr ein wahres Paradies. Sie bestimmte dann den schönsten Punkt auf der ganzen Insel zu einem Schloß, dessen Plan ihr Meister entwarf; bald erhob sich aber eine Stadt in der Nähe dieses Schlosses, denn die Fruchtbarkeit dieser Insel und ihr Reichtum an Edelsteinen zog viele Auswanderer aus allen Gegenden der Welt herbei, und so wurde Schuhba eine immer mächtigere Königin, bis sie abermals sich mit Turaja messen zu können glaubte. Um nun aber, nach vielen Gebeten für unseren Herrn Mohammed, den Edelsten aller Sterblichen, zu unserer Erzählung zurückzukehren, verfolgen wir nicht weiter die Geschichte Schuhbas und lassen sogleich ihre Schwester Turaja bei ihr ankommen. Diese suchte ihren Geliebten im ganzen Saal, wo Schuhba von ihrem Hofstaat umgeben, sie empfing, und als sie ihn nirgends fand, wurde sie sehr unruhig, wagte es aber doch nicht, ihre Schwester nach ihm zu fragen. Sie brachte eine schlaflose Nacht zu, und am folgenden Morgen, als die Großen des Reiches und die Häupter der Armee kamen, um sie zu bewillkommnen, war sie so zerstreut und aufgeregt, daß sie ihnen kaum zu antworten vermochte. Als sie wieder allein bei Schuhba war, bat sie sie, mit ihr einen Spaziergang zu machen, und sagte ihr, sobald sie die Stadt im Rücken hatten: »Teure Schwester, so gut mir auch diese unvergleichlich schöne Insel gefällt und so gern ich auch längere Zeit bei dir verweilen möchte, so gestatten mir doch meine Regierungsangelegenheiten keinen langen Aufenthalt bei dir; auch darf ich unseren Vater nicht allzu lang allein lassen. Darum bitte ich dich, sage mir, wo ist Ali, der Geliebte meines Herzens, dessen Ankunft bei dir mir dein Bote gemeldet hat? Meine

Sehnsucht nach ihm ist unermeßlich und ich möchte gern bald mit ihm nach meiner Heimat zurückkehren.« – »Teure Schwester«, erwiderte Schuhba, »Ali ist wenige Tage nach der Abreise meines Boten ausgeritten und seither nicht wiedergekehrt; ich habe ihn schon auf der ganzen Insel aufsuchen lassen, niemand konnte aber eine Spur von ihm entdecken; da bereute ich es natürlich, dir einen Boten zugesendet zu haben, aber ich konnte es nicht mehr ändern.« – »Betrübe dich nicht darüber, liebe Schwester«, versetzte Turaja; »Alis Leiden scheinen noch nicht das ihnen bestimmte Ende erreicht zu haben, sonst wäre er hier geblieben; indessen hat er sich doch vielleicht im Wald verirrt und kehrt bald wieder; darum werde ich noch einige Tage hier verweilen und ihn erwarten.« Am folgenden Tag stand Turaja früh auf und ging ins Gebirge, um selbst noch Ali aufzusuchen; sie ritt aber den ganzen Tag umher und rief tausendmal seinen Namen: Niemand antwortete ihr. Gegen Abend warf sie sich ermattet auf die Erde und rief weinend: »O Gott, du hast diese unglückliche Liebe zu Ali über mich verhängt, mit allen Leiden, welche sie nach sich zog; nach deinem Beschluß habe ich von meiner Heimat und meinem Vater mich getrennt; jetzt ist alle meine Hoffnung dahin; nur bei dir suche ich Hilfe, dir ist ja nichts verborgen, weder im Himmel, noch auf der Erde. Ich bitte dich bei deinem Auserkorenen Mohammed (Gottes Friede sei mit ihm!)

offenbare mir den Ort, wo mein Geliebter sich aufhält, und vereine mich mit ihm!« Kaum hatte Turaja dieses Gebet vollendet, da hörte sie eine Stimme, welche ihr zurief: »Deine Erlösung ist nahe: Dein Gatte liegt in diesem Tal; die Königin Schuhba hat ihn in eine steinerne Statue verzaubert. Als sie ihn nämlich zuerst sah, war sein Aussehen so schlecht – denn er hatte gar zu viel gelitten –, daß sie ihn häßlich fand und daher, um sich mit dir zu versöhnen, dir durch einen Boten seine Ankunft bei ihr melden ließ. Sobald er aber sich wiedererholt und seine frühere Schönheit wieder erlangt hatte, gefiel er ihr so gut, daß sie es bereute, dich von seiner Ankunft in Kenntnis gesetzt zu haben. Dies hielt sie indessen nicht ab, alles aufzubieten, um seine Liebe zu gewinnen. Da sie aber all ihr Bemühen fruchtlos fand, indem Ali sich stets als ein treuer Gatte bewährte, verwandelte sie ihn in eine steinerne Statue und ließ ihn in den Wald tragen an eine Stelle, wo die Bäume am engsten ineinander verzweigt sind.« Turaja vertiefte sich hierauf wieder in den Wald und hörte, wie zwei Genien um den Besitz ihres Geliebten stritten; es war Sader, den sie selbst noch vor ihrer Reise zu ihrer Schwester Schuhba auf Kundschaft ausgesandt hatte, und Duha, eine Freundin der Königin Farha. Nachdem nämlich Sader mehrere Wochen lang alle Täler und Berge von Osten bis Westen durchstreift hatte und endlich auf die Vollkommenheitsinsel kam, gab er alle Hoffnung, Ali zu finden, auf, und wollte eben wieder zu Turaja' zurückreisen, als ihm eine weibliche Djinn begegnete, die sehr erschrocken und ängstlich aussah; sie wendete sich immer links und rechts, nach vorne und hinten um, und war so erhitzt, daß ihr das Feuer aus der Nase sprühte.

Sader schnitt der Djinn den Weg ab und fragte sie: »Wer bist du und wo willst du hin?« Sie antwortete: »Ich bin Duha, die Tochter eines angesehenen Fürsten in der Nähe der Diamanteninsel; ich verließ aber meinen Vater, als er gegen meinen Willen mich mit dem häßlichen Prinzen der Löweninsel verheiraten wollte, und flüchtete zur Königin Farha. Diese fand ich sehr niedergeschlagen, und als ich sie nach der Ursache ihrer Leiden fragte, sagte sie mir: Ich bin betrübt über den Verlust meines einzigen Sohnes, von dem ich nicht weiß, ob er noch lebt, und nach dem ich mich nicht einmal erkundigen darf, weil mein Vater nach seiner Flucht geschworen, daß, wenn je meine Zunge seinen Namen ausspreche, er aufhören würde, mich als seine Tochter anzusehen. So traure ich nun im stillen schon ein ganzes Jahr und wage niemandem meinen Kummer mitzuteilen noch mir Linderung zu verschaffen, weil hier jedermann meinen Vater fürchtet und ich leicht verraten werden könnte. Nun sei der Herr gelobt, der dich hierher gesandt, denn ich zweifle nicht, daß du mich bemitleiden und mir Kunde von meinem Sohn bringen wirst. Bei diesen Worten weinte sie heftig und fiel in Ohnmacht. Ihr Zustand rührte mich so sehr, daß ich, als sie wieder zu sich kam, ihr versprach, sogleich abzureisen und nicht eher zurückzukehren, bis ich ihr Nachricht von ihrem Sohn oder ihn selbst bringe. So flog ich nun von einer Insel zur andern, bis ich hierher kam und hörte, daß Ali von der Königin Schuhba in eine Statue verwandelt worden; ich durchsuchte nun den ganzen Wald in der Hoffnung, die Statue zu finden, und sie der Königin Farha bringen zu können, der es ein leichtes sein wird, ihrem Sohn seine frühere Gestalt wiederzugeben; aber zwei Genien, welche, wie ich aus einigen ihnen entschlüpften Worten entnehmen konnte, die Wächter der Statue zu sein schienen, flogen mit so drohender Miene auf mich zu, daß ich die Flucht ergreifen mußte, und noch fürchte ich immer, von ihnen eingeholt zu werden.« Als Duha vollendet hatte, sagte Sader: »Bei Gott! Unser Zusammentreffen ist wunderbar: Wir verfolgen dasselbe Ziel, denn so, wie die Königin Farha um ihren Sohn trauert, so ist die Königin Turaja wegen des Verlustes ihres Gatten in Verzweiflung; darum sandte sie mich aus, um Erkundigungen über ihn einzuziehen. Nun, da uns die Vorsehung zusammengeführt hat, laß uns beisammen bleiben und gemeinschaftliche Nachforschungen anstellen, vielleicht kann einer dem anderen nützlich werden, und haben wir einmal Ali gefunden, so können wir ja beide Königinnen zufriedenstellen.« – »Wir können sogleich«, versetzte Duha, »durch ein freundschaftliches Zusammenwirken unser Ziel erreichen; binde mich mit einem Strick und führe mich mit Gewalt zu den beiden Genien, welche mich verfolgten, grüße sie freundlich und sage ihnen: Meine Brüder, hier ist die verfluchte Djinn, welche vor euch entflohen ist; sie scheint schlimme Absichten zu haben, denn auch mir wollte sie ausweichen und die Fragen, die ich an sie stellte, nicht beantworten; aber ich schlug ihr meine Flügel ins Gesicht, daß sie zu Boden sank, und nun bringe ich sie euch, daß ihr nach Gutachten mit ihr verfahrt. Auf diese Weise«, fuhr Duha fort, »gewinnst du ihr Vertrauen, und es wird dir leicht sein, nötigenfalls mich vor einer allzu harten Strafe zu bewahren.«

Sader bewunderte ihren listigen Plan, warf Duha sogleich einen Strick um den Hals und näherte sich dem Berg, wo ihr die beiden Genien begegnet waren. Als er sie sah, rief er: »Herbei, teure Brüder, hier bringe ich euch die verdammte Djinn, welche vor euch entfloh; auch mir wollte sie nicht sagen, wer sie sei und was sie hier suche, dann warf ich sie zu Boden und band sie fest.« – »Wir kümmerten uns weiter nicht viel um diese Djinn«, sagte einer der Genien, »doch, da du sie uns gefangen zuführst, soll sie den Lohn für die Widerspenstigkeit empfangen; schleppe du sie uns nach in das Fremdenhotel.« Sader folgte den beiden Genien, Duha am Strick führend, nach einem sehr schönen Schloß mit unzählbaren Gemächern, das zwischen zwei hohen Bergen lag. Hier angelangt, ließen die Genien Speisen und Wein auftragen, setzten sich zu Sader und aßen und tranken mit ihm. Im Laufe des Gespräches hörte Sader, daß ihnen wirklich Schuhba den Auftrag gegeben, die Statue zu bewachen, damit sich niemand ihrer nähere; er bat sie daher um die Erlaubnis, sie am folgenden Tag begleiten zu dürfen. Duha, welche noch immer gebunden dastand, brach jetzt in Tränen aus und sagte, vor den beiden Genien niederknieend: »Wenn ihr es mit Schuhba gut meint, so dürft ihr auch mich nicht als einen Feind behandeln, denn ich bin eine ihr befreundete Djinn, von ihr beauftragt, ihren Vater herbeizurufen, damit er sie gegen Turaja schütze, wenn sie ihr Verfahren gegen Ali erfährt; doch will ich gern, wenn ihr einen anderen Boten abschicken wollt, bei euch bleiben und treu dienen.«

Die Genien, welche der Wein in gute Laune gebracht hatte, glaubten Duhas Worten, nahmen ihr sogleich den Strick vom Hals und ließen auch sie am folgenden Morgen mit in den Wald kommen. Als sie in der Nähe der Statue sich niederließen, sagte Sader: »Was mag wohl der arme Mensch begangen haben, daß ihn die Königin Schuhba in einen Stein verwandelt, der durch keine Bewegung sich weder vor Kälte noch vor Hitze schützen kann, und dazu noch wie ein Mensch fühlt und denkt und hungert und dürstet?«

»Ich kenne sein Verbrechen nicht«, antwortete der Wächter, »aber gewiß hat er sich schwer gegen die Königin verfehlt; vielleicht liebte er sie und erkühnte sich, ihr seine Gefühle zu erklären.« – »Das glaube ich nimmermehr«, versetzte Duha, »denn Ali liebt die Königin Turaja und hat um ihretwillen sich schon der größten Lebensgefahr ausgesetzt; mir ist wahrscheinlicher, daß die Königin Schuhba ihm zugeneigt war, denn Ali ist der schönste Mann, den Gott geschaffen, und daß, weil er ihre Neigung nicht erwiderte, sie sich in Haß verwandelte; auch scheint sie noch immer zu hoffen, er werde ihren Wünschen nachgeben, sonst hätte sie ihn gleich getötet.« Als der Wächter, der selbst Schuhba leidenschaftlich liebte, dies hörte, sagte er: »Wenn dem so ist, so mag Schuhba ihn selbst bewachen«, und flog mit dem anderen Genius davon. Sader ging sogleich auf die Statue zu, nahm sie auf den Rücken und wollte sie zu Turaja tragen, damit sie den Zauber löse; aber Duha trat ihm in den Weg und sagte: »Das geht nicht, ich muß ihn seiner Mutter Farha bringen; bedenke, daß Ali nur durch meine List gerettet worden, und daß die Sehnsucht einer unglücklichen Mutter nach ihrem Sohn eher Mitleid verdient, als die einer Geliebten.« – »Ich glaube, du hast den Verstand verloren«, erwiderte Sader; »meinst du, ich streife schon so lange in allen Ländern umher, um endlich, nachdem ich Ali gefunden, ihn dir zu überlassen? Komm mit mir zu Turaja, dann wollen wir alle zusammen seine Mutter Farha besuchen.«

Als Duha einsah, daß Sader nicht nachgeben würde, fiel sie so schnell wie der Blitz über ihn her, schlug ihm einen Flügel ins Auge, daß er umstürzte, und sagte: »Wehe dir, du Hundsgeist, ich will dir zeigen, wie unklug es ist, einer weiblichen Djinn zu widersprechen.« Sie riß ihm dann die Statue aus der Hand und wollte damit zu Farha fliegen, als Turaja erschien und ihr zurief: »Halte ein, oder du bist des Todes!« Duha drehte sich um, und als sie die Königin Turaja vor sich sah, rief sie: »Gnade, großmütige Königin! Bei dem Siegel Salomos! Ich wollte deinem Geliebten nichts zuleide tun, ich wollte ihn nur, meinem Eide gemäß, seiner Mutter Farha bringen; dann verzeihe mir und bedenke, daß ich als eine treue Dienerin und Freundin der Königin Farha nicht anders handeln konnte.« – »Du hast deine Pflicht getan«, erwiderte Turaja; »doch gib jetzt Sader die Statue, daß er sie an einen Ort trage, wo uns niemand überrascht; und dir steht es frei, der Königin Farha sogleich Nachricht von ihrem Sohn zu geben und sie einzuladen, mich zu besuchen, oder mir zu folgen und bei mir zu bleiben, bis ich Ali seine frühere Gestalt wiedergegeben.« – »Ich schicke sogleich meiner Gebieterin einen Boten; ich weiche aber nicht von hier, mächtige Königin«, erwiderte Duha, »bis ich den Sohn meiner Gebieterin wieder beim Leben sehe.« Sie ging dann mit Turaja in eine Höhle, wohin Sader schon mit der Statue vorangeeilt war. Turaja fuhr der Statue mit der Hand über das Gesicht und nahm ein wenig Erde herunter, die noch darauf klebte, beschwor heilige Namen darüber und streute die Erde auf den Boden. So-

gleich sproßte ein grünes Kraut aus dem Boden mit roter Blüte. Turaja pflückte diese Blüte und preßte einen öligen Saft heraus, mit dem sie die Statue bestrich. Dann sagte sie: »Bei den heiligen Namen, durch deren Kraft dieses wunderbare Kraut hervorsproß, kehre wieder zu deiner früheren menschlichen Gestalt zurück!«

Kaum hatte Turaja diese Worte vollendet – so fuhr Ali in seiner Erzählung fort – als meine Zunge sich zu regen anfing und ich rief: »Es gibt keinen Gott, als einen einzigen, und Mohammed ist sein Gesandter; er ist allmächtig, und durch seinen Willen werden die Toten wieder belebt!« Als Turaja mich wieder sprechen hörte, und in meiner früheren Gestalt wieder sah, küßte und umarmte sie mich und befahl Sader, mich in ihre Wohnung zu tragen, wohin sie und Duha mir folgten. Wir brachten den Abend zusammen unter den traulichsten Gesprächen und gegenseitiger Mitteilung unserer Abenteuer zu; gegen Mitternacht zogen sich Sader und Duha zurück, und ich blieb allein bei Turaja, deren Küsse noch süßer waren, als die unserer Hochzeitsnacht. Nach den herzlichsten Umarmungen schliefen wir ein, und siehe da! Als ich des Morgens erwachte und meine Augen öffnete, befand ich mich zwischen Himmel und Erde auf den Schultern einer fliegenden Djinn. Da sagte ich den Spruch, dessen sich niemand zu schämen braucht: »Es gibt keinen Schutz und keine Hilfe, außer bei Gott, dem Erhabenen!« Dann sagte ich zu der mich tragenden Djinn: »Wer bist du und wo willst du mich hinbringen?« Sie antwortete: »Fürchte dich nicht, ich bin Duha, die Freundin deiner Mutter Farha, zu der ich dich trage; ich bin der Königin Turaja nur aus List gefolgt, um dich im ersten günstigen Augenblick ihr wieder zu rauben, denn deine Mutter sehnt sich gar zu sehr nach dir; sobald wir bei ihr in Sicherheit sind, schicken wir Turaja einen Boten und lassen sie zu uns kommen.« Als ich Duha wieder erkannte, beruhigte ich mich und ließ mich ohne Widerstreben von ihr weitertragen. Schon freute ich mich, meine Mutter bald wiederzusehen, und hoffte, nun bald am Ziel meiner Leiden zu sein, als auf einmal in der Nähe der Löweninsel, an welcher wir vorüberfliegen mußten, eine unzählbare Schar fliegender Genien mit dem König Djahak an ihrer Spitze, sich um uns herlagerte und uns so eng umschloß, wie ein Siegelring den Finger. »Wir sind verloren!« rief Duha: »Hier ist der Mann, der um mich geworben hat und vor dem ich mich zu deiner Mutter flüchtete: Wir sind allein und hilflos und können ihm nicht mehr entfliehen. Gott erbarme sich unser und deiner Mutter!« Kaum hatte sie diese Worte gesprochen, als ein paar Genien, so groß wie der höchste Berg, sich auf sie stürzten und ihr mit schweren Ketten die Hände auf den Rücken banden. Dann faßten sie mich und fragten mich: »Wer bist du?« – »Ich bin Ali, der Sohn Farhas«, antwortete ich. »Bist du es also«, versetzten sie, »um dessentwillen so viele Länder verwüstet, so viele Könige! entthront und so viele Genien getötet wurden.. Bei dem Siegel Salomos! Du sollst für das Unheil, das du gestiftet, schwer büßen!« Schon wollte ein Genius vom Berg Kaf, auf den Wink des Königs Djahak, Duhas und meinem Leben ein Ende machen, als sich auf einmal ein furchtbares Kriegsgetöse vernehmen ließ. Die zwei Adjutanten des Königs Djahak sprengten heran und riefen dem König zu: »Entfliehe, so schnell du kannst, sonst bist du verloren; schon sind deine besten Truppen teils getötet, teils gefangen worden, denn die Königin Farha überfiel sie unerwartet, wie ein Blitz vom Himmel, um ihren Sohn zu befreien.« Aber noch ehe Djahak einen Entschluß gefaßt hatte, stand schon meine Mutter mit einigen unüberwindlichen Genienhäuptern vor mir; Djahak wurde mit den Ketten, welche Duha abgenommen wurden, gefesselt und in seine Hauptstadt geführt, wohin meine Mutter auf ihren eigenen Armen auch mich trug.

Meine Rettung durch meine Mutter war wunderbar. Sie hatte nämlich, sobald der Bote, welchen Duha von der Vollkommenheitsinsel abgesandt hatte, ihr die Nachricht von meinem Aufenthalt bei Turaja brachte, aus Furcht, letztere möchte mich so streng bewachen, daß Duha kein Mittel, mich zu entführen, finden könnte, ohne ihren Vater davon zu benachrichtigen, sich mit einigen tausend Genien auf den Weg nach der Vollkommenheitsinsel gemacht, und war gerade auch in der Nähe der Löweninsel, als Djahak mit den Seinigen Duha und mich angriff. In Djahaks Residenz angelangt, setzte sich meine Mutter auf dessen Thron, hieß mich neben ihr Platz nehmen und bat mich, ihr zu erzählen, was mir seit meiner Flucht aus der Heimat widerfahren. Noch hatte ich meine Erzählung nicht vollendet, als Duha hereintrat und die Ankunft der Königin Turaja mit vielen Genien meldete. Turaja hatte nämlich, als sie des Morgens erwachte und mich nicht mehr fand, zuerst an eine List von ihrer Schwester Schuhba gedacht; als aber auch Duha nirgends zu finden war, zweifelte sie nicht, daß diese mich in der Nacht geraubt und zu meiner Mutter getragen. Da ihr ohnehin der Aufenthalt bei ihrer Schwester verhaßt war, versammelte sie daher ihre Getreuen, die sie zu ihrer Schwester begleitet hatten, und forderte sie auf, mit ihr nach der Diamanteninsel zu fliegen. Als sie aber an der Löweninsel vorüberkam, sah sie aus der Ferne dem Kampf zwischen den Truppen der Königin Farha und des Königs Djahak zu, hielt still, bis einer von des letzteren Genien auf seiner Flucht in ihre Nähe kam, und fragte ihn, was dieser Krieg bedeute. Als sie hörte, daß die Königin Farha mich und Duha aus den Händen Djahaks befreite, flog sie uns nach und ließ sich bei meiner Mutter in Djahaks Schloß melden. »Gehe du ihr entgegen«, sagte mir meine Mutter, »und heiße sie willkommen.« Ich stürzte zur Tür hinaus, umarmte sie und stellte sie meiner Mutter als meine Gattin vor. Unsere allseitige Freude war so groß, daß wir alle Gott für diese wunderbare Vereinigung dankten, und Duha für die uns geleisteten Dienste den Thron und das Reich Djahaks schenkten.

Wir blieben nun den ganzen Tag beisammen; gegen Abend aber sehnte ich mich danach, mit meiner Geliebten allein zu sein; ich forderte sie daher zu einem Spaziergang vor die Stadt auf und ließ meine Mutter bei Duha. Ich war so selig bei Turaja, daß ich mich mit ihr immer weiter in die Gärten vertiefte, welche die Stadt umgeben, und der Mond hatte schon längst die Stelle der Sonne am Himmel eingenommen, ehe wir an eine Rückkehr dachten. Erst als die finstere Nacht uns umhüllte, wollte ich wieder den Weg in die Stadt einschlagen, verirrte mich aber und entfernte mich immer weiter von derselben, bis ich an ein schönes, ganz menschenleeres Zelt kam. Da sagte ich zu Turaja: »Laß uns lieber in diesem Zelt übernachten, als die ganze Nacht im Freien zubringen, denn in dieser Dunkelheit finden wir doch den Weg zur Stadt nicht zurück.« Turaja stimmte mir bei, und wir traten in das Zelt, in welchem alle Bequemlichkeiten des Lebens aufgehäuft waren: Herrliche Divane und Teppiche, reicher Vorrat an Speisen und Getränken, wohlriechende Wachslichter und was sonst hohe Reisende mitzunehmen pflegen. Aber kaum hatten wir uns niedergelassen, als zwei Männer mit vier fliegenden Genien hereintraten; es waren Djahaks Brüder, welche bei dessen Niederlage die Stadt verlassen und ihr Zelt hier aufgeschlagen hatten, um am folgenden Tag weiterzufliehen. Sobald sie uns sahen und erkannten, fiel der eine über mich und der andere über Turaja her, und riefen: »Jetzt können wir unseren Bruder rächen!« Der eine übergab mich dann einem der vier Genien und sagte ihm: »Trage diesen verderbenbringenden Menschen hinter den Berg Kaf, daß ihn dort Gottes Fluch treffe!«

Der Genius nahm mich auf den Rücken und flog mit mir so hoch hinauf, daß ich den kleinsten Stern so groß wie den höchsten Berg sah, und ich hörte, wie die Engel Gott priesen. Da rief ich: »Es gibt nur einen einzigen Gott, und Mohammed ist sein Prophet!« Kaum hatte ich diese Worte vollendet, so traf ein feuriger Pfeil den Genius, der mich trug, und verwandelte ihn in Asche; ich aber schwebte lange in der Luft umher und wurde vom Wind hin und her getrieben, bis ich endlich auf eine Terrasse der Stadt Damaskus fiel. Mein Fall machte so viel Geräusch, daß der Hausherr erwachte, und da erst vor kurzem bei ihm eingebrochen wurde, weckte er seine Diener und bestieg mit ihnen die Terrasse. Als sie mich sahen, hielten sie mich für einen Dieb und fielen, ohne mich anzuhören, mit ihren Stöcken über mich her; dann banden sie mich und ließen mich bis Tagesanbruch im Hof liegen. Kaum war die Sonne aufgegangen, führten sie mich zum Polizeiobersten und sagten ihm: »Hier ist ein Dieb, den wir heute Nacht auf unserer Terrasse gefunden.« – »Gewiß war er es«, sagte der Hausbesitzer, »der schon vor einiger Zeit mich bestahl.« Der Polizeioberste fragte mich, wer ich sei, und als ich ihm sagte, ich sei Ali, der Sohn Farhas, Königin der Diamanteninsel, lachte er und befahl seinen Soldaten, mich auf den Boden zu strecken und zu prügeln, bis ich die Wahrheit gestehe und das Gestohlene wieder herausgebe. In diesem Augenblick aber trat mein Vater herein, und als er seinen meiner Mutter in der Hochzeitsnacht gegebenen Siegelring sah, fuhr er zusammen und fragte erstaunt den Polizeiobersten: »Wer ist dieser Jüngling?« – »Es ist ein Dieb«, antwortete der Polizeioberste, »welcher heute Nacht bei diesem Mann einbrechen wollte.« – »Aber dieser Jüngling«, versetzte mein Vater, »sieht keineswegs einem Dieb gleich; hast du ihn gefragt, wie er heißt und wo er her ist?« – »Er nennt sich Ali, Sohn Farhas, aus der Diamanteninsel«, antwortete der Polizeioberste lachend. Bei diesen Worten fiel mein Vater mir um den Hals und sagte: »Er hat wahr gesprochen, er ist mein Sohn, ich erkenne ihn an seinem Siegelring!« Er forderte mich dann auf, ihm in Gegenwart des Polizeiobersten zu erzählen, wieso ich auf die Terrasse dieses Mannes gekommen. Ich erzählte hierauf meine ganze Lebensgeschichte von meiner Geburt an bis zu dem Augenblick, wo ein feuriger Pfeil den mich tragenden Genius traf und ich auf die Terrasse fiel. Mein Vater machte dem Polizeiobersten Vorwürfe über sein voreiliges Urteil und nahm mich mit in sein Haus, wo ich ihm nochmals alle meine Abenteuer erzählen mußte.

Am folgenden Tag stellte er mich dem König vor, und diesem gefiel ich so gut, daß ich einer seiner vertrautesten Gesellschafter wurde. Eines Tages, als ich mit ihm spazieren ritt und ihm manches von den Genien erzählte, sagte er: »Ich möchte doch auch einmal eine Djinn sehen, wie du; wie sehen sie denn aus?« Ich antwortete ihm: »Mein Herr, die Djinn sind von verschiedenartiger Gestalt: Sie sehen bald vierfüßigen Tieren, bald Vögeln, bald Menschen gleich.« Kaum hatte ich dies gesagt, rief der König: »Sieh einmal, Ali, wie dort in der Ferne eine düstere Wolke den Himmel überzieht; man sieht die Sonne gar nicht mehr!« Ich blickte nach der mir bezeichneten Seite hin und sagte: »Das ist keine Wolke, erhabener König; es ist eine Schar fliegender Djinn, die auf uns zukommt.« In der Tat zerteilte sich bald die schwarze Masse nach den verschiedenen Seiten von Damaskus, und eine Abteilung von ungefähr hundert Genien ließ sich in unserer Nähe herab und wollte in die Stadt gehen. Ich näherte mich dem Anführer dieser Abteilung und fragte ihn, was er in Damaskus suchte. Er antwortete: »Ich soll dem König die Ankunft der Königin Turaja und der Königin Farha melden.« – »Hier ist der König«, sagte ich ihm und bat ihn, mir zu erlauben, den beiden Königinnen, meiner Mutter und Gattin entgegenzugehen. Der König gewährte mir meine Bitte und kehrte allein zur Stadt zurück, während ich mich in das Genienlager zu den beiden Königinnen führen ließ. Beide fielen vor Freude, mich wiederzusehen, in Ohnmacht; ich bespritzte sie mit Rosenwasser, und als sie wieder zu sich kamen und mich mehrmals geküßt und umarmt hatten, fragte ich sie, wieso sie hierhergekommen. »Wisse«, sagte meine Mutter, »als du allein mit Turaja auf der Löweninsel des Nachts so lange ausbliebst, wurde ich so unruhig, daß ich Duha bat, mit einigen mächtigen Genien in der Richtung, nach welcher wir dich hinziehen sahen, dich zu suchen. Duha flog lange in den Gärten umher, bis endlich ein jämmerliches Wehgeschrei sie vor ein schönes Zelt lockte; es war Turajas, welche Djahaks Brüder mißhandelten, weil sie ihrem lüsternen Verlangen kein Gehör gab.«

Duha stürzte sogleich über Djahaks Brüder her und fesselte sie mit Hilfe der Genien, die bei ihr waren, und führte sie zu mir. Ich fragte sie nach dir und hörte, sie haben dich hinter den Berg Kaf bringen lassen. Jetzt hatte ich wenig Hoffnung mehr, dich wiederzufinden, ich bat jedoch die treue Duha, abermals dir nachzueilen, vielleicht könnte sie dich doch noch einholen, ehe du den traurigen Ort deiner Bestimmung erreichtest. Duha gehorchte mir und flog, so schnell sie konnte, nach der Richtung des Berges Kaf. Als sie über Syrien schwebte, begegnete ihr eine alte Freundin und fragte sie, was sie so weit von ihrer Heimat suche. Ich verfolge einen Djinn, antwortete Duha, der Ali, den Sohn Farhas, hinter den Berg Kaf tragen will. – Wenn dies der Zweck deiner Reise ist, so darfst du sie nicht fortsetzen, versetzte Duhas Freundin, denn ein Djinn, der einen Menschen trug, ist von einem feurigen Pfeile verbrannt worden und der Mensch nach Damaskus gefallen, geh einmal dahin und erkundige dich nach diesem Menschen, vielleicht ist es Ali, den du suchst. Duha ging hierauf in menschlicher Gestalt nach Damaskus, kam vor ein Kaffeehaus, wo viele Leute versammelt waren, die sich von der Ankunft eines Sohnes des Zaher aus

der Diamanteninsel unterhielten. Sie zweifelte jetzt nicht mehr daran, daß du der vom Djinn getragene Mensch warst, und brachte uns eilig diese freudige Nachricht, worauf wir – so schloß meine Mutter – sogleich den Entschluß faßten, dir hierher zu folgen.« Nachdem ich dann meinerseits meiner Mutter und meiner Gattin erzählt hatte, auf welche wunderbare Weise ich durch meinen

Vater von Stockschlägen, an denen ich gewiß gestorben wäre, gerettet wurde, begaben wir uns zusammen zum König, welcher schon meinen Vater von der Ankunft seiner Gattin in Kenntnis gesetzt und zu sich geladen hatte. Mein Vater brach in Tränen aus, als er meine immer noch schöne Mutter wiedersah, und bedauerte die so lange Trennung von ihr; sie aber machte ihm Vorwürfe darüber, daß er es niemals wieder versuchte, zu ihr zu gelangen. Der König, welcher uns alle reichlich beschenkte und den innigsten Anteil an unserer Freude nahm, versöhnte sie aber miteinander, und meine Mutter ließ sich bewegen, noch drei Tage in Damaskus zu bleiben; länger aber wollte sie nicht ihren Vater in Verlegenheit lassen; Turaja hingegen wollte Damaskus nicht mehr verlassen, und begnügte sich damit, dem König Farkad durch einen Boten ihren Entschluß mitzuteilen; und so lebte ich mit ihr in den glücklichsten Umständen, bis der nichts schonende Tod sie mir entriß.

Als Ali diese Erzählung vollendet hatte, fragte ihn der Kalif Abdul Malik, der Sohn Merwans, ob ihm seine Gattin keine Kinder gezeugt, und als er diese Frage bejahte, ließ er sie sich vorstellen und schenkte jedem ein schönes Kleid, auch Ali schenkte er ein Ehrenkleid, bestimmte ihm ein ansehnliches Gehalt und ließ sich von ihm Märchen erzählen, sooft seine Brust beklommen war.

Das ist alles, was uns von den Abenteuern Alis und Zahers aus Damaskus zugekommen. Gepriesen sei der einzige Gott und gegrüßt sei unser Herr, sein Gesandter Mohammed, mit seinen Verwandten und Gefährten, bis zum Tage des Gerichts!

Die Abenteuer des Fischers Djaudar aus Kahirah und sein Zusammentreffen mit dem Abendländer Mahmud und dem Sultan Beibars.*

Der Sultan Zaher Beibars, der wegen seiner Gerechtigkeitsliebe sowohl als wegen seiner anderen schönen Eigenschaften und besonders seiner Beredsamkeit in ganz Ägypten von Männern und Frauen, Vornehmen und Geringen geliebt und verehrt war, hatte einen Polizeipräfekten über Kahirah gesetzt, der alle seine Zeitgenossen an Klugheit und Schlauheit übertraf; er rastete weder bei Tag noch bei Nacht, sondern wachte unermüdlich über die Ruhe und Sicherheit Kahirahs: Keine Tugend blieb unbelohnt, kein Laster unbestraft.

Eines Tages, als er beim Sultan war, der von den höchsten Beamten des Reiches umgeben auf seinem Thron saß, traten fünf alte Männer mit langen Bärten, so weiß wie Baumwolle, in den Divan und baten um Gehör. »Wer hat euch Unrecht getan?« fragte der Polizeipräfekt. Da küßten sie die Erde vor ihm, und einer von ihnen sagte: »Wisse, edler Herr, wir haben eine ganz sonderbare Klage vorzutragen, die uns nötigt, zum erstenmal in unserem Leben vor Gericht zu stehen. Wir sind fünf Brüder und wohnen in einem Haus beisammen, in der Nähe des Elefanteneiches. Wir lebten früher in großem Wohlstand, aber nach und nach verließ uns das Glück, bis wir ganz arm waren. Eines Abends, als wir den letzten Bissen verzehrt hatten und den harten Entschluß fassen mußten, am folgenden Tag zu betteln, kam ein schöner Jüngling auf einem Maulesel vor unsere Tür geritten, übergab den Maulesel seinem Diener und stieg zu uns herauf. Er hatte einen grünen Kaftan an, rote seidene Beinkleider darunter, und einen Turban auf dem Haupt, wie ihn die Jemeniten zu umwinden pflegen. Nachdem wir ihn freundlich begrüßt und bewillkommt hatten, fragten wir ihn, womit wir ihm dienen könnten. Ich bin euer Nachbar, antwortete er,

* Diese aus einem herzoglich-gothaischen Manuskript übersetzte Erzählung ist mit der unter gleichem Namen schon gegebenen nur in Bezug auf das Zusammentreffen Djaudars mit den Abendländern übereinstimmend, sonst aber von derselben ganz verschieden.

ich wohne jenseits des Elefantenteiches und möchte gern diesen Abend euer Gast sein. Wir antworteten ihm, er sei uns stets willkommen; aber diesen Abend hätten wir ihm gar nichts anzubieten, darum möchte er doch lieber morgen unser Gast sein. Da sagte er lächelnd: Nun, so seid ihr heute meine Gäste; bei Gott, ihr müßt mir nach Hause folgen! Wir gingen im Vertrauen auf Gott mit ihm, ohne ihn zu kennen. Er blieb vor einem großen Hause stehen und klopfte leise an die Tür; sie wurde sogleich geöffnet, und er hieß uns im Namen Gottes eintreten. Er führte uns in einen Saal, der mit den schönsten Diwanen und Teppichen ausgestattet war, und sagte: Betrachtet dieses Haus als das eurige und mich als einen eurer Diener. Wir küßten ihm Hände und Füße und sagten: Wir sind bereit, alle deine Wünsche zu erfüllen; gebiete uns nur, wenn du unser bedarfst. Er ging dann auf eine zur Rechten des Saales verschlossene Tür zu und rief: Freudendauer! Sogleich öffnete sich die Tür, und es trat eine indische Sklavin heraus mit schwarzen babylonischen Augen und schön gewölbten Augenbrauen, mit Wangen, auf deren jeder eine Rose blühte und sich darauf wie Korallen auf weißem Marmor ausnahmen; auf sie waren die Worte des Dichters anwendbar:

> »Hätten Polytheisten sie gesehen, sie wäre vor allen anderen Götzen angebetet worden, und zeigte sie sich im Westen einem Mönch, er verließe sein Gebet im Osten und folgte ihr.«

Dieses wunderschöne Mädchen, deren Reize wir gar nicht zu schildern vermögen, sagte in einem süßen Ton zu dem Jüngling: Was befiehlt mein Herr? Der Jüngling antwortete: Bringe diesen Männern, meinen Gästen, etwas zu essen. Die Sklavin ging weg und kehrte bald wieder mit Hühnern, Reis, Backwerk und Braten, und lud uns zum Essen ein.

»Als wir uns gesättigt und Gott gedankt hatten, – fuhr der eine der Brüder in seiner Erzählung vor dem Polizeipräfekten fort – brachte uns das Mädchen ein goldenes Waschbecken und eine silberne Kanne, welche mit Rosenwasser gefüllt war, und als wir uns gewaschen hatten, brachte sie einen Bündel, welcher fünf Kleider enthielt, die wir anziehen mußten. Der Jüngling hieß uns dann auf die Diwane sitzen, die aber von so feinen Stoffen und so reich ausgeschmückt waren, daß wir sagten: Diese Diwane sind für König;; es ziemt uns armen Leuten nicht, uns darauf niederzulassen. Aber der Jüngling blickte uns freundlich an und sagte: Nehmet nur Platz und verschwendet nicht so viele Worte. Er wendete sich dann einer anderen Tür zu und rief: Seelenlust! Sogleich trat eine griechische Sklavin aus einem Gemach, so blendend weiß, als käme sie gerade aus dem Paradies; auch sie war in ihrer Art so vollkommen schön, daß wir unmöglich alle ihre Reize schildern können: Am bewundernswertesten war aber ihr schlanker Wuchs, ihr Ebenmaß, ihre würdige und doch zierliche Haltung. Als sie vor dem Jüngling stand, sagte sie: Mein Herr, du hast uns heute lange das Vergnügen deiner Gesellschaft entzogen; wo bleibst du denn so lange? – Ich habe mich bei meinen Gästen hier aufgehalten, antwortete der Jüngling; bringe uns doch etwas zu trinken. Seelenlust entfernte sich einen Augenblick und kehrte dann mit zwei Sklavinnen wieder, welche goldene Kannen, silberne Becher, kristallene Gläser und chinesische Tassen brachten.

»Seelenlust füllte den Becher mit Wein, die Gläser mit allerlei wohlriechenden Blumen und die Tassen mit den ausgesuchtesten trockenen Früchten. Wir waren über diesen Luxus so erstaunt, daß wir uns auf die Finger bissen und dachten: Wachen oder träumen wir? – Hierauf wandte sich der Jüngling nach einer anderen Tür und rief: O Seligkeit! Da erschien ein Mädchen wie der Mond, mit leuchtender Stirne, zartroten Wangen, einem Blick, schneidender als das schärfste Schwert, und einem Wuchs, wie die Zweige des Ban; sie war wie eine Braut geschmückt und hatte eine indische Laute in der Hand. Was wünscht mein Herr? fragte sie den Jüngling. Setze dich antwortete er, und spiele meinen Gästen etwas vor! Da fing sie so schön zu spielen und zu singen an, daß wir glaubten, das ganze Haus müsse mit uns umhertanzen. Nach dieser rief der Jüngling noch vier andere Mädchen, deren jede ein anderes Musikinstrument mitbrachte, und so verging uns ein Abend bei Wein, Gesang und Musik, wie wir noch keinen erlebt hatten. Das Wunderbarste aber war: Als wir uns entfernen wollten, überreichte uns der Jüngling eine goldene und eine silberne Schüssel, mit den besten gekochten Speisen und Früchten für unsere Familie gefüllt, und lud uns auf den folgenden Abend wieder ein. Wir küßten ihm Hände und Füße, dankten für seine Gastfreundschaft und versprachen, wieder zu kommen. Am folgenden Abend nahmen wir die beiden Schüsseln unter das Oberkleid und begaben uns wieder in das Haus des reichen Jünglings. Er nahm uns so freundlich wie am vorigen Tage auf und bewirtete uns wieder auf dieselbe Weise und so folgten noch achtundfünfzig Tage, die wir nie vergessen werden, immer feinere Speisen, bessere Weine und schönere Mädchen, deren Schmuck mehr wert war, als alle Einkünfte Ägyptens. Der junge Mann entfaltete vor uns einen solchen Reichtum, daß wir zuletzt mißtrauisch wurden und dachten, so viel kann nur ein Dieb oder Zauberer besitzen, darum, edler Emir, sind wir hierhergekommen, um dich auf diesen Jüngling aufmerksam zu machen.«

Der Polizeipräfekt ließ sich des Jünglings Haus zeigen, und am folgenden Tag ließ er es von hundert Mamelucken umzingeln, trat mit einem Offizier hinein und forderte ihn auf, ihm zum Sultan, dem König Zaher Beibars, zu folgen. »Recht gern«, antwortete der Jüngling; er schloß seine Wohnung, steckte den Schlüssel ein und ging mit dem Polizeipräfekten hinaus. Unterwegs sagte ihm dieser: »Mache mich mit deinen Verhältnissen bekannt, und sage mir, wie du zu so unermeßlichen Reichtümern gelangt bist, ich werde dir dann vor dem Sultan beistehen.« – »Ich bedarf nur Gottes Beistand«, erwiderte der Jüngling, »ich will meine ganze Lebensgeschichte dem Sultan selbst mitteilen.« – Vor dem Sultan angelangt, begann er also:

»Höre, o mächtiger Sultan, als mein Vater in einem Alter von fünfundsechzig Jahren von einer gefährlichen Krankheit befallen wurde, sagte er zu meiner Mutter: Mutter Djaudars! – So nannte er nämlich meine Mutter, welche außer mir kein Kind gebar – wisse, daß ich dem Tod nahe bin (gepriesen sei der, welcher allein ewig lebt!) und aus dieser vergänglichen Welt scheide, um in eine bessere und ewigdauernde hinüberzuwandern. Ich danke Gott dafür, daß er mich bis zu meinem Tod gesund und rüstig erhalten und mir stets die Mittel gegeben, dich und meinen Sohn Djaudar zu ernähren. Meine Ersparnisse sind leider nicht groß, ich hinterlasse nur hundertundzehn Dinare an Geld; gib hundert Dinare meinem Sohne und zehn Dinare verwende für mein Leichengewand, für Begräbniskosten, Koranlesen und dergleichen. Mein Sohn soll mit den hundert Dinaren irgend einen Handel treiben, um nicht arm zu werden, denn wer in Ägypten kein Geld hat, wird auch für gar nichts geachtet; sollte er aber je arm werden, so treibe er das Fischerhandwerk, es wird ihm Segen bringen, er wird ein Fischernetz in einer Schachtel in meinem Schrank finden.«

»Drei Tage, nachdem er so zu meiner Mutter gesprochen«, – so erzählte der Jüngling – »nahm der Herr seine Seele zu sich; wir trauerten um ihn, beerdigten ihn, und meine Mutter befolgte alles, was er ihr anbefohlen hatte. Sobald ich aber im Besitz der hundert Dinare war, brachte ich einen Tag in Bulak und den anderen auf der Insel Rhoda bei Matrosen zu, arbeitete aber nichts, sondern ließ mir trotz der Warnungen meiner Mutter Ruhe und gute Kost wohl schmecken, so daß nach drei Monaten mir gar nichts mehr übrig blieb. Ich ging zu meiner Mutter und klagte ihr meine Armut und Not. Da sagte sie: Wie oft habe ich dich vor schlechter Gesellschaft gewarnt, du hast mir aber kein Gehör gegeben. – Niemand entgeht eben seinem Verhängnis, versetzte ich; doch was geschehen ist, ist geschehen, gib mir jetzt Geld, daß ich mir etwas zu essen kaufe. – Meine Armut ist nicht geringer als die deinige, erwiderte meine Mutter; ich habe nicht so viel, um ein Laibchen Brot, oder auch nur ein Senfkörnchen dafür zu kaufen, auch habe ich gar nichts in meinem Haus, darum befolge jetzt den Willen deines Vaters und werde Fischer. Ich öffnete die Schachtel, welche mir mein Vater hinterlassen, nahm das Netz heraus, sagte: Wir sind Gottes und kehren einst wieder zu ihm zurück, nahm Abschied von meiner Mutter und ging nach Altkahirah; dort bestieg ich einen Kahn, schiffte im Vertrauen auf Gott mit ausgeworfenem Netz umher, aber so oft ich es heraufzog, war es leer, obschon ich es an verschiedenen Plätzen versuchte, die selten ohne Fische sind. Ich wurde besonders wegen meiner armen Mutter sehr betrübt darüber und weinte mir fast die Augen aus dem Gesicht. Ich legte dann mein Netz zusammen und wollte es den Fischern verkaufen oder verpfänden, aber kein einziger wollte mir etwas dafür geben. Da ich mich noch nicht zum Betteln entschließen konnte, ging ich mit meinem Netz nach einem kleinen See, Karunssee genannt, der manchmal ganz seicht ist. Diesmal fand ich ihn aber bis herauf angefüllt, und er kochte und schäumte wie Wasser in einem über Feuer stehenden Topf. Da dachte ich, vielleicht bin ich hier glücklicher, als am Nil und warf mein Netz aus. Als ich es aber wieder heraufzog, war es mit Steinen und allerlei Unrat gefüllt. Ich reinigte es mit vieler Mühe und warf es wieder aus, fand aber gar nichts darin. Da dachte ich, jetzt versuche ich mein Glück noch einmal, und bringt mir mein Netz auch diesmal keinen Fisch, so gebe ich das Fischerhandwerk auf. Als ich aber das Netz zum dritten Male heraufzog, sprang ein Fisch darin herum, der über drei Pfund schwer war; ich legte das Netz zusammen, brachte den Fisch meiner Mutter und erzählte ihr, wie es mir am Nil so schlecht gegangen, wie ich hingegen am Karunssee ganz unverhofftes Glück

hatte. So geht es, mein Sohn, sagte meine Mutter, der Lebensunterhalt wird den Menschen von Gott beschert; auch hat ein sehr weiser Mann gedichtet:

> »O Mensch, der du deinen Lebensunterhalt in der Ferne suchst, laß ab von deinen Anstrengungen, denn du erhältst doch nur, was dir bestimmt ist. Die Glücksgüter wenden sich häufig dem zu, der sie gar nicht sucht, während sie den fliehen, der ihnen nachjagt.«

Darum, fuhr meine Mutter fort, darf der Mensch nie den Mut verlieren; Gott vergißt niemanden. Meine Mutter nahm mir dann den Fisch ab, reinigte ihn und ließ ihn braten, wir verzehrten ihn mit vielem Appetit und dankten Gott dafür. Am folgenden Morgen nahm ich wieder mein Netz auf die Schultern und wollte damit nach Bulak gehen, aber meine Mutter sagte mir: Geh lieber wieder an den See Karun, und solltest du auch nur einen Fisch dort fangen, das genügt uns ja, bis uns Gott auf sonst eine Weise hilft, oder uns den Tod sendet. Ich gehorchte meiner Mutter und ging nach dem See Karun und warf daselbst mein Netz aus. Als ich es heraufzog, war es wieder mit Steinen, Knochen und Scherben angefüllt; da dachte ich, welch ein schlimmes Geschick verfolgt mich, ich glaube, daß, wenn ich vom Wasser des Meeres trinken wollte, es sich in Feuer verwandeln, daß, wenn ich am Lauf der Sonne mich freute, sie auf einmal stille stehen, und daß, wenn ich stromabwärts segelte, das Wasser plötzlich seiner Quelle entgegenströmen würde. Ich saß nun eine Weile am Ufer des Sees, die Wange auf meine Hand gestützt, verzweiflungsvoll da, als auf einmal ein Abendländer auf einem Maultier zu mir geritten kam, das so leicht wie ein Spatz daherschoß; die Füße dieses Tieres waren zwar so stark wie die Pfeiler eines Tempels, aber dennoch schien es wie ein Vogel in der Luft zu schweben. Der Abendländer war sehr vornehm gekleidet und sah wie ein Emir aus. Friede sei mit meinem Herrn, dem Pilger!* rief er mir zu, als er abgestiegen war. Ich antwortete ihm: Mit dir sei der Friede Gottes, sein Segen und seine Barmherzigkeit! Er fragte mich dann: Warum sitzest du so verzweifelt da? Ist dir jemand gestorben, oder ist eines deiner Schiffe untergegangen? – Keines von beiden, mein Herr Pilger, antwortet ich. Er fragte dann: Bist du nicht Djaudar, der Sohn des Fischers Omar aus Kahirah? Ich sah ihn erstaunt an und sagte: Ja. Er fragte mich dann nochmals, warum ich denn so niedergeschlagen aussehe? Ich klagte ihm meine und meiner Mutter Armut und die schlechte Aussicht, die mir die Fischerei gewährte. Als der Abendländer dies hörte, lachte er, nahm eine seidene Schnur, die, um recht stark zu werden, drei Tage in Kamelmilch eingeweicht war, aus dem Quersack, der auf seinem Maulesel lag, und sagte: Höre mir zu, Djaudar, deine Armut soll bald verschwinden; binde mich mit dieser Schnur und wirf mich in den See, breite dann dein Netz über mich aus, und streue etwas Weißes, das die Fische herbeilockt, hinein, komme ich mit dem Kopf zuerst aus dem Wasser, so wisse, daß ich tot bin, du beerdigst mich dann am Ufer des Sees, und führst mein Maultier auf den Bazar, hüte dich aber, darauf zu reiten, sonst ist es um dich geschehen. Du wirst auf dem Bazar einen erhöhten Punkt zu deiner Linken bemerken, dort sitzt in einem Laden ein Jude, der den größten Schnurrbart auf dem ganzen Bazar hat, nähere dich ihm, und lege deine Hand auf seinen Kopf, er wird sogleich aufstehen, dir den Maulesel abnehmen und einen goldenen Dinar schenken, nimm ihn und geh deines Weges; komme ich aber lebend aus dem See, so sollst du reichlich beschenkt werden. Als der Abendländer so gesprochen hatte, reichte er mir seine Schultern her, woraus ich sah, daß er nicht bloß scherzte, sondern wirklich gebunden sein wollte; ich tat seinen Willen und warf ihn an der Stelle, die er mir bezeichnete, in den See.

Es dauerte nicht lange, so kam des Abendländers Kopf in die Höhe, seine Zähne waren fest zusammengeschlossen und seine Augen erloschen. Ich zog ihn aus dem See und beerdigte ihn am Ufer desselben. Dann machte ich mich auf, nahm mein Netz auf den Rücken und den Zaum des Maulesels in die Hand und führte ihn zu dem Juden, den mir der Abendländer bezeichnet hatte, wofür ich einen Dinar erhielt. Ich ging vergnügt zu meiner Mutter, zeigte ihr meinen Dinar und erzählte ihr, auf welche Weise ich dieses Geld erworben hatte. Sie hörte mir mit Erstaunen zu, und bedauerte den Abendländer, der sich selbst in das Grab gestürzt. Am folgenden Morgen ging ich wieder mit meinem Netz an den See Karun und warf es zweimal aus, ohne etwas zu fangen. Eben wollte ich es zum drittenmal auswerfen, da kam wieder ein Abendländer in einem ebenso reichen Aufzug, wie der erste; sein Maultier hatte eine Decke von grüner Seide über dem Sattel, einen goldenen Zaum im Mund und eine Kette am Hals, an welcher die kostbarsten Edelsteine funkelten. Ich erschrak, als ich ihn sah, und glaubte, er werde den Tod seines Bruders an mir rächen wollen; er grüßte mich und fragte: Bist du Djaudar, der Sohn des Fischers Omar? – Bewahre Gott, mein Herr Pilger, antwortete ich; ich bin nicht Djaudar und weiß nichts von ihm. Kaum hatte ich ihm diese Antwort gegeben, stieg er von seinem Maultier ab, packte mich am Hals, daß ich glaubte, er reiße mir ihn herunter, sein Gesicht war rot, seine Augen sprühten Feuer und seine Lippen waren kohlschwarz. Sagst du mir nicht die Wahrheit, schrie er mich an,

* Ein Beiname, der vielen Muselmännern gegeben wird, auch wenn sie nie in Mekka waren.

so bist du des Todes! Da rief ich: Gnade, mein Herr Pilger, ich bin Djaudar, der Sohn des Fischers Omar aus Kahirah. – Und warum, elender Mensch, sagte er, verleugnest du deinen Namen und deine Abkunft? Bei Gott! Hättest du noch einen Augenblick länger gezögert, mir die Wahrheit zu gestehen, du wärest schon bei den Toten. Doch sage mir jetzt, war nicht gestern ein Abendländer hier, der sich von dir binden und in den See werfen ließ? – Allerdings, mein Herr Pilger, antwortete ich, aber ich bin nicht an seinem Tod schuld, denn er hätte mich getötet, wenn ich nicht seinen Willen getan hätte. Als der Abendländer dies hörte, lächelte er, griff in den Quersack, der auf seinem Maultier lag, und holte eine Schnur hervor, gab sie mir und sagte: Verfahre mit mir wie mit meinem Bruder: Sterbe ich, so bringe auch mein Maultier dem Juden und er wird dir wieder einen Dinar geben. Ich dachte, diese Abendländer scheinen wahnsinnig zu sein, doch bleibt mir nichts übrig, als ihnen zu gehorchen; ich band daher auch diesem Hände und Füße und warf ihn in den See, aber auch er streckte bald einen toten Kopf aus dem Wasser, da warf ich mein Netz aus, zog ihn ans Ufer und beerdigte ihn. Dann brachte ich sein Maultier dem Juden, der mir wieder einen Dinar schenkte, worauf ich zu meiner Mutter zurückkehrte. Am dritten Tag; wollte ich an den Nil gehen, aber mein Füße trugen mich ganz unwillkürlich wieder an den See Karun. Ich warf mein Netz dreimal ins Wasser und zog es jedesmal leer herauf; da legte ich es zusammen und wollte weggehen, als wieder ein Abendländer auf einem Maulesel auf mich zuritt, mich freundlich grüßte und fragte, ob ich nicht der Fischer Djaudar wäre? Als ich seine Frage bejahte, fragte er mich, ob nicht seine beiden Brüder in diesem See ertrunken wären? Ich fing an zu zittern und blaß zu werden und wußte nicht, was ich antworten sollte. Als er meine Verlegenheit bemerkte, sagte er: Verhehle mir nur die Wahrheit nicht, dann hast du nichts von mir zu befürchten.

»Als ich dem Abendländer hierauf alles, wie es sich zugetragen hatte, erzählte, sagte er lachend: Bei dem, der Tag und Nacht, Luft und Wasser geschaffen, der die Toten belebt und Lebenden tötet! Hättest du einen meiner Brüder lebendig aus dem Wasser gezogen, so flöge jetzt dein Kopf von deinem Hals herunter. Er griff dann auch nach dem Quersack, zog eine rote seidene Schnur heraus und fuhr fort: Binde jetzt auch mir Hände und Füße und verfahre mit mir, wie mit meinen Brüdern, finde ich aber auch den Tod in diesem See, so hüte dich wohl, mein Maultier dem Juden zu bringen, sonst stirbst du, ohne daß irgend ein Mensch deinen Tod erfährt, sondern nimm es mit in dein Haus, es wird, sobald die Nacht heranbricht, jemand an die Tür klopfen und rufen: Djaudar, gib mir das Maultier des Abendländers Mahmud. Diesem Mann gibst du mein Maultier, er wird dir einen Beutel mit tausend Dinaren schenken. Lasse dir es dann wohl sein und gräme dich nicht über meinen und meiner Brüder Tod. Ich dachte, dieser ist noch der beste der drei Brüder, aber nicht minder wahnsinnig als sie. Ich nahm dann die Schnur in die Hand, band ihn und warf ihn in den See, und siehe da, er streckte nicht wie seine beiden Brüder den Kopf, sondern die Hände aus dem Wasser, und hatte in der rechten Hand einen roten und in der linken Hand einen schwarzen Fisch, und rief: Djaudar, deine Trommel hat geschlagen (dein Glücksstern ist aufgegangen), denn ich habe mein Ziel erreicht. Ich zog ihn schnell mit dem Netz ans Land, und er lief nach dem Maultier, zog eine rote korallene Büchse aus dem Quersack und steckte den roten Fisch hinein, dann eine schwarze, in welche er den schwarzen Fisch sperrte; beide Fische aber waren kaum in den Büchsen, als der eine zu einer roten und der andere zu einer schwarzen Flüssigkeit wurde. Wir sind und bleiben nun Freunde, sagte er, nachdem er die Büchsen wieder in den Quersack gesteckt hatte, hier hast du hundert Dinare für deine Mutter, bringe sie ihr schnell und kehre wieder hierher zurück. Als ich nach einigen Stunden wieder an den See kam, stieg der Abendländer auf sein Maultier und hieß mich hinter ihn sitzen, ich stieg auf und das Maultier flog wie ein Vogel mit uns nach dem Berg Mukattam. Hier angelangt, sagte mir der Abendländer: Wisse, Djaudar, daß ich nur durch dich zu meinem Ziel gelangen kann, darum darfst du mich nicht verlassen, du wirst gewiß Ansehen und Reichtümer erlangen. Als ich ihm versprach, bei ihm zu bleiben, so lange er meiner bedürfe, band er den Maulesel an, breitete einen Teppich auf die Erde und holte aus dem Quersack einige Speisen heraus. Nach der Mahlzeit bat ich ihn, mich doch über den Tod seiner beiden Brüder und über die zwei wunderbaren Fische, die er gefangen, ein wenig aufzuklären. Da hob er an: Wisse, Djaudar, mein Name ist Mahmud, ich bin aus der Stadt Tunis und hatte daselbst einen Lehrer, der mich in die geheimsten Künste der Zauberei einweihte. Als er ein Alter von dreihundert Jahren erreichte, schenkte er mir ein Buch, welchem tausend Geister unterworfen sind, und sagte mir: Bewahre dieses Buch wohl, denn es haben Könige, Priester und Zauberer mich darum beneidet, weil man durch es alle seine Wünsche befriedigen kann. Wenn du etwas brauchst, so rufe nur: Geflügelter Sandja! Er wird dir ein Geist erscheinen, der dir bringt, was du begehrst, und läge es im siebenten Meer hinter dem Berg Kaf. Ich freute mich sehr mit einem so wertvollen Geschenk, und zeigte in meiner Freude das Buch meinen Brüdern, den beiden Männern, die in dem See ertranken. Aber diese beneideten mich und trachteten danach, mich desselben zu berauben. Eines Tages, als ich das Buch in Anwesenheit meiner Brüder erproben wollte, rief ich: Geflügelter Sandja! Da stieg ein Rauch aus dem Buch gen Himmel, der sich nach und nach zusammenzog und eine ungeheure menschliche Gestalt bildete mit drei Flügeln, einen an jeder Seite und einen mitten auf dem Rücken. Dieses wunderbare Wesen sagte: Hier bin ich, was befiehlt mein Herr? – Ich möchte mit meinen Brüdern, antwortete ich, eine kleine Lustreise nach dem Korallenberg machen, bringe uns schnell dorthin! –

Sehr gern, sagte er, breitete seine drei Flügel aus, nahm mich auf seinen Rückenflügel und meine beiden Brüder auf seine Seitenflügel, und setzte uns nach einem raschen Flug durch die Luft auf den Korallenberg. Hier angelangt, fragte ich Sandja, was wohl hinter diesem Berg läge? Er antwortete: Mein Herr, hinter diesem Berg liegt das Gazellental und die Insel des Königs Numan, des Amalekiten, welche der Ozean mit seinen Wellen umspült. – So führe uns in dieses Tal, sagte ich, und stieg abermals auf seinen Rücken, während meine beiden Brüder sich auf seine beiden Seitenflügel setzten. Sandja schwang seine Flügel und brachte uns in ein Tal, dessen Boden wie die allerfeinste Baumwolle aussah und reinsten Moschusduft verbreitete. Mitten durch das Tal schlängelte sich ein Bach, dessen Wasser frischer als Schnee und süßer als Honig war. An den Ufern dieses Baches blühten Lilien, Kamillen, Narzissen und Jasmine. Wir gingen das Ufer dieses Baches entlang spazieren, bis wir an einen ungeheuer großen Nußbaum kamen, der so groß war, daß er recht gut hundert Reiter in seinem Schatten aufnehmen konnte. Da sagte Sandja: Steiget auf diesen Baum, da könnt ihr auf die reizende Insel des Königs Numan herabsehen. Wir freuten uns, einen Blick auf diese so berühmte Insel werfen zu können, und kletterten auf den Nußbaum, bis die Insel in ihrer ganzen Länge und Breite mit allen ihren Städten und Dörfern, Bergen und Tälern, Wäldern und Gärten vor uns ausgedehnt lag. Als wir uns nach allen Seiten umgesehen hatten und wieder herabsteigen wollten, sahen wir, wie ein roter Fisch, so groß wie ein Kamel, aus dem Meer, das die Insel umgibt, in den Bach schwamm, der nicht weit unter dem Nußbaum sich ins Meer ergießt, und in unserer Nähe in der Gestalt einer schönen Jungfrau ans Land stieg. Sie näherte sich immer mehr dem Nußbaum, und mit jedem Schritt mußten wir ihre Reize mehr bewundern. Sie hatte babylonische Augen, über welche sich Augenbrauen wie ein Bogen wölbten. Ihre Stirne leuchtet wie der Mond, ihre Wangen schienen Rosen zu sein, ihre Lippen ein Labsal für jeden Kranken, ihre Haare, schwärzer als die Nacht und feiner als Seide, hingen bis auf die Erde herab. Ihr Anblick bezauberte uns so sehr, daß wir vor Entzücken beinahe vom Baum fielen.

Die Jungfrau hatte kaum das Land betreten, da rief sie mit einer tief ins Herz dringenden Stimme: O Königssonne! Da kam ein grüner Fisch den Bach heraufgeschwommen, stieg in ihrer Nähe ans Land, warf seine Fischhülle ab, und es zeigte sich uns eine Jungfrau mit so feinen Gesichtszügen, so schlankem Wuchs und so zarten Hüften, daß wir die erste ganz vergaßen und ihr allein unsere Bewunderung und Liebe schenkten. Mein Herz ist mir heute so schwer, teure Königssonne, sagte die erste Jungfrau zur zweiten, daß ich mich in diesem lieblichen Tal ein wenig mit meinen Gespielinnen zerstreuen möchte. Sie rief dann: Augenperle! Und siehe da! Es kam ein gelber Fisch herangeschwommen, der, sobald er ans Ufer sprang, sich auch wieder in eine Jungfrau verwandelte, welche die beiden ersten noch an Schönheit übertraf; neben ihr mußte der Mond erbleichen und die Sonne schien eine ihrer Dienerinnen zu sein. Wer sie sah, mußte ausrufen: Hier ist die Schwester des frommen schönen Josef! Und so rief sie eine Jungfrau nach der anderen herbei, bis ihrer vierzehn beisammen waren, von denen immer die letzte die ersteren verdunkelte. Vor Liebe und Entzücken ganz außer mir, rief ich Sandja, und als er erschien und mich fragte, was ich befehle, sagte ich ihm: Da du doch über tausend abtrünnige Geister gebietest, so bemächtige dich dieser schönen Jungfrauen und trage sie in mein Haus, daß ich an ihren Reizen mich ergötze. – Ich gehorche deinem Befehl, sagte Sandja und verschwand. Aber er kehrte bald, blaß und zitternd wie ein schwaches Rohr beim Sturmwind, wieder und sagte: Wisse, mein Herr, ich wollte nach deinem Befehl mit meinen Geistern über die Mädchen herfallen, da schossen drei Lichtsäulen gegen mich heran, die mich zu verzehren drohten und denen ich nur mit der größten Mühe entkam. Ich sandte dann einige andere Geister gegen sie; aber sie kehrten alle mit verstörtem Angesicht zurück und erklärten, daß sie gegen diese Mädchen nichts vermögen. Ich sah nun den Jungfrauen zu, wie sie miteinander spielten und dann wieder ihr Fischgewand anzogen und nach ihrer Insel zurückschwammen. Als sie meinen Augen entschwunden waren, rief ich Sandja und befahl ihm, mich nach Tunis zu tragen. Er war aber noch so erschöpft von seinem Kampf gegen die Genien, welche die Mädchen beschützten, daß er mich bat, ihm noch einige Augenblicke der Ruhe zu gönnen. Da sagten meine Brüder: Nun, so laß auch uns indessen ein wenig unter diesem Baum schlafen, bis Sandja zur Reise gestärkt ist. Sie legten sich dann unter den Baum und stellten sich bald, als schliefen sie ein. Als ich dies sah, dachte ich: Nun kann auch ich ohne Furcht, daß mir mein Buch genommen werde, ein wenig schlafen. Sobald ich aber einschlief, standen meine Brüder auf, beschworen zwei Geister herbei und befahlen ihnen, das Buch, das in einem roten seidenen Beutel, an einer goldenen Kette befestigt, um meinem Hals hing, zu nehmen und es ihnen zu bringen.

Die beiden Geister zogen mir die Kette vom Hals und trugen meine Brüder nach Tunis, aber verschwanden dann mit dem Buch, so daß meine Brüder ausriefen: Wehe uns, nun haben wir gar nichts für unseren Verrat an unserem Bruder, und kein Geist wird ihn mehr in seine Heimat zurücktragen. Es gibt keinen Schutz und keine Macht, außer bei Gott, dem Erhabenen!

Das ist’s, was meine Brüder angeht. Was aber mich betrifft, so schlief ich noch eine Weile fort, und als ich erwachte und nach meinem Buch griff, fand ich es nicht mehr. Ich rief dreimal Sandja; aber er erschien nicht. Da ich auch meine Brüder nicht mehr sah, so zweifelte ich nicht, daß sie mir das Buch gestohlen, und rief: Wir sind Gottes und kehren einst zu ihm zurück. Was Gott will, das geschieht, und was unser Herr nicht will, das geschieht nicht! Dann dachte ich: Hätten sie mir nur das Buch in Tunis gestohlen, wäre ich doch wenigstens in meiner Heimat gewesen! Aber jetzt? Was fange ich in diesem fremden Land an? Doch machte ich mich auf und ging im Vertrauen auf den einzigen Gott dem Bache nach, bis ich an einen sehr hohen, schwarzen Berg kam, aus welchem dieser Bach entsprang. Ich ging nun drei Tage am Fuße des Berges fort, der überall sich so steil erhob, daß ich ihn unmöglich besteigen konnte. Am vierten Tag erst entdeckte ich einen schmalen Pfad, der auf den Berg führte, und ich entschloß mich, ihn zu betreten, denn ich dachte: Wohnte nicht jemand auf diesem Berg, so würde kein Weg hinauf führen. Ich hatte mich auch nicht getäuscht, denn als ich ein paar Stunden lang gestiegen war, kam ich vor ein Kloster, das eine eiserne Mauer mit einer messingenen Pforte umgab. Ich klopfte leise an, und sogleich rief mir jemand zu: Willkommen! Sei ohne Furcht, du wirst dein Ziel erreichen und deine Feinde zuschanden machen. Ein kohlschwarzer Sklave öffnete mir dann die Tür und hieß mich hereintreten. Dieser Sklave sah aber so schauerlich aus, daß ich mich fürchtete, ihm zu folgen. Da er merkte, daß ich ihm nicht traute, ging er ins Kloster zurück, kam aber bald wieder und sagte mir: Mein Herr, der Besitzer des Klosters, sendet mich zu dir, um dir zu sagen, daß, wenn du der Abendländer Mahmud aus Tunis bist, du ihm höchst willkommen seist; bist du aber auch ein anderer und bedarfst seiner, dann kannst du auch auf seinen Beistand zählen. Ich antwortete: Ich bin der Abendländer Mahmud, und folgte ihm ins Innere des Klosters in ein reich ausgestattetes Gemach, wo auf einem seidenen Divan ein alter Mann saß mit einem grauen Bart, der bis zu den Füßen herabhing; er sah aber trotz seines hohen Alters doch noch so rüstig wie ein reißender Löwe aus, und seine Stimme hatte noch die Kraft des Donners. Ich küßte ihm die Hand und grüßte ihn ehrfurchtsvoll; er erwiderte meinen Gruß und befahl dem Sklaven, mir einige Speisen zu bringen. Als der Sklave ein Tischchen mit den schmackhaftesten Speisen beladen vor mich stellte, sagte mir der Alte: Ich weiß, daß du mehrere Tage nichts gegessen hast, darum labe dich an diesen Speisen. Während des Essens fuhr er dann fort: Ich weiß deine ganze Geschichte, ehe du sie mir erzählst; deine Brüder haben dich um dein Buch gebracht; du aber denkst mehr an die schönen Mädchen, die du im Gazellental gesehen, als an den Verlust deines Buches. Wisse, Mahmud, diese Mädchen, welche ein Leckerbissen für Sultane und Kaiser wären, haben bisher alle Menschen und Genien, die bei ihrem Vater Numan, dem Herrn der Rabeninsel, um sie warben, abgewiesen, denn sie folgen in allem dem Rat des Priesters Ansarut, der bei ihrem Vater im höchsten Ansehen steht. Ansarut ist ein sehr berühmter Arzt und Zauberer, welcher drei Tage bei den Genien und drei Tage bei dem König Numan zuzubringen pflegt. Eines Tages, als er von den Genien zurückkehrte, trat ihm Numan bestürzt entgegen und sagte ihm, alle seine Töchter lägen krank darnieder, er möchte sie doch schnell besuchen. Ansarut besuchte mit mehreren Dienern eine nach der anderen, verordnete einiges und kam lächelnd wieder zu Numan und sagte ihm: Deine Töchter werden wieder genesen, sobald sie ein wenig von dieser Insel, auf der eine fortwährende Seeluft weht, sich entfernen; ich werde dafür sorgen, daß sie auf angenehme Weise sich zuweilen auf das feste Land begeben können. Er verließ dann den König und ließ einen Fischer rufen und befahl ihm, die Haut von fünfzehn großen Fischen zu bringen. Sobald der Fischer die Häute brachte, schrieb er auf die innere Seite derselben allerlei heilige Namen, welche diesen

Häuten die Tugend verliehen, wie lebendige Fische im Meer nach jeder Richtung zu schwimmen, welche der sie Umhüllende ihnen zu geben wünscht. Am folgenden Tag gab er jeder Prinzessin in Anwesenheit des Königs eine solche Haut; die fünfzehnte Haut aber gab er seinem Sohn Didakam und befahl ihm, die Mädchen nach dem Gazellental zu begleiten. Dem König sagte er dann: Sei frohen Mutes und vertraue mir; was deinen Töchtern Schlimmes widerfährt, trifft auch meinen Sohn, der, wie du wohl weißt, mir ebenso teuer ist, wie dir deine Töchter sind. – Tue, was du für heilsam hältst, erwiderte der König. Darauf befahl Ansarut seinem Sohn, mit seinen Prinzessinnen ins Meer zu steigen und ins Gazellental zu schwimmen, dessen Luft sie bald wieder herstellen würde. Denn dort, sagte er, sind sie sicher vor Menschen und vor Genien; auch schützen euch die heiligen Namen, die in die Haut geschrieben, gegen Menschen wie gegen Genien, die Wellen des Meers fliehen, die Berge ebnen sich und die Bäume verbeugen sich vor ihnen. Didakam stieg hierauf mit den Prinzessinnen ins Meer, und sie schwammen wie natürliche Fische ins Gazellental bis an den großen Nußbaum hin. Dort stiegen sie ans Land und brachten den ganzen Tag im Tal zu, und schon am ersten Abend fand sie ihr Vater, als sie wieder heimkehrten, so gestärkt und wohl aussehend, daß er Ansarut und seinem Sohn ein Ehrenkleid schenkte.

Seither kommen die Prinzessinnen jeden Tag in das Gazellental und spielen miteinander in der Nähe des Baumes, auf dem du dich mit deinen Brüdern befandest. Doch schlage dir jetzt die Mädchen aus dem Kopf und denke zunächst daran, wieder in den Besitz deines Buches zu gelangen, und das kannst du nur mit Hilfe deines Lehrers in Tunis; darum werde ich dafür sorgen, daß du noch diese Nacht dahin gebracht werdest. Grüße nur deinen verehrten Lehrer vielmal von mir und sage ihm, der Priester Sanuda, Herr des eisernen Klosters mit der messingnen Pforte, sehne sich sehr nach ihm. Schon wartet hier, fuhr Sanuda fort, ein Geist, den mir dein Lehrer mit einem Brief gesandt, in welchem er mir anzeigte, was dir widerfahren, und der beauftragt ist, dich nach Tunis zu tragen. Sei aber nur auf deiner Hut: Dieser Geist ist ein wahrer Satan; er kann sich so klein wie ein gewöhnlicher Menschenarm, und so groß wie der höchste Dattelbaum machen; er fliegt wie ein Vogel, und sein Hauch verbrennt die Erde, an der er vorüberfliegt. Fällst du von seinem Rücken herunter, so zerfließest du wie heißes Blei; nimm dich also wohl in acht! Er rief dann diesen Geist und setzte mich auf seinen Rücken; ich nahm Abschied vom Priester, und der Geist flog mit mir einige Stunden lang zwischen Himmel und Erde und ließ sich mit mir vor der Tür meines Lehrers Abul Adjaib (der Wundervater) in Tunis herab. Als ich den Fuß auf die Erde setzte, hörte ich, wie mein Lehrer seinen Jungen sagte: Geht hinaus und bewillkommt Mahmud in meinem Namen und führet ihn herein!

Die schönen Töchter des Königs Numan hätten dir beinahe das Leben gekostet, sagte mir mein Lehrer lächelnd, als ich zu ihm ins Zimmer trat; aber auch deinen Brüdern ist diese Lustreise schlecht bekommen, denn die Geister haben sie überlistet, so wie sie dich überlisten wollten; sie haben das Buch in die Adlerschlucht gebracht, zu welcher niemand gelangt, der nicht durch die sieben Pforten hinter dem Berg Mukattam dringt; sie haben es in eine messingne Kiste neben das Zauberschwert gelegt, welches der Priester Sintbest mit Talismanen beschrieben. Dieser Priester hat die Zauberkunst von einer Tochter Satichs, des Meisters aller Zauberer, gelernt und es dahin gebracht, daß er mit seinem Schwert, vermöge der darauf geschriebenen Beschwörungsformeln, gegen die mächtigsten Könige und zahlreichsten Heere glücklich kämpfte; auch unterwarf er sich so viele Länder und Städte, daß nur Gott ihre Zahl kennt. Aber nicht nur Menschen, sondern auch Genien fürchteten dieses Schwert; denn wenn er gegen jemanden zürnte, so durfte er es nur gegen ihn erheben, da fuhr ein Lichtstrahl heraus, der ihn in zwei Teile teilte und sogleich in einen Haufen Asche verwandelte. Waren ihrer viele gegen ihn, so durfte er nur einen mit dem Schwert berühren, und alle stürzten leblos zur Erde. Eines Tages aber besuchte ihn seine Lehrerin, die Tochter Satichs, welche auch viel von der Macht dieses Zauberschwertes gehört hatte, und sagte ihm: Verehrter König, zeige mir doch einmal das Schwert, das so viele Wunder übt, daß man es in der ganzen Welt fürchtet. – Da ich dir alles verdanke, erwiderte Sintbest, kann ich dir nichts versagen, und reichte ihr das Schwert hin. Die Tochter Satichs nahm es in die Hand und betrachtete es auf allen Seiten. Nach einigem Nachdenken sagte sie ihm: Teurer König! Dieses Schwert, dessen Verfertigung dir so viel Mühe und schlaflose Nächte verursachte, wird einst in die Hände eines Menschen fallen, der dadurch die höchste Stufe von Macht und Ansehen erreichen wird. Die mächtigsten Genienhäupter werden von ihm getötet werden; auch wird er damit den uralten Baum des Magiers Bahram abhauen. Als Sintbest dies hörte, legte er das Schwert in eine smaragdene Scheide und befahl einem Djinn, es nach der Adlerschlucht zu tragen. Dort, sagte er, wird es kein Mensch holen. Sintbest irrte sich aber, fuhr Abul Adjaib fort, denn ich habe in meinem Weisheitsbuch gelesen, daß die Adlerschlucht sich einst vor dir mit Hilfe eines Fischers aus Ägypten, welcher Djaudar heißt, öffnen wird, und daß du Herr des Schwertes und des Buches wirst. Den Fischer Djaudar aber triffst du vor einem kleinen See bei Kahirah, welcher der See Karun heißt. Mein Lehrer ging dann in sein Arbeitszimmer, holte eine schwarze und eine rote Büchse und eine seidene Schnur und sagte: Geh' nach Ägypten an den See Karun, lasse dich vom Fischer Djaudar binden und in den See werfen; du wirst im See einen Mann mit einem weißen Bart und einem hohen Turban auf dem Haupt sehen, der in der einen Hand einen roten und in der anderen einen schwarzen Fisch hält und sie dir hinreicht, sobald er dich erblickt; nimm sie ihm ab, steige ans Ufer und sperre den roten Fisch in die rote Büchse und den schwarzen in die schwarze. Laß dann Djaudar mit dir nach dem Berg Mukattam reiten, wende dich nach Osten bis zu einem roten Hügel, zünde dann Feuer an, nimm ungefähr die Schwere eines Drachmen aus der roten Büchse und gieße es ins Feuer, da wird ein Licht aufsteigen bis zum Himmel und dir eine Falltür mit zwei Ringen, die zu einem unterirdischen Gang führt, zeigen. Fasse die Ringe und hebe die Falltür auf, da wird eine steinerne Treppe zum Vorschein kommen; gehe mit Djaudar diese Treppe hinunter, auf der einunddreißigsten Stufe werdet ihr einen Gang vor euch sehen, dessen Boden von Blei und dessen Wände von Kupfer sind. Geht durch diesen Gang, da kommt ihr an die Tür eines Saales, vor welcher eine Jungfrau sitzt, so schön, wie ihr noch keine in eurem Leben gesehen; sie wird in einem Buch lesen und bei eurer Ankunft aufstehen und das Buch in

einen roten Beutel stecken; dann wird sie euch bei euren Namen rufen und euch bewillkommnend die Hand hinstrecken. Wenn ihr aber ihre Hand ergreifet, so wird der Boden unter euch zu kochen anfangen, und ihr befindet euch in glühend schmelzendem Blei, das euch das Fleisch von den Knochen abbrennen wird. Statt ihr die Hand zu reichen, nimm schnell ungefähr die Schwere eines Drachmen aus der roten Büchse und spritze es gegen die Mauer, da wird euch die Jungfrau durch den Saal lassen, den sie bewacht. Hierauf gelangt ihr in einen marmornen Gang, an dessen Ende wieder eine Jungfrau vor einer Tür sitzt, noch schöner als die erste. Sobald sie euch erblickt, wird sie aufstehen und euch zurufen: Mahmud aus Tunis und Fischer Djaudar aus Kahirah, seid mir willkommen! Erwidert ihren Gruß und befreundet euch mit ihr, denn sie meint es gut mit euch und wird euch treu zur Seite stehen, bis ihr euch des Schwertes und des Buches bemeistert habt; ich gebe euch daher keine weiteren Verhaltungsbefehle, denn ihr könnt und müßt ohne Bedenken alles tun, was euch diese Jungfrau befiehlt. Wisse auch, Mahmud, fügte noch mein Lehrer hinzu, deine Brüder haben an der Tür alles gehört, was ich dir bisher gesagt, und lassen sich in diesem Augenblick von zwei Geistern nach Ägypten bringen, denn sie glauben, wenn sie das befolgen, was ich dir anempfohlen habe, statt deiner sich das Schwert und das Buch zueignen zu können; aber sowie sie in den See Karun steigen, werden sie von den Genien des Sees getötet, doch nur Gott ist allwissend! Nach diesen Worten rief mein Lehrer den Geist, der mich von dem Kloster nach Tunis gebracht hatte, und befahl ihm, mich nach Ägypten zu tragen. Der Geist breitete sogleich seine Flügel aus und trug mich bis in die Nähe des Sees Karun; dann verschwand er und brachte mir eine Djinn in der Gestalt eines Maultiers und setzte mich darauf. Dieses Maultier trug mich mit Blitzesschnelligkeit zu dir, teurer Djaudar. Das ist alles, was ich dir über mein Vorhaben zu erzählen weiß.

»Als Mahmud seine wunderbare Geschichte vollendet hatte, faßte ich Mut und zweifelte nicht an einem glücklichen Ausgang für ihn und für mich. Nachdem er noch manches über Genien und Zauberer mitteilte, schliefen wir ein, und am folgenden Morgen wendeten wir uns nach Osten, bis wir an einen roten Hügel gelangten. Mahmud war außer sich vor Freude, als er ihn erblickte, und sagte mir: Djaudar, jetzt sind wir an der von meinem Lehrer mir bezeichneten Stelle. Er nahm dann ein Feuerzeug aus der Tasche, zündete Feuer an, goß einen Drachmen aus der roten Büchse darauf, und siehe da, es stieg eine große Lichtsäule gen Himmel auf, welche uns eine Falltür mit zwei Ringen zeigte. Sie öffnete sich, sobald Mahmud den Ring anfaßte, und wir gingen dreißig Stufen hinunter, dann kamen wir in einen Gang und fanden eine Jungfrau, wie sie Abul Adjaib beschrieben; sie grüßte uns und streckte die Hand nach uns aus, aber Mahmud, statt ihr die Hand zu reichen, griff schnell nach der roten Büchse und spritzte etwas daraus gegen die Mauer, da stürzte die Jungfrau um, und wir gingen durch einen leeren Saal in einen marmornen Gang, an dessen Ende eine Jungfrau, wie der Mond in der vierzehnten Nacht, auf einem goldenen Stuhl saß. Sobald sie uns erblickte, stand sie auf und sagte mit einer Zephyrstimme, welche jedem Kranken die Gesundheit wiedergeben müßte: Willkommen, mein Herr Mahmud aus Tunis und mein Herr Djaudar aus Kahirah! Gelobt sei der Herr, der mich durch euch erlöst. Ich schmachte hier schon zwanzig Jahre, und sah euch schon mehrere Nächte im Traum so, wie ihr jetzt vor mir steht; auch ist mir eure Ankunft prophezeit worden. Doch werdet ihr wissen wollen, wer ich bin und wie ich hierhergekommen, darum höret mich an, ehe ich euch weiter führe. Ich bin die Tochter des Königs Sasan, Herr des Luftberges und des goldenen Schlosses, und heiße Heifa. Mein Vater war einer der tapfersten Könige seiner Zeit, er war immer der Erste im Krieg, obschon unzählbare Armeen für ihn fochten. Da er aber außer mir kein Kind hatte, wurde ich als Kriegerin erzogen und ich zeichnete mich bald durch so glänzende Waffentaten aus, daß unsere ganze Armee mich nicht weniger als meinen Vater verehrte. Bald wurde mein Name sowohl durch meine Tapferkeit als wegen meiner Schönheit so bekannt, daß die entferntesten Könige und Prinzen um mich warben. Da ich aber keine Lust zu heiraten hatte, mußte ich gegen manchen beleidigten Werber ins Feld ziehen. Eines Tages kam ein Bote mit einem Brief zu meinem Vater, welcher folgendermaßen lautete: Von dem König Sintbest, dem höchsten König seiner Zeit! Wisse, König Sasan, daß ich so viel von der Tapferkeit und Schönheit deiner Tochter gehört habe, daß ich sie liebe, ohne sie

je gesehen zu haben, und sie daher von dir zur Gattin fordere. Ich hoffe, du wirst einen Schwiegersohn meinesgleichen nicht verschmähen. Fordere, welche Morgengabe du willst, antworte mir nur bald und sei von mir gegrüßt.

»Als mein Vater diesen Brief gelesen hatte, kam er mit dem Boten zu mir und las mir ihn vor. Da sagte ich: Laß mich einmal den Brief sehen. Als er mir aber den Brief gab, zerriß ich ihn und zog mein Schwert gegen den Boten, und wäre er nicht schnell geflohen, so hätte ich ihm den Kopf vom Hals gehauen. Der Bote kehrte zu Sintbest zurück und erzählte ihm, wie er von mir behandelt worden. Sintbest rief sogleich den Geist Dilhudj und befahl ihm, mich im Augenblick aus meinem väterlichen Haus zu ihm zu führen. Ich saß gerade allein in meinem Zimmer, als Dilhudj, der so groß war wie der höchste Dattelbaum, auf mich losstürzte, und ehe ich mich faßte hatte er mich schon auf dem Rücken und flog mit mir zum König Sintbest. Dieser schrie mich an: Wie wagtest du es, elende Dirne, meinen Brief zu zerreißen und meinen Boten zu mißhandeln? Weißt du nicht, daß die mächtigsten Könige sich vor mir beugen, und daß selbst Genienhäupter mich fürchten? Als ich mich aber entschleierte und er mein Gesicht sah, fuhr er in einem sanfteren Ton fort: Doch ich verzeihe dir, wenn du meine Liebe erwidern und meine Gattin werden willst. – Lieber lasse ich mich in Stücke hauen, versetzte ich, als daß ich deine Umarmung dulde.

Als er dies hörte, schlug er die Zähne übereinander und befahl Dilhudj, der noch immer an der Tür stand, mich nach der Adlerschlucht zu tragen. Ich bin nun schon zwanzig Jahre hierher gebannt, und der Geist Dilhudj bringt mir jeden Tag meine Nahrung. Ich hatte schon alle Hoffnung verloren, je wieder meine Freiheit zu erlangen, als vor zehn Tagen mir im Traum ein alter Mann von sehr ehrwürdigem Aussehen erschien, der mir zurief: Freue dich, Heifa, die Stunde der Erlösung ist nahe, der Tyrann Sintbest liegt in den letzten Zügen, du kannst bald in deine Heimat zurückkehren und den Thron deines Vaters, der schon längst tot ist, besteigen. Habe nur noch Geduld, bis zwei Männer hierherkommen; der eine heißt Mahmud aus Tunis und der andere Djaudar aus Kahirah, und stehe ihnen bei, daß sie in den Besitz des Zauberschwertes und des heiligen Buches gelangen, sie werden dann auch dich in deine Heimat zurückbringen. Nun wißt ihr, wer ich bin, folget mir jetzt und tut, was ich euch rate. Bei diesen Worten zog sie einen goldenen Schlüssel aus einer Tasche und öffnete den Saal, vor welchem sie saß. Er war ungeheuer groß und ringsum mit Divanen belegt, auf welchen Könige saßen mit Kronen von den kostbarsten Edelsteinen auf dem Haupt. Jeder hatte eine goldene Kette um den Hals, an welcher eine silberne beschriebene Tafel hing. Wie kommen so viele Könige hierher? fragte ich Heifa erstaunt, leben sie oder sind sie tot? – Du siehst hier nur Leichen, antwortete Heifa (gepriesen sei Gott, der allein Unsterbliche!), es sind Könige, Söhne von Königen, denen sogar Könige als Sklaven dienten. In der Mitte des Saales war ein Springbrunnen mit vier goldenen Löwen, über welche sich vier Pfauen aus Perlen und Edelsteinen erhoben, und den Löwen gegenüber standen vier messingene Statuen, deren jede eine Trompete an den Mund hielt. Neben diesen Statuen befanden sich vier griechische Sklavinnen mit Tamburinen aus Gazellenhaut und vier Fränkinnen mit Lauten. Die Mädchen sahen aber so frisch aus, daß man sie für lebendig hielt und glaubte, sie müßten sprechen. Um den Springbrunnen herum standen Stühle, auf denen Könige saßen, aber ein schönerer und höherer Stuhl stand leer da. Dies ist der Stuhl des Königs Sintbest, sagte Heifa und bat mich, darauf Platz zu nehmen. Sobald ich mich niederließ, drehten sich die Löwen dreimal im Ring herum, standen auf, wedelten, streichelten und leckten mich, die Pfauen sperrten den Schnabel auf und verbreiteten die feinsten Wohlgerüche aus ihrem Mund, die messingenen Statuen verbeugten sich und die Sklavinnen fingen an auf ihren Instrumenten zu spielen. Ich blieb sitzen und hörte ihnen zu, bis Heifa zu mir sagte: Wenn du tausend Jahre auf diesem Stuhl bleibst, werden die Mädchen nicht aufhören zu spielen; sie werden nicht müde, denn sie leben nicht und bewegen sich durch eine Zauberkraft, welche Sintbest, der sie hervorgerufen, überdauert. Als ich dies hörte, stand ich wieder auf und näherte mich der Tafel, welche am Hals eines der Könige hing.

»Auf der Tafel des Königs stand: Wanderer, der du einst hierher gelangst, wisse, daß ich, der mächtige König Alexander, von dem Zauberer Sintbest besiegt worden bin. Nimm dir ein Beispiel an mir und an anderen Königen, die gleich mir vom Gipfel der Macht in die tiefste Erniedrigung gefallen sind. Wisse, ich habe hundert Jungfrauen geheiratet, die mir zweihundert Söhne gebaren. Ich war Herr über zwanzig Hauptstädte, für deren jede ich einen Vizekönig ernannte. Meine Armee war unzählbar, meine Schatzkammern waren mit Gold, Perlen und Edelsteinen und den feinsten Stoffen angefüllt; aber zuletzt kam derjenige, welcher jede Freude zernichtet, jede Vereinigung auflöst und so viele Söhne und Töchter zu Waisen macht, der Tod, und verwüstete unsere Paläste. Darunter standen noch folgende Verse:

»O Erdensohn, laß dich nicht blenden vom trügerischen Glanz der Welt, wie manchen Hohen hat sie schon erniedrigt, wie manchen Starken geschwächt, wie manche Paläste verödet, und wie manches Grab ausgefüllt. Sie sendet dem Freudigen plötzliche Trauer, füllt auf einmal die Augen

EUG LAVILLE INV
LACOSTE STRASBOURG

des Lachenden mit Tränen und trennt die Freunde, wenn ihre Vereinigung sie am glücklichsten macht.«

»Diese Verse rührten uns zu Tränen und griffen mich so sehr an, daß ich die übrigen Tafeln nicht mehr lesen wollte, sondern Heifa bat, uns weiter zu führen. Sie öffnete eine Tür gegenüber derjenigen, zu welcher wir hereinkamen, und nachdem wir wieder einen langen Gang durchschritten, gelangten wir in einen Saal, der vierzig kleine Kabinette hatte, vor deren jedem ein seidener golddurchwirkter Vorhang hing. Mitten im Saal stand eine kupferne Statue mit einer Rauchpfanne in der Hand, aus der sich bald Ambra-, bald Moschus-, bald Weihrauchduft verbreitete. Als ich den Vorhang von einem der Kabinette weghob, sah ich ein Mädchen wie die

leuchtende Sonne auf einem Bett liegen, und so lagen rund umher noch neununddreißig Mädchen, welche alle in tiefem Schlaf versunken zu sein schienen, aber Heifa versicherte mich, sie seien alle tot. Heifa schob dann einen Thron weg, der mitten im Saal stand, und wir sahen einen goldenen Ring auf dem Boden, mit welchem Heifa eine Falltür öffnete, unter welcher eine große marmorne Treppe in einen dunklen Gang führte. Heifa nahm mich und Mahmud bei der Hand, und wir brauchten einen halben Tag, bis wir ans Ende dieses Ganges kamen. Jetzt befanden wir uns wieder im Freien, und zwar in einem sehr blühenden Garten, mit allerlei Obstbäumen geziert, deren Früchte wie die herrlichsten Edelsteine strahlten, und auf deren Zweigen die verschiedenartigsten Vögel ihren Schöpfer priesen. Als wir eine Weile in diesem Garten umhergingen, sahen wir in der Ferne einen sonnenähnlichen Strahlenglanz: Wir näherten uns demselben, und siehe da, es war ein großes Schloß, mit den reinsten Diamanten verziert, wie sie kein König und kein Kaiser je besessen. Das Schloß hatte aber weder Tür noch Fenster. Vor demselben lag ein Stück Felsen, auf welchem ein langbärtiger Geist in einem weißen seidenen Kleid mit einem Buch in der Hand saß. Er drehte sich immer nach allen Seiten um, bis er uns erblickte; dann stand er auf, warf sich auf die Erde und rief: Gepriesen sei der Herr der Welten, der die Stunden meiner Erlösung herbeigeführt! Dann erhob er sich wieder, grüßte uns freundlich und sprach: Ich erwarte euch hier schon dreißig Jahre mit Ungeduld, denn ich habe viele Kinder, von denen ich nicht weiß, was aus ihnen geworden. Nun hat Gott doch mein Flehen erhört, denn ich durfte vor eurer Ankunft nicht von hier weichen, weil ihr meiner bedürfet, um eueren Zweck zu erreichen. Sehet ihr diese Katze da oben? Da hoben wir unsere Augen auf und sahen auf einer weißen marmornen Säule, welche sich aus einem Teich erhob, eine schwarze Katze, welche eine goldene Kette an die Säule fesselte. Was bedeutet diese Katze? fragte ich erstaunt. – Die Katze, erwiderte der alte Geist, ist wegen euer schon zehn Jahre an diese Säule gebannt, sie kann nur durch zwei Worte aus eurem Munde erlöst werden, dann verschafft sie euch das Zauberschwert und das heilige Buch. Sie ist eine der berühmtesten und gefürchtetsten Zauberinnen unter den Genien und heißt Schah Bair. Mein Name aber ist: Schwarzer Abd Allah, Kadhi der muselmännischen Genien. Um diese Katze zu befreien, rufet sie nur bei ihrem Namen und bespritzet den Teich mit der Flüssigkeit aus der schwarzen Büchse, sogleich wird die Katze ihre Pfote ausstrecken, die Kette von der Säule losbinden und davonfliegen. Als der Kadhi der Djinn so gesprochen hatte, breitete er seine Flügel aus, und in einem Augenblick war er verschwunden. Wir gingen dann um den Teich herum, den wir mit der Flüssigkeit aus der schwarzen Büchse bespritzen sollten. Dann rief ich: Schah Bair, besorge unser Anliegen! Kaum hatte ich diese Worte ausgesprochen, stand die Katze auf und machte sich zweimal so groß als die Säule war, zerriß die Kette, die sie am Hals hatte, und flog auf das Dach des Schlosses. Bald kehrte sie aber wieder in Menschengestalt mit sechs Hörnern, eins auf jeder Seite, zwei zwischen den Augen und zwei auf dem Rücken, und hatte eine messingene Kiste mit einem Buch auf dem Kopf und ein Schwert unter dem Arm, legte beides vor uns nieder und verschwand. Mahmud war außer sich vor Freude, als er die Kiste, welche sein Buch enthielt, sah. Es hing aber ein goldenes Schloß davor, und als er es öffnen wollte, ließen sich viele furchtbare Stimmen venehmen. Die eine rief: Ergreifet ihn! Die andere: Haut ihn in Stücke! Die dritte: Schlagt ihn zu Boden! Dabei waren wir von allen Seiten von kleinen Flämmchen umgeben, die uns zu verzehren drohten. Mahmud bemühte sich vergebens, die Kiste zu öffnen; ich aber zitterte an allen Gliedern, und all mein Blut stockte.

»Heifa, welche über unsere Angst lachte, sagte zu Mahmud: Gieße ein wenig Flüssigkeit aus der schwarzen Büchse auf das Feuer, du sollst dann Wunder sehen. Als Mahmud dies tat, stieg ein schwarzer Rauch gen Himmel, wir sahen und hörten nichts mehr. Mahmud küßte dann Heifa den Kopf und die Hände, und diese sagte: Jetzt öffne die Kiste und ziehe das Schwert aus der Scheide, du hast nichts mehr zu fürchten, denn alle Geister, welche Sintbest zu ihrer Bewachung aufgestellt, sind dahin. Mahmud sagte: Im Namen Gottes, des Allbarmherzigen, und das Kästchen öffnete sich von selbst. Als er aber sein Buch wieder sah, fiel er vor Freude in Ohnmacht. Wir mußten ihn lange bespritzen bis er wieder zu sich kam, dann öffnete er das andere Kistchen von Smaragd, da lag ein grüner seidener Beutel darin, und neben demselben ein Siegelring, welcher strahlte wie ein Stern in einer dunklen Nacht. In dem Beutel lagen drei Stücke Stahl, welche Mahmud zusammensetzte und in ein blitzendes Schwert umgestaltete. Es hatte eine ganz feine Inschrift, wie Ameisenfüße; die letzten Worte lauteten: Ich bin ein edles Schwert, nur zum Guten brauchbar; wer mich besitzt, den bewahre ich vor Unglück und bringe seinen Feinden Verderben.

Auf dem Siegelring, welcher daneben lag, stand: Dieser Ring ist für Zaher Beibars, Sultan von Ägypten. Als ich diese Inschrift gelesen hatte, bat ich Mahmud, mir diesen Ring zu geben, er antwortete mir aber: Dieser Ring, der den Sultan Zaher zum mächtigsten Herrscher seiner Zeit erheben und ihm die glänzendsten Siege über die Ungläubigen verleihen wird, kann ihm nicht eher zukommen, bis du mich in den Besitz der Mädchen setzest, die ich im Gazellental gesehen. Mit Hilfe dieses Schwertes, fuhr er dann fort, indem er mir das Zauberschwert überreichte, können wir ans Ziel gelangen. Er las dann ein wenig in seinem Buch und rief: Sandja! Beflügelter Sandja! Da stieg ein Rauch aus dem Buch gen Himmel, dann sammelte er sich und nahm die Gestalt eines Geistes an, so groß wie der höchste Dattelbaum; er hatte drei Flügel, einen auf jeder Seite und einen auf dem Rücken, welche, wenn er sie ausbreitete, wie Segel eines großen Schiffes aussahen. Er küßte Mahmud Hände und Füße und fragte ihn, was er befehle. Da trat Heifa hervor und sagte: Ihr wisset, daß ich schon zwanzig Jahre euch hier erwarte, ihr bedürfet nun meiner nicht mehr, darum bitte ich euch, lasset mich in meine Heimat zu meiner Familie zurückbringen, der ich gewaltsam entrissen wurde. – Sandja! rief Mahmud dem Geiste zu, nimm Heifa auf den Rücken und trage sie nach dem goldenen Schloß auf dem Luftberg. Heifa nahm Abschied von uns, und Sandja flog mit ihr davon. Als wir sie aus dem Gesicht verloren hatten, kehrten

wir auf demselben Weg, durch welchen wir in den Garten gekommen, zurück, bis wir wieder an den roten Hügel auf dem Berg Mukattam kamen. Mahmud rief dann sein Maultier und befahl ihm, seinem Lehrer Abul Adjaib Nachricht vom Gelingen seines Unternehmens zu geben, mir aber sagte er: Laß uns vor allem jetzt zu deiner Mutter gehen, daß sie nicht länger dich als tot beweine, dann wird mein Buch mir angeben, was wir ferner zu tun haben. – Weißt du, Mahmud, sagte ich ihm auf dem Weg zu meiner Mutter, daß es mich reut, Heifa in ihre Heimat zurückgesandt zu haben? Erst seitdem sie fern ist, fühle ich, wie sehr ich sie liebe. – Verschaffe mir die Töchter des Königs Numan, versetzte Mahmud, so sollst du auch Heifa haben, und wenn du willst, noch hundert Abessinierinnen und ebenso viele Türkinnen und Inderinnen dazu. Während wir uns nun über unsere gegenseitigen Geliebten unterhielten, gelangten wir vor das Haus meiner Mutter. Schon von außen hörte ich sie weinen und jammern, denn da ich ohne Abschied von ihr wegging, weil ich selbst nicht wußte, daß ich mehrere Tage abwesend sein würde, hielt sie mich für tot. Als sie mich daher wiedersah, fiel sie in Ohnmacht, und kam erst nach einigen Stunden wieder zum Bewußtsein, des Abends bereitete sie Mahmud auf eine noch längere Abwesenheit vor, schwor ihr aber bei Gott, daß er mit Bestimmtheit meine glückliche Wiederkehr voraussehe. Am folgenden Morgen, als wir allein waren und unser Gebet verrichtet hatten, sagte Mahmud, nachdem er eine Weile in seinem Buch gelesen: Laß uns nicht länger auf glühenden Kohlen verweilen, wer weiß, ob wir es später nicht bereuen würden; jetzt aber verbürge ich einen leichten, glücklichen Erfolg, wenn du meine Vorschrift treu befolgest. Mache dich sogleich auf und gehe nach Bulak, dort findest du ein Schiff, das in vier Tagen nach Alexandrien hinabfährt, gehe sogleich auf den Bazar, der am Meer liegt, dort wirst du in einem Laden einen Perser sehen mit einem weißen wollenen Turban auf dem Haupt, vier weiße Sklaven stehen zu seiner Rechten, vier schwarze zu seiner Linken, und zu seinem Haupte steht noch ein bartloser Jüngling mit einem grünen, seidenen Tuch in der Hand. Der Perser wird dich grüßen, wenn du vor seinem Laden stehen bleibst, und dich fragen, womit er dir dienen kann; antworte ihm, er solle dir nur seine Rechte hinstrecken. Tut er dies, so stelle dich, als wenn du ihm die Hand küssen wolltest, beiße ihn aber in den Daumen, da wird er ausrufen: Es gibt nur einen einzigen Gott, Mohammed ist Gottes Gesandter! Alles trifft zu seiner bestimmten Zeit ein. Er wird dann seinen Laden schließen, und mit dir, den acht Sklaven und dem bartlosen Jüngling ans Ufer gehen und ein zierliches Schiffchen besteigen. Die acht Sklaven werden rudern, der Jüngling wird am Steuerruder, und du und der Perser, ihr werdet in der Mitte des Nachens sitzen und zwanzig Tage auf dem Meer bleiben, bis ihr an eine grüne Insel gelangt. Dort wird der Perser dich ans Land setzen und dir sagen, was du weiter zu tun hast, vertraue ihm nur und fürchte nichts! Wisse auch, Djaudar, fuhr er fort, daß, wenn einer meiner dienstbaren tausend Geister mir statt deiner die Töchter Numans verschaffen könnte, ich dich nicht bemühen würde, aber wer außer dir das Zauberschwert berührt, wird sogleich zu einem Haufen Asche, nur du kannst mit diesem Schwert den Tyrannen Hindmar, den Herrn des Rabenteiches und des Pfeilerschlosses, töten und den eisernen Baum des Magiers Bahram abschneiden, welcher den Muselmännern so viel Unglück bringt. Erst nachdem alles dieses vollbracht ist, kannst du die Erfüllung meiner und deiner Wünsche herbeiführen. Er rief dann Sandja, und als er erschien, fragte er ihn, ob er Heifa in ihre Heimat gebracht? Jawohl, mein Gebieter, antwortete Sandja; sie ist jetzt Königin in ihrem Land, denn ihr Vater ist während ihrer Abwesenheit gestorben, und der verhaßte Vezier Dimdiman, welcher den Thron usurpiert hatte, wurde gleich in der Nacht ihrer Rückkehr genötigt, ihn Heifa wieder abzutreten. Sie beauftragte mich, euch dies mitzuteilen und vielmal von ihr zu grüßen. Auch soll ich euch versichern, daß sie euch nie vergessen und stets mit Liebe euer gedenken wird.

»Diese Worte des Geistes belebten meine Hoffnung, ich nahm Abschied von meiner Mutter und Mahmud, und ging nach Bulak, wo ein segelfertiges Schiff stand, das nach Alexandrien fuhr. Dort traf ich den Perser, den mir Mahmud beschrieben, ich biß ihn in den Finger, und er brachte mich in zwanzig Tagen auf einem Nachen nach einer grünen Insel. Steige ans Land, sagte er mir, sobald wir das Ufer erreichten, und gehe in gerader Richtung über die Insel, da wirst du am jenseitigen Ufer ein noch niedlicheres Schiffchen als das meinige finden, in welchem ein Abendländer am Steuerruder sitzt. Er wird dich bei deinem und deines Vaters Namen rufen, dich in seinen Nachen nehmen, zehn Tage mit dir auf dem Meer bleiben, am elften dich auf eine schneeweiße Insel setzen, und dir sagen, was du ferner zu tun hast; befolge nur seinen Rat, denn er meint es gut mit dir.

»Hierauf verließ mich der Perser; ich durchschritt die grüne Insel und kam gegen Mittag an das jenseitige Meeresufer, wo der verheißene Mann mich aufnahm und weiter schiffte. Am elften Tage nach unserer Abfahrt setzte er mich auf eine weiße Insel, wo kein grünes Blättchen wuchs, und sagte mir: Ich habe nun vollbracht, was mir oblag; gehe in gerader Richtung durch sieben Täler, da gelangst du auf einen roten Berg, auf welchem ein Kloster liegt, geh auf das Kloster zu und klopfe an dessen Tür; wenn man fragt, wer klopft, so sage: Der Fischer Djaudar aus Kahira. Die Tür wird sich öffnen, und du trittst durch einen Hof in ein Gemach, wo ein noch unbärtiger Jüngling auf einem Thron von Elfenbein mit goldenen Füßen sitzt, es ist der Priester Schanuda, der dir angeben wird, was du ferner zu tun hast. Er nahm dann Abschied von mir und kehrte wieder um, ich aber ging in das mir bezeichnete Kloster und fand einen Priester mit sieben Schleiern um sein Gesicht auf einem Thron sitzen. Als ich zu ihm hintrat, grüßte er mich nicht, sondern stand auf, drehte sich siebenmal im Kreis herum und hob dabei jedesmal einen

Schleier weg, bis ich zuletzt ein sehr schönes, junges Gesicht sah; dann setzte er sich wieder, grüßte mich freundlich und sagte: Wisse, Djaudar, ich sehnte mich sehr nach dir und erwarte dich schon lange. Gepriesen sei der Herr, der dich und Mahmud aus der Adlerschlucht errettet, in welcher

schon so viele Menschen vor euch ihren Tod gefunden! Ihr verdanket aber eueren glücklichen Erfolg nur dem frommen Lehrer Abul Adjaib, der das Wohl der Muselmänner dabei im Auge hat, denn durch dich soll der Tyrann Hindmar getötet und der Baum des Magiers Bahram abgeschnitten werden. Wisse auch, Djaudar, fuhr er fort, daß, sowie Sandja über tausend Geister gebietet, welche dem Besitzer des heiligen Buches untertan sind, so ist Misram der Anführer der fünfhundert Geister, die demjenigen gehorchen, welcher das Zauberschwert an seiner Seite trägt. Als du eben zu mir hereintratst, sah ich die fünfhundert Geister hinter dir und sie grüßten mich, einer nach dem andern, Misram fehlte aber, und als ich nach ihm fragte, hörte ich, er sei auf dem Rauchschloß im Kamillental bei der Königin Daruma. Da du ohne Misram nicht zu deinem Ziel gelangen kannst, so geh zur Königin Daruma, grüße sie von mir, und bringe ihr eine kleine Tafel mit Inschriften, die ich dir morgen früh mitgeben will; sie wird dir dann weiter behilflich sein. Hüte dich aber vor den dreihundert Mädchen, welche sie bei sich im Schloß hat, sonst bist du verloren, denn sie sind sehr gewandt in der Zauberkunst und haben schon manchen König und Prinzen verführt. Nachdem er so gesprochen hatte, ließ er das Nachtessen auftragen, an dem er und noch einige andere Priester teilnahmen, dann ging ich zu Bett, träumte von Heifa und rezitierte im Traum folgenden Vers:

»Ich bin noch nicht alt, aber meine vielen Tränen haben meine schwarzen Haare weiß gefärbt.«

»Als ich des Morgens erwachte, fragte mich Schanuda, wieso ich im Traum darauf gekommen sei, diesen Vers zu rezitieren? Da senkte ich eine Weile beschämt das Haupt zur Erde nieder, und als er seine Frage wiederholte, sagte ich: Ich befand mich diese Nacht im Traum bei Heifa, meiner Geliebten, da fragte sie mich, wieso ich denn auf einmal so grau geworden? Ich glaubte, sie scherze nur, denn ich hatte noch nie ein graues Haar an mir bemerkt, sie holte aber einen Spiegel und hielt mir ihn vor, und in der Tat sah ich darin alle meine Haare weiß, nur einige wenige am ganzen Bart waren noch schwarz. Ich erstaunte sehr über diese Verwandlung, und rezitierte den Vers, den du gehört zu haben scheinst.

»Schanuda holte ein Buch und las ein wenig darin, dann sagte er: Sei frohen Sinnes, Djaudar, dein Traum bedeutet die sichere Erfüllung deiner Wünsche; hättest du alle deine Haare weiß gefunden, so wärest du jetzt schon am Ziel, die paar noch übrigen schwarzen Haare deuten auf einige dir noch bevorstehende Hindernisse und Mühseligkeiten, über die du aber mit Gottes Hilfe gewiß siegen wirst. Er holte dann einige Lebensmittel herbei und sagte mir: Geh nur weiter in diesem Tal, bis du an einen schwarzen Berg kommst, auf den ein bequemer Pfad führt, folge diesem Pfad über einen Berg, der führt dich zum Schloß der Königin Daruma. Ich brauchte zehn Tage, bis ich den schwarzen Berg überstiegen hatte; am elften Tage gelangte ich wieder in ein blühendes Tal, in welchem sich ein großes Schloß bis zu den Wolken erhob. Auf diesem Schloß stand eine kupferne Statue, die, als ich mich demselben näherte, in eine Trompete stieß. Sogleich öffnete sich die Tür des Schlosses, es traten mehr als hundert Jungfrauen heraus, in die feinsten seidenen Stoffe gehüllt, mit goldenen Gürteln um den Leib und diamantenen Kronen auf dem Haupt, verbeugten sich vor mir, als wäre ich ein Vezier oder ein Sultan und führten mich ins Schloß zu Daruma, Tochter des Königs Kaschuch. Sie saß auf einem goldenen, mit vielen Edelsteinen verzierten Thron, dessen Füße von Elefantenzähnen waren, die Krone auf ihrem Haupt verbreitete einen Glanz, der meinen Augen nicht erlaubte, sich zu ihr zu erheben. Sie war schön wie der Mond, hatte aber doch ein würdiges, ehrfurchtgebietendes Aussehen. Zu ihrer

Rechten saßen hundertundfünfzig Sklavinnen, zu ihrer Linken ebenso viele. Daruma erhob sich von ihrem Thron, als ich in den Saal trat, reichte mir die Hand, bewillkommte mich bei meinem Namen und zog mich zu sich auf ihren Thron. Ich grüßte sie vom Priester Schanuda, und überreichte ihr die Tafel, die er mir für sie mitgegeben. Sie freute sich sehr damit und verschloß sie in ein Kästchen.

»Daruma ließ mir dann Speisen und Getränke geben, trank selbst mit mir, und befahl einigen ihrer Jungfrauen, zu singen und zu spielen; dann sagte sie: Da du doch liebst, hast du gewiß auch schon gedichtet, ich möchte wohl einige Verse von dir hören. Als ich ihr hierauf einige Verse rezitierte, in welchen ich meine Sehnsucht nach Heifa ausdrückte, sagte sie: Heifas Besitz ist dir sicher, doch vorher muß dem armen Mahmud, der vor Liebe zu den Töchtern des Königs Numan fast wahnsinnig wird, geholfen werden. Vor allem aber muß der Tyrann Hindmar durch dich sterben, denn auch mir würde Gefahr drohen, wenn er noch ein Jahr lebte. Wisse nämlich, Djaudar, mein Vater, welcher ein mächtiger Genienfürst war, hatte einen Weisen bei sich, welcher Kandarin hieß. Eines Tages, als dieser von einer Reise nach einem von Menschen bewohnten Land heimkehrte, fragte ihn mein Vater, was er Schönes auf seiner Reise gesehen? Er antwortete: Als ich in die Stadt Dalaß kam, da fand ich alle Einwohner in Bewegung und die Stadt ganz festlich geschmückt, ich nahm die Gestalt eines Menschen an und fragte einen alten Mann, was denn für ein Fest gefeiert werde, das die ganze Stadt in Bewegung setze? Der Alte antwortete mir: Wisse, der König dieser Stadt, welcher Schamkur heißt, hat eine Tochter, so schön, daß noch kein Menschenauge ihresgleichen gesehen. Diese Prinzessin wurde vor einiger Zeit plötzlich so krank, daß man sie schon als tot beweinte, nun ist sie aber genesen, und da sie heute zum erstenmal wieder ausreitet, wird auf Befehl ihres Vaters ein öffentliches Fest gefeiert. – Als ich dies hörte, beschloß ich, Dalaß nicht zu verlassen, bevor ich die schöne Prinzessin gesehen. Es dauerte nicht lange, da kam der König Schamkur mit seiner Tochter geritten, von vielen Offizieren begleitet, mit Musikern und Fackelträgern vor ihnen her. Ich mischte mich unter das Gefolge, um die Prinzessin länger und näher zu sehen, und fand sie in der Tat so vollkommen schön, daß ich es gar nicht versuchen mag, sie zu schildern; das ist das Schönste, was ich im Land der Menschen gesehen. Als mein Vater, welcher ohnedies Menschentöchter mehr liebte, als weibliche Djinn, den weisen Kandarin so sprechen hörte, sagte er: Ich werde in der Gestalt eines menschlichen Königs nach Dalaß reisen und bei dem König Schamkur um seine Tochter werben; gibt er mir sie freiwillig, so soll es ihm gut gehen: Verweigert er mir sie aber, so nehme ich sie mit Gewalt. Er rief dann sogleich eine Abteilung Djinn herbei und sagte ihnen: Kommt morgen früh in Menschengestalt auf leichten Rennern in einem reichen Kriegeraufzug hierher. Am folgenden Tag erschienen sie, wie ihnen mein Vater befohlen hatte, zwanzigtausend an der Zahl; mein Vater selbst bestieg dann ein Pferd, das etwas größer war, als das seiner Truppen, und leichter als ein Rabe flog, und ritt an ihrer Spitze, in Begleitung Kandarins, nach Dalaß. Der König Schamkur erschrak sehr, als er auf einmal eine so zahlreiche Armee vor den Toren der Stadt sah, und sandte seinen Vezier zu meinem Vater, um ihn zu fragen, in welcher Absicht er gekommen. Mein Vater bat den Vezier, seinem Herrn zu sagen, der König Kaschuch sei gekommen, um bei ihm um die Hand seiner Tochter anzuhalten; gewähre er sie ihm, so werde er ihm Freund sein und so viel Morgengabe versprechen, als von ihm gefordert wird. Als der Vezier dem König Schamkur diese Antwort brachte, ging dieser zu seiner Tochter und fragte sie, ob sie den mächtigen König Kaschuch heiraten wolle. Er soll auf die Rennbahn kommen, antwortete die Prinzessin, da kann ich ihn vom Schloß aus sehen; gefällt er mir dann, so heirate ich ihn, wo nicht, so lasse ich mich lieber von ihm in Stücke hauen, als daß ich seine Gattin werde. Der König Schamkur ritt selbst zu meinem Vater und brachte ihm die Antwort seiner Tochter. Mein Vater nahm ihre Bedingungen an, und begab sich am anderen Morgen an der Spitze seiner Djinn in menschlicher Kriegergestalt auf die Rennbahn und zeigte sich als einen so gewandten Ritter, daß die Prinzessin bald ihrem Vater erklärte, sie wolle gern seine Gattin werden. Schamkur ließ sogleich meinen Vater rufen und sagte ihm: Nimm meine Tochter zur Gattin, denn du hast ihr Herz gewonnen. Er ließ dann alsbald an der Ausstattung seiner Tochter arbeiten, und als sie vollendet war, reiste mein Vater mit ihr voraus zu Pferd, ihre Aussteuer aber folgte nach auf dreihundert Kamelen. Als mein Vater in seiner Heimat war und die Hochzeitsnacht feiern wollte, sagte ihm Kandarin: Deine Gattin ist verloren, wenn du sie berührst, denn du bist aus Feuer geschaffen, sie aber aus Erde, welche das Feuer verzehrt. Du wirst dann ihren Tod beweinen, wenn es zu spät ist. Morgen, fuhr er fort, will ich dir eine Salbe bringen, mit der du dich und sie einreiben mußt: Dann könnt ihr lange miteinander glücklich leben. Am folgenden Tage brachte er eine weiße Salbe, mein Vater salbte sich und seine Gattin damit und feierte ohne Gefahr die Hochzeitsnacht. Nach neun Monaten wurde ich zur großen Freude meiner Eltern geboren und Daruma genannt. Schon als Kind war ich von auffallender Schönheit, denn das Sanfte und Liebliche des Menschen war mit der Kraft und Majestät des Djinn wunderbar gepaart; als ich aber mein fünfzehntes Jahr erreichte, wurde meine Schönheit so sehr gepriesen, daß auch der Tyrann Hindmar von mir hörte und bei meinem Vater um mich werben ließ. Mein Vater ließ sogleich Kandarin rufen und fragte ihn um Rat, wie er, ohne sein Verderben herbeizuziehen, dem bösen König Hindmar mich verweigern könne? Kandarin antwortete: Laß ihm sagen, deine Tochter sei noch zu schwach und zu jung, um jetzt schon zu heiraten, er möchte doch noch zwei Jahre warten, dann solle sie seine Gattin werden. Ist er mit dieser Antwort zufrieden, fuhr Kandarin fort, so bist du aus aller Not, denn ich habe in einem Buch gelesen: Nach einem Jahr wird ein Fischer aus Kahirah, mit Namen Djaudar, Sohn Omars, hierher kommen und Hindmar mit einem Zauberschwert töten.

Mein Vater befolgte Kandarins Rat, und als die Boten, welche er mit dieser ausweichenden Antwort zu Hindmar schickte, zurückkehrten und einen Brief von Hindmar brachten, in welchem er erklärte, daß er gern noch zwei Jahre warten wolle, sagte Kandarin zu meinem Vater: Ich rate dir, damit deine Tochter jedenfalls sicher vor den möglichen Nachstellungen Hindmars sei, sie mit mir auf mein Schloß, das im Kamillental liegt, zu schicken; auch habe ich eine kupferne Statue, mit einer Trompete in der Hand, verfertigt, welche in die Trompete stoßen wird, sobald Djaudar den Berg übersteigt, der zu meinem Schloß führt. Djaudar wird nämlich in meinem Schloß den Geist Misram suchen, und um ihn herbei zu beschwören, muß er ein kleines Türchen öffnen, das am Leib der kupfernen Statue sich befindet; er findet in dessen Leib ein kleines Kästchen, in welchem viele zerstreute Blätter liegen, auf welchen ein Alef steht; die lasse er liegen, bis er ein Blatt findet, auf dem gar nichts geschrieben ist; dieses werfe er ins Feuer, und sogleich wird ihm Misram erscheinen und ihm helfen, den Tyrannen Hindmar umbringen. Mein Vater übergab mich Kandarin mit dreihundert Jungfrauen, und ich lebe nun schon drei Monate hier und wartete immer, bis in die Trompete gestoßen werde, aber die Statue regte sich nicht bis zu deiner Ankunft. Darum, Djaudar, freute ich mich so sehr mit dir und sandte ich dir einen Teil meiner Jungfrauen entgegen. Das ist's, was ich dir mitzuteilen hatte; nur Gott ist allwissend.

»Als Daruma so gesprochen hatte, ergriff sie meine Hand und führte mich auf das Dach des Schlosses zur kupfernen Statue; ich nahm das Kästchen heraus und fand darin viele Blätter von Gazellenhaut, auf denen ein Alef stand, ein einziges war ganz weiß; ich warf es auf einige

Kohlen, die mir Daruma reichte, da stieg ein Rauch gen Himmel aus dem Mund der Statue, der sich bald sammelte und die Gestalt eines furchtbaren Geistes annahm, mit einem Kopf wie eine Kiste, Augen in die Länge gespalten und Nasenlöcher, aus denen große Flammen hervorsprühten. Als er vor mir stand, rief er mit einer Stimme wie der Donner: Hier bin ich, mein Herr, die Hilfe ist nahe, die bestimmte Zeit ist gekommen, ich gehorche dem Besitzer des Zauberschwertes, an das ich gebannt bin.

Sieh einmal, sagte Daruma, was dein Schwert vermag; dieser schreckliche Geist zittert vor dir, wie ein Rohr beim Sturmwind. Misram wendete sich dann zu Daruma und fragte sie, ob ich wisse, was die übrigen Blätter in dem Kästchen bedeuten, und bat sie, mich davon in Kenntnis zu setzen. Da sagte sie: Wisse, Djaudar, Misram hat zwei Söhne, der eine heißt Mahik und der andere Lahik, die er so zärtlich liebt, daß er nicht lange leben würde, wenn er sie nicht von Zeit zu Zeit wiedersähe. Als er daher von Sintbest an dieses Schwert gebannt wurde, erbat er sich als Gnade, jeden Monat drei Tage bei seinen Söhnen zubringen zu dürfen. Sintbest gewährte ihm seine Bitte, verfertigte diese Blätter aus Gazellenhaut und gab ihm jeden Monat ein solches als Schutzbrief für die Reise; da aber du jetzt Herr des Zauberschwerts bist, so ist es deine Sache, ihm jeden Monat Urlaub auf drei Tage und ein solches Sicherheitsblatt zu geben, ohne welches er keinen Augenblick von mir weichen kann. Sie sagte dann zu Misram: Ich zweifle nicht, daß Djaudar nicht härter gegen dich sein wird, als Sintbest; hingegen solltest du auch, da Djaudar ein gewöhnlicher Mensch ist, der bisher noch gar keinen Umgang mit Geistern hatte, ihm zu Gefallen ein freundlicheres Äußeres annehmen, damit er sich heimlicher bei dir fühle. Misram verschwand einen Augenblick und kehrte wieder als ein schöner unbärtiger Jüngling mit freundlichen schwarzen Augen, rosigen Wangen, leuchtender Stirn, frischen Lippen wie Korallen und einem Hals so klar wie Kristall. Nun aber, Djaudar, sagte er, als ich ihn mit Staunen betrachtete, müssen wir weiter ziehen, wenn wir zur bestimmten Zeit bei Hindmar eintreffen wollen. Ich nahm Abschied von Daruma und folgte Misram zehn Tage lang, ohne die mindeste Müdigkeit zu empfinden, bis wir vor ein großes Zelt kamen, aus welchem wir eine klägliche Stimme hörten, welche rief: O barmherziger Gott, der du Hiobs Leiden ein Ende gesetzt, erbarme dich auch meiner! Ich öffnete schnell das Zelt und fand darin einen nackten Menschen auf den Boden gestreckt, seine ganze Haut war zerschlagen, so daß das Blut von allen Seiten herströmte, seine Hände und Füße waren mit starken eisernen Ketten zusammengebunden. Ich rief ihm zu: Friede sei mit dir, mein Herr! Er antwortete: Mit dir sei Gottes Friede, Segen und Barmherzigkeit. Wer bist du? – Ich bin ein Mensch. – Wer hat dich hierher gebracht? – Der Allmächtige, dem nichts zu schwer ist, und du, wer hat dich in diese peinliche Lage versetzt? – Zwei große, schwarze Sklaven, die mich jetzt schon zehn Tage lang auf jede Weise mißhandeln. – Und warum dies? – Weil ich meinen Glauben mit dem ihrigen nicht vertauschen will. – Zu welcher Zeit kommen sie gewöhnlich? – Ich erwarte sie leider wieder in dieser Stunde, darum fliehe schnell von hier, daß du nicht mein Los teilest, denn die beiden Sklaven haben Stricke bei sich, mit denen sie einen Elefanten töten könnten. – Fürchte nichts mehr; ich bin gewiß nur durch göttliche Fügung hierher gekommen, um dich zu befreien. Wie heißt du denn? – Mein Name ist Hatem aus der Stadt Baser; ich reiste mit meiner Braut, die mir entrissen wurde und von der ich gar nichts mehr weiß. – Beruhige dich nur, vertraue auf Gott und habe Geduld, denn Geduld ist der Schlüssel der Erlösung. Ich verließ dann das Zelt und verbarg mich hinter einem Baum in der Nähe und wartete, bis die Sklaven kamen. Als sie im Zelt waren, näherte ich mich der Tür des Zeltes, um Hatem in jedem Augenblick beistehen zu können, zog mein Schwert aus dem Beutel und setzte es zusammen.

Bald hörte ich, wie einer der Skalven zu Hatem sagte: Habe doch Mitleid mit dir selbst, gib deinen Glauben auf und nimm den unseres Königs an, und ermahne deine Braut zum Gehorsam gegen unseren König, so hast du nur Gutes von uns zu erwarten; tust du dies aber nicht, so wirst du und deine Braut gepeinigt bis zu unserem großen Fest, dann werdet ihr beide unserem kristallenen Götzen geopfert. Hatem antwortete hierauf: Es gibt keinen wahren Glauben als den Mohammeds, den Sohn Abd Allahs; euer König mag mit mir verfahren, wie er will, ich werde bis zum letzten Atemzug bekennen: Es gibt nur einen einzigen Gott und Mohammed ist sein Prophet! Als die Sklaven dies hörten, stellten sie sich der eine zur Rechten und der andere zur Linken Hatems und hoben ihre Arme auf, bis man das Schwarze unter ihrer Achsel sah, aber im Augenblicke, wo sie Hatem schlagen wollten, stürzte ich in das Zelt und rief: Ihr verruchten Götzendiener, wehe euch! Lasset diesen Mann in Ruhe oder ich räche ihn. Die Sklaven drehten sich nach mir um, und als sie mich sahen, sagten sie lachend: Wer bist du? und hoben ihren Strick gegen mich auf, aber ich kam ihnen mit meinem Schwert zuvor, und kaum hatte ich sie mit demselben berührt, als ihre

Köpfe vom Rumpf flogen. Ich entfesselte dann Hatem, der vor Freude und Erstaunen ganz außer sich war, und reichte ihm einige Speisen. Als er wieder gestärkt war, fragte ich ihn, wieso er hierher gekommen? Meine Geschichte ist wunderbar, antwortete er mir; wenn man sie mit einer Nadel in die Tiefe des Auges schriebe, so könnte sie jedem zur Warnung dienen. Wisse nämlich, in Baser, meiner Heimatstadt, regiert seit einem Jahr ein junger König, man nennt ihn den Perser Kink, der das ausschweifendste Leben auf der ganzen Welt führt. Die Weinkrüge weichen nicht von seinem Tisch, und weiß er ein schönes Mädchen oder sogar eine schöne Frau in der Stadt, so muß er sie haben, oder er läßt alle ihre Verwandten hängen. Die meisten Leute, welche schöne Töchter oder Frauen haben, verbergen sie daher, damit er nichts von ihnen höre. Da aber der König viele Spione unterhält, welche unter allerlei Vorwand ins Innere der Häuser dringen und auskundschaften, wo junge Frauen oder Mädchen sich aufhalten, so ist auch dieses Mittel nicht immer sicher. Eines Nachts, als ein Mädchen aus einem Nachbarhaus gewaltsam zum König geschleppt wurde, fing ich auch an, für meines Bruders Tochter, welche ich bei mir verborgen hatte, und mit der ich schon seit einigen Monaten verlobt war, zu fürchten und faßte daher den Entschluß, mit ihr zu entfliehen. Meine Braut, die mich leidenschaftlich liebt, war mit mir einverstanden, und gleich in der folgenden Nacht verließen wir die Stadt Baser, dachten weiter an nichts, als der Tyrannei unseres Königs zu entgehen, und wußten nicht, wohin wir uns wenden, noch welchen Weg wir einschlagen sollten.

Zehn Tage lang reisten ich und meine Braut aufs Geratewohl umher, da kamen wir in einer großen Wüste vor eine hohe marmorne Säule, an welcher eine stählerne Tafel hing mit der Inschrift: Wanderer, der du hierher kommst, wende dich nicht rechts, sonst gehst du zugrunde, auch nicht links, sonst ist dir der Tod gewiß, sondern gehe gerade vor dich hin, mitten durch das Tal, so wirst du gerettet. Ich sagte zu meiner Braut: Sieh einmal, was gute Leute für Reisende tun. Wir schlugen dann das bezeichnete Tal ein und gelangten bald in eine Ebene, welche ein klarer Bach durchströmte und auf der die herrlichsten Obstbäume prangten, auf deren Zweigen muntere Vögel den Schöpfer priesen. Jetzt sind wir aus aller Not, sagte ich zu meiner Braut, laß uns hier ausruhen. Ich stieg von meinem Kamel herunter und hob auch meine Braut aus ihrer Sänfte; die Kamele weideten auf der grünen Wiese vor uns, während wir einiges Obst pflückten und Wasser aus dem Bach tranken. Wir befanden uns hier sehr behaglich, nachdem wir zehn Tage mit sehr spärlichen Lebensmitteln in unwirtbaren Gegenden umhergeirrt waren. Auch überfiel uns der Schlaf, sobald wir unseren Hunger und Durst gestillt und uns auf unseren Teppich gelegt hatten. (Gepriesen sei der Herr, der nie schläft!) Als wir aber erwachten, befanden wir uns vor einem König, der noch von den Amalekiten herzustammen schien, denn er war über dreißig Schuh hoch. Neben ihm standen viele Offiziere, er selbst saß auf einem Throne, an welchem vier Löwen mit goldenen und silbernen Ketten angebunden waren. Wisset ihr, wer ich bin? fragte er uns, als wir die Augen öffneten. Nein, mein Herr, wir kennen dich nicht, antworteten wir. So wisset, versetzte er, ich bin der König Mudsil und habe schon manchen König meinem kristallenen Götzen unterworfen; wer ihm huldigt, erhält von mir, was er wünscht, wer ihm aber seine Huldigung versagt, wird vernichtet. Darum befehle ich auch euch, jetzt meinen Götzen anzubeten; tut ihr es, so verleihe ich dir, sagte er, zu mir gewendet, ein ehrenvolles Amt und nehme das Mädchen, das bei dir ist, in mein Schloß, wo nicht, so werdet ihr eueren Ungehorsam schwer büßen. – Ich werde mich nie deinem Willen fügen, rief ich voller Entrüstung, wie soll ich mich vor einem Götzen verbeugen, der weder nützen noch schaden kann? Ich werde nur den anbeten, der mich geschaffen, der mir Augen zum Sehen, Füße zum Gehen und Ohren zum Hören gegeben hat. Es gibt nur einen einzigen Gott, der den Tag und die Nacht geschaffen, die Sonne und den Mond, dem nichts auf Erden oder im Himmel verborgen ist; darum rate ich auch dir, den Götzendienst aufzugeben und den einzigen Gott anzubeten, dann wirst du von der Hölle befreit und kannst einst das Paradies, das mit Huri und schönen Knaben gefüllt ist, bewohnen. Mudsil sprang zornig auf, als er dies hörte, und sagte: Vor einem Mann, wie ich bin, wagst du es, so zu lästern. Er rief dann einen seiner Diener und befahl ihm, einen der vier Löwen zu schlachten und ihn ihm zu bringen. Der Sklave schlachtete den Löwen und als er ihm die Haut abgezogen hatte, machte er einen Braten daraus und reichte ihn dem König, welcher ihn in einem Augenblick verschlang. Dann ließ er das

Zelt aufschlagen, in welchem wir uns eben befinden, und befahl den beiden Sklaven, die du getötet, mich zu foltern, bis ich meinen Glauben abschwöre; was aber aus meiner Braut geworden, weiß ich nicht. Das ist alles, was ich zu erzählen weiß. – Verzage nicht, rief ich ihm zu, derjenige, der mich zu dir gesandt, ist auch mächtig genug, deine Braut zu befreien. Ich rief dann Misram und befahl ihm, mich zu Mudsil zu führen und die Braut Hatems zu befreien. Folge mir, sagte Misram; Mudsil hält sich jetzt im Leopardenschloß auf, das drei Tage weit von hier liegt. Ich machte mich mit Hatem und Misram auf und lief wieder drei Tag lang über Berge und Täler, ohne müde zu werden. Am dritten Tage sagte uns Misram: Bleibt hier sitzen, bis ich wiederkehre. Ich unterhielt mich unter einem Baum mehrere Stunden lang mit Hatem; auf einmal sahen wir in der Ferne einen dicken Staub aufsteigen, dann kamen fünfhundert Reiter auf arabischen Pferden zum Vorschein, mit indischen Lanzen in der Hand und davidischen Panzern auf der Brust. Als sie in unserer Nähe waren, trat ein Reiter von riesenhafter Gestalt aus ihrer Mitte, der ganz in Eisen gehüllt war. Hatem schrie: Wehe uns, das ist gewiß Mudsil; wenn der mich sieht, so bringt er uns beide um. Ich nahm schnell die Klinge aus dem Beutel und setzte sie zusammen; da rief mir aber der Reiter mit einer donnernden Stimme zu: Stecke dein Schwert ein, mein Herr Djaudar, ich bin Misram und komme mit meiner Schar, um für Turaja, die Braut Hatems, gegen Mudsil zu kämpfen; wir sind hier ganz in der Nähe seines Schlosses, bleibe du nur noch hier, bis ich dich rufe. Er kehrte dann zu seinen Kriegern zurück, ließ in die Trompete stoßen und die Fahnen entfalten und ritt gegen das Schloß. Als Mudsil Kriegslärmen vor seinem Schloß hörte, schickte er seinen Vezier heraus zu Misram, um ihn zu fragen, was er wolle und wer er sei? Misram sagte dem Vezier: Geh zu deinem Herrn und sage ihm: Misram, der Sohn Akus, fordert Turaja von ihm, und wenn er sie nicht gleich herausgibt, so wird er seinen Kopf von ihm fordern und seinen kristallenen Götzen in tausend Stücke zerschlagen.

Als der Vezier mit dieser Antwort zu Mudsil zurückkehrte, schäumte dieser vor Wut und fluchte und lästerte; dann rief er alle seine Leute zusammen und teilte ihnen mit, was er vom Vezier gehört, und forderte sie auf, mit ihm gegen diesen kühnen Misram zu ziehen. Sobald aber Mudsil mit seinen Kriegern aus dem Schloß kam und zu einem allgemeinen Angriff sich vorbereitete, rief Misram: Wer nimmt meine Herausforderung an? Wer hat Lust, sich mit mir zu messen? Wer mich kennt, dem brauche ich nichts zu sagen, wer mich aber nicht kennt, der wisse, ich bin Misram, der Sohn Akus, der weder vor Schwarzen noch vor Weißen, weder vor Menschen noch vor Genien sich fürchtet. Auf diese Herausforderung trat ein Krieger aus Mudsils Reihen, der so groß war, wie der höchste Dattelbaum, und eine dicke eiserne Stange auf der Schulter trug, stellte sich Misram gegenüber und sagte ihm: Wie wagst du es, einen König mit solcher Geringschätzung zu behandeln? Er drang dann auf ihn ein und schlug ihn mit seiner Stange, sie fügte ihm aber nicht mehr Leid zu, als wenn ein Zephyr ihn anwehte. Indessen glaubten alle Zuschauer, Misram werde unterliegen, als ein einziger Feuerhauch aus seinem Mund seinen Gegner leblos zu Boden streckte. Als Mudsil dies sah, wendete er sich zu seinen Leuten und sagte ihnen: Wer will den gefallenen Krieger rächen! Sogleich trat ein zweiter Ritter aus ihrer Mitte und drang auf Misram ein. Aber kaum war er auf der Rennbahn, als Misram mit ihm wie mit seinem Vorgänger verfuhr. Diesem folgten noch achtzehn andere, welche ebenso von Misram in Asche verwandelt wurden. Mudsil schlug sich vor Ärger mit solcher Heftigkeit ins Gesicht, daß ihm fast die Augen heraussprangen, dann wendete er sich zu einem schwarzen Sklaven, der es schon oft mit tausend Reitern aufgenommen hatte, und forderte ihn auf, gegen Misram zu kämpfen, die Schmach, welche seine Brüder erlitten, zu tilgen, und ihrem Götzen Genugtuung zu verschaffen. Djamus (Büffel), so hieß nämlich dieser schwarze Sklave, sagte zu Mudsil: Es ist wohl Zeit, daß ich aufhöre, als bloßer Zuschauer hier zu stehen – aber ich will deinen Rachedurst kühlen und dir Misram lebendig überliefern, daß du ihn deinem Gott zum Opfer bringen kannst. Er drang hierauf auf Misram ein und hob eine Stange gegen ihn auf, die einen Elefanten zertrümmert hätte. Aber Misram wich nicht von der Stelle, sondern hauchte bloß Djamus' rechten Arm an und er fiel sogleich zu Boden. Djamus ergriff sein Schwert mit der linken Hand und stürzte abermals auf Misram los; aber dieser hauchte auch den linken Arm an, und auch er fiel zu Boden. Jetzt entfloh Djamus, und Mudsils Truppen, welche diesem Kampf zugesehen hatten, riefen insgesamt: Gegen einen Helden wie Misram können wir nicht länger kämpfen. Da sagte Mudsil: Wenn es niemand mehr wagt, sich mit Misram zu messen, so will ich es versuchen, doch will ich zuvor meinen Götzen befragen. Während er aber vor seinem Götzen auf den Knieen lag und ihn um Hilfe anflehte, ließ ihn Misram von zwei Geistern ergreifen und unter den Baum bringen, wo ich mit Hatem saß. Was hältst du von der Macht deines Götzen? fragte ihn Misram lachend. Ich glaube, er zürnt mir, antwortete Mudsil. Misram sagte dann zu Hatem: Hier ist dein Feind, verfahre mit ihm, wie es dir gut dünkt. – Gestehest du mir die Wahrheit, redete ihn Hatem an, so soll dir alles verziehen werden; lügst du aber, so bist du des Todes. Was ist aus meiner

Braut Turaja geworden? – Sie ist geehrt und geliebt in meinem Schloß, aber sie seufzt fortwährend nach dir und weint unaufhörlich. – So laß sie hierher kommen, versetzte Hatem, daß wir uns von der Wahrheit deiner Worte überzeugen. Mudsil wollte aufstehen und in sein Schloß gehen, aber Misram sagte: Du weichst nicht von hier, bis du bekennst, daß dein Götze ein lebloses Ding ist, das weder nützen noch schaden kann, und daß es nur einen einzigen Gott gibt. Als Mudsil dies hörte, rief er: O du mein kristallener Gott, jetzt ist es Zeit, deine Macht zu zeigen, bedenke, daß ich dich schon fünfzig Jahre anbete und dir jedes Jahr ein großes Fest feiere, an dem ich dir Fürsten und Könige opfere, errette mich nun in diesem Augenblick der Gefahr! Aber schon hatte Misram einen Geist abgesandt, der, noch ehe Mudsil sein Gebet vollendet hatte, den Götzen herbeibrachte, den Kopf gegen die Erde und die Füße in die Höhe gestreckt. Misram schlug

ihn zusammen und fragte nochmals Mudsil: Was hältst du jetzt von deinem Götzen? – Ich sehe ein, antwortete Mudsil, daß er weder mir noch sich selbst helfen kann, darum bitte ich euch, lehret mich einen besseren Glauben. – So bekenne, wiederholte Misram, daß es nur einen Gott gibt und daß Mohammed sein Gesandter ist. Nachdem Mudsil dieses Glaubensbekenntnis zu unserer großen Freude abgelegt hatte, gingen wir mit ihm ins Schloß. Er ließ alle seine Leute zusammenkommen und erzählte ihnen, was zwischen ihm und Misram vorgefallen, worauf sie alle Muselmänner wurden. Er ließ dann Turaja rufen, und sie fiel vor Freude in Ohnmacht, als sie Hatem wieder sah. Wir blieben dann noch drei Tage bei Mudsil und lehrten ihn das Gebet, die Reinigung, das Fasten, und beschrieben ihm die Hölle, das Paradies und die übrigen Glaubensartikel des Islamismus.

»Er ließ uns königlich bewirten und wollte uns sehr kostbare Geschenke machen, ich dankte ihm aber und sagte: Tu für Hatem, was du im Sinne hattest, für mich zu tun. Mudsil fragte dann Hatem, wohin er sich wenden wolle, und ob er nicht etwa wünsche, bei ihm zu bleiben? Schenke mir das Zelt, antwortete Hatem, welches in dem freundlichen Tal aufgeschlagen worden ist, wo ich so viel gelitten habe, mit einigen dabeiliegenden Gütern, ich werde darin glücklich sein mit Turaja.

Mudsil sprach hierauf zu Hatem: Das sollst du haben, und dazu ein jährliches Gehalt, das nicht nur für deine Bedürfnisse hinreicht, sondern dir auch gestattet, alle Reisenden, welche in diese Gegend kommen, zu bewirten; das bin ich dem einzigen Gott, zu dem ich mich bekehrt habe, schuldig für die vielen Mißhandlungen, welche die Reisenden, die sich durch die Tafel an der marmornen Säule dahin locken ließen, von mir zu dulden hatten. Der König Mudsil begleitete hierauf selbst Hatem und Turaja bis an ihr Zelt und ließ eine Abteilung Truppen zu ihrer Sicherheit in der Nähe lagern. Misram und ich aber, wir nahmen Abschied von ihnen und reisten wieder zehn Tage durch Wüsten und Einöden, wo kein grünes Blättchen, noch ein lebendes Wesen zu sehen war. Am elften Tag, als wir in ein fruchtbares Tal kamen, bat mich Misram um einen dreitägigen Urlaub. Ich reichte ihm eines jener Pergamentblätter, und er flog davon. Als ich aber meinen Hunger an den Früchten dieses Tales stillen wollte, fand ich sie so bitter, daß ich sie nicht genießen konnte; ich mußte daher an meinem Vorrat zehren, der so klein war, daß mir schon am zweiten Tag nichts mehr übrig blieb. Am dritten Tag plagte mich der Hunger so sehr, daß ich mich aufmachte, um entweder Nahrungsmittel oder eine bewohnte Stelle zu finden. Da erblickte ich am Ausgang des Tales auf einem Hügel ein großes steinernes Kloster mit einem schönen nußbaumenen Tor. Ich ging darauf zu und fand am Tor folgende Inschrift: Wanderer, den das Geschick hierher führt, bist du hungrig, so speisen wir dich, bist du nackt, so kleiden wir dich, bist du verirrt, so führen wir dich auf den rechten Weg, besuche uns nur, wir werden uns als Gäste und dich als den Hausherrn ansehen. Als ich diese Verse gelesen hatte, dachte ich: Was ist mir in diesem Augenblick wünschenswerter, als ein gastfreundliches Kloster, ich gehe hinein und stille meinen Hunger, inzwischen wird Misram wiederkehren. Kaum hatte ich angeklopft, da rief eine Stimme von innen: Wer ist da? Ich antwortete: Ein armer, hungriger Reisender. – So sei uns willkommen! versetzte die Stimme, und sogleich wurde das Tor geöffnet. Ein schwarzer Sklave trat mir entgegen, führte mich in einen freundlichen Saal und hieß mich auf einen schönen Divan sitzen. Er verließ mich dann einen Augenblick und kehrte wieder mit einer goldenen Schüssel, welche mit Fleisch und Gemüse gefüllt war, die im Fett schwammen, stellte sie mit zitternder Hand vor mir hin und entfernte sich wieder. Da ich fast vor Hunger starb, streckte ich meine Hand danach aus und sagte: Im Namen Gottes, des Allbarmherzigen. Als ich aber einen Bissen in den Mund stecken wollte, hörte ich eine Stimme mir zurufen: Iß nicht! Ich legte den Bissen nieder, drehte mich nach allen Seiten um, sah aber niemanden. Da streckte ich wieder die Hand nach der Schüssel aus und griff nach einem Stückchen Fleisch, als ich es aber an den Lippen hatte, rief dieselbe Stimme wieder: Iß nicht! Ich sah mich wieder rechts und links um und erblickte wieder niemanden. Als ich aber zum drittenmal essen wollte und auch dieses Mal dieselbe Warnung vernahm, ohne jemanden zu sehen, sagte ich: Wer du auch seist, der du mit mir sprichst ohne dich mir zu zeigen, sage mir, warum ich nicht essen soll, da mich doch der Hunger bald umbringt?

»Hierauf antwortete die Stimme: Blicke einmal nach deiner Rechten! Ich drehte mich um, und siehe da, Misram stand neben mir und sagte: Mein Herr Djaudar, hättest du einen einzigen Bissen von diesem Fleisch gegessen, du würdest jetzt wie heißes Blei zusammenschmelzen, dein

Schwert wäre dir entrissen worden, ich müßte mein ganzes Leben durch ruchlosen Leuten dienen und Mahmud müßte vor Verzweiflung sterben. Gelobt sei Gott, der mich noch zur rechten Stunde hierhergesandt hat. Wisse, Djaudar, dieses Kloster gehört einer Alten, welche das Feuer anbetet, die Inschrift auf dem Tor soll ihr Reisende herbeilocken, die sie alle ihrem Vetter Hindmar zuführt, der sie dann brät und wie gebackene Hühner frißt. Doch das Nähere will ich dir erzählen, wenn du den schwarzen Sklaven umgebracht hast, der jetzt auf der Terrasse des Schlosses sitzt. Geh nur hinauf, er wird einen lauten Schrei ausstoßen, wenn er dich hört, berühre ihn nur mit deinem Schwert, und er wird ein Haufen Asche werden; wenn dann morgen die Alte mit ihrem Vetter Hindmar zurückkommt, in der Hoffnung, neue Beute für ihn zu finden, so verfahre mit ihr ebenso, dann ziehen wir zusammen gegen Himar, das Verderben der Muselmänner. Als ich nach Misrams Befehl den schwarzen Sklaven getötet hatte und wieder zu ihm herunter kam, sagte er mir: Komm, wir wollen uns in einem Kabinett verbergen, damit die Alte nicht davonlaufe, sobald sie uns sieht, und noch ferner Unheil stiftet in der Welt. Ich folgte Misram in ein Kabinett, das dicht an der Tür des Saales war, und wir blieben bis zum folgenden Tag darin. Da hörten wir auf einmal ein Getöse im Kloster, als wenn es donnerte, und siehe da, ein altes Weib trat in den Saal und setzte sich auf den im oberen Teil desselben angebrachten Divan. Sie hatte einen Kopf wie ein Büffel, dazu aber kleine Augen wie Oliven, einen Hals hatte sie, so gelb wie abgefallene Blätter, einen Mund wie eine Trompete, eine Brust wie eine Kiste, einen Leib wie ein Esel, Zähne hatte sie wie ein Elefant und eine Zunge, die bis über die Brust herabhing. Das ist die alte Djachka, sagte mir Misram, Hindmars ruchlose Base. Als ich dies hörte, zog ich mein Schwert, sprang aus dem Kabinett und teilte sie entzwei. Da stieg ein Rauch gen Himmel, der sich dann sammelte und zu einem Haufen Asche wurde. Misram jubelte vor Freude wie ein Frauenzimmer, als er die Alte in einen Haufen Asche verwandelt sah, und sagte: Es wird alles gelingen, Djaudar, bald wird Hindmar das Los seiner Base teilen, und wir sind dann nicht mehr fern vom Ziel. Misram sammelte dann alles Silber, Gold und alle Edelsteine, welche in großer Masse im Kloster aufgehäuft waren, belud damit zehn Geister und sagte ihnen: Gehet nach Ägypten zur Adlersschlucht, dort findet ihr den Abendländer Mahmud, der euch erwartet, küsset ihm seine Hände und Füße, bringet ihm diese Kostbarkeiten und saget ihm, es gehe alles gut, wir hoffen bald wieder bei ihm zu sein. Nach einigen Stunden waren die Geister schon wieder zurück und brachten uns Grüße von Mahmud und versicherten uns, er habe schon durch sein Buch den Tod der Alten gewußt, und nun bete er fortwährend, daß auch unser Unternehmen gegen Hindmar gelinge. Daran zweifle ich jetzt noch weniger als früher, sagte Misram, denn auf meiner letzten Reise habe ich Schilschanum, den Sohn Djaldjamuks, vertrauten Priester Hindmars, für unsere Sache zu gewinnen gewußt. Djaldjamuk, von dem man eigentlich nicht recht weiß, ob er ein Jude, Christ oder Muselmann ist, wußte durch seine Geschicklichkeit in der Arzneikunst sich bei Hindmar sehr beliebt zu machen. Hindmar war nämlich einmal so krank, daß seine besten Ärzte ihn für unrettbar erklärten, und es nicht der Mühe wert hielten, ihm Arzneimittel zu geben. Als Djaldjamuk dies hörte, ließ er sich zum König führen, und kaum hatte er den Puls gefühlt, so sagte er: Mein König, du hast eine innere Krankheit, für die es nur ein Heilmittel gibt, und zwar, Menschenfleisch essen und Menschenblut trinken.

Sobald Djaldjamuk dies gesagt hatte, rief Hindmar einen seiner ihm untergeordneten Geister und befahl ihm, einen Menschen herbeizuschaffen. Der Geist flog wie ein Blitz in ein von Menschen bewohntes Land, raubte einen fetten Mann und brachte ihn vor Hindmar. Djaldjamuk untersuchte ihn und sagte: Der ist recht, hänge ihn nun an den Füßen auf und lasse ihn drei Tage mit

dem Kopf gegen die Erde gerichtet hängen, am vierten Tag schneide ihm den Kopf ab, fange das Blut in eine goldene Schüssel und trinke es ganz warm, du wirst bald darauf einschlafen; inzwischen kann man das Fleisch des Geschlachteten braten, das ißt du beim Erwachen, und du wirst wieder so gesund sein, wie früher. Da Hindmar auf diese Weise sehr bald wieder seine frühere Gesundheit erlangt hatte, beschenkte er Djaldjamuk königlich und ließ in seinem ganzen Reich ausrufen: Wer Hindmar liebt und ehrt, der liebe und ehre auch seinen Retter Djaldjamuk. Da indessen Hindmar häufig von seinem Übel befallen wurde, so nährte er sich fortwährend von Menschenfleisch, und ließ sich von allen Seiten Menschen herbeischleppen; waren sie fett, so wurden sie sogleich geschlachtet, wenn nicht, so mästete man sie mit Hühner- und Gänsefleisch. Das ist die Ursache, warum seine alte Base, die ihn leidenschaftlich liebte, ein Kloster mit einer lockenden Inschrift an dem Tor bauen ließ; denn wer hineinkam, dem ließ sie einen Schlaftrunk im Essen reichen und schleppte ihn zu Hindmar. So lebt nun Hindmar schon viele Jahre von Raub und Mord, auch ist er schönen Mädchen ebenso gefährlich als fetten Männern, darum fürchtet man ihn allenthalben, und kein König wagt es, ihm den Krieg zu erklären, weil er ebenso tapfer als mächtig ist und über unzählbare Heere gebietet. Er fühlte sich aber vor einigen Monaten ohne alle äußere Veranlassung auf einmal so beklommen, daß er Djaldjamuk rufen ließ und ihn fragte, ob ihm nicht

ein Unglück bevorstehe. Djaldjamuk las eine Weile in einem Buch, dann sagte er: Hüte dich vor einem Menschen der aus Ägypten kommt, er besitzt das Zauberschwert Sintbests, das Menschen und Genien besiegt. Darum will ich dir eine kupferne Statue gießen, mit einer Trompete in der Hand, in welche sie stoßen wird, sobald dieser Mensch gegen dein Schloß zieht. Vernimmst du den Trompetenschall, so lasse mich gleich rufen, daß ich gegen den Zauber des Schwertes Mittel ergreife, sonst bist du verloren und alle deine Feinde freuen sich an deinem Untergang. Hindmar lebte nun ruhig fort, bis auf einmal – es war gerade an dem Tag, wo du in Alexandrien dich einschifftest – die Statue mit einer solchen Kraft in die Trompete stieß, daß sein ganzes Schloß zitterte. Da ließ er schnell Djaldjamuk rufen und sagte ihm: Der Mann mit dem Zauberschwert muß nahe sein, denn die Trompete erschallte so laut, daß sie mich ganz betäubt. – Fürchte nichts, erwiderte Djaldjamuk, ich werde unserem Feind vier Schlingen legen, denen er, wenn ihn kein Verräter warnt, gewiß nicht lebendig entkommen soll. Da er indessen nicht allein alles verrichten konnte, mußte er seinem Sohn Schilschanum sein Geheimnis mitteilen. Dieser ist aber in seinem Inneren ein Muselmann und sieht daher schon längst mit Abscheu das ruchlose Leben Hindmars, welcher das Feuer anbetet, auch ist er ein Jugendfreund meiner beiden Söhne; als ich ihn daher auf meiner letzten Reise bei ihnen traf, erzählte er mir alles dies und versprach mir, sich auf dem Vogelberg einzufinden, den wir, um zu Hindmar zu gelangen, übersteigen müssen, um dir dort die Mittel anzugeben, wie du der vierfachen Gefahr, die dir droht, ausweichen kannst. Nun komm, und laß uns nicht länger hier verweilen.

»Misram befahl dann, als wir aus dem Kloster traten, einigen Geistern, es zu zerstören und in einem Augenblick war es in einen Haufen Asche verwandelt. Dann reisten wir wieder zwanzig Tage lang, bis wir vor einen grasgrünen, sehr hohen Berg kamen. Dies ist der Vogelberg, sagte

mir Misram; hinter diesem Berg liegt das Feuertal, und hinter dem Feuertal das Schloß Hindmars. Wir blieben zwei Tage am Fuß des Berges, weil er überall so steil war, daß wir ihn nicht erklimmen konnten. Erst am dritten Tag entdeckten wir einen treppenartigen Pfad, der uns auf den Berg führte. Auf dem Gipfel desselben stand ein Schloß, dessen Grund den Boden berührte, dessen Spitze aber bis zu den Wolken emporstieg, und auf der Terrasse des Schlosses stand ein kupferner Vogel von der Größe eines Adlers. Das Tor des Schlosses war offen und ein Mädchen stand davor, das Misram und mich freundlich bewillkommte und mich fragte, ob ich nicht Djaudar sei. Als ich ihre Frage bejahte, sagte sie: Sei mir nochmals willkommen, du, dem der Islamismus so viel zu verdanken haben wird, folge mir mit deinem Freund Misram. Sie führte uns dann auf die Terrasse neben den kupfernen Vogel zu einem steinalten blinden Mann. Sobald wir auf die Terrasse kamen, drehte sich der Vogel dreimal im Kreis herum und breitete seine Flügel aus. Da sprang der alte Mann vor Freude in die Höhe und das Mädchen jubelte laut auf. Ich bat sie, mir die Ursache ihrer Freude zu erklären, da hub sie an: Wisse, Djaudar, der Greis, den du hier vor dir siehst, ist mein Vater, meine Mutter ist längst tot, aber noch eine Schwester habe ich, sie heißt Badiah, welche schon in ihrem achten Jahr das schönste Mädchen auf Erden war. Wir lebten mehrere glückliche Jahre nach meiner Mutter Tod beisammen, als auf einmal ein Geist von der Größe eines Dattelbaumes zu uns hereintrat, Badiah auf den Arm nahm und mit ihr davonflog. Es sind jetzt zwölf Jahre schon, daß uns dieses Unglück getroffen, und schon hatten wir alle Hoffnung verloren, Badiah wiederzusehen, als mir gestern im Traum eine Stimme zurief: Sei frohen Herzens, Djirah, so heiße ich nämlich, du wirst bald deine Schwester wiedersehen; es werden morgen zwei Leute kommen, ein Mensch namens Djaudar und ein Geist mit Namen Misram, durch die deine Schwester befreit wird. Wenn du diese beiden siehst, so führe sie auf die Terrasse, und wenn der Vogel sich dreimal im Kreis herumdreht und seine Flügel ausbreitet, so diene es dir als Zeichen der Wahrheit meiner Worte. Darum, mein Herr Djaudar, so schloß Djirah, freute ich mich so bei der Bewegung dieses Vogels. Kaum hatte Djirah ihre Erzählung beendet, da flog ein weißer Vogel zu uns und schüttelte von seinen Flügeln einen Geist auf die Terrasse herab. Das ist Schilschanum, sagte Misram, der Sohn des Priesters Djaldjamuk, der uns mit den Schlingen bekannt machen will, die uns sein Vater in Hindmars Schloß gelegt habe. Er grüßte ihn dann freundlich und stellte mich ihm als den Besitzer des Zauberschwertes vor. Weißt du, Misram, sagte Schilschanum, warum ich dich hierher bestellt habe? Weil ich gar oft diesen alten Mann um seine verlorene Tochter Badiah jammern hörte, welche kein anderer als Hindmar geraubt hat, und ich daher ihm die Rückkehr derselben verkündigen wollte, sobald Djaudar die Welt von diesem Ungeheuer befreit haben wird. Wollt ihr aber in euerem Unternehmen gegen Hindmar nicht den Tod finden, so höret mir aufmerksam zu und vernachlässigt nichts von dem, was ich euch sage.

»Schilschanum – so fuhr Djaudar in seiner Erzählung fort – sprach weiter zu uns: Ihr müsset nun von hier aus drei Tage lang durch das Feuertal gehen; dann gelangt ihr an einen grünen Berg, der ebenso hoch ist, als dieser, und zu dessen Gipfel ein bequemer Fußpfad führt. Habt ihr die höchste Spitze dieses Berges erstiegen, so sehet ihr das Säulenschloß und den Rabensee vor euch liegen. Das Schloß ist ungeheuer groß und ruht auf vierundzwanzig Säulen; es ist ganz glatt, hat weder Fenster noch Türen, so daß man es in der Ferne für einen Felsenblock hält. Dem Schloß gegenüber liegt ein kleiner See, vor welchem eine dünne, hohe Säule steht mit einem goldenen Raben, der den Schweif gegen den Himmel und den Schnabel zur Erde streckt. Du, Djaudar, mußt die Erde aufgraben an der Stelle, nach welcher der Schnabel des Raben gerichtet ist, bis du einen Beutel findest, welcher einen Bogen und drei Pfeile enthält. Spanne den Bogen und ziele nach dem Schnabel des Raben; triffst du ihn, so wird er sich dreimal im Kreise herumdrehen und drei goldene Schlüssel aus dem Mund fallen lassen; fehlst du zum ersten Male, so wird sich ein furchtbares Getöse um dich erheben, Geister von verschiedenartigster Gestalt werden dich angrinsen; der eine wird rufen: Ergreifet ihn! der andere: Zerreißet ihn! Laß dich aber nicht abschrecken, sondern schleudere auch den zweiten Pfeil nach dem Raben. Triffst du ihn wieder nicht, so wird der drohende Lärm um dich zunehmen; greife aber ohne Furcht nach dem dritten Pfeil, denn zum dritten Male triffst du gewiß den Schnabel des Raben. Nimm dann die Schlüssel, die aus seinem Schnabel fallen, gehe damit an den rechten Flügel des Schlosses und rufe: Abd Assurur, Bewohner dieses Schlosses! Man wird antworten: Hier bin ich, mein Herr Djaudar; es ist alles geschehen. Du wirst dann ein großes Geräusch aus dem Inneren des Schlosses vernehmen, als wenn viele Leute übereinanderstürzten; dann wird es nach und nach still werden und eine vorher unsichtbare Tür sich öffnen, an welcher ein schwarzer Sklave dich bewillkommnen und um eines der Blätter bitten wird, die Misram als Urlaub von dir erhielt. Gib ihm eines; er wird sogleich seine Flügel ausbreiten und davonfliegen. In der Halle des Schlosses siehst du eine Tür zu

deiner Linken, welche einer der drei goldenen Schlüssel öffnet; du kommst durch ein großes Zimmer in einen Gang mit vierzig marmornen Platten, zwanzig davon sind weiß und zwanzig schwarz; trittst du auf eine weiße Platte, so sinkst du unter und zerschmilzest wie heißes Blei, und hättest du auch fünfzig Zauberschwerter bei dir. Du mußt also, immer nur die schwarzen Platten berührend, durch diesen Gang gehen; da gelangst du vor eine Tür, welche du mit dem zweiten goldenen Schlüssel öffnen mußt; es werden aus einem großen Saal mehr als siebzig Genien wie Elefanten auf dich losstürzen; ziehe aber nur dein Zauberschwert aus der Scheide, da sinken sie sogleich in den Boden. Gehe darauf durch diesen Saal in einen anderen, dessen Tür der dritte goldene Schlüssel öffnet; da wirst du zwei kupferne Statuen sehen mit einem fränkischen Bogen in der Hand, zu dem sie Pfeile haben, welche den härtesten Felsen wie Mehl zermalmen. Sobald sie aber auf dich zielen, berühre ihren Bogen mit deinem Schwert, so wird er ihnen aus der Hand fallen. Hierauf kommst du in einen Saal, wo dir eine brennende Luft entgegenweht, welche den Speichel im Mund dir austrocknet, du wirst Lust haben, an dem Springbrunnen zu trinken, aus dem mitten in diesem Saal frisches Wasser hervorsprudelt; aber ein einziger Tropfen von diesem Wasser reicht hin, um dich zu töten. Darum bezähme deinen Durst und gehe weiter, bis du ins Freie kommst, da liegt ein kleiner See vor dir, aus dem sich ein Inselchen erhebt, wo ein goldenes Zelt mit roten seidenen Schnüren aufgeschlagen ist. Am Ufer des Sees steht eine Säule mit einer Statue, welche eine bleierne Kugel in der Hand hält; berühre diese Kugel mit deinem Schwert, so wird sogleich ein zierlicher Nachen, welcher an die Insel befestigt ist, sich losmachen und zu dir kommen. Steige hinein, er wird dich zur Insel bringen, wo Hindmar in seinem Zelt sitzt; er ist seit einigen Tagen schon vor Angst so niedergeschlagen, daß du ihn ohne Mühe mit deinem Schwert töten kannst. Wisse auch, lieber Djaudar, fuhr Schilschanum fort, fürchtete ich meinen Vater nicht, ich würde dich gern begleiten, bis du Heifa wiedergefunden und deinem Freund Mahmud die Töchter des Königs Numan verschafft hast; übrigens wird Misram dir beistehen, und auch Gottes Hilfe ist dir gewiß. Schilschanum nahm hierauf Abschied von uns, und Misram sagte mir: Mein Herr Djaudar, es ist jetzt Zeit, daß wir mit Gottes Segen weiterreisen. Wir verabschiedeten uns bei dem Alten und versprachen ihm, seine Tochter Badiah recht bald zurückzuschicken. Nach drei Tagen waren wir vor dem grünen Berg, den uns Schilschanum bezeichnet hatte, und auf dessen Gipfel angelangt, sahen wir das Säulenschloß und den Rabensee vor uns liegen. Hier wiederholte mir Misram, was Schilschanum mir zu tun befohlen, und da ich nichts vernachlässigte, traf auch alles so ein, wie Schilschanum uns vorhergesagt, bis ich in das Zelt auf der Insel kam; da saß Hindmar auf einem goldenen Thron, der mit den schönsten Hyazinth-, Saphir- und Smaragd-Steinen verziert war; vor ihm stand ein Tisch, mit Weinkrügen und kristallenen Gefäßen besetzt. Er war halb betrunken, hatte ein Gesicht wie ein Stier, und einen Kopf mit vier Hörnern; einen Hals hatte er wie ein Esel, sein Körper war haarig, wie der eines Affen, nur seine Hände und Füße glichen denen eines Menschen. Sobald er mich sah, starrte er mein Schwert an, schlug seine Zähne zusammen und stieß einen Schrei aus, daß das ganze Schloß bebte. Ich ging auf ihn zu und berührte kaum seinen Hals mit dem Schwert, da flog sein Kopf vom Rumpf, ein Rauch stieg in die Höhe und der so gefürchtete Hindmar war nur noch ein Häufchen Asche; sein Geist aber fuhr in die Hölle. (Wehe einem solchen Aufenthaltsort!) Als Misram dies sah, umarmte er mich, küßte mich zwischen die Augen und sagte: Nun haben Menschen und Genien ihre Ruhe wieder. Geh du jetzt ins Schloß; du kannst trockenen Fußes dahin gelangen, denn der See, über den du hierher gefahren, ist ausgetrocknet; ich bleibe inzwischen hier im Zelt. Das erste Zimmer, das ich öffnete, war ganz leer, nur eine kupferne versiegelte Flasche stand in einer Ecke auf dem Boden.

»Sobald ich aber hineinkam, hörte ich eine Stimme, welche mir zurief: O du, der du die Katze von ihren Fesseln befreit, sei mir willkommen! – Wer bist du? rief ich erstaunt, der du so mit mir sprichst, ohne dich zu zeigen? – Bist du nicht der Fischer Djaudar aus Kahirah? versetzte jene Stimme, und hast du die Katze vergessen, die dir in der Adlersschlucht das Zauberschwert und das heilige Buch gebracht? Nur um deinetwillen schmachte ich nun schon fünf Monate in dieser kupfernen Flasche; wenn du Hindmar getötet hast, so befreie mich schnell! Ich riß das Siegel von der Flasche, da stieg ein dichter Rauch gen Himmel, der sich bald sammelte, und siehe da! Schah Bair stand vor mir, wie ich ihn in der Adlersschlucht gesehen, und dankte mir für seine Befreiung. Ich bat ihn dann, mir zu erzählen, wieso er in dieses Schloß gesperrt worden. Da hob er an: Wisse, Djaudar, ich bin der Sohn Abu Tawaifs, welcher auch Iblis genannt wird, und habe einen Bruder, der Schamhurisch heißt und in der Nähe von Tunis sich aufhielt. Eines Tages, als letzterer allein in seiner Wohnung war, wurde er von zwei großen Genien ergriffen und gefesselt vor den alten Abul Adjaib geführt. Mein Bruder fragte ihn erstaunt, wodurch er eine so gewalttätige Behandlung verdient habe. Aber Abul Adjaib antwortete bloß, er wolle seinen Vater Iblis zu sich berufen, ihm wolle er sagen, was er mit dieser Entführung bezwecke. Schamhurisch sandte einen

Boten an unseren Vater, und als er zu Abul Adjaib kam und ihn fragte, was er von ihm begehre, antwortete jener: Wisse, ich habe seit vielen Jahren an einem heiligen Buch gearbeitet, bis es mir gelang, ihm tausend Geister zu unterwerfen; dieses Buch schenkte ich meinem frommen Schüler Mahmud, aber er wurde von seinen Brüdern verraten, und das Buch liegt jetzt in der Adlerschlucht in dem Schloß Sintbests neben dessen Schwert, welchem fünfhundert Geister gehorchen. Beide sind der Obhut deines Sohnes Schah Bair anvertraut, welcher in der Gestalt einer schwarzen Katze auf einer Säule Wache hält. Liegt dir daher das Leben und die Freiheit deines Sohnes Schamhurisch am Herzen, so bewege deinen Sohn Schah Bair, meinem Schüler Mahmud, der mit Djaudar in die Adlerschlucht kommen wird, Schwert und Buch auszuliefern. Mein Vater eilte zu mir, und sobald ich den Zweck seiner Reise erfuhr, faßte ich den Entschluß, um meinen Bruder zu befreien, dem Wunsch Abul Adjaibs zu willfahren. Als ich dir Schwert und Buch übergeben hatte, flog ich zu Abul Adjaib und benachrichtigte ihn davon. Darauf gab er meinen Bruder frei, und ich reiste mit ihm zu unserem Vater. Wenige Tage nach meiner Flucht verlangte aber Sintbest nach Heifa, und als er hörte, sie sei von zwei Männern befreit worden, denen ich Schwert und Buch übergeben, fing er an zu toben und zu lärmen, zu schäumen und zu fluchen, und Sonne und Mond und alle seine Götter zu lästern; dann versammelte er alle seine Scharen, Menschen und Genien, und zog mit ihnen gegen uns aus. Wir konnten ihm nicht lange wiederstehen, denn unser Häuflein Truppen war bald aufgerieben; doch gelang es meinem Vater und meinem Bruder, durch die Flucht zu entkommen; ich aber wurde gefangen und mit Ketten beladen vor Sintbest geführt. Schon hatte er den Befehl zu meiner Hinrichtung erteilt, als meine Freunde, unter denen auch Hindmar war, ihn um Gnade für mich baten. Aber Sintbest wollte mich nicht begnadigen und befahl Hindmar, mich in eine kupferne Flasche zu sperren und ins Meer zu werfen. Hindmar beschwor aber Sintbest so lange, mich beim Leben zu lassen, daß er ihm endlich erlaubte, mich in der Flasche mit in sein Säulenschloß zu nehmen; er mußte jedoch vorher schwören, daß er mich nie befreien würde.

Fünf Monate bring ich nun schon in dieser Flasche zu, verzweifelte aber nicht, weil ich wohl wußte, daß du einst mit dem Zauberschwert Hindmar töten und mich befreien würdest. Nun weißt du alles, mein Herr Djaudar; jetzt bitte ich dich, mich zu entlassen, daß ich zu den Meinigen zurückkehre und ihnen von dem Gelingen des Unternehmens Nachricht bringe. – Reise mit Gottes Segen! rief ich ihm zu, und er breitete seine Flügel aus und flog davon. Als Schah Bair fort war, verließ ich dieses leere Zimmer und kam durch einen langen Gang in eine Küche, da standen vier Kessel über dem Feuer; in dem einen waren Granatäpfelbeeren, welche im Fett schwammen, im anderen Pilaw, im dritten Kulkas und im vierten Fleisch. Da ich sehr hungrig war, langte ich mit einem goldenen Löffel, der neben jedem Kessel lag, nach dem Fleisch; aber siehe da, es kam eine Menschenhand heraus. Ich warf sie mit Abscheu wieder in den Kessel und dankte Gott, daß ich auch von den übrigen Speisen nichts gegessen, welche wahrscheinlich mit Menschenfett geschmälzt waren. Von der Küche aus kam ich wieder in einen Gang und hörte, wie jemand in einem Zimmer zu meiner Rechten rief: O mein gott, welch schwere Versuchung! Allein in einem fremden Land auf eine so schauerliche Weise zu sterben! Ich rief nach der Richtung, wo die Stimme herkam: Wer bist du, der du so klagst, und wie kann ich zu dir gelangen? – Tritt nur auf den goldenen Skorpion, antwortete die Stimme, welcher zu deiner Rechten auf der Platte liegt! Als ich dies tat, öffnete sich eine Tür, und ich sah einen schönen jungen Mann an den Füßen aufgehängt. Wer hat dich so gehängt? fragte ich, ihn schnell losbindend. Hindmars Sklaven, antwortete er. Ich hänge schon acht Tage hier, und morgen Abend soll ich geschlachtet und von Hindmar verzehrt werden. – Sei ohne Furcht, Hindmar ist tot, sagte ich ihm; erzähle mir nun, wie du hierhergekommen und wer du bist. – Mein Name ist Tadj Almuluk, hob der Jüngling an, und seit drei Monaten bin ich König von Tauris. Ich war von meiner Jugend an ein großer Jagdliebhaber, und sehr schwer fiel es mir, nach meines Vaters Tod einige Zeit dem Vergnügen der Jagd entsagen müssen. Sobald daher die ersten Trauermonate vorüber waren, veranstaltete ich eine große Jagdpartie; wir trieben aber lange umher, ohne etwas jagen zu können. Endlich zogen wir im Kreis in ein schönes grünes Tal, und als der Kreis enger wurde, befanden sich drei Gazellen darin, so lieblich, wie ich noch keine im Leben gesehen. Der Kreis zog sich immer näher zusammen, aber die Gazellen hüpften darüber weg, ehe jemand nach ihnen zielen konnte. Dies schmerzte mich so sehr, daß ich meinen Leuten befahl, zurückzubleiben, und ganz allein diese Gazellen verfolgte. Zwei derselben hatten aber schon einen zu großen Vorsprung, und ich verlor sie bald aus dem Auge. Die dritte hingegen hüpfte immer vor mir her, bis ich endlich kurz vor Sonnenuntergang ihr so nahe war, daß ich mit meinem Bogen nach ihr zielen konnte. Mein Pfeil traf ihr Herz und sie sank hin; aber wie groß war mein Erstaunen, als ich statt einer schönen Gazelle nichts als einen Haufen Asche fand. Nun bereute ich es, mich von meinen Leuten so weit

entfernt zu haben, denn die Nacht brach heran und ich wußte nicht, wohin mich wenden. Ich irrte eine Weile umher, da stieß ich auf ein Beduinenlager von ungefähr hundert Zelten am Fuße eines Berges. Ich trat in das erste Zelt und sah darin einen Jüngling wie der Mond in der vierzehnten Nacht; er hatte einen alten Kaftan an, den er eben ausbesserte, und rezitierte dabei folgende Verse:

> »Wer wenig Güter hat, den verachtet die Zeit; nur wer viel Geld hat, wird geehrt. Hätte ein Hund viel Geld, so würde man aus Ehrfurcht ihn Hund des Glaubens nennen.«

Ich sah mich im Zelt um und fand nichts als einen weißen Hahn darin. Sobald der Jüngling mich erblickte, sagte er: Friede sei mit dir! – Mit dir sei Gottes Friede, Segen und Barmherzigkeit! antwortete ich ihm. Du scheinst verirrt zu sein, sagte er; ich freue mich, daß Gott deine Schritte hierher gelenkt; sei mir willkommen als mein Gast. Er nahm mir dann mein Pferd ab und band es an einen Pfosten des Zeltes; dann trug er den Hahn in ein nachbarliches Zelt und nach einer Weile kehrte er wieder mit einem Weinkrug, einem Laib Brot, einer Schüssel voll Oliven, einigen syrischen Aprikosen und einem Säckchen voll Gerste. Letzteres legte er dem Pferd vor und das übrige stellte er neben mich und sagte: Im Namen Gottes! Wir aßen und tranken miteinander, bis wir satt waren. Als ihm aber der Wein in den Kopf stieg, rezitierte er folgenden Vers:

> »Beruhige dich, du bleibst nicht lange in der Fremde, morgen löse ich dich mit meinem Leben aus. Nur um eine heilige Pflicht zu erfüllen, trennte ich mich von dir; Gott wird dich mir wieder schenken!«

Ich fragte ihn, was diese Verse bedeuten. Da sagte er: Ich bin der tapferste und der ärmste Mann in der ganzen Wüste; doch lasse ich keinen Fremden an meinem Zelt vorübergehen, ohne ihn zu bitten, bei mir einzukehren. Heute, als du mich mit deinem Besuch beehrtest, hatte ich gar nichts mehr, als einen weißen Hahn, den ich in meinem Zelt erzogen; ich mußte ihn daher verpfänden, um dich zu bewirten. Nun hörte ich ihn aber fortwährend schreien, dann rezitierte ich diese Verse. – Ich bewunderte die Freigebigkeit dieses Mannes und nahm mir vor, ihn reichlich zu belohnen, verschwieg ihm aber doch den ganzen Abend meinen Stand und unterhielt mich mit ihm über Jagd und Beduinenleben, bis der Schlaf unsere Augen schloß. Am folgenden Morgen rückten die Truppen, welche mich auf die Jagd begleitet hatten, heran; mein Wirt wollte seine Leute zusammenziehen, um nicht von irgend einem Feind überfallen zu werden. Da sagte ich ihm: Bleibe nur ruhig in deinem Zelt, diese Truppen gehorchen mir; ich bin der König von Tauris und freue mich, sogleich deinen Hahn auslösen und dich für die gute Aufnahme, die ich bei dir gefunden, belohnen zu können. Ich sagte dann, auf die Beduinen hindeutend, meinen Leuten, welche sich inzwischen uns genähert hatten und vor Freude, mich wiedergefunden zu haben, ganz außer sich waren: Diesem Manne habe ich es zu verdanken, daß mir in der Nacht nichts Unangenehmes zugestoßen ist; wer mich liebt, der gebe ihm einen Beweis seiner Erkenntlichkeit. Kaum hatte ich dies gesagt, da warf ihm ein jeder, was er an Geld oder Kleidungsstücken entbehren konnte, zu; ich selbst aber befahl meinem Schatzmeister, ihm zehntausend Dinare auszubezahlen und schenkte ihm dazu noch zwanzig vorzügliche Pferde und hundert Mamelucken. Dann ließ ich alle Beduinen, welche im Lager waren, zusammenkommen und sagte ihnen: Wisset, ich bin der König von Tauris, und der Mann, bei dem ich die Nacht zugebracht, ist mir teurer als ein Bruder geworden; ich wollte ihn mit mir nehmen und ihm ein hohes Amt verleihen, aber er kann sich nicht entschließen euch zu verlassen. Darum ist es eure Schuldigkeit, ihn als eueren Oberen anzuerkennen; ich fordere es hiermit von euch, und solltet ihr je ihm ungehorsam werden, so lasse ich keine eurer Wohnungen unverwüstet, und niemand soll darin bleiben, der imstande wäre, ein Feuer anzublasen. Alle Beduinen riefen einstimmig: Wir gehorchen Gott und dir! Ich sagte dann meinem Wirt noch besonders: Bedarfst du je meiner, so sende mir nur einen Boten, der sich als Abgesandter des Herrn vom weißen Hahn bei mir melden lasse, und fordertest du die Hälfte meines Königreiches, so soll sie dir gewährt werden. Ich nahm hierauf Abschied von den Beduinen und kehrte mit meinen Leuten in meine Hauptstadt zurück. Als wir aber das Tor erreichten, vernahmen wir ein so furchtbares Getöse, daß wir glaubten, die ganze Stadt müsse zusammenstürzen, und als ich fragte, was das bedeute, flog ein riesenhafter Geist auf mich zu und sagte: Nun will ich den Tod meines teuren Sohnes rächen! Er hob mich hierauf aus meinem Sattel und schwang sich mit mir in die Luft. Ich weiß nicht, wie lange er mit mir umherflog, denn ich verlor bald das Bewußtsein. Als ich wieder zu mir kam, befand ich mich auf einer Insel, welche von verschiedenartigen Genien bewohnt war: Die einen waren lang, die anderen kurz, bei den einen sah man vor vielen Haaren kein Gesicht, bei anderen nichts als Knochen ohne Fleisch; auch befanden sich Köpfe ohne Rumpf und Rümpfe ohne Kopf unter ihnen; sie schienen aber alle sehr niedergeschlagen, und viele weinten und jammerten ganz laut und schlugen sich dazu ins Gesicht. Nach langem Schweigen sagte der Genius, der mich auf diese Insel gebracht, mit einer Stimme, welche dem Donner glich: Hier ist der Mörder meines Sohnes, was beginnen wir mit ihm? Da riefen einige Genien in Elefantengestalt: Gib ihn her, daß wir sein Fleisch essen und sein Blut trinken. Aber ein Genius, der mehr einem Menschen glich, sagte: Es steht keinem von uns zu, diesen Mann zu richten; er muß vor unseren König geführt werden. Ich brachte die Nacht, von zwei furchtbaren Genien bewacht, in einem Gefängnis zu und wurde am folgenden Tag in ein großes Zelt gebracht, in welchem der König, von seinen Vezieren umgeben, saß. Der König schien schon von allem unterrichtet, denn sobald er mich sah, sagte er: Du Mensch, hast den Sohn dieses Genius umgebracht, und deutete dabei auf den Geist, der mich auf die Insel getragen. Verzeihe, mächtiger König! rief ich; ich habe den Sohn dieses Genius nie gesehen; ich weiß nicht, ob er groß oder klein, weiß oder schwarz ist. Erzähle mir, sagte der König zu meinem Ankläger, auf welche Weise dieser Mensch deinen Sohn getötet hat. – Mein Sohn, versetzte der Genius, lief in Gazellengestalt umher; da verfolgte ihn dieser Mensch den ganzen Tag und tötete ihn mit einem Pfeil. Hier ist der Pfeil, setzt er hinzu, indem er einen Pfeil dem König hinreichte, den ich meinem armen Sohn aus dem Leib gezogen. Der König betrachtete den Pfeil eine Weile; dann überreichte er ihn einem seiner Veziere. Dieser drehte ihn nach allen Seiten um und sagte: Dieser Pfeil ist von einem Djinn vergiftet, sonst hätte er nicht die Kraft gehabt, einen Geist in Gazellengestalt in Asche zu verwandeln. Der Mensch ist daher unschuldig: Das Leben dieses Geistes war zu Ende; dieser Mensch war nur ein willenloses Werkzeug der Bestimmung.

Als der König dies hörte, befahl er dem Vater des Getöteten, mich wieder in meine Heimat zurückzutragen. Aber statt nach Tauris trug er mich hierher zum König Hindmar und klagte mich nochmals bei ihm an. Hindmar freute sich mit ihm und sagte: Der soll seine Schuld büßen! Ich habe noch acht Menschen, die ich zuerst verzehren will; bis zum neunten Tag soll er gemästet werden, dann kommt die Reihe an ihn. Ich wurde hierauf an den Füßen gehängt, und in diesem Zustand befinde ich mich schon acht Tage. Morgen hätte ich das Los so vieler anderer Unglücklicher geteilt, wärest du nicht, mein Herr Djaudar, zu meiner Befreiung gekommen. Nun weißt du alles, was ich zu erzählen habe. Gelobt sei Gott, der dich noch zur rechten Stunde hierhergesandt. Als der Jüngling so gesprochen hatte, rief ich Misram und befahl ihm, ihn in seine Heimat zurückzutragen. Ich ging dann durch einige Zimmer in einen großen Saal, welcher rings umher von kleinen niedlichen Kabinetten umgeben war: Ich befand mich im Harem des Königs Hindmar. Mitten in diesem Saal stand ein goldener Thron, mit Perlen und Edelsteinen besetzt, und es saß eine Dame darauf, wie die aufgehende Sonne, so blendend schön; ich dachte, sie müsse aus dem Paradies entschlüpft sein in einem Augenblick, wo der es bewachende Engel Ridhwan nachlässig in seinem Amt war. Als diese Dame mich sah, bedeckte sie schnell ihr Gesicht und rief mir zu: Wie wagst du es, in den Harem des mächtigen Königs Hindmar zu dringen? – Hindmar ist tot, antwortete ich ihr; ich bin jetzt Herr dieses Schlosses mit allem, was darin ist. – So bist du der Fischer Djaudar aus Kahirah! versetzte sie und rief sogleich ihre Freundinnen aus ihren Kabinetten herbei. Habe ich euch nicht oft vorausgesagt, fuhr sie dann fort, daß unsere Sklaverei nicht ewig dauert? Nun ist meine Prophezeiung in Erfüllung gegangen: Der Mann, den ihr hier vor euch sehet, hat unseren Räuber mit dem Zauberschwert getötet und wird uns alle unserer Familie und Heimat wieder schenken. Wisse nämlich, mein Herr Djaudar, sagte sie dann, zu mir gewendet, sowohl ich, als alle Mädchen, die du hier siehst, und noch viele andere, welche noch in ihren Zimmern sind, hat Hindmar mit Gewalt entführt. Meine Entführung wurde meinem

Vater von einem sehr berühmten Wahrsager schon mehrere Jahre vorher prophezeit; aber auch meine Befreiung durch einen Fischer aus Kahirah, welcher Djaudar heißt und Sintbests Schwert besitzt, wurde vorausgesagt. Ich betrachtete dann die Mädchen, welche alle sehr schön waren, und fragte, welche von ihnen Badiah heiße und vor zwölf Jahren ihrem Vater und ihrer Schwester entrissen wurde. Da trat eine unter ihnen hervor, mit einem Blick, der den einer Gazelle beschämte, und sagte: Ich bin die, nach welcher du dich erkundigst. Ich rief Misram und befahl ihm, sie in ihr väterliches Haus zurückzubringen. Als Misram mit ihr davonflog, bat ich die Dame, welche auf dem Thron saß und Sakirsad hieß, alle Mädchen, welche im Schloß sich befänden, zu versammeln. Da schickte sie einige Sklavinnen umher, welche die Mädchen zu ihr riefen; der Saal füllte sich immer mehr, und Sakirsad zählte immerfort, bis es ihrer achtundneunzig waren. Da sagte sie mir: Jetzt fehlt nur noch eine, welche so hart gefesselt ist, daß wir sie erst befreien müssen; doch lasse zuerst diese achtundneunzig wieder in ihre Heimat bringen. Ich rief Misram, welcher von seiner Reise mit Badiah schon wieder zurück war, und bestellte bei ihm achtundneunzig Geister. In einem Augenblick stiegen sie aus der Erde hervor, und jeder von ihnen nahm ein Mädchen auf die Schultern und schwang sich mit ihm in die Luft.

»Sakirsad führte mich dann in das Gemach, wo das gefesselte Mädchen lag, und siehe da, es war Heifa, meine Geliebte, welche ich schon einmal aus der Adlerschlucht befreit hatte. Vor Freude über ein so unverhofftes Wiedersehen fiel ich in Ohnmacht. Als mir das Bewußtsein

wiederkehrte, stand Heifa schon entfesselt vor mir, ich umarmte und küßte sie, und bat sie, mir zu erzählen, wieso sie in dieses Schloß gekommen. Wisse, Djaudar, erwiderte sie, nicht lange nachdem Sandja mich nach Haus gebracht und ich an der Stelle meines Vaters den Thron bestiegen hatte, kam auf einmal eine Armee gegen meine Hauptstadt herangezogen, so zahlreich, daß meine

Truppen ihr nicht zu widerstehen vermochten. Ich schickte ihnen meinen Vezier entgegen, um zu vernehmen, wer sie seien und in welcher Absicht sie gekommen. Da kehrte er bestürzt zurück und sagte: Es sind Truppen Sintbests, von ihm selbst angeführt. Als ich dies hörte, fing ich an zu zittern, wurde blaß und fiel in Ohnmacht. Da stürzte ein furchtbarer Geist herein, vor dem alle meine Wachen erbebten, und trug mich vor Sintbest, bei dem auch Hindmar zugegen war. Sintbest wollte mich ins Meer werfen lassen, aber Hindmar sagte ihm: Gib sie lieber mir, ich will sie in meinem Schloß so lange peinigen, bis sie vor Gram stirbt. Sintbest willigte ein, und so schmachte ich seither in diesem Gemach in schweren Fesseln; aber nichts drückte mich so schwer, als die Trennung von dir, mein Geliebter, denn seitdem ich dich in der Adlerschlucht gesehen, ist mein Herz nur mit dir beschäftigt. – Auch ich, versetzte ich, habe keinen anderen Zweck bei allen meinen Unternehmungen, als dich zu erlangen; nun hat uns Gott vereinigt, wir wären am Ziel unserer Wünsche, wenn ich nicht Mahmud geschworen hätte, nicht eher mich dem Genuß meines Glückes hinzugeben, bis ich ihm die Töchter des Königs Numan zugeführt, die er ebenso leidenschaftlich liebt, als ich dich. Da sagte sie: Laß uns wenigstens einige Tage hier beisammen bleiben, dann erfülle du deine Pflicht gegen Mahmud, und ich erwarte dich hier mit Sakirsad, bis du wiederkehrst. Ich rief Misram und fragte ihn, was ich tun sollte? Bleibe drei Tage hier in diesem Schloß, wo du Überfluß an allen Annehmlichkeiten des Lebens findest und niemanden zu fürchten hast, und erlaube mir inzwischen, meine Söhne zu besuchen, die ich schon so lange nicht wiedergesehen. Ich überreichte Misram ein Urlaubsblatt, und brachte drei Tage bei Heifa und Sakirsad so angenehm zu, daß mir dieses Mal Misrams Wiederkehr am vierten Morgen höchst unerwünscht war. Doch ich dachte an das, was ich Mahmud verdankte, und nahm Abschied von den beiden Mädchen. Misram führte mich zehn Tage lang durch ein wüstes Land, bis wir in eine Seestadt kamen. Hier schifften wir uns ein, und sobald wir uns eingeschifft hatten, erhob sich ein so günstiger Wind, daß der Hauptmann uns umarmte und sagte: Wir warten schon zehn Tage hier im Hafen vergebens auf günstigen Wind, es scheint, daß ihr uns eine glückliche Reise bringt. Er ließ schnell die Anker lichten und die Segel spannen, und das Schiff flog davon wie ein Pfeil oder Blitz; aber der Wind wurde bald so heftig, daß der Steuermann das Schiff nicht mehr zu lenken vermochte, und da er nicht immer von derselben Seite herwehte, wußte der Hauptmann nach einigen Tagen nicht mehr, wo er sich befand. Da hieß er einen Matrosen auf den Mastbaum klettern, um zu sehen, ob das Schiff sich nicht in der Nähe eines bekannten Landes befinde. Der Matrose stieg bis auf die höchste Spitze des großen Mastbaumes, und als er wieder auf das Verdeck kam, sagte er: Ich habe einen roten und einen schwarzen Berg gesehen, die einander gegenüberliegen.

»Sobald der Hauptmann dies hörte, stieß er ein jämmerliches Geschrei aus, schlug sich ins Gesicht und rief: Wehe uns, wir sind ohne Rettung verloren, wir können nichts mehr tun, als unser Sterbegebet hersagen. Da liefen alle Kaufleute zum Hauptmann hin, auch ich und Misram traten immer näher und fragten ihn, warum er uns in solche Todesangst versetze? Weil es für uns kein Rettungsmittel mehr gibt, erwiderte der Hauptmann; der rote Berg, den mein Matrose gesehen, ist der Affenberg, auf dem zweihundert verzauberte Affen seit langer Zeit hausen, die keinen Menschen verschonen, der in ihre Hände fällt; was aber mein Matrose für den schwarzen Berg hält, ist nichts anderes, als der eiserne Baum mit eisernen Blättern und Früchten, den der Magier Bahram zum Verderben der Reisenden durch allerlei Zauberkünste hierher gepflanzt hat. Einst war hier nämlich ein trockenes Land, in dessen Mitte ein sehr hoher Berg sich erhob, von dem die Geographen behaupten, er stehe in unterirdischer Verzweigung mit dem Berg Kaf. Dieses Land war von Feueranbetern bewohnt, welche in festen Burgen hausten, aus denen sie die Reisenden überfielen und mißhandelten. Auch Bahram wurde auf einer Reise durch dieses Land von den Bewohnern dieser Burgen beschimpft; um sich zu rächen, bestieg er den hohen Berg, öffnete sein Zauberbuch und beschwor Geister herbei, welche von dem Fuß des Berges her bis ans Meer einen Kanal gruben, und so viel Wasser herbeileiteten, daß jene ganze Gegend überschwemmt wurde. Hierauf pflanzte er einen großen eisernen Baum mit magnetischer Kraft, der alle Schiffe in einer Entfernung von vierundzwanzig Stunden an sich zieht. Es bleibt dann den Leuten, welche auf den Schiffen sich befinden, keine andere Wahl, als den Berg zu besteigen. Sobald dies aber die verzauberten Affen sehen, fallen sie über sie her und fressen sie. Als die Kaufleute, welche auf dem Schiff waren, dies hörten, weinten sie und jammerten laut wie Frauen. Aber Misram, der mich stets in der Gestalt eines schönen Jünglings begleitete, fing an so laut zu lachen und zu jubeln,

daß die Kaufleute ihn für verrückt hielten und ihm sagten: Spottest du über unsere Not? Glaubst du etwa, du allein würdest dem Tod entgehen? – Seid ohne Furcht! sagte Misram; was euch der Hauptmann hier erzählt hat, ist zwar ganz wahr, aber wir besitzen ein Schwert, das den eisernen Baum wie ein Blatt Papier zerschneidet, und niemand hindert uns dann, unserem Schiff jede beliebige Richtung zu geben. Da die Leute sich des guten Windes erinnerten, der mit unserer Einschiffung zu wehen anfing, beruhigten sie sich ein wenig, wurden aber doch immer noch ängstlicher, je näher unser Schiff dem eisernen Baum kam. Als es endlich ganz in der Nähe desselben auf den Berg stieß, rief Misram: Wer das Schiff verläßt, wird von den Affen gefressen. Djaudar allein darf es wagen, ans Land zu steigen, denn sein Zauberschwert schützt ihn. Er sagte mir dann: Geh nur ohne Furcht auf den Baum zu und rufe: O du, der du Moses das Meer gespalten, David das Eisen erweicht und unserem Herrn Mohammed den Koran geoffenbaret hast, steh mir bei und lasse mich diesen eisernen Baum umhauen, du bist ja allmächtig. Ich befolgte, was mich

Misram hieß, das Eisen gab meinem Schwert wie ein weiches Rohr nach und stürzte mit einem donnernden Getöse ins Meer. Hierauf lief ich wieder zum Schiff zurück, und kaum hatte ich es wieder bestiegen, da blies der Wind vom Berg her und stieß unser Schiff ins offene Meer.

»Der Hauptmann tanzte vor Freude auf dem Verdeck umher und küßte mich einige Male, und wer auf dem Schiff war, dankte mir und entschuldigte die geringe Aufmerksamkeit, die er mir bisher geschenkt. Wir segelten nun drei Tage lang nach Osten, bis wir an eine grüne Insel kamen, welche Misram die Smaragdinsel nannte; hier stieg dieser mit mir aus und belehrte den Hauptmann über die Richtung, die er zu nehmen hatte, um an den Ort seiner Bestimmung zu gelangen. Mich führte dann Misram drei Tage lang durch ein grünes Tal, welches ein kleiner Fluß bewässert, dessen Wasser süßer als Honig und frischer als Schnee war; aus der Erde sproßen nichts als wohlriechende Kräuter und Blumen hervor, und die Bäume waren mit den schönsten und schmackhaftesten Früchten beladen. Endlich, als wir vor einen großen Nußbaum kamen, in dessen Nähe der Fluß sich ins Meer ergießt, sagte Misram: Jetzt sind wir am rechten Platz; hier ist das Gazellental und hier der Baum, von welchem Mahmud auf die Töchter des Königs Numan herabsah. Besteige nun auch du diesen Baum, und warte, bis die Mädchen wiederkehren. Siehst du sie ans Land steigen, so verbirg dich sorgfältig hinter den Zweigen des Baumes, sobald sie aber ihre Fischhaut abgelegt haben, so springe schnell mit deinem Schwert darauf los, es ist ihnen dann unmöglich, wieder heimzukehren und du kannst sie deinem Freund Mahmud zuführen, um dessentwillen wir diese ganze Reise unternommen; das ist der letzte Rat, den ich dir zu erteilen habe. (Nur Gott ist allwissend!) Ich hatte kaum nach Misrams Rat den Nußbaum bestiegen, als drei Fische, ein blauer, ein grüner und ein gelber, aus dem Meer den Fluß aufwärts bis in die Nähe des Nußbaums geschwommen kamen. Hier stiegen sie ans Ufer und warfen ihre Fischhaut ab, und es wandelten drei Mädchen vor mir umher, so schön und wohlgestaltet, wie ich noch keine im Leben gesehen. Ich versteckte mich sorgfältig, weil ich dachte, es würden ihnen noch andere nachfolgen, da hörte ich aber, wie eine derselben zur anderen sagte: Heute wollen wir uns nicht lange hier aufhalten, weil unsere Schwestern zu Hause geblieben sind, nach denen ich mich sehr zurücksehne. Ich wartete daher nur so lange, bis sie sich von ihren Fischgewändern entfernt hatten, dann sprang ich vom Baum und bemächtigte mich derselben. Misram freute sich sehr, als er dies sah, und befahl drei Geistern, die drei Mädchen in Hindmars Schloß zu Heifa und Sakirsad zu tragen und uns dort zu erwarten. Jetzt glaubte auch ich am Ziel meiner Bemühungen zu sein, denn ich dachte, mit drei solchen Mädchen kann Mahmud schon zufrieden sein; ich wusch mich daher im Fluß, dankte Gott für seinen Beistand und betete zu ihm, daß er mir nun auch meine Rückkehr nach Ägypten erleichtere. Als ich aber das Gebet vollendet hatte, kamen zwei der Geister, welche Misram mit den Mädchen abgeschickt hatte, mit zerstörtem Gesicht zurück, und als Misram sie fragte, was ihnen zugestoßen sei, sagte einer von ihnen: Wisse, mein Gebieter, als wir mit den Mädchen in die Nähe des schwarzen Berges kamen, an dem uns der Weg nach Hindmars Schloß vorüberführte, sprangen zehn Geister auf uns zu und hielten uns an. Als ich ihnen sagte, ich sei ein Abgesandter Misrams und Djaudars aus Ägypten, erwiderten sie: Die sind es eben, die wir suchen, einer von euch bleibe hier mit den Mädchen bei uns, und die übrigen beiden müssen zu Misram und Djaudar zurückkehren und sie hierher bringen. Als Misram dies hörte, sagte er mir: Mache dich auf, Djaudar, hier darf keine Zeit verloren werden, man will uns gewiß etwas Wichtiges mitteilen.

Wir reisten nun zusammen nach dem schwarzen Berg, bis wir zu den Geistern kamen, welche die Mädchen gefangen hielten. Misram fragte sie: Wer seid ihr und was wollt ihr von mir? – Wir sind auf Befehl Schilschanums, des Sohnes Djaldjamuks, hier, antwortete einer von ihnen,

um euch zu sagen, daß ihr ihn hier erwarten sollt, und wir hielten einen eurer Geister mit den Mädchen zurück, um desto sicherer zu sein, daß ihr hierher kommt. Kaum hatte der Geist ausgesprochen, da erschien Schilschanum selbst in der Gestalt eines weißen Vogels, und sagte uns: Ich suche euch schon drei Tage überall, denn in meinem Herzen glüht eine glühende Kohle wegen dessen, was ich im Schloß Hindmars gesehen. Bald nachdem ihr nämlich dasselbe verlassen hattet, um den eisernen Baum des Magiers Bahram zu vernichten, rief mich mein Vater zu sich und befahl mir, ihn zu Hindmar zu begleiten. Sobald er aber den Vogel, welcher auf der Säule war, umgestürzt und das Tor des Schlosses geöffnet fand, rief er: Wehe mir! Es ist um meinen Ruf geschehen, mein Freund Hindmar ist tot, alle meine Zauberei vermochte nichts gegen das Zauberschwert Djaudars; aber ich will mich rächen. Er ging hierauf ins Schloß und nahm alles, was an Silber, Gold, Edelsteinen und kostbaren Stoffen darin war, und befahl einigen Geistern, es ins Meer zu werfen. Als er dann in das Gemach kam, wo Heifa und Sakirsad mit ihren Sklavinnen saßen, stieß er einen Schrei aus, daß ich glaubte, das ganze Schloß stürze über uns zusammen; dann sagte er mir: Mein Sohn, Djaudar soll nun sehen, daß man gegen mich nicht ungestraft sich vergeht. Bringe mir eine goldene Tasse und etwas weißen Sand; als ich ihm dies brachte, rührte er den Sand mit einer Flüssigkeit an, die er bei sich trug, murmelte einige unverständliche Worte darüber, dann sagte er mit lauter Stimme: Behaltet eure Menschengestalt nur an der obern Hälfte eures Körpers, eure untere Hälfte aber werde zu Stein; er bespritzte sie hierauf mit der Flüssigkeit aus der Tasse, welche zu kochen anfing, als stünde sie über dem Feuer, und siehe da, Heifa, Sakirsad und die anderen acht Mädchen wurden zur Hälfte in Stein verwandelt, so daß sie sich nicht mehr von der Stelle bewegen konnten. Hierauf zog mein Vater ein Buch aus der Tasche und las ein wenig darin, wurde blaß, fing an zu zittern und zu beben. Was ist dir, mein Vater? fragte ich ihn. Wehe mir, antwortete er, mich reut, was ich eben getan habe, denn Djaudar wird mich zuletzt doch noch überwinden und zwar mit Hilfe eines mir nahestehenden Wesens; doch will ich wenigstens dafür sorgen, daß seine Geliebte nicht ihre frühere Gestalt wieder erlange. Er schrieb daher ihren und der übrigen Mädchen Namen auf eine Tafel, schloß sie in ein smaragdenes Kästchen und befahl dem Geist Schamhurisch, es in eine Statue zu legen, welche nicht weit von dem Schloß des Zauberers Munkich im Königstal steht. Auch ich, fuhr er dann fort, begebe mich jetzt zu Munkich, wo ich doch gewiß eine geraume Zeit von den Nachstellungen Djaudars sicher sein werde. Hierauf zerstörte er das ganze Schloß Hindmars bis auf das Gemach, in welchem die verzauberten Mädchen waren, und nahm Abschied von mir. Sobald er aber fern war, ging ich zu den Mädchen, die ich von Herzen bedauerte, gab mich ihnen zu erkennen und tröstete sie, indem ich ihnen versprach, euch von allem in Kenntnis zu setzten, und sie versicherte, daß es euch nicht allzu schwer fallen werde, ihren Zauber zu lösen. Ich verließ dann die Mädchen und nahm zehn Geister mit mir, die ich beauftragte, alles anzuhalten, was vom Gazellental herkomme, weil ich wohl wußte, daß ihr der Töchter des Königs Numan willen dorthin ziehen würdet; ich selbst wanderte auch umher, um euch zu suchen, und danke nun Gott, euch gefunden zu haben, damit ihr mir folget, um die armen Mädchen zu freien.

»Als Schilschanum seinen Bericht vollendet hatte, weinten wir heftig und waren, ohne Wein getrunken zu haben, in einem furchtbaren Taumel. Ganz bewußtlos folgten wir Schilschanum nach dem verwüsteten Schloß Hindmars, und als wir zu den halbversteinerten Mädchen kamen, verwünschten sie uns und sagten: O lebte doch Hindmar noch! O hätten wir euch doch nie gesehen! Aber Misram ermutigte sie, indem er ihnen schwor, nicht eher seine geliebten Söhne wiederzusehen, bis er ihnen wieder ihre frühere Gestalt mit Hilfe Gottes zurückgegeben. Er befahl dann drei Geistern, die drei Töchter des Königs Numan nach Ägypten zu tragen, sie Mahmud zu bringen und ihn dann im Schloß bei Heifa zu erwarten. Als dies geschehen war, nahm mich Schilschanum auf seine Schultern und flog mit mir von morgens bis mittags durch die Luft, dann setzte er mich auf eine Insel nieder und sagte mir: Das ist die Insel der Tochter des Veziers Schems, den Gott mit einem roten Kamm wie einen Hahn geschaffen, mit Zähnen, wie die eines Elefanten und Flügel, wie die Segel eines großen Schiffes. Er hat diese Insel seiner Tochter überlassen und will seine Tage im Königstal bei seinem Freund Munkich beschließen. Von dieser Insel bis ins Königstal braucht ein leichtes Schiff bei immer günstigem Wind wenigstens zwanzig Jahre, Geister durchfliegen aber diesen Raum in zwei Tagen, und Besitzer der heiligen Namen in einer Stunde; auch gibt es eine eigene Gattung Vögel, welche den Weg von hier nach dem Königstal in einem Tag zurücklegen. Ich werde jetzt ein Kamel schlachten, ihm die Haut abziehen und dich in dieselbe einnähen, es wird gewiß bald einer dieser Vögel kommen und dich ins Königstal tragen, wohin auch ich dir folge. Gerne hätte ich dich auf meinen Schultern dahin getragen, aber wir kommen an vielen feindlichen Ländern vorüber, wo ich, um jeden Angriff abwehren zu können,

frei sein muß. Ich werde aber stets hinter dir sein, und du hast ebensowenig zu fürchten, als wärest du auf meinen Schultern. Er verließ mich dann eine Weile und kehrte mit einem großen Kamel wieder, schlachtete es, zog ihm die Haut ab, nähte sie um mich zu und entfernte sich ein wenig. Sogleich kam ein Vogel, so groß wie ein Elefant, nahm mich zwischen seine Krallen und flog mit mir von morgens bis abends. Dann setzte er mich nieder und wollte mich aufpicken, aber Schilschanum der stets hinter mir geblieben war, verscheuchte ihn, riß die Haut auf und sagte: Steh auf, Djaudar! Wir sind am Ziel; gelobt sei Gott, der uns auf keinen Feind stoßen ließ. Ich stand auf und sah mich nach allen Seiten um, und befand mich in einem der reizendsten Täler in der Welt, bei jedem meiner Tritte duftete Moschus aus der Erde hervor. Bäche, Bäume und Vögel priesen vereint den allmächtigen Schöpfer. Das ist das Königstal, sagte mir Schilschanum, und nicht weit von hier liegt das Schloß Munkichs mit seinen vier eisernen Toren. Vor einem dieser Tore steht eine Statue, neben welcher ein goldener Skorpion liegt; reibe diesen Skorpion an der rechten Seite, so wird sich am Leib der Statue ein Türchen öffnen, gerade so groß, daß du mit der Hand hineinlangen kannst; strecke sie hinauf bis an das Hirn der Statue, da findest du einen kupfernen Käfig, mitten in diesem Käfig erhebt sich eine goldene Säule, auf der ein Spatz aus grünem Smaragd steht; greife nach diesem Spatz, er wird sich dreimal im Kreis herumdrehen, dann bindest du ihn an der Säule mit einer seidenen Schnur fest. Hüte dich aber wohl, daß der Vogel dich weder mit dem Schnabel noch mit den Krallen berühre, denn die kleinste Wunde die er dir beibringt, ist tödlich.

Djaudar setzte seine Erzählung vor dem Sultan Zaher Beibars also fort: »Als ich alles vollbracht hatte, was Schilschanum mich geheißen, trat Djaldjamuk aus dem Schloß zu mir heraus und sagte: Alles hat seine bestimmte Zeit; ich bin jetzt dein Freund, geh und befreie den Spatzen wieder, dann will ich dir die Mittel angeben, wie du deiner Geliebten ihre frühere Gestalt wieder geben kannst. Eile aber, denn mein Leben geht bald zu Ende und ich darf nicht sprechen, so lange der Spatz angebunden ist. Sieh, ich werde jeden Augenblick schwächer, mein Auge wird trübe, meine Hand erstarrt, mein Fuß kann nicht vom Platz weichen, eile also, daß mir meine Lebenskraft wiederkehre, und ich dir zur Befreiung der Mädchen und zu deiner Rückkehr in die Heimat beistehe. Diese in einem wehmütigen Ton gesprochenen Worte Djaldjamuks rührten mich so sehr, daß ich, alle früheren Feindseligkeiten vergessend, ihn verließ, in der Absicht, den Spatzen wieder loszubinden. Ich fand aber Schilschanum vor der Statue, der den Spatzen immer fester band, so daß er ihn fast erwürgte. Als er mich sah, stieß er einen Schrei aus, daß ich vor Angst zu Boden stürzte, und Feuer sprühte dabei aus seinen Nasenlöchern, das, wenn ich mich nicht schnell entfernt hätte, mich gewiß verzehrte. Dann sagte er: Bestände nicht ein alter Bund zwischen uns, so wärest du jetzt nicht mehr; du ließest dich von meinem Vater erweichen und wolltest den Spatzen wieder befreien, hättest du dies aber getan, so wäre für dich, für mich und die Mädchen, welche in Hindmars Schloß schmachten, keine Rettung mehr möglich; mein Vater hätte dann die ausgedehnteste Gewalt über uns, und du dürftest nie mehr daran denken, deine Heimat wiederzusehen. Gehe nun als ein Mann zu meinem Vater zurück und kehre dich nicht an seine Klagen und Versprechungen, bis du zuerst die Befreiung der Mädchen von ihm erlangt hast. Ich ging wieder zu Djaldjamuk und fand ihn in den letzten Zügen auf die Erde gestreckt. Als er mich erblickte, sagte er: Du hast mir doch versprochen, meinen Zustand zu erleichtern, und nun geht es mir noch schlimmer als vorher. – Ich durchschaue deine Treulosigkeit, antwortete ich ihm, zuerst befreie die Mädchen, dann soll auch dir Erleichterung werden. Als er dies hörte, sagte er vor Zorn lachend: Nun, mein Sohn, du bist unschuldig, ein anderer hat mich verraten, so höre mich denn an: Nimm den Siegelring, den ich an meinem Finger trage, und geh damit zu meinem Sohn Schilschanum, er wird dich zu Schamhurisch führen, welcher die heiligen Namen aufbewahrt, vermöge derer die Mädchen in Stein verwandelt wurden. Gib ihm den Ring als Zeichen, daß du von mir gesandt bist; er wird dir eine kleine, mit vielen Talismanen beschriebene, smaragdene Tafel verschaffen, mit dieser gehst du zu den Mädchen. Dort nimmst du weißen Sand aus einer Büchse, welche zu ihrer Rechten steht, streust ein wenig davon in eine goldene Tasse mit Wasser gefüllt. Mein Sohn Schilschanum lese dann siebenmal, was auf der Tafel geschrieben ist, dann bespritze er die Mädchen mit dem Wasser aus der Tasse und sage: Bei diesen heiligen Namen und dem Schöpfer des Himmels und der Erde, nehmet euere frühere Gestalt wieder an! So wird der Zauber sich lösen und die Mädchen können frei mit menschlichen Füßen umherlaufen wie zuvor; ja sie werden noch schöner und wohlgestalteter sein, als je. Ist dies geschehen, dann verfahre mit mir, wie ich es verdiene. Ich nahm den Ring von seinem Finger und ging damit zu Schilschanum; als dieser ihn sah, sagte er: Jetzt sind wir unserem Ziel nahe, folge mir nur! Ich ging mit ihm bis in die Nähe eines schönen Gartens, in welchem die herrlichsten Früchte prangten. In diesem Garten, sagte Schilschanum, sitzt der Geist Schamhurisch mit einer Schlange in der Hand, deren Gift den härtesten Felsen zermalmen könnte, er hat diese Schlange nur um deinetwillen in der Hand, damit, wenn du dich ihm näherst, du von ihr getötet werdest. Du mußt daher auf den Geist von hinten her zugehen und ihm, ehe er dich bemerkt, den Ring meines Vaters zeigen, dann wird er nicht zulassen, daß die Schlange dich beschädige. Ich ging nun in den Garten, der mit den schönsten Bächen, Blumen, Früchten und Vögeln angefüllt war, die je eine Zunge genannt oder ein Auge gesehen hat. Am Ufer eines Baches blieb ich stehen, wusch mich und betete. Nach vollendetem Gebet ging ich weiter, bis ich in die Mitte des Gartens kam, da sah ich einen furchtbar langen Geist mit einem dicken Kopf und einem Kamelhals vor einer Wasserleitung sitzen, wo ein goldener Ochs mit

diamantenen Hörnern ein Rad aus Sandelholz mit einer smaragdenen Achse in Bewegung setzte. Ich schlich wie ein Dieb ganz leise heran, bis ich den Geist von hinten her umarmen konnte, dann hielt ich ihm den Ring vor die Augen und sagte: Djaldjamuk sendet mich zu dir wegen der Befreiung der in Hindmars Schloß verzauberten Mädchen. – Alles hat seine bestimmte Zeit, sagte Schamhurisch, ich glaubte schon, die Mädchen müßten bis zum Auferstehungstag so verzaubert bleiben; nun ist es anders. Gott erlöst, wen er will, auch mir wird es nun vergönnt werden, zu den Meinigen zurückzukehren, denen mich Djaldjamuk schon vor vierundzwanzig Jahren durch allerlei Zauberkünste entrissen hat. Der ist ein wahrer Iblis (Teufel), der sich den Gläubigen zwischen Haut und Knochen setzt. Doch nun ist es bald aus mit ihm und seinen Ränken, denn wäre noch seine alte Kraft in ihm, so hätte er dir diesen Ring nicht gegeben. Höre mir nur aufmerksam zu und vergiß kein Wort von dem, was ich dir sage, sonst ist dein Untergang unvermeidlich. Geh nun aus dem Garten hinaus durch das Tor, welches dem, durch das du gekommen bist, gegenüber liegt; da wirst du in einer großen Wiese eine marmorne Säule sehen, auf deren Spitze ein weißer Vogel auf einem Bein steht, grüße ihn und sage ihm: Schamhurisch sendet mich zu dir und bittet dich, mir die Tafel zu geben, die er dir anvertraut hat; schlage dann mit deinem Schwert auf die Säule, antwortet dir der Vogel etwas, so wird dein Wunsch erfüllt, verstummt er aber, so schlage noch einmal auf die Säule, er wird dir dann gewiß die Tafel geben. Steht aber der Vogel auf zwei Beinen, von denen das eine rot und das andere schwarz ist, so rede ihn gar nicht an, sondern kehre schnell zu mir zurück, da werde ich dir das Weitere raten. Ich nahm den Weg, den mir Schamhurisch anzeigte, bis ich an die Säule kam, auf welcher ein weißer Vogel stand, und da er auf einem Bein ruhte, redete ich ihn nach Schamhurischs Unterweisung an.

»Der Vogel schwieg eine Weile, dann breitete er die Flügel aus, öffnete den Mund und sprach mit einer menschlichen, sehr wohlklingenden Stimme: Es gibt keinen Gott außer dem einzigen Gott, der alles zu der von ihm bestimmten Zeit in Erfüllung bringt! Mir ist diese Nacht im Traum meine Rückkehr in meine Heimat durch die Ankunft eines Fischers aus Ägypten verkündet worden. Bist du dieser Fischer? Als ich seine Frage bejahte, flog er fort und kehrte nach einer Weile wieder mit einer grünen Stange, und sagte: Hier bringe ich vom Baumschloß, das dem Berg Kaf gegenüberliegt, den Schlüssel zu dieser Säule, welche die smaragdene Tafel enthält, die mir Schamhurisch aufzubewahren gegeben. Er ließ sich dann in Menschengestalt zu mir herunter; aber

sein Anblick machte mich schaudern. Er war nur zwei Ellen lang; seine Zunge war halb so lang, wie sein ganzer Körper, und hing weit über die Brust herunter; sein Bart aber reichte bis zu den Füßen herab; Augen hatte er wie feurige Kohlen, und Nasenlöcher wie zwei Trompeten; er war viel dicker als lang, und am häßlichsten war noch an ihm ein langer Affenschwanz. Als er neben mir stand, überreichte er mir die schlüsselförmige Stange und sagte: An der linken Seite der Säule ist ein marmorenes Schloß: Öffne es mit diesem Schlüssel, strecke die Hand hinein und hole eine grüne Tafel heraus. Als ich ihm die Tafel brachte, sagte er: Sieh einmal, was auf dieser Tafel geschrieben steht. Da las ich den Namen Heifas, Sakirsads und der übrigen Mädchen, welche bei ihnen waren. Darunter stand aber noch der Name: Hinkender Schimhar, der mir unbekannt war, und als ich ihn fragte, was dieser einzeln stehende Name bedeute, antwortete er: Es ist mein Name, wodurch ich gleich den Mädchen von dem verruchten Djaldjamuk verzaubert wurde; ohne dich müßte ich ebensolange als Hüter der Tafel hier auf der Säule stehen, wie die Mädchen in Hindmars Schloß. Noch immer bin ich wie ein Gefangener, bis du meinen Namen von dieser Tafel auslöschest. Das kannst du aber ohne Gefahr tun, denn du bedarfst meiner nicht mehr: Schilschanum wird das Nötige für dich tun. Ich wischte den Namen Schimhar weg, und siehe da! Der häßliche Mann, der neben mir stand, verwandelte sich wieder in einen weißen Vogel und flog, mir dankend und viel Glück wünschend, davon. Ich steckte dann die Tafel in die Tasche und ging damit zu Schilschanum, der mich vor dem Garten erwartete. Er war außer sich vor Freude, als ich ihm die Tafel zeigte, und rief: Jetzt können wir getrost zu den Mädchen zurückkehren! Doch können wir nicht wissen, welche neue Falle uns mein Vater legt; darum ist das Sicherste, wir schaffen ihn aus der Welt. Er trug mich hierauf wieder vor die Säule, wo der Spatz angebunden war, und erwürgte ihn. Geh einmal jetzt ins Schloß, du wirst Wunder sehen, sagte er mir, als der Vogel tot vor unseren Füßen lag. Ich ging ins Schloß, und, siehe da! Djaldjamuk war in eine schwarze Kohle verwandelt, welche sich nach und nach in einen Haufen Asche auflöste. Als ich wieder herauskam und Schilschanum erzählte, was ich gesehen, tanzte er vor Freude und küßte und umarmte mich. Er schlachtete dann wieder ein Kamel, zog ihm die Haut ab und nähte sie um mich. Ein Vogel trug mich über das Land, wo Schilschanum einen feindlichen Angriff befürchtete. Dann nahm er mich selbst auf die Schultern und flog mit mir bis in die Nähe von Hindmars Schloß. Als wir vor das Gemach kamen, wo die Mädchen waren, hörten wir ein lautes Schluchzen; dann erkannten wir Misrams Stimme, der sie tröstete und ihnen unsere Wiederkehr verkündete.

»Ich hatte nicht mehr Geduld, länger zu lauschen, und stürzte freudetrunken ins Gemach, zog die smaragdene Tafel hervor und verfuhr damit nach Djaldjamuks Vorschrift, und siehe da! Die Mädchen wurden noch schöner gestaltet, als zuvor und fielen eine nach der anderen mir um den Hals. Ich mußte ihnen dann erzählen, auf welche Weise ich zu dem Besitz dieser Tafel gelangt, und nachdem ich sie mit allen meinen Abenteuern auf dieser weiten Reise bekannt gemacht hatte, küßten sie mich wieder und dankten Gott für das Gelingen einer so schwierigen Unternehmung. Ich näherte mich dann Heifa, welche zwar während meiner ganzen Erzählung ihren Blick nicht von mir wandte, aber noch immer mir kein liebendes Wort sagte, und fragte sie, ob denn ihre Liebe ihr kein Wort für mich auf die Zunge legte. Mir geht es, antwortete sie, wie dem Dichter folgender Verse:

> »Stets wünschte ich meinen Geliebten zu sehen und ihm Worte der Liebe zu sagen; als ich aber in seine Nähe kam, war meine Zunge gelähmt, mein Auge wagte es vor Ehrfurcht nicht, sich zu ihm zu erheben, und ich verbarg in mein Inneres, was unaufhaltsam hervorbrechen wollte. Ganze Bücher voll hatte ich ihm zu sagen, und nun fand ich keinen Buchstaben mehr.«

»Wir brachten nun den Abend bei Wein, Gesang und Tanz zu, und am folgenden Morgen sagte Misram: Nun haben wir nichts mehr in diesem Schloß zu tun; auch ist es nicht ratsam, an einem Ort zu bleiben, der zu jeder Zeit von bösen Geistern und Zauberern besucht wird; darum lasset uns jetzt nach Ägypten aufbrechen. Ich werde acht Geister für die acht Mädchen kommen lassen; ich trage Heifa und Sakirsad, und Schilschanum nimmt Djaudar auf die Schultern. Ich freute mich, bald in meine Heimat zurückzukommen, um so mehr, da ich Mahmud geschworen hatte,

mich erst dort mit Heifa zu vermählen; jedoch bat ich Misram, mir vorher zu erlauben, die Terrasse des Schlosses zu besteigen, um einen Überblick über diese wunderbare Gegend zu gewinnen. Misram begleitete mich selbst eine marmorne Treppe hinauf, welche zweihundertundachtzig Stufen zählte. Als ich oben war, kam mir das Schloß wie der Berg Kaf vor, und die Erde unter mir schien mir so fern, wie der Himmel. Als ich mich eine Weile nach allen Seiten umsah, erblickte ich in der Ferne etwas, das wie die Sonne strahlte und mich ganz verblendete. Ich fragte Misram, was das bedeute. Es ist ein goldenes Schloß, antwortete Misram, mit den kostbarsten Diamanten verziert; die Fenster sind vom feinsten Kristall, die Tore von Sandelholz; es ist das größte und schönste Schloß auf Erden, das Schadad, der Sohn Ads, der Gründer der säulenreichen Irem, erbauen ließ. Schadad war nämlich Herr der ganzen Erde nach ihrer Länge und ihrer Breite, und hatte zwei Söhne: der eine hieß auch Schadad und der andere Schadid. Eines Tages ließ Schadad die Großen seines Reiches versammeln und sagte ihnen: Ich möchte eine Stadt gründen, deren Boden wie Moschus und Safran dufte, deren Steine wie die kostbarsten Edelsteine glänzen, von Bächlein durchkreuzt, so klar wie Silber. Darum gehet zu meinen Präfekten und lasset euch die Einkünfte der ihnen anvertrauten Länder an Gold, Silber und Juwelen auf drei Jahre voraus entrichten. Schadads Befehl wurde vollzogen, und nach einigen Monaten kehrten die deshalb abgesandten Kommissare mit viertausendfünfhundert beladenen Kamelen zurück. Als das Nötige an Gold, Silber und Edelsteinen beisammen war, machte er sich mit seinen Truppen auf und reiste zehn Tage lang, bis er in ein sehr blühendes Tal kam. Hier stieg er ab und erteilte den Befehl, Zelte für ihn und seine Truppen aufzuschlagen, und in einer Stunde erhoben sich hundertundfünfzigtausend Zelte.

Djaudar fuhr in seiner Erzählung vor dem Sultan mit Misrams Worten fort: Schadad ließ dann Baumeister, Zimmerleute, Goldarbeiter, Bildhauer, Maler und andere Handwerksleute und Künstler kommen, und trug ihnen auf, eine Stadt mit viertausend Säulen zu bauen. Mitten in der Stadt ließ er ein Schloß mit einem Garten anlegen, der die des Paradieses übertreffen sollte. Für das Schloß wurden nur das reinste Gold und die edelsten Perlen und Diamanten gebraucht, und der Garten wurde mit den seltensten Blumen und Früchten aus allen Weltteilen angefüllt. Die Obstbäume wurden aus Griechenland und Persien herbeigeholt, die Veilchen aus Baßrah, die Rosen aus Kufa, Basilienkraut aus Mekka, Lilien und Jasminen aus Ägypten, Safran aus Genua, Aloe und Sandel aus China; dabei war ein Park, in welchem die schönsten Gazellen umherhüpften und die buntfarbigsten Vögel ihre Liebeslieder sangen. Die Mauern dieses Gartens wurden mit den feinsten Stoffen bedeckt, auf denen allerlei Bäume und Vögel gemalt und gestickt waren. Als alles vollendet war, beschenkte Schadad die Arbeiter und Künstler königlich und bezog sein Schloß. Aber in der ersten Nacht, die er darin schlief, hatte er einen bösen Traum, aus dem er ganz erschrocken und niedergeschlagen erwachte; er wußte aber nicht mehr, was er eigentlich geträumt hatte. Des Morgens früh ließ er seinen Traumdeuter rufen, welcher Ifrach hieß und dem er ein unbedingtes Vertrauen schenkte, und sagte ihm: Mein teurer Ifrach, ich habe diese Nacht einen schrecklichen Traum gehabt, dessen ich mich aber nicht mehr erinnere; nur so viel weiß ich noch, daß ich mit zitterndem Herzen darüber erwachte. Erkläre mir, was dieser Traum bedeutet. Ifrach zog eine Tafel aus der Tasche, bestreute sie mit Sand und schrieb allerlei fremde Charaktere hinein; dann rechnete er eine Weile mit den Fingern und sagte: Erhabener König, du befandest dich im Traum auf einem Schiff mitten auf dem tobenden Meer, da kam ein häßlicher Schwarzer mit einem Löwengesicht auf dich zu, faßte eine Kette, welche am Vorderteil des Schiffes herabhing, tauchte unter und zog das Schiff nach sich in den Abgrund. Du stürztest um und fielst in Ohnmacht. Als du wieder zu dir kamst, befandest du dich in einer großen Grube, von der du weder den Eingang noch den Ausgang sahest; nachdem du eine Weile darin umhergingst, fandest du ein großes Feuer, das hell aufflammte, ohne daß jedoch ein Rauch aufstieg; das Feuer kam dann auf dich zu und verzehrte dein linkes Bein wie ein Stück dürres Holz, und als es dann weiter herauf gegen das Herz stieg, erwachtest du. – Du hast wahr gesprochen, sagte Schadad, das war mein Traum, nun sage mir aber auch, was er bedeutet. Ifrach zog ein Buch aus der Tasche und las eine Weile darin; dann stieß er einen Schrei aus, daß das Schloß trotz der vielen Säulen, auf denen es ruhte, doch davon erbebte. Was hast du gesehen, fragte Schadad, vor Schrecken außer sich. Sage mir deine Gnade zu, versetzte Ifrach, und ich verhehle dir nichts. Als ihm Schadad hierauf das Gnadentuch überreichte, sagte er: In zehn Tagen wird der Tod dich und dein ganzes Volk hinwegraffen. – Am zehnten Tag, als Schadad über seine Truppen Musterung hielt, erhob sich ein heftiger Sturm, die ganze Erde bebte und verschlang den König Schadad mit seinem ganzen Heer, und sie waren nicht mehr als der gestrige Tag, der nie wiederkehrt. Sein schönes Schloß aber bewohnte nach ihm Deidabudj, ein sehr mächtiger, aber lasterhafter Genienfürst, welcher seinen Vater Jadjudj, König der bleiernen Stadt, ermordete. Er blieb aber nicht lange im ruhigen Besitz desselben, denn der Zauberer Busirian, welcher ein vertrauter Freund Jadjudjs war und dessen Tochter Unka leidenschaftlich liebte, sperrte ihn in eine kupferne Flasche, die er fest versiegelte; er wollte ihn sogar ins Meer werfen, aber Unka bat um Gnade für ihn. Deidabudj blieb viele Jahre in dieser Flasche, bis eines Tages sein Vetter Iblis zum Priester Djindar ging, welcher ein festes Schloß auf einer kleinen Insel des Ozeans bewohnte, und ihn um Beistand gegen Busirian anflehte. Djindar las eine Weile in seinem Zauberbuch, dann sagte er zu Iblis: Ich vermag nichts für deinen Vetter zu tun, so gern ich ihn auch befreien möchte; der einzige Mann auf der Welt, dessen Hilfe dir von Nutzen sein kann, ist Abul Adjaib, den ich in einigen Tagen hier erwarte, und mit deinem Anliegen bekannt machen will. Am dritten Morgen traf wirklich Abul Adjaib bei

Djindar ein. Er hatte ein doppeltes Gesicht, ein menschliches vorn und ein Elefantengesicht hinten; war er guter Laune, so verschleierte er letzteres, zürnte er aber jemanden, so zeigte er nur sein Elefantengesicht, dessen Anblick Menschen und Genien mit Angst und Schrecken erfüllte. Sobald er hörte, was Deidabudj widerfahren, sagte er zu Iblis: Sei frohen Herzens; Busirian soll für seine Grausamkeit gegen deinen Vetter büßen. Er rief dann einen häßlichen geflügelten Geist herbei, und befahl ihm, Busirian gefangenzunehmen und die kupferne Flasche, welche in seinem Schloß stehe, zu öffnen. Soll ich auch eingesperrt werden? fragte der Geist mit zitternder Stimme; habe ich das um dich verdient? War ich je treulos gegen dich? Wie kann ich dem mächtigen Busirian beikommen? – Sei nur ohne Furcht, erwiderte Abul Adjaib, ich folge dir. Busirian hat seine geliebte Gattin verloren und trauert nun auf einem Berg, welcher Schadads Schloß gegenüber liegt; er ist so betrübt über den Tod Unkas, daß er nicht daran dachte, sein Zauberbuch mitzunehmen; auch seine schöne Tochter hat er im Schloß zurückgelassen, und diese Beute ist nicht minder wichtig, als die des Zauberbuches, ohne welches er nicht mehr als ein gewöhnlicher Mensch ist. Abul Adjaib ließ sich hierauf von dem beflügelten Geist nach dem Berg tragen, wo Busirian seine Gattin betrauerte, und nahm ihn gefangen; dann befreite er Deidabudj aus der Flasche und schenkte ihm das Schloß Schadads samt den Töchtern Busirians, welche darin waren. Dies geschah vor wenigen Monaten, setzte Misram hinzu, und was sich inzwischen zugetragen hat, ist mir unbekannt. Kaum hatte Misram diese letzten Worte gesprochen, da kam ein Geist in der Gestalt des Vogels Rock und überreichte Schilschanum einen Brief von dem Abendländer Mahmud, welcher folgendermaßen lautete:

»Im Namen Gottes, des Allbarmherzigen! Ehre, Gruß und Segen dem Priester Schilschanum und seinen Freunden Djaudar und Misram, welche für die Ruhe der Guten und das Glück der Unschuldigen mit so rastlosem Eifer gearbeitet. Noch eine verdienstvolle Tat bleibt dir zu vollbringen, dann kannst du wieder in den Schoß der Deinigen zurückkehren. Du mußt meinen Freund Busirian und seine Töchter befreien, und Djaudar soll den ruchlosen Abul Adjaib, so wie den Vatermörder Deidabudj, welche Schadads Schloß bewohnen, mit dem Zauberschwert töten. Busirian gibst du dann sein heiliges Buch zurück, damit er nicht länger wie ein Vogel ohne Flügel umherflattere. Sobald dieser Brief zu dir gelangt, fliegst du mit Djaudar, Misram, Heifa und Sakirsad nach dem Schloß Schadads und wartest dort, bis dessen treulose Besitzer, welche jetzt auf Reisen sind, wieder dahin zurückkehren. Gott ist allmächtig!«

»Als Schilschanum diesen Brief gelesen hatte, sagte er zu dem Boten: Kehre zurück zum Abendländer Mahmud, grüße ihn, küsse ihm Hände und Füße für mich und sage ihm, sein Wille soll geschehen, und hernach werden wir alle zusammen ihm einen Besuch abstatten. Dann wendete er sich zu uns und sagte: Ihr sehet wohl, daß ich euch über das Schloß Schadads nur die Wahrheit berichtet habe; es scheint, daß ein Freund oder Verwandter Busirians Mahmuds Hilfe angefleht hat, oder daß er dessen Schicksal in seinem Zauberbuch lesen konnte. Schilschanum nahm mich dann auf seine Schultern und Misram die beiden Mädchen, und in einem Augenblick waren wir auf der Terrasse des goldenen Schlosses Schadads. Wir stiegen dann herunter, und ich fand es noch viel schöner, als es Misram beschrieben hatte. In einem geräumigen Salon, welcher nach dem wundervollen Garten lag, fanden wir die fünf Töchter Busirians, welche höchst erstaunt waren, von fremden Männern besucht zu werden; während ich ihnen aber erzählte, wer uns zu ihnen gesandt und warum wir gekommen, ließ Schilschanum den armen Busirian, der in einem der unteren Schloßzimmer eingesperrt war, entfesseln, und die Mädchen fielen vor Freude in Ohnmacht, als sie ihren Vater wiedersahen. Wir brachten nun in Gesellschaft Busirians und seiner

Töchter drei höchst vergnügte Tage zu. Am vierten Tag, als wir Abul Adjaib und Deidabudj wiederkommen sahen, verbargen wir uns in einem Nebenzimmer, und sobald sie sich auf den Diwan neben den Mädchen niedergelassen hatten, sprang ich mit dem Zauberschwert auf sie zu, und mit einem Schlag flogen beide Köpfe vom Rumpf. Misram sammelte dann die Kostbarkeiten dieses Schlosses und beauftragte einige Geister, sie hierher zu bringen; er selbst nahm Heifa und Sakirsad auf die Arme, Schilschanum bot mir seine Schultern an, wir nahmen von Busirian und seinen Töchtern Abschied, und in einem halben Tag waren wir hier. Ich entließ nun auf immer Misram und Schilschanum und feierte meine Hochzeit mit Heifa an demselben Tag, als Mahmud, der mich in meinem Haus erwartete, sich mit den Töchtern des Königs Numan vermählte. Die aus Schadads Schloß mitgenommenen Schätze setzten mich in den Stand, alle Armen Kahiras königlich zu bewirten. Dies tat ich auch fortwährend, mächtiger Sultan, bis meine Nachbarn mich als einen verdächtigen Menschen anzeigten und der Polizeipräfekt mich hierher beschied. Nun, gelobt sei Gott, der mich in deine Nähe geführt, denn schon längst suchte ich eine Gelegenheit, dir das mächtige Zauberschwert zu schenken, das dir gewiß in allen deinen Kriegen gegen die Ungläubigen den Sieg verschaffen wird.«

Der Sultan Zaher nahm Djaudars Geschenk mit Dank an und lebte fortan mit ihm in der vertrautesten Freundschaft.

»Ich selbst«, sagte der Dichter Hasan aus Andalusien, der Verfasser dieses Buches, »lernte Djaudar auf meiner Reise nach Kahira kennen und erfuhr von ihm selbst alle Abenteuer seines Lebens; auch stellte er mich dem Sultan Zaher vor, bei dem er wie ein Bruder ein- und ausging. Ich schrieb aber alles nieder, was mir Djaudar erzählte, weil ich es würdig fand, der Nachwelt überliefert zu werden.«

Das ist alles, was uns von dem Leben Djaudars zugekommen. Gepriesen sei Gott und gegrüßt sein Prophet Mohammed und dessen Verwandte und Gefährten.

Die listige Dalilah.

Zur Zeit des Kalifen Harun Arraschid lebten zwei schlaue und listige Männer, welche so außerordentliche Taten vollbrachten, daß der Kalif sie als Polizeipräfekten anstellte und jedem von ihnen eine Wache von vierzig Mann zur Verfügung stellte. Jeder erhielt auch ein Ehrenkleid vom Kalifen und ein monatliches Gehalt von tausend Dinaren nebst freier Tafel. Als dies Seinab, die Tochter des verstorbenen Polizeipräfekten, hörte, sagte sie zu ihrer Mutter Dalilah: »Sieh einmal, wie der Kalif zwei hergelaufene Männer begünstigt, während wir ohne Ansehen und ohne Gehalt ein ärmliches Leben führen müssen.« Dalilah, welche durch ihre List und Schlauheit eine Schlange aus ihrem Nest zu locken wußte, und bei der Iblis (der Teufel) selbst noch hätte Unterricht nehmen dürfen, antwortete ihrer Tochter: »Habe nur Geduld, ich werde Streiche ausführen, die meinen Ruf bald über den der beiden jüngst ernannten Polizeipräfekten Ahmed Denf und Hasan Schuman erheben werden, so daß der Kalif mir das Gehalt meines seligen Gatten wird fortbezahlen lassen.« – Sie verschleierte sich hierauf, zog ein wollenes Kleid mit einem breiten Gürtel an, wie die sich Gott weihenden Frauen zu tragen pflegten, nahm eine Waschkanne und füllte sie mit Wasser, in das sie auch einige Goldmünzen legte, die sie mit Palmblättern bedeckte, dann in die andere Hand einen ungeheuer großen Rosenkranz und eine Fahne mit roten und gelben Lumpen behängt. So ging sie in den Straßen Bagdads umher und sagte die frommsten Sprüche her, während sie in ihrem Herzen auf Trug und Verrat sann. Endlich blieb sie vor dem Haus des Obersten der Leibwache des Kalifen stehen. Dieser Mann war unermeßlich reich, er bezog ein starkes Gehalt aus der Staatskasse und besaß nebenbei noch viele Häuser und Güter. Das Haus, welches er mit seinem Harem bewohnte, war eines der schönsten Bagdads. Er war aber in seiner Ehe nicht glücklich, denn seine Gattin, welche er sehr liebte, gebar ihm kein Kind, und er hatte ihr in der Hochzeitsnacht schwören müssen, daß er nie eine zweite heiraten wollte. Gerade an dem Tag, wo Dalilah vor seinem Haus stand, hatte er, als einige seiner Freunde mit ihren schönen Kindern den Diwan besuchten, seiner Gattin über den Eid, den er ihr hatte schwören müssen, bittere Vorwürfe gemacht und sie in übler Laune verlassen. Seine Frau stand am Fenster, wie eine Braut geschmückt und mit den kostbarsten Edelsteinen an Hals, Ohren und Fingern beladen. Als Dalilah sie sah, sagte sie: »Diese Frau muß ich aus dem Haus ihres Gatten entführen und ihr ihren ganzen Schmuck ausziehen.« Sie fing dann an, Gott zu loben und zu preisen, bis die junge Frau aufmerksam auf sie wurde, und in der Hoffnung, vielleicht durch ihren Segen von Gott mit einem Kind beschenkt zu werden, ihrem Pförtner befahl, ihr die Tür zu öffnen.

Der Pförtner, ein armer Mann, der schon drei Monate keinen Lohn von seinem Herrn erhalten hatte, öffnete die Tür und bat Dalilah um einiges Wasser aus ihrer geweihten Kanne. Sie schüttelte sie so, daß die Palmblätter wegflogen und einige Goldmünzen herausfielen, und als sie der Pförtner ihr zurückgeben wollte, sagte sie: »Die hat dir Gott beschert, ich habe nichts mit irdischen Gütern zu tun.« Er führte hierauf Dalilah zu seiner Herrin, welche so vielen Schmuck an sich hatte, daß sie Dalilah wie ein Schatz erschien, dessen ihn verhüllende Talismane plötzlich ihre Kraft verloren. Die Hausherrin begrüßte Dalilah und bewillkommte sie freundlich und ließ ihr zu essen bringen. Dalilah sagte aber: »Ich faste das ganze Jahr hindurch bis auf fünf Tage, und auch des Abends esse ich nur von den Speisen des Paradieses, die mir einige Heilige meiner Bekanntschaft verschaffen. Aber du, edle Frau, siehst sehr betrübt aus; was fehlt dir denn, da du doch so von Glanz und Reichtum umgeben und noch so jung und schön bist?« – »O Mutter«, antwortete die

Hausherrin, »ich ließ in meiner Hochzeitsnacht meinen Gatten schwören, daß er nie eine andere Frau zu mir nehmen würde; nun möchte er aber Kinder haben, die nicht in meiner Macht liegen, ihm zu geben, und er drohte mir, bei seiner Rückkehr von einer Reise, die er eben unternommen, trotz seines Eides noch eine andere zu heiraten; tut er dies aber, und erhält er Kinder von einer anderen Frau, so werden sie alle seine Güter und seine Schätze einst erben, und ich werde arm und verlassen bleiben.« – »Hast du denn noch nichts von dem heiligen Abu Hamlat gehört«, fragte Dalilah im Ton des Erstaunens, »den noch keine unfruchtbare Frau besucht hat, die nicht bald nachher Kinder geboren hätte?« – »Ich bin seit meiner Vermählung weder zur Freude noch zur Trauer ausgegangen«, antwortete die Hausherrin, »und weiß nichts von Abu Hamlat.« – »So folge mir sogleich«, versetzte Dalilah, »ich kenne ihn gut und werde ihn bitten, daß er für dich alle seine Frömmigkeit aufbiete, um von Gott die Erfüllung deines Wunsches zu erlangen. Du aber mußt mir versprechen, daß, wenn du einen Sohn oder eine Tochter gebärst, du sie ganz für Gott erziehest.« Die Frau ließ sich überreden, mit ihr zu gehen, und der Pförtner, den seine Goldmünzen nicht an der Frömmigkeit Dalilahs zweifeln ließen, bestärkte sie in ihrem Vertrauen auf dieselbe. Als Dalilah mit ihr auf der Straße war, dachte sie an nichts anderes, als ihr die kostbaren Kleider und den reichen Schmuck, mit dem sie ausging, auf eine geschickte Weise abzunehmen. Sie ging nun voran und hieß des Obersten Frau ihr in einiger Entfernung folgen, damit sie nicht gestört werde, wenn die Leute sich mit ihren Anliegen um sie drängen. Da kamen sie an dem Laden eines jungen Kaufmanns vorüber, welcher Hasan hieß und noch unverheiratet war, dieser sah ihr mit so verlangendem Blick nach, daß Dalilah es merkte. Sie hieß die Frau des Obersten auf eine Bank vor dem Laden Hasans sich niederlassen, so daß dieser sie gut sehen konnte. Dann begab sie sich zu ihm und fragte ihn: »Bist du der Kaufmann Hasan, der Sohn Muhsins?« – »Der bin ich«, antwortet Hasan; »doch woher kennst du meinen Namen?« – »Gute Leute«, versetzte Dalilah, »haben mich mit deinem Namen bekannt gemacht. Wisse, dieses Mädchen ist meine Tochter; ihr Vater ist vor kurzem gestorben; er war ein reicher Kaufmann und hat ihr ein ansehnliches Vermögen hinterlassen. Da sie nun das Alter erreicht hat, wo Mädchen zu heiraten pflegen, sagte mir mein Herz, ich sollte dich zu meinem Schwiegersohn wählen; was sagst du dazu?« – »Schon oft«, erwiderte Hasan, »schlug mir meine Mutter diese und jene als Braut vor, aber ich konnte mich nie dazu entschließen, mich zu verloben, ohne meine Braut vorher zu sehen; ich werde daher auch deinen Antrag nur annehmen, wenn du mir gestattest, deine Tochter zu entschleiern.« – »Das sollst du«, versetzte Dalilah; »folge mir nur in einiger Entfernung!« Hasan schloß seinen Laden und steckte für den Notfall einen Beutel mit tausend Dinaren zu sich. Die Alte ging voran; eine Strecke hinter ihr folgte die Frau des Obersten und dann Hasan, bis sie vor den Laden eines Färbers kamen, von dem Dalilah wußte, daß er eine Wohnung zu vermieten habe. Hier blieb sie stehen, grüßte ihn und sagte ihm: »Da in meinem Haus einige Reparaturen vorgenommen werden müssen und ich vernommen habe, daß du ein Haus zu vermieten hast, so bin ich zu dir gekommen, um dich zu fragen, ob du mir es auf einige Zeit vermieten willst.« – »Recht gern«, antwortete der Färber; »jedoch nur unter der Bedingung, daß ein Zimmer des Hauses für unsere gemeinschaftlichen Gäste bleibe.« »Schicke mir nur so viel Gäste du willst, sie sollen eine freundliche Bewirtung bei mir finden.« Der Färber übergab ihr dann die Schlüssel zu seinem Haus, das sehr weit von der Färberei lag. Dalilah führte nun zuerst die Frau des Obersten in das gemietete Haus, indem sie sagte: »Hier wohnt Scheich Abu Hamlat, und schloß sie in ein Zimmer ein; dann holte sie Hasan, der vor der Tür wartete, führte ihn in ein anderes Gemach und sagte ihm: »Warte hier, ich werde dir bald meine Tochter bringen, dann kannst du sie entschleiert sehen.« Hierauf kehrte sie wieder zur Frau des Obersten zurück und sagte ihr: »Wisse, meine Tochter, du kannst so nicht den Scheich Abu Hamlat besuchen, denn mein Sohn, welcher sein Vikar ist, würde dir deinen Schmuck und deine schönen Kleider vom Leibe herabreißen, du kannst nur in einem einfachen Unterkleid vor ihm erscheinen, wenn du seinen Segen erlangen willst.« Die Frau des Obersten legte sogleich ihren Schmuck, ihren Gürtel und ihr Oberkleid ab; Dalilah nahm alles und verbarg es hinter die Treppe. Sie begab sich wieder zu Hasan, und als er sie fragte: »Wo ist denn meine Braut?« schlug sie sich ins Gesicht und schrie: »Gott verdamme alle bösen Nachbarn! Gäbe es doch keinen neidischen Menschen! Denke einmal: Als die Nachbarn mich mit dir in meine Wohnung kommen sahen und von meiner Tochter hörten, du solltest ihr Bräutigam werden, sagten sie ihr, du wärest aussätzig, so daß sie schwor, sie werde nicht eher einwilligen, bis sie deine Arme und deine Brust entblößt gesehen. Ich bitte dich daher, ziehe dein Oberkleid aus, damit sie sich von der Verleumdung dieser bösen Menschen überzeuge.«

Hasan tat, was Dalilah von ihm forderte, und diese verließ ihn mit dem Oberrock, in welchem der Beutel mit tausend Dinaren war, nahm schnell Schmuck und Kleider der Frau, welche sie hinter der Treppe verborgen hatte, band alles zusammen und ging damit zum Färber. »Nun, wie gefällt dir mein Haus?« frage sie dieser. »Recht gut«, antwortete Dalilah; »ich werde sogleich meine Effekten dahin bringen lassen. Du würdest mir aber einen großen Gefallen tun, wenn du in meine Wohnung gehen wolltest, um zugegen zu sein, wenn die Träger meine Mobilien, Bett und Weißzeug bringen; hier hast du auch einen Dinar; kaufe einige Speisen dafür und verzehre sie mit den Trägern. Der Färber beauftragte seinen Jungen, auf den Laden achtzugeben, und ging mit dem Dinar fort. Als er aber fern war, sagte Dalilah zu dem Jungen, den er zurückgelassen, er sollte zu seinem Herrn gehen und erbot sich, so lange den Laden zu bewachen. Sobald sie aber allein in der Färberei war, packte sie alle Stoffe und Kleider, die in der Färberei waren, zusammen, rief einem Eseltreiber, der eben vorüber ging, und sagte ihm: »Warte hier in der Färberei, bis ich mit dem Esel zurückkehre: ich will nur diese Sachen nach Hause bringen, denn der arme Färber hier, mein Sohn, ist verschuldet, und der Kadhi wird heute noch daher schicken, um alles, was sich hier befindet, aufnehmen zu lassen; zerstöre nur Kessel und Öfen und alles,

was zur Färberei dient, damit diese Leute nichts von Wert mehr darin finden.« Der Eseltreiber vertraute Dalilah seinen Esel an, und so machte sie sich auf, mit einem Esel, beladen mit dem

Besten, was in der Färberei war, mit den tausend Dinaren Hasans und seinen und der Frau des Obersten Kleidern und Schmuck, und erzählte ihrer Tochter Seinab, wie sie auf einmal vier glückliche Streiche ausgeführt.

So viel, was Dalilah angeht. Der Färber aber, der, ehe er in seine vermietete Wohnung ging, Fleisch und Brot einkaufte und damit wieder vor seiner Färberei vorbeikam, war sehr betroffen, als er einen Eseltreiber fand, der alle Häfen zusammenschlug, und als er die zum Trocknen und Färben umherhängenden Stoffe nicht mehr fand. »Wie kommst du daher und was tust du hier?« fragte ihn der Färber, vor Zorn außer sich. »Ich bin auf Befehl deiner Mutter hier«, antwortete der Eseltreiber, »die, um deine Waren vor dem Kadhi zu retten, sie auf meinem Esel in ihr Haus bringt; sie hat mir auch gesagt, ich möchte alles im Haus zerstören, damit nichts von Wert in die Hände des Gerichtes falle.« Als der Färber dies hörte, schlug er sich auf die Brust und schrie: »Gott beschäme alle Spitzbuben! Meine Mutter ist längst tot und ich bin niemandem etwas schuldig; wehe mir, meine Stoffe!« Da fing der Eseltreiber auch zu weinen an und schrie: »Wehe mir, mein Esel! Von dir fordere ich ihn!« Der Färber hingegen forderte seine Ware von dem Eseltreiber, und so zankten sie miteinander herum, bis alle Nachbarn zusammenliefen und mit ihnen nach dem gemieteten Haus gingen, wo Hasan und die Frau des Obersten waren. Nachdem letztere Dalilah lange vergebens erwartet hatte, ging sie allein in das Zimmer Hasans, den sie für Abu Hamlats Vikar hielt.

Hasan freute sich, als er die Frau des Obersten endlich kommen sah, und fragte sie nach ihrer Mutter. »Meine Mutter«, antwortete sie, »ist längst tot, was willst du von der?« – »Ist die Alte, welche mich hierher führte, um mich mit dir zu verloben, nicht deine Mutter?« fragte Hasan erstaunt. »Gewiß nicht«, erwiderte die Frau; »mir sagte sie, du seiest ihr Sohn und segnest unfruchtbare Frauen an Abu Hamlats Stelle.« – »Ich sah sie heute zum ersten Male«, versetzte Hasan, »und gewiß ist sie eine Gaunerin, die nur meine Kleider und mein Geld haben wollte; aber von dir fordere ich alles zurück, denn hätte ich dich nicht bei ihr gesehen, ich wäre ihr nicht gefolgt.« Die Frau hingegen sagte: »Du mußt mir meine Kleider und meinen Schmuck ersetzen, du bist im Einverständnis mit deiner Mutter.«

So stritten sie miteinander, als der Färber und der Eseltreiber zu ihnen hereintraten und sie nach ihrer Mutter fragten. Als sie aber hörten, daß auch sie von der Alten betrogen worden, gingen sie zusammen zum Gouverneur und erzählten ihm, was ihnen widerfahren. »Was kann ich tun?« sagte der Gouverneur; »es gibt ja so viele alte Weiber in Bagdad; geht und sucht sie auf, wenn ihr mir sie herbringt, so will ich sie bestrafen und euch das Eurige zurückerstatten lassen.« Während diese nun in der ganzen Stadt umherliefen, um Dalilah aufzusuchen, saß sie ruhig bei ihrer Tochter Seinab und sagte ihr: »Mich gelüstet nach neuen Streichen.« »Wie«, sagte Seinab, »du wagst es, nach deinen letzten Streichen dich noch in Bagdad zu zeigen?« – »Ich fürchte nichts«, antwortete Dalilah; »ich gleiche Bohnenabfall, dem weder Feuer noch Wasser schadet.« Sie kleidete sich hierauf als Dienerin eines vornehmen Hauses und lief in der Stadt umher, bis sie vor ein Haus kam, wo eine Amme mit einem Kind auf dem Arm stand, das ein golddurchwirktes Kleid trug, eine goldene Kette mit Edelsteinen am Hals und einen Tarbusch mit Perlen besetzt auf dem Haupt hatte. Es war der Sohn des Obersten der Kaufleute, in dessen Haus die Verlobung, seiner einzigen Tochter gefeiert wurde. »Ich höre Gesang und Musik oben«, sagte Dalilah zur Amme, »warum stehst du denn vor der Tür?« – »Meine Herrin«, antwortete die Amme, »hat mich heruntergeschickt, weil viele Damen bei ihr sind, um ihr zur Verlobung ihrer Tochter Glück zu wünschen, und das Kind, sobald es seine Mutter sieht, nicht ihren Arm verlassen will.« – »Also

wohnt hier der Oberaufseher der Kaufleute?« versetzte Dalilah; »geh zu deiner Herrin, grüße sie von meiner Gebieterin Um Alchair (Mutter des Guten) und sage ihr, sie lasse ihr Glück wünschen und sie werde am Hochzeitstag sie besuchen, und ihre Putzfrauen beschenken.« Auch gab sie ihr ein falsches Goldstück für die Sängerinnen. »So nimm du einstweilen das Kind«, sagte die einfältige Amme, »denn ich bringe es sonst nicht mehr von seiner Mutter weg.« Dies war alles, was Dalilah wünschte, denn sobald die Amme wegging, zog sie ihm seine Kette und sein golddurchwirktes Kleid aus und nahm ihm seinen Tarbusch ab. Dann dachte sie: Das Kind kann mir noch wenigstens tausend Dinare eintragen. Sie nahm es daher auf den Arm und ging damit auf den Bazar der Goldarbeiter, trat in den Laden eines Juden und sagte ihm: »Die Schwester dieses Kindes, die Tochter des Obersten der Kaufleute, ist heute verlobt worden und bedarf eines Schmuckes; gib mir Ohrringe, Fußringe, Gürtel, Armbänder, Ringe und eine Kette für sie, das zusammen ungefähr tausend Dinare kostet; ich will es meiner Gebieterin zeigen, und wenn es ihr gefällt, dir das Geld bringen. Behalte du einstweilen das Kind.«

Da der Jude das Kind kannte, machte er keine Schwierigkeiten und gab Dalilah das Schönste und Wertvollste, das er im Laden hatte, sie aber lief zu ihrer Tochter und erzählte ihr, auf welche

Weise sie zu so kostbarem Schmuck gelangt. Die Amme war inzwischen zu ihrer Herrin gegangen und hatte ihr Um Alchairs Glückwünsche überbracht und den Sängerinnen das falsche Gold übergeben. Als diese aber es für Messing erkannten, lief sie schnell wieder hinunter, um ihr Kind zu nehmen, aber Dalilah war längst mit ihm verschwunden. Nun fing die Amme an zu weinen und zu schreien, und erzählte ihrer Herrin, was ihr widerfahren. Das ganze Haus geriet in die größte Bestürzung und das Fest wurde in einen Trauertag verwandelt. Nachdem man vergebens das ganze Haus durchsucht hatte, machte sich der Oberste der Kaufleute selbst mit seinem ganzen Hausgesinde auf den Weg und durchstreifte alle Straßen Bagdads, bis er endlich sein Kind halbnackt in dem Laden des Juden sah. Da sagte er zum Juden: Hier ist ja mein Sohn. – Jawohl, mein Herr, antwortete der Jude. Der Kaufmann, außer sich vor Freude, sein Kind wiedergefunden zu haben, nahm es auf den Arm, ohne zu bemerken, daß es halb nackt war, und wollte damit fortgehen. Da sagte der Jude: Mein Herr, eine alte Frau, die das Kind hier ließ, hat einen Schmuck für tausend Dinare von mir für deine Tochter genommen und mir das Kind als Unterpfand gegeben; nimmst du das Kind weg, so verschaffe mir meinen Schmuck oder tausend Dinare. – Ich weiß nichts von einem Schmuck, noch von einer Alten, du bist betrogen worden. Da schrie der Jude: O Muselmänner, helfet mir, man tut mir Unrecht! Der Kaufmann hingegen, der jetzt erst entdeckte, daß sein Sohn aller seiner Kostbarkeiten beraubt worden, forderte sie vom Juden zurück. Als sie so miteinander stritten, kamen der Färber, der Eseltreiber und Hasan vorüber, welche noch immer Dalilah suchten. Sobald sie die Ursache des Streites zwischen dem Juden und dem Kaufmann hörten, sagten sie: Gewiß ist dies ein Streich von derselben Alten, die auch uns betrogen hat. Der Kaufmann sagte hierauf: Ich freue mich so sehr, mein Kind wieder zu haben, daß ich seine Kleider leicht verschmerze. Der Jude aber schloß sich den anderen Betrogenen an, um Dalilah aufzusuchen; er riet ihnen aber, sich zu trennen, um sie desto eher zu finden. »Bei dem Barbier Mahmud«, sagte er, »wollen wir, jeder von einem anderen Weg her, wieder zusammenkommen.« Der Eseltreiber war kaum eine Straße weit allein gegangen, als er die Alte in einem anderen Aufzug sah. Er erkannte sie aber wieder, sprang auf sie zu und forderte seinen Esel von ihr. »Dein Esel«, antwortete sie ganz unbefangen, »steht bei dem Barbier Mahmud samt dem Mietlohn; folge mir nur, so will ich ihm sagen, daß er dir ihn gebe.« Sie ging aber eine Strecke weit voran, und ehe noch der Eseltreiber folgte, sagte sie dem Barbier: »Mein Freund, hier kommt mein Sohn, der unglücklich liebte und deshalb seinen Verstand verlor. Er rufet immer, wo er steht und sitzt und geht: Mein Esel! Mein Esel! Nun haben einige Ärzte mir geraten, ihm zwei Backenzähne herausreißen zu lassen, vielleicht würde ihn diese Erschütterung heilen. Hier ist ein Dinar, ich bitte dich, wenn er seinen Esel fordert, ihm zwei Zähne herauszunehmen und ihn wieder fortzuschicken.« Dalilah blieb vor dem Laden des Barbiers stehen, bis der Eseltreiber darin war, dann ging sie fort, und sobald dieser vom Barbier seinen Esel forderte, führte er ihn in ein Nebenzimmer, rief seinen zwei Jungen und befahl ihnen, ihn zu binden; inzwischen holte er sein glühendes Instrument, riß ihm zwei Backenzähne aus und sagte zu ihm: »Hier hast du deinen Esel.«

Als der Eseltreiber den Barbier fragte, warum er ihm mit Gewalt Zähne herausgenommen? antwortete er: »Ich habe es auf Befehl deiner Mutter getan und hoffe, daß du dadurch von deiner Geisteskrankheit genesen wirst.« Der Eseltreiber schrie: »Ich habe keine Mutter, und du mußt für den Verlust meiner Zähne und meiner erlittenen Schmerzen mich entschädigen, komm nur mit mir zum Kadhi.« Der Barbier wollte ihm nicht folgen, sie zankten eine Weile auf der Straße miteinander herum; unterdessen schlich Dalilah wieder in den Laden, schleppte das Wertvollste daraus fort und ging zu ihrer Tochter Seinab, um ihr ihre weiteren Streiche zu erzählen. Als der

Barbier wieder in seinen Laden kam und vieles daraus vermißte, packte er seinerseits den Eseltreiber und forderte von ihm den Ersatz dessen, was ihm entwendet worden. Der Eseltreiber sah endlich ein, daß sie wieder beide hintergangen worden, und erzählte dem Barbier alle Streiche, welche die Alte schon ausgeführt hatte. In diesem Augenblick stellte sich auch der Jude, der Färber und Hasan ein, und da sie des Eseltreibers Aussage bestätigten, blieb dem Barbier nichts übrig, als seinen Laden zu schließen, und mit ihnen zu gehen, um die Alte aufzusuchen. Da sie aber dieses Mal mit mehr Vorsicht zu Werke gehen wollten, erbaten sie sich vom Gouverneur zehn Soldaten, um sie sogleich ergreifen zu lassen. Die Alte ließ sich von Seinab nicht abhalten, auf neue Beute auszugehen, und sie wandelte gerade um eine Ecke herum, als der Eseltreiber mit seinen zehn Soldaten vor ihr stand. »Dieses Mal«, sagte er, »sollst du mir nicht entkommen«, und befahl sogleich den Soldaten, sie in ihre Mitte zu nehmen und vor den Gouverneur zu führen. Es war schon Abend und der Gouverneur war ausgeritten, sie mußten daher im Hof warten, wohin auch bald der Jude, der Färber, Hasan und der Barbier folgten. Da aber der Gouverneur noch lange ausblieb, und die Soldaten die ganze vorhergehende Nacht durchwacht hatten, schliefen sie ein, die Ankläger aber saßen beisammen in der Nähe des Haustores. Als Dalilah dies sah, schlich sie leise dem Haremgebäude zu, welches im Hinterhof lag und eine kleine Tür nach einer anderen Straße hatte, und fragte nach der Herrin des Harems. Als diese erschien, sagte sie ihr: »Mein Gatte ist Sklavenhändler, und führte eben fünf Sklaven auf den Markt, als dein Gemahl, der Gouverneur, ihm begegnete, sie für tausend Dinare kaufte und ihm befahl, sie hierher zu bringen; da aber mein Gatte abreisen mußte, beauftragte er mich, sie hierher zu führen.« Da der Gouverneur wirklich seiner Frau wenige Tage vorher tausend Dinare für Sklaven gegeben hatte, so zweifelte sie nicht an Dalilahs Aussage, um so weniger, als auf ihre Frage, wo denn die Sklaven wären, Dalilah ihr vom Fenster den Eseltreiber, den Färber, den Barbier, den Juden und Hasan zeigte, welche alle recht stattlich aussahen und der Frau des Gouverneurs recht gut gefielen. Sie öffnete daher ihre Kiste und gab Dalilah tausend Dinare als Kaufpreis und schenkte ihr noch zweihundert Dinare für sie. Dalilah bat sie, ihr die geheime Tür öffnen zu lassen, weil sie dann einen großen Umweg ersparte, und so entkam sie ungesehen wieder aus dem Haus, und eilte zu ihrer Tochter Seinab, welche mit Erstaunen hörte, auf welche listige Weise ihre Mutter nicht nur der Gefahr entronnen, sondern sogar mit neuer Beute heimgekehrt. Als der Gouverneur bald darauf nach Hause kam, sagte ihm seine Frau: »Ich freue mich sehr mit den Mamelucken, die du gekauft.« – »Was für Mamelucken?« fragte der Gouverneur erstaunt, »ich habe bei dem Leben meines Hauptes keinen Mamelucken gekauft.« – »Du scherzest«, versetzte die Frau, »die Alte war bei mir, und ich bezahlte ihr tausend Dinare, und die Mamelucken sitzen da unten im Hof, ich habe den Pförtner beauftragt, sie zu bewachen.« Der Gouverneur ging in den Hof und sah niemanden als die fünf Ankläger Dalilahs, und als er den Pförtner nach den fünf Mamelucken fragte, sagte er, er wisse nichts von Sklaven, es sei nur eine Sklavin aus dem Harem gekommen, die ihm sagte, er möge auf die fünf Menschen acht geben, die mit der Alten gekommen, und das habe er auch getan. Als der Gouverneur dies hörte, sagte er zu den Anklägern: »Nun seid ihr meine Sklaven; denn ihr habt die Alte hergebracht, ohne euch hätte sie meiner Frau kein Geld entlocken können.« Diese schrien aber: »Von dir fordern wir, was die Alte uns entwendet hat, denn wir brachten sie gefangen her, deine Soldaten sind eingeschlafen und deine Gattin hat sie entschlüpfen lassen.« Auch der Oberst der Leibwache, der inzwischen von seiner Reise zurückgekehrt war und von seiner Frau hörte, wie sie ihren Schmuck und ihre Kleider verloren, eilte jetzt herbei und sagte zum Gouverneur: »Du mußt mir alles ersetzen, denn du solltest dafür sorgen, daß keine solche Spitzbübin sich in Bagdad aufhalte.« – »So wartet nur einige Tage«, sagte der Gouverneur, »wir wollen sie schon wieder ertappen, dann lasse ich sie gleich hängen.« Am folgenden Morgen gab er dem Eseltreiber, der sie am besten kannte, wieder zehn Soldaten mit und befahl ihm, die Alte aufzusuchen. Gegen Mittag begegnete er ihr auf der Straße, ließ sie ergreifen und wieder zum Gouverneur führen. Da dieser gerade ausreiten wollte, befahl er dem Kerkermeister, sie einzusperren; dieser sagte aber: »Ich übernehme keine solche Verantwortlichkeit, dieses Weib ist ein wahrer Teufel, sie wird mir entkommen und dann muß ich für sie büßen.« Der Gouverneur ritt deshalb selbst mit der Alten und den Soldaten ans Ufer des Tigris, und befahl dem Scharfrichter, sie an den Haaren aufzuhängen. Der Scharfrichter tat, wie ihm befohlen wurde, und die zehn Soldaten blieben zu ihrer Bewachung zurück. Diese schliefen aber bald wieder ein, und glaubten es um so eher tun zu können, als Dalilah sich unmöglich allein losmachen konnte. Da kam ein Beduine vorübergeritten, welcher zu sich selbst sagte: »Wie freue ich mich, auch einmal nach Bagdad zu kommen, wie will ich mich an den Bagdader Honigkuchen laben!« Als Dalilah dies hörte, sagte sie: »Schütze mich, verehrter Scheich der Araber!« – »Du stehst unter Gottes Schutz«, antwortete der Beduine, »doch hast du gewiß ein Verbrechen begangen, weil du so dahängst.« – »Mein Vergehen ist sehr gering«, erwiderte Dalilah; »ich wollte bei einem Zuckerbäcker, der mein Feind ist, etwas kaufen, da spuckte ich aus und traf einen Honigkuchen, worauf er mich bei dem Richter verklagte. Der Richter sprach: Diese Frau muß hängend zehn Pfund Honigkuchen essen, und so lange hängen bleiben, bis sie sie verzehrt hat. Da ich aber keinen Honigkuchen hinunterbringen kann, so muß ich hier sterben, wenn du mir nicht hilfst.«

Der Beduine sagte hierauf freudig zu Dalilah: »Gib mir den Kuchen her, ich will ihn gleich für dich essen.« – »Ja, das hilft nur«, versetzte Dalilah, »wenn du ihn hängend ißt, sonst wird mir meine Strafe nicht erlassen.« Der Beduine entkleidete sich hierauf und zog das Gewand der Alten an, und ließ sich an den Haaren von ihr aufhängen. Sie aber nahm schnell seine Kleider und seine Kopfbinde, setzte sich auf sein Pferd und sprengte davon zu ihrer Tochter Seinab. Als der Beduine eine Weile dahing, und die Alte mit dem Kuchen nicht kommen sah, rief er: »Wo bleibt denn der Kuchen?« Die Soldaten aber die aus ihrem Schlaf erwachten und den Beduinen am Baume sahen, fragten ihn: »Was tust du hier und wo ist die Alte hingekommen?« – »Ich habe die Alte losgebunden«, antwortete der Beduine, »weil ich statt ihrer den Honigkuchen essen will, den sie nicht ertragen kann.« Sie merkten aus dieser Antwort, daß die Alte sie abermals hintergangen. Nun waren sie unschlüssig darüber, ob sie den Beduinen länger hier bewachen oder die Flucht ergreifen sollten, als auf einmal der Gouverneur erschien und ihnen sagte: »Bindet Dalilah los und führet sie vor Gericht!« – »Hast du den Honigkuchen?« fragte ihn der Beduine. Als der Gouverneur den ihn Fragenden ansah, und statt einer alten Frau ein junges Männergesicht sah, sagte er zu seinen Soldaten: »Was habt ihr getan?« Sie erzählten ihm hierauf, wie sie eingeschlafen und erst beim Erwachen den Beduinen an Dalilahs Stelle fanden, und baten ihn um Gnade. »Ihr habt nichts zu befürchten«, sagte ihnen der Gouverneur; »dieser Gaunerin ist niemand gewachsen, bindet nur den armen Beduinen los.« Sobald dieser frei war, fiel er dem Gouverneur zu Füßen und sagte: »Gott beschütze um deinetwillen den Kalifen! Verschaffe mir doch mein Pferd und meine Kleider wieder, ich wußte ja nicht, daß diese Frau eine Spitzbübin war, sonst hätte ich sie nicht losgebunden.« Bald darauf kamen auch der Färber, der Jude, Hasan, der Barbier, der Eseltreiber und der Oberste der Leibwache herbei, um zu sehen, was nun mit Dalilah vorgehen werde, und als sie hörten, sie sei wieder entronnen, fielen sie über den Gouverneur her, forderten von ihm den Ersatz ihres Verlustes und verklagten ihn beim Kalifen. Sie gingen hierauf ins Schloß des Kalifen

und ein jeder erzählte ihm, wie er von Dalilah bestohlen worden. Als sie vollendet hatten, sagte der Kalif zu dem Gouverneur: »Womit kannst du dich entschuldigen?« – »Damit«, antwortete er, »daß sie mich selbst um zwölfhundert Dinare gebracht hat, indem sie meiner Frau diese fünf freien Menschen als Sklaven verkaufte.« – »Du mußt mir diese Alte herbringen«, sagte der Kalif, »ich fordere sie von dir als Gouverneur.« – »Fordere lieber mein Leben«, versetzte der Gouverneur, »als diese Alte, die schon an einem Baum hing und sich wieder zu befreien wußte. Das ist ein Geschäft für Ahmed Denf oder Hasan Schuman, die ein Gehalt von zwölfhundert Dinaren jährlich beziehen und einundvierzig geheime Agenten zu ihrer Verfügung haben, deren jeder ein Monatsgehalt von hundert Dinaren bezieht.« – »Du hast recht«, sagte der Kalif, »es ist die Sache meiner Polizeipräfekten, ihrer habhaft zu werden«, und ließ sogleich Ahmed Denf rufen, und befahl ihm, die Alte zu bringen, welche alle diese Männer bestohlen. Ahmed, der Dalilah nicht genau kannte, wollte seinen Kollegen Hasan Schuman zu Rate ziehen, aber einer seiner Leute hielt ihn davon ab und verbürgte ihm die Gefangennehmung Dalilahs.

Ahmed teilte nun seine Leute in vier Abteilungen, und sie zogen je zehn in der Stadt herum, um Dalilah aufzusuchen. Da man bald in der ganzen Stadt davon sprach, so erfuhr auch Dalilah daß man ihr aufpasse; aber Seinab, weit entfernt, sich zu fürchten, sagte zu ihrer Mutter: »Dieses Mal will ich es mit der Polizei aufnehmen: Kleider und Waffen Ahmeds und seiner Einundvierzig sollen heute noch meine Beute werden.« Sie zog sich hierauf sorgfältig an, ging zu einem Drogisten, von dem sie wußte, daß er eine Wohnung mit doppeltem Eingang zu vermieten hatte, gab ihm einen Dinar und sagte ihm: »Vermiete mir für dieses Geld deine Wohnung nur bis auf heute Abend.« Als er ihr den Schlüssel gab, ließ sie einige Speisen und Getränke, einen Diwan und Teppiche hineinbringen; dann stellte sie sich nur halb verschleiert vor die Tür, bis Ali, einer von Ahmeds Unteroffizieren, mit seinen zehn Polizeidienern vorüberkam; da ging sie auf ihn zu und küßte ihm die Hand. Ali sah ihr ins Gesicht, und da sie sehr hübsch war, fragte er sie in einem

freundlichen Ton, was sie begehre. »Bist du Ahmed Denf?« fragte Seinab in schüchternem Ton. »Nein«, antwortete Ali; »aber er ist mein Vorgesetzter und wenn du irgend ein Anliegen hast, so kannst du es mir ebensogut vortragen. Wer bist du denn?« – »Mein Vater war Wirt in Moßul«, antwortete Seinab, »und hinterließ bei seinem Tod ein so großes Vermögen, daß ich aus Furcht vor den Gerichten mit meinem Geld hierher floh, und hier möchte ich gern des Schutzes Ahmed

Denfs mich versichern, weil ich hörte, daß er nach dem Kalifen die mächtigste Person in Bagdad wäre.« – »Du kannst dich auf ihn verlassen«, sagte Ali. »Wenn du wahr sprichst«, versetzte Seinab, »so wirst du mit deinen Leuten mir wohl die Ehre erweisen, einen Bissen bei mir zu essen und einen Trunk Wein dazu zu nehmen.« Sie führte sie hierauf in ein Gemach und gab ihnen zu trinken, bis sie halb berauscht waren; dann mischte sie einen Schlaftrunk in den Wein, und sie sanken einer nach dem anderen wie tot zu Boden. Hierauf stellte sie sich wieder vor die Tür, bis die anderen Zehn vorüberkamen, lockte sie in ein anderes Zimmer und verfuhr mit ihnen, wie mit den ersten. Dasselbe tat sie auch mit der dritten und vierten Abteilung, an deren Spitze Ahmed Denf selbst stand. Sie zog dann einem nach dem anderen seine Kleider und Waffen aus, lud sie auf den Esel des Eseltreibers und ging damit zu ihrer Mutter. Als Ahmed erwachte und sich und seine Leute halb nackt sah, schrie er: »Wehe mir! Ich ging aus, um die listige Dalilah gefangenzunehmen: Nun hat sie mich und alle meine Leute zum besten gehabt. Mit welchem Gesicht werde ich vor dem Kalifen erscheinen?« Nun blieb ihm nichts mehr übrig, als sich an Hasan Schuman zu wenden und seinen Beistand anzuflehen. Hasan sagte ihm: »Sei ohne Sorge, vor Abend bringe ich die Alte vor den Kalifen; aber vorher muß er mir ihre Gnade versprechen, denn diese Frau ist keine Diebin, sie hat gewiß alle diese Streiche nur vollbracht, um Beweise von ihrer Gewandtheit und Schlauheit zu geben.« Sie begaben sich hierauf zusammen zum Kalifen und als er Ahmed fragte, wo die Alte sei, antwortete er: »Ich kann sie nicht finden; beauftrage Hasan, sie gefangenzunehmen, der kennt sie besser als ich.« – »Ich bürge für alles, was den Leuten von Dalilah entwendet worden«, hob Hasan an, »und bringe dir Dalilah her, wenn du sie begnadigen willst, denn sie ist keine gewöhnliche Diebin.« – »Bei meinen Ahnen!« schwor der Kalif, »wenn sie den Leuten das Ihrige zurückgibt, so begnadige ich sie; hier hast du ein Gnadentuch für sie, bringe es ihr!« Hasan verließ den Kalifen, und in wenigen Stunden hatte er Dalilahs Wohnung ausgemittelt. Er begab sich mit einigen seiner Leute vor ihr Haus und klopfte an der Tür. Seinab fragte: »Wer da?« – »Hasan Schuman!« antwortete er. »Im Namen des Kalifen, wo ist deine Mutter?«

Als Dalilah, welche oben war, dies hörte, sagte sie zu Seinab: »Jetzt sind wir gefangen; gegen Hasan Schuman vermag ich nichts mehr. Sage ihm nur die Wahrheit, da kommen wir noch am besten durch.« – »Meine Mutter ist hier«, rief Seinab zum Fenster hinunter; »was willst du von ihr?« – »Sie komme mit mir zum Kalifen und bringe alles mit, was sie den Leuten entwendet hat, dann wird der Kalif sie begnadigen; weigert sie sich aber, dies zu tun, so klage sie nur sich selbst an, wenn es ihr schlimm geht.« Dalilah kam herunter, knüpfte das Gnadentuch um den Hals und lud die entwendeten Kleider und Stoffe auf den Esel des Eseltreibers und das Pferd des Beduinen, nahm einen Beutel voll Gold in die Tasche und wollte Hasan folgen. Hasan untersuchte alles; da er aber noch die Kleider und Waffen Ahmeds und seiner Einundvierzig vermißte, fragte er sie, warum sie diese zurückgelassen. Sie antwortete: »Die hat meine Tochter ausgezogen, nicht ich.« Sie gingen nun miteinander zum Kalifen und legten alles vor ihn hin, was dem Juden, dem Obersten der Leibwache, dem Färber, dem Barbier, dem Beduinen, dem Eseltreiber und Hasan gehörte, und jeder nahm das Seinige zurück. Aber der Färber rief: »Wer ersetzt mir meine zugrunde gerichtete Färberei?« Auch der Eseltreiber schrie: »Wer bezahlt mir meine erlittenen Schmerzen und wer erstattet mir meine Zähne wieder?« Der Kalif lachte und ließ jedem hundert Dinare bezahlen. Dann fragte er Dalilah: »Warum hast du den Leuten so viel auf einmal entwendet?« – »Nicht aus Begierde«, antwortete Dalilah, »nach dem, was anderen gehört, sondern weil ich so viel von der Gewandtheit Ahmeds und Hasans hörte, daß ich zeigen wollte, daß ich ihnen in nichts nachstehe.« – »Und was wünschest du?« fragte der Kalif. »Mein Vater«, antwortete Dalilah, »war Richter in Bagdad; ich beschäftigte mich, Tauben zu Briefträgern zu erziehen, und mein Gatte war Polizeipräfekt. Ich möchte nun für mich den Gehalt meines Vaters und für meine Tochter den meines Gatten beziehen.« – »Und was wollt ihr dafür leisten?« fragte der Kalif. »Ich will die Oberaufseherin deines großen Chans sein.« Der Kalif hatte nämlich einen Chan für Kaufleute errichten lassen, welcher dreißig Wohnungen enthielt; vierzig Sklaven waren zur Bewachung desselben und zur Bedienung der darin wohnenden Kaufleute angestellt, und vierzig Hunde wurden unterhalten, um ihn vor jedem Einbruch bei Nacht zu schützen; auch war ein eigener Koch angestellt, um diese Sklaven und Hunde zu füttern. »Meiner Tochter aber, welche noch besser als ich die Leitung der Taubenpost versteht, räume das Schlößchen vor dem Chan ein, daß sie dort mit der Erziehung der Tauben sich beschäftige und die Versendung deiner geheimen Briefe besorge.« Der Kalif ernannte sogleich Dalilah zur Oberaufseherin des Chans und vertraute Seinab die Leitung der Taubenpost an. Das ist's, was wir von den Streichen der listigen Dalilah wissen. Nicht minder merkwürdig sind aber die damit zusammenhängenden

Streiche des Ägypters Ali.

Salih, der Polizeipräfekt von Kahirah, der vierzig Agenten zu seiner Verfügung hatte, gab sich alle mögliche Mühe, um seiner habhaft zu werden, aber vergebens; er erhielt deshalb auch den Beinamen Quecksilber, weil er, sooft man ihn zu haschen glaubte, wieder entrann. Eines Tages, als er sehr verstimmt war, ging er, um sich zu erheitern, in ein Weinhaus, ließ sich ein besonderes Zimmer geben und trank so viel Wein, bis er ihm in den Kopf stieg. Dann ging er wieder auf die Straße, da kam ein Mann vorüber, welcher Zibebenwasser ausrief. »Komm her«, rief ihm Ali zu, »und gib mir zu trinken.« Der Wasserträger füllte einen Becher voll und reichte ihn Ali; aber er goß ihn auf die Erde und forderte einen anderen Becher voll. Der Wasserträger füllte ihn wieder; aber Ali goß ihn wieder aus, ließ sich einen dritten Becher voll reichen und schüttete auch diesen auf die Erde. Da sagte der Wasserträger: »Wenn du nicht trinken willst, so gehe deines Weges.« Ali ließ sich noch einmal den Becher füllen, nippte ein wenig daran und gab ihn dem Wasserträger mit einem goldenen Dinar zurück. Der Wasserträger sah ihn spottend und mit unzufriedener Miene an. Da griff Ali nach seinem Dolch und sagte ihm: »Wehe dir, was spottest du meiner? Du hast mir drei Becher voll Wasser gereicht, die höchstens drei Drachmen wert sind, und ich habe dir dafür einen Dinar geschenkt; was willst du mehr? Ist dir je ein freigebigerer Mensch begegnet, als ich bin?« – »Allerdings«, antwortete der Wasserträger; »ich kenne einen Mann, dessen Freigebigkeit nie übertroffen wird, solange Frauen Kinder gebären. Wisse nämlich, mein Vater war der Oberste der Wasserträger in Kahirah und hinterließ mir bei seinem Tod fünf Kamele, ein Maultier, einen Laden und ein Haus. Aber der Arme wird selten reich, und wenn er reich ist, so stirbt er. Bald nach seinem Tod entlehnte ich fünfhundert Dinare; ich wollte nämlich nach Mekka pilgern und von dort einige in Ägypten gangbare Waren mitbringen. Ich verlor aber auf dem Weg mein Geld und wagte es wegen meiner Schulden nicht, nach Ägypten zurückzukehren. Ich schloß mich daher der syrischen Karawane an bis Haleb (Aleppo), und von hier ging ich nach Bagdad, fragte nach dem Obersten der Wasserträger und erzählte ihm, was mir widerfahren. Der Oberste gab mir einen Schlauch und die übrigen Gerätschaften zum Wassertragen; aber ich ging vom Morgen bis Mittag in der Stadt umher und konnte für keinen Drachmen Wasser

verkaufen. Der eine sagte: Ich trinke nicht, bis ich gegessen habe; der andere sagte: Gott helfe dir, und der dritte wieder etwas anderes. Gegen Mittag sah ich einen großen Zug von bewaffneten Leuten durch die Stadt reiten, dem viele Leute nachliefen; ich war auch begierig, ihn zu sehen, und als ich fragte, was er bedeute, sagte man mir: Der neue Polizeipräfekt Ahmed Denf reitet heute zum erstenmal mit seinen Leuten aus. Als der Zug an mir vorüber kam, hielt Ahmed Denf sein Pferd an und rief mir zu: Komm her, Wasserträger, ich habe Durst, gib mir zu trinken! Ich reichte ihm einen Becher voll Wasser hin; aber er goß ihn aus und forderte einen zweiten. Aber auch den zweiten stürzte er um auf den Boden, gerade wie du. Als ich ihm dann auf sein Begehren den dritten reichte, schlürfte er einige Tropfen hinunter und frage mich, wo ich her sei. Ich antwortete: Aus Kahirah. Da rief er: Gott segne die Bewohner Ägyptens! Wie kamst du aber hierher? Da erzählte ich ihm die Ursache meiner Entfernung aus der Heimat und gab ihm zu verstehen, daß meine Lage nicht die allerbeste wäre. Er griff in seine Tasche, holte fünf Dinare heraus und schenkte sie mir. Dann sagte er zu seinen Leuten: Schenket zu Ehren Gottes diesem Mann etwas.

»Da schenkte mir ein jeder einen Dinar. Beim Wegreiten sagte mir Ahmed noch: Gib mir nur zu trinken, sooft du mir begegnest; du sollst jedesmal so viel von mir erhalten. In kurzer Zeit erhielt ich nun tausend Dinare teils von ihm selbst, teils von seinen Leuten und anderen, die mich als seinen Günstling beschenkten. Als ich diese Summe beisammen hatte, ging ich zu ihm, küßte ihm die Hand und sagte ihm: Es reist in diesen Tagen eine Karawane nach Kahirah, erlaube mir, mich ihr anzuschließen, um meine Familie wiederzusehen. Da schenkte er mir hundert Dinare und ein Maultier und sagte: Ich gebe dir auch einen Brief an Ali Quecksilber nach Kahirah mit und bitte dich, wenn du den Brief abgibst, ihn von seinem ehemaligen Meister zu grüßen. Sobald er den Brief geschrieben hatte, nahm ich Abschied von ihm und reiste hierher, bezahlte meine Schulden und wurde wieder Wasserträger; den Brief an Ali trage ich aber noch immer bei mir, denn ich weiß nicht, wo er wohnt, und niemand kann mir es sagen.« – »Freue dich, Wasserträger!« rief Ali; »ich bin Ali Quecksilber, gib mir den Brief!« Der Wasserträger zog den Brief aus seiner Tasche und überreichte ihn Ali. Als er ihn öffnete, fand er zuerst folgenden Vers darin:

> »Ich schreibe dir, Zierde der Edlen, auf einem Blatt, das mit dem Wind zu dir gelangt; hätte ich Flügel, ich würde ihm selbst noch zuvorkommen, wie kann man aber mit abgestutzten Flügeln fliegen?«

Dann stand im Brief: »Den schönsten Gruß vom Polizeipräfekten Ahmed Denf an den Besten seiner Zöglinge, den Kahirahner Ali Quecksilber! Wisse, daß ich durch meine Gaunerstreiche in Kahirah sowohl als später hier so berühmt geworden bin, daß der Fürst der Gläubigen mich zum Polizeipräfekten von Bagdad ernannt hat. Ist die Freundschaft, welche uns verband, noch dieselbe in deinem Herzen, so komm hierher; es wird dir bald gelingen, dich hervorzutun und ein ansehnliches Amt an der Polizei zu erhalten. Das ist der Zweck dieses Schreibens. Friede sei mit dir!« Als Ali diesen Brief gelesen hatte, küßte er ihn, legte ihn unter seinen Turban und schenkte dem Wasserträger noch zehn Dinare. Dann ging er zu seinen Freunden, nahm Abschied von ihnen und versprach ihnen, daß er auch in der Ferne sich ihrer annehmen wollte; steckte eine kleine Büchse zu sich, welche ein sehr langes auseinandergelegtes Schwert enthielt, und suchte eine Karawane auf, welche nach Syrien reiste. Da hörte er, daß eine große Karawane, bei der sich auch der Oberste der Kaufleute Kahirahs befände, schon außerhalb der Stadt lagere und zum Aufbruch bereit sei. Er verließ schnell die Stadt und fand schon alles zum Abmarsch bereit, nur der Oberste der Kaufleute hatte seine Waren noch nicht aufgepackt, und vergebens bat er die Kameltreiber, ihm zu helfen. Als Ali dies sah, näherte er sich ihm, grüßte ihn und fragte ihn, wie es käme, daß er keinen Gehilfen und keinen Diener mitgenommen habe, zu so vielen Mauleseln mit Waren beladen. »Ich hatte zwei Jungen bei mir«, antwortete der Oberste, »die ich kleidete und denen ich noch Geld in die Tasche gab; aber sobald wir vor der Stadt waren, entflohen sie, und nun befinde ich mich allein.« Als Ali dies hörte, sagte er: »Ich will dein Gehilfe sein«, und fing sogleich an, die Maulesel mit den auf der Erde herumliegenden Waren zu beladen. Der Kaufmann gewann ihn deshalb sehr lieb und teilte mit ihm allen Mundvorrat, den er bei sich hatte. Die Karawane setzte glücklich ihren Weg fort, bis sie an den Löwenwald kam. Dort hauste ein Löwe, der jede Karawane anfiel und sehr oft einen Menschen fraß. Es wurde gewöhnlich unter den Kaufleuten gelost, wer vorangehen und sich dem Löwen hingeben müsse, um die übrigen zu retten.

Das Los fiel dieses Mal auf den Obersten der Kaufleute, der so ängstlich und bestürzt darüber war, daß er schon sein Testament machte. »Warum seid ihr so verzweifelt?« fragte Ali; und als man ihn von dem Vorfall unterrichtete, sagte er: »Flieht ihr vor einer Landkatze? Ich will den Löwen töten.« Als der Karawanenführer dies dem Kaufmann meldete, erbot er sich, Ali tausend Dinare zu geben und auch die übrigen Kaufleute verhießen ihm Geschenke. Ali zog sein Oberkleid aus und stand in stählener Rüstung da, dann öffnete er seine Büchse, zog seine Klinge heraus, setzte sie zusammen und versetzte dem Löwen, der bald darauf aus dem Wald gesprungen kam, einen Hieb zwischen die Augen, der ihm den ganzen Kopf entzwei spaltete. Als der Oberste der Kaufleute dies sah, umarmte und küßte er Ali und gab ihm die tausend Dinare. Auch die übrigen Kaufleute schenkten ihm ein jeder zwanzig Dinare. Am folgenden Tag kamen sie ins Hundstal, wo ein Beduine mit seiner Räuberbande sich aufhielt, der schon manche Karawane ausgeplündert hatte. Auch dieses Mal zeigte er sich wieder, im Begriff, die Karawane zu überfallen; manche Kaufleute entflohen; der Oberste schrie: »Wehe mir, mein ganzes Vermögen ist dahin!« Da trat Ali hervor und forderte den Beduinen, welcher die Räuberbande anführte, zu einem Zweikampf heraus. Als der Beduine aber zu ihm heransprengte, zog er schnell einen Panzer an, daran viele Schellen hingen, so daß das Pferd des Beduinen scheu wurde und umkehrte. Diesen Augenblick benutzte Ali und stieß dem Beduinen eine Lanze in den Nacken, die ihn tödlich verwundete. Sobald der Anführer tot war, entflohen alle seine Leute. Ali steckte dann den Schädel des Beduinen auf seine Lanze und die Karawane setzte ungehindert ihren Weg bis Bagdad fort. Hier nahm Ali Abschied von dem Obersten der Kaufleute und bat ihn, das Geld, das ihm auf der Reise geschenkt worden, seinen Kameraden in Kahirah zu geben. Ali erkundigte sich jetzt nach der Wohnung Ahmed Denfs, aber niemand wollte ihn hinführen. Da sah er Kinder auf der Straße vor einem Zuckerbäckerladen spielen und dachte: Eines von diesen wird mir wohl für ein Stück Kuchen Ahmeds Wohnung zeigen. Er ging in den Laden und kaufte einige Süßigkeiten, zeigte sie den Kindern und fragte sie, wer ihm Ahmed Denfs Haus zeigen wolle. Einer der Knaben, welcher Ahmed Lakit hieß und Seinabs Neffe war, trieb seine Spielkameraden zurück und sagte zu Ali: »Folge mir nur, bis ich ein Steinchen an eine Tür werfe, da ist Ahmeds Haus.« Ali ging hinter ihm her und klopfte an die Tür, gegen welche der Knabe ein Steinchen warf. Sobald Ahmed Denf es hörte, rief er seinem Diener zu: »Öffne schnell! Ali Quecksilber steht vor der Tür, ich kenne sein Klopfen!« Ahmed nahm Ali sehr freundschaftlich auf, schenkte ihm ein Kleid, wie es seine vierzig Agenten trugen und erbot sich, ihn dem Kalifen vorzustellen, damit er ihm ein Gehalt aussetze. »Damit hat es noch Zeit«, erwiderte Ali; »ich will einmal zuerst mich in Bagdad umsehen und auf irgend eine Weise hervortun.« – »Sei aber nur behutsam«, versetzte Ahmed; »Bagdad ist kein Kahirah; Bagdad ist die Residenz des Kalifen, der Sammelplatz aller Gauner und Spione, die hier gleichsam wie Gras aus der Erde hervorwachsen; ich rate dir sogar, an den ersten Tagen gar nicht auszugehen. Ali blieb nun drei Tage bei Ahmed, am vierten Tag hatte er Lust, auszugehen, denn er war nicht gewöhnt daran, so lange zu Hause zu bleiben, und fühlte sich daher sehr beklommen. Als er auf der Straße war, sah er vierzig bewaffnete Sklaven vorübergehen, und hinter ihnen ritt die Gaunerin Dalilah auf einem Maulesel mit vergoldetem Helm und stählernem Panzer; sie kam eben vom Divan des Kalifen und begab sich in ihren Chan. Als sie Quecksilber sah, fiel er ihr auf, denn er hatte viel Ähnlichkeit mit Ahmed Denf, und die Gewandtheit und Tapferkeit leuchteten aus seinem Gesicht hervor.

Sobald Dalilah in den Chan kam, holte sie ihr Sandbrett hervor, schrieb allerlei Namen hinein, bis sie endlich durch verschiedene Zauberkünste den Namen Ali Quecksilber herausbrachte, der ihr aus Ahmeds Erzählungen schon bekannt war; zugleich sah sie aber auch im Sand, daß sein Glücksstern heller leuchtete, als der ihrige und der Seinabs. »Was hast du gesehen?« fragte Seinab ihre Mutter. »Ich habe heute einen jungen Mann auf der Straße gesehen«, antwortete Dalilah, »der mir wegen seiner Ähnlichkeit mit Ahmed Denf so sehr auffiel, daß ich begierig war, zu wissen, wer er ist. Nun habe ich herausgebracht, daß er Ali Quecksilber aus Kahirah ist, ein Zögling Ahmed Denfs, der gewiß seinen Meister rächen und uns einen schlimmen Streich spielen wird.« – »Dem sind wir schon gewachsen«, sagte Seinab. Sie zog sogleich das schönste Kleid an, das sie hatte, ging aus und durchstreifte die Straßen Bagdads, bis sie Ali Quecksilber fand, den sie nach der Schilderung ihrer Mutter sogleich erkannte. Als sie neben ihm stand, stieß sie ihn ein wenig mit dem Arm und sagte: »Gott segne die gescheiten Leute!« – »Gott erhalte deine schöne Gestalt!« sagte Ali; »wer bist du?« – »Ich bin die Tochter eines Kaufmanns«, antwortete Seinab, »und auch mein Gatte ist Kaufmann. Als ich mich zu Tisch setzen wollte, war mir es unmöglich, einen Bissen zu essen. Ich ging daher aus, – es ist das erste Mal in meinem Leben, daß ich allein ausgehe; nun gefällst du mir so gut, daß ich gern dich bei Tisch an meiner Seite haben möchte; willst du mir folgen?«

Ali sagte: »Wer ruft, dem wird geantwortet;« und ging einige Straßen weit hinter ihr her. Dann dachte er doch an die Warnung Ahmeds und an die Gefahr, in einer fremden Stadt sich mit einer verheirateten Frau in ein Verhältnis einzulassen. Er griff daher in seine Tasche, holte einen Dinar heraus, reichte ihn Seinab hin und sagte: »Nimm dies; ich kann dir jetzt nicht weiter folgen.« Aber Seinab stieß seine Hand zurück und beschwor ihn, sie nach Hause zu begleiten und sich von ihr bewirten zu lassen. Ali konnte nicht widerstehen und blieb bei ihr, als sie vor einem großen Haus mit verschlossenem Tor stillhielt. »Da«, sagte Seinab; »öffne das Tor!« – »Wo ist der Schlüssel?« fragte Ali. »Den habe ich verloren«, antwortete Seinab; »schlage nur die Tür ein!« Ali versetzte: »Das werde ich nimmermehr tun; ich will nicht für einen Dieb gehalten werden.« Er war im Begriff, sie zu verlassen, weil sie ihm verdächtig vorkam; aber sie hob ihren Schleier auf und zeigte ihm ein so schönes Gesicht, daß es ihm nicht mehr möglich war, sich von ihr zu trennen. Da er indessen die Tür nicht mit Gewalt erbrechen wollte, öffnete sie das Schloß ohne Schlüssel durch die Kraft einiger heiliger Namen von der Mutter Moses, und ging mit Ali in den Hof, in welchem viele Waffen umherlagen. Seinab nahm dann ihren Schleier ab und setzte sich neben Ali. Als er sie aber küssen wollte, bedeckte sie ihr Gesicht mit der Hand und bat ihn, sich bis zum Abend zu gedulden. Sie holte dann Speisen und Wein herbei, und als sie gegessen und getrunken hatten, füllte sie eine Kanne mit Wasser aus dem Brunnen, der im Hof war, und wusch ihre Hände; darauf schlug sie sich auf die Brust und schrie: »Wehe mir, ich bin verloren!« Ali sprang zu ihr hin und fragte sie, was ihr zugestoßen. »Ich habe einen Diamantenring in den Brunnen fallen lassen«, antwortete sie, »der bei meinem Gatten für fünfhundert Dinare verpfändet ist und den ich angezogen habe. Nun wende dein Gesicht nach der Tür zu, daß ich mich entkleide und in den Brunnen hinabsteige, um ihn zu suchen.« – »Das lasse ich nicht zu«, rief Ali; »bleibe da, ich steige hinunter!« Er warf sogleich seine Kleider von sich, band sich an den Eimer fest und Seinab ließ ihn langsam hinunter in den Brunnen, der sehr tief war. Als er drunten war, nahm sie seine Kleider, ging damit zu ihrer Mutter und erzählte ihr alles.

Ali mußte im Brunnen bleiben, bis der Emir Hasan, Eigentümer des Hauses, welcher den ganzen Vormittag im Divan des Kalifen zuzubringen pflegte, nach Hause kam. Er wollte vor dem Mittagsgebet sich waschen und befahl seinem Diener, die Waschkanne am Brunnen zu füllen. Dieser fand aber den Eimer so schwer, daß er ihn nicht heraufziehen konnte; er sah dann hinunter und erschrak so sehr, als er eine menschliche Gestalt darin erblickte, daß er Ali für einen Afrit (Gespenst) hielt, um so mehr, da er gewiß wußte, daß er beim Weggehen das Haustor geschlossen hatte und es nun offen stand, ohne daß etwas am Schloß verletzt war. Er lief daher erschrocken zu seinem Herrn und sagte ihm: »Mein Herr, ich habe einen Afrit im Brunnen gesehen!« – »So rufe vier Geistliche«, sagte Hasan, »daß sie den Koran vor ihm lesen, bis er sich entfernt.« Die Geistlichen lasen lange aus dem Koran vor dem Brunnen, es wollte aber kein Afrit heraussteigen. Endlich rief Hasan seinen Stallknecht und mehrere andere Diener herbei, um den Eimer heraufzuziehen, und ihr Erstaunen war nicht gering, als Ali halb nackt aus dem Eimer heraussprang. Die Geistlichen riefen, Gott lobend: »Hier ist der Afrit!« Hasan, der aber hinzutrat, sagte: »Hier ist ein Mensch wie ich und kein Afrit. Wie kamst du in diesen Brunnen?« fragte er dann Ali. »Bist du ein Dieb?« – »Nein«, antwortete Ali; »ich wollte im Tigris baden, da sank ich unter und die Strömung des Wassers trieb mich durch einen Kanal bis hierher.« – »Das kann nicht sein«, sagte

Hasan; »gestehe die Wahrheit.« Da erzählte ihm denn Ali, auf welche Weise er in den Brunnen gekommen, und bat ihn um einige Kleider, damit er nicht nackt nach Hause gehen müsse. Als er dann in alten Kleidern vor Ahmed Denf erschien, sagte ihm dieser: »Habe ich dich nicht vor den Streichen der hiesigen Gauner gewarnt? Hier gibt es Frauen, welche die klügsten Männer zum besten haben.« Als Ali dann erzählte, auf welche Weise er seine Kleider verloren, sagte Ahmed: »Diesen Streich hat dir keine andere, als Seinab, die Tochter der Gaunerin Dalilah, Oberaufseherin des großen Chans, gespielt; doch hast du dich nicht zu schämen, denn es ging deinem Meister mit seinen Einundvierzig auch schon einmal so mit ihr.« – »Nun«, sagte Ali, »liebe ich sie noch mehr als zuvor, und werde nicht eher ruhen, bis sie meine Frau wird.« – »Das wird nicht so leicht sein«, versetzte Ahmed; »reiße dich los von ihr, solange du es noch kannst.«

Da sagte Hasan Schuman zu Ali: »Willst du zum Ziel gelangen, so folge meinem Rat. Du hast bis auf die Farbe die auffallendste Ähnlichkeit mit dem Koch aus dem Chan, den Dalilah mit ihrer Tochter bewohnt; nimm daher eine pechartige, schwarze Farbe und färbe dich damit; dann gehe auf den Markt, wo gewöhnlich Dalilahs Koch sein Fleisch und sein Gemüse einkauft; grüße ihn als deinen Landsmann und lade ihn zu einem Frühstück ein. Wenn er dir entgegnet, er habe soviel zu tun für die vierzig Sklaven und ebenso viele Hunde, für Dalilahs und Seinabs Tisch, so beschwöre ihn, wenigstens ein Glas Buza (eine Art Bier) und ein Stück Braten anzunehmen, das kein Schwarzer verschmäht. Du führst ihn dann in ein dazu gemietetes Zimmer, und hat er einmal ein Glas Buza getrunken, so wird es dir leicht sein, ihn zu einem zweiten und dritten zu bereden. Inzwischen wird er immer offener und gesprächiger, und du mußt ihn über alles ausfragen, was er täglich zu besorgen hat, über die Anzahl Schüsseln, die er kochen muß, sowohl für Dalilah und Seinab, als für die Sklaven und Hunde, über den Platz, wo er den Küchen- und Speisenmagazinschlüssel hinzulegen pflegt, kurz über alles, was du wissen mußt, um seine Stelle versehen zu können, ohne daß man den Wechsel bemerke. Hat er alles ausgeplaudert, so schenke ihm noch einmal ein und gieße einen Schlaftrunk in das Buza; sobald es wirkt, entkleidest du ihn, ziehst seine Kleider an, steckst sein Küchenmesser in den Gürtel, nimmst den Korb mit Gemüse und Fleisch auf den Kopf, gehst damit in die Küche des Chans und kochst alles, wie es der eigentliche Koch zu tun pflegt, du legst aber ein einschläferndes Pulver in die Speisen, und wenn Seinab schläft, so nimmst du deine und Ahmeds und seiner Leute Kleider aus ihrem Schlafzimmer, wo sie sie aufbewahrt, und gehst damit fort; und willst du Seinab heiraten, so nimm auch ihre vierzig Posttauben. Ali befolgte diesen Rat; der Koch machte nicht viele Schwierigkeiten, ein Glas Buza anzunehmen, und er wurde darauf so redselig, daß Ali ihm alles auslockte, was er wissen wollte; er hörte nicht nur, wieviele Gerichte er täglich zuzubereiten hatte, sondern auch noch, welche auf heute verlangt waren und welche am vorhergehenden Tag aufgetischt worden. Auch über den Platz, wo die verschiedenen Schlüssel lagen, erhielt er Auskunft, und nun zog er sein einschläferndes Pulver hervor und mischte es in das Buza, das er dem Koch vorstellte. Dieser stürzte um, sobald er davon trank; Ali zog dann dessen Kleider an und ging mit dem Marktkorb in den Chan. Aber Dalilah erkannte Ali sogleich und rief herunter: »Geh heim, Spitzbubenhäuptling, hast du im Sinn, in diesem Chan einen Spitzbubenstreich auszuführen?« – »Was sagst du, Pförtnerin?« fragte Ali im Ton des Erstaunens.« – »Was hast du aus meinem Koch gemacht?« versetzte Dalilah; »hast du ihn getötet oder ihm einen Schlaftrunk beigebracht?« – »Gibt es hier einen anderen Koch als mich?« entgegnete Ali. – »Du lügst«, schrie ihn Dalilah an, »du bist Ali Quecksilber?« Da sagte er im Dialekt der Schwarzen: »O Pförtnerin, seit wann sind die Ägypter schwarz? Auf diese Weise kann ich nicht länger dienen.« – »Gott erhalte unseren Koch!« riefen einige Sklaven Dalilah zu; »was willst du von ihm?« – »Es ist nicht euer Koch«, sagte Dalilah, »wartet nur, ich komme gleich herunter, um einmal zu sehen, ob seine Schwärze natürlich ist.« Sie kam und wusch ihm den Arm, aber die Schwärze blieb, denn Hasan hatte ihm eine Salbe gegeben, welche das Wasser nicht zu vertreiben vermochte. Demungeachtet bestand Dalilah auf ihrer Behauptung, bis endlich die Sklaven ihr sagten: »Laß doch den Koch unser Mittagsessen zubereiten, ist er es nicht, so wird er weder die Küche noch das Speisezimmer finden, auch wird er nicht wissen, welche Gerichte er uns heute auftischen soll.« – »Nun«, sagte Dalilah, »fragt ihn einmal, welche Speisen ihr gestern von ihm verlangt.«

Ali sagte eine Speise nach der anderen her, nahm dann den Küchenschlüssel von dem Platze, wo er gewöhnlich lag, und ebenso den zur Speisekammer; er erkannte ersteren, weil Federn daran klebten und letzteren an Spuren von Fett, den Weg nach beiden zeigte ihm überdies noch eine vor ihnen herspringende Katze. Obgleich aber Dalilah dies wohl merkte, widersprach sie doch ihren Dienern nicht länger. Ali bereitete nun zuerst das Essen für Seinab und Dalilah zu und mischte eine so starke Dosis einschläferndes Pulver hinein, daß sie beim ersten Bissen zusammensanken. Er reichte dann den Sklaven ebenfalls Speisen, in welche er einen Schlaftrunk mischte, in das Essen

für die Hunde aber mischte er Gift, so daß er des Abends ungestört mit allen Kleidern, welche Seinab ihm und Ahmed geraubt, ja sogar mit ihren Tauben aus dem Chan gehen konnte. Als er zu Hasan kam, kochte ihm dieser ein Kräuterwasser, das ihm seine frühere Farbe wiedergab. Hierauf ging er in das Gemach, wo der Koch noch schlafend lag, hielt ihm ein Gegenmittel gegen den Schlaftrunk unter die Nase, gab ihm seine Kleider wieder und seinen Korb und verließ ihn. Als einer der Bewohner des Chans bei Tagesanbruch aufstand, fand er alle Türen geöffnet, die Hunde tot, die Skalven, sowie Seinab und Dalilah in tiefen Schlaf versunken. Er weckte letztere, und als sie wieder zu sich kam, fand sie ein Papierchen neben sich, auf dem geschrieben stand: »Kein anderer als der Ägypter Ali Quecksilber hat dir diesen Streich gespielt.« – »Ich habe es wohl gewußt«, sagte sie zu Seinab, »daß Ali seinen Meister Ahmed rächen würde, indessen meint er es gewiß gut mit uns, sonst hätte er uns einen weit schlimmeren Streich spielen können.« Sie schalt dann die Sklaven wegen ihres Widerspruchs und befahl ihnen, den ganzen Vorfall zu verschweigen, kleidete sich in gewöhnliche Frauenkleider, warf ein kleines Tuch um den Hals und ging zu Ahmed Denf, bei dem auch Hasan Schuman und Ali Quecksilber waren. »Was willst du, verruchte Alte?« fragte sie Hasan; »du hast gewiß wieder mit deinem Bruder Sureik, dem Fischer, irgend einen schlimmen Streich vor.« – »Das mag sein«, sagte Dalilah; »aber dieses Mal bin ich die Angeführte: Einer deiner Leute hat uns die Posttauben gestohlen, und ich komme, sie mir wieder von dir zu erbitten.« – »Die Tauben sind schon geschlachtet«, sagte Ali, »ich wußte nicht, daß es Posttauben waren.« Dalilah erschrak um so mehr, als sie dies hörte, da wirklich auf dem Tisch gebratene Tauben standen. Als sie aber daran roch, sagte sie sogleich: »Das sind nicht unsere Tauben, die müßten nach Moschus riechen, mit dessen Körnern ich sie gefüttert habe.«– »Nun«, sagte Hasan, der wohl wußte, daß andere Tauben zum Essen gekauft wurden, »gewähre Alis Bitte, so sollst du deine Tauben wieder haben.« – »Und was verlangt er von mir?« fragte Dalilah. – »Deine Tochter Seinab zur Gattin«, antwortete Hasan. – »Ich habe keine Gewalt über sie«, versetzte Dalilah; wenn er aber wirklichen Gaunermut hat, so werbe er um sie bei ihrem Oheim, dem Fischer Sureik, welcher ihr Pfleger ist.« – »Willst du unseren Freund verderben?« fragte Hasan; »Sureik ist der Meister aller Spitzbuben aus Irak, ihm ist es ein leichtes, den fernsten Stern zu erreichen und den Leuten den Kohel aus den Augen zu stehlen. Um den Käufer in seinen Fischerladen zu locken, hat er einen Beutel mit zweitausend Dinaren hinter die Tür gehängt und er ruft immer: Ihr Spitzbuben Ägyptens, ihr Gauner aus Irak, ihr Beutelschneider aus Persien! Der Fischer Sureik hat einen Beutel voll Gold in seinem offenen Laden hängen; versucht es einmal, ihn zu stehlen! Bisher haben aber die gewandtesten Spitzbuben sich vergebens bemüht, diese zweitausend Dinare zu stehlen, denn Schellen, welche an einer seidenen Schnur befestigt sind, warnen ihn durch ihren Klang, sobald der Beutel, an den diese Schnur geknüpft ist, berührt wird, und er hat schon manchen, den er auf diese Weise ertappte, mit bleiernen Kugeln, die er vor sich liegen hat, getötet oder schwer verwundet.«

Dalilah erwiderte: »Wer meine Tochter Seinab heiraten will, darf keine Gefahr scheuen; übrigens wird ohne Sureiks Zustimmung meine Tochter nicht heiraten.« Ali nahm diese Bedingung an und gab ihr ihre Tauben zurück. Sobald sie fort war, baten ihn Hasan und Ahmed, sein Vorhaben aufzugeben und sich um eine andere Gattin zu bewerben; allein er gab ihnen kein Gehör, ließ sich Frauenkleider bringen, verkleidete sich als eine vornehme schwangere Frau und ging auf die Straße, nahm einen Esel, stellte sich dem Eseltreiber als die Gemahlin des Obersten Hasan vor und ritt mit ihm durch die Stadt, bis er an dem Laden Sureiks vorüberkam. Da sagte er zum Eseltreiber: »Ich rieche so gute gebackene Fische, daß es mich danach gelüstet; geh und laß dir einige von dem Fischhändler geben, damit es meiner Leibesfrucht nichts schade.« Während aber der Eselstreiber bei Sureik ein Stückchen Fisch bestellte, zerdrückte Ali eine Blase voll Hammelblut, die er zu sich unter den Rock genommen hatte, und schrie: »Wehe mir! Meine Leibesfrucht ist dahin!« Als Sureik das Blut zu den Füßen Alis sah, erschrak er so sehr, daß er aus dem Laden in sein Wohnzimmer floh; Ali benützte diesen Augenblick, um nach dem Beutel zu greifen, der im Laden hing, sobald aber Sureik den Klang der Schellen hörte, sprang er heraus und sagte: »Deine List ist dir nicht gelungen, hier hast du, was dir zukommt«, und warf ihm darauf solange bleierne Kugeln nach, bis er fern war.

Beschämt kam er wieder zu Hasan Schuman, warf seine Frauenkleider von sich und zog die eines Stallknechtes an. Er ging wieder zu Sureik und forderte heiße Fische von ihm, so daß er in die Küche gehen mußte, um frische zu backen; unterdessen suchte Ali den Beutel loszumachen, aber die seidene Schnur verriet ihn wieder, doch gelang es ihm, den bleiernen Kugeln auszuweichen. Eine der ihm nachgeworfenen Kugeln traf einen Kadhi, der eine Schüssel voll heißer Suppe über die Straße trug, die Schüssel zerbrach und die heiße Suppe lief ihm gerade den Ärmel hinunter. Alle Leute versammelten sich um Sureik und forderten ihn auf, um ähnliches Unglück zu verhüten,

den Lockbeutel wegzunehmen; er versprach es auch zu tun, aber am folgenden Tag sah ihn Ali wieder an derselben Stelle hängen. Da rief er einen Schlangenbeschwörer, der mit zwei zahmen Schlangen vorüberging, zu sich und bat ihn, mit ihm nach Hause zu gehen, um seine zwei Kinder mit seinen Künsten zu unterhalten. Als er bei ihm war, stellte er ihm eine Speise vor, in welche er einen Schlaftrunk gemischt hatte, zog dessen Kleider an, nahm den Beutel mit den zwei Schlangen und den übrigen Gerätschaften des Schlangenbeschwörers, ging damit vor den Laden Sureiks, spielte auf der Flöte und forderte ein Almosen. »Gott helfe dir!« schrie ihn Sureik an. Da warf Ali die beiden Schlangen vor ihn, und er fürchtete sich so sehr, daß er in seine Wohnstube lief. Ali griff schnell nach dem Beutel, aber auch dieses Mal kam Sureik wieder herbei, ehe er sich dessen bemeistern konnte, und warf ihm einige Kugeln nach. Eine derselben traf den Stallknecht eines Offiziers, der gerade vorüberging; er nötigte Sureik, den Beutel wegzunehmen, aber am anderen Morgen hing er wieder im Laden.

Ali versuchte nun noch mehrere ähnliche Streiche, aber alle mißlangen ihm; da indessen die bleiernen Kugeln gar manchen Vorübergehenden unschuldigerweise verletzten, und Sureik übrigens doch fürchtete, ihn zuletzt noch zu verlieren, gab er den Bitten seiner Nachbarn nach und entschloß sich, nach Alis siebtem Versuch, ihn mit in sein Haus zu nehmen. Ali wartete, bis er des Abends nach Hause ging, und da es schon sehr dunkel war, schlich er sich unbemerkt in sein Haus.

Ali hörte, wie Sureik zu seiner Gattin, welche eine freigelassene Sklavin des Veziers Djafar war, sagte: »Hier bin ich endlich mit dem Beutel voll Gold, den ich dir für die einstige Beschneidungs- und Hochzeitsfestlichkeiten deines Sohnes Abd Allah versprochen. – Bewahre ihn wohl auf, denn ich bin heute Nacht zu einem Fest bei einem meiner Nachbarn geladen.« Die Schwarze nahm ihm den Beutel ab und sagte: »Schlafe erst ein wenig.« Er legte sich auf den Diwan und schlief bald ein. Da schlich Ali leise auf den Zehen aus dem Kabinett, in welchem er sich versteckt hatte, in das Zimmer, nahm den Beutel und ging damit zum Fest, zu dem auch Sureik eingeladen war. Diesem träumte, daß ein Vogel seinen Beutel mit Gold davontrage; er sprang erschrocken auf, rief seine Gattin und bat sie, einmal nach dem Beutel zu sehen. Als sie ihn vergebens suchte, sagte Sureik: »Wehe mir! Den hat niemand anderes als Ali gestohlen, doch ich will ihn schon wieder bekommen.« – »Das rate ich dir«, sagte seine Gattin, »sonst, bei Gott! Öffne ich dir die Haustür heute Nacht nicht.« Sureik ging zum Fest, wo er wohl wußte, daß auch Ali erscheinen werde. Als er ihn sah, zog er sich zurück und dachte bei sich selbst: Schon gut, der hat meinen Beutel noch in der Tasche, den will ich bald haben. Er ging daher in die Straße, wo Ahmed Denf wohnte, und stieg von einem benachbarten Haus aus, das offen stand, auf die Terrasse von Ahmed Demfs Haus und schlich dann leise bis zur Tür herunter. Niemand bemerkte ihn, denn alles schlief schon im Haus. Hier wartete er, bis Ali vom Fest kam und an die Tür klopfte. Da fragte er, Hasan Schumans Stimme nachahmend: »Wer ist da?« – »Ali Quecksilber, der Ägypter.« – »Hast du den Beutel Sureiks?« – »Ich habe ihn, öffne nur!« – »Ich darf nicht öffnen, bis du mir ihn gibst, ich habe mit Ahmed gewettet.« – »So strecke die Hand unter dem Tor heraus!« Sureik tat dies, nahm den Beutel und entwich wieder durch die Terrasse auf dieselbe Weise, wie er gekommen war. Als Ali noch eine Weile vor der Tür stand, und immer noch nicht geöffnet wurde, klopfte er so stark, daß alle im Haus erwachten. Hasan Schuman, der ihn am Klopfen erkannte, trat zu ihm heraus und fragte ihn: »Hast du den Beutel?« – »Du scherzest«, antwortete Ali, »ich habe dir ihn ja eben durch das Tor hineingereicht, weil du schworst, du öffnetest mir nicht eher, bis du den Beutel habest.« – »Bei Gott!« schwor Hasan, »ich habe dir nichts abgenommen, gewiß hat ihn Sureik wieder.« – »Nun«, sagte Ali, »ich will mir ihn schon wieder verschaffen.« Er kehrte hierauf wieder zu dem Fest zurück und sah sich nach Sureik um; sobald er ihn bemerkte, zog er sich zurück und stieg auf die Terrasse von Sureiks Haus und von da in das Zimmer der Schwarzen, welche schlief und ihr Kind neben sich liegen hatte. Er zog die Kleider der Schwarzen an, und goß ihr sowohl als dem Kind einige Tropfen Schlaftrunk ein und wartete, bis Sureik nach Hause kam. Als er an die Tür klopfte, legte er sich ans Fenster und rief, eine Weiberstimme nachahmend: »Wer ist an der Tür?« – »Der Vater Abd Allahs«, antwortete Sureik. »Ich habe geschworen, dir nicht zu öffnen, bis du deinen Beutel wiederbringst; hast du ihn?« – »Jawohl, hier ist er.« – »Gib ihn her.« Bei diesen Worten ließ Ali einen Korb mit Kuchen, welcher im Zimmer stand, an einem Strick zum Fenster hinunter, und als Sureik den Beutel hineinlegte, zog er ihn wieder herauf und ging mit dem Korb und dem Kind über die Terrasse wieder fort nach Hause.

Sureik wartete lange vergebens, bis seine Gattin die Tür öffnete, sie fragte sogleich: »Hast du den Beutel?« – »Habe ich ihn nicht in den Korb gelegt, den du zum Fenster herabgelassen?« – »Ich weiß nichts von einem Korb noch von einem Beutel.« – »Bei Gott! So ist mir der Gauner Ali wieder zuvorgekommen.« Als seine Frau die Tür öffnete, suchte er den Korb, und da er ihn

nicht mehr fand, zweifelte er nicht mehr daran, daß Ali sich bei ihm eingeschlichen. Jetzt vermißte aber auch die Schwarze ihr Kind, sie schlug sich auf die Brust und schrie: »Mein Kind, mein Kind!« Dann sagte sie zu Sureik: »Morgen verklage ich dich bei Djafar, du bist an dem Verlust meines Kindes schuld, denn du hast den Gauner durch deinen verdammten Beutel hierher gelockt.« – »Ich bürge dafür, daß ich morgen das Kind wiederbringe«, versetzte Sureik, »beruhige dich nur!« Am folgenden Morgen ging Sureik zu Ahmed Denf und sagte ihm: »Bewege deinen Freund Ali, daß er mir mein Kind zurückgebe, dann schenke ich ihm den Beutel mit Gold.« Da sagte Hasan Schuman, der auch zugegen war, zu Ali: »Warum hast du mir nicht gesagt, daß das gestohlene Kind Sureik gehört?« – »Ist ihm was zugestoßen?« fragte Sureik erschrocken. – »Leider«, sagte Hasan, »haben wir ihm Zibeben zu essen gegeben, an denen es erstickte. Hier liegt es schon in sein Leichengewand gehüllt.« Ahmed, der wohl dachte, daß Sureik sein Kind bei ihm suchen würde, hatte wirklich, um ihn zu erschrecken, ein Lämmchen geschlachtet und in ein Leichengewand gehüllt. Als Sureik dies sah, schrie er: »Wehe mir, mein Sohn! Was werde ich seiner Mutter sagen?« Er ging dann auf das Kind zu und enthüllte es, da bemerkte er, daß es nur ein Lämmchen war und sagte zu Ali: »Gib mir das Kind und behalte mein

Geld.« – »Das gehört ihm von Rechts wegen«, sagte Hasan; »du hast oft genug alle Gauner herausgefordert, dir einen Beutel zu nehmen, indessen wird dir ihn Ali gern wieder zurückgeben, wenn du ihn mit deiner Nichte Seinab, der Tochter Dalilahs, verlobst.« – »Willst du das Geld unter dieser Bedingung zurücknehmen?« fragte Ali. »Ich kann meiner Nichte nur raten, aber nicht befehlen«, antwortete Sureik; »ich meinerseits gebe meine Zustimmung, und nehme daher auch mein Geld wieder zurück, aber Seinab wird nur den Mann heiraten, der ihr als Hochzeitsgeschenk die Kleidung und den Schmuck Kamrs, der Tochter des Juden Usra bringt.« – »Unsere Verlobung finde nicht statt«, sagte Ali, »wenn ich sie nicht herbeischaffe.« Sureik ging freudig nach Hause und brachte seiner Frau ihr Kind und ihren Beutel. Ali aber fragte Hasen, wer denn eigentlich der Jude Usra wäre, dessen Tochter Schmuck er Seinab bringen sollte? »Usra«, antwortete Ahmed, »ist ein Zauberer, der dich ins Verderben stürzt, wenn du etwas gegen ihn zu unternehmen wagst, denn die boshaftesten Genien stehen unter seinem Befehl. Er bewohnt ein Schloß außerhalb der Stadt, dessen Wände halb von Gold und halb von Silber sind; dieses Schloß ist aber nur sichtbar, solange er darin ist; verläßt er es, so bemerkt man keine Spur mehr davon.«

»Usra bringt den Tag in der Stadt zu, wo er eine Niederlage von Goldwaren hat und reitet des Abends in sein Schloß zu seiner Tochter Kamr. Dann legt er seiner Tochter Kleider und Schmuck, die er ihr aus dem Schatz Feidas heraufbeschworen, in eine goldene Platte, hängt sie vor das Fenster und ruft: »Kommt herbei, ihr Gauner Ägyptens, ihr Spitzbuben Iraks, ihr Beutelschneider Persiens: Wer diese Platte nimmt, darf sie behalten mit allem, was darin ist. Aber die gewandtesten Gauner scheiterten in ihren Versuchen und wurden in Affen oder Esel verwandelt.« – »Ich scheue keine Gefahr«, sagte Ali; »ich muß mit Kamrs Schmuck Dalilahs Tochter Seinab zieren.« Er ließ sich hierauf den Laden des Juden Usra zeigen und wartete in der Nähe desselben, bis Usra den Laden schloß, einen Quersack, mit Silber und Gold gefüllt, auf ein Maultier lud, sich dann selbst daraufsetzte und fortritt; dann folgte er ihm bis zur Stadt hinaus. Auf einmal hielt Usra still, zog ein Beutelchen mit Sand aus der Tasche, murmelte einige unverständliche Worte darüber und streute ihn in die Luft – und, siehe da, plötzlich sah Ali ein goldenes Schloß vor sich stehen; das Maultier, welches ein dienstbarer Geist war, stieg die Stufen hinauf und verschwand. Usra ging mit dem Quersack ins Schloß. Bald darauf erschien er am Fenster und befestigte die Platte mit Kamrs Schmuck an demselben und rief: »O Gauner Ägyptens, ihr Spitzbuben Iraks und ihr Beutelschneider Persiens: Wer gewandt genug ist, diese Platte zu nehmen, der darf sie behalten, mit allem, was darin ist.« Hierauf sagte er einige Beschwörungsformeln her, und es stieg ein Tisch, mit den kostbarsten Speisen beladen, aus dem Boden herauf. Als er sich gesättigt hatte, rief er wieder einige heilige Namen an; der Tisch verschwand und ein anderer stieg an dessen Stelle hervor, auf welchem die besten Weine in den zierlichsten Trinkgefäßen standen. Da dachte Ali, welcher sich unbemerkt eingeschlichen hatte und hinter einer Tür verborgen war: Nun wird der Jude sich gewiß betrinken, dann kann ich um so leichter ihm beikommen. In der Tat trank Usra so viel Wein, daß er sich kaum mehr aufrecht halten konnte; als aber Ali mit gezogenem Schwert hinter der Tür hervorsprang, schrie er seine Hand an: »Bleibe regungslos, Hand!« Und siehe! Alis Hand blieb ausgestreckt, und er war nicht mehr imstande, sie zu bewegen. Dasselbe widerfuhr seiner linken Hand, als er mit dieser das Schwert aus seiner Rechten nehmen wollte, und als er auf den Juden zugehen wollte, wurde auch sein rechter Fuß lahm. Usra ließ ihn eine Weile so mit ausgestreckten Armen auf dem linken Fuße stehen; dann sagte er ihm: »Wer bist du und warum kamst du hierher?« – »Ich bin Ali Quecksilber aus Kahirah«, antwortete er; »einer der Jünger Ahmed Denfs; ich habe um Seinab, Tochter der

Gaunerin Dalilah, geworben, und man hat von mir das Kleid und den Schmuck deiner Tochter Kamr als Hochzeitsgabe verlangt; willst du daher in Ruhe vor mir bleiben, so gib mir sie her.« – »Ich will dir dein Leben schenken«, sagte Usra; »geh damit weg und gib dein Vorhaben auf, sonst geht es dir nicht besser, als vielen anderen vor dir; du verdankst übrigens die Schonung, die ich gegen dich habe, nur dem großen Glücksstern, den ich über dir leuchten sehe.« – »Ich werde mein Vorhaben nie aufgeben«, sagte Ali, durch diese Worte des Juden ermutigt; »verfahre mit mir, wie du willst.« Da füllte Usra eine Tasse mit Wasser, sagte einige heilige Namen darüber her, bespritzte Ali damit und schrie ihn an: »Verlasse deine Menschengestalt und werde ein Esel!« Kaum waren diese Worte aus Usras Mund, da stand Ali als ein Esel da, mit Hufen und langen Ohren, und brüllte wie ein wahrer Esel.

Zwar hörte und verstand Ali noch alles wie zuvor, aber sprechen konnte er nicht mehr. Usra zeichnete nun mit dem Fuß einen Kreis um ihn, und sogleich erhob sich eine Mauer um ihn herum, die ihm das Entweichen unmöglich machte. Dann setzte sich Usra wieder zu seinem Wein, trank noch einige Becher voll und schlief ein. Am folgenden Morgen sagte er zu dem in einen Esel verwandelten Ali: »Ich will einmal heute mein Maultier schonen und dich satteln, um nach der Stadt zu reiten.« Er schloß dann Kamrs Kleid und Schmuck in ein Kabinett, holte den Quersack und legte ihn auf Ali; hierauf bestieg er ihn selbst, und sowie er aus dem Schloß war, verschwand auch das ganze Schloß. Vor seinem Laden stieg er ab, nahm den Quersack herunter und band Ali an. Da kam ein verunglückter Kaufmann und bot dem Juden die goldenen Armbänder seiner Frau zum Verkauf an. »Was willst du mit dem Geld anfangen?« fragte ihn der Jude. »Ich will einen Esel dafür kaufen«, antwortete der Kaufmann, »und mich fortan als Wasserträger zu ernähren suchen.« – »Ich verkaufe dir meinen Esel«, versetzte der Jude. Der Kaufmann besah ihn, und da er ein gutes Aussehen hatte, begnügte er sich mit wenigem Geld,

das ihm der Jude herausgab. Da dachte Ali: Wenn der Wasserträger mit einem hölzernen Sattel und einem Wasserschlauch mich belädt und zehnmal durch die Stadt führt, so ist es um mich geschehen. Als daher die Frau des Wasserträgers ihm Futter brachte, fiel er sie an und küßte und umarmte sie, so daß sie um Hilfe schreien mußte, und mit Mühe gelang es den herbeieilenden Nachbarn, ihn von ihr loszureißen. Sobald ihr Gatte nach Hause kam, erzählte sie ihm, was ihr mit dem Esel begegnet war, und sagte: »Entweder du verkaufst diesen Esel wieder, oder gibst mir einen Scheidebrief, denn das ist ein Teufel in Eselsgestalt; wer weiß, was geschehen wäre ohne das schnelle Herbeieilen unserer Nachbarn.« Der Wasserträger nahm den Esel, ging wieder zum Juden, sagte ihm, er könne den Esel nicht behalten, weil seine Frau sich vor ihm fürchte, und ließ sich dessen Wert in Geld geben.

Als der Jude abends wieder in seinem Schloß war, löste er Alis Zauber und sagte ihm: »Es steht nun bei dir, deine Braut Seinab aufzugeben und keine weiteren Pläne mehr wegen des Schmuckes meiner Tochter zu schmieden, oder ich verwandle dich in einen Bären, daß du der ganzen Stadt zur Belustigung dienst.« – »Solange ich lebe«, erwiderte Ali, »entsage ich Seinab nicht, und da ich sie ohne den Schmuck deiner Tochter nicht erlangen kann, so werde ich alles aufbieten, um mir denselben zu verschaffen; ist dir daher dein Leben teuer, so schenke mir ihn lieber.« Statt aller Antwort murmelte Usra einige unverständliche Worte her und Ali stand als ein Bär vor ihm.

Am folgenden Tag nahm der Jude Usra den in einen Bären verwandelten Ali mit sich in die Stadt und band ihn an eine Kette vor seinem Laden, nachdem er ihm einen Maulkorb angelegt hatte; da kam ein Kaufmann und bat ihn, er möchte ihm doch diesen Bären verkaufen, da die Ärzte seiner kranken Kusine Bärenfleisch verordnet hätten. Usra schenkte ihm den Bären, und jener sagte im Vorübergehen einem Metzger, er möchte ihm mit seinem Messer folgen, um den Bären zu schlachten. Ali war schon auf den Boden hingestreckt und der Metzger wetzte nur sein Messer noch, als auf einmal ein Geist den Bären aufhob und ihn in Usras Schloß trug. Diesen Geist hat Usra auf das Verlangen seiner Tochter abgesandt, welche sich beim ersten Anblick in Ali verliebt hatte, und daher ihren Vater bat, ihm noch einmal zu verzeihen. Usra gab ihm seine frühere Gestalt wieder; da er aber hartnäckig auf dem Besitz des Schmuckes bestand, verwandelte er ihn in einen Hund und nötigte ihn, am folgenden Tag ihm in dieser Gestalt in die Stadt zu folgen, wo alle natürlichen Hunde in anbellten und bissen, bis er vor dem Laden eines Krämers vorüberkam; dieser bemitleidete ihn, trieb die anderen Hunde weg und nahm in mit nach Hause. Als aber des Krämers Tochter den Hund sah, verschleierte sie sich schnell und sagte: »Warum, o Vater, bringst du fremde Männer herein?« – »Ich sehe nichts«, antwortete der Krämer, »als einen fremden Hund, den ich vor den Anfällen der hiesigen schützte.« – »Das ist kein Hund«, versetzte das Mädchen; »es ist Ali Quecksilber aus Ägypten, den der Jude Usra verzaubert hat. Ist es nicht wahr?« sagte sie, zu dem Hund sich wendend. Der machte eine bejahende Bewegung mit dem

Kopf. »Willst du mich heiraten?« fragte sie Ali, »dann gebe ich dir deine menschliche Gestalt wieder.« Der Hund schüttelte wieder bejahend den Kopf. Da nahm sie eine Tasse, worauf allerlei heilige Namen geschrieben waren, und sagte einige Beschwörungsformeln her; aber in diesem Augenblick vernahm sie einen so lauten Schrei, daß ihr die Tasse aus der Hand fiel, und die Sklavin ihres Vaters trat herein und sagte ihr: »Hältst du so dein Wort? Hast du mir nicht geschworen, keinen Mann zu heiraten, der nicht auch mich zugleich heiratet? Wisse nämlich«, sagte sie, zu ihrem erstaunten Herrn sich wendend: »Ich war ehemals die Lieblingssklavin des Juden

Usra, und sooft er in die Stadt ging, setzte ich mich hinter seine Zauberbücher und las darin. Als er mich dir verkaufte, erbot ich mich deiner Tochter, sie alles zu lehren, was ich aus Usras Büchern gelernt hatte, unter der Bedingung, daß wenn sie einst heirate, sie ihren Gatten nötige, mich als zweite Gattin zu nehmen. Willst du also auch mich zur Frau haben?« fragte sie Ali. Als dieser durch eine Kopfbewegung seine Einwilligung zu erkennen gab, hob die Sklavin die Tasse von der Erde auf und bespritzte Ali damit, und sogleich stand er wieder als schöner, junger Mann da und erzählte dem Krämer, warum ihn Usra verzaubert hatte. Nun fragte ihn der Krämer: »Genügen dir diese beiden Gattinnen jetzt?« – »Nein, bei Gott!« antwortete Ali, »ich muß auch Seinab haben.« In diesem Augenblick trat Kamr zur Tür herein und sagte zu Ali: »Obschon gewöhnlich Männer den Frauen eine Hochzeitgabe bringen, will ich dieses Mal dich mit meinem Kleid und meinem Schmuck und dem Haupt meines Vaters, deines und Gottes Feindes, beschenken, wenn du mein Gatte werden willst. Wisse nämlich, daß ich heute Nacht im Traum eine Stimme vernahm, welche mit zurief: werde Muselmännin! Ich legte das moslemische Glaubensbekenntnis ab und forderte auch meinen Vater auf, Moslem zu werden, und als er sich weigerte, gab ich ihm einen Schlaftrunk und enthauptete ihn. – »Ich erwarte euch alle morgen im Diwan des Kalifen«, sagte Ali zu den drei Mädchen; »da wollen wir in seiner Gegenwart den Ehe-Kontrakt schreiben lassen.« Er nahm dann die goldene Platte mit Kamrs Schmuck und ihres Vaters Kopf, und verließ sie, in der Absicht, nach Hause zu gehen. Als er auf der Straße war, kam ein herumziehender Zuckerbäcker zu ihm, bot ihm ein Stück Kuchen an und erbat sich ein Geschenk; Ali war so freudetrunken, daß er den Kuchen annahm und sogleich ein Stückchen davon aß. Aber er enthielt eine starke Dosis einschläferndes Pulver, daß er sogleich bewußtlos hinfiel, worauf der scheinbare Zuckerbäcker die Platte mit allem was darin war, nahm, und sie in die Kiste, welche die Kuchen enthielt, einschloß. Er war aber kaum ein paar Schritte weit damit fort, da kam ein Kadhi auf ihn zu, überreichte ihm ein Stückchen Kuchen und sagte ihm: »Koste einmal diesen Kuchen und backe mir einen ähnlichen.« Kaum hatte er ihn mit den Lippen berührt, fiel er um, denn auch dieser Kuchen enthielt einschläferndes Pulver. Der Kadhi nahm ihm dann die ganze Kiste weg und ging damit fort. Dieser als Kadhi verkleidete Mann war kein anderer, als Hasan Schuman, und der als Zuckerbäcker umhergehende Jüngling war Ahmed Lakit, der Neffe Seinabs, derselbe, der Ali bei seiner Ankunft in Bagdad des Polizeipräfekten Ahmeds Haus gezeigt hatte. Sureik war nämlich zu Dalilah gegangen und hatte ihr gesagt, sie möchte nur auf ihrer Hut sein, da Ali am Ende doch noch den versprochenen Schmuck dem Juden entlocken könnte. Dalilah rief hierauf ihren Enkel Ahmed Lakit und bat ihn, sich als Zuckerbäcker zu verkleiden, um Ali, wenn er mit des Juden Schätzen käme, derselben wieder zu berauben. Ahmed suchte ihn lange vergebens, begegnete ihm aber wie wir eben gesehen haben, im Augenblick, als er seine drei Bräute verließ. Hasan Schuman aber, der ebenfalls mit einigen seiner Leute, als Kadhi verkleidet, Ali aufsuchte, den er schon mehrere Tage vermißte, erkannte Ahmed Lakit sogleich und überlistete ihn auf die angeführte Weise, während seine Leute den schlafenden Ali von der Erde aufhoben und in seine Wohnung trugen. Als letzterer wieder zu sich kam, fragte ihn Hasan, der schon vor ihm mit den Schätzen und dem noch schlafenden Ahmed Lakit nach Hause kam: »Hast du das versprochene Hochzeitgeschenk?« – »Ich hatte es«, antwortete Ali, »aber ein Zuckerbäcker hat es mir durch List wieder genommen.« – »Kennst du ihn?« fragte Hasan. Er antwortete: »Jawohl, wenn ich ihn sehe, so kenne ich ihn.« Da führte ihn Hasan in ein Nebenzimmer, wo Ahmed Lakit lag. Ali weckte ihn auf und wollte ihn töten, aber Hasan hielt ihn zurück und sagte ihm: »Hüte dich, ihm etwas zuleide zu tun, denn er ist der Neffe deiner Braut Seinab, dem ich alles wieder entlockt habe.« – »So gehe zu deiner Großmutter Dalilah«, sagte ihm Ali, »und zu dem Fischer Sureik, und sage ihnen, daß ich die versprochene Hochzeitsgabe besitze und dazu noch den Kopf des Zauberers Usra, und daß ich sie morgen im Diwan des Kalifen erwarte.«

Am folgenden Tag ging Ahmed Denf mit Ali zum Kalifen und stellte ihn ihm als den wackersten seiner Zöglinge und Häuptling der Gauner Ägyptens vor. Ali machte einen sehr günstigen Eindruck auf den Kalifen, denn die Tapferkeit und Klugheit leuchteten aus seinen Augen hervor. Ahmed erzählte dem Kalifen manche Streiche, welche Ali mit bewunderungswürdiger Gewandtheit durchgeführt, und zuletzt den gegen den Juden Usra. Der Kalif äußerte einige Zweifel gegen den Tod dieses Zauberers, als Kamr in den Diwan trat und alles bestätigte, was ihm Ahmed erzählt hatte. Zugleich erneuerte sie vor dem Kalifen ihr muselmännisches Glaubensbekenntnis und bat ihn, als ihr Bevollmächtigter, sie mit Ali zu vermählen. Der Kalif schenkte Ali das Schloß des Juden mit allem, was darin war, und fragte ihn, was er sonst noch wünsche. »Ich habe keinen anderen Wunsch, als stets deinen Teppich betreten und an deiner Tafel speisen zu dürfen.« – »Das sei dir gewährt«, sagte der Kalif; »was wünschest du noch?« – »Erlaube mir, meine vierzig Jünger von Kahirah hierher zu berufen.« – »Tu dies, und ich werde sogleich meinem Schatzmeister den Befehl erteilen, zehntausend Dinare herzugeben, um dir mit deinen Jüngern ein schönes Haus zu bauen. Hast du sonst keinen Wunsch mehr?« – »König der Zeit, suche Dalilah zu bereden, daß sie mir ihre Tochter Seinab zur Gattin gebe, und Kleider und Schmuck Kamrs als Morgengabe für sie annehme.« Dalilah, welche anwesend war, sagte sogleich: »Ich nehme es an und werde heute noch den Ehe-Kontrakt schreiben lassen.« Ali ließ auch, seinem Versprechen und der Bitte des Kalifen für Kamr zufolge, einen Ehe-Kontrakt zwischen ihm und Kamr, sowie auch zwischen ihm und der ehemaligen Sklavin des Juden und ihrer Gebieterin schreiben, und nach kurzer Zeit, als seine Jünger aus Kahirah ankamen, heiratete er diese vier Mädchen und fand sich höchst glücklich in ihrem Besitz. Der Kalif ließ dann eines Abends sich von Ali nochmals alle seine Abenteuer mit der Gaunerin Dalilah, mit ihrer Tochter Seinab, mit dem Fischer Sureik und dem Juden Usra erzählen und fand sie so merkwürdig, daß er seinem Sekretär befahl, sie niederzuschreiben und in seinem Archiv aufzubewahren. Aber nur der erhabene Gott ist allwissend!

Ein Bagdadenser und seine Sklavin.

Einst lebte in Bagdad ein wohlhabender Mann, der von seinem Vater ein großes Vermögen geerbt hatte. Er liebte eine Sklavin und kaufte sie und wurde auch von ihr zärtlich geliebt. Für diese Sklavin machte er nach und nach so viele Ausgaben, daß endlich sein ganzer Besitz dahin war und ihm nichts mehr übrig blieb, wovon er leben konnte. Dieser Mann hatte in seinen besseren Tagen die Gesellschaften von Leuten gesucht, die Kenner der Gesangkunst waren, und selbst darin eine große Meisterschaft erlangt. Als er daher einen seiner Freunde um Rat fragte, sagte ihm dieser, er wisse keinen besseren Erwerb für ihn, als daß er mit seiner Sklavin singe, das werde ihm viel Geld einbringen, wovon er gut essen und trinken könne. Dieser Rat gefiel aber weder ihm noch der Sklavin. Diese sagte: Ich halte es für das Beste, du verkaufst mich, dann sind wir aus aller Not, denn mich kauft nur ein wohlhabender Mann und es findet sich schon wieder Gelegenheit zu unserer Vereinigung. Da führte er sie auf den Sklavenmarkt und der erste, der sie sah, war ein edler gebildeter Haschimite aus Baßrah (aus dem Geschlecht der Propheten) und er kaufte sie für fünfzehnhundert Dinare. Als ich das Geld in Empfang genommen, – so erzählt der Bagdadenser selbst – reute mich der Verkauf, ich weinte und die Sklavin weinte mit mir, und ich wollte den Handel wieder rückgängig machen, der Käufer ging aber nicht darauf ein. Ich legte nun das Geld in einen Beutel und wußte nicht, wohin mich wenden, denn mein Haus schien mir durch ihre Abwesenheit verödet. Ich seufzte, weinte und schlug mich selbst, wie nie zuvor. Endlich trat ich in eine Moschee, legte den Beutel als Kissen unter mein Haupt, fiel, vom vielen Weinen erschöpft, in einen Zustand der Betäubung und schlief ein. Da kam, ohne daß ich es bemerkte, ein Mann, zog mir den Beutel unter dem Kopf hervor und lief schnell davon. Hierauf erwachte ich in großem Schrecken und da ich den Beutel nicht mehr fand, wollte ich aufstehen, um dem Dieb nachzulaufen, aber meine Füße waren mit einem Strick zusammengebunden, so daß ich umstürzte. Da weinte ich wieder und schlug mich und sagte zu mir selbst: Nun ist dein Leben fern von dir und dein Geld ist auch dahin. Meine Verzweiflung war so groß, daß ich an den Tigris ging, mein Gesicht mit meinem Gewand bedeckte und in den Fluß sprang. Als aber umherstehende Leute dies bemerkten, sagten sie: Gewiß hat ihn schweres Unglück dazu veranlaßt, sie sprangen mir daher nach, brachten mich wieder ans Land und erkundigen sich nach meinen Umständen. Ich erzählte ihnen, was mir widerfahren und sie bedauerten mich sehr. Dann kam ein Greis auf mich zu und sagte: Willst du, weil dein Besitz verloren ist, auch deine Seele zugrunde richten und dich in die Hölle stürzen? Komm und zeige mir deine Wohnung! Ich führte ihn dahin und er setzte sich zu mir, bis ich ruhiger wurde und ich dankte ihm für seine Teilnahme. Als er sich wieder entfernt hatte, war ich nahe daran, meinem Leben ein Ende zu machen, aber ich dachte an das Jenseits und an die Hölle, darum verließ ich in Eile mein Haus und begab mich zu einem Freund und erzählte ihm, was mir zugestoßen. Er weinte aus Mitleid mit mir und schenkte mir fünfzig Dinare und sagte: Folge meinem Rat, verlasse Bagdad sogleich und lebe von diesem Geld, bis die Liebe aus deinem Herzen weicht, dann wende dich an irgend einen Statthalter, du kannst als gewandter Schönschreiber und gebildeter Mann leicht Mittel finden, mit Gottes Hilfe wieder zu deiner Sklavin zu gelangen. Ich beherzigte diese Worte, die meinen Schmerz einigermaßen linderten und beschloß nach Wasit zu reisen, wo ich Verwandte hatte. Als ich an das Ufer kam, sah ich ein Schiff vor Anker liegen, nach welchem Matrosen kostbare Gerätschaften brachten. Ich bat sie, mich mitzunehmen, sie sagten aber: Dieses Schiff gehört einem Haschimiten, wir können dich nicht so mitnehmen. Da versprach ich ihnen einen großen Lohn, worauf sie sagten: Wenn du es durchaus willst, so ziehe deine vornehme Kleidung aus, und kleide dich als Matrose und geselle dich zu uns, als wärest du auch ein Matrose. Ich ging sogleich und kaufte mir Matrosenkleider, zog sie an und bestieg das Schiff, welches nach Baßrah fahren sollte. Kaum war ich eingestiegen, da erblickte ich meine Sklavin, welche zwei andere Sklavinnen bedienten, da war ich getröstet, denn ich dachte: Nun kann ich sie ja sehen und singen hören, bis zu unserer Ankunft in Baßrah. Bald darauf kam der Haschimite mit einer Anzahl Leute herangeritten und schiffte sich ein. Er setzte sich zur Sklavin und aß mit ihr, während die übrigen Leute in der Mitte des Schiffes ihre Mahlzeit hielten. Der Haschimite sagte dann zur Sklavin: Wie lange soll noch diese Trauer währen? Wie lange wirst du dich noch weigern, vor mir zu singen? Du bist nicht die erste, die von ihrem Geliebten getrennt wird. Daraus schloß ich, daß sie mich noch immer sehr heftig liebte. Er ließ dann an einer Seite des Schiffes, wo die Sklavin saß, einen Vorhang anbringen, setzte sich außerhalb des Vorhangs zu den Leuten, die sich mit ihr auf dem Schiff befanden und die, wie ich hörte, seine Brüder waren, ließ Wein und Früchte auftragen und hörte nicht auf, in die Sklavin zu dringen, daß sie doch etwas singe, bis sie sich endlich eine Laute bringen ließ, sie stimmte und folgende Verse sang:

»In finsterer Nacht ist die Karawane mit meinem Geliebten geschieden, sie zog ohne Schonung fort mit meiner Herzenslust, und seit ihre Kamele aufgebrochen sind, glühen feurige Kohlen im Herzen der Geliebten.«

Da überwältigten sie ihre Tränen, sie warf die Laute weg und hörte auf zu singen. Die ganze Gesellschaft wurde bestürzt und ich fiel in Ohnmacht, so daß man mich für einen Fallsüchtigen hielt und mir etwas ins Ohr las.* Man gab dann der Sklavin so viel süße Worte und bat sie so inständig, weiter zu singen, daß sie ihre Laute wieder stimmte und folgende Verse sang:

»Ich blieb stehen und weinte über die Dahinziehenden. Sie sind in meinem Herzen, wenn sie auch weit weg gezogen sind. Ich blieb bei den Trümmern stehen und fragte nach ihnen, und ihr Haus war verödet und ihre Wohnung stand leer.«

Hierauf fiel sie wieder in Ohnmacht, es erhob sich ein Weheklagen aus der Mitte der Gesellschaft und auch ich stieß einen Schrei aus und fiel in Ohnmacht. Die Matrosen wurden besorgt um meinetwillen, und ein Diener des Haschimiten sagte ihnen: Warum habt ihr diesen Besessenen mitgenommen? Dann sagte einer zum anderen: Wenn wir an ein Dorf kommen, schiffen wir ihn aus und schaffen uns Ruhe vor ihm. Dies versetzte mich in große Angst, ich nahm mich daher zusammen, soviel ich konnte und dachte: Es bleibt mir nichts übrig, um nicht ans Land gesetzt zu werden, als daß ich sie von meiner Anwesenheit in Kenntnis setze. Wir fuhren dann weiter, bis wir gegen Abend in eine schöne angebaute Gegend kamen, da sagte der Herr des Schiffes: Laßt uns hier ein wenig an das Land steigen! Als alle Leute ausgestiegen waren, machte ich mich auf, ging hinter den Vorhang, stimmte die Laute um und spielte in einer Weise, die ich die Sklavin gelehrt hatte, und nahm dann wieder meinen früheren Platz auf dem Schiff ein. Bald nachher stieg auch die ganze Gesellschaft wieder ein, und der Mond beschien das Ufer und den Fluß. Da sagte der Haschimite zu seiner Sklavin: Ich beschwöre dich bei Gott, trübe unser Leben nicht länger! Sie nahm daher die Laute, betastete sie und schrie laut auf, so daß man glaubte, ihre Seele verlasse sie. Dann sagte sie: Bei Gott, mein Meister ist bei uns auf dem Schiff. Der Haschimite erwiderte: Bei Gott, wenn er bei uns wäre, so würde ich ihn nicht aus unserer Gesellschaft ausschließen, er könnte deinen Schmerz lindern und uns den Genuß an deinem Gesang verschaffen, doch ist es nicht wahrscheinlich, daß er sich auf diesem Schiff befinde. Sie aber versetzte: Ich kann nicht Laute spielen und mich zu verschiedenen Liedern begleiten, wenn mein Herr bei uns ist. Da sagte der Haschimite: Ich will einmal die Matrosen fragen. Als er auf ihren Wunsch jene fragte, ob sie einen fremden Mann mitgenommen, sagten sie: Nein. Da ich nun fürchtete, er werde keine weitere Frage an sie richten, lachte ich und sagte: Ich war ihr Lehrer und habe ihr Unterricht erteilt, als ich noch ihr Herr war, und sie sagte: Bei Gott, das ist die Stimme meines Herrn. Da kamen die Diener und führten mich zum Haschimiten, der mich alsbald wieder erkannte und mir zurief: Wehe dir! In welchem Zustand bist du? Was ist dir zugestoßen? Ich erzählte ihm unter Tränen, was mir widerfahren, alsbald hörte man das Schluchzen der Sklavin hinter dem Vorhang her, und der Haschimite selbst und seine Brüder weinten mit uns aus Mitleid. Dann sagte er: Bei Gott, ich bin dieser Sklavin nicht nahe gekommen und habe sie bis heute nicht einmal singen hören. Ich bin ein Mann, den Gott mit Reichtum gesegnet und bin nur nach Bagdad gereist, um meine Pension vom Fürsten der Gläubigen in Empfang zu nehmen und um schön singen zu hören; als ich daher beides erreicht hatte, dachte ich, nun will ich doch, ehe ich heimkehre, noch einmal eine Bagdadenserin singen

* Die Fallsüchtigen gelten bei den Arabern als Besessene und man liest ihnen Koranverse vor, um die bösen Geister zu verjagen.

hören und kaufte daher deine Sklavin, ohne etwas von eurem Verhältnis zu ahnen, ich nehme aber Gott zum Zeugen, daß ich bei unserer Ankunft in Bagdad diesem Mädchen die Freiheit schenken und sie mit dir verheiraten und euch mehr als nötig zu leben geben will, jedoch unter der Bedingung, daß, sooft ich Lust habe, sie singen zu hören, mir dies hinter einem Vorhang gestattet werde, du sollst dann einer meiner Freunde und Gesellschafter werden. Ich freute mich mit diesem Vorschlag und der Haschimite steckte seinen Kopf zur Sklavin hinein und fragte sie: Bist du damit einverstanden? Sie dankte ihm und wünschte ihm alles Gute. Er rief dann einen Diener und befahl ihm, mich zu entkleiden und mir kostbare Kleider anzuziehen, mich zu beräuchern und ihm wieder vorzustellen. Als dies geschehen war, wurde mir wie den anderen Wein vorgestellt und die Sklavin sang dann in schönster Weise folgende Verse:

»Sie tadeln mich, weil ich beim Abschied vom Geliebten Tränen vergoß, sie haben den Trennungsschmerz nie gekostet und das Feuer nicht gefühlt, das mein Inneres verzehrt. Nur die Betrübte, deren Herz in diesem Lager verloren gegangen ist, kennt die Liebespein.«

Alle Zuhörer waren entzückt über diesen Gesang und ich selbst nahm im Übermaß des Glücks die Laute aus ihrer Hand und sang mit schönster Begleitung folgende Verse:

»Verlangst du eine Wohltat, so wende dich an einen Edlen, der nur Reichtümer und Wohlhabenheit kennt; eine Bitte an einen Edlen bringt Ehre, eine solche an einen Gemeinen bringt Schande. Bist du gezwungen, dich zu erniedrigen, so tu es nur vor einem Großen, du erniedrigst dich nicht, wenn du einen Edlen verehrst, wohl aber, wenn du vor einem Geringen dich beugst.«

Die Leute hatten ihre Freude an mir und wir fuhren nun so fort, die Sklavin und ich, abwechselnd zu singen, bis das Schiff an einem gewissen Ufer anlangte und alle Leute ausstiegen. Ich ging auch in trunkenem Zustand ans Land und wurde vom Schlaf überwältigt und schlief noch fort, als alle wieder ins Schiff stiegen und weiterfuhren. Sie hatten meine Abwesenheit nicht bemerkt, denn auch sie waren vom Weine erhitzt und langten ohne mich in Baßrah an, ich aber schlief, bis mich die Sonnenglut weckte, da fand ich mich ganz allein und ohne Geld, denn ich hatte es der Sklavin gegeben. Auch hatte ich vergessen, den Haschimiten nach seiner Wohnung und seinem Namen zu fragen, so daß ich in größter Verzweiflung war und das freudige Wiedersehen der Sklavin für einen Traum hielt. Ich blieb trostlos am Ufer sitzen, bis ein großes Schiff vorübersegelte, da bestieg ich es und gelangte nach Baßrah, ohne jemanden in dieser Stadt zu kennen und ohne zu wissen, wo der Haschimite wohnte. Ich ging zu einem Gemüsehändler, forderte Tinte und Papier und schrieb etwas, und da er meine Schrift schön fand und mich in schmutzigem Kleid sah, erkundigte er sich nach meinem Zustand, und als ich mich für einen armen Fremden ausgab, schlug er mir vor, bei ihm zu bleiben, um sein Buch zu führen und bot mir für meine Dienste Kost und Wohnung und einen halben Drachmen Lohn für den Tag. Ich willigte ein und blieb einen Monat bei ihm, besorgte sein Geschäft und führte Buch über seine Ausgaben und Einnahmen. Nach einem Monat, als seine Einnahmen gestiegen waren und seine Ausgaben sich vermindert hatten, gab er mir einen Drachmen täglich, und als das Jahr zu Ende war, bot er mir seine Tochter als Frau an und gab mir Teil am Geschäft. Ich nahm das Anerbieten an, heiratet das Mädchen und besorgte den Laden, war jedoch nicht glücklich, denn mein Herz war zerknirscht, so daß ich auch, wenn mein Schwiegervater mich zum Trinken einlud, ihm nicht folgte. So vergingen zwei Jahre. Eines Tages sah ich viele Leute mit Speisen und Getränken vorübergehen und als ich fragte, was dies bedeute, sagte man mir: Dies ist der Tag der Lebenslustigen, an dem die wohlhabenden und fröhlichen jungen Leute am Ufer des Obollakanals unter den Bäumen zechen. Da überkam mich die Lust, dies auch zu sehen, denn ich dachte, vielleicht sehe ich unter den vielen Leuten auch meine Geliebte. Der Gemüsehändler, dem ich mein Verlangen danach äußerte, richtete mir Speisen und Getränke her und ich begab mich an das Ufer, um mit anderen den Kanal zu befahren. Da erblickte ich den Kapitän des Schiffes, auf welchem der Haschimite und die Sklavin sich befunden hatten. Ich rief ihm zu und er erkannte mich und fragte mich, ob ich noch am Leben? Dann umarmte er mich und ließ sich meine Abenteuer erzählen. Als ich damit zu Ende war, sagte er: Da du sehr betrunken warst, glaubten wir, du seiest ins Wasser gestürzt und darin umgekommen. Ich fragte dann nach meiner Sklavin und er sagte mir: Als man dich vermißte, zerriß sie ihre Kleider, verbrannte ihre Laute und fing an zu weheklagen und sich zu schlagen. Als wir in Baßrah anlangten, sagten wir ihr: Lasse jetzt dein Weinen und dein Weheklagen! Sie erwiderte: Ich werde mich jetzt schwarz kleiden und mir an der Seite dieses Hauses ein Grab graben lassen und in der Nähe desselben leben und nie mehr singen. Wir widersetzten uns ihrem Vorsatz nicht und so lebt sie jetzt bis zu dieser Stunde. Ich ließ mich dann zu ihr führen und fand sie in dem vom Hauptmann bezeichneten Zustand. Als sie mich sah, stieß sie einen furchtbaren Schrei aus, so daß ich glaubte, sie sei des Todes. Ich hielt sie lang in meinen Armen und der Haschimite sagte: Nimm sie hin! Ich erwiderte: Schenke ihr die Freiheit, wie du mir versprochen hast und gib mir sie zur Ehefrau. Er tat dies und schenkte uns kostbare Gerätschaften, viele Kleider und Diwane und fünfhundert Dinare, indem er hinzusetzte, so viel bestimmte er uns für jeden Monat, jedoch unter der Bedingung, daß wir in seiner Gesellschaft leben und er die (ehemalige) Sklavin singen höre. Er wies uns dann eine Wohnung an, in die er alles Nötige an Mobilien bringen ließ und in welche sich auch meine Gattin begab. Ich ging hierauf zum Gemüsehändler und erzählte ihm, was sich mit mir zugetragen und bat ihn, mir es nicht als Sünde anzurechnen, wenn ich seiner Tochter, ohne daß sie etwas verschuldet habe, nach Entrichtung ihrer Morgengabe, einen Scheidebrief gebe. Als dies geschehen war, kehrte ich zum Haschimiten zurück und lebte wie früher mit dem Mädchen in großem Wohlstand, Gott verscheuchte jeden Kummer von uns, überhäufte uns mit seiner Gnade und belohnte unsere Geduld, indem er uns an das Ziel unserer Wünsche gelangen ließ.

Das Märchen von Maruf.

In Kahirah lebte einst ein Schuhflicker, mit dem Namen Maruf, der eine sehr böse und schlechte Frau hatte, die ihn auf alle mögliche Weise kränkte. Er ließ sich alles gefallen, um öffentliche Szenen zu vermeiden, wurde aber auch immer ärmer, weil er, um Frieden zu haben, alles, was er verdiente, für seine Frau ausgeben mußte. Eines Tages sagte ihm Fatma, so hieß diese böse Frau: »Heute muß ich einen Honigkuchen von Bienenhonig haben.« Er antwortete: »Gott gebe mir die Mittel dazu, so will ich dir ihn verschaffen; im Augenblick besitze ich aber keinen Drachmen. Doch Gott wird mir helfen.« – »Ich lasse mich nicht auf solche Redensarten ein«, erwiderte Fatma; »bringst du mir diesen Abend keinen Honigkuchen, so erwartet dich eine bittere Nacht.« – »Gott ist gnädig«, sagte Maruf tief seufzend; dann betete er das Morgengebet, ging in seine Butike und flehte Gott um Arbeit an, daß er in den Stand gesetzt werde, seiner Frau einen Honigkuchen zu kaufen. Aber sein Gebet blieb unerhört: Er saß bis mittags in seiner Butike, ohne daß ihm die geringste Arbeit gebracht wurde, so daß er nicht einmal Brot, viel weniger Kuchen kaufen konnte.

Mit Tränen in den Augen schloß er seine Butike und machte sich auf den Weg nach Hause. Da winkte ihm ein Kuchenbäcker, den sein betrübtes Aussehen rührte, und fragte ihn, was ihm zugestoßen sei. »Ich fürchte mich vor meiner Frau«, antwortete Maruf, »denn ich soll ihr einen Honigkuchen bringen und habe nicht einmal Geld zu Brot.« – »Beruhige dich«, sagte der Kuchenbäcker, »wieviel Pfund willst du?« – »Fünf Pfund«, antwortete Maruf. »Schon gut«, sagte der Bäcker, »ich habe Butter und Honig, zwar nicht von Bienen, jedoch von Zuckerrohr, der besser als Bienenhonig ist, ich will dir einen Kuchen backen, der wert wäre, Königen vorgelegt zu werden. Willst du nicht auch etwas Brot und Käse? Nimm nur, was du bedarfst, ich borge dir einige Tage, bis Gott dir hilft. Hier hast du auch noch etwas Geld, gehe dafür ins Bad und bringe dann einen vergnügten Abend bei deiner Frau zu.« Maruf ging, dem Kuchenbäcker und Gott für diese Gnade dankend, mit Kuchen, Brot und Käse nach Hause und brachte alles seiner Frau. Als sie aber sah, daß der Kuchen nicht von Bienen-, sondern von Zuckerrohrhonig gemacht war, fragte sie ihn: »Warum handelst du gegen meinen Willen? Habe ich nicht einen Kuchen von Bienenhonig begehrt?« Maruf entschuldigte sich damit, daß er ihn nicht für bares Geld kaufen und daher auch nicht lange wählen konnte. Aber Fatma kehrte sich nicht an seine Worte, sondern geriet in heftigen Zorn, schmähte ihn und schlug ihm einige Zähne aus; als er hierauf seinen Zorn nicht länger bemeistern konnte und auch ihr eine Ohrfeige gab, faßte sie ihn am Bart und schrie so laut, daß alle Nachbarn herbeieilten, um den Frieden wieder herzustellen. Sobald sie wieder allein waren, schwor sie, sie werde nichts vom Kuchen essen; Maruf aber, den sehr hungerte, aß davon. Da sagte sie: »Möchte der Kuchen doch zu Gift in deinem Leib werden!« Er ließ sie aber fluchen und erwiderte lachend: »Da du geschworen hast, den Kuchen nicht zu berühren, so muß ich ihn wohl allein essen; ein andermal bringe ich dir einen Kuchen von Bienenhonig, den magst du dann allein verzehren.«

Am folgenden Tag saß Maruf in seiner Butike, da kamen auf einmal zwei Gerichtsdiener auf ihn zu und luden ihn vor den Kadhi. Hier fand er seine Frau mit verbundenem Arm und blutigem Schleier, und die Augen mit Tränen gefüllt. Der Kadhi sagte ihm: »Fürchtest du Gott nicht, daß du deine Frau so mißhandelst?« Da erzählte ihm Maruf die Ursache ihres Streites und berief sich auf das Zeugnis seiner Nachbarn. Der Kadhi, welcher ein sehr guter Mann war, schenkte ihm einen Viertelsdinar und sagte ihm: » Kaufe dafür einen Kuchen von Bienenhonig und lebe in Frieden mit ihr.« Maruf bat den Kadhi, das Geld seiner Frau zu geben, und hoffte nun wieder einige Ruhe vor ihr zu haben. Aber kaum war er in seine Butike zurückgekehrt, da kamen die Gerichtsdiener und forderten ihren Lohn für die Vorladung. Maruf sagte ihnen: »Der Kadhi hat mir ja nicht einmal etwas abgenommen, ja, er hat meiner Frau sogar noch Geld geschenkt, wie soll ich euch etwas geben?« – »Der Kadhi mag tun, was er will«, erwiderten die Gerichtsdiener, »wir müssen unseren Lohn haben, und wenn du ihn uns nicht gibst, so werden wir ihn schon nehmen.« Hierauf schleppten sie ihn auf die Straße und nötigten ihn, die Geräte seiner Butike zu verkaufen. Er saß jetzt trostlos in seiner Butike und dachte mit Schaudern daran, daß ihm nunmehr kein Mittel mehr bliebe, etwas zu verdienen. Da kamen wieder Gerichtsdiener und forderten ihn vor Gericht wegen Mißhandlungen, die er sich gegen seine Frau zuschulden hatte kommen lassen. »Aber der Kadhi hat ja den Frieden zwischen uns hergestellt und mich entlassen!« sagte Maruf. »Wir sind die Diener eines anderen Kadhi«, erwiderten sie, »bei dem dich deine Frau von neuem angeklagt: Folge uns also.« Maruf ging mit ihnen und erzählte dem Kadhi den ganzen Vorfall im Hause und vor dem ersten Kadhi. Fatma behauptete aber, er habe sie nachher wieder geschlagen; indessen wurde Maruf doch wieder entlassen. Aber auch diese Diener mußte er bezahlen, so daß ihm von dem Geld, das er für seine Gerätschaften gelöst hatte, nur noch einige Pfennige übrigblieben. Er ging dann wieder in seine Butike und saß ganz von Sinnen wie ein Betrunkener da, als einer seiner Bekannten ihm zurief: »Flüchte dich, so schnell du kannst, denn deine Frau hat bei der hohen Pforte eine Klage gegen dich erhoben.« Maruf schloß schnell die Butike, kaufte für sein übriges Geld etwas Brot und Käse, lief vor das Siegestor und flüchtete sich in ein verfallenes Gebäude, das ihm auch gegen den wie aus Schläuchen herabstürzendem Regen einigen Schutz gewährte. Hier weinte er bitter und rief: »Wo finde ich Ruhe vor meiner verruchten Frau! O Gott, sende mir doch jemanden, der mich in ein fernes Land bringt, wohin sie keinen Weg findet!« Bei diesen Worten spaltete sich die Mauer und ein sehr langer Genius trat heraus, von schauderhaftem Aussehen, und sagte ihm: »Was störst du mich in meiner Ruhe? Ich wohne nun schon zweihundert Jahre hier und bin von keinem Menschen beunruhigt worden; doch sage mir, was du begehrst, denn du flößest mir Mitleid ein.« Maruf erzählte ihm, wie er von seiner Frau stets gepeinigt werde und daß er nichts sehnlicher wünsche, als irgendwo hingebracht zu werden, wo sie ihn nicht verfolgen könne. Der Genius nahm ihn auf seinen Rücken und flog mit ihm die ganze Nacht durch. Beim Anbruch der Morgenröte setzte er ihn auf dem Gipfel eines Berges ab und sagte ihm: »Am Fuß dieses Berges findest du eine

Stadt; gehe hinein, du bist darin sicher vor den Verfolgungen deiner Frau.« Maruf blieb, über seine Lage mit Erstaunen nachdenkend, auf dem Berg liegen, bis die Sonne aufging; dann stieg er den Berg hinab, um in die Stadt zu gehen. Er fand sie außerordentlich schön, von hohen Mauern umgeben und mit zahlreichen Palästen geschmückt, so daß ihr Anblick jedes Herz erfreuen mußte. Er erregte aber so großes Aufsehen in der Stadt, daß viele Leute sich um ihn versammelten, um seine Kleidung, welche von der ihrigen ganz verschieden war, zu bewundern. »Ihr seid hier fremd«, sagte ihm einer von den Bewohnern der Stadt; »woher seid ihr?« – »Ich bin aus Kahirah.« – »Und wann habt ihr eure Hauptstadt verlassen?« – »Gestern abend.« – »Ich glaube, ihr seid verrückt: Wie, ihr wollt gestern abend noch in Kahirah gewesen sein, während man von Kahirah hierher ein ganzes Jahr zu reisen hat?« – »Ihr seid verrückt, nicht ich, ich sage die Wahrheit; hier könnt ihr noch Brot sehen, das ich gestern in Kahirah gekauft.« Er zeigte ihnen hierauf das Brot, das er in der Tasche hatte; alle Leute drängten sich heran, um es zu sehen, denn es glich dem ihrigen gar nicht. Viele glaubten nun, was Maruf von seiner Reise erzählte; andere indessen hielten ihn für einen Lügner und verspotteten ihn. Während nun die Leute so miteinander über Maruf stritten, kam ein Kaufmann, von zwei Sklaven begleitet, auf einem Maulesel herbeigeritten, trieb die Leute auseinander und machte ihnen Vorwürfe, daß sie einen fremden Menschen so zum Gegenstand ihres Spottes machten. Er nahm dann Maruf mit nach Hause und ließ ihm sogleich schöne Kleider reichen, in denen er wie der Oberste der Kaufleute aussah; dann ließ er ihm die köstlichsten Speisen und Getränke vorstellen. Erst als sie gegessen und getrunken hatten, fragte der Kaufmann seinen Gast nach Namen, Stand und Heimat. Als Maruf über alles Auskunft gegeben hatte, fragte der Kaufmann: »Aus welchem Quartier Kahirahs seid ihr?« – »Seid ihr denn in Kahirah bekannt?« – »Ich bin daselbst geboren!« – »Nun, ich bin aus dem roten Quartier.« – »Kennt ihr den Drogisten Ahmed?« – »Allerdings, er ist mein Nachbar; sein Haus steht dicht neben dem meinigen.« – »Befindet er sich wohl?« – »O ja, es geht ihm recht gut.« – »Wieviele Kinder hat er und was ist aus ihnen geworden?« – »Er hat drei Söhne: Der eine heißt Mustafa, der andere Mohammed und der dritte Ali. Mustafa ist Professor geworden, Mohammed Drogist, und Ali, der als Knabe mit mir in den Kirchen herumlief, um die Bücher der Christen zu stehlen und zu verkaufen, ist vor zwanzig Jahren aus Kahirah entflohen, weil er einmal von den Christen ertappt wurde und sein Vater ihn deshalb gar zu arg prügelte. Seither hat kein Mensch mehr etwas von ihm gehört.«

Der Kaufmann erwiderte: »Nun, Maruf, ich bin dein Jugendfreund Ali, Sohn des Drogisten Ahmed: Sei mir willkommen und erzähle mir, wie du so hierhergekommen bist.« Maruf erzählte ihm hierauf die ganze Geschichte seiner Frau bis zu seiner Flucht vor das Siegestor; dann, wie ein Genius seinen Wunsch, an einen Ort gebracht zu werden, wo Fatma ihn nicht finden könne, erfüllte und ihn auf dem Gipfel des Berges vor der Stadt absetzte. Dann bat er Ali, ihm nun auch zu sagen, wie er hierhergekommen, wie diese Stadt heiße und wie er zu so großen Reichtümern gelangte. »Meine Reise hierher«, antwortete Ali, »ging nicht so schnell, ich trieb mich seit meinem siebten Jahr in der Welt umher, bis ich hierher kam. Hier beschloß ich, mich anzusiedeln, weil ich bald sah, daß die Bewohner dieser Stadt, welche Ichtian Alchuta heißt, sehr gute rechtschaffene und mildtätige Leute sind; auch bemerkte ich, daß man hier gar nichts von einer Lüge weiß. Ich gab mich daher für einen fremden Kaufmann aus und bat einen der hiesigen Kaufleute, mir tausend Dinare zu leihen, bis meine Waren ankommen würde. Für dieses Geld kaufte ich Waren, mietete mir einen Laden und fing an zu handeln, bis ich reich wurde. Benutze auch du nun den Umstand, daß dich hier niemand kennt, und gib dich nicht für einen vor seiner Frau geflüchteten Schuhflicker aus; sage auch nicht, daß du in einer Nacht von einem Genius hierhergetragen wurdest, denn man würde dich nur verspotten, und diejenigen, welche es glauben, würden sich vor dir als einem verhexten Menschen fürchten und deine Nähe scheuen. Morgen will ich dir tausend Dinare geben und einen Maulesel mit einem meiner Diener leihen. Du reistest dann auf den Bazar, wo ich dich erwarten und mit vieler Auszeichnung aufnehmen will; ich werde dich nach allerlei Waren fragen, worauf du stets antwortest, du erwartest sie demnächst. Die Kaufleute werden mich dann fragen, wer du seist: Da will ich ihnen viel Gutes und Schönes von dir erzählen und dir ein geräumiges Magazin für deine Waren verschaffen; stelle dich nur recht reich: Wenn ein Bettler zu dir kommt, so gib ihm recht viel Almosen, damit man meinen Worten glaube. Ich werde dann dir zu Ehren eine große Mahlzeit geben, die angesehensten Kaufleute einladen und sie mit dir bekannt machen. Du kannst nach Belieben handeln, denn du findest überall Kredit und in kurzer Zeit kannst du ebenso reich sein, wie ich.« Am folgenden Morgen benahm sich Maruf so, wie Ali mit ihm verabredet hatte, und dieser nannte Maruf den ersten Kaufmann der Welt und sagte von ihm, er habe Handelshäuser in Ägypten, in Indien, in Arabien und China, und besitze so viele Waren, daß kein Feuer sie verzehren könne. »Neben ihm«, sagte Ali, »bin ich ein ganz untergeordneter Krämer!« Als die Kaufleute Ali so sprechen hörten, faßten sie eine hohe Meinung von Maruf und boten ihm alle ihre Waren an: Auch warteten sie ihm einer nach dem anderen mit allerlei Kuchen und Sorbetten auf.

Während Maruf sich mit dem Obersten der Kaufleute unterhielt, kam ein Bettler vor Alis Laden und bat um ein Almosen. Die Kaufleute gaben ihm einige Pfennige, Maruf aber griff in die Tasche und reichte ihm eine ganze Hand voll Dinare hin, was den Kaufleuten noch eine höhere Meinung von seinen Reichtümern beibrachte. Bald kamen aber so viel Bettler, daß Maruf, der einem jeden eine Handvoll Geld schenkte, nichts mehr von den tausend Dinaren übrigblieb. Da schlug er die Hände zusammen und sagte: »Wie es scheint, gibt es hier viele Arme; hätte ich das gewußt, so hätte ich einen ganzen Sack voll Dinare mitgebracht; was soll ich nun tun, wenn ein Armer mich um etwas bittet, da ich kein Geld mehr bei mir habe?« – »Sage ihm: Gott stehe dir bei!« antwortete der Vorsteher der Kaufleute. »Das kann ich nicht«, versetzte Maruf; »willst du mir nicht für die Armen tausend Dinare leihen, bis meine Waren ankommen?« – »Recht gern!« antwortete der Vorsteher und schickte sogleich einen seiner Diener nach Hause, um das Geld zu holen. Maruf verteilte auch dieses Geld wieder unter die Armen, welche vor der Moschee, wo er sein Mittagsgebet verrichtete, sich um ihn drängten. Er ließ sich dann von einem anderen Kaufmann wieder tausend Dinare leihen, die er bei dem Nachmittagsgebet austeilte, dasselbe tat er beim Abend- und Nachtgebete, so daß er an diesem Tag fünftausend Dinare verschenkte. Ali sah ihm mit Bewunderung zu, durfte aber, ohne sich selbst zum Lügner zu machen, nichts sagen. Des Nachts war eine große Mahlzeit bei Ali, während welcher Maruf nicht aufhörte, von seinen vielen Waren und Edelsteinen zu reden. Am folgenden Tag wendete er sich wieder an andere Kaufleute und fuhr so fort, bis er sechzigtausend Dinare entlehnt hatte. Als aber noch immer keine Waren ankamen, verloren doch die Kaufleute ihr Vertrauen zu ihm und fragten Ali, warum denn Marufs Waren so lange ausblieben. Ali wußte ihnen nichts zu sagen als: »Habt Geduld, sie werden bald ankommen.« Als er aber allein mit Maruf war, machte er ihm Vorwürfe darüber, daß er so viele Schulden mache, die er nie zu zahlen imstande wäre, da er nichts besitze noch etwas durch Handel zu erwerben suche. »Was sind sechzigtausend Dinare?« erwiderte Maruf; »wenn meine Waren kommen, so lasse ich meinen Gläubigern die Wahl, ob sie Geld oder Waren wollen.« Ali nannte ihn einen Lügner und drohte ihm, ihn vor allen Leuten zuschanden zu machen; indessen konnte er, ohne sich selbst zum Lügner zu stempeln, nichts gegen ihn sagen, denn das Sprichwort lautet: Wer jemanden lobt, dann schmäht, der lügt zweimal. Als daher die Kaufleute wieder zu ihm kamen, sagte er ihnen: »Ich wage es nicht, Maruf etwas zu sagen, weil er mir selbst auch tausend Dinare schuldig ist, übrigens habe ich euch keineswegs geraten, ihm Geld zu leihen, wollt ihr also die Ankunft seiner Karawane nicht abwarten, so klagt ihn bei dem König an.« Die Kaufleute begaben sich hierauf in den Diwan und trugen dem König ihre Klage vor. Als aber der König hörte, daß Maruf alles entlehnte Geld wieder an Arme verschenkt habe, dachte er: Dieser Mann ist kein Gauner, er ist gewiß außerordentlich reich und erwartet die kostbarsten Waren, die es nur gibt, darum will ich mir ihn zum Freund machen, so daß seine Schätze mir und nicht diesen Kaufleuten, die schon reich genug sind, zufließen. Übrigens will ich einmal an einer Perle, die ich besitze, sehen, ob er dergleichen wertvolle Gegenstände zu schätzen weiß. Der König ließ also Maruf zu sich rufen. Dieser bestätigte die Aussage der Kaufleute und erklärte, er würde bei Ankunft der Karawane einen jeden nach Wunsch mit Geld oder Waren befriedigen. Der König zeigte ihm hierauf eine Perle, so groß wie eine Haselnuß, die er für tausend Dinare gekauft hatte, und fragte ihn, wieviel sie wert sei. Maruf nahm sie zwischen seine Finger, zerdrückte sie und sagte lachend: »Das ist keine Perle: Was nicht so groß als eine Nuß ist, verdient den Namen Perle nicht, doch ihr seid arme Leute, darum schlagt ihr auch so eine Perle hoch an, bei uns aber gibt es Perlen, welche siebzigtausend Dinare wert sind.« Des Königs Habsucht wurde dadurch noch mehr gereizt und er fragte Maruf, ob er solche Perlen erwarte und ob sie ihm feil sein werden?« – »Ich erwarte deren eine große Anzahl«, erwiderte Maruf, »und werde dir mit Vergnügen einige davon zum Geschenk machen.« Der König entließ dann die Kaufleute mit dem Befehl, die Ankunft der Karawane abzuwarten, und beauftragte den Vezier, Maruf die Prinzessin anzutragen; denn auf diese Weise, dachte er, gelange ich am sichersten zum Besitz aller seiner Kostbarkeiten. Der Vezier versuchte vergebens Maruf als Gauner darzustellen. Der König hörte ihn nicht an, weil er glaubte, er möchte lieber die Prinzessin seinem eigenen Sohn zur Frau geben. So mußte denn der Vezier zu Maruf gehen und ihm die Tochter des Königs als Gattin antragen. Maruf nahm die Heiratsvorschläge an, sagte jedoch, er wolle mit der Hochzeit bis zur Ankunft der Karawane warten, denn er brauche fünftausend Beutel zur Morgengabe, tausend Beutel für die Armen in der Hochzeitnacht, ebensoviel für die Frauen der Prinzessin, auch müsse er hundert Perlen für die Königin haben und ebensoviel für die Sklavinnen der Prinzessin, auch wolle er wenigstens tausend Arme kleiden, und das alles könne er erst nach Ankunft der Karawane. Als der Vezier mit dieser Antwort zum König zurückkehrte, bat er ihn nochmals, vorsichtig zu sein und dergleichen Windbeuteleien nicht zu glauben; der König wurde aber immer begieriger nach Marufs Reichtümern, drohte dem Vezier mit dem Tod, wenn er noch etwas gegen Maruf verlauten lasse, und befahl ihm, ihn zu holen. Der König sagte ihm dann: »Deine Gründe, die Hochzeit mit der Prinzessin zu verschieben, sind nicht triftig genug; hier hast du den Schlüssel zu meiner gefüllten Schatzkammer, nimm daraus so viel Geld, als du brauchst; wenn die Karawane anlangt, kannst du mir ja alles ersetzen.«

Der König ließ dann den Großmufti holen und den Ehekontrakt schreiben; die Festlichkeiten begannen, die Stadt war geschmückt, die öffentlichen Schauspiele, denen Maruf auf einem hohen Thron beiwohnte, belustigten die ganze Stadt. Maruf warf Hände voll Geld unter die Ringer, Taschenspieler und Musiker, und verschenkte so viel an Arme, daß der Schatzmeister zum großen Ärger des Veziers gar nicht Geld genug herbeischaffen konnte. Diese Festlichkeiten dauerten vierzig Tage lang; am einundvierzigsten Tag wurde erst die Hochzeit mit erstaunlicher Pracht gefeiert. Als Maruf des Nachts allein bei der Prinzessin war, schlug er die Hände übereinander und rief: »Es gibt keinen Schutz und keine Macht, außer bei Gott, dem Erhabenen!« – »Was hast du?« rief die Prinzessin; »warum seufzest du so?« – »Dein Vater«, antwortete Maruf, »hat unsere Hochzeit so übereilt: Ich wollte warten, bis die Karawane ankommt, da wäre ich auch imstande gewesen, dir deiner würdige Geschenke zu machen, aber so schäme ich mich vor dir und deinen Sklavinnen, denen ich auch, um dich dadurch zu ehren, von meinen Perlen schenken wollte.« – »Gräme dich nicht darüber«, erwiderte die Prinzessin; du bist niemandem etwas schuldig, und was du geben willst, wird später ebenso angenehm sein; laß uns deshalb die Freuden der Hochzeitsnacht nicht vergessen.«

Maruf setzte noch zwanzig Tage lang sein bisheriges Leben fort und verschenkte, was die Schatzkammer an Geld und Ehrenkleidern enthielt. Am einundzwanzigsten Tag, als der König allein mit seinem Vezier war, trat der Schatzmeister zu ihm herein und meldete ihm, daß die Schatzkammer bald erschöpft wäre. Der Vezier benutzte diese Veranlassung wieder, um Maruf als einen Abenteurer darzustellen, so daß der König, wegen des allzulangen Ausbleibens der Karawane selbst argwöhnisch, zum Vezier sagte: »Wie fangen wir es an, um endlich einmal Gewißheit über den wahren Zustand Marufs zu erhalten?« – »Das beste ist«, antwortete der Vezier, »du bittest deine Tochter, in Maruf zu dringen, daß er dir die Wahrheit über seinen früheren Stand gestehe, denn selten kann ein Mann lange seiner Frau ein Geheimnis vorenthalten.« – »Das soll geschehen«, versetzte der König, »und ist er ein Lügner, so soll er den schlimmsten Tod sterben.« Er ließ sogleich seine Tochter rufen, und der Vezier, den nur ein Vorhang von ihr trennte, belehrte sie, wie sie es anzufangen habe, um hinter die Wahrheit zu kommen. Die Prinzessin, welche selbst der vielen Prahlereien und Versprechungen ihres Gatten müde war, erbot sich, alles aufzubieten, um ihm sein Geheimnis zu entreißen. Als er des Abends nach Hause kam, trat sie ihm mit vielen Liebkosungen entgegen und sagte ihm Worte, süßer als Honig. »Geliebter«, redete sie ihn an,

»Freude meiner Augen, Frucht meines Herzens, möge das Schicksal uns nie trennen, denn mein Herz ist so voll von Liebe zu dir erfüllt, daß ich ohne dich nicht mehr leben könnte. Aber ich bitte dich, fahre nicht länger fort, meinen Vater in bezug auf deine Reichtümer zu täuschen, er wird einmal die Wahrheit erfahren und dann im Zorn Maßregeln gegen dich ergreifen, die wir nicht mehr verhindern können; gestehe mir lieber alles, ich werde dann schon Mittel finden, dich außer aller Verlegenheit zu bringen.«

»Nun«, sagte Maruf zu seiner Gattin, »wenn du die Wahrheit hören willst, so wisse, daß ich kein reicher Kaufmann, sondern ein armer Schuhflicker aus Kahirah bin«, und hierauf erzählte er ihr seine ganze Geschichte. – »Du bist ein gewandter Lügner«, sagte die Prinzessin, »und hast es ziemlich weit mit deinen Lügen gebracht; indessen hielt dich der Vezier immer für einen Abenteurer, und auf seinen Rat hat mein Vater mich ersucht, alles aufzubieten, um dir dein Geheimnis zu entlocken. Ich werde mich aber wohl hüten, es ihm mitzuteilen, er würde dich mit dem Tod bestrafen, ich gälte in der Welt als die Witwe eines Schuhflickers und würde gezwungen werden, ein zweites Mal zu heiraten. Darum folge meinem Rat; hier sind fünfzigtausend Dinare, kleide dich als Mameluck, nimm ein gutes Pferd aus dem königlichen Stall, reite in ein Land, das nicht mehr meinem Vater untertan ist, und lasse dich daselbst als Kaufmann nieder; gib mir dann Nachricht von dir, damit ich dir schicke, was ich für dich auftreiben kann. Dort bleibst du, bis mein Vater stirbt, dann lasse ich dich sogleich wieder hierher rufen; stirbt aber eines von uns zuerst, nun, so wird der Tag der Auferstehung uns vereinen.« Maruf nahm zärtlich Abschied von seiner Gattin und machte sich vor Tagesanbruch auf den Weg. Einige Stunden darauf ließ der König seine Tochter kommen, um zu hören, was sie von Maruf entlocken konnte. »Gott schwärze das Angesicht deines Veziers«, sagte die Prinzessin. »Als gestern Nacht mein Gatte bei mir war, trat mein Eunuche mit einem Brief herein und sagte: Zehn Mamelucken, welche vor dem Schlosse stehen, haben ihn gebracht. Ich öffnete den Brief, und siehe da, er war von den fünfhundert Mamelucken, welche meines Gatten Karawane begleiteten; sie meldeten ihm, daß sie von Arabern angegriffen worden und in einem langen Kampf zweihundert Lasttiere verloren haben, sie seien darum so lange ausgeblieben, weil sie, um ihre Ladungen wieder zu erlangen, mehrere Angriffe auf die Räuber gemacht hätten. Mein Gatte rief dann: Gott verdamme meine Mamelucken! War es wohl der Mühe wert, wegen zweihundert Ladungen mich so lange in Verlegenheit zu lassen? Das macht ja höchstens siebentausend Dinare. Aber ich will mich schnell aufmachen und ihnen entgegengehen, damit sie sogleich kommen. Hierauf verließ er mich, ohne im mindesten über den erlittenen Verlust betrübt zu sein, und ritt mit zehn Mamelucken davon, welche schöner waren, als der Mond, und deren jeder ein Kleid anhatte, das wenigstens zweitausend Dinare wert war. Ich dankte Gott, ihm noch keinen Zweifel über seine Reichtümer gemacht zu haben, er würde sonst mich und dich verspotten.« So wurde der Vezier abermals zum Schweigen gebracht und vom König mit Vorwürfen überhäuft.

Maruf ritt indessen, von herbem Schmerz gefoltert, immer vorwärts, bis gegen Mittag. Da fand er in der Nähe eines kleinen Dorfes einen Bauern an seinem Pflug; er grüßte ihn und bat ihn, ihm etwas zu essen zu verschaffen. Der Bauer, welcher ihn für einen Mamelucken des Königs hielt, lud ihn ein, abzusteigen und sein Gast zu sein. »Du hast ja selbst nichts«, sagte Maruf. – »Steige nur ab«, erwiderte der Bauer, »ich eile ins Dorf und hole dir zu essen.« – »Aber ich kann ja selbst ins Dorf gehen«, versetzte Maruf, »und mir etwas zu essen auf dem Markt kaufen.« Darauf antwortete der Bauer: »Das Dorf ist so klein, daß es in demselben keinen Markt gibt, darum warte lieber hier, ich gehe schnell und hole dir etwas.« Während nun der Bauer ins Dorf lief, dachte Maruf: Ich will einstweilen weiter pflügen, damit der arme Mann keine Zeit verliere. Als er aber die Ochsen antrieb, stieß der Pflug auf etwas Hartes, und das Vieh konnte ihn nicht vom Platz bringen. Da er sehen wollte, was den Pflug aufhalte, fand er einen goldenen Ring an eine marmorne Tafel befestigt. Er räumte die Erde weg, hob die Platte auf und entdeckte eine Treppe, die in ein unterirdisches Gemach, so groß wie ein Badesalon, führte, welches ganz mit Gold, Smaragden, Perlen, Rubinen und anderen Edelsteinen gefüllt war. Er sah unter anderem auf einen kristallenen Koffer, welcher mit Perlen von der Größe einer Nuß gefüllt war, ein kleines goldenes Kästchen, dessen feine Arbeit seine Aufmerksamkeit ganz besonders auf sich zog; er öffnete es und fand einen goldenen Siegelring darin mit allerlei Talismanen beschrieben, so klein wie Ameisenfüße. Als er an dem Ring ein bißchen rieb, ließ sich eine Stimme hören: »Was beliebt, was beliebt? mein Herr! Fordere nur, es wird dir alles gewährt. Soll ich ein Land blühend machen? Soll ich eine Stadt verwüsten? Einen König töten, oder einen Sturm aus der Erde hervorrufen? Der Schöpfer des Tages und der Nacht erlaubt mir, alle eure Befehle

zu vollziehen.« – »Wer bist du denn?« fragte Maruf. – »Ich bin der Diener dieses Ringes«, antwortete der Geist, »und gehorche dem, der ihn besitzt. Mir ist alles möglich, denn ich gebiete über alle Genienhäupter und meine Armee besteht aus unzählbaren Geistern jeder Gattung; reibe nur den Ring, sooft du mir etwas zu befehlen hast, und fordere von mir, was dir Freude macht. Reibe aber den Ring nie zweimal nacheinander, sonst bin ich des Todes.« – »Wie heißt du denn?« fragte Maruf. – »Ich heiße Abu Saadat (Glücksvater), war der dienstbare Geist des Königs Schadad, der Sohn Ads, und du befindest dich in seiner Schatzkammer, wo er mich aufbewahrte.« – »Kannst du«, fragte Maruf, »diese Schätze auf die Oberfläche der Erde bringen?« – »Nichts leichter als dies«, antwortete Abu Saadat. Auf seinen Wink spaltete sich die Erde, und nach einer kleinen Weile erschienen hübsche junge Burschen – es waren die Söhne Abu Saadats – mit goldenen Tragkörben, und trugen alles, was in der Schatzkammer war, auf die Oberfläche der Erde.

Nachdem die Söhne Abu Saadats diese Arbeit verrichtet hatten, fragte dieser seinen Herrn, was er nun weiter befehle. »Jetzt«, sagte Maruf, »bringe mir Kisten und Maulesel, lege alle diese Schätze in Kisten und lade sie den Mauleseln auf.« Abu Saadat stieß einen Schrei aus und sogleich erschienen seine achtundert Söhne, von denen die einen die Gestalt von Mauleseln und die anderen die von Treibern und Knechten annahmen. Letztere brachten dann Kisten herbei, und die Schätze waren so zahlreich, daß sie dreihundert Maulesel damit beluden. Maruf forderte dann noch hundert Ladungen von den feinsten Stoffen Ägyptens, Syriens, Griechenlands, Persiens und Indiens. Abu Saadat versprach bis zum folgenden Morgen alles zu liefern, und sandte sogleich Genien nach allen diesen Ländern aus, um die gewünschten Waren zu holen. Maruf erbat sich hierauf ein Zelt, um die Nacht darunter zuzubringen. Abu Saadats Söhne schlugen ein schönes Zelt auf und brachten ihm auch einen Tisch mit Speisen beladen. In diesem Augenblick kam der Bauer mit einer Schüssel voll Linsen aus dem Dorf zurück und wollte sie Maruf anbieten; als er ihn aber in einem königlichen Zelt von Mamelucken umgeben sah, hielt er ihn für den Sultan und dachte: Hätte ich doch ein paar Hühner geschlachtet und gebacken; er wollte schon wieder umkehren, um dies zu tun, da rief ihn Maruf zu sich und fragte ihn, was er in der Hand habe. »Ich habe nur Linsen«, antwortete der Bauer verlegen, »und ein bißchen Gerste für dein Pferd; ich glaubte nicht, daß der Sultan hierher kommen würde, sonst hätte ich Hühner geschlachtet.« – »Gib sie her«, versetzte Maruf, »da du, ohne mich zu kennen, mich bewirten wolltest, so will ich auch dein Gericht nicht verschmähen. Indessen bin ich nicht der Sultan, sondern sein Schwiegersohn, ich habe ihn nach einem Wortwechsel plötzlich verlassen, nun schickte er mir aber seine Mamelucken nach, um sich wieder mit mir zu versöhnen, ich reise daher wieder zur Hauptstadt zurück.« Er aß dann die Linsen, füllte die Schüssel, in der sie waren, mit Gold und lud den Bauer ein, ihn in der Stadt zu besuchen.

Der Bauer kehrte glückselig mit seinem Gespann in sein Dorf zurück, und Maruf brachte die Nacht in fröhlicher Gesellschaft von Genientöchtern zu. Am folgenden Morgen rückten die Genien mit den fremden Stoffen heran, Abu Saadat ritt als Karawanenführer voraus und meldete Maruf, daß alles zum Aufbruch bereit sei. Maruf schrieb dem König einen Brief, in welchem er ihm seine Ankunft an der Spitze der Karawane meldete, und ihn bat, ihm mit einigen Truppen entgegenzukommen. Diesen Brief befahl er Abu Saadat durch einen Genius in Gestalt eines Boten voraus zum König der Stadt Ichtian zu schicken. Der König war eben im Gespräch mit dem Vezier, welcher behauptete, Maruf sei entflohen, um nicht zuschanden zu werden, als Marufs Brief anlangte.

Der König machte dem Vezier neue Vorwürfe, sobald er den Brief gelesen hatte, gab Befehle, die Stadt festlich zu schmücken, und ging zu seiner Tochter, um ihr die erhaltene Nachricht mitzuteilen. Die Prinzessin war außer sich vor Freude, und dachte bei sich selbst: Gewiß hat Maruf mich nur prüfen wollen; gottlob, daß ich so gegen ihn verfuhr. Nicht minder als die Prinzessin war Ali erstaunt, als er die Vorbereitungen zur Ausschmückung der Stadt sah, und hörte, sie gelte der Rückkehr Marufs mit einer großen Karawane. Dieser bestieg, sobald der Bote zurück war, eine Sänfte und ließ nicht anhalten, bis er dem König mit seinen Truppen begegnete, dann zogen sie zusammen mit großem Pomp in die Stadt, wo alle Kaufleute ihn zu begrüßen kamen. Auch Ali stellte sich ein, und da er glaubte, das Ganze sei nur eine List der Prinzessin, sagte er: »Willkommen, Abenteurer, du hast deine Sache gut gemacht.« – »Maruf lachte. Als er in den Palast kam, ließ er die Maultiere abladen, die Lasten Gold in die Schatzkammer seines Schwiegervaters tragen, die kostbarsten Stoffe, Perlen und Edelsteine aber vor sich bringen. Er ließ dann die Kisten öffnen und nahm die schönsten Stoffe und Edelsteine heraus für die Frauen und Diener des Königs, mit den übrigen bezahlte er die Kaufleute und beschenkte alle Armen der Stadt. Dann griff er zu den Smaragden, Rubinen und anderen Edelsteinen und verteilte sie unter die Truppen. Vergebens rief ihm der König zu: »Es ist genug, mein Sohn! Es bleiben ja nur wenige Lasten für dich übrig.« Er verschenkte aber immerfort und sagte: »Ich habe noch viel«, und in der Tat brachte ihm sein Diener soviel er wollte.

Niemand wagte es mehr, nach dem soeben Vorgefallenen an Marufs Worten zu zweifeln, um so weniger, als gerade der Schatzmeister hereintrat und dem König sagte, die Schatzkammer sei voll und noch bleibe viel Gold übrig, er möchte ihm doch einen anderen Platz dafür anweisen.

Maruf begab sich dann zu seiner Frau, welche ihm lachend entgegenkam, und er erbat sich von Abu Saadat für sie ein prächtiges Kleid und eine Halskette von vierzig Solitärperlen nebst äußerst wertvollen Armbändern, Ohrringen und Gürteln. Sie wurde fast närrisch vor Freude, als sie alles dies sah, und sagte zu Maruf: »Ich will dieses Kleid und diesen Schmuck für Festtage aufbewahren.« – »Das ist nicht notwendig«, versetzte Maruf, »denn ich habe deren noch viele.« Als er wieder allein war, bestellte er bei Abu Saadat hundert Kleider mit Schmuck für die Sklavinnen seiner Gattin. Sie zogen sie an und leuchteten wie die Sterne um die Prinzessin, welche dem Mond glich. Der König wußte nicht mehr, was er von allen diesen Schätzen denken sollte; und als er den Vezier um seine Ansicht darüber fragte, sagte dieser: »König der Zeit, ein Kaufmann ist weder so freigebig, noch so reich, als dein Schwiegersohn, selbst Könige sind selten beides in einem so hohen Grad, hier liegt gewiß irgend ein Geheimnis verborgen; folge daher meinem Rat und lade Maruf mit mir zu einem Spaziergang in deine Gärten ein, dort stellst du uns Wein vor, und wir geben ihm so viel zu trinken, daß er die Besinnung verliert und sein Geheimnis offenbart; wir ergreifen dann die nötigen Maßregeln für deine Sicherheit, denn ein so reicher Mann könnte dir gefährlich werden.«

Der König fand diesen Rat gut und beschloß, ihn am folgenden Tag auszuführen; sein Entschluß war noch fester, als am folgenden Morgen seine Diener ihm das Verschwinden der Maulesel und der Mamelucken, die mit Maruf gekommen, meldeten und dieser dazu lachte, als wäre ein Verlust von tausend Mauleseln und fünfhundert Mamelucken gar nicht anzuschlagen. Maruf wurde daher zum verabredeten Spaziergang eingeladen, und im Pavillon des Gartens wurde er solange zum Trinken beredet, bis er nicht mehr wußte, was er sagte. Jetzt bat ihn der König, er möchte ihn doch mit den näheren Umständen seines Lebens bekanntmachen, denn weder seine Schätze noch seine Freigebigkeit seien die eines Kaufmanns. »Gewiß«, sagte der König, »bist du irgend ein Sultan oder ein Prinz.« – »Ich bin keines von beiden«, erwiderte Maruf, und erzählte hierauf seine ganze Geschichte von Anfang bis zu Ende. Da sagte der Vezier: »Zeige mir doch einmal diesen Ring.« Maruf zog ihn aus und gab ihn dem Vezier. Dieser rieb sogleich daran, und als Abu Saadat erschien, sagte er ihm: »Trage diesen Mann in eine öde Wüste, wo er weder Trank, noch Nahrung findet, und keinem Menschen begegnet.« Abu Saadat nahm ihn auf den Rücken, erhob sich mit ihm, trug ihn in das unbewohnte Viertel der Welt und sagte zu ihm: »Du verdienst noch schlimmeres, weil du einen solchen Talisman so leichtsinnig hergabst.« – »Siehst du«, sagte der Vezier zum König, »daß ich doch recht hatte, als ich Maruf für einen Gauner hielt.« – »Du hast recht Vezier«, antwortete der König, »Gott erhalte dich! Zeige mir auch einmal den Ring.« – »Blödsinniger Mensch«, versetzte der Vezier ganz zornig, »jetzt bin ich Herr, glaubst du wohl, ich werde dir den Ring geben, um wieder dein Diener zu werden?« Er rieb hierauf wieder an dem Ring und befahl dem Diener des Ringes, den König zu seinem Schwiegersohn zu tragen.

Der Vezier versammelte dann die Häupter seiner Truppen, erzählte ihnen alles, was zwischen ihm, dem König und Maruf vorgefallen, und sagte ihnen: »Wollt ihr mich nun als König anerkennen, gut, wo nicht, so befehle ich dem Diener des Ringes, euch alle in öde Wüste zu bringen, wo ihr vor Hunger und Durst sterben müßt.« – »Tut uns nichts zuleide«, riefen alle: »Wir wollen dir gerne huldigen und allen deinen Befehlen gehorchen.« Er schickte dann zur Prinzessin und ließ ihr sagen, sie möchte sich auf diesen Abend zu seinem Besuch vorbereiten. Sie ließ ihn bitten, doch wenigstens die gesetzlich bestimmte Frist für eine Frau, die ihren Mann verloren, ablaufen zu lassen. Er antwortete aber, er wisse nichts von gesetzlicher Frist, noch von Ehe-Kontrakt, sie müsse ihn diesen Abend empfangen. Die listige Prinzessin zog des Abends ihre schönsten Kleider

an, empfing den Vezier mit heiterem Gesicht und war so freundlich und zuvorkommend gegen ihn, daß er, vor Liebe und Leidenschaft ganz außer sich, sie umarmen wollte. Da sagte sie: »Siehst du nicht den Mann, der uns beobachtet? Ich beschwöre dich bei Gott, entferne ihn!« – »Wo ist ein Mann, der uns zusieht?« fragte der Vezier erstaunt. – »Er streckt seinen Kopf aus dem Stein des Siegelringes hervor«, antwortete die Prinzessin, »lege ihn doch ab, denn ich fürchte mich vor Genien.« Der Vezier, welcher glaubte, sie sehe wirklich den Diener des Ringes, legte ihn auf das Kissen und näherte sich ihr wieder. Sie stieß ihn aber zurück, daß er ohnmächtig hinfiel, rief ihre Diener herbei und ließ ihn festnehmen; unterdessen rieb sie an dem Ring und befahl Abu Saadat, den Vezier in das schwärzeste Gefängnis zu sperren und ihren Vater und Gatten zu ihr zu bringen. Sie setzte ersteren wieder zum König ein und ließ letzteren zum Großvezier ernennen, den Ring gab sie aber nicht mehr aus der Hand. Am folgenden Tag war diese neue Wendung der Dinge den Häuptern der Truppen und Staatsräten mitgeteilt, die sich außerordentlich freuten, von einem gottlosen Mann, wie der Vezier war, befreit zu sein und ihn zum Tod verurteilt zu wissen.

Nach fünf Jahren starb der König, da folgte ihm Maruf auf dem Thron, den Ring aber gab ihm seine Gattin erst nach anderen fünf Jahren, als sie auf dem Sterbebett lag, und empfahl ihm denselben so angelegentlichst, wie ihren Sohn, der damals fünf Jahre alt war. Eines Nachts, als Maruf nach dem Tod seiner Gattin sich allein niederlegte, fühlte er schon halb schlafend, jemanden neben sich liegen; er schlug erschrocken die Augen auf und rief Gottes Schutz gegen die Teufel an, und siehe da, seine Frau Fatma lag neben ihm, noch viel häßlicher, als sie früher war. »Wie bist du hierhergekommen?« fragte Maruf erstaunt. – »Wisse«, hob sie an, »daß ich bald nach deinem Verschwinden es sehr bereute, dir so viel Verdruß gemacht zu haben; auch sah ich ein, was ich an dir besessen hatte, denn seit deiner Abreise mußte ich um jedes Stückchen Brot betteln.

Gestern ging ich auch lange auf den Straßen bettelnd umher und niemand gab mir etwas, manche beschimpften mich sogar, so daß ich hungrig nach Hause ging und weinte. Da erschien mir ein Geist und fragte mich: Warum weinst du so? Ich antwortete: Weil ich nicht weiß, wo mein Gatte hingekommen ist, der, solange er bei mir war, mich mit allem nötigen versorgte. – Dein Gatte, sagte der Geist, ist jetzt Sultan der Stadt Ichtian; wenn du willst, so trage ich dich zu ihm. Ich bat ihn, es zu tun, und er nahm mich auf seinen Rücken, flog mit mir eine Weile in der Luft zwischen Erde und Himmel, dann setzte er mich in diesem Schloß ab, bezeichnete mir dein Schlafzimmer und sagte: Hier liegt dein Gatte. So ging ich denn herein, in der Hoffnung, du werdest mich nicht verstoßen.« Sie bat dann so lange um Erlaubnis, bei ihm zu bleiben, bis er ihren Wunsch erfüllte, jedoch drohte er ihr mit dem Tod, bei der ersten Bosheit, die sie wieder gegen ihn ausüben würde. »Hier«, sagte er, »fürchte ich deine Klagen nicht, denn ich besitze einen Ring, mittelst welchem ich nur Gott zu fürchten habe, sobald ich daran reibe, erscheint mir ein Geist, der alle meine Befehle vollzieht. Ich lasse dir die Wahl, ob du nach Hause zurückkehren willst, da sollst du so viel Geld haben, daß du bis zum Tod im Überfluß leben kannst, oder ob du bei mir zu bleiben wünschest, da räume ich dir eine herrlich möblierte Wohnung im Schloß ein, schenke dir zwanzig Sklavinnen zu deiner Bedienung und verschaffe dir die schönsten Kleider und die schmackhaftesten Speisen und Getränke.« Fatma wünschte bei ihm bleiben zu dürfen, und lebte einige Zeit wie eine Königin.

Bald hatte sie aber großes Mißfallen an Marufs Sohn und noch größeren Ärger über Maruf selbst, der bei aller Fürsorge jedoch nicht mehr als Gatte mit ihr lebte, denn sie war alt und hatte ihn zu tief gekränkt. Sie ließ sich daher vom Teufel die Idee eingeben, sich des Ringes zu bemächtigen, ihn zu töten und selbst den Thron zu besteigen. So schlich sie eines Nachts aus ihrem Gemach in das Marufs, im Augenblick, wo er herausging und sie wohl wußte, daß sein Ring auf dem Kissen lag. Aber Marufs Sohn hatte sie gesehen, und es war ihm aufgefallen, daß seine Stiefmutter zu einer ganz ungewöhnlichen Stunde in seines Vaters Schlafzimmer gehe; er folgte ihr daher leise mit einem Schwert umgürtet, das er schon als Kind trug, und als er sah, daß sie den Ring nahm, sich damit freute und schon daran reiben wolle, zog er sein Schwert und schlug ihr den Hals ab. Maruf umarmte seinen Sohn und verspottete ihn nicht mehr wegen seines Schwertes. Am folgenden Tag ließ er Fatma beerdigen und bald darauf heiratete er die Tochter des Bauern, der ihn auf seiner Flucht bewirtet hatte, und ernannte seinen Schwiegervater zu seinem Großvezier. So lebte er nun viele glückliche Jahre, bis der allen Freuden ein Ende machende Tod ihn heimsuchte. Gepriesen sei der Ewigdauernde!

Als Schehersad, welche während der tausend und einen Nächte dem König drei Söhne geboren, diese Erzählung vollendet hatte, warf sie sich vor dem Sultan nieder und sprach: »König der Zeit, Herr deines Jahrhunderts, darf ich nun als Lohn für meine Erzählung mir eine Gnade ausbitten?« – »Wünsche, was du willst, Schehersad, es werde dir gewährt!« antwortete der Sultan. Da rief sie die Ammen und befahl ihnen, ihre Kinder herbeizubringen. Die Ammen brachten drei Knaben, von denen der eine schon laufen konnte, der andere kroch und der dritte noch am Busen seiner Amme lag. »König der Zeit«, sagte Schehersad, »hier sind deine Kinder; ich bitte dich, um ihretwillen mir das Leben zu schenken, damit die armen Kinder nicht mutterlos werden.« Der König, bis zu Tränen gerührt, umarmte seine Kinder und sagte: »Bei Gott! Schehersad, ich habe dir schon längst verziehen, denn du bist tugendhaft und rein; Gott segne dich und die Deinigen!« Schehersad küßte dem König die Hand und wünschte ihm noch ein langes, glorreiches Leben. Die Freude verbreitete sich sogleich im ganzen Palast und bald darauf in der ganzen Stadt. Es war eine äußerst freudige Nacht, lichter als der hellste Tag. Am folgenden Morgen schenkte der König in Anwesenheit aller Truppen seinem Schwiegervater, dem Vezier, ein prachtvolles Ehrenkleid und dankte ihm dafür, daß er ihm seine Tochter zur Frau gegeben, welche ihn von ferneren Mordtaten abhielt. Er beschenkte dann auch die übrigen Veziere, Emire und Großen des Reiches und ließ die Stadt auf seine Kosten beleuchten, allerlei öffentliche Spiele und Belustigungen veranstalten und den Armen viele Almosen aus seiner Schatzkammer austeilen. Er herrschte dann noch viele Jahre in Glück und Freude, bis ihn der Tod überraschte, mit dem alles irdische endet. Gepriesen sei der, an dem die Zeit nichts ändert, und Friede sei mit seinem Gesandten Mohammed, der Zierde aller Sterblichen!